新潟県戦後五十年詩史——隣人としての詩人たち　目次

目次

新潟県戦後五十年詩史——隣人としての詩人たち

詩への旅

中上哲夫

こんな光景を想像する。

ある日、新潟県のどこかの町か村で詩の好きな人が詩の好きな人と出会う。当然、詩の話になる。そんな人間が三人、四人と増えていけば、詩誌を出そうという話が出る。となると、だれかの家に集まってガリ切りだ。

ガリ切りといっても、パソコンですべてが賄ってしまう現代の人たちには想像もつかない孔版印刷術だ。まず、蠟を塗った原紙というものがある。それを金属製のヤスリ盤の上に乗せて、鉄筆でガリガリと文字を書く。すると、台紙にひっかき傷ができる。それにローラーでインクを染み込ませれば、文字が印刷されるという仕組みだ。それを束ねて、糸で括る。手間がかかるだけでなく、手や衣服にインクがつくし、部屋も汚れる。一九六〇年代までは詩誌はこんなふうにしてつくられたのだ（もちろん、経済的に余裕のある者は印刷屋に依頼したけれども）。


著者は詩誌の動向を中心にして新潟県の詩の歴史を記述するという方法をとっていて（もちろん詩集の紹介も忘れていない）、きわめて納得のいくものだ。というのも、この国ではマスメディアはほとんど詩を取り上げないし、数少ない商業詩誌は詩界の公器としての役割を十全に果たしているとはいいがたい所がある。つまり、詩誌を出さなければ、作品を発表する場所がない。それは、詩人にとって命取りだ。それだけではなく、この国の詩の歴史をながめてみると、詩誌がエコールをなし、それらが詩の歴史を動かしてきたということがしばしば起こった。たとえば、「赤と黒」「民衆」「詩と詩論」「VOU」「四季」「歴程」「荒地」「列島」「櫂」「凶区」などなど、枚挙に暇がない。
著者が詩誌を探し出す、その姿は、全国の町や村の名もなき人々を尋ね歩いた柳田国男や宮本常一などの民俗学者の姿を彷彿とさせる。その労苦を想う。忘却の埃を払い、埋もれた詩誌を掘り起こすのはスリリングで、わくわくする。知らない名前がつぎからつぎに出てきて、ときにしんどくなっても、読みつづけることができるのは、ときに図らずも思いがけずつぎのような詩篇に出会うことがあるからだ。

夏になつたら、ところどころ廊下の天井の硝子がとられ
そこから四角に蒼い空が覗かれ
金魚鉢を見るようだった。
或る夕、不意に妙な音がすると思つたら
雨が眞ツ直ぐに降りこんでおり
水玉がコンクリートに躍っていた。

その日から
そこの青天井が故郷の空に思われるようになつた。

――小島一作「青天井」全行

戦時中、捕虜を使役したという罪でC級戦犯として巣鴨刑務所に服役していたときの体験を書いた作品。会社の責をひとり負ったのだという。

皿を洗いながら蛇口をあけた。テーブルには
アラビア数字の時計が置いてある。ナイフで
葉書を切った。風が出てきたのかも知れぬ。
犬小屋の附近。ざくろの種が舞いあがる。垣
根の向うから弟はわたしを呼びつづけた。彼
の頬は細い。青空の絶対。プロペラのような
電燈のスイッチが変に明るい。わたしは寒く
などないのだ。窓をひらき空気をいれかえな
ければならない。いそいで。

――斎藤健一「訪問」全行

これだな。と、わたし思った。新潟県の詩史を書くという困難な作業をつづける著者の情熱の底にあるのは、ひたすらすぐれた詩に巡り会いたいという気持ちなのだ。この体験は人生の何ものにも代えがたいものなのだ。それはまた、著者にとっては詩への旅でもある。

それにしても、人はなぜ詩のようなものに関心を持ち、心惹かれて、ときに生命や生活を危うくするような事態に至ったりするのだろうか。常識の世界からすれば、実にふしぎなことだ。その答えは？

本書にはそのヒントがたくさん散りばめられている。したがって息をするように読めば、読者はその答えをいくつも見つけらることができるだろう。

一例をあげれば、敗戦後、詩誌が堰を切ったようにいっせいに発行されたこと。そこには、日中戦争から

太平洋戦争へと長きにわたって表現の自由を奪われた詩人たちの辛い体験がある。自由詩は伊達や酔狂でそう名乗っているわけではない。表現の自由は人間の本性としての欲求なのだ。それが、敗戦をきっかけに一挙に爆発したのだ。

著者は詩誌をキーワードにして「詩とはなにか?」を追求しているけれど、むろん真の主役は詩人である。そのことは詩集をていねいに取り上げていることにも現れている。実に、鈴木良一を持った新潟の詩人たちは幸せである。いま、彼によって忘却の淵から掬い出されたのだから。

新潟県の風土性というのは曖昧で、わたしにはよくわからない。それは、新潟と中央（首都圏）との距離に似ている。新潟からすると、中央は遠くて近いし、近くて遠い。上越新幹線や関越高速道の開通は中央との物理的な距離をちぢめただけではなく、文化的な距離もちぢめた。一方、近代化が加速され、「新潟らしさ」もいっそう曖昧なものになっていった。そこには根無し草の自由詩が持つ根源的な理由もあると思うが、同時に新潟の詩人たちの課題もあるだろう。『北越雪譜』の新潟はどこへ行ったのか、（二〇二四年十月三十一日）

凡例

① 旧字体の引用文は原文を生かし、本文は新字体とした。

② 敬称は一部を除いて略させていただいた。

第一章　一九四六年から一九五〇年まで

1　はじめに

新潟県の戦前の詩史を書き終えて、ようやく新潟県の詩人たちが残した戦後の業績と足跡を辿ることにする。一九二六（大正十五）年八月に市島三千雄、新島節、寒河江真之助、八木末雄の四人によって創刊された詩誌「新年」を、私は新潟県の詩の近代詩としての出発と読み解いてきた。一九四五（昭和二十）年八月十五日の敗戦までの二十年間の詩人たちの歩みを詩集と詩誌から追ってきた。だが詩集・詩誌の発掘はいまだ不完全であり、発行されたであろう詩集や詩誌の未発見も多いと言わざるをえない。二〇一一年十二月になって、小千谷市で昭和二年に「詩響」という詩誌が創刊されていることを知った。教えてくれたのは、桜美林大学専任講師の藤澤太郎氏である。氏は中国近代文学の研究家で、台湾の植民地文学から長崎浩（一九〇八～一九九一）の足跡を辿るために、新潟県の詩の資料を探していて発見したという。発見された詩誌「詩響」は、一九二七（昭和二）年の四月、十月、十二月に発行された三冊である。

2　詩誌「詩響」

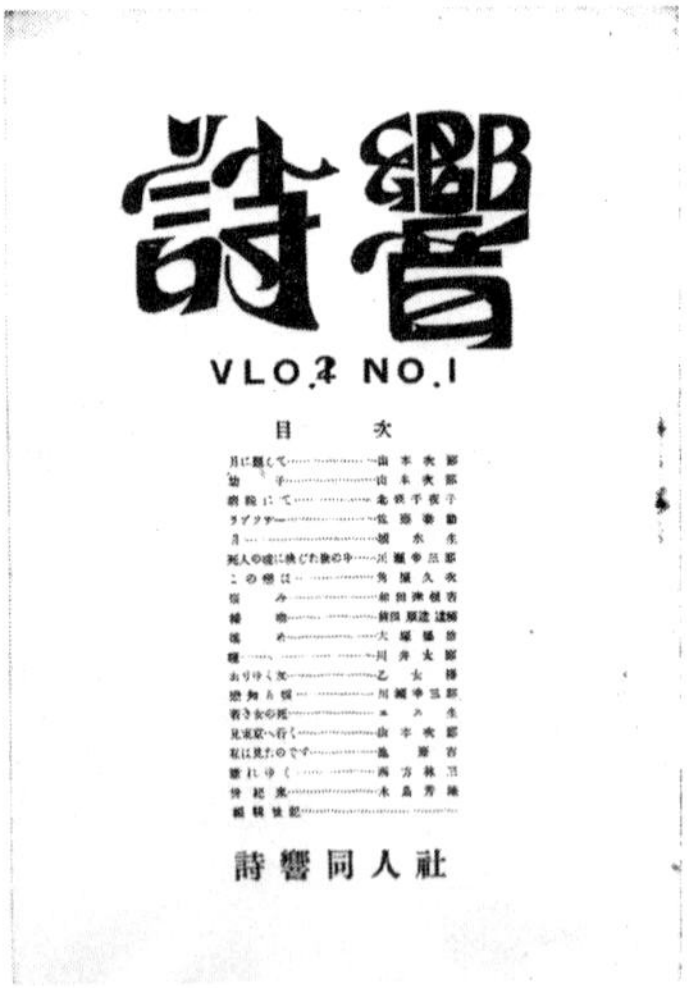

詩誌「詩響」
1927（昭和２）年４月発行

昭和二年四月発行の編集後記には、

本誌も漸く第貳號發刊の運びとなりました。兎角怠り勝ちであつた本誌も全然面目を新にして年四回發行する事にいたしました。

と、あることから、大正末年昭和元年前後に創刊されたと推定される。新潟市の「新年」、高田市の「虚」と同時期の詩誌という事になる。編集兼発行人は連名で新潟県小千谷町、西方林三、佐藤泰助、山本次郎、池藤吉、川瀬幸三郎の五名。発行所は詩響同人社である。いずれも初見の詩人たちである。私が知っている詩人としては、四月号に角屋久次が「この戀は」を載せている。十二月号には浅弘見（浅井十三郎—一九〇八～一九五六）が詩「冬くる頃」と「詩響への覺へがきとして」を寄せている。この「同人諸君へ」の中に「新潟縣に最も特異性をはなち大連の亞に必的《ママ》する市島新島數名の新年あり渉によりし諸氏」と、新潟県内の詩誌名と評価を述べている。他に自ら主宰する「無花果」と長岡の「水平線」の存在を伝えている。

　昭和二年には柏崎市で「POÉSIES」という詩誌が発刊されている。所蔵者の長谷川大平氏の証言では昭和二年発行とのことではあるが、二冊ある当該詩誌のいずれにも奥付は無く発行年月日の特定はできない。表紙を赤一色に染め上げた紙面づくりは、当時の表現主義や構成主義の匂いを感じさせる。ＶＯＬⅡの「跋辭」に、

> われわれの今やつて居る行動は藝術運動にはなつて居ない。われわれが意識を更に組織づけてシユルレアリズムの峰を越え切る時が來なければ此は運動の形を取りはしないだらう。

と、述べられている。

　同号には北川冬彦がエッセイ「技術ノ書」を寄せている。同人は遠藤茂雄とヲカヅカ・リヤウイチの二人。ヲカヅカ・リヤウイチは、戦後柏崎市の詩を領導するむながた・だんや（一九〇八～一九六四）その人である。遠藤茂雄は、会田毅が一九二八（昭和三）年に刊行した詩集『手がもがれている塑像』の後記にその名を見ることができる。その人物像は不明である。

　一九七一（昭和四十六）年刊行のむなかた・だんや遺稿集『にんげんのはた』の年譜によると、

> 昭和二年、をかづか・りゃういちのペンネームで詩集「ポエジー・シュウルレアリズム」を遠藤茂雄氏と自費出版。昭和三年、仙台野砲第二連隊へ幹部候補生として入隊、入営中にフランス語を独学、さかんに詩を書く。

と、ある。

　詩集「ポエジー・シュウルレアリズム」と詩誌「POÉSIES」が同一のものかどうか。

　私がこの「POÉSIES」が昭和二年創刊と判断できないのは、いうところの「シュウルレアリズム」が日本に受容されてゆく時間からしては早い、早すぎるのではないかと思われるからで、もし当初からシュルレアリスム

を詩の方法の指針とした詩誌だとしたら特筆される。

　一九二四年十月十五日にアンドレ・ブルトンが、『シュルレアリスム宣言・溶ける魚』を発行する。その原書を西脇順三郎が携えてヨーロッパから帰国するのは、一九二五（大正十四）年十二月のことである。昭和二年当時のシュルレアリスムを巡る詩人たちの動向は、一九二六（大正十五）四月に西脇順三郎が慶應義塾大学文学部の教授に選任され、その教室に上田敏雄らが在籍しており、上田敏雄と橋本健吉（北園克衛）が一九二七（昭和二）年に「文藝耽美」[1]誌上でシュルレアリスムの実験を、日本的に受容した詩で発表している。現在はシュルレアリストの詩人といえば西脇順三郎だが、この時期はシュルレアリスムの詩の実践者[2]としては学生の上田敏雄が有名だったといわれている。「シュルレアリズムの峰を越え」る言葉や方法、ましてや技術は未踏の分野であったと想像される。こうしたことから「POÉESIES」の昭和二年発行と私には判断できない。上田敏雄は詩誌「新年」と深い交流をしている。

　手元には一九三四（昭和九）年三月発行日付けの「緑壁」という詩誌のコピーの一部分が在る。第二年第三冊と通巻が記されている。編集発行人は岡塚亮一、ヲカヅカ・リヤウイチ（むなかた・だんや）の本名である。この詩誌の全体像も不明である。

　以上のように一口に戦前という時代、一九二六年から一九四五年を省みてもいまだ未発掘の詩誌が多い。それらへの探索の手を休めることなく、しかし次の時代の詩人たちの業績と足跡を追って行かなければならない。「詩史は日々更新されるために書かれる」と教えてくれたのは和田博文氏である。まさにその感を深くしながらも、今は詩史を少しでも前に進める時である。標題を「新潟県戦後五十年詩史―隣人としての詩人たち」とした。

3　詩人たちと詩誌の戦後の出発

　一九四五（昭和二十）年八月十五日、日本は敗戦の日を迎える。浅井十三郎が心血を注ぎ日本の詩の砦、全国の詩人を結集し「公器的」詩誌たらんとした野心と希望の詩誌「詩と詩人」は、一九四五年四月に五十七集を発行した後、戦局の逼迫により発行を中止せざるを得なくなった。この五十七集は日本の詩誌の戦前戦中最後の「組織的」な誌誌の発行ではなかったかと私は推定している。三月の東京大空襲により、国策によって発行されていた詩誌は制作不能に陥った。「詩と詩人」がこの時期まで発行を続けられたこと自体が不思議であり、北魚沼郡の山間の辺境からの発行が一つの奇跡を生んでいたのかもしれない。志賀英夫の『戦後詩誌の系譜』は、一九四五年七月に埼玉の秩父町で「ゆすらうめ」、宮崎で『龍舌蘭』の二誌の発行を伝えている。新潟県では八月に金子眞司が詩集『冬木立』を上梓していたことは既に述べた。

　敗戦後、新潟県で詩誌の復活を見るのは一九四六（昭和二十一）年を待たなければならない。戦後の混乱と生活の困難を考えれば、詩誌の復活は詩人たちにとってそうたやすいものではなかったのであろう。

　日本の戦後詩の出発は北九州八幡から羽ばたいた詩誌「鵬」である。昭和二〇年一一月一日創刊であった。と黒田達也の『西日本戦後詩史』に述べられている。しかし近年の詩誌発掘の成果である志賀英夫の『戦後詩誌の系譜』では、この「鵬」の他に十一誌の発行確認をしている。日付の記載はないが八月に東京で「麦通信」（北園克衛、笹澤美明）が、十月に米子で「芽生」（田中正治、武家良太郎）が発行されているようだ。

　詩人たちと詩誌が「戦争」という拘束から一斉に解き放たれるのは一九四六年を待ってのことだった。「詩と詩人」誌上でも新人として活躍した平林敏彦はその著『戦中戦後詩的時代の証言 1935—1955』で当時のことを伝えている。

　こうして敗戦の年は騒然と暮れ、一九四六年が明けると全国各地で堰を切ったように、詩誌の創刊が相次いだ。公器的詩誌、同人誌、個人誌、サークル誌を問わず、主な誌名と中心になった詩人の名を挙げると、一月に「近代詩苑」（岩佐東一郎、北園克衛）「新詩人」（小出ふみ子、穂刈栄一）「詩風土」（臼井喜之介、吉村英夫）、二月に「現代詩」（杉浦伊作、北川冬彦）「詩と詩人」（浅井十三郎、田村昌由）三月に「純粋詩」（福田律郎、秋谷豊）「新詩派」（平林敏彦、柴田元男）（十二誌略）

　そのほか資料を確認できなかった詩誌を合わせると、わずか一年間でこれだけの数量（全国で推定五十誌前後か）が発行された記録は、おそらく空前絶後といえるだろう。

　当時の状況を伝えるために長い引用をしたが、詩誌創刊に関わった多くの詩人たちの詩精神の躍動が感じ取れる。この中で目を引くのは「現代詩」と「詩と詩人」である。「現代詩」の中心となった詩人は杉浦伊作と北川冬彦としているが、編集兼発行人は関矢與三郎であり、発行元は詩と詩人社である。関矢與三郎は浅井十三郎の本名で、「現代詩」の中心は浅井十三郎であった。編集部員として杉浦伊作が関与し、杉浦伊作が私淑していた北川冬彦へ参加を依頼し、北川冬彦の協力を得た。その経緯は一九四八（昭和二十三）年八月に詩と詩人社から発行された、杉浦伊作の詩集『人生旅情』に詳しく語られている。なお平林が一九四六年に発行された詩誌は全国で推定五十誌前後かとしているが、『戦後詩誌の系譜』では表紙と発行日付が確認される詩誌は百五誌にのぼる。「詩と詩人」は創刊ではなく復刊であった。一九四五年（表紙は五月一日発行、奥付は四月一日発行とある）に発行した五十七集以後、発行の中断を余儀なくされた「詩と詩人」は、復活の意味を込めて五十八集を復刊号としている。

4　詩誌の発行状況

一九四六年発行の新潟県の詩誌は、六誌が確認でき、一誌の発刊が推定される。

☆詩と詩人（第八巻第一号）／昭和二十一年三月一日発行―編集兼発行人／關矢與三郎　新潟県北魚沼郡広瀬村字並柳、発行所／誌と詩人社　新潟県北魚沼郡広瀬村並柳乙一一九

☆新鐵詩人／昭和二十一年八月一日発行―編集兼発行人／眞貝金蔵、発行所／新鉄詩話会―新潟市流作場新潟鉄道局内

☆白南風／昭和二十一年九月一日発行―編集兼印刷発行人／小山直嗣、発行所／上越詩人聯盟―新潟県高田市本町四丁目新潟日報高田支社内

☆詩人圏列／昭和二十一年（詩人圏列第三集発行日付は二十二年一月十五日から推定）―編集兼発行人／大桃昇吾―新潟県三条市曲淵、発行所／詩人圏列社―新潟県三条市曲淵大桃方

☆人生と詩／昭和二十一年十一月七日発行―編輯人／庭野隆夫―新潟県中魚沼郡十日町、発行人／大島清之介―新潟県中魚沼郡十日町

☆新樹（第一巻第六号）／昭和二十一年六月一日―編集兼発行人／水上雄太郎―新潟県佐渡郡真野村新町二二〇、発行所／越佐文学会―新潟県佐渡郡真野村新町

総合誌として「北日本文化」が刊行されていた。一九四九（昭和二十四）年一月一日発行の「北日本文化」は第4巻第1号と記載されていることから創刊は一九四六年と推定される。

一九四七年発行の新潟県の詩誌は、五誌が確認できる。

☆北越詩人／昭和二十二年二月二十五日発行―編輯人／西方稲吉―新潟県長岡市今朝白町九九二西方稲吉方、発行人／石川良雄，発行所／北越詩人社

☆知性詩／昭和二十二年九月十日発行―編輯兼発行人／庭野行雄―新潟県中魚沼郡十日町稲荷町224ノ2、発行所／知性詩社

☆デルタ／昭和二十二年九月二十五日発行―編輯兼発行人／前田白蘆―新潟市西堀通り1番町（前田方）、発行所デルタ発行所

☆詩作工場／昭和二十一年十一月一日発行―編集兼発行責任者／堀内憲政―新潟市学校町三番町、発行所／詩作工場

☆慈眼／昭和二十二年十一月十五日発行―編輯印刷発行者／阿部一晴―新潟市船場町一丁目2507、発行所／慈眼詩房

一九四八年発行の新潟県の詩誌は、四誌が確認でき二誌の発行が推定される。

☆ACACIA（第1巻第4号）／昭和二十三年六月一日発行―編輯兼発行人／田村達爾、発行所／新潟詩人倶楽部―新潟市西堀6番町（田村方）

☆骨の火／昭和二十三年三月五日発行―編輯／高島順吾・庭野行雄―発行所／パエトンクラブ―富山県魚津町新鹽屋町、事務連絡所／庭野行雄―新潟県十日町稲荷町

☆近代詩／昭和二十三年十月一日発行―編輯人／前田正文―新潟市西堀通1、発行人／福田律郎、発行所／市民書肆―東京都墨田区亀沢町三ノ一

☆ざこ4号／昭和二十四年三月一日―編集兼発行人／長谷川大平―柏崎市大和町、発行所／ざこ編集室―長谷川大平方

他に「近代詩」誌上に詩と評論「THE BUD」（新潟県高田市東城町1）と「ざこ」4号に詩誌「天牛」（吉田悦郎）への言及が見られる。

一九四九年発行の新潟県の詩誌は、一誌が確認できる。

☆猫族（2）／昭和二十四年二月一日発行―編輯／竹内延夫―新潟市白山浦一監督署小路

「猫族」の創刊は一九四八年とも考えられる。

一九五〇年発行の新潟県の詩誌は、二誌が確認できる。

☆KOLBENZOKU(2)／昭和二十五年四月十日発行―編集人／KOLBENZOKU編集同人、発行人／高野喜久雄―発行所／KOLBENN CLUB　新潟県高田市東城町1

☆E―10／昭和二十五年五月一日発行―編集兼発行人／真貝金蔵、発行所／E―10発行所―新潟市寺浦通り二

番町263（仁篤荘内）

5 「詩と詩人」の復刊

私が確認した一九四六年から一九五〇年までに発行された詩誌関係は十八誌である。詩誌からは戦後の混沌とした世相から復興への道筋が見えてくるまでの五年間に、詩人たちの精神と暮らしがどのように変遷したかを如実に示している。言論弾圧と戦争推進の言説から解き放された詩と詩人たちが、自由と平和を求めながらも時代の動向に左右されつつ自らの詩の根拠を模索してきた業績と足跡である。この五年間に発行された詩誌に参加し主導した詩人たちが、その後の新潟県の詩を領導する詩人に成長してゆく姿を見出せる。

戦後いち早く発行された詩誌に参加する詩人たちを分類すると三つのタイプに分けられる。

一、戦争期から継続して詩活動を進めていた詩人―浅井十三郎、阿部一晴、田中伊左夫、亀井義男、小林清一郎、真貝欽三（金蔵）、田村昌由等。

二、戦争期に詩誌へ投稿して詩誌活動に参加した詩人―今井朝二、樋口恵仁（斧寺、小野寺）、大桃昇吾等。

三、戦後に詩誌活動を開始した詩人―庭野行雄、前田白蘆（正文・邦博）、田村達爾、堀内憲政等。

こうした詩人たちが戦後の社会経済の混乱と貧窮の中、新潟県ではかつてなかった程に文化的活動を活発に推進した。その活況は「新潟―詩の共和国」の観を呈していた。

先に示したように浅井十三郎が戦争期を通じて発行を続けてきた「詩と詩人」は、一九四六（昭和二十一）年三月一日に第五十八集を復刊号として発行する。浅井は巻頭で「眞實の在り場について―復刊の言葉」を書いている。労働者から詩や文学が無用なものであったという指摘を受け、百姓である自分が米飯に事欠くあり様から戦後の民主主義の不徹底を批判しながら、

> 詩を必要としないことと詩を必要とすることが又再び私に還つて來たのである―然も純然と美の本質を正す時がきたのである。

と、復刊の詩人の立場を述べ、目次下の無署名の文では、

> 日本の詩壇は次の時代のために一まづ分裂華々しさを呈するであらう。然しそれは時によると混亂をまねいたり、正しさを失つたりしがちに至るであらうが、我々は今ここに非常のこころをもち自律の道を歩まねばな

らぬと一層それを思ふのである。

と、「詩と詩人」の進むべき〝自律の道〟を提示している。

復刊にあたって戦争期の「詩と詩人」の総括というか反省の弁を見ることはできない。「非常のこころ」は、戦争期では「非常時の心得」と読み替えてみることもできる。編集後記にも「ほんたうに國を愛することは自己のために他を踏むことではない」と浅井は述べる。浅井は「正す時」や「正しさを失つたり」するその正しさの内実を糾すことなく、つまりは自己の思想を点検する余裕のないまま〝詩の夢〟への出発を始めたのだろうか。「詩と詩人」と後述するが詩誌「現代詩」の発行が、自らの発した言葉に大きく躓くことにもなる。

復刊号に作品を寄せたのは、

田村昌由、内田博、眞壁新之助、菊地正、大瀧清雄、齋藤吾一、小松晴次、關屋忠雄、正木聖夫、淺井十三郎

の十名であった。齋藤吾一と關屋忠雄は「詩と詩人」に初登場である。

こうして復刊した「詩と詩人」は浅井が亡くなる一九五六（昭和三十一）年の百十一号まで続くことになる。浅井十三郎追悼特集号として一九五七年二月に百十二号を発行して終刊する。（「詩と詩人」の内容と発展状況、浅井十三郎を巡る詩人の問題は次号に掲載）

6　① 新鉄詩話会と「新鉄詩人」について

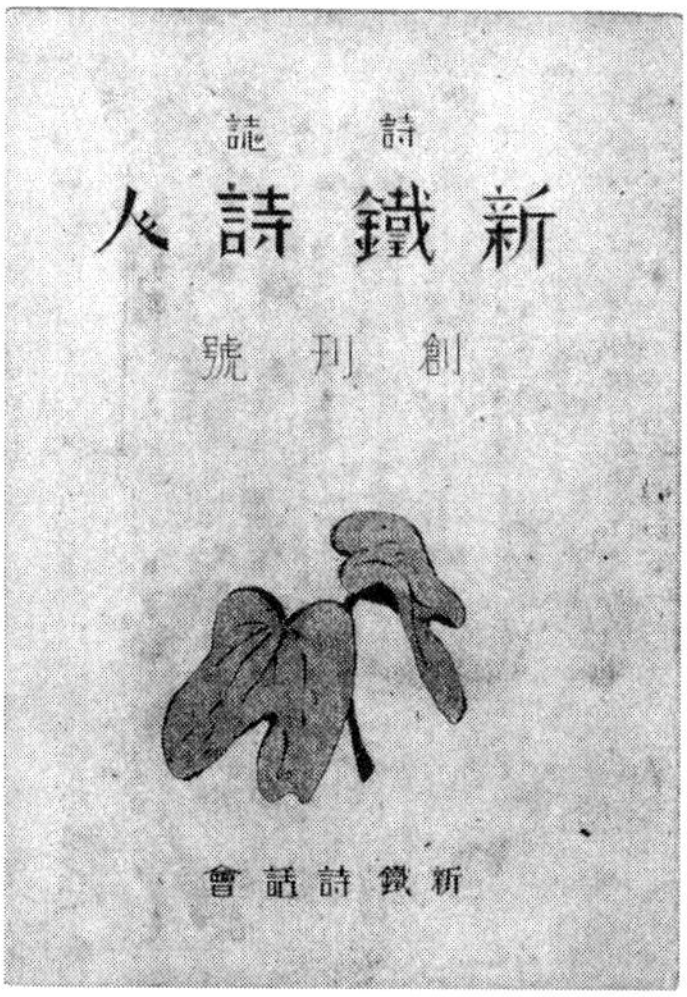

詩誌「新鉄詩人」創刊号
1946（昭和21）年８月発行

詩誌「新鉄詩人」は一九四六（昭和二十一）年八月に発行される。編集発行人は真貝金蔵（真貝金像、真貝欽三と三つの筆名を持っている。以後引用以外の本文は真貝欽三表記とする）、発行所は新鉄詩話会。所在地は新潟市流作場新潟鉄道局となっている。作品の送稿先は新

潟鉄道局運転部運行課真貝欽三宛とある。国鉄職員の詩誌であることが分かる。

国鉄詩人連盟から発行された『国鉄詩人連盟十年史』に、「新鉄詩話会」と題する記録が掲載されている。真貝欽三の残した文であり、人名や日付が詳しく記録されている。(3)

真貝欽三は新鉄局に転じ、間もなく終戦となつた。当時新鉄教習所に勤務していた宗永三を訪ねた真貝欽三が詩運動に乗り出すべく打合わせしたのが終戦五ケ月後の一九四六年一月だつた。この頃、近藤東より真貝欽三に寄せた転任祝の便り等から東鉄でも詩話会設立の気運にあることを知り、一層新鉄管内の詩人達は詩話会設立に力を結集した。そして同年二月に新鉄の第一回詩話会が新鉄局列車当直の休憩室で開催され当時の会員十二、三名のうち十名程参集した。

こうして八月に「新鉄詩人」が創刊される。中心となる真貝欽三は一九四三（昭和十八）年二月に発刊された、アンソロジー集『上越詩人集』にも寄稿している。宗永三は田中伊左夫の当時のペンネームである。（以後引用文以外は田中伊左夫と表記する）

真貝欽三と田中伊左夫らがこのようにいち早く詩誌を創刊できた背景は、戦争期を通じて国鉄（現ＪＲ）は、国策会社として特殊な環境にあったことが挙げられる。明治開化期から全国に鉄道が敷設されて行く。日本全国に鉄道網が繋がるのは大正期で、鉄道の多くは各地方の私鉄であった。それを統合して国有鉄道化したのは、戦争遂行のため軍事物資輸送を効率的に一元的支配で運用する国策であった。統一した管理を貫徹するために様々な方策がとられた中で、文化政策も一つの重要なものとして捉えられていた。鉄道合同雑誌社から出ていた月刊「鉄道」を初め、鉄道奉公会の機関誌「大和」、鉄道青年会の「鉄道青年」と、国鉄意識を醸成する雑誌が発行されそこには詩の投稿欄があった。今井朝二（一九二五～二〇一一）の例を待つまでもなく多くの多感な青年たちが投稿をしている。その間の事情を『鉄路のうたごえ』(4)は次のように伝えている。

第二次大戦中にも「鉄道界」「鉄道青年」「大和」等の業務、受験雑誌があり、その文芸欄はさかんであった。このうち「鉄道界」が「鉄道」に改題されてから、近藤東が詩の選をやるようになって、内面誘導をはじめた。

新潟鉄道局においても、独自の文化広報誌として雑誌「新鐵」を発行していた。三つの「國有鐵道奉公運動綱領」(5)と五つのスローガン「新鐵魂」が掲載され、国策会社としての周知徹底がなされている。内容は職員の暮らしに関わる「国民貯蓄組合に就いて」や、直接仕事に関する「當所の運転事故防止対策」、「運輸帳票關係規定質疑應答」など生活職責全般に渡っている。文化面では、読書を勧める欄や文芸を奨励する「新鉄歌壇」、「新鉄詩壇」が設けられていた。この新鉄詩壇の選者が田中伊左夫だった。田中伊左夫は新潟鉄道局管内では知られた詩人であった。新潟鉄道局が国鉄という全国組織の中で、どのような位置にあったか私には詳らかに出来ないが、戦後の当時は新潟県、秋田県、山形県、長野県の四県の一部又は相当部分を管理する局であった。

私どもの詩はあくまで私どもによつてうたはれたものでありたい。詩はどこに根を持たねばならないか、それは詩の道を見きはめれば見きはめるほど明白なことである。私どもの眞に徹する道が詩はれるとき　うるはしい生命がそこに咲きいづる。その時詩は高い香りに飾られるであらう。

創刊された「新鉄詩人」の田中伊左夫、真貝欽三の「発刊の辞」である。主義主張による発刊というより、素朴に詩を信じる態度が鮮明である。創刊号に掲載された詩人たち十三名を在籍する管理局別で例示すると、

新潟管理局／田中伊左夫、今井朝二、瀧田晃聖、井越ミイ、長谷川千代、中西敏子、眞貝金像、武藤富五郎、須藤善三
長野管理局／黒澤三郎、荒尾梓、大沢盈夫、
不　　明／宗像六郎太

秋田、山形管理局からの参加はなかった。二号以降には山形管理局の結城ふじを、太田清蔵、高橋兼吉らが、秋田管理局から早坂雅男らが参加してくる。

一九四六（昭和二十一）年十月発行の新鉄詩話会の名簿「新鉄詩人詩友名鑑」には七十五名の参加が記されている。一年後の一九四七（昭和二十二）年十二月の「新鉄詩話会会員名簿」には百五十八名と倍増している。詩の組織力か、国有鉄道という組織の表現なのか驚くべき数字である。短日時でこれだけの詩の実作者愛好者を組織しえたのは、単一組織国有鉄道であり、戦争期の「新鐵」

の選者田中伊左夫の存在なくしてなし得なかっただろう。戦争期には「詩と詩人」の編集を支え、「新鐵」の文芸欄の選者をし、戦後にはいち早く「新鉄詩話会」を組織した田中伊左夫については後の章で述べることにする。

② 勤労詩と「新鉄詩人」

敗戦後の困窮と混乱の中からいち早く誕生した「新鉄詩人」は、国鉄という単一の職場を単位とする詩誌である。サークル誌という言葉で各地域や職場で文化文芸活動が提唱されるのは一九五〇年代に入ってからであり、敗戦という転換を受けてそのような考え方も無かった職場での文芸の成り立ちの方向付けを示した言葉として、「勤労詩」が考えられ議論される姿を見ることになる。この言葉で定義付けを最初にする提唱者は誰か定かにしないが、私が最初に「勤労詩」の言葉を目にしたのは一九四六（昭和二十一）年一月創刊の「現代詩」に載る近藤東の「新しい勤勞詩について」である。近藤東は戦争期から国鉄の雑誌を通じて、職員の文芸の指導をしてきた詩人であることは既に述べた。

この中で近藤は「日本文化の將來に對する當面の問題に關して」は、「われわれが戦爭に熱心であればあつたほど、敗戰の現實も身にこたえて認識するべき」として次のように述べている。

> 現在われわれに必要とされてゐることの一つに勞働意欲の昂揚精神であるが、これを詩藝術の上で如何に處理すべきであるかを考察すべきである。詩人というものはこのような社會的希求に對して決してノン・シャランであるべきではない。

と述べた後に、第一次世界大戦後のヨーロッパの文芸思潮を概括し、

> 勤勞詩には二つのタイプがあつて、(1)自己の勤勞を或る目的に直結させることを歌つた外部發散的なるものと、(2)勤勞それ自體を叙述する内部侵攻的なるものとがある。

として、それぞれ一篇の詩を例示している。(2)の詩の例示として真貝欽三の「故郷へ行く貨車」[6]を掲載している。先ほど引用した文面から近藤と真貝は、「現代詩」が創刊される頃に、手紙のやり取りをしていた。真貝欽三は「新鉄詩人」の編集兼発行人である。真貝はいち早く職

場に於ける詩の未来の方向性を認識したに違いない。真貝は近藤の提唱した「新しい勤労詩について」から、自らの作品を分析することで新鉄詩話会の会合や勉強会で、労働者の詩がどのような観点から創作されるべきかを論議したと考えられる。「現代詩」は浅井十三郎が編集兼発行人であり。既存のジャーナリズムから自立した〝公器的詩誌を〟夢みた一つの展開がここにある。

こうして「新鉄詩人」誌上でも「勤労詩」をどう捉えるかの問題が論議される。最初は「職場詩」として田村昌由が一九四六年十一月の四号の巻頭言「詩と人間」で、「私はまづ立派な人間、その人間によつてほりだされ（一字不明、「た」か「る」？）詩（職場詩）」と人格論からの詩を求めている。これに対して編集後記で真貝は、「新鉄詩人」に現れている傾向から、作品はレアリズムを至当の表現法としながら、

職場の専用語（鉄道用語）が作品のところどころに飛び出して来る。それ等はその専用語自体が適所入つてゐるとしたら至極結構なことである。だが中には専用語を使用せねば職場詩にならないと勘違ひしたり、専用語の乱用は慎まなければならない。

作品に鉄道用語＝専用語を使用するときの効用と乱用に目を向けている。

この時点では「勤労詩」という考えはまだ一般的には使われておらず、「職場詩」という言い方が選ばれていることが伝わって来る。

真貝の指摘する作品の例として五号に載る早坂雅男の「測量と線路」を引く。

文字盤はカツキリ四十二度三十分を示す
——オーライ——
眼にしみるばかりに　はつきり赤白に染め分けたポー
ルは
驚くべき確実さで工事工手と走る
鉛筆のシンは　眞新らしい杭に
しつかり根を下してゐる釘の頭に止まる
本屋側　チョイ―ア―オーライ
稲が程よく熟れて　明るい
待避線の軌條に腰を下して通過列車を待つ
　路盤　道床　枕木　軌條
あ、　それらは限りない愛を以って
逞しく見守られ育まれてゐるのだ

突如——
九六〇列車が轟然と通り過ぎる
（九月十日）

線路測量工事の現場を読んだ詩であろう。測量機の「文字盤」の「四十二度三十分」は、確かに私たち部外者には仕事内容が分からないので、どのような意味があり仕事上の基準なのかはなかなか理解しにくい。ポールの位置を修正する「チョイーアーオーライ」という掛け声がどこかユーモラスな雰囲気を醸し出している。「稲が程よく熟れて　明るい」と二連の二行の関係が、真貝の言う「専用語が適所に入って」いて、「至極結構な」抒情性を生んでいる。通過列車を待つ間の束の間が、それまでの緊張感からほどける感情の安らぎを伝えている。

一九四八年の「新鉄詩人」は、第二巻第一号一月号の巻頭言は、田中伊左夫の「勤労詩のために」を掲載している。そこで田中は勤労詩が「大きくとりあげられているにもかかわらず、これが誤られている事実」を指摘し、

A　勤労詩を小さく考えている。
B　勤労詩という言葉にげん惑されている。
C　勤労と詩を知らず知らずに別々に考えて終つている。

とその誤りを三点に要約している。そして「勤労詩は——単なる職場の報告であり、説明であつてはならない」とし、「われわれの労働の中に生まれる「詩」である」と主張している。

七月号で笹木勸は「私の感」の中で、「国鉄詩人の勤労観念の独占」という批判が、内部から聞かれるようになった事情を報告している。「鉄道の職場意識にのみ満てる詩」というのである。

八月発行の「新鉄詩人」第二巻六・七号に、編集発行人である真貝が「現代詩考察」を書いている。「現代詩考察」は三章から成り、一章は〝第二の揺籃期とヒューマニズム〟と題し、「思想的な混迷から起因しているところの第二の日本の詩界の揺籃期が眼前に動いている」ことを指摘し、戦中戦後のヒューマニズムの詩人として浅井十三郎を論じたのちに、「ヒュウマニズムを眞に理解し自の心底のものとしてうたわれた」ものが求められているとの現状認識を述べている。二章は〝イデオロギーの問題〟と題し、「階級斗争つまりインターナショナルの具として詩が扱われるとしたら私はそこに疑問を持たざるを得ない」こと、現在の階級抗争は「未だ自己の明

確なる階級意識の自覚に達してない」として、「階級斗争目的の為に詩を作るということには賛成し難い」と主張している。三章は〝勤労詩人の社会観に就いて〟で、「勤労詩は戦時中変つた型の上で唱えられた」事実を踏まえ、「勤労詩に於いて、作者の人間が現われてなければならない」し、「現実の厳しさに耐えられず、現実逃避に逃入りいたずらに架空世界を造つたり」する小市民的存在になってはならないとする。そして、

　勤労詩というものも単なる職場の描寫に終らせてしまつてはならない。職場が社会形態の一分野である以上、社会に通ずるものを持ち、個というものが職場を透《ママ》して社会性に通ずるところの立体的なものを必要とする。

と、勤労詩の社会性の必要を強調して結論としている。こうした真貝の考えは、十一月に開催される第二回全国鉄詩人大会の論議の中心になったものと思われる。

　こうした中で第二巻第八号の十月号で田村昌由が「新鉄詩人一周年號に贈る」として「勤勞と詩」を掲載。

　働くということ、詩作とは別である。ただ表現されたものの、中に鉄道マンは鉄道マンらしい着意や素材、うたいかたの一致はある。

と、田村らしい素材主義と方法意識で勤労詩を捉え、「然しそれを直ちに勤労詩としてカク一に、特に他力、説《ママ》性格なものすることはいけない」と牽制している。結論として「勤労とか詩とか、又所謂勤労詩とかいうこともさることながら、もうすこし質的向上が望ましい」と詩の質に踏み込んだ問題を提起している。

　こうした「新鉄詩人」の勤労詩を巡る論議が進む途次に、第二回全国鉄詩人大会が新潟市で一九四八（昭和二十三）年十一月に開催され、「勤労詩」に関する討論が行われている。この討論を踏まえ、意見の一致をみて「勤労詩」が定義化されている。第二回全国鉄詩人大会の後に発行された「新鉄詩人」第二巻第十・十一合併号誌上にその「協議會記」が掲載されている。新鉄・関沢桃荘記名の報告文である。

(1)　現実逃避でないこと。
(2)　働く者の生活を基盤としたものであること。
(3)　働く者の正しい世界観[7]をつくること。

この定義化は「新鉄と仙鉄からの同一義の議題が提出

されて」いたものだという。各地の国鉄の詩人たちに「勤労詩とは何ぞや」との共通の思いがあったことが窺われる。

三点の定義化にも関わらずその後も「勤労詩」を巡って、「新鉄詩人」内の論議は混迷してゆくように思われる。「協議會記」と同じ誌上では四人の発言があり、それぞれの批判と感想が展開されている。

その中で「戦時中の過まれる芸術観」を批判する視点を持つ杌志津男「勤労詩の藝術性について」では、単純明快に「勤労人（労働者）が勤労する心を母胎としてうまれた詩こそ眞の勤労詩である」と主張している。また樋口惠仁（小野寺惠仁、以後引用文以外は樋口惠仁表記とする）は、「新らしく生まれてくる詩人たちが」、「『国鉄リズム』と稱してもよいような」詩に陥っていると指摘している。須藤善三は「勤労詩くさい」詩を問題提議している。そして真貝欽三は「勤労詩」というタイトルの窮屈さから脱するため「勤労詩もこの辺で厳しい批判のメスを入れなければならない」との見解を述べた後、「己々の詩の本道の勉強が肝要」と結んでいる。

「新鉄詩人」における「「勤労詩」とは何か」の論議は、一九四八年四月に開催された、第三回国鉄詩人大会以後変化が現れる。二月発行の第三巻第一号で、今井朝二が先の須藤の〝勤労詩くさい〟に対して、「『勤労詩くささ』についての自己辯明」を書いている。この〝勤労詩くささ〟論議がしばらく続くが生産性の無い論議に陥っていく。そもそも「勤労詩」という考えが国鉄という職場から生まれた詩誌、とりわけ国鉄詩人連盟その中でも「新鉄詩人」が最も議論の対象としていたようだ。第三回国鉄詩人大会でも提議案件として「8、勤労詩の再検討について」を〈新鉄〉が提出していることを、一九四八年五月刊の通巻十七号で南哲夫が「詩人協議会記」と題して報告している。第二回全国詩人大会では、仙鉄との共同提案になっていたが、第三回では単独提案ということになる。報告記は、

8について新鉄・須藤氏から「われ〳〵は自分の作品をもつと克明に厳正に批判する必要がある」と提言。

と、あるだけでおよそ半年間でこの「勤労詩」の論議は、全体的に低調となったことが窺える。

「国鉄詩人連盟」の〝指導部〟で〝勤労詩〟が論議を呼ぶのは、一九四七年度の国鉄詩人賞を得た星隆平の詩「炭殻置場」の評価を巡ってであった。それも一年後の一九四八年十月になって「「交通新聞」紙上で中村武

志と岡亮太郎のあいだで勤労詩論争があった。」[8]という。「国鉄詩人連盟」内部では、〝サークル詩〟の問題と共に五十年代後半まで論議されている。これは「新鉄詩人」が「勤労詩」を詩作上の重要なテーマとしていたということを、逆に浮かび上がらせるエピソードである。

「勤労詩」の論議とは別に、この大会に参加した今井朝二、須藤善三、佐々木卓南（佐々木弘三）、真貝欽三らは、詩・詩精神への本質的な影響を受ける出会いに遭遇する。五月十五日発行の「新鉄詩人」通巻十七号の編集後記で、詩朗読で受けた感銘の他に、「大阪での私としての収穫にもう一つある。それは関西の三羽鳥ともいうべき、小野十三郎、安西冬衛、竹中郁にお会いできたことである。」としている。四人はこの他に坂本遼、安藤一郎等にも会っている。

この後、今井朝二は中野重治の学習を始め、後に詩誌「うらぶれた海底に黄色な花が咲いたら」の初期の有力な詩人へと成長してゆく。「勤労詩」という言葉で「新鉄詩人」に集った詩人たちは戦争期の経験を、敗戦後の混乱期に自由と民主主義を学習しながら克服して行った過程であったのではなかったかと考えられる。獲得した詩の自由を新鉄詩話会に拠った詩人たちが、詩精神を発揮する指標として「勤労詩」を真剣に論議して自らの詩の道を模索した経過でもあったのではなかろうか。こうして「新鉄詩人」は誌面を大きく変化させながら、民主化運動の隆盛と国鉄の合理化に対する組合側の反対闘争という社会的・歴史的な激動の中で揺れ動く。

③「新鉄詩人」の隆盛と衰退

一九四八（昭和二十三）年五月十日発行の第三巻第二号で「新鉄詩人」は詩人特集を組む。〝十一人集〟とタイトルされ、この号はページレイアウトも三段組から一段組に変更している。特集された十一人は、

高橋兼吉、田村昌由、佐藤英介、今井朝二、高橋仙子、笹木勸、南哲夫、内山宕作、滝田晃聖、太田清蔵、真貝欽三

である。

こうした編集方針の変更を編集者の真貝は特に述べてはいない。ただ同年五月十五日発行の第三巻第三号の編集後記にあたる〝柳都記〟で、「本号を笹木勸作品特集としてみた。今年は毎号一人の作品特集を編んで見たいと思う」と書いている。その辺の事情は「投稿する人々

の顔ぶれが何時も同じいようである」と作品のマンネリ化と「新らしい人」の投稿が少ない点を挙げている。

笹木勸作品特集は総タイトル「脱線現場にて」と題して、〝おもいであらたに〟〝現場に〟〝夜二十四時〟〝その夜〟の四篇で編まれている。この後通巻十七号（これ以降「新鉄詩人」は通巻で表記している）が須藤善三作品集、通巻十八号が滝田晃聖作品特集として編まれている。

通巻十九号は三月に発行された笹木勸の詩集『矩形の家にて』の特集を組んでいる。この『矩形の家にて』については後述する。そして九月刊の通巻二十号誌上で、「新鉄詩人」の画期をなす〝新人七人集〟を編んでいる。新人名は、

春原耕作、青木昭平、松川瓢吉、波多野勇一、遠田満喜、杉本経夫、玉井赤彦、

の七名である。

この七名は〝十一人集〟の十一人の詩人と違い、新鉄詩話会によって初めて詩に触れ実践した人たちである。

〝戦後詩〟という概念がどのような定義付けが一般的なのか分からないが、まさに戦後に詩を書きはじめた詩人という意味で〝戦後詩〟の登場である。

松川瓢吉の「一週年《ママ》目のひる下り」を引く。

それにしたつて野ツ原のブツぱずれ
人が行くことないような村の泉に
納屋の隅から這い出したような
　煤けてふちのない日の丸と
これは又　それと不似合に
　新しくてマツ赤な鯉幟りとが
かやぶきの下と
木立の葉の上に
垂直にたれ下つていた
かくれることの出来ない
白くて熱い夏陽の中に
動こうともしないで
竹竿に摑つていた
風を待つのか
誰かゞ振り動かすのを待つのか
とにかくはためきもしないで下がつていた
それも五月五日
　新憲法の公布と云う記念日のその日に。

〝煤けてふちのない日の丸〟と〝新しくてマツ赤な鯉

幟り〟に戦後という時間が流れている。〝新憲法の公布〟の記念すべき日にも拘らず、垂れ下がる日の丸と鯉幟の姿に人々の心理を象徴させている。戦争期には日の丸を振りかざして行進する、〝戦勝記念〟のお祭り騒ぎを直に体験しているであろう作者である。新憲法下における未来の豊かな日本を思い描き歓迎し浮かれられない、日々の生活を精一杯いきるより仕方のない人々の心象が浮かび上がる作品である。

「国鉄詩人連盟」の〝新鉄詩話会〟報告文では、

　昭和二十三年には会員も釋《ママ》二百五十名の多きを数えるようになつた。この頃が新鉄詩話会としての隆盛期であつた。

と総括している。

戦後の五年間は日本経済の復興を担う総資本と労働運動の矛盾が露わになった時代でもあった。「新鉄詩人」は一九四九（昭和二十四）年の国鉄が合理化を進める「定員法」で組織を分断され、朝鮮戦争によってＧＨＱが日本の赤化を恐れて、日本共産党とその支持者を公職から追放する「レッドパージ」の指示により組織が弱体化する。「新鉄詩話会」報告文は、「一九四九年にいたり大量首切り行政整理、機構改革等で大打撃をうけ、新鉄局管内は四分された」として、それまで新潟県、長野県、山形県、秋田県を統合管理していた新潟鉄道局が四分割された事情を伝えている。いわゆる定員法による国鉄の合理化である。当然労働者の激しい反対闘争が全国で繰り広げられている。そして先の〝報告文〟は、

　これが新鉄詩人にとつて大きな打撃となり、新鉄詩話会の混迷期を形成するものとなつた、そして一九五〇年一月『新鉄詩人』第三十二号を最後とし同年五月誌名を『Ｅ―10』と改め、第二号を同年六月に発行したが、その後一九五四年十一月に新鉄詩人再発足まで休刊となつた。

と、「新鉄詩人」の廃刊への経緯を伝えている。

詩誌「Ｅ―10」は一九五〇年五月に発行された。編集兼発行人は眞貝金藏。発行所は〝Ｅ―10〟発行所で、新潟市寺浦通り二番町２６３「仁篤荘」となっている。

　前身〝新鉄詩人〟の中から新しい意欲に燃えた人達だけで、こゝ〝Ｅ―10〟と題した。こゝに集まる人達は停滞を知らざる人達である。われわれは常に前進を

つゞけるであろう。

真貝の後記にはこう述べられている。標題の「E―10」は「最新型の機関車」であり、「粘着力牽引力共に大にして勾配専用の後向機関車」であるそうだ。掲載者は

高原村夫、真貝欽三、高橋兼吉、大沢盈輔、滝田晃聖、机志津男、今井朝二、松川瓢吉、笹木勧

の九名であった。二号で終刊する詩誌である。

一九五四（昭和二十九）年九月に編集兼発行を新鉄詩人会名とし、代表を真貝欽三名で「新鉄詩人」が、「復刊号通巻35号」として発行されている。詩誌「E―10」は、組織を再建するまでの中継ぎの役割を担っていたことがこれで分かる。また〝報告文〟では「一九五五年に復刊『新鉄詩人』を発行」とあるが、起草者真貝の記憶違いであろう。しかし「新鉄詩人」の発行は続かず、「一九五六年からは『新鉄詩人会ニュース』」の発行が続けられたのみとある。

国鉄の労使関係が緊張する一九四九年に詩誌「猫族」が、竹内延夫により編集発行される。二号しか発行されてないと思われる。二月発行二号の執筆者は新鉄詩話会で台頭した、

須藤善三、今井朝二、小野寺惠仁、佐藤英介、古賀裕三、竹内延夫、青木昭平、松川瓢吉、笹木勧

の九名。この前後には「訝」の創刊も見られたが未発掘である。これらの動きと「新鉄詩人」本体との関連は不明である。

その後新鉄詩話会の精鋭たち田中伊左夫、今井朝二、松川瓢吉等は、亀井義雄、小泉辰夫等と「うらぶれた海底に黄色な花が咲いたら」に結集してゆく。

また一九六〇年七月になると須藤善三、今井朝二、佐々木卓南（佐々木弘三）等が、新鉄詩人会名で「新鉄詩人」を再復活させている。

④　田中伊左夫のプロフィール

一九三八（昭和十三）年三月に生まれ故郷の長野県松本市から新潟鉄道局勤務を命じられて新潟市に転居し、一九五五（昭和三十）年六月に松本市へ帰るまでの十七年間を新潟で過ごしている。その間、詩人としては

一九四一（昭和十六）年雑誌「新鉄」の〝新鉄詩壇〟創設から宗永三名で選者となり、敗戦後はいち早く真貝欽三と語らって〝新鉄詩話会〟を立ち上げ「新鉄詩人」の創刊に導いた田中伊左夫を少しく紹介しておく。その多くは一九七九（昭和五十四）年十二月発行の詩誌「火山帯」の田中伊左夫特集による。

田中伊左夫、本名は伊三郎。(9) 一九〇九（明治四十二）年八月三十日に長野県松本市大字筑摩三七二六番地に生まれる。小学校六年生の時に級友らと自筆のガリ版誌「幼き芽」を出し、以後投稿誌へ盛んに詩を投稿する少年だった。一九二四（大正十三）年、尋常小学校を卒業し、名古屋鉄道局試雇となり長野運輸事務所勤務。長野分教所専修部第四期電信科を修了し、木曾福島駅の電信掛となる。十九歳の一九二八（昭和三）年から二十一歳にかけて左翼運動に関係している。十九歳の時にはＮＡＰＦ（全日本無産者芸術団体協議会）機関誌「戦旗」の配布活動をしている。一九三〇（昭和五）年には「農民生活・農民運動をする決意で出奔」し甲府郊外で活動したこともあるという。

父の病気や当局の左翼弾圧を契機に、一九三一（昭和六）年二十二歳で運動から身を引き、一九三八（昭和十三）年二十九歳の時浅野みゆきと結婚する。同じ時期に新潟鉄道局勤務の発令が出て、新潟市上大川前通り五番町へ転居する。それから一九五五（昭和三十）年に松本駅運転掛として郷里に帰るまでの十七年間を新潟の地で暮らした。一九六四（昭和四十八）年五月十八日永眠。享年六十三歳。

詩誌「火山帯」を借りて田中伊左夫の生い立ちをかいつまんで描いてみた。新潟における田中伊左夫の活動は、新潟の詩が近代詩から現代詩へと移行する時期に重なり、彼の存在はその梃子として位置づけられよう。

新潟へ来て田中伊左夫が筆名を「宗永三」とした意義については、それを知る資料を持たない。年譜によれば宗永三名は一九四一（昭和十六）年「一月、「新鉄」に〈新鉄詩壇〉を創設、翌月誌（第五巻第三号）より宗永三の筆名で選にあたる」と紹介されている。戦争期の田中伊左夫と「詩と詩人」関係は、私の「戦争期の詩人たち(4)」（北方文学第六十四号）に触れているところである。

一九四四（昭和十九）年に新潟鉄道教習所の教務課勤務となり、国語・数学・社会科の講師を以降十年にわたり務める。一九四六年八月に「新鉄詩人」を創刊するまでの田中の足取りは、戦後間もない労働者の民主化と権利獲得活動の一人の典型的な姿を見ることができる。田中の活動の沸騰点としても見ることができるので、詩誌

「火山帯」の年譜から再び紹介する。一九四六（昭和二十一）年三十七歳の田中の姿は、

教習所内に民主化運動を起し組合を結成、書記長となる。二月、新鉄詩話会の発足を指導。三月、国労新潟支部教習所分会執行委員長となる。四月、『詩と詩人』に詩『歳旦譜⑵』、エッセイ『新郷荘叢記』を発表。五月、浅井十三郎、亀井義男、田村昌由らと新潟県詩人協会を結成六月、長女美都子誕生。国鉄詩人連盟結成に尽力。八月、『新鉄詩人』（編集・眞貝金蔵）第一号に『発刊の辞』、

激動の時代を公私にわたって活動を続けている。国鉄詩人連盟結成に新鉄詩話会、なかでも田中伊左夫の果たした功績は大きかった。この年に第一回の「詩人協会詩展、詩劇の夕べ、朗読会等を推進、東北配電、電話局、日赤等の職場サークル、詩話会を育成指導」したとある。

⑤　田中伊左夫詩集『獸眼』

詩集『獸眼』は一九五二（昭和二十七）年六月に詩と詩人社から刊行された、田中伊左夫の唯一の詩集である。年譜によれば田中は一九四三（昭和十八）年一月に「処女詩集『鉄輪抄』を刊行するも公にせず。二月に入り旧冬刊行済みの『新鉄詩集・第一輯』の回収（ほぼ九七％）を待ち、ともに焚書する」とある。処女詩集『鉄輪抄』の存在と雑誌「新鐵」の投稿誌からのアンソロジーであろうか、『新鉄詩集』を何らかの理由で焚書にした事実が記されている。

詩集『獸眼』の〝覚書〟で田中は詩集を刊行する思いを「新潟に移り住んで十四年になる。もし郷土ということがいえるとすれば、この地は、私にとつて第二の郷土となる」と述べた後に、

ここに収録した作品は、戦後、くわしくいえば昭和

田中伊左夫詩集『獸眼』扉
1952（昭和27）年６月発行
詩と詩人社

二十三年三月から最近までの間にこの地で書かれ、「詩と詩人」「現代詩」「うらぶれた海底に黄色な花が咲いたら」等に発表されたものの中から選んだ。

と、掲載した詩の成立事情を述べている。

詩集『獣眼』はその名の通り掲載した二十六篇の作品中、「爪」一作を除いてすべて「獣」名の付いた作品で彩られている。「獣」と言っても「蟋蟀」「豚」「鰯」「鶩」「水馬」などの鳥虫魚といった小動物昆虫を題材としている。そうした小さな生物の実態を田中が育んできたリアリズムの目で、彫琢と言っていい程に削いだ言葉で表現し、実像を浮かび上がらせ抒情を極めている。小さな生物の命を借りて人間の心の動きと生活、世界の動向を活写している。音節を短く切り詰め、断言的に詩人の眼を一定の高さと深さに置いて表現している。詩集『獣眼』には戦争期から敗戦の混乱の中で、詩人田中伊左夫が築いた詩的世界の大成がある。小さな生物に映る人間の実像を比喩し表現した作品群である。

その中から「蟹」を引く。

だだつぴろい
砂原の真只中をきりこんで行く
そいつの凄まじい足さばき。
見渡す限り
一草もない
一滴の水さえ求め難い埋立地の炎日に
不敵の甲羅毛ばだたせ
抱いこんだ鋏に
渾身の形相をみなぎらしているのだ。
きりきり
むき出した眼玉の位置。
もう
疑うまい。

人間の、田中伊左夫の闘う姿勢、心の構え、一度決意したら疑うことなく突き進む、強靭な精神が「蟹」の姿を借りて歌われている。

一九七三（昭和四十八）年五月十八日、田中は生地松本市で六十三歳の生涯を閉じた。一九七九（昭和五十四）年十二月に岡沢光忠編集発行の詩誌「火山帯」が、「田中伊左夫特集号」として田中の業績を記録し追悼している。

田中の詩集の他に「新鉄詩人」関係者の詩集とその業績を述べてこの項を終えることにする。

⑥「新鉄詩人」の業績と詩集

笹木勸詩集『矩形の家にて』
表紙
1948（昭和23）年３月発行
玄塔社

新鉄詩話会は最盛期には会員二百五十人もの会員を擁していた。詩誌「新鉄詩人」への投稿者、詩の実作者は会員とイコールではあるまい。新鉄詩話会の成立に立ち会っている今井京子氏は詩を書かないが、新鉄詩話会の集りは青春そのものであり、会合での受け付けやお茶出しそれ自身が楽しく、さらには詩や文学の話ができることの素晴らしさと自由を感じたと述懐している。敗戦後に現出した自由と精神的な昂揚を彼女から感じ取れる。それは国鉄という会社が、敗戦後に於ける混乱と貧窮から一定の経済的安定をもたらす職場であったことは考慮して良い事であろう。

国鉄という戦時中から培われた共同体的な意識から、職責を全うしようという責任感を持つ労働者感情、それらを高らかに歌い上げた詩集に笹木勸の『矩形の家にて』がある。戦後に新潟から発行された詩集としては最初期にあたる、一九四八（昭和二十三）年三月に発行された詩集である。物資不足の時代に瀟洒ともいえる造本は、後年装幀家としてもその手腕を発揮する樋口恵仁が手掛けている。国鉄は当時は印刷工場も持っており、田中伊左夫もこの職場に就いていたこともある。樋口はこの職場で多くの経験を積み学んだに違いない。

詩集『矩形の家にて』は縦十七・三センチメートル横十二・五センチメートルとB6判よりやや小さな判形で袋綴じである。表紙の戸熊顕蔵の新潟駅の機関区と思われる絵は黒、詩集名と著者笹木勸の文字は赤、詩集の標題『矩形の家にて』と刊行社の玄塔社が緑の三色で印刷されている。印刷も担当した樋口の装幀はこれにとどまらず扉や口絵も二色を使い、本文も詩はスミでノンブルを赤とする二色を使って反時代的な贅を凝らしている。樋口の詩集造本への並々ならぬ意欲と偏執が既に現れていると言っても過言ではない。

詩集は〝砂はら高歌〟の章三十二篇と〝別れについて〟の章四篇の計三十六篇から成り、文化部長の古畑友視の「矩形の家のことゞも」、樋口恵仁の「この仕事を終えて」が添えられ、笹木勸の「あとがき」から構成されている。〝砂はら〟とは当時の機関区は〝漠たる砂はら〟に在り、〝夏は砂漠さながら、灼熱の原となり、冬は粛々たる雪原と化〟す職場であったという。標題の「矩形の家」は、

―矩形の家―そは機關車々庫の謂いである。象徴的に表現した、機關区の意である。更に具体的に云えば、機關車を収容し、機關車を運轉整備し、保守せん人々の職場である。

と古畑は詳しく説明している。古畑の「矩形の家のことゞも」には、この「矩形の家」の戦争期からの変化も述べられていて時代の証言の一つになっている。敗戦後日本復興への重責を担う一つの職場国鉄という会社において、当時は労使協調などという言葉も概念も定まらぬ時に現れた一瞬の「会社・職場総がかり」の詩集のように思えてならない。

　詩集『矩形の家にて』は、敗戦日本の再生への希望が惻々と胸を打つ。少年期からの夢であった機関士となって働く著者は、機関区での日々の業務と態度を冷静な目でしっかりと捉えている。同じ機関区内での職種の違いからくる労働の厳しさを認識して、そうした同僚への暖かな眼差しと苦しさに耐えてそれぞれの夢と希望へ邁進する姿を見守り歌っている。

　一九四八年九月刊行の「新鉄詩人」通巻第十九集[10]は、〝笹木勸詩集『矩形の家にて』をめぐる〟として特集を組んでいる。壺井繁治と近藤東の評を引いてみる。壺井は、

笹木君の詩はいかにも近代的な労働者でなければ書けない特徴をもつてをり、それは手入れの行き届いた機械とおなじような一種独特な清潔感と緊密感とを僕たちに与える。

と、評価し、詩「たんくや抄」の最初の四行を引用して、

なまぬるい臭氣こそ尊いのだ
香水の一斗罐ぶちまけたつて
そんなもの
申し訳な微風となつて消えるだろう

「詩人みずからの生きた詩の言葉が香水を壓倒し」、「新

らしい美に感覚をもつてぢかにふれている」と評価している。

しかしその評価は「労働者独特の感覚をもつて表現されている」とあくまで労働者、勤労者の詩という観点からの評価である。

近藤東は、「『国鉄詩人』たちの大部分が、表現についての野心の皆無な作品を書いている。」と手厳しい。これは近藤が当時「近代詩の行きづまりを打開する方法として自由詩発生当時の再出発する必要」を信念としていることからの評言である。『矩形の家にて』には触れていない、奇妙な特集用の文章ではある。これは大正期に口語自由詩を獲得し詩を志した人々が、民衆派やプロレタリア詩を通過したにも関わらず、〝労働者自身〟による詩の不在という詩の歴史を映し出す言葉でもある。樋口恵仁も「この仕事を終えて」の中で、「勤労詩の分野に、あたらしい開拓をもたらし」てくれる期待を表明している。新鉄詩話会の詩人たちが論議してきた「勤労詩」は、戦後に現れた最初の「戦後詩」の在り方をめぐる詩の活動ではなかったのか。そしてその象徴的詩集として『矩形の家にて』はあった。戦後の極短期間に国家の重圧や左右のイデオロギーから自由に潑溂とした労働現場をドキュメントし、抒情した詩集と言える。思想や階級性では解決できない、労働と生活の細部を鮮やかに描き、詩の自由が笹木勸という人間を通じて発揮されている。詩「仙第六七〇四ウオルサム」を引用したいが長いので、「今日きた油」を引く。

青い青い太洋越えて
その青さに負けないような青い油がきた
ネビーシンボル
氣持ちのい丶ようなドラムの塗料も新しく目にしむ
長く長く船にのせられ
過熱シリンダー油が來た
この油をのんで
機關車は軽快に走るだろう
ドロドロの　青い青い油
口きればかんばしいコーヒーのにほいがする

笹木勸、本名笹木勸質。「新鉄詩人」廃刊後は、「うらぶれた海底に黄色な花が咲いたら」に合流していく。〝御会葬御礼〟の文面によれば、一九九四（平成六）年十月に亡くなっている。行年七十一歳とのことだから一九一三年生まれと推定される。生年月日や詳しい消息は分かっていない。

一九七四（昭和四十九）年十二月に国鉄詩人連盟から、〝国鉄詩人賞作品集〟とサブタイトルされたアンソロジー詩集『列車運行状況調査』が発行されている。出版の目的は「連盟も発足して二十八年になろうとしている。」とし、「運動の二十八年の結果を問うために出版したものだ。」と国鉄詩人連盟署名の〝あとがき〟で述べられている。

この詩集の標題となった詩「列車運行状況調査」は、一九四六年度の第一回国鉄詩人賞を受賞した真貝欽三の作品からの命名である。一九七三年度第二十二回までの受賞者の中から「新鉄詩人」関係者を拾ってみる。

第一回　（一九四六年度）―列車運行状況調査…真貝欽三
第三回　（一九四七年度）―御巡幸の日…………高原村夫
第十一回　（一九六一年度）―もっと二人で………須藤善三
第二十二回（一九七三年度）―嘔　吐……………今井朝二

の四名が受賞している。

真貝欽三は〝勤労詩〟の未来を嘱望されていたことが分かる。高原村夫は長野県の人、新鉄詩話会に所属し「新鉄詩人」で活躍している。須藤善三は一九六一年十二月に亡くなっている。一九六二年二月に発行された遺稿集『須藤善三詩集』の中から、国鉄詩人連盟は詩「もっと二人を」に対して賞を贈っている。須藤善三の「新潟の「新鉄詩人」で真貝欽三、今井朝二らと中心的な活動をしていた」こと、「『須貝善三詩集』のもつ、労働者詩人としての重味」への評価から授与したとしている。今井朝二の受賞も彼の長年の国鉄詩人連盟への貢献に対して与えられた印象を持つ。彼の代表作は〝緑のランプ〟など「新鉄詩人」に載る作品に多く見られる。詩誌「新鉄詩人」の評価を紹介するために、国鉄詩人賞受賞者を紹介した。須藤善三と今井朝二に関しては詩集出版時に再度触れる。

「新鉄詩人」を編集兼発行人として主宰した彼の真貝欽三の経歴や履歴について、また「新鉄詩人」廃刊後の消息については全くといっていいほど不明である。彼の消息を知る資料や証言の発掘が求められている。

「新鉄詩人」の成長と挫折、それを牽引した田中伊左夫の紹介、「新鉄詩人」の業績としての詩集や与えられた賞などの報告を終えて、「新潟県詩人協会」の成立過程を見ておきたい。その後に一九四六（昭和二十一）年以降一九五〇年にかけて創刊される詩誌を紹介していくことにする。

7　新潟県詩人協会のこと

新潟県詩人協会が一九四六（昭和二十一）年に発足する。現時点で新潟県詩人協会がいつどのようにして発足し、会長が誰でどのような陣容で活動したのかの詳細は分からない。新発田、長岡、高田に支部を置き、会報も発行しているというが、その会報等の第一次資料が未発掘であるため、後年に記録されたものを関係付けて新潟県詩人協会の姿を追ってみる。

『国鉄詩人連盟十年史』の「新鉄詩話会」の報告文に、

新潟県詩人協会の朗読会後の記念写真——「新潟県詩人協會」が確認できる。　今井京子氏提供

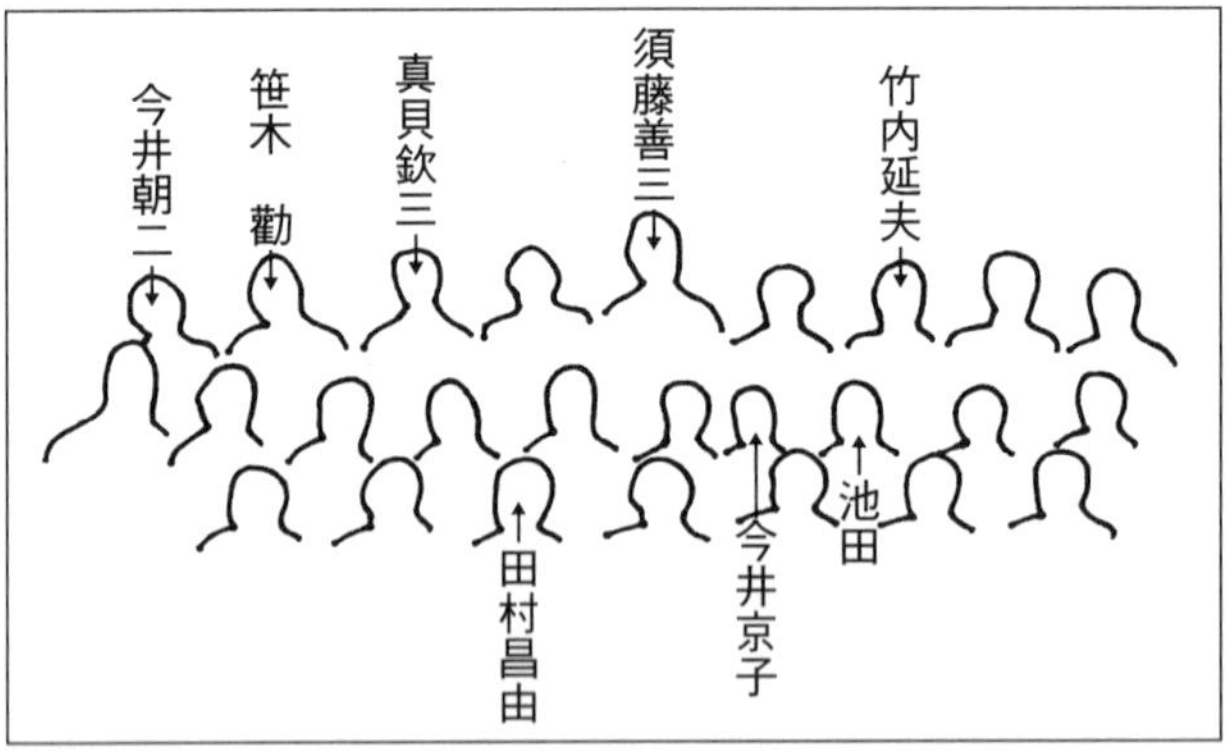

写真名——今井朝二、笹木勸、真貝欽三、須藤善三、竹内延夫、田村昌由、今井京子、池田各氏の名前は確認できるがその他の人は分からない。

その後同年（一九四六）五月頃新潟県詩人協会が浅井十三郎、田村昌由、阿部一晴、亀井義雄、小林清一郎、小泉辰夫等の間で設立の機運にあった、この会は間もなく発足し、われわれの仲間からも、真貝、今井、笹本《ママ》、樋口等が加わり、毎月一回の詩話会に出席した。

と、昭和二十一年五月に新潟県を横断する詩人たちを組織する気運があったことが述べられている。

田村昌由が一九七〇（昭和四十五）年十二月発行の詩誌「現代詩謡」で、「戦後の詩文学運動―新潟詩人協会・詩作工場の場合―」を書いている。二十五年近く経てからの文であるが、田村の実体験をもとに『国鉄詩人連盟十年史』の「新鉄詩話会」の文を援用する形で綴られた文である。雑な文章なのか、校正が雑だったのか、誤植なのか記憶違いなのか判然としないが、新潟県詩人協会の設立時の経緯を述べてはいる。

僕は浅井十三郎にひつぱられて、上越（新潟県）の広瀬の山の中から汽車にのつて新潟市へ出かけた。（中略）浅井は地域活動というわけで新潟県詩人協会（創立）のプロモーターであつた。多分、六、七月頃からだつたろう。毎月僕ら二人は新潟へ出かけ、詩人協会の研究会はひらかれた。

また一九四七（昭和二十二）年十月に開かれた「第2回藝術祭」のプログラムで、

縣詩人協會が昨年六月に生誕して以来毎月の定例詩會を初めその他の會合を含むと實に三十數回にのぼっている。

と、真貝欽三が「欽三記」の署名で書いている。このことから「新潟県詩人協会」は六月に発足したと確認して良いようである。

五月に浅井十三郎は、一九二九（昭和四）年に創刊した「風が帆綱にわびしくうたふよ」の同人で旧知の詩人たち、阿部一晴、亀井義雄、小林清一郎らを新潟市に訪ね「新潟県詩人協会」の設立の根回しをする。そしてこの気運は翌月の六月に結実し「新潟県詩人協会」の発足に至る。これ以降「新鉄詩人」「詩と詩人」「詩作工場」「慈眼」に集った詩人たちが中心に活動してゆくことが窺える。それにしても浅井十三郎にしろ、阿部一晴にしろ新潟県詩人協会に関する文を、「詩と詩人」や「慈眼」で言及していないのは何故なんだろう。新潟県詩人協会発足の様子は分かったが、いつ活動を終えたのか知る資料が決定的に見つからない事情もその辺にあるように思えてならない。自然消滅だったのか解散したのかも不明である。

この新潟県詩人協会の活動の一部を、「詩作工場」と「新潟―詩の共和国」として後で述べることとする。

8 「詩人圏列」と「北越詩人」

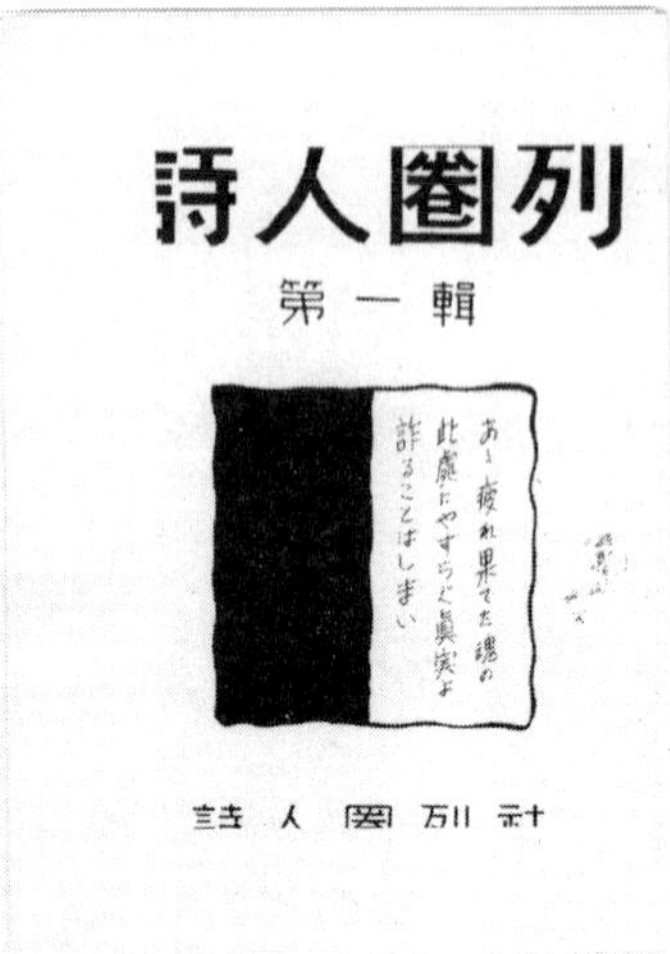

詩誌「詩人圏列」創刊号表紙
1946（昭和21）年３月発行（推定）
詩人圏列社

「詩人圏列」は一九四六年三月に発行されたと推定される。発行日の記載は無いが編集後記の「二、二〇、深更（寧二）」を、「二月二十日深更」と読み解き、同じ「詩人圏列」第三集の発行日付「昭和二十二年一月十五日」からみての推定である。編集発行人は大桃昇吾、発行所は詩人圏列社となっている。編集後記の寧二は、同人の真樹寧二であろう。三条市、長岡市を中心とする詩誌といえる。表紙に「あゝ疲れ果てた魂の此処にやすらぐ真実よ詐ることはしまい」のエピグラフが掲げられている。疲れ果てた魂とは、戦争で蹂躙された自由と表現を求めた詩人たちの心の状態を言った言葉だろうか。

石川良雄が「「詩人圏列」の人々に」と題する巻頭言を書いている。詩人圏列の創刊は「詩を熱愛する人たちが集つて、詩を作る仕事場を造つたと云ふことに他ならない。」とし、「自分に最もぴつたりした技術や方法を身につけるまでには、なかなかいのちがけの苦しみが要る。」と詩創作の道程の困難さを指摘している。石川良雄は戦争期には「詩と詩人」の同人として活躍している。また大桃昇吾は「詩と詩人」の投稿者であった。創刊号の作品掲載者は、

石川良雄、桑原貞子、浅沼透、坂井緑葉、小杉謙后、升岡弥一、大桃昇吾、真樹寧二、梅崎岐代志、阿部善市、岩崎進、

の十一名。

桑原貞子は戦前夫吉野信夫[11]が編集発行人の詩誌「詩人時代」[12]で活躍した。本業は医師。第三集には西方稲吉と金子真司の名がある。詩人圏列[13]は第三集で終刊し、北越詩人に引き継がれることになる。その経緯を第三集の編集後記で、大桃昇吾は次のように書いている。

　これ以後は偉大な詩人の導きと強固な組織が必要である。我らはそれを呼ぶ爲めに狼火を掲げたのである。即ち、こゝに北越詩人の胎動を見るに至り、西方稲吉先《ママ》詩を中心として、近く行動を起こすこと、なつた。詩人圏列はその使命は終わつた、（中略）同人またこぞつて北越詩人に拠り、本格的な仕事に魂を砕く事となつた。

「詩人圏列」は同人合意の上で編集人西方稲吉、発行人石川良雄のもとで、一九四七（昭和二十二）年二月に「北越詩人」として再出発することになる。同人は西方稲吉、新保健治、桑原貞子、佐藤大二、大桃昇吾、石川良雄の六名であった。西方稲吉は編集後記で、「そもそも『北越詩人』の同人はわたしが作品を見、選をして載せてゐた「北越詩壇」の投稿者であつて、みんな若いのだが、」と書いている。

　西方稲吉は新聞人であり、一九三七（昭和十二）年当時は、北越新報の編集長をしていた。西方は北越新報に「北越詩壇」という詩の投稿欄を設けて後進の育成を図っている。この編集後記は、その仕事を戦後的に復活する思いが縷々述べられている。

　西方稲吉については、北方文学第五十六集の「新潟県近代詩黎明期の覚え書」で、彼の詩集『寒流』を中心とした紹介をしている。また一九三八（昭和十三）年十月刊の詩誌「詩生活」は、「北陸詩人特輯號」を組んでいる。浅井十三郎が「新潟の詩界」と題して、大正末年昭和初期からの新潟県の詩誌の興隆と詩人の交流を概略している。その中で西方稲吉に就いての記述がある。

　縣工業地の中心長岡に住居し北越新報の名編輯長としての西方稲吉（舊詩作同人）また長岡詩話会を起し若き人々の指導にあたり幾多の將來性ある詩人を養成しつつあり、（中略）又西方氏輩下にある、新保健、石川良雄、佐藤大二等にも今後の努力が約束されるであらう。

　西方稲吉は新聞人として又、長岡地域の詩の中心的な活動をする詩人でもあることが述べられている。石川良雄は「詩と詩人」の同人であると同時に、西方に師事し巣立った詩人であることが分かる。新保健は同人の一人、新保健治と同一人物であろうか。

「北越詩人」の誌面作りにもその片鱗が窺える。「北越詩壇」で活躍した詩人たちの名を挙げ、「あはれ詩人はつぎつぎに應召してしまひ、ある者は戦死を遂げ、病歿し」とその死を偲んでいる。その中のひとりか、須藤政男という人の詩が遺稿として掲載されている。西方は自分の詩精神を「超現実的な、感覚派」に「刺戟されつつも、素撲で純粋な地方の空氣のなかにゐて、それは切ないまでの純情さで現實ととつくみ、ロマンとの格闘をつづけて來たのである。」と戦争期の詩活動を総括している。西方の詩意識は戦争期から戦後という歴史を顧みて、新しい詩の在るべき姿や方向性を示すことのない、時代感覚からは隔たった認識のように思える。「北越詩人」が創刊以後どのような軌跡を辿ったかは分からない。「詩人圏列」と「北越詩人」の活動の後の成果としては、大桃昇吾が一九九五（平成七）年七月に詩やエッセイをまとめた『田んぼ道』を見ることができる。

9 「白南風」

新潟県のかつての高田市を中心とする上越地方は独特の文化を育んできた。戦争期においても詩人たちは「上越詩人連盟」を結成し、詩の普及と創作活動を続けている。戦争翼賛体制化ではアンソロジー『上越詩人集』を編んでいる。そうした詩的風土を画するように詩誌「白南風」は誕生する。編集兼印刷発行人小山直嗣、発行所を上越詩人連盟とする「白南風」は、一九四六（昭和二十一）年九月に創刊される。発行人発行所の所在地はいずれも新潟日報高田支社となっている。上越地方の伝統を踏まえてか権威的であり、また民衆的でもある。創刊号には小田嶽夫の「待つ心」、堀口大學の「冬心抄」から民謡詩までを掲載している。編集責任者の小山直嗣が後に民謡研究家として名をなすことから考えると編集者の意欲とも見て取れる。

詩誌「白南風」創刊号表紙
1946（昭和21）年９月発行
上越詩人連盟

翌年の四月発行の第二号に載る同人は、

内山良男、小栗登美子、金子真司、山本文雄、上野一

郎、谷澤龍史、石沢比露詩、霜鳥雅生、真貝欽三、丸田只夫沙、船橋達太郎、古川三文、小山直嗣の十三名。『上越詩人集』の顔ぶれと多くが重なっている。戦争期を通じて経験した詩の自由の喪失を経て、戦後の混乱する風景と意識を相対化した作品は見当たらない。創刊号で同人ではなく投稿者と思われる満井憲一と原虹人の詩にその片鱗が窺われる。

満井の詩「過去の影」。

平和の理念が甦った時
幾多の犠牲と罪悪を生んだ
鐵骨の殿堂
今は見る影もなく
赤錆びた残骸を晒す
巨大な煙突だけが
過去の懺悔を物語るやう
哀愁の姿を悲しく映す
その姿は何かを暗示するごとく。

戦争の犠牲と惨禍を「一億総懺悔」という言葉で総括した日本の現実を、かつての兵器工場であろうか、そのさびれた風景を哀愁の思いで見つめる詩である。

二号に「野菊」を投稿した岩沢富美（岩澤富美子）はその後も詩作を続けて、一九八七年八月に詩集『桐の花』に結実させている。「白南風」が何号出たかは確認できていない。先年小山直嗣が亡くなり蔵書が、上越市立高田図書館に寄贈された報道があった。整理され目録化され自由に閲覧ができる日が待ち遠しい。詩人としては小栗登美子の消息を一番知りたいところである。

10

①　「人生と詩」から「知性詩」「骨の火」までの庭野行雄の足取り

詩誌「知性詩」創刊号表紙
1947(昭和22)年９月発行
知性詩社

新潟県中魚沼郡十日町（現十日町市）から「人生と詩」が創刊されている。創刊は一九四六年十月と推定される。私の手元に在る資料は、「人生と詩」第二号の編集後記と奥付けのページのみである。編集人は庭野隆夫、発行人は大島清之介。「第二號十一月號は各執筆者の努力と情熱の結果見るべき物も一つ二つあつたが未だ未だこれからが成長が約されている」と編集後記にあること、発行人の大島清之介の証言から発行年月を推定した。また、

創刊當時より話のあつた郡勞働組合文藝部の作品を本誌掲載決定を見た。勞働者のレベルの向上はいろんな方面より得られるが文藝が最も顯著である。願くば本誌により勞働文藝の成長を期したい。

と、「人生と詩」は地域性を特徴とし、「農村青年の要望に應へるべく農村講座」を設けるとの文章もある。一九五〇年代より十日町市を中心とした地域は織物産業の隆盛があり、多くのサークル誌が創刊され文芸の隆盛が見られた。その基礎を築いた詩誌と考えられる。発行人の大島清之介の証言では、「人生と詩」は一九四七年三月発行の六号まで刊行されたという。十日町近郊の書店から上野駅の売店にまで販路を設けていたという。詩誌の全体像は定かではない。

私達が地方誌「人生と詩」から分岐した純詩誌「知性詩」の同人である。「人生と詩」は詩友大島清之介君の双肩に背う處が多く、彼は健康を害して雑誌關係から身を引いたので、私は以前からの念願であり、又改革の必然性も見られたので「人生と詩」を廢刊して「知性詩」を發行することにした。

詩誌「知性詩」の後記である。「人生と詩」から「知性詩」への事情が端的ながら明瞭に述べられている。「知性詩」は一九四七（昭和二十二）年九月に、編集兼発行人を庭野行雄によって創刊された。「人生と詩」の発行人の庭野隆夫と庭野行雄とは別人である。「風雲児」庭野行雄の登場である。

「人生と詩」の後継詩誌というが、二つの詩誌はその性格を全く異にしている。「人生と詩」が農村青年や労働者に向けて文芸を普及し創作活動の基礎と考えていたが、「知性詩」は日本のモダニストの具現者とでも言うべき「ＶＯＵ」の主催者北園克衛を〝師〟とした。北園克衛は創刊号に詩「怠惰の午後」を寄稿している。

北園克衛氏からはいろ〳〵の御助言を頂いた。北園克衛氏は私の私淑する、いわば師としている詩人である。向後の『ＶＯＵ』の動向がヒーマテックの探求にある、と氏は云われたが、『ＶＯＵ』とは、やゝ違つた立場に在る「知性詩」も人間性の探求に雙手を擧げて行くべきである。

庭野行雄の宣言書のような後記の文である。戦後に創刊された詩誌でこれほど自らの立場を鮮明にして出発した詩誌は余りない。この宣言を背負って詩人庭野は風雲急を告げる詩界へ船出する。

しかし「知性詩」は創刊号で終刊したものと思われる。庭野行雄は一九四八（昭和二十三）年三月に富山県魚津町の詩人高島順吾と組んで詩誌「骨の火」を創刊し、地方誌から全国誌への飛躍を試みる。編集は高島順吾と庭野との共同編集制、発行所はパエトンクラブで富山県魚津町新鹽屋町の高島順吾宅、事務連絡所は新潟県十日町稲荷町の庭野行雄宅に置いての創刊だった。

②　「骨の火」について

軸足はやはり北園克衛の「ＶＯＵ」との連携から始まる。北園克衛や高島順吾を庭野に紹介したのは高橋正治である。後年高島順吾氏から証言を得ている。「骨の火」の同人は「パエトンクラブ」という名称のクラブ員になる必要があった。「骨の火」誌上に「パエトンクラブ報」欄に「パエトンクラブ員高橋正治、高島順吾は終戦後ＶＯＵクラブに参加した」との紹介がある。創刊時のパエトンクラブ員は

高島順吾、高橋正治、庭野行雄、轟英一、平井祐三、大愛吉隆、下村一平、古田島あい、上村正、森菊蔵の十名。

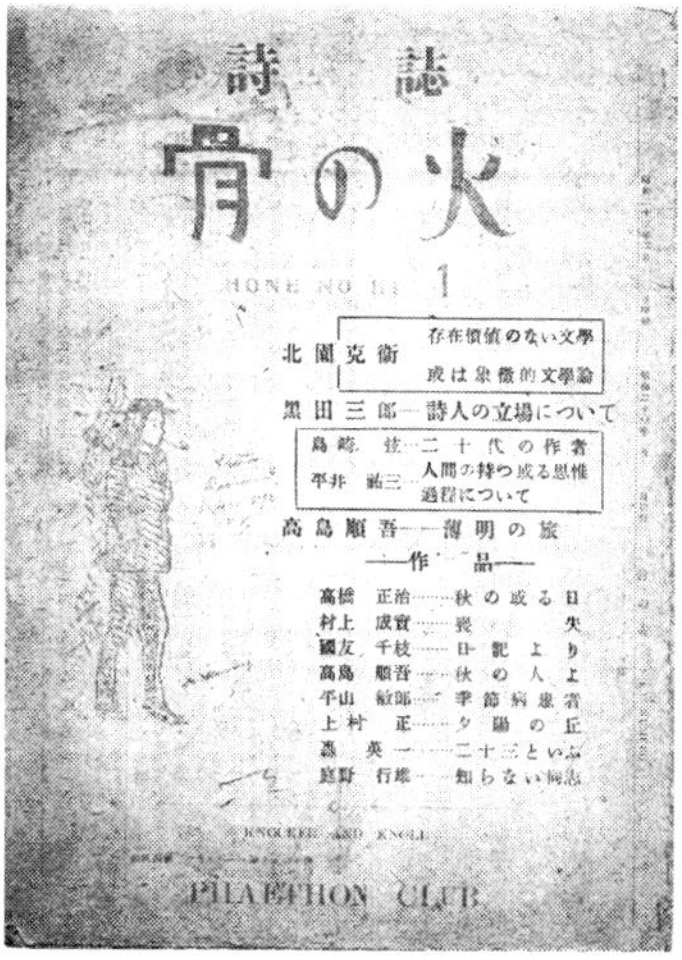

詩誌「骨の火」創刊号表紙
1948（昭和23）年３月発行
パエトンクラブ

創刊号には北園克衛が「存在價値のない文學或は象徴的文學論」を、黒田三郎が「詩人の立場について」を寄せている。黒田三郎は現在では「荒地」の一角を占めた黒田三郎を思い描くが、当時は一九四〇（昭和十五）年に「VOU」が「新技術」と誌名を変更させられた時代から北園克衛と歩を共にしていた黒田三郎である。「骨の火」は一九五〇（昭和二十五）年までの足かけ三年間活動して、七号で終刊している。五号からは表紙を北園克衛のデザインで飾っている。

主情と現実より知性を重んじていた当時の庭野行雄の詩を創刊号から一篇、「秋のガウン」。

秋のガウンを輕く着て
モヂリアニ風な女の扉を叩く
颪よ
暗い繪を背に
青く立ち去つたカムレイドの
白い記憶に眠れば
ダリヤは砂漠の涯に咲きはじめる
地下足袋をしやぶり　夢をしやぶり
眞晝にラムプを點し
馬鈴薯の生活を出發すれば
轉倒地はそこに　茫然と横になつてゐる
あ　ガウンに躓き
蘆をすくはれて　起き
秩序の鄕愁に振りかへれば
錯亂者の夕暮れに　すでに蒼馬は暴れはじめてゐる

（―1947 10・30―）

庭野行雄は暴れはじめる自らの蒼馬を統御することなく放浪を始める。事情の詳細は不明だが、戦争中は早くに「郷里を捨てて船員になり」という証言もある庭野である。「骨の火」などから庭野の新潟市での放浪を見ておきたい。

創刊号の事務連絡所は十日町稲荷町であった。一九四八年五月発行の第二号の連絡所は、新潟市沼垂日吉町櫻井方庭野行雄となっている。沼垂日吉町櫻井方はかつての白新線沼垂駅前にあり、当時食堂と木賃宿を営んでいた。浅井十三郎が戦後の混乱期に「女神」の印刷を助けることができたのは、新潟では「紙」の入手が比較的容易だったからである。それは北越製紙（現北越紀州製紙）の存在が大きい。現在も北越紀州製紙は、新潟市の重要な会社である。この一九四八年当時北越製紙は工場増設をしており、この櫻井方はそうした労働者の飯場の役割も果たしていたという。

同年十二月発行の第四号の事務連絡所は新潟市古町五番町松島屋内となっている。松島屋は旅館であった。この頃庭野は最初の結婚をしている。幾つかのエピソードを前田正文、田村達爾の「近代詩」に見ることができるが、田村達爾が住職を務める法雲院の御堂に何日間か新婚の二人が居候したとの証言を得ている。

「骨の火」六号の編集発行人は富山県魚津町角川町武隈方の高橋順吾一人となっている。高島の証言によれば、庭野の校正が不味く誤植が多かったので単独編集に移行したという。先の田村達爾の証言もあるが、知人宅での居候状態ではなかったか。パエトンクラブ員住所録では、庭野は新潟市外内野町六佐山方となっている。六号の後記に「「良心的な」庭野のロゴス印刷所は全國の詩誌の狙ふ所となりまさに破産（！）にひんしてゐる」とある。新潟時代の庭野は詩誌の印刷ブローカーのような仕事をしていたのかもしれない。ロゴス印刷と名乗っていることから、彼の情熱と行動力を考えさせられる。秋谷豊の「地球」の印刷をこの時期に庭野がしたというエピソードがある。おそらくこの新潟放浪時代に請け負った仕事なのだろう。

③　詩集『残夢なかりせば』

庭野行雄詩集
『残夢なかりせば』表紙
1948（昭和23）年12月発行
龍書房

戦後間もない時代を一気に駆け抜ける庭野行雄の足跡は、一九四八年十二月に発行された詩集『残夢なかりせば』の紹介でひとまず終える。『残夢なかりせば』は先に紹介した詩「秋のガウン」と、十七歳詩篇一篇と十九歳詩篇六篇を含む三十二篇から成っている。発行者を秋元重男として、東京の龍書房から発行されている。庭野と龍書房との関係や経緯は分からない。一九四八年十二月発行の「骨の火」第四集が、やはり龍書房を発行所としている。

写真で見る様に二十三歳の庭野行雄は、両手をコート

1948年当時の新潟市の町を歩く
庭野行雄
写真キャプションに「昭和二十三
年七月新潟にて」とある

のポケットに入れてはいるが、昂然と眼差しをレンズに向け足取りも軽快に、柾谷小路であろうか新潟市街地を闊歩する姿に写っている。詩集『残夢なかりせば』は、情を排して知を詩の主題に表現しようと試みた詩集である。表紙に古代ギリシア彫刻のラオコーン像を使用し、自らの詩の立場を表明している。ラオコーンが「トロイの木馬」の計略を知らせるために投げた槍に擬して、『残夢なかりせば』の槍でどんな詩の真実を世に示そうとしたのだろう。

　戀した女はもう戀しない。
　蟬の殻よ。夢の殻よ。また蒸留水の瞬間よ。
　人生は果敢ない孤獨なき孤獨である。
　永遠の馴鹿の純粋な驅けりは　すでに僕の髪を女のご
　　とくに長くした。（初夏の日に）

庭野行雄の主知とは、モダニスムの方法で主情を配置してゆく。ポエジーをモダニスムの方法と技巧を駆使して表現しようとも、尾骶骨に残る庭野の主情が詩をから め取ってゆく。庭野の女性遍歴を語るまでもなく、庭野は多くの恋をした。精神分析を待つまでもなく、それは庭野の幼児体験の反映であろうとの推察はつく。

恋は蒸留水が沸騰するごときものであり、蒸留水は恋の純粋さの比喩であろう。しかし一度冷めた恋は、一層倍に人を孤独に陥れる。作者の目指した主知の地平を切り開くことなく、むしろ情動が表面に露呈している。自らの放浪を馴鹿に見立て、放浪の道筋を女との比較でしか表現できない庭野の姿が読み取れる。

当時の庭野行雄の詩作を「骨の火」の共同編集者の高島順吾は、後年私の問いに答えて次のように指摘している。

　〝骨の火〟の当初からの脱俗主義、高等的な姿勢、寄稿者諸氏のすぐれた論文や作品が若き庭野君に大きな刺戟となったことは否定出来ないでしょう。が、本来庭野君が持っていた悲しい抒情性、人生への詠嘆調は崩れることはなかったように、私には思われます。いかに知的な高度な技巧で人生の詠嘆の影を和らげようと努力しても、です。彼の詩は涙に映った人生模様だったのではないでしょうか。

青春期の一時期詩誌を共同して編集発行した高島順吾の目は、優しく鋭く庭野の詩と真実を言い当てている。「涙に映った人生模様」は、一九七三（昭和四十八）年に発行する第二詩集『望郷』を予感させている。

戦後の自由をいち早く謳歌し、北園克衛的モダニズムの方法と技巧を自らの詩の規範とした庭野行雄。その方法的実践は詩誌「骨の火」と詩集『残夢なかりせば』を通じて、同世代から多くの共感を呼んだことも事実である。一九七五（昭和五十）年に創刊する「穹」には、戦後のこの時期に親交を結んだ多くの詩人が詩を寄せていることからも理解される。

『残夢なかりせば』の発行前後に庭野は、住まいを西蒲原郡内野町（現新潟市）に移し一九五二（昭和二十七）年くらいまで生活していたようだ。彼の生活を支えていたのは、「骨の火」の同人高橋正治であったと考えられるがその実際は分からない。高橋正治は建設会社を営み、後に新潟県会議員にもなっている。庭野が一九五五年、昭和三十年代に故郷の十日町に戻った後も彼の詩的活動を支えることにもなる。十日町地域の詩人に与える「高橋正治賞」を設立するなどの貢献をしているが、詩人高橋正治の詩的活動の全容は詳らかではない。

11　①「デルタ」から「ACACIA」へ

戦後に詩の出発を遂げたグループ「デルタ」の存在は大きい。前田白蘆を編集兼発行人として「デルタ」創刊号第一冊は、一九四七（昭和二十二）年九月二十五日に

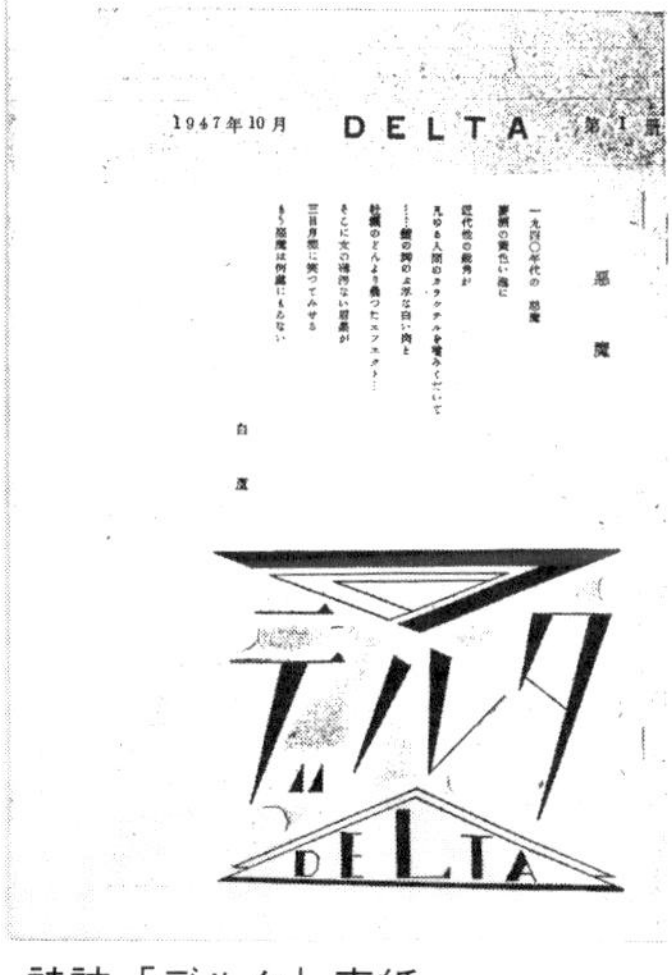

詩誌「デルタ」表紙
1947(昭和22)年９月発行
デルタ

発行される。作品を寄せたのは、田村達爾、金輪梨麿、八木澤きよし、小山卯女、前田白蘆の五名。編集後記で前田は、「北國のほの暗い海岸線に人知れず形成されつゝあるデルタが或る奇蹟を妊みつゝ徐々にその全貌を現してくる時を我々は忍耐強く待つている。編輯上種々弱點もあらうが追々直して行こうと思ふ。」と、自分たちの前途が困難な道であることを視野に収めて出発している。

「デルタ」グループは創刊から一九六七（昭和四十二年三月に「造型」終刊までの二十年間、前田白蘆（一九二五〜二〇〇三）と田村達爾（一九一九〜?）の二人の盟友を中心に創作活動を共にすることとなる。前田白蘆、本名前田正文、後に筆名を前田邦博に変更している（以後引用文以外の本文は前田正文と表記）。田村達爾は新潟市西堀通六番町の日蓮宗法雲寺の住職であった。

「デルタ」が何号発行されたかは分からない。一九四八（昭和二十三）年に入ってから「ACACIA」は創刊されたと考えられる。一九四八年六月発行の「ACACIA」の奥付は、第一巻第四号となっている。編集発行人は田村達爾、発行所を新潟詩人倶楽部とし、住所は新潟市西堀通六番町としている。この号に載る詩人名を見てみる。

庭野行雄、大島栄三郎、北村あき、金輪梨麿、高橋正治、前田白蘆、岡十三柵、古田島あい、平田行人、池上嘉史良、本宮末男、木村潤、桃井久資、松井隆、高野喜久雄、八木澤冽、田村達爾

の十七名。

この詩人名から庭野行雄の影響というか庭野人脈が目につく。それと高野喜久雄の名であろう。大島栄三郎は当時「詩と詩人」でもよく登場する詩人で、「ACACIA」が浅井十三郎とも交流を持っていたことをうかがわせる。

大島栄三郎の一九七〇（昭和四十五）年に発行された詩集『死の毒の満つる火の舌』によれば、一九二八（昭和三）年東北に生まれ、戦後のこの頃には北海道札幌市に住んでいたようだ。大島栄三郎は「詩と詩人」の項で、「大島栄三郎詐称詐欺事件」でも詳しく触れることになる。また高野喜久雄は詩誌「コルベン族」でも触れるが、新潟県高田市時代のいわば修業期の高野喜久雄であろう。

庭野と田村達爾のエピソードは前にも触れたが、特異なエピソードを紹介しよう。「ACACIA」第四号の田村の編集後記から、

☆藝術祭の日　イタリヤ軒の廊下の隅で唐草模様のように蹲まつてゐた庭野行雄の魅惑的な唇から出てきた

言葉が１８００圓ベース！　兎も角都會生活者にならうとした彼が青い馬が見付からずにまた昔の夢へ逃げ出そうとしてゐる。春のデッサンは甚だ露骨だ。

新潟市が都会？　田村の庭野を見る目の現実感と庭野の空想癖と非現実感がよく表された文章である。「藝術祭の日　イタリヤ軒」から一九四七（昭和二十二）年秋の新潟県詩人協会の〝第一回芸術祭〟での二人の情景を伝えてもいるのではなかろうか。あるいは一九四七年十一月に開催された国鉄詩人連盟と新鉄詩話会による、〝第二回全国鉄詩人大会記念講演会〟当日の情景かも知れない。ここは「藝術祭」という言い方から前者の新潟県詩人協会の詩展と考えるのが妥当だと思われる。庭野行雄が晩年「新潟県現代詩人会」設立に奔走する背景には、こうした芸術祭が彼の脳裡に在り動機づけられていたのでは、と思わせられるエピソードである。

「デルタ」と「ACACIA」は前田正文と田村達爾が指導的役割を担っていた。理論的にリードしていたのは前田である。「デルタ」、「ACACIA」時代は二人にとっては創作と詩誌経営の学習時代というべき時代だったのだろう。戦争期を通過した詩が、戦後の時代にどのような芸術的方法と態度で進化してゆくべきか、近代詩の遺産の継承と克服という問題意識をこのグループは持っていた。これは新潟では詩誌「新年」以来の詩精神の表れであり、このグループの特徴でもある。地方都市新潟が信濃川の三角州に位置する象徴として誌名を「デルタ」とし、新潟市の初夏の風物詩ともいうべき砂丘地の花の名「ACACIA」としたグループは、一九四八年十月に「近代詩」を創刊する。

②　そして「近代詩」へ

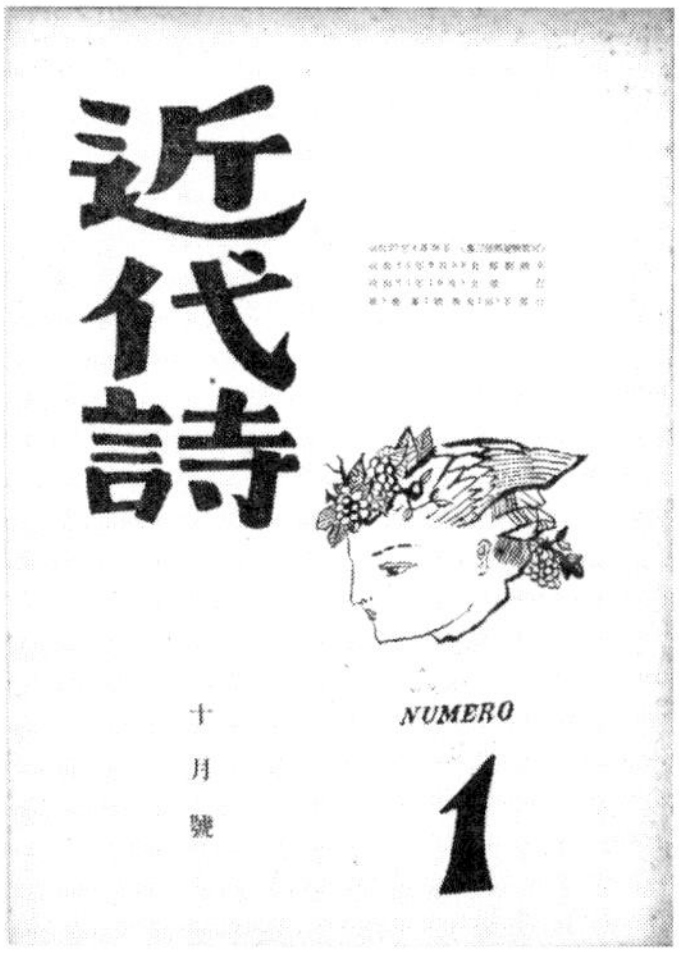

詩誌「近代詩」創刊号表紙
1948(昭和23)年10月発行
市民書肆

◇詩人の時代先端的な行爲と詩作過程の主知的分析を通して、豫言的性格に近接する。

◇舊「純粋詩」の姉妹誌として中央と地方を結ぶ新鋭詩人集團に御期待を乞う。

と、「「近代詩」讀者各位に」との呼びかけがあり、「今後造型文學のアバンギャルド集團と緊密に結合し得ることに依つて、僕らの抵抗線は更に一層強力なものとなるであろう。」と編集後記で前田正文は宣言している。

詩誌「近代詩」は「地方同人誌の狭隈な土俗趣味」から抜けて、「詩人の時代先端的な意識の自認の方法」を求めて、「純粋詩」を引き継ぐ「造型文學」の福田律郎と井手則雄との連携を始める。「近代詩」創刊号は、編輯人を前田正文、発行人を福田律郎の陣容で一九四八年十月一日に発行される。発行所は東京都墨田区亀沢町三ノ一市民書肆となっている。市民書肆は福田律郎宅ではと推察できる。福田律郎と井手則雄の二人と「ACACIA」が出会った経緯は分からない。「近代詩」創刊号の無署名の「覚書」は、

体系的か流動的かの思考の二者擇一の方向も、近代意識の哀傷的幻像を破壊しての上のことで、我々がその遺産相續權をあらためて取上げることが繰返された道程でなく、全く新たな局面をたどる極めて冒険的な同時に先行的な、意識状況にあることを確認したい。

と、詩の近代意識の遺産の継承と克服にあるとの思いを伝えている。

前田正文は創刊号で評論「近代詩の相續權に就て」を書いているし、「近代詩」の詩人たちが「非分析的な、非主知的な哀傷」を強く否定していたことが理解できる。この詩観から連帯できたのが福田律郎であり、井手則雄であった。創刊号に載る井手の評論「朔太郎と散文詩」を前田は、「朔太郎論の中でも最も傑出もの、一つとなろう」と評価し、村松武司の詩「癈兵」を「本號に掲載することが出来たことを望外の喜びとしたい」と述べている。前田が終生追求したのは、詩の近代意識を現代詩の成果へと昇華する道であった。この隘路を突破する一つの道を福田との連携に見出したと思われる。創刊号を飾った詩人は、

井手則雄、田村達爾、大島栄三郎、前田正文、國枝千枝、松村武司、北村あき、土田英一、宇野正雄、池上嘉史良、伴比左志、高野喜久雄、小田桐伸、眞島光子、岩田直英、末武茂夫、岡本シイ子、小出文子、武田フイ、

の十九名であった。高野喜久雄以下の詩人は「十月作品」という欄で三段組で掲載されている。投稿者の欄と考えられる。この中の小出文子は長野の「新詩人」の小出ふみ子と同一人物かどうか。

前田が連携した福田律郎と詩誌「純粋詩」の一端を見ておきたい。

福田律郎は一九四六年三月に小野連司と秋谷豊らと「純粋詩」を創刊する。桜楓社の『日本現代詩辞典』によれば、

純粋詩　詩雑誌。昭和二一・三〜二三・八。全二七冊。一〜二三号は発行所純粋詩社。二四〜二七号は発行所市民書肆。「日本詩壇」の同人であった福田律郎と小野連司に、秋谷豊らが加わって創刊。「荒地」「列島」「地球」の母胎ともなり、戦後現代詩の出発期に、パイオニア的詩誌として大きな役割を果たした。

と、ある。

「近代詩」の創刊は一九四八（昭和二十三）年十月一日であり、その号に「舊「純粋詩」の姉妹誌」の表現がある。そして表紙裏には「造型文學」が「10月中旬に發賣！」と「改題號内容」の予告が記載されている。「造型文學」は『日本現代詩辞典』でも、「昭和二三・九」に「純粋詩」を改題し、継承誌として発行されたとしている。鮎川信夫、田村隆一、木原孝一らが「荒地」を創刊するのがやはり一九四八年の九月である。「造型文學」の関根弘らが後に「列島」を創刊する。こうした時代の中、福田律郎は左傾化してゆく。

翌年の三月に発刊された「近代詩」第二輯には、井手が「亡命者の郷土」を、福田が「詩と政治についての三つのフラグメント」を寄せている。創刊号が「舊「純粋詩」の姉妹誌」としていたのが、この号では「「造型文學」の姉妹誌」としている。

「近代詩」第二輯の奥付で「第二輯（通巻六號）」と表記している。これは「ACACIA」からの通巻を示していると考えられることから、同誌が一九四八年五月発行の第四号で終刊したと推定できる。

東京の詩誌との提携は一九四八年から一九五〇年の足かけ三年間続く。「近代詩第3號が昨年の5月にでたきりで、ついご無沙汰の憂き目になつた」と、一九五〇年十月十五日発行の第四号の編集後記で前田は書いている。第三号が未収集でその経緯の詳細は分からない。前田正文が私の問いに答えてくれた文書を紹介してその背景を考えてみたい。

純粋詩の姉妹誌として活動を開始した同時に、詩壇内のコミニスムとカトリシスムからの東西冷戦に巻き込まれて、第三の道を探求すべく苦渋に満ちた精神の彷徨があった

前田は別の手紙では「コミニスムとカトリシスムの挟撃」とも表現している。コミニスムは戦後の混乱する思想状況の中で、日本共産党の影響が組織され大きな思想的潮流を作っていた。先の「純粋詩」内でも福田律郎と「荒地」を創刊する鮎川信夫、田村隆一らとの確執があり、「造型文學」以降福田律郎は日本共産党との関わりを強めていく。この福田の足跡は、当時のインテリゲンチャの一つの典型だといわれている。

こうした福田律郎の姿から「コミニスム」の像は理解できる。では「カトリシスム」とは、鮎川信夫が信憑したイギリスの「荒地」の詩人または鮎川たち〝荒地派〟に拠る思想を、前田は呼んだのだろか。この言葉を新潟ではもう一人、小林秀雄という詩人が語っている。小林秀雄は一九五〇（昭和二十五）年一月に詩と詩人社から、詩集『焦土に立ちて』を刊行している。その「自序」の中で、

燃える日は案外身近かにある。カトリシズムとマルキシズムの流れのなかで、左右を決定するものがありとすれば、作品が、表示するだろう。私は信じている。心やすらかなる平和近しを。

と、述べている。

「コミニスム」と「カトリシスム」という言い方で、この戦後の時期の思想状況なり政治状況を語る文脈を私は知らないできた。この二人の指摘を受けて少しく調べてみたが、詳しく知ることができないできた。浅井十三郎と北川冬彦との「現代詩」関係を調べていて、一つの糸口を見つけることができた。それは北川の主宰する「時間」第八号の「對決への補足と批判」で澤村光博が、

★《荒地》のカトリシズムを君は思想だと思うか。あれは實は一つの心理的陰影に過ぎないのだ。同世代の我々だけかな、それをはつきり見抜けるのは。

と、述べている。

〝荒地〟とカトリシズムの関係が示されている。しかしこの文脈から《荒地》がT・S・エリオットの詩集『荒

地』か、詩誌「荒地」を指すのか判断できないが、鮎川信夫、田村隆一らのいわゆる〝荒地派〟と理解してよいだろう。だが、荒地派とカトリシスムの問題を考えることは、現在の私の力量では手に余る。

「純粋詩」の姉妹誌を標榜し、戦後の詩の前進を図った前田の言う「コミニスムとカトリシスムの挟撃」とは、東京での詩を巡る思想と政治の論争の渦に巻き込まれて行く事態を指していたのかもしれない。それはこの時期に少なからぬ詩人に影響を与えたという事だろう。

　東京と決別した「近代詩」は、一九五〇（昭和二十五）年十月に第四号を「復刊號」として発行する。編集発行人は前田正文となる。発行所は新潟市西堀通一番町近代詩社。第四号に執筆した詩人は、

田村達爾、貝沼純夫、伴比左志、岡林至人、吉川象市、
江田すみを、松田幸雄、前田正文、高島順吾

の九名。

　前田が「近代詩」の創刊号で自らに問うた「さて、僕らが一つの計畫圖を引きのべるに當つて、果して一切の基本的手續きを爲し了せているか」を、田村達爾とのタッグで問いつづけることになる。「近代詩」は一九五二（昭和二十九）年一月発行の第九号で終刊するが、詩誌「造型」を創刊し一九六七（昭和四十二）年に終刊する第二十三集まで活動を継続することになる。

12　「詩作工場」について

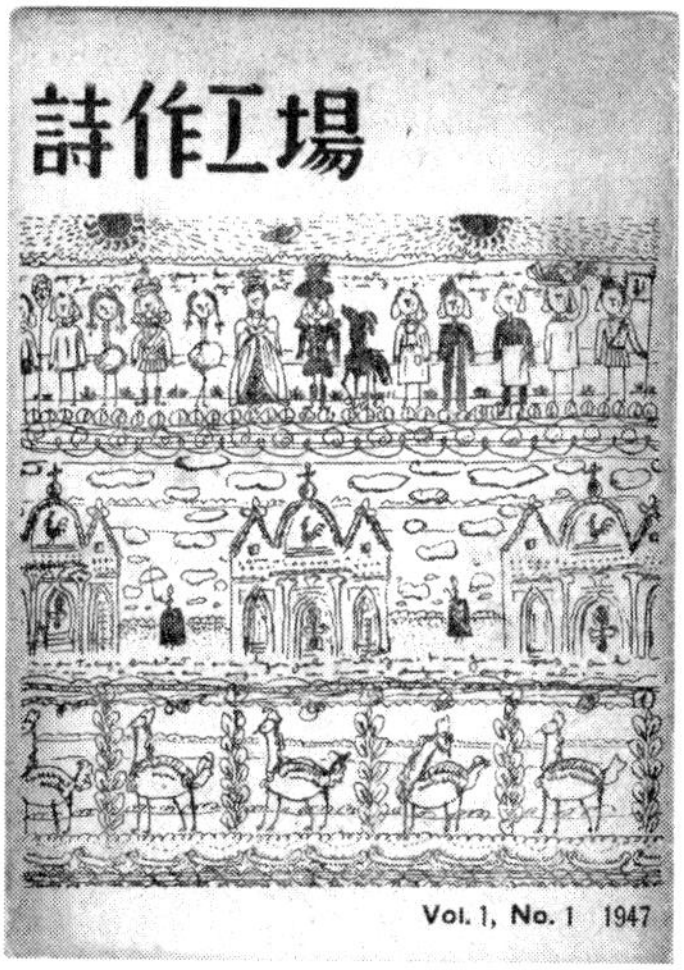

詩誌「詩作工場」創刊号表紙
1947（昭和22）年11月発行
詩作工場（堀内憲政氏提供）

　詩話会の会場は殆んど新潟市内の日本赤十字新潟支社の二階があてられ、第三日曜日に開かれた。この詩話会は一般の人達の出席も歓迎していたし、（中略）会員は約百名位であつたが（中略）出席者は大体三十名前後であった。新潟県詩人協会の中に青年部ともいうべき人達で『詩作工場』という研究グループが生ま

れた。その第一回研究会は昭和二十二年三月であった。場所は満州から引揚げてまだ半年しかたたない田村昌由の部屋であつた。

と、詩誌「詩作工場」成立の経緯が、『国鉄詩人連盟十年史』の「新鉄詩話会」報告文に述べられている。

詩誌「詩作工場」は一九四七（昭和二十二）年十一月一日に、堀内憲政を編集兼発行責任者として創刊される。発行所は田村昌由気付詩作工場となっている。堀内憲政は当時新潟医科大学（現新潟大学医学部）学生であった。

私はこの章の「はじめに」で、一九四七年から一九四九年までの新潟市の詩の活況状況を「詩の共和国」と表現した。それを象徴する詩誌が「詩作工場」である。先に述べたように新潟市の詩を領導していたのは、国鉄労働者職員を主体とする新鉄詩話会の「新鉄詩人」達であった。そして浅井十三郎の提唱で一九四六年六月に新潟県詩人協会が設立されたことは既に述べたが、この二つの活動の集約点が「詩作工場」という事になる。

新潟県詩人協会の青年部を中心とする詩作工場には、新潟医科大学の学生などの若い市民が参加している。常に参加者は三十名を越え、狭い田村昌由の寮の部屋から廊下まではみ出す盛会であったという。課題詩を持ち寄っての合評はもちろん、「主知について」「感性について」「モダニズムについて」などのゼミナールを開いて精力的に語り合っている。

毎週水曜日の夜になると田村昌由のところへ集り、この会も三十回を記録する頃に、雑誌『詩作工場』の発行の気運が高まつてきた。

こうして発行されたのが「詩作工場」である。創刊執筆者は、

竹下篤治、堀内憲政、田村昌由、高橋康夫、眞貝欽三、
南場兵次、池主淳、佐藤英介、村松謙治、笹木勸、

の十名。新鉄詩人関係は田村昌由・眞貝欽三・佐藤英介・笹木勸の四名、新潟医科大学学生市民は竹下篤治・堀内憲政・高橋康夫・南場兵次・村松謙治の六名という顔ぶれであった。この詩作工場は「一九四七年三月から二年間に研究会を百回近く開[14]いたという。一九四九年の春まで続いた事になる。『国鉄詩人連盟十年史』では、詩誌『詩作工場』は第六号まで発行されたとあるが、正確には一九四八年八月発行の第五号で終刊している。

詩誌『詩作工場』を実際に運営経営したのは、編集兼発行責任者の堀内憲政である。堀内憲政は『詩作工場』創刊時の一九四七年三月の時点で、新潟医科大学助手の二十四歳で、精神科医を志していた。一九二四年（大正13）年十一月「東京神田三崎町の借家、関東大震災の翌年」[15]に生まれている。父は明治大学の学生だったそうである。創刊号に堀内は詩、エッセイ、編集後記を書いている。詩「常人心理」で精神科医としての自己分析を、「ふたつの直線」では詩の抒情性と方法を駆使して自己の現在を表現している。詩「二つの直線」から〝平行線〟を見てみる。

――僕達は何處へ行くんですか
――知らん
――僕達は　手をとり合つては　いけないのですか
――いかん
無限大の焦躁は　無限大に於いて　消滅するか？
宗教の誕生
悪魔的イズムの誕生

詩と人生の行く手を問い、労働者学生知識人の連帯を問い、その矛盾を解決する道筋を求め解決しなければ、人は宗教や戦争期のように超国家的思想を生み出してしまうと堀内憲政は自問している。エッセイ「抱負」では、

我々は、牛の様な歩みを續けようと思う。一歩、一歩、力強く、用心深く、鈍重に、謙虚に、不斷の努力を惜しむまい。

として、「社會的な全般的の減少としてセクショナリズムの害悪」を指摘し、「人間を心理的に分析して見ると、智、情、意、の三要素」を重視する詩観を述べている。「詩作工場」に載る眞貝欽三や笹木勸の作品も「新鉄詩人」掲載の作品よりどこか深呼吸したあとのさっぱりとした自由さが感じられる。笹木勸の詩「別れについて」は、

そういわれて見れば
あゝそうだつたと
私が母の胎内より離れるしゆんかんのことまでみんな
はつきりと思いだされたようです
（十行略）
きつとその時計に浮ぶいろいろのことを

くずれゆく星族の悲しみとあぢわつて
あんたと同んなじに泣いた多くの人が
きつとおるでしょう
私は
その人の心も
今日の便りで
はじめて知つた
母の胎内よりはなれる日の悲しみを
じつと思いだしたのです

勤労詩や職域の制約から離れ、少し視線と姿勢がしなやかに抒情されていると感じられる。そういえば、「新鉄詩人」が一貫してガリ版刷りだったのに対して、「詩作工場」は活版印刷であった。

新潟医科大生の竹下篤治は表紙やカットにも優れ、田村昌由の詩集『風』の装幀も手掛けている。創刊号の評論「日本的哀調への省察」は、若い読者の心に強く響いたという。もう一人の新潟医科大生の高橋康夫は第二号で、フランツ・ウェルフェルの詩「詩人」を翻訳し掲載している。ドイツ語は医学生の専門分野である。

創刊号から第五号までに掲載された詩人は創刊号執筆者の他に、第二号の須藤善三、第三号の中澤きよ志、安田昭子、第五号の中澤洌の四名を数えるに過ぎない。竹下篤治中澤洌は前田正文の「近代詩」に登場する。そして「詩作工場」が終刊した後、堀内憲政、竹下篤治、高橋康夫は総合誌『夏至』を創刊することになる。

13 詩誌「慈眼」について

詩誌「慈眼」創刊号表紙
1947（昭和22）年11月発行

詩誌「慈眼」は一九四七（昭和二十二）年十一月に阿部一晴を編集兼発行者として創刊される。発行所は慈眼詩房、新潟市船場町一丁目　阿部一晴方であった。

小泉、間、小林、亀井の諸君が詩誌を持ちたいといふことは数ケ月前からきいてゐたが、急に私も仲間入りして具体化すること、なり、「慈眼」を創刊することになつた。

と創刊号の編集後記で述べているように、同人の多くは一九三六（昭和十一）年五月に創刊され、翌年終刊する詩誌「繻子」に拠った詩人たちである。(16) 手元に在る「慈眼」は阿部一晴（一九〇八・二・一～一九八八・一・二十五）の詩の部分を中心にしたコピーであり、その全体像は分からないのだが目次から確認できる創刊同人は、

小泉辰夫、龜井義男、齋藤正雄、間末喜、小林清一郎、
中村昭子、阿部一晴

の七名。

その後、阿部修《ノブ》子、阿部州子、牧野純子、内山福雄、三条新兵、山田進造、山崎儀一らが参加している。終刊号と銘打ってはいないが、一九五〇（昭和二十五）年二月発刊の十号で終刊している。

「揃うた、揃うたよ。むかし、むかしの仲間だけに、さぞや面白い。然も華々しい記録が残ることだろう。」と亀井義男は創刊号の〝同人語〟で書いている。また間末喜（霜田基策）は「「慈眼」という題が決まつたときには（中略）僕は僕なりに詩をやめてゐた十年の歳月が想ひ出された。」と述懐している。そんな中、阿部一晴は「慈眼」同人の意識の中にある懐旧感とは別の感想を述べている。

十幾年振りで自分達の詩誌を持つことになつた。想ひをめぐらせば、昔のことが、詩を發表出來なくなつた事情、その背景などがありありと浮び出てくるのであるが、その間は「空」に等しい。

かつて「風が帆綱にわびしくうたふよ」「繻子」に集った彼らは、「繻子」終刊後は、詩活動を中断した詩人が多い。浅井十三郎の「詩と詩人」で確認できる戦争期に詩を発表しているのは、小林清一郎、亀井義男、阿部一晴の三人くらいである。

阿部一晴はまた「繻子」終刊後に、「私は私の空白時代に「詩と詩人」に三四篇の詩を発表したきり」と第三号で述べている。北村太郎が一九四七年三月発行の「純粋詩」に載せた「孤独への誘ひ」を思い浮かべる。

戦後、「先輩詩人」たちは「二十代の詩人」に対し、

戦中＝「空白」という概念を用いて半ば彼らを洗脳しつつ、導いていこうとした。（『戦後詩のポエティクス1935〜1959』―北村太郎／井原あや／和田博文編／世界思想社）

いわゆる「空白はあったか」論争である。阿部一晴は自らの戦争期を「空白」として捉えていた。しかも阿部は、

日本の詩は戰爭に捲き込まれ、復古調ともいふべきものが戦争詩の型の一つとしてあらはれたのである。（中略）戦時中の詩のあるものは、今の詩よりも腰を据え、腹の底から絞り出された切実さに於いてまさつてゐたやうに思へる。

と戦争期の詩を追認する。北村太郎の指摘する実態の現実を見る思いがする。阿部一晴の戦争責任を問うているのではなく、新潟にも新潟独自の「空白はあったか」が存在したことを指摘したいのである。第二号に載る阿部の詩「組詩　いてふ散る」の最初の二連を引く。

第一

晴れた日の
銀杏黄葉《もみじ》の散るはうつくしい
ふるうとの唄聲たかく消えゆくごとく
もつれたはむるる子供のごとく
青い空から
それはこころ空しく
神の掌と散つてくる

第二

どこにあるのだらうとみまわしても
ぎつしり家の建て込んでゐるこの町に
これほど葉を降らする大きな樹を
育てる庭も空地も見當らないのに
さて銀杏はひらりひらりと
わたしの心に散りつづける

第一連は「戦時中の復古調」を「作詩演習の一方法」として習得したリズムを残して、阿部一晴の「空白」なこころに銀杏の葉が散りゆく様が歌われている。

「慈眼」終刊後、小泉辰夫、亀井義男、小林清一郎、山崎儀一らは田中伊左夫、今井朝二らと「うらぶれた海底

に黄色な花が咲いたら」に合流してゆく。

14　亀井義男詩集『森林』

詩集『森林』は一九四八（昭和二十三）年十一月に慈眼書房を発行所として刊行された。亀井義男（一九〇六～一九九一）は一九二九（昭和四）年に北京へ渡り、戦後に帰国。詩集のあとがきでは「三級官の事務官さまの悲劇」と総括している。浅井十三郎は亀井義男の北京行き前後に、詩集『大川の葦に歌える』の刊行を企画したが発行までには至らなかった。一九三九（昭和十四）年九月刊「詩と詩人」第三集で、浅井は亀井の消息と共に次のように述べている。少し長いが戦争期の思想弾圧の側面を照射しているので引いてみる。

「大川の葦にうたへる」これは僕の計畫する亀井義男の詩集である。かつて十年前、岡本潤氏より序文まで書いて貰ひながら或事情のためだせなくなり、又僕は上京してしまつたが（中略）昨年數年振りにして僕は新潟を訪ね、偶然にも彼の北支行が發令された日に彼の家に一夜を明した。その折彼の詩稿を整理して持ち歸つた。

「十年前」の「或る事情」とは「風が帆綱にわびしくうたふよ」の発行責任者だった亀井義男が、「反動的検索」に会い「その生活さい《ママ》おびやかされた事實」(17)を指している。また郵政省職員だった亀井が北京へ渡る事情もこれで分かる。この浅井が「整理して持ち歸つた」詩稿も所在不明になっている。こうした事情がありながらも一九二八（昭和三）年二月に創刊され、一九三三（昭和八）年三月第二十二集で終刊した詩誌「風が帆綱にわびしくうたふよ」から、「繻子」、「詩と詩人」などに発表した詩と敗戦後北京から引揚げ、新潟市に落ち着きながらも厳しい生活の中で書き継いだ詩篇を集めた詩集である。昭和五年五月の日付を付した詩「淺弘見（浅井十三郎の旧名）」の詩も掲載されている。序を浅井十三郎が、跋を阿部一晴、吉田悦郎が書いていて、まさに旧友たちの手になる詩集である。「無題」と題した詩の㈡を引く。

白い米が不足していたので家では蓬を入れてめしをたくという
わたしに仕事がないから　蓬のだんごを街え《ママ》賣りにいつた妻。
蓬のおかげで毎日いくらか儲るという妻。

蓬はわたしを助けた。
色あせたみどりのまふらを首にまいた
蓬はいつまで生きているだろう
色あせたみどりのまふらを首にまいた
蓬はわたしを招く――

遠い　山脈の雲も解けた

――昭和二十一年五月――

敗戦後の庶民の貧しい生活の断面を切り取りながら、亀井は「色あせたみどりのまふら」という比喩にどんな思いを託したのだろう。「山脈の雲も解けた」は、「雪」の間違いではないのかと新潟の冬を知らない人には思われるだろう。新潟県の冬の気象は、広い越後平野を日本海から大量の水蒸気を含んだ雲が、越後山脈にぶつかり滞留して大雪を降らせる。その「雲が解ける」のは、雲が消えて春の兆しが戻ることを指している。敗戦の混乱と貧しさを抜け出す兆しを亀井は言いたかったのかもしれない。四部構成四十二篇から成る。A5判、九十ページ。

15　新潟・詩の共和国

「慈眼」の紹介でようやく一九四七年から一九四八年に展開される新潟の詩の祭典に登場する詩人たちが出揃った。新潟県詩人協会、「新鉄詩人」、「慈眼」、「詩作工場」の浅井十三郎、田村昌由、田中伊左夫、阿部一晴、亀井義男、小林清一郎、樋口恵仁、今井朝二、堀内憲政等の詩人群。

「大東亜戦争」期を生き、一九四五年八月敗戦の時で、最年長の亀井義男が三十九歳で浅井十三郎三十八歳、阿部一晴三十八歳、田中伊左夫三十二歳である。今井朝二二十二歳、堀内憲政二十一歳である。老壮青の連携というより、青年たちの巨大な集団が新潟に生まれたという事になる。敗戦後の混乱するカオスのような社会に、詩精神を核とした個人と集団が誕生した。何を生み、何を目指していたのかの活動の一端を手元に在るパンフレットなどの資料を傍証に記録してみる。

一九四六年六月に発足した新潟県詩人協会は毎月の詩話会〝詩作工場〟を開くとともに、秋に芸術祭を催している。第一回の芸術祭の記録は無いが、「第2回藝術祭」のパンフレットが手元に有る。

第二回芸術祭は「詩の夕べ」とタイトルされ、一九四七（昭和二十二）年十月四日土曜日の午後六時三十分より、新潟市営所通に在った日本赤十字社新潟支社階上で開催された。

主催は「新潟民主々義文化團體協議會」で構成団体は新潟県詩人協会、詩と詩人社、新日本文学会新潟支部、詩作工場となっている。新潟民主主義文化団体協議会とは、田村昌由の「戦後の詩文学運動」によれば、「新潟には新潟民主主義文化団体協議会（新大の三上さんが議長）という方をもつた集団があつた。大学、演劇、音楽、そのほか忘れたが、随分たくさんの（?）結社があつた。」という。第二回芸術祭のプログラムを記録しておく。

プログラム

開會のことば……………………龜井　義男
挨　拶……………………淺井十三郎
挨　拶…………（文協幹事長）三上　美樹

〈第一部〉

講　演
私小説の問題……………………澁木　龍介
あるものをしあらしめよ……………阿部　一晴
朗　讀
A、定着された風景（自作）　青海　元
　栗木川の魚ども（同）
B、夜明けになつても
　消えない星（關靖子作）　長谷川千代
　美しい月夜（大杉眞子作）
C、曇　天（村上菊一郎作）　堀内　憲政／林　綾子
　子の手紙（古川賢一郎作）
D、永遠の母（深尾須磨子作）　登坂　京子
　物　語（小出ふみ子作）
E、中野重治詩集と自作詩より　田中伊左夫
群　讀……………構成演出　詩作工場
　門（壺井繁治作）　朗讀研究部員

〈第二部〉

詩の朗讀について……………………田村　昌由
朗　讀……………………
A、靜かなる夕べに（自作）　眞貝　欽三
　紋　章（緒方　昇作）
B、屋根なほし（矢野克子作）　伊藤　美子
　月　の　夜（鈴木初江作）
C、雨ニモマケズ（宮澤賢治作）　田所　榮
　岩手縣澁民村（寺田　弘作）
　お　粂（島崎藤村作）
D、來年再來年の話（自作）　田村　昌由
　ジヤツク（カアル・サンドバアグ作）

詩舞踊（朗讀と獨唱）舞踊　瀬賀舞踊研究會

A、美しき鳥に會ひけり冬霞（笹澤美明作）

椎井照子・坂本ミヨ子

B、怒り（近藤東作）獨唱……鈴木れいこ

朗　讀……………………

新潟放送朗讀研究會

組　詩

「智恵子抄より」（高村光太郎作）塚越　久雄

小林　喜雄　伊藤　美子

詩　人　劇「考える男」……構成演出　詩作工場

堀内憲政　村松謙治　關澤喜三郎　池主淳

登坂京子　眞貝欽三　その他

閉會のことば……………小林清一郎

一部と二部に分かれ総勢二十六名を超える出演者。まさに新潟・詩の共和国の感を深くする。練習は個々にするとしても、やはりこれだけの舞台を組織化するには相当なエネルギーと時間とを必要とする。戦争期に抑圧規制されてきた表現者が、一斉に呼吸し始める姿は春を迎える喜びを全身で表す光景のように思える。壮観ですらある。

プログラムに記された無署名の「働く者と詩」では、「例え生活が貧しくとも食が乏しくとも心の美しさだけは失いたくないと思う。」とし、「働く者の詩行動は生活そのものと同時にあつて勤勞と切離して考えられない」との芸術祭への思いを語っている。

詩人劇「考える男」は、第一話を戦後社会の典型的な寄生虫的人間ブローカーと弱気なありふれた平凡なかつての友人だった二人の会話劇とし、第二話を死にゆく子を抱き宗教に生きようとする女の悲劇性を独白で表し、第三話はニヒルを背景とした、享楽的な思想を、誘惑的な語調で、叫びかける男の三部構成で演じられた。構成演出した堀内憲政は、「此の劇は、混沌たる社會狀態に置かれた青年の悩みを描き、詩人の感覺を、極度に發揮せしめようとした」とし、「難解な點があるかも知れない、外に現れた結果より、その内部の叫びに眼を向けて貰いたい。」と作劇した思いを書いている。

新潟・詩の共和国とでも言える「地方都市の、あるさかんなトキ」[18]の状況を、同じプログラムで真貝欽三は、〝欽三記〟名で「縣内詩界展望」と共に記している。

縣詩人協會が昨年六月生誕して以來毎月の定例詩會を初めその他の會合を含むと實に三十數回にのぼつている。その間に昨秋の藝術祭に於ける詩展・詩と講演の夕をトップに鐵道局に於ける藝能祭日赤の赤十字平和祭、文協主催藝術夏の集いその他ラヂオ放送數回を含みステージに電波に活發な動きをみせて來た。

と回顧している。この他に「メーデー文化祭」に関わったり、第二回芸術祭の一か月後には「第2回全國鐵詩人大會記念公演」の「詩と音楽と演劇の夕」を開催することになる。

この会は「国鉄詩人連盟」の全国大会開催の懇親の意味を込めた記念公演会で、一九四七年十一月一日にイタリヤ軒で開催された。主催は国鉄詩人連盟と新鉄詩話会。プログラムには笹木勤、真貝欽三、田中伊左夫、田村昌由、須藤善三らが名を連ねている。

新潟市に於ける労働者市民学生を一つにまとめ上げた力は何であったか。敗戦の灰塵の中、長い戦争期の自由の抑圧と言論への圧迫からの開放を体感し、実感する場として詩と詩人たちが築いた短いが、しかし詩精神の充実した「地方都市の、あるさかんなトキ」であることは確かだ。私はこれを「新潟・詩の共和国」と呼びたいと思う。

16　柏崎の詩誌について

①　詩誌「ざこ」の周辺

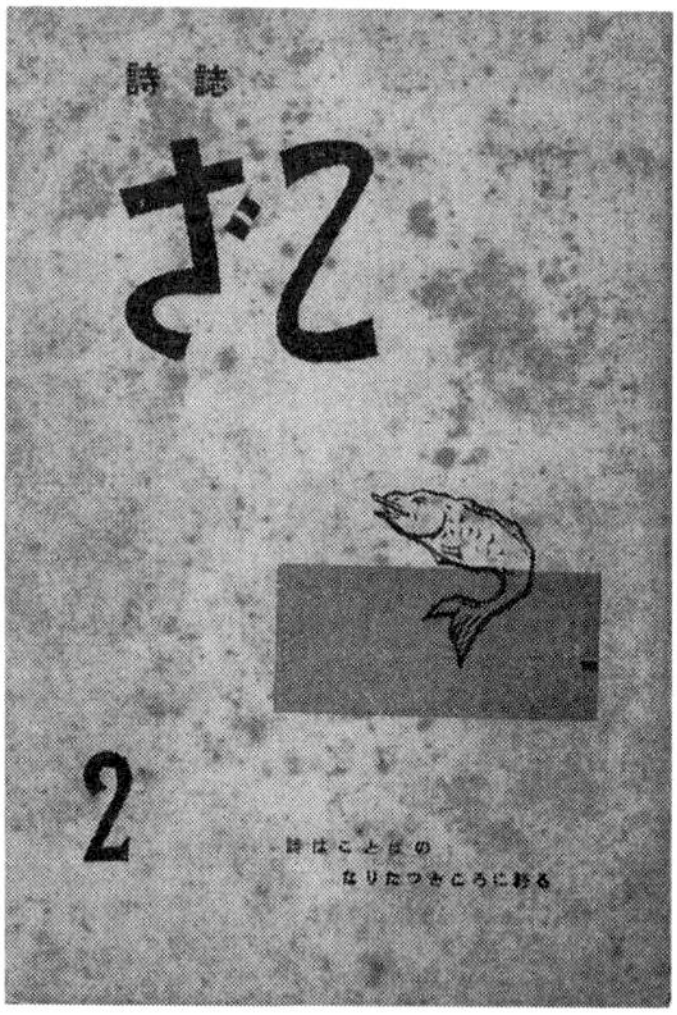

詩誌「ざこ」2号の表紙
1948(昭和23)年8月発行

昭和初期から戦争期を通じて柏崎は特有の誌的風土を持ってきた。柏崎の地域に根差した特徴と言ってもいいだろう。第一章の「はじめに」に触れたようにまだ未発掘の詩誌が多く眠っている。更に国立療養所の存在は戦後期に入ってからも詩を育む力を発揮することになる。

詩誌「ざこ」はそうした柏崎から発せられた詩誌である。「ざこ」四号は一九四九（昭和二十四）年三月発行だから、創刊は一九四八年と考えられる。編集兼発行人は長谷川大平。発行所は柏崎市大和町の長谷川大平方「ざこ編集室」。掲載者はむながた・だんや（岡塚亮一）、もり・しゅんすけ、のなかのぽぷら、鹽谷昌一、春日悌子、古間信吉、谷川浩、佐原慧三の八名と、長谷川大平から頂いた資料を基にこの項をここまで書いてきた。

長谷川大平が二〇一二（平成二十二）年七月十四日に亡くなられた。古い詩誌を譲り受けたいと申し出た私の願いをご子息の長谷川敦夫氏は快く承諾して下さり、生前のままの状態の故長谷川大平（一九二五〜二〇一二・七・十四）の書斎と書籍部屋を見させて頂いた。その結果、詩誌「ざこ」二号・三号と、これまで長谷川大平の詩集『送り火』の経歴に見られた詩誌「北の火」の五号・七号、全くの幻の詩誌だった吉田悦郎編集発行の詩誌「天牛」四号を発掘することができた。長谷川大平に哀悼の意を捧げると共に、長谷川敦夫氏に心より感謝申し上げる。

詩史を書くことは日々新たな資料の発掘により書き換えてゆくことだという。詩史に決定版は無い。新しい資料に基づいて書き改めるべきことを同時進行的に試みたいと考える。

詩誌「ざこ」の創刊号は未発掘であるが、二号の発行日は一九四八（昭和二十三）年八月一日であった。この日付からも創刊は一九四八年と考えて間違いあるまい。三号の発行日付は十一月一日である。編集兼発行人は牧岡登志栄となっている。初めて目にする詩人名で、消息や来歴は不明である。執筆者は、

蓮池慎司、むながた・だんや、もり・しゅんすけ、谷川浩（やがわ・ひろし）、のなかのぽぷら、古間信吉、歌代昭三、小宗清秀、涕、塩屋昌一、松山の十一名。

蓮池慎司とむながた・だんやは昭和初期から詩作を続けてきた詩人である。この章の最初に紹介したところである。蓮池は小学校教員として「綴り方教室」などを指導しており、一九五〇年代に柏崎の詩界をリードする一人となる。

詩誌「ざこ」は「やくそく」として、

一、この會は出入自由、投稿も自由だ。めぼしい作品はのせる。原稿は四百字づめ。
二、讀者全部を會員とする。だから讀者は住所、氏名を知らせてもらいたい。
三、詩會は毎週土曜日、または臨時に催す。◆會場は既ね、柏崎市本町六丁目（電話四四八）岡塚亮一氏宅

四、編集室は次の通り。新潟縣柏崎市諏訪町2丁目43
　　番地　牧岡登志榮

との項目が掲げられている同人制ではなく会員制をとっている。

「讀者全部を會員とする」の意義は、「ざこ」の後継誌と考えられる一九五一（昭和二十六）年発行の詩誌「北の火」№5の編集後記などを読むと、現在のように詩誌交換はせず、対面販売のような形で詩誌の経営を目指していたようだ。読者の対象は労働者で、むながた・だんやを中心に〝わかりやすい詩〟を標榜しているが、会員間の合意は無く見解の相違が見られる。むながた・だんやは、戦後は詩や評論のすべてを〝ひらがな書き〟にしている。

　四号から編集発行人は長谷川大平に変わっている。編集発行人の変更に関する告知は無い。「ざこ」の時代の長谷川は、ペンネームを谷川浩、やがわ・ひろし名を使っている。後に、まちえ・ひらお名を使うことになる。こうしたことからひらがなを筆名とする柏崎の詩人の特徴がよく現れている。柏崎の詩人の間にある、ひらがな書きの筆名を使う習慣は現在も引き継がれている。この筆名の伝統は何時どのように始まったものなのか、知りたいところである。谷川浩の詩を一篇引く。一九四八年十一月発行の3号に載る「怒」。

きりをとおして影があり
手をあげればやつも手をあげ
悲しそうなやつの眼をみると
おれは腹のそこから悲しくなつたような氣がして
ニヒルのかげをうかべてみたり
疲れのためにつかれてみようと眠りを夜のそとにおい
ぱらぱらとページをめくればあくびに虫のわらいがひびく
かたわれに……女に
すきをつくつてみたりするのは
やつぱりやつもやつていた
そしてだらしない倦怠が
ちらとのぞいたやつの怒りのいろにさそわれて
のろのろとポケットのひきがねをにぎり
汗にぬらぬら
ずどん……
かげがのけぞる血もなく涙もなくきりの
そこに
さあおれはひとりになつた。

いや　うたれたのはおれのようだ

谷川浩は生活を戯画的に観察し、自己を二重化して客観的に描いている。対象としての谷川自身の矛盾をペーソスに含んだユーモアで包み、自己の精神のひ弱さをも告発するように見据えた作品である。

② 詩誌「天牛」と吉田悦郎について

詩誌「天牛」４集の表紙
1949（昭和24）年２月発行

故長谷川大平宅の蔵書から一九四九（昭和二十四）年二月発行の詩誌「天牛」第四集が見つかった。編集発行人の吉田悦郎は、戦前の一九三〇（昭和五）年前後から柏崎で詩誌を発行してきた。詩誌「風が帆綱にわびしくうたふよ」誌上での詩誌告知には、吉田悦郎編集発行とする詩誌「缺けた貝殻」や詩誌「S・O・S」の誌名が見られる。「北日本詩人聯盟」を名乗り、詩集やアンソロジーの発行告知も見られるが、これまでそれらの資料は見つかっていなかった。ようやく吉田悦郎の手掛かりを得たことになる。しかしその履歴や経歴は依然として分からないままである。

詩誌「天牛」の名は、一九四八（昭和二十三）年十月発行の詩誌「慈眼」第六号に、「詩誌　天牛　慈眼姉妹誌　吉田悦郎編集」の告知が見られることから、創刊は一九四八年と推定される。吉田は北川冬彦や浅井十三郎の「新叙事詩論」に共鳴し、「天牛」に娼婦廃業の問題をテーマにした長編叙事詩とでもいうべき「廃業」を連載している。

吉田悦郎は、「風が帆綱にわびしくうたふよ」時代から、「天牛」を主宰するこの時でも「詩と詩人」や「慈眼」の人達との交流に重きを置いていたことが窺える。

しかし「ざこ」と「天牛」に集う人達との交流も見られる。「ざこ」三号の無署名の「〝ざこ〟によせられた批評」では、「批評會に出て頂いた方。」の八人の一人に〝吉田〟名があるし、「ざこ」三号のむながたの〝あとがき〟では次のように記録している。

九月十一日。浅井十三郎、亀井義雄《ママ》、伊藤民雄、三人の人達が番神の岬館に投宿した。かねてから連絡があつたので、雑誌「天牛」の人達と共に私達もあつまつた。あちらが四、五人、私達が、四、五人。その席でやはりかねてから話し合っていた柏崎詩話會の相談がでた。（中略）當夜の參會者で早速會を結成した。

「柏崎詩話會」結成とは、拙速に過ぎる感があるが、両詩誌の人達が相互に交流してきたからこその結成であったろう。この懇親では浅井の詩「第三審判律」が話題となったりした様子なども述べられているが、この〝あとがき〟は、むながたのその後の思想的針路と浅井との違いを鮮明にしている。

私は骨だらけの思想がどうも好きになれないだけのことであつて、當夜あの人（浅井十三郎—筆者注）が共産黨の人達を「非難」した氣分はうけとり難いものだつた。

共産党をメルクマールとするむながたの思想は、第二次世界大戦後にシュルレアリスムからマルクシズムへとフランスのシュルレアリストが辿った詩人たちの道とパラレルに見えてくる。しかしそれは一九六〇年代のむながたの姿ではある。むながたは「ざこ」四号で「「天牛」の吉田悦郎氏へ」を書く。むながたは、「「天牛」にかいている人達は大部分新潟やそのほかの、この市以外の人が多い」とし、

同じい市内に「天牛」と「ざこ」とふたつの詩の雑誌があるんだからおたがいに何とかよびかわしてもいい筈なのに、そつぽをむきあつているのが現狀だ

と批判している。

九月に岬館で懇親し「柏崎詩話会」を結成しながら、半年後には「そつぽをむきあつているのが現狀」との認識に至る思考はむながたの政治性なのか。あるいは三号の「〝ざこ〟によせられた批評」で、吉田がむながたのかな書き表記に疑問を呈して、「わかりにくいということとは、かながきが多いということにも關係があるようですね。」との発言への単なる意趣返しなのか。

柏崎に眠る詩誌の発掘で当時の詩誌と詩人の交流を知

ることができた。

17　高野喜久雄と詩誌「KOLBEN　ZOKU」

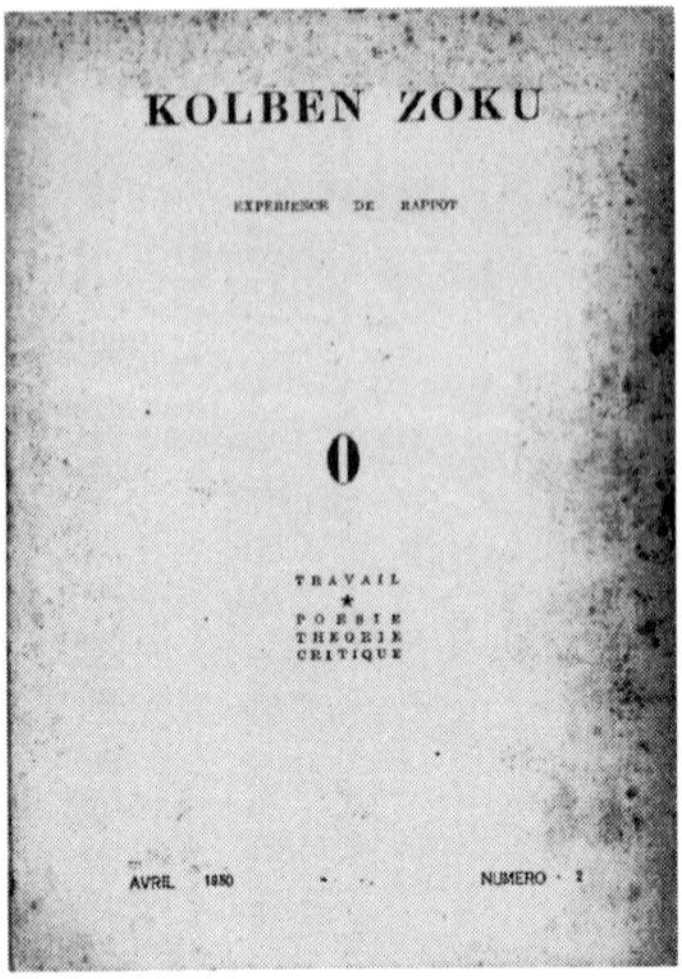

詩誌「コルベン族」２号の表紙
1950(昭和25)年４月発行

僕が僕の下で腐りかけている夜
積み上げられた　じとじとした風景から
重量ある巨大な場所が落ちてくる
だれもが不潔な紙くさい埃の中へ逃げ込んでしまふ日
あなたの脳下垂から一本の強い雑草が生えて來る

高野喜久雄（一九二七・十一・二十〜二〇〇六・五・一）が一九四八（昭和二十三）年六月発行の詩誌「ACACIA」四号に投稿した、詩「白蝶」の冒頭五行である。高野喜久雄の戦後詩人としての登場を告げる作品と思われる。「ACACIA」の編集後記では、「高田の高野喜久雄が白い蝶になつて出てくるし」と紹介している。高野喜久雄は敗戦後に詩を書き始めたという。詩作し始めた当初、新潟市の田村達爾と前田正文の領導する詩誌への投稿を続けていたと推定される。この年の十月に「ACACIA」は「近代詩」へと詩誌名を変更する。昭和二十三年中に発行された「近代詩」一号には詩「アトリエ」が、二号には詩「烈日」が会員作品として投稿掲載されている。作品は「白蝶」でも見られるように、心理的な葛藤をリアリズムの視線で凝視した作品である。しかし思潮社の現代詩文庫版『高野喜久雄詩集』に載る田中単之の「高野喜久雄論」は、「高野はその時、毒を飲んだ。」と書き始める。そして、

> 題も何もない百行ばかりを一週間ほどで書き上げ、「高野喜久雄第一詩集」と銘打って、「乖離」を上梓した。自費出版。三千円かかった。昭和二十四年、高野二十二歳の時であった。

と伝え、高野が飲んだ毒を発散する、シュルレアリスム

風な、「ポンチ絵のようなもの」の詩集だったと田中は回想している。短時日で高野の詩が変貌したことになる。

高野喜久雄は佐渡の農家の長男として生まれ、宇都宮農林専門学校を卒業し、一九四八年に新潟県高田市（現上越市）の県立高校の数学と土木の教職に就いている。一九四九年頃より田中単之や新保啓をはじめとする、上越地方で詩に関心を持つ青年たちが高野の周辺に集い始めていた。田中は「この年の暮れ、彼は同人誌『コルベン族』を始める。超現実主義の詩誌である。」と、高野の没後二〇〇八（平成二十）年八月に上越市で開催された高野喜久雄を追悼する「蓮の花コンサート」のカタログで述べている。

田中の証言から詩誌「ＫＯＬＢＥＮ　ＺＯＫＵ」（以下「コルベン族」と表記する）は一九四九（昭和二十四）年の暮れに創刊されたと推定される。高野が飲んだ毒の実験・実践誌と考えられる。創刊号が未発掘のため、「コルベン族」の資料を提供してくれた田中単之の記憶に信頼を置くこととする。三号で終刊した「コルベン族」を見ておくことにする。

「コルベン族」第二号は、一九五〇（昭和二十五）年四月十日に発行されている。編集人は編集同人となっているが、その名簿は記されてはいない。発行人高野喜久雄であり、発行所は「ＫＯＬＢＥＮ　ＣＬＵＢ」名、住所は新潟県高田市東城町1と表記されている。〝ＬＥＳ　ＭＥＭＢＲＥＳ　ＤＥ　ＫＯＬＢＥＮ　ＣＬＵＢ〟として、

石沢博司、いしずかよしを、岩崎泰治、本宮末雄、本間弘美、堀上一成、大島栄三郎、大塚房雄、大野秀雄、大阪三郎左エ門、片原一行、高野喜久雄、田村三郎、田中久男、中村澁、中村龍一、中村賢二郎、長野規、野崎圭吾、矢田隆、山本次馬、木暮規夫、青柳順子、新井正和、須藤伸一

の二十五名の名前が表記されている。

コルベンクラブ員の二十五名のうち私の知る詩人は、高野を除いて二人。大島栄三郎と須藤伸一くらいで、大島はこの章の「大島栄三郎詐称詐欺事件」に登場する秋田の詩人である。「コルベン族」ではシュルレアリスト[19]として遇され、「詩と詩人」ではリアリズムに基づく社会派とされている不思議な詩人ではある。須藤伸一の履歴はよく知らないが三十年程前に一度新潟へ来たことがあり、その際に同席したが当時私が詩史を書くようになるとは自覚していなかったので、人となりを思いやるこ

とはできなかった。新潟県関係としては、田中単之の証言で同級生だった新井正和、中村龍一、大塚房雄の三名が確認できる。

二号に載るTakano Kikuo名の「TRAVAIL☆A」は、木原孝一や鮎川信夫を批判し、「[詩と詩論]（VOU）と発展する純粋な知性的詩人のオーソドックスをみとどけ」と春山行夫・北園克衛を信頼する姿勢を鮮明にしている。この時期の高野の詩精神の典型と思われるので、二号十三ページに載る詩「象皮病ソサイエテイの曲率について」をそのまま転載する。

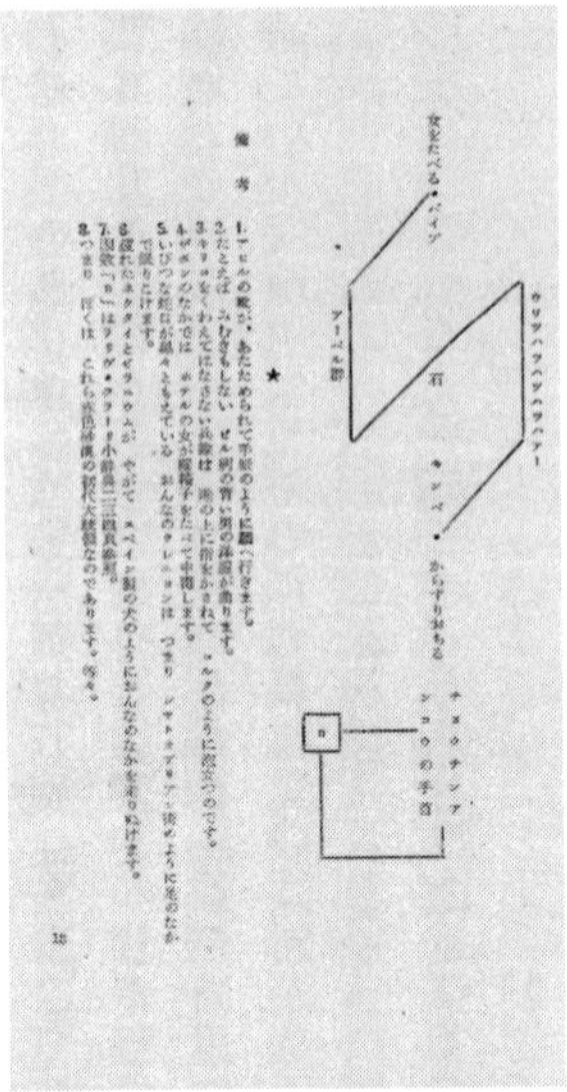

詩誌「コルベン族」２号に載る高野喜久雄の詩「象皮病　ソサイエテイの曲率について」

同人を公募するとした「NOTES」は、高野の詩「象皮病ソサイエテイの曲率について」の意図の説明であり、「コルベン族」の目指す詩の宣言文として読めるので引いておく。

超前衛的決意によつて結構されたエコオル・コルベンの異常な突出を企図して、茲にぼくらは正確な把手をもつ純粋な同族を公募する。ぼくらは〈所謂センチメンタル〉なアバンガルトではない。ぼくたちの組立てる一切の假説とぼくたちの繰返す一切の操作はやがて20世紀後半期のFORMEと精神のORDREとを完膚なき迄に變更するであらう。ぼくらは、1950年の持つ一切のFORMEと精神のORDREとをひとしく激烈に侮辱する。

高野喜久雄がシュルレアリスムを標榜し、春山行夫・北園克衛を信奉する二十五人を同人とする詩誌をこの時期に組織していることに驚きを禁じ得ない。

「コルベン族」同人の多くは、高野自身をはじめ戦後に詩を書き始めたと考えられる。高野が一九二七年生まれであり、大島は一九二八年生まれである。戦後に詩を書き始めた詩人の典型として高野と大島は存在していた。一九四五年八月十五日を十七歳、十八歳で迎えた青年たちの精神の軌跡を高野と大島は示しているのではないか。大島は一九五〇（昭和二十五）年三月に京都市の文学地帯社から詩集『いびつな球體のしめつぽい一部分』を刊行している。印刷者は山本和夫、表紙絵を井手則雄、序を安部公房が書いている。大島は当時は秋田県仙北郡神代村に居住していた。詩「頬」を引用して、安部公房の序と大島の精神的履歴を考えてみたい。

青暗いプロフィルから昨日の雲脂がこぼれ落ちる。
救いようのない頬の絶望感。
そう
近代の眞實は一刻の微笑から咲くんだらう
死ぬことも不可能な
黄昏の表情は傾く彼の慟哭を聞こう。
告発者のように　潜航行動的な……

暗緑色の片眼が地球の裏側を視つめている
あ　中軸を失つた廻轉の悲劇よ。
いまは花は咲かない。
明日
果して花は咲くだろうか。

安部は序で、「この詩集は、まづ方法を獲得するための闘ひであるとぼくは思つた。」と指摘し、「君の言葉は口から生まれた言葉ではない。手や足や胴や骨からもぎとられたひん死の言葉たちだ。」と詩人の慟哭を読み取っている。戦争期の画一的な教育を受けてきた世代が、急激な戦後の民主主義と自由の落差の中で精神の自立を獲得するためには、自由の謳歌や身体の放恣を解放するためには、まず自らの手で精神の自立を目指さなければならなかった。言葉を発見、再構築しなければならなかった。「過剰なひん死の言葉たちは、確固たるイメージへの再結晶をつづけているのであらう。」と結ぶ安部の言葉は、大島のみならず「コルベン族」に集った青年たちの行為を読み取っている。戦前に学んだ〝ひん死の言葉たち〟に変わる、「固有めいし的なイメージの結晶（安部）」を求めて、「コルベン族」はシュルレアリスムの手法を信奉し時代を疾走した。

一九五一年になると高野は北園克衛の主宰する詩誌「ＶＯＵ」35誌上でも、戦後の「モダニズム」精神牽引の一翼を担っている。詩「Ａｎｄ」と論説と紹介される短い〝パンセ〟を載せている。翌年の「ＶＯＵ」36誌上には、詩「顔にうつる石」を発表している。高野は一九五四年になると「コルベン族」「ＶＯＵ」とは、対局的な立場と思想を持つ「荒地」へと移行する。時代も既に一九四〇年代を越え一九五〇年代へと変遷している

「ＶＯＵ」35号誌上の高野のポートレート
1951（昭和26）年発行

ので、ここでは高野の戦後の軌跡を追うことは止める。この後の高野は「荒地」を中心に活動してゆくが、新潟では詩誌「現代詩」、「アンテナ」やアンソロジー『新潟詩集』に関わっている。

18　詩誌「新樹」と投稿誌「北日本文化」のこと

佐渡郡真野村新町から一九四六（昭和二十一）年六月に発行された「新樹」は、第一巻六号ということから敗戦後新潟県で発行された最も早い雑誌詩誌ではないかと考えられる。編集兼発行人は水上雄太郎、発行所は越佐文学会となっている。「新樹」は月刊で発行されていたとして一月の創刊ということになる。詩の選者が杉浦伊作であり、二巻一号の執筆者に浅井十三郎、安彦敦雄の名前を見ることから、「詩と詩人」との結びつきが強かったことが窺われる。小説、エッセイ、詩、俳句、短歌を網羅する総合文芸誌であった。

山崎馨が巻頭に詩「光明」と「霜」を載せている。また、渡辺久雄が「民主文化確立の道―農村文化と都會文化―」を、青山一男が「政治的人間に就て」を載せている。他に「詩壇」欄は杉浦伊作選で入選佳作として、山田誓一、小幡好子、大關キヨ、林久雄、津野元清、大關吉五郎、白鳥萩香、北條黎兒、牧野康彦、山本秀嵐、角屋美紗子、村木久、本間越江、田中勇の十四名の詩を載せている。

「北日本文化」も一九四六年には創刊されていたと推定される。やはり総合雑誌にして投稿誌としても広く関東東北一円に販路を持っていたと思われる。五十年代後半まで発行されているとの証言もあり、発行号数は百号を超える商業誌的な雑誌だったようだ。私の手元に有るのは、二冊のみでありその全体像は皆目分からないというのが実情である。一九四九（昭和二十四）年一月一日発行の第四巻第一号の概要を伝えるだけにする。

編集人高橋平次郎、発行人桜田正良で、発行所は新潟市医学町一の六九の北日本文化協会である。北日本文化協会の社員と思われる三十名の名前が、「謹賀新年」の下に記載されている。編集局長（主宰）桜田正良、編集局次長関戸敏雄以下、企画部長・整理部長・取材部長と続き、県内全域はもちろん北海道支局・大阪通信部・東京通信部が設けられている。出版社の様な会社だったのか、単なる投稿誌としての結社だったのか。陣容からは尋常ならざる組織であったと考えられる。

ちなみに掲載された詩に関する部分のみを紹介しておく。選者は土田英一。入選は池上嘉史良「たそがれ」、城まさみ「幻想」、宇野京太「祈り」、草村明人「机」、小南卓造「光る濡れた道」の五篇五名である。

19　沼垂の詩人・山田忠治のこと

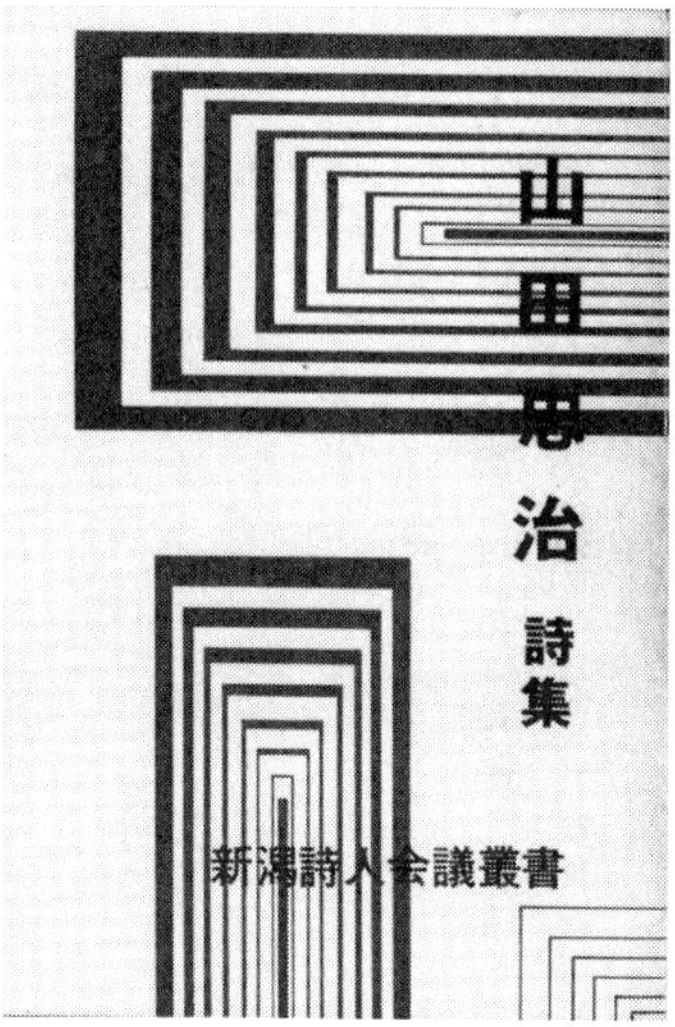

『山田忠治詩集』表紙
1981（昭和56）年10月発行

詩集と詩誌を中心とした詩史を編集していくと見落としてしまう詩人が出てくる。山田忠治（一九一一・六・二十六～一九七二・三・三）もそうした詩人の一人である。一九六〇年代まで活躍する詩人である。戦後の経済的な混乱の時代に労働者と民主主義の陣営に立場を置き、旗幟鮮明に闘った闘士でもあった。彼の名前を確認できるのは、「新潟・詩の共和国」の章で紹介した「第2回藝術祭」のプログラムである。「定着された風景」、「栗木川の魚ども」を朗読した青海元は、山田忠治のペンネームである。この時山田は「新潟民主主義文化團體協議會」か「新日本文学会新潟支部」に属していたと思われる。

山田は一九四六年から一九四七年にかけて起きた、東洋合成新潟工場での「生産管理闘争」を指導した労働組合の中心で闘いを担っている。創刊された労働組合機関誌「いぶき」は、詩・短歌・創作と闘争に檄を飛ばす誌面ではなく文芸誌の感がする。

一九四〇年代の戦後のこの時期、山田忠治は新潟市では所属する詩誌を持たなかった。一九四八（昭和二十三）年三月発行の詩誌「コスモス」第十号から一九五七（昭和三十二）年九月発行の第十九号までは、主に「コスモス」を詩的活躍の舞台にしている。詩誌

「コスモス」は、詩人秋山清が編集発行する「新日本文学会の系統」の詩誌であり、戦後の混乱期に詩人への一つの方向性を提示した詩誌である。「コスモス」という詩誌に属しながら山田を、中央という権威に右顧左眄せず新潟の郷土性を放棄しなかった精神の強靭性を秋山は評価したのだろう。労働という生産の現場をリアリズムの視点と闘いの姿勢を崩さぬ山田の詩の行為と営為が、都市インテリへの反措定として評価されたとも考えられる。一九四八年三月刊の第十号に載る山田の詩「あかいストーブと三人」の一部を引く。

まるい顔だつた
まだ　うぶ毛が残つているかと思われるような
はなのまる味
それから紅らんだまぶたのまる味

油でよどれた眞黒な手でさゝえているので
あごも口もゆがんでいる

連勤七日間の中のたつた六時間の休養で
あどけない二十三の島君の顔わ
あか味のつやがなくなつて
目がしらから　やにがはみだしている

（三連略）

もうしら〴〵として來た
粉雪の音もしなくなつた
とき〴〵どこかゞ風で音をたてるだけだ

ストーブが燃えている
そこが眞赤で　上の黒いコークスがピチピチなつて
上から白いガスがさかんに立ちのぼつている
こゝだけがほか〴〵とあたたかいのだ
しかし坂口さんのひげの活動わこのガスのためだ

人氣もない工作工場の中だが
あの火氣嚴禁のガスコンプレッサー室から來ると
いつぺんに五體のネジがゆるんでしまう

むづかしい顔だな？
かわいゝ顔だな？
あゝ　あつたかいなア
おやすみ　島君　坂口さん　すぐ仲間が來る

おやすみ　おやすみ

夜勤の工場での仮眠のひと時の表情を、山田のレアリスムで直視し同僚へのいたわりと優しさが、ストーブの火のように暖かく伝わって来る。純一な表現と日常感を漂わせる言葉、山田と同僚の交わす声が聞こえてくるようだ。この詩に現れるような生産現場の真実に東京の詩人たちに、彼等が触れえない労働者の心情の存在を提示し、山田は「コスモス」で「重要な活躍」[20]をなしえたと考えられる。

山田忠治は一九五〇年代には詩誌「詩のなかま」などの民主主義的な文学運動を支え、医療法人の手助けをするなど、終生を仕上げ工員として日本共産党員としての矜持を持ち続けた。一九八一年十月に遺稿集『山田忠治詩集』が加藤幹二朗、清水マサらの手で編まれている。

20　「詩と詩人」の変遷について
―復刊第五十八集から第七十五集まで（第一期）

詩誌「詩と詩人」は浅井十三郎の驚異的な熱意で敗戦の翌年の一九四六（昭和二十一）年三月に復刊する。復刊号に就いては既に述べておいたところである。

敗戦の混乱や失意の中、詩への希望は断たれることが無かったかのように多くの人達に詩が受け入れられていく。「15　新潟・詩の共和国」で詳しく述べたところである。同年五月には第五十九集の附録として、B４ペラの「詩と詩人通信」第一号を発行している。この「詩と詩人通信」はしばらく発行を続けている。

一九四六年九月刊行の第六十二集では、戦後の詩の現在と未来を問うべく、「現代日本詩を繞る諸問題・その展望と考察」と題するアンケートを全国の詩人へ発信し、秋山清、寺田弘、佐伯郁郎、小野十三郎ら五十三人の詩人から回答を得ている。

復刊第一号通巻五十八集から一九四八（昭和二十三）年四月刊行の第七十四集までを、戦後の「詩と詩人」の第一期と位置づけられよう。浅井と編集業務の多くを担当した田村昌由との、いわば共同編集期と言える期間である。殊に一九四六年十月刊行の第六十三集から一九四八年第七十一集までの「詩と詩人」は満州や外地、或は戦場から引き揚げてきた同人やその地での仲間の詩人が多く登場している。その多くは田村が過ごした満州の詩人たちである。これは田村が編集委員として編集作業を担当したことを物語っている。こうした編集の問題が浅井と田村の確執に繋がっていったのかもしれない。それは次項で詳しく述べることにする。第七十一集は「満州詩人」の同人川島豊敏追悼号としている。敗戦前後の満州の詩人たちの動向を知るには優れて良い資料ではある。

第七十二集から「詩と詩人」は浅井単独編集となる。「詩と詩人」と「現代詩」の編集発行者としての浅井は、一九四八年春には内山登美子が主宰する詩誌「女神」の発行元も引き受けるエピソードを残している。第七十一集には「女神」第二号発行予告が、

全日本女流綜合詩誌として出發した「女神」の第一號は各方面から注目と絶讃をあびているが、ひきつづいて第二號は目下編集印刷中で詩を愛し生活の中に詩を求めていきんとする女性にとつては女性だけの詩誌であるだけに見のがせないものと信ずる。

とのコピー付きで告知掲載されている。編集は横須賀市田浦994の内山登美子方となっており、発行所は詩と詩人社になっている。ガリ版で始めた「女神」を浅井が活版で発行するよう勧めた結果であるようだ。内山は追悼文で浅井宅を訪ねたことを記している。「女神」の印刷発行を浅井からの申し出があり、それに応じたと内山自身の証言を得ている。

こうした時期に戦後の「詩と詩人」の第二期を形づくる詩人のひとり、小林明（北村鱒男）が一九四八年一月刊第六十九集に評論「虚無よりの創造」を引っ提げて登場する。そして第三期の牽引者湯口三郎が一九四八年三月刊行の第七十一集には、詩「ぬらりくらりと温かい二月の夜に」を掲載する。小林明は一九四九年の八ヶ月か十ヶ月を、湯口は一九五〇年から数年に亘って浅井宅に寄宿し、「詩と詩人」の編集業務を手伝うことになる。湯口は浅井と北川冬彦との確執に深く関与することになる。後に詳述する。

21 〝莫逆の友〟浅井十三郎と田村昌由の確執について

浅井と莫逆の友だつた筈の田村昌由の缺けたことなど、理由はどうあれ淋しいことだ。

一九五〇（昭和二十五）年十月刊の「詩と詩人」九十六集に載る河邨文一郎（一九一七〜二〇〇四）の文の引用である。浅井十三郎と田村昌由の関係は、戦前の詩誌「詩生活」から二人を知る詩人にとって極めて親密

な友、すなわち莫逆の友と見られていた。しかし、戦争を経て戦後の混乱期を共に乗り越えつつあったこの時期に二人は訣別する。私が二人の訣別の事実を知ったのは、一九六九（昭和四十四）年三月刊の詩誌「現代詩謠」二号に載る田村の「浅井十三郎と詩碑と」を読んでであった。

浅井とタモトをわかったことはお互いに不幸であった、と僕は思っている。浅井と関係なくだが、詩人の友情は、よくよく考えてむすびあうものだと思う。（中略）その結果のさびしさ、哀れは書くまでもなかろう。

浅井が亡くなって、彼の詩碑を建立しようとの動きに関しての感想を述べた文章の最後の段落に出てくる文章である。この文章からは浅井と田村が、どういう理由で〝タモトをわかった〟のか判然としない。「詩と詩人」の編集上の対立や経営上の問題、あるいは詩の方向性の相違から訣別したのか等の理由はうかがい知れない。

一九七九年十二月刊の詩誌「火山帯」[21]は、田中伊左夫を追悼する田中伊左夫特集号として発行されている。田村はここに「雑々ノート」を掲載している。田中伊左夫への追悼文を依頼されての文章であろう。そこには、

わたしは、新潟へ出ても、「詩と詩人」の編集を続け、「現代詩」の校正も見てやったが、昭和二十二年（月日は忘れた）、浅井と絶交した。昭和十二年から十年間、詩の仲間であったが、である。右と左にわかれ、再び逢うことなく、浅井は病没した。

と、絶交時期と二人が出会った時期を書いている。二人が出会ったのは「戦争期の詩人たち」[22]でも触れたが、事実関係を記しておく。「雑々ノート」で田村は、

昭和十二年五月、新宿の「高野」（日本詩人会の詩朗読コンクール会場）ではじめて逢った。塩野筍三が、わたしが新潟県人（ほんとうは北海道生れ、本籍が広瀬村）、ということで浅井をひきあわせた。

としているが、この催しは一九三七（昭和十二）年七月に日本詩人会と読売新聞社により、新宿の「大山」で開催された「詩の朗読コンクール」のことではないだろうか。この時優勝したのが武井京であった。一九九一年発行の『武井京詩集』での口絵写真の説明に日時があり、同じような朗読コンクールが旬日をおかず開かれるとは考えにくい。いずれにしろ昭和十二年の五月か七月に塩

野筍三の紹介で田村と淺弘見時代の浅井は顔を合せる。田村の両親の出身地が浅井と同じ広瀬村ということから二人は親しく交流してゆくことになった。

〝月日は忘れた〟絶交した時期は、昭和二十二年の何時頃であろうか。「詩と詩人」の奥付けと編集後記の推移から推定してみる。「詩と詩人」の編集兼発行人は浅井十三郎の本名関矢與三郎とし、発行所は詩と詩人社でいずれも北魚沼郡広瀬村並柳としている。印刷人は本田芳平で、住所は新潟市西堀三ノ二五八である。このため戦争期でも編集室を新潟市の同人に委ね、小林清一郎と田中伊左夫が担当してきた経緯もある。[23] 引き揚げ後しばらくは両親の故郷広神村で過ごしていた田村が国鉄に職を得て、新潟市に住むようになり、「詩と詩人」の編集を旺盛に担うことになっていったと考えられる。一九四六年五月刊の「詩と詩人通信」第一信で編集後記にあたる「・春・夏・秋・冬・」で

◆久しぶりで雑誌の編輯をした引揚でくたびれた身體になにか心たのしい風をあたへてくれた六年間も留守をしてゐたのでさつぱり様子や顔ぶれがかはり一寸勝

日本詩人会・読売新聞社の、詩の朗読コンクール優勝記念写真（昭和12年7月4日　於・新宿大山）
河井酔茗、野口米次郎、吉田一穂、武井京、照井栄三、田村昌由、山之口獏、佐藤惣之助、白鳥省吾、福田正夫、泉芳朗、古賀残星、月原橙一郎。
（『武井京詩集』／福田正夫詩の会発行の口絵写真より）

「詩と詩人」社開催、詩の朗読と文芸講演の会（昭和15年頃　於・牛込矢来町仏教会館）
向かって左から、中列・武井京・山田岩三郎、山之口獏、塩野旬三、伊波南哲、関秋子、中里廉、田村昌由。
前列・英美子、前田鉄之助、川路柳紅、照井栄三、小笠原啓介、浅井十三郎、吉田暁一郎。（同上口絵写真より）

手がちがふやうな氣がする。

と田村は告白している。

一九四六年十月刊「詩と詩人」六十三集の編集後記の終りに、「詩と詩人社新潟編輯室　新潟市船場町二ノ三四二四小島清吾方　田村昌由」と記されている。広神村の両親の親戚に引き揚げていた田村が新潟での生活を始めた時期であろう。十一月刊の「詩と詩人」六十四集では、国鉄の寮へ引っ越している。ちなみに引っ越し先は、「詩の共和国」の項で述べた「新潟市旭町二番町五二四一新郷荘」である。六十五集から新潟編集室は奥付け欄に移り、田村昌由気付となっている。編集の多くを田村が担当していることが窺える。一九四八（昭和二十三）年三月刊の七十集では、田村の再度の引っ越しで、新潟市白山浦一ノ二五〇白山寮が新潟編集室となっている。そして七十一集では新潟編集室名は消え、編集部員田村昌由となっているが、編集後記は田村が「田村生」の署名で書いている。一九四八年五月刊の七十二集の編集後記は浅井が書き、その中で、

暫く編集の大半を田村君からやつて貰つていたが改めてまた僕が暫くかわる。ここわ同人制でわない。自由に力作を寄せられたい。

と述べ、田村と浅井がこの号で〝タモトを分かった〟と考えられる。月日の特定はできないが、二人がタモトを分かった時期は、昭和二十二年ではなく、昭和二十三年の三月から五月にかけてであると推定される。ちなみに七十三集には田村の詩「寂寥界隈」が掲載されている。浅井と田村の出会いから訣別までを縷々述べ過ぎた感がある。

さて先の「火山帯」の文で田村は、浅井や田中のことを悪しざまに非難している。浅井に対する反感を正直に感情むき出しに書いていると言っていい。田村のこうした文章の一つに一九五〇（昭和二十五）年六月刊の投稿誌「日本詩壇」に書いた「いんくのしみ」がある。この二つの文章から田村の浅井に対するわだかまりは次の三点にあると考えられる。

一、詩誌「詩と詩人」は詩誌「詩生活」の後継詩誌であること。

二、昭和十四（一九三九）年六月に創刊するにあたり編集発行は同人五人の回り持ちと決めて創刊したこと。すなわち泉與史郎・田村昌由・小笠原啓介・久須耕

造・浅井十三郎の同人五人。
三、〝とりあえず浅井が第一号を受けもった〟が、〝いつの間にか浅井の「詩と詩人」のようにな〟ったこと。

要するに詩誌「日本未来派」に自らの居場所を見出した田村は、「詩と詩人」の編集発行を戦争期から戦後までを浅井が一人でやり遂げてきた、と評価されることに腹を立てているだけなのだ。浅井十三郎の「詩と詩人」という評価は認められないと申し立てているに過ぎない。田村が「詩と詩人」の評価については、「近代文学館の「近代文学大辞典」は正しくしるされている」としている。その文を紹介する。

主宰浅井十三郎。詩と詩人社発行。浅井の郷里新潟広瀬村で刊行。私生活同人の浅井、泉芳郎、田村昌由、久須耕造、小笠原啓介を創刊同人とし、（中略）はじめ編集を持回りにしたが、中途から浅井が専念。（中略）戦後ただちに二一年三月から田村の編集で復刊。（後略）

編集発行は持回りでやっていくとの方向性は、創刊準備の会合ではそのように話し合われてはいたのだろう。しかし「詩と詩人」創刊号の奥付けを見る限り、編集兼発行人は本名淺井與三郎名でなされている。創刊同人五人はそれぞれが徴兵や時代に翻弄され、健康といった個々人の事情も重なって編集の実務を担えなかった。「詩生活」の編集発行人だった泉與史郎（泉芳郎）はこの件での異議は一切発言していない。田村が「詩と詩人」の編集に心砕いてきたであろうことは推察できる。しかし田村は召集され、解除後に満州へ渡り、北京で敗戦を迎えている。どの程度の編集作業に関わり得たのだろう。戦争期の編集作業は小林清一郎、田中伊左夫に負っていることは既に書いた(8)。「戦後ただちに二一年三月から田村の編集で復刊」との『近代文学大辞典』の記述は間違っていると私には思われる。なぜなら田村はこの時まだ北京に居て、

千六百名の邦人引揚集團の總指揮を受け持たされ、二十一年四月、ようやく内地え《ママ》歸つて來たのである。
（田村昌由詩集『風』あとがきより）

と帰国引き揚げ業務の中心を担っていた時期である。先に示した「詩と詩人通信」でも明らかであろう。編集作業やその為の手紙等の往復は困難を極めたと考えるのが

至当であり、引き揚げ後の活動はこの章で述べてきたところである。田村の浅井への思いは、〝浅井十三郎の「詩と詩人」〟という詩界や詩人たちの評価への意趣返しと考えるより他にない。

取材してきて〝莫逆の友〟田村が、浅井に対して豹変したのは単純で現実的な事実からかも知れないと思う。それは田村が一九四七（昭和二十二）年九月に刊行した、詩集『風』の集金を巡る当時の事情を知る人の指摘である。田村は引き揚げ後浅井と田中伊左夫の尽力で国鉄に職場を得て、戦後の混乱期といえども生活的には一定の安定を得ている。田村のこうした経済的生活的理由から、金銭問題のもつれという指摘を私は否定的に考えてきた。しかし「詩と詩人」七十五集の編集後記で、印刷会社への負債を述べた後に浅井は、

又田村昌由氏の『風』の在庫がある。特に定價四十五圓を二十五圓で全部さばきたい。此の際是非御一讀願いたい。

と訴えている。

「現代詩」と「詩と詩人」の発行責任者としての、浅井の経済的窮状は推して知るべしであろう。

「「現代詩」をめぐって」の項の最後に、浅井十三郎の田村昌由と北川冬彦への唯一の反論文を紹介することとする。

22 「詩と詩人」変遷
―七十五号から九十号まで（第二期）

「詩と詩人」の運営は戦争期から会員制を採用してきた。一九四八年九月刊第七十六集に「「詩と詩人」の會々則」が掲載されている。〝㈠立場〟には、「本誌「詩と詩人」の基盤はヒユマニスムによる立場をとつています。」とし、〝㈡會費〟では、「「詩と詩人」は會員制で一般會員と維持會員の二つに分けます。」となっている。また、「一般會員は年額六百圓を一期又は二期に前納していただきます。」となっており、特典は「詩と詩人」への投稿ができるということであった。これは一九七〇年前後に詩誌「試行」や「あんかるわ」が採用していた、直接購読者の投稿権と同じ制度と理解される。

こうした会則が復刊号から二年半も経てからようやく掲載されたことは、「詩と詩人」の運営と経営強化とヒューマニズムに詩の基盤を置くという立場の表明であったと考えられる。復刊「詩と詩人」の第二期の始ま

りと考えるのである。

第七十五集に「詩と詩人」会の会則を掲載し、歩みを前へ進めるべく浅井は新たな出発を始めた。この浅井の歩みを支えたのは小林明と湯口三郎であった。小林は「一九四九年春から」八ヶ月ないしは十ヶ月の一年近く編集の作業を手伝っている。小林本人の証言が二つある。一つは一九五一（昭和二十六）年三月刊100集の「詩と詩人」では「新潟の十ヵ月間」と書き、浅井十三郎追悼号では「二十四年の春から師走にかけての八ヶ月の余を、私は浅井氏とともに暮した。」と述懐している。

湯口三郎が浅井宅で「詩と詩人」の編集業務と農作業の「共同生活」[24]を始める日時ははっきりしないが、一九五一年三月刊の「100集記念號」の編集後記で浅井は「四九年は小林明君、五〇年からは湯口三郎君が無給で編集部應援にきてくれている」と二人の消息を残している。

小林と湯口の存在なくしては一九四九年から一九五二年の「詩と詩人」は考えられない。小林と湯口は農作業を手伝いながら、「詩と詩人」の編集業務に精力を注いだ。それは〝寄宿、居候〟ではなく、錦の言うようにまさに〝共同生活〟であっただろう。この間浅井自身も自らの思想と詩誌の一体化をすべく様々な企画を特集してゆく。

「詩と詩人」動向を探ってみよう。

特集を組む編集の始まりは、一九四八（昭和二十三）年十一月刊第七十八集からであった。新鋭特集として、

堀井利雄、赤羽遼、瀬戸哲郎、山中毛里夫、三島秀夫、
篠原啓介、杉本直、延原慶三

の八名が選ばれ、詩を掲載している。第七十六集で「詩と詩人」の会則で準会員として会費を納入し、作品の投稿を進めたことへの回答と応募してきた新人たちへの希望の道を示す意図があったと考えられる。「詩と詩人」はこれまでも〝開墾地〟という欄をもうけて新人育成を

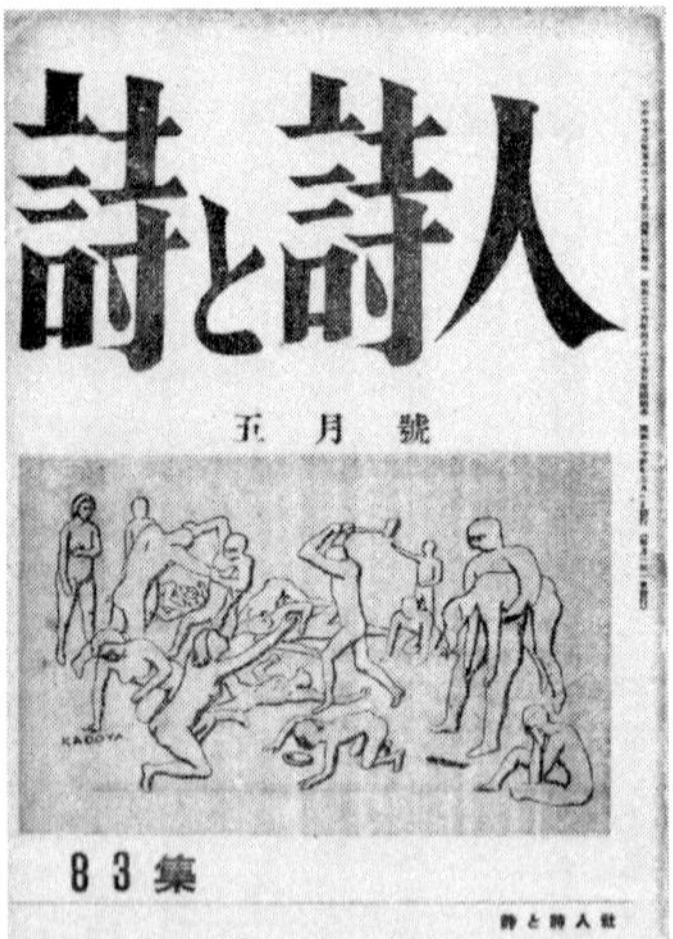

「詩と詩人」83集　特集国鉄詩集号の表紙
1949(昭和24)年5月発行

図ってきている。この集以降は新人育成欄は、ヒューマニズムを標榜する詩誌として「自由市民」と名付けられている。

一九四九（昭和二十四）年五月刊第八十三集は、戦後先駆的に全国規模の詩運動を展開した詩誌「国鉄詩人」を取り上げ、「特集國鐵新詩集—轍」を組んでいる。安彦敦雄が「国鉄詩人」を紹介するにあたって、「勤労詩の詩精神について」と題して評論している。この特集の編集企画を担当したと考えられる、田中伊左夫が「勤労詩といわれるものの覚書」を書いて、当時の「国鉄詩人」[25]で論議論争が交わされた〝勤労詩〟の側面をも伝えている。作品を寄せたのは、

須藤善三（新潟）、松川瓢吉（新潟）、秋澤富貴子（高知）、高木彰（名鉄・川岸）、松島忠（福島）、青木昭平（十日町）、長尾和志（長野）、佐々木俊（長野）、濱口國雄（関西線・王寺）、堀井利雄（函館）、能登秀夫（大阪）、轟俊也（鳥栖）

の十二名。カッコ内の名称は、当時の国鉄の所属機関区名と思われる。

一九四九年七月刊第八十五集は、イオム同盟作品集が組まれている。イオム同盟とは、「ぼくら三人が片々たるガリ版の小冊子ＩＯＭの第一作品集をだしたのは四七年の三月だったとおもう。」と自己紹介文の「ＩＯＭＩＳＭＯについて」には書かれている。三人とは向井孝、山口英、平柳秀三で、それぞれが作品を掲載している。アナキズム系の詩誌と思われる。この集以降三人は、「詩と詩人」誌上に詩、書評などを発表している。

一九四九年八月一日刊第八十六集は「アナキズム文學特集」号であり、同日には詩集『火刑台の眼』を上梓した浅井にとっては、特筆すべき意義のある集であったと思われる。浅井は昭和初期にはアナキズムに傾倒し、淺弘見のペンネームでアナキズムの陣営で論陣を張り実践している。詩集『其一族』は発禁処分にあっている。アナキズムは日中戦争・太平洋戦争を遂行する体制下で弾圧を受け浅井は転向、戦後、アナキズムに寄り添いながらもヒューマニズムを基本とする民主主義と平和擁護の変革を希求する立場をここで明らかにしたかったのであろう。同号の巻頭言「詩と詩人の會宣言」は、

詩と詩人の會は詩人及び全民衆の歌聲を高らかにひゞかせながら平和擁護の強固なる理念を基とするヒュー

マニズムの新たなる文學運動のために新しきジャーナリズムを形成しつゝ、從來の藝術概念の虚妄を衝いて革新し、營利的ジャーナリズムと對立旦《ママ》それを克服せんと企圖するものである。

とヒューマニズムの擁護と独占的な中央のジャーナリズム批判を、演説口調で述べている。その宣言の実践があたかも「アナキズム文學特集」であるかのようである。「アナキズム文學序論」を植村諦が書き、石川三四郎は「詩とアナキズム」を松尾邦之助が「個の叛逆」をそれぞれ評論している。そして福田正夫がエッセイ「詩とアナキズムと自分」を、栗原貞子が書評「二つの詩集」を載せている。詩を寄せたのは、

山崎又、宮崎護、栗原貞子、祝算之介、山口英、磯村
庸夫、押切順三、植村諦、松木千鶴、高島徳一郎、宮
崎譲、松本千鶴（遺稿）

の十二名。イオム同盟の山口英の名が見られる。

続く九月刊第八十七集は「東北特集」を組んでいる。その顔ぶれは、

小名木滋、石井昌光、船水清、大瀧清雄、奥山潤、杉
山眞澄、畠山義郎、幸坂昭三、伊澤正平、佐藤總右、
川村正、大島榮三郎、石田八平、牧原恒夫、佐藤治助、
三木滋、境扶貴子、須藤昭夫、日下正博、宮本昭三、
春日紅路、葉樹えう子、三八城文彦、澁谷晴雄、布施
常藏、井上長雄、高橋兼吉、柴田正夫、村上昌幸

の二十九名に及んでいる。

塩釜の詩人、志波亭が「可能性の詩人」と題し詩論を展開している。この東北特集は戦争期と戦後の「詩と詩人」を支えてきた、杉山眞澄が中心になって編集企画をしている。「覚書」でその辺の経緯を述べているので引いておく。

本特集は東北詩文化の在り方を示すと云ふ面に重点を置きあくまで作品實践による價置《ママ》を示すべく努めた。それ故現在東北に活躍してゐる各派の中堅詩人を中心に、新進詩人を廣く紹介するよう編輯の企画を置いた。

注目すべきは大島栄三郎の「詩と詩人」への初登場である。大島はこの時「勾配感覚」と題した散文詩を寄せている。この大島を巡って「詩と詩人」では北川冬彦と

の間で確執が生じる。そして詩誌「犀」の創刊同人、井上長雄が顔を覗かせている。

この第八十七集の東北特集は、会員の囲い込みというか「詩と詩人」の経営的基盤の確立に向けた努力の一つの形を示している。「氷河期」という会員向けのページで会員相互の研究会の開催などが伝えられている。東北特集を編集企画した東北支社は四つの分室で構成されている。すなわち、「宮城分室　仙台　伊澤正平」、「青森分室　弘前　船水　清」、「秋田分室　秋田　奥山潤」、「山形分室　山形　佐藤總右」となっている。おなじく「東京支部第一回研究會報告」があり、「徳島支部」「山口支部」の動向が記されている。こうした「詩と詩人」の販路拡大の方法として企画された特集が続く。

一九四九年十一月刊第八十九集は九州を特集している。「九州詩界のローカリズムと詩の正統性」を中島宏が、「九州詩壇展望」を原田種夫が書いて、それぞれの立場から九州の詩の現状と展望を俯瞰している。編集を担当したのは上田幸法で、「原稿の依頼狀、二十八通出したうち、二十一名の名を連ねた」と報告している。

瀧口武士、丸山豊、竹尾大吉、黒木清次、内田博、谷村博武、江藤和彥、澤田靜夫、福田眞澄、原田久、本田眞一、福山嘉直、一丸章、山本峻、高木護、雪野一平、麻生久、上田幸法、のぐちたひら

の十九名が詩を寄せている。二十一名の住所欄の他に、「詩と詩人」社の経営方針にのっとった「支社」が次のように付されている。

詩と詩人の會九州支部一覧
熊本支部……八代市井上町一六九………上田　幸法方
宮崎支部……宮崎縣北浦局區内島野浦…後藤津木夫方
福岡支部……大牟田市大正町一の五……内田　博方
久留米支部…久留米市旭町醫大寮………甲斐田　健方

福岡支部の内田博は、「詩と詩人」には無くてはならぬ、忘れてはならない詩人である。内田は一九四〇（昭和十五）年九月刊の「詩と詩人」第八号に詩「夕闇の列車」を発表して以降、戦中戦後を通じて「詩と詩人」を舞台に活躍している。

こうした浅井の「詩と詩人」にかける熱意も経営には反映されず、時代の景気に揺さぶられることになる。一九四九年の「詩と詩人」は第八十集から第八十九集まで、四十ページから八十二ページ立ての編集で刊行して

いる。見てきたように特集を組む旺盛な刊行だったといえる。小林明の献身がなくてはできなかったであろう。しかし、一九五〇（昭和二十五）年二月刊の第九十集はA４ペラの四ページ、A５判四ページとなる。
　第九十一集からは戦後の「詩と詩人」が第三期へと変遷する。

23　「詩と詩人」の変遷
―九十一集から「第三期」へ

　一九五〇（昭和二十五）年二月刊九十集と六月刊九十三集は四ページの編集で発行されている。こうした事情を四月発行の「詩と詩人」九十一集の編集後記で浅井は、

　昨年下半期頃から急速度に資本攻勢の度を加えてわれわれ懸命の努力にもかかわらず今日に於ける金融難わ遂に二三の詩誌を除く外怡が發行困難に陥っている。

と経済的逼迫の窮状を伝え、「最早、單なる個の忍耐のみにてはなし難き所え全日本の詩誌の運命がとわれている」との詩誌発行の危機感を訴えている。経済の悪化と紙不足の影響で、同人誌の発行が困難な状況が全国規模で起こっていることが窺われる。
　この危機を回避し、詩誌「詩と詩人」の発行を継続するために、同集で「「詩と詩人」再組織について」として、会則の変更を告げている。会則㈠立場は、

　さきに復刊以來、終始ヒユマニズムの旗をかゞげ來つた「詩と詩人」の立場は、毎号の主張及び作品によつて確証されるものですが、この度、より強力にこの運動を推進させるため會員制の外に同人制を加えることに改めました。

と同人制を導入することを宣言している。再組織に賛同した「詩と詩人」の「現同人」は、

　淺井十三郎、石塚幸三、石渡敦美、出海溪也、伊澤正平、上田幸法、内田博、内山登美子、大島榮三郎、大崎二郎、小倉又夫、奥山潤、大瀧清雄、川口忠彦、亀井義男、河郁文一郎、木原啓允、桑原雅子、小林明、後藤津木夫、杉山眞澄、田中伊左夫、田中久介、奈良進、萩野卓司、廣瀬三郎、畠山義郎、長谷川龍生、村上昌幸、目黑亮助、藪内春彦、吉村正敏、湯口三郎

等三十三名であった。浅井は編集後記で、

我々わここに別記の如くに再出發して詩と詩人ヒューマニスム運動の第三期に突入することとした。相信ずるもの、偉くなりたくない眞面目な人々をまち望んでいる。

と「第三期」という言い方で新しい方向性を打ち出している。

私が戦後復刊後の「詩と詩人」を「第一期」「第二期」と規定したのは、あくまでも編集者の変化と「詩と詩人」の会則変更から一つの目安として置いた規定であった。浅井自ら「第三期」としたのは、戦争期を第一期とし、戦後の五十八集から九十集までを第二期と総括してであったと思われる。

湯口三郎を迎えてのこうした再出発の意義にも関わらず、浅井十三郎と「詩と詩人」の激動は続く。一九五〇年の動向は、詩誌「現代詩」を巡る人間関係を重点にして展開する。「詩と詩人」の動向もそれらと軌を一にするところがあるので、そうした視点を中心に見ておく。

24　詩誌「現代詩」をめぐって

浅井十三郎は「詩と詩人」の復刊に先立って、一九四六（昭和二十一）年二月に詩誌「現代詩」を発行する。その経緯に就いてはすでに述べたところである。「現代詩」が「新潟県戦後五十年詩史」の中でどのような位置づけが可能なのか迷ってきた。私が後に編集を委任された北川冬彦と浅井との確執というか、大家北川冬彦が編集権を奪ったとかの「噂」に翻弄されてきたように思うし、また「評伝浅井十三郎」を書こうというのではないので、浅井がめざしていた「公器的詩誌の実現を」という夢と野望が、私の理解の外にあるからだとも考えてきた。

しかし「現代詩」の奥付けや杉浦伊作の詩集『人生旅情』を読んで、浅井が編集兼発行人を続けていた事実を知って見れば、私なりの「現代詩」理解を示しておくことも必要だと考える様になったので記述する。

一九八六（昭和六十一）年発行の桜楓社版『日本現代詩辞典』では、

発行所は浅井十三郎の主宰していた詩雑誌「詩と詩人」

の発行元である詩と詩人社。編集は創刊号から第十五集までが杉浦伊作。第十六集からは北川冬彦がこれに当たった。

とある。この説明には誤りがある。「現代詩」の奥付けを追うことでこの間違いはすぐに分かる。創刊号の編集兼発行人は関矢與三郎、浅井十三郎の本名であり、編集部員杉浦伊作となっている。後記はこの二人が書いている。創刊号の執筆者は「現代詩創刊號寄稿家」として、

北川冬彦、神保光太郎、近藤東、笹澤美明、岡崎清一郎、城左門、岩佐東一郎、小林善雄、中桐雅夫、大瀧清男、山崎馨、高橋玄一郎、杉浦伊作、浅井十三郎、木下夕爾

の十五名が、例えば北川冬彦（詩・現実）、神保光太郎（四季）、笹澤美明（詩と詩論）、杉浦伊作（詩と詩人）とそれぞれの詩人が、「（ ）内は元主要關係詩誌」との説明を添えて関係詩誌名と共に掲載されている。

一九四八（昭和二十三）年一月発行の第十六集は「新出發號」と表紙に書かれている。第十五集までは同人制ではなく、この集から同人制に移行したことが伝えられている。この号も編集兼発行人は関矢與三郎であり、編集部員は杉浦伊作である。ただ編集後記は北川冬彦、杉浦伊作、浅井十三郎の三名が書いている。

同人の確認事項か共同宣言かは分からないが〝同人〟名で、「スタートライン」という文が掲載されている。

詩の世界に、リアリズムとロマンチシズムの二大流派が、何れの時代にも並び行われている。或は現實派を云ひ或いは浪漫派をとなえる。われわれは思う、この二流派は、その時々に詩人自らの素質の多量な部分を强調するか、または自らに缺ける部分に憧憬するかによつて起こるものなのであらう、と。

詩精神に二つの流れを指摘し、自らの立場を、

純粹なぞと云つては不足だ。純正である。オオソドックスである。されば、われわれが日本純正詩の樹立を目指すところから、われわれの一群を純正詩派と名付けることも或いは出來るであらう。

と主張している。署名同人名はアイウエオ順で、

安西冬衛、安藤一郎、浅井十三郎、江口榛一、北川冬彦、北園克衛、笹澤美明、坂本越郎、杉浦伊作、瀧口修造、永瀬清子、村野四郎、吉田一穂

の十三名。

まさに「昭和一〇年代にはすでに確固とした地歩を確立していた詩人たちを同人」[26]とした観のある詩人群である。また「スタートライン」からは福田律郎らの「純粋詩」批判が内在しているようにもみえる。編集後記の署名で浅井十三郎が「詩と詩人社主人」と署名していることが不思議と言えば不思議である。

奥付けの表記からみれば、編集者が北川冬彦に変わるのは、一九四九（昭和二四）年三月発行の第二十八集からである。桜楓社版『日本現代詩辞典』は、「現代詩」の同人制移行を編集者の変更と読み違えたのかも知れない。

ここに浅井と北川の確執の原因があるのだろうか。同人制は詩誌発行の費用は、通常同人費として徴収されそれぞれが分担する。同人制の発足する第十六集までは、発行人は詩誌発行の全責任を負って、製作費の負担も全面的に負っていたものと考えられる。浅井十三郎の経済的負担はどれほどのものだったかは、想像に難くない。

しかし浅井が「詩と詩人」と「現代詩」で負う、経済的負担はどれくらいだったのかを知る手掛かりは無い。ただ、浅井家の貧困さを語るエピソードには事欠かないが、家に有る売れるものは全部売りつくして、畳一枚しかなかった時期もあったという。

「現代詩」創刊号の編集後記で浅井は「昨秋計畫が立つと僕は一切を白紙にして杉浦君に委した。」と書き、杉浦も「次號は北川氏、神保氏の指示をうけて編輯したい。」と抱負を述べている。浅井は「現代詩」の編集は杉浦に白紙委任していた。編集部員として杉浦伊作は私淑する北川冬彦と相談の上編集を進め、編集のほとんどは北川の意向が反映したものとなっていったと推察できる。その経緯は次のように展開する。

北川冬彦は一九四五（昭和二十）年五月二十五日の空襲で焼け出され、「冬彦は七月に長野県更級郡篠井（現長野市篠ノ井）へ疎開し、そこで敗戦を迎えた。同年十一月には疎開地を引き揚げ、浦和市岸町に移」[27]り借り住まいをしていた。杉浦は「雑誌『現代詩』を編（一字あき不明）するに當り、私は最初のプランに北川氏の名を擧げて、北川氏のアフォリズムがほしくて」[28]、「（昭和十一年第一文藝社刊）文報の住所録で澁谷の住所」宛手紙を書いて投函したという。それが先の疎開先を経由し

て岸町の北川のもとに届いたのが、「(昭和二十年十二月)意外にも、なんと、私の隣組の町名の住所」であったという。「それから、私は、實に、しばしば北川さんのお宅を訪ね、奥様とも親しくなり、家族同志の親交も得」ることになる。北川冬彦に私淑し師と見ていた杉浦は、「現代詩」の編集を事あるごとに北川と相談して進めていたということである。

一九四七年の十二月に北川は、東京都新宿区須賀町へ家を新築し引越しをする。それを機に編集者を北川冬彦と明記した。第二十七集と第二十八集の違いは、編集部員が編集者となっていることである。

このように見てくると浅井と北川の間で編集を巡る確執を特定することはできない。同人制に移行する時の編集後記の署名で、浅井が「詩と詩人主人」とした点に違和感が残ることくらいである。

「現代詩」は一九五〇(昭和二十五)年六月発行の第三十七集で終刊したようだ。終刊号と銘打った号はない。編集後記で北川は「「現代詩」が同人雑誌としての性質を變えて公器めいてくる傾きがある」と自負しながら、「現代詩人会」と称する「一つの親睦團体を作ることにした」と告げている。この「現代詩人会」は現在の「日本現代詩人会」である。第三十七集の同人は江間章子、大江満雄、岡崎清一郎、杉山平一、竹中郁、壷田花子、丸山薫、山中散生等が加わり、二十一名に増えていた。同じ編集後記に浅井は短い後記を書いている。

◎この雑誌をだすことも一つの責任のようなものを感じている。お話にならない金づまりで苦闘している。一層のご協力を同人諸氏並に読者諸兄にお願いしたい。クドクド見榮わ言いたくない。

編集兼発行人としての責任は「現代詩」製作費の支払いだろう。

浅井にとっては詩集『火刑台の眼』を前年に出版し、意気盛んな時のようにも思えるが、「お話にならない金づまり」の言葉には浅井の深い諦念に似た悲しみを読んでしまう。編集上の対立や経営上の問題がどのようになされたかは「現代詩」誌上からは窺えない。経済的苦境は浅井一人のものではなかった筈だ。

「詩と詩人」はこの九十一集から「「詩と詩人」再組織について」として、会員制と同人制の二本立てで行く方針が掲げられたことは既に述べたところである。その会則の㈢で、會員は金額壹千円を一期又は二期に前納していただきたます。雑誌「現代詩」「詩と詩人」を各一部づつ配布いたします。但し「現代詩」の配布を必要としない會員には金額五百円を前納していただきます。尚經濟界の變動で會員の更生をすることがあります。

とあくまで「現代詩」の経営安定化をも加味した会則にしている。

「現代詩」の現在的評価はどのようなものか『日本現代詩辞典』からの引用でこの項を終ることにする。

詩人自身がジャーナリズムから離れて、詩人自身のため、詩壇のために、「反省と内察」を加え、高踏的かつ民主的であろうとの極めて困難な願意をこめて発刊されたものである。（傳馬義澄）

25　大島栄三郎詐称詐欺事件

こうした詩誌発行に心身を削る浅井の「悲しみ」は、北川冬彦が監修する詩誌「時間」誌上に露わになる。一九五〇年十二月発行の「時間」に北川は「詩と詩人編集者の責任回避」という文を発表する。詩誌「時間」は、北川冬彦、丸山薫らが一九三〇（昭和五）年四月に創刊し、戦争期の中断を経ていわば第二次「時間」として、「現代詩」三十七集発行一ケ月前の五月に復刊している。浅井と北川の間に亀裂を生じさせたのは、「大島栄三郎詐称詐欺事件」であった。

「詩と詩人」に現れた「大島栄三郎詐称詐欺事件」とは、寸借詐欺事件である。一九四九年九月刊第八十七集の「東北詩人」から、「詩と詩人」へ詩や評論を矢継ぎ早に発表していた大島栄三郎である。「コルベン族」でも紹介したが、新潟県内の他の詩誌にも詩を発表している。その大島栄三郎を騙って、「新詩人」や「時間」同人の桑原雅子、木原啓允、木暮克彦等多くの詩人から金を借りるという詐欺事件である。犯人は別人が逮捕されて、大島の嫌疑は晴れている。しかし事件は終わらず、思わぬ方向へ進展してゆく。経緯を見ておく。

大島の証言では「五月初旬（昭和二十五年・筆者注）、大島榮三郎と名乘る男が北川冬彦宅に現れ、淺井さんの紹介であると云い、時間社同人を申し込んだ」前後に、この犯人は多くの詩人を訪ねて寸借詐欺をしていたことが明るみに出る。この「詐欺事件」を北川が浅井に私信で伝えた。この手紙を浅井は当時、恐らく浅井宅で編集や農作業を手伝っていた湯口三郎にみせて、善後策を講じさせようとしたのだろう。この私信を浅井が大島らに見せたことを底流にして、北川と浅井の二人の関係は破綻してゆく。一九五〇年九月発行の「詩と詩人」九十五集の編集後記で浅井は、

五月初旬から同人大島君の名を騙り新詩人の小出ふみ子氏の令弟などと稱し或わ又埼玉文學の門馬と稱し東京都内のその他の詩社、詩人を訪れてサギる曲者があつた。充分注意して今後またそのような被害をうけないよう注意していただきたい。

との注意喚起の文を認めている。

その同じ九十五集で、湯口が北川の私信を肴に「詐欺漢とエケチ《ママ》ツト」なる文を掲載する。

田舎雑誌の詩と詩人同人であつても大島や村上を捉えて、あいつ、こいつ呼ばはりは、曲学阿世、不逞の輩と呼んだワンマン・エケチ《ママ》ツトを聯想させる。僕は北川冬彦の藝術を尊敬するだけにこの點、甚だ遺憾に思うのだ。その筋の手に依つて大島、村上のアリバイは確証されたし、又、本誌に何等關係のあるものでない。北川の筆法で行けば、名前を騙られた方に罪があることになる。

と北川冬彦を揶揄と敬意を交えながら批判し、大島栄三郎と村上昌幸の「詩と詩人」同人をかばっている。

十一月発行の「詩と詩人」九十七集には当事者である大島栄三郎が、北川に反論しながら事件の被害者や事件の反応を「僕がもう一人いたという事件をめぐつて」と題して書いている。北川が浅井に送った私信と思われる部分を引いてみる。

某女流作家の處では無理に泊り込んで金錢を強奪したなど情報が入つて來て、仕舞には淺井氏に迷惑かけるような事態になつたのである。つまり北川氏から「大島は詩と詩人社同人である。その責任をどうする」と云う抗議で、全く僕が被害者であることを考慮しない言葉である。（中略）北川氏が、僕の詐欺事件に当つて、一寸疑惑のかかつた村上をあいつと呼び、僕をこいつと放言しているなど、全く詩人らしくない

私信の全文は分からないが、北川は大島を騙る寸借詐欺事件に関しては、詩と詩人社にも責任の一端が在ると認識し、その名を騙られた、また騙ったと疑われた大島

と村上を〝あいつ〟〝こいつ〟と呼んでいるのではないかという事が読み取れる。詩と詩人社の責任論は別として、〝あいつ・こいつ〟呼ばわりする者もまたそれを問題にする事も大人げない気がする。

この「詩と詩人」九月と十一月号に掲載された文を読み、北川は「詩と詩人」及び浅井十三郎に面罵の限りを尽くす。一九五〇年十二月刊の「時間」八号に載る北川の「「詩と詩人」編集者の責任回避」と題する文は不要と思うが、かいつまんで載せることにする。

大島栄三郎を騙る事件は、「「時間」同人の瀧口雅子、木暮克彦」らが甚大な被害にあったこと。それは「「詩と詩人」には信用があった」からであるとし、次のように続けている。

浅井に、今回の事件には、「詩と詩人」も責任の一端があるだろうと書いた。私が、大島をアイツと云ったのは、欺偽漢に對して云ったのだろうと思うが、（被害者への同情のあまり、大島本人に對して云ったような手紙になったのかも知れぬ）その私の私信をすぐ大島に傳えるとは、浅井十三郎はどういう男なのだろう。

このように浅井が私信を大島らに見せたことで、北川は浅井の人柄を疑うにいたったこと。「浅井とは「現代詩」編集を委託された縁で、今日まで信用してきた」が、「編集責任者でありながら九・十一月号に、これに関する妙な原稿を載せている」のはどうしたことかとの「詰問」に、浅井は「同人制の雑誌で一々細かいことの責任は負っていられない」との返事であったこと、編集の権限をないがしろに言う「浅井がどんなにんげんであるか」、それゆえ浅井十三郎と「詩と詩人」は「信用するに足りぬ存在であることが確認された」としている。そして「現代詩」廃刊との関係を、

今回、詩誌「現代詩」は同人を解散、廃刊することになつたが、これとは何の関係もない。出版界不況と經營（浅井）の不手際も手傳つて續刊不能に陥つた、めで、偶々この二つが時期的に重なつたに過ぎない。

と「現代詩」廃刊は、浅井の経営的失敗と言い切っている。出版不況の中船出した「時間」の組織化は、「現代詩」を手掛けながら北川が熱心に進めていたのであろう。寸借詐欺事件を千載一遇の契機として、田舎雑誌「詩と詩人」と浅井十三郎を両断する論法は、詩誌の商業化に成功した世俗詩人北川の面目躍如ではある。

これに対して「詩と詩人」は、一九五一（昭和二十六）年二月発行の九十九集で、湯口三郎と浅井十三郎の見解を載せている。浅井は編集後記で触れ、湯口は〝同人寄語〟欄に「三題噺　詐欺漢と暴君と無頼漢と―北川冬彦大先生に捧げたてまつる手紙」を書いている。湯口は自らを〝大馬鹿野郎で無名詩人で無頼漢〟と自己規定して慇懃無礼に北川を非難している。「時間」八号に書いた北川の文意に対する二ヶ所だけ、湯口の言い分を提示しておく。

左の文、左の通り朱筆を入れねばなりませぬ。
原文「私の私信をすぐ大島え傳えるとは、**淺井十三郎**はどういう男だろう」
訂正「淺井の私信をすぐ雑誌に公表するとは**北川冬彦**とはどういう男だろう」

とし、次いで、

原文「現代詩廢刊は、出版界不況と經營（淺井）の不手際も手傳つて續刊不能に陥つた」
訂正「現代詩廢刊は、出版界不況と經營（淺井）の不手際と編集（北川）の同人雑誌らしからぬ獨裁振りも手傳つて續刊不能に陥つた」

と、穏当な書き換えをしている。「現代詩」廃刊の責任は、編集を全面的に担ってきた北川にもあるという指摘は正しい。貧農の類の浅井が汗して詩誌発刊に意を注いできたにも拘らず、北川と湯口は「経営の不手際」に関しては一致しているのがおもしろい。

浅井は九十九集の編集後記で、「現代詩」廃刊と田村昌由との確執に対する反論を述べている。浅井の潔癖を示す文で必要と思われるので長くなるが引用する。

★僕わ怒りの性質について反省しつづけてきたこの廿年間、ミミツチイことについて怒ることの馬鹿らしさを歴史の中に見ることを憶えたが詩人の潔癖さとゆうものも、人間と歴史のその權力鬪争の範圍を超え得ないものであるとしても、それが單なる私的な政治性や派バツ関係の如きものであるならば意味わない。（中略）昨年の日本詩壇における田村の淺井に對する悪口の文章も、自己過信における自惚以外の何ものでもない。然も殆ど僕の私費によつて彼の詩集の三册が出されていたり、現在の新鉄教官の就職も僕のアツセンであつたりする負目の償還としてのアセリにしかすぎないのである。また時間十二月號の北川の文章も要するに浅井が彼の言うことのみで動かなかつたと言うことに原因するであろう。お互いが藝術上のことならいざ知らず、このようなことで對手の人格を非認するが如きわ共にいいことでわない。この文章もそのひとつであるかも知れぬ。

浅井は冷静に田村と北川を分析し、自らの矜持と潔癖を主張している。が、次の瞬間浅井は怒りを露わにする。

が然しそのために淺井の藝術まで非認するのわ向うの勝手として、ひいてわ、「詩と詩人」全同人の藝術までホウムリ去ろうとするあちこちの宣傳に默視するほど、我々集團わ、東都一部の權力的ジヤーナリズムの同類に奴隷化しわしないだろう、と思う。

と、浅井が戦中戦後を通じて維持してきた「詩と詩人」とその同人へ向けられる攻撃に対しては断固たる態度を鮮明にしている。東京を中心としたジャーナリズムへの批判精神と、地方からの詩の発信という浅井の立場に動揺は無いかに見えるが、内心は〝と思う〟といささか不安気である。

結論としては、詩誌「現代詩」の編集を巡って、浅井と北川の詩に対する姿勢や編集の方向性の違い、或は編集権限の問題は最初から孕まれていたと言える。この見解の相違を湯口が浅井の意を汲んでとまでは言わないが、「大島栄三郎詐称詐欺事件」を契機として、湯口が北川批判を「詩と詩人」誌上で強めていくことになった。そして経済的事情も加味しながら感情的な結末を迎えて、浅井と北川の関係は破綻したということであろう。

浅井と「詩と詩人」を巡る状況は既にこの章の範囲を超えて一九五一（昭和二十六）年に入ってしまった。この章の最後に一九四六年から一九五〇年までに発行された詩集を見ておくことにする。

26　詩集について

①　年別発行詩集

一九四六年から一九五〇年に発行された詩集は九冊が確認できる。

一九四六年

『白夜の沙漠』／山添栄一／昭和二十一年十月二十五

日（澀仙書房）

一九四七年

『風』／田村昌由／昭和二十二年九月二十日（詩と詩人社）

一九四八年

『矩形の家にて』／笹木　勧／昭和二十三年三月三十一日（新潟機関区労組文化部）

『ははこぐさ』／久保田裕子／昭和二十三年八月五日（さくら書房）

『森林』／亀井義男／昭和二十三年十一月一日（慈眼詩房）

『残夢なかりせば』庭野行雄／昭和二十三年十二月一日（龍書房・東京）

一九四九年

『火刑台の眼』／浅井十三郎／昭和二十四年八月一日（詩と詩人社）

一九五〇年

『焦土に立ちて』／小林秀雄／昭和二十五年一月十日（詩と詩人社）

『五明時夫第一詩集』／五明時夫／昭和二十五年八月一日（北陸産業新報社）

発行された詩集九冊のうち『矩形の家にて』、『森林』、『残夢なかりせば』は既に紹介している。『火刑台の眼』を除く、五冊を紹介する。

②　詩集『白夜の沙漠』

山添栄一の詩集『白夜の沙漠』は、一九四六（昭和二十一）年十月に新潟市上大川前通六番町の澀仙書房から発行された。発行者は山口和男。著者の山添栄一の消息や経歴ついては詳らかにしない。山添栄一は昭和三年に詩集『紫靈の曲』を上梓している。また昭和六年前後には「實話時代」という雑誌を編集発行人として発行している。いずれの住所も東京都本郷区四丁目四番地となっている。「實話時代」はいわゆる昭和初期のエログロナンセンスの雑誌である。山添栄一は詩人というよりは、雑誌経営者として知られた人ではなかろうか。『白夜の沙漠』のあとがきに当たる「言葉」によれば、〝新潟市學校町二番町の寓居にて〟とある。また前詩集『紫靈の曲』と合わせて、その後の〝數すくない作品中から特に同傾向のものを選んで編輯し〟たとある。全体に象徴主義風の作風である。山添栄一は敗戦後新潟に疎開していて『白夜の沙漠』を発行したのではと想像される。野長瀬正夫が新潟に疎開しており、新潟の詩人との交流した足跡を残しているが、山添が新潟の詩人たちと交流したという資料は見当たらない。新潟県の詩史に採用すべきかどうかは読者に任せる。

③　詩集『風』

田村昌由（一九一三〜一九九四）の詩集『風』は、一九四七（昭和二十二）年九月に詩と詩人社から刊行された。発行者は関矢與三郎（浅井十三郎）である。北京で敗戦を迎えた田村は、昭和二十一年四月に日本に引き揚げて来る。田村昌由の人となりを前項で見てきたが、その評価を私はいまだに確定できずにいる。気性が激しく喧嘩早いとの自己評価と他者の評価がある。時局を読むに敏く、それなりの事務的手腕はあったのだろう。詩の評価ではない。あとがきから引用する。

ここに收錄した作品は、引揚にあたつて、一枚の原稿ももつて來ることが出來なかつたのと、東京の留守宅が戰災の爲とで、もつぱら淺井十三郎の書庫からようやくにして集め得た、昭和十六年以後のものの一部に、引揚後の未發表、既發表を加えた。

とし、「作品壹」から「作品伍」の逆年代で構成してある。「構成の關係から前著「蘭の國にて」から數篇轉載した」とある。跋にあたる「「風」の抄本」を浅井十三郎が書いている。装幀を竹下篤治、挿画を武井清経が描いている。装幀の竹下は詩誌「詩作工場」の同人である。五章三十九篇から成る。B６判並製、一二五ページ。一九五一（昭和二十六）年八月発行の河出書房版『日本現代詩体系』第十巻にも載る、詩「一年」を引く。

雪風の強い晩だ。今夜、一年の祝いをうける子にとつて、忘れがたい　語り草になるだろう。

引揚船におくれまいと　藥方で胎内をはなれ　無蓋車の中であおざめ、まいにちつづく海水の洗濯を　尻はついにきらい
父の國に來て飯米すくない乳房にしがみつき　傘がないから雨にうたれ
家がないからひつこし　ひつこし　釜ぶたのやや斜めのそのわきにねむり　アセモになき　薯類　雜穀類のウンコをたれ　なが雨　霙　雪などいやがり　肺炎とたたかい　やつれた今日、

おじいちゃんとおばあちゃんとおばちゃんが來ました。モチごめをもつて來ました。東京の燒けのこりのふろしきに入れて來ました。それをたいて祝いました。メザシのおかしらずきもならびました。

北京から越後へ一年。
今夜　部屋の中にいて海鳴りがすごい。

④ 詩集『ははこぐさ』

詩集『ははこぐさ』は、日本が敗戦という混乱を極めた未曾有の時代に希望の虹のように現れた詩集である。一九四八（昭和二十三）年八月にさくら書房から刊行された詩集『ははこぐさ』の著者は、十三歳の少女・久保田裕子。一九三〇（昭和十）年七月十七日生まれの少女であった。

ちらとのぞいた土の上に
かたい梅の蕾の上に
すきとほつたかげろうが
みどりの夢が
ゆれている
梢の先には
青空がたわむれている
春の光に
おぼれて

あゝ
強い香り
お伽の國から吹いて來る
春の息吹の
強い香り

詩「春の訪れ」は、少女の待ち望む春へのみどりの夢が、春の光への憧れが、春の暖かな香りへの思いが素直に歌いこまれている。詩集の序文を書いた、相馬御風（一八八三〜一九五〇）はこの詩の二連目を引いて、

永らくやみこもってゐる六十六の老翁である私にも、これはピタリとくるこころの世界である。

と感想を述べ、次のように久保田裕子の詩への天稟を認めている。

自然の美に對する感受性のこまかさ、空想の豊かさ、そして境遇に煩はされないたましいの明澄さ、私は「ははこぐさ」を讀んでゐるうちに、いつしか童心の豊かな美の世界へ同化された

久保田裕子、本名佐藤裕子。父裕親、母キミの長女として新潟県西蒲原郡燕町（現燕市）に生まれている。父裕親は裕子四歳の時に亡くなっている。母キミの父、裕子の祖父久保田重松は燕の洋食器産業で成功し、商工会議所の会頭を務めた、新潟県最初の藍綬褒章を受けた産業人であった。父が亡くなって以降この祖父重松と母キミの庇護のもと裕子は育てられる。一九四二（昭和十七年）鎌倉第一国民学校へ入学、戦争の激化で一九四五（昭和二十）年六月に故郷燕へ疎開する。疎開後肋膜カリエスを発症し、闘病生活が始まる。新潟大学医学部で三回の手術を受けている。この闘病生活で「小学生朝日新聞」や新潟日報社が当時発行していた「にいがた子供新聞」に詩の投稿を始める。この「にいがた子供新聞」の選者をしていた植村秀吉はその才能を認め、詩集『ははこぐさ』の編集も手掛けている。詩集は〝春・夏・秋・冬・雑〟の五章に分かれ、八十二篇で構成されている。詩の後に〝譜〟の章が組まれ、楽曲化された五つの曲譜が掲載されている。作曲は波多野修吾。装幀は廣田武夫。敗戦で打ちひしがれた少年少女の心をとらえ、明日への希望のように新潟の小学校の教室で歌われたという。

詩集『ははこぐさ』表紙
1948（昭和23年）８月　さくら書房刊行

『ははこぐさ』を上梓した後、植村秀吉は久保田裕子の才能を伸ばすために、東京から当時発行されていた少年少女向けの投稿雑誌「赤とんぼ」や「銀河」を紹介する。「赤とんぼ」では川端康成が久保田の才能を認め、「銀河」では古谷綱武、巽聖歌が称賛している。巽は一九四九（昭和二十四）年八月号の「銀河」で、「知恵をたたえた大きな目」と題する燕の久保田裕子を訪ねた訪問記を残している。久保田裕子の投稿詩で、同年代に愛唱された昭和二十四年六月号の「銀河」に載った「きれいな夕ぐれ」

を引く。

夕ぐれはうす青い紙
さくらんぼのような星が
白い小鳥のような月が
ツノ笛の音に
美しくえがかれている

さんごじゅの花が咲いたら
さんごじゅの花が咲いたら
あの遠い空へいこうよ
遠くから
遠い空から
ひのともる
夕ぐれをながめようよ

詩鏡を持つ少女詩人と称された久保田裕子は、闘病を続け小学校、中学校、高校と個人教育で卒業している。「銀河」廃刊以降は、丸山薫主宰の「青い花」同人として、一九五一（昭和二十六）年十一月刊行の五号から終刊する一九五六（昭和三十一）年二月まで活躍している。新潟県の詩誌との関わりは、一九五六年の詩誌「ブイ」に参加していることが挙げられる。その項で改めて紹介することとする。

⑤　詩集『焦土に立ちて』

小林秀雄の詩集『焦土に立ちて』は、一九五〇（昭和二十五）年一月に詩と詩人社から刊行された。明治初期から昭和五十年代までを網羅した児童詩の歴史を記した、阿部昌彦の貴重な著書『雪ん子の詩史』によると、小林秀雄の名は「白秋の弟北原鉄雄が経営するアルスから」昭和三年に刊行された『児童自由詩集』に見られる。詩「夜風」と「蛾」が推奨作品として掲載されているという。小林は小学生時代には「赤い鳥」の児童詩へ投稿する少年だったようだ。その後、戦前には詩誌「風が帆綱にわびしくうたふよ」、「詩と詩人」の同人として活躍している。しかしその経歴や消息に関しては分かっていない。

詩集『焦土に立ちて』は、小林が兵士として従軍した南方からの帰還後に見た祖国日本の風景と、従軍で刻まれた戦争体験との落差と矛盾が映し出されている。ひとつの戦後詩の空間を作り出している。詩「死の部隊」を引く。

なかば熟した明日が來るのを
自動繁船の行く手まで
おまえはたゞ歩こうとしていた
友よ

空中を垂直は落ちて來た記憶のなかで
宵闇を水路に這つて逃げた視覺も
たゞ死の部隊の
テニヤンに
飢え果てた日の名殘りを食えば
一切は大學ビル街に消えていけるのだろうか

ふたゝび　橋は山峡奥深くかゝるだろう
橋は白く夕もやは通路を閉ざし
あやまれる水は時間と競つた
この國に
恐れている死の隊列がつゞくのを
一見なにげなく二人の運命を比較したぼ《ママ》て
おまえの右手の経歴はかくせないのだ
東京は灰色の顔ですべつていた
幾條もの光が破れ
おまえの行く手を明るくした屈辱とだ落の
二つの乳房を

おまえの持つものは
ポケットの聖書と
五尺五寸の細いかなくぎの身体
それから　滅法もないイデオロジストであるだけ

ひどく雨は降りつゞいた
橋は東京にかゝり
くすんだかちどき橋の欄干で
おまえは腕時計を進ませたり遅らせたりしていた
一匹の蝶は行衛で過去を思い出しもしなかつた

自序と昭和二十二年八月から昭和二十四年十一月の三年間にかかれた作品の、二章二十七編から詩集は構成されている。B6判、ハードカバー、九十二ページ。

⑥　五明時夫第一詩集について

昭和二十五年八月に発行されたガリ版の私家版詩集。

故長谷川大平宅から見つかった詩集の一冊である。発行者は高橋時起、発行所は北陸産業新報社。著者の五明時夫に関する消息来歴は全く不明。これまでに確認できた柏崎の詩誌にはその名をみない。独自に詩作を続けてきた人なのか。掲載された詩は三十一篇。青年期の懊悩を自己告白的にモノローグした作品がほとんどで推敲の痕跡もみられない。草稿過程の詩人という趣である。今後の調査が待たれる詩人である。菊四判、四十八ページ。

27　第一章のおわりにあたって

　一九四六年から一九五〇年までに発行され私が確認できた詩集は、浅井十三郎の詩集『火刑台の眼』を除いて紹介したところである。浅井の詩集『火刑台の眼』と一九五〇年からの「詩と詩人」の第三期の動向をもう少し探りたいと考えている。この時期は浅井や湯口を慕って若い詩人たちが北魚沼郡並柳の浅井宅を訪れている。そんな中の一人の長谷川龍生は「詩と詩人」浅井十三郎追悼号に「書けないままに」を寄せている。浅井宅を訪ねた経緯を「年来の友だちであつた湯口三郎に会うためであり」、「一身上の相談」があったと述べている。長谷川が浅井宅に湯口を訪ねたのは、浅井が亡くなる「一九五六年現在」から「七、八年前」の「冬ちかい日」と追悼文にはある。湯口が浅井宅での「共同生活」をしていた時期から推測して、長谷川が浅井宅を訪れ一ヶ月ほど逗留したのは一九五〇年ということになる。詩誌発行にすべてを擲つ浅井の人の好さを信頼して集う詩人達。浅井宅は「詩の梁山泊」の様相を呈していた。

　こうした浅井と「詩と詩人」の動向は、日本の詩史の一つの梃子の働きをしたようにも考えられる。一九五〇年代の詩の動向との関係である。第二章はその辺の事情から説き起こしたいと考えている。

注

（1）『近現代詩を学ぶ人のために』／和田博文編／世界思想社
（2）『北園克衛の詩』／金澤一志／思潮社
（3）『国鉄詩人連盟十年史』／国鉄詩人連盟／（コピー）
（4）『鉄路のうたごえ―国鉄詩集１９５４』／国鉄労働組合本部文教部・国鉄詩人連盟・国鉄文学共著／三一書房（コピー）
（5）「新鐵」／一九四一（昭和十六）年十月一日発行
（6）「北方文学」第六十二号―戦争期の詩人たち(2)／鈴木良一参照
（7）『鉄路のうたごえ―国鉄詩集―１９５４』／三一書房版

では、「⑶働く者の正しい世界観にたつこと。」となっている。
（8）詩集『列車運行状況調査票』―国鉄詩人賞作品賞／国鉄詩人連盟／一九七四年刊。
（9）詩誌「火山帯」―田中伊左夫特集―田中伊左夫・年譜／一九七九年十二月発行
（10）奥付は通巻二十集と表記されている。表紙には通巻十九集とあり、前後の集の確認から通巻十九集とする。
（11）「北方文学」第五十六号―新潟県近代詩黎明期の覚え書／鈴木良一参照
（12）「北方文学」第六十二号―戦争期の詩人たち⑵／鈴木良一参照
（13）「詩人圏列」は私が十五年ほど前に長岡市立図書館で閲覧した時は、第一集と第三集は存在しコピーをしてきたのであるが、当時資料を探索し始めた時であり不完全な形でのコピーとなっていた。詩作品のコピーを一部なりともしていなかった。そのため先日長岡市立図書館を訪ねて改めて閲覧を申し出たところ無くなっていた。
（14）『国鉄詩人連盟十年史』より
（15）『湖畔』／平成十二年十一月一日発行／堀内憲政より
（16）「北方文学」第五十六号―新潟県近代詩黎明期の覚え書―鈴木良一参照の事。
（17）詩誌「風が帆綱にわびしくうたふよ」第八集―昭和四年四月刊。
（18）「戦後の詩文学運動」―田村昌由―「現代詩謡」7号―昭和四十五年十二月刊。
（19）大島栄三郎は昭和二十三年六月刊の詩誌「アカシア」六号に詩「月」を発表、新潟の詩誌に初登場している。
（20）遺稿詩集『山田忠治詩集』で編集後記を書いた加藤幹二朗の評言より。
（21）詩誌「火山帯」―編集・発行　岡沢光忠、発行所　火山帯詩の会。
（22）「北方文学」第六十三号―戦争期の詩人たち〈3〉―鈴木良一参照の事。
（23）注―7に同じ。
（24）「浅井十三郎論―ノート―」―錦米次郎―「農民文学」二〇三号（昭和六十三年十一月刊）、二〇四号（翌年二月刊）。（コピー）
（25）「北方文学」第六十七号―新潟県戦後五十年詩史―隣人としての詩人たち―〈1〉―鈴木良一参照の事。
（26）『日本現代詩辞典』―櫻楓社―昭和六十一年二月刊。「現代詩」の項より。
（27）『詩誌「新詩人」の奇跡と戦後現代詩』―南川隆雄―思潮社
（28）詩文集『人生旅情』―杉浦伊作―昭和二十三年八月刊―詩と詩人社

参考資料

『西日本戦後詩史』・黒田達也／西日本新聞社＊『戦中戦後誌的時代の証言1935―1955』・平林敏彦／思潮社＊『戦後詩のポエティクス1935〜1959』・和田博文編／世界思想社＊『近現代詩を学ぶ人のために』・和田博文編／世界思想社＊『にんげんのはた』・むながた・だんや／北の詩社＊田んぼ道・大桃昇吾／私家版＊『人生旅情』・杉浦伊作／詩と詩人社＊『獣眼』・田中伊左夫／詩と詩人社＊『矩形の家にて』・笹木勸／玄塔社＊『残夢なかりせば』・庭野行雄／龍書房＊日本現代詩辞典／桜楓社＊「現代詩」創刊号コピー／詩と詩人社＊「純粋詩」創刊号コピー／純粋詩社＊『国鉄詩人連盟十年史』コピー／国鉄詩人連盟＊『鉄路のうたごえ―国鉄詩集』・国鉄詩人連盟・国鉄文学会共著／三一書房＊『列車運行状況調査―国鉄詩人賞作品集』／国鉄詩人連盟＊「火山帯」―田中伊左夫特集・岡沢光忠／火山帯詩の会＊『湖畔』・堀内憲政／私家版＊『高野喜久雄詩集』・高野喜久雄／思潮社＊『いびつな球體のしめつぽい一部分』・大島栄三郎／文学地帯社＊『武井京詩集』・武井京／福田正夫詩の会＊「人生旅情」・杉浦伊作／詩と詩人社＊『日本現代詩辞典』／桜楓社＊「赤とんぼ」／実業之日本社＊「銀河」／新潮社＊他に本文掲載当該詩誌・詩集

スペシャル・サンクス

小田大蔵・斎藤健一・新保啓・田中単之・長谷川敦夫・日本近代文学館

第二章　一九五一年から一九五五年まで

1　はじめに

第一章は敗戦後の一九四六（昭和二十一）年から一九五〇（昭和二十五）年までに発刊された、新潟県の詩集詩誌を通じてその動向を述べてきた。敗戦後の日本の経済社会の混乱は内外の情勢の変化に影響されながらも徐々に平常化への道へと歩んでいく。外では米ソの〝冷たい戦争〟から一九五〇年六月に「朝鮮戦争」が勃発する。一九五一（昭和二十八）年九月八日に調印され、翌年四月二十八日発効のサンフランシスコ講和条約により、アメリカの占領によるGHQ体制から主権を回復し、朝鮮戦争による特需で日本経済の安定化が始まる。新潟県の詩の世界は新しい息吹と戦前からの詩人たちが混在し、交流と関係を結びながらその歩を進めている。一九五〇年代前半の詩史は、新旧の詩人たちの交流と関係を読み解きながら述べていきたいと思う。一九四六年から一九五〇年までの第一章に扱うべきだった浅井十三郎の詩集『火刑台の眼』から始めたい。

2　詩集『火刑台の眼』について

詩集『火刑台の眼』表紙

浅井十三郎は一九三九（昭和十四）年三十二歳の時に、詩誌「詩と詩人」を創刊する。翌年一月に関矢モトと養子縁組し、二月に関矢マツノと結婚する。十月には長男多嘉夫が生まれている。この間、九月に詩集『越後山脈』を刊行する。そして戦後の一九四九（昭和二十四）年八月に詩集『火刑台の眼』を刊行する。私がなぜ戦前からの浅井の履歴を述べたかというと、詩集『火刑台の眼』は『越後山脈』以降の戦争期に書かれた詩と戦後に書かれた詩で構成されているからで、詩集の「解説的覚書」で浅井は、

省みて「越後山脈」以後約十ヶ年間（一九四〇年至

一九四八年）の作品から選んで第五詩集とした。配列わ大体に於て年代逆順であるが全篇を以つて一篇の如く讀みとつてほしい。

と経緯を述べている。

詩集は五章で構成されている。浅井がどのような意識でこの『火刑台の眼』を編集したのかを知るために、各章の構成からみてゆくことにする。

第一章　告訴狀移文―十四篇
第二章　第三審判律（十七章）
第三章　夜　明―十篇
第四章　谷　間―十篇
第五章　仲秋名月―十篇

第四章・第五章は戦争期の作品であり、第一章の「告訴狀移文」、「死の影の河」や第二章の「第三審判律」の十七章は、戦後の詩復活気運のなか詩誌「現代詩」を中心になされた、「新散文詩運動」や「長篇叙事詩論」に強く影響されて、その方法と技術の実験性を帯びている作品群と認められる。

第一章の「死の影の河」は、浅井十三郎の詩と真実を語るには見落とせない作品である。詩「死の影の河」は、〝Ⅰ雪の中の少年・Ⅱ傷痕・Ⅲ開墾地〟の三部構成になっている。「長編叙事詩」論を実践する詩と見ていいだろう。少年〝秀〟が父の背をみながら成長する物語である。秀は浅井十三郎の影、自画像でもある。

谷間ふかく
にわかに夕暮れがせまつてくる
川の底え
落葉をしずめて
雪がふりつめている。
國境近くの　淵をすぎると
白蛇がのたうつている　急流の
しぶきや泡をあびて
秀わ、おうきく石を飛び　川を越える。

樹の間や
崖を傳つて
小屋近くなると
欲しいものわ、巨木に斧を振る父の聲だけだ。

「Ⅰ雪の中の少年」は北魚沼の中山間地の農民の農業と

山に生きる生活の苛酷さを、秀が農作業や山仕事を学びながら認識してゆく姿で描かれる。兄の出征と死に遭い、「たつた一枚の赤紙が多くの若者たちを興奮の中えひつさらつて行く」現実に、秀は、

秀わ眼をつむつて
ガチヤリ押切りに力をいれた。
右指二本、つけねから切り落され、耐えきれない痛み
が押切臺をまつ赤にそめた。

秀は戦争期の浅井の〝真実の声〟代行する行為として、徴兵忌避のため〝右指二本〟を切り落としたのだろうか。Ⅰの終連は〝二本の指の仇わ、とらねばならない。〟で閉じている。浅井はここで戦争期に翼賛体制を支えた自らの活動を否定して、本当は「反戦」だったと言いたいのだろうか。

「Ⅱ傷痕」は、山仕事の最中に雪崩に遭い、非業の死を遂げた父の遺品が、秀に語りかける形式で叙されている。散文詩形と行分け詩形で表現されている。

敗戦も知らず
雪崩の下敷きになつた
父の、叫びわ何處え消えた。
幾度びか季節わ流れた。
「俺わ生れたことの不幸を鐵路の銹びに聞こうとした」
とゆう一節えくると、
秀わ、あつと叫びを嚙み殺した。
いつのまにか秀の中にもくすぶつていた奴である。

〝秀の中にもくすぶつていた奴〟は詩の語り手である浅井の胸中脳裡にくすぶってきたことどもである。それは何か。意外にもただただ昭和初期に浅井が経験した青春期の回想である。尾形亀之助への思い出や彼の「形のない國」[1]の実践と「餓死同盟」のエピソードを回想している。〝妻の流産。〟や〝川崎銀行襲撃事件〟などへの回想は、秀の視線を外れ浅井の独白体へ転換している。昭和初期のアナーキズムへの接近と戦争期の翼賛体制支持という思想の転換を、浅井は自らの「反省と考察」を経ず並列的に接ぎ木する。又戦後の民主主義への転換も、戦争期に浅井が鼓吹した詩と精神を自らの思想として認識せず、早急に戦後の詩の復活を希求した結果、詩の語り手である浅井自身が混乱をきたす結果となっている。

與えられたものわ奪われる。又してもそのことの行方

をじつと梢火にこすりつける秀を、誰かが覗いている。

詩が収斂してゆく場がない。「Ⅲ開墾地」では秀の形象化は語られず、中山間地を開拓する農民の希望が、浅井の感慨として述べられているに過ぎない。Ⅲ章で構成される「死の影の河」は、長編叙事詩論の実践である。秀をめぐる視点と話し手の混乱は、浅井の構想力と構成力の弱さを露呈している。それは浅井が戦争期の責任にたいして、十分な自らの「反省と省察」を欠いた結果にほかならない。自伝的要素や昭和初期の浅井の心情を見る事はできても、浅井が望む詩の革新からはほど遠い作品である。第三章の「第三審判律」の十七章は壮大な失敗作である。〝永遠の少女〟を巡る果てしない浅井のモノローグ詩篇である。それは詩集の「解説的覚書」で浅井自身が述べている、「最近詩人の間に叙事詩が起りつつある。」とし、「現代に於てわ、それら叙事詩わ、小説の中に姿を沒して來た」が、「私小説的」になり、「形象的な思惟を失つて批評に耐えな」くなっている。それは、

それが個的經驗の薄弱であるにしろ、歴史的眞實に對する洞察の薄弱に原因しているにしろ、個としての「人間」の存在の在り方が、今日の日本の我々の生活の中にどのように錘を垂らしているとゆうような反省や考察に欠けている、

から叙事詩復活の必要を力説し、浅井はさらに自らの作品解説を続けて、

「死の影の河」と「第三審判律」わ敘事的抒情詩或わ又抒情的敍事詩又わ原型敍事詩又文學的敍事詩と呼ぶそれらのいづれでもない。それらの條件を無視してさえいる。一章、一聯の自由と獨立。その立体化とその主張の方向を名づけて新体敍事詩と銘名しておく。

と大見得を切っている。浅井が作品に何を意欲しようともそれは、「自由と独立」した思いである。問題は浅井が批判する「個的經驗の薄弱」や「歴史的眞實に對する洞察の薄弱」が、浅井自身の姿でありその姿に「反省や考察」を欠いたまま戦後、詩の復活に情熱を注ぎ行き着いた結果が詩集『火刑台の眼』に他ならない。

私は浅井十三郎の詩と真実を探るため、浅井の昭和初期の詩活動を「なぜ浅井は上京したのか」という問いを立てて考察してみた。[2]「死の影の河」にも反映しているが、どう考察してみても（たとえ局長排斥運動の事実が確認

されたとしても）確信犯としての社会運動家（アナーキスト）浅井十三郎（淺弘見）は居ないのである。つまり、

昭和初期の日本の社会が多量にうみだした不定職インテリゲンチャの群の中に、これらの詩人たちを埋めても大過はないであろう。

と吉本隆明(3)は指摘し、小熊秀雄・岡崎清一郎・草野心平・尾形亀之助等七名の詩人の例を挙げている。浅井もまさに「不定職インテリゲンチャ」であった。詩集の著者略歴には、

農民、教員、逓信省官吏、工場勞働者、新聞記者、フレーム工場經營其他新潟並に東京時代から昭和十年に至る間、職歴轉々數うるを知らず。

と記されている。尾形亀之助との交流を考え合わせても、浅井の東京時代の出発点は「不定職インテリゲチャ」の一人と考えてよさそうである。そしてこの詩集が孕むもう一つは「戦後詩」としての側面である。浅井は「一九四〇年から一九四八年まで」の十ヶ年に書かれた作品を詩集に収めた、としている。戦争期に書いた詩と戦後に「戦後詩壇の混迷と沈帯の濃霧は終に本書の出現によつて破られた！」と「詩と詩人」誌上に周知広告する浅井の戦後詩の展開は、戦争期に書いた翼賛詩を第四章と第五章で飾った浅井の「戦争責任」が、まさに「反省や考察」なしに無自覚に展開されていることを示している。ここに浅井の詩の本質が隠されている。「解説的覚書」の冒頭で浅井は、「最も偉大なリアリストわ最もすぐれたロマンチストである。」と宣言する。この背反した意識を浅井は終生自らの内に統一しようと模索してきたと考えられる。一九二九（昭和四年）四月に刊行した処女詩集『街に手の行列が』は、プロレタリア詩の一つの成果として認められる。その処女詩集の後記で、

街に手の行列が　これは私の生活の一片である　思想は先行しない

と告白している。

『街に手の行列が』は二部構成になっている。Ⅰ章が「街に手の行列が」であり、〝思想は先行しない〟としながら抑圧され呻吟する労働者へ視線を巡らしたプロレタリア詩である。Ⅱ章は「ＨＩＫＡＧＥ　№　花（日陰

の花)」は、浅井の〝生活の一片〟を抒情した詩群である。跋で亀井義男が、「第二部（日陰の花）を彼の日常の代表とする。」と指摘している。詩集『街に手の行列が』はリアリスト浅井がプロレタリア詩を書き、ロマンチスト浅井が日常の煩悶を抒情した詩集であった。詩集『火刑台の眼』で新体叙事詩を試みるリアリスト浅井と戦争期に自然を詠うロマンチスト浅井の統合を果たそうと苦吟し、その結果詩の構造が混乱したことは述べてきたところである。

それでは浅井は戦争期の詩群を『火刑台の眼』になぜ組み入れたのか？　自らの戦争翼賛実践[4]への「反省や省察」なしに編集した結果なのだろうか。詩集『越後山脈』での浅井の作品では、北魚沼という越後山脈の内懐から望む自然への認識と把握力が絶大な詩の魅力となっている。その系列に属する第四章と第五章の抒情性の高さは、浅井ならずとも認めないわけにはゆかない。だが詩集に掲載した詩と「詩と詩人」に発表した初出を検討すれば、浅井がどのように自らの「戦争責任」を回避したかの軌跡も見えてくる。例えば一九四三（昭和十八）年八月刊の四十集に載る詩「あそこの雲は朱に燃え」を見てみる。〝ビルマ軍政監部〟にいる詩人島崎曙海からの手紙が届き、詩はそれへの感慨を綴る。三十行の内最終六行を引く。

ああ
この病床の一本も
あの熱帯の草木も天地の間にかはるものではない
これも自然の大きさにくらべたら
俺のかなしみなど小さすぎるのかもしれぬ。
ここ大和の國はうるはしく。

詩集『火刑台の眼』では、

あ。あ。
この病床の一本も
あの熱帯の草木も天地の間に在ることにかわりわない
それら　自然の大きさにくらべたら　俺のかなしみなず《ママ》ちいさすぎるのかもしれん。

と、再発した脊椎カリエスの療養の姿を強調した終連としている。「詩と詩人」から詩集に編集するときに加えた詩と削除した詩を挙げて、浅井が意識的に翼賛詩を選別した点も例証できるが、詩人の「戦争責任論」はまだこの一九四〇年代には熟してはいない。

3 「詩と詩人」による詩集『火刑台の眼』批判特集から

一九四九（昭和二十四）年十月刊の「詩と詩人」八十八集は、「詩集（火刑台の眼）批判」と題しての特集が組まれている。十二名の詩人が感想を寄せた特集となっている。

一年後に訣別する北川冬彦は「「火刑台の眼」寸感」として短い感想を寄せている。短いだけに他の詩人の感想を一まとめにしたような案配がみられる。全文を引く。

現實の底辺と人類の理想とを結びつけようとする貪らんな意欲は壓倒的である。しかし、雪深い北國の農民でないと理解し難い、幾折りかの思想の襞に、突き當るのはどうしようもない。急進的なかなづかいは讀みにく丶、ぼくは反對である。

との感想をメルクマールに、それぞれの詩人が『火刑台の眼』の批評を展開している。

福田正夫は「表現の持つ素朴性に、野性をつらぬこうとする烈しさ」を指摘し、丸山薫は「全卷の詩篇はいづれも激しきことばと調子に充ち充ちて、それらが他を鞭打ち且つあなたみづからを嚙み砕いていつた悲痛の迹を彷彿しました」と述べている。〝圧倒的な貪婪な意欲〟のほとばしりを認める評価となっている。浅井の詩の激しさは、〝幾折りかの思想の襞〟が複雑に構成されているため「読者の意識を混乱させるまでの荒々しさです」と分析したのは壺井繁治である。壺井はさらに言う。

あなたの眼にうつる現實は非常に暗い。だからその眼はただ現實を傍観することができず、怒りに燃えているようです。（中略）ぼくがあなたの詩の中できわめたいことは、この混沌や錯乱を、作者がどの程度まで意識的に把握しているかということです。

と浅井の認識を推し量りながら、「この錯亂の世界のもつとふかいところまであなたの批判の眼がもぐりこんでゆく」ことを希望として述べている。

三好豊一郎の「感想」を、感想を寄せた十二人の文の内、最も批評として成立し、かつ端正に整った文章として私は読んだ。まず一九四〇（昭和十五）年に浅井が刊行した『越後山脈』に言及し、「「詩と詩人」誌に於ける新人育成の努力」[5]を讃えている。そして、『火刑台の眼』の作品から、

作品では第三章「夜明け」の中の「冷溫地帯」「ヴァイラス病」第四章「谷間」の中の「絶点について」「夕立雲」「血の記録」「あそこの雲は朱に燃え」「殘雪」第五章「仲秋明月」の中の「秋風辞」「驟雨」「雪晴れ」「待春」等を佳品と存じました。

と浅井の抒情詩に賛辞を送っている。ついで「告訴状移文」と「第三審判律」は、「力作、野心作が必ずしも佳作とは限りませぬ」と指摘したあとでその理由を次のように述べている。

私の感じた点を申し上げれば、先ず印象の不齊一といふ点であります。読後、作者の社會批評、と云ふより社會に對する憤怒のかずかずの表白をみるのでありますが、表現が意欲に追従出來ぬためか、言語表現といふ間接的な齒がゆい手段に耐えられぬと思はれる程激情か言語を従横《ママ》にひきさき、言語はくだけてお互いぶつかり合つて散在してをる感じがいたします。

と厳しい批判を展開する。「作者の一人合点」をも指摘した後、末尾に三好は批評する者の態度を鮮明にし、「妄評あしからずお許しください。」と文を閉じている。名文である。

高橋新吉は、「「殘雪」といふ短い詩が、（中略）この詩は、無駄がなく、と、のつてゐて、中々好いと思つた」と、やはり第四章の詩に賛辞をおくっている。さらに高橋は、

「岩」といふ詩があるが、この詩など淺井君以外の何人も書けぬだろう。この雑誌や現代詩及び詩集刊行に、どれほどの勞力を費してゐるか。想像に餘りあるが、これほど詩に努力してゐる淺井君がこれ位詩がうまかつても、オカシクも何ともない。

との浅井の詩誌発行の苦労への慮りもみせてはいるが、オカシイ評言をしている。

新体叙事詩讃歌の評やありあわせの評などもあり、当時の詩人たちの浅井十三郎評価の様子が分かる特集になっている。私が『火刑台の眼』評価で示したように、新体叙事詩と野心した詩群より、戦争期に書かれた詩の

評価が高いことがみえてくる。しかしそこには戦争翼賛の「詞―ことば」は省かれ整理されている。私はことさら戦争期の浅井を非難しているのではなく、詩人浅井十三郎の詩と真実が隠れもなくその転位の中にあることを見ておきたいだけである。浅井のこの特集への思いはどんなものであったのか。その手掛かりのよすがとして、三好豊一郎と高橋新吉が評価した「残雪」を引く。一九四二（昭和十七）年五月刊行の「詩と詩人」二十七集掲載の「残雪」から提示する。

燃えさかる草々の伸びるになれて
花もたぬ庭のかなしく
聲立たぬ
谷間に
いまも來たのだ
身は一片の楯にこそあれ
失せるよろこびに泣いた
この傷うづき
腹立ち燃えて雪を握るに
ああ　なんたることか

冷たいのだ
冷たいのだ。

詩集『火刑台の眼』に載る「残雪」より。

燃えさかる草々の伸びるにまかせて、花もたぬ庭のかなしく、聲立たぬ谷間にいまもきたのだ。腹立ちもえて雪を握るに、ああ、なんたることか。

冷たいのだ。
冷たいのだ。

詩集『火刑台の眼』は、五章四十五篇（第二章の第三審判律十七章は一篇として）と浅井の「解説的覚書」から成る。挿画を星襄一、装幀は門屋一雄。Ｂ６判、ハードカバー、二百六十二ページ。(6)

4　一九五一年から一九五五年までの詩誌の発行状況

一九五一（昭和二十六）年発行の詩誌は、「詩と詩人」と「近代詩」の他に四誌の創刊と発行が確認できる。
☆北の火№５／昭和二十六年三月十日発行―編集人／

北川省一―高田市本町三丁目　発行所／高田回読会

☆雪国／一九五一年三月一日創刊発行―編集兼発行人／本田大作　発行所／新潟文芸研究会―新潟市寄居町三三二　本田方

☆夏至／一九五一年四月一日創刊発行―編集責任者／高橋康夫　発行人／村川修二郎　―新潟市二葉町一ノ五、発行所／十五日文学会（同）

☆うらぶれた海底に黄色な花が咲いたら創刊号／昭和二十六年十一月一日発行―発行兼編集代表者／田中伊左夫　発行所／うらぶれた海底に黄色な花が咲いたら詩の会―新潟市上所島一一四一（田中伊左夫方）

この他に志賀英夫の『戦後詩誌の系譜』に一誌掲載されている。

☆残像／昭和二十六年十一月創刊発行―編集発行者／渡部秀男　発行所／新発田詩話会

一九五二（昭和二十七）年は「うらぶれた海底に黄色な花が咲いたら」、「近代詩」、「詩と詩人」が年間を通じて発行を継続している。上越では一誌の雑誌発行が確認できる。

☆上越文学第二号／昭和二十七年二月二十二日発行―編集兼発行人／上越文学会
発行所／上越文学会―高田市仲町四丁目

一九五三（昭和二十八）年は「うらぶれた海底に黄色な花が咲いたら」が「海底」と改題し、「詩と詩人」も三冊の発行をみている。上越で一誌が創刊されている。

☆現代詩第五号／一九五三年十二月十二日発行―編集印刷人／新保啓　発行人／高田市　サロン・ド・ヴエル

一九五四（昭和二十九）年の発行日付を持つ詩誌を二誌資料として発掘しているが、部分的であり創刊は何時かを確認できずにいる。一誌の創刊は確認されている。

☆よあけ十二号／一九五四年五月八日発行―編集／よあけの会

☆造型／昭和二十九年五月二十日創刊発行―編集兼発行人／前田邦博、発行所／近代詩社―新潟市西堀一番町（前田）

☆詩のなかま32／一九五四年六月二十五日発行―／詩のなかまの会―新潟市寄居町七〇八　伊藤シマ方

☆北陸詩人第二号／昭和二十九年十二月十日発行―編集人／相沢実　発行人／星野淳一　発行所／北陸詩人社―長岡市長柄町八八　星野方

一九五五（昭和三十）年は、一誌の創刊があった。

☆ブイ／昭和三十年三月十五日創刊発行－編集者／小黒和隆　発行所／現代詩社－新井市小黒和隆方

それぞれの詩誌の傾向と内容を見て行きたいと思う。

5　一九五〇年代の「詩と詩人」の動向

一九五一（昭和二十六）年二月刊の「詩と詩人」九十九集の編集後記で、浅井は田村昌由と北川冬彦との決別の経緯を書き留めていることは既に紹介したところである。一九五一年一年間に「詩と詩人」は、九十九集から一〇五集までの七冊刊行されている。「詩と詩人」と浅井十三郎の最後の輝きとも言える一年間である。事実一九五二（昭和二十七）年の刊行は二冊であり、一九五三（昭和二十八）年には三冊と発行数を減らしている。一九五三年四月刊行の一一〇集から、一九五六（昭和三十一）年六月に一一一集を発行するまで休刊状態になっていく。「浅井十三郎追悼特集号」となる、一九五七（昭和三十二）年三月一日発行の「詩と詩人」が実質的には終刊号となる。追悼号の編集責任者は亀井義男、発行者は浅井多嘉夫であった。一九五二年以降の「詩と詩人」の停滞と衰退の原因は何か。「詩と詩人」に現れた誌面から見ておくことにする。

一九五〇年代は戦後の混乱期を抜けて社会生活も復興の軌道に乗り、内外の諸情勢の悪化にも拘らず日本は経済的には復興期を迎えつつあった。詩人たちの詩的活動が活発化し、文学者・詩人のイデオロギー対立は幾つものエコールを生み、多くの詩誌が創刊される。「詩と詩人」のように戦前から命脈を保持してきた詩誌に拠らなくても活動の場が広がっていた。浅井が訣別しなければならなかった、北川や田村との確執の背景にも表れていよう。一九五一年三月刊の一〇〇集記念号の編集後記で、浅井は次のように回想して、

㈠昭和十四年から大東亞戰爭の初まるまでの間、㈡それから終戰迄、㈢終戰から一九四九年に至る間

と「詩と詩人」の活動の転換点を概観し、自らの「詩と詩人」経営の困苦を、

　同人費だけで雜誌がだせる譯の時代でないので着物がなくなり疊がなくなり如何に上手に負債を廻すかで一意經營に苦心してきた

と珍しく彼と家族の生活の困窮を吐露している。だがし

かし「詩と詩人の第四期の運動をもつことができた」と今後の希望を述べた後、その理由として、「四九年は小林明君、五〇年からは湯口三郎君が無給で編集部應援にきてくれている。」ことを挙げている。この号で小林明は「スキャンダル」を、湯口三郎は「卑俗なる詩壇意識」を書き、東京に於ける「「詩と詩人」を非文學として扱い續けようとする彼ら一味徒黨（浅井）」の動静を非難している。

この小林明や湯口三郎の存在に象徴されるように、戦後の占領体制下の民主主義のもとで詩を書き始めた、二十代前半の青年たちを「詩と詩人」は引き付け活性化していた。二人が浅井との「共同生活」を送り、「詩と詩人」の編集発行を保証していたと言っても過言ではあるまい。こうした「詩と詩人」にインパクトを与えた要因に長谷川龍生の登場があった。長谷川龍生が「詩と詩人」に初めて詩を寄せたのは、一九四九（昭和二十四）年十一月刊の八十九集からである。一九四九年十一月刊の八十九集の「九州特集」に寄稿した高木護氏は、長谷川の登場に括目し〝長谷川龍生さんの詩を読み、こんな作品が書けるようになったらいいな、と何度も読み返した。〟との当時を語る文を寄せている。(7) 長谷川が同郷の先輩である湯口を頼って浅井を訪ねてきたことは、第一章の終わりに書いてきたところである。

一九五〇（昭和三十）年九月刊の九十五集から「詩と詩人」は、「従来の會員制の外に同人制」(8) へと組織変更する。「詩と詩人」同人三十九名から

田中久介　龜井義男　河邨文一郎　長谷川龍生　小倉又夫　大島榮三郎　木原啓允　湯口三郎　後藤津木夫　浅井十三郎

の十名の編集委員が選任されている。長谷川龍生も編集委員になっている。一九五一年度の編集委員は、次の十名であった。

浅井十三郎　出海溪也　内田　博　小倉又夫　河邨文一郎　木原啓允　田中久介　長谷川龍生　柳井秀　湯口三郎

戦後に詩を書き始めた詩人たちが中心軸に登場してきたことを物語っている。又、それは詩誌「現代詩」廃刊と北川冬彦との確執が、それまで東京での交流の窓口になっていた詩人たちの「詩と詩人」からの、離反や距離をとるようになった事態を救ったことにもなっている。

なかでも木原啓允は一九五一（昭和二十六）年三月刊の一〇〇集、「詩と詩人」の東京編集所を引き受けている。その業務は「主として評論面の企畫編集を担當して貰うことになつた」と告知されている。東京編集所は一〇二集からは東京連絡所として奥付けに載り、一九五二年五月刊の一〇七集まで東京での「詩と詩人」の窓口を担っていたと考えられる。いわば戦後の第二期[9]の詩人たちが「詩と詩人」に集っていたという事である。その新進の詩人たちの輝きが、「詩と詩人」の最後の輝きでもあった。

こうした状況を表現したのが、「詩と詩人」一〇〇集記念号の座談会「詩における抵抗とリアリズムをめぐって」であった。出席者は、

野間　宏、小林　明、田中久介、出海溪也、小倉又夫、
木原啓允

の六名。

朝鮮戦争を時代背景として、太平洋戦争期の詩人の抵抗とその限界を論じている。象徴主義的な方法で戦争期に金子光晴は抵抗詩を書くことができたが、現在的には象徴主義的表現は時代的限界があり、新たな理念が求められているとしている。小林、木原らはその理念の一つとして、「詩と詩人」九十八集に掲載された、長谷川龍生の評論「移動と轉換」を抵抗意識の基点とし、その「行動主義的リアリズム」を支持している。これに対して、野間は座談会の時期には思想的にはまだ自らの認識を明確に論理的に語る段階にはなかった。アラゴンとエリュアールを引き合いに出しながら抵抗精神は、「詩人である限り自然と社會との轉回をもつとメタフオール的になすべきだと思う」と控えめである。こうしたいわば二十一世紀の現在から見ると、左翼側の破壊と創造の詩精神は混乱と混沌のうちにあったことを知る座談会となっている。

一九五〇年から浅井と親交を結んだ三重の詩人錦米次郎は、その著「浅井十三郎論ノート」で、

鮎川信夫らの「荒地」派の芸術至上主義をのり超え否定する青年行動派の詩人たちによるリアリズムの芸術運動だった。その運動の中心は新潟だったが、この雑誌に結集した詩人たちは日本の北から南まで広範囲にわたり、（中略）ただしこの雑誌はサークル誌が政治と密着したかのようには、集団としての政治への現実参加はなかった。

と「詩と詩人」の当時の状況と性格を伝えている。

詩人の時代認識を語るもう一つの例となる座談会を「詩と詩人」は特集している。一九五一年四月にＧＨＱ総司令長官マッカーサーが日本を去り、日本が敗戦後の混乱から経済社会的には復興期を迎え、朝鮮戦争は七月に休戦協定が結ばれている。八月刊の一〇三集は、こうした転換期にあった日本社会を背景として、詩におけるリアリズム問題や政治と文学を論じる場を設定する。「各詩派討論會」の旗印の下に、「現代詩の焦點―政治と文学―」と題する「討論会」を企画掲載している。出席者は「詩と詩人」から編集部として司会役に湯口三郎、木原啓允が、各流派からは次の九名が討論に参加している。（　）内は各流派を示す。

出海溪也（藝術前衛）　河邨文一郎（詩と詩人）　高橋宗近（日本未来派）　田村隆一（荒地）　井手則夫（造型文學）　牧章造（時間）　木原孝一（ＶＯＵ）　島朝夫（時間）　森道之輔（新詩派）

当時詩人たちの間では知られ、一定の読者と影響力を持った詩誌の同人たちが集められた顔ぶれと想像される。「詩と詩人」誌上では非難の応酬をしていた、「時間」や「日本未来派」あたりへも目配せした討論者配置ということができると思う。討論は各流派（討論会ではエコールという言い方をしている）が、それぞれの立場を述べた後に、意見の相違を論じ合う形式で進められている。

高橋宗近は、自分は「日本未来派、歴程」の同人というより「荒地」に近いと述べ、「詩と詩人」等に見られるリアリズムは合言葉として使われていると、そのリアリズム論への疑念を指摘している。ここでも戦争期の金子光晴の象徴主義的な方法との関係でリアリズムが論議されている。牧章造は北川冬彦の提唱するネオ・リアリズムを喧伝している。商業主義的と一蹴される場面も見られる。

木原孝一は「日本の主知詩のエコールの歴史」をと促され、春山行夫らの「詩と詩論」から自らが戦争期に始めた「ＶＯＵ」をからめて、一九五一年までの、いわばモダニストの歴史をコンパクトに稠密に実践者の眼で披瀝している。井手則夫は福田律郎の共産党への傾斜を支持し、党派性を主張している。これに対して田村隆一は「存在」と「自由」を標榜し、「「人間に於ける根本的命題の危機」が「現代の特徴」であり、「文明の様相」だとし、「この問いが詩に駆りたてる」と主張している。「詩と詩人」を代表する形の河邨文一郎は、「生活態度と直結したところに詩を求めている」とし、行動的リアリズムを擁護している。田村の述懐を借りて「戦後の廢墟に立つて、何をなすべきか、に直面したときに、自分を立て直しをするものは詩以外にないと悟り、そこから仕事をはじめた」と告白している。この河邨の言葉に私は、戦争期に戦争推進の翼賛体制を支える論陣を張り実践した、浅井十三郎の戦後の詩の再建意識と重なる姿を見る。

森道之輔は「新詩派」の代表でなく、むしろ「新日本詩人」の立場を強調して、新日本詩人は「一つのエコールではなくて、いわゆる民主々義陣營の公器的存在」だと自己紹介している。「過去のプロレタリア詩の遺産を継承發展して行こうとする立場」だというのだ。

出海溪也の藝術前衛は、九州のシュルレアリスム的傾向の詩誌が合併したもので、「再び起こりつつあるファシズムに對して抵抗」と「封建的感情、短歌的抒情に對しても抵抗する」との、「二重の抵抗」を提起していると説いている。小見出しに附けられた「藝術と反藝術」、「党派性の問題」、「政治と文學」といった論議に各流派の相違を論じ合っている。論議がかみ合う場面は少なく、批判の応酬が果てしなく続けられている。しかしその熱さは伝わってくる。「飲み乍ら」の場で、かなり「抑制した」との編集部の附記からは、アルコールの入った討論現場を想像すると、よく殴り合いにならなかったなとの思いがする。

三段組二十六ページの分量はかなりの時間をかけている。今日の商業詩誌にみられる座談は三名か、多くて五名くらいだろう。同人詩誌では相違する性格の詩誌との座談會なり討論会は皆無にひとしいように思う。今日ではたまに商業詩誌がシンポジウムを主催しているが、こうした集りが「詩と詩人」一〇三集の討論会にあたるのだろう。これだけ意見認識の相違ある討論会を組み、そこに参加する詩人たちの詩に対する己の賭け方に昨今の違いを覚える。意見認識の相違と批判の応酬から討論会の結末は、田村の言葉で締めくくられている。

田村　「どうかね。この會は混乱のまゝに終わらせようじやないか。その方が、この會にふさわしいじやないか……。

一同　賛成。

討論会は不調に終わったのではなく、この後に続く「詩人の戦争責任」論の兆しも読み取れる。時代は米ソの冷戦下、戦後の民主主義を巡る対立と一九五一年の「サンフランシスコ講和条約」調印に至る過渡期にあり、詩人たちは思想的に混沌とした状態にあったことが窺われる。

この後「詩と詩人」は、急速にその詩誌経営の危機を迎えてゆく。しかし一九五一年十一月刊一〇五集は「海外前衛詩壇展望」の特集を組む力量を持っていた。だが、一九五二（昭和二十七）年には二冊の発行に止まる。これには幾つかの理由が求められる。

最も大きな理由は、湯口三郎が浅井との「共同生活」から去ったことである。一九五二年二月刊の一〇六集の編集後記で木原は、「湯口三郎が全くのつぴきならぬ私的事情で、二年余りにして編集部を去り京都へ帰つた」と報告し、湯口の京都へ帰った事情を「バカな危惧や憶測やデマはやめて頂きたい」と釘をさしている。また、浅井は「事務渋滞・フトコロ渋滞金欠病襲来」を述べた後、

> 編集の湯口君が母堂のすすめもだし難く京都に帰つたため雑務に追われ（中略）湯口君にわ二年間の労をいたく感謝する。

と湯口への感謝を述べている。

編集実務を支える者が居なくなる事態は、新潟県の詩人の動きをも左右することになる。一九五一年秋には、戦争期から戦後期まで盟友として「詩と詩人」の発行に尽力してきた、亀井義男と田中伊左夫が新潟市で詩誌「うらぶれた海底に黄色な花が咲いたら」を創刊する。そして日本共産党の影響下で一九四五年に創立された新日本文学会の活動のもと、雑誌「雪国」や詩誌「北の火」が創刊されてゆく。

さらに一九五二（昭和二十七）年三月に詩誌「列島」が創刊される。その表紙に名を記す十一名の内、井手則雄、出海溪也、木原啓允、湯口三郎、長谷川龍生の五名が「詩と詩人」の同人であり、編集委員であったことは記憶されてよい。「詩と詩人」は、現在の長谷川龍生を

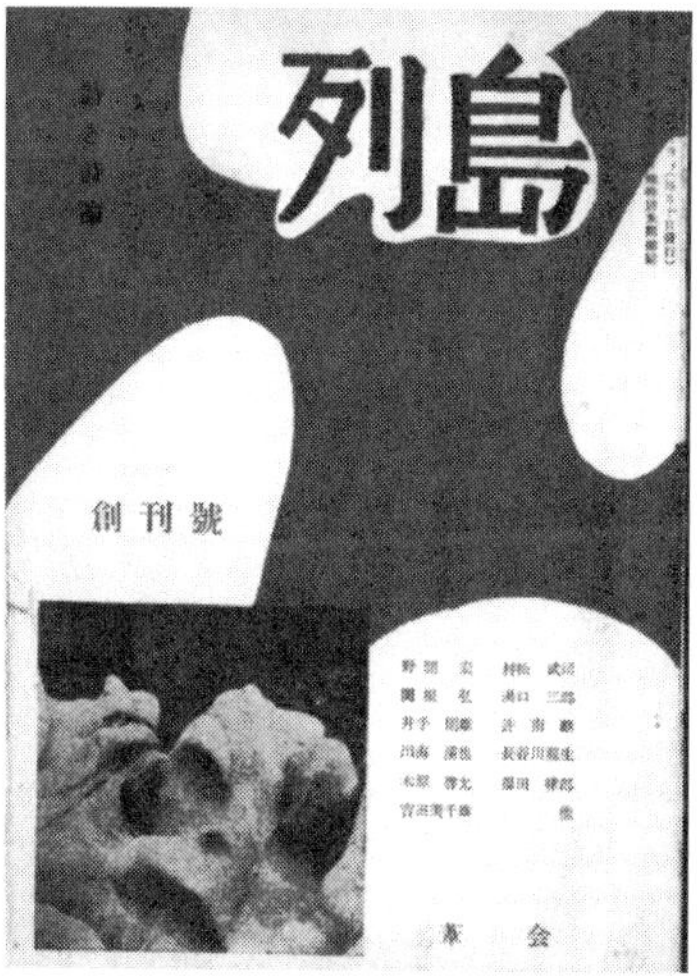

詩誌「列島」創刊号表紙

育んだ「揺り籠」であった。

　時代と詩人の情況の変化に浅井十三郎は対応できず、「詩と詩人」の衰退と退潮を防ぐことはできなかった。一九五二年二月刊の一〇六集は、五十名の詩人を網羅した作品特集「ジヤポネ・ア・ラ・コレール」を、五月刊の一〇七集は野間宏と花田清輝の対談、「新藝術の實體—抵抗とは何か」を組んでいる。これは湯口と木原の最後の仕事の結果だと私には思える。

　一年近い休刊状態の後、一九五三年三月に一〇八集を刊行する。この集は井手則夫らの協力を得て、壺井繁治と大江満雄の対談を残している。そして四月に一〇九集を、五月に一一〇集を発行して長い休刊へと入る。一一一集が発行されるのは、一九五六（昭和三十一）年六月のことである。一一一集から浅井の追悼号となる一一二集までの経緯は次章に譲ることとする。

6　詩誌「うらぶれた海底に黄色な花が咲いたら」創刊とその意義

　詩誌「うらぶれた海底に黄色な花が咲いたら」という、長い誌名の詩誌が、一九五一（昭和二十六）年十一月一日に創刊された。第十六号の発行日付は一九五三（昭和二十八）年二月一日である。第二号から第十六号までの詩誌「うらぶれた海底に黄色な花が咲いたら」は、月間で定期発行されていることが分かる。定期発行の遵守は、同誌の発行形態から編集体制の論議が徹底されていたことを窺わせる。準備段階の論議が活発に行われたに違いない。創刊号に載る編集同人は、

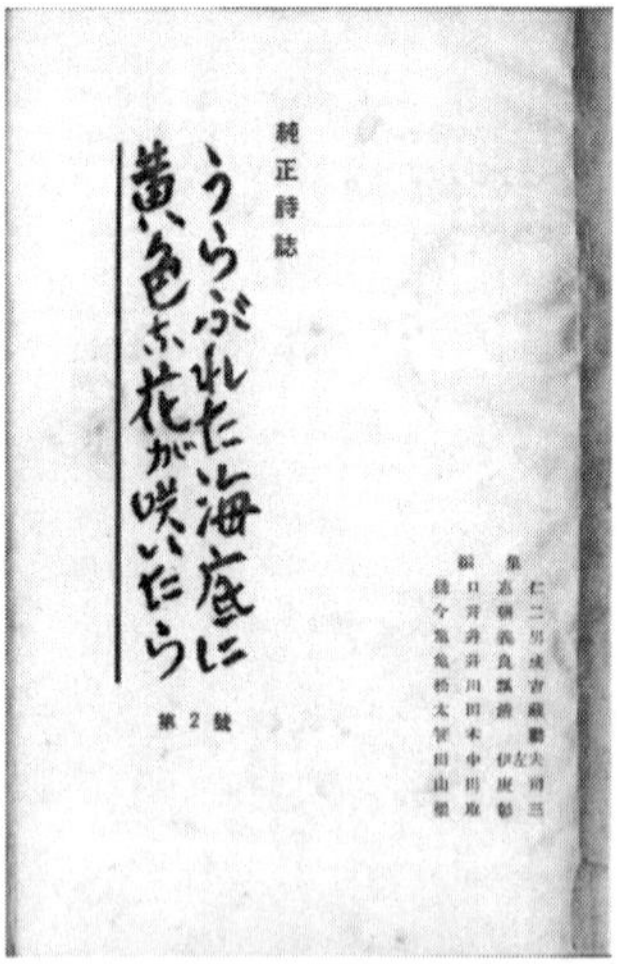

第２号表紙

樋口惠仁　今井朝二　亀井義男　亀井良成　松川瓢吉
笹木　勸　田中伊左夫　山田庚司　梁取彰三

の九名。

　発行兼編集代表者は田中伊左夫。発行所は新潟市上所島一一四一（田中伊左夫方）「うらぶれた海底に黄色な

花が咲いたら詩の会」となっている。発行兼編集責任者田中伊左夫の体制は、第十九号まで続く。

第二号の後記にあたる〝海底記〟で、田中は「今號から太田清藏君（山形）を同人として迎えた。」と報告している。同人制としながら、それ以外の詩人からも広く作品を掲載していこうとの方針が誌面から見られる。第二号には編集同人以外に次の九名の作品が掲載されている。

藤田佐一郎　楠本清志　須田英夫　小川文夫　五十嵐善一郎　本間恵智子　田中高樹　天尾萮郎　曾我哲彦

一九五二年一月刊行の第三号からは、荒尾梓、伊沢正平、小泉辰夫、須田英夫が編集同人に名を連ね、詩誌「うらぶれた海底に黄色な花が咲いたら」の詩誌としての性格が明瞭になった。途中二十号からは誌名を「海底」と変更しながら、一九七三（昭和四十七）年七月刊行の第六十三号まで、二十年以上にわたって新潟県の詩を領導し、多くの詩人を輩出することになる。創刊号と第三号の編集同人十四人の顔ぶれから、この詩誌の発行を結びつけた人脈と性格を簡単に見ておくことにする。

一つの詩脈は、昭和初期の詩誌「風が帆綱にわびしくうたふよ」と詩誌「繻子」に拠った詩人たち、亀井義男、小泉辰夫。彼らは戦後の混乱期に詩誌「慈眼」を創刊している。もう一つの詩脈は旧国鉄の関係者である。田中伊左夫、樋口恵仁、今井朝二、太田清蔵、荒尾梓、伊沢正平、須田孝夫らは戦前の国鉄関係の文芸誌に名を残し、戦後はいち早く「新鉄詩人」に結集していた人たちである。この相違する詩脈を結び付けたのは詩誌「詩と詩人」である。亀井義男、田中伊左夫は「詩と詩人」の戦争期を支え、荒尾梓や樋口恵仁は投稿者として名を記している。

詩誌「慈眼」と詩誌「新鉄詩人」の合体とも考えられる、詩誌「うらぶれた海底に黄色な花が咲いたら」創刊は、一九四九（昭和二十四）年の国鉄の反合理化闘争での当局からの解雇や処分、イデオロギー論争と党派の介在で疲弊した組合員の多かった「新鉄詩人」と経済復興期に新たな運動をめざした「慈眼」の詩人たちとの新たな鳴動だった。第二号の田中の巻頭言「わが獨白」で、小野十三郎に言及しながら、

「批評」の精神が、いつのまにか、日本の詩にあつては「抵抗」一邊倒に置き換えられようとしている。しかも、「抵抗」を実際に行爲しない、人人によつて無

雑作に、これがかつぎ廻わされ、地に足がついてない空轉の傾向を多分にみせられると、（中略）詩人にとつては、作品そのものが絶對であつて、日常生活の誠実缺如など、意に介するに足りないなどとの説はおよそ、ナンセンスだ。

と、詩は党派やイデオロギーから自立した芸術であり、詩人個々の人間としての誠実さを重視する姿勢が語られている。それから、新潟県の詩の近代詩から現代詩への変遷過程を認識し、その意義を継承していこうとの意欲が認められる。田中は第二号の〝海底記〟では次のように述べ、

昭和二年四月、新潟ではじめられた「風が帆綱にわびしくうたうよ《ママ》」によるネオ・ロマンチズム詩の運動、同じく同年《ママ》、[10]「新年」によるシユル・レアリズム詩の運動は、當時いずれも各方面の注目をあび、（中略）中央集權の意識の強い、現代の日本詩の上からは、いまは、完全に黙殺のうきめをうけてしまつている。（中略）そんな誤つた既成の枠を打破するためにも、いまこそ、地方の詩誌が强力に自個を主張し、進出することが必要である。

との強いメッセージを発信している。

長い誌名である「うらぶれた海底に黄色な花が咲いたら」は、詩誌「風が帆綱にわびしくうたふよ」と響き合っている。詩誌「うらぶれた海底に黄色な花が咲いたら」が、詩誌「新年」[11]を、継続的に検証して現在まで語り継がれる基礎を築いた。詩誌「新年」が戦後に評価されて行く経過は別に詳述する。

「うらぶれた海底に黄色な花が咲いたら」に集った「新鉄詩人」の詩人の内、太田清蔵は山形県在住、伊沢正平は仙台市在住、荒尾梓は秋田県在住と国鉄人脈をも見ることができる。その中で山田庚司は、最も左派に属し国鉄の反合理化闘争で馘首されている。山田は一九五二（昭和二十七）年二月刊の第四号巻頭言「1952年の指標」で、

民主主義を守るたたかいをホウキして、人間の眞の自由がカクホされるはずがない。それとともに、舊勢力の擡頭に耐えきれず、これに迎合してどうして私たちの推進する純正な文學運動の線が守られよう。

と「精神的マヒによる追随主義」と「迎合主義」を批判

して、

私たち自身の中に燃焼しつづける、そのものの本質を見きわめ、それを基盤とした一歩一歩をつき進めてゆく、それが、一九五二年の指標とならなければならない。

との文学態度を示している。山田も時代に潜む迎合主義を非難しながら、政治スローガン流の詩を拒絶し、個人の力を信じる詩の在り方を求めている。

7　「うらぶれた海底に黄色な花が咲いたら」に集った詩人たちの表情―今井朝二（一九二四・一・二～二〇一一・一二・一七）のこと

詩誌「うらぶれた海底に黄色な花が咲いたら」に集った詩人たちの内、時代を映す活躍をした今井朝二、樋口恵仁、小島一作の三人を紹介する。

今井朝二は一九二四（大正十三）年一月二日に新潟県中蒲原郡横越町大字木津三ツ口[12]で生まれている。一九四〇（昭和十五）年に国鉄に入り、保線区関係の職場で働く労働者であった。国鉄に入ると「鐵道雜誌」等へ詩の投稿を始める。戦後は新潟鉄道局に属し、詩誌「新鉄詩人」で活躍している。「新鉄詩人」時代には〝勤労詩論争〟の一翼をも担って、国鉄関係の詩人の統合機関である「国鉄詩人」でも活発な活動を展開している。詩誌「うらぶれた海底に黄色な花が咲いたら」では、第二号で「五十歳について」と題し、中野重治が「五十歳位になつたらいい抒情詩が書ける」と述べたことを指摘して、中野論を展開している。一九五三（昭和二十七）年四月刊の第六号には、プロレタリア文学退潮期の中野の詩を取りあげ、

なまのままの缺點多い人間としてその悲しみ、いかりよろこびを詩的感動を通じて歌えばいい。そしてその作品の下らなさは、感情の低さを表現する。そして詩的感動の立派さは、すぐれた社會的に鍛練された抒情をも、たずさえて来るというものだ。

と「素朴で清純な詩人の目をもつて」歌いきることが、抒情が社会的に鍛練される道筋だと主張する。今井は社会性を持った労働者として、詩を自らの抒情性と思想性を統一していかにして高めるかを中野重治の詩と評論を通じて探求している。

私的に今井朝二を語らせてもらうと、一九五三年一月

刊の第三号に載る「現代詩大系について」は重要である。〝現代詩大系〟は一九五二年に河出書房から中野重治編著で刊行された全十三巻の「日本現代詩大系」のことである。今井は「日本の詩の流れ、巾さ廣さというようなものが、ある程度あきらかにされた。」と評価し、「地方の詩の運動、歴史、作品、詩人などを明らかにする必要がある。」と指摘している。さらに今井は、

例えば新潟の詩の運動、作品、詩人などがそうである。それら創成期に努力し、関係した人々「風が帆綱にわびしく歌《ママ》うよ」や「新年」や「繻子」「無花果」などに活躍し関係した人々はそれらの全ぼうを明らかにしそれらの資料を公開する義務と責任とがある。

とまで断じている。

この主張は詩誌「うらぶれた海底に黄色な花が咲いたら」の誌上に通奏低音のように響いていく。なにより私がこうして詩史を記述できるのは、今井から頂いた一九四〇年代から一九六〇年代の詩誌詩集のおかげである。

8　樋口惠仁（一九二三・五・四〜二〇〇六・一）のこと

樋口惠仁は福島県五月町生まれである。本名は斧寺惠仁、昭和八年に新潟市に転居。戦争期には浅井十三郎の「詩と詩人」へ投稿し、新潟市へ浅井が所用で出てきた折には行動を共にしている。樋口は戦争の末期に南方の戦場へ召集され、兵隊として出征している。南方の戦場へ赴く輸送船上で経験した、別の輸送船が撃沈されるあり様を一九五三年五月刊の第七号で「輸送船」として発表している。戦争の体験は十年近い熟成を待って書かれたものと思われる。長くなるが「うらぶれた海底に黄色な花が咲いたら」の、初期のすぐれた詩の一篇として紹介しておきたい。

そのときぼんやり
白ペンキのはげた手すりによりかかり
うしろからのそのそくつついてくる
貨物船に見とれていた。

貨物船の甲板には
飯盒をぶらさげた
兵隊の四五人が
横隊にならび

熊のようなかつこうのひとりに
つぎつぎにぶんなぐられ
よろけるからだを
しつかりふまえ
もとの姿勢にたちなおろうとしていた

きゆうに貨物船は
船列をはなれて
すごくかたむきながら
方向をかえた
さつきの兵隊たちも
熊のかつこうの男も
よろめき
その場にはいつくばり
波がひとすじ
船のよこをかすめてすぎた

しばらくして
にぶい音のひびきに
ひとびとの声が
はきだすようにもれた
二発目の魚雷が
貨物船に命中して
かたむいた甲板から
豆のように
兵隊たちが海にころがりしずむ

あわてて救命具を
わたしはつけた
そのあいだ
もう貨物船の姿はなく
わずかにただよつている
兵隊の姿がとおくかすんでいた

夕日がまるで血のように
波がしらにかがやき
わたしはペンキのはげた手すりにもたれ
船が沈むことの当然をおもい
死ぬまぎわにまで
なぐられなければならない
どうすることもできぬにくさを
海より赤くたぎらしていた

兵員輸送船として徴用された貨物船が、敵の魚雷攻撃を受けて撃沈される短い時間に遠望した船上の様子を子細に表現し、戦争という「死ぬまぎわまで／なぐられなければならない／どうすることもできぬにくさを」、樋口は兵隊の日々に感じていたのであろう。輸送船団として陣形を成して航海していただろうに、船上の「つぎつぎにぶんなぐられ／よろけるからだを／しつかりとふまえ」る身体感を実感するほどのリアリティは、樋口ら兵隊が日常的に受けていた体罰の体験がなかったら描き切れないものであろう。

　樋口は一九五六（昭和三十一）年十月に詩集『秋の風景』を上梓する。その詩集に丸山薫は「序に代えて」と題する〝序〟を寄せている。その中で「輸送船」全文を分析している。「この詩の好さは、（中略）終始乱れぬ確かさと静謐さとを保ちつづけている点にある」としながら、

> 作者の脳裡に焼き付けられて消えないあれら戦慄の、むざんの、非條理の、憤りの体験が、年月の経過がつくつた或る適当な角度と距離と冷却の一点に於いて詩に再現されたためであろう。

と、高く評価している。戦後十年にしてようやく身体的体験を表現した戦後詩の一例である。

　樋口は詩誌「うらぶれた海底に黄色な花が咲いたら」の編集実務を担っていたと考えられる。樋口は当時国鉄の印刷部[13]に属していて、印刷に明るかった。装幀に関しては、一九六〇年代の詩集出版に画期をもたらした人でもある。この詩誌が何回かの変転を経ながらも、通巻六十三号まで刊行できたのは樋口なしでは考えられなかったことである。また、先に今井が主張した新潟県の先駆詩人の発掘を実践した人でもある。一九二六（大正十五）年に創刊された詩誌「新年」に集った四人の一人、市島三千雄の詩を私たちに残したのも樋口の功績である。

9　誌名を「うらぶれた海底に黄色な花が咲いたら」から「海底」に改題

　詩誌「うらぶれた海底に黄色な花が咲いたら」は、二十号から誌名を「海底」と改題している。この間の経緯は二十号が未発掘のため詳しくは分からない。一九五三（昭和二十八）十二月刊の二十一号の変化は、発行兼編集代表者が小泉辰夫になっている点である。田中伊左夫から小泉辰夫への発行兼編集代表者変更が誌名改題と結びついたのかどうか。詩誌の振替口座を開設する時に、

「うらぶれた海底に黄色な花が咲いたら詩の会」では長すぎるので、名称を「海底の花詩の会」とさせられたとしている。こうした誌名の長さを嫌う思いが同人にあったのかもしれない。

詩誌「火山地帯」の田中伊左夫特集号に載る、田中の年譜で一九五三年の消息を次のように記述している。

新鉄教習所講師として酒田教室（酒田機関区内）へ単身赴任、静山寮に入る。七月、下所島の新鉄教習所に帰任。十月、詩誌「うらぶれた海底に黄色な花が咲いたら」を二十号より「海底」と改題。

発行兼編集者の変更は田中の転勤によるものと推察できるが、酒田転勤も一時的なものであった。田中が高田駅運転助役となり、新潟市から高田市へ転属するのは一九五五（昭和三十）年一月であり、故郷の長野県松本市へ帰郷を果たすのは同年六月のことである。俗に言えば、田中の国鉄内での出世が詩誌発行等の雑務を引き受けられなくなった理由と考えられる。発行兼編集代表者の変更は、労働派田中と芸術派小泉との確執の結果ではない。最初期からの編集同人の松川瓢吉の証言では、国鉄関係の若い詩人は毎日のように小泉宅で詩の論議をしており、「小泉さんは迷惑だったろうに、嫌な顔一つしないで相手をしてくれた」と当時を振り返っている。

詩誌「海底」は、二十一号から六十三号まで継続されることになる。二十一号の編集同人を示す。

亀井義男　田中伊左夫　今井朝二　伊沢正平　西山晃　太田清藏　川崎治夫　奈良進　山田庚司　松川瓢吉　小泉辰夫　小島一作　笹木勸

詩誌「うらぶれた海底に黄色な花が咲いたら」から詩誌「海底」へ改題し、新たな同人として登場したのが小島一作である。

10　小島一作（一九〇三・十・十二〜一九八〇・六・十四）と詩集『青天井』

小島一作の詩的出発は、その経歴から異彩であり、特異な詩人の登場であった。詩誌「海底」に詩が最初に掲載されるのが二十号なのか、二十一号なのかは確認できない。

夏になつたら、ところどころ廊下の天井の硝子がとら

詩集『青天井』の表紙

れ
そこから四角に蒼い空が覗かれ
金魚鉢を見るようだつた。

或る夕、不意に妙な音がすると思つたら
雨が眞ツ直ぐに降りこんでおり
水玉がコンクリートに躍つていた。

その日から
そこの青天井が故郷の空に思われるようになつた。

小島の第一詩集『青天井』の表題作「青天井」である。

著者小島一作の住所は、東京都豊島区西巣鴨町一丁目巣鴨刑務所となっている。小島は戦争中に勤めていた運輸会社で、軍事物資輸送のため捕虜を使役したとの廉で、戦後GHQにより「戦争犯罪人」、C級戦犯として裁かれる。重労働二十五年を言い渡され、巣鴨刑務所に服役する。

病院から歸つたら
直ぐ公判だつた。
と、急に詩が書きたくなり
裁判をよそに書き出した
法廷でも詩を考え
窓の外ばかり見ていた
二、三本、木の植わつた前庭と
プラタナスのある道路
雲もない空に腰を据えた夏が
それでも少しずつうごいていつた。
やがて、秋となり
判決。
重勞働二十五年
詩のようなものが八つばかり出來ていた。

詩「詩」の全文である。戦勝者の理不尽なB・C級戦犯追及に、小島は詩をもって抵抗した。詩集『青天井』は、獄舎から詩人が誕生したことを物語る作品である。小島は早稲田大学商科を出て、新潟市の運輸会社に勤務する。戦争期末期に会社は捕虜を国際法に違反して労役に使った。中間管理職小島が、ひとり責を負った結果の重労働二十五年の刑であった。

詩集『青天井』の発行は、サンフランシスコ講和条約の締結発効にともない、戦犯の釈放がなされた期日の一九五三（昭和二十八）年四月である。詩集のあとがきで、小島は「昨夏、年内には釋放されるだろうと考え、記念に知友に分かつつもりで」の発行と語っている。あとがきを書いた日付が三月二十一日となっていることから、釈放手続きが遅れたことが知られる。

詩集『青天井』の編集発行人は、樋口恵仁と笹木勸が務め、発行所は「海底の花詩の会」となっている。発行所の住所は跋を書いた田中伊左夫の家である。そうした縁で小島は釈放後、新潟市へ戻り改題した「海底」の同人になり、詩人として活躍する。

後日談ではあるが、私は一人戦犯の責を負った小島は、運輸会社から感謝と暖かい処遇を受けて幸せに暮らしたと考えていた。一九八二年九月に小島一作遺稿集として編まれた『小島一作詩集』に収録された詩「見送り」で、

服役十年
元の仕事に戻った
三年たったある日
社長の言葉が腹の底へ重く沈んだ

……そうか　邪魔になるのか
黙って部屋を出
社員にも言葉をかけず
静かに玄関を去った

会社の業務で行った戦争期の責任を一人負った小島に対する処遇は何を物語るのか。一九五八（昭和三十三）年十一月刊行の詩誌「海底」の〝海底記〟で小島は、その日の心情を次のように告白している。

私は四月に会社を退いた。ある事情が生じ、仕事が出来なくなつた。出来なくなつたと考えたからである。やめてくれと言われた訳でない。いればいれたのである。しかし、私は、考えたその日に退いた。自己に対する抵抗の精神からである。詩人になるのは辛いもの

である。

近年私はこの会社へ納品で出入りしていた。小島が勤めていた当時の建物とは違うと知りながら、この詩と小島の心情を思い浮かべて複雑な思いにとらわれたものだった。

小島一作の大きな功績の一つは、大正末年から昭和初期に活躍した、詩誌「新年」と市島三千雄の業績を、後世の私たちに伝える契機を作ったことであった。

11　文芸雑誌「雪國」の創刊について

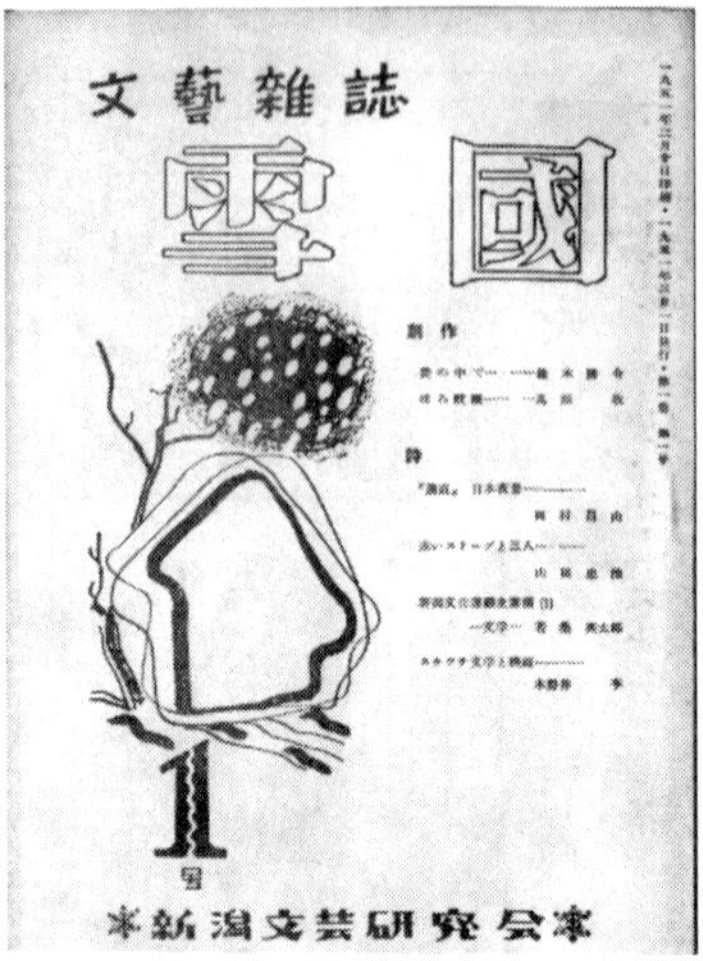

「雪國」創刊号表紙

一九五一（昭和二十六）年三月に文芸雑誌「雪国」が創刊される。編集兼発行人は本田大作、発行所は新潟文芸研究会となっている。発行所住所は、新潟市寄居町三三二本田方となっている。九項目から成る「新潟文藝研究会会則」の第一項は、「本会は進歩的文学の創造、研究、普及を目的とする」との文芸雑誌「雪国」創刊の意義と方向性を提示している。編集は菊地良賢・本田大作・浅川一男・藤村五郎が、雪国編集部として担当している。この雪国編集部名で「發刊のことば」が巻頭に掲げられている。

新潟地方の文学を愛する人々が集り語り、自作を発表する場所として本誌は誕生することになつた。ただ本誌は文学を生活から浮きあがつた芸術のための芸術と考えない。生活の中味と密着した眞面目な人生探求の精神を尊重する。

とし、「本誌は専門家雑誌でなく労仂者、農民、大衆の文学雑誌でありたい。」とも述べている。執筆者は、
渋木隆介　高原　牧　ほり・きよし　花岡光二　三上美樹　ほづみ・まこと　礎まち子　田村昌由　山田忠

治　久保吉平　駒形稲洋　岡本昭人　長谷川杉郎　若桑英太郎　木野井亨の十五名。

三上美樹は第一章で「新潟・詩の共和国」で触れた、第二回芸術祭の主催団体の新潟県民主主義文化団体協議会の幹事長をした人物である。また渋木隆介は「私小説の問題」と題して講演をしている。三上の「「雪國」への期待」を聞いてみよう。

今回の文芸雑誌を出すに当つて、中核となつていると聞く、新日本文学会新潟支部は、例え少人数の集りであつたとはいえ、民主々義科学者協会新潟支部や新潟演劇研究会などと共に、新潟文協(14)の欠く事の出来ない主柱の一つであつた

と、文芸雑誌「雪国」は一九四五（昭和二十）年十二月に創立された新日本文学会の新潟支部が中心となって創刊されたことが分かる。この中で三上は「新潟文協」の後退と反省を次のように記している。

労組を始め進歩的な団体役員に対する政治的圧迫と首切り、そしてこの事と切離し得ない関係にある大衆の経済的逼迫などはその主たる原因の一つであろう。

と、当時の政治的経済的な外部的な問題を指摘した後、「新潟文協」の内部的問題としては、

文協がほんとうに大地に根を下した地道な、啓蒙、組織活動をそれも当時は決して気のつかなかつた訳ではないけれ共、有力な「仂き手」の不足も手伝つて徹底出來なかつた事が、最も根本的な条件であったのであろう。

と、総括している。「あつた。」ではなく、「あつたのであろう。」と確言を避けている。「「仂き手」の不足」などは自己弁護以外の何ものでもない。そして「雪国」の未来を、

全面講和と再軍備反対が叫ばれねばならぬ緊迫した事態はないであろう。私はこの時に面して再組織されて強力となつた文協の姿を、切実に想起するのである。

と、描いている。

小説では渋木隆介が、詩では山田忠治が活躍している。「雪国」がどれくらいの号数を重ねたかは分からない。一九五一年八月刊の「雪国」第一巻五・六号は、「平和記念号」であり、「上越地方誌『北の火』合併」号となっている。編集兼発行人は本田大作で変更はないが、発行所が新潟市古町六番町の文求堂書店に変わっている。雪国編集部は、

菊池良実　本田大作　浅川一男　藤村五郎　岩瀬成夫
北川省一（高田）岡塚亮一（柏崎）伊藤総司（三条）

と創刊時より四名増えて、八名になっている。この合併の周辺を探ってみる。

12　詩誌「北の火」の周辺

詩誌「北の火」は、一九四八（昭和二十三）年に発行されていた詩誌「ざこ」[15]の後継誌と考えられる。「ざこ」四号から編集発行人となった、まちえ・ひらお（長谷川大平）の一九五九年刊行の詩集『送り火』に、著者略歴の所属詩誌として「北の火」をあげている。「北の火」は柏崎市で創刊された詩誌であるが、創刊日時は分からない。「ざこ」の終刊も特定できていない。手元にある「北の火」の第五号と第七号を資料として見てゆく。一九五一（昭和二十六）二月刊の第五号の編集人は北川省一。住所は高田市（現上越市）本町三丁目、発行所を高田回読会としている。奥付けの発行号数は第六号となっているが、表紙の号数表記は№5となっている。第七号の編集後記で、「第七号ができた。第六号と同様プリントは全部、榊原坦君からやってもらった」とあることから、一九五一年二月刊の「北の火」は、表紙表記が正しい。なぜなら、この号はプリント（謄写印刷）ではなく活版印刷であるから、編集が北川に移ってからは第六号と第七号がプリントで発行されていることを物語っている。その辺の経緯を第五号の無署名編集後記は伝えている。

「北の火」は新日本文学会員岡塚亮一氏を中心として、四号まで柏崎で出された。同氏の一文を左に揚げる。

として、柏崎での発行が「さつぱり原稿も會費も代金もほとんど集まら」なくなり、「高田方面の原稿だけでともかく編集することにして、長谷川大平君にプランを作つてもら」い、「北川省一氏の申し出を正式にうけた時

實はほつとした氣持だつた」との「北の火」継続までの経緯を伝える、岡塚の文を載せている。

「北の火」の第五号と第七号は、新日本文学会新潟県支部機関紙と銘打っている。創刊時からの標榜なのかどうかは定かではないが、「「北の火」は今後飛躍的な變貌をするだろう、しかし新日本文学会縣支部機關紙としての使命は」に見られるように、創刊時から詩誌「北の火」の立場だったと考えられる。これに対して、編集発行を引き継いだ北川は、

「北の火」の發行所が高田に移ったのを機会に、わたくしたちはこれを、「新日本文學会」その「友の会」の枠からはずしてさしあたり全上越のすべての文化團体、グループに解放し、その共同機關誌として、提供し、共同編集に移すべきだと考える。

と「北の火」の方針を述べている。全くの組織論だけで、上越の当時の文化状況の見通しにさえ触れられていない。「新日本文学会新潟縣支部機關紙」を名乗るからには、東京の「新日本文学会」の下部組織ということなのだろう。新日本文学会の歴史を私は詳しくは知らない。戦争前のプロレタリア運動に関わった作家を中心に一九四五（昭和二十）年十二月に創立されている。中野重治、宮本百合子らを中心に設立が進められたと教科書的にしか知らない。日本共産党との関係がこの団体に多大に影響し、幾度かの論争を起している。当時は新日本文学会といえば、進歩的左翼の民主主義陣営と考えられていた。一九五〇年代当初には、まだ文学者や詩人の「戦争責任論」は、一般的には論議されてはいない。戦争責任としては、軍部や歴代内閣の責任を問うた「極東軍事裁判」があり、支配層や戦争協力者らの「公職追放」がＧＨＱによってなされている。

こうした「戦争責任論」の曖昧な時代風景として「北の火」は第五号に山本文十郎[16]が、「「北の火」によせて」の一文を載せている。いわく「文学誌「北の火」を新日本文学会新潟縣支部の機關誌として提供されたことは、誠に心強く、是非これを育成したいと思う」と。そして山本の肩書は「上越勞働組合連合会々長」とある。文学報国会傘下の上越詩人連盟の幹事長として一九四三（昭和十八）年二月に刊行したアンソロジー『上越詩人集』の編集兼発行者である。本名山本文十郎、ペンネーム山本文雄、高光豊。口語自由詩の新潟県での先駆的詩集『文雄詩集』の著者でもある。こういう人たちのいわゆる文学者詩人の「戦争責任」を考えるのである。「文学

報国会」を「新日本文学会」とするりと書き換えるのである。そしてそのことを知ってか知らずか、北川は自らの「組織論」として「共同機関誌」とか「共同編集」という言葉で言い募っている。

13 「雪國」と「北の火」の合併

「雪国」と「北の火」は、上越地方の〝共同機関誌〟を越えて、一九五一年八月に合併号を刊行する。「北の火」第七号の無署名の編集後記で、

新潟からでている「雪国」の同人諸君との打合せがこの月の十二日に三條の有志のキモイリでもたれる。県下のこの二つの雑誌が統一されるといいとおもう。

と両誌の合併を望むコメントを残している。無署名だが編集発行人たる北川の文であろう。この第七号の発行日付は一九五一年七月十五日と表記されていることから、発行前の七月十二日の会合ということになる。〝三條の有志のキモイリ〟とは、合併号の雪国編集部に名をつらねた伊藤総司のことであろう。

　こうして文芸雑誌「雪国」の合併号は先に述べたような陣容で発行される。その中でこの合併を、

　全県的に相互に刺激しあい抑判《ママ》を交換する機会がない。（中略）七月十二日に、その意味で高田、直江津、柏崎、三条、新潟の文学関係の有志が集まつて、具体的に手をつないでやろうという事になつたので喜ばしい事であつた。

と告知している。

「平和記念号」との特集を組んでいるが、発行が八月ということで「八月十五日」の敗戦時の「生活記録」を中心としたものであった。編集部の「平和への道」も、自ら語る言葉は無く、現在から読むと目を覆いたくなる。「資本主義国内の労働者を先頭とする人民の斗争、社会主義ソ同盟と人民主主義諸国内の平和政策の堅持」の文言、さらに「日本に押しつけている単独講和と軍事協定の圧力、これに応じる国内反動分子の妄動」などの文言が「文芸雑誌」の情勢分析として掲載されている。

　この「雪国」の最大の功績は、「新潟文化運動史素描」と題する戦前の文学を中心とする記録を残したことである。ただ残念なのは「雪国」の全体像が分からないことである。第一号に載る若桑英太郎の「新潟文化運動史素

描⑴文学」は、戦前のプロレタリア運動を素描している。第四号には、中村海八郎が「新潟文化運動史素描⑷文学」として戦前の文学雑誌・詩誌のことを述べている。これは「〈2〉補助的記述」と傍題を付していることから、第三号には中村が別の視点から運動史を素描している可能性がある。第五・六号は合併号には、小林清一郎が中村の記録を自らの体験と私信を通じて更に詳述していて貴重である。

文芸雑誌「北国」は創刊号から合併号である第五・六号の五冊で事実上終わっている可能性が高い。しかし新潟県の詩史、特に戦前の文学動向を知るためには、第二号と第三号の発掘が待たれる。

14　詩誌「近代詩」のその後と終刊

前田正文、田村達爾が主導した「デルタ」、「アカシア」、「近代詩」は、戦後の新潟の詩界にいち早くその位置を占めた。このグループは、日本の近代詩の発展的継承を強く認識していた。戦後の日本の詩の動向にも反応しながら、芸術としての詩を追及している。福田律郎らの「純粋詩」と提携したり、その後継誌である「造型文学」と連携する。小田久郎は『戦後詩壇私史』で詩誌「純粋詩」の活動を三期に分類し、「純粋詩」から「造型文学」の継承期を第三期として、前田と「造型文学」の関係を次のように述べている。「前述第三期の詩人のほかに、長光太、近藤剛規、前田正文らを加え、全国的に支部を設け、」と前田の「造型文学」での位置を重視した見解を述べている。しかし福田律郎や「造型文学」の左傾化に危機感を持った前田らの「近代詩」は、これらの詩誌との提携を弱め、一九五〇（昭和二十五）年十月刊の四号の〝ＣＲＩＴＩＱＵＥ〟で署名者Ｊは、

われわれは常に新らしい時間と角度をすでに生活のみならず本質的なものに無傷であり得ないわれわれとわれわれの風土に適確にあてなければならない。

と、東京と連携する立ち位置から、新潟からの詩の確立を見据えようとする言葉を残している。

前田ら詩誌「近代詩」の詩の位相は、春山行夫らのモダニズムの批判的継承であり、政治プログラムからの自立性を意志し、詩を芸術たらしめる模索であった。そのため前田のエッセイや評論は時に難解になり、比喩が自立しないまま表現され本意を汲むのに骨が折れる。作品も長い詩が多く例示が難しい。四号に載る田村達爾の詩、

「透明な時間の中に」を引く。

透明な時間の中に　五本の指を捨てよう
すでに　嗚咽もなく　汗もなく
一切の倫理は　氷柱の中に閉じ込められた
歌うたう論理は崩れ
色彩もなく　隙間もなく
一切の豫則が停止しているとき
私は圓形と影の焦点を求める
生と死の交尾する季節
セロファンの花束の藪
影のあるトルソーの乳房
百万人の答えが何になろう
二百万人の眼球が何をみようと
さらに新たなる五本の指を捨てよう
すでに嗚咽もなく　汗もなく
一切の豫則は停止しているのだ

「セロファンの花束の藪／影のあるトルソーの乳房」といったモダニズム的方法と「倫理」や「論理」の思想性を重視する詩観が、この作品の底流となっていることが読み取れる。モダニズム的方法は時に喩―メタファーが強調され、思想性は観念化して曖昧な詩的な像となる。詩のテーマを読み解くことに難しさを覚える。求めるべき「圓形と影の焦点」とは何か。「二百万人」が見た世界も、希望の中から生まれた「新たなる五本の指」も捨て去り、さらなる明日の世界への渇望が詠われている。次に引く前田の言辞と響き合う。人間性の存在証明を試みた作品であろう。

一九五〇年六月、朝鮮戦争が勃発する。スターリン主義的全体主義国家とアメリカ資本主義の暴力の前で、前田ら「近代詩」の詩人たちは個人主義的理想像を克服しなければならない危機に立ち至る。一九五〇年十二月刊の五号の編集後記で前田は、

眼前の朝鮮半島の硝煙は最早戰爭反対者群も戰爭讃美者群も、またそれ以外のオポテユニストたちをもひつくるめて、一種奇妙な沈默を與えている。君は一つの社會理念のために死ぬか、或は一つの恋のために死ぬか、若しくは君の清潔な孤独のために死ぬか――という最後の決斷を強いられて、思わず指を組み合わせることになりそうであるが、果して、この〈終末〉はわれわれの歴史に對して一個の純粋な批評をもたらさずにはいない。

と、世界と自らの思想を対峙させる批評を求めながら、多額な負債の上に築かれた個人主義的、若しくは全体主義的思考が、そのまゝの形で納得され、習慣ずけられたらならば、一体われわれの血液につながる未來の子供はどうなるのか。そこに浮かび上る理想的人間像は、最早〈自己の行爲〉を持たぬ卑弱な、他律的な、しかも單に造花的な美しさを誇るだけではあるまいか。

これまでのどのような主義主張を根拠として詩を創作したとしても、朝鮮戦争という世界現実の前では、〈自己の行為〉として自立する「純粋な批評」を構想しなければ、作品は卑弱で他律的な造花にしかならないと主張している。

朝鮮戦争は前田ら「近代詩」に、日本の戦後の終わりの始まりを明示した。近代詩を発展的に継承しようと模索し、詩作してきた「近代詩」の思想的転回である。マルキシズムとカトリシズムの嵐の中でもがいてきた「近代詩」は、ここで大きく舵を切る。鮎川信夫らの「荒地」派への接近である。

一九五一（昭和二十六）年八月に『荒地詩集1951』が刊行される。三千部を売り尽くし、当時の詩を志す人たちに多大な影響を与えている。世界思想社刊の和田博文編『戦後詩のポエティクス1935～1959』で、和田博文は『荒地詩集1951』を分析して、その影響を次のように要約している。

現代は荒地であるという認識の下に、個人が集団に埋もれ、戦争が破滅をもたらす、精神的不安に彼らは立ち向かおうとした。それは詩という場所で、荒地の「季節」「風土」「環境」や、「思想」「感情」を、いかに表現できるかという問いでもある。

「近代詩」五号に載る前田の編集後記に相通じる思考と論理を読み取ることができる。一九五一年七月に刊行された「近代詩」七号の裏表紙には、「1945年～1951年までの荒地グループ主要作品100篇と300枚のエッセイ集豪華収録！」のコピーと共に「荒地詩集」の告知が載り、編集後記で前田はそれに呼応するように、

世界が荒地であるなら……一挙に祝福された〈平和〉とか、恒久的な〈権威〉とかを呼んではならない。（中略）卑近な事実の一切の中にある荒地を導き出し、さ

らに生の可能的部分を確認することによつて作成される。君の、僕の、彼の身辺的事実を尊重せよ。そして其処に最も大きな敵が介在しているのだ。

鮎川信夫と前田の思想的違いは何かと言えば、鮎川ら「荒地派」の詩人が戦争期に自らの詩と思想の基礎を模索してきたが、前田ら「近代詩」の詩人は近代詩の発展的継承者との認識から、戦後に詩を模索し創作してきたことである。そのため荒地派的な思考を強めながら、敗戦後に親交した福田律郎、井手則夫らとの交友も止めてはいない。この辺の前田の精神的アンビバレンツが、彼の中でマルキシズムとカトリシズムの相克として彼を悩ませることになったのだろう。

詩誌「近代詩」は一九五二（昭和二十七）年一月刊の九号で事実上終刊する。前田は編集後記で、他誌に見られる「ツキ合い気分」を批判して「1952年の円卓会議を考えよう。そしてオメデタくない顔で挨拶しよう。〈生存は別離の思いで。死は再会の思いで……〉」と結んでいる。前田には「近代詩」を止める気はなかったように思われる。

貝沼純夫　竹下篤治　松田幸雄　近藤剛規　佐藤木実
江田すみ夫　前田正文　H・BAN

九号の執筆者である。竹下篤治は詩誌「詩作工場」で活躍し、雑誌「夏至」の実務を担当し、前田らと連携している。近藤剛規と前田の関係は、先に述べた通りである。九号の執筆者から前田の精神の複雑さを察してほしい。詩誌「近代詩」が詩誌「造型」として復活するのは、二年後の一九五四年五月になる。

15　詩集『衣裳と毒』、前田正文から前田邦博へ

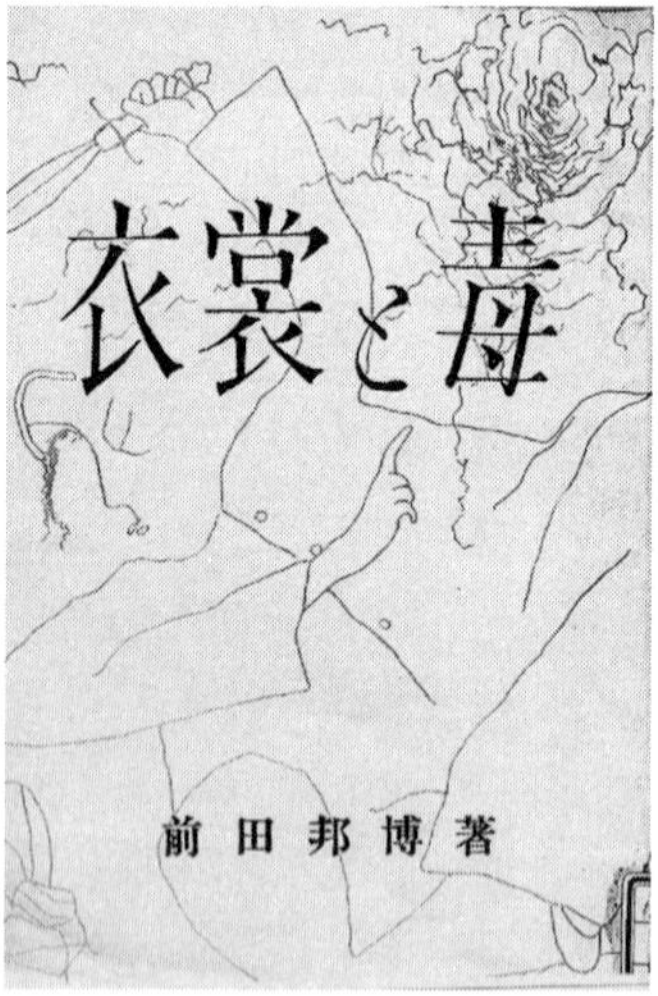

詩集『衣裳と毒』表紙

詩集『衣裳と毒』は、一九五三（昭和二十八）年一月に、近代詩社から発行された。後記で「昭和二十一年十

月に出たデルタ以後、ACACIA、近代詩に至る過去五ヶ年の時間から漸く微分量を抽出してみた。」とし、「今回の詩集を機会に小生の名を邦博（旧名正文）と改めましたことを附加えます。」とペンネームを変えたことを告げている。前田のペンネーム変更は二度目で、一九四八年五月刊の「アカシア」四号までは前田白蘆を名乗っている。同じ年の十月に創刊する「近代詩」では、前田正文名になっている。

詩集は詩が三章四十篇と「序にかえて」と「後記」から構成されている。詩四十篇のうち、「アカシア」、「デルタ」、「近代詩」で確認できる作品は、「秋に」、「戦争のあとの卓上演説」、「外界へ」の三篇を見るに過ぎない。その他の詩は発表誌の確認ができない。詩誌「純粋詩」と「造型文学」に掲載詩があるかどうかの確認はしていない。標題の『衣裳と毒』が何を示しているかは、前田が「近代詩」の九号での評論「神の衣裳は下落したか」を引用することで見ておきたい。

われわれは既に〈神格〉を追放した同時にそれに附随する民族的自負と、それを支える軍国的、経済的野心家のグループを追放した。伝統的な文化所産の殆ど総ては一応棚上げされ、また移入されたヨーロッパ的思考も根無し草のように蒼ざめていった。われわれがいま直接にとらえ得る精神的な課題は、果して何処にあるのだろう。むしろ、最も悪い意味でわれわれは無神論的世界に直面しているのである。これは克服された平面ではない。追放したわれわれは、いまや一切から追放されている。

日本の近代史と近代詩が、ヨーロッパ思想のカトリック的権威と政治的権威の衣を借りて歩んできた結果、思想や文芸思潮を衣裳の如くとっかえひっかえ着替え脱ぎ捨ててきた結果として、無神論的煉獄に陥り、人間的存在からは追放されてしまっている、という強い自覚を前田はここで述べている。詩の情況への前田の危機意識が伝わってくる。先に示した「近代詩」九号の後記と交差し、響き合っている。詩集からこの詩の危機を脱出する方途を知る手掛かりとなる作品を選び出すのは難しい。前田も「後記」で「兎に角抜ぎ捨て放しの散乱した衣裳部屋は、一寸手のつけようがなく、頭をかゝえた挙句、結局体裁の悪い並べ方で終わつた」ようだとし、「習作ノートという気楽な意味」で読んでもらえれば良しとしている。詩集の最後に掲載される「外界へ」を参考のため、五連のうち四連と終連を引く。

そうだよ　この子には外側がなかつたんだよ
はじめから　内側で動き出し　内側で造作されて
誰も彼も　てんで知りはしなかつた
ああ　卵の中の顔　卵の中の衣裳　卵の中の後悔

こうなつた以上は！
という決定　というぼやき
それも　これつきりしかない　あなたと私　御希望は
誰方？

そうだよ
おれは帆かけ舟に乗つている
れつきとして　画かれた内側から
富士山麓の内側から
歴代　きいろい皮膚の内側から
経文と　米虫と
暗澹たる愛情の内側から

おれは漕ぎはじめる　或る風の方角へ
清潔な遺伝を通り
家内工場を通り　混血の島々を通り
彼方の　金属的な外界へ

金糸の帯の圏外へ

町中の風呂屋に描かれる富士山の風景―ペンキ絵を借りて前田は、井の中の蛙で島国根性に満ちたまさに他律的で造花的な日本の精神情況と、自己の愛憎を苦い自省と共に批判的に表現している。神の衣裳を脱ぎ捨てた前田は、名前を変えることで危機の克服を計ったのだろうか。

前田邦博の詩の難しさは、彼の詩意識とは別な営為を示しているようにも思われる。詩集の献辞のように置かれた「序にかえて」に隠されていると思えるので例示する。

しかし、まあ考えても御覧なさい！――と奥さんが仰言るのです――たとえば、秘密を包んだ一枚のハンカチーフは中味がどうであろうと、兎に角「何かを蔽つている」というだけで、意味を獲得します。蔽われた秘密そのものが高価なものか、どうかなんて、この際それは別のことにしましようね。恐らく秘密は永遠に現われることを欲しませんし、現われ得るだけの力を持たないに違いありません。

「秘密を包んだ一枚のハンカチーフ」とは、一篇の詩ということだろう。詩の秘密は永遠に分かってはならないのか、詩人と雖も分る筈がないと前田は言っているのか。ここには前田の詩の評価への拒絶と断念が語られている。標題にある「毒」の問題である。私は詩集『衣裳と毒』の「衣裳」について論じてきた。しかし「毒」の部分についての言及はできないでいる。発表誌が不明の作品がほとんどである。毒とは、前田の詩は「風や季節に教えられ静観された生活の片々」と「秘密を包んだ一枚のハンカチーフ」の行間を渡る詩の方法と比喩に他ならない。

〝風や季節―荒地的〟世界観とは異なる、触れてはならない生活の断層帯を示している。この読解不可能性を『討議戦後詩』[17]で野村喜和夫は

> クリステヴァ流のアブジェクシオン（母性棄却）が問題になっていると思うんです。つまり家族、やはり家族の歴史は読解不可能性とクロスする。

と、家族の物語に潜む理解困難性を指摘している。私はこの前田の詩集『衣裳と毒』には、野村喜和夫の言う「家族の歴史の読解不可能性」が内包されていると考える。

16　詩誌「造型」創刊について

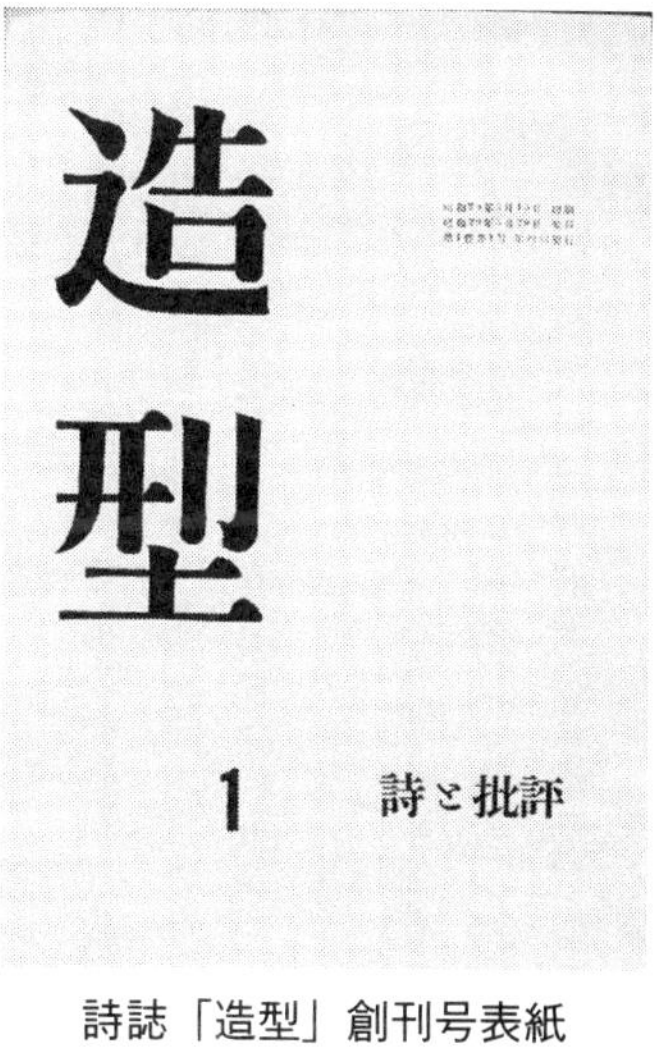

詩誌「造型」創刊号表紙

詩誌『造型』は一九五四（昭和二十九）年五月に創刊される。編集兼発行人は前田邦博。発行所は近代詩社、住所は新潟市西堀一番町（前田方）となっている。但し同人規程の最後に事務連絡的に「近代詩社の事務分担については、会計―伊藤敦、連絡―中沢洌が当たりますからよろしく。」とある。創刊同人は、

江田すみ夫、松田幸雄、伊藤敦、田村達爾、高橋正治、伴比左志、中沢洌、柿村うた子、前田邦博、古川象市、

横山孝弘、（貝沼純夫）の十一名。

貝沼純夫の遺稿「或る断片」が掲載されている。詩誌「近代詩」の同人に加えて、新たな参加者は伊藤敦、中沢洌、柿村うた子、横山孝弘の四人である。そして「同人は今号掲載の十一名に、灰野謙三、木下忠司、中山脩を次号に予定している。」と後記で予告している。前田邦博は詩誌「造型」創刊号の編集後記にあたる〝note〟で、再出発の意義を次のように述べている。

「造型１」は近代詩の最終号から二年余の沈黙期間を置いて現われた。こゝに提出された作品がどれだけの成熟ぶりを示しているかそれは単に言葉のない時間ではなく、言葉の支え方が問題となつた時間——をどのように堪えたか、にかゝつていよう。同時に、われ〳〵は近代詩の意図した平面に新たな視野を加えるために、同人の再編を行つた。造型は素材に対する詩人の敏感な眼を育くみたい。

二年余の「言葉の支え方が問題になつた時間」とは、近代詩同人たちそれぞれのどんな情況を言っているのか。「造型１」の巻頭言〝prologue〟には、「二つの側面、即ち内側と外側からの危険にさらされること自体が、われわれの〈造型〉の意味なのだから。」との言辞がなされている。それを支える意識は、

詩人はあらゆる素材を確保しなければならない——という意味で、対社会的意識と孤独な営みを包含しよう。古い神々の教訓と美学的操作を、意味と意味の破壊を包含しよう。

〝prologue〟は無署名だが、文意文体から前田の「造型」再結集のマニフェストと言っていいだろう。造型の詩人たちは、社会への批判意識を持ち、詩人という孤独の中で、あらゆる教義を認識し、方法意識を駆使しながら、既成の言葉を変革してゆかなければならない、と前田は語っている。その道筋を発見する時間が「言葉の支え方が問題になつた」、二年余の「時間」ということになる。詩の総合性というか、やはり前田の芸術としての詩意識を私は読み取る。

「外側」の社会は、一九五〇年六月に勃発した朝鮮戦争が、一九五一年七月に休戦し、日本はアメリカとサンフランシスコ講和条約を結び、アメリカの占領下から「独

立」を得た時代相である。「内側」を詩的内実及び情況と捉えると、一九五一年「荒地詩集」の刊行、一九五二年三月「列島」創刊が、「造型」同人に与えた影響は少なくない。

荒地派への接近は既に述べたところである。「列島」創刊号の編集人は井手則雄である。「列島」編集委員の一人近藤剛規は先に小田久郎が指摘していたように、「造型文学」の次代を担う存在として前田と共に名が挙げられている。詩誌名「造型」にも「造型文学」の影をみる。「造型」創刊号の前田の〝note〟に、「最後に、親しい仲間貝沼純夫、近藤剛規の二人の魂の冥福を祈りつゝ筆をおく。」と貝沼と近藤への追悼の意を述べている。一九五四（昭和二十九）年十一月刊の「造型」三号には、「手元に残つた此の一篇が遂に遺稿」となった近藤の詩「霧のなかの対話」を掲載して、前田らの近藤への哀悼の意を表明している。また、貝沼純夫の遺稿集が編まれたことも報告されている。遺稿集『彼のなかの類型について』は、「彼自ら病床でこれを編纂し、校正刷りの半ばを見終つて此の世に別れを告げた、まさに痛ましい一巻である。」と、貝沼を悼んでいる。未発掘の詩集である。近藤剛規、貝沼純夫の来歴等の詳細を私は知らない。

さらに「造型」の人脈と姿勢を知る一つに、もう一人の詩人の遺稿をこの三号に載せている。市川暁子という詩人の「夕凪の唄」という詩である。国友千枝の追悼文には「八月、旅に出た。市川さんの生れた土地が知りたかった。※海のある新潟、柏崎、はやはり、あなたを育てた静かな町だつた。」とある。市川暁子は柏崎市出身の人であった。前田は詩人への敬意を忘れない人であったことを示して余りある。

詩誌「造型」は、同人の詩作品の他にエッセイを重視する姿勢で誌面作りをしている。主な論客は前田、田村達爾、伊藤敦らである。「造型」二号には、田村が「荒地派と革命派」、伊藤が「現代詩の難解性」、前田が「死の灰について」をそれぞれ書いている。

田村の「荒地派と革命派」は、菱山修三の「荒地派の行詰り」という新潟日報掲載の「詩壇時評」への反応であり、田村の詩論が語られている。菱山らの解釈は「革命絶対主義」であり、「松川詩集やビキニの灰や結核療養者の詩集だけが、過酷な現実を横切っているのだと断定する」流派に対して田村は、

> 僕達の怖れているのは、現代詩の教養をつくり出すことであり、僕達ののぞむことは、あらゆる素材に対して――それを否定するにして《ママ》、肯定するにしても

——正しくうたう言葉があるかを探がすことである。

と前田の〝note〟に響き合う主張を述べている。

伊藤の「現代詩の難解性」は、やはり新潟日報の「詩壇時評」への反応で、現代詩の難解性を解く手がかりとして、エリオットの「詩人が純粋であろうとすればする程、詩人は大衆から離れてゆこうとする。」を引いて説明している。これは一九五二年に刊行された「荒地詩集」に掲載された黒田三郎のエッセイ「詩人の運命」の影響と思われる。

前田の「死の灰については」は、アメリカのビキニ環礁での水爆実験に反対して、「現代詩人会」が行った「死の灰特集」に対する、前田の見解である。単に「水爆反対」のみを叫ぶのではなく、背後にある「原子力時代」を考えなければならないとし、「新しい人間倫理の発見に手がかりを与えなければならぬ。」としている。後に鮎川信夫らによって展開される「死の灰詩集」論争の先駆けのような文である。現代詩人会編の『死の灰詩集』は一九五四年十月刊行であった。

詩誌「造型」の新しい試みは同人の作品を「三人集」という特集に組んだ事であった。一九五五(昭和三十)年八月刊の六号で、松田幸雄、柿村うた子、伴比左志の特集から始めている。松田幸雄は英文学者だったようだ。同じ号に十一月には松田の翻訳詩集『夏の少年』刊行の告知が載っている。ディラン・トーマスの詩十篇など「ネオ・ロマンチシズムの若い世代に至る」約三十篇の詩集と紹介されている。松田の六号掲載の長篇詩「キーター・ベータ」には、T・S・エリオットの『荒地』との類縁が認められる。松田は恐らく『荒地』を原文で読んでいたに違いない。

一般的に(私のように原文で読めない者は)詩集『荒地』を翻訳で読めるようになるのは、一九五二(昭和二十七)年に創元社から刊行された西脇順三郎訳か、一九五三年刊行の「荒地詩集」に掲載された中桐雅夫訳によるものと考えられる。日本におけるT・S・エリオットの『荒地』受容の経緯と、その理解認識の相違を読み取るために、比較対象して読むと面白い。

柿村うた子は、新潟県で戦後に活躍する女性詩人として先駆的な人である。詩誌「造型」に限らず、上越の詩誌「現代詩」でも活躍している。作品はモダニズムの手法を駆使して、女性性を詠う抒情性に特徴がある。この特集では九篇の作品から成る、小詩集「風の中のわたし」を掲載している。「カインの如く」を引く。

夜の
くらやみの中を
遠くへとおくへと
去つていく人がある
わたしの生命を引き割いていく何者かゞ
わたしに愛の絶望を残していく

こゝに一つの息吹が萠え
ひつそりと固くしるしを秘める

いまその求めたもの、深さの故に
背負つたものの此の上もなく重いのを知る

わたしの未来のすべては
このしるしから始まる
しるしを持つのは何の為に
しるしを秘《ママ》めるのは何のために

伴比佐志は、「造型」の最後まで、同人として伴走している。ここでは七篇の作品から成る、小詩集「深夜の薔薇」を載せている。ソファーでの一時やキャフェーの窓辺に過るポエジーを、「彎曲の理論の中で廻転」させた詩を特徴としている。

詩誌「造型」は一九六七（昭和四十二）年三月刊の二十四集を刊行し、一九六八（昭和四十三）年八月「造型ノート1」を刊行している。二十年以上に亘って新潟県の詩活動の中心を担ってゆくことになる。

17　雑誌「夏至」について

雑誌「夏至」創刊号表紙

雑誌「夏至」は、一九四八（昭和二十三）年八月に終刊した詩誌「詩作工場」の堀内憲政を中心に、一九五一（昭和二十六）年四月に創刊された。「詩作工場」を運営してきた両輪とも言える田村昌由と「新鉄詩人」が抜け、新潟大学医学部精神病学教室関係の堀内憲政、竹下篤治らの尽力による創刊である。編集責任者は高橋康夫、発行人は新潟市二葉町一ノ五の村川修二郎、発行所は同十五日文学会となっている。「十五日文学会」は、毎月十五日に懇談会を設定していることによる。創刊号には「note」と題する青い紙の附録が、本文の前後に付されている。発行人発行所の他に連絡場所として、

〈原稿、同人費の届先、その他本誌に關する問合わせ〉
新潟市旭町一　新潟大學醫學部精神病學教室　竹下
新潟市上所島昭和アパート内　堀内

となっている。

雑誌の運営実務は、編集者と発行人とは別に竹下と堀内が担当したことを物語っている。「夏至」同人なのか、賛同者なのか、呼び掛け人なのか定かでないが、二十三名の名前が記されている。

小林茂孝、中沢冽、齋藤直輔、伊藤貞夫、久保幸一、石山秀夫、安田昭子、村川修二郎、小内　環、堀内憲政、猪股恒三、前田正文、早福修三、山添麗子、高橋康夫、磯野よし子、渡邊　亘、植村五郎、鎌田とき、斗趙夫、小川博子、島田久八郎、木村元衛

「note」は「とりわけ、一九五一年に二十代を生きつつあるすべての友に此の手帖を捧げる。」との呼びかけの文で始まっている。（ＪＵＩＮ）名でなされるこの呼びかけに、雑誌「夏至」の立場と方向性をみる。「最早僕は如何なる典型も、不信の氣持なしには考えられない。」として、

われ〳〵は不斷に出發し、無限に到着する。完全な「死人」の状態こそ、典型と呼ばれる唯一のもの。しかしこれとても、時が經つにつれて、徐々に變形《メタモルフォーゼ》を遂げる代物なのだ。

とアンドレ・ジイドの死を悼みつつ、「自己の内部」と時代とを相克する表現の在り処を問おうとしている。そしてアンドレ・ジイドの死を、「二十世紀の夏至」と捉えて、雑誌名の由来にしていると思われる。創刊号の執筆者は八名。

森田渉、鳥谷素郎、大西克和、永井行藏、中沢冽、前田正文、齋藤直輔、斗趙夫

小説が森谷渉、鳥谷素郎、斗趙夫の三名。詩が中沢洌、前田正文の二名。エッセイが大西克和、永井行藏、齋藤直輔。エッセイを書いた三人の内、「プロ・コンドール」を書いた大西は「仏文学者」、「その年の夏」を書いた永井は「国文学者」の肩書が付されている。詩を寄せた中沢と前田は「近代詩」の主力同人である。雑誌「夏至」は、新潟大学の若手研究者を横断的に糾合し、「詩作工場」の労働者重視から「芸術派」の詩人たちとの連携を模索しようとしていることが理解される。新潟で総合雑誌を目指した「夏至」であったが、一九五一年八月刊の二号で終刊する。運営実務を担当し、活動の中心だった堀内憲政が、他大学へ赴任することで終わりを告げている。

18　詩誌「現代詩」創刊について

上越の詩人たちの動向は、前号で戦争期に活躍した詩人たちによる詩誌「南風」などを紹介してきた。終戦と同時に詩を書き始めたとも言える高野喜久雄の動向を中心に見てきた。高野は北園克衛に師事し、一九五一年には北園が主宰する詩誌「ＶＯＵ」誌上で活躍し、高野は変貌を遂げて一九五四年十一月に刊行される「荒地詩集１９５４」で東京での再デビューを果たす。

この間に高野のもとに集った「文学少年」を代表する田中単之は、「高野より三、四歳年下であった。ぼくらは高野の圧倒的な影響を受けざるを得なかった。」と、「高野喜久雄論[18]」で証言している。田中単之はシュルレアリストから荒地派への高野の変貌を鋭く批判している。高野の変貌過程にあるのが詩誌「現代詩」である。

高野は彼のもとに集ってくる「文学少年」らと「現代詩研究会」を組織していたようだ。詩誌「現代詩」はそうした中から創刊されたと考えられる。創刊は一九五三（昭和二十八）年八月と推定している。資料的には「現代詩」№６、７、８、９、11、16が手元にはある。一九五四年一月刊の第六号の編集印刷人は新保啓、発行人は高田市サロン・ド・ヴエルとなっている。〝サロン・ド・ヴエル〟は高野が名付けた、集りの名称だという。新保啓氏は私信で、

「現代詩」第五号が出てきました。発行は一九五三年一二月一二日でした。詩の執筆者は八人、訳詩一人でした。ところが表紙しかなく中身が失われていました。一号から四号は高野喜久雄さんのガリ版手書きのものだったような気がします。

との証言を得、後日確認してきたところである。この第五号の日付と第十六号の発行年月が〝NOVEMBER1954〟とあることから、「現代詩」は毎月刊行していたと推定し創刊年月を割り出した。「現代詩」創刊日時推定の経過である。一九五四年一月一日刊行の第六号から〝編集・印刷人〟は新保啓となっている。創刊同人名は確定できないが、第六号の掲載者名を記しておく。

新保啓、柿村うた子、中村寿映、小黒和隆、高野喜久雄、清水画棟、飯田正志

の七名。

二〇一四年現在も新潟県の詩人会の中心で活躍する新保啓の登場である。柿村うた子はこの後に「造型」同人にもなっている。清水画棟は、一九五九（昭和三十四）年に詩集『河原煎餅』を発行し、〝八十歳のシュルレアリスト〟と称されて話題となった林金太郎（一八七九〜一九六六・二・十四）である。小黒和隆は「現代詩」の後継誌「ブイ」の発行兼編集者。飯田正志は第六号では、T・S・エリオットの「空ろなる人間」を訳している。

第六号に載る高野の詩、「木霊」を引く。

誰の心も
見えないけれど　けわしい山々だ
誰も登りきれた者はなく
頂きには
花さえ咲かぬ
道はなく
強力もいない
悲しい無人の山々だ
けれど
叫んでみるがいい
叫べば
いつも木霊が還つて来る山々だ

「VOU」時代の言葉の炸裂や詩的実験は無く、自然へ投影した自己の内省を比喩的に語っている。詩人は孤独な単独者として詩の道をゆく。その道程を矜持を持って進む姿を高野は詠っている。

新保啓は次のように詠いはじめる。すなわち「草鞋」を引く。

このすりきれた草鞋が

私の心に空しい孔をあけた。
嘗つて　あなたによつて、
なにげなく　捨てられたために
この草鞋の背負つたコースを、
私は背負い、
私は只　その投げ捨てられた先を
見究めようと
あなたが何であり
あなたが何の目的に進んでいつたかなど
意にもとめず、
この孔を必至に覗きこむだけだ。
このすりきれた草鞋の比喩を……

と、詩を背負うことを決意した新保の意気込みが静かに詠われている。詩の運びや言葉の選択に高野の詩と響き合うものを感じる。

一九五四年十一月刊の詩誌「造型」三号の「時評」欄に、「眼にとまったものは（中略）季節11の高橋亨〈とおい言葉〉現代詩13新保啓〈あなたに〉等。」との各詩誌の作品評が残されている。新潟県内の詩誌の交流を物語る。「現代詩」の同人の一人である高橋亨が、「季節」という詩誌にも作品を寄せていたことが分る。

「現代詩」の終刊号と思われる第十六号の作品掲載者は、
神谷春枝、大塚房雄、高橋亨、山岸悦子、山崎はま子、みなみよしかず、間山英雄、熊木昭治、新保啓
の九名。

「現代詩」は、以降の上越の詩活動を担う詩人の登場する場でもあった。また、戦後の女性が自己を表現する方法として詩を選び、詩への接近を示した最初の詩誌でもあった。

19　詩誌「ブイ」創刊

詩誌「ブイ」は、「現代詩」の後継誌として、一九五五（昭和三十）年三月に創刊されている。発行兼編集者は小黒和隆、発行所は新井市小黒和隆方、現代詩社となっている。掲載同人は、
藤縄長子、新保啓、神谷春枝、熊木昭治、飯田正志、高橋亨、山崎はま子、星野淳一、松原行一、小黒和隆
の十名。

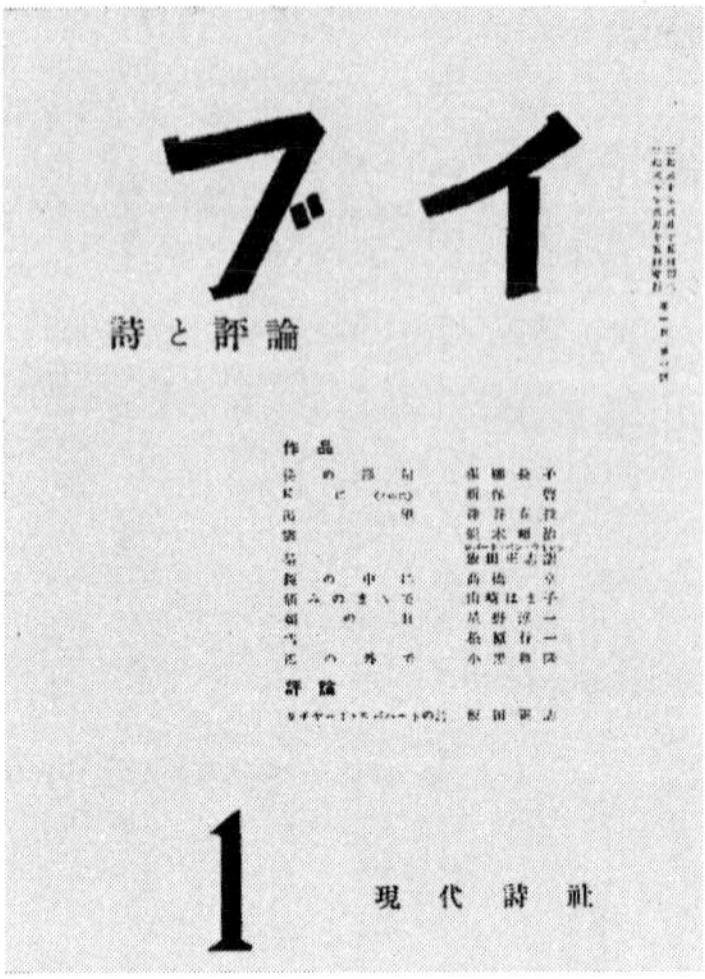

詩誌「ブイ」創刊号表紙

「現代詩」はガリ版印刷であったが、「ブイ」は活版印刷であった。創刊号の後記で小黒は、「ブイ」の方向性を次のように述べている。

僕らは〝詩〟と云うものに就いて、その既成観念から僕ら自身を取り戻し改めて〝僕らの詩〟の中へ送り込む事によつて、「僕らの生にとつて詩とは何であるか」の問いに答へる事を考えている。そして少なくとも、生が帰納する点で詩に触れ度いと云ふ願望が、僕らの荒廃した風土を支へている限り、この僕らのブイは永遠に成長して行く事であらう。

新保は十二月刊の四号後記で「詩が唯一のなされなければならない仕事としての自覚を銘々の内部相剋として克ちとりながら（中略）詩作をつづけていくだろう。」としている。統一した詩意識や活動目標で連がる詩誌ではなく、個々人の詩の発見と発展を求め、学び合う詩誌ということになろうか。高野の影響からそれぞれの詩人が、自立した詩を模索し始めたという事でもあろう。新潟県の戦後に詩を書き始めた詩人たちの揺り籠のような詩誌であった。一九五五年九月刊の三号には、山岸悦子、高橋加美子が加わり、四号からは田中武、神保道子らが参加している。

田中武は、新保と同じく新潟県の詩を現在までリードし続けている。思潮社社主の小田久郎はその著『戦後詩壇私史』で「デビューしたころの中江俊夫を思わせるような抒情詩を書いていた田中武」と「文章倶楽部」時代の一九五四年当時を回顧している。「ブイ」四号に載る田中の詩「風の中で」の後半を引く。

石の上に
いくつも重ねられた冷い掌
ゆれる叢の中のちいさなしろい標識

あれは
あれはなに
×
ひとにかくれて
少女の稚い乳房を烈しく吸うと
×
かすかに血をまじえたしよつぱい乳汁が
舌に滲み
×
雲の中で次第に熟れて行く約束
やがて落果してくる沢山の約束にうたれて
×
ぼくは
風の中で無惨な変身を遂げる

この詩の前半の一節に「風が美しい落葉のように少女を吹きよせてくる／ぼくはそれを抱き取ろうとした」とある。少女との出会いと別れのはかなさと悲しみを抒情した詩である。少女と風がもたらす情感を詩の比喩とした抒情詩である。私にとって一九六〇年代後半の中江俊夫は『語彙集』であり、意味解体と抒情性否定の詩人だったし、一九七〇年代の田中は言葉の意味を剝奪し、比喩を韜晦させる詩人として対座することになる。詩人の「変身」とは、「無惨」なことなのか「至福」であるのか。

詩誌「ブイ」は、何度かの改変をしながら、一九六三（昭和三十八）年四月刊の第十三号まで続くことになる。

20　詩誌「詩のなかま」について

今詩誌「詩のなかま」を紹介し、論ずることは難しい。「新潟の革新的な文学運動」[20]を支えた詩誌の一つとして「詩のなかま」は語られている。私の手元にあるのは、二十六号と三十二号の二冊のみ。創刊年月日と終刊年月日は分からない。二十六号は目次からB5判七十八ページを越える、ガリ版製の体裁であるが、六十六ページ以降が破損していて発行日付が分からない。三十六名の詩と評論や報告などを目次で知ることができる。三十六名の中で私が新潟県の詩史を書いてきてその名を知る詩人は、乙川三平とこの後紹介する詩誌「よあけ」にも登場する向三郎の二人である。「松川事件」裁判の判決日十二月十二日の告知記事から、一九五三年十一月前後の発行との推定はできる。眞谷幸介の「松川事件詩集」がこの詩誌の方向性を示すものと思われる。

三十二号は一九五四年六月に発行されている。発行責任は詩のなかまの会、新潟市寄居町七〇八伊藤シマ方となっている。「原爆水爆反対の詩特集」と「松川事件についての訴え」から、この詩誌の思想的立場と運動論が見える。そうした「革新性」の裏で何が行われているかを、「眞谷幸介の處分問題についての編集委員会の決定」が表現している。日本共産党によるものなのか、「詩運動」の赤木健介らによるものなのか、それまで「詩のなかま」をリードしてきたらしい眞谷幸介という人を「除名」している。

21　詩誌「よあけ」について

詩誌「よあけ」12号表紙

詩誌「よあけ」は、「北蒲原郡京ヶ瀬村「よあけ」の会」が発行するサークル誌である。

一九五四年五月刊の十二号から、一九五六（昭和三十一）年三月と推定する二十三号までの十二冊を見ることができる。保存状態は悪く、中性紙は劣化しており、ガリ版刷りホチキス止めで扱いにくい。今井朝二から引き継いだもので、彼が京ヶ瀬の保線区に勤務している頃に関わった詩誌であることから、向三郎は今井の変名かも知れない。生前に確認しておかなかった。「詩のなかま」で触れた赤木健介との交流も見られる。一九五四年五月刊の十二号に載る執筆者を示しておく。

波木和子、向三郎、有馬冬彦、間練康夫、やままさお、
有刈君夫

の六名。

農村の生活と風物詩や原水爆反対など社会への関心を示す作品が多く占めている。一九五四年十月刊の十六号から事務局代表を京ヶ瀬村小河原の長谷川富夫が勤めている。同年十一月三日には、当時ＮＨＫラジオ文芸の選者をしていた田中伊左夫を招いて、長谷川宅で座談会を催している。

松川事件の被告の一人であった太田省次という人が、旧永瀬村の浦出身者という事で、支援の交流を持つなど社会性の強い詩誌でもあった。国鉄の組合との関係も詩や記事からは窺われる。二十三号に載る「編集後記集」のやま・まさおが、当時各地でサークル誌の存在を伝えている。

　この間、水原の荒木さんの宅で近郷のサークルの人達が集つた。〝よあけ〟〝いろり〟水原の〝つくし〟〝読書会〟それに分田の〝黒い土〟。十三人も集つて色々悩み事や成功した事など、さまざまな話が出された。

また波木和子は、

　今は、サークルが新しい転機に立つているとき――そんな感じがする。「詩運動」が新しく「樹木と果実」という詩誌を発行することになり、松代町の「新しい村」も「ふきのとう」と云う雑誌にかわつた。私達のよあけも最近討論が活発になり、自然怠けていられなくなつてしまつた。

と報告している。

京ヶ瀬村や水原町といった農村共同体が色濃く残る北蒲原地域で多くのサークル誌が育っていたことは記憶されてよい。十二号に載る波木和子の「春」を引く。

じっと青く澄んだ空をみていると
　苦しいことが一《ママ》っぱいあっても
歌をうたいたくなってくる
おだやかな春の光が一っぱいに
　そゝぐ中にいると
淋しいことがあってもにこ〳〵してないと
　似合わないような気がしてくる
県道をバスがホコリをたてゝ走り
　きら〳〵窓ガラスがひかる
グラ〳〵と牛車が私達が腰を下している
　川辺の道を通り
　車の上でT部落のおやじさんが
　「いー天気だねー」と声をかけてゆく
すべてがおだやかに

すべてがやわらかく時はすぎてゆく
すくないひる休みの時間を
　わたしとE子は映画を耘場を
春の陽のぬくもりの中に
　目をほそめて語り合う

22　詩誌「北陸詩人」について

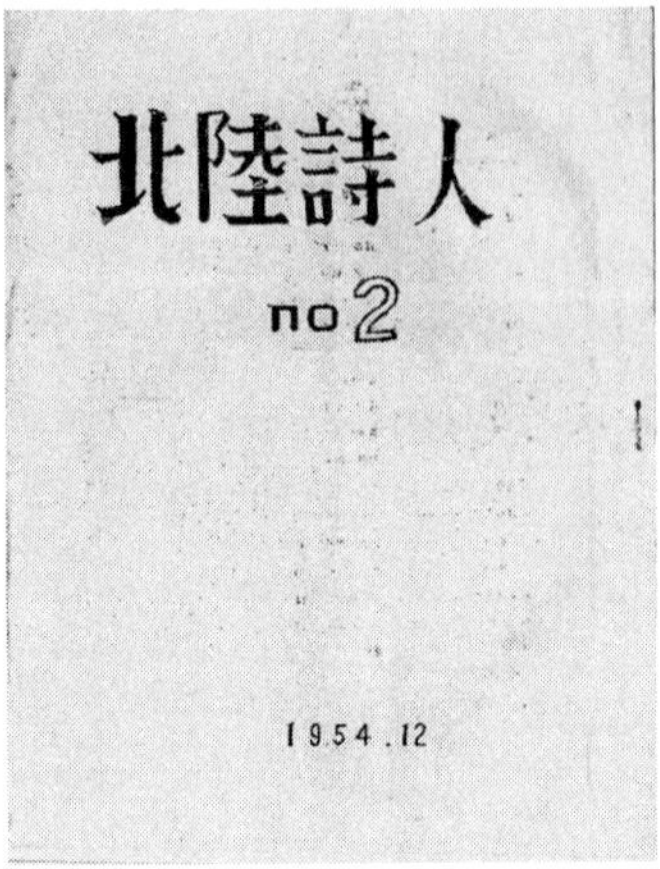

詩誌「北陸詩人」２号表紙

長岡市から久しぶりに詩誌が発行された。「北陸詩人」である。一九五四（昭和二十九）年十二月刊の第二号の奥付けを記す。編集人は相沢実、発行人は星野淳一、発行所は長岡市長柄町八八星野方、北陸詩人社となっている。A５判ガリ版製の詩誌である。星野淳一は先に紹介した詩誌「ブイ」にも名を連ねている。詩誌の内容や性格、方向性は不明であるが、編集人相沢実氏との私信交換で、

「北陸詩人」は、一九五四年十月に第一号を出し、一九五六年十月に第六号を出して終わっています。

との証言を得ている。

アラゴンの言葉が献辞として置かれた第二号の執筆者は、

新保清一、袖山傳、南民樹、飯森米蔵、久保明子、佐々木カズイ、伊藤信、日山実、倉田襄、山沢竜子、桑原かほる、長田和夫、金山祐吉、河田ムツイ、能登まさ子、金子美和、つよし・たかはし、稲川みつ子、星野淳一、相沢実

の二十名。

第二号に載る、相沢実の「秋風に寄せるSonnet」を引く。

それを囁いて行つたのは何の気配か
聴きとるにはあまりにかすかな響きだつたが

その日から　僕は一つの呪縛にかかり
透明な扇の襞の中で華やかなSingを忘れてしまつた
恋人は　黒い毛絲の玉に死の影をたぐり
白蠟の指にかたい光をからませる
その傍に頬杖して僕は何を考えるのだろう
〈音たてて落ちるのは木の葉ではない　それは一つの愛だ〉と

近々と身体を寄せてくる恋人の甘い眠りに背を向けて
僕の魂は行かなければならない
冷え切つた雲の流れる風景の中へ……

もう　透き徹る優しさではなくなつた風よ
何者の意志がお前にそれを命じたか
〈親しいものにすらとどまることを僕にゆるすな〉と

現実と未来の狭間で、時代の〝気配〟と〝呪縛〟に対峙する青春期の魂の相克と行方を、恋人にこと寄せて抒情したソネットである。

長岡市近郊の旧与板町や旧栃尾市の同人も居て、相沢氏が私信で「北陸詩人グループ」という言い方をしていることから、サークル誌的色彩が強かったのか。星野淳一は詩誌「ブイ」の有力詩人であり、高野喜久雄の文学サークルにも参加していた。南民樹は「詩と詩人」の投稿者でもあり、詩集『空手使い』を上梓している。佐々木（勝野）カズイも二冊の詩集を出している。星野淳一、相沢実もそれぞれに詩集を出版している。詩集はそれぞれ後述する。

23　「新鉄詩人」復刊号について

新鉄詩話会発行の「新鉄詩人」が、一九五〇（昭和二十五）年一月刊の通巻第三十二号で実質上の終刊になった事実は、この「新潟県戦後五十年詩史」第一章で述べたとおりである。一九五四（昭和二十九）年九月に「復刊号（通巻35号）として刊行される。編集兼発行人は新鉄詩人会代表眞貝欽三。「「新鉄詩人」復刊に際して」で眞貝は「労働文化の発展のために大きな仕事をおきざりにしてはならない。」としている。会員宛の送付状には「新鉄詩人」内の窮状を訴えているが、「永い沈黙を破っていま立ち上がった」まま立ち枯れのように一号で終焉している。

その辺の事情を一九六二（昭和三十七）年二月に発行

された、須藤善三（一九二六〜一九六二）の遺稿集『詩集須藤善三』の跋文「須藤善三と「新鉄詩人」」で、今井朝二は復刊に至る経緯を述べている。「一九五三年。新津駅前広場で、私は須藤と会った。久しぶりであった。」と回想し、二人はこの後「新鉄詩人」を復刊すべく活動したと思われる。今井は続けて、「十一月「新鉄詩人」再建大会を開き復刊一号を出したが挫折した。」と報告している。

田中伊左夫、今井朝二らの活動を、須藤善三一人では担いきれなかった側面が窺われる。また「第9回全国詩人大会報告」では、国鉄詩人連盟、国鉄文学会、国労文教部などの確執があり、新鉄詩人会には既にそれに対応する力はなくなっていた。

「新鉄詩人」は一九六〇年七月にふたたび再刊される。

24　その他の詩誌・雑誌

上越市を中心とする文学風土は、根強い精神と長い歴史を持っている。現在も雑誌「文芸たかだ」や「上越詩を読む会」の継続的な活動と仕事が存在している。

一九五二（昭和二十七）年二月に「上越文學」第二号の発刊がなされている。同年一月に創刊された総合雑誌と考えられ、月刊誌を目指している。編集者兼発行人は上越文学会。発行所は高田市仲町四丁目で、上越文学会となっている。執筆者は、評論を來住彌次朗・大島整、随筆を岡田龍太・池内春子、詩は吉田正栄の「緑は氷結した」、歌を田中秀雄・常山進、俳句を玉造烏石・富江亀陵・大嶋整、創作を神田美子・金子勤・吉崎久雄の各氏が発表している。この「上越文學」の詳細はこれ以上は分からない。

25　詩集について

①　年別発行詩集

一九五一年から一九五五年までに発行された詩集は八冊が確認できる。一九五一年と一九五四年は、発行された詩集は確認されてない。

一九五二年

『獣眼』／田中伊左夫／昭和二十七年六月二十五日／詩と詩人社

一九五三年

『衣裳と毒』／前田邦博／昭和二十八年一月十日／近代詩社

『下界』／田村昌由／昭和二十八年二月一日／日本未来派発行所
『青天井』／小島一作／昭和二十八年四月二十日／海底の花詩の会
アンソロジー『渦』／編集責任者―中島子之松／昭和二十八年十月十日／ねんりん詩話会

一九五五年
『貨車』／田中一郎／昭和三十年七月二十日／日本未来派新潟支部
『ミシェル……』／寺尾芳武／昭和三十年八月二十五日／ユートピア詩社
『外人墓地』／野本郁太郎／昭和三十年十月十日／長商蒼柴会

「近代詩」の詩人貝沼純夫の遺稿、二十六篇をまとめた『彼のなかの類型について』が刊行されている。一九五四年十一月刊行の「造型」三号で紹介されている。『獣眼』、『衣裳と毒』、『青天井』の三集は、既に本文で紹介してきたところである。五冊を紹介する。[21]

② 詩集『下界』

一九五三年二月に発行された田村昌由（一九一三〜一九九四）の詩集『下界』は、田村にとっては新潟県での最後の仕事であった。発行者は古川武雄で、日本未来派発行所を兼ねている。住所は札幌市北六条東九丁目三八四となっている。発行所はもう一つが記されていて、日本未来派発売所として、東京都品川区大井金子町五九一七となっている。当時の詩誌「日本未来派」の状況は詳らかにしないが、後に「日本未来派」の編集者となる田村の北海道人脈を語るものなのか。

「ながい時間のひびわれから／族と個と裔の／ひどいどろどろがやがや／がやがやどろどろ（体質）」と自己の満州や大陸での戦争体験を曖昧化し、戦後を生き抜いた詩人田村昌由の実像が見える。北京から帰還した田村は戦後間もなく新潟市で、国鉄を中心に詩活動を展開した。詩集『下界』は、一九四七年から一九五二年までの作品を年代別に収録している。題字は高村光太郎、装幀は小島眞佐吉。四十二篇から成る。縦一六三、横一七八ハードカバー、一三一ページ。

この詩集を刊行した一九五三年十一月に田村は、新潟を去り東京へ生活の場を移す。

③ アンソロジー『渦』

アンソロジー『渦』は一九五三年十月に発行された、柏崎市国立新潟療養所の入院加療中の人たちの手によるアンソロジーである。。加療中の患者らが、「ねんりん」という詩誌を出していた。その「ねんりん三十集記念号」として発行されたとある。田中伊左夫が序「「渦」によせて」を書いていて、「ねんりん詩話会」に先行して昭和十六年には「新療詩話会」が活動していたことを述べている。戦争期にはこの柏崎市国立新潟診療所は、傷痍軍人の療養所も兼ねていたようだ。むながただんやと竹内てるよが詩を寄せている。四十九名の詩から成る。A5横判、ガリ版刷り、七十八ページ。

柏崎市国立新潟療養所には、設立時以降入院患者の娯楽や教養のため、サークルとして詩や短歌に親しむことが推奨されてきたと考えられる。一つの長い詩脈が流れていると考えられるが、私にはそれを探索する余裕はない。

④ 詩集『貨車』

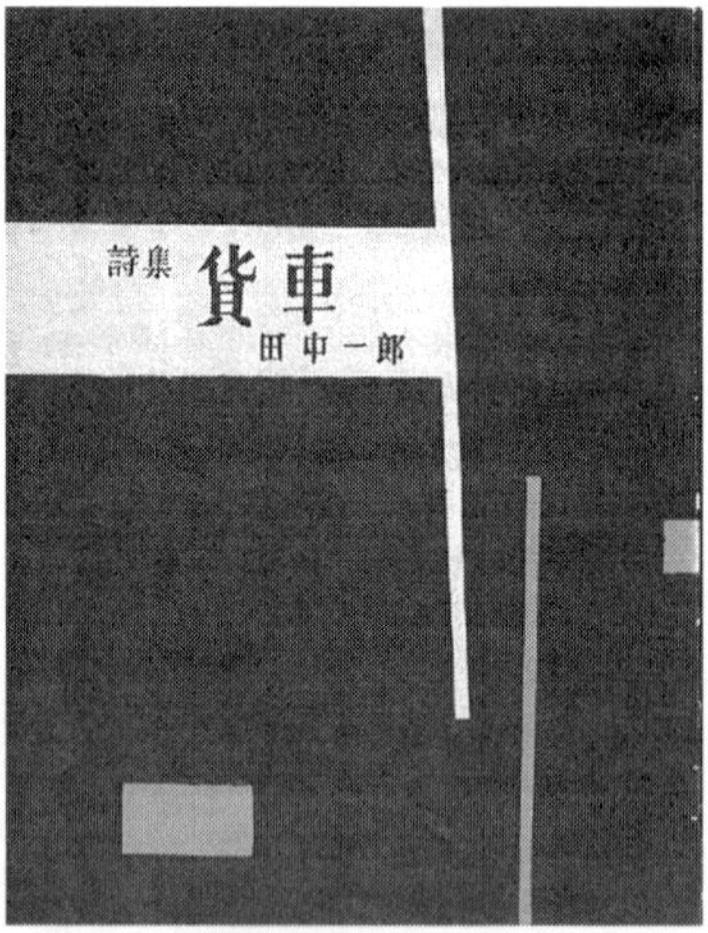

詩集『貨車』表紙

田中一郎の詩集『貨車』は一九五五年七月に、日本未来派新潟支部を発行所として刊行されている。詩集『貨車』の冒頭の詩「夜半にめざめる」の一節は、

私は夜半
夜行する空の爆音で
不気味なほど胸をしめつけられ
めざめる癖がある
それは
ここ十年來の
蛙《かわず》や井守《いもり》の保護色や
まさにもろもろの昆虫類の触角などの

順応にも似て
一つの習性となつてしまつた

と、詠われている。

戦後の十年を経ても詩人の心に悪夢のように訪れる爆音。それはまた新たな戦争の爆音と共鳴する。「瞬時その濁声の中に硝煙の臭みさえあつた（北の冬の浜で）」と、朝鮮動乱・朝鮮戦争の影を詩人はかぎ分ける。貨車を人間精神の喩とし、信号機を〝女豹〟と譬えて人間の魂の陰りやためらいをダイナミックに把握し表現している。戦後を生きる人々と暮らしを極めてリアルに知的に描いている。序文を戸田正敏が、後記を大塚房雄が書いている。本人の覚書と十篇から成る。佐山正夫装幀、A5判、ガリ版刷り、四十九ページ。

後記を書いた大塚房雄は、高野喜久雄が主宰した詩誌「コルベン族」の同人であり、詩誌「現代詩」にも作品を寄せている。後記には田中と共に詩誌「鉱物地帯」を発行していたとの記述がある。未発掘詩誌である。小千谷市周辺は昭和初期の詩誌「詩響」、「墳土」などの調査と評価が待たれる。西脇順三郎をより理解するためにも、小千谷周辺の詩風土の調査研究による再評価を望んでいる。

⑤　詩集『ミシェル………』

寺尾芳武の詩集『ミシェル………』は、一九五五年八月に渡部秀男を発行者とし、ユートピア詩社を発行所として刊行された。「傷痕の過去（開拓団）」から「敗戦という　十年の歳月（二人の世界）」に「希望のランプをともそうと（その子供のために）」、「果てしない未來に」託した詩集といえるだろう。詩集の標題〝ミシェル〟は、映画「禁じられた遊び」の主人公の一人である少年の名前。一九五二年に制作された、ルネ・クレマン監督の名作としてつとに知られている。両親を亡くした少女ポレットを優しくいたわる少年ミシェルとの交流を通して、戦争の悲惨さと悲しさを描き世界中の人々に感動を与え、反戦への思いを強くさせた映画である。集中の詩劇「矛盾の弾道」は、朝鮮戦争の影を色濃く反映している。後記によると、「序詩は〈残像〉より、その他は〈交替詩派〉〈クラルテ〉に戦後発表したものを、抜萃収録したもの」であると書かれている。後記、序詩、三章十九篇、詩劇から成る。B6判、一二九ページ。（新潟県立図書館蔵）

詩誌『残像』は、志賀英夫の著『戦後詩誌の系譜』によれば、渡部秀男を編集発行者として昭和二十六年十一月に創刊されている。発行所は新発田詩話会となっている。詩誌「残像」が何号まで発行されたかなどの詳細は分かっていない。

⑥　詩集『外人墓地』

野本郁太郎（一九一七・一・二十一～一九九五・二・十）の詩集『外人墓地』は、発行者を恩田寅二、発行所を長岡市大手通り一丁目七九三の長商蒼柴会として、一九五五年十月に刊行されている。「私は／この国の人間でありながら／きつと／この国の外人墓地に葬られるだろう。（異國の心）」との夢想の標題である。横浜の外人墓地や具体的な墓地ではない。詩集『外人墓地』は、作者の「この国のことにあいそつかせて、溜息ばかりついて生きてるのだから（異國の心）」という自縄自縛のモノローグ詩集である。「あいそをつかせ」たものが何か、問う事もしない。対象の客観化も肉薄もない私小説的モノローグ。奇妙なエリート意識が臭う。詩人の目というより、後日歌人として立った歌人の目か。「文学北都」では、終始小説を発表し、主要同人であった。序を井上友一郎が、序詩を高橋正治が書いている。後記と詩五十六篇から成る。判型横二一四、縦一八九、ソフトカバー、一二四ページ。

発行所の「長商蒼柴会」は、「新潟県立長岡商業高等学校の同窓生」を会員とする会と後記に述べられている。「蒼柴会」の会員諸君はおおかたは、かつての私の生徒であった。」とある。後に雑誌「北方文学」を創刊主宰する吉岡又司もまた教え子の一人である。吉岡の詩歴は第四章で紹介する。

26　第二章を終るにあたって

この第二章では一九五一年から一九五五年までの五年間の動向を見てきた。サンフランシスコ講和条約の調印発効を経て、朝鮮戦争の特需などの要因により敗戦期の経済的社会的混乱から一歩抜け出した時代である。それにより現代詩の黎明期となる昭和初期から詩的活動を始めた浅井十三郎、田中伊左夫、むながただんやらの動向と、敗戦後の混乱期に詩的出発をした前田正文（邦博）、長谷川大平、高野喜久雄、新保啓らの動向に眼を注ぐこととなった。それぞれの詩人たちが詩誌を編み、自らの詩の方法と方向性を探る中で、様々な形での交流が見られる。又、東京と新潟との関係が経済的政治的に影響し合う姿が、影絵のように映し出されもしている。今からみて日本史的な一つの時代相を示すと考えられる事件事態に対する関心は、それぞれの詩誌の温度差はあるにしても直接的な反応は希薄にみえる。

次章は「もう戦後ではない」と巷間口にされる、戦後十年を経て日本が高度成長期へと向かう時代となる。この時代に詩に目覚めた新たな詩人群が、それぞれの詩誌を創刊する新たな詩の息吹を伝えることとなるだろう。

注

（1）尾形亀之助著『障子のある家』（昭和五年八月刊）所収の「おまけ　滑稽無声映画「形のない国の便概」のことか？／『尾形亀之助詩集』／思潮社

（2）拙文「紙魚」五十四号の新潟県詩史―私的覚え書のために⑶「関郵便局局員から上京までの浅弘見―浅井十三郎」参照のこと。

（3）『戦後詩史論』／吉本隆明／思潮社。

（4）「北方文学」六十四号の拙文「戦争期の詩人達〈4〉」参照のこと。

（5）注（4）に同じ。

（6）松永伍一著『日本農民詩史』には、浅井十三郎と『火刑台の眼』への言及があるが、松永が例証する資料確認ができない箇所が多く、ここでは論点には触れない。

（7）「浅井十三郎さんのこと」／高木護／「紙魚」五十二号参照のこと。

（8）「北方文学」六十八号の拙文「新潟県戦後五十年詩史隣人としての詩人たち〈2〉」参照のこと。

（9）「日本の現代詩史論をどうかくか」／吉本隆明／一九五四（昭和二十九）年三月号「新日本文学」所収。

（10）詩誌「新年」の創刊は、一九二六（大正十五）年八月で、田中の記憶違いと思われる。

（11）「北方文学」五十六号の拙文「新潟県近代詩黎明期の覚え書」参照のこと。

（12）「北方文学」六十四号の拙文「戦争期の詩人たち〈4〉」参照のこと。

（13）「北方文学」六十七号の拙文「新潟県戦後五十年詩史隣人としての詩人たち〈1〉」参照のこと。

（14）新潟県民主主義文化団体協議会の略称。

（15）「北方文学」六十八号の拙文「新潟県戦後五十年詩史隣人としての詩人たち〈2〉」参照のこと。

（16）「北方文学」六十四号の拙文「戦争期の詩人たち〈4〉」参照のこと。

（17）『討議戦後詩―詩のルネッサンスへ』／野村喜和夫＋城戸朱理／（株）思潮社

（18）現代詩文庫40『高野喜久雄詩集』―「高野喜久雄論」／（株）思潮社

（19）詩誌「季節」／編集・藤井薫／発行・政田岑生／広島市外祇園町大字南下安２９７／季節詩社

(20)『山田忠治詩集』の加藤幹二朗の編集後記による。
(21)鈴木良一編集発行の詩誌目録「紙魚」No.41からNo.45を改稿し、転載。

参考資料

浅井十三郎の「東京時代」以後／小田大蔵―国語研究第三十二集（コピー）＊雪に吠える満身創痍の詩人浅井十三郎／経田佑介―白い国の詩＊浅井十三郎論―ノートー／錦米次郎―農民文学・203・204（コピー）＊『戦後詩のポエティクス1935～1959』／和田博文編―世界思潮社＊『戦後詩史論』／吉本隆明―思潮社＊『戦後詩誌の系譜』志賀英夫―詩画工房＊『戦後詩壇私史』／小田久郎―新潮社＊『日本農民詩史』／松永伍一―法政大学出版局＊「日本の現代詩史論をどうかくか」／吉本隆明―新日本文学・一九五四年三月号（コピー）＊「火山帯」／岡沢光忠編集―火山帯の会＊他に本文掲載当該詩誌・詩集

スペシャル・サンクス

小田大蔵・斎藤健一・藤澤太郎・松川昭吉・相沢実・今井朝二・新保啓・田中武・藤澤太郎・日本近代文学館

第三章　一九五六年から一九六〇年まで

1　はじめに

二〇一四年現在の詩史的な分類が、一般的に公式的に学術的にはどのような考え方を主流としているかを私は知らない。一九五六（昭和三十一）年から一九六〇（昭和六十）年という時代は、日本が経済的には敗戦の疲弊から復興期へと入り、講和条約改定を巡る「六十年安保」という戦後日本の国論を二分する激動を迎える時代ということができる。その時代から見た詩史的な見解の一つの目安として、雑誌「新日本文学」に載る一九五四（昭和二十九）年三月号の吉本隆明の「日本の現代詩史論をどうかくか」を参考に見ておく。ここで吉本は「日本の現代詩はつぎの三期にわけて考えることができる。」として、

第一期、一九二〇年代後半から一九三〇年代末まで。第二期、一九四〇年代はじめから一九五〇年頃まで。第三期、一九五〇年頃からはじまり、または、はじまろうとしている。つまり、現在（いま）の日本の詩は、ちょうど第二期から第三期にうつろうとしていると考えられる。

六十年前の分析ではあるが、新潟の詩界をこの分類から類推してみると一つの流れが見えてくるように思われる。

「詩と詩人」の浅井十三郎、「海底」の小泉辰夫、小林清一郎を第一期とし、「海底」の今井朝二、樋口恵仁、戦後に詩を書き始めた世代でもある「荒地」の高野喜久雄、「造型」の前田邦博、田村達爾らを第二期として、「ブイ」の新保啓、「文章倶楽部」の田中武らは第三期の詩人たちということができよう。この第三章で対象とする五年間で第一期の浅井は退場し、第一期と第二期の「海底」は安定の中で自らの詩史を書き始め、高野、前田らは自らの詩を確立してゆく。第三期の詩人たちは、様々な場でそれぞれの詩の世界を試み始める。そうした中で第一期の詩人長崎浩が、新潟県での詩誌史上初ともいえる詩的再出発をする。

2　継続詩誌の動向

一九五六年から一九六〇年までの五年間に発行された詩誌と詩集のうち、はじめに一九五六年以前から発行を継続する詩誌の動向からみてゆく。

① 詩誌「詩と詩人」の終刊と浅井十三郎の業績

一九五六（昭和三十一）年六月に「詩と詩人」第一一一集は刊行される。第一一〇集が刊行されたのが、一九五三（昭和二十八）年五月だから三年ぶりの刊行ということになる。この間浅井十三郎はどうしていたのだろう。残念ながら年譜的にも空白である。浅井の履歴としては、一九五五（昭和三十）年四月に廣瀬村村会議員に立候補し当選している。

戦争期には守門村近在の大地主「関矢家」の番頭として働き、敗戦後のGHQによる「農地解放」による混乱のなかでよく詩誌「詩と詩人」の発行運営を続けてきた、さすがの浅井も力尽きたのだろうか。浅井自らは五反の田畑を所有し耕作する農業に従事しながらの詩誌発行を続けてきた。関矢家の庇護がなくなり、三男二女を育てる浅井の身辺に経済的逼迫があったと容易に想像はつく。中山間地における〝五反〟百姓の経済力とは当時はどうだったのだろうか。

浅井の経済的な側面を考えるにあたり、北魚沼の中山間地で農業を続ける、詩人の岡部清氏に[1]、戦後の中山間地農業の実際の様子をお訊ねした。岡部氏は私の問いに、

昭和二十年前後一反、五俵から六俵だと思いました。（作る人によってちがいがあったが）この辺では五反耕作して居る家では中流家庭でした。一人当り一反耕作していればお盆、正月には子供達や家族で新しい着物や下駄を買ってやれたようです。一人六俵平均あれば何とか生活出来たようです。[2]

と、当時の暮らし向きの様子を教えてくださった。

「詩と詩人」の第一一〇集から第一一一集まで三年間の浅井を考えてみた。一九五〇年から一九五三年までの「詩と詩人」は、浅井家で小林明、湯口三郎が「共同生活」をしながら運営編集を続けてきた。戦争期には新潟県北魚沼郡の大地主関矢家の庇護のもと〝番頭〟としての生活基盤を持っていた。戦後のGHQによる「農地解放」により関矢家の庇護を失い、浅井は「田畑五反」を生活基盤とする一農民となる。湯口は「詩と詩人」の編集事務を、浅井と共同で行いながら田畑仕事も手伝っている。その二人を失って「詩と詩人」編集発行は行き詰まっていったと考えられる。

詩誌「詩と詩人」を発行し続けてきた浅井は百姓農民一般ではない。加えて時代はサンフランシスコ講和条約

締結や朝鮮戦争の特需により、日本の自立的な経済復興期を迎えている。資本主義経済は中山間地の地まで及んできている。敗戦期の経済的混乱期の米や農産品の物々交換の時代は過ぎ去り、貨幣経済の波が押し寄せてきている。〝詩を作るより、米をつくれ〟と言われる新潟である。そうした環境の中で浅井は敢然と、〝米をつくりつつ、詩を作って〟きた。家族七人を養うに「一人当り一反」が必要とすれば、浅井家の経済的窮状が分るというものである。生活状況は「詩と詩人」の発行を継続するかどうかの問題ではなく、家族をいかに養ってゆくかが浅井にとって解決しなければならない目の前の課題となっていた筈である。一九五五年四月に廣瀬村村会議員立候補は、こうした苦境を脱する一つの方法だったのかも知れない。家族を養う最低の生活基盤を確保するという意味である。そして米の収穫量は「作る人によりちがいはありますが」と岡部氏が指摘しているように、浅井は農民を生きようとしたところで悲劇的な晩年を迎える。

一九五六年六月刊の「詩と詩人」第一一一集は、浅井の遺言集のような編集である。浅井本人が浅井十三郎への未来を託す「浅井十三郎への手紙」を載せ、さらに盟友ともいえる湯口三郎の追悼号でもある。巻頭の「浅井十三郎への手紙」は、浅井が亡くなる前奏のような記述から始まる。長くなるが引用する。

暫く振りで手紙をする。二年振りで手紙をするというのも実わ僕わ先日ひよつとしたひようしで自転車からよろめき倒れたからだ。所謂あの真空地帯のカマイタチと云う奴であつたと思う。三寸近い傷口をパックリと頭部にあけてしまつた。手拭で傷口をしばり一時間ばかり部落部落の夜を走つた。そして橋のたもとの曲角。そこの呑屋で村の若い百姓と会つて一時間ばかりおだを上げたと思う。帰宅したのが十二時近くであつたからそのような時間を過したのであろうそれから苗代田を見廻れば二間巾の畦崩れがしている。高校一年の忰を相手にその修復を終り雨びしよの服を脱いでほつとすると急に頭部の出血がひどく、横になつて三時間、枕元わ血の海。出血多量でまいるかも知れんという予感がする。自動車を呼んで一里先の町の共済病院にかけつける。「こういう傷で五時間もほつたらかしておくなんてひどい奴だ」と医師にあきれられながら手術を終つたのが夜明け過ぎだつた。

言葉も無い。「苗代田を見廻れば」とあるから、大怪我をしたのは春四月と思われる。最近の中山間地でも田植は五月中には終え、大雪の時には六月にずれ込むこともあるという。

　この手紙は、こう云う書きだしで君に手紙を書くのわ一寸おかしい。弱気でわない。むしろ君に対する決戦でもあるからだ。

と、「卅年余り君と共に歩いてきて」と「詩と詩人」の浅井へ、療養中の浅井が「詩と詩人」の総括と展望を述べ始める。

　浅井は一農民として田を心配しながら、傷病療養中にこの手紙を書いているに違いない。最初に「それとゆうのも最近数年の日本の動きわおかしいのだ。」と指摘し〝政治と文学〟を論じながら、進むべき詩人の道を説いてゆく。「詩人とか文化人とか言う種族」が、「政治のために文学を奴隷視して文学の社会性を冒瀆することによつて「権力の論理」」と結ぶことに反対し、さらに「社会や政治に関係のない作品を示すことによつてこの社会悪《ママ》に貢献するのが純粋なる詩人の道」とする芸術至上主義も又、「権力の論理に連る」ものとして批判を展開している。「政治も又この批評の対象」としながら、

この対象を僕らがどのような質として内部世界にもちこみ更にそれを新たなる人間像社会像としてどのように外部世界にそれを創りあげるかが文学の表現として問題になつてくる。（中略）人類の共同目的を阻害する一切の外的制限に対する自我の爆発と抵抗を如何に忍耐をもつてするかというその個の自由の精神だろう。

と、詩を巡る〝政治と文学〟への危機を突破する道は、浅井が昭和初期に思想化した「個の自由の精神」に基づくアナーキズムだと語る。そして、

　つまり人間の尊厳を闘いとる各人の主体性が問題だ。そしてこのことわ、我々農民だけでなくそれわ詩人としても文化人としても凡ゆる諸問題諸関係の中で「個の独立を失うことなく全体社会の中に個を解放する自律」以外の道も法もないと思う。それわ又一つの悲劇であるかも知れない。個わこのような高貴な悲劇をこそもつべきだろう。

まさに、「高貴な悲劇」を生きた浅井十三郎の詩と思想の掉尾を飾る文である。

　その後の日本の〝戦後詩〟と思想は「主体性」論と「自

律」を巡って展開してゆく。浅井は詩の無力を知りつつも、詩人・文化人・農民を生きる自らの現実空間に立ち向かい、社会を切り開こうと「詩と詩人」の復刊を願った。病床で刻んだ「浅井十三郎への手紙」は、なんとしても再生しようとする浅井の思いが滲む文である。後記で浅井は「二月初めに、再刊への誘いを発し」た後に、「不意に浅井の全治一ケ月にわたる重傷などで、遅れに遅れたが、とにかく百十号にわたる歴史を、続けて再刊の運びになつた事を喜びたい。」と記している。

「詩と詩人」第一一一集は、病状の一瞬の回復期に発行されたものであるが、浅井の胸中には前年一九五五年に〝遊泳中の不慮の事故死〟をした湯口三郎（一九二三〜一九五五）への強い感謝の思いがあったのではないだろうか。浅井の湯口への誠意と信頼を表している。そうした追悼の意を表して昭和二十四年四月二十二日発信の手紙文を「湯口三郎の手紙」として掲載している。茨城県取手に住む湯口から浅井十三郎と当時浅井家に「共同生活」をしていた小林明宛に出された手紙である。内容は東京での詩人たちとの交流が主で、とりわけ田中英光とのエピソードは面白い。井田一衛が追悼文「湯口三郎についてを」を載せている。

浅井の編集による最後の刊行となった「詩と詩人」第一一一集に作品を寄せたのは、

亀井義男、河邨文一郎、あまやとみ、柴山群平、南相九、吉田美千雄、神崎二郎、向井孝、平間広四郎、目黒亮助、平吹屋清三、生田均、富樫酉壹郎、綾見謙、井田一衛（湯口三郎）

の十五名。

十五名の詩人の中で新潟県の詩人は、盟友ともいえる亀井義男、目黒亮助と新人の南相九の三人。南相九は三島郡与板町上町に住む在日朝鮮人である。浅井に師事し「詩と詩人」の新人発掘の場〝自由市民〟欄への投稿を続けていた。浅井の死後の翌年一九五七年七月に詩集『空手使い』を刊行している。詩集に就いては後で詳述する。

田植えや村議会の勤め、そして「詩と詩人」の編集運営の無理が祟ったのか浅井は一九五六年十月二十四日に蜘蛛膜下出血で亡くなる。三月か四月の事故の病状が完治せぬまま蜘蛛膜下出血を引き起こしたのだろう。四十九年の生涯であった。

一九五七年三月に亀井義男が編集責任者で浅井の長男多嘉夫を発行人とする、「詩と詩人」第一一二集を〝浅井十三郎追悼特集号〟として刊行する。実質上、詩誌「詩と詩人」の最終号となる。

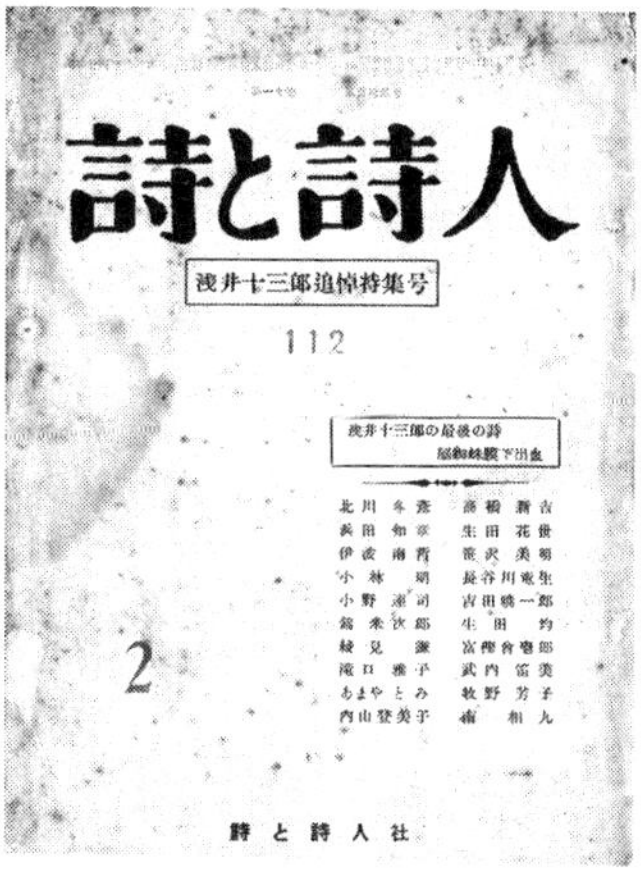

「詩と詩人」112号表紙

「浅井十三郎の最後の詩」として病床で誌した「脳蜘蛛膜下出血」を掲載し、併せて〃個人略歴〃と広神村村長佐藤直次の弔辞、及び二十人の詩人が寄せた追悼文で編集されている。浅井の絶筆「脳蜘蛛膜下出血」は1・2・3・・・○の五連から成っている。・と○の二連は推敲されないままの原詩をそのままで掲載したのではないかと思われる。1連を引く。

まさに断岩《ママ》絶壁。
列島全体が一大氷山と化したのだ。
そのみはてもつかない
頂上から
黒衣に身をかためたオートバイの一隊が超スピードで
　なだれおちてくるのだ。
あつと叫ぶひまもないのだ。
僕の眉間を踏みつぶして馳けさる。
いま僕の脳髄は氷原に火を噴く一個の石だ。
雑念妄想。すべてが一大糞尿のもえたぎるあつさだ。
痛みが燃える。
氷原が燃える
脳天を叩き割つてもらいたい痛みの上え雪がちらちら
　するのだ。
(絶対安静)
(面会謝絶)
ドアーの入り口にポツカリ灯いている赤電球。敷居ひ
とつをさかいになんとおそろしい時間のへだたりで
あろうか。

蜘蛛膜下出血に至る浅井の病態がどんなものかは全く分からないが、意識もあり文字を綴ることも出来たのだろう。痛みに耐えながら日本を憂う浅井の〃雑念妄想〃は、「列島全体が一大氷山と化した」かに見え、自己の

晩年の浅井十三郎
（追悼特集号掲載）

病態への抵抗と重ね合わせ「痛みが燃える。／氷原が燃える。」と詠っている。また「いま僕の脳髄は氷原に火を噴く一個の石だ」は、自らの病状を的確に比喩した一行であり、浅井が生涯を賭けて闘ってきた詩と思想へのたぎる〝意志〟表明でもある。２連は「死の乱舞。天使が告げる距離の短縮。」と病態の一進一退を表現し、三連では「小動脈血管の破壊」に遭い、「(父うちゃん。米が絶いたとう)」と「家を留守にしている妻子の顔」が枕辺に立つ様子を詠いこんでいる。病状回復のためか「(腰椎穿刺)」や「エガリン投薬」などの対症療法が続けられる様子を伝える、「ここは氷の極地だかも知れない。／夢の山脈」で始まる、絶筆終連七行を引く。

僕はわずかばかり
氷嚢の位置を替えた。
地氷から突きでてる
鉄パイプのような
やせこけた手くびに
脈膊五〇を聞いた。
日照不足の稲草の倒れを聞いた。

最後まで農民として生きようとした浅井、壮絶な病魔との闘いと未来へと投企するリアリスト浅井とロマンチスト浅井の相剋の姿が全篇にみなぎる絶唱である。

一九三九年六月一日に創刊した詩誌「詩と詩人」は、戦中戦後の二十七年間で一一一集まで刊行する。どれくらいの詩人が詩を寄せたかは定かではない。

北川冬彦、高橋新吉、浜田知章、生田花世、伊波南哲、笹沢美明、小林明、長谷川龍生、小野連司、吉田暁一郎、錦米次郎、生田均、綾見謙、富樫酋壱郎、滝口雅子、武内笛美、あまやとみ、牧野芳子、内山登美子、南相九

の二十人の詩人が追悼文を寄せている。

追悼文を寄せた詩人それぞれの思いは、浅井への深い敬意に満ちた追悼号となっている。目を引くのはやはり

詩誌「現代詩」発行の最終局面で、不本意な訣別をした北川冬彦の文である。弔辞代わりに長くなるが引用する。「浅井十三郎の業績」と標題された文である。

（三行略）彼との交際は戦后まもなく彼が経営する詩誌「現代詩」の編集を杉浦伊作君が病臥するに及んで引き受けた時から始まつた。一度三、四人よばれて川べりにて鮎のくし焼きを御馳走になつた楽しい夜半の記憶はナマナマしい。私財を投じ御家庭に迷惑をかけつつ雑誌発行にそそいだ情熱は得難いものである。戦后の混とんたる詩壇に「現代詩」「詩と詩人」が果した役割はきわめて大きい。長く詩史を飾るに相違ない。今日、現代詩人会が存在するには、詩誌「現代詩」が結成の基盤をなした事が相起されるにつけても浅井十三郎の残した業蹟は並々のものではない。

詩界の頂点に位置し世間智に長けた詩人の老獪な文と読むか、浅井への素直な敬意の表明と読むか、様々な思いが過る追悼文である。

小林明と長谷川龍生の追悼文には、日常の浅井の姿を見ることができる。浅井の絶筆「脳蜘蛛膜下出血」に応えるかのような詩を寄せた、南相九（南民樹）の詩「原人・浅井十三郎」全文を引く。

（オゝ、農民詩人浅井十三郎）
永い対決だつた
ぶ厚い口唇を切り
眼玉をギロリとむいて
立ち上がろうとしたとき。
どうしたことだ!!
不意に炎えくるめいて焔と化し
急な急な空白となつてしまつた
　　浅井十三郎。
天が、張り裂けたのだ!!
（一九五六年十月二十四日未明のことだ）
原詩にペンを突き立てた姿勢で
彼は、きつと叫んでいるだろう――
　　血が激流する
　世界ぢゆうが燃えさかる火の海だ。
　オレは火の海だ。
と。
列島の空気があまりしらじらしいので―。
おれは、越後山脈に立ち止まつて

足の裏からたちのぼつてくる、土の感触を
全身で嚙みしめるのだ。
浅井が全身で愛した越後山脈の土の感触を——
越後山脈の土となつた浅井の感触を——
そして、彼に愛された山嶺の、べとは、
やがて来る丈余の吹雪よりも
さらにあらあらしくなだれおちて
隆々と起伏する骨格の空白を埋ずめつくすだろう。
原人に還つた浅井十三郎を
越後山脈のあるじに迎えるために——。

「詩と詩人」第一一二集の追悼文の最後に置かれた南相九の詩「原人・浅井十三郎」の全文である。浅井の生涯とその死と思想をダイジェストするかのような、南の浅井への追悼となっている。南は浅井を師と仰ぎ師事し、浅井は南を愛弟子と思い、最後の詩友を感じていたのではないだろうか。前半の浅井を失った悲しみと喪失感の発露、後半は浅井の生涯の業績を〝越後山脈〟に比喩して讃えている。後半の詩行はまさに浅井の詩集『越後山脈』時代の言葉使いを思わせる強い抒情をも発揮している。

　詩誌「詩と詩人」第一一二集には、「詩と詩人同人住所」が掲載されている。最後の同人は、

綾見謙、あまやとみ、生田均、大島栄三郎、河邨文一郎、亀井義男、神崎二郎、木原啓允、小林明、柴山群平、高島洋、武内笛美、長谷川龍生、平間広四郎、富樫酋壱郎、南相九、向井孝、目黒亮助、吉田美千雄

の十九名。

　詩誌「詩と詩人」を終刊とする意志は無かったようだ。裏表紙には〝次号予告　四月号　第一一三号〟の予告が掲載されている。「浅井十三郎を悼んで」では、大崎二郎・大島栄三郎・岡本潤・亀井義男・壺井繁治・目黒亮助・河邨文一郎らが名を連ねている。「作品」を寄せた詩人は同人の他には、前川享一・平吹屋清志三・尾崎寿一郎の名が見える。編集後記で亀井は「私が生前から故人に対しての約束は、これから果してゆく。」としている。編集責任を果たしてゆくということだろう。発行人を引き継いだ長男多嘉夫も[3]、「百十三号四月からは亀井義男氏の編集で以前に劣らぬ詩誌に育てて行く心算です。」としている。しかし残念ながら「詩と詩人」第一一三集は発行をみなかった。一つの困難は編集を任された亀井が、生活基盤を長野県須坂市に置いていたことに起因す

ると考えられる。

詩史的な視点からこれまで昭和初期から亡くなるまでの浅井十三郎（一九〇八・十・二八～一九五六・十一・二四）の業績を見てきた。その詩歴の通観は現在的にも完全とは言い難い。浅井の出発点ともいえる詩誌「無花果」の発掘が待たれる。二〇一二（平成二十四）年十二月に詩誌「無花果」の第十集が、藤澤太郎氏の探求によって発掘された。一九二七（昭和二）年十月一日付けの発行で、詩誌「凬が帆綱にわびしくうたふよ」創刊の四か月前の発行である。編集兼発行人浅弘見と発行所の無花果社の住所はともに新潟県南魚沼郡関で、浅井が関郵便局に勤務していることが分る。この第十集に「部屋」として、尾形亀之助が「無花果」誌上の詩を論評した文を寄せている。当時はアナーキスト系の詩人と考えられていた尾形亀之助との最初のコンタクトと考えられる。詩誌「無花果」の発掘が進めば、浅井の思想形成の道筋というか、東京の詩人たちとの交流の経緯をより深く知る契機となるであろうし、浅井上京の経緯を知る重要な手がかりとなるようにも思われる。又、発禁となった詩集『其一族』の発掘も待たれる。国立国会図書館の〝発禁本関係〟の書籍の中にも所蔵は確認されなかった。

②　浅井十三郎の没後の評価・紹介の軌跡

最後に詩人浅井十三郎の詩業がどのように紹介されてきたかを見てゆく。私が確認できる新潟県で発行されていた詩誌で浅井の訃報と哀悼の意を伝えた詩誌は三誌。一つは詩誌「波」の鶴巻和男、一つは詩誌「海底」で乙川三平が哀悼の思いを述べ、もう一つは詩誌「造型」で前田邦博が哀悼の意を表している。それぞれの詩誌を紹介する項で述べることとする。ここでは一九五六（昭和三十一）年十一月十日刊の「海底」第三十三号に載る告知を示すだけにする。「悼　浅井十三郎逝去」の見出しで、

新潟県詩壇の重鎮として三十有余年新人の育成に努めてこられた浅井氏は昭和三十一年十月二十四日狭心症のため他界された。私達は心から哀悼の意を表するものである。

と、黒枠に囲んだ欄を設けて全同人の浅井への哀悼を表している。

最初に浅井の詩歴と業績を評価分析したのは、一九五七

（昭和三十二）年六月刊の「海底」第三十五号に掲載された、乙川三平の『浅井十三郎論』。これも「海底」の項で述べる。

一九六四（昭和三十九）年九月刊の詩誌「水先人」第三号には、浅井没後八年目にして浅井の盟友の山田嵯峨が「故浅井十三郎について(一)」と「優雅なる暴走(二)」を掲載し、浅井との出会いから死までの浅井の横顔を伝えている。山田が描く浅井の人物像は、

浅井を一言にして悉くせば日本民族主義者つまり愛国一途な「僕仁人《ママ》」士のように丈夫な知性と愚昧を両立させた詩人であつた。詩想家（クロポトキンより強いアナーキスト）であつた。だから一生涯相槌を人に打つた例がなかつた。

浅井が「在世中にほんの一度も誰にも（僕にも）合槌を打たなかつた」との証言などは重い。北川冬彦や田村昌由に対する処し方を考えるに大きな意味を持つように思われる。もう一点、山田が戦時下の浅井の思想を擁護する文を紹介しておく。

資本主義的な融通性が横行するが、浅井は正にその上に止揚してニヒリズムを詩にぶちまけたのだ。殆ど狂信者みたいにいささかも戦争を肯定せずして、日本の中に世界があると自負し、かつ、勇気づけた。

と、過去と現在が入り混じる些か乱暴な分析ではあるが、昭和初期から詩の道を浅井と共に歩んだ山田の率直な浅井像となっている。

尚、詩誌「水先人」は小宮山英一、笛木利忠らの新潟県現代詩研究会の発行による詩誌である。

その後、私の浅井十三郎の足跡探索の原点となる、小田大蔵の浅井十三郎研究が現われる。すなわち一九七八（昭和五十三）年十二月刊行の新潟大学国文学会編集、「新潟大学国文学会「渡辺綱也先生退官記念事業会」」編に掲載された「プロレタリア詩人浅弘見―浅井十三郎研究(1)」と一九八六（昭和六十一）年六月刊行の新潟県高等学校教育研究会国語部会編集発行の「国語研究」第三十二集掲載の「浅井十三郎の「東京時代」以後」である。この二つの浅井十三郎論は、一九八六年六月に小田大蔵作製の「浅井十三郎年譜」と合わせて、浅井十三郎研究の基礎研究として重要である。

小海永二責任編集、笛木利忠を発行人とする一九八九（平成一）年十一月刊の「詩と思想」十一月号で、「特集・

わが郷土の先輩詩人たち」が組まれている。新潟県の欄は田代芙美子が「浅井十三郎について」と題して略歴を紹介している。

木下耕甫編輯人、東北電力（株）発行とする一九九六（平成八）年三月刊の詩画集『白い国の詩』で、第三章〝東北の詩人論〟の新潟県を経田佑介が担当し、「雪に吠える満身創痍の詩人浅井十三郎―いま僕の脳髄は氷原に火を噴く一個の石だ」を書いている。「浅井十三郎という詩人は時代に鋭敏すぎるために満身傷だらけになりながら、詩に文字通り命を賭けつづけた。」とする、経田の「浅井十三郎論」は一読に値する。

この他に新潟県以外で浅井を評価紹介したものとして、私もこの詩史の資料として記載し、引用した文献としては二点を知るのみである。一つは松永伍一の『日本農民詩史』、もう一つは錦米次郎の「農民文学」二〇三・二〇四号に掲載された「浅井十三郎論―ノート―」があるが、多くの詩人たちに発表の場として詩誌「詩と詩人」や「現代詩」を開放してきた割には、浅井に言及する詩人は少ない思いがする。

詩集『天地交驩』を詩と詩人社から刊行し、戦後の「詩と詩人」を支えた河邨文一郎は、志賀英夫の『戦前の詩誌・半世紀の年譜』で、戦後、他誌にさきがけて「詩と詩人」を再開した。のちに「列島」につづく多くの社会派の俊秀が結集した「詩と詩人」が、いま日本詩史の上から抹殺に近い処遇を受けていることに、私は憤りを禁じ得ない。

と、浅井十三郎の再評価を強く求めている。宜なるかなである。

「戦争期の詩人たち」からここまで浅井十三郎の詩と業績を見てきた。浅井の親族への取材はできず、詩誌と詩集から浮かび上がる浅井の姿を詳述してきた。今後幾つかの、例えば発禁詩集『其一族』の発掘などがあれば、浅井の詩と思想に新たな視点を加えることができるであろう。

3　詩誌「海底」の展開

①　田中伊左夫から小泉辰夫への編集兼発行人の変更以降

一九五一（昭和二十六）年十一月に創刊された詩誌「うらぶれた海底に黄色な花がさいたら」は、二十号から誌名を「海底」に変更した経緯は前章で述べてきたところである。

日本の敗戦―戦後処理が終わりを告げ、民主化闘争や戦後の混乱期を抜けて一定の安定期を迎えつつある時代相に、詩誌「海底」同人はどう対応していたか。昭和初期の詩誌「風が帆綱にわびしくうたふよ」への懐古を脱し、新しい憲法下の民主主義社会へ順応してゆく姿を見る。一九五五（昭和三十）年六月刊の第二十九号の小泉辰夫（一九一六・三・二十三～一九六七・九・一六）の「海底記」に、

先に亀井義男を長野に送り、このたびまた田中伊左夫が松本に転勤することになつて新潟を去つていつた。

と、記している。

田中が生れた町の松本駅助役として転勤したのは、日本が高度成長期への移行を象徴する「黒部ダム開発」による大糸線活用とそれに対する人事だったのではと、語ってくれたのは『長野県現代詩史１９５５～１９８９』の編纂を主導した柳沢さつき氏である。(4)

一九五六年から一九六〇年までに「海底」は、第三十一号から第四十九号までの十九冊を刊行している。

一九五六年二月刊の第三十一号の編集同人は、

樋口恵仁、亀井義男、小泉辰夫、小島一作、越川操、松川瓢吉、西山晃、太田清藏、笹木勧、田中伊左夫、山田庚司

の十一名。

第三十二号からは鋭い評論を「海底」誌上に発表してきた乙川三平も編集同人に加わり十二人の体制となるが、何回かの同人の出入りを繰り返している。第三十号、第三十一号などには、編集同人以外の新しい詩人の作品も載せている。その中で目を引くのはこの章の後で記述する新しく創刊される詩誌に活躍する人たちの名前である。詩集『貨車』の詩人田中一郎、詩誌「波」の吉田勝司や五十嵐善一郎、後藤一夫らである。第三十一号の〝海底記〟を記した樋口恵仁は、戦争期に浅井十三郎が新潟へ出てきた時のエピソードを語りながら、当時の特高の詩人への圧力を述べた後で、一九五六年の時代の雰囲気を、

今はいい時期だ、誰へのどんなへつらいもなく書くことができるから、こういうときに、いいものが書けず、圧迫のはげしいときに、すばらしいものが生れるとし

たなら、それは人間の気儘というものではないだろうか。

と、指摘している。

詩誌「海底」同人の多くが戦中戦後に詩的体験をしてきている。現在の平安を享受して詩作に励もうとする共通の思いが滲み出ている。この思いの温度差が詩誌「海底」の性格と方向性を決めて行くことになる。三十三号の海底記で乙川三平が、樋口惠仁の詩集『秋の風景』の出版記念会の出来事を伝えている。記念会の終わった後、「一晩語りあかそう」と関屋田町の小泉辰夫の家におしかけたという。海底同人の「笹木・乙川・越川・松川・山田・西山の面々」である。その中に「『猫族』の詩人と自称する異質な分子」が紛れていて、「へんないいがかりをつけてからんできたのにはよわつた」と「後味の悪さ」を伝えている。「詩人はヨタ者であつてよろしいか?」と疑念を示している。「へんないいがかり」の内容は書かれてないが、「猫族」は竹内延夫が編集していた詩誌で、詩誌「新鉄詩人」が発行できなくなった一時期に発行された詩誌であった。そこには笹木勧や樋口惠仁も参加している。その関係で竹内が紛れ込んでいたのかも知れないが、笹木らはこの時点では実際的に国鉄の組合組織から離れていた可能性がある。そうした時代相を映すエピソードかも知れない。同じ海底記で乙川は、

浅井十三郎さんが突然亡くなられた。県詩壇の先輩として長く「詩と詩人」を主宰し、農民詩人としても多くの足あとを残された。「海底」にもつながりの深い人であり、（中略）かつて行動主義リアリズムを提唱したことも有名である。深く哀悼の意を表したい。

とし、「近く「海底」主催で「浅井十三郎をしのぶ会」の企劃がある」との意向を残している。

②　乙川三平の「浅井十三郎論」

乙川は一九五七（昭和三十二）年六月刊の第三十五号に「浅井十三郎論」を掲載している。「浅井がなくなつた今「浅井十三郎再評価」という仕事は是非なされるべきであり」、との思いが乙川を突き動かしたのだと思われる。浅井の詩集から『断層』、『越後山脈』、『火刑台の眼』を対象に戦中戦後の浅井の詩業と詩精神を分析している。

詩集『断層』は、一九三八年発行の時代背景と時代相を説き起こし、「浅井に似合はぬ、奴隷の言葉をつらね

た詩がある」と指摘しながらも、

ここに人間浅井の思想的弱さをとりあげ、その戦争責任を追及しようとする気持を、今私は持たない。

と、告白している。

乙川は一九四一（昭和十六）年十一月二十五日の未明に行われた、「生活綴方教育関係者第一次検挙」事件で拘束された八人の内の一人である。

乙川は『越後山脈』の前年に発行された金子光晴の詩集『鮫』と比較して、「浅井は詩人として、やはり人間的に弱かつたといわねばならぬだるう《ママ》。」としている。そして乙川が詩集『断層』を「浅井十三郎の全詩業の中で最も価値の少ないもの」と見る評価には、私は疑念を持つのである。戦争期の詩人の精神の動向を直截に述志した作品群として読み解く時、浅井の、そして当時の多くの詩人が持ったであろう、別の表情が現われる詩集であると指摘しておこう。「思想的弱さ」とか「人間的弱さ」と言った言説は、時にイデオロギー批評の常套句である。

詩集『越後山脈』は、「幾分朦朧として、鮮明を欠く」としながらも、巻頭詩「吹雪の中にうたう」を引いて、「浅井十三郎の全詩業を貫く性格、その土着性、風土性」について追及している。詩集のあとがきの「詩はわれわれの世界における抵抗なのである。」との浅井の主張は、「いささか曖昧であり鮮明を欠く嫌いがある」[5]との指摘は肯ける。しかし、その曖昧さを中野重治の言を借りて「日本農民詩」というカテゴリーで浅井の詩を評価するのは、浅井の詩業や詩という芸術を狭く過小評価するイデオロギー批評として私は退ける。

詩集『火刑台の眼』は、

例えば「詩の影の河」を通読すると、叙事性は兎に角として、形象性となると、詩というよりは、あまりに散文的で説明に流れている箇所が多く、古くさい自然主義時代の小説を読むような気がしないでもない。

との指摘は、おおむね肯ける批評であり、[6]

浅井独自の社会批判というよりは、むしろ社会悪に対する拒否と弾劾、叩きつけるような怒りの表白が見られるだけで、詩としての結晶度、凝縮性に欠けている

とし、続けて「詩史的に見て価値はあっても、私とし

ては高く評価することはできない。」と結論付けている。そして、集中の「冷温地帯」や「絶点について」等の他に、

「秋風辞」、「聚雨」、「雪晴」等の短い詩の方が、浅井独自の詩才を十全に発揮した作品として秀れていると思う。

と、している。こうした一連の詩に対する評言は私の思いと一緒であり、多くの詩人たちの評価とも一致している。

乙川はこの詩集以降に「詩と詩人」に掲載された詩の分析も試みており、私がこの詩史で怠ってきたことなので、十分に示唆に富むものとなっている。乙川は浅井の晩年を次のように総括している。

総じて浅井は晩年になる程、詩に於ける社会性に強い関心を示しているが、彼がそれに近づけば近づく程、芸術性が彼の詩からはなれっていったという皮肉な現象も起つている。しかし浅井はあくまでも政治と文学との統一的な実践という問題にとりくんだのであり、（中略）しかし、その努力も詩の中に実を結ぶことなく、孤独の中に浅井は死んでいつた。この点最初に身につけたアナーキズム的な考え方から全々抜け切ることは出来なかつたように思う。

と、結論付けている。

乙川三平が浅井亡き後、半年後に書かれた浅井十三郎への追悼の思いを込め、「浅井十三郎再評価」への一里塚になるようにとの願いを込めた文として示唆に富んでいるとの思いから紹介した。

③　同人七人体制の時代

詩誌「海底」は主導してきた亀井義男、田中伊左夫が新潟県を離れ徐々に変化してゆく。一九五七（昭和三十二）年五月刊の第三十四号海底記で小泉は、「同人全部が共同責任を負うべき」との考えから「今月（四月）の同人の集りで責任体制を確立する為に、輪番制に編集することにした。」と報告している。同年六月刊の第三十五号の編集同人からは亀井義男・田中伊左夫・太田清蔵の名が消えている。

一九五八（昭和三十三）年五月刊の第三十七号から一九五九（昭和三十四）年十二月刊の第四十四号まで、

樋口恵仁・小泉辰夫・小島一作・越川操・西山晃・乙川三平・笹木勧の七人体制となる。第三十八号から第四十四号までの表紙は西山晃の絵で飾られている。

発行兼編集代表者小泉辰夫、発行所は新潟市関屋田町二の二七〇小泉辰夫としている。第三十号から第三十六号までの発行兼編集代表者は小泉辰夫である。発行所は山田庚司方で、第三十号から第三十二号は新潟市春日町西一丁目一一三五、第三十三号から第三十六号は新潟市春日町東一丁目一〇四七、海底詩の会としてきた。

一九五八年三月刊第三十九号の〝海底記〟で小島一作は、これまでの「海底」同人について触れ、「現在、同人のほかには、会員は二十人足らずである。」述べ、

「海底」には、延べ二十二人の同人があり、多いときには、十六人を擁していた。それが、今は七人、十六人の同人が去つたことになる。誠に哀れである。

と、述懐している。

何が「誠に哀れ」なのか。少なくなった同人数のことか、同人が去った理由かは分からない。小島は小島が「海底」の同人になってから知り得た事情から、「詩に対する考え方を異にするに至り、ほかの人たちは、一身上の都合からである。」として、同人を離れた理由を二つに分類し、「一身上の都合ということは、簡単に言えば、生活が崩れたのである。」と指摘し、その人らの自己に対する抵抗の精神の弱さを追及している。そして小島は前章でも触れたが、「私は四月に会社を退いた。」と語り、その決断は「自己に対する抵抗の精神からである。詩人になるのは辛いものである。」と、抵抗の精神と韜晦を呟いている。「社会的現実に対する抵抗」だけを「英雄のように祭りあげる」時代風潮に警鐘を鳴らすと共に、「自己の悪、自己の弱さに立ち向こう《ママ》とするこころ」こそ抵抗の精神であり、詩精神であるとのと市民庶民の視点から発言している。

一九五九年二月刊の第四十号の〝海底記〟では、樋口が「わずか七人ばかりの同人だけれど、平均年令四〇才以上であればそれぞれの仕事もいそがしく、作品は約束通りには集まらない。」とこぼしている。これを受けて小泉が第四十一号の〝海底記〟で、「地方の同人詩雑誌で四十一号を重ねて続いて居るのは殆どないのではなかろうか。」と問いかけて、

此の七人の侍は、もう之以上減ることはあるまい。減ることがないということは、夫々の生活が詩と密着しているからである。四十号の海底記にも樋口恵仁が書いて居るが、七人の侍の平均年令は四〇才以上である。（中略）みんなが楽しく詩を書いて居り、その楽しさが七人を結んで居るのである。

と、同人の結びつきを説き、「作品の構成に苦しみ抜いても、それだけ生活が楽しく過せるのである。」と詩の効能を語っている。

戦争期に詩を書き始めた小泉、樋口、乙川らは、若い時には「人に解らぬ様な作品を書いて打って出る様な、だいそれたたくらみを持つこと」もあったのだろう。同人の年齢が四十歳以上ということは、生活の基盤である会社の地位も経済的な復興期に当り、責任ある地位になっていたと思われる。

生活の手段に追駈けられ、詩作に鞭うたれて、尚七人の侍は『人生は楽しいじゃないですか』こんな気持で詩を続けて居るのである。

と、小泉は「海底」の詩と思想を語っている。こうした詩誌「海底」のような生活に根付いた詩作への態度は、「現代詩」の詩史の主流からは今なお顧みられていない。私は詩誌「海底」に流れるどこか「大人の雰囲気」をしきりに覚えるのである。しかしまだその詩誌から受ける「大人の雰囲気」を定かに言い当てることはできないでいる。ありていに言えば〝庶民の哀歓―酸いも甘いも飲み込んで―〟を主題としていると言えば良いのか。第四十一号に載る乙川三平の「蝮酒のうた」を引く。

まづ生きた蝮を
水に入れた瓶にぶちこんで
あくを抜く
蝮は瓶の中にのたうつて
口からごみを吐き出す

四合瓶の底に
半透明にとろけた
蝮がとぐろを巻いていた
このこくのある舌ざわり
ここまでくるのに二年半
じつとこらえて

二年半ですぞ！
酒に眼のない詩人が語る
酒つくりの秘法

ついで二度目の洗礼
三十五度の焼酎にぶちこまれ
光のささぬ土中に埋めて
二年半！

腹のしびれるような蝮酒
肴は
秋刀魚の塩やき
豆腐
生葱
詩人手製の即席料理

一ぱいの蝮酒は
一日の疲れを
すつかりいやして呉れるという
風邪一つひかぬから
不思議だという
まつ裸の詩人は
詩を書く
書きまくる
蝮のように生きている

乙川自身の生活からの詩だろうか。否、西山日光寺の住職にして、詩人・陶芸家の同人西山晃の語りを素描した作品と私には思われる。蝮はおろか熊さえ出る西山日光寺ならではの内容である。「詩人手製の即席料理」で蝮酒を飲みたくなる詩である。

④　新潟県近代詩の総括として八木末雄の「新潟詩壇史」掲載

時代相は〝安保改定期〟にさしかかり、反安保を巡るイデオロギー闘争がかまびくしくなる一九五九（昭和三十四）年十二月刊の第四十四号の〝海底記〟で小泉は、この時期自らの趣味である登山を題材にした詩を発表し続けておりそれを、「作品に誠実さが足りない」と評されたことに対して、次のような指摘と弁明をしている。

中央では詩人が詩人を殺し、傷けあつてとゞまる処を知らない。そして此の様な詩人も立派な作品を書いているに違いない。中央詩人のなんと愚かしき忙しさよ。難解と言つては殺し、平易であるといつて傷け、作品を読んでくれる大衆を侮蔑している。詩を作るペンは常に詩を作るだけに用いてこそ詩人の誠実さがあるようである。

一九六〇（昭和三十五）年二月刊の第四十五号から小林清一郎と山崎儀一が同人に加わる。いずれの詩誌でも同人それぞれ個別の略歴紹介が最小限なりとも必要に思うが、資料収集の時間が無いのが現状である。各項で述べてきたところから勘案して頂きたい。西山晃、小泉辰夫、小林清一郎に関しては、後に詩集紹介で詳しく述べることとする。

詩誌「海底」を継続して発行を続けるための、「共同責任」体制も長くは続かなかったと思われる。持続を可能にしたのは第四十号の〝海底記〟で「遠い人は手紙で四、五回、市内のひとは足で四、五回たずねた。」と書く、樋口恵仁の編集意欲によるところが大きい。第四十三号では戦争期に樋口が学生服の頃、浅井十三郎が所用で新潟市を訪れる時には、「カバン持ちをさせられ」て「煙草買いにも走らされ」たエピソードを回顧した後、

所以するところが、こんなところにあるせいか、作品を集めたり、編輯会議の都合日を聞いてあるいたりする役目が、今もつて身からはなれずにある。

と、自らの立ち位置を眺めている。樋口は詩誌「海底」の最後までこの立ち位置を堅持する。こうした樋口の地道さが「海底」の次の飛躍した仕事への活気を形づくってゆく。

詩誌「海底」はある意味で創刊当初の詩精神を具体化し始めたとも考えられる。第四十六号が発行される一九六〇（昭和三十五）年三月前に、小林清一郎が小泉宅を訪ねている。第四十六号の小泉の〝海底記〟は、戦前に小泉が関わった詩誌の名を語り、戦後に結成された「新潟県詩人協会」の様子を伝え、詩誌「繻子」廃刊の顚末を述べたあと、

僕等の書いてある詩のモチーフに対する感覚と、中央詩人達の感覚とか、批評精神とか、体質改善のことなど話し合つた。

と、「十幾年ぶりに、小林清一郎としみじみ」語り合ったことを告げている。

小林清一郎は戦争期から戦後の詩誌「慈眼」の時代でも常に詩誌（史）的視線で新潟県内の詩誌や詩集に目を配ってきた。これは戦争期に「新潟新聞」に記事を掲載してきた体験によるものと思われる。[7] 小林は第四十六号でさっそく里見一夫（倉田茂）の第一詩集『月曜から月曜へ』[8]を紹介している。

詩集「月曜から月曜へ」を読む人は「新しい時代」の「新しい世態」の詩風――といつたものをこの詩集から感じられることと思う。

とし、「「新しい時代」の「新しい世態」」とは、

彼の作品の味いである「優雅」さの一面の出ている作である「知恵」や「優雅」「批評」「歌」「若い時代」――彼の作風にはそんなものがある。

と、里見一夫の詩が内包する未来性を見抜いている。この詩集紹介はその項で再度触れる。

詩誌「海底」は創刊時「うらぶれた海底に黄色な花が咲いたら」から、新潟県の詩史の必要を説いてきた。今井朝二が第三号誌上で「現代詩大系について」で、「その地方の詩の運動、歴史、作品、詩人などを明らかにする必要」を主張していることは前章でも触れてきたところである。小林清一郎が参加することで小泉は、一九二六（大正十五）年から活発化する新潟県の詩の近・現代詩化を推し進めてきたのは自分達であるとの自負を強くしたものと思われる。第四十六号のエピソードはそれを語って余りある。

一九六〇（昭和三十五）年五月刊の第四十七号から始まる八木末雄（一九〇六・二・十～一九八九・一九八九・四・二十一）の「新潟詩壇史」は、新潟県に初めて現れた〃口語自由詩〃以後の詩史である。後に『大正末年からの、四人の集りの新潟詩壇史』[9]としてまとめられる。その経緯を同号の〃海底記〃で小島は「この間、上京して伊藤信吉氏をお訪ねした。」と伊藤との面会を述べた後、

今号から、「新潟詩壇史」第一回として、市島三千雄のことを載せることになつた。筆者八木君は、同人ではないが、たつたふたりの会員である。市島は、伊藤氏によつて初めて照介《ママ》された詩人で、伊藤氏は、その詩を創元文庫「日本詩人全集―第九巻」に載せると共に、簡単な照介《ママ》もしていられるが、いずれ本格に

その詩について書いてみたいと語られた。この企画は、
この話がきつかけとなつた

との掲載にいたる経緯を語っている。

私は先に詩史「海底」の〝大人の気風〟について語った。その気風は戦争期から敗戦の混乱期を経てそれぞれの同人が培ってきた、「安保改定期」の時代相を前にしても動じない、普通でありながら強い詩意識を保持しているとの矜持と自負心を見るからである。

戦争期に小林清一郎は詩誌「繻子」を主宰し、その廃刊以降は浅井十三郎の「詩と詩人」を補助し続けてきた。小泉辰夫は「昭和七年から」詩誌「海に近い子供達」・「傷のある風景」・「錯綜」など六誌の発行に関与している。乙川三平は、いわゆる「生活綴方教育」事件で検挙拘束の弾圧を体験している。西山晃は中国戦線に従軍している。樋口恵仁は「詩と詩人」への投稿を通じて浅井十三郎と誼を通じ、更に南方戦線へ従軍している。小島一作はB級戦犯として十年近い「巣鴨プリズン」の収監生活を余儀なくされて、詩人となった人物である。各人相応に戦中・戦後を生き抜き、自らを詩人へと指向する集団が「海底」であり、それが詩誌「海底」の性格と雰囲気を醸し出している。詩誌「海底」の魅力というべきか。

前章で紹介した一九五六（昭和三十一）年十月に発行された樋口恵仁の詩集『秋の風景』は、海底同人の総力を挙げて編集した一冊ということができる。内容は前章で述べた通りである。編集は笹木勧、楽焼製作に嘉堂照夫（西山晃）が携わっている。この楽焼はページ紐として使われている。すなわち詩集の下十五ミリ、束十五ミリの位置に直径二十五ミリの穴を開け、紐に直径二十ミリの嘉堂の桂谷窯で焼いた楽焼を付した斬新な装幀である。装幀者は尾形義司、この人の詳細は不明であるが、樋口が造本造形家、装幀者の道を歩むきっかけとなっている詩集である。

詩誌「海底」は一九七二年七月刊の第六十三号まで継続される。

4　詩誌「造型」のその後

①「荒地詩集」と「造型」

明けがたの嵐は去つた
気弱な孔雀のように
顔をだす太陽

心ははげしく燃えながら
おう　こぶしの花も咲いて
春がきた
見よ　道をゆく女たちの
スカートはやわらかにふくらむのを
欲望はげしくうずきながら

一九五六（昭和三十一）年五月刊の「造型」第九集に載る松田幸雄の「SOME SUNDAY MORNING――(1)粗い藤椅子」四連のうちの第一連である。松田は「造型」創刊時からの同人で、前章でも彼の詩「キーター・ベーター」とT・S・エリオットの『荒地』の類縁性を述べてきたところである。その松田は一九五六年三月刊の『荒地詩集1956』誌上に「落日」と標題する〝K・マンスフィールド日記抄〟など五篇の詩が掲載される。さらに鮎川信夫の「現代と詩人」、吉本隆明の「「民主主義文学」批判」と共に、エッセイ「イギリスのネオ・ロマンチシズム運動」を発表し、名実ともに日本の「荒地派」詩人の一人として名を連ねることになる。しかしながら松田幸雄[10]の略歴やその後の動向の詳細を私は知らない。

「造型」第九集の書評で「荒地1956版」を書いた（M）（前田邦博[11]と推定される）は、同アンソロジーに載る中桐雅夫の「〈奇妙な観念〉」の最終連を引き、

他人の言葉から自分の言葉を探している
二流の詩人は人に与えることができない。
時に心の高まることはあつても、
言葉でふくれた指はそれをとらえることができない、
他人の言葉でふくれた指のあわれなもがき。
自分の机、自分の椅子はあるのに、
なぜ自分の言葉だけはないのか、おお、この
low spirit! lower spirit!

さらに自らの問いを引き出して、

このしわがれた声は不気味に今日の詩人の頭を貫くだろう。中桐氏は極めて率直にこのことについて語つた。死の問いかけと終りなき生、消えゆく存在と存在理由を示し得ない二流詩人について、これらがリアルに手元にひきつけられて、たゞみかけてくるものは、正に本質的な問いであろう。

前田の詩への問いかけが、「死の問いかけと終りなき生、消えゆく存在と存在理由」にあったことが浮かび上

がる文である。この書評では他に黒田氏・野田氏・加島氏らへの言及があるが、同人松田の詩と評論への言及はしていない。前田の詩的精神には照応しなかったと思われる。

②　田代芙美子の登場と「造型」の充実期

詩誌「造型」は一九五六（昭和三十一）年二月刊第八集から一九五七（昭和三十二）年十二月刊第十五集までは、年四冊刊行する季刊を遵守している。詩誌として充実期と言っていいだろう。

一九五六年二月刊第八集には木島栄一が、八月刊第十集からは、田代芙美子（一九二二・九・一～二〇一四・十一・二十六）が同人に加わっている。田代は「アラベスク」の標題で三篇の詩を掲載している。〝近代人〟と〝アラベスク〟を引く。

近代人

金属のさびしさは　もうさびしさではない
さびしいというのは　遠い日の憂いだ
晩夏のしずかな夕映えを
瞳にうつして
人よ　私たちはもう愛さない

アラベスク

それは　さざなみ
風のようにすきとおり
わたしが遠く消えてゆき　泡のように
もう在るのか　ないのか
生れては消える　ひとときのきらめきに
それは在ったのだ　と知るばかり

一九五七年二月刊第十二集の〝同人手帳〟欄に、田代の詩精神の原点ともいえる随想「冬」を載せている。「わたしは未練のない詩がつくりたい。」として、

南欧の碧紺の空と海、深い緑のオリーブの林、その中に見えかくれする深紅の衣を身につけたギリシヤの婦人、オレンジの黄の実、陽を反射する白い大理石の建築、古代と現代との混沌とした映像を思い浮かべながら生きる日の多様性を考える。曇り日の日も、青い空

の下でもと。

田代の詩の特質である日本的な湿潤を嫌った透明度の高い感性と感覚が認識されており、詩的な方法意識や技術としてではなく、田代の現在までの詩精神を持続させる基本ともなっている。

一九八五（昭和六十）年七月発行の田代芙美子第一詩集『アラベスク』には、先に引用した二篇の詩を含めた「造型」時代の詩が多く掲載されている。この詩集『アラベスク』は、私が編集を手がけ活版で印刷した詩集であり、新潟市での活版印刷最後の詩集となっている。私にとってはそうした意味でも思い出深い詩集である。

第六集から始めた企画である個人特集は、一九五七年二月刊第十二集と五月刊第十三集で組まれている。第十二集は加藤太郎の「ＶＩＴＡ　ＮＯＶＡ」であり、第十三集は中澤洌の「いたましい童話」が特集されている。いずれも散文詩で詩人の内的世界を寓話的に織り上げた作品である。加藤は静岡県出身で、一九五六年十一月刊第十一集に自らの「経歴など」を載せている。「造型」では後記に当たる第十二集の〝NOTE〟で前田は、

今年は蓄積したものを実験させたい年だ。造型も三年、太い根であつてこそ、頂点の激しい冒険に堪えられる。漸くそういう時機に達してきた。

と、「造型」の誌的達成に自信をみせている。「漸くそういう時機」とは、同人の充実期と日本の経済社会の自律的な発展期を迎えたことへの前田の思いを伝えている。

こうした中で「造型」は県内他誌との交流をそれほど伝えてきてはいないが、一九五六年二月刊第八集の〝note〟で、

先般長岡市で高田のブイと造型が中心となつて県内在住詩人の初顔合せをやつたが、これをきつかけとして新潟県詩人協会をつくる気運になつた。今秋の第二回会合にはもつと熟してくるだろう。楽しいものにしたい。

と、前田自身が「新潟県詩人協会」との名称を上げて、県内の詩人たちの結集を目指していたことを伝えている。

この会合がどのように開催されたかの詳細は分からない。名前の上がった詩誌「ブイ」の一九五六年二月刊第五号の後記では、「この間長岡市で「造型」の人たちと話しあつた時」とだけ記されている。「新潟県詩人協会」

が結成されたとの資料は無い。

　そして浅井十三郎の死に際しては第十一集の〝note〟で前田が、

本県詩壇の先輩、浅井十三郎氏が亡くなられた。まだ仕事をしなければならない人だつた。謹んで哀悼の意を表す。


と、浅井を追悼する一文を記している。前田が自らに課した「現代詩の背後にある巨大な遺産」を負う姿を、浅井十三郎の生涯に見ていたのかも知れない。

　さらに第十二集では、前田が、

新潟にも若い詩人たちの集りが幾つか出来はじめた。地元の新聞やラジオの詩の投稿者が増えるに従つて、自然と仲間が呼びかけ合つて誕生するのだが、いままで黙々と書いていた人たちも、こうした場所から自らの産声を上げはじめる。


と、「若い精神の所有者たち」の「どんな冒険がはじまるか、ひそかにその期待にかられる」との思いを滲ませる。しかし、そうした「戦争の責任のワクからはみ出した無傷の心」が、「既に傷ついた言葉」であることに「今日の詩人の貧しい心をそのまま証拠立てているかもしれない。」と危惧の念も感じている。

　一九五七年十二月刊第十五集でも田村達爾が〝note〟に、「先頃編集会の折にも新潟市内から発行されている『アンテナ』詩誌のことが話合いに出されたが」と書き、さらに「グループとグループの話し合いもよいことだと思う。」と述べている。前田と田村の言葉は、この章の〝はじめに〟に紹介した吉本隆明のいう「第三期」以降の詩人たちの台頭を告げている。「若い詩人たち」の詩誌については、「6　詩誌の発行状況」で述べることにする。

③　前田邦博の東京移住と詩誌「ＤＡ」創刊

　一九五六年は「もはや戦後ではない」と言われ始めた時代相である。浅井十三郎の死は新潟の詩界の象徴的な事態であったのかも知れない。新潟県内で持続的に詩誌発行をつづける「造型」をはじめ、「海底」・「ブイ」の詩人たちは、社会の安定化と共に自らの生活基盤である職場において責任ある地位となり、詩的活動もまた充実期に入り二律背反のジレンマに立たされている。その辺のニュアンスは詩誌「海底」で読み取ってきたところで

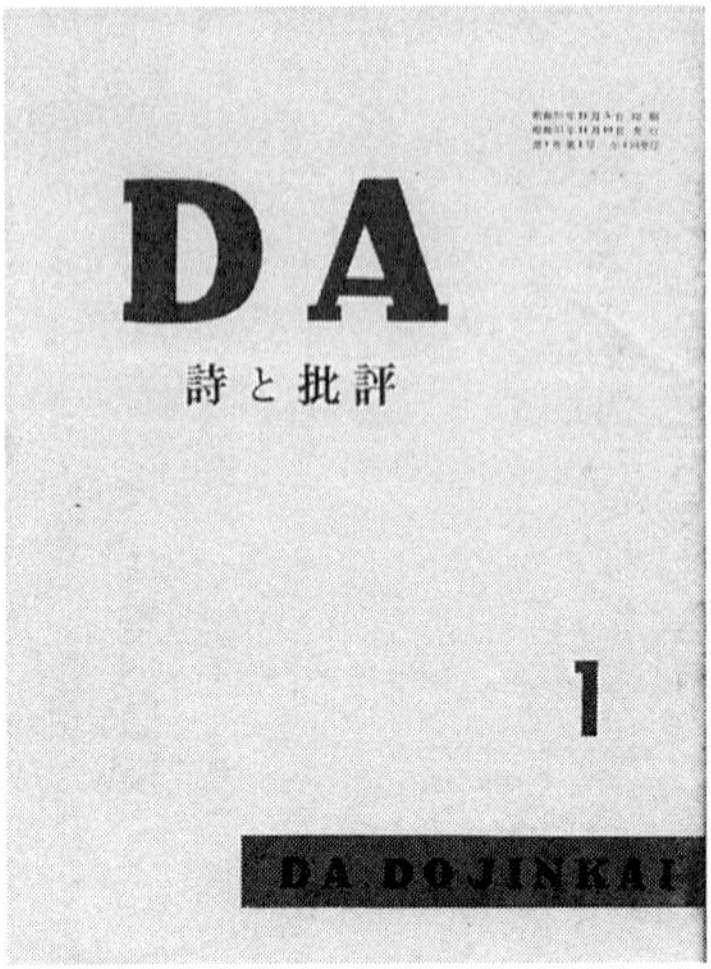

「ＤＡ」創刊号表紙

ある。

「造型」に於いては、いきなり編集兼発行人の前田に変異が起こる。一九五七年五月刊第十三集では、四年目を迎えた「造型」に対し「三年の歳月は一つの問題に対して少な過ぎる時間だ」と訴えている。しかし十月刊第十四集の〝Cut-glass〟欄で（N）は、

前田邦博は、湿度の高い新潟の夏を嫌つて東京、鎌倉地方に旅行していたが、しばらく東京に住むことにし、九月初旬転居した。

と、前田が東京都渋谷区代々木西原へ引っ越したことを告知している。一軍の将たる者の突然の撤退のようにも思われる。しかし、前田は〝note〟で自らの詩への危機感を主張する。

危機はどこからでもやつてくるだろう。頭から、胃の腑から、性器から、この湿潤な地平に、敏感な精神を腐らせるヴィールスが新しい罪名を背負つて侵入してくる「お前たちは躓いた。躓くように出来ているのだ」と云いたげに。

肉体と感性がもたらす「敏感な精神」を腐らす「新しい罪名」とは何かの説明はない。どう躓いたのか、なぜ躓かざるを得なかったかの論証もされてはいない。（N）の告げる転居の理由に響き合うのは、「湿度」と「湿潤」くらいで、前田の危機感は伝わらない。「坐つていては駄目だ。武器をとつて欲しい。敵が何んであるか。」と叫び、「自らの手を汚さずに斗うことは愚かだ。」と、まるでアジテーションのごとき言辞まで弄している。そしていきなり「「造型」の編集事務は田村、中沢にバトンを渡した。」と告げている。

それゆえ第十四集は、編集人中沢洌、発行人田村達爾、発行所は近代詩社で住所は新潟市西堀通り六番町田村達

爾方となっている。この体制は一九六二（昭和三十七）年八月刊行の詩誌「ＤＡ」第四号まで継続される。

その後の文で前田は戦後に創刊した詩誌「デルタ」から今日までの足跡を回顧述懐した後、「誰かが此の壁をぶち破らねばならないだろう。」と結んでいる。前田は「壁をぶちやぶ」る「勇気ある人間でありたい。」ために、東京へ転居したと言い募っている。

前田の危機感は社会的政治的動機からではない。詩・芸術上の危機感も希薄であり、だからこそそれは前田の「生活」それ自体の中に潜んでいると思われる。第十四集の前田のエッセイ「詩の方程式」で、「「詩が分からなくなつてきた」という人がいる。」として、その内実を分析している。その中で、

詩が分からなくつた、――という言葉使いで、実は詩が離れて行つた具体的な自分の生活構造を、態よく隠しおわ《ママ》せるつもりか？

と、詰問している。「〈苛酷な現実〉を、君自身のからだで歩こうとしない」詩人たちを、「詩は怠惰な人間を嘲うばかりだ。」と指摘してもいる。この前田の分析は自らを客体として分析しているのではなかろうか。前田の「自分の生活構造を、わたし自身のからだで歩く」という言葉は、詩人の生活的自立の宣言とも読める。それは一九五八（昭和三十三）年十二月刊第十六集の前田の「眠られぬ夜の対話」に如実に表されている。〝彼〟と〝鬼〟が対話する文である。一対の彼と鬼は前田邦博のモノローグ、心的会話である。前田の言う自己存在を賭けた対話ということになるのだろうが、互いが他者たりえていない。言っていることはただの自己弁護と自己合理化のモノローグであり、〝鬼〟の語る、

忘却される無数の影、愛の痴態や滅びゆく肉体を超えて、愛の確実な構造、その煉獄の道、「愛とは知ることなり」を確認した。

つまり愛の幻想に自己撞着している前田の家族―生活があるばかりなのだ。新潟での前田邦博の家族―生活の事は当然ではあるが、職業的な詳細も詳らかにしない。第一章で紹介した雑誌「北日本文化」の編集長をしていたのではないかとの取材での応答はあるが、確認できてはいない。親族との応答では、前田の上京を一九五五（昭和三十）年としている。それによると「評

論社入社「評」の編集に携わり、その後編集長となる」となっている。その辺の追跡はこれをおく。

主導者と求心力を失った「造型」は急速に衰退の一途をたどる。それに一定の延命がはかられたのは新しい同人の加入があったからだ。第十四集からは千葉光子が、一九五八年十二月刊第十三集には山口ひとよが加わっている。しかし船長の逃亡した船は漂流する。第十六集が出るのは、一年後の一九五八年十二月である。しかもそこに掲載された作品は、近代詩社・造型同人会刊の「造型ノート」誌からの転載がほとんどである。パンフレット形式の「造型ノート」は一九五八年六月に第Ⅰ号が、一九五八年七月に第Ⅱ号が発行されている。後記に当たる〝造型通信〟には、この形で発行する意図なり目的は記されていない。詩誌「造型」がなぜ発行できないのかも分からない。作品は集まっているのだが、第十六集の編集方針が決まらなかったのか。前田の不在が編集実務を不可能にしたのか。この「造型ノート」は同人向け用の冊子だったのか。第Ⅰ号にはこれまで一度も「造型」では掲載しなかった〝同人住所録〟が載っている。同人名だけを引く。

伊藤敦　伴寿　灰野謙三　柿村うた子　吉川象市　横山孝弘　高橋康夫　高橋正治　田村達爾　中沢冽　加藤太郎　前田匡史　田代芙美子　川村正治　千葉光子　山口ひとよ　大沢澄男

十七名の陣容であった。前田邦博の名が見えないが、この時期に前田邦博から前田匡史へ変名したものと思われる。前田は正文が本名で、〝まさ〟を変化させたペンネームとしたものと思われる。前田はペンネームを白蘆から正文へ、正文から邦博へ、邦博から匡文へと四回変えたことになる。

第十六集から一年後の一九五九年十二月に第十七集は発行される。〝note〟を記す中沢の文に、「決して詩から身をひこうとはしないのだ。現代詩の諸々の問題に楔を打ちこみ、手がかりを得ようとしているのだ。」としながら、その実態は、

詩が書けないことにどんな理由があるだろうか。生活環境のせいだろうか。例えば、君はなれない商店経営の赤字のために東奔西走し、（中略）また或る一人は、雑誌社に勤め、東京の街中を駈けまわつたり、（中略）ときどき神経痛になやまされながら教壇に立ち、袈裟をつけて檀家まわりをする。（後略）

と個人の生活実情を報告したつもりになっている。こうした告白は既に詩精神の枯渇と退廃を意味している。それに気づかない程退嬰してしまっている。詩誌「海底」の同人の詩作へ向かう態度の比較を考える。詩作し詩を生きる者の「身過ぎ世過ぎ」と詩人の自立のせめぎ合い。前田には見えて認識されていることが、中沢には見えていない姿を露呈している。

そして一九六〇年十一月詩誌「造型」は改称して詩誌「DA」へと移行する。詩誌「造型」を解消せず、詩誌「DA」へと改称し漂流する詩誌「デルタ」の後継誌の行方は次章に述べることとする。最後に詩誌「造型」の漂流期に登場した山口ひとよの詩、第十六集に載る「夜道」を引く。

糸杉の枝がわななきながら
夜空を撫でている

私は星を摘むために
到達点のない空の深さに向つて
螺旋の坂道を登つていく
塀に野猫の影をひきながら

何処の温室からであろう
強烈なアリツサムの
匂いがながれ　私は頬を
早春のような夜風になぶらせている

ところどころ虧《か》けていて
のぼりつめるために遠い道は
暗さのはてにしずかな明かるさに
つづく道であろうか

一歩一歩踏んでいくと
にぎりしめている掌の中で
重症のカルテが
ジツトリ汗ばんでくる

松田幸雄が伝えた「イギリスのネオ・ロマンティシズム」の香を含み、「到達点のない」詩と自らの道行を暗示する詩である。

5　詩誌「ブイ」の発展とその終焉

一九五五（昭和三十）年三月に創刊された詩誌「ブイ」は、翌年の一九五六（昭和三十一）年までは年四号を刊行する季刊を守っている。一九五六年二月刊第五号からは、久保田裕子・平原葵が同人参加している。久保田裕子は戦後間もない一九四八年に詩集『ははこぐさ』を刊行し、〝少女詩人〟として一時代を画した詩人である。[12]

また詩誌「ロシナンテ」に参加する田中武は、「ブイ」誌上でも旺盛に〝抒情詩〟を発表し続けている。そして英文学者飯田正志は「詩と評論」をサブタイトルとする「ブイ」誌上で、一人評論に翻訳にと活躍している。第五号にはロバート・フロストの「石垣なおし」を翻訳し、第六号には評論「『マクベス』のイメヂリー」を掲載している。

第五号では、詩誌「ブイ」の同人たちと詩誌「造型」の同人たちが長岡で会合を持った事実を、新保啓が後記に記していることは既に触れている。「新潟県詩人協会」結成が話し合われ、その後具体化したのかどうかを新保啓氏にお尋ねした。氏は次のように答えて下さった。

長岡で「造型」の前田さんたちと会合を持ったこと、記憶にありますが、そして県詩人協会をつくろうと気運が盛りあがり、設立に至りました。しかし、誰と誰が出席したたか、会場はどこだったか、記憶にありません。おそらく長岡の星野さんが設営してくれたのではないかと思います。会設立の段取りは新潟の前田さんたちがやってくれました。

新保氏は「新潟県詩人協会」は設立されたと証言している。一九五六年二月刊第五号の「ブイ」と同年同月刊第八集の「造型」誌上以外からは、『新潟県年鑑』の昭和三十七年版の〝詩壇〟欄で「ここ一年間、最も目立った動き」として、

「新潟県詩人連盟」（仮称）の設立が企図されたことで「造型」と「ブイ」を中心とする第一回の会合が長岡で持たれた。同事務局は「造型」に置かれるが、年二回の定例詩人会議とアンソロジイその他の計画を通じ県内詩人の共通の広場の確立されることが望まれている。

との記事を見ることができる。会の発足と同時に歩みを止めたと考えざるを得ない。

詩誌「ブイ」の勢いは、一九五六年を境に変化する。一九五七年の発行は二冊となる。五月刊第九号の小黒和

隆の後記は、

第九号の発刊が非常に遅延致しました。このことは共同編輯者新保啓の責では全くなく、ひとりこの私だけにかゝわるものです。

と、している。「非常に遅延」したという言い方は、共同編集者としては季刊を守りたかったことを遠回しに告白している。そして「責」を一人小黒自身に帰している。

一九五六年二月刊第五号から一九五八年三月刊通巻第十一号までの「ブイ」は、小黒和隆・新保啓の共同責任体制を敷いている。発行兼編集者は二人の共同で、発行所は現代詩社とし、住所は小黒和隆方としている。共同編集者二人の間に編集を巡っての意見の相違や運営上の齟齬がきたしていたのだろうか。誌面からは読み取ることはできない。現在取材可能な新保氏にその辺の事情をお尋ねした。新保氏は、「私は大潟町役場に勤務していますが」と語り始め、

私が二十八歳のときの昭和三十三年、当時の県農地部が、新保をかっていたことのある農地担当に戻すよう、当時の町長に要請して、責任ある仕事が始まったこと、

そして小黒さんが静岡県内へ転勤したこと、等により「ブイ」の発行が思うようにいかなくなったことが原因です。

と、共同主宰者の二人に仕事上の制約と転勤が重なったことを教示して下さった。

詩誌「ブイ」の同人たちと詩誌「造型」の同人たちが、同じ問題に直面していることが分る。個々人の生活を支える職場環境の変化、仕事上の「責任ある立場」になり、生活空間を変更しなければならない「転居・転勤」の事情に直面している。吉本隆明が示した〝第二世代〟の詩人たちに共通する事態であったろう。詩を自らの羅針盤と定めた詩人の多くが、人生の結節点に遭遇してこの事態をどう乗り越えて詩作を続けるか悩んだに違いない。「もはや戦後ではない」という考えが流布する時代相。経済社会が高度成長期へと移行する時代を支える人達でもあった。不可知を生きる詩人と実務を生きる生活者という背反。二つの対立はどちらかが、どちらかを浸蝕する。どちらかが、どちらかを浸蝕した時、同人誌は消失の波にさらわれる。同人誌の宿命である。しかし、明瞭に廃誌を宣言することも又難しい。「ブイ」しかり、「造型」しかりの道程をたどる。

「ブイ」に幻想や諧謔と現実が交差する詩を発表し早逝した詩人・藤縄長子の、一九五六（昭和三十一）年十二月刊第八号に載る詩「村」を引く。

村。一つの言葉。
　一つの専門知識。他をいれぬ鎖国のくに

詩という村。
　専門家、彼ならば迷うまい。
曲線で　自由に真直ぐ描き――村の道を。
だが、鎖国のくにで。

一つの言葉。
村。とらえられた肉。
　　捕えられた書物。欲望という名の、

走る電車
「時」の村

　　　　名付けられぬ少女ならば
　　　描くまい。村の絵――
　　　　　彼女が畫家でないならば

　　　　　　　　　　二人でならば
　　　　　　　　　名付けるだろう　綜合の
　　　　　　　　　　　名を。

私は名付ける。名の欲望を。
一つの専門知識
鎖国のさびしい村を「私」に。

藤縄はこの詩で、詩という〝一つの言葉〟を信じて〝一つの専門知識〟詩で、日本の閉鎖的な情況とそこに存在する〝村〟の束縛状況からの脱出を希求する。自らの欲望の所在を〝名付け〟生きる証しとするかのように、名前のとおり縄を綯うようにもだえる姿が、〝村の道〟のように詩行までもが曲りくねっている。

一九五八（昭和三十三）年三月に「松苗郁夫追悼号」とする十一号の発行から二年半の沈黙の後、一九六〇（昭和三十五）年十二月に「ブイ」は、復刊第一号（通巻第十二号）として刊行される。発行人は小黒和隆・新保啓・平原葵の三名連記となっている。発行所は新潟県直江津市新潟労災病院平原葵気付現代詩社となっている。後記を平原が書いていることから、平原葵の提唱主導で復刊が図られたことが窺える。作品を寄せたのは、相沢実・新保啓・田中武・星野淳一・山本晋二・星野剛・平原葵の七人であった。そして更に二年後の一九六三（昭和三十八）年四月に「ブイ」第十三号が発行される。編集兼発行人は新保啓、発行所は新潟県中頸城郡大潟町（現上越市大潟区）大字下小船津浜現代詩社となっている。〝あとがき〟で新保は「しばらくは気負い立たずに地道に作品の発表を続けていこうと思う。」と述べている。作品を寄せたのは、平原葵・田中武・星野淳一・高橋亨・新保啓・相沢実の六人。「ブイ」の詩誌としての使命はこの第十三号で終止符をうった。

前田邦博（国史）、新保啓、星野淳一が、新潟県の詩誌に復活するのは一九八〇年代になってからである。

6　詩誌の創刊状況

継続詩誌については、前項で述べた通りである。次に一九五六年から一九六〇年までに創刊された詩誌の概況を例示する。

創刊が確認できた詩誌は十四誌。順次に述べていこうと思う。十日町市周辺の詩誌創刊の動向は、時に交叉し記述に困難もあり必ずしも年代順をとらず、できる限り整序した形を心掛けた点をはじめに述べておきたい。

ＦＯＵ

発行所／一九五六年二月一日
編集発行者／蕪木錬一郎　新潟県十日町市本町一丁目

文学北都

発行日／一九五六年九月一日
編集兼発行人／滝沢　久一
発行所／木の芽会　新潟県十日町市本町一

前衛詩人

発行所／一九五六年十二月一日
編集発行者／庭野　行雄　新潟県十日町市稲荷町一

野　火（二号）

発行日／一九五六年十二月一五日
発行編集責任者／大平　貞治
発行所／十日町青年学級文学鑑賞　野火発行所

軌　跡2

発行日／一九五七年一月十五日
編集発行者／福島　健文　新潟県十日町市中条町

アンテナ七号

発行日／一九五七年三月一日
編　集／新潟市横七番町四　益子

発　行／アンテナ詩の会

詩　人2号

発行日／一九五七年五月三十日

編集発行人／庭野　行雄　新潟県十日町市

プリズム

発行日／一九五七年六月一日

編集者／金子　雄人

発行所／繊労文芸詩の集い

波　紋

発行日／一九五七年中（推定）（第三号発行日は一九五八年八月十三日）

編集後記―波間菊野（創刊号）

発行所／滝文ペン同人　新潟県十日町市滝文工業会社内

（第三号奥付け）

猟

発行日／一九五八年一月十五日

発行者／菅原喜四男

発行所／猟の会編集部　新潟市関屋県立高校前小林方

切　点三号

発行日／一九五八年十二月一日

編集者／高橋　亨　編集発行者／宮島　一清

発行所／点描詩社　新潟県糸魚川市寺島一〇一三

岩と詩

発行日／一九五九年一月一日

編集印刷／江部　文夫　柏崎市柳橋三区五位野方

発行所／柏崎詩を語る仲ま　柏崎市本町六　岡塚方

磁　場

発行日／昭和三十三年五月十日

編集・発行人／長崎　浩

発行所／北越詩人会　新潟県村松町青鳥文庫内

編集所／柏崎市大久保国立新潟療養所十一の五　磁場編集所

新鉄詩人

発行日／昭和三十五年七月十五日

発　行／新鉄詩人会

他。

7　詩誌「ＦＯＵ」創刊と文芸雑誌「文学北都」創刊――十日町市の文学状況

伝統産業だった十日町地域の繊維織物は、戦後十年を経てその興隆期に入っていた。繊維産業に働く多くの労働者は文学の蕾を膨らませはじめる。そんな十日町地域の状況を表現するように、詩誌「ＦＯＵ」や雑誌「文学北都」、詩誌「前衛詩人」、詩誌「プリズム」などの詩誌・雑誌が創刊され、相互の文学的交流は活発でありかつ複雑さと混沌とした状況を見せる。それらを整理統合して全体像を俯瞰してみる。

①　誌「FOU」の創刊

十日町市の詩的状況から、一九五六（昭和三十一）年二月に、十日町市本町一丁目の蕪木錬一郎（一九二七・九〜一九九三・十二）を編集発行者とする詩誌「FOU」が最初に産声を上げ創刊される。「FOU」は蕪木と福島健文（一九三〇・一〜一九八一・五）の二人詩誌であった。二人の作品の後に、それぞれの後記を付す体裁をとっている。創刊号に福島は「紅蜘蛛」「死神」「太陽」「感情」「魂魄」と五篇の散文詩を載せている。後記で福島は「僕の文学生活は、丁度十年の星霜を経た。」と、詩への出発は戦後であったことを告げ、「自分の主義主張を固められるようになった。僕はいよいよ詩作品を発表する事にした。」と創刊の動機を語っている。一方蕪木はペンネームを〝蕪木錬〟名で書いている。「僕は」「夜へ」「石」「OPERATING TABLE」の四篇の詩を載せ、〝ひとこと〟を寄せている。〝ひとこと〟で蕪木は「既製の言葉のあらゆる意味を否定して、もっとメカニカルな世界にイメージの場を発見けようと、超音速な出発の準備を整えたところです。」と発刊の辞をのべている。

「FOU」創刊号表紙

福島健文は二号の後記で「僕は、どうやら「ボオドレエルの子」となり、「悪の華の子」となつたようだ。」とボオドレエルへの心酔を告白している。蕪木は戦争期から詩に親しみ北園克衛の「センデレ」[13]の愛読者であったようだ。晩年には俳句へ向かった蕪木は、当初はモダニズムを目指していた。二人の出会いの経緯は分からない。蕪木は繊維関係の下請けの〝染付や下絵〟を生業としていた。一九五六年五月刊の「FOU」三号から蕪木の「昏れていくメトロポリス」を引く。

昏れていく

メトロポリスは
音楽のない落書です
それとも
冷えきった
比喩の層かも知れません
おそるべき幾何学の氾濫から
言葉は抽象のみになりました

蕪木は三号の後記で「三号を発行できて、四号の目安も大体ついている。」としながら、「五号からFOUはまったく変貌するであろう。」と予告している。「変貌」の内容についてははは述べていない。また四号の発行は確認されない。

② 文芸雑誌「文学北都」の創刊

詩誌「FOU」の創刊を契機として十日町市の文学状況は、「十日町ルネサンス」の様相を帯びてくる。一九五六（昭和三十一）年九月に滝沢久一を編集発行者とし、発行所を十日町市本町一丁目木の芽会とする文芸雑誌「文学北都」が創刊される。内容は創作として小説が野本郁太郎の「冬の女」、滝沢久一の「可能な楽器」など四篇、評論を佐伯忠男が「石原慎太郎について」など写真・随筆・短歌・俳句・詩を掲載する総合雑誌である。創刊の経緯を編集後記で（N）は、

「文学北都」創刊号表紙

みんないい年の者ばかりでつくつている木の芽会で、ふと、文芸雑誌を発行してみようじやないかという案がもちあがつて、生れたのが「文学北都」である。
案のでかたも、その言葉も軽かつたが、かえつてそのふと、と言うことに命を賭けそうな気合がこもつていた。

「文学北都」の発行所となっている〝木の芽会〟とは？

創刊同人から見てゆく。

野本郁太郎、田村喜一、川崎吉近、庭野九一、滝沢久一、関口芳正、関口文二郎、滝沢洋一、佐伯忠男、高橋正治、村山順一、樋口清、関口良一、佐野良吉、須藤茂一、佐野広の十六名。

「木の芽会」は、高校教師や宮司、十日町の繊維産業を支える産業人、医師で文学に親しみ創作意欲に満ちた多様な職業人が、十日町地域の戦後復興と市の未来像を考える場―飲み仲間の名称であった。そのある会合での勢いから生れたとしている。職業人として地域社会に責任を持つと自認する集団であり、その発展のための未来像を語り合い描く中で、未来像を実現するコアな場として、文芸誌創刊への意志が集約していった。

第九号掲載の「明石縮物語」で十日町の絹織物産地へと発展する歴史を伝えた滝沢栄輔氏は、自らの二十代後半から三十代前半の青春後期と重ね合わせ「文学北都」の時代を、「繚乱の日々」と表現されている。氏は編集発行人の片腕として、繊維産業と十日町市の未来像を描きながらこの「文学北都」を編集発行していたと証言する。すなわち、同人の作品を舞台化したり、現在の「十日町雪まつり」の原型を実践している。関口文一郎らの写真はそうした記録を明瞭に示しており、その表情は民俗学的相貌を帯びている。地域の有力な産業人と文学に目覚めた教師・詩人が結びつき発行された「文学北都」のような文芸誌は、これ以前もこれ以降も皆無ではなかろうか。

太平洋戦争末期には、鉄供出によりさすがの絹織物産業も縮小閉鎖に追いやられていた。そうした中で戦地から復員した市民は、産業復興に生活を賭けた。大は滝文工業や江戸屋織物の産業人から小は各家庭の婦人の〝機〟仕事まで、一体となった心情と経済的事情が背景にはあるだろう。そうした情況を組織化したのが文芸雑誌「文学北都」の背骨と考えられる。十日町市のエネルギーの結晶する触媒として「文学北都」は機能してゆくことになる。これ以降十日町市の文学的カオスは、総合雑誌「文学北都」を太い幹として、草の根の多くの詩誌の創刊を支えてゆく。

「ふと」思いついた同人のエネルギーは、繊維産業復興への経済人の〝復興期の精神〟をより強く高揚させ、その高揚を支えたのは繊維労働者の創作意欲であった。一九六八（昭和四十三）年第二十一号までの持続を保証したのは、こうした十日町地域の生活意欲と精神活動であった。「十日町ルネサンス」と呼ぶにふさわしい。
編集後記を書いた（N）は、同人名簿から勘案して野本郁太郎と考えられる。野本は前章で紹介したように詩集『外人墓地』出版している。この「文学北都」には小説を創刊号から二十一号まで全号に寄せている。「文学北都」をリードしていたと考えられる。ここでは総合文芸誌である「文学北都」の詩の部門を中心に見ていく。

③「文学北都」の詩人たち

「文学北都」の創刊号に詩を寄せたのは、高橋正治と須藤茂一の二人。高橋正治は新潟県の戦後の詩史に数多く登場するが、彼を年代別にまた彼の履歴を正確には記述できていない。戦後、北園克衛の詩誌「ＶＯＵ」の同人にいち早くなって、建設会社の重鎮であり、「高橋正治賞」を制定して十日町市の詩人たちに活躍の機会を提供してもいる。社会的には新潟県県会議員として議長の職責も果たした詩人である。創刊号に載る「仙田村」を引く。

緑の三角の
上と下の道を
遠い親達の通つた道をゆく
梅雨は
肩をあげた二人の闘士の
肩を濡らし
谷間の家は黒く
森閑と煙つていた
闘士達の眉だけは明るく
雨の中に立つ人に
二つの言葉を投げた
ぼうぼうとした声が
ゆきつ戻りつして
ささやかな夕餉の煙は
と迷つて
谷間の空で二つに分かれた

須藤茂一は同じ号に詩「寺」と「表札」を載せている。「寺」を引く。

村はずれなる
黒々と空くぎり立つ
鋭角の屋根

されど——
佛のかげの
天になく地になく
漠々たる空

ああ
ふたたび
鐘楼の灯ともりて
たそがれの大気をふるわす

——すぎ来り
すぎ去れば——
この所は
安住の地か

須藤茂一は十日町高校川西町千手定時制高校の教師として勤務するかたわら、若い詩人の育成に努めている。一九五七（昭和三十二）年十月に詩集『冬への牧歌』を上梓し、十日町地方の文芸の興隆に大きく寄与した詩人である。引用した詩「寺」も詩集に掲載されている。須藤は、詩集〝あとがき〟の「思えば、今から三十年も昔のことである。その頃、新潟県立十日町中学校（旧制）の生徒であった」と述懐している。創刊号に載る「表札」の「私は数え年　四十歳になったけれど」などから、一九一〇年前後の生れであると考えられる。

六章から成る詩集は、郷土の四季を歌い、夢を歌い、地理を歌っている。表題『冬への牧歌』とは、豪雪地越後新潟に生活する者の姿を

詩集『冬への牧歌』発刊記念会（庭野行雄詩集『望郷』より）

強く意識し、『北越雪譜』を著した鈴木牧之の精神を引き継ぎ、越後人の柔らかに、しなやかに、心を遊ばせる詩情の継承を示している。また須藤の抒情は自然と対立するのではなく、従容と応対する感性のおおらかさにあり、自然讃歌、人間讃歌を高らかに歌い上げている。

発行人は草萠会、編集は平野幸治、高崎正弘の二人。六章六十二篇の詩とあとがき、山内正豊・野本郁太郎の序文、松原至大の感想から構成されている。Ｂ５判、一二八ページ。

須藤茂一は創刊号から終刊号まで「文学北都」の同人として作品を掲載している。

一九五七年一月刊の「文学北都」第二号には、福島健文と星野元一が作品を寄せている。

福島健文は自らの詩的営為として詩誌「ＦＯＵ」と個人誌「軌跡」を発行している。「軌跡」の一九五七年一月十五日発行の第二号が手元には在る。福島は、詩誌「軌跡」では詩「日本」シリーズの十二篇を掲載している。同じ年の一月一日に発行された「文学北都」第二号には詩「傾斜」を発表している。詩誌「ＦＯＵ」では散文詩を発表していた福島は、一九五七年以降は行分け詩へ移行している。「軌跡」に載る「日本」を引く。

過去の日本は
寡婦から酌婦となった

現在の日本は
酌婦から淫売婦となった

将来の日本は
淫売婦から自殺者となるのか

日本の情況を福島独特の視点から日本を分析し、断言的に或はアフォリズムのように詩を展開している。後記で「僕の骨とは、独自の（貴族的野性の）骨であり、徹底した思想の骨である。」としている。福島のフランス文芸思潮への傾倒と職業としての「百姓」の相剋が現われている時期と思われる。

「文学北都」は、十日町市の詩人たちを巻き込む大きな渦となっていく。一九五八（昭和三十三）年二月刊の第五号に庭野行雄[14]が詩「ある時間」を発表している。一九四八年以降詩誌「知性詩」、「骨の火」を編集発行し、新潟県の県都新潟市を放浪していた庭野行雄は、一九五五年頃には故郷の十日町市へ舞い戻ったと思われる。故郷の十日町での活動再開は、一九五六年十二月に創刊する「前衛詩人」である。「文芸北都」が創刊される時代の十日町市の労働者・市民の文学的渇望と欲求の高まりを見るために、庭野行雄が「文学北都」に合流するまでの動きを追ってみる。

7　十日町市周辺の文学状況

①「前衛詩人」と詩誌「詩人」の周辺

「前衛詩人」創刊号表紙

「前衛詩人」は庭野行雄を編集発行者として、一九五六年十二月に創刊される。同人は、

蕪木錬、大島清之介、庭野行雄、金子雄人、福島健文の五名。

大島清之介は戦後の新潟県で最初期に詩誌「人生と詩」を発行し、庭野行雄の詩誌「知性詩」はその後継誌であった。金子雄人は、十日町市周辺の繊維関係の労働者が参加するサークル誌に深く関わった詩人で、庭野の同級生。青年労働者の文学への熱望に対する十日町市の詩的状況に庭野をはじめ、蕪木錬、福島健文も参加してゆく一里塚的な詩誌が「前衛詩人」であった。しかし「前衛詩人」が「ＦＯＵ」三号で蕪木が予告していた、「ＦＯＵ」の発展的変貌なのかどうか。

「前衛詩人」創刊号には、三人の〝マニフェスト〟が掲載されている。庭野が「一つの主張」を、金子が「現代の意識に生きる」を、蕪木は後記を記している。それぞれの方向性を見ておく。庭野は、「私は帰ってきた。ふるさとを離れて八年間、」[15] と語り始め、自らの詩的遍歴を吐露しつつ、

「この国でのシウルリアリズムの詩的表現は常にその運動にもかかわらず未完成のまま抑圧されてきた。しかし僕はシウルリアリズムを改めて見なおそうとするのだ、シウルリアリズムを完全に自分のものとし、そ

こから僕ら自身の全く新しい芸術態度を生み出そうとするのだ」と云う言葉を重ねて主張するであろう。

と、「」内の文章は誰かからの引用なのかどうかは分らないが、庭野版「シウルリアリズム宣言」を発している。これに対して、金子は、

ハンガリーの暴動の内幕や日本の平和と独立への意欲、社会不安と政治・文学と行動の問題をそのまゝ写し出したように書いた処で我々が「現代の意識に生き」ているとは言われないだろう。やはり自分自身が実験し、体得すべく努力し、そこに何ものかの確證を摑んで始めて「現代の意識に生きる」と言われるであろう。

と、「文学と人間性の関係を科学的に分析し批評しようとする」態度を鮮明にしている。

一方蕪木は、「四十年前のアプレゲール達は硝煙のくすぶる風景をダダイズムやシュールレアリズムへと、美の組織を作り上げていった。」と第一次世界大戦後のヨーロッパ文芸思潮への認識を語り、日本の戦後の社会情況を、

僕らの心象風景には、依然なまぐさい煙がただよい、崩れかけたコンクリートの壁や鉄骨が、又無数の骨片が散乱しているのだ。そしてコバルトがプルトニウムが僕らから死を奪い、僕らの美の秩序を、たえずゆさぶり、おびやかしているのである。まさしく此奴は骨がらみだ。「前衛詩人」このベレーをかぶった勇み肌は、死の過剰意識に溺れている人々にとって、スフィンクスの微笑であるかもしれないし、或はまた僕らの精神のカリカチュアかもしれない。

と、世界に散発する戦争―紛争「ハンガリー動乱」や「原水爆実験」を繰り返す「東西冷戦下」のもたらす危機の中にあることを強く意識する言辞を残している。

この「前衛詩人」は創刊号で終刊している。しかし現在的に振り返ってこの三人の詩意識を統合し、詩誌を発刊し続けて欲しかったとつくづくと思うのである。文学と政治をめぐって、これほど明瞭に宣言して始められた詩誌はこれ以降新潟県には現われない。

十日町市周辺は庭野行雄らの詩人から労働者サークルの草の根に至るまで詩への、文学への情熱がカオスの如く蠢いていた。そうした中からもう一つの芽が開きだす。

「前衛詩人」の一人福島健文は個人誌「軌跡」を発行している。「前衛詩人」に現れた〝文学と政治〟の問題がどのような論議を呼んだか窺い知ることは現在的にできない。「プリズム」創刊と「前衛詩人」創刊までの六か月ほどの間に発行されたのが個人誌「軌跡」である。この間に文芸雑誌「文学北都」が創刊されている。

さらにもう一誌、一九五七年には詩誌「詩人」が発行されたと思われる。編集発行人は庭野行雄である。五月刊の二号が手元にはある。庭野が戦後十年の自らの軌跡を跡付けるために創刊した詩誌とみる。執筆者は、

国枝千枝、有馬明彦、庭野行雄、蕪木錬、滝沢政治[16]

の五人。

おそらく庭野が交流する新旧の詩人達である。庭野は「手帖から」で「「詩人」は改題を重ねてきたような気がする。ほんとうは十五号位になる。」と自らが関わった詩誌の号数を数えている。確かに詩誌「知性詩」・「骨の火」など庭野が編集に関わった詩誌は、この「詩人」で十五冊目にあたる。

こうした庭野の詩的活動はやがて「文学北都」へと集中していく。この時期の庭野は「文学北都」を経済的にまた編集企画を支えた、繊維産業の「滝文工業」系の撚糸工場で働いている。「文学北都」での庭野の作品は、彼の求めたモダニズム、「シウルリアリズム」の結晶と完成期であったと思われる。第五号「ある時間」、第七号「雨季」、第八号「森のなかで」。一九五九（昭和三十四）年二月に刊行された「文学北都」第八号は、掲載詩人の人数が最多となっていて、

須藤茂一、庭野行雄、福島健文、星野元一、石川悟、鈴木昭吉、川上雪子

と七人の詩作品が掲載されている。

庭野はさらに第九号には「在りし日の」を、第十号には「エチユウド」、一九六〇（昭和三十五）年六月一日刊の第十一号には「永遠の遍歴の旅へ」を発表している。「永遠の遍歴の旅へ」を一部引く。

序詞

もえるのだ
遠くアドリアの海の落日
すみれいろの幻影に
1

雨は旅舎の鎧扉をぬらす
黄金色《きんいろ》の鶴の噴水は夜もすがら咽んだ
故郷の空に向つて
羽搏く形のままで

2
その以前
まどろすだつた美少年
一枚のふおとと
石膏のとるそおを
なごりの人にはなむけて
蘇える海峡をすべり出す

3
はかない夜明け
白い陶器の壺と
かれんだあのある食卓
亡命詩人と
喪服の僧侶との
奇妙ないきさつを物語る
すらぶ生れの火夫の
声の淋しかつたこと

（4連～25連略）

26
また旅へ
アドリアの海の牧人の笛
あまりりすの花の咲く野へ
原生の麦の生命は美しくつよい
古代の葦がそよぎ
幾千年の石像が埋れている
そこで何を考えるのか
永遠の風の吹くなかで

1960.2.10

庭野は「知的な高度な技巧で人生の詠嘆の影を和らげようと努力」[17]し、ぎりぎりのところで「人生への詠嘆調」に崩れるのを防いでいる。ギリシヤを連想させる言葉を散りばめ、〝まどろすだつた美少年〟と海と海軍への憧れに自己陶酔し、〝すらぶ生れの火夫の〟と当時の生活の一端を溶け込ませている。庭野は当時、撚糸工場のボイラーマンの仕事に従事していた。故郷十日町でまさに水を得た魚のように、詩人庭野行雄と〝永遠の旅人〟を一体化した〝幻影〟の庭野行雄を抒情している。詩に賭けた庭野のひたぶるな詩精神を思わないではいられない。庭野は一九七三（昭和四十八）年八月に詩集『望郷』を編んでいる。この「永遠の遍歴の旅へ」を含む「文学北都」に掲載した詩をすべて収録している。詳細はその章で述べることとする。

　庭野行雄は一九六〇年十二月刊の第十二号には詩「ボヘミヤン哀歌」を載せ、同人となり名簿にその名を残している。しかしそれ以降の「文学北都」には作品を発表していない。

「文学北都」は一九六〇年一月刊は「文学北都第十号記念増大号」としている。この号には第九号で「作品募集」し、選ばれた三人の詩が掲載されている。新人発掘と考えられる。第九号に載る「作品募集について」は、

　文学北都は異色ある同人誌として夙にその存在も確認され、活動の基礎も漸く定着して参りましたので、第10号発行を記念し、地方に於いて文学に精進する同志に誌面を提供する意味から、広く品作《ママ》を募ることとなりました。

と、告知し、

　1　作品は創作・文芸評論・詩の3種類とし、未発表のものであることを要します。

　2　枚数は400字詰原稿用紙30枚以内。（但し詩は1編30行以内）

等の要旨を周知させている。受賞作と作者名は「文学北都第十号記念増大号」に発表された。次の通りである。

創作「或る過失」渡辺　俊夫（見附市新町）
詩「クレムリンの夢」笛木　利忠（見附市）
「二月の樹」五十川庚平（川西町）
「寮の女」庭野　儀一（十日町市中条）

　渡辺俊夫は六十年代後半には文芸雑誌「北方文学」の有力な書き手として小説を発表している。笛木利忠は見附市で様々な詩誌を創刊し、関根弘らと親交を結び詩的イベントを手掛け、後に東京で土曜美術社を設立し、詩の雑誌「詩と思想」を創刊、日本の詩的ジャーナリズムの一角で活躍することになる。五十川庚平はこれ以降新潟の詩誌に良質な抒情詩を書き続けた。庭野儀一の詳細は詳らかにしない。

　一九六〇年六月刊の第十一号には新潟市で活躍する小林清一郎が詩「信州」を載せている。詩誌「海底」の項

で詩誌「慈眼」廃刊以降沈黙していた小林の復帰を伝えたところであるが、「文学北都」への登場には小林の詩人としての決意が表されている。

小林の「文学北都」への参加と直接関連があるのかどうかは判然としないが、同第十一号には新潟県全域を網羅する文化的動向として「新潟県同人雑誌連盟」の発足を伝えている。結成日時は明示されてはいないが、

> 新潟県における小説文学の興隆と発展をめざし、今回新潟県同人雑誌連盟が結成された。連盟事務局は新津市駅前新津文化団体協議会内に置かれる（後略）

とし、連盟小説賞の授与や県内外同人雑誌（文学団体）の交流等の事業を行うと予告がなされている。次の六つの同人雑誌から「二名宛の委員」を選び、会の運営にあたるとして、

> 文学北都、北日本文学、笛、新潟文学、新鉄文学、北潮

の六誌の名が挙げられている。笛、新鉄文学、北潮の三誌は未見である。

「文学北都」からは野本郁太郎が常任委員として、田村喜一が委員として選ばれている。新潟県同人雑誌連盟は小説を主体にした組織のようで、同人詩誌へは波及していない。その中で「新潟県同人雑誌連盟小説賞受賞規定」の連盟小説賞の選衡委員の顔ぶれを紹介しておく。

> 作家松岡譲、新大人文学部助教授伊狩章、新潟日報学芸部長伊藤哲彌、新津文化団体協議会顧問中村海八郎、県社会教育委員・作家桑原貞子

の五人。当時の新潟県を代表する文学者、文学理解者を集めたと認められる。

連盟を構成した新潟大学の文芸クラブの発行する「新潟文学」は、一九六〇年代の詩界を積極的に領導する多くの詩人たちを輩出することになる。

「文学北都」は十日町市という地域の文化的経済的発展を担う雑誌として出発しながら、日本の高度成長期と足並みをそろえるように〝文学的〟成長を遂げてゆく。第十二号以降は次章にのべることとする。

⑤ 文芸誌「野火」・詩誌「プリズム」・「波紋」の創刊

戦後十年で興隆期に入った繊維産業を支えたのは、多くは繊維工業の労働者としての青年婦女子であった。昔の〝女工哀史〟の時代とは違い、労働環境や生活環境は変化を遂げていただろう。その一つの現れが女性労働者の文学への関心だった。十日町市周辺の詩を巡るカオス状態を一つの結果へ導く動きとして、文芸誌「野火」・詩誌「プリズム」・「波紋」が創刊される。繊維労働者のサークル誌の誕生である。文芸誌「野火」から見てゆく。

一九五六（昭和三十一）年に十日町青年学級文学鑑賞野火発行所から、大平貞治（志麻圭）を発行編集責任者とする雑誌「野火」が創刊される。〝十日町青年学級文学鑑賞〟と四号の発行所住所が〝十日町市公民館内〟とあることから、行政の主管する文学講座の受講生による集りと推察している。創刊を一九五六年としたのは、第二号の発行日付の一九五六年十二月と四号の発行日付の一九五七年八月とあることからの推定である。

第二号の巻頭言で大平は、

スケールは小さくともよいし、又私小説でもよいし、私達の生活と感情に直接結びついているものだつてよいと思う。私達の能力は弱いし、初歩の人達ばかりなんだから、背伸びなどしないで与えられた才能で勉強したいと思う。

と、素朴な心情を吐露している。後記では「いかに未熟な私達が出している「文学雑誌」であつても、未熟なるが故に必死なものである。（しらい）」と文学への熱情を語っている。四号には十二人の同人名簿が記載されている。

今井玲子（押木ムツ子）、雲野武雄、岡田幸三、金井和子、河田清子（阿部加代）、白井清、志麻圭（大平貞治）、多田秋（高橋アキ子）、高橋了（高橋則子）、服部朝子、樋口清江、本田幸介（関口民治）

（カッコ内は本名）

小説、散文、詩を志した雑誌の性格が伝わって来る。四号に詩を寄せたのは、金井和子、雲野武雄、樋口清江、白井清、野本郁太郎の五名である。この「野火」が何号まで発行され続けたかは分からない。「文学北都」では小説を書きつづけた野本郁太郎と「野火」の関係は、指導者―先生として招かれたものと考えられる。

「プリズム」創刊号表紙

詩誌「プリズム」は一九五七年六月一日に創刊された。編集者は金子雄人、発行所が「繊労文芸詩の集い」となっている。後記の署名は〝繊労詩の集い係〟となっている。「プリズム」の二つの方向が見られる。

　繊労と言う一つの組織体の中にあって、組織体の流れだけにとらわれることなく、（中略）我々のあらゆる生活の感情を美しく詩的に浄化して人生を豊かに導く道程の記録として発刊された。

と、一つは繊維労働組合の中から、生活向上の精神から生み出された点と、もう一つは「美しく詩的に浄化して人生を豊かに導く」記録としての発刊であるとしている。

　詩作の指導者として、「月例の詩の集いに於て、庭野行雄氏の指導のもとに活発な論議が展開されて来た。（後略）」と報告されている。詩誌「前衛詩人」の金子と庭野が、「文学と政治」の問題を内省化しながら、繊維労働者の希望する詩誌発刊の努力をしてきたことが窺われる。庭野は「「プリズム」発刊に当りて」で「プリズム」誕生を祝し、日本の詩が「近代の生活様式が複雑多岐となり、職業は分業化され、智識は高次元となり、感覚は分裂的となった」現在、「プリズム」誌上で「個性を磨き、感覚を尖鋭とし、文字（言葉）を選択し、美しい詩を書き上げて頂きたい。」とエールを送っている。庭野のこうした詩への認識と要求は、繊維労働者として働きながら詩作する若い詩人たちの精神に力強く響いたことだろう。復興期の時代相に「シウルリアリズム」を標榜しながら、一方で繊維労働者の一員である庭野の視線は、若い女性繊維労働者の未来への希望と情熱の視線とに交叉していたに違いない。創刊号に詩を載せたのは、

　庭野行雄、阿部勝子、金子雄人、川上由樹子、村山智恵子、樋口清美、阿部鈴江、長谷川シズ、中山武夫、金子ミイ、服部タミ、阿部重子、矢口太一、小宮山真

樹、佐伯二郎の十五名。

巻末に置かれた金子雄人の詩〝プリズム〟を引く。

ぼくらの
あらゆる希望と憧れの執着で
透明な水滴の相剋から生れた
プリズムの鮮光は
重心もなく
揺れ続けている大地の底に
虹を捉えていた

「希望と憧れ」と労働の汗との「相剋」をプリズムする詩は、未来への虹の架け橋となるとの金子の願いが心地よく伝わってくる。「プリズム」は毎月〝織労広間〟で〝詩の集い〟という勉強会を開催していた。一九五七年八月に発刊された二号で「詩の集い紹介」が載せられている。それによると詩を巡る論議を交わし、「各自持参の作品の朗読が庭野先生により行われ、批評が加えられた。」とある。また一作五分で詩を書かせる指導をしている。現在でも十分興味深い指導方法である。二号での課題は「光」「盛夏」の二題。その一篇〝盛夏〟を引く。

風にただよう
夏みかんの感触
ダリヤの炎が燃える午後
一匹の犬が
舗道から
どこかへ　姿を消した

誰の作品であるかは分からないが、五分という時間で炎暑の景の切り取り方は尖鋭で鮮やかである。

詩誌「プリズム」を発行する「織労詩の集い」は、十日町市地域の繊維労働者の組織である〝繊維労働組合〟の組合員が主体と思われる。職場は各繊維会社に分かれていて、金子は〝織労詩人〟という言い方をしている。一九五七年十一月刊の三号後記に、「関芳地区の織労文芸編集委員長である関口祐信氏から批評をご寄稿願いました」とあることから、地域・会社・職場単位でもサークル誌があったことが理解される。そして同じ後記には、「滝文地区に「女性ペン同人」が結成された」との言及がある。「滝文工業株式会社」は当時十日町市の繊維織物会社の最大手の会社であった。詩誌「プリズム」が何号で終刊したかは確認できないが、一九五八年三月に四号を発刊している。

⑥　詩誌「波紋」創刊

「波紋」創刊号表紙

「プリズム」三号で紹介されていた滝文地区の「女性ペン同人」が、詩誌「波紋」を創刊する主体となっている。「プリズム」からの分離独立ということだろうか。創刊号には奥付けが無く、発行日を特定することはできない。「創刊に当りて」を川上雪子（川上由紀子）が書いている。創刊に至る心情を分析して、「青春のエネルギー」と「ムコオミズ」から、

ここに小さな私達のグループ「波紋」が出来、最初の企てとして文集「波紋」を発行致しました。（中略）文を綴ると言う事によつてうそやオテイサイを捨てた正直な自分の気持を吐き出してみましょう。心の奥で希つている本当の想いを打明けてみましょう。そうした事によつて、私達の青春を自分でしつかりとたしかめてみましょう。と言う事からこの文集を企ててみたのであります。

と率直なあまりにも率直で純朴な詩と青春への憧れを語っている。詩への初発の意志として忘れてはならない精神の希求の姿でもある。同人は、

阿部鈴江、阿部紀子、川上雪子、波間菊野、樋口清江、村山アサノ

の六名。

蕪木（川上）雪子氏[18]から頂いた詩誌「波紋」に印刷掲載された〝同人名簿〟の後に、鉛筆書きで〝阿部勝子、村山ヨネ子、俵山ツル子〟の名が記されている。

編集後記を波間菊野が記している。その文中で「波紋創刊に当り詩の先輩金子雄人氏にいろいろ御世話になつ

ている。感謝致します。」としている。金子は賛助作品として詩「秋の薄暮」を掲載している。

「女性ペン同人」の同人の関係をみながら、当時の十日町市周辺の詩への指向性を考えてみる。「プリズム」に詩を発表してきたのは、阿部鈴江、阿部紀子、川上雪子（川上由紀子）の三人。

樋口清江は雑誌「野火」に作品を発表している。そして私の手元に「なんばん」という詩誌の三号がある。B6判横綴じ三十三頁のガリ版刷りの詩誌であるが、奥付けが無いので編集責任者、発行年月日などは皆目わからない。十四人が詩を掲載している中で、樋口きよい名があり、ガリ版訂正の跡が写り残っていて「きよえ」の「え」を消して「い」に変えている。越後弁の「い」と「え」の判別未分化からと考えて、私は「なんばん」の樋口きよいは樋口清江と同一人物ではないかと考えている。「波紋」三号まで樋口清江としながら、四号から樋口きよいとしていることからも同一人物と推定できる。ただ「プリズム」の樋口清美との関係は分からない。「波紋」三号の巻頭言としての樋口清江の詩を引く。

夜業の終りに
織姫が落した溜息が
機町の朝露だつた
再び織物工場のガラス窓に
新しいベルトのうなりが聞える頃
その玉は
光の中に宝石となつた

自然や草花の像から命の源を抒情する視線を優しく持っている樋口の詩としては、自らの労働の一区切りを静かに見つめ未来を信じる姿が美しい。

こうした幾つかのサークル誌に加わっていた女性たちが、「プリズム」に触発されて自らが主体となった詩誌を持ちたいと願っての出発であったことが想像される。奥付け表記がなされたり欠如していたりする詩誌であるために、発行年月日からの詩史的追求に不便をきたす。第三号の発行年月日は一九五八（昭和三十三）年八月十三日とあり、発行所は新潟県十日町市滝文工業会社内滝文ペン同人となっている。編集後記で「川上雪子さんが高橋奨励賞受賞と共に同人の意気は増々力づけられて来たように見える。」と阿部鈴江が伝えている。しかし第四号は一九六〇（昭和三十五）年四月十五日と一年八ヶ月と年月をおいての発行で、編集責任者は波間菊野、発行所は新潟県十日町市東一の「波紋の会」となっている。
「後記」で波間は次のように伝えている。

思うことあつて滝文同人を改めて、現在詩を書く女性だけの集いと致しました。

三号に載る川上雪子の「暗い空」を引く。

貧しい夕餉のあとの
でも満ちたりた心で
星の輝く空を眺めているのだけれど
遠い山脈の上は不気味に暗い
この空の果で
何が起つたか
今朝のラジオで
私は知つてしまつた
「エニウエクト環礁では今までにない最大の水爆実験
が行われました」
アナウンサーの声は無表情だつた
世界中の反対を押し切つて
何故原水爆実験は続けられているのだろうか
もしピカソの絵の女のように
私の眼玉が引きさかれたら
もしもこの私が
一つ目や脳のない子供を生んだとしたらば

遠い太平洋のサンゴ礁で爆発した
巨大なキノコ型雲が
ゆつくりと私達の方へと広がつて来る
遠くではしきりと雷鳴がする
星の輝くこの初夏の夜を
私は憎しみをこめてみつめている

―三十三年六月―

東西冷戦下で強行され続けていた原水爆実験への抗議であり、母性を通じた社会意識から、異議を申したてる詩となっている。

詩誌「波紋」の女性詩人は二十代前半の織物工場労働者であった。一九六〇年以降は四冊の発行がなされているが、最終号は何号かは分からない。九号の奥付けも無く、発行年月日は確定できない。編集後記を徳永ミネが書いており、「十号記念として、もう一まわり大きな波紋がよびおこせるよう、がんばりたいと思います。」とある。九号に載る同人は創刊号より増えて、相沢鈴江、伊藤公、川上雪子、小海和子、小海幸枝、関谷美恵子、俵山ツル子、徳永ミネ、根津洋子、浪間キクノ、長谷川誓子、樋口キヨイ、村山律子、柳久枝の、十四名を数えている。

詩誌「プリズム」と「波紋」から生れた詩集が二冊確認できる。根津洋子の『風の渚』と柳シズ（長谷川シズ）の『残雪』である。根津洋子の『風の渚』は、一九七一（昭和四十六）年九月に「妻有叢書No.2」として刊行されている。序を高橋正治[19]が書いている。「早くから織労文芸に書き、「波紋」同人であった。「波紋」に寄せた作品は、高橋正治文学賞の奨励賞となった。」と根津を紹介している。「波紋」九号目までの発行の内二、六、七号の欠落があるのでどの作品が奨励賞を得たのか分からない。

柳シズ（長谷川シズ）の『残雪』は、結婚して東京で生活するようになってからも、生活の糧として「プリズム」で習得した詩を書き続けている作品を集めた詩集で、一九七三（昭和四十八）年八月に刊行している。発行者は庭野行雄で、序「柳シズ詩集によせて」で、「柳シズさんは十日町市に生まれ育ち、昭和三十二年頃、私が織労文芸の詩の選者となってから師事してくれて早いもので十六年の歳月が過ぎた。」と柳の紹介と懐旧談を語っている。

8　糸魚川市の詩誌「切点」を巡って

①　詩誌「切点」三号に現れた糸魚川市の詩活動

口語自由詩を提唱し、早稲田大学の校歌の作詞者として知られる相馬御風（一八八二・七・十〜一九五〇・五・八）を生んだ糸魚川市。私の資料探索の手の届かない地域ではあるが、一九五八（昭和三十三）年に詩と批評誌「切点」が創刊されている。三号の後記で宮島一清は「一九五八年も一カ月足らずで終ろうとしている。当詩《ママ》も本年五月に発刊して以来、骨折した病人のような歩み方で三号に至つた。」と書いていることから、創刊は一九五八年五月と考えて良いだろう。

「切点」三号の発刊日付けは一九五八（昭和三十三）年十二月一日となっている。編集者は高橋亨、編集発行者は宮島一清。発行所は新潟県糸魚川市寺島一〇一三の点描詩社となっている。点描詩社の住所は、宮島一清の住

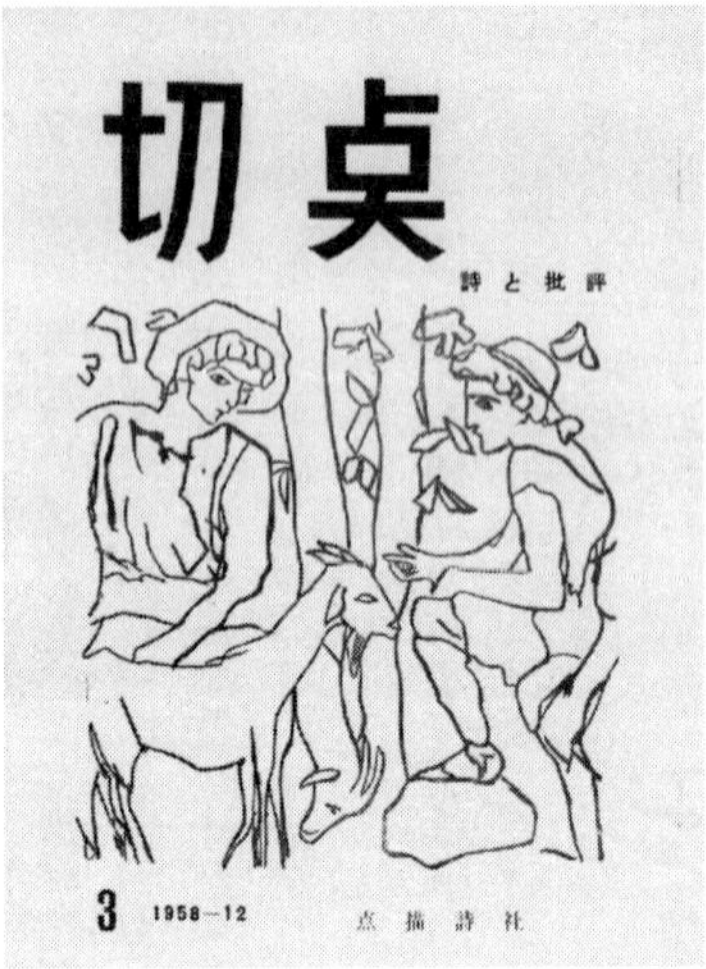

「切点」3号表紙

所と同じである。三号の執筆者は

藤井薫、宮島一清、高橋亨、石沢比呂詩

の四名。

十三か条の〝同人及び会員規定〟が掲載されているが、同人及び会員の動静は不明である。宮島は詩四篇と同人手帳、後記を書いており、実務上の編集発行責任者であったと思われる。高橋亨は第二章で述べた詩誌「ブイ」の同人でもあり、詩作上の先達と考えられる。詩を発表している藤井薫の消息は不明である。

そうした中で石沢比呂詩は〝あしあと〟という欄で「糸魚川を訪れた三人の詩人」を書き、糸魚川市周辺の昭和初期からの詩史的な概観を素描している。「筆者略歴」には昭和初期からの詩誌名が記された貴重なものとなっている。

「糸魚川を訪れた三人の詩人」とは、福士幸次郎、野口雨情、堀口大学の三人である。一九三三（昭和八）年五月から一九五〇（昭和二十五）年五月の相馬御風葬儀の日までの回想として語られている。石沢比呂詩は「筆者略歴」によれば、「当年五十才」とあるから、一九〇八年生まれと思われる。文章は次のように始められる。

昭和初期〝詩〟が文壇の一角に確固たる地位を占めていた時代—統一詩誌〝日本詩人〟をピラミッドの頂点として数多くの群雄詩人は各々個人詩誌を抱持して、それに中央、地方の若い詩人がそれぞれ集結されて華々しい詩運動を展開していた頃、憶えば懐かしく、日本の自由詩史の上に於いては輝やかしい時代であった。

と日本の近・現代詩の黎明期への評価と回顧が語られる。

そうした雰囲気の中の福士幸次郎のエピソードを紹介する。「昭和八年の五月初旬であつた。放浪の詩人と謂はれた福士幸次郎が突然筆者の草屋を訪ねられた。」という。その前触れとして「高田市で〝上越詩人連盟〟[20]の集合があって、(中略)村松苦行林、岡田久弥等を中心に七八人で一杯やって」いる時に「福士さんが姿を現はし」て、その後日さしたる約束もしないのに石沢宅を訪ねて来たというのだ。福士はそのまま糸魚川の旅館に宿泊代も払わず五十日ほど滞在したという。宿泊代は室生犀星に「金の助力を乞」い、送金してもらったという。満州事変と左翼マルクス主義者への弾圧が過酷化している時代相からして、一方では日中戦争までの一瞬の平穏な日本国内の姿と言えるのだろう。現在の詩人の交友、交流はこのエピソードから顧みてどうなんだろうと考えこんでしまう。福士のエピソードの他に、「上越詩人連盟」の様子が垣間見られ興味深いものがある。石沢の「筆者略歴」は糸魚川市の近・現代詩を物語っているので紹介する。

昭和二年詩誌「姫川」を創刊、二年後廃刊、同四年「北星」を創刊。そのかたわら「曙光」「静寂」「木理」同人。その三誌が統合され「地平線」が生れ、その同人となる。昭和七年から一カ年月刊として上越詩人連盟の「上越詩人」発刊筆者も同人として活躍。

ここで記される石沢が創刊したり、関わったいずれの詩誌も私は未見である。昭和二年の詩誌「姫川」創刊の事実は、新潟県全体で口語自由詩の高まりがあったことを物語る。新潟県の近・現代詩の黎明期は、全県的な動きであったことが分かる。すなわち、新潟市の「新年」「月の葉」「渺」、高田市(現上越市)の「虚」、直江津町(現上越市)の「榾火」、小千谷町(現小千谷市)の「詩響」、南魚沼郡の「無花果」と連なる動きである。[21]また詩誌「地平線」は浅井十三郎が、一九四三(昭和十七)年に刊行した『新潟県文芸年鑑』の「新潟縣詩運動覺書」に伝える、「長岡に於ける〝地平線〟」と同じものかどうか。石沢比呂詩の研究と糸魚川地方の詩誌の確認及び発掘が待たれる。

②　宮島一清と詩集『幻の馬』

詩誌「切点」の編集責任者の宮島一清(一九三五・一・二〜一九九五(?)[22])は、青土社から詩集『幻の馬』を発刊している。一九七七(昭和五十二)年一月二日付けの詩集で、宮島四十二歳の誕生日の出版ということになる。宮島の略歴を詩集の「あとがき」から拾ってみるこ

『幻の馬』中扉
挿画／冬島大二郎

とにする。一九三五年一月二日に糸魚川市で生まれ、一九五八年五月、二十三歳の時に詩誌「切点」を創刊する。その翌年「二十四歳東京へ出奔」し、詩誌「貘」の同人に加えてもらったという。その後東京で詩誌「「合流」を創刊、「蒼茫」「獣」」同人となり作品を発表し続けてきた。その中から作品を選択して、詩集『幻の馬』を編集し発行している。詩「漂流船」を引く。

わたしもやはり
帰らなければならぬ船
精算し終ってない悔恨
過去のさまざまな出来事を
重たく引きずったまま……
ひたひた押し寄せることばの潮
腕をのばし錨を引き上げることは止そう
詩人はことばの属性であるように
碇泊のときだけでも　わたしは
流れにさからっていたい

空と　水平線の境界が
定かでない所在にいては
破れた地図を拡げても
いかなる挿話も旗も
いかなる言葉も閲歴も役には立たぬ

〈叫びは　言葉ではない
意識は　実在ではない
愛は　魂ではない
全てを忘れたこころこそ
言葉を埋葬する柩だ〉

いまわたしに判るような気がするのは
これだけだ　しかし

コンパスにはならぬ
夜が明けぬ前に帰らなければならぬ
嵐がやって来ないあいだに
自分自身を見失う少し前に
ああ　いったい何処がわたしの港だ

立ち去るために　わたしの
こころも影も深海へときはなし
あの見えない星のことばを
信じなければならないのか

言葉に生涯を賭けようと故郷を「出奔」した詩人の魂の震えを私は聴き取る。「生涯試行錯誤の連続であろう」と詩集に託した宮島一清の望郷の思いを顧みるのである。

尚、一九五八年六月発刊のアンソロジー『新潟詩集』に宮島も寄稿している。掲載者紹介欄で宮島の職業は〃糸魚川病院細菌病理研究室技師〃と記されている。

9　詩誌「アンテナ」を巡って

十日町市周辺の詩文学の隆盛と糸魚川市の詩誌の動向を見てきた。新潟市ではどんな状況であろうか。戦争期から敗戦期の混乱を生き抜いてきた詩人たちは、詩誌「海底」に寄り詩的営為を持続させていることは既に述べた。戦後すぐに詩を志した詩人たちは、詩誌「造型（DA）」に拠りそれぞれの詩精神を発揮している。そうした中で〃第三期の詩人〃と目される詩人たちが登場してくる。詩誌「アンテナ」、「波」、「猟」の詩人たちである。各詩誌を概観してみる。

詩誌「アンテナ」の概観は難しい。新潟県の詩史に、あるモメントを刻んだ詩誌であったと私は考えている。一九五七（昭和三十二）年二月刊の「造型」第十二集で前田は、

◇新潟にも若い詩人たちの集りが幾つか出来はじめた。地元の新聞やラジオの詩の投稿者が増えるに従つて、自然と仲間が呼びかけ合つて誕生するのだが、（中略）自らの産声を上げはじめる。これらの若い精神の所有者たちによつて、どんな冒険がはじまるか、僕はひそかにその期待にかられるのだが、まだまだその芽生えを確実に感じさせるものは見当らない。

と、当時の実情と彼自身の見解を残している。

ラジオの投稿者の輪が詩誌「アンテナ」の母胎だと思われる。しかし、収集努力にもかかわらず「アンテナ」は、七・八・九号の三誌のみの収集に終わっている。

詩誌「アンテナ」とは何か？　かつてＮＨＫ新潟放送局のラジオ番組に「ラジオ文芸」[23]という番組が組まれていた。詩・短歌などの愛好者から作品を募り、選者が作品を朗読発表する番組だったようだ。発行された幾つかの詩誌の端々から読み解いていくとこの番組の詩の選者は、先の田村達爾をはじめ、田中伊左夫、高野喜久雄らが担当していたのではと推認できる。こうした番組があり公共放送で詩人が活躍できた時代があり、それは社会的要請と信頼が詩人に寄せられていたことを物語っている。収集した三誌で詩誌「アンテナ」の内容を見ておく。

一九五七年三月刊の第七号の編集は益子（庸）、発行は「アンテナ詩の会」となっている。無署名の「あとがき」ではあるが、

アンテナの会の存続が危ぶまれたにもかかわらず、ここに新しい装いをこらした雑誌を作ることが出来ましたことを皆様と共に喜びたいと思います。幸いＮＨＫ新潟放送局長の栗原氏から「あいさつ」をいただき高野先生もこの会のルネツサンスに同調され、今年の終りにはアンソロジー（年鑑）の計畫もされているなど、これからのアンテナにとつて面目躍如たるものがあります。

と、詩誌「アンテナ」の性格を余すところなく伝えている。

巻頭に載る栗原繁蔵局長の「あいさつ」で「ラジオによつて結ばれた同好の人々が「アンテナ」を発刊されるに当つて、その発展をお祈りする」として、「人々のために書け」とのはなむけの言葉を贈っている。

益子の「ルネツサンス」という言葉から、詩誌「アンテナ」は創刊から六号まで発行を続けてきて、何らかの事情か理由で行き詰まり休刊状態になっていたのを脱して、新たな旅立ちにつくことが出来たとの宣言ということができる。そしてその求心力となったのは高野喜久雄であったことが知られる。「アンテナ」七号に作品を寄せているのは、

高野喜久雄、吉田夏夫、佐々木久、柄沢侑子、山岸継之介、大橋与成、上重夏子、高橋修一、南条季夫、高山東雄、益子庸、羽田七郎、田中武、曽我陽三

の十四名。カットは金山常吉とある。

八号には野村裕子、浦沢勝、松丘まつえ、山田雅子が作品を寄せ、九号には吉田幸作、北里雅俊が作品を寄せている。詩誌「アンテナ」に寄った詩人たちの内、羽田七郎、大橋与成は後に詩集を刊行している。詩集の内容については発行年に紹介する。野村裕子は詩誌「黴花」を刊行することとなる。高野喜久雄は「アンソロジー（年鑑）の計畫」を実行し、一九五八年三月には『新潟詩集』を発行することになる。その紹介は後の項で述べる。又、七号に詩を寄せた田中武は、当時も二〇一五年現在も依然として新潟県の詩を領導するキーマンであることを示している。

詩誌「アンテナ」の創刊から六号までが未発掘であり、残念ながら現在のＮＨＫ新潟放送局には、放送していた番組「ラジオ文芸」のデータや資料は無いと、私は私自身の取材の結果そう結論付けている。いずれにしても詩誌の発掘が待たれる。

10　詩誌「波」の創刊

詩誌「波」は、一九五六（昭和三十一）年十月に創刊される。発行責任者は鶴巻和男。発行所は「波」詩の会であり、住所は新潟市山ノ下東大山町二八ノ七となっている。同人は、

谷しげ子、吉田かつじ（勝司）、鶴巻和男、武田義英、
佐藤寿平、渋谷実

の六人。

創刊号の巻頭言は詩誌「波」のマニフェスト風に、次のように宣言している。

〝詩〟とはなんであるか　我々はそれを識る途上にあ

「波」創刊号表紙

る。生活の実態において、思考の深さにおいて、我々は詩の〝必然〟を考える。この技巧的にも毛色の違つた我々の共通性は、その必然を文学として考えるところにある。

と、詩に導かれた〝必然〟を説いている。そして鶴巻和男は編集後記で詩誌「波」の由来を次のように記している。

僕等は僕等なりに微力ながらも図太く二十代を掘り下げねばならない、沈潜した思考性と、岩に叩きつけるほとばしる激情を含んだ波のような姿勢こそ僕等に最も必要な、最も大切な武器なのである。

と、二十代詩人の意気軒昂は「沈潜した思考性」への洞察を語り、翻って「ほとばしる激情」を讃えて、求めるべき詩の方向性を示している。又、吉田かつじはエッセイ「〝なぜ詩壇は孤島か〟について」を書き、鮎川信夫の考え方に共鳴している。

一九五六年十二月刊の二号で谷しげ子のエッセイ「詩へのめざめ」は、谷が自らの詩精神の深奥を探った「沈潜した思考性」に裏打ちされた詩論となっている。谷にとって詩は「最も崇高な創造という行為と、最も醜悪な、自己愛撫という行為」の二律背反の混沌とした世界だが、

それは生命に感ずる畏怖感と同じような恐怖への深い憧れのためである。怖れながら惹かれる、……

と、自らの「創造し続ける強さ」を語っている。

その谷は文中に詩人たちの会合か合評会での一風景を記録している。こうしたエピソードが綴られるのは、新潟の詩誌では珍しく、貴重なので紹介する。「怖れながら惹かれる」詩への思いを述べた後で、

こう書きながら、野村裕子さんの言葉を思い起す。「僕の詩の根底はモラルだ」とおつしやつた田中單之さんに向つて、眼鏡の奥の瞳を瞬いて問われた野村さんの言葉「天使が欲しいとお思いになつたことはありません?」天使が欲しいと思う心、それは、恐怖への憧れで片陰りした一面をもつ私の心の他の一面でもある。

田中単之と野村裕子の問答の展開がどうなったかは記されてはいないが、このような会話がなされた会合はどのような会合だったかと想像するのである。谷しげ子は

病のため夭折したと聞く。その消息の詳細は不明である。

鶴巻は「詩と詩人」への投稿者でもあった。鶴巻が「詩と詩人」の〝自由市民〟欄に投稿し、浅井と向井孝の選考で二度掲載されている。一九五二年三月刊の第一〇九集に一篇と同年四月刊の第一一〇集に二篇の三篇が掲載されている。第一〇九集の編集後記で浅井は「鶴巻も仲々いい素質をもつている一層努力してほしい。」との言葉を記し、〝自由市民寸評〟でも「西内鶴巻両君一人わ百姓一人わ工場労仂者ともに批評眼をもつてみているすなおさわ大切にすべきことである。」との評価をしている。

詩誌「波」が何号まで刊行されたかは分からない。鶴巻和男の田中武宛書簡では、三号を出し、四号への原稿依頼をしている。鶴巻と田中は投稿雑誌「文章倶樂部」(24)への投稿時期を同じくしている。二人は一九五五年前後の「文章倶樂部」で競うように特選入選を果たしている。鶴巻は「文章倶樂部」の一九五五年三月号では、詩「主題」が特選に選ばれている。選者は鮎川信夫と谷川俊太郎。「主題」を引く。

手下げかごへ
小石を投げないでくれ
その中へ
コークスがらをぎつしり入れてやつてくれ
慌てて逃げて行つた女は
そのうち戻つてくるだろうに

絶え間なく工場の裏へ忍んでくる女に
俺達は悲しんでやろう
なぜ盗まなければならないかを
そして
俺達は考えてみよう
何が　誰が　そうさせたかを
　　そこに俺達の
今日の主題がひそんでいるのだ
ひ乾いた主題がころがつているのだ

もしあの女が
俺達身内の者であつたなら……
（いやがては
あの女のようになるかも知れない
工員の家庭の者は――）
もう怒声はよそう
冷笑はよそう
道徳を過去へ流して

本能だけが懸命に歩いている女なのだ
そこに落ちている手拭を
木の枝へかけておいてくれ
すり減つた下駄を
よせておいてくれ

谷川は、

技術的には粗雑なところもあると思うんですけど、この作者がこういう詩を書いたひとつの必然性が、作者の強い感動に支えられていて、その力の強さによつて読む人をうちます。

と評価し、鮎川も「盗みをする女に対する作者の感情の動きは、実にヴィヴィドだと思う。」とし、「全体に生き生きしたとらえかたをしている。」と推薦している。浅井が鶴巻の視点を評価した「工場労働者」としての「批評眼」が、鮎川、谷川からも注目されている。

鶴巻は「波」二号の編集後記で浅井十三郎の訃報に触れ、

十月に、浅井十三郎氏が亡くなられた。私は、この浅井氏を、根強い思想をもつた詩人であつたと、同氏の主催していられた「詩と詩人」をみるたびに思うのである。惜しい人を亡くしたと思う。心から哀悼の意を表するものである。

と、その死を惜しみ追悼し、敬意を表している。そして詩を書く者の心構えとして、浅井十三郎の言葉を引用して、

「私は常に新人でありたい」この一言のことばの深さを考えてみることも必要があるのではなかろうか。

と、問うている。

11　詩誌「猟」の創刊

一九五九（昭和三十四）年一月に詩誌「猟」が創刊される。発行者は菅原喜四男、発行所は〝猟の会編集部〟となっており、住所は新潟市関屋県立高校前小林方となっている。創刊号の掲載同人は、

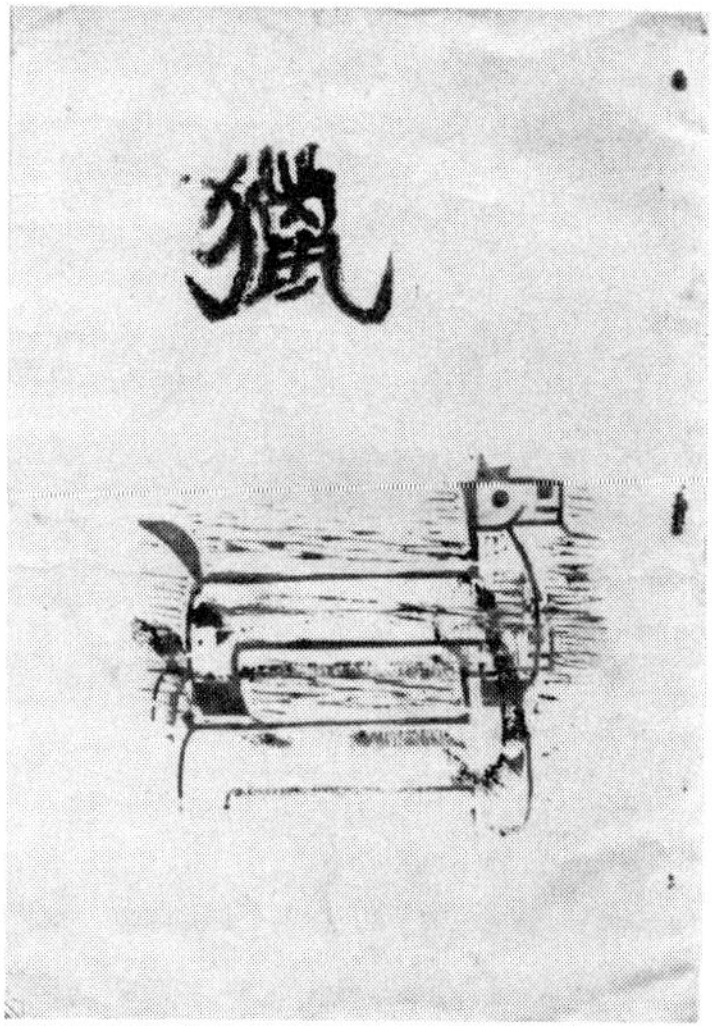

「猟」表紙

中田金吾、山口ひとよ、浅田節子、大沢澄男、菅原喜
四男
の五名。
　詩誌「猟」は月刊詩誌を目指して創刊されている。「へんしゅうノート」は匿名でSとOが書いていて、Sは菅原でOは大沢と推測される。同人間の関係を述べているので紹介しておく。Sは「大沢君とは最近夏以来の友人」で「彼は悪友なり」としている。Oは、
　中田金吾は仏文の学生で、菅原の知りあい。山口ひとよは「造型」の新人でぼくの知りあい、山口と浅田節子は親友といったぐあいで、ぼくと、編集者の菅原喜四男で一本の輪が完成する。
と五人の関係を記している。
　創刊号はB5判ガリ版印刷であるが、二号からは変形A5判タイプ印刷になっている。二号には田中武と中島ひろしが作品を寄稿している。「編集ノート」でSは「芸術的不毛の地（?）新潟に若い詩のグループとして絶えず新風を送つてゆきた《ママ》。」と詩誌「猟」の意気込みを残している。「猟」は月刊を遵守して三号を三月三十日に発行している。内藤明彦と秋山江都子の二人が同人に参加している。そして「なお次号から編集を中田、浅田の両氏と交替させて頂くことになつた。」と三号の「編集ノート」で告げている。詩誌「猟」の終刊が何号かは詳らかではない。青春期の一瞬を蜃気楼のように駆け抜けた詩誌だったのかもしれない。山口ひとよと秋山江都子の二人は、この後幾つかの詩誌に所属し、東京での活躍が見られる。同人たちにとって詩誌「猟」はそれぞれにとって、揺り籠のような詩誌だったのかも知れない。そうした詩誌「猟」に集った思いを伝える三号に載る浅田節子の「夢寝《むび》に」を引く。

何を　描き
何を　描こうとするのか
知るべくもなく
カンヴアスに
こぼれるスペクトルを
掻集め　折重ね
多彩なイメージの
耐久力テスト
可能性の探究が
残されてでもいるかの様に
光は　注ぎ
プリズムは　放ち
散懸る眠りの花粉に
酔痴れながら
夢の中の
夢を夢見て
仮寝の砂に　微睡んでいる
暗闇に
　ジヤスミンが咲匂うなら
日盛りの眩きにも
　陰りは忍寄るだろう
時偶
剝ぎ落したりしても
パレツトナイフで
引裂く勇気は
目覚めの朝まで
潜めようと云うのか

「掻集め」、「折重ね」など独特の文字使いから詩のリズムを刻んで、詩を書くことを絵を描くことに比喩し思いを巡らす、青春期の思考と試行が初々しく表現された詩である。

12　詩誌「磁場」の創刊
―長崎浩の新潟初登場と復活―

　詩誌「磁場」は一九五八（昭和三十三）年五月十日に創刊される。編集・発行人は長崎浩、発行所を新潟県村松町青鳥文庫内北越詩人会、編集所は柏崎市大久保国立新潟療養所十一の五磁場編集所としている。複雑な発行体制を敷いている。創刊の経緯を〝磁場ノート〟で長崎浩は次のように述べている。

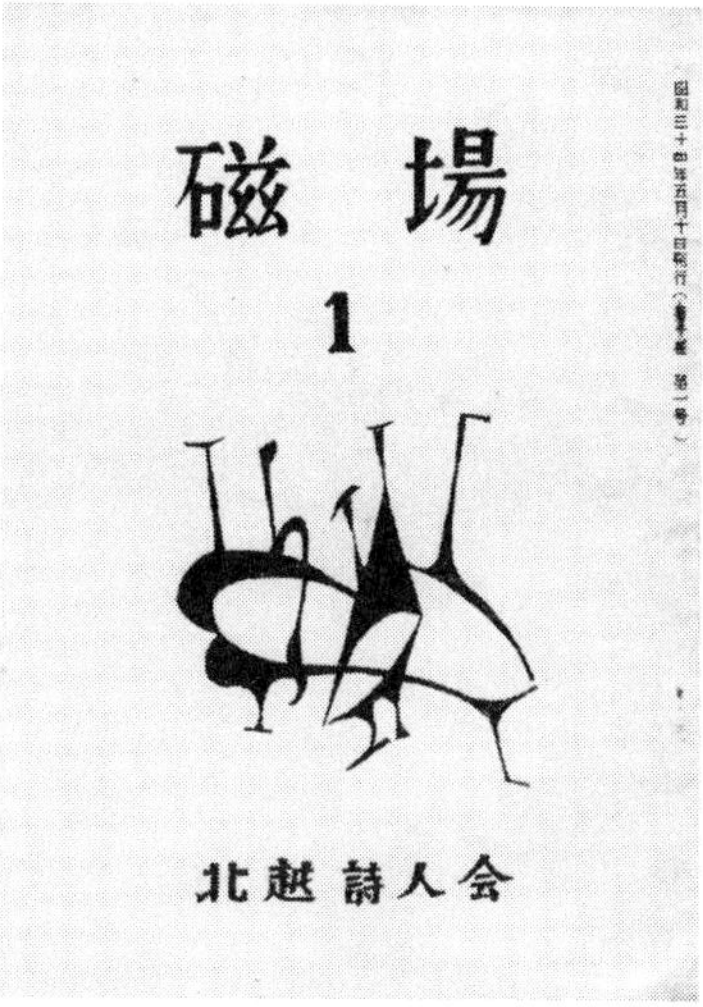

「磁場」創刊号表紙

> 昨春宿痾を治すため、この療養所へ入ってから満一年、昨夏成形手術を受けて「胸形変」を体験し、漸く回復期に向ったが、病める社会の傷口と、自分の疾患との二重の痛苦を感ずる療養生活の中で、詩は無聊のつれづれや精神的な逃避の具としてでなく、この複雑多難な時代の突端に立って生抜いてゆく積極的な精神のエネルギーとして、私達を力づけてくれるものだと思う。

と、戦後十三年の沈黙を破って長崎浩（一九〇八・十一・十～一九九一・七・二十九）(25)の詩活動への復帰宣言ともなっている。

長崎にとって詩誌の編集人として、詩活動を展開する契機ということで戦後の復帰と考える。詩誌「磁場」の編集発行は、長崎の戦前戦後を通して新潟県での初の詩誌編集発行責任者としての登場でもある。長崎自身、戦前の山形での詩誌「犀」の時代までは多くを語っている。しかし在長野時代、在台湾時代、そしてこの詩誌「磁場」発行までの二十年間は、余り語ってはいない。私は「戦争期の詩人たち(1)」で、台湾時代の長崎の業績を多少記述してきたに過ぎない。

詩誌「磁場」以前の長崎は新潟の詩人と交流するより、山形県の詩誌「犀」周辺の詩人と主に交流を続けている。これは終生変わらぬ長崎の心性と思われる。即ち、

> やがて講和条約の結ばれた翌二十八年、日本詩人クラブに入会、斎藤礼助、真壁仁らと再び詩を作るようになって詩誌「故園」を発行した。

と、坂口守二が、「随想―孤高在野の詩人・長崎浩　詩壇に足跡を残した新津の詩人」(26)で述べているように、長崎は敗戦後台湾から帰郷し新潟での生活を始めても尚、山形の詩人たちとの交流に重きを置いている。長崎にとっても新潟県の詩人にとっても、詩人長崎浩と出会う

機会はなかった。そうした情況での詩誌「磁場」の創刊である。「磁場」創刊号の作品掲載者は、

真壁仁、長崎浩、本田保、徳橋政喜、渡辺満、清野詮、竹内てるよ、清水敏子、佐藤悌三、斉藤禎子、辰喜鉄一、斉藤芳子、石黒義弘、杜俊太郎、佐藤克幸、梅田始、東海林仁朗

の十七名。

長崎の旧友関係は、本田保、真壁仁、竹内てるよの三人。参加した十三人の関係は詳らかにしないが、一九六〇年一月刊の第五号に掲載された「同人紹介」から慮ってみる。

井上長雄、本田保、清野詮、田代芙美子、斉藤禎子、徳橋政喜、渡辺満、斉藤芳子、鐏恵砂男、佐藤悌三、清水敏子、押木春子、西巻和子、小林浩子、佐野野火男、長崎浩

十六人が「同人」として紹介されている。それぞれの住所が付されていることから、長崎との関係が窺える。井上と本田は山形からの旧友関係、清野、田代は高田市在住で斎藤禎子は青梅町在住。田代芙美子は詩誌「造型」の同人でもある。徳橋、渡辺、斉藤芳子の三人は村松町在住で長崎とは同郷で同好の仲間と思われる。鐏は柏崎市で印刷関係の仕事をしている。「磁場」も鐏の手でガリ版が切られ、発行に都合が良いとの感想を長崎は述べている。鐏は詩誌「岩と詩」にも活躍の場を求めている。佐藤、清水、押木、西巻、小林、佐野の五人は、国立療養所入院者、つまり患者で〝療養所というサークル活動の場〟が「磁場」ということになる。佐野野火男は後に俳句界で頭角を現す俳人である。

なぜ細かく同人を分析したかというと詩誌「磁場」の性格を見極めるためである。それは「磁場」の軌跡は長崎の病気快癒と戦後の詩的出発の展望を方向付ける営為として見ることができるからである。すなわち長崎は「療養文芸」と「詩的現実」を同人詩誌として統一しようと試みた先に、自らの戦後の詩的世界の確立を望見している。一九五九（昭和三十四）年九月刊の三号で「磁力線●現代詩の課題」で長崎は次のように語る。療養生活者が「生の危機に触れて」、「現実の社会と別な所に小さな社会を設定しようとするような逃避として、文芸に入ってくる」が、「決して現実の危機からの脱出」はできない。「詩を書く」ことは、「危機そのものを正しく確認する場」

としなければならないと主張し、その方途として、

　われわれは個人的な内面的な心情の世界に徹すると共に、われわれが繋がつている今日の社会的な現実に眼を向けなければならない。畢竟われわれの課題は、鮎川信夫氏が言つているように、「自らの内部と外部とをいかに調整するか」ということにあるであろう。（中略）固苦しく新しい詩の動向といつたようなものを意識し過ぎて、自分の内に発酵する詩的欲求を圧縮してしまうようなことがあつてはならないと思う。

鮎川の「自らの内部と外部とをいかに調整するか」という問いを受けつつ、しかしそれを「固苦しい新しい詩の動向」とかたずけている。長崎は初期の「犀」の時代は別として、それ以降は「社会的な現実」からは目をそらし続けた詩人であるというのが私の考えである。詩誌「造型」の前田邦博らとの違いを覚える。それはさておき、この三号は、特集「平和希求特集女性詩集」と銘打って編集発行されている。編集者長崎浩の「面目躍如」が現われている。

長崎は自筆の「長崎浩年譜」で一九五九年十二月に「病気回復、療養所を退所し、帰宅」と記している。一九六〇年三月刊の第六号で「帰郷四日に迎えた正月。酒三盃、餅五きれで祝う元旦。」とあるから、退所は暮れの十二月二十九日頃ということになる。長崎の柏崎の国立新潟療養所での療養生活は、一九五八年三月から一年八ヶ月ということになる。長崎が先に示したように詩誌「磁場」の性格を〝療養文芸〟と〝詩的現実―詩芸術〟の統一に求めていたと指摘しておいた。その変更をこの六号の「磁場ノート」で主張する。

「磁場」は今まで療養所内で編集していたため、患者のサークル誌のように見られていたかもしれない。しかし「磁場」は、いわゆる療養文芸というような特殊なカテゴリーを否定する。

と、「サークル誌」や「療養文芸」を、「特殊なカテゴリー」として「否定」している。しかしそう主張しながら長崎は、一九五九年十月に刊行された[27]、日本患者同盟による全国結核療養所詩集『川を海へ』に寄稿している。長崎は自らが主張していた詩誌「磁場」のテーマを放棄している。編集発行人の住所も新潟県村松町学校町一と長崎浩宅になり、発行所も同住所の青い鳥文庫[28]内北越詩人会となっている。年譜には「療養所内に現代詩サーク

ル育成、詩誌「磁場」を発行した。」とある。

第二章で紹介したアンソロジー「渦」は、この柏崎の国立新潟療養所で長く続いてきたサークルの記念誌であった。このサークルと長崎の「磁場」は交流していたのかどうか。「磁場」誌上からは読み解くことはできなかった。

創刊から終刊第十号まで刊行された、詩誌「磁場」に詩を発表した詩人は三十六名を超えている。その内五回以上の掲載者は、

長崎浩、本田保、渡辺満、清野詮、井上長雄、鱒恵砂男、清水敏子、斉藤禎子、斉藤芳子、西巻和子、押木春子

の十一名。

創刊号から十号まで詩誌「磁場」に参加した詩人は、主宰者の長崎を除いて清水、西巻の三人である。療養所という場所がらから、病状が回復して退所する者も多いだろうから、「療養生活者には、生の危機に触れて感受性の強くなった心で感ずる現実の不安や、不平や、悲しみでの中でものを見」て、逃避的に詩を学ぶという人も居るということは容易に理解できる。第十号の消息欄で、「押木春子○今春国立新潟療養所を出て、北魚沼郡堀ノ内町竜光の自宅に帰つた。」とある。

創刊号に載る清水敏子の「白い日記」を引く。

日記のページは白いけれど
そこからは
花の匂いと水の音がする

白いページがあるように
白い私があつた
夢の中の確かさだけを握つて
やわらかな断層に沈んでいる
物語の私に
遠く花が匂い
水がひとり音たてていた。
もうすこし　もうすこし
何を願つたのだろうか。
たかぶらず静かなもののみ私を包んで
その限りなく静かなあたたかなものを
私は声をたてて吐き又吸つていた。

白いページを読みながら

私はかわらぬ水の音を聞き
　花の香りをかぐ。

明日の日が、明日の病状が分からぬ不安を〝白い日記〟と比喩し、快癒する願いと希望を〝夢の中の確かさだけを握って〟、日々をおくる療養生活を詠っている。その期待と失望を〝たかぶらず静か〟にそして〝静かなあたたかなもの〟として、日々葛藤しながらも一日の喜びを記している。

詩誌「磁場」にはいくつかの詩史的情報が記されている。第三号の消息で、鐏恵砂男は詩集『虹の輪』『雪空の下に』の著者と紹介されている。そし一九六〇年一月刊の第五号には「十一月下旬近作を集めた詩集『流木』を出版」とある。鐏が上梓した詩集の内、収集できたのは『海の輪』と『虹の輪』の二冊。第一詩集と考えられる『海の輪』を紹介する。『海の輪』は一九五七（昭和三十二）年十月刊。これまで鐏は柏崎市から発行された詩誌に登場することはなかった。詩への歩みを鐏は「日記のような気易さで」詩に向う、「そんなところに私の詩がある」と詩集のあとがきにはある。また、詩集の上梓までの思いを、「「海の虹」は三十二年七月から九月までのものから集めた。平板で深みがなく、粗雑で新鮮さが少ない」と謙虚である。「九月の海」を引く。

ただ一途《いちず》に
海を見たいと
山の娘のひたすらな願い。

大きな
母のにおいの海は
深い愁いの瞳で
うたう。

九月の海は
底知れぬ重さに
おっとりと　光りを迎える。

小さな願いも受け入れ
山の娘も抱きしめる。
あくまで大きな海。
地球に時を刻む海。

賑いの夏から人の去った淋しい海を訪れた娘の思いを、自然の海の力強い波とうねりの様に詩人は抱擁する。ソネット形式で娘と海の会話が効果的である。二十七篇から成る。B5判、四十ページ。詩集『虹の輪』は別項で紹介することとする。

第五号には清野詮と田代芙美子の二人が、「十一月十五日直江津市で開かれた中・上越詩サークル共催の現代詩研究会に出席した。」とある。この〝現代詩研究会〟がどういう内容であったか、関係者からの聞き取りは不調に終わっている。記憶が無いのである。第六号では新保啓が「詩・凝視―磁場五集評―」を書いている。詩誌「磁場」は県内の詩人たちとの交流も図っていることを伝えている。

詩誌「磁場」は一九六一（昭和三十六）年七月刊の第十号で終刊している。

13　詩誌「岩と詩」をめぐる柏崎の状況

私はこれまでの「新潟県戦後五十年詩史」で柏崎周辺の詩人の動向については、ムナガタ・ダンヤと長谷川大平（まちえ・ひらお）（一九二五・十一・二十四～二〇一一・七・十四）を中心とする詩誌活動を記録してきた。それは、長谷川大平氏とそのご遺族の協力と厚意により、多くの詩誌及び詩集の遺贈を受けた結果であり感謝するところである。

前章で触れた詩誌「北の火」と「雪国」合併以降の柏崎周辺の詩人たちの動きは見え難くなっている。志賀英夫の『戦後詩誌の系譜』の一九五七年発行詩誌として次の詩誌の紹介がなされている。

ぷりもう／新潟　2月創刊／編集発行者　景丘治弥／発行所　ぷりもう詩会／出典　JUPITER／田中正哉　田中純　景丘治弥　鐏恵砂男

一九五一年七月刊の「北の火」七号以降ムナガタと長谷川（まちえ）の活動は停滞している。それは主にまち

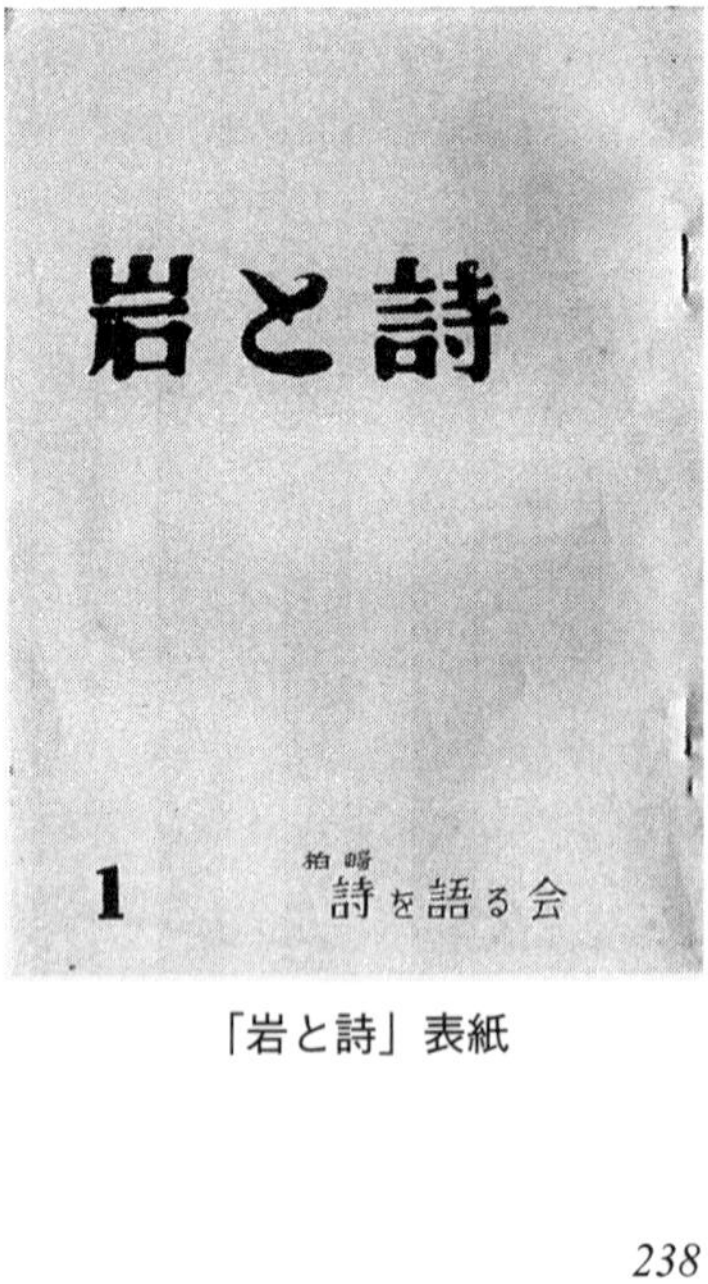

「岩と詩」表紙

えの仕事上の転勤によるものと考えられる。詩誌「岩と詩」は詩誌「ぷりもう」の景丘治弥とムナガタ、まちえが組むことで創刊される。詩誌「岩と詩」は一九五九（昭和三十四）年一月一日に創刊される。同人は、ムナガタ・ダンヤ（むながた・だんや―岡塚亮一）、かげおか・はるや（景丘治弥・江部文夫）、まちえ・ひらお（町江平夫・長谷川大平）の三人。編集者は柏崎市柳橋三区五位野方江部文夫、発行所は柏崎市本町六岡塚方「柏崎詩を語る仲ま」となっている。掲載同人は、ムナガタ・ダンヤ、かげおか・はるや、まちえ・ひらおの三人。

　創刊号に載る景丘治弥（かげおか・はるや）の紹介を兼ねて、詩「十月の海」を引く。

こどものいのちを奪い、
若い男女のボートに悪戯はたらいた
海。
今は潮騒が、
さびたのどをならし
うたをうたう。
もんどりうっている白い波は、
誰も読めない　限りない文字で、
永遠のための、
追憶をかきつゞけているのです。

3・10・1958

子供の命を奪った海は、その死を悼んで永遠に哀歌を唄い、波に追憶の文字を刻む、海と詩人が交響する叙景の詩である。

　柏崎周辺の詩人たちの動向を知る証言をまちえは残している。それはこの時代の社会的世相や文学理念の相違を映し出している。一九五九年六月刊の二号でまちえは、「わが故里のために〈準備と岩と詩のこと〉」というエッセイの中で、「昨年の暮に（一九五八年―筆者注）柏崎詩話会から「準備」の準備号が発刊された。今年へはいって準備1号、新たに「岩と詩」第一冊が共に出された。」と顧みながら、「準備の準備号にはその刊行のいきさつが記されている。」として次のように引用している。

「昨年ざこ、詩尖、年輪、ぷりもう、療養所詩話会Etc.の代表格が一堂に集りまして、夫々のモチーフやイズムはそのまゝとして超派的な地域的な同人組織を持ちたいものだと話し合い、全員快諾の上柏崎詩話会と一応呼称し、発足しました。」（私はざこの仲まとしてこの集りに出た）

詩誌「ざこ」は一九四八（昭和二十三）年創刊の詩誌であり、とうにその役割を終えた詩誌であるのにその代表格でまちえが出席していることから、あくまで概括的な分析の様には思われる。前章で触れたアンソロジー『渦』は、療養所詩話会の詩誌が「ねんりん」の三十集記念号としての発行であることから、「年輪」と療養所詩話会の関係も分かりにくい。しかし柏崎周辺での詩誌活動の様子が垣間見られる。

小異を捨てて大同についた柏崎周辺の詩人たちは柏崎詩話会を発足させた。しかしこの時詩誌発行まで同意快諾していたかどうかは分らない。詩誌「準備」と詩誌「岩と詩」の創刊がそのことを物語っている。

柏崎の詩人は筆名をひらがな書きとすることに特徴がある。そして本名の他にいくつかの筆名を使う事もある。ここではカタカナ書きの詩人ムナガタ・ダンヤは、ムナガタ・ダンヤと表記し、景丘治弥はかげおか・はるや、町江平夫はまちえ・ひらおと表記することとする。創刊号のあとがきで（大）は創刊の思いを次のように語っている。（大）名はまちえと考えて間違いないだろう。「岩と詩」では、

表現の場はどんなにたくさんあっても困らない。どういう表現がどんな躍動をするのかそこにのみ関心がある。岩と詩がまたひとつの場を提供する。

と、している。

「岩と詩」でまちえは随想を毎号書く事になる。創刊号では「自嘲は変質しうるか」と自問し、〝社会化した私〟を追求している。「自我の確立もなく、しかも不満にみちているおれ」は、「良心などくそくらえという無惨な行動力をもった仲ま」を批判的に見つめ、「おれは単なる賃金労仂者である。資本制社会の大企業は微動もしない」とする冷徹な姿勢から、「近代史」を通じて「歴史における個人の役割」を考えようとしている。一九六二年八月刊の九号まで続く「岩と詩」の一つのテーマとなっている。

さて〝柏崎詩を語る仲ま〟は、六月刊の二号に詩誌「準備」の同人でもあった五明時生が[29]、七月刊の三号に詩誌「ざこ」の同人だった古間信吉が、一九六〇年四月刊の六号には詩誌「北の火」を引き継いだ北川省一が参加する。そして現在も詩誌「タムレ」を発行して健在のまき・たかしが、一九六〇年十月刊の七号から参加している。

詩誌「岩と詩」は「六十年安保」という昭和の激動期

を挟む四年間の詩人たちの精神を色濃く反映した詩誌と言えるだろう。それを表現しているのがまちえと五明時生との論争を含む随想と、ムナガタの五号から始められる「きえてなくなれ詩と詩人」の近代詩史論である。

　まちえと五明の論争は、詩に対する考え方、姿勢を巡る相違からのもので、時代相を映す政治的なものや文化運動の方法論を巡るものではなかった。柏崎詩話会が発行する詩誌「準備」と「柏崎詩を語る仲ま」を発行所とする詩誌「岩と詩」が、論争の場であったようだが資料として「準備」が無い以上、まちえの論からその経緯をみておく。まちえと五明は共に「準備」と「岩と詩」に作品を寄せていたようだ。

　一九五九年九月刊の四号にまちえは、町江平夫名で「二・三の詩評」を掲載する。「「位置」（準備３号）という五明の詩は、たしかに詩人五明の位置を明示する。」として、五明の詩「位置」の分析から、五明の詩の「エモーション」性と「傍観」者の姿勢を看取し、「詩人五明時生への期待」を込めて批判している。同じ号に「なかむら・ときを」名で「返事」という随想が載っている。「文芸《ママ》詩を発行するから、ぼくにも、なにかかけというおおせ」に対する返信で、小市民的な自己紹介文である。「なかむら・ときを」は五明時生の変名かどうかは分からない。

　同年十二月刊の五号に載るまちえの五明に対する再批判「人間的詩論―再び五明へ―」からは、五明の他誌でのまちえへの反論の一端が読み取れる。「詩を生活の中に、生活を詩の中に昇華する努力は人間の情熱である」との五明の詩観を、まちえは「五明は人間論で応えてきた」と応じる。その五明の確信は「詩とは人間の〝おおね〟を最短距離に探求する作業だと五明の所論でいう」とあり、まちえはこの〝おおね〟をマキャベリの「人の現に生きる生き方は、そう生きるべきである生き方とは大いに異なる」を援用して、自らの詩＝芸術の基本だと主張する。すなわち「この矛盾葛藤のなかで人間の人間らしいあり方をもとめ」ることが詩＝芸術なのだと。この地点では「五明とまちえとのエスプリにはそう大きな距離がありうるはずはない」とまちえは表明している。まちえが「町江にむかって否定的批判」とする五明のものと思われる文を引用する。

　「町江が崩れることに耐えられなくて、このまままっすぐ進むならばそれは弔旗をかかげてつっぱしる怪体である。……町江は人間の俗性をその作品や理論において否定しようとする。あらゆる角度から眺めてこの態度は意味をなさない」

これに対してまちえは、「主体性においても対立相剋をたたかっていなければならない」と反論している。五明の詩の立脚点は生活に根差した感情を昇華したものであるとする。それに対してまちえは、生活の根、その俗性をも分析し、形式や方法として組織化しなければならないと主張する。

二人の論争は一九六〇年四月刊の六号に五明が、「終章―まちえひらお、に―」で終りをつげている。まちえと五明の論争は、まちえが危惧した通り「疎通の可能性」を引き出せず終っている。「モチーフやイズムはそのまゝとして超派的な地域的な同人組織」として発足した「柏崎詩話会」と「柏崎詩を語る仲ま」に流れていた違和感が二人の論争の根底には潜んでいると考えている。

こうした論争の間にまちえは一九五九（昭和三十四）年十二月に、詩集『送り火』を刊行する。

戦後にいち早く詩誌「ざこ」の発行に関わるなど、日本の戦後の復興と平和への希求を誠実に実践した詩集といえよう。生活の現実と生活を実現する平和への願いを、自立した精神で対応しようとする詩人の厳しく険しい道を歌っている。イデオロギーに安易にもたれることなく、労働組合の運動論に埋没することなく、自立した人間として理想を追求する詩人の姿を鮮明に映している。

あとがき「送り火のこと」で著者は、「米のことだけしか考えられなかつた生活、二・一スト、ベース・アップ、インフレ、ストックホルム・アピール、レッド・パージ、底深い分裂、朝鮮戦争、そして独立。こういう目まぐるしい情勢のなかで、なんというささやかな営みであつたろう」と書き記す。戦後十四年の日本の歴史を確かな手触りとして伝える詩集である。敗戦後十年目の一九五五年に書かれた詩「八月十五日」を引く。

みのむしの
あんなかすかな、
地むしの
絶えまない、
ちょうどそんな、
きこうとするものには
きこえ、
たぎるるつぼの
不安のおとが、
ふだんはあまり
大きくて、

いまは、
きこうとしなければ
耳にとどかず、
しかも
かぎりなく
暑熱をつらぬき、
つたわりつたう
ほむらのひびきに
心をすまそう。

「この作品にはまったく戦争への言及がない。しかしそれが「八月十五日」と名付けられている限りにおいて、読む者は終戦の日の詩人の感慨に思い至るのである」(30)と柴野毅実は分析している。

　年別に編集されており、一九四七年十一篇、一九五〇年十一篇、一九五二年七篇、一九五五年十一篇、一九五七年六篇の四十六篇とあとがき、ムナガタ・ダンヤの解説から成る。B６判､百七十六ページ。まちえ･ひらお（町江平夫）、本名長谷川大平は一九二五年柏崎市で生まれ、育っている。

「岩と詩」のもう一人の牽引者であるムナガタ・ダンヤは、五号から彼の詩史論を展開している。カタカナ書きのムナガタが、「岩と詩」の散文はひらがな書きにしているのが特徴である。

　わたしは、ざっと35年ばかりのあいだ、ノートに詩をかきつず《ママ》けてきた。詩を書くものとくに、35年のあいだ、かきつづけてきたもの、それは、めぐりのひとから詩人とよばれても、かえすことばのないものに、なってしまっている……

と、「きえてなくなれ詩と詩人」は書き始められる。三十五年前といえば、一九二五年、大正十四年。ムナガタの詩歴と詩史論はここでは措くこととする。

　詩誌「岩と詩」は一九六二（昭和三十七）年八月刊の九号で終刊する。九号の執筆者は、

ムナガタ・ダンヤ　カゲオカ・ハルヤ　もたい・いさむ　まちえ・ひらお　まき・たかし

の五名。

14　詩誌「新鉄詩人」の再刊と須藤善三

①　詩誌「新鉄詩人」の再刊

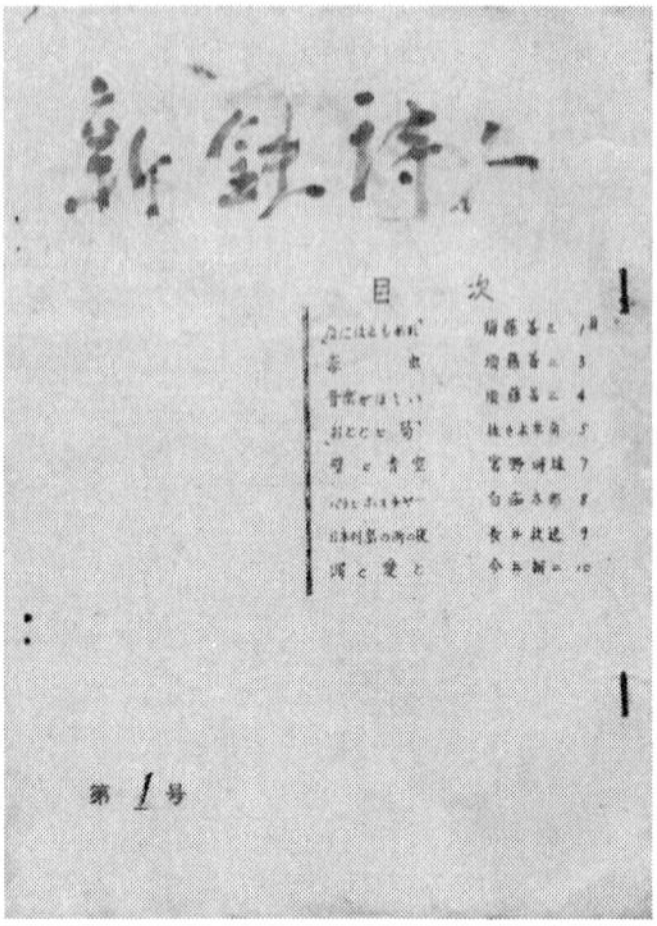

再刊「新鉄詩人」の表紙

　戦後の一九四六年から一九五〇年にかけて新潟の詩運動を領導した新鉄詩話会による「新鉄詩人」は、母体の国鉄の合理化を巡る権力との攻防で疲弊しその団結力を喪失してゆく。一九五四年九月に通巻三十三号とする「新鉄詩人」を復刊したが、一号を発行して失敗に終わっていることは既に第二章で述べてきたところである。その「新鉄詩人」が一九六〇年七月に再び発刊されることになる。この「新鉄詩人」に寄った詩人たちは「詩のなかま」や「うらぶれた海底に黄色な花が咲いたら」などに作品を発表してきている詩人たちであった。

　六年前の復刊号と今度の再刊には大きな違いがある。発行は「新鉄詩人会」と記されているが、住所表記と編集責任者の記名も無い。「国鉄詩人連盟」との結びつきを示すように、「国鉄詩人連盟の会員名簿整理のため住所を連絡してください」との告知の後に、「尚、今后国鉄詩人連盟についての取扱いは今井が行います。」としている。既に新鉄詩話会は実体を無くしていたと思われるし、「新鉄詩人」の通巻号数の記載も見られない。復刊ではなく、再刊「新鉄詩人」とみるべきだろう。再刊された「新鉄詩人」は、一九六一年六月刊の第六号まで発行されることになる。主導したのは今井朝二と須藤善三である。第一号の執筆者は、

須藤善三、佐々木卓南、宮野時雄、白痴太郎、永井秋逸、今井朝二

の六名。

須藤は第一号の巻頭エッセイで、

　もし詩人が書くことを止めれば、詩人としての機能は全く停止してしまうでしょう。ですから、何はともあれ先ず、書きつづけなければいけないと思います。

と、初心に帰ることから再出発を考えている。さらに、無署名のあとがきでは、

現代詩をどこで発見してゆくか、又勤労詩と現代詩との結びつきはどこにあるのか、深く豊かな作品をうみだしてゆきたいものです。

と、初期の「新鉄詩人」が掲げた、勤労詩と現代詩を統一するというテーマを改めて提議している。勤労者としての詩への熱意を忘れぬようにと登場したのが再刊「新鉄詩人」と思われる。

寄稿や連帯を求められたかつての誌友、田村昌由や太田清蔵らの文や詩が誌面を飾っている。しかし組織化は進まなかったのだろう。一九六一年六月刊の第六号でようやく、編集人を今井朝二と明記している。しかし発行所は〝新鉄詩話会〟の復活は無く「新鉄詩人会」のままで住所は明記されてない。原稿の送付先住所は創刊号等に載る「羽越線京ヶ瀬駅気付　京ヶ瀬線路班　今井」宛となっている。その今井が六号のあとがきで「転勤で見附線路班勤務となった」と告げている。再刊から一年続いた「新鉄詩人」はこの後発行された形跡はない。この再刊「新鉄詩人」の功績は、須藤善三と佐々木卓南（佐々木浩）の詩を開花させたことにある。須藤善三について述べておくことは、この項において無駄ではないと思われる。尚、佐々木卓南については別の項で触れることになるだろう。

②　須藤善三と遺稿集『須藤善三詩集』について

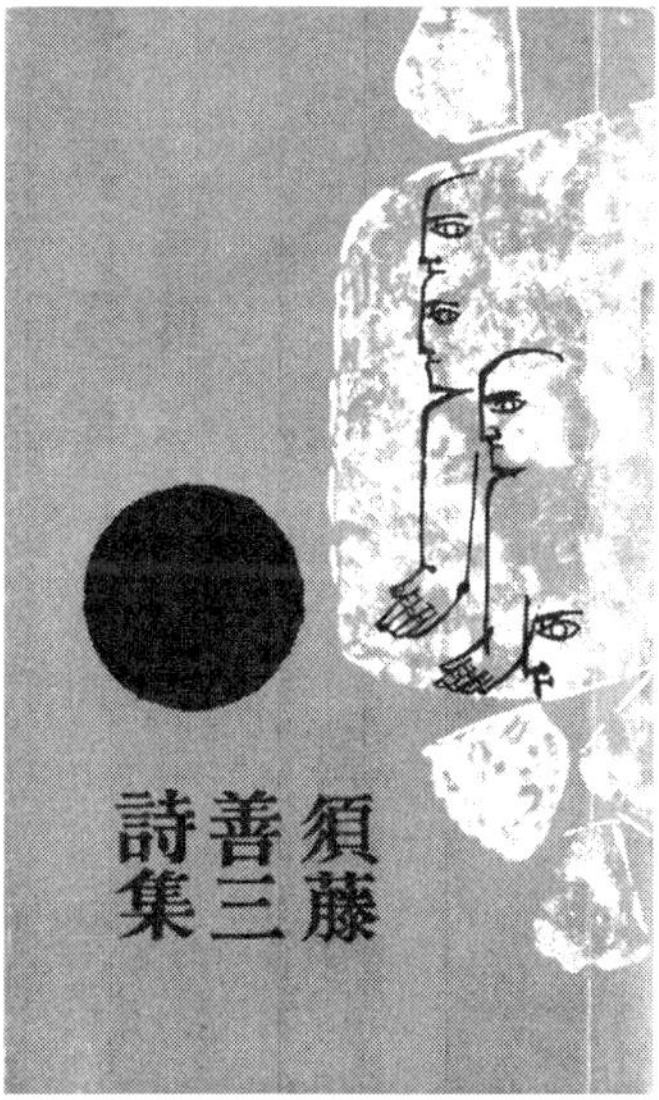

「須藤善三詩集」表紙

私は須藤善三の詩業をまとめた遺稿詩集から新潟県の戦後と戦後詩の終焉を見る思いがする。

須藤善三（一九二六・四・十四〜一九六一・十二・三十）は、一九四六（昭和二十一）年に発刊された「新鉄詩人」の創刊同人である。創刊号に詩「搬送室にて」を載せて

いる。
私の能力のすべてを盡して
漸くオッシレーターが癒つたとき
もう夕暮だつた
電源――キイを倒せ
お、　発振する　三十五KC！

（窓の下をすさまじく列車が出発してゆく）

癒つた！
癒つた！
銀色の重い図体が
バルブが……赤い三角形の鐵條は鮮明に
そしてシーンと唸る発振音に
熱狂した
オッシレーターのよろこびが聞える
（註オッシレーター　周波数発振器）

労働者の矜持、誇りに満ちた詩である。オッシレーターが「周波数発振器」と教えられても列車のどんな部分で、どんな役割を果たし、どこにある機器か私には分からない。しかし「（窓の下をすさまじく列車が出発してゆく）」の一行から、蒸気機関車であれディーゼル機関車であれ、列車を走らせるには必須の機器だと理解できる。須藤の略歴から通信機器の一つと想像できる。一人の力で、一日の労働の成果に「狂喜」し、機器〝オッシレーター〟の発振音を自らの「よろこび」とする労働者の姿がここにはある。

再刊「新鉄詩人」は、須藤晩年の詩作の場ということができる。須藤の略歴は、一九六二（昭和三十七）年二月発刊された遺稿集『須藤善三詩集』に、須藤の遺族が記した「須藤善三略歴」で知ることができる。それによると一九二六（大正十五）年四月十四日に新潟県長岡市に生まれている。一九四一（昭和十六）年四月新潟鉄道局に入り、東京鉄道講習所普通部第四会電気科を修了し、戦後は主に新潟鉄道管理局通信課に勤務している。再刊「新鉄詩人」の頃は、若年性糖尿病の治療で新潟鉄道病院に入退院を繰り返していたようである。略歴には須藤の詩歴として、「少年時代より詩作に専念し、戦後「新鉄詩人」「谺」「詩作工場」「猫族」「日本未来派」等に作品を発表。昭和二十九年「詩のなかま」に参加した。」とある。

あとがきと須藤善三略歴と三十篇から成る遺稿集『須

藤善三詩集』は、一九六二（昭和三十七）年二月十六日に発刊される。同年の四月二十日に増刷され二刷りが出ている。

編者は「須藤善三詩集」編集委員会で、今井朝二・竹内延夫・嶋悌司・富樫昭次・佐々木栄・塩谷昌一の六名で構成している。装幀は大関允良が担当している。発行者は新潟市流作場、国鉄労働組合新潟中央支部内「須藤善三詩集」刊行会。須藤善三の住所は新潟市南横堀町二九六番地本田方となっている。

詩「おとうさん・冬の朝」を子息の須藤元保が、「葉書の一節より」を妻須藤美津子が記している。そして跋文を「須藤善三と「新鉄詩人」」を今井朝二が、「高いたかい病室」を竹内延夫が、「「須藤善三」という人間」を佐々木栄がそれぞれ書いている。編集委員会の顔ぶれや跋文、そして家族の言葉を読むにつけ、須藤という詩人の暖かな人柄が偲ばれる詩集である。

詩集の前半は、妻と二人の新婚生活とつましく生きる姿を歌ってほほえましい。「石を積め」の前進する諧調は何を比喩しているのか。アメリカ帝国主義との闘いと労働者階級の解放を実践しようとする須藤が、社会主義国ソ連や北朝鮮を、余りにも理想化しすぎたきらいを、現在的には思わざるを得ない。この間の事情を今井は跋文の「須藤善三と「新鉄詩人」」次のように回顧している。

（新鉄詩人は）一九四九年国鉄の行政整理を乗り越え、三十二号まで出され、あと同人誌の形で少しはつづいたが、続くレッドパージ、朝鮮戦争などの影響もあって全くとだえてしまった。そのガリ切の大半は須藤が切ったものだった。国鉄に「新鉄詩人」があると評価された一時代があったとすれば、総べて病気をおしてガリを切った須藤に負うところが多い。

と、「新鉄詩人」あり様と須藤の素顔を伝えている。更にこうした時代相の中で詩にかけた須藤の詩と思想を、手短に明瞭に次のように評価している。一九五三年に「新鉄詩人」の復刊一号を出したが挫折した経緯を述べた後に、須藤の病状と思想の姿を示す。

須藤にとってこの十年は生死の界を浮沈する、きびしい闘いの連続であったに違いない。また須藤にとって闘病とは独占と帝国主義との闘いであったろう。庶民から人民へ、激動と分裂支配の中で、品性を鍛え、労働者階級の勝利を信じ、そのために奮闘し、生まれ変ろうした、須藤は詩人の模範であるだろう。この年再び私らは「新鉄詩人」を復刊した。

と、今井は自らの十年と重ね合わせるかのように須藤の横顔を語り評価している。

須藤が活動した「新鉄詩人」は、敗戦の混乱期から「六十年安保闘争」と言われる一九六〇年までの十五年間の時代相を映す詩誌だったと言える。戦後処理ともいえる国鉄の合理化やGHQの占領政策によって労働運動は分断され、党派イデオロギーの介入もあって詩の運動も分断される。「新鉄詩人」の創刊、復刊、再刊の歩みはそれを映し出している。

須藤は敗戦から復興期に至るまでの時代の労働者詩人として「詩人の模範」であり、一人の典型的な詩人であった。しかも須藤の詩は、独占と帝国主義との闘いを主張した多くの詩と異なりプロパガンダやスローガン化を排し、労働の現場と社会批判を豊饒な比喩に託し抒情的に表現している。一九六〇（昭和三十五）年九月刊再刊「新鉄詩人」第二号の〝須藤善三作品集〟に掲載され、遺稿集にも収録される詩「花をあつめよ」を引く。

花をあつめよ
花の激しさをあつめよ

そのものが　いかに微量であっても
それが　やがておまえの全部を支配することになるだろう

ひとをみつめ
ひとの　しんそこからくつがえし
ゆさぶり　くるわせ
とほうもなく　とびはなれた　未知の空間に　はねのけてしまう
あやしい
花々の
――はげしさ

それが　はなびらの　ひとひらひとひらの
いったい　そのひみつがなんなのか
その激しさは　どんな　音階に　あふれているのか
なぜに　おまえが　そいつに　いきどおるのか
くるしみつづけるのか

花をあつめよ
激しい花のひみつを
あやしい　極微の音調を

ひそかに　くまなく　さぐりつくせ
花の　ひとつひとつに　気取られぬうちに
すばやく　着実に
激しさをあつめつくせ
そのあやしいほのかな光芒に
おまえの血潮をくっきりとてらし出せ

〝花〟は一人ひとりの人間であり、〝激しい花のひみつ〟は一人ひとりの人間の悲しみや怒りや階級的怨念の比喩であろう。心に潜む闘いへの意志は、〝極微の音調〟と比喩されている。詩「花をあつめよ」は、人間の内面の美しさと階級闘争へ至る極限の道を開示してみせた詩である。遺稿集に載る優れた詩の多くは、再刊「新鉄詩人」に掲載された作品である。私は詩集の表紙に強い印象を覚える。

15　いくつかの詩誌について

①　文芸雑誌「白磁」のこと

一九五七年五月に文芸雑誌「白磁」が発行されている。編集兼発行人は白磁文芸研究会で、責任者として長沢修吾、星野菊夫の二人の名がある。新潟大学在校生による雑誌である。号数は第六巻第一号となっていることから、六年前から継続する雑誌と考えられる。白磁文芸研究会の主体は、

告知
〝白磁〟第六巻第一集合評会
一、五月三十日　午后一時、教育学部十五講にて

とあり、第二集の締切りと原稿募集の告知の最後に、「原稿は前後期国語科生及び白磁部屋までお持ちください。」との告知がなされている。

星野菊夫が編集後記で「今回は国語科だけの文集から、広く一般学生の投稿をあおい」だと編集方針を述べ、当初の方針通り「短詩型の文芸集となつた」と報告している。詩・短歌・俳句で編集されており、詩の掲載者は、

会田泰、阿部松夫、折原、亀山元、小竹道子、須原朔朗、波多野晶子、星野菊夫、諸隈道範、山崎良子、横山哲也

の十一名。

短歌での掲載者は八名、俳句での掲載者は四名。小竹、星野、横山は詩と短歌に参加している。責任者の一人長沢修吾は作品を載せていない。横山哲也は、現在も個人誌「ADAMUSEITE」を発行する横山徹也である。その横山氏は私信でこの「白磁」のことを次のように教示して下さった。

「白磁」は新潟大学で何号か出されて、いわば中断されたような格好になっていたのを、高校の同級生だった星野菊夫と語らって再刊したのだったと記憶しています。

「白磁」七巻二集は奥付けに発行年月日が記載されておらず、発行日を特定できない。責任者は久保出男と折原明彦。編集後記で「「白磁の第二集を発行する」や「白磁の同人も大部入れかわつて」とあることから、第六巻第一集の続刊と考える。詩の掲載者の中に星野菊夫と横山哲也の名もみえる。

新潟大学文芸部を発行所とする、一九六一（昭和三十六）年十月刊の「新潟文学」第二十一号から十号ほどを最近お借りすることができた。「白磁」と「新潟文学」の関係はあるのか、ないのか。こうした新潟大学の学科やサークルで発行される詩誌や雑誌の収集は難しく、散逸しやすいと考えている。大学当局及び付属図書館が収集に尽力しているのか、収集してきたかは部外者の私には知るすべがない。

② 詩誌「バベル」のこと

佐渡の詩集・詩誌の資料は、収集し難い状態にある。佐渡の文学状況は雑誌「佐渡文学」発行に見られるように活発である。また、無名有名を問わず、佐渡を訪れる文人墨客といわれる人々は多い。本間五丈原や山本修之助にみられるように詩的な活動も活発のようであるが、資料発掘と収集ができていないのが現状である。そうした中で、かなやま・つる氏から詩誌「BABEL」の存在を教えて

「ＢＡＢＥＬ」表紙群

もらった。

詩誌「ＢＡＢＥＬ」は、創刊号から二号までは「バベルから堕ちた偶像」として刊行され、三号から誌名を変更して「ＢＡＢＥＬ」となっている。一九六〇（昭和三十五）年一月創刊、編集発行人は佐々木弘。創刊号に作品を寄せたのは、かなやま・のりを、佐々木弘、よしやす・いわみの三人。表紙は七号を除いて加藤友規が担当している。三号から「ＢＡＢＥＬ」と誌名を変更した理由として、かなやま（近藤つる）は「誌名タイトルとして長すぎたからではないか」と証言している。一九六〇年三月刊の三号に作品を寄せたのは、

かなやま・のりを、佐々木弘、加藤友規、野田雅己、岩見嘉奏、近藤つる

の六名。

一九六〇年一月から十月までの、いわゆる〝反安保闘争期〟の時間を駆け抜けた詩誌であるが、かなやま・つる氏の残した「ＢＡＢＥＬ覚書」からの紹介であり、その内容を窺い知ることもできない。なんとも心許ない。十号まで作品を寄せたのは、延べ十六人である。

③　サークル誌「波紋」について

みつけ「波紋の会」を発行所とする詩誌「波紋」がある。編集責任者は渡辺金一。一九五八（昭和三十三）年九月刊の第六号が新潟県立図書館に収蔵されていた。十日町市から発行されていた詩誌「波紋」が繊維労働者の女性を中心とした詩誌であったのと違い、この詩誌「波紋」は多くのサークルが集まって形成された詩誌のようだ。編集後記で渡辺は、

八月二十四日に私たちの三年前からの願いであったサークル協議会が結成された。八団体三百名の組織として出発したがまだまだ参加団体があるようだ。（中略）この結成大会に私たちはシュプレヒコール「平和―わたしたちの願い」をやったが原水爆禁止自転車行進、世界大会日本大会、松川行動デー等参加（後略）

と述べ、サークル誌「波紋」は大きな集合体としての詩誌であり、ある理想を掲げる組織でもある事実を伝えている。

「三年半の活動の成果と批判」を波紋の会運営委員会の文から、サークル誌「波紋」は一九五五（昭和三十）年

三月ころ創刊されたと思われる。八団体とは誌面から読み解いてみると、〝社研グループ〟や〝劇研グループ〟などの団体から成立していると思われる。時局論、短歌、随筆、詩、短編小説を載せている。詩作品を寄せたのは、

たかいよしじ　小林義男、長谷部美奈子、桜井トヨ、よしお・さとう、藤崎専子、平井澄子、小林勇、近藤義雄、わたなべ・きんいち

の十名。

サークル誌「波紋」は第六号の紹介だけに止めざるを得ない。

④　詩誌「存在」の紹介

この他に次項の『新潟詩集』に現れる多くの詩誌が未発掘であるように、そうした詩誌の一つに一九五七（昭和三十二）年に村上市で創刊された詩誌「存在」がある。一九六三年四月十六日付の新潟日報の記事によると、「村上市の詩愛好家がつくっている村上詩社の会誌〝存在〟が三十二年発刊されてから今月で五十号に達した。」とあり、「新潟日報学芸欄「生活詩」の愛読者」で村上高校の「文芸部」を中心としたグループと紹介されている。後に「生活詩」の投稿者を糾合して詩誌「詩遊々」を主宰する大多喜洋一の他、渋谷実、荒井清志、木村囲三、高田延善の五名が記事では紹介されている。詩誌「存在」は大多喜氏への取材時にこの記事のコピーを頂くことはできたが、詩誌そのものは保有していなかった。会員の多くが後に詩集を編んでいるので、その項で紹介することとする。

16　アンソロジー『新潟詩集』の意義と意味

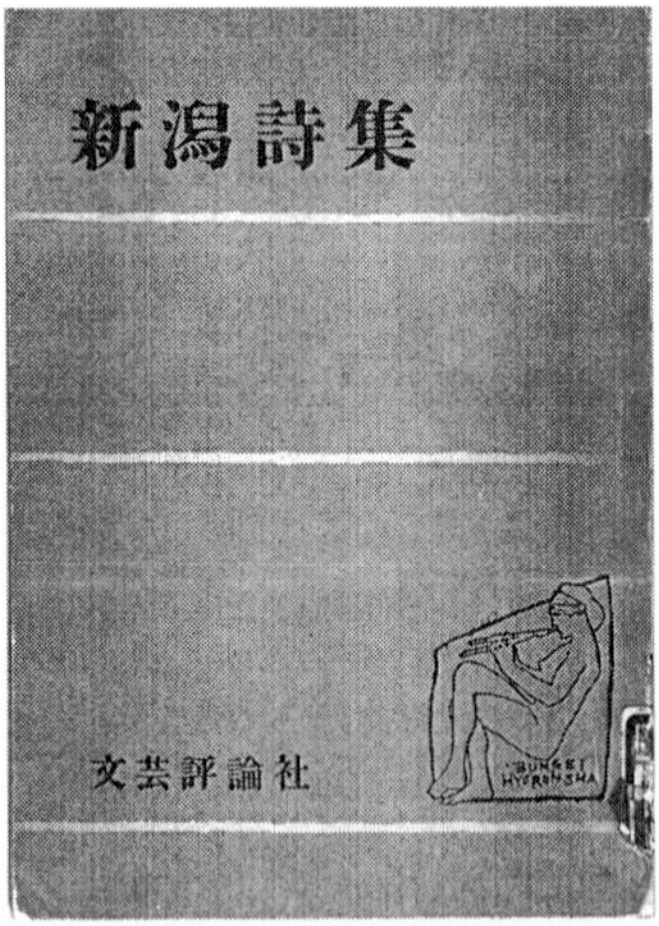

アンソロジー『新潟詩集』表紙

アンソロジー『新潟詩集』は新潟県全県の詩人を網羅した戦後最初のアンソロジーである。一九五七年三月刊

の詩誌「アンテナ」七号のあとがきに、

　高野先生もこの会のルネッサンスに同調され、今年の終りにはアンソロジー（年鑑）の計劃もされているなど、これからのアンテナにとつて面目躍如たるものがあります。

との、無署名だがおそらく編集の益子の言葉を残している。

　この〝アンソロジー（年鑑）の計劃〟の成果が『新潟詩集』として発刊されたものと思われる。『新潟詩集』は一九五八（昭和三十三）年六月十五日に刊行される。編者は高野喜久雄、発行者は修理絹江。発行所は東京都豊島区池袋一ノ一、文芸評論社となっている。参加者は、

相沢実、五十嵐善一郎、五十嵐チイ子、大崎ミエ、大沢澄男、大多喜洋一、大橋秀二、大橋与成、木下浩、熊倉祐一、小池寿哉、公条雪夫、佐野清志、渋木忠夫、渋谷実、高野伊紗夫、高野喜久雄、武田義英、田代芙美子、田中武、田中単之、戸田正敏、内藤弘、中島一五、中田金吾、野村裕子、広瀬初枝、深田実、星野菊夫、星野元一、星野淳一、松丘まつえ（松枝）、丸山進、宮島一清、宮原馨、山崎昌夫、横山哲也、吉田文二、羽田七郎（昭）、三谷成子（谷しげ子）、松谷美代子、三浦誠治、吉田勝司、上重夏子、鈴木よう、佐藤三代吉、佐藤寿平、西脇和夫、青島のぶお

（（　）内は執筆者一覧による）

の四十九名。

　これまでこの詩史に何らかの形で登場した詩人の名前も見ることができる。

　執筆者一覧ではそれぞれの住所・職業・所属の項目が付されて紹介されている。その中で注目されるのが所属詩誌名ということになる。執筆者一覧の所属詩誌名をリストアップしておく。

「ブイ」「環」「北陸詩人」「海底」「蝶」「造型」「波」「荆」「アンテナ」「新潟文学」「北日本文学」「明日」「文章クラブ」「日本未来派」「荒地」「ロシナンテ」「樹木派」「三条文学」「若芽」「時間」「新詩人」「流域」「白磁」「Les arbres」「切点」「流域」「じゆえん詩集」

などの、県内外の詩誌があげられている。

一九四五年から一九六〇年までのこの私の詩史に記録されない詩誌がたくさんあることに驚かされる。紹介してきた詩誌としては、「ブイ」「北陸詩人」「海底」「造型」「波」「アンテナ」「北日本文学」「白磁」「切点」の九誌が挙げられる。また新潟大学のサークル誌「新潟文学」を始め、東京や近県の詩誌、「日本未来派」「文章クラブ」「荒地」「ロシナンテ」「時間」「新詩人」などに所属する人、また投稿する人もみられる。参加執筆者の職業からも時代を見ることができる。農業・銀行員・教員・自営業と多岐にわたっており、詩が広く市民に受け入れられていた状況も見て取れる。経済的には戦後の混乱期を抜け、サンフランシスコ講和条約締結による復興期にも当たり、人々の未来への展望の活気が反映している。一つのかたよりと言えば、十日町市、柏崎市周辺の詩人と詩誌「造型」、「海底」からの参加が少ないことであろうか。

私はこの『新潟詩集』の執筆者一覧の住所を頼りに問い合わせを始めた時のことを思い出す。新潟県立高田図書館で私が出会ったのは、二十年程前で『新潟詩集』が発行から四十年を過ぎようとしている頃だったが、住所を頼りにそれぞれが所属した詩誌の有無を尋ねる手紙を送付した。一部は宛先不明で戻ってきたが、何人かの方とは連絡がとれてご教示をいただくことができた。連絡のとれた相沢実・大橋与成・大多喜洋一・田中単之・野村裕子・横山徹也の各氏からは、多くの知見と資料を頂き、教示してもらい詩史を綴る展望が開かれる思いを強くした。しかし発掘できた詩誌もあるが、幾つかは不明のままである。「環」「蝶」「荊」「明日」「若芽」「流域」「Les arbres」などは、未発掘のままである。

新潟県のアンソロジーとしては、戦前の一九三〇（昭和五）年十二月に刊行された『越佐詩歌集』以来の編纂ということになる。どのような呼びかけでほぼ全県内を網羅した四十九人もの参加が得られたのか。生前の高野喜久雄氏に問い合わせたところ、新潟時代の資料は転居などもあり一切処分して無いとのことであった。

田中武氏は『新潟詩集』は、「高野さんの呼びかけです。高野喜久雄の名の入った印刷文が送られてきました。」と教えて下さり、新保啓氏は、「編集等は高野さんが一人でやったのではないかと思います。」と当時を振り返って下さっている。

新潟県現代詩人会はこれまで会員のアンソロジーを第九集まで編集発行してきているが、『新潟詩集』を上回る陣容を揃えたことは無い。一九五六年から一九六〇年までの新潟県の詩の状況がいかに活気を呈していたかを証明するアンソロジーである。執筆者の多くの詩人は戦後に詩を書き始めた詩人たちである。二〇一五（平成二十七）年現在、新保啓・田中武・星野元一の各氏は、新潟県の詩をリードし新潟県現代詩人会の中心を担っている。

17　詩集について

①　年別発行詩集

一九五六年から一九六〇年までに発行された詩集は、アンソロジーを含めて十六冊が確認できる

一九五六（昭和三十一）年

『丘にねころんで』／たかはしいさを／一九五六年四月―私家版

『蒼ざめた季節』／柴垣玲子／一九五六年六月十日―新詩人社

『秋の風景』／樋口惠仁／昭和三十一年十月一日―幻灯社

『花　冠』／滝沢政治／一九五六年十二月一日―鯤書店

アンソロジー『海底詩集』／昭和三十一年四月二十五日―海底詩の会（小泉辰夫編）

一九五七（昭和三十二）年

『空手使い』／南民樹／一九五七年七月二十五日―私家版

『海の虹』／罇恵砂男／昭和三十二年十月十五日―私家版

『冬への牧歌』／須藤茂一／昭和三十二年十月二十日―草茼会

一九五八（昭和三十三）年

『虹の輪』／罇恵砂男／昭和三十三年一月一日―私家版

『新潟詩集』／アンソロジー（高野喜久雄編）／昭和三十三年六月十五日―文芸評論社

一九五九（昭和三十四）年

『河原煎餅』／林金太郎／一九五九年七月三十日―国文社

『本間五丈原詩集』／本間五丈原／昭和三十四年九月十五日―本間五丈原詩集刊行会

『月曜から月曜へ』／里見一夫／一九五九年十一月一日―書肆ユリイカ

『送り火』／まちえ・ひらお／一九五九年十二月一日―私家版

一九六〇（昭和三十五）年

『旅とエコーとぼくと』／星野元一／一九六〇年―
オニオン書房
『青虫のうた』／吉田かツジ（勝司）／昭和三十五年
十一月十日

確認できる十六冊の詩集・アンソロジーのうち、『秋の風景』『冬への牧歌』『本間五丈原詩集』[31]『新潟詩集』『送り火』『海の虹』の六冊は既に本文で紹介してきたところである。

② 詩集『丘にねころんで―エスキース詩集』／たかはしいさを

たかはしいさを名のガリ版手作りの詩集。一九五六年四月発行。たかはしいさを＝高橋勲（一九三七・一・六～一九九七・三・三一）の詩歴を考えると処女詩集と呼ぶにふさわしい。抒情性を排し叙事性の強い詩へ到達した詩人の最初期の姿を映している。「あの満月は　星屑の集団に違いない（満月について）」とするたかはしの認識は、詩を抒情性から叙事性へと向かわせる必然をすでに用意していた。満ちてくる星屑の月は、言葉で物語る詩の原理を含意するものとたかはしは見ている。詩「創造」や「河」は詩に対するたかはしの精神と態度の表明だが、この時点では泡のような呟きでしかない。その泡（詩）への接近は予兆的にたかはしには認識されている。エスキース詩集とした理由であろう。未来の自らの詩を的確に捉えようとする、詩人の緊密で内省力を秘めた詩集である。たかはしいさをは小千谷市岩沢生まれ。十篇と後記から成る。二十三ページ。

（星野元一氏所蔵　コピー）

③ 詩集『蒼ざめた季節』／柴垣玲子

発行は一九五六年六月十日、発行所は新詩人社。著者の柴垣玲子は当時、新潟県新津市一之町（現新潟市秋葉区）に居住していた。一九三一年、福井市生まれ。信濃川に思いを託した詩「河」では作者は自画像を刻む。「わたしの中に湧きたつ放浪も奔放も／また白雲を追い求め／ここにとどまることを許さない」と。作者柴垣玲子の魂の孤独と青春性を謳いあげた詩集である。表題作「蒼ざめた季節」は失恋と失意を表し、「クラリネットを吹く男」では詩と詩人を論ずる。作者の分身としての男への憧憬と幻影は、「夜の彷徨」へと結晶度を強めてゆく。青春の魂の彷徨を凝視する強い意志が感じられる詩集である。Ⅲ部構成三十一篇から成る。縦一九六㎜×横一八〇㎜変形判、一〇二ページ。

④　詩集『花冠』／滝沢政治

一九五六年十二月一日発行。蕪木錬一郎氏からの遺贈書の中の一冊。発行者名が根津新一、発行が東京都豊島区西巣鴨二―二三四四の鯤書店、印刷が北海道札幌市北十二条東三丁目の天使院印刷製本部となっており、いずれも不案内だったのでこの詩集は新潟県外の詩人が蕪木氏に献呈したものとばかり考えてきた。この度「文学北都」を調査し滝沢栄輔氏からの聞き取り取材の結果、著者の滝沢政治は滝沢栄輔氏の弟と判明した。詩集『花冠』の表題作のような詩「午前」を引く。

午前

ルドンの絵に

それは誰のための羞らいか
花の中に埋れてうつむいている少女よ
白いジロフレを摘んでおまえにあげよう
槲の樹陰で過ごすぼくらの午前
ぼくは声をあげてピエール・ロテイを読む
おまえは花の冠を編む　罌粟と菫で

遠い海を越えた国の
木曜日の室内でひそやかに息づいている
仏蘭西の花々と少女よ

一九五六年十二月に上梓された詩集『花冠』は、十日町の詩人たちが目標としてきたモダニティをこの一冊で成し遂げたとの思いを抱く。北園克衛に私淑した十日町の詩人たち、高橋正治、庭野行雄、蕪木錬一郎が果たし得なかった詩的世界を醸成する詩集である。詩が詩人の想念を言葉で定着し表現化するものであることは言を俟たない。滝沢政治の詩の無葛藤性や生活臭の欠如を指摘することは容易い。詩がその二つの人間的属性に打ち克ち、芸術として自立しうるかを尖鋭に問い答えた詩集である。阿部保の「序」と十四篇から成る。B六判、三十九ページ。函入り装。

⑤　アンソロジー『海底詩集』

アンソロジー『海底詩集』は、一九五六年四月に刊行されている。発行責任者は小泉辰夫、発行所は海底詩の会となっている。詩誌「海底」同人のアンソロジーである。

之等の作品は、詩雑誌海底の第壱号から、第参拾号までのなかから、各々が責任自選したものである。海底は昭和二十六年十月に創刊され、昭和三十年十一月に第三拾号を数えている。過去四年間のなかから結集された作品集ということになる。

と、あとがきで小泉は述べている。

アンソロジーの説明としては食い足りないものがある。創刊誌名は「うらぶれた海底に黄色な花が咲いたら」であるが、第二十号で誌名変更した事などが抜け落ちている。それはそれとして、「去られた同人の作品、海底賞を得た作品」等は抜け落ち、「海底にあきたらず、離れた人もいる、詩作につかれ果てて、ぼろぼろになつた人」への思いやりと救済も添えられていない。「今回は現存同人の作品だけで編集することになつた。」としている。

掲載同人は、

太田清藏　亀井義男　小泉辰夫　小島一作　越川操
笹木勸　田中伊左夫　西山晃　樋口惠仁　松川飄吉
山田庚司

の十一名。

それぞれ五篇を自選。五十五篇とその掲載年月日、あとがきから成る。B6判、一六〇ページ。（新潟県立図書館蔵）

⑥ 詩集『空手使い』／南民樹

著者の南民樹は、詩誌「詩と詩人」の「浅井十三郎追悼号」の項でその詩を紹介している。「荒みきつた生活をしていた青春期、わたくしの祖国に戦争がおこり、兄弟相喰む血が祖国の村や野にながされ」と「あとがき」にあるように南民樹は在日朝鮮人である。「そのとき餓鬼のように詩を欲し」て、「詩と詩人」と浅井十三郎に出会う。発行は一九五七年七月二五日。表題作「空手使い」は、「琉球列島」から本土に渡ってきた空手の大道芸人を描いている。日本人から疎外され迫害された状況を、一瞬の気概と空手によって粉砕する芸を、祭礼で賑わう漁村の一風景として描き出している。作品「錆び」

は、在日の「荒みきつた生活」の断面をぶっきら棒なほど直截に表現している。「虚ろ」と比喩する悲しみの深さ、「動乱の跡」の嗚咽の果てしなさは民族の慟哭である。アウシュヴィッツの「夜と霧」や広島、長崎の被爆者の現実を直視する、在日朝鮮人としての視線が煮えたぎる詩集である。十八篇の詩とあとがきから成る。長谷川龍生が跋文を書いている。Ｂ６判、ハードカバー、七十五ページ。

⑦　詩集『虹の輪』／鐏恵砂男

『海の虹』に続く鐏恵砂男の詩集『虹の輪』は一九五八年一月一日付で刊行されている。『海の虹』は著者が柏崎の海岸に身を置いた叙景詩がほとんどだったが、〝生活から詩が生れる〟精神から創作された作品へ変化している。詩「貧しいサンタクロース」に代表される生活感情の、心地よいリズムを感じることができる。生活―家族の和をここでは「虹の輪」と呼んでいるのである。三井田益郎、本郷博英、景丘治弥、まちえ・ひらお、浅野譲の「詩集「海の虹」読後に」と四十篇から成る。縦二四五㎜×横一七五㎜袋とじ、七十二ページ。

⑧　詩集『河原煎餅』／林金太郎

「ことばは芋虫のように／はいまわる（仲人）」。林金太郎（一八七九～一九六六・二・十四）という詩人と詩を、はからずも言い当てたような二行である。著者林金太郎は七十五歳にして詩作を始め、一九五九年七月三十日に、八十歳で詩集『河原煎餅』を上梓している。国文社のピポー叢書の59集としての上梓であった。跋文「林金太郎氏について」を書いた土橋治重は、林金太郎の詩の秘密の一端を「具象的なアンバランスのバランスには慣れていなかつたのだ」とし、その不慣れが作品に「アンバランスのバランス」以上のゆらぎを与え、おかしみが発揮されると見立てる。この「アンバランスのバランス」をシュルレアリスムととらえ、八十歳のシュルレアリスト詩人登場と詩界で一世を風靡した。詩集『河原煎餅』の作品に顕著なストーリーの齟齬は林金太郎自身が、シュルレアリスムで言うオートマティズム（自動記述）やデペイズマンの方法を自覚的に言語化していたのかどうか。集中「かぜ」「流水」「花二題」などは、二十一世紀の現在的な視点から論議されるよう願っている。また、著者略歴に「七十五才で恐る恐る詩作をはじめ「時間」同人となり」とあるが、一九五三年発行の高野喜久雄、新保啓の「現代詩」に俳号の清水画棟で参加している。林金太郎、本名は清水忠之丞、別名を清水画棟。林金太郎の詩の根源は俳句と詩に橋を渡そうとしたところにあったのではなかろうか。二十二篇の詩と土橋治重の跋とあとがきから成る。縦一六〇㎜×横一三二㎜ハードカバー、六十九ページ。

⑨ 詩集『月曜から月曜へ』／里見一夫

詩集『月曜から月曜へ』は一九五九年十一月一日に上梓された。伊達得夫の書肆ユリイカから発行。著者の里見一夫は銀行員。言葉の質感が明るいのだ。「すでに目に見えている春の姿に／不思議そうに雪が降り／ふうわりと消えていく／ふくよかに雪はあたしの心にも消えていく（ふゆばらの歌）」。一九五九年はまだ戦争の影を引きずる時代であり、日本が高度成長期へ向う結節点でもあった。その一つの決算として、翌年は日本の世論を真二つにする激動「六十年安保」である。詩集『月曜から月曜へ』は、里見一夫の二十歳代前半の銀行員の生活を通した世界が謳われている。日本は成長し未来の生活は、幸いに満ちたものとなるだろうという確信が詩の中核になっている。この確信が詩を明るくし、「銀行の野ばら」のように未来は生活の歩みと共に訪れる希望として謳われている。

里見一夫は一九五九年という時代に、二十一世紀の今日を映し出している。標題詩「月曜から月曜へ」は、五十年を経た現在からより深く論究されるべき内容を含んでいる。「巨額のコールマネーが／わたしの時間だ時間は／容赦なく重い　降り続ける雨に濡れて膨らんで（月曜から月曜へ）」。

この時期に経済が時代を動機づけていると喝破して詩を書いた詩人は少ないだろう。あとがきで著者は「一九五六年二月から五十九年七月にかけて書いたものから選んだ」とあり、発表誌は「日本銀行の詩誌「群」に発表したもの」とある。金融資本はコールマネー、大正炭鉱、石炭から石油へ、そしてそれからはオイルマネー、ヘッジファンドへと。時代相を考えれば大正炭鉱のストライキを考えるとおそらく反動よばわりされかねない。敗戦からの経済復興と著者の青春がパラレルであることも見えてくる。国際金融資本の動向が日本の未来と国民の未来を保証するという苦い認識をも著者は嚙みしめる。しかし里見一夫は未来を希望する。「野ばらよ未知の生活へ／向ってゆきたまえ／ぼくが五月に向かったように（銀行の野ばら）」。

私が詩集『月曜から月曜へ』の存在を知った時「里見一夫とは誰か?」との問いから、詩人・倉田茂と同一人物と認識するまでの里見一夫探索記は「紙魚」No.11に詳しい。本文でも詩誌「海底」の項で、小林清一郎がこの詩集の紹介をしていることを述べている。B6判、三章十六篇の詩とあとがきから成る。ハードカバー、八十五ページ。

⑩　詩集『旅とエコーとぼくと』／星野元一

著者の星野元一は、新潟県十日町市大字下組一六五八で新潟県の詩界をリードし健在である。一九六〇年にオニオン書房から発行。詩のテーマは様々であり、方法も様々だ。成長期、過渡期の詩集。ハンガリー動乱に感応した詩人が新潟にいたという事実を知る。「淳吉とはるみのうた」は、農村地帯に生きる有様を寓話的に描いた長詩であり、標題作「旅とエコーとぼくと」は、青春期の内面をモノローグ化した作品。八篇の詩と吉平義雄の「あとがき」から成る。A5判、三十九ページ。

（星野元一氏蔵・コピー）

⑪　詩集『青虫のうた』／吉田勝司

著者の吉田かツじ（本名／吉田勝司）は、発行日当時の昭和三十五年十一月十日頃は、新潟市青山にあった信楽園で療養生活をおくっている。著者の「青虫の言葉」によれば「Q・Kラジオ文芸」という番組があり、選者をしていたのは田中伊佐夫だという。現在のNHKの番組と考えられる。この番組の投稿者が集って幾つかの同人誌も結成されていたようだ。著者の吉田かツじは、気管支炎症で長く療養生活を送っている方のようだ。詩誌「波」の同人でもあった。生きる目標として詩作があり、その結果として詩集が上梓された。戦後の昭和二十年代から三十年代初頭のラジオ文芸の一齣を知る詩集でもある。三十三篇の詩、佐藤寿平の「詩集『青虫のうた』に贈る」と著者の「青虫の言葉」から成る。縦一八〇㎜×横一六〇㎜、一一二ページ。

（岡村浩氏所蔵・コピー）

注

（1）岡部清氏、一九七七（昭和五十二）年四月刊行の詩集『山奥のムラの証言』で、中山間地の農業の社会的問題を提議した。

（2）新潟県北魚沼郡守門村二分、現在は魚沼市二分。

（3）長男多嘉夫氏。後にサークル誌を発行。一九五九（昭和三十四）年三月刊行の「脈路文学」は、第四号であり誌名を改題したとある。発行所は「詩と詩人社内」であり、浅井十一郎名は多嘉夫氏の筆名か。子息が浅井十三郎の意志を引き継ぐ意志があったことが推測される。

（4）日本現代詩人会主催、二〇一三年東日本ゼミナールイン長野にて聴き取り取材。

（5）河出書房昭和二十六年版『日本現代詩大系』第十巻解説

（6）「北方文学」第七十号所収の拙著「新潟県戦後五十年詩史」参照

（7）詩誌目録「紙魚」No.58・59参照。小林清一郎は一九三八（昭和十三）年に限って、新潟新聞紙上に多くの記事を掲載している。これは当時新潟新聞の〝編集兼発行兼印刷人〟たる平井仁八の小林に対する信頼関係を示すものと考えられる。

（8）詩誌目録「紙魚」No.11参照

（9）「北方文学」第五十六号所収の拙著「新潟県近代詩黎明期の覚え書」参照

（10）松田幸雄は秋谷豊が編集発行人の一九五〇年四月創刊の詩誌「地球」の同人。創刊同人五十七人の中の一人として、詩「踏繪」を投稿している。同年十二月刊行の第二集には詩「人類の黄昏」を発表、一九五一年刊行の第三集にはエッセイ「アメリカの短篇小説」を発表している。松田は前田正文が編集する詩誌「近代詩」の一九四八（昭和二十三）十一月刊行の第二集から同人として詩を発表している。一九五〇年に創刊された「地球」は、ネオ・ロマンチシズムを標榜し、中村不二夫氏の『廃墟の詩学』によれば「第三次」の「地球」としている。私はその変遷事情を全く知らない。前田正文の足跡を追ってきたこれまで、私は前田と詩誌「地球」の関係を認識できずにきた。『廃墟の詩学』に導かれ、秋谷豊詩鴻館館長の秋谷千春氏の協力を得て、その関係の深さを確認することができた。「地球」創刊号に載る二つの「ネオ・ロマンチシズム」と松田幸雄が『荒地詩集１９５６』に発表した「イギリスのネオ・ロマンチシズム運動」を再検討していかなければならない。

（11）私は「北方文学」第六十七号所収の拙著「新潟県戦後五十年詩史―隣人としての詩人たち(1)の詩誌「近代詩」の項で、前田邦博（前田のペンネームは邦博表記とする）は詩誌「純粋詩」との関係が深く、その後継誌である詩誌「造型文学」との関係を中心に論を進めてきた。即ち一九五〇年十月刊行の詩誌「近代詩」第四号で前田は「近代詩第3號が昨年5月に出たきりで」と一年半近い空白を告げている。「純粋詩」の改称が前田の混乱と困難を引き起こしている大きな問題と考えてきたわけである。しかしこの期間に前田はネオ・ロマンチシズムを標榜する詩誌「地球」の創刊に深く関わっていた。前田は創刊同人として参加し、加えて編集同人に名を連ねている。創刊号には詩「橋」を発表し、第二集には詩「境界線はない」と巻末言「主張」を掲げている。同じ号の巻頭言「主張」は秋谷豊が書いている。第三集では巻頭言「覺書」を前田が書いている。詩誌「地球」でのペンネームは前田正文。一九五〇年前後の前田の詩的営為と「近代詩」の読み直しをしてゆかなければならない。

(12)「北方文学」第六十八号所収の拙著「新潟県戦後五十年詩史」参照

(13) 蕪木錬一郎氏から遺贈された書籍には、北園克衛関係の詩誌が多く所蔵されていた。

(14)「北方文学」第六十七号所収の拙著「新潟県戦後五十年詩史―隣人としての詩人たち(1)で、「秋谷豊の「地球」の印刷をこの時期に庭野がしたというエピソードがある。」と書いている。「エピソードがある」としたのは、私が詩誌確認をせず曖昧に記述したためである。今回、秋谷千春氏の協力を得て詩誌「地球」の創刊号・第二集・第三集のコピーを頂き、印刷所は新潟市古町通十番町吉野印刷所となっており、また秋谷氏の私信でも創刊当時に庭野を介して印刷されたとの確認を得ることができた。秋谷千春氏に改めて感謝申し上げる。庭野行雄は詩誌「地球」創刊同人に名を残し、詩「この人生をはかなむ窓」を発表している。ネオ・ロマンチシズムとシュルレアリスト庭野行雄。庭野行雄の遍歴の一ページがここには在る。

(15)「北方文学」第六十七号所収の拙著「新潟県戦後五十年詩史」参照

(16)「13詩集について―④詩集『花冠』／滝沢政治」の項参照。

(17)「北方文学」第五十六号掲載の拙著「新潟県近代詩黎明期の覚え書」参照。

(18) 川上雪子は詩誌「ＦＯＵ」の詩人蕪木錬と結婚。多くの詩誌を寄贈していただいた。詩誌「波紋」は二号が未発掘であり、創刊号、三号、四号の刊行年月日からは、創刊年月日の推定が難しい。

(19) 詩人・高橋正治の詩的な業績の詳細は調査研究中。県内外の多くの詩誌に作品を発表している。新潟県会議員を長く務め、議長職にも就いている。

(20)「北方文学」第五十六号所収の拙著「新潟県近代詩黎明期の覚え書」参照

(21) 他に小千谷町の「墳土」（コピー）と柏崎市の「ＰＯＥＳＩＥＳ」があるが、一つは詩誌としての性格を確定できず、もう一つは発行年月日の確定に困難を感じている。

(22) 没年は、母宮島フミさんの葉書文面からの推測。

(23) 正式名称は確認できていない。

(24) 投稿雑誌「文章俱樂部」は飯塚書店発行で、後に思潮社を起こす小田久郎が編集に携わっていた。一九五四年六月号から鮎川信夫と谷川俊太郎が詩の選者になり、全国の詩を志す青年に支持された。後に活躍する詩人を輩出した。石原吉郎が代表的詩人といえる。

(25)「北方文学」第六十一号所収の拙著「戦争期の詩人たち（1）」参照。
(26) 新津市（現新潟市秋葉区）の本町附近社月刊誌「本町附近」（平成四年八月八日発行第二九一号）。坂口守二氏は坂口安吾の甥。
(27) 中村不二夫著『戦後サークル詩論』（土曜美術社出版販売）の「Ⅲ　戦後サークル誌の系譜Ⅱ―結核療養所からの歌声―二」「風に鳴る樹々」と「草の実」から。
(28)「長崎浩年譜」によると一九四九年四月、「健康を害し露天販売が出来なくなったので、貸本店を開く。「青い鳥文庫」という。以来十年間、一家の生計を支えることになる。」とある。「長崎浩年譜」は長崎高志編集、平成五年八月十五日発行。「この年譜は『長崎浩詩集』に掲載の「詩年譜」を作る際にまとめたと思われる鉛筆書きのメモであるが、父の自己史と言えよう。」とあとがきにある。「青い鳥文庫」は貸本屋か。一九五〇年代前後に小資本で商える商売として全国的に広がっていた。
(29)「北方文学」第六十八号所収の拙著「新潟県戦後五十年詩史（2）」参照。
(30) 二〇一三年十月刊「北方文学」六十九号所収の柴野毅実著「まちえ・ひらおという詩人がいた」参照。
(31)「北方文学」第六十一号所収の拙著「戦争期の詩人たち（1）」参照。

参考資料

『戦後詩のポエティクス１９３５~１９５９』／和田博文編―世界思潮社＊『戦後詩史論』／吉本隆明―思潮社＊『戦後詩誌の系譜』／志賀英夫―詩画工房＊『戦後詩壇私史』／小田久郎―新潮社＊「日本の現代詩史論をどうかくか」／吉本隆明―新日本文学・一九五四年三月号（コピー）＊『戦後サークル詩論』／中村不二夫―土曜美術社出版販売＊他に本文掲載当該詩誌・詩集

スペシャル・サンクス

小田大蔵・斎藤健一・新保啓・滝沢栄輔・田中武・藤澤太郎・星野元一・日本近代文学館

第四章　一九六一年から一九六五年まで

1　はじめに

新潟県の近代詩成立期の大正末期から昭和初期に詩誌「無花果」を創刊し、詩誌「風が帆綱にわびしくうたふよ」の創刊に関わり、戦争期から敗戦期を通じて詩誌「詩と詩人」を刊行し続けた浅井十三郎を失った新潟県の詩界。近代詩成立期を知る詩人たちのグループである詩誌「海底」。一九四五年の敗戦期以降に詩の歩みを始めた詩誌「ＤＡ」及び「造型」。戦争期を貫き通した精神と敗戦期から詩を凝視する精神を発揮する詩誌「岩と詩」。一九六一年から一九六五年は、戦争を切り抜けた詩人群像と青春期に敗戦を体験して詩の復活を詩誌に託し、時に東京の詩の動向と並走した詩人たちの退潮と新たな詩人群像との交流の時期である。詩誌、詩集を通じてこの時代の新潟の詩界を展望してゆく。

2　継続詩誌について

①　詩誌「海底」のその後

a―五十号「記念特集」について

詩誌「海底」については一九六〇（昭和三五）年に刊行された五十号から始めることとする。

詩誌「海底」は一九六〇年十一月刊行の五十号を「記念特集」号としている。連載中の八木末雄の「新潟詩壇史」は、かつて昭和初年代に詩を志し、詩誌への投稿を続けた詩人たちに大きな感慨をもたらしている。山田進造は当時を振り返って、

私もあのころはせつせと詩を書いて投稿に専心して、「文芸」に大鹿卓に推薦されたり、「詩神」に今の扇谷義男や、死んだ岡本弥太達が投稿欄にいたころ、私も一度新人欄にのせて貰つたこともありました。あのころ私と共にいた人で丸山豊という人も記憶していま す皆今は立派な詩人になつておられるのでうらやましいくらいです。

と、心境を綴っている。詩誌・雑誌の投稿経験者ならば山田の心情に肯かされるだろう。

樋口恵仁は「海底」の前身である「うらぶれた海底に黄色な花が咲いたら」の誌名決定の編集会議の様子を伝えている。「出席者各々が誌名を紙片に書き、それをみ

んなで選考する」方法を採ったという。しかしなかなか決まらず田中伊左夫と亀井義男が、

誰、彼が提案した誌名の頭や尻尾を結びつけて、手ぎわよく日本一長いといわれた詩誌名が出来上がったのである。

長い誌名は戦前の詩誌「風が帆綱にわびしくうたふよ」へのオマージュから受け入れられた、との事情は既に述べてきたところである。

小泉辰夫は自身が「海底」に第三号から参加した経緯とその後の「海底」の詩史を綴っている。[1] 印象に残るのは小林清一郎の言葉である。[2] 小林が「詩を書きはじめている知人の若い女性」に「海底」を送ると、「礼状の末尾に――「先生の作品は古い書き方の詩だ」との感想を受け、「ドキリとしないでもなかつた。」と告白している。その「若い女性」からの礼状を分析して、小林は次のように述べている。

モダンジヤズ、モダンバレー、モダン絵画、モダン何々――新しいムードに、新しい表現に我々の詩覚はさびてはいないと思つてもいる。／古い時代のシツポ――あるいは、そんなものを、古い時代を歩いてきた我々には影のようにもち、思想の一部にもち、割り切れないでいる陰影みたいなものをもつているかもしれない。

と、自らも昭和初年代にモボモガの時代を体験し、文芸思潮の最先端を歩んできたことと、戦争詩を書いた時代を潜り抜けてきた思いを重ねて分析している。

戦争期から戦後期へと時代の変遷と詩学の変遷を体験した詩人の矜持と孤影。新潟県の近代詩成立に寄与した詩人の晩年の回顧である。ためらいがちに言い切る小林に穏やかな鋭さを思うのである。

緒方昇からは詩を、更科源蔵と島崎曙海からは「お祝い」の寄稿を受け掲載している。「海底記」で小島一作は「今一番落ちついた状態にある。むりな同人の増加を願わず、じつくりと歩いていきたい。」との方向を見定めている。詩誌「海底」の最後の輝きを放つ「五十号記念特集」号であった。

一九六〇年十二月刊の五十一号で一人の詩人が登場する。「寂しい追想」を寄せた尾形幸枝（尾形ゆき江）である。一九四三年生まれの戦後教育を受けた世代の登場である。戦争期、太平洋戦争期に誕生し、戦後の教育で

育った詩人群が前世代と交流しながら「新潟県詩人連盟」発足の起爆剤となってゆく新人の登場ということができる。

小島一作が語った「落ちついた状態」は長くは続かず、一九六一年から一九六五年の五年間で「海底」は六冊の刊行と低迷期に入っている。しかしこの間も八木末雄によって新潟県の近代詩成立の現認報告として「新潟詩壇史」は書き継がれている。そうした中で詩人市島三千雄を知る小島一作は、市島の詩碑建立を計画して奔走する様子を残している。

b―西山晃と『二十世紀遺跡』

津川町から三里の東蒲原郡上川村字西山の古刹、天台宗西山日光寺の住職を務める西山晃が一九六五年三月に急死する。古刹とはいえ檀家は少なく、電気もつかない寺の生活は困窮を極めていた。生活のために様々な試行をくり返し、晩年はユースホステル「西山荘」を運営している。ペアレントとしての彼を慕う人々の手で、遺稿集『二十世紀遺跡』が一九六五年十二月二十日に上梓される。

一九三九（昭和十四）年五月の入営以降、六年に亘り中国戦線で戦い続けて帰国した西山晃は、一九四六年に西山日光寺を受け継いでいる。半年は雪に閉ざされる寺の生活の厳しさを「二十世紀遺跡」と喝破した西山晃。詩集から「二十世紀遺跡」を引く。

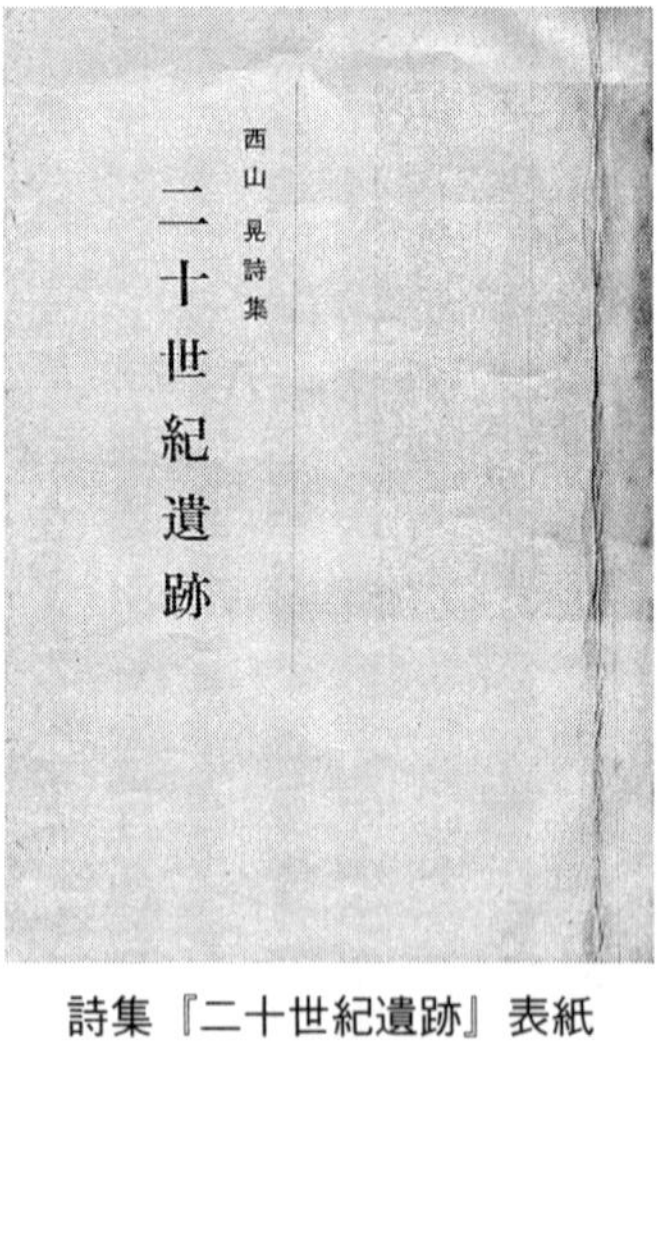

詩集『二十世紀遺跡』表紙

二十世紀遺跡

――遺跡は暗い夜のようなものである。――

それは突然来るかもしれない
妻はランプに手をかけたまゝ
子供は絵本をひらいたまゝ
俺は新しい窯の設計をしたまゝ
ストーブの火は燃えたまゝ

パイプにはタバコがつめられたまゝ
煤けた手製の寝台
口の欠けた急須
兵口の痛んだ轆轤

それらは
打ち砕かれた磁器のように散乱し
思想は血液と共に
地層を赤くそめるだろう

やがて
雪の上に雪の降り積もるように
新しい土が幾重にもその上につみ重なり
ひとは
二十世紀遺跡と云うだろう。

錆付いたランプの口金や
SK32耐火レンガの破片にまじり
発掘される人骨
その頃日本列島は南北に細長く
指のように曲がり
二つの巨獣がのたうち

この山頂は
無電燈文化の住居跡であったと
考古学者は推定するだろう。

ねむれない暗い夜である
妻と子は
すでに地層の中の人骨のように
二つ並んでねむっている。

家族との生活がそのまま雪に埋もれていき、数百年数千年後に遺跡として発掘される様子を西山晃は奥深い「思想の血液」で描き切っている。

詩集は半年近く人里との交通の途絶える寺で、生きとし生けるものと交感し、生活の糧を得る辛酸を、ときにユーモラスにときに諧謔的に詠っている。まっとうに生きようとする西山の姿は感動以外のなにものでもない。しかも生活を共にする家族の困惑をも、山のふところの如くに深々と包み込む、まさに育む魂の詩人西山晃の人間力に魅了される。

江戸期には天台宗の本山として「八町四方」に百余の堂宇伽藍を擁したという日光寺、現在は無住。十日町市水口沢不動寺が管掌している。その地に立つと西山晃と歴史がいまなお息づいている。地名と寺の名をアナグラムにペンネームとした。本名は嘉堂元海、俗名は照夫（一九二八・一・三十〜一九六五・三・二十七）。歌人名を栗山静夫。本籍は福島県伊達郡小国村大字大波字上屋敷二八番地（現福島市）。

　八木末雄の「解説」は、詩人の詩歴と履歴を紹介した、まさに簡にして要を得る心と血の通った名文である。詩集『二十世紀遺跡』として纏められた作品が八木末雄の解説と対をなし、西山晃の詩精神と生活の艱難辛苦がひしひしと伝わってくる。小泉辰夫が「書かいでもの記」を、吉田英延が「あとがき」を書いている。三十二篇から成る。B5判、ハードカバー、一二五ページ。

　詩誌「海底」は一九七二（昭和四十七）年七月刊行の六十三号まで継続される。次章では新潟県の近代詩成立期に寄与した小泉辰夫を詳しく取上げることとする。

② 詩誌「DA」から「造型」へ、その変遷と終刊まで

　前田国史（邦博）は、前田白蘆時代、敗戦後の一九四七（昭和二十二）年九月に詩誌「DELTA」を創刊して以来、詩誌「ACACIA」・「近代詩」・「造型」と実質上の主宰者であった。詩誌「近代詩」前期には、東京の詩誌「純粋詩」と交流し、詩誌「地球」の創刊に深く関わる詩的活動をしてきた。そうした関係もあってか、前田は東京へ移住する。その混乱の様子は前章で述べてきたところである。「造型」を継いだ田村達爾、中沢洌の努力にも拘らず「造型」の方向性は定まらず、一九六〇（昭和三十五）年十一月に誌名を「DA」と変更する。編集後記にあたる〝NOTE〟で田村達爾は、

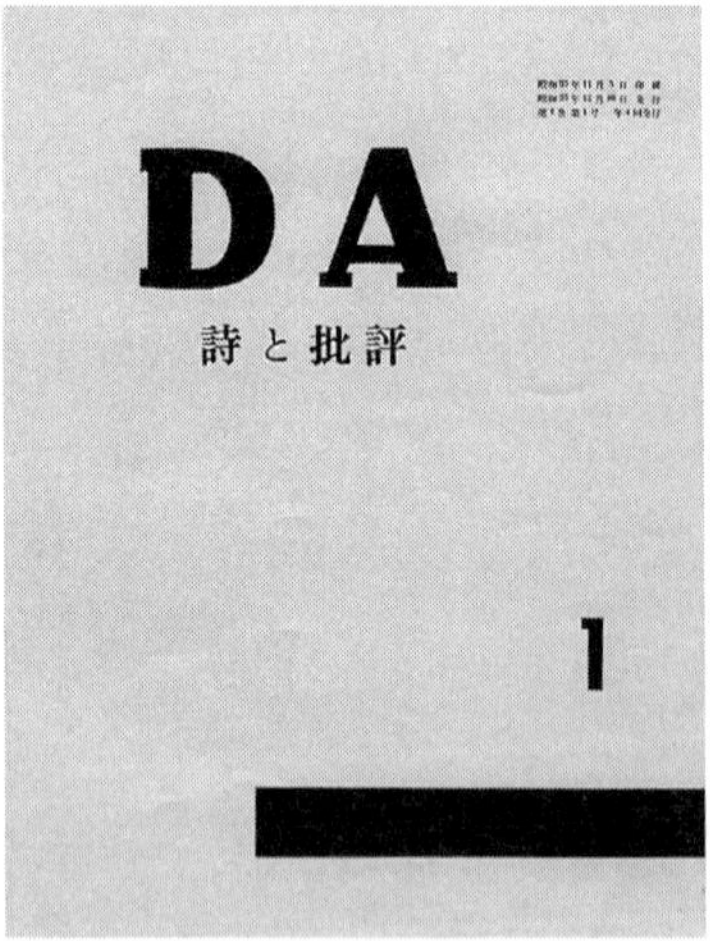

「DA」表紙

　「造型」を廃し「DA」を創刊したのはたしかにある種の脱皮ではあつた。しかし「DA」の中から「造型」にない「新しいもの」を求める気持で頁を開けば、お

そらく失望する読者が多いだろう。

と、「新しい」詩の発見は「ひとりひとりの同人自身の問題」と結論付けている。

同じ〝NOTE〟で横山孝弘と中沢洌も同様に今後の詩の在り様として「個人の問題」として自らの方向を見通している。詩的活動が個人に還元されるとは、おおむね詩の側から来るのではなく、詩人の詩への情熱の衰退と経済的社会的地位の一定の上昇という、いわゆる立場上というものが大きな比重をもってくると思うのだ。「失望する」のは「読者」ではなく、同人各人ではなかろうか。

戦後十五年。戦争期から戦後の価値観が変貌する時代のまっただ中から生れた「造型」の詩人たちが、変化する時代相に対応しきれなくなっている姿が読み取れる。社会の動向と詩の創造という接点で、厳しく社会と向き合い自らの詩の向う方向を問うてきた詩人群が「ＤＥＬＴＡ」から「造型」の世界を築き上げてきた。敗戦期の混乱といういわば「復興期」の精神が、経済的復興期にはその集約すべき精神の所在を見失いかけている情況が見られる。日米安保条約改定を巡る「安保闘争」という、政治的政党的闘争や詩精神の動揺に求めているわけではない。安保闘争が日本の敗戦の混乱から経済成長へのメルクマールとしての動乱期であり、既に都市知識層の一角を占めた「ＤＡ」同人の社会的地位の上昇とのパラレルな社会認識の反映を私は見るのである。自ら「新しいもの」を切り開く力量が消失していたと言っても過言ではなかろう。

発行回数を確認すればこのことは実証される。二号の発行は一九六一年八月であり、一九六二年が三号・四号と二回の発行を見るに過ぎない。一九六二年八月刊の四号に載る同人を引く。

伊藤敦　大沢澄男　柿村うた子　加藤太郎　木島栄一
高橋正治　高橋康夫　田村達爾　田代芙美子　中沢洌
前田匡史　山口ひとよ　横山孝弘　千葉光子　吉川象
市　渡部秀男　鷺沢直

の十七名。

詩誌「近代詩」の時代には並走していた詩人井手則雄が、「新潟県美術教育研究会の講師として」来港し、一夜歓談したりしている。

「ＤＡ」は一号から四号までの編集人を中沢洌が、発行人を田村達爾の陣容で発行している。一九六四年（昭和三十九）年二月刊の五号から田村達爾が編集兼発行人となっている。一九六三年には発行されていない。編集人の交代は中沢が仕事上で他市へ転勤したことを理由としている。「ＤＡ」が過渡期にさしかかっていることが分る。詩誌「造型」創刊の一九五四（昭和二十九）年五月から十年目を迎える。五号〝ＮＯＴＥ〟で中沢は「今年は、創刊十週《ママ》年を期して九月にはアンソロジーを発行する計画である」と抱負を示している。「造型」をとりまく状況について田村は、「新潟放送の「聴取者文芸」の詩の選を三ヶ年」務めたと報告している。詩誌「アンテナ」のことは前章で触れたところである。そして、

「新潟県詩人連盟」が四月一日より発足することになつた。連盟結成については数年前より話が出たまま立ち消えになっていたものだが「新潟県若い詩の会」の倉田孝夫君などの努力が結集したわけだ（後略）

と、「ＤＡ」が新潟県の若い詩人との交流の要となっていたことを述べている。この「新潟県詩人連盟」については、別項を立てて詳述することとする。

しかし同人個々の創作は停滞し、計画されたアンソロジーは発行されなかった。そして一九六五（昭和四十五）年十二月に誌名を「造型」に戻して、通巻二十三号として刊行される。「造型」復活の弁として中沢は次のように書いている。

29年5月の造型第1集を発行して以来10年余の歳月が経つた。創刊後数年の活動期ののち、前田邦博の上京、各同人の生活上の変遷などもあつて、季刊としての定期刊行も乱れがちとなつた。

と、短い総括をしている。「詩を書く姿勢が確立され」、「造型と変えて発刊（季刊）とする」と前途を語ってはいる。これに対して田村はより心情的に、

やつぱり『造型』のほうがなつかしいというのである。『造型』になつたらまた詩がかけるのではないかというのである。若返りの良薬になればいいが、

と、心もとないのである。

前田も邦博名で「青い炎のなかの沈黙――造型グループの10年――」を寄せている。詩的・詩史的分析からは遠い「人間・前田邦博」と「造型」との関係を述べているに過ぎない。詩人が状況から遠ざかる姿を見る。しかし「ＤＡ」時代の成果として、「千葉光子、柿村うた

子の詩集刊行などまとまった仕事もあった」と中沢は回顧している。
　詩誌「ＤＡ」一号に載る千葉光子の「寒鮒」を引く。

生きているま丶鱗をむかれ
身をよじつて反抗すると
あらあらしく指で押えつけられ
容赦なく刃物が腹を裂き
指を貫き込まれ
引き出された内臓
つきあげる吐き気に
あえぎ身をのけぞり
口をあけ吐きだす内臓がない
言葉がない
魂さえもなく
何物も写さない青い目が
はりついて動かない

この上何を奪おうとするのか
みきわめようと澄ます心にみなぎる痛み
水に滲んだ油が暗い地面に吸われ
あとかたもなくなり
水は冷たくつき放す
熱湯に投げこまれたとき
突然　あらゆる不幸との契約を飲みつくし
険しい吹雪の街を
勢いよく空に向つて泳ぎ出した

　青春後期の心情を料理されるまな板の上の〝寒鮒〟に譬え、料理過程の生々しい描写が詩人の魂の葛藤と鋭く共振し、リアルに映し出されている。詩人が自らの魂までもさらされることを覚悟しての、詩人誕生の詩ともなっている。
　千葉は詩誌「造型」「ＤＡ」で発表した作品を詩集『海』として一九六二年三月十五日　上梓している。作品「牛」は、かつては生活の一部分であった隣人としての牛に託し、牛の一日の生活から〝はみ出した心〟を、青春の軌跡として丹念に追って秀逸である。二十代の詩と真実に真っ直ぐに向き合った詩集である。「落葉」からはたくましい詩心と、心を映さない空に詩を書き続ける強さが読み取れる。〝空の青さをたしかめ言葉の重みに沈んでゆくかけがい《ママ》のない魂（「海」）〟で世界と対峙している。「寒鮒」はひとつの頂点を示す詩であろう。二十六篇から成る。A5判十九ページ。
柿村うた子の『病んだ種子』は、「詩集について」の項で紹介する。
さて、詩誌「造型」→「DA」→「造型」も終局の時がくる。終刊の記述はないが、一九六七(昭和四十二)年三月刊の二十四号が実質上の終刊となったようだ。終刊は明示されていない。二十四号の編集後記で田村は次のように報告している。

昨年の夏、東京の前田から「造型」を東京へもつてきたらどうか、加藤太郎もそれをとくに希望しているという手紙を貰つた。十二月の同人会の折に、そのことについて在新潟の諸君と相談したが、おおよそは反対の意見であった。

との「造型」内部で詩誌の所在をめぐる葛藤が在ったことを示している。新潟在住の同人には、「新潟から出すという執着のようなものが同人の心のなかにあるのではないか。」として、前田の提案に反対している。一方で中沢は自らの詩への関わりを顧みて、長谷川龍生の言葉を引用しながら、

生活の曖昧さ、あわただしさに追われ、そこからぬけだせない私自身は、もう詩など書くべきでないと思つてみたりする。

と、告白している。
「毬原れい氏を同人として」迎えた「造型」はここで終焉する。二十四号に作品を掲載した詩人名を上げておく。

前田邦博　伊藤敦　加藤太郎　柿村うた子　田村達爾
田代芙美子　吉川象市　木島栄一　中沢冽　毬原れい

後日談的には一九六八(昭和四十三)年八月に、「造型ノート1」が刊行されている。
詩誌「デルタ」から始まる戦後二十五年に亘る前田邦博と田村達爾らの詩的活動が果たした成果として、日本の戦後詩展開の一翼を担ったこと、柿村うた子、山口ひとよ、田代芙美子、千葉光子らの女性詩人の育成に貢献したこと、そして次の詩界の担い手となる倉田孝夫・豊崎義明らに詩史的継承のバトンを手渡したことの三点を確認しておかなければならないだろう。「造型」終焉後、多くの詩人は作品を発表する機会を失っている。復活するのは私が「福田万里子ルネサンス」と名付ける、

一九八二（昭和五十七）年十一月に創刊される詩誌「海構」を待たなければならない。

③「文学北都」の展開

雑誌「文学北都」の創刊から十二号までの歩みは前章で述べてきたところである。年に二回から三回の刊行を維持してきていた。「文学北都」の刊行は、支流を集めて本流となる信濃川とは異なり、伏流水の様に秘かに流れていた十日町市とその近郊の市民労働者の詩・文学への思いを力づけ、泉がわき出すように多くの詩誌を誕生させた。その大きな奔流も第十三号の刊行は、第十二号刊行から一年後であった。一九六二（昭和三十七）年六月刊の第十四号は、第十三号刊行から一年半後と停滞してゆく。

地域雑誌としての機能を発揮してきた「文学北都」の停滞はどこからきているのだろう。「文学北都」は、十日町地域の経済を支える繊維産業の経済人から、繊維労働者・市民・農民をも包含してきた。雑誌の経営は経済人とインテリゲンチャ層に支えられており、経済的・経営的な損失からの停滞は考えられない。一九六〇年前後の「安保改定」期の騒乱の影響や、生活様式の都市化という変化が底流にはあるだろう。それは地域に根差した雑誌と雖も、詩・文学・雑誌の持つ一つの宿命であり、同人各人の文学以外の生業との関係もその一つであろう。雑誌経営と執筆に時間が割けなくなってきたという事がその大きな理由ではないだろうか。

日本の経済は一九六四年の「東京オリンピック」へ向けての高度成長期に入り、経済社会の構造的変化が、徐々に地方の街にも影響を及ぼしてきていた。「文学北都」の同人一人ひとりがそれぞれの職能の場で、より高度の責任を負うようになっていったと考えるのは妥当であろう。創刊から五年という時間が、生理的時間以上に文学精神に影響をもたらしていると考えた方が「文学北都」の場合は当てはまる。その典型例を福島健文の詩に見るのである。

福島健文は一九三〇（昭和五）年一月に十日町市中条町に生れている。「文学北都」には一九五一年一月刊の第二号に詩「傾斜」を発表してから一九六四年十月刊の第十八号まで、コンスタントに作品を掲載している。幾つかの詩誌を創刊し、この時も詩誌「混血児」の同人となっている。[3] 五十年代の後半の福島は「ボオドレエルの申し子」を自認し、言葉が指し示す遊戯性《モダニティ》の強い詩を発表していた。高橋正治、庭野行雄、蕪木錬らの北園克衛への傾倒と類似性を思わせる詩である。しかし、その福島が自らの生活の基盤である農民に目覚める。自己認識を主体的なものとするために、言葉で外部を強化しようとモダニティを我がものにしようとしていた福島。日本的抒情から距離を置くモダニズムに引かれたのだ。言ってみれば地方に生れ住む「地方詩人」の典型的な表れだった。ただ福島には庭野行雄と違って、東京を中心とする詩界は念頭には無かった筈だ。生きている場所こそ大地こそ自らの言葉の拠って立つところと認識していたのだろう。一九五八年十月刊の第七号の「おれは土だ」あたりから詩の内実が変化する。一九五九年二月刊の第八号に載る四篇の内の一つ「自戒抄」を引く。

世の中はだ　現実のような夢幻だ　と
思つて来たのだ　だがだ　今後はだ
夢幻のような現実だ　と　思つて行く
のだ……俺の内部の俺はだ

鋤鍬の跡、掌の豆のような「だ」音が響く。現実と夢幻が反転する。

九号から十一号までの一九六〇年前後の時期は、反転した時代相の中で福島は、「農民は　資本家兼労働者か…ね　自分で／田畑を持つて　自分で作るんだから…ね（呵呵）」とか、「楷書の仕事である　行書の人間である／／農民自身よ　これを理想とし給え（理想（自戒））」と農民と詩人とに分裂する己の姿に呻吟している。詩法意識は詩の前面から消え、農民自身の自らの言葉の前で逡巡している。その結果一九六一年十二月刊の第十三号に、十四連五十五行の「黒人日記」を掲載する。最終の二連を引く。

俺達黒人は　俺達の沙漠に俺達の田園都市を築らねばならぬ　俺達は　この為に俺達の汗や涙や血を流さねばならぬ　徹底的に流さねばならぬ　のである

おお　清涼の夜気が到来する　……さらば　秋耕よ　思考よ　そして同朋達よ

「秋耕中で　思考中である」福島が自らを黒人と擬することによって、万能人ならんとする分裂した姿を更に鮮明にする。「白人共の真似の出来ないもの」としての万能たる農民へと変身を遂げて行く。まさに福島の「混血児」時代と言えよう。第十四号の「土民一代」を経て、一九六二年十二月刊の第十五号で「農人終日」を発表するに至る。詩人と農民、内部と外部の相剋ははじけて農民詩人福島健文が生れ出る。全文を引きたいが最初の三連、十三連から十五連、そして終連を引くことにする。

午前五時　俺達夫婦は　起床する　素早く野良着を附ける　俺達の野良着は　継だらけだ　俺達は　外出する　附近の稲架場へ出かける　淡い朝焼だ　淡い虫の声だ　俺達は　それ等を見聞しながら稲を架ける　昨日　刈つて来た稲だ　露に濡れていて重い　…老母が起きたらしい　炊煙が上り　豚や鶏の鳴声がする

午前六時　俺達一家の者は　朝餉を食うと言つても　パンや牛乳ではない　青菜や茄子の入つた雑炊だ　美味くはないが　これでなければ　家計がもたないのだ　老父母　俺達若夫婦　皆必要以外は語らないで　黙黙と食う　…発育盛んな三才の児女だけは　陽気に卵の入つた雑炊を食つている

午前七時　俺は　野良へ出かける　リヤカーに藁や鎌や飲水や新聞を乗せて　一人で出かける　実は　妻も同行させたいのだが　それは　駄目だ　妻は　機織だからだ　現在の農家は　農業だけでは生活出来ないからだ　現金収入が少ないからだ　…やがて　俺は野良へ着く　煙草を喫う　新聞を見る　暫時　おお　ああ　等の驚声や嘆声を続ける

（十連七十七行略）

午後五時　俺は　刈つた稲を寄せる　リヤカーに積む　《これで　大体今日の仕事は　終つたな》　そして　暫時　田園に寝転ぶ　夕焼空を見る　感傷的となる在京の兄弟の事　遠い日の　遠い地の恋人の事　山の彼方にある青い町の事　俺は　眼を潤ます　《暫時　過去と未来だけがあつて　現在がなくなる》

午前六時　俺は　自家に帰る　風呂に入る　《据風呂だ　風流だ》　《町民諸君

は　持つて居まい》　俺は　悠悠と入つて　詩吟をやる　《得意中の得意だ》
やがて　俺は　俺達一家は　夕餉を食う
白飯　味噌汁　野菜のおかず　何等変つてはいない　唯　秋刀魚が一本づつ附いている　《俺は　晩酌を飲みたいと思う
然し　家の経済を思つて　諦めるのだ》
《池田首相君　貴様は　一級酒を晩酌としている　そうだね》

午後七時　俺は　自室に戻る　書物を見る　詩歌を綴る　農繁期の今日この頃は
夜の来訪者がないからだ　俺自身も人を往訪しないからだ　疲労していて　出来ないからだ　俺は　寝床に寝転んで　悠悠と頭脳の習練を続ける　《俺の一日の最高の時だ　最良の時だ》　…満月が出て来たらしい　夜空が　明るくなつて来る　…幼女は老母と共に寝ている
（二連十七行略）
午後十時　十一時　十二時　平凡な日が終る　ああ

農民福島健文一家の朝五時から就寝までの農作業と「思考中」の肉体と精神が描き尽くされる十八連一三九行の長詩である。一農民の起床から就寝までの農耕労働する肉体と思考が、一連一時間毎に蔟生する田の畔の雑草のごとくに言語化されている。それはあたかも六十年代に大都市に出現した志路遺耕治や吉増剛造らの「疾走詩篇」の田園版。田園という懐かしさや牧歌的風景とは背反する、日本の中山間地の農民の現実——生活時間そのものを詩と思想に結実させた、まさに「俺達の田園都市を築」き上げたのである。農人・福島健文は、農民という自己の存在を極限まで思考しつつ田畑を耕す。生活リアリズムとモダニズムの手法を駆使して、農民のアルチンボルド的相貌の実像を刻みつける。
東京オリンピックに象徴される日本の高度成長経済の進展とモータリゼーションの普及、そして貨幣経済の浸透による農家経営の近代化という掛け声が、農業従事者＝農民に経済的な困難さを与え続けることになる。二〇一五（平成二十七）年四月現在、朝日新聞紙上で原武史は〝戦後の中の断絶〟として日本の姿を、(4)
なかでも50年代後半ないし60年代前半に、大きな歴史

の裂け目があったといえます。農業社会から工業社会
に離陸した時期です。

と、指摘している。

西欧モダニズムの詩法に傾倒した福島は、農業者として生計を立てている。農業社会から工業社会へ構造変化する、その裂け目に足を置く福島は、歴史が転換するまっただ中を苦悩する農民の一人として「とつとつ」と語るかのように疾走したのである。社会と経済は、モータリゼーション、電化製品など消費社会へと構造変化しつつあり、すべての国民が貨幣経済の恩恵と困難の両義性の下で生活することを余儀なくされて行く。日常の暮らしでは生活の向上とパラレルに進行している。一九六三年八月刊の第十六号に載る詩「騒音」は、農業社会に限らず街でも都市部でも繰り広げられていた情況と風景を切り取っている。最初の連を引く。

最新式ブルドーザーが　泥濘道路を舗装
している　（その騒音）　そこを幾百の
種々の自動車が往来している　（その騒
音）　森が伐採され　（その騒音）　そ
こに　鉄筋住宅が建築されている　（そ
の騒音）　各家庭には　テレビジョンが
鳴り　（その騒音）　織機や電気洗濯機
が動いている　（その騒音）　表通りに
は　洋酒バアや映画館のレコードが鳴り
（その騒音）　種々の工場の種々の機械
が動いている　（その騒音）　然も　頭
上には時々某国のジェット機が飛行して
いる　（その騒音）

福島の詩は「農人」の視線が徹底した批判力に満ちていることを示している。その一方同じ号に彼の憧れと理想郷を抒情する「風景」を載せている。全篇を引く。

山の小道がある　小道の両側に畑がある
《菜の花が咲いている》　そこを過ぎる
と　両側に落葉松の並木がある　《小鳥
が鳴いている》　そこを過ぎると　おお
湖がある　湖の中には　蒼色の水がある
紅色の陽の影がある　白雲の影がある
ボートの影がある　そして　おお二人の
影がある　少年の影と少女の影とがある
《ボートの中で寄り添っている　手と手

をつないでいる　語り合っている》　すべて　春の日の中にある　陽炎の中にある　長閑の中にある

百姓の　中年の　髭面の　この俺の心の中を見給え　この風景がある　何時の何時までも変ることなく　俺の心の中にある　のだ

この後も福島は「農民詩」を書き続けるが、一九六四年十月刊の十八号に詩「一服抄」を掲載した後、詩筆を一服する。復活するのは庭野行雄の主宰する詩誌「穹」の、一九七九（昭和五十四）年三月刊の第二号を待たなければならない。

「文学北都」全体の動向へ戻ろう。創刊以来「文学北都」は、詩・創作（小説）・随筆・詩をはじめ、写真を多く掲載してきている。写真は、関口文二郎、青山立介、山内与喜男らがグラビアや口絵写真を飾っている。それらを通覧してみると十日町近郊の日常が、現在から見直すと民俗学的な記録として貴重なものになっている。

創作（小説）では、「文学北都」を終始リードした野本郁太郎を始め、田村喜一、川崎吉近、滝沢久一、佐野広、大平貞治、阿部加代らの活躍が見られる。その中で一九六四（昭和三十九）年二月刊の第十七号で高橋実が「竜の住む池」を発表する。同年十月刊の第十八号に発表した「雪残る村」が、芥川賞の候補に選ばれている。新潟県の小説界の画期と言っていいだろう。

福島健文と高橋実の活躍をみながらも「文学北都」は次第に精彩を欠いてゆく。第十八号に載る詩人は、

須藤茂一　福島健文　星野元一　庭野義一　西川勝雄

の五名。「文学北都」第十九号の刊行は一九六六（昭和四十一）年七月となる。[5]

④ 詩誌「岩と詩」から詩誌「北の詩」創刊へ

詩誌「岩と詩」が一九六二（昭和三十七）年八月刊の第九号で終刊したことは前章で述べてきたところである。終刊から詩誌「北の詩」創刊までの経緯を纏めて見ておくこととする。一九六一年六月刊の第八号の（大）署名のあとがきで、「次号から発行の母体を「岩と詩社」にうつす。」として、

「柏崎詩を語る仲ま」という地域を作表しているようなカラが、ふさわしくないようなので岩と詩社をあらためてとなえることにしたにすぎない。

と、発行主体の変更の主旨を伝えている。

又、〝うごき〟欄でまちえが上京し、「潮流詩派」の会合に参加したことや、むながた・だんやが「胃潰瘍」の手術入院、療養中だとの同人情報を残している。一九六〇年前後の時代の激動期に「岩と詩」の同人が、様々に社会的、個人的事情を抱えている様子を窺わせる。そして第八号刊行の一年二か月後に発刊される第九号で幕を閉じる。第九号には終刊への言及はなされてはいない。

一九六五（昭和四十）年七月に「北の詩」を創刊する。創刊から一九六五年十二月刊の第六号まで月刊を維持しその活力を見せるが、詩誌の内容としては停滞感が否めない。創刊号は「北の詩の誕生のこえが、ベトナム特集号のようなかたちになったとしても、それは妥当な成りゆきなのであって、」とどこか投げやりでさえある。詩誌「岩と詩」時代のまちえならば、ベトナム戦争の社会的・政治的側面を彼なりの認識で時評したであろうが、「妥当な成りゆき」として自らの分析を放棄している。

もたい・いさおの詩「見ている」の一連は、「ベトナムの空は／雨期になっても／いつも夕焼けで赤い。」と、風景から詠いはじめる。二連、三連では太平洋戦争中と敗戦後の体験からベトナムの泥沼化する戦闘とその戦闘で殺されていく青年たちへ思いを馳せてはいる。まちえの詩「かすみの町」も「浜千鳥」の碑建立で「産業だ文化だ観光だ」と、騒ぎ立てる街住民の意識と対比するようにベトナムの殺戮を戦時体験で重ね合わせてはいる。戦時体験からくる非戦の願いが滲んでいるからこそ、まちえの批評性は影を失い、感情が前面に出ていると言っていい。

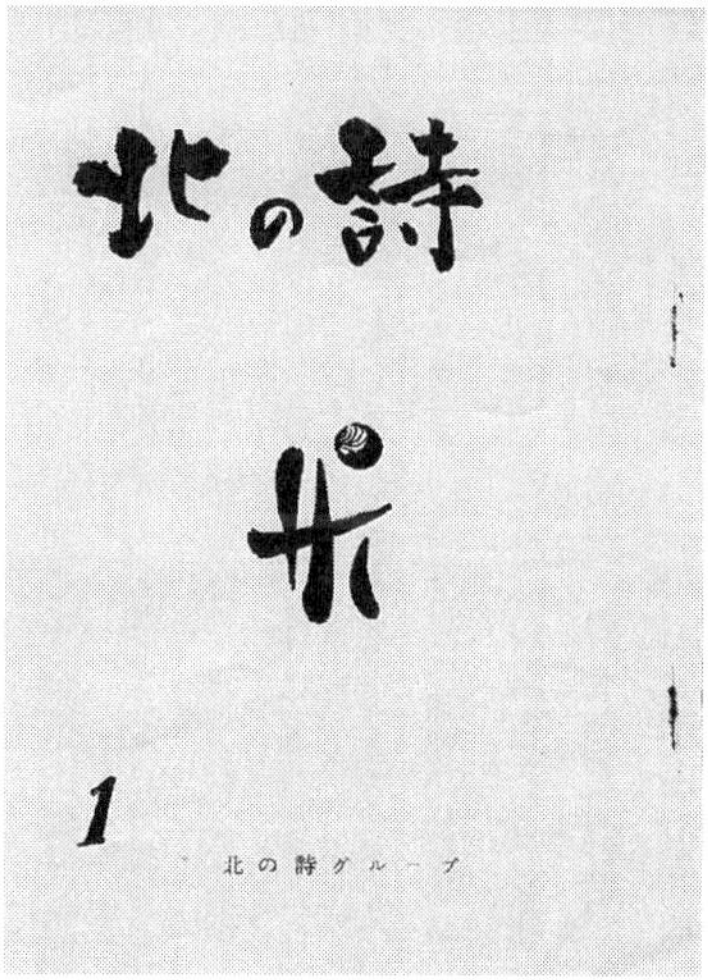

「北の詩」創刊号表紙

詩誌「北の詩」を創刊するまでの三年近い間に「岩と詩の仲ま」にはどのような情況にいたのだろう。一九六五年八月刊の第二号の（ま）署名あとがきで、

〝誰にもフイクシヨンをみちびき入れる必要がある〟と言つたむながた・だんやは死んだ。フイクシヨンのように死んだ。そうだ、一歩すすめよう。そして、それをさらに展開してみせることも、〝北の詩〟のひとつのしごとであろう。

と、むながたの死を伝えている。

むながたが「フイクシヨンのように死んだ」とは、「むながた・だんやは昭和39年5月、旅先きの猿カ京温泉で急死した。[6]」というむながたの突然の死を指している。戦争期には柏崎で一人詩の灯火をともし続け、戦後はいち早く詩の復活への道を探り、日本が経済的・社会的に一定の安定期に入る一九五〇年代中期からは「平和と民主主義」を掲げる「進歩的インテリゲンチア」として、柏崎の詩活動をリードしてきたむながたの死は、彼と同行してきたまちえにとっては大変な損失であり喪失感をもたらしたであろうと推察するに難くない。そして、安保改定期の政治的混乱から経済の高度成長期を迎え、詩を巡る情況と状況は大きく変化してゆく中で、まちえらは「岩と詩の仲ま」の再結集をはかる。第二号のあとがきはその一つの方向性をむながたの残した言葉により推し進めようとした事情を示している。

同年十月刊第四号でまちえは詩「位置」を発表している。それを引く。

待機
若かつたのだ　力だつた

停滞
足かせ手かせ昼と夜

奈落
横目でみつめながら耐えている

平和
これがそうか　石と苔と大地と

国内的には安保改定期の激動から高度成長期への過程で経済的安定感を認識しつつ、ベトナム戦争により戦時体験を蘇らせるまちえは、しかしながら自立した自画像

を描き切れず停滞する姿を浮き彫りにしている。むながたが「タシケント宣言」を支持する方向で、原子爆弾反対の実際行動に向った時代から一時代過ぎる時点で、まちえが時代を映す鏡としてのむながたを失った痛手を思うのである。

詩的位置の定まらぬ「北の詩」は、第三号に「潮流詩派」の村田正夫の詩を、第五号に長崎浩の詩を掲載している。「潮流詩派」はまちえが交流を続けた東京の詩誌である。「岩と詩」の時代のまちえは、政治的イデオロギーと労働組合運動に批判的であり、吉本隆明や谷川雁らの自主自立の立場にシンパシーを示してきた。まちえはそのシンパシーに近い詩誌として「潮流詩派」を捉えていたのだろう。「自主自立」とは一線を画しつつも、詩に社会性を含意させながら、政治的イデオロギーからは自由であろうとする姿勢である。

長崎はもたいが同人として関わった詩誌「磁場」との関係からの参加であろう。柏崎市の詩人を中心に活動してきたまちえは、県内外の詩人との交流交友を通じて、むながた亡き後の「北の詩」の発展を期待していたのかも知れない。特に「潮流詩派」との交流が、「北の詩」の方向として展開されて行く。

その後の展開への道のりでまちえが出会う一つのエピソードを、第五号のエッセイ「ちよつとしたこと」で語っている。「北の詩」が次代の詩人の発掘、新人を育てる「位置」にあるということを思い知るのである。四十代に差しかかる同人達は社会的にも職場では中間管理職の地位になり、新人育成の当事者になる年齢になっていた。「詩をやりたいのだけれど」という若い女の人を紹介される。幾つかの詩集・詩誌を貸したりして手を差し伸べるが失敗に終わる経緯を語ったエッセイである。まちえは寄せられた当の若い人からの詩に対して「詩はお仲間のおしゃべりではない」と、厳しい表現で彼女に答える。詩を求める人に対して「詩は時代とともに動く」とし、「暗い心が宇宙の絶望やベトナムのジャングルをオロオロさまよっているのだ。」との状況性から詩の場を説明している。「お仲間」から出発したかった若い人は参加を断って来る。まちえは経緯を反省し、

「まちえ・ひらおは大いに気張つている。――片隅で遊ばしてくれーという意見と、有効に場所をととのえていこーという気負いと、北の詩はこれからどう方向を見定めるか」ともいう。有効と私がかいたのは、適時適切、効果的にということであつて、社会的効用を発揚するためになどと居なおつたわけでは決してない。

芸術性や社会性が欠落する現在の「同人誌」の問題の前触れを思わせる文である。次に来る大衆社会化状況を思わせる。「海底」の小林清一郎のエピソードと重なる。停滞感とそれを払拭するための持続が以降の「北の詩」の方向性を定めて行く。

3　新しい詩誌の創刊とその動向――一九六一年から一九六五年までに創刊された詩誌について

一九五〇年代からの継続する詩誌の動向を一通り見てきた。この項からは創刊される新しい詩誌の動向を紹介して行くこととする。一九六一年から一九六五年の五年間で発行された詩誌の年月日別に列挙し、順次紹介することとする。創刊された詩雑誌のうち「北方文学」と「新潟文学」及び詩誌「モノログ」「火」「牧人群」「ボルヘ」の活動、そして「新潟県現代詩研究会」は独立した項目を立てて詳述することとする。

①　年別発行詩誌抄

一九六一年
解氷期創刊準備号／一月十日〜
旗一号／二月一日〜
新鉄詩人／二月十五日〜（第三章で記述終了）
樹炎創刊号／三月一日〜
COSMOS1／四月一日〜
波紋第八号／発行年月日不明（第三章で記述終了）
北方文学第一号／四月一日〜
新潟文学第二十一号／十月十五日

一九六二年
黴花第四号／十一月二十日〜
火第一号／十二月二十日〜
モノログ創刊号／一月一日

一九六三年
資源　詩苑改名第二号／四月一日〜
ブイ第十三号／四月二十日＝（第三章で記述終了）
半獣人／六月一日

一九六四年
三人の会／三月一日
牧人群創刊一号／三月十四日〜
詩書第一号／五月五日
証言第一号／六月一日

水先人八月号／七月十日～

一九六五年

タムレ№９／三月五日～
野火№１／二月一日～
ボルへ二号／六月十九日～
夜明けのあいさつ第二号／四月十日～
季節風／八月一日
るたく二号／八月五日

②　詩誌「解氷期」について

「解氷期」創刊号表紙

一九六一年一月十日を発行日とする詩誌「解氷期」の創刊準備号が刊行される。連絡所は新潟県中魚沼郡水沢村馬場（現十日町市）、上村幸男となっている。巻頭詩に壺井繁治の詩「海へ」が掲載され、「新日本文学創刊準備号より」と注が付されている。繊維労働者によるサークル誌と考えられる詩誌「プリズム」や「波紋」、それに「文学北都」に批判的な立場からの詩誌創刊を目指した動きである。無署名の「解氷期を発行するにあたつて」で、「文学の第一義的なことは、生きてゆく自分たちの姿を、客観的にみつめ」、「自分の生活を知り、自分を知り、自分を変革してゆくということ」と、一人ひとりの生活に密着した姿勢から文学に触れることを主張している。そして、「私たちは労仂者として、日々の生活の中から文学を創造することである。」と、一人ひとりが労働者階級の担い手であると位置づけられている。

　今日における、私たち労仂者の文化・文学活動への自覚は、今日の資本主義社会のもたらした矛盾に、たち向うことからはじまったとも言える。

とも主張している。作品を寄せたのは、

草野和作　ほだかまさと　中野進　三室容子　蕪木錬
青木繁　赤沢一彦

の七名。

十日町市の詩誌にこれまで現れたのは蕪木錬一人。三室容子の掲載詩には（詩集機会の中の青春より）との註が付されている。三室の個人詩集からの引用か、「解氷期」以前の詩活動の結果編まれたアンソロジーなのかは不明である。

中野進の「新年にのぞむ」がこの詩誌の性格を表しているのでこれを引く。

ガガーリンの年
宇宙衛生《ママ》の年
そしてソ連邦二十二回大会
共産主義社会への躍進の年
われらの第八回党大会において
厂史的新綱領制《ママ》立の年
松川の勝利
ああ
なんとず《ママ》ばらしい年だったろう
こんな輝しい年に
戦列にくわわることのできた私は
来るべく新しい年を
より以上勝利の年にするために
今から準備にとりかかろう
すべてを優先する実践を

すばらしい芸術である期待で
胸をふくらませながら

プロパガンダ詩である。上手下手の問題ではない。最初に綱領ありきの観念詩である。「生きてゆく自分たちの姿を、客観的にみつめ」る姿勢がどこにも感じられない。

詩誌「解氷期」は四月二十日に創刊され、「私達の生活が、何者かによってごまかされた見方をされようとしている」ことへの告発の誌として刊行を続ける。そこには「解氷期（の会）綱領規約及び機関」として四つの綱領と十四の規約等の文が掲載されている。文学を傭兵化する戦前の失敗を全く顧みない政党の下部機関であることを明かしている。

しかし「解氷期」は十日町地域の文学サークルや他の詩誌との交流をも図ってもいる。一九六四年一月刊の第七号に載る無署名の巻頭言「詩は抵抗である。」で、「去る十二月初旬、十日町で〝働く者の詩の集い〟を開催し

た。」とある。その内容は、

先ず第一に「なぜ詩を書くのか」という詩作の基本的な課題については、四サークル（混血児、波紋、なんばん、解氷期）とも終局的な詩作態度は一致できた。それは、書くことが「抵抗」の単的な現われであるという主張だった。

と、集いの雰囲気を伝えている。

そして「解氷期」の姿勢として「私たちはどのような姿勢で、何に対して抵抗するのかを各自が深く分析しなくてはいけない。たえず前向きな詩精神で抵抗を続けてほしい。」と呼びかけている。

「四つのサークル」の詩誌「混血児」は未収集であるが「文学北都」で活躍する福島健文の関わる詩誌である。詩誌「波紋」については前章で紹介している。詩誌「なんばん」も一集を知るのみで多くは分らない。

「解氷期」の創刊準備号での呼び掛け人、上村幸男が実質的なリーダーと考えられるが、第一号から一九六三年八月刊の第五号までは発行所を「解氷期の会」としているだけで編集人名は無い。一九六三年十一月刊の第六号から一九六四年四月刊の第八号までは発行所を上村幸男方としている。第八号の「解氷期の今後の問題」という文で上村は、「なかなか原稿があつまらない。」とぼやきながら「百人近い仲間達が期待し、あた、かく見守っている。」と胸を張っている。そして、「この暮には、「第十号」三周年記念号を特別企画を立て、発刊したいと考えている。」と述べているが、「解氷期」が何号まで刊行されたかは確認できていない。収集した「解氷期」のうち準備号、一号、三号はガリ版印刷、五号から八号はタイプ印刷である。

③　詩誌「旗」の創刊と鶴巻和男

詩誌「旗」は一九六一（昭和三十六）年二月に、前章で詩誌「波」で触れた鶴巻和男の新たな出発として創刊された。〝鶴巻和男個人詩誌〟とし、編集は小林勝十三で発行所は新潟市東大山町二八の七となっている。鶴巻和男がペンネームで小林勝十三が本名かどうかは不明である。後記で鶴巻は「戦後十五年を圣《ママ》た今日、もはや詩は机上の番人ではない。」としながら、「しかし私は詩を知らない。その実体を知らない。」と詩への不安を語る。しかし詩誌「旗」を「私は現代を底辺とし最も近い距離から、貧弱ながら私なりの旗を推し進めてゆきたい。」

との抱負も述べている。時代の結節点に立つ鶴巻は、投稿時代と詩誌「波」を経て自立した詩人への道を歩み始めようとした。労働者の立場と視線を詩に反映してきた鶴巻は、自らの足元を確認するようにうたいはじめる。詩「旗」の二連を引く。

老婆のヘソクリは
まだスキーえ《ママ》とどかない
おれは四百円だして
ヒビ切れた一年を買ってやった
孫の果実が熟れて
老婆の中え《ママ》ポトンと落ちてゆくだろうと
その爽やかさは
スキーのように
俺の中え《ママ》鮮やかに滑ってくる

（存在とは
　非存在の中においてである）

老婆の曲った腰え《ママ》ふりつもった毛布で
吾子をくるんでやれなかったことが
チョッピリ淋しく
悲しく
けれども
ひそかにうち振らなければならなかったおれの旗は
一九六一年の片隅を
灼きつくように彩どり
（八行略）

「スキー」という現実を彩る希望を巡る母、息子、孫の情景を生活リアリズムで切り取っている。生活と暮らしとにある齟齬矛盾を鶴巻は詩を旗として凝視する姿勢を示している。詩誌「旗」の創刊号に作品を寄せた星野元一、田中武は「文章倶楽部」への投稿を共にしている。伊藤悦子に関しては不明である。

　同年五月刊の三号あとがきで鶴巻は次のようなコメントを載せる。

詩を書くことがいかに大切かとゆうことを自分は四月のある四日間それを痛烈に知らされた。自分には始めての経験であり、それはすべてに対する闘いでもあった。これは人人には平凡な事かもしれないが、厳しい発見は自分を殺伐と崩して未来え放り出してくれた。

「詩を書くことがいかに大切かとゆうこと」を「痛烈に知らされ」る、現実なり事実の実際が何かは語られていない。「自分を殺伐と崩し」とは自我崩壊する程の、或は詩意識や方法の転換をせまる何事かに遭遇した鶴巻の認識を読み取ることはできる。その経験は鶴巻を「未来え放り出してくれた。」。放り出された鶴巻はそれによって未来を、自分の詩の未来に目覚めたのかどうか。

未見ではあるが詩誌「旗」は四号を刊行して終わっているようだ。以降、現在まで鶴巻和男、小林勝十三の名で詩誌と詩には巡り会ってはいない。

④　詩誌「樹炎」創刊と戸田正敏

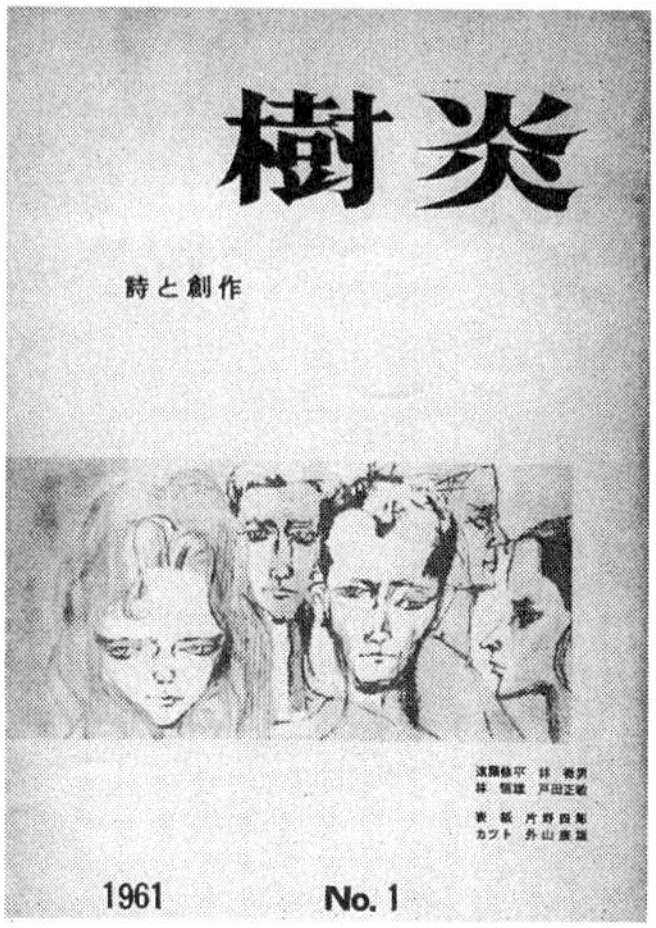

「樹炎」創刊号表紙

詩誌「樹炎」は一九六一年三月に創刊される。編集同人は遠藤修平、林徹男、戸田正敏、林恒雄。発行所は新潟県南魚沼郡六日町福祉事務所戸田正敏方「樹炎の会」となっている。主宰者は戸田正敏（一九一五・十・三十〜二〇〇七・七・二十三）である。

戸田正敏は一九一五（大正四）年十月に八海山山麓に生れ、一九三二年に就職のため上京し、出版社や朝日新聞社で勤務している。[7] 一九四六年に帰郷し、詩誌「泥人形」、「樹木派」等を発行している。私はこの二誌は未見である。また戸田は詩誌「日本未来派」の初期からの同人であった。

創刊号で編集後記にあたる「記録」欄に戸田は、「詩誌樹木派が枯渇して久しい。第八号の誕生をみずに自然休刊にいたつている。」と詩誌「樹木派」に触れている。「五十名をこえた同人も星屑のように散つて、あれから幾歳めかの冬を迎え」と「樹木派」の隆盛を回顧している。「樹炎」はそうした詩人の再結集をはかり、戦後の混乱期に詩の出発をした詩人達を惹きつけて発展してゆく。一九六二（昭和三十七）年一月刊の四号には[8]詩誌「詩と詩人」を浅井十三郎の右腕として支えた山田嵯峨が〝山田嵯峨二〟名で、八十六歳で「シユルの詩人」といわれた林金太郎が参加している。そして一九六二年七月刊の第五号からは木下浩が、一九六四年三月刊の第八号には詩誌「海底」の小島一作が編集同人になっている。戸田は第五号の記録欄で、

新潟で小島一作さんはじめ海底同人が主唱して新潟市の市島三千雄の詩碑をこのほど建られた。既に雑草をかむって了ったかに思われた一詩人の業跡を掘りかえしそれへ清新な生命を蘇らせた意味は大きい。

と、小島が精力を注ぎ建立した「市島三千雄詩碑」の件を紹介している。

小島は詩誌「海底」から詩誌「樹炎」に発表の中心を変え、石仏や遊女をめぐる民俗に関わる詩作へと邁進してゆく。

創刊同人の一人遠藤修平（一九〇九・五・二十七～一九八八・六・二十七）は、一九六三年十一月に第一詩集となる『夜の触角』を上梓している。一九〇九（明治四十二）年五月に南魚沼郡（現南魚沼市）六日町に生れた遠藤は、年代的には亀井義男、市島三千雄、浅井十三郎と同じ世代である。戦争期を生き延びた詩人である。詩集のあとがきにあたる「覚書」によると、昭和初期に

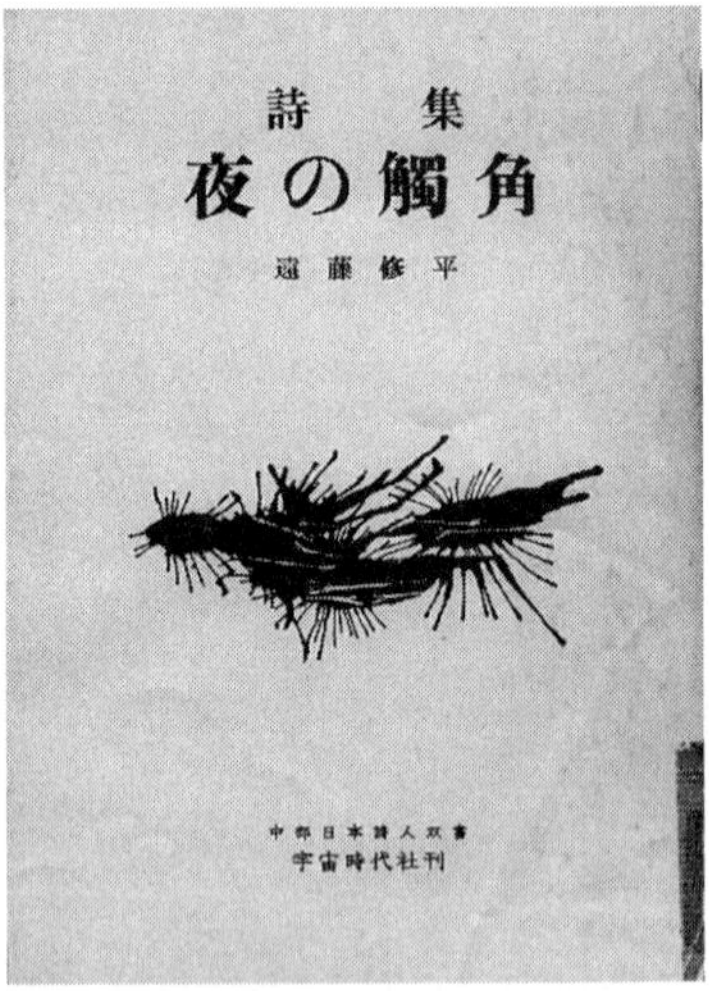

詩集『夜の触覚』表紙

新潟師範専攻科を卒業し、教職に就いている。小学校高等科から中学時代には、「諸誌に投書」して詩作に励んでいたが、焼き捨てたという。戸田正敏が「序」を書いている。Ⅰ章「兵は知らない」は戦後に書いた作品を纏めている。教職に就き、郷土への想い、社会へのまなざしが自己を律する心で表されている。柔らかな抒情性と厳しい倫理性が行間から滲む。Ⅱ章「月夜の秘密」は、「覚書」によれば、「二十代の昔がなつかしい。」詩篇であり、「若き日の憶い出としていまもって捨てがたい。」と述べている。心に寛ぎのある人柄が偲ばれるのである。詩に対するスタテックな見識から魂に触れる詩を書き、鋭い評論を成した新潟県を代表する詩人の第一詩集

である。

遠藤は詩誌「樹炎」の編集同人であり、また名古屋市の詩誌「中部日本詩人」の編集同人でもあった。そうした関係から詩集『夜の触角』は発行者が稲川敬高で、編纂は中部日本詩人編集所となっている。発行所は名古屋市中区東瓦町一三〇、宇宙時代社出版部であった。Ⅱ章三十八篇と「覚書」、「序」から成る。A5判、ハードカバー、二段組、四十五ページ。表題作「夜の触角」を引く。

めずらしく官能のあらしを呼び起こしたもの
五色のスポットライトの交点に
群れて乱舞した律動の白い肌
今宵の沈黙をやぶったもの
黄玉《トパーズ》色の透明水に白い泡を盛りあがらせた
半裸体の白い肌
半身不随の無神経の神経
うすぐらい　みずうみの底から放たれた薄明の
空気を吸ってよみがえり夜の歓楽の波に翻弄され
いたずらに　煙草を吸い　コップをみたし　おしゃべ
　りをし
満足と不満足と　優越感と劣等感の葛藤の渦巻く　さ
　なか
みずからの思想を忘れ
みずからの手で　みずからの頭をうちつづけた

みずうみの深さにあこがれをもとめ
さまよった　かの麗人の姿を
ひとときの　はなやかな　たのしさを求めて
囲んだ夜更けのテーブルと側の美しい肌
だが　五色のスポットライトのかげに　ひしめくもの
嬌声のテーブルのうしろに　うごめくもの
それは　身悶えする空虚にしのびなく戯れの花

こよい　姿を見せない魔の手は
触角をのばして　ただひとり
哄笑を　つづける

詩集『夜の触角』の刊行当時、遠藤は「見附市の杉沢町」の教員住宅に住まいしていた。教職員と言えど既に管理職に在った。会合のあった長岡市のネオン街へ流れ、とあるバーへ入った心の葛藤を心理劇風に纏めている。戸田の「序」には「彼の特技である洋酒カクテル」とある。遠藤はそれなりにモダンボーイを体験してきた。一夜の宴をブレンドする特技を発揮し、魂の心理劇カクテルに仕立てている。
詩誌「樹炎」は一九六一年創刊から一九六五年までに十冊刊行されている。

⑤ 詩誌「COSMOS」と詩誌「三人の会」

詩誌「COSMOS」は、一九六一（昭和三十六）年四月に創刊される。編集発行は「COSMOSの会（星野方）とある。雑誌「文学北都」に詩を掲載し、アンソロジー『新潟詩集』に参加し、一九六〇年には『旅とエコーとぼくと』を上梓した星野元一が、高校時代の同級生で一八五六年に『丘に寝ころんで』上梓している、たかはしいさを（高橋勲）[9]と創刊した詩誌である。投稿時代を終え、第一詩集の上梓を果たした二人の盟友の新しい出発の詩誌ということができる。二人の当時の詩観を「ノオト」として書いている。星野は「詩は青春的なものの」と考えており、「ぼくの詩の発想はオーソドックスなもの」と述べている。
高橋は、「ぼくが消えてしまうほどまったく言葉のない詩、もしくは卒倒してしまうほど言葉が充満している詩が欲しい、と思う。」と自らの詩の在り様と未来の詩の姿を見ている。

「COSMOS」は一九六二年五月刊の二号で終刊している。そして二年程のブランクを経て、佐藤いくゆ、高橋勲、星野元一を同人とする詩誌「三人の会」が創刊される。
この間に星野元一は第二詩集『のっそりと象が歩く』を、一九六三年三月にオニオン書房から上梓している。詩集目次の項目に「作品（一九六〇―一九六二）とある。詩集の各詩篇からは、ベロを出し、ツバを吐き、おならをする人間の表情が、人間の愛憎が直截性を持って詠われている。明瞭な人物像として形を結ばないきらいはあるが、どこか自己嫌悪しているような、人と己の偽善性を憤るような、人と人とが信頼しあう橋を架けようとしているような、自我意識。土くれから生まれ、夏には夏の少年としてクロンボに、長じてはベロを出しての悪態、ツバを吐き人間社会との関係に苛立つ。風土と人間関係のドラマを突き放すように、ぶっきら棒に直喩して著者はのっそり（こっそり）とした歩みを進める。十篇から成る。B5判、ハードカバー、四十六ページ。
原崎孝の解説「内なるものへの挑戦」と著者の「あとがき」と詩が谺のように響きあう詩集である。原崎は、
この詩集に散見するイメージの不明確な部分、従っ

て詩的論理の不明確な部分のあることを指摘すること
はやさしいだろう。しかし、氏自身の「生」にとって
の意味深い危機をはらんだこの作品群が、ひとつの世
界の成熟に向う序曲としての意味を見落してはならな
いだろう

と、星野の詩の現在と未来を評価している。

それに対して星野は「あとがき」で、「誰にも知られ
ないようにこっそりとぼくは出かけて行きたいのだ。」
とし、「ぼくは又コトコト走るぼくの汽車に乗るために
明日への旅装をととのえようと思う。」と控えめな抱負
を述べている。

一九六四（昭和三十九）年三月刊の詩誌「三人の会」
創刊号で高橋が詩集評を載せている。詩集のモテーフと
して「詩的願望はプリミテイヴな世界をめざしている」
と捉え、「星野元一という個の真実がようやく生きづき
はじめている作品がある。」と指摘し、詩集の表題作で
もある「のっそりと象があるく」を上げている。

のっそりと象が歩く
駅に立ち
のっそりと象が歩く
石をけり
（十五行略）
のっそりと象が歩く
秀ちゃん
よっちゃんあけみさん
のっそりと象が歩く
ぼくの心をなでてくれないか
のっそりと象が歩く
もっと強く
もっともっと強く
もっと深いところにさわって
のっそりと象が歩く
さむいのだ　ぼくは
ころころと石をころがして
のっそりと象が歩く
あしたもはれるだろうか
のっそりと象が歩く
あさってもはれるだろうか
のっそりと象が歩く
そこをどいてくれ
のっそりと
のっそりと象が歩く

自らを象に比喩し、仕事で通う道のりを心の風景と共に描写してゆく。「のっそりと象が歩く」の繰返しが、地を踏みしめて確実に生きて行く人間像を結んでいる。この町でこの大地のなかで詩とともに生きようとする詩人の出立への心意気が伝わる。詩人星野元一の原点がここには在る。

詩誌「三人の会」は一九六四年九月刊の二号で終刊している。高橋は「ミロのヴィナス再見」というエッセイを載せている。それは東京で開催された「ミロのヴィナス展」を鑑賞して、ミロのヴィーナスの「個性を超越したヴァイタルな、決して名附け得ぬ何物かの働き」を看取し、美の根源を詩に反映しなければならないとの思いに駆られる。高橋が自らの詩学を再考する事態に遭遇した精神の動機を語っている。

どんなに新しいマテイルや方法を発見しようと、何度でも、古典、人間、生命そのものに立返るべきだと思うのである。

と、後に大成する高橋のギリシア・ローマの神話や文献から構想する叙事詩的な物語詩へと転換する契機となる「ミロのヴィナス」論を語っている。

星野は一九六五（昭和四十）年二月に個人誌「ＰＯＥＴＲＹ・野火」を創刊する。自らの力で詩の道を切り開く歩みを、「のっそりと象が歩く」と形容した星野は、一九六六（昭和四十一）年十一月刊の三号まで着実に歩み続けてゆく。

4　文芸誌「北方文学」創刊と吉岡又司

①　吉岡又司の「北方文学」への道

文芸誌「北方文学」は吉岡又司、大井邦雄、加賀好夫ら長岡市の出身者を中心に集まって創刊された同人誌と見ることができる。二〇一六（平成二十八）年三月で七十三号を数え、吉岡又司亡き後も刊行が続けられる「北方文学」の詩史的意義を考える上からも、一九六一（昭和三十六）年十月十五日に創刊されるまでの吉岡又司の詩誌的な足跡を追う事から始めたいと思う。

吉岡又司（一九三四・十二・十八〜二〇一一・五・三十二）は、三島郡沢下条村本屋敷（現長岡市）に生れる。[10]新潟県立長岡商業高校へ進学し「文学に対する興味と関心（略年譜から）」から、「市内の高校生に呼びかけて」、詩誌「魔宴」を刊行する。この時の合評会で、在東京時代そして「北方文学」を通じて交友する大井邦雄と出会っている。大井は吉岡の告別式の弔辞で[11]「住まいも、通う学校も、中学・高校・大学とすべて違っていて、ふつうならぼくらは決して交わるはずがなかった」が、「同人雑誌がとりもつ縁」から吉岡にとって大井の存在は文学的同志として生涯の支えとなっていたと思われる。

吉岡は一九五四年に国学院大学文学部に入学し上京する。吉岡の詩への情熱は大東京の各大学に集う詩を志す書き手を集める。「人集めの名人で、都内の大学のあちこちから巾広く文学青年を集め」たと大井邦雄は語っている。吉岡が在東京時代に培った学問的体系と詩的交遊の深さが文芸誌「北方文学」の根底を支え、持続力のある雑誌に成長させたと考えられる。「吉岡の北方文学への道」として述べておくことは、「吉岡又司追悼号」として刊行された「北方文学」六十六号の同人各位の吉岡像と吉岡又司略年譜では余り触れられていなかった、吉岡の詩的・詩誌的な足跡を補完する事にもなるだろう。

在京時代の雑誌で最初に吉岡の名を見るのは一九五五（昭和三十）年三月刊行の詩誌「詩同盟」[12]である。表紙には三月号とあり、奥付けには第一巻第二号とあり、四月号と二冊の存在から創刊は二月と推定される。編集兼発行人は吉村まさとし、詩同盟社の住所は世田谷区上北沢二ノ四六三吉岡方となっている。吉岡の東京での住所は「北方文学」の「略年譜」では「世田谷区桜上水にあった家業の出張所」とあるが、「詩同盟」の住所が正確と思われる。

吉村まさとし（一九一三～？）は浅井十三郎の「詩と詩人」にも作品を発表していた。吉村が一九四九年七月に刊行した『敗戦詩集』は、和田博文編『戦後詩のポエティクス１９３５～１９５９』で、和田博文は「戦争詩・戦後詩の基本資料」の一つに挙げている。二号の「詩同盟同人住所録」には四十五名の名が記されている。私の知る詩人名は、吉村まさとし、吉岡又司、大井邦雄、上田幸法、[13]亀井義男、加賀好夫、星野淳一の七人。吉村と上田を除いた五人はいずれも新潟県出身者である。吉村と吉岡の接点が何時、何処でなされたかは不明である。「詩同盟」の創刊は吉岡が上京してから十ヶ月後である点を考えると、二人の交友は浅井十三郎の「詩と詩人」に関して、上京以前から手紙のやり取りがあったのではとも考えられる。[14]

「詩同盟」第二号で吉村まさとしは「逸見猶吉詩集一巻を讀め。」と始まる、「苛烈なる自虐と出發――逸見猶吉論」を発表している。吉岡は青年期の精神の漂泊を詠った詩「黒い轍」を発表している。同第三号は大井邦雄のディラン・トーマス風の抒情詩「葉煙草のうねりをこえて」が巻頭を飾っている。吉岡は「日夜／混線状態の國葬放送がおこなわれている／顔面筋肉を歪曲させ／人間という人間が／ことごとく狡猾な表情を露出させている」で始まる、詩「側面觀」でスターリンの死から見えてくる日本社会の断面を切り取っている。この号には「豫告一束」という欄に「★吉岡又司詩集發刊の豫定」の告知が為されている。刊行されたかどうかは不明である。

一九五五年六月に増淵正高を編集発行人とする詩誌「詩流」が、栃木県宇都宮市氷室町四六五から創刊される。発行所は宇都宮市住吉町一の五九平井方の詩流社となっている。吉岡はこの「詩流」に参加している。吉岡が参加したのは「詩同盟」の同人という結びつきからと思われる。「詩流」発行の計画は創刊号後記の平井の言によれば「三月末日」とのこと。参加した同人の多くは宇都宮市の学生を中心とした人たちで、「詩同盟」からの参加は吉岡と阿久津哲明の二人を見る事が出来る。「詩流」は八月に第二号を、十二月に第三号を刊行している。第三号に載る吉岡の詩「脱出」は、「北方文学への道」の途上でその後の吉岡の独特の詩法の兆しを覚える作品である。八連から成る冒頭の二連を引く。

数年ぶりにあおぐろい顔を見せた／男。その男とおれはのろのろだんまり／あるいた。影かなとおもわれるぐちや／ぐちやするそれぞれのくろいものを踏／みつけてあるいた　／／いたわりも同情も苦痛らしくだま／つて。だまつて！　ただと／きどきおれにむかつて襲撃をこころみ／る。ほツほツほツ。はツはツはツ。め／んどくせえ。という畸型なつぶて。

詩を「めんどくせえ。畸形なつぶて。」と把握していた事に注目する。

「詩流」からは他に第二号に新潟県佐渡郡河原田町一七八の金山教雄名があり、「詩一篇」を掲載している。前章で触れた詩誌「バベル」のかなやま・のりおと思われる。

吉岡は詩誌「詩流」同人として詩作に励みながら、同時期に詩誌「新詩潮」の創刊に大井邦雄と共に名を連ねている。「新詩潮」は一九五五（昭和三十）年七月に井上惠雄を編集兼発行人とし、発行所は東京都足立区千住緑町一〇の井上方の「新詩潮の會」からの刊行であった。井上が編集後記で述べてるように、「つい先だつて、早稲田詩人主宰の〝緑の詩祭〟の歸りがけ、大井邦雄、石澤眞紀夫、鈴木昌次君等と、近くのモン・シエリと云ふ珈琲店で、大いに議論を繰り展げた」結果、創刊された詩誌と見る事が出来る。早稲田大学の学生を中心とする詩誌と見ていいだろう。同人の一人服部嘉香は当時第二詩集『銹朱の影』を上梓、「詩壇の耆宿」と紹介されている。大井邦雄は当時早稲田大学の学生であった。

更に吉岡と大井はあおきさとしを編集兼発行人とし、発行所を東京都江東区亀戸一ノ二三石田方とする詩誌「檻」に参加する。「檻」の創刊号は未収集だが九月刊の第二号、十一月刊の第三号、一九五六（昭和三十一）年一月刊の第四号を見る事が出来る。「檻」が同人制を執っていたかどうかは、三冊の「檻」からは分らない。あおきさとしと大井邦雄の二人だけが全号に作品を寄せている。吉岡にとって詩誌「檻」は、「北方文学」創刊時の詩人たちとの出会いの場であった。永田幸寛、阿久津哲明、小林龍吉等が作品を寄せている。第三号には一九五九（昭和三十四）年八月に結婚する脇静が詩「雨に」を掲載している。

吉岡は一九五五年六月から十二月までの半年間に「詩流」「新詩潮」「檻」の三誌に関わっていた事になる。この気構えが「現代行動詩派」へと結実してゆく。「檻」第四号の無署名の後記に「雑誌は活版印刷でなければ進歩せず、又、他人を説く力も少いという観点から新しく発行しようではないかと、同人中の数氏が計画している。」とし、その計画が実現したら「檻」を「発展吸収させ、強力に押し進めた方が」良いとしている。詩誌「檻」は唯一ガリ版による詩誌であった。

「現代行動詩派」創刊号表紙
（表紙ー野村清六）

詩誌「現代行動詩派」は一九五六（昭和三十一）年八月二十日に創刊された。編集者は現代行動詩派編集部であり、発行者は大井邦雄、発行所は大井の下宿先と思われる東京都新宿区戸塚町二ノ二〇六（岡川方）現代行動詩派の会となっている。

「現代行動詩派」は吉岡が国学院大学に入学し上京して

からおよそ二年半後、「檻」第四号刊行からは七か月後の創刊であった。「詩同盟」から数えて五誌目ということが出来る。吉岡はこの間に培った人間関係から彼と同年代の詩を志す人たちを組織した。創刊号の編集後記で吉岡は結集した意義と方向を語っている。

　われわれは「現代行動詩派」というきわめてわれわれひとりひとりにぴつたりあてはまる詩旗の下にあつまつた。貧しい詩と、貧しい生活を語ることがわれわれの目的であるかのように、（中略）われわれ仲間は実に誇らしい結びつきと友情をみせている。

と、「現代行動詩派」へ集った意義と同志愛を述べた後に、

　人間の堕落と社会の荒廃が破局的であると、それをあるがままに描き出そうとする文学が生れ、そこに叙事詩のネガテイヴが芽生え、そしてそれは叙事詩のながい歴史の歩みを追つて現代に達している。

との吉岡の詩観を述べ、「現代行動詩派」は「「新しい叙事詩の息吹き」を感じさせ」る詩の方向に向かっていると述べている。そして「「現代行動詩」とはどういうものか」は、次号から「明らかにしていく」として、グループの性格の一つを提示している。すなわち、

　最後にあきらかにしておきたい。われわれのグルウプの大部分は以前「詩同盟」に拠つていた。

一九五六年十一月刊の「現代行動詩派」第二号に載る「同人名簿」を引く。

阿久津哲明　安達原次朗　伊藤敦　大井邦雄　金敷善由　栗林喜久男　小玉暘子　小林龍吉　合志幹雄　佐藤比斗志　新藤凉　鈴木昌次　津島馨子　土岐恒二　長崎八重子　西垣久子　藤川日出尚　吉岡又司　吉川不二男　柳下惇夫

「詩同盟」の同人住所録と照らし合わせてみると両方に名を連ねるのは、阿久津、大井、吉岡の三人ということになる。この中でエッセイを発表している伊藤敦は、新潟市の詩誌「ＤＡ」でも活躍する詩人である。また吉岡が詩の先輩として尊敬していた栗林喜久男の名も見られる。栗林は此処では遺稿集の標題ともなる「追憶の村」

シリーズを発表している。発行責任者の大井邦雄は彼の詩的動機となる英国詩人「ウエルフレッド・オウエン小論」を発表している。

創刊号の表紙絵は太陽を右手に、視線は力強く前方を見据え、巨体の背は山並みに残る残雪を思わせる陰影を刻んでいる。新潟県人は雪に閉ざされる長い冬に耐え、力強くゆっくりと目的の道へ進むといわれる性格をよく「鈍牛」と例える。表紙絵にそうした心映えを見るのである。それにしても後記最後の「最後にあきらかにしておきたい。」の文言は吉岡の何を物語るものなのか。

後記の中の「貧しい詩と、貧しい生活」の文言の「詩と生活」は、「北方文学」初期の吉岡の主張である「文学と生活」に強く反映していると感じられる。又、吉岡が「現代行動詩」を明らかにするとした「詩論」は提示されずに終わっている。その詩論は「北方文学」創刊号と第二号まで待たなければならない。

詩誌「現代行動詩派」は一九五七（昭和三十二）年七月刊の四号で終刊している。

②「北方文学」創刊

a―創刊前後の様子

「北方文学」創刊号表紙

一九六一（昭和三十六）年四月一日に詩雑誌「北方文学」は創刊される。「現代行動詩派」終刊から四年。吉岡が教員として三島郡越路町（現長岡市）に帰郷して三年。在東京時代に育んだ詩精神を実生活の中で開花させる場として「北方文学」は、編集兼発行者を吉岡又司、長岡市大手通り十字路文進堂書店を発行所として創刊された。創刊同人は、

荒木弥彦　大井邦雄　加賀好夫　木村保夫　栗林喜久男　志摩晃二郎　鈴木昌次　土田雅身　吉岡又司　吉原日出之助　若林光雄

の十一名。

A5判七十二ページの体裁。表紙、カットは木村保夫、詩と翻訳は大井・多賀・鈴木・わかばやし（若林）、創作（小説）は若林・志摩・上田、評論を吉岡が発表している。

創刊までの経緯は「北方文学」六十六号の「吉岡又司略年譜」によると、

> 準備会には色々な人がいたらしい。六十年安保の前後、雑誌の発刊よりも、政治的な論争が多かったようだ。そこで、本当に文学好きな長商の卒業生を中心とした人たちが再集合してようやく発刊に漕ぎつけた、

とある。又、同号に載る創刊同人でもある若林光雄の追悼文「『北方文学』吉岡又司氏——創刊の頃」では、「文学集団を創ろうという吉岡さんの呼びかけに集った県立長岡商業高校生中心であった。」と述べ、

> 同人誌発刊までの間、あらかじめ決めておいた作品についての研究会を[15]二、三回大和デパートや自治会館でおこなった

と、回顧している。若林は当時県立長岡商業高校の英語の教師であった。

吉岡は編集後記で「とかく雑誌が育たないといわれる地方の特殊性のなかで、曲りなりにも本誌「北方文学」を世に送り出」せた事に、「いっそう喜びを感ずる」と述べている。その態度は「北方文学」創刊の意義を声高に語るのではなく、前途への希望を控え目に語っている。

b—吉岡又司の初期評論から見た文学観

吉岡は、創刊号には「密室のあなたに——失われた伝達の再生について——」を、二号には「非公開性の文学——現代詩論への試歩——」の二つの評論を発表し「北方文学」の在り方と方向性を示している。文学への態度として「言葉は人間を解放する。自分の思っていることを言い出し得ないものは奴隷である。」とのフオイエルバッハを引用し、「今日の自由な言葉の世界をつくりあげ」、「無知・野蛮・迷信・矛盾から解放」に資する責務があるとしている。

「密室の中に閉ざされたあなた——現実の生活空間のなかで、あなたはいちじるしく変貌した。」で始まる「密室のあなたに」は、東京時代=学生から教員として帰郷した吉岡自身を「あなた」と三人称で呼びかけている。

「密室のあなた」とは文学を愛し迷妄する「私」であり、「現実の生活空間」とは結婚定職に就く「私」である。そして「ぼくは錯綜した論理の端緒をつかもうとだんだん熱心になる。」との創作主体としての吉岡自身の文学観を展開する。

反現実が現実として常識化される時代、いわば倒錯こそ一つのレアリティを証明する時代、これがぼくらの時代だ。

と、「反現実」と「倒錯」を論の基底に置いて吉岡は、一九五〇年代後期から一九六〇年代初期の日本の文学状況を見据えながら論証してゆく。

三島由紀夫・大江健三郎・石原慎太郎の小説を批判的に検証し、「貧しい生活をかかえて多額な同人費を出して、わずかに発表の場を守ろうとするぼくら」が「あたらしい飛躍のために」の「一つの回避」を提案する。それは「ヴィジョンもなく予想どおりにはけっして発展しない冒険を生きて、実験もなく自らを小じんまりと告発しようと」するよりは、「「書かれるはずのものとしての魅力的」な小説の概念を、概念から解放するために」は、

自我の解体を、そうして破壊をひっさげて、華々しく登場したシュルレアリズムの運動を、ぼくらの側に強力に連絡させ、なつかしい小説の残夢と結合させる方法を徹底的にすすめていかなければならない。この努力なしに、ぼくはどんな文学運動も認めがたいとさえ思われてならないのだ。

との文学運動論を展開している。この文学運動論とでもいうべき吉岡の考えを、吉岡は「北方文学」第五号に載る「島尾敏雄論」で披瀝している。

吉岡は文学に携わる者は、「忘れずに書いておきたいこと、それは現実によって否定される存在として、自己を規定することだ。」と定義し、現実からの疎外によってむしろ、だからこそ、「イメージと現実との通風路はひらかれ」るとして、

密室のあなたに向って真に実験的に小説が書かれるとき、失われた伝達の可能性をはらんで、人々を勇気づけるであろう。

と、呼びかける。そのためには「きびしい実験的居なおりこそ必要なのだ。」とさえ言い募っている。

そして吉岡は「北方文学」第二号の評論「非公開性の文学――現代詩論への試歩」と題して、創刊号の検証を引き継いだ日本の「アヴァンギャルド精神の流れ」の再検証を通じた詩論を提出する。創刊号の評論が文学論であり、第二号の評論は詩論である。タイトルの「非公開性」とは何か。吉岡は「詩人のことばが本質的に非公開で、名づけようのないものの名を意味するからである。」と指摘する。そして現在の「わたし」は、「日常的自己」と「ペルソナ的存在」に分裂して、「いくとおりもの」分裂した自己を「良識《ボン・サンス》」的に演じている。こうした情況から、

詩人は名づけようもないものにむかってことばを投ずることのできるもっとも精鋭な存在である。名づけえないものにむかって名づけようとすることは、したがって詩人のことばは本質的に非公開であることを意味する。

と、提示した後、「非公開性」が内包する「無償性を帯びた認識の冒険」が「なによりもいっそう自由である」と重要視している。「詩人のことばを選ばせるのは詩人の内部の反抗的創造力をおいてほかにはない。」と「非公開性」を説明している。吉岡が論の根拠に据えたこの「非公開性」は詩人の基本的態度であり、詩人として大切であるとしている。

この言語観から「現代詩は難解である」という言辞に対する対応を吉岡は論究してゆく。日本の一九二〇年代に始まる近現代詩史論の論証である。吉本隆明（一九二五〜二〇〇九）の「日本の現代詩史論をどうかくか」[16]を援用し、高橋新吉（一九〇一〜一九八七）の詩「皿」および幾つかのエピソードを参考に、「ダダイズムやシュルレアリズム」を日本の詩人がどのように受容して行ったかを論じている。そして「あえて」、「シュルレアリズムの方法論をきづきつつある詩人たちを一方において高く評価する」態度を持たなければならないと主張する。すなわち、「日常言語の論理《ロジック》ではとらえられない、定義不可能な対象を定義することに望みをかけ」、「現実を超える夢、その夢のもつ暗示性」と「詩人のもつ希求性」と「指向性」が「詩人に詩を書かせつづけている根源」と指摘する。一九六〇年代前後に詩界をリードした「感受性の祝祭」と言われた一群の詩人たち、清岡卓行、飯島耕一らの作品に「イマージュ」や「表現の自律性」を獲得した詩人として評価している。

吉岡の詩論は当時の最新の詩と詩論を認識下に置いて

論究している。吉岡の在東京時代における行動と詩誌からは吉岡のシュルレアリスムへの関心は余り汲み取れない。しかし、清岡や飯島、ここに大岡信を加えてもいいがそうした詩人たちへの関心と、一九五六年に活動を始めた「シュルレアリスム研究会」[17]の動向に吉岡は注視してきたことが読み取れる。

吉岡の二つの評論から「北方文学」の性格と吉岡の当時形成しつつあった文学観が浮かび上がる。文学と生活という二律背反から自立した主体を築く事、そのためには文学の歴史を視野に据え、世界と日本の文学の緒潮流を見極め認識する事、の二点である。その上に立って「日常言語の論理ではとらえられない、定義不可能な対象を定義する」方法として「シュルレアリズム」を深く研究しなければならないとしている。この認識を吉岡は第五号の「島尾敏雄論」で推し進める。

私は吉岡の批評に向う姿勢を「当時の最新の詩と詩論を認識下に置いて論究している。」と指摘した。一九六四年十月刊の五号に載る「島尾敏雄論」を読むとその感を深くする。この頃に全四巻の『島尾敏雄作品集』の刊行もあり多くの作家・評論家が島尾敏雄の作品の批評や解説をしていた。「「文学」一九六三年一月号だったかに、次号予告とあって、針生一郎の『島尾敏雄論』と出ていた。」で始まる、〝その二つの極限を中心にして〟を副題にした「島尾敏雄論」は、この間の事情を端的に語り出している。針生一郎、奥野健男、寺田透、三島由紀夫らの評論を丁寧に読み砕いて、島尾作品の特徴である「戦争体験と家庭と、二つの極限」について述べている。島尾文学を分析する視点は、「北方文学」創刊号の「密室のあなたへ」と二号に載る「非公開性の文学」に合致している。即ち、

現代における〈私〉というとらえがたいものを、すでに統一ある〈私〉を信じられない地点から、その罪責意識の内奥を洗う繊細な筆つきで、静かにあばいてみせてくれているという魅力なのだ。論理と反論理を、日常と非日常とを同時に所有し、

と、島尾文学の魅力の一端を指摘し、さらに奥野健男の『島尾敏雄作品集』の「評言」を援用する形で、

島尾文学が「私小説的風土の中に出現した」[18]幻想の花束であり、その夢幻的、象徴的な方法が、一時期にみられたような詩人たちのダダイスムやシュルレアリスムなどの西欧文学思潮輸入の安易さとは異なり、「日

本の泥沼のような現実にかかずりあい、それと悪戦苦闘しながら、辛うじて見つけた独自の方法」[19]であるとして、島尾の作品の一つの面にあらわれた方法意識に可能性と未来を見出し、その試みの貴重さを説く。

と、吉岡は奥野健男の評言に肯定的な態度を示している。

先の吉岡の二つの「文学観」と通底していることが理解でき、島尾の作品から吉岡が「方法意識に可能性と未来を見出し」ていたことが分る。吉岡は島尾の文学を次のようにも語っている。「島尾は本質的に詩人であるということ、これは、無名の美学である」としている。「島尾敏雄論」は吉岡が「北方文学」創刊から五年を経て、自らが〝文学と生活〟を生きる過程で到達した「詩人」として「無名の美学」に生きることを選択した経緯を語った仕事であった。吉岡又司二十九歳であった。

c―「北方文学」初期の内実と動向

「北方文学」は県立長岡商業高校OBを中心とする人たちによって創刊されたことは既に述べたところである。若林光雄の追悼文から創刊同人の年齢を推し量ることができる「吉岡さんは第五回卒業生であり、当時の主要メンバーの木原象夫（四回）、渡辺俊夫（四回）、表紙とカットの木村保夫（四回）」とあり、吉岡二十六歳、木原・渡辺は二十七歳といずれも二十代後半の年齢である。青春期を過ぎ、職業を得、市井の市民として結婚し、家庭を持つ時期であった。木原は一九六三（昭和三十八）年四月刊の「北方文学」に小説「雪のした」を発表する。「雪のした」は主人公木崎の結婚相手偕子との結婚前後の心の葛藤を描いた作品である。その一場面に次の表現がある。

木崎にはまだ、色彩の濃い青春の夢が生きていて、偕子を見るとき、それは痛みとなり、自虐となった。酒を飲んで、われを忘れたいと思っても、行動とはならず残滓となって心につもった。

「色彩の濃い青春の夢」を見た者に降り積もる「残滓」とは、文学や詩を志した者の見果てぬ夢である。「夢の残滓」を永遠化する行為が「北方文学」初期同人の熱意を動かしていた。こうした地方の環境と個人の境遇が錯綜する場を「北方文学」は提示提供するものとして機能してゆく。さきに見た吉岡の三つの評論は、同人それぞれの「青春の夢＝夢の残滓」を実現させる持続への道筋を明らかにすることにあった。そして「北方文学」という場を持続可能なものとするため発せられたのが「北方文学会略則」や「北方文学通信」の欄であった。「北方文学」への勧誘の〝マニフェスト〟である。全文を紹介する。

文学とはそもそも「地方」のものである。セントラルな感覚、スタンダードなことばなどが一つの運動にとって、いかにむなしいひびきしかもたないかをぼくらは知っています。

だが、あえて不毛の地方と呼ばなければならないぼくらの地方！　生活と文学とを熱いことばで語りあってみて、ぼくらにはもっともっとたくさんのなかまが必要だということが痛いまでに感ぜられます。

「北方文学」を三号まで送り出すことができ、これから四号以後の発表の場を、いっそう充実させるために、これから研究会活動を集団的体験の場としてゆくために、あなたに呼びかけようと思うのです。さあ、強力な磁場をきづきあげていきましょう。[20]

こうした呼びかけに答えた「北方文学」に地方の文学の一つの在り方の「可能性と未来を見出し」たのか、同号には五十四人の「北方文学会名簿」[21]が掲載されている。その中から荒木弥彦（木原象夫）、土田雅身、吉岡又司、渡辺俊夫、加賀好夫、若林光雄の六人が編集同人となっている。「北方文学会」とは何か？　名簿には大正末年から昭和十年代にかけての新潟県の詩の近代化を切り開いた亀井義男の参加が目を引く。会員は同人と同じ待遇なのかどうか？

この章で対象とする「北方文学」は一九六一（昭和三十六）年四月刊の創刊号から一九六五（昭和四十）年十月刊の五号までである。大井道子、栗林喜久男、高橋キヨ子、吉岡又司、若林光雄ら詩人が「北方文学」の結果としての詩集を編むのはずっと後のことである。詩集に関しては順次発行年に紹介することとする。

小説では木原象夫、渡辺俊夫の活躍について吉岡が五号の編集後記で次のように伝えている。

さて、前号は木原象夫氏の「雪のした」、渡辺俊夫氏の「ある鉛色の風景」、そのほか広川、大井両氏のひたむきな訳業など、各方面よりきわめて高い評価を受けた。木原氏の作品は、新潟県同人雑誌連盟小説賞を受賞、第五十回芥川賞候補作に選ばれ、また渡辺氏の作品は「新日本文学」そのほかから注目された。

「北方文学」六号以降は年代順にその足跡を追ってゆく予定である。

5 「新潟県詩人連盟」への道──「新潟県若い詩の会」と詩誌「モノログ」詩誌「火」「牧人群」の詩人たち──

一九六三（昭和三十八）年十月二十日発行のアンソロジー「新潟県詩集」は、発行所名は「新潟県若い詩の会」となっている。編集人は倉田孝夫、発行人は豊崎義明。この「新潟県若い詩の会」が六十年代前半の新潟県の詩界をリードする。「新潟県若い詩の会」とは何か？

　そして「新潟県詩人連盟」発足へと駆け抜けた詩人群像をこの章では追ってみる。

① 「新潟文学」について

「新潟県若い詩の会」の母胎の推進役を果たしたのが、新潟大学文芸部の雑誌「新潟文学」であった。一九六〇年に発足した「新潟県同人誌連盟」にも加盟する、新潟大学の学生による文芸雑誌である。この「新潟文学」の創刊から二十号までの雑誌の経緯を知ることはできない。一九六一（昭和三十六）年十月刊の第二十一号の編集発行人は柿本治郎。第二十二号の編集発行人は倉田孝夫が務めている。そして二十三号と二十四号の編集発行人を務めたのが富田三樹生。「新潟文学」に集った学生が中心となって「モノログ」・「火」・「牧人群」の創刊をし、「新潟県若い詩の会」を発足させてゆく。その活動は「新潟県詩人連盟」発足へと歩みを進めることになる。

「新潟文学」第21号表紙

　第二十一号の表紙にはエッシャー風の異空間を形づくる「えこう（衣紋かけ）」の絵で飾り、左下に「ＳＵＲ」の文字を配している。この号に限って表紙には「新潟文学」の文字はない。これは当時の文芸部のシュルレアリスムへの傾倒を示したもので、「ＳＵＲ」はシュルレアリスムの三文字を配置したとのことである。「新潟文学」の性格は新潟大学に在籍する学生の部活動として公式に認められた「文芸部」であり、雑誌の製作費は予算措置がなされていたと考えられる。前章に紹介した雑誌「白磁」との関係は分らない。表紙に在学学生の意向が反映されるように、在籍する学生の傾向によって編集は変化するものと思われる。小説・評論を詳しく分析はしないが、新潟大学グループとでも称すべき「新潟文学」の関係者が、一九六一年から一九六五年までの五年間にわたって新潟の詩界に旋風を巻き起こす。そのおおよその学生たちの登場を見ておくこととする。この項の主旨に従って詩の関係のみを素描する。

　第二十一号にはさとうまさお(22)が「三つの季節」など詩を五篇掲載している。シュルレアリスムに傾倒していたさとうまさお（掲載筆名佐藤正夫）の作品から、「カンナ」を引く。

錆びついた海の
第五の季節から逃げ出した
混血獣の六片の唇
誇らかに
死者を糾弾して止まぬ白昼
六月の毒雨浴びた緑は
今　幅広い淫靡な手と化して
聖なる舞踏への誘惑に
その抗う術をうち棄てゝ
エーテルにぬれた太陽の胸元
絶望をこめて委ねきつた禽獣の
肉片
炎上する広場の街灯さながら
日輪よりの使者を誑かし
その密液《ママ》を奪い隠したのか
白濁の裡に滅びゆく時間は
のけぞつた精悍な頸筋に
不朽の墓標を求めてあがく
腐れ汚れた剣の雨を振り払い
高らかな歌声宿す喉笛
紺青に散りばめたカスタネットの轟き
今日覚めた大闘牛場は舞上がり
祭日の空を焦がす花火さながら
英雄の発狂のごと炸裂する
渦巻く太陽神《アポロ》の愛撫にも背き
ひるがえつた逆牙の陰にきらめく眼眸は

溢れ出る貪らんな熔鉄をとゞめ
なお猛き欲望に見開かれたまゝ

灼熱の太陽に向って意志表示するが如きの、カンナの真っ赤な血が滲む詩篇である。青春の猛き言葉の連続から詩に込められた「発狂のごと炸裂する」怒りの詩人の目は何処へ向けられているのか。同号に載る五作品に通底するものは、「六十年安保」と現在では総称される政治の季節を、凝視し続けていた一人の青年の姿を思い浮かべさせる。「第五の季節」は闘いの「内通者《スパイ》」の意を持つ「第五列」を思い浮かばせる。「死者を糾弾して止まぬ白昼／六月の毒雨浴びた緑は」が、一九六〇年六月十五日の国会議事堂構内で圧死した樺美智子の死と自己を比較し審問する作者の精神を見る。一つの時代を生きる詩人は、全篇で自らが大衆運動の真只中にいて「猛き欲望」を全面展開しているかのようである。抵抗と闘いへの熱き審問者としての詩人がここにはいる。

一九六三年十月刊第二十二号の編集兼発行人は倉田孝夫で、さとうまさお、倉田孝夫、富田三樹生、鎌田哲生が詩を掲載している。

一九六四年一月刊第二十三号の編集兼発行人は富田三樹生で、青島直、金井建一、富田三樹生の詩が掲載されている。金井の作品は「新潟文学」の募集に応募して掲載された詩篇である。

一九六四年十二月刊第二十四号の編集兼発行人は前号と同じ富田三樹生で、青島直、富田三樹生の詩が掲載されている。

一九六五年十一月刊の第二十五号は編集発行人は西尾欽司と岡崎康行の二人が務めている。富田三樹生、牛沢克己、芳野昇の詩が掲載されている。

「新潟文学」で作品を発表するさとうは一九六一年六月に本名の佐藤正夫名で、アンソロジー黒人詩集『太陽は朝黒く輝く』を翻訳出版している。

『太陽は朝黒く輝く』表紙
（黒人詩集）／佐藤正夫訳

黒人詩集『太陽は朝黒く輝く』は、Paul Laurence

Dunbar, Countee Cullen, Langston Hughes等十二人のアンソロジーである。「愛と夢」、「歌」、「蔭影」、「祈り」の四章四十六篇が収録されている。そのうち二十篇はP. L. Dunbarが占めている。私が名を知っているのはLangston Hughes一人。「唯、厚い壁。／唯、黒い蔭。／私の腕よ！／黒檀の腕よ！／隔ての壁をぶち破り／私の夢を捜してくれ！（L. Hughes-As I Grew Older）」。この詩を読みながら、以前オリンピックで優勝した黒人選手が表彰台で拳を掲げ俯いている姿を思い浮かべた。アメリカ合衆国の黒人が魂の目覚めを歌い、自分たちが生きる命の願いと失意、希望と絶望をブルースに仮託し、ジャズを奏でるかのようにスウィングしそして祈る。まだいわゆる「路上派」と言われる詩人たちの翻訳も少なかった時代であり、翻訳した佐藤正夫（さとうまさお）の自律した言葉が心を打つ。記憶されて良い翻訳詩集である。「ぞっこんおいらを感動させて　おいら想つた／おいらの魂がそ奴に動かされたらい、つて（A. D. Nelson-After Many Days）」縦一七六㎜×横一七二㎜、五十六ページの軽装版である。

②「モノログ」創刊

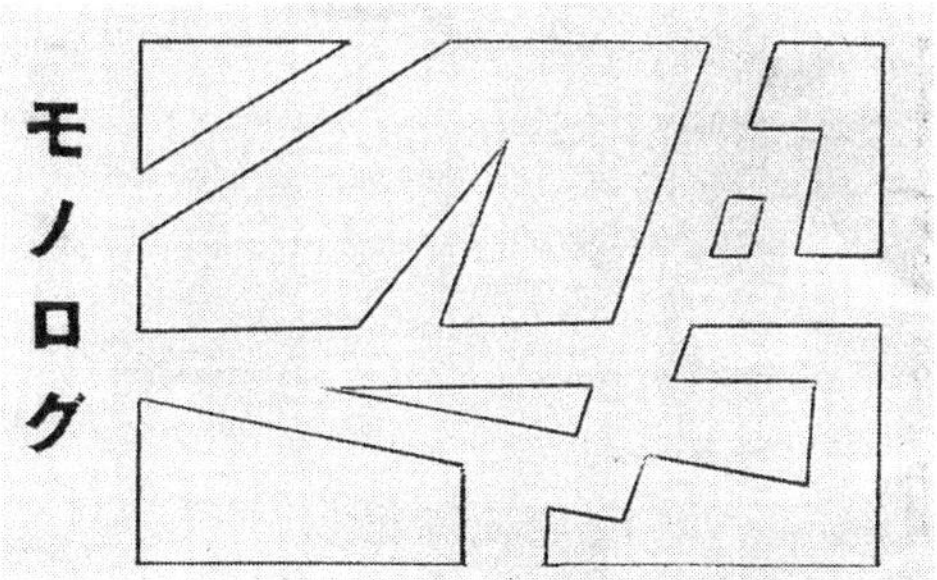

「モノログ」創刊号表紙

新潟大学文芸部で詩を志した部員たちは、学外の詩人達への働きかけを強めるかのように一九六二年一月に詩誌「モノログ」を創刊する。編集人は柿本治郎、発行責任者は倉田孝夫である。創刊同人は、豊崎義明・さとうまさお・鎌田哲生・柿本治郎・倉田孝夫の五名。豊崎義明が学外で活動してきた詩人として登場する。倉田と豊崎は新潟県立商業高等学校の同級生という関係である。[23]

創刊号の発刊の動機付けともなったと思われる、〝同人募集〟を引く。

同好の士が集まって、慨嘆し、「なんと新潟の人間はだらしがないのだろう。詩の雑誌に加わりたくとも、この土地には満足なものがない。」といつも言いあつていた。その同好者が次才にふえ、五人になつたとき、一つガリ刷りでもいい、創刊号を出し、それからこの雑誌を大きくして、新潟の志ある者をすべてを包含するような物にしようと妄想を抱き夢みて、やつと今回、創刊するはこびとなつた。

何時の時代でも新潟（新潟市?）では、「杉の木と男の子は育たない。」という呪縛とそれからくる「文化不毛の地」論が、青年期に文学や文化への思いを抱いたもの達の胸に去来するもののようだ。今後五年間に亘る倉田孝夫、豊崎義明の沸騰する詩的活動が始まる。一月一日発行という日時からも詩誌「モノログ」に賭けた詩人達の思いが伝わる。こうしたいわゆる〝第三の世代の詩人〟に、既存詩誌既成詩人への不満足感は広がっていた。詩誌「海底」の小林清一郎の若い人からの手紙の応答と、詩誌「岩と詩」のまちえひらおが出会った若い詩を志す人との交流失敗のエピソードからも窺い知ることができる。また、「モノログ」の創刊は見附の詩誌「水先人」と共に、〝昭和元禄〟と言われる〝大衆社会化〟世代の一歩先を行く表れの一つであった。

二号は同年五月に刊行され、編集発行人は倉田孝夫、住所は新潟市上大川前通二となっている。発行所はモノログの会となっている。城川津根夫が作品を寄せている。大きく変わるのは同年八月刊の三号である。編集責任者は鎌田哲生、発行責任者は倉田孝夫。鎌田名の編集後記に、「同人には新たに、富田、小林、尾形、柿崎、亀井の諸氏が加わり」とある。「新潟に志ある者すべて包含する」詩誌の萌芽をみる。亀井の紹介部分を引く。

新潟県における現代詩の草分けとして、（中略）著名な先輩亀井義男氏を得たことは、我々十代、二十代ばかりの同人にとつては極めて心強いことです。

新潟県の近代詩成立期からその先頭に立ってきた亀井義男の参加は、「モノログ」同人にとっては活動の弾みとなっただろう。亀井はこの時期には前述した「北方文学」と後述する詩誌「資源」「水先人」で見るように、見附市のふえきりちゅうを中心とする「新潟県現代詩研究会」の活動に関わっていた。ふえきの活動等は「モノログ」同人も知っており、見附市で開催された第二回現代詩祭等に同人も参加している。(24)

亀井を除く同人の多くは敗戦時の一九四五年以降に学齢期に達した者たちである。戦中の「皇国史観」の教育を受けていない、最初の民主主義教育を受けた世代と言っていい。このグループで〝現代詩〟の先頭を疾走試走していたのが、〝渇義生人〟こと豊崎義明であった。創刊号巻頭を飾る「くらい橋」の最初の二十八行を引く。

海鳴りのする共同墓地の砂道をとうりすぎると
くらい橋があつた
私はくらい橋を歩いている　私を呼ぶ
歩いてくる人もいない　かすかな風で
私はみた　あぶらぎつてよどんでいる河に
浮んでいる筏から　私を呼ぶ
私を呼ぶ
私はタバコに火をつけるために
マッチをすつた
そのあかりで私はみた
あ
　あ
あ
　　あ
あ
　あ
　　　あ
　　あ
あ
あ白い乳房　長い髪が私を呼ぶ声で震えている
女の水死体に乗つて　あなたは
私を呼んでいるのだ
あなたはどこえ《ママ》いくの
ほらこうろぎがないている
あら星が光つている
むしろあつい日ね　あなたはどこえ《ママ》いくの
オーバーなんか着て　かわいい人よ
ほら私を見て　あなたにあげるわ
（六十九行略）

青年期の性と生を性的夢魔のように形象し、生を詩へ詩を生へ架橋しようとする詩人の精神を丹念に追及している。観念的でありながら具象性をも備える自らの詩を豊崎は、「胎児のみる夢」と述べている。「あ」に現された性行為におけるエクスタシーの表情には、後に彼が語る「愛の挫折の繰返しと情緒不安定」[25]をも読み取ることもできる。この時代の豊崎の詩は観念的で抽象的に言えば「エロスとタナトス」なのだが、エロスの過剰がタナトスを脱ぎ捨て忘れ去られているように私には思える。

前後するが一九六三年六月刊の「火」第三号に載る「詩〈考える〉オブジエの若いイメージ――渇義生人の「詩学詩論」その覚書――」で豊崎は、「〈胎児の夢〉を啓示してゆくことであり、即ち〈詩〉なのである。」とし、

詩の言葉、いわゆる〈胎児の情操〉を反芻しながら、〈考え続けている〉詩に直面することこそ、〈感動〉であり、それが詩の芸術としての唯一の伝達性なのである。

と、詩を芸術たらしめる根拠を提示している。

詩誌「モノログ」が詩作品だけを掲載する編集をしているのに対し、次の段階への発展として詩誌「火」が創刊される。

③ 詩誌「火」創刊と「新潟県若い詩の会」結成

(イ) 詩誌「火」の創刊と豊崎義明の初期詩集

豊崎が自らの詩論構築に向うように、「モノログ」の同人は自らの詩の根拠へと、詩精神の構築へと歩を進める。詩誌「火」は一九六二（昭和三十七）年十二月に創刊される。終刊の一九六四年一月刊の第四号まで編集兼発行人は、倉田孝夫が担当したと考えられる。編集と発行人との特定はないが、新潟市上大川前通二、倉田孝夫方「火の会」と明記されている。創刊同人は、豊崎義明・小林直司・富田三樹生・尾形幸枝・倉田孝夫の五人。

一九六四年一月刊の第四号には田中武と小林和美が加わっているが、豊崎の名が消えている。田中武の参加が目を引く。「新潟県若い詩の会」崩壊以降も田中は、このグループと行動を共にすることになる。詩誌「火」はこの号が終刊となる。

「火」と「モノログ」との一番の違いは、「火」には同人評があり、それぞれの詩への評価をそれぞれの日常生活面から説き起こしている点にある。一九六三年二月刊の第二号で、例えば富田記とする「プロメテウスの火を」で、はからずも自分たちの活動のあらましを述べる。「倉田孝夫。私達の要。昨年は彼の責任に於て五冊とかの雑誌を出した。」と。すなわち、倉田孝夫の活動力と責任で「新潟文学」第二十二号、「モノログ」三冊そして「火」の創刊を指している。

詩誌「火」の創刊は同人それぞれが、内向する詩への情熱と詩の根拠を再確認し構築してゆくために必要な行動ではなかったか。この「火」創刊と時を同じくして、倉田と豊崎は「新潟県若い詩の会」結成を目指して活動している。そうした活動をしながら豊崎は第一詩集と第二詩集を相次いで上梓する

渇義生人こと豊崎義明の第一詩集『鳥がいた』は、一九六二年三月に新潟市附船町一丁目豊崎方の新幻社和多見真を発行者として上梓されている。豊崎は正確に自己の愛と挫折を年代記風告白として抒情している。空間を飛翔する鳥の自由から〝一匹のくも〟の死までを素直な感覚で表現している。それは愛への希望からその挫折までの直截さを詠って心に沁みるのである。詩「青い公園」「冬」「花」「若い女」は恋愛の成就と破綻の悲しさを細密に抒情している。第一詩集は豊崎の過剰とも言える豊饒な比喩の連続は少なく、詩の読みにくさからも遠い。二十二篇から成る。A5判、三十六ページ。差し込みで、和多見真、波多野敏春名で「豊崎義明ご支援の皆様へ」とのパンフが差し込まれている。

詩集『らんぷの森』は一九六三年一月に豊崎義明二冊目の詩集として上梓される。発行人の和多見真（新潟市附船町一豊崎方新幻社）と装幀の昌木真は豊崎の別名。この当時豊崎は名前の前に「渇義生人」を附していた。「らんぷの森」は詩誌「モノログ」と「火」誌上で模索した自らの詩観を表現してゆく。すなわち、ふくろう、ニンフ、若い女、ろうば、鳥、毛虫、蜘蛛、赤ん坊、なめくじ、蝶、へび、蝙蝠、かぶと虫、キリン等、生けとし生けるものが捕食しあい、愛を交わし輪廻の相で連鎖し、それぞれ固有の世界で夢を見、生きている。社会と時代との互換性のない「胎児の夢・胎児の情操」で考える詩人の夢魔か、豊穣な寓話か。豊崎義明は蜘蛛の巣のように言葉を張り巡らしてゆく。最後の捕食者は詩。ヒエロニスム・ボスの絵の細部に入り込んだような詩集だ。八篇から成る。A5判、簡易装丁、三十ページ。

一九七〇年五月に思潮社からこの二つの詩集を含む、二〇〇ページ近い大部な詩集『鳥がいた』を上梓している。

(ロ)「新潟県若い詩の会」結成

「新潟文学」グループが詩誌「モノログ」創刊時に抱いた戦略というか、新潟の詩の未来像として「文化果てる地」に「新潟の志ある者を包含するような物」への期待が在った。その実現の組織化のための会として「新潟県若い詩の会」を結成する。推進した中心人物は倉田孝夫

と豊崎義明の二人。

一九六三（昭和三十八）年五月に「新潟県の詩」と名を付けた新潟県若い詩の会会報第一号が刊行されている。まず倉田孝夫の「事務局便り(1)」からその結成までの日誌を見ておく。

三月十六日（土）午后六時、「新潟県青年の家」にて「新潟県若い詩の会」の発会式を行ない、多数の出席をみた。四月一日より活動を開始することに決定。

「新潟県若い詩の会」結成までの準備会等の事前の活動が記されてないので、結成までの具体的な進捗状況は分らない。〝多数の出席〟者とは何人くらいなのかも把握できない。七項目の「新潟県若い詩の会規約」も掲げられている。一条は「本会は新潟県の詩人並びに詩愛好者を中心に結成される。」と、会の基本的性格を示している。役員名簿は次の通りである。

運営委員長　豊崎　義明
事務局長　倉田　孝夫
運営委員　小林　直司　富田三樹生　鎌田哲夫《ママ》
北山美智子
会計委員　尾形　幸枝
特別会員　田村　達爾　L・C・ヴィニヨーレス

新潟県若い詩の会と称するだけあって田村達爾を除いて皆二十歳前後であり、詩誌「火」のメンバーである。L・C・ヴィニヨーレス氏は当時の「ブラジル大使館の詩人・音楽家」とのこと。「十月下旬に新潟市で大々的に行う予定」の新潟県詩祭のメインゲストとなる人物である。田村達爾は詩誌「DA」「造型」に関わり、当時の若い詩を志す詩人達の身近にいたことから相談を受けていたに違いない。田村は同会報で巻頭言に当る「詩と風土」を寄せている。「ぼくは新潟という文学的土壌の中から、どれほどのものが芽ばえてくるか期待をしているわけではない。」としながら、「〈あるいは無意味に〉流される「詩をつくるため」のエネルギーの「愉快な惨酷物語」から、「ぼくらはぼくらの未来を奪回しよう」とエールを送っている。そして自らを鼓舞するように、

ぼくらの風土の中に於ける感性の一つの頂点になつてゆかねばならないと思う。若い詩人の集団のエネルギーが無意味に流れるのではなく、ぼくらの未来の奪回の方向に流れることに努力したい。

と、真摯にこの集団と向き合う姿勢を示している。

会の年間活動として十月の「新潟県詩祭」と十一月刊行予定とする、年間アンソロジー「新潟県詩集」の告知がなされている。会報の編集は新潟県若い詩の会編集部、発行は豊崎義明で新潟市附船町一となっている。会報第二号は八月に発行されている。内容は田村のエッセイ「ある邂逅」と富田三樹生の「若い詩の会訪問記2—豊崎義明　詩と人」及び倉田の「事務局便り」。

「ある邂逅」は田村が昭和十三年頃、学生時代に東京渋谷の古本屋で偶然萩原朔太郎に出合ったエピソードを語っている。田村の若かりし日を知る数少ない文である。富田は新潟大学グループと豊崎の関係と、当時の豊崎の詩と詩集を丁寧に分析した「豊崎義明　詩と人」を載せている。事務局便りは「新潟県詩祭」の進捗状況の説明があり、新潟県若い詩の会の二つの「支部設置」が伝えられている。田中武方に新発田支部を、小竹征紀方[26]に糸魚川支部を設置することが、「去る五月十九日の第一回総会」で承認されたとの報告がなされている。新潟県若い詩の会の活動は全県的な広がりをみせている。

新潟県若い詩の会を発行所とするアンソロジー『新潟県詩集』は、一九六三年十月に刊行される。編集人は新潟市上大川前通二の倉田孝夫、発行人は新潟市附船町一の豊崎義明、発行所は新潟県若い詩の会となっている。豊崎義明の「宣言風な詩の意識——序にかえて——」、三十四人四十二詩篇、「「新潟県詩集」詩人名簿」と編集後記から成る。B5判、五十ページ。三十四人と作品名を提示しておく。

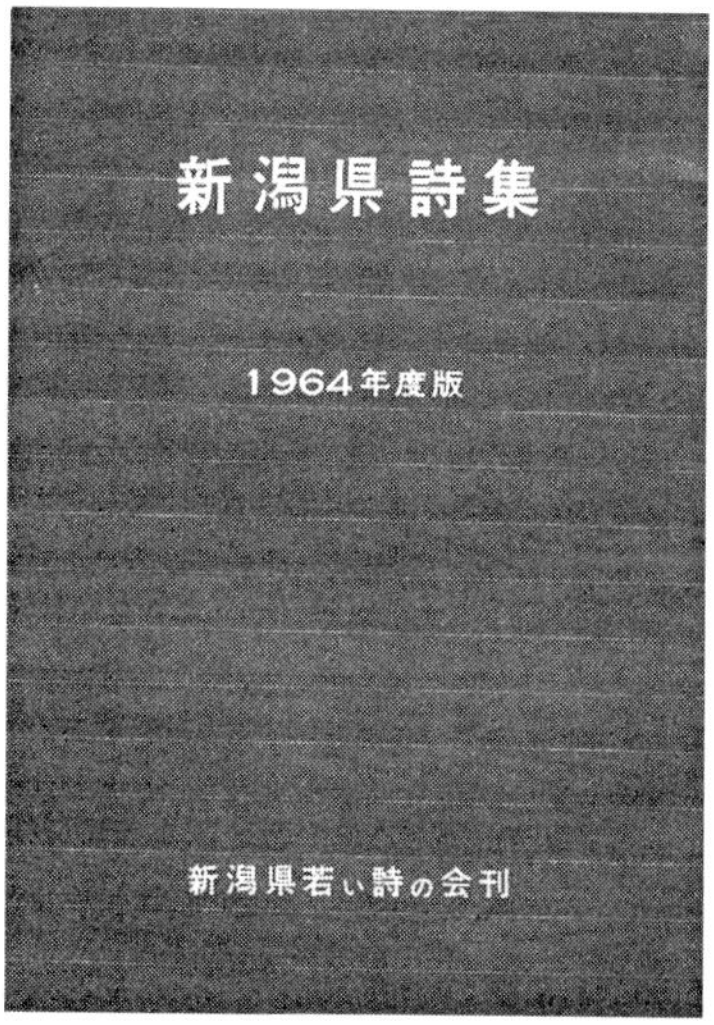

『新潟県詩集』表紙

石／伊藤敦＊向日葵／柿村うた子＊赤い風景／木島栄一＊喪失／田代芙美子＊懶惰なぼく／田村達爾＊ふくろう／千葉光子＊異形／中沢冽＊私の壁／山口ひとよ＊海霧／吉川象市＊壺／渡部秀男＊二十九才のある日のうた／中村一夫＊傷跡／長谷川重＊秋の詩／大滝富

士夫＊北海道／荒木真麿＊時の入口／高橋勲＊日暮れの路上にて・はきだめ／江口昭七＊工場地帯／柳沢和男＊弓を射る・標本／羽田七郎＊寺男／西山清＊夏に／石塚絶卑子＊冬の旅／坂井三郎＊作品二篇／佐藤征雄＊逃亡の村／小竹柾紀＊ある女／高島郁子＊髪を剃る・溺死体捜索／こふなど・しんいち＊直線／鎌田哲生＊夕暮に黒いオブジエがアリスへ・魚／富田三樹生＊ぼくらの卵／田中武＊夏の日のたそがれに／北山美智子＊無の人・秋のうた／水沢昭子＊ともだち・秋に／小林和美＊もぐら／倉田孝夫＊秋の蝶・白い馬／尾形幸枝＊眠りの部屋／豊崎義明

全県的な詩のアンソロジーとしては一九五六年刊行の『新潟詩集』以来となる。一九六三年三月から始めた新潟県若い詩の会の活動の迅速な組織化には目を瞠るものがある。それを成し遂げえたのは倉田のリーダーシップと豊崎の詩への熱情が、車の両輪とエンジンとして機能したからだろう。[27] 寄稿詩人の内、目立つのは詩誌「ＤＡ」の同人が十名ということだろう。これは会の特別会員として遇された田村達爾の力があったためと考えられる。付け加えるとすれば「文学北都」と「北方文学」関係者の参加が少ない点を指摘しておかなければならない。その他には長野県の詩誌「新詩人」の同人の詩人も見られる。大半は新潟県若い詩の会所属となっている。三十四人四十二篇の中から一篇の詩を引用して、この『新潟県詩集』の意義と意味を伝えることは難しい。「ＤＡ」の同人が自らの詩法の悪循環、自己撞着に入りこんで、詩の困難から脱出できない情況をいみじくも示している。新潟県若い詩の会会員の詩が、「ただこみあげるせつない予感にせきたてられて／呪文のように唱える（「ぼくらの卵」――田中武）」かのような詩篇となっているのも事実なのだ。そんな作品の一つ、糸魚川市梶屋敷の小竹征紀の「逃亡の村」を引く。

ダニのように土着したしきたりの村に
やがて思念いっぱいの
新しい希望の春がやってくると
いつものように
急にふいを突かれた村人たちは
見えない雪の柵から不用意に毀れ落ち
するとそこには
すでに盗まれた太陽は戻ってなく
もはや思案することを激怒に抜翠《ママ》された
そんな一・物塊かの様に

毎日がとりとめもなく低迷し
吐気のする不快感と
因習のする鬱屈さから
ついに若者たちは
一人二人と黙つて村を出て行き
またそれが当然の義務だと村人たちは言い
またそれが正しいと信じて
今年もまたそんな習慣の行事が行われた
村は今日も閉された留置場のように
一人あぽんとして
早朝からわけのわからぬ寄合いを模様した
老人やおふくろや娘たちの
そのわびた会話だけが
いつしか序々に膨れ上つて
乱打に弾んでくると
細々としたこの空家のような村は
無雑作に動揺し
渇望した村人たちの
その錆れ果てた唇の奥でも
微かな振動が持続している
空は灰色
日増しに厚い雲が降下してくる

　オヤジたちは盗まれた太陽を追つて
　いつ村の隅々までを照らし出してくれるのだろうか

閉塞する地方都市近郊の封建遺制が根強く残る村から生きるために、冬季の出稼ぎや都会へ就職先を探して村を出る若者を巡って引き起こされる悲喜劇を「わびた会話」のように告発してみても、未来は灰色の雲に覆われて見えてはこない。詩人は「盗まれた太陽」に何を見ているのだろう。まさに田中武が同集に寄せた「ぼくらの卵」で答えているように、「どこかの誰かの行きどまりの記憶につながつている」かのようである。

田村達爾が「新潟県若い詩の会」へ寄せた言葉を思い返せば、「若い詩人の集団のエネルギーが無意味に流れるのではなく、未来の奪回の方向」をアンソロジーは提示しえたであろうか。新潟県若い詩の会が当初から秘めていた問題点がここで浮かび上がる。編集後記で倉田はアンソロジー上梓を、

私達が「新潟県」という、歴史的・沿革的な意味以上に意味のない地域区分をそのまま引き受けて「新潟県若い詩の会」なるものを設立し、また「新潟県詩集」を刊行する意味はどこにあるのでしょうか。

と、自問する所から説き起し、谷川雁の「共同体論」は拒否しながら、「新潟県」という「地域区分」を「前近代的なもの」であり「無意味なもの」として論難している。それは、倉田の「精神活動の発する点、あらゆる発想の源へ、個々の人間が視点を返すべきである。」とする「イデアル」への傾倒から説明されている。

この編集後記に違和感を覚えるのは、編集後記は自己の詩論を開陳する場ではなく、勿論それに支えられた論理と主張を含むのは当然ではあるが、寄せられた詩作品への敬意と未来への視点こそが語られるべきだと私は思うからだ。田村が心配した「無意味に流れるのではなく、未来の奪回の方向」は語られず、倉田の〈考える〉胎児の夢は焦点を結ばない観念の〝シジフォス〟となっている。しかし寄せられた作品の多くはそうした新潟県の町村地域に生きる者として「前近代的」な「無意味なもの」への抵抗であり、詩を通して自らの未来を見据えようとする思考と認識への意志であった。編集後記で倉田はさらに最後通告する。新潟県若い詩の会の活動が新潟大学在籍学生を主体とする脆弱さを明瞭に表してしまう。すなわち倉田孝夫の卒業と就職である。

さて、ついに私は全く奇妙な地点に立たされてしまいました。自らの裡で自己欺瞞的要素とイデアルな要素が激しく背こうとしているのを辛うじてぼんやりとなだめすかすことのできるのは、ただ私自身が間もなく新潟県から離れるという不謹慎な事情によるためです。

新潟県の詩を志す人たちをこれほどまでに短日月で組織化しておきながら、無責任と謗り非難するのは簡単なことだが、一人の人間の人生へ還元帰納して言えば「祭」の終りということだろうか。『新潟県詩集』の編集方針を次に掲げておく。

本詩集は、豊崎義明、田村達爾、倉田孝夫の三人で編集にあたりました。尚、一切作品は選考せず、応募されたものはすべて掲載したということを、編集方針として附記しておきます。

八月十日の締切りで十月二十日の刊行は、期間的には迅速だが拙速の感も否めない。先に掲げた小竹征紀の作品には校正ミスが目立つ。

新潟県若い詩の会は前進する。疲れをしらない子供の様に。「第一回新潟県詩祭」プログラムから見えてくる全容を記述しておく。一九六三年四月に設立した「新潟県若い詩の会」が、当初から予定していた二つの事業を達成することとなる。半年余りの活動で『新潟県詩集』刊行と「第一回新潟県詩祭」を完遂することとなる。この行動力と実現力は確かに過去あまり例をみない。敗戦期の一九四七（昭和二十二）年の十月に開催された、新潟県詩人協会、詩と詩人社、新日本文学会新潟支部、詩作工場等の組織する新潟民主々義文化団体協議会主催の第二回芸術祭と、十一月には第二回全国鉄詩人大会記念講演として開催された「詩と音楽と演劇の夕」を思い起す。組織化された団体と個の集合体である「新潟県若い詩の会」とは単純に比較できないが、経済的困難さはよく理解できるところである。

「十月二十七日（日曜）をはさんで四日間位の予定で、新潟県詩祭を開催いたします。」と会報第二号で周知していたように、第一回新潟県詩祭は十月二十二日から二十七日の六日間にわたって、新潟市の大和デパート新潟店の八階サロンで開催された。会場の八階サロンは「詩芸術展」として六つのブースに分かれていた。一つは新潟県若い詩の会会員等の詩・詩画展。一つは同人誌展。展示された詩誌は「詩と詩人」「猫族」「新年」「デルタ」「アカシア」「近代詩」「造型」「DA」「ブイ」「樹炎」「海底」「モノログ」「火」「資源」「COSMOS」等であった。一つは新潟県関係の詩集展、浅井十三郎、田村昌由、須藤善三、豊崎義明、富田三樹生、里見一夫、小島一作、林金太郎、樋口恵仁、笹木勧、柿村うた子、亀井義男等の詩集が展示された。一つは新潟県に関係する詩人と新潟をうたった詩の生原稿。西脇順三郎、堀口大学、安藤一郎、浅井十三郎、木原孝一、長谷川龍生、高野喜久雄、村野四郎、江間章子、緒方昇、野長瀬正夫等の筆跡が展示された。それから新潟県内各文学碑の拓本と写真を展示している。六番目は「ブラジル前衛詩展」は、「前衛詩ポエマ・コンクレートのパネル、ピンニヤタリ、デ・カンポス兄弟、ヴイニヨーレス各氏の」詩書十冊を展示したとしている。

十月二十五日には新潟市古町の青柳本店(28)で「詩の夕べ」を開いている。かねてより打ち合わせていたブラジル大使館員で詩人のヴイニヨーレスを招いての座談会が開催されている。プログラムだけでその内容を知る報告文は今のところみつかっていない。プログラム冒頭の言葉で新潟県若い詩の会」は「より大きなものへのひとつの「踏み石」となる」考えを持っていたとしている。そ

して、

名実ともに完全な新潟県の綜合的な詩人団体、否ひとつの詩人 社会《ソサイエティ》をつくりあげたいと念願してきたのです。

と、詩人の対社会的地位の在り様への言及をしている。理想主義を掲げたのか、「そのための捨て石であっていい」とまで言いつのっている。

『新潟県詩集』で倉田が述べた「自己欺瞞的要素とイデアルな要素」が、歯止めなく拡大している。この「詩の夕べ」の翌日の十月二十六日には越後線白山駅裏のはくすい荘にて『新潟県詩集』の〝出版記念会並びに詩会〟を開催している。夜の部では講演会も企画されている。「現代詩の状況」と題して関口篤が、「現代詩の新しい担い手たち」と題して平井照敏(29)が講演したとされる。新潟県若い詩の会の集中力と実行力にはただただ脱帽するより仕方がない。

しかし会の内実は見てきたように執行部の脆弱性が露わになっていた。「新潟県若い詩の会」は会存続の危機にあった。活動の持続と会の存続をはかるべく一九六三年十二月に〝会報及会報別冊合併第3号〟とする会報「新潟県の詩　Ⅲ」を刊行し、二つの呼びかけをしている。〝〈事務局便り〉3〟で倉田は、「来年の四月一日を期して「新潟県詩人連盟」が新たに発足します。」と伝え、会員に連盟への加入を勧めると共にその手続きを示している。そして「新潟県若い詩の会」の「今后の方針を決定する重要な総会」を一九六四年一月十二日に開催する旨伝達している。総会の様子と決定された方針を知る資料は現在は無い。

(ハ) 新潟県詩人連盟結成について

さて、倉田が報告する「新潟県詩人連盟」について述べておきたい。

「新潟県詩人連盟」は一九六四（昭和三十九）年四月一日発行の「会員名簿」に載る「新潟県詩人連盟設立迄の経過」に詳しい。それによると二回の設立準備会が持たれている。「新潟県詩祭」を終えた翌月十一月十七日に、「第一回新潟県詩人連盟設立準備会」を十四名の出席で開き、「事務所は新潟市」に置き、「名称は「新潟県詩人連盟」」とし、会員資格、会の目的等を決定している。会の目的は「当面登録機関・連絡機関」とするとしている。

第二回の設立準備会は十二月十五日に七名の出席で、

「役員構成（会長、理事長制）、理事は県内同人誌・グループの代表が担任する」とし、会費、入会金の他に「当面の仕事は名簿作成及び年二回の懇話会の開催」等を決定している。そして「新潟県詩人連盟」は、

昭和三十九年一月十九日（日）に午后一時より「青柳菓子店」にて第一回理事会開催。理事十名の出席を見、会長・理事長及び新たに設けることに決めた常任理事を選出した。又、事務所、規約、発会式の日取り等も併せて決定された。

これに基づいた「会員名簿」が四月に新潟県詩人連盟の名で発行されている。新潟県詩人連盟規約と会員数八十六名、「新潟県同人詩詩《ママ》名簿」等が掲載されている。役員は、

会長／田村達爾、理事長／中沢冽、常任理事／羽田昭
理事／小島一作　滝沢靖　長崎浩　新保啓　戸田正敏
　富田三樹生

の七名。新潟県の同人詩誌は、

海底、黴花、混血児、三人、樹炎、存在、DA、半獣人、火、ブイ、波紋（十日町市）、資源

の十二誌。

新潟県詩人連盟の会員名簿発刊が会の「発会」を示しているが、一月に決定された事項の「発会式の日取り」は書かれていない。実際の「新潟県詩人連盟」の活動は名簿と共に立ち消えている。「新潟県の綜合的な詩人団体、否ひとつの詩人社会《ソサイエティ》をつくりあげたい」と努力した新潟県若い詩の会の夢は実現に漕ぎつけた。しかしそれを推進した新潟大学在校生の主力が、就職し社会へ旅立ったことで活動は急停止してしまう。新潟詩人連盟は「新潟県若い詩の会」を母体に、新潟県の近代詩成立過程第一期の一九二〇年代後半に詩を志した詩人と戦後に詩を書き始めた詩人との架け橋を築いた点は評価しなければならない。

㈡　新潟県詩人連盟発足以降の詩誌「牧人群」と「ボルヘ」等について

新潟大学在校生による文芸雑誌「新潟文学」に寄った詩人達の詩誌とその活動力は見てきた通りである。大学

生という社会的地位は卒業と共に個人を社会へと旅立たせる。そうした状況下の一九六四年三月に詩誌「牧人群」は、〝倉田孝夫追放集〟として刊行される。編集・印刷は新潟市関屋大川前四―二十一高橋方の佐藤正夫（さとうまさお）。さとうはあとがきで「牧人群」創刊の経緯を記している。

倉田氏がにいがたからきえるというので、それでは彼のために追放詩集でもだそうよということになった。雪の降りやんだ二月のある日、「パルファン」で鎌田兄とコーヒィーをすゝっていた時のこと。

学生の稚気と洒落と取れるエピソードである。作品を寄せたのは、

倉田孝夫　豊崎義明　富田三樹生　尾形幸枝　小林和美　鎌田哲生　佐藤才二　田中武

の八名。

誌型はB4判、ガリ版印刷、左綴じの体裁で、長谷川洋の作品一篇が差し挟まれている。

倉田孝夫の文学への熱意の疾風に巻き込まれ、その渦を回転させ新潟県詩人連盟発足まで結実させた詩人達の、純粋な感情の吐露が美しい。それは「牧人群」の詩人達がこれまでの自らを省みると共に、それぞれの明日の生と詩への不安と哀惜がある中で、それでもなお生きる核として詩を凝視しようとする姿であった。その姿を象徴するかのような尾形幸枝の詩「海辺で――ある人によせて――」を紹介したい。

水鳥の群を追っているの
紺青の海に没する陽を追っているの
あなたの足跡がどこに向かって行くのか
わたしは知らない
朝の光の中を今日もしぶきを高く
蹴り上げていそぎ続けるあなたの足跡
ある日深く刻まれた足跡の中に
青い空が映って
洗礼を受けたばかりの病児の息ぎれが
のぞいていた
ある夕暮
砂浜に引き上げられた廃船の側に
疲れ切ったあなたの足跡があった
そのぬくみの中に赤くはれた気管支を抱いた小鳥

が一羽小首をかしげていた
夜露が胸にあたらないように
いつまでも小鳥を抱いていたかった

ある朝
あなたの血ぬれた足跡の中に
傷だらけの白い腹をみせた魚が息たえていた

今日も黄昏れるまるい海まるい空は
方向を持たない
その海にそってはてしなく続くなぎさに
刻まれて行くあなたの足跡が
どこに向って行くのかわたしは知らない
ただひたすら懐疑の鎖をすて
言葉を失ったまなざしで
あなたの足跡を追う

同誌には富田三樹生の「あとがき」風の文に、一九六四年当初から豊崎義明が「失踪」し、新潟からいなくなったことを伝えている。さとうは「豊崎――倉田ラインのない新潟詩人連盟は要となる車軸を失ってしまう。」と述べている。尾形の詩はこうした同人の心象風景を見事に表現している。

「牧人群」はこれ以降、発行責任者のさとうを中心に自らの「青春期」の足跡を検証するかのように刊行を継続する。第二号から第四号までの「牧人群」には、雑誌の標題として「牧人群」の表記は表紙と奥付けには記されていない。編集責任者の佐藤正夫氏に確認したところ、発行者としては「牧人群」として認識していたとの証言を得ている。

第二号／鏡の器―豊崎義明詩集／一九六四年四月十五日刊
第三号／乾いた空洞―鎌田哲生作品集／一九六四年六月一日刊
第四号／白い馬―尾形幸枝詩集／一九六四年八月二十五日刊
第五号／佐藤才次集（表紙に牧人群第五号の表記あり）／一九六四年十二月三十日刊

詩誌「モノログ」時代からのそれぞれが自らを総括すべく、詩誌の体裁を採りつつも詩集としたことが特異である。第三号から第五号までに倉田孝夫が「交遊抄――『モノログ』創刊以後」を書いており、「昭和三十六年の秋」からの同人間の関係性を知る貴重な証言となっている。

一九六五年三月刊の第六号からは同人の作品から成る詩誌へと戻っている。この号に作品を寄せたのは、富田三樹生、尾形ゆきえ、長谷川重、鎌田哲生、青鳥直（小林直司）、佐藤才次の六人。第七号には伊藤てるよが作品を寄せ、第八号には薄圭と倉田孝夫の名が見られる。「牧人群」は一九六六年四月刊の第九号で終刊する。一九六三年から一九六五年までの三年間で「モノログ」時代の同人はそれぞれの人生へと旅立って行く。第九号に作品を寄せたのは長谷川重、薄圭、伊藤てるよ、新潟太郎、佐藤才次の五人。一九六三年四月以降佐藤才次ことさとうまさおは教師として社会へと踏み出している。「新潟県若い詩の会」の一人富田三樹生は医学生であり、新潟大学に一人残り勉学に励むと共に詩への志も忘れてはいない。「証言」と「ボルヘ」の二つの個人誌を刊行している。一九六四年六月には「証言」を創刊し、二号は一九六四年九月に刊行している。表紙デザインは佐藤正夫。富田は一九六三年度と一九六四年度の編集兼発行人として、「新潟文学」の刊行に携わっている。その編集作業と並行する形で一人詩的探究を続けていた。

個人誌「ボルヘ」は、一九六五年二月に創刊され、六月には二号を刊行している。富田がこの時期に傾倒していたのは、詩人の吉本隆明と画家のパウル・クレーであったことが分る。「ボルヘ」の「ボル」は、パウル・クレーが一九二八年に描いた「ボルの上空の雲々」から採られている。一九六四年十二月刊の「新潟文学」二十四号に掲載した詩「選ばれた土地——クレーの世界2」は、クレーの絵から受けた世界観を医学生としての生活と孤独に耐えて未来を構築しようとする意識で抒情している。個人誌「証言」と「ボルヘ」は、「豊崎——倉田ライン」を失い、まさに「車軸を失った」富田が自立と自律を賭けた闘いの場所であった。

この他に一九六四年には「新潟大学学友会文芸部」名で詩雑誌「杭」が創刊され、一九六六年六月刊の「新潟文学」二十六号の編集兼発行人の岡崎康行と西尾欽司が随想を、富田三樹生が詩を寄せている。又、この当時放浪と失踪を繰り返していた「潟義生人」こと豊崎義明が詩誌「詩書」を一九六四年五月に刊行している。発行所を詩書研究協会とし、小林直司、富田三樹生が作品を寄せている。豊崎の別名、潟義生人昌木真が「（未完詩集「純粋小曲集」より）として詩「風がそっと」を載せている。「牧人群」や「証言」等の詩誌を読み解いていると、「新潟県若い詩の会」に集った詩人達がそれぞれの〝祭の終り〟を総括し、次の生のプログラムへ踏み出す心の情況を見る思いがする。

「新潟大学グループ」と「新潟県若い詩の会」の関係者の詩集として、富田三樹生が詩集『腹腔の空』、小林直司が『さらば　から』をそれぞれ刊行している。それらは年別詩集の項で紹介することとする。

6　詩誌「資源」と詩誌「水先人」の考察――ふえきりちゅうについて

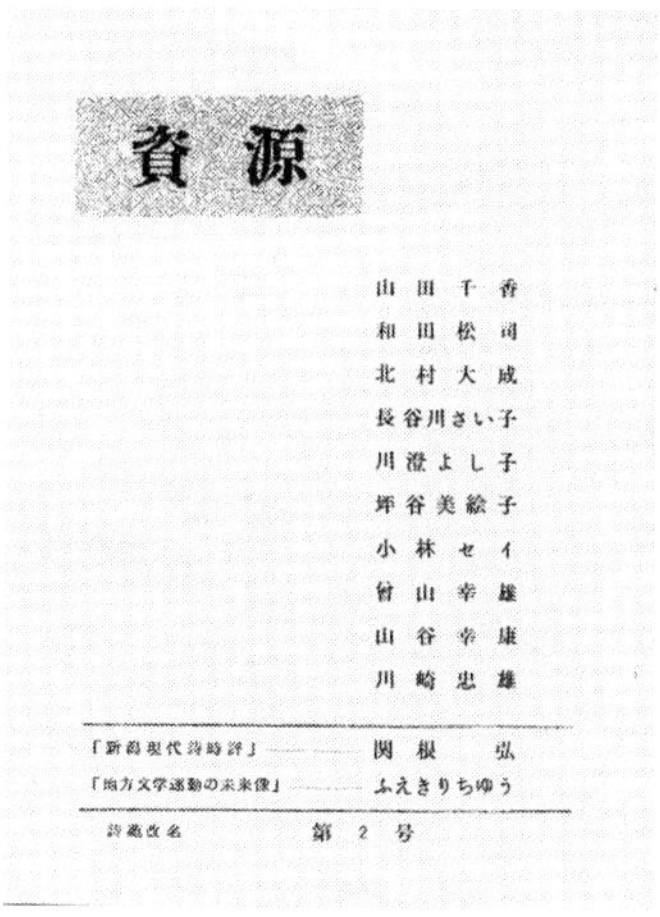
資源

山田千香
和田松司
北村大成
長谷川さい子
川澄よし子
坪谷美絵子
小林セイ
曾山幸雄
山谷幸康
川崎忠雄

「新潟現代詩時評」……関根弘
「地方文学運動の未来像」……ふえきりちゅう

詩苑改名　第２号

「資源」第２号表紙

「資源」と「水先人」という詩誌が三冊手元にある。詩誌「資源」第二号は一九六三（昭和三十八）年四月に刊行されており、〝詩苑改名第二号〟と明記されていることから、創刊誌名は「詩苑」と考えられる。「資源」の編集者は編集委員会とあり、発行者は新潟県現代詩研究会で新潟県見附市諏訪町広瀬方となっている。「資源」の表紙を飾るのは編集委員会か同人と思われる十人の名前とゲスト及びこの詩誌の実質的な主宰者の名が列記されている。すなわち、

山田千香　和田松司　北村大成　長谷川さい子　川澄よし子　坪谷美絵子　小林セイ　曾山幸雄　山谷幸康　川崎忠雄　関根弘　ふえきりちゅう

の十二名。

ふえきりちゅう、雑誌「文学北都」十号記念の入選者として新潟県の詩界に姿を現したことは既に述べた。「資源」はふえきの高校時代の文芸部の仲間らと発行する性格と基礎を持った詩誌のようだ。川澄よし子の「詩作と文化活動」で「本会も発足して一年経つ。」とある。「本会」とは何か？「資源」編集同人会を指すのか。「新潟県現代詩研究会短信」で二つの会への参加が呼びかけられている。「「資源」合評会及び新年会」と「新潟県現代詩研究会」である。「資源」編集委員会とは一般的には同人の集りと考えて良いだろう。「資源」二号に詩を発

ゆう

表したのは、

長谷川さい子　曽山幸雄　和田松司　坪谷美絵子　山谷幸康　北村大成　小林セイ　山田千香　ふえきりちゆう

の九名。

同号には関根弘による「新潟県現代詩時評――土着と脱出の意識の間」と題して、新潟県の詩誌「芽ぶき」「火」「波紋」「樹炎」「詩苑」の五誌を丁寧に批評している。「芽ぶき」は「みつけ現代詩の会」が発行した詩誌と紹介している。時評を通じて多くの詩誌との交流を見出すことができる。

さて「新潟県現代詩研究会」とはどんな組織なのか。「新潟県現代詩研究会」の告知文は、

とき　五月十日夜七時より／ところ　見附市中央公民館／テキスト「現代詩」二月号　／報告者　ふえきりちゆう／黒田喜夫の「地中の武器」について（後略）

と、なっている。

テキストの「現代詩」がキーポイントである。「現代詩」は詩雑誌である。一九五四年七月に「新日本文学会詩委員会の責任で編集」される、「新日本文学会の機関誌として」発刊され、「社会派詩壇の公器的役割を担って出発(30)」した詩雑誌である。更に続けて、

昭和三三年八月以降は新日本文学会から独立、会の機関誌という性格から脱し、若い世代の詩人達により「現代詩の会」が結成されるに至った。委員長鮎川信夫、編集長関根弘、事務局長長谷川龍生、編集委員大岡信・木島始・瀬木慎一・谷川俊太郎・吉本隆明のメンバーが運営を受け持った。

と、ある。詩を志す若い層に支持されていた。

この「現代詩の会」は、各県各地に「現代詩」読者との交流と新人の育成と発掘に資するよう「現代詩読者会」や「現代詩研究会」を発足させ協力体制を築いていた。一九六二（昭和三十七）年三月号の見返しの掲示板には「現代詩大阪読者会」「岡山現代詩を読む会」「東京現代詩研究会」「尼崎現代詩研究会発足」の日程が告知されている。読者獲得と販路拡大の組織化を測っていたのであろう。発行所を飯塚書店として機関誌から商業詩誌への転換を図ってもいた。新潟県ではふえきを中心に

「新潟県現代詩研究会」が組織されたと思われる。「資源」二号には「意義深かった11月の詩祭――県内詩作人に大きな刺激」と題して次の報告がなされている。

「現代詩」の編集局長、関根弘氏を招いて行われた新潟県現代詩研究会、見附現代詩の会主催、見附教育委員会、見附織物組合、見附青少連、新潟日報の後援て、十一月の詩祭は、十一月十日十一日と二日間にわたって、新潟、村上、栃尾、十日町等の市外からの参加者をも含めて、見附市にて盛大に行われた。

十日の第一部は午後七時から「約三百名の観客を集めて」開催されたという。内容は、「故大関松三郎詩集「山芋」から映画化した「ぼくの村」を上映」し、「関根氏による「私の見た西陣について」の講演があり、「関根弘氏の脚本による一九六二年グランプリ賞受賞に輝く映画詩「西陣」の上映」があった。

十一日の第二部は「午前九時三十分から」、「関根弘氏による「現代における詩の方向」と題した文学講演会」を聞き、午後は四時まで、

新潟県現代詩研究会の発行している隔月詩誌「詩苑」、南魚沼郡六日町から出ている詩誌「樹炎」、中部日本詩人連盟の発行している「中部日本詩人」の批評等なごやかな雰囲気の中に、有意義な討論をした。

と、報告されている。

この「11月の詩祭」は、見附市の詩の活動の中でも画期的なできごとであったようだ。これ以前もこれ以降も「三百名」もの集客を動員して盛大に開催された詩的イベントは無いと神話的に語られている。[31]「資源」二号に「会員訪問記」として川崎忠雄が今井朝二を訪ね、新鉄詩人当時の詩の状況まで今井から聞き出している。この川崎と今井は「現代詩の会」会員を名乗っている。おそらく詩雑誌「現代詩」が雑誌の年間購読者を「現代詩の会会員」と称していたと思われる。「新潟県現代詩研究会」とは別組織であるが、「現代詩」を支持する詩精神から「11月の詩祭」を共同で主催した。今井はその詩的経歴からふえき等に敬われ訪問記への登場となったのだろう。

講師として招かれた関根弘は「「現代詩」の編集局長」と紹介されているが、もう少し説明が必要だろう。詩雑誌「現代詩」は一九六二年七月号から、飯島耕一・岩田宏・大岡信・関根弘・長谷川龍生・堀川正美・三木卓の

七人が編集委員会を形成する体制を敷いている。同号の「編集ノート」で「新編集委員会になつてはじめての号をお送りします。」とある。月毎に七人の編集委員会の一人が編集担当者となり、雑誌全体の編集を統括していたようだ。七月号最初の編集担当者は飯島耕一となっている。先に上げた七人の名簿順に編集担当者は変わり、十月号の担当者が関根弘であった。「現代詩」の詳しい編集体制は分らないが、関根を「編集局長」と紹介したようだ。関根は一九五四（昭和二十九）年当時に作家野間宏と交わした「狼論争」で有名であった。関根弘や「現代詩」との関係がふえきの一九七〇年代の詩的活動の契機となっていると私は考えている。

「資源」及び「新潟県現代詩研究会」へ戻ろう。一九六二年六月刊の「現代詩」には、「新潟県現代詩研究会」に関する紹介が掲載されている。

　新潟県現代詩研究会は、四月八日、十日町市中央公民館にて、十日町の詩サークル、「波紋の会」同人詩誌「混血児」グループ、「コスモス」等の関係者多数の参加を得て、見附市より、会を代表として参加した五名の会員達は（後略）

と、始まる野見明文名の報告文が「現代詩短信」欄を飾っている。「11月の詩祭」以前から新潟県現代詩研究会は活動をしていたことが窺える報告文である。

「素朴な詩情を求める」十日町市の詩作人たちに、ふえきがT・S・エリオットやエフトシェンコを引き合いに、「十日町の詩壇には、あまりに美しい風景の描写が多い、美しい乙女の祈りが多い」と批評批判する様子が報告されている。ふえきの社会性への傾斜とソヴィエトロシアへの傾倒からの批評が、戦前からのモダニズムの傾向の強い十日町市の〝詩作人〟たちからどう反論されたかは述べられていない。会参加者は四十名を数えたという。また同号には次回の新潟県現代詩研究会の告知も掲載されている。一九六二年六月十日に見附市中央公民館で、ふえきを報告者に「日本の詩壊《ママ》（界――筆者注）の未来像について――十日町市に於ける現代詩研究会より――」との開催予告が載っている。こうした活動を通じて「11月の詩祭」は準備されていったと思われる。

新潟県現代詩研究会が主導した見附市での「11月の詩祭」は成功裏に終わった。同会は祭りの後も地道な活動を続けている。「資源」には四月七日正午より、十日町市の織労会館にて「新潟県現代詩研究会」の告知文が掲載されている。ふえきりちゅうが「地元文学運動の未来像」を報告する催しで、主催は十日町市「波紋の会」とある。女性だけの繊維労働者の集りである「波紋の会」の〝詩作人〟が、一年前の同会の会合で「美しい乙女の祈りが多い」と批判するふえきをよく迎えいれたと思う。また新日本文学会の影響の強い「解氷期」の〝詩作人〟はどう動いたのかは詩誌の文中からは見えてこない。ただふえきが新潟——地方から日本を俯瞰し、日本の詩の未来へ思いを馳せる姿勢を見ることができる。その一つの実践として、詩誌「水先人」が創刊される。

一九六四(昭和三十九)年七月に詩誌「「水先人」8月号」が刊行される。同誌にはふえき名の「「水先人」の変身であるあなたに」が差し挟まれている。それによると、

会話を成立させ、組織するための運動、即ち創造運動を展開すべく、ここに月刊誌「水先人」を誕生させました。／「水先人」は私たちの変身です。

と、月刊詩誌としての「水先人」創刊を告げている。「私たちの変身」とは、何から何への〝変身〟なのか？

ふえきが関わってきた詩誌「詩苑」、「資源」からの詩誌名変更と考えるのが妥当であろうが通巻記載はない。発行者名は新潟県現代詩研究会だが、住所が長岡市台町二現代印刷工房内となっている。執筆者は、

関根弘　小林セイ　山田嵯峨　滝沢やすし　久保田悠紀子　関谷美絵子　室賀清　中野知淑子　曾山幸雄　岩田宏　北沢文明　ふえきりちゅう

の十三名。

関根は「新潟県現代詩時評」で詩誌「波紋(十日町市)」・「半獣人」・「火」・「芽ぶき」の四誌とアンソロジー「新潟県詩集」を取り上げ、論評を加えている。現在、新潟県の詩誌では見られない刊行された詩誌への〝時評〟は貴重なものと言える。

一九六二年十一月に開催された「11月の詩祭」は詩誌「資源」で見てきた。その一年後の一九六三年十一月九日・十日に新潟県現代詩研究会と見附市サークル協議会共催で「第2回現代詩祭」が開催されている。「水先人」創刊号誌上にその報告文が載せられている。「現代詩」からは長谷川四郎、関根弘、岩田宏が列席して、詩の朗読と講演をしている。誌面には岩田宏の「ぼくらの衰弱は深刻だ」が掲載されている。前回の「11月の詩祭」の活気は感じられない。

水先人の先達の一人としてふえきが浅井十三郎と詩誌

「詩と詩人」を領導した山田嵯峨を紹介している。山田の貴重なプロフィールを残している。
一九六四年九月刊の詩誌「水先人」十月号執筆者は、
風山瑕生　亀井義男　山田嵯峨　関谷美絵子　関根弘
水川良　小宮山英一　ふえきりちゅう
の八名。
亀井義男は「第五回現代詩の会総会の詩」を寄せて、当日の会と懇親会風景を伝えている。亀井は「北方文学」『新潟県詩集』に引き続き登場している。山田嵯峨は戦中戦後の浅井十三郎の人となりを語り尽くしている。「水先人」十月号でふえきは和田松司の追悼文を書いている。和田は染色工場で不慮の事故死をしたようだ。後先になるが「資源」で関根弘が新潟県の詩誌の時評で詩誌「芽ぶき」第一号に載る和田松司の詩を紹介している。その詩「雪国の人」を引く。

みぞれが降る
あられが降る
ぼた雪が降る
こな雪が降る
とうとう冬が来た
陽がさせば冬程美しいものはなく
あれゝば冬程恐いものはない。
雪の降る中を一人でもゆつくりと歩き
多勢でもまたゆつくりと歩く
雪国の人
牛と云われても
なんと云われても
雪の重みを生れた時から
知つている者は
雪の結晶の不思議な美しさも
知つている。
炉を囲んで話を楽しんでいる
人達の目の中には
春日和の太陽がいつぱい輝いている。

関根はこの詩を「この詩には雪の降りつむリズムに似たものがある。（中略）この詩には雪国に暮らす人間の共同の行為が予定されており現代詩がどこかえ置き忘れてきた世界を開示している。」と、評している。
そして「火」一号から豊崎義明の詩「蟹」を提示して、「「雪国の人」の作者とちがつて自分の環境をすこしも暖かくみようとしない。ひたすら自我を追い求め、孤独を強調している。」とし、「火」のグループは「夜の意識の詩人群だ。」と評している。

「新潟県現代詩研究会」と「新潟県若い詩の会」そして「北方文学」の三者が時間を掛けて交流できていたら、どのような新潟県の詩の風景が見られるだろうか、見られただろうかと夢想してしまう。

詩誌「水先人」の発行所は、新潟県現代詩研究会で住所は長岡市台町二現代印刷工房内となっている。この印刷工房がふえきりちゅうの勤務先なのか、起業した会社なのかは分からない。十月号の裏表紙には関根弘の第一詩集『絵の宿題』復刻版への予約募集がなされている。編集所ではなく製作所を現代印刷工房内の新潟県現代詩研究会とし、発行所を思潮社とする予約募集の案内である。

一九六四年十一月刊の永田幸寛詩集『化粧』は現代印刷工房内新潟県現代詩研究会からの発行であり、発行者代表はふえきりちゅうとなっている。

永田幸寛は一九三四年東京神田に生れ、詩集刊行時は長岡市新町一丁目目黒アパートに住まいしていた。「めいめいの手に／言葉の貝殻をひろい（恋）」と、青春期に詩に出会い、言葉の海と思念の海流に目覚めた詩集。詩集全体のテーマは、高松隆好の跋文「永田幸寛に於ける存在の位相」に言う「存在の位相」ということなのだろうが、論理的な円環性を持った詩ということではない。作品が「青春」・「秋」・「化粧」と三章に構成されてあるように、移ろいやすい青春の情感を表現した詩集である。三章十九篇と序及び高松隆好の跋から成る。B5判、ハードカバー、六十七ページ。永田は一九六〇年代後半期は「北方文学」で詩筆をふるうことになる。

ふえきは後に東京で土曜美術社[32]を起業し、商業誌「詩と思想」を創刊する、その経験の蓄積時代だったと見るのは穿ちすぎだろうか。現在的にふえきの関係した詩誌で収集確認できるのは、「資源」第二号と「水先人」八月号、十月号の三冊のみである。ふえきの活動を追うのは隔靴掻痒の感が否めない。

7　年別創刊詩誌の動向

①　詩誌「黴花」について

詩誌名が「黴花」とは、不思議な命名である。一九六四（昭和三十九）年九月刊のアンソロジー『黴花』で、「黴花（がび《ママ》ばな）」[33]――格別の意味もない題名で

「黴花」第４号表紙

ある」と、H署名のあとがきにはある。あとがきを書いたHは「黴花」の初期の編集・印刷をてがけた長谷川洋と推定される。詩誌「黴花」は第四号から第十六号（うち七・十号欠落）が手元に在るが、創刊号から三号までは未収集である。アンソロジーあとがきの記述から詩誌「黴花」は一九六二（昭和三十七）年七月に創刊されたと思われる。アンソロジーに就いては後で記すこととする。

一九六二年十一月刊の第四号同人は、野村裕子・沼潤児・長谷川洋の三人。編集・印刷が長谷川洋、発行者は五十嵐彰で住所は長岡市宮原町二六八となっている。五十嵐彰のペンネームが沼潤児である。

沼と野村は「新潟文学」を通じて交友があった。一九五一（昭和二十六）十二月刊の「新潟文学」九号に沼は小説「翳」を発表している。筆者紹介欄で沼は、人文学部二年生と記されている。この号には人文学部教授の二人が文を寄せている。一九五四（昭和二十九）年八月刊の十二号では、沼は小説「夜」を野村は詩「あらかじめ蕾によせて」と「日が落ちて」を発表している。沼と野村は、前項で述べた「新潟県若い詩の会」の中心を担った「新潟文学」の詩人達の先行詩人ということになる。詩誌「黴花」発行当時は沼（五十嵐）と長谷川が新潟大学人文学部のドイツ語の講師をしていた。詩誌「アンテナ」等で詩的活動は野村が先行している。後に野村と沼は結婚している。長谷川洋の第四号に載る詩「影」は、推敲されてアンソロジーに収録される。その「影」を引く。

ふときがつくと　横にいる
おまえは主の実体を示しはしない
だが　確なのだ
おまえが　傍にいるかぎり
ぼくの存在することは

夜がきて　闇にとざされ
ものであることから　解かれて
ぼくの夢が働くとき
おまえは巨大な黒の中に

溶けひろがって　ぼくを見捨てる

実在の自己と客観化された自己の関係を測ろうとする詩人の認識の動きを追った詩である。敗戦時に十四歳から十六歳だった三人の現在と未来に対する確信の無さと青春後期の不安な心情を実存的に明かそうとしている。一九六二年十二月刊の第五号の沼潤兒の詩「北陸の初冬」の終連で、

どこへ行こう……
幾層にも重なり合うあの雲の彼方に
明澄の世界があるというのか
黙れ　おれはいまこの暗澹のなかで
無意味というやつの音色をきいているのだ

と、暗澹とした心情を持ちながらも、無意味の指し示す音色に、それでも一縷の希望を見出している。

一九六三年六月刊の第八号には、戦後間もなく高田市（現上越市）で高野喜久雄らと詩活動を始め、詩誌「アンテナ」同人でもあった田中単之が加わっている。一九六四年三月刊の第十一号には本間容子が、同年五月刊の十二号からは内山鉄二朗が同人となっている。編集と発行責任者は号数により様々に変化している。同人の社会的地位の変化が反映していると考えている。その変化を映す詩として一九六四年十二月刊の第十五号に載る野村裕子の「診療日誌より」の冒頭を引く。

出っ腹の男がよたよたと入ってきた
〈以前から胃の具合が変だったんです〉
出っ腹のなかみは水だ。ひたひたと波打っている
肝硬変？　癌性腹膜炎？
〈入院しなければいけません〉
〈費用はどれくらいかかるのでしょう〉
〈ああ　あなたは保険証をもたない〉
〈今の飯場に来て日が浅いものですから〉
〈家族は？〉
〈私はひとり身です〉
六十一才の男はうすらさびしげに笑った
（二連二十二行略）

第四号に載る野村の詩「犠牲」と比べてみる。

蝶よ
おまえの記憶に

うつくしくかびが咲いた
蝶よ
狂おしい舞をみせて
ガラスの窓に死を凍らせて
記憶よりも鮮やかな
その衣ずれ
蝶よ
死はおまえのすべて
自身によって捧げられた
うた

学生、詩人、野村裕子から詩人にして医師野村裕子への生活の変化を示して余りある。

詩誌「黴花」は一九六五年二月刊の第十六号で終刊したと思われる。第十六号の発行者は黴花同人会、発行者は新潟市田中町五一六九、野村彰で、編集印刷は長谷川洋となっている。作品を寄せたのは、田中単之、野村裕子、長谷川洋、内山鉄二朗、本間容子の五人。アンソロジーを除いて詩誌「黴花」はガリ版刷りで、多くの号の編集印刷を長谷川が手がけている。

詩誌「黴花」は安保改定期の世情の激動期を経過し、確実に日本が経済的復興を遂げる中で、都市知識層としての自らの姿を詩に仮託し自立しようとした詩人群であった。一九六四年九月に自らの足跡を総括するかのようにアンソロジー『黴花』を上梓する。作品を寄せたのは田中単之、野村裕子、長谷川洋、沼潤兒の四人。(H)署名の「あとがき」には、このグループの詩観が適切に述べられている。「詩作品は公刊されれば、作者を離れ独自の存在となる。」とし、

作者の名と作者自身の生活や人生そのものとは無関係であってよい。詩作品が読者に感じさせる個性を補足するために作者の思想とか生活をあらかじめ読者に伝える必要はない。

と、詩の独立性を強く認識している。テキスト論と考えてよいだろう。しかし「詩を書きあげるまでの生の過程」が「集まりアンソロジー」を構成するとすれば、

詩そのものが生であり、人生観であり、作者それ自体であると見られても悔いは――やはりない。

「おまえの孤独な傾斜をひとつ重ねるのだ」と沼はその詩「斜塔」で抒情している。経済成長と精神の成長がシ

ンクロしない日本。すなわち生と精神が自立しないまま市民社会へと旅立たなければならない、日本の現実と人間の孤独を従容として受け入れる詩誌「黴花」の詩精神は、ドイツの教養小説トーマス・マンの『魔の山』やリルケの詩と思想に触発された「市民意識」の発露としてとらえ返すこともできる。日本の詩が「社会意識」と「芸術意識」に分断されたまま今日に至っているが、もう一つの精神の在り処としてこの「市民意識」を育てる力が働いていたら詩の風景は変わっていたように思うのだ。この三つの意識の混交が新潟大学の学生を中心に強力に湧き上がる事績は既に述べたところである。[34]

②　詩誌「タムレ」の創刊

詩誌「岩と詩」で活躍していたまき・たかしを中心に詩誌「タムレ」が柏崎市で創刊される。創刊年月日は創刊号を未見なのではっきりしないが、三号の刊行日付は一九六三（昭和三十八）年十一月であり、「岩と詩」が一九六二年八月刊の第九号で終刊していることからこの間の創刊と見ている。三号の編集は牧岡孝、上田進、横村実、中村清久とあり編集同人制を取り入れている。発行はぐるーぷタムレ社で、住所は柏崎市広小路六二七江部文夫となっている。B4判三つ折りの仕上がり判型はB6判。一九六五（昭和四十）年六月に十一号を刊行している。同年の三月刊の九号の発行者はまき・たかし、発行所は柏崎デザイン工房内タムレ社（柏崎広小路）となり、六月刊の十一号では発行者まき・たかし、編集室がタムレ詩社で住所は新潟県柏崎市北園町若葉荘第一号内となっている。

詩誌「タムレ」は一時期の中断を経て、二〇一六年現在まで継続する詩誌である。その創成期が創刊から十一号まで[35]であり、詩誌の性格が確定されて行く時期だったと考えられる。十一号の作品寄稿者は、金子洋、あべ・まつお、きし・すすむ、矢渕蕉、まき・たかしの五名。学校関係者、教師を中心とした詩誌の表情が窺える。九号にはまき・たかしの詩集『ボクの場所』の特集を組んでいる。未見の詩集である。

③　詩誌「半獣人」創刊とその他の詩誌・雑誌について

三条市から詩誌「半獣人」が創刊されている。[36]創刊号は未見であるが一九七〇年一月刊行の「半獣人」十号誌上の、「半獣人バックナンバー一号〜九号」が記載されている。それによると一九六三年六月一日と記されている。一九六三年八月号の詩雑誌「現代詩手帖」の〝今月の同人誌〟欄に、「半獣人1　新潟県三条市塚野《ママ》口吉郎方、半獣人編集部」と紹介されている。「半獣人」の創刊年月日は一九六三年六月一日と特定して良いと思われる。創刊号に作品を寄せたのは、風祭済治、沢永俊一郎、藤村順、水川良の四人。「半獣人」は新潟県立三条高校の文芸部を主体に生れている。同年八月刊行の二号には同人名が掲載されている。それによると同人は、

大桃登美子　岡田八重子　岡村たか子　風祭済治　佐川純一郎　佐野早智子　沢永俊一郎　竹之内美保子　水川良　吉田佐智子

の十名。

在校生と卒業生の混在と考えられる。[37] 以降の同人は流動性が見られる。

二号には「第一回日曜日の詩会」の告知がある。三条高校音楽室を会場に、詩人の風山瑕生による講演「詩の大衆性についての矛盾」と劇団《風》による朗読の開催を伝えている。その内容を十号に載る資料等の文から知ることができる。それによると、「半獣人」の批評会用に会報を刊行していたという。資料として会報一号の風祭の「詩の大衆性についての矛盾　風山瑕生氏の講演について」と水川良の「編集後記」が掲載されている。水川の編集後記には、「半獣人」創刊当時の同人の詩的方向性と方法論を知ることができる。

> 将来活動の目標を統一的と云うより画一的な方向に制約せず同人各自お互の生活を尊重しながら自由な立場から「創造の持続性」に活動の中心と目標を置き現代という歴史の中に生きる人間一人一人としてそこに自己存在の確認を通して同人各自個性ある作品の創造を生まんとするものであり、作品の創造過程においてオリジナルな発想や方法をとり続ける事だ、私達は半獣人である前に私達自身である。

水川の論は風山瑕生の講演を受けての確認であり、風祭の論にも「社会の一個人としての自己と詩人としての自己と云う二人であってはならない」と、[38] 詩人としての自主自立への思いを強く述べている。水川は一九六四年九月刊の詩誌「水先人」に柴田翔の小説『されどわれらが日々』の評論、「「されどわれらが日々――」の陰影」を寄稿している。

第三号には柿崎喜雄（岩淵一也）が詩「越後の花見客」と「詩生活者」を寄せ、第四号には高島郁子（松井郁子）が詩「大人でない女」と「母に」を掲載している。岩淵はこの後七十年代から九十年代に活躍し、高島は現在も活発に活動している。

「半獣人」は三条市近郊の誌的エポックメイキングとして展開されていく。その経緯は次章に譲ることとする。

④　詩誌「夜明けのあいさつ」創刊

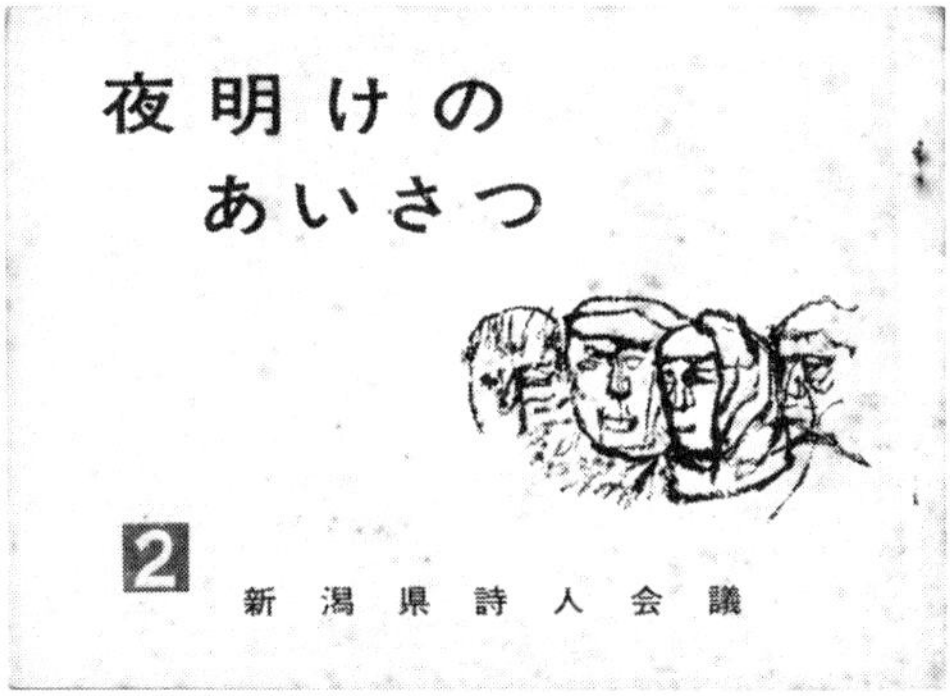

「夜明けのあいさつ」第２号表紙

詩誌「夜明けのあいさつ」の創刊は一九六五年と考えられる。第二号の発行が同年の四月十日となっていることからの推測である。第二号の編集は新潟県詩人会議編集部、発行所は長岡市関東町中央書店内新潟県詩人会議となっている。

二号の無署名の「声の欄」から詩誌「夜明けのあいさつ」の性格を見ることができる。すなわち、

> 私達人民の武器である詩を書き手だけにまかせていては力量のある詩も発見されずじまいになるでしょう。働く我々人民の詩を発展させ多く掘りだすためには職場　農村　学園で（中略）人民の妥協のない監視が必要です。／当然詩サークルは書き手だけのものでなく読み手のものであります。

と、詩の〝書き手と読み手〟の組織化と関係性を重視している。

「詩人会議」とはどういう組織か見ておかなければならないだろう。（株）桜風社『日本現代詩辞典』と一九九八年九月刊の「詩人会議―9月臨時増刊号壺井繁治」等によれば、一九六二年十月に壺井繁治、大島博光、赤木三郎らが〝「詩人会議グループ」の結成を発起し〟、一九六三年一月に創刊された詩誌であるとのことである。詩人の〝民主的で進歩的〟な立脚点から社会参加を促し、世界の平和と人々が民主的で搾取の無い社会への目を開いていく礎になることを標榜している。

一九六四年四月には「詩人会議規約」を採択し、同人

制から全国会員制となり、幾多の変革を経て現在に至っている雑誌・組織である。こうした経緯を読み解くと詩誌「夜明けのあいさつ」は、東京の「詩人会議」と連携してその一翼を担う詩誌ということができる。

第二号に作品を寄せたのは、

もりひろし　志乃朋　清水マサ　桑原淳子　北川ゆきお　小谷実　星喜代子　今井朝二

の八名。

詩集『鬼火』で二〇一一年第三十九回壺井繁治賞を受賞する清水マサの詩史的登場である。そして敗戦後「新鉄詩人」で活躍し、国鉄詩人連盟をリードし、この章でも「新潟県現代詩研究会」で健在の今井朝二が参加していることも見逃せない。「夜明けのあいさつ」を通読して感じる点は、作品には生活詩的抒情詩と社会の矛盾の解決に反帝国主義的スローガンを羅列する二つの詩意識のせめぎ合いが見られる。

第三号は同年八月に発行されている。編集後記には「この八月、第十一回原水禁世界大会の最中に出たが、作品の中にはこの問題を直接的に追求したものがなかった。」とあるように、実践的行動と作品創作の統一をも求めているようだ。この三号には十日町市で発行された詩誌「解氷期」の責任者でもある上村幸男が参加している。会員は流動的で、さとうゆきお、保科秀雄、市橋ユキ、丸山純美江が加わっている。詩誌「夜明けのあいさつ」については、その展開を次章でも見てゆくこととする。

⑤　雑誌「季節風」・詩誌「るたく」等について

一九六五年八月一日付で創刊された「季節風」は、小説・エッセイ・詩等を掲載する雑誌である。発行人は新潟市真砂町五八二二番地九一加藤力嗣気付、新潟リアリズム研究会。編集後記の「(K記)」によると「わたしたちのリア研新潟支部ができて、三ヶ月になろうとしています」とある。また、「リアリズム研究会々員募集」で、「現実の変革を目ざす新しいリアリズム文学——革命的民主々義文学の創造運動の会です。」としている。日本共産党の影響下にある労働者・人民を文学を通して組織化する、その目的を達成するための雑誌と思われる。詩を寄せたのは、近藤綾子、小出いさお、山田忠治、やまだただとの四名。

「革命的民主主義文学の創造」を主題にした文学運動は、

新潟県の詩の流れの中でも一つの潮流を形成していることは事実である。この詩史でもこれまで、詩誌「詩の仲間」「解氷期」、見附市のサークル誌「波紋」など幾つか伝えてきた。しかし「夜明けのあいさつ」と「リアリズム研究会」との関係など、「党」が関係してくるとなかなか取材が難しい。この潮流の当事者からの詩誌的・詩史的研究を望むものである。

詩誌「造型」「ＤＡ」で活躍を続ける柿村うた子編集による、詩誌「るたく」が創刊されている。停滞漂流する「造型」からの脱皮を求めたのか。一九六二（昭和三十七）年二月に第一詩集『病んだ種子』を上梓しての自立への模索だったのかも知れない。「るたく」の創刊日時は分らない。「るたく」二号は一九六五（昭和四十）年八月刊行されている。発行はるたくグループ、発行所は高田市（現上越市）本町二柿村うた子方となっている。執筆者は平原葵、柿村うた子、飯田正志、そして現在は児童文学者として知られる杉みき子の四名。

「るたく」は一九六六年六月に三号を、一九六七年四月に四号を刊行している。四号は編集責任者が柿村と平原の二人になっている。三号には渡辺剛が、四号には新保啓・高橋亭が作品を寄せている。杉みき子の詩に情景の一瞬を捉えるデッサン力というか、短い詩句で対象を明瞭に物語る魅力を感じる。

この他に詩誌や雑誌が活発に刊行されていたと思われる。記述する程の資料は無いが、城文学会長岡の会発行の「城」六号には、吉田文恵の「バラの花から」、中野知淑子（水先人）の「怠惰な日常」等の詩作品が掲載されている。また、新津市からは村田信雄を編集発行人とする雑誌「広苑」が刊行されていたことを述べてこの項を終えることにする。

8　詩集について

①　年別発行詩集

一九六一（昭和三十六）年

『石の詩』／北川省一／一九六一年一月二十五日―昭森社

『太陽は朝黒く輝く（黒人詩集）』／佐藤正夫／一九六一年六月―私家版―翻訳詩集

一九六二（昭和三十七）年

『須藤善三詩集』／須藤善三／一九六二年二月十六日―「須藤善三詩集」編集委員会

『鳥がいた』／豊崎義明／一九六二年三月二十五日

—新幻社
『海』／千葉光子／一九六二年三月十五日—私家版
『腹腔の空』／富田三樹生／一九六二年七月二十日—私家版
『病んだ種子』／柿村うた子／一九六二年九月—近代詩社
『囚人船』／五十川庚平／一九六二年九月二十五日—ブナ林の会

一九六三（昭和三十八）年

『らんぷの森』／豊崎義明／一九六三年一月二十五日—新幻社
『のっそりと象が歩く』／星野元一／一九六三年三月一日—オニオン書房
『鞭を持たない馭者』／寒河江真之助／一九六三年九月二十日—昭森社
アンソロジー『新潟県詩集』／一九六三年十月二十日—新潟県若い詩の会
『冬の旅』／坂井三郎／一九六三年十一月三日—新詩人社
『夜の触角』／遠藤修平／一九六三年十一月十日—宇宙時代社出版部

一九六四（昭和三十九）年

『砂丘』／清水マサ／一九六四年九月十日—私家版
『化粧』／永田幸寛／一九六四年十一月二十日—新潟県現代詩研究会
『労働に寄する詩《うた》』／伊藤てるよ—私家版

一九六五（昭和四十）年

『さらばから』／小林直司／一九六五年二月—私家版
『二十世紀遺跡』／西山晃／一九六五年十二月二十日—越後屋書房

収集知見・確認できた十九冊の詩集のうち『太陽は朝黒く輝く』『須藤善三詩集』『鳥がいた』『海』『らんぷの森』『のっそりと象が歩く』『新潟県詩集』『夜の触角』『化粧』『二十世紀遺跡』の十集は既に本文で紹介してきたところである。[39]

② 詩集『石の詩』／北川省一

詩集『石の詩』は森谷均の昭森社から一九六一年一月に発行された。著者の北川省一（一九一一〜一九九三）は柏崎に生れる。「石よ、われに語れかし。（ゲーテ「ローマの悲歌」）と「眼瞼の蔭に生れいずる瞳にも似て／至純の霊は石の殻の下に育つ。（ネルヴァル「金色の歌」）

の二人の詩が引用され、詩集の冒頭に置かれている。詩集『石ノ詩』は、石に作者が成り変り、作者が石に憑依して人の、自らの一生を総括するかのように書かれた詩集である。全編石の意思が貫かれている。「あとがき」によればジュール・シュペルヴィエルの詩「囚人」の〝小石よ、無名の仲間よ、／どうか親切にしてくれ、……〟に因んでいるという。著者の執念が刻み込まれていると言っても過言では無い。矜持と自尊の詩と言ってもいい。人間の尊厳を語り尽くしている。著者の教養と洞察は鋭いが、読んでいて苦しい。捨てたもの、捨てられなかったもの、我執と拘りの強さはそれゆえに「空廻リ（石地蔵）」だと言えなくもない。六十五篇とあとがきから成る。ハードカバー、B６判一四〇ページ。

③『腹腔の空』／富田三樹生

一九六二年七月に発行された詩集『腹腔の空』は、戦後教育を受けた詩人の登場を告げる詩集である。詩の「半数ちかくは高校時代のものですが、残りの半分は卒業後現在（七月）に至るまで」の作品とあとがきで述べている。これまでの詩集は戦争期に詩を書いていたか、教育を受けた詩人の手になるものだった。六十年代になり、ある意味戦争を知らない詩人による初めての詩集ということになる。青春の性と葛藤が生々しく、かつもどかしげに語られている。富田三樹生はこの年の一月に創刊された詩誌「モノログ」に同人として参加している。5項で詳しく述べてきたところである。二十二編とあとがきから成る。A５判三十九ページ。

④詩集『病んだ種子』／柿村うた子

柿村うた子の詩集『病んだ種子』は一九六二年九月に近代詩社から上梓された。発行人は田村達爾で、柿村が所属した「造型」の期待を受けての発行であったろう。新潟県で発行された女性の詩集としては最初期のものである。〝葉影が細い線で／空にアイデアを描くのです「鈴懸」〟と表現するように、女性性を特徴づける繊細な心の動きを捉える一瞬の機微に秀でている。詩がもたらす自由と溌溂とした心の動きがあふれている。詩「愁い」や「歩きはじめる地点」には、人間存在の危うさを自覚しようとする意思が滲み出ている。「序詩——Kへの覚え書」と「序にかえて」で前田匡史は、柿村うた子の詩の特質を十二分に語っている。十七篇とあとがきから成る。ハードカバー、A５判七十一ページ。

⑤『囚人船』／五十川庚平

詩集『囚人船』はブナ林の会から一九六二年九月に上梓された。五十川庚平（一九三九十一・十四〜二〇〇〇・十・十六）はつくづくと生涯にわたる抒情詩人だったと、この第一詩集『囚人船』を読んで改めて思う。彼の行く道には植物と花が咲き、それらを楽しげに描写し言葉に写し取る五十川が居る。風景の中に立ち、風景と対峙するとき詩人の心は激しく昂揚し、言葉が五十川の血潮を通じて抒情化される。観念（葛藤）を追う調整されない感情が、観念のまま起伏する。この辺の事情を須藤茂一は「清冽な客観の詩と内に燃えさかる情熱の詩」と述べている。詩集は〝作品Ⅰ〟と〝作品Ⅱ〟の二章から成る。「作品Ⅱ」は横須賀で一ヶ月半くらいの間で作った作品」と「著作ノート」にある。五十川は絵もよくし、この詩集には本文に三点、表紙絵を含めて四点使っている。その中で「62.8」の日付けの絵が、彼の絵のなかで私は一番好きだ。絵に添えられた言葉は「夏だと言うのに／どこかで／冷たい音がする／大空へ／さびた鎖を／巻き上げる／音だ」とある。後に、五十川は「北方文学」誌上で活躍することとなる。須藤茂一の「序」と本人の「著者ノート」と二十九篇から成る。B6判、七十八ページ。

五十川庚平の絵

⑥『鞭を持たない馭者』／寒河江真之助

森谷均の昭森社から一九六三年九月に刊行された『鞭を持たない馭者』は、戦前戦中戦後の作品を編集したものである。著者の寒河江真之助（一九〇四・三・十七〜一九九〇・十・二十四）は、新潟県の口語自由詩の黎明を告げた詩誌「新年」の同人の一人。詩誌「新年」は大正十五（一九二六）年八月に、寒河江真之助・市島三千雄・八木末雄・新島節の四人で発刊された。寒河江は東京から新潟市へ帝国麦酒㈱新潟出張所の社員として転勤してきた。詩誌「日本詩人」を通じて知っていた市島と出会い、市島と八木の出会いから「新年」は発行される。四人の出会いは、当時の詩を志す日本の青年たちの典型を物語っている。詩集は昭和二十七年に書かれた「乱視」を巻頭に配し、年代を遡る構成で編集されている。四人は昭和二年に「新年」を廃刊すると詩から遠ざかる。時代と人生の局面が複雑に交錯した結果であろう。一人寒河江真之助が戦後詩作を再開し、『鞭を持たない馭者』を上梓した。「新年」を高く評価し、交流していた草野心平はこの詩集に四人の記憶を重ね合わせて「土井晩翠賞」授賞に寄与した。四十二篇と「あとがき」、「序」草野心平、「解説」八木末雄、「エキスリブリス」大矢竹雄、「装幀」寒河江洋子から成る。A5判、ハードカバー、一〇三ページ。

⑦『冬の旅』／坂井　三郎

一九六三年一一月に小出ふみ子の主催する「新詩人社」から上梓された詩集『冬の旅』。詩人坂井三郎（一九三五・七・十三〜二〇〇〇・十）は新発田市で生まれ育ち職業柄、長野県大町・新発田市と転居している。詩集出版時は新潟県新発田市外豊浦村切梅に帰郷していた。後に、坂井は長野県へ移住し、「新詩人」と生涯を共にしている。「芸術上の視野のひろがりと精神的肉体的健康さが、いきおいマッチするとき、そこにすぐれた作品が生れる（あとがき）」と信ずる著者の青春の抒情がまぶしい。成長し、職を得て六年の転勤生活を終え、故郷へ帰って新しい生活を始める著者の心の成長記でもある。信州の山並みと山歩き、故郷の風景と魂の交感が、生真面目といわれる越後人の心を歩くように丁寧に歌われている。詩「愛」と「抱擁」の転調は、心を歩く詩人といっていい。「楢の林」は、山を歩く者ならばその爽やかさ、人のさびしさに共感する。「海の友情」の心地良いリズム。「雪」は雪の調べが美しい。昭和三十年代に小出ふみ子の主宰した「新詩人社」が、新潟県に果した影響を物語る詩集でもある。氏は書道にも通じた詩人であった。三部構成四十五篇と「あとがき」から成る。A5判、ハードカバー、一五三ページ。

⑧『砂丘』／清水マサ

一九六四年九月に刊行された清水マサの第一詩集。発行住所は中蒲原郡亀田町袋津一五九八。私の住む町と亀田町は隣り同士のような関係だが、私が亀田町の主産業がかつては繊維産業だったと知ったのは二十一世紀になってからのことだ。盆踊りで踊られる「亀田甚句」には、往時の賑わいと働く娘たちを歌いこんである。七十代後半の古老に話を聞くと、戦後の間もない頃には亀田郷一帯の村々での秋祭りには、亀田甚句を踊るために毎夜出かけたものだったそうだ。清水マサ詩集『砂丘』は、「朝六時半／いてついた道を工場に向う。／没落した繊維工場「生きること」」と、一九五〇年代後半に繁栄してきた繊維産業の転換期から語り始める。そうした状況から社会への目を鋭くし、生涯の伴侶との出会いから未来への希望をつなぐ子供たちの誕生が、社会活動と平行して語られる。長い詩歴を持つ清水マサの第一詩集は、行間から越後平野と越後山脈を見通す自然観が滲み出ている。思春期の憂悶を散文化した、「砂丘」は、精神の成長を自省をこめて丹念に現して、どこかミステリアスでさえある。十二編の詩と献詩「砂丘」を持つ小説から成る。表紙は清水一朗、A5判、四十一ページ。

⑨『労働に寄する詩《うた》』／伊藤てるよ

「泉の淵」と「コーヒールーム」の二章に分かれている。〝はたらくものの姿〟の象徴、体現者としての〝聖牛〟を、〝泉の淵〟に立って求め続ける心の旅路を表現した詩集。青春のエネルギーが開く世界への同化である。菊5判、五十八ページ。

⑩『さらば　から』／小林直司

詩集『さらば　から』は新潟大学文芸部グループの一人小林直司の〝詩との絶縁状〟として、一九六五年二月に刊行された。詩誌「火」に載った「ぼうちょう」は高度成長期に移行した日本の世相を〝シホンシュギがいけないのよ／わたしは自由化されてよ〟と、皮肉と諧謔趣味を存分に生かしている。詩誌「モノログ」からは「梅雨前線」が詩集にも採録され、学生大会の様子を女性活動家を解剖することで社会を抉ろうとしている。論理的に〝人生不可解なり〟を追求するのではなく、斜に構え世相の皮相を解剖し反転してみせることに長けている詩集である。十八篇の詩とはしがき、「詩のなかの交遊抄」から成る。縦一九六㎜×横一七六㎜、ガリ版刷り、五十四ページ。

9　おわりに

一九六一（昭和三十六）年から一九六五（昭和四十）年までの詩人たちの活動は、新潟県の詩史のなかでも豊饒な詩精神が発揮された時代であった。一九二六（大正十五）年から一九二八（昭和三）年までの新潟県の近代詩成立の黎明期、そして戦後の一九四五（昭和二十）年から一九五〇年までの戦後の混乱期にも拘らず言論の自由と表現の自由を得て、近代詩が成し遂げられなかった多様な詩の方法を再確認しながら現代詩へと歩を進めた時代。それに次ぐ活発な詩人たちによる活動があった。「文学北都」における福島健文の〝農人〟としての飛躍、一九六〇年を挟む時代に東京での詩精神との交流を具体化した吉岡又司らの「北方文学」の創刊、戦後の戦後民主主義教育から育った〝新潟大学グループ〟の倉田孝夫、さとうまさおらと豊崎義明らの「新潟県若い詩の会」の行動、詩雑誌「現代詩」を通じて日本的視野を獲得しようとしたふえきりちゅうらの「新潟県現代詩研究会」の活動、そして六十年安保の騒乱から新しい道へと踏み出した左翼陣営の磁場として清水マサらの「夜明けのあいさつ」の創刊など、まさに壮観である。

そして戦前・戦中・戦後の三期にわたる詩人たちが詩精神の交流を行った意義を見逃してはならないだろう。

注

（1）小泉辰夫が「海底」46号の「海底記」で自身が、昭和十年代前後に関わった詩誌として挙げていた、「海に近い子供達」三冊、「傷のある街の風景」一冊と「手袋」二冊がこのほど藤澤太郎氏により発掘され、当時の詩の情況が解明されつつある。また昭和二十一年に創立した「新潟県詩人協会」の機関誌も見いだされ新たな視点からの研究がまたれている。

（2）藤澤太郎氏は小林清一郎が編集兼発行した詩誌「しゅす」第七輯を発掘している。これまでは詩誌「繻子」と表記してきたが、浅井十三郎が「しよす」「しゅす」と記述していたように、小林の詩誌は「しゅす」と表記するのが正しい事が確認された。発行所は「繻子社」となっている。

（3）未収集詩誌。一九六四（昭和三十九年四月刊の新潟県詩人連盟会員名簿に「混血児　十日町市四日町、西川勝男」との記述あり。また同名簿では「福島健文　十日町市中条町上山下〈混血児〉」とある。

（4）二〇一五年四月七日「朝日新聞」新潟版（12版）―オピニオン―「終戦で区切ると見逃す連続性」／明治学院大学教授・原武史より引用。

（5）十日町市情報館にはダンボールに保管されたままの「文学北都」の収蔵は確認されているが、手に触れることは困難とのことである。「文学北都」の終刊を銘記した号が出ているかどうかは、情報館の調査を待ちたいと考えている。

（6）一九七一年二月刊の「北の詩」第二十号に載る「むながた・だんや「遺稿集」のこと」と題する、まちえ・ひらおのエッセイより。次章で詳述することとする。
（7）戸田正敏の略歴は、詩集『雪国のいもうと』の「著者小歴」及び郷土出版社『新潟県文学全集』第Ⅱ期6を参照した。
（8）詩誌「樹炎」は二十九号まで発行されているが、三、七、十一号が未収集。
（9）「たかはしいさを」は本文では「高橋勲」表記とする。
（10）二〇一一年十一月十五日発行「北方文学」第六十六号（吉岡又司追悼号）掲載の長谷川潤治・米山敏保編「吉岡又司略年譜」から。
（11）「北方文学」第六十六号に転載。
（12）以下在京時代の詩誌「詩同盟」「詩流」「檻」「現代行動詩派」は大井邦雄氏から寄贈または借り受けたものでる。
（13）熊本県八代市の詩人（一九一六～一九九八）。「詩と詩人」に寄稿した詩人の一人。日本現代詩文庫―「上田幸法詩集」／土曜美術社出版販売。『上田幸法論』―丸山由美子／潮流出版社。
（14）私が詩史を始める時に吉岡から「詩と詩人」のリストを頂いた。所蔵する号もあったようだった。彼の「荒夷文庫」からは見つけ出せなかった。
（15）私の問い合わせに若林光雄は、「記憶違いかもしれないが」としながらも、「二回目（？）には黒鳥伝二の作品」の「「渦巻ける鳥の群」であったように思います。」と答えておられる。
（16）初出は「新日本文学」一九五四年三月号。現代詩史論を書く者の必読書の一つ。
（17）『近現代詩史を学ぶ人のために』／和田博文編／世界思潮社。
（18）（19）いずれも『島尾敏雄作品集』の奥野健男の解説からの引用と思われる。
（20）この文章は一九六八（昭和四十三）年五月刊の九号まで掲載されていることが確認できる。号数のみが変更されている。
（21）「北方文学」発行運営支援者と投稿者の自立養成の意義があったと考えられる。
（22）「さとうまさお」、本名佐藤正夫。別名佐藤才二、佐藤才次など幾つかを使用。本文では「さとうまさお」表記とする。雑誌「新潟文学」「牧人群」は同氏からの寄贈・委託による。
（23）新潟県立商業高等学校は、旧制新潟商業学校時代に新潟県の近代詩成立期に貢献する多くの詩人を輩出してきている。市島三千雄、小林清一郎、小泉辰夫、中村海八郎、小島一作等。そして戦後は倉田孝夫、豊崎義明等である。新潟県の詩史を飾る水脈として忘れてはならない位置にある。
（24）ふえきりちゅうを中心とする「新潟県現代詩研究会」

が一九六三年十一月に開催した「第2回現代詩祭」の事。次の項の詩誌「資源」「水先人」参照。
(25) 一九七〇（昭和四十五）年五月に豊崎義明は思潮社から詩集『鳥がいた』を上梓している。あとがきと自己紹介からの引用である。
(26) 小竹政紀氏は一九六〇前後に糸魚川市で詩活動をしており、詩誌の発行もしていたが「不用意」に廃棄してしまったと、取材時に述懐されていた。
(27) 倉田孝夫、富田三樹生、さとうまさお、村山清一氏への取材から。
(28) 昭和初年代に新潟市の近代詩を先導した詩人たちが会合によく使用していた。詩史の連続性を示すエピソードである。
(29) 関口篤、平井照敏は当時の詩誌「詩学」の〝詩学研究会〟の選者。豊崎義明は熱心な投稿者であり、その関係から招いた。また「新潟県若い詩の会」は詩誌「詩学」の読者関係が多いとの豊崎義明氏の証言を得ている。
(30) 昭和六十一年二月十五日発行の㈱桜風社版「日本現代詩辞典」から引用。
(31) 今井朝二氏からの聞き取り取材から。氏からは詩誌「資源」等の新潟県の多くの詩誌詩集を、また一九五七年十月号から一九六三年十二月号までの「現代詩」等を頂いている。
(32) ふえきりちゅう名の本名は「笛木利忠」かどうか確認探索をし、多くの方の助言からも分からなかった。中村不二夫氏から「土曜美術社」の登記簿のコピーを頂き「笛木利忠」が本名と確信するに至った。しかし、在新潟、在東京時代の人間像は私にはいまだ不分明である。筆者は一度だけ座談会で会ってはいる。
(33) (かびばな)の誤植だと、長谷川洋氏から証言を得ている。
(34) 「新潟県若い詩の会」と長谷川洋氏との直接的な関係は当時希薄だったが、「牧人群」の創刊号では寄稿を受けている。さとうまさお氏から二〇一六年現在、長谷川氏とは別の会合で交遊を続けているとの証言と資料を頂いている。
(35) 詩誌「タムレ」の収集号数は三・九・十・十一号の四誌。
(36) 松井郁子氏の蔵書から「半獣人」2・3・4・10号のコピーを提供して頂いた。
(37) 「現代詩手帖」の一九六二年十月号に「椅子2」という詩誌発行が紹介されている。「椅子の会」の住所は野口吉郎方で、「半獣人」に先行する詩誌の存在があったと考えられる。
(38) 「現代詩手帖」の一九六二年十月号には水川真の名が二ヶ所で出てくる。詩の投稿欄には〝夜2　東京　水川真〟が、「平井照敏特集！」欄には水川真の〝平井照敏に関する断片〟がそれぞれ掲載されている。水川は一九四〇（昭和十五）年一月生まれとの「半獣人」十号の記述から、在

東京時代の姿と推定している。（注31参照）
（39）詩集紹介文の多くは拙編集の詩誌目録「紙魚」No.31からNo.35に掲載したものを一部訂正したものである。

参考資料

『戦後詩のポエティクス1935～1959』／和田博文編―世界思潮社＊『戦後詩史論』／吉本隆明―思潮社＊『戦後詩誌の系譜』／志賀英夫―詩画工房＊『戦後詩壇私史』／小田久郎―新潮社＊「日本の現代詩史論をどうかくか」／吉本隆明―新日本文学・一九五四年三月号（コピー）＊『廃墟の詩学』／中村不二夫―土曜美術社販売＊『新潟県文学全集』第Ⅱ期6／郷土出版社＊『新潟県現代詩人会アンソロジー2005』の「新潟県戦後詩史」／新潟県現代詩人会（経田佑介編集）
＊他に本文掲載当該詩誌・詩集

スペシャル・サンクス

大井邦雄・斎藤健一・田中武・藤澤太郎・星野元一・さとうまさお・中村不二夫・日本近代文学館

第五章　一九六六年から一九七〇年まで

1　はじめに

第四章では新潟県の近代詩成立過程を支え戦争期を潜り抜けた詩人たち、「海底」「造型」「磁場」等を見てきた。戦争期に青少年期の教育を受け戦後の復興期に詩誌を刊行した詩人たち、「造型」「岩と詩」等を検証した。そして一九四五年の敗戦期以後に「戦後民主主義教育」を受けた「新潟県若い詩の会」や「水先人」に集まった詩人たちの動向を見てきた。

一九六六年から一九七〇年の新潟県の詩界の新しい道筋を切り開いて行く、田中武、加藤幹二郎、吉岡又司の三人はいずれも一九三四（昭和九）年生まれで、少年期に「国民学校」の教育を受けた詩人たちである。「新潟県若い詩の会」「水先人」の詩人たちが「戦後民主主義教育」受けた世代であることを考慮すると、新潟県の詩史的展開は東京の「商業詩誌」に見られる「世代論」を通じた詩史と様相を異にしているように見える。一九六四年の「東京オリンピック」から一九七〇年の「大阪万国博覧会」の開催で日本の高度成長はその最盛期に達する。一方、一九六六年から始められる中国の「文化大革命」やアメリカによる北ベトナムへの爆撃などに反対する「ベトナム反戦運動」の高まりと、東京大学医学部から火を噴いた「大学解体闘争」が社会を震撼させる。そうした中で世代間交流が時代に拮抗する詩を生みだすかどうか。更に詩誌「半獣人」からは経田佑介、館路子が登場する。館はいわゆる「団塊の世代」であり、「北方文学」に登場する長谷川潤治と共に一九七〇年代以降の詩界を牽引してゆくことになる。

新潟県の近代詩成立期の詩人たちの退場と交流があり、新たな詩の息吹が兆す新潟県の詩界。第五章では一九六六（昭和四十一）年から一九七〇（昭和四十五）年の五年間の新潟県の詩界の動きを詩誌と詩集から探って行く。最初に一九六〇年代初期からつづく詩誌から見て行く。

2　継続詩誌の概況

前四章から継続又は創刊された詩誌で確認できた継続詩誌は、

海底／55号～60号、文学北都／19号～21号、北の詩7号～19号、造型／24号・造型ノート1、樹炎／№12～№19、北方文学／7号～10号、タムレ／17号～25号、半獣人／6号〜12号、夜明けのあいさつ／4号〜13号の十誌。このうち「造型」「造型ノート」は前章で既に述べてきたところである。

①　詩誌「海底」と小泉辰夫の足跡

詩誌「海底」は一九六四（昭和三十九）年四月に五十七号が刊行された。五十八号は「二年半のブランク」後の一九六六（昭和四十一）年十月に刊行されている。海底記で小泉辰夫はその理由として、一九六四年六月に発生した「新潟地震」と一九六五年三月の西山晃の死と遺稿集刊行を挙げている。西山の死で同人は六人になったが「僕等の詩が古かろうが、日本詩壇から外れていようが、（中略）自分のペースを守り、書きたい時に書き、刊したい時に刊するのが海底である。」と、詩誌「海底」の姿勢を示している。そうは言っても「海底」の停滞は明瞭で、この五十八号後一九七〇（昭和四十五）年までに刊行されたのは、五十九号と六十号の二冊である。

一九六七（昭和四十二）年九月刊の五十九号の海底記で小泉は

今年は僕の銀婚式なので、詩集「雪国のくらし」私家版五〇部を樋口恵仁の「越後屋書房」より出版し、親しい知人に配った。

と、初の詩集出版の喜びを述べている。

その小泉が十二月二十一日に急死する。創刊同人ではないがいまや詩誌「海底」の編集発行の中心を担ってきていた小泉の死であった。一九六八（昭和四十三）年七月刊の六十号は「小泉辰夫追悼号」を組んでいる。そして小泉がいかに「海底」で信頼されていたかは、六十号の「発行兼編輯代表者」に子息の小泉慈行が就いたことでも分る。また樋口恵仁の海底記には、「小林、笹木さんが続いて入院」との記述がある。前途多難の詩誌「海底」である。

イ　詩集『雪國のくらし』、詩集『八百万詩集』について

一九五一（昭和二十六）年十一月に創刊された詩誌「うらぶれた海底に黄色な花が咲いたら」から詩誌「海底」の変遷は見てきたところである。初期の同人の多くは去り、五十七号の海底記で小泉は「創刊号からの同人は、

樋口、笹木の両君だけである。」と記している。二十号以降「海底」と詩誌名を変えてからの実質上の主宰者は小泉辰夫であった。戦中戦後を生き、新潟県の近代詩成立期から戦争期、戦後の詩の復活を見続けてきた、小泉の詩集を見ておく。

一九六七年二月に小泉は詩集『雪国のくらし』を上梓する。詩集には詩誌「海底」に発表した詩を中心に二十九篇が収録されている。小泉は旧制新潟商業高校生の頃から、昭和初年代に流入した西欧文学思潮のモダニズムをより身近な精神として受容し、実践してきた。そして日中戦争後、敗戦までの十年間詩を書くことなく沈黙、自動車関係の職場で生活者としての暮らしを生きる事で、自らと自らの思想を鍛練し学習を続けていたと思われる。詩集『雪国のくらし』を繙くとこうした小泉の生活から生まれた詩の多くに出会う。小泉はフランシス・ジャムやエドゥアルト・メーリケをこよなく愛し、ライナー・マリア・リルケに心酔しており、また山の魅力に取りつかれた山男でもある。山の友の会会長を務め、その山岳仲間の遭難死を深く悲しむ人である。新潟の雪国の暮らしの厳しさが身に沁みた人である。これらの混然一体となった小泉の詩精神には、詩にある種の「漢気―おとこぎ」を覚える。大人風な雰囲気が漲り、生活者の根を持つ詩は俗謡の調子を含み、弾みで詠い出す趣がある。そうした『雪国のくらし』を八木末雄は『八百万詩集』の解説で次のように紹介している。

「雪国のくらし」は人間存在への信頼と希望を歌い上げた小泉辰夫氏の記念碑的な詩集である。小泉氏は新潟に生まれ新潟に育ち新潟を離れたことがない詩を書きだしてから三十五年にわたる長い詩歴はこの土壌の内部へ深く根を張つた。著者の反骨精神はこの雪国の苛烈な風雪に耐えて研ぎだされ、詩の地方性に開眼するとともにこの郷土への熱愛で沸騰した。（中略）この詩集を、あるいは新しい智性と倫理によつて書かれた昭和の「北越雪譜」であると言つても言いすぎでないであろう。

と、八木は小泉の生と生活の全体像を表現する詩の特質を的確に評価している。

詩集に収められた二十九篇は、昭和二十六年から昭和四十年の間に詩誌「海底」に載せた作品である。小泉はこの間新潟トヨタ自動車会社の中間管理職から、新潟地震の一九六四（昭和三十九）年には部長兼取締役となっている。個人小泉辰夫は〝世間―会社〟生活と〝社会

―詩〟生活を見事に統合した生き方をしていた。

『雪国のくらし』を上梓した翌年九月に小泉は亡くなる。一九六八（昭和四十三）年十二月に遺稿詩集『八百万詩集』が刊行される。生前に残されたノートから八木末雄、樋口恵仁、山崎儀一の編集によってなされた遺稿集で、晩年の小泉が生家である明治・大正・昭和の三代を生き抜いた生鮮食品店「八百万」を記録した仕事であった。

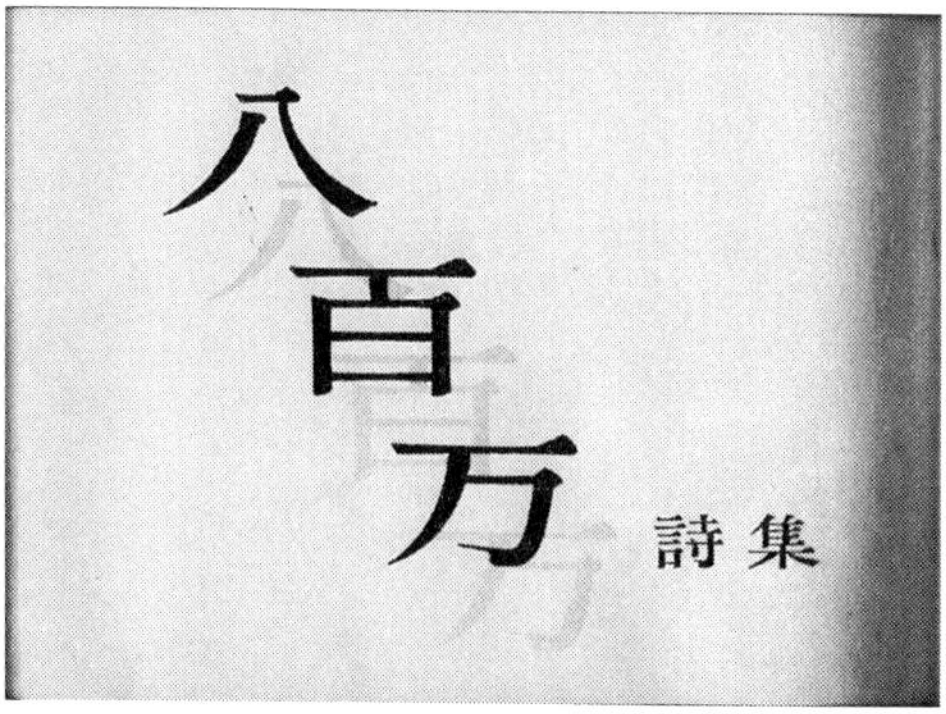

詩集『八百万詩集』扉

詩集は二章に分かれており、第一章「文学の門」二十一篇、第二章が「八百万の詩」九篇の計三十篇を掲載し、序を田中冬二が、解説を八木末雄が、造本の記録を樋口恵仁が、あとがきを妻の小泉トシが書き、小泉の略年譜を付している。詩集の構成としては『雪国のくらし』より以前の一九四七（昭和二十二）年十一月に創刊した詩誌「慈眼」の作品と小泉の生まれ育った家業の風景と自らの成長を重ねた作品から成り立っている。

装丁は樋口が記録しているように樋口の造本の中でも、新潟県の造本史上あらわれた最も豪華というか贅沢な造本である。木箱ケース、栞紐を縄で装幀し、紙は飛騨高山の高山和紙を使用、全ページにトマト、茄子、玉葱など十種類の野菜の絵をあしらっている。

八木の解説は委細を尽くし、小泉が読書学習して受容してきた文学者や著作を語り尽くしている。八木は亡くなった小泉から取材聞き取りをしているかのように、三十篇の詩のひとつ一つを〝解題〟している。小泉の詩作生活三十五年を語りながら、はからずも新潟県の近代詩成立過程を実証している。八木の解説「続文学の門」からその一端を見ておこう。詩「続文学の門」の引用から始めよう。九十二行と長い詩であるので中ほどを略して紹介する。

此の門を／訪ねてくれる人はない／此の門で憩うものさえない／僕が呼びかけないせいかも知れない／此の門は／山のふところ深く建てられ／夏は青葉の繁りが重なり／体中が染まってしまう／夜になれば／僕のランプだけがまたたき／山がとどろき　とどろき／此の

門に／覆いかぶさつてくる／山がなんであるか／とどろきがなんであるか知らない／（三十三行略）／僕の家族が此の門のうちに住み／貧しいランプだけの生活にも／不平を洩らさず／子供はランプの火屋を磨き／妻は子供の手袋を編み／僕は乏しい光をかかげ／子供のかむる冠を作る／冠をつくることが／僕の修身であり悖つて居ると思はない／冠の真中に／幾カラットもあるような／輝きをみせているのは／悪の華だ／此の宝石は磨くだけで／ひと夜もふた夜も費した／悪の花を囲んでいるものは／月下の一群／青猫／象徴の烏賊／邪宗門／高麗の花　などで／綺羅のごとくちりばめている／子供の名前を象嵌しなければならない／毎日冠作りに余念がない／行末がどうなるか判らない／雪をおこして草の根を掘り／岩陰をたずねて／木の実を拾わねばならぬかも知れない／けれど妻は鏡は要らぬと言い／子供は絵本が要らぬと言う／冠のためには／雪深い里へも降り／宮沢賢治の／雨ニモ負ケズを売り払い／室生犀星の／星よりきたれるものを／抵当にいれることも／忍ぼうと思つている／子供のため／冠だけが残れば／僕の生涯は／此の門の中に／立派に終焉するのだ。

この詩に対する八木の解題を見ておく。

「続文学の門」この年、田村泰次郎氏の「肉体の門」が評判になっていたが、小泉さんはこういう小説に反撥したのであろう。「月下の一群」は堀口大学氏の訳詩集、大正十四年刊。「青猫」は萩原朔太郎氏の詩集、大正十二年刊。「象徴の烏賊」は生田春月氏最後の詩集、昭和五年刊。「邪宗門」は北原白秋氏処女詩集、明治四十二年刊。「高麗の花」は室生犀星氏の大正十三年発行詩集。「悪の華」フランスの詩人ボオドレエル著詩集で近代詩の聖典といわれている。安政四年頃発行されたものである。「星より来れるもの」大正十一年発行、室生犀星氏の詩集。小泉さんの蔵書と嗜好を知ることが出来る。

と、詩に登場する詩人と詩集の紹介をしている。

小泉が「冠を作る―詩を創作する」日々の姿と共に、彼が学び受容してきた詩人と作品との関係が明瞭に示されている。「続文学の門」もまた、小泉がもとめる詩「日常使われている、出来るだけ平易な言葉を用い誰にでも愛され、誰の心の奥にも沁みこんで、ほのぼのと灯るような詩を作つてゆきたい。」との実践でもあった。そして詩はなによりも「子供のために一つづつ立派な詩を残し、愛と美を子供に与えてゆきたい。[1]」との家族への愛と信頼を築く方法であった。

② 文学北都の終焉

「文学北都」第21号表紙
（絵／関口芳正）

不定期化している雑誌「文学北都」は一九六四年十月刊の第十八号から二年程の空白を経て、一九六六年七月に第十九号を発行する。（緋）署名の編集後記には「第十九号は、堂々百六十頁の大冊。内容も力作が揃っている」とし、「文学北都はつぶれもしなければ、つぶしもしない」と評している。第二十号の刊行が一九六七年四月であることを考えると、「文学北都」の編集体制と執筆陣は堅陣を保持しているかにみえる。第十九号での執筆陣は小説（創作）が野本郁太郎他五人、詩は須藤茂一ら六人。第二十号は小説六人、詩は六人と安定している。詩文学は健在だが、発行主体の「木の芽会」内の経済人グループの「随筆」への投稿が途絶えていることは指摘できるだろう。かつては記載されてきた同人住所録が消えて久しい点も「文学北都」が運営上の危機にあったことが推察できる。

「文学北都」は一九六八（昭和四十三）年四月刊の第二十一号で終わっていると思われる。新潟県立図書館には創刊号から第二十号までが所蔵され、閲覧できる。第二十一号は㈶近代文学館に所蔵されている。やはり（緋）署名の編集後記は「本号で二十一回校正をやつて来たことになる」と述べ、文字の正誤だけでなく校閲者の目も持たなくてはならない旨を語っている。その語り口からは「文学北都」を終刊するとの意思は感じられない。

第二十一号に作品を掲載した人員構成を見ておく。表紙を関口芳正、写真を多田滋、小説は野本郁太郎、高橋実、富永ひさお、斎藤逸子、樋口源和、井沢賢治、詩は須藤茂一、星野元一、西川勝雄、西川勝二、庭野義一、庭野富吉。編集兼発行者は滝沢久一、発行所は文学北都の会であった。

発行体制は雑誌継続には盤石に思われるが、その辺の経緯を野本郁太郎の発言から見ておこう。作品を創刊号から欠かさず掲載してきた野本が、「文学北都」の実質上の文学的指導者として存在していた。一九七〇年一月に新潟県の「新潟日報」が「地方における文学運動」[2]という特集を組んでいる。「文学北都」を代表して野本は「文学北都」が〝人間の心を豊かに〟するべく創刊してからの十五年を回顧した後に、現状について次の二点を提示している。一点は〝悩みのタネは販売〟とし〝同人費と広告代が活動費の基盤〟としながらその捻出の困難さを訴えている。二点目は〝大きくゆれ動いた六九年を送って、七〇年代を迎えての活動はどうなるのであろう。〟と問いかけ、その動乱の原因は〝平和憲法と軍事同盟(安保)という矛盾〟に見、この矛盾を解決する糸口を政治的な解決より〝文学の効用〟に見るとの思いを述べている。当時も現在も同人雑誌・同人詩誌が抱える問題である経済的困難さと文学の効用が語られている。

野本と共に毎号欠かさず詩を発表し、詩の発展に寄与してきた須藤茂一(一九一二・十一・十二〜二〇〇〇・八・六)は一九七〇年十一月に、十日町高校千手分校同窓会詩集編集委員会が編集する詩集『牧歌』を上梓する。須藤の退職を機に教え子たちが刊行した詩集である。〝編集にあたりて〟で第一詩集『冬への牧歌』に触れた後、「この詩集も、先生を敬い慕う教え子達の、自然な感情の中から生まれた」とある。教育者でもあった須藤が、教え子の生徒たちから詩人として迎えられている姿がみられる。「文学北都」の第五号から第二十一号までに発表した詩群を含む、〝春夏秋冬〟など六章六十五篇から成る。

〝千手〟は旧北魚沼郡川西町(現十日町市)の地名で、信濃川の河岸段丘にある。須藤はそうした農山村の人々の生活と自然を風景画のように切り取り、柔らかな心情あふれる言葉で詩を風土記のように表現した詩人である。社会批評も、近況も、冬の厳しさも、みな近しい言葉で語りかける。ものを知り、物事をわきまえ、虚栄から遠く、詩を理解し、言葉に仕えた詩人、賢者の風格をみる。第二十一号に掲載し、『牧歌』にも収録された詩「夏日抄」は一九六八年八月の日本と世界の出来事を相対化し、社会批評するルポルタージュとなっている。「夏日抄」全篇を引用する。

ルナ・オービターが
高度三万七千キロで写した地球の顔をみた
右の目は日本　左の目はイスラエル
垂れ下った鼻の先はベトナムだ

八月――右の目には
闇《やみ》市とバラックの風俗史の一断面が
映っている
この夏――
私は開拓農民の苦行はやめて
スタミナの温存
年ごとに減るが　暑中見舞状が数枚きた
深まる疎外感
人間蒸発などの言葉が気になるなかで
返事だけは書くこととし
用紙は白根山の絵葉書を用いた
五月に登ったときの寒気が
いまも　よみがえる
またこの夏は――
鯉・ふな・はや　などの中の
フーテン雑魚が
私の小さな庭の池に集まってくる
昨年　農薬で全滅したというこの池に
やがてフリー・セックスの饗宴がはじまり
太陽の破片が水の中に散乱する

須藤茂一の『牧歌』を紹介したところで「文学北都」の項を終えることとする。

③「北の詩」の展開と限界

第四章で詩誌「北の詩」の創刊とその方向性を見てきた。「北の詩」は一九六六年から一九七〇年までの五年間で、七号から十九号までの十三冊を刊行する。そして一九七一（年昭和四十六）年二月刊の二十号で「あっさりと廃刊を宣言」[3]をする。「北の詩」の展開と限界を見てゆくことにする。

「北の詩」では創刊号から標語詩というか、巻頭詩というのか「ここに」という詩を掲載している。詩誌の拠り所とする同人の詩に対する精神を表したものであろう。

詩がある／ただ　詩がある／運動だといえば運動でもあろう／主張だとみるならば主張でもいい／無意味だというなら無意味でもある／騒々しくはないが／ことばがうごめく／意志が／もえる／詩でないとすれば／
それでも　よし

詩への意志を強く心に秘めているのだとの自負は伝わる。しかし詩誌発行を他者から、〃運動だと批評されたらそうかも知れないね〟と主体性を放棄しているとまで言わないにしても、曖昧にごまかしている。詩誌としての主張や詩誌の持つ意味性にしても、〝詩がある〟と答えるのみで同義反復の隘路に陥っている。

「北の詩」を〝北の詩グループ〟として支えたのはまちえ・ひらおであり、そのまちえを支えたのは印刷会社㈲大成社を起こしたもたい・いさおである。まちえともたいは市井の人である。まちえは詩を芸術と政治の二元論からの自由と自立を目指してきた。まちえは六十年代後半の〝大衆化社会〟の世相の中で、敗戦期から復興期にかけて詩の未来を切り開いてきた自らの詩精神の風化を危惧している。一九六九（昭和四十四）年七月に上梓した詩集『西高東低』にはそうした、まちえの見てきた詩精神が風化作用に晒されていることへの異議申し立てとしての抵抗をみることができる。しかしまちえは自らの姿勢を「消極的否定と懐疑のなまぬるさ」として自覚している。「北の詩」の標語からは〝芸術至上主義〟と〝政治的イデオロギー〟からの自由が色濃く滲んではいる。

まちえはこの自らの詩的隘路を脱出する方策として「潮流詩派」へ近づく。一九六六年四月刊の九号には、潮流詩派の主宰者村田正夫の「同人雑誌のためのノート」が掲載されている。村田は現在の「潮流詩派」は在り様と性格を〝文学運動誌としての要素をもつリトルマガジン〟と述べた後でこんな言葉を残している。

戦争下に少年期にあつた世代を中心とした発言の場としての性格が強くなつてきた。（中略）私たちは自由に、自分の作品を通して自己の存在理由を確認することができる。

まちえが村田の〝同人雑誌リトルマガジン論〟に賛同したのかどうかは分らないが、引用した「世代論」と詩を通じての「存在証明」に反応したと私は考える。まちえは生涯「潮流詩派」と交流し続ける。

一九六六年六月刊の十号は「特集むながた・だんや」を編み、同年八月刊の十一号では創刊からの一年を振り返る「特集北の詩の一年」を企画し、吉沢昭、もたい・いさお、古間信吉、まちえ・ひらおの四人の同人が相互に作品を誌上合評している。

一九六六年十月刊の十二号から泉義雄が同人に加わる。その経緯も詩誌「岩と詩」時代の対応とは違って「はじめのない人はないのであつて、いつまでつづくか。」とどこか投げやりでさえあるが同人に迎えている。「北の詩」の停滞感はいなめないのである。

一九六七年十一月刊の十六号はまちえの詩精神の枯渇を物語っている。巻頭言の「詩人と文章」にしても「岩と詩」時代にみせた詩の自立と自由を述べる論客の面影はない。しかも同号は「潮流詩派グループ特集」を組んでいる。詩誌「北の詩」の批評欄〝ほうこう〟でまちえは「潮流詩派グループ特集によせて」を書き、「北の詩」の現状と潮流詩派との関係を分析している。

北の詩の足どり。一九六五年七月創刊、八号までは月刊で出た。十二号までは隔月刊、そしてクオータリーとなつて一九六七年七月で十号、ここで停滞、（以下略）

その停滞の理由は一つは「グループ成員の少人数」を挙げ、二つ目は「同世代の働きざかり」であるとし、三番目に「閉鎖的になり」「マンネリ化」したことを挙げ、縷々現実との齟齬感（泣き言）を述べている。そして「詩からはなれようとも」せず、

とにかくそこで停滞をゆるがす努力が必要であった。潮流詩派グループ特集はそのテコ入れの一端であると、潮流詩派に頭を垂れる。

特集がまちえの言う停滞を打ち破る方向性や視点、テーマを設定してのものならば、特集を組む意味と意義も理解できる。しかし掲載された潮流詩派グループ八人の詩の一篇にも輝きなり、未来を提示する力は無い。そこには大衆化した詩の雛形のような若書きの投稿詩の類があるばかりである。特集に詩を寄せたのは、堀内道子、村田正夫、渡辺三郎、芝憲子、押久保淳三、上山ひろし、久保田悠紀、猪俣則幸の八人。この号に北の詩グループで詩を寄せたのはまちえ・ひらお、もたい・いさお、まき・たかし、長崎浩の四人。

批評欄の〝ほうこう〟は〝咆哮〟ともならず〝方向性も定められず〝彷徨〟する「北の詩」を表しているようにさえ思えてくる。

一九六八年一月刊の十七号は一転して時代相を映す。ベトナム反戦運動の昂揚が詠われている。（も）はエンタープライズ寄港への憤りを「血が流れる／石が飛ぶ／涙がこぼれる」と「いのちの存在価値」を測り、よしざわ・あきらは「角材と、石と、放水車の水と、催涙ガスと、警棒がうずめる。／もう一つある。シヨウを見ているような傍観だ。」と「昭和元禄」を見透かしている。

そして「北の詩にはなかつた若さと感性を期待する。」

として「高校3年、新発田の人」森田英子を同人に迎えている。一九六八年七月刊の十八号で森田の「早すぎた秋」を特集して二章四十一篇の作品を掲載している。まちえは「小特集によせて」で森田の詩を「にこ毛にかがやく水蜜桃のような素直さにふかい郷愁をおぼえさせられる」との感想を書いている。まちえは森田に「北の詩」再生の一縷の望みを託そうとしたのかも知れない。

一九六八年十二月刊の十九号は実質上の「北の詩」の終りを告げる〝転換〟誌である。まちえは〝ほうこう〟欄で、篠田一士の「戦後詩の方向」を引用しながら、詩が「青春の文学」から「老人の文学」へ転換したとの認識を示す。

北の詩は細々とではあるにしろ、つづけられるにちがいない。そして若い人を迎え、その若々しさを吸収し発散すると同時に、初老は初老のつや光をもつて、またページを埋めていくだろうとも思っている。

との悲哀を述べる。

詩誌「北の詩」の漂流は、やはりむながた・だんや亡き後に詩誌発行の持続を継承したまちえには荷が重かったのかも知れない。社会的時評や政治的な時局に鋭く対応し、詩に評論に実践者として活躍したむながた。むながたと同伴している時のまちえは詩の自立と自由の問題に正面から対峙する事ができた。防風林としてのむながたがまちえの立場を囲い込んでいたと見ることができる。「北の詩」の標語詩に見られるように、まちえは自らの主義主張を秘すことによってむながたが防いでいた、他誌他者からの批判をかわそうとしていたのだろうか。まちえの詩の自立と自由はその程度のものだったのだろうか。

急速に現代詩から遠ざかるまちえの詩精神の衰弱が読み取れる。私はこの項の初めにまちえは〝市井の人〟と指摘した。それは詩を旨とする生活者、サラリーマンまちえを指しての言い方であった。一九六八年七月刊の十八号で「三月に入つて、まちえの転勤が急に決まり、一家あげて三条に行くことになつた」と伝えている。まちえ四十三歳、会社では中堅の働き盛りである。詩人としても登熟期である。詩は捨てられないにしても、おろそかにしたくなくても、生活破綻を免れるには生活者の道を行くより仕方ないのである。

十九号には「北の詩」の同人住所録が掲載されている。

もたい・いさお（罇　勇）、まちえ・ひらお（長谷川

大平）、古間信吉（高橋　章）、よしざわ・あきら（吉田昭一）、高橋時起、森田英子

この項での「北の詩」を終るに当り、詩史的なエピソードを一つ。北の詩に投稿を続けた詩人に長崎浩がいる。長崎は一九六七年七月刊の十五号の〝ほうこう〟欄に「名ありて実なきもの！　県詩人連盟のこと」と題する文を寄せている。長崎浩という人の内心を良く現した言説を含んだ「県詩人連盟」への告発文である。結成までの経緯を縷々回顧した後、「その後満三年の年月がたつているが、その間一回の会合も開かれず、どんな連絡もない」休眠状態を憤っている。「県詩人連盟」結成時には電話等で相談を受けていた。長崎は理事として参画していたにも拘らず、「詩人連盟という名の団体をつくり、会長、理事長に就任することだけを目的として誰かが演出し、」と難じている。演出したのは倉田孝夫であり「新潟県若い詩の会」であった[4]。これでは会長の田村達爾も理事長の中沢洌もたまったものではないだろう。理事職である長崎が「県詩人連盟」が機能するよう会長、理事長に働きかけ活性化を促す立場にあったのではないかと私は思うのである。「県詩人連盟」活動休眠の非を問うのは当然であるが、自らの責務を棚上げし他者のみに非を問う姿勢を訝しく思うのである。

詩誌「北の詩」は二年の沈黙の後、一九七一（昭和四十六）年二月に二十号を刊行する。次章では「北の詩グループ」の総括を述べることとする。

④　詩誌「樹炎」の歩み

一九六一（昭和三十六）年三月に創刊された詩誌「樹炎」は、一九六六（昭和四十一）年八月刊の第十二号から一九七〇（昭和四十五）六月刊の第十九号までの五年間で八冊を刊行している。第十二号の編集同人は、木下浩・林徹男・小島一作・遠藤修平・林恒雄・山田嵯峨・竹内延夫・市川信夫・戸田正敏の九名で、発行所は新潟県魚沼郡六日町、戸田正敏方「樹炎の会」となっている。

詩誌的な変更として第十九号から同人制に移行し、編集発行人に戸田正敏が就いている。この間、山田嵯峨が抜け、沙河江恭三、大澤澄男、大澤芳春の三人が加わっている。編集同人制から同人制移行に関する理由は〝記録〟欄からは読み解けない。編集発行人を戸田正敏と明記したのは、編集責任の所在と代表者を分るようにしたということだろう。戸田は「日本未来派」との連携を強めており、寒河江恭三（栄井恭三）は「今号から菊岡久

利氏の紹介で栄井恭三が同人となった。」と、一九六六年十二月刊の第十三号の〝記録〟欄で紹介している。又、第十九号で戸田は、「日本未来派大会がこの越後の魚沼で開かれることになり」、「「現代詩謡」代表の小柳俊郎さんに相談した」ことを伝えている。

一九六六年八月刊の第十二号は、この年の二月に亡くなった林金太郎（一八七九〜一九六六・二・十）の追悼特集号となっている。林は「日本未来派」に参加して詩を発表してきた。一九五九年に詩集『河原煎餅』[5]を上梓し、「八十歳のシュルレアリスト詩人」として詩界で評判を取った詩人、俳人である。

特集号では遺稿として詩「上と下」を掲載し、二女の清水淑子が病床の林の姿を「つよかった父」と題して伝えている。日本未来派からは緒方昇が「一期一会」を、赤石信久が「貴重なしごと」を、土橋治重が「「河原煎餅」のことなど」を寄せ哀悼の意を表している。「樹炎」は第十四号で「林金太郎作品集」を組むなど、丁寧に林の残した詩を順次掲載し林への敬意を表している。こうした戸田の姿勢は貴重と言わねばならない。

日本未来派との連携の他に目を引くのが、詩誌「海底」でも活躍する小島一作である。「海底」とは距離を置き始めた小島は、「遊女もの、道祖神もの」と言われる遊女の道行や追分での男女の機微を民衆の生活の歌として作品化する。〝戦犯詩人〟から民俗学的視点を導入した抒情詩の道を歩み始める。第十三号で小島は〝記録〟欄で、

寺門仁さんの「遊女」には感動したわたしです。来年は新潟開港百年ですが、当時四四〇人に余る遊女芸妓が新潟の歴史の中であでやかな生を刻みつけたのです。みじかにこの眼で体験したものを私なりに、しっかりかいてゆきたく思う。

と、その意気込みを述べている。

一九六八（昭和四十三）年九月刊の第十六号は小島一作作品集として編まれている。

戸田正敏は、五十一歳で第一詩集『魚沼物語』を上梓する。[6] 一九六六年九月に日本未来派の会から刊行された詩集『魚沼物語』は、戸田の意欲に満ちた詩精神と老成がせめぎあう詩集である。跋「遠近時空ということ」を書いた菊岡久利は、詩集の性格を「都会文化の他に、地湧の、土着の、民俗の、さかしい文化の尊重ということ」と指摘している。『魚沼物語』は、詩「魔風」「狸のはなし」では昔語りの土着性、民俗性の色彩が強く、詩「狙

われた果実」「火の時刻」では、生活圏としての魚沼の山襞がリアルに胸に迫ってくる。そして戸田の家族への愛の眼差しには、生活圏にある自然への畏怖と感謝が強く反映している。大地に根を張り生きる人・動物・植物が、詩人戸田正敏を通じて呼吸している。詩は大地から生まれてくるかのようで、まさに菊岡の言う〝地湧〟の詩集である。挿画も菊岡久利が描き、題簽は緒方昇、戸田の詩歴が示すように日本未来派の支援が見られる。A5判、ハードカバー、一三六ページ、三十二篇の詩を収めている。第十三号に山本利男が「「魚沼物語」寸感」を、第十五号には中村光行が「魚沼物語評」を書いている。

余談になるが刊行年月日の分らない戸田正敏の詩集『ハワイ詩集』が手元にはある。「ローデム航空サービス」の名が記されている。緒方昇が一篇の詩を寄せていて、その副題に「越後竜谷寺ハワイ訪問団に寄せて」とある。第十九号の戸田の文に「住職駒形善秀師はハワイから持参した」との文言が在る。この『ハワイ詩集』は一九七〇年に戸田がハワイ旅行をしていたことを物語っているのではなかろうか。

一九六三年に第一詩集『夜の触角』を上梓した遠藤修平は、この間二冊の詩集を上梓している。一九六六年六月に『花かげ』を一九七〇年六月に上梓した『季節の祭壇』の二冊である。後で紹介することとする。

遠藤は一九六六（昭和四一）年当時は、新潟県立南蒲原郡中之島村中条小学校の校長の職に在った。この中条小学校に在校する二四九名が参加した学校詩集『中条っ子』を編集している。一九六六年三月と十二月に二冊を刊行している。教育者として詩教育を実践したと考えられる。

こうした遠藤の詩教育の実践を見てか、戸田正敏は一九七〇年代に入ると緒方昇や竜谷寺の住職らの協力を得て、魚沼地方の小中学校生を対象とした詩の普及、教育活動を積極的に進めてゆく。

⑤　「北方文学」の展開と転換

一九六一年四月に創刊した雑誌「北方文学」は、創刊以来五年を経過した一九六六（昭和四一）年九月に刊行した第七号から一九七〇（昭和四五）年までに四冊を刊行する。一九六九年八月に第十号を刊行したが、一九七〇年は刊行できなかった。年一回の刊行が守れなかったことを停滞と見るか、持続へのステップと見るかによって評価は分かれるだろう。

第六号までと第七号の決定的な違いとしては、掲載同人の変化を挙げる事ができる。詩の方では「吉岡又司人脈」ともいえる、大井邦雄と共に詩誌「現代行動詩派」以来の盟友である詩人の小林龍吉の退場である。新潟県外の詩人は以降「特集号」以外にその名を残していない。逆そして短歌を主としてきた米山敏保の小説への転換。逆に小説で気を吐いてきた木原象夫の短歌への変貌と同人主体の転換期を見る事ができる。同人の変貌から「北方文学」の情況と状況を読み解いてみたい。

一九六六年から一九六九年までの「北方文学」に詩を掲載した詩人は、原信吉郎、宮川均、高橋キヨ子、吉岡又司、永田幸寛、横山善治、長谷川潤治の七名。この七名の内、永田幸寛は一九六四年に詩集『化粧』を新潟県現代詩研究会から上梓していることは前章で紹介したところである。そして一九七〇年代に入ると高橋キヨ子、吉岡又司の二人は相次いで第一詩集を上梓する。長谷川潤治の登場は一つのエポックでもあった。

高橋キヨ子は「北方文学」の第三号に「海抜四〇〇米」を発表して以来、同人として作品を発表してきている。第七号に載る「墓標の四季」五連のうち三連を引く。

「墓標の四季」

ゆきつきて道にたふるる生き物のかそけき墓は

草つつみたり

ののげし
かたくり
すぎな
断りなしに地下に帰ったのか
死者たちは
墓地で無邪気なまんだら
軽いたわむれ
ひらひらと

土埃
足げりに
車々
墓石が並ぶよ
死者たちは不在
墓石をおおい緑の群落
気まぐれなたわむれ

（二連略）

あられ

釈　迢　空

ぼたゆき
こなゆき
掌に消える白い寒色
墓地はうもれ
死者たちのざれ言も終わった
かんじきの楕円をころがし
老夫がたどる
幅広い道は
火葬場

冬の半年間を雪の下で暮らしを立てざるを得ない新潟県の魚沼地方。詩の各連の始まりに置かれた「ののげし／かたくり／すぎな」「土ぼこり／足げりに／車々」「あられ／ぼたゆき／こなゆき」は、四季それぞれの季節感を喚起し、人々の暮らしの諸相と祖霊たちと交流する日常的な感情を導き出す機能を果している。高橋は一九七三年に上梓する詩集『ぶな』では、副題として添えられた釈迢空の歌は削除し、「―この魚沼の山岳の裏側―／ひっそりと／点在する村落と墓石とが」と高橋自身の言葉に変えている。これは釈の歌が普遍的な共同体を反映していることを嫌い、人々の暮らしを支える生活の共同体として〝村落―魚沼〟であることを提示したかったからだろう。高橋は生の根拠である魚沼の地から詠い出す詩人である。魚沼のもう一人の詩人戸田正敏が「地湧くの詩人」とすれば、高橋もまた「地湧くの詩人」である。高橋は多作な詩人であった。詩集『ぶな』のことは次章で述べることとする。

吉岡又司は第七号で詩「位置」を掲載し、自らの〝領土の設計図〟を描写している。吉岡の伝記的履歴が反映した詩である。吉岡の現実生活は、妻と子と書物の森に囲繞された幸福の生活を送っていると思われる。その〝幸い〟の領土で〝ぼくはかすかに腐臭をたてはじめている〟と、自らの存在へ違和の目を向ける姿を表現している。吉岡の赴任地を見ておく。そこでの現実的な出会いが以後の吉岡の、そして雑誌「北方文学」展開の力となっていく。

吉岡の教員生活は、一九五八（昭和三三）年三月に国学院大学文学部を卒業し、新潟県立長岡農業高校山本分校を振り出しに、一九六〇年代は新潟県中越地方の高校に赴任している。一九六二年には県立栃尾高校、一九六五年には母校の県立長岡商業高校、一九六八年には県立柏崎高校にそれぞれ赴任している。

詩「位置」は吉岡が母校の県立長岡商業赴任時の作品ということができる。教師として母校で教鞭を執ることは教師冥利に尽きる〝幸せ〟なことであり、その直截な喜びの表現と立ち止まる自画像が微妙に並立した抒情詩となっている。吉岡は一九六七年八月刊の第八号に一九七三年五月に上梓する詩集『北の思想』の主調音となる、詩「ふぶき男Ⅱ」を発表する。六連から成る詩の三連目を引く。

よろけざま　かなしみのような恥ずべきものを　握り飯のようににぎって　鉛色の天空たかくなげあげる。すると　それはあかあく燃えながら　崖のふちふかくすわれてゆく。もうひとつひとつの意味なんぞ問うな。そのままのみくだし　解けるのを待て。その日は季節とおなじくめぐってくる。だから　杉の木の手入れなんぞ　共和国の設計なんぞ　うたつくりのまねごとなんぞ　やめるがいい　やめるがいい　やめられない律気なものだけを選んでやめるがいい。やめられないなら　休みやすみやるがいい。

一連にある「ありふれた民潭のような」「凍夜を経験」などの喩は、栃尾高校赴任時には部活の「民話採録」の指導にあたり、吉岡自らも強い興味を抱いた心情を写している。よろよろとした足取りで、「共和国の設計なんぞ／うたつくりのまねごとなんぞ／やめるがいい／やめるがいい」と文学への傾倒を自己否定してもいる。しかし「休みやすみやる」文学の生活を終連では「ひとりの秘密を生きている。」と、仮面をかぶらざるを得ない詩人の像で結んでいる。「そんなにおれを追いつめるな」と自問する詩の構成は一九五五年十二月刊[7]の詩誌「詩流」第三号に載る詩「脱出」で表された吉岡の心理的二重性を、郷土―風土との関係を帰郷後に経験することでより深化させた結果と言っていい。

吉岡の生の実存が生活と文学の背反性から自立する方途として、郷土と文学というメルクマールを展開し始める。吉岡は前章で紹介した「北方文学」創刊時の文学論「非公開性の文学」「島尾敏雄論」で文学の現在を前衛的視点で解決を図ろうとする立場から、それらを内包させつつ生活の場からの論理構築へと転換した。これら二つの評論が言わば東京を中心とした日本的構図の中の批評性であったのに対して、詩「位置」「ふぶき男Ⅱ」は個人が生を形成する〝場〟としての〝郷土〟と〝地方〟の批評性に吉岡が転換するものでもあった。

それは日本における地方の現在をどう個人的に受け入れるか。大学で学んだ〝近代―現代（モダン）〟の知識を封建遺制と因習を残す生を享けた地で、いかに展開しどう発揮するかの問題意識と交差する。「北方文学」同人は高度成長期の最中に文学と地方から挟撃され、分裂する自己を認識しながら創作と研鑽をしていたとも言える。存在の二重性からいかに脱出するか。

第八号に載る米山敏保の小説「笹沢部落」は、近代と現代の分水嶺を示す作品となっている。また若林光雄が第八号と第九号に発表した「米国留学私記」(8)は、アメリカを経験した知識人としての心情を報告するもう一つの近代と現代の在り方を提示した。

吉岡がこの時期に認識した郷土と文学の関係を統合する「地方文化論の保塁を築く仕事」と述べる「地方文化論」を、「北方文学」の同人たちが支える役割を果たしていた。

米山の小説「笹沢部落」は、十四軒の小さな「山の中腹に刻みつけられた」集落の、「田四反と畑二反、それに続いて五反程の杉林持」つ農民直吉を主人公とした物語である。直吉は「村人とはほとんど没交渉に過ごし」、家族の生活を支える農作業にのみ精魂を傾け、自らの土地を開墾し親から受け継いだ田畑を二割方増やす農民でもある。集落―共同体から疎外される境界ぎりぎりの暮らし方をし、鎮守の祭りの日も休みなく働いてきた結果である。さらに直吉は米の収穫量を決める中山間地の〝天水田〟を守るため「水溜池―ため池」を作り上げる努力の人でもあった。そんな直吉が酒を酌み交わす友といったら、「高田の連隊に入営したときからの付合い」の藤五郎くらいである。直吉は藤五郎にこれまでの人生を、

> 俺は十五の春に親仁に死なれた。それからは稼げるだけは稼いできた稼げば娑婆が通じるじゃろ。世間の者《もん》は嗤いはせんじゃろうと思うとった。

と述懐している。また「俺は昔から笹沢の因業者で通してしもうた。」とも。

こうした直吉の生き方は、集落共同体＝世間から「因業者」「変人」「頑固者」と様々に揶揄されながらも、日本的な疎外である〝村八分〟からは免れていた。直吉は疎外から自らを守ることと自己疎外からも自由になる方法として、「毎日同じことを繰り返しているだけ」の日々を迷うことなく送るのが自分の暮らし方、生き方であると信じ、終生同じ農耕生活を一途に生きてきた。直吉の肥え桶を担ぎあげる農作業は、吉岡の考える「ひとりの秘密を生きている」詩人の創造行為と等しい証しに外ならない。直吉の実像は孤独に耐え、自立して生きようとする日本的な人間の象徴とさえなっている。

中山間地の農業の変貌は前章の福島健文の紹介で示したように、日本の高度成長期に激変していく。米山は同じ第八号編集後記で「生活の変貌が人間の意識を変えるとは限らない。」と述べている。米山は短歌から文学活動に入り、小説へと転換している。中山間地の農業の近代化と貨幣経済の侵犯がもたらす、人々の意識変化に強い危機感と生きる意味の問い直しが基底に在ったと思われる。

米山の対極に存在したのが若林光雄と大井邦雄である。今回は第八・九号に「米国留学私記」を載せた若林を見ておく。若林の「米国留学私記」は英文学者若林が体験したアメリカ見聞記である。若林は「北方文学」創刊時には県立長岡商業高校の英語担当の教師として赴任していた。その若林は第七号の編集後記に「私（若林）は、一九六四年九月から二十一ヶ月間米国の大学院で、英米文学研究を行い、本年六月に帰国した。」と報告している。「米国政府の外国人奨学生政策」による国費留学生に選ばれての渡米であった。

若林の「米国留学私記」は、小学生時代は「撃ちてし止まん」の軍国少年であり、「太平洋戦争で敗戦が決定的な段階に入った昭和十九年~二十年にかけては、僕は中学一・二年生」で、「B29」には無気味さと恐怖を覚えながらも戦争の終りを「期待の快感」で願う少年だったとの少年時代の米国感から説きおこしている。アメリカへのアンビバレントな感情を抱えての若林の自伝的紹介にもなっている。

「ハワイ大学、ケンブリッジ市、ニユーヨーク市にある各大学の大学院で英米文学」を学ぶ日々は、「ただ、読み、書き、タイプをたたく、あくせくした生活」としながらも、若林は日本の大学と米国の大学の知の集積とその学習の方法の違いを、まさに〝刻苦勉励〟して身体に刻みつけて帰国する。「知の集積」としてのハーバード大学の「大学院の学生以上の者が入ることができる」という「ワイドナリー・ライブラリー」は当時で「蔵書数八百万冊以上[9]」という。大学院のカリキュラムでのレポートで興味を引いたのは「文献調査」の「訓練」であった。いま私が最も必要としている知識ではないかと思うのである。

米国で体験するもう一つは、アメリカによるベトナム戦争のエスカレーションに反対する、〝ベトナム反戦運動〟のうねりに遭遇したことである。ベトナム反戦運動でアメリカの詩人等が訴える〝ベトナム反戦詩〟を後年、「北方文学」に邦訳し掲載している。イラク侵攻やアフガニスタン侵攻に対しての警鐘を世界へ発することになる。

米山敏保の「笹沢部落」と若林光雄の「米国留学私記」を引用したのは、一つは吉岡が故里―郷土―地方での生活意識と、自己形成に寄与した文学（知）―芸術に携わることが、双方に分裂する自らを如何に統合したかを考えるためであり、もう一つは新潟県の詩誌に現われたある同時的な傾向を指摘するためである。それは吉岡が地方文化論に目覚め、知の大海を泳ぎ切るツールとして「北方文学」に賭けることで、「世俗性と文学性の巧妙な不思議な一体化」[10]を成立させてゆく足跡と同時代性をも表している。

若林は軍国少年時代を経験し、昨日まで軍国教育を指導してきた教師から教科書を墨で黒く塗りつぶさせられた少年が、「戦後民主主義」の下で成長しアメリカ留学を果たす。それは一九四五年以前ならば望めなかった一般庶民が高等教育―大学進学を果たしそれぞれの専門教育を携えて帰郷する時代を迎えたことを意味した。知の一般化・大衆化の萌芽である。高度成長期を迎え昭和元禄と称され、一九七〇年代には〝大衆社会化状況〟へと向かう時代相にあった。新潟県の詩雑誌では「北方文学」の他に、「半獣人」「現代詩謡」に翻訳、評論を志す詩人の萌芽と登場が見られる。「北方文学」は創刊から現在（二〇一七年）までその意志を継承している。

吉岡が詩作品で〝芸術と生活〟の二重性を統合する表現方法を獲得しつつあることは既に述べたところである。評論に関しては一九六九年四月刊の第十号から「『とはずがたり』ノート」の掲載を始める。国文学専攻の自らの知の現在を問う評論と思われる。「平安朝以来多く行われるようになった宮廷女流日記文学の系列に属する」と言われても、筆者には読み解く教養一つ持たないゆえ、これは措くとする。

吉岡が新潟県中越地方の高校を赴任校としていることは前述したところであるが、学生時代には同人集めの「人たらし」と称された吉岡である。各校では名物教師となり〝またさん〟[11]と愛称され敬われた。その教え子たちが文学に導かれ創作を始める。第十号に詩「愚者がいる」を掲載する長谷川潤治は県立長岡商業高校時代の〝教え子〟であった。昭和二十二年生まれの戦後民主主義で育った世代でもある。全文を引く。

故里のぬくもりのなかに
正午時《まひる》のビルディングの壁に
騒々然と沸きたつ神々の哄笑
向日葵の黄色い顔が突然ゆがみ

愚者を見下ろし　笑いころげる
笑いころげる
呪うことばの〈罪と罰〉を　それはしゅくめいさ！
とオツにすましてしゃなりと歩く奴をチラリと睨み
ドギマギしながらなおも　ソレハソウダガネ……と
つつましやかにつぶやくあわれな男　貴き哄笑と自
家発生熱による向日葵のみごとな破顔からころがり
出る無数の〈ことば〉の裏にふるえながら　ミカラ
デタサビナンデスヨ……
とうなだれて小さなオナラのような声でいう――
　それ以上はなにもいえなくなり小さく顔を赤らめ
た男がそこにいる

恩師吉岡又司を前に「なにもいえなくなり小さく顔を赤らめ」る長谷川の表情が見える様である。長谷川は一九七〇年代には「無数の〈ことば〉の裏でふるえ」る詩、〝暗喩〟の詩法を駆使して疾走することになる。

⑥　詩誌「タムレ」の響

詩誌「タムレ」は創刊以来順調に刊行されていく。タムレは巻頭に標語詩を掲げている。

きびしく／生き／ほとばしる／コトバを／詩であるとか／ないとか／こだわることなく／ここに／生命の火をもやす／タムレのひびき

主宰者のまき・たかしの詩観を表したものであろう。タムレは一九六六年から一九七〇年までに九冊か十冊の刊行をしている。収集できたのは十七号から二十五号のうちの八冊（二十三号欠）である。

一九六六年十二月刊の十八号のまき署名〝タムレのうごき〟で、「「少しでも自分を知る」ために詩を書く若い同人」と「「少しでも自分をとりもどそう」とするために詩を書く中年の同人」の集まりだとしている。そして詩の創作過程で生じる矛盾を「単に時代背景だの社会状況にだけまかしてもおけまい。」とまきは主張している。詩は生活の現場現実に即して作品化するとの考え、と理解してよいだろう。タムレは積極的に若い人の詩に目を向けている様子が詩誌からは窺われる。一九六七年四月刊の十九号に乗る小日向敬子の詩「胎動」がその主張を表している。一九六六年十月刊の十七号に「同人の松田敬子さんが小日向敬子さんになった」と周知されている小日向の詩は、結婚から妊娠へ、気負うことなく胎児の生命のリズムを受け入れ、生きている実感と喜びを表した作品である。

十七号には「半獣人同人」の「野口吉郎さんからのおたより」が掲載されており、タムレは県内詩人、詩誌との交流を図っていた。又、一九六七年九月刊の二十号には、詩誌「北の詩」のもたい・いさおの詩「忘れる」を載せている。「五十幾とせ／わめきつづけた　詩人が／ぽっくり　死んだ」で始まる四連の詩である。急死したむながた・だんやの追悼詩である。まき・たかしはむながたの最後の仕事場となった詩誌「岩と詩」の同人から出発している。

筆者の呟きになるが一九六七年以降は、私も鮮明に覚えている時代となる。そんな記憶を蘇らせる一九六九年九月刊の二十四号に載るあべ・まつおの詩「俺たちに明日はない」。サム・ペキンパー監督の「ワイルドバンチ」を筆頭に、当時の青年に衝撃を与えたアメリカ映画の双璧をなす映画「ボニー&クライド＝俺たちに明日はない」。あべはこの映画をくまなく写し取り同化して言語化し、自らの受けた衝撃を詩的ドラマに還元している。

一九七〇年三月刊の二十五号には、「昭和四十三年度県芸術祭佳作入選作品」として、主宰者のまき・たかしの詩「雪の中のうた」を掲載している。二十五号の同人名簿には、

あべ・まつお　大矢紘一、金子洋、きし・すすむ、小日向敬子、高橋敏晴、長谷川美代子、丸山博、矢淵薫の九名の名が載せられている。作品の掲載は、あべ・まつおとまき・たかしの二人であった。

詩誌「北の詩」と詩誌「タムレ」は柏崎市からの発行である。二つの詩誌から柏崎市や県内には幾つかの詩誌が刊行されていたことが〝受贈詩誌〟欄から知ることができる。未収集詩誌でもあるので、ここで例示し収集の便宜を図りたいと思う。

★眺・VOL.2／新発田市　★あすなろ・2／柏崎市　★指・第4号／柏崎市　★うたのある街（?）　★柏崎文芸／柏崎市

等である。誌上からではあるがご存じの方のご協力をお願いしたい。

⑦「半獣人」の展開と個人誌「頤」等について

イ　詩誌「半獣人」の歩み（六号から九号まで）

一九六三年六月に創刊された詩誌「半獣人」は創刊号と五号は未収集であり、二・三・四号はコピーの収集であるためその全体像は分らない。一九七〇年一月刊の十号誌上に〝半獣人バックナンバー〟が掲載されている。それによると五号は一九六五年九月刊行であり、編集担当は姉崎喜雄となっている。この項では詩誌「半獣人」の六号から十二号までの展開を見てゆくこととなる。一九六六年から一九七〇年までの三条市近郊に起った詩への活況はこの「半獣人」の影響が大であり、その後の新潟県の詩界をリードする詩人の登場も見られる。そうした関係を含めて俯瞰してゆくため、幾つかの項目を立てて見てゆく。

「半獣人」の六号は五号の刊行から一年以上のブランクの後の、一九六六年十一月に進冨吉秀の編集で刊行される。その辺の事情は「半獣人の歩み」を語り合った十号誌上の「モンタージュ・インタヴュー――おおアルコールよ僕たちを狂わせろ！」と題された座談会を紹介する事で果たせるだろう。〝前口上〟で進冨は、

半獣人の活動が、第十号を境にして、三次的段階に入ったことを意味している。私たちの間では、創刊号から五号までが一次、六号から九号までが二次、といった区分けが意識されている。

と、説明している。

座談会に出席したのは、

進冨吉秀　風祭済治（とその彼女）　佐々木祐玄　秋本隆[12]　水川良　門川真　経田佑介（とその彼女）＋館路子

の八（十）名。

この座談会は「半獣人」の「発起人的同人」が、その後に同人となった詩人たちへの説明を果す形式で進められている。そこで詩誌「半獣人」の命名は風祭と進冨に拠ることが明かされている。また五号から六号へのブランクと展開の引き金として風祭の与論島への旅を挙げ、同人の詩意識に「問題意識」が芽生えたと進冨は指摘する。風祭の与論島への旅とは、当時沖縄返還闘争が提議され、労働組合を中心とするカンパニア運動が展開されていた。「半獣人」の「発起人的同人」とは、風祭済治・

進冨吉秀・佐川純一郎（秋本隆）・水川良であり、三条高校文芸部からそれぞれ社会人となって詩活動をしてきていた。そうした中で詩意識の変化は風祭、水川のように労働組合活動を担う人と詩を生の根拠にしようとする同人の中に意識の相違が現れてくる。

　六号の「半獣人日録」欄からはそうした雰囲気が読み取れる。（吉）署名が「現代詩手帖九月号」に関する感想を述べている。「八木忠栄が編集に加わったので期待し」ていたのに、「みえるのは骨抜きになっている八木忠栄である。」と手厳しい。内容も「スタイルばかり気にして中味はからっぽ」と評価している。社青同主催の向坂逸郎講演会に参加する姿や、ベトナム反戦統一行動の文言も見られる。こうした内部と外部の情況と状況を相対化し次の行動へ踏み出す期間としてのブランクと見る。「五号までは完全に詩ばかり」の詩誌に、六号には水川良が映画評「赤い砂漠のパースペクテイブ」、詩は風祭の「与論島Ⅰ・Ⅱ」、進冨の「熟睡・仮眠」、佐川純一郎の「ぜろとゼロのあいだ」を掲載。進冨が「半獣人」に詩を初めて掲載したのはこの六号であった。

　一九六七年七月刊の七号は同人個々の人生上のターニングポイントで表現された作品で占められている。あとがきで進冨は次のように報告している。

佐々木祐玄が七月に父親になった。十月には風祭済治が結婚、十一月には水川良が結婚する。慶祝。半獣人それぞれに転換期が訪れている。佐川純一郎も久保怜と名を改めて、三十二枚の「せい夜」を発表した。

　久保の「せい夜」は、ベトナム戦争時の「クリスマス停戦」を巡る物語を、脚本・散文詩・小説風に表現している。久保の混沌としたままの世界観及び認識を定着しようとした作品である。その混沌とした意識こそが転換期に差し掛かった同人達に共通するものだったと思われる。風祭の詩「走る」、進冨の詩「遥かな微笑・フォルトナ」、佐々木祐玄の「亡者のたわごと」に共通するのは、一地方都市三条に沸騰する詩意識を内部に抱え込んで咀嚼し、二日酔いで嘔吐するかの如き反転力を以て表現しようとしたことである。進冨の「フォルトナ」がその渦を拡大してゆく契機となったと思われる。佐藤博のエリザベス・ジエニングスの「変装」とR・S・トマスの「うた」の訳出は「半獣人」の成果の一つである。佐藤の訳出を過小評価してはならない。

ロ　風祭済治詩集『背後』

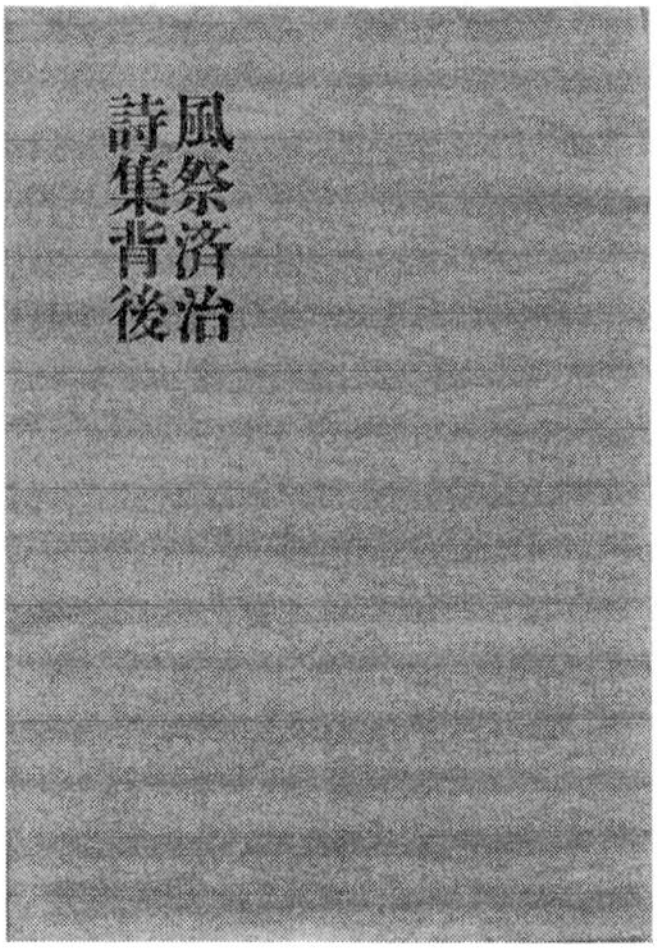
詩集表紙

風祭済治の詩集『背後』は、一九六七年十二月に半獣人叢書の第一号として上梓されている。風祭の詩意識の変化は彼が与論島への旅を通じて知見した経験に深く根ざしている点は既に指摘してきた。十号に載る座談会の注記には、

一九六六年四月二十四日から五月三日までの間、風祭は与論島に出かけていた。与論島とは日本最南端にある島のことである。以前から風祭は組合運動を熱心に続け、四月二十八日の沖縄返還運動のひとつである海上集会に参加するためであった。

と、風祭の政治的・社会的意識が当時どこへ向いていたかを端的に紹介している。三条という地方から辺境の与論島への旅が、風祭の世界観と問題意識を成長させた姿が浮かび上がる。

背徳の緑と
無知の白さの中で
唖者の部落があった
異邦者である私は
拒絶と糾問にあう
アナタノコトバト
アナタノオモイガ
アナタヲハナレナケレバ
アナタハココニハ　ハイレナイ

詩「与論島Ⅱ」の冒頭九行である。この「拒絶と糾問」は二〇一七年現在多くのアメリカ軍の基地に囲まれて、基地反対運動を進める沖縄の人たちの本土―日本人に対する思いと同じなのではなかろうか。

「沖縄返還運動」が抱えていた問題点を詩人は認識して、詩人の自我と他者を相対化する視点に立って詩を書き始めている。沖縄の現実に直面して、抒情の揺らぎを風祭

は詩集のあとがきで、「私は私をつきさす言葉をさがしに出かけよう、私から逃げ去った言葉を追いかけねばならない」と記している。「一九六二年から一九六六年までの五年間に発表された作品のなかから、風祭の自選による十篇（十号註5より）」とあとがきから成る。Ａ５判、箱入り。ページは記載が無い。風祭済治、本名中条靖。

ハ　進冨吉秀個人詩誌「頤《おとがい》」創刊について

三条高校文芸部を中心とする「半獣人」創刊同人の文学青年達が、社会の一員となり、社会生活の場でそれぞれの地位と職場での役割を担う年齢に達し、社会意識や詩意識の変化から同人間の関係も混沌としたものとなっていったと思われる。そうした情況の中、進冨吉秀は一九六八年十二月に個人詩誌「頤《おとがい》」を創刊する。この個人詩誌「頤」の特徴の一つは創刊号で「終刊号」までの日程を明示している点である。創刊号の告知文の一部を引いておく。

〈頤〉は下記の様に発行し、皆様の作品をお待ちしています。

創刊号　１９６８年12月１日発行
第２号　１９６９年３月１日発行　１月末日作品締切
第３号　１９６９年６月１日発行　４月末日作品締切
終刊号　１９６９年９月１日発行　７月末日作品締切

〈頤〉の終刊号で特集又は別冊の形式で新潟県内詩人のアンソロジーを計画しております。

創刊号に作品を寄せたのは、
橋本治、池田道子、竹内明夫、水森慎太郎、中田ノリ子、佐野雪、宮島貢、進冨吉秀の七名。

詩誌「半獣人」からの参加はみられない。この進冨が個人詩誌「頤」発行で示した行動と創造力が、後年の三条の詩界のみならず、新潟県の詩の状況に多大な

個人詩誌「頤」の表紙

影響を与えることとなる。ただ残念なことに終刊号は未収集である。
進冨は父親殺しならぬ「母親殺し」から出立する。「半獣人」六号の詩「熟睡」から冒頭を引く。

母ノ首ヲ締ツケテイル指ノ力ヲ
ソレマデヨリモ強クシナケレバ
容赦ナク染ミ込ンデクル
薄汚レタ皮膚ニ滲ンデイル血液カラ逃レラレナイ
円筒の内部で
深い碧色の宇宙の固定された一点から
垂直に下されたぶらんこに乗って
揺れることもなく祈る

七号に載る「フオルトナ」の一部を引く。

マザーコンプレックスなんか吹きとばせ
乳房にきざまれた歯型の痛みにたえ
俺は眠り続ける
眠れよい子よフオルトナよ
朝は遥かなところで
光とたわむれている

汗ばんだおまえの産毛を
誰も覗くことができないように
フオルトナたとえおまえでも
ばらばらに飛び散った俺のことばを
拾い集めることができない

「頤」創刊号に載る「蜜月は初めて？　フオルトナ考」は、「おまえとの愛欲のはて　たどりつく／越後の国弥彦村は真夜中／山頂で点滅するは　鬼火か？／それとも　錯覚？／喪失直前　前進前進それ前進せよ」と言葉が進冨の肉体を前のめりに移動させる。さらに「曖昧な終り、曖昧な始まり　フオルトナ考」冒頭では、「ほんとうに／逢うは別れの始まりなのか。フオルトナよ／うねりながら上昇する薔薇色の嘆き　そして」と一般論的愛の破綻から始まり、フオルトナ讃歌の抒情を経て、詩は路上へと走り出す。風祭は「私から逃げ去った言葉を追いかけねばならない（詩集『背後』あとがき）」といい、新冨は「ことばにことばをそそいで／俺を燃やす（愛について）」と走り出す。

お
いつのまにか　俺の胸に

不能者の烙印。
まとわりつく恐怖　ふりはらい
俺は息もたえだえに
疾走する。
昭栄通りを右に折れ　三条病院をすぎた暗がりで犬を
蹴とばし　さらに　左に曲がり東別院の塀に〈立ち
ション〉をして　そこでひとやすみ
――北三条駅の待合室には誰もいず
（「曖昧な終り　曖昧な始まり」以下略）

　進富は燃え上がる存在への葛藤を内部に封じ込める様な形で自らを追いつめていく。その結果、かえって葛藤と詩意識が外部に溢れ出す。進富の詩意識の激しさがこの個人詩誌「頤」創刊の動機であったと推測している。風祭の詩意識は「背後」から言葉を追うものと認識されている。進冨の詩意識は言葉以前に感情感覚五感の総てが沸騰して自我を小路へと追いつめる。進冨にとって「フオルトナ」とは何か、そして？「Fortuna」―フォルトナ―古代ローマの幸運の女神と辞書的に述べても分からない。「頤」に載る進富の作品の多くは「フオルトナ考」の副題が添えられている。詩的に解釈すれば愛の誕生と破綻の夢幻劇。ジェラール・ド・ネルヴァルを借りれば「夢はもうひとつの生である。」。こうして「ばらばらに飛び散った俺のことばを／拾い集める」かのように、進富の心情を乗せた詩意識が路上へ走り出す。「半獣人」「頤」から読み解いてきての詩人進冨は、「日本の新潟県の三条市の異変」的事象ではない。同時代的には「疾走詩篇」論や「路上派」論からの検討も可能だろう。[13] また「熟睡詩篇」を書きつづけた新潟市の豊崎義明と比較することもできる。走り出した進冨のその詩意識に反応したかに思われる一人の詩人が登場する。経田佑介である。

　経田は新潟県の詩誌に作品を掲載する初めてとなる詩「回転する三十の歳月よ」を、一九六九年三月刊の「頤」第二号に発表する。冒頭の十三行を引く。

回転する三十の歳月の朝
僕が目覚めたとき
耳の中で鐘が語りかけ
すっぱいグースベリーが鳴った
閉じこめられた氷の王の牧場の
柵のへりで雌牛がわらい
釣鐘草の中で紅鱒がはねた
丘の二つの穴から蒼白い煙が

ヤコブの梯子をのぼっていった
そして母音の羊飼の僕は
水草の守護神の飾られた
彼女の入江を指の鳥たちについばませ
大洪水の匂いを心臓におくりこんだ

この詩は経田が自らの三十年を回顧して誕生を祝う頌歌である。西欧的な言葉が散りばめられている。経田と「頣」と〝半獣人創刊同人〟との出会いは大きなうねりとなり、とりわけ経田と進冨の出会いは巨大な渦となっていく。

二　経田佑介紹介──詩集『夏、長い尻尾をもった象の泳ぐ海で』と共に

風祭、進冨、詩誌「半獣人」と個人詩誌「頣」そして経田の関係を時系列的に俯瞰するために、経田の詩歴をここで整理しておいた方がよいと思うのでこの項を立てることにする。経田の詩誌的な登場が「頣」二号であったことは既に述べた。[14] ではそれ以前の経田の詩的活動はどのようになされていたか。

経田は一九六九年六月『夏、長い尻尾をもった象の泳ぐ海で』を上梓する。詩「回転する三十の歳月よ」を含む二十二篇と一つの詩論、そして序と覚えがきから構成されている。その覚えがきの「二十二の詩篇についての覚えがき・その他」には、経田が詩と出会った時期や経緯、三十年の詩的遍歴が述べられている。

経田は一九五七年に新潟大学に進学している。その年にトシアキ・Kと出会い、大学では大正中期から昭和初期にウォルター・ホイットマンの紹介者・研究家として活躍した長沼重隆[15]の講義と言語学を学んでいる。在学中の四年間、トシアキ・Kと「ヴェルレーヌとランボーのように番い合い、坂口安吾の生れた裏日本の港のある中都市の路地から路地へと彷徨して歩いた。」という。この四年間の詩の徒弟時代に、

それまで僕は散文を書き散らしながら、息の短い詩を書いていた。意識の洪水が語の洪水に変身し、襲い、そいつを表現するのに詩のスタイルがふさわしいことを発見したのだった。その瞬間確認できぬままに、散文とは異なった「語、あるいは詩の力」をも発見した。

と、経田は自身の詩精神の核心を見据え述べている。

詩集掲載の詩「老婆と騒ぐ海」は一九六〇年に書かれ

ている。詩を詩誌に発表するのは一九六二年二月刊の「現代文学」創刊号からである。『夏、長い尻尾をもった象の泳ぐ海で』の二十二篇の内十三篇がこの「現代文学」と「中央文学」に発表した作品である。巻末の自身の経歴によると、「1962・中央文学「現代文学グループ」同人。創刊号に「挽歌」書く。」とある。　経田は「その瞬間確認できぬままに、散文とは異なった「語、あるいは詩の力」をも発見した。」と述べている。この「現代文学」「中央文学」時代を経田の詩的修行時代と見るのは妥当であろう。経田は次のようにも書いている。

　僕は一方、イメージの狩人であった。詩は「何を書くか」ということと同時に、イメージによって、語を素材として刻まれてゆくであろう。一つのイメージの浮上から次のイメージへの発展——ころがりつづけるイメージの群れ。その方法。あるいは異質のイメージたちを対置することによって生ずる、新しいイメージと衝撃。

と、経田は自らの詩のスタイルを的確に自己評価している。

　私がここで指摘しておきたいのは、経田が詩の「語、あるいは詩の力」を「イメージの狩人」としていかにスタイルを定着させるに至ったかという点である。「僕はさまざまなスタイルを試み、実験をやった。「地獄の海で……では、」と語り継ぎ、「このスタイルはいま書き続けている「ペッサリー小路地獄篇」でさらに発展されるだろう。」と予言している。

　この二篇の詩の生れた「瞬間確認」が必要である。それは行分け抒情詩から詩人経田佑介の生そのものを孕んだ、詩のスタイルの誕生の契機としての「瞬間確認」という意味である。そういう意味での「瞬間」が、詩誌「頤」を通じた進富との出会いにあったと私は想定している。「頤」二号に載る「回転する三十の歳月よ」から四ヶ月後の一九六九年六月刊の「半獣人」第九号に、「地獄の海で仮眠する彼の狩人のための短い物語および散文スタイルの注の試み」という長文のタイトルを持つ詩を発表する。そして一九六九年九月刊の「頤」三号に「ペッサリー小路地獄篇への序詩　地獄へ昇華するための免罪符を手に入れた?」を発表するに至る。こうして覚醒誕生した経田の「詩的ヴィジョンを失わない」散文詩スタイルは、一九七〇年代を通じて刊行する個人詩誌「ブルージャケット」でその熱量を全面展開することとなる。

　私の言う「瞬間確認」は、進富が「頤」創刊号で展開した「フォルトナ詩篇」が、経田をインスパイアーして、詩人にインスピレーションの息を吹きかける天使ムーサの役割を果たしたのではなかろうかとの考えである。

経田は詩集の「覚えがき」で、

一九六八年十一月「ジャン」で半獣人たち――風祭済治、水川良、佐々木祐玄、秋本隆――と初めて会った。進冨吉秀とは、彼の個人詩誌「頤」を通じ、すでに会っていた。


と、進冨との出会いを伝えている。

詩集『夏、長い尻尾をもった象の泳ぐ海で』は、「半獣人刊行書2」として発行は半獣人、住所は新潟県三条市西本成寺三一三六関方となっている。第三次半獣人の時期になっていたことを示している。

ホ　第三次半獣人とその終焉

一九七〇年一月刊の「半獣人」第十号に「この十号は八人の同人にとって第三次半獣人の意味を持つ、という期待と確信。」と（佑）署名の編集後記がある。秋本隆、風祭済治、門川真、経田佑介、佐々木裕玄、進冨吉秀、館路子、水川良の八人が同人に名を連ねている。戦後生まれの門川真と館路子の登場であり、特に館は二〇一七年現在も活躍する詩人である。この十号の座談会〝モンタージュ・インタヴュー〟は既に何回かこの項で引用している。先に三条市界隈に〝大渦〟を巻き起こしたと述べたが、〝半獣人ジャーナル〟欄からは半獣人同人の詩活動への熱気が現れている。

その活動の象徴が「半獣人」主催によるシンポジウムの呼びかけである。一九六九年六月刊の第九号は経田佑介の「半獣人」初登場と共に、〝地方における文化の創造とは何か？〟をテーマに「シンポジウム開催について の趣意書」が掲載されている。詩誌発行の意味を問い、東京を中心に展開される文化の評価を「（東京へ）吸収されつづける一方交通的な現代日本の文化状況において、一地方であるこの地域で我々の行為は価値あるものであろうか」との提議をしている。こうした詩の実作から離れた〝地方文化〟を視野に論議の場を提唱したことからも、実質的にこの九号から「半獣人」の第三次の活動期に入ったと私は考えている。「半獣人」は二回のシンポジウムを開催している。

第一回のシンポジウムは一九六九年八月二十四日に三条市立図書館ホールで開催される。このシンポジウムを

巡る「半獣人」同人の消息は、十号の〝半獣人ジャーナル2〟欄に詳しい。例えば、

六月一日　風祭宅でシンポジウムの打ち合わせ。方法論と意味論で佐々木と進冨対立。
七月七日　シンポジウムの仕事の割当。云々。
七月十五、二十四日　秋本、私生活に他殺され、担当を経田へバトンタッチ云々。
七月二十七日　進冨、門川、経田、夜の闇をぬい、他のグループと接触云々。

その結果シンポジウへの参加者は「四十人も集まったので、ビックリ」と、記されている。新潟市からは劇団バラ座が参加しているのが注目される。シンポジウムは写真入りで新潟日報に報道された。

又、「八月一日　経田、現代詩謡のシンポジウムに参加。」との記述があり、新潟市で創刊された詩誌「現代詩謠」もシンポジウムを開催していたことが分る。半獣人グループは三条新聞や新潟日報紙上に意見発表の機会を得ている。一九七〇年一月に新潟日報の「地方における文学運動―わが同人誌の現状と抱負」[16]というシリーズ記事に、進冨が「わが同人誌の現状と抱負―反逆性を基底におく」を発表している。

「半獣人」十号は九号の竹内明夫から編集担当が経田に代っている。誌面づくりも一新し、「三条のリトルマガジンを創りだしたい。」との抱負が語られている。三条市を中心とする広告を掲載し、同人費に頼らない発行体制構築の努力が見られる。

「半獣人」の掲載作品の変化として詩の散文化と饒舌化があげられるだろう。十号の進冨のエッセイは「正義の味方的初期自閉症痴漢Q氏との腐れ縁に悶絶死寸前の進冨吉秀が告白する悲しみの伝説またの名を　コマーシャル付風祭済治論のための覚書」のタイトルである。存在の臭気を全身から吐き出す怪獣のごとき題名である。進冨の〝フオルトナ詩篇〟と経田の散文詩スタイルの形式が同人たちにも浸透したことが窺われる。

十号はそうした詩的情況から館路子という詩人がデビューする、記念すべき誌である。「鳥」と「出帆の時」を発表、いずれの詩も自ら詩への旅立ちを告げる作品となっている。「鳥」の冒頭を引く。

あたしが指編む祈禱の呪文脳裏で紡ぐ糸車の軋り軋らせる音澱む耳殻の谷間に　あたしとあたしの子供たちとの結合の一片針つきたててえぐり裂け目に埋め込

む断絶の気流噴き結ぶ新鮮な恐怖充ちた感動を駈けめぐらせるめぐりの始原の息苦しさつのらせた実在感はゆるゆるとゼリー質の襞を織り襞を織った終焉へと甦る甦りを蘇生した時　紡ぐ呪文の糸まさぐる爪　切りそろえ軟化して疼きに慣れた指操りためる数珠の羅列に血滲ませて編みあげ振って　あたしをいざなうめぐりの始原に羽ばたいて飛び　青ざめ横たわる細胞群におぞましき感覚の　別れ別つことば告げる唇の　まなざしの両端濡らし唾液したたらせこわばる漿果のまろび逃げまどう児等を啄み嚥下して天翔けよ!!（七行略）

〝あたしをいざなうめぐりの始原〟へ、〝別れ別つことば〟を置くことももどかしげに詩は織り込まれてゆく。抒情性を排すかのように生理感を言語に滲ませて、詩は終わりなき進軍を開始する。館路子は十号の座談会で詩誌「半獣人」の性格について、「アニマリズム的美意識過剰者のトーテム的集合体って言う印象なんだわ、そこでは不条理も一つの審美学なのよ」と捉え、「石斧を持って野山を駈けめぐった祖先の獣性」を「濃密に知覚できる者たちが集まって言語操作の試行錯誤を絶えずくり返している」と指摘している。館自身の詩意識を反映した的確な分析と言えよう。後に「団塊の世代」と称される、戦後生まれの登場であった。

「半獣人」十号からの誌面には当時の新潟県の詩を取り巻く状況が数多く記されている。それらは関係する場面で適宜紹介することとする。

一九七〇年六月刊の十一号は、散文詩スタイルでイメージを連想ゲームのように〝言語操作〟する経田の特集「経田佑介・その混沌とした世界」を組んでいる。〝prose writings〟として二篇、〝stories〟として三篇の作品が組まれる特集である。二つの副題から何を読み取ればよいのか私には分らないが、いずれも散文詩スタイルの徹底から掌編小説風な読み物となっていると感じられる。経田の実体験を抽象化するイメージによる言語操作の実験とみるべきか。作品「ぼく自身のための航海日誌・断片」の〝北国〟の一節、

ぼくは無傷であるはずがなく、砲撃を受け、地中海の豊満な波をかぶった。ことば。ことばの跳躍。語は叫び、その陰で語は裏切り、哀切きわまりない嗚咽を呑みつくし、哄笑し、運動し、ぼくが傷口に感じたのは短剣のすすり泣きだった。

高度成長期の進展で人々の生活が、賃労働と消費の海

に漂流し始めたように、詩人はことばと想像力への漂流と飛躍を余儀なくされた。経田は時代意識を全身で反応し〝ことば〟の〝裏切り〟をも覚悟の上で詩の可能性に賭けたことを告白している。詩人の跳躍する姿を見る。

　半獣人グループは誌面を饒舌に埋め尽くしながら、第二回シンポジウムの檄をも飛ばす。

「第二回シンポジウム」は〝あなたにとって創造行為とは?〟と題して、一九七〇年八月二十三日に、三条市立公民館ホールで開催すると呼びかけている。八月二十日に刊行された「半獣人」十二号は、第一回シンポジウムを受けて、半獣人グループのひとり一人が問題点を総括する形で、第二回シンポジウムに対するそれぞれの詩へ向う態度を特集している。シンポジウムへ集う詩人たちへの資料としての役割を考えての編集だったようだ。

　詩誌「半獣人」は十二号で終焉している。このシンポジウム[17]の内容はわからない。資料に意見を表明したのは、秋本隆、風祭済治、門川真、経田佑介、佐々木祐玄、進冨吉秀、館路子、樋口良子の八名。「半獣人」の同人と考えられる「半獣人グループ」は、

　秋本隆　風祭済治　門川真　経田佑介　佐々木祐玄
　進冨吉秀　館路子　水川良　樋口良子

の九名。

　詩誌「半獣人」のその後を語るとすれば、一九七〇年代を通じて詩を書き続けるのは、岩淵一也（柿崎喜雄）、松井郁子（高島郁子）、経田佑介、館路子の四人を知るに過ぎない。二〇一七年現在、詩誌にその名を記すのは、松井郁子、経田佑介、館路子の三人である。詩誌「半獣人」の成長と終焉を多少荒っぽく報告して終りとする。

　しかし「半獣人」の巻き起こした大渦は、三条市界隈に止まらない。詩誌の創刊に就いては別項を立てて、時系列を基本として記述してきたが、三条市の詩誌創刊はこうした連続性で述べた方が、関係性がより良く見えると思われるので、ここで項を立てて述べることとする。

へ　三条市の詩誌創刊―「詩流」・「日本海」等について

　三条市の詩を愛好する青年たちは、一九六九（昭和四十四）年四月に詩誌「詩流」を創刊する。編集発行は三条詩同好会で、連絡先は三条市興野の今井秀彦宅となっている。「詩を書く事が好きだ／詩を読む事が好き

だ」と巻頭詩にはある。批評性と批判力には弱いが、詩に関心と興味を持った人たちが集まって創刊した詩誌のようだ。作品を寄せているのは、

石崎永美　川村敏子　山本ふさお　城丸昌代　金田由紀子　弥久保涼子　涌井恵子　今井秀彦　早川喜代志　滝田周　佐野昇　細川節子　小杉一男　大林鈴江

の十四名の二十八篇が掲載されている。

無署名の編集後記には「とにかく一冊にまとめてみました。下手でもよいから、自分たちの夢を願いを思いのままに、という気持で努力してきました。」とある。会員募集には「集会日は月に二回」と告知されており、折々の会で発表した作品を集めて一冊としたものと推測している。

「おめでとう／小箱に結ばれた／かわいいピンクのリボンと／あたたかな言葉」で始まる細川節子の詩「成人式前後」から、「詩流」は二十歳前後の青年たちの同好会だったと思われる。

一九七〇年二月刊の第二号には十八名四十五篇の作品を掲載している。会員募集に投稿歓迎とし、送り先を三条市北四日町小杉一男宛と記されていることから、会をリードしていたのは、今井秀彦と小杉一男であったことが窺われる。

三条市は日本有数の刃物・大工道具などの生産地で、日本の高度成長期と共に発展し、多くの雇用を生みだしそこで働く青年たちのサークル活動として、「詩流」はあったと考えられる。「半獣人」十一号に「2／15●「詩流」二号発刊」とあり、詩人同士の交流があった。「詩流」は一九七二年十一月刊の第四号まで続く。四号に作品を掲載したのは、

長野記至、田中百合子、北幽明、南海洋、五十嵐博、山本直子、麻生紬、栄広木、宮口たけし、中野竹夫、長谷川真、大橋春雄、石黒和夫、佐久間欣一、木村義恵、村上登四郎、滝田周、袖山秀一、小杉一男

の十九名、三十三篇。

会員の入れ替わりの激しさを見る。サークル—同好会運営の難しさを物語っている。

しかし三条市の青（少）年の文芸への関心は高まっていた。一九七〇（昭和四十五）年三月に〝若ものたちの歌〟とタイトルされる詩誌「日本海」を創刊する。発行者は日本海。「日本海」会則があり、八条にわたり事細

かく人事案件の選出法などが掲載されている。「第一条　本会は日本海と称し、本部を現会長の家に置く」とあり、会長は三条市東大崎四二五の五十島幸利となっている。そして二人の副会長と三人の庶務、会員二十一名が連記されている。「「日本海」によせて」でまえだつとむ（前田勉）は「我々は、自己の能力と限りない可能性を信じつつ、現代社会においてさまざまな形態の中にそれを投じることで「自己開発」をめざしている若者の集団です。」としている。

同年九月に〝自由な言葉〟とタイトルされて刊行された第二号に、名誉会長が前田勉で東京都の大日本印刷大崎若竹寮内を住所としている。第二号の「「日本海」会員住所録」が掲載されている。そこには手書きで、会員二十四名の在学年の書き込みが残されている。それによると前田は十八歳、会長の五十嵐は三条商業三年とある。多くは高校在学の一、二年生で、中学二・三年生もおり、三条市はもちろん新潟市・加茂市・長岡市と広範囲にわたっている。詩誌「詩流」より若い層を前田と五十島は組織化したということだが、どのような方法でなされたのか知りたいところである。新潟県内の高等学校文芸部が刊行した文芸雑誌を交換していたとの証言は得ている。連絡網が形成されていたのかどうかは不明である。

刊行された二冊にはハインリッヒ・ハイネ、フランシス・ジャム、石川啄木、若山牧水、佐藤春夫、正岡子規、北原白秋等の詩と短歌の紹介がなされている。「自己開発」の一環とみるべきだろう。第二号に乗る二十四名の会員名を記しておく。

前田勉　五十島幸利　小出俊雄　坂井勉　前田裕子
田中民代　五十嵐綾子　泉田信夫　北沢孝　桑原素子
坂井富子　水品洋子　渡辺栄子　阿部泰子　金子道子
吉沢民子　保科小夜子　美濃幸　泉田桂子　鷲津美枝
子　中川文江　中野民江　高野映子　高原洋子

詩誌「日本海」は一九七一（昭和四十六）年六月刊の第三号まで刊行されたと思われる。発行者は文芸サークル「日本海」として、会員連絡所が五十島幸利、田中民代、前田勉の連記となっている。

一九七一（昭和四十六）年十月刊の文芸サークル「にほんかい」№1に、「日本海3号発行以来、日本海の活動が乏しくなったのに反省して、今回よりガリ版で会報を発行します。」とある。田中武との交流があり、「「日本海」の作品は、文学と言う立場から見れば、かなり疑問のあるものも多いのですが、そういう立場だけでは、はかられない価値がここにはあるようです。」と評価し「流れ藻」という詩誌を紹介した経緯なども書いている。田中は当時新発田市を中心とする若い詩を志す人たちの詩誌「あめーば通信」を取りまとめていた。「にほんかいNo.1」に作品を寄せたのは、五十島幸利、田中民代、阿部泰子　河野恵一、西谷輝人、泉田信夫、北沢孝等であった。

他に三条市から刊行された詩雑誌には「羚羊」と「奈佳麻（なかま）」がある。「半獣人」十号に「「羚羊」二号発刊。」と記されている。また「奈佳麻」は十一周年記念号の第五十七号から推測して一九六八（昭和四十三）に創刊されたと思われる。

この他には、三条詩人連盟が結成されていたことが「半獣人ジャーナル」欄の日録から読み取れる。何時結成されたかや会則、人事案件は分らない。[18] 最初の記事は一九七〇年六月刊の第十一号で、「2／1●三条詩人連盟幹事会（ジャン）会報発行の件（佑）」とある。第十二号には「7／11●詩人連盟幹事会（経田宅）前田、橋本、小杉の諸氏」とある。小杉は「詩流」の小杉一男であろう。一九六〇年代後半の三条の詩の大渦は広範なものだったことが分る。

⑧　夜明けのあいさつの経緯と終刊

詩誌「夜明けのあいさつ」は当時の日本共産党の影響下にあった東京の詩誌「詩人会議」の〝地方グループ（第四号あとがき）〟の機関誌（第五号呼びかけ）として創刊されたと私は理解している。「左翼」文学の系譜は、戦後では詩誌「雪国」「なかま」「解氷期」などの詩誌を見てきた。他にも幾つかの雑誌が創刊されてきたようだが、収集には困難が付きまとうのも事実である。[19]

「夜明けのあいさつ」は一九六六年から一九七〇年までに十冊を刊行している。詩誌発行の体制を見ると、発行及び発行人名や編集人名が〝にいがた詩人会議〟〝新潟県詩人会議編集部〟〝新潟詩人会議グループ〟と変更され、編集発行の責任の所在が不透明になっている。連絡先は長岡市関東町の中央書店でほぼ一貫している。

長岡市に連絡先を置いたのは、全県下の労働者の詩の書き手を組織化しようとする意欲の表れであろう。新潟県では会合を開くとき交通の関係で、長岡市が一番適当な地であることは事実である。しかし全県下の組織化を考えた時、いかに同志的思想的に結びつきが強くても職場職域を異にする個人が特定の一日を費やして、集まるのは困難なことだろうとの想像はつく。編集や発行人の変更をみると会自体の独自の活動は、極めて難しかった姿が浮かび上がる。編集後記からは季刊を目指しながら、発行の契機が東京での「詩人会議」総会後であったことが目につく。詩を求める個人の創造意欲と組織への一体化を追求する実践論がどれだけの労働者農民に受け入れられるだろうか。一九七〇年十二月刊の十三号は、それまで刊行された「夜明けのあいさつ」とは異なりガリ版刷りである。創刊から十二号までに現れた詩人たちの多様な表情を見るにつけて、この終刊の様子はただごとではない。通観してその後の「詩人会議」系の詩人たちの動向から考えて、「夜明けのあいさつ」はリーダーの不在、力量不足であった。それはまた、この系列をリードする詩人たちの揺籃期であったということでもあろう。

「夜明けのあいさつ」の多様な表情を一九六七年三月刊の第七号から見てみよう。作品を寄せたのは、

市橋ユキ　今井朝二　桑原淳子　もりひろし　星喜代子　山口松枝　北原昭市　やまだたゞと　大空純　小谷実　おおむらたかじ

の十一名。

市橋ユキの「二十才《ハタチ》（その一）」は〝愛の情熱〟と〝労働者意識のめばえ〟との葛藤を二十歳の自画像として詠っている。七連構成の最後の二連を引く。

労働者でありながら／真に労働者として斗えなかった
私の弱さ／敵をにくみながら／つねに行動にあらわさ
れなかった私の弱さ／そんな弱さは断ち切らねばなら
ない／そう誓った日／愛しあっていると／思ってた／
社長の息子と／さようならをした／／私は今二十才／
若々しい二十才なのに／情熱のもえあがる二十才なの
に／どうして／恋がしたいと思わないのだろう

二十歳の市橋は、疎外からの解放と個の解放を願いながら、理想と現実の齟齬感を痛ましいまでに表現している。

敗戦後の灰燼のなから「新鉄詩人」を組織し、「見附市現代詩研究会」で活躍する今井朝二、ベトナム反戦を訴える桑原淳子、北原昭市、また日本共産党への信頼を語る小谷実、やまだたゞと[20]らの姿勢から、詩誌「夜明けのあいさつ」は労働者農民の抑圧からの解放を願う社会性の強い指向を持つ詩誌ということができる。

私はさきに「夜明けのあいさつ」を通観して「詩人会議系の指導者たちの揺籃期」と指摘した。それは

二〇一七年現在でも「新潟詩人会議」を指導するおおむらたかじと加藤幹二朗が、東京での学生生活を終えて新潟県へ職を得て帰郷し、詩的活動を始めた詩誌であるとの考えからである。一九六六年六月刊の第五号の〝あんてな〟欄で、「東京詩人会議グループに所属していた〝おおむらたかじ〟さん」に「加わってもらいました」とある。おおむらたかじは第七号で「小さい詩集」で自己史を語り、「さきがけの村から」では自らの生まれ故郷の農民一揆の歴史を掘り起こしている。五号から加藤幹二朗も名を連ねており、以降「夜明けのあいさつ」を舞台に二人の精力的な活動を知ることができる。

おおむらは「さきがけの村から」にみられるように、自らの出生地に近い「王番田小作争議」の歴史と現在を写し取り、労働者農民の解放への願いを主題に詠い上げている。おおむらの姿勢は、歴史から学び、労働者農民に光を当て、ひいては人間解放を目指す精神に貫かれている。一九六八年十二月刊の第十号には「松三郎の母のこと＝大関松三郎小論」を書く。松三郎の母を直接取材しており、その意味で貴重な証言である。一九六九年七月刊の第十一号には、寒川道夫の教え子の一人を紹介する「山ふかく清らかに流れて＝浅井一雄によせて」を書いている。

一九七〇年二月刊の第十二号では、「寒川道夫や茨木久松、茨木保らを中心とした青年学級に集った青年会の先進的グループの同人誌」を扱った、「ブナの葉かげに——ブナ同人会の青年達——」を紹介している。「ブナ」は一九三一年十月の創刊で第三号まであるようだ。太平洋戦争前夜の一九四一年十一月に、「生活綴り方教育」を指導した教師が検挙される。三回の検挙によって十六名の教師が拘束され弾圧された「生活綴り方教育事件」である。その主要な人物として寒川道夫がいた[22]。当初は「生活綴り方教育」は〝小国民教育徹底〟を図る方法として文部省が推奨していた。しかし国家は太平洋戦争前夜には掌を返したように徹底弾圧をし、新潟県でも獄中死者を出している。そうした生活綴り方教育と寒川道夫の仕事の一端におおむらは光を当てている。

おおむらと共に「新潟県詩人会議」を牽引する加藤幹二朗も第五号から参加し、「詩人会議」の方針を新潟へ伝達実践する活動に邁進する。評論をよくし歴史意識を持った詩人である。六号に載るエッセイ「農民のこころ」は、農業問題を「実践のないものは、書くことができない、できないよりもゆるされない」とする観念論的な主張になっている。「耕地整備に名を借りた収奪が行われている」との分析は、第四章で私は「文学北都」の福島健文の詩で詳しく分析しているが、加藤らの現実認識は表層的と言わざるをえない。それは十月に北原昭一が上梓する詩集『近在農家』にも当てはまる。

一九六九年に「新潟詩人会議」は二冊の新潟詩人会双書を刊行している。この北原昭一の詩集『近在農家』が最初の双書で一九六九年十月に刊行されている。詩集『近在農家』の表題作「近在農家」は、農民の労働を表現するのではなく、〝耕地整理に名を借りた収奪〟にさらされた農民百姓の実情を噂話のような語り口で詠った詩である。詩「近在農家」から一部を引く。

田んぼの中に／工場が立つ。／確かに／夢のような大金がふところにある／／ごうかな家を建て／車を乗りまわし／陽のさしこむ応接間で／コーヒーをのみ／池のある庭をながめる

高度成長による産業構造の変化や農業の近代化の荒波を批判的な視点から表現しているようにもみえる。しかしその内実は「夢のような大金を手にした百姓」の現実をただ単に「世間」的に、茶呑み仲間の噂話として表現しているに過ぎない。詩の稚拙さを指摘する前に、はじめに運動論ありきで真実の農村農民の姿を捉えることができていない。ペン先では大地は耕せない。

加藤は一九六九年十月に最初の詩集『私は触角』を新潟詩人会議双書の一冊として上梓している。一九六四年から一九六八年の時代を証言した詩集である。砂川闘争からベトナム反戦運動の実践者の自画像が刻まれている。時代の事件・戦争への抵抗と実践に生きようとして生きた、加藤の意志表明であり、イデオロギッシュなプロパガンダ詩集でもある。おおむらたかじが「加藤幹二朗のこと」を書いている。三章三十二篇から成る。A6判横綴じ、五十四ページ。

「夜明けのあいさつ」は一九七〇年十二月に第十三号を刊行する。これまでのA6判横綴じタイプ印刷から、B5判ガリ版印刷へと変わっている。第十二号の発行が一九七〇年二月一日で、「総会の報告」では「二十六名ほどの会員のうち、遅れた人も含めて十四名の人が参加」とある。運営委員は、さとうやすお、北原昭一、小谷実、村里さゆり、冬木しの、おおむらたかじであった。

第十三号の変化が何から来ているかはその誌面からは分らない。乱暴な編集という印象をぬぐえない。作品を寄せたのは、こむら、長井秋逸、前田進の三人。あとがきは（S＋T）の署名が残されている。終刊号と思われる。

3　創刊詩誌の概要とその動向
——一九六六年から一九七〇年までに創刊された詩誌について

一九六六年から一九七〇年にかけて創刊された詩誌は十誌が収集されている。前の項で触れた「北の詩」や「タムレ」誌上からは、他に四誌が刊行されていると推定できるが未収集で確認はできていない。高度成長期を迎えた日本の時代相は、ベトナム反戦運動から東大医学部に始まる闘争が全国の大学へ拡大し〝全共闘〟運動へと高まり、佐藤栄作政権下の〝昭和元禄〟との併存という状況を呈していた。底流では大衆社会の多様性を孕んでいた。

詩誌「誰」は「新潟県若い詩の会」の発展形態として現れ、雑誌「現代詩謡」は戦前の〝民謡詩〟と近代詩が結合して誕生する。発行年月日順に見てゆくこととする。

①　年月日別創刊詩誌

一八六六年
誰／二月五日創刊号～十三号、かくれんぼ／三月四日創刊号

一九六七年
なし

一九六八年
もぐら／五月十八日第一号、ゆすりか／十月十日創刊号～七号、あかたては／（八月創刊）～六号、頤／十二月一日第一号～第三号

一九六九年
詩流／四月一日一号～二号（'71、三号・'72、四号）、現代詩謡／一月一日一号～七号

一九七〇年
あめーば通信／二月二十日創刊～Ⅳ号、日本海／三月十日創刊号～二号（'71年三号）、夕映え（仮題）／十二月創刊号―サークル誌

②　詩誌「誰」創刊とその推移

イ　詩誌「誰」の概略

詩誌「誰」は一九六六年二月に創刊される。創刊同人は田中武、豊崎義明、富田三樹生、新潟太郎、藤井木代の五人。詩誌「火」に拠った田中、豊崎、富田、詩誌「ア

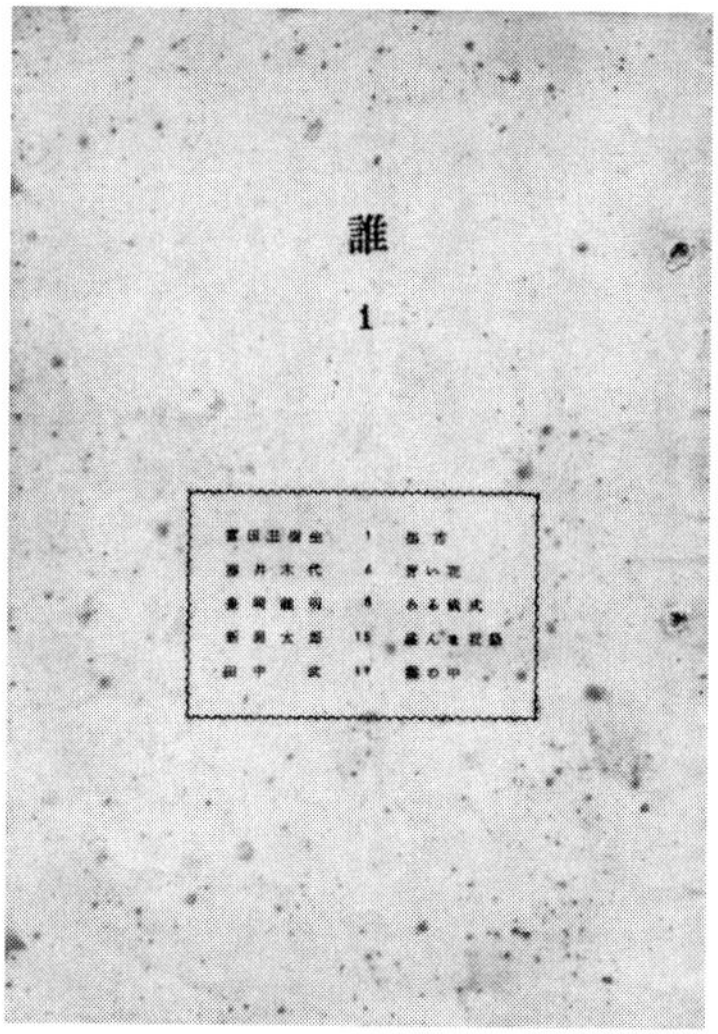

詩誌「誰」創刊号表紙

ンテナ」に拠り詩集『求婚』を上梓したばかりの新潟太郎（羽田昭）、藤井木代の詳細は不明であるが、同年三月に豊崎は藤井木代の協力で詩誌「かくれんぼ」を創刊している。それによると新潟大学文芸部と記されている。

　創刊号の編集人は豊崎義明、発行人は富田三樹生、連絡先は富田の住所新潟市学校町三山田深志方グループ「誰」となっている。編集体制はその後何度か変更され、二号から六号は、豊崎・富田の編集発行人体制、七・八号はグループ「誰」体制、九号が富田を編集人とし発行人を豊崎とする体制の後、十号から十三号まで豊崎を編集発行人とする変遷を経ている。十号からの編集体制の変更以外は同人それぞれの生活の変化によるものと考えられる。

　掲載詩人の動向に関しては二号には長谷川重弥が、一九六八年八月刊の六号から倉田孝夫が、同年十一月刊の七号から十日町市の星野元一が、一九六九年九月刊の十号から小千谷市の高橋勲が同人に加わっている。十号あとがきで豊崎は「本号より小千谷の高橋勲の参加を得ることが出来た。これで名実ともに新潟の前進的なグループにはなった」と胸を張っている。そして「〝誰〟発展のために全国の心ある詩人の参加を」呼び掛けている。

　詩誌「誰」の創刊号から一九六七年十二月刊の五号までの田中、豊崎、富田の詩活動は、自らの詩の方法と技法を獲得しようとするかのように穏やかに推移する。豊崎は愛と性の物語を排泄するかのようなモノローグ詩篇とでもいうべき、〝睡魔―熟睡〟詩篇を書き続ける。田中は詩集『風の中』を編むことで自らの抒情の質を見極めつつ、次への一歩を歩み出している。

ロ　富田三樹生の詩精神とその挫折

　富田は詩精神の社会性と芸術性を探求し、五号から三回にわたって「伊東静雄ノート」を書き始める。伊東静雄の『わがひとに与ふる哀歌』から『夏花』へと「日本回帰」する道筋を、伊東の詩精神と「戦争期」の時代相との関係から分析した評論である。「誰」同人たちの中で初めての批評的態度で書かれた文章ということができる。「伊東静雄ノート」はだから当然ながら富田の詩精神を投影したものでもある。一九六九年一月刊の八号に載る「伊東静雄ノート3」で富田は次のように書き出す。

詩を書く(うたう)ということは、世界もろともに〈私〉を消し去る、という事の他に、真の意味はない、というのが私の詩に対する幻想だ。

これは、同号に乗る詩「崩れる海」に対応している。海を擬人化した「崩れる海」の終連五行は、

貝が分泌する桃色の泡が/つぎつぎにふくれるがすぐに抹殺される/視野の周囲から、さらに/光量子の無量から波動となるとき/海は、崩れつくしている

富田は当時新潟大学医学部在学中から詩作活動をしていた。一九六七年十月八日の佐藤訪米反対ベトナム反戦闘争以後大学での反戦闘争に加え、翌一九六八年一月に始まる東京大学医学部の医局講座制反対闘争への当局の弾圧から全国の大学へと闘争は波及、激化していった。富田は一九六九年四月に医学部を卒業したが、新潟大学全学共闘会議のバリケードストライキに参加している。そうした中の一九六九年七月刊の九号で富田は詩「日常の死」を掲載する。精神内部と時代相を分析し、見据えた詩の終連は「確実に白鳥へ接近してゆく、白日へ、/おお、とび突き刺され　死よ、/ぼくの唯一の革命!」と富田は白鳥の歌を「書く(うたう)」。

「〈私〉を消し去る」とは当時大学全共闘で叫ばれていた「自己否定」に対応し、「海は、崩れつくしている」は「大学解体」のスローガンに呼応していると読む。そして、事態は急を告げる。一九六九年十月刊の十号に新潟大学医学部共闘会議(準)名で、

九月四・五・六日に開催されたガン治療学会の実力粉砕斗争において詩人の会「誰」の会員であり医共斗(準)の先進的同志でもあるT君が、(中略)機動隊の弾圧により不当にも逮捕され10日間の拘置延長されている。(後略)

との、「T君の不当逮捕に抗して」が掲載される。T君

は富田のことである。

富田が「伊東静雄ノート」で論評した伊東静雄の精神の軌跡は、まさに富田が一九六〇年代に詩作を始め、精神病医学を生涯の職業とする分岐点に於ける自らの姿を伊東静雄に投影したものであった。五号に載る「伊東静雄ノート1…転換期」において富田は、伊東の精神の軌跡を次のように分析する。

(伊東の)追いつめられた近代的=ヨーロッパ的知性が、農耕を核とする日本の村落共同体的社会に後退した事を意味したのである。それは伊東個人の責任であると同時に、日本国家自体がそのような挫折と協力の下に自己を没入させていった過程とみあっている(「伊東の」は筆者注)

まさに富田自身のその後の道程を示して余りある。

即ち、富田は自らの出自たる〝農耕を核とする村落共同体的社会〟から〝現代的=ヨーロッパ的知性〟へ、自らの精神と対立矛盾を孕む精神医学者へ、伊東の軌跡とは逆ベクトルの道へと進むこととなる。

詩誌「誰」グループは通観するといま見てきた富田三樹生のように、各同人の詩精神の確認、詩の方法と技術の再確認の場であったと考えられる。

富田は一九七二年九月に詩集『崩れる海』を上梓している。富田は新潟大学医学部を排除され長野県の佐久総合病院を経て、詩集発行当時は東大精神科医師連合に参加していた。詩集には、東大病院精神科赤レンガ自主管理病棟所属と来歴に記している。発行人は豊崎義明。「形而上学のようなささやかな(都市)」存在が、言葉と喩を武器に時代と世界を包囲し得た幸福な情景をうたった詩集と言ったら誤解を招くだろうか。疾走することも失踪することも可能であり、だが海も都市も蜃気楼のように崩れ去る。あたかも『崩れる海』という詩集の「認識のかげ(海)」を飲み込むように。あとがきと三章二十篇から成る。A5判、八十三ページ。

ハ　豊崎義明の詩集『鳥がいた』への道

豊崎は自らの詩歴の一つの集約として一九七〇年五月に刊行する詩集『鳥がいた』へ至る、人間の心理的、生理的、精神的意識の構造を抒情から散文詩に変換する詩的想像と創造に没入している。一九六九年十月刊の「誰」十号から編集発行人に豊崎が復帰する。富田の逮捕を巡る対処からとも考えられる。同号に豊崎は「ある私的ノート――あなたに」を記している。「ぼくの「熟睡」は誰10で完了した。」とし、その継続詩篇として「襲いくる睡魔を振り放すために現在、リトル・マガジン「ゆすりか」が僕の「睡魔」を掲載中」と示唆している。誌誌「ゆすりか」は次項で紹介する。

豊崎は「誰」創刊号掲載の「ある儀式」から詩の散文化を試み、六号から「熟睡」をタイトルとしている。[23]この散文詩「熟睡―睡魔」詩篇に没頭しながら、「一九六〇年から一九六八年までの作品の中から」詩集『鳥がいた』上梓の構想を練っていた。詩集の基幹を構成する私家版詩集の発行年月日を見ておく。

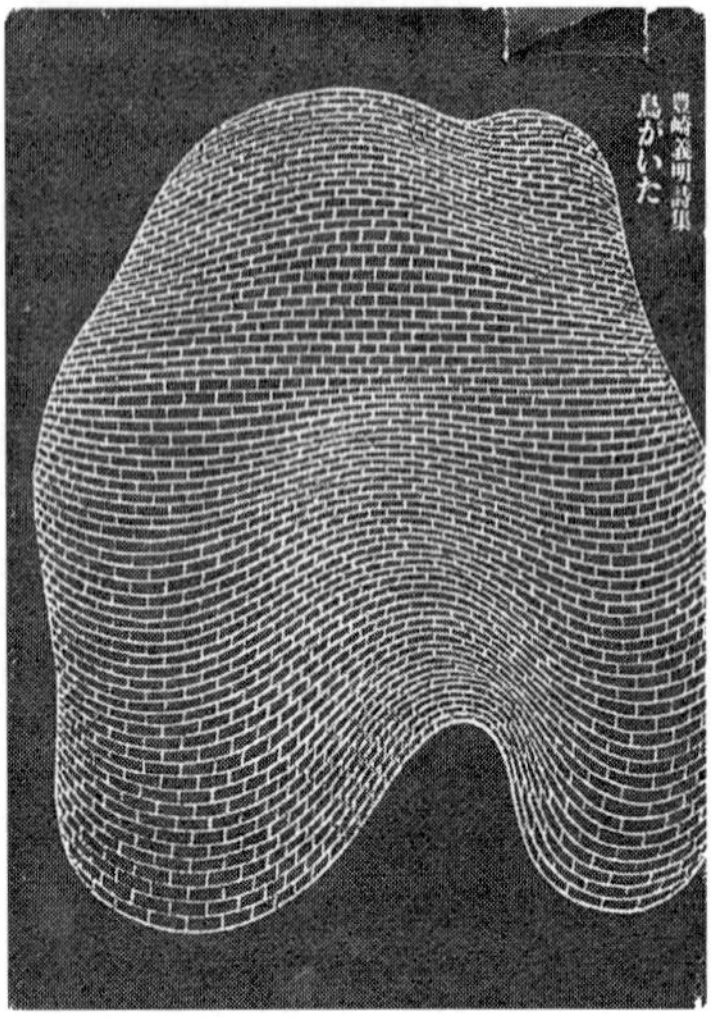

『鳥がいた』表紙

『鳥がいた』／一九六二年三月二十五日発行（活版）
『らんぷの森』／一九六三年一月二十五日発行（活版）
『鏡の器』／一九六四年四月十五日発行（ガリ版）
『眠りの誕生』／一九六六年一月二十五日発行（散文詩―ガリ版）
『胎児　私の出発』／一九六六年六月一日発行（ガリ版）

一九七〇年五月に詩集『鳥がいた』は思潮社から上梓される。A5判、ハードカバー、一九六ページの大部な詩集である。この詩集からは見事に散文詩形式の「熟睡―睡魔」詩篇は省かれているが、行分けの「睡魔」詩篇が一章を構成している。その多くは私家版詩集に編まれた作品の再構成と推敲を経たものである。詩集の構成内容は詳しくは分析しないが章立ての構造を示しておくこととする。

思潮社版『鳥がいた』は五章から構成されている。目次では章立て表記ではなく、「1　鳥がいた、2　やさしい鳥、3　胎児　私の出発、4　あなたに、5　熟睡」となっている。「1　鳥がいた」の十六篇は私家版『鳥がいた』を出典としている。「2　やさしい鳥」の十五篇の出典は分らない。[24]「3　胎児　私の出発」の詩篇は、先に示した私家版『らんぷの森』『鏡の器』『眠りの誕生』『胎児　私の出発』から構成されている。

「4　あなたに」の八篇のうち六篇が「あなたに」と標題されている。いずれも失恋の詩であり、詩誌「誰」に掲載された詩篇が含まれている。「5　熟睡」四篇の内一つは、「ゆすりか」創刊号に掲載されている。

「4　あなたに」詩篇を豊崎は、自らの詩精神の転換点との考えていたようだ。即ち、まえがきで豊崎は「一、全詩篇が「あなたに」アプローチするように、一九六〇年～一九六八年までの創作から、私と訣別できなかった作品だけを選んで、構成しました。」と告白している。

先に示した「誰」と「ゆすりか」に載る散文詩形式の「睡魔―熟睡」詩篇はいずれも本詩集には掲載されていない。「あなたを愛し求め続けてきた私の詩と青春は終った。」とあとがきで述べる豊崎である。まえがきとあとがきに挟撃された詩集。

ここで「熟睡」詩篇の行分け詩で詩集『鳥がいた』の「熟睡」と詩誌「誰」六号に載る散文詩形式の「睡魔」詩篇を比較しておく。詩「熟睡」は詩集『鳥がいた』百七十九ページの「熟睡」を引用する。

1

死んで／魚があおい腹を見せ／思い出のなかに浮んでくると／私は　恐ろしくって／お母さんの胎に身籠るしかなかったのです

「こわいことなんか／何もないのですよ」

お母さんが笑いながら／魚を手にとると／魚はお母さんの掌のぬくみで／生き返って涙をながしました／それから／お母さんは私を産み落とし／自分が死んだのさえ気がつかず／熟睡してしまったのです

2

たわむれに／棺の中のお母さんが／息をふきかえすので／タンポポの花が散ってしまいました

白い雨の日／しずかに静かに／お母さんの葬列がつづいていきます

風の中をす通りして／ちいさな川を通りすぎ／遠い山頂の残雪を通りすぎ／通りすぎて通りすぎていきました

（3連九行、4連九行、5連八行、6連十一行略）

詩は「自分が死んだのさえ気がつかず／熟睡している
お母さんの夢の中を／あおく染めながら泳いでいたので
す」で終わっている。

一九六八年八月刊の「誰」六号に載る「熟睡／第3部　惰眠」から〝第三章　惰眠の夜〟を引く。

ぼくとぼくの影は、「お母さん」と思わず呼びあって、そのおかしさに抱きあって笑いころげた。あの夕ンポポの川原に飛んでいた一つ目のトンボが交尾しながら二人の頭上を飛び回っていた。太陽と満月がシーソのように昇ったり沈んだりしながら、ぼくを照らしたり、ぼくの影を照らし出していた。ぼくはぼくの影をお母さんと思い、ぼくの影はぼくをお母さんと信じ、こんな同じ官能にしびれながら抱擁し合ったが、官能を融合させることはできなかった。勃起したまま、地平線と水平線が交差するように、二人は交差するしかなかった。ぼくの影がぼくの口にもぐりこみ、ぼくの影がぼくの口にもぐりこみ、ぼくの影にぼくは飲みこまれた。お互いの舌と唇が二人を快感におとしいれた。

と、四章からなる第三部のほんの一部分である。

二つの詩の情景の同一性を示したかった。詩集では抒情性に重きを置き、〝第三章　惰眠の夜〟では豊崎は存在のウロボロス性を夢ではなく影を分身化して表現している。青年期の制御不能な欲情と愛の混交が、エクスタシーの結果としてエロスとタナトスの円環にはまり込み、詩の自立を無化する実験として言葉の奔騰に身を任せたのかも知れない。

任意的に二つの詩篇を引いたが、「熟睡」の初出が一九六八年十月刊の「ゆすりか」で、「熟睡―第三章」は二ヶ月前の一九六八年八月であることに注目する。どちらが説明的であるかは、行分け詩の「熟睡」の方が、風景描写にしても日常目にする風景をそのまま表出しているように思われる。二つの詩篇からは相互に補完し合う関連も感じられる。豊崎は膨大な散文詩形式の「熟睡」詩篇をなぜ詩集に編集しなかったのか？

詩誌「誰」の散文詩形式の「熟睡」詩篇は、私家版詩集『鳥がいた』『らんぷの森』の抒情性を揚棄深化させるかのように、「眠り―夢―夢魔」性の世界への遊行を物語として現出させることへの熱中として表現されている。散文詩詩集『眠りの部屋』がその始まりであり、夢の行為を詩的な小説化の試みと読むこともできる。その夢魔性の言葉の奔騰を制御することなく自動書記化したのが散文詩形式の「熟睡」詩篇であったと私は考えている。散文詩形式の「熟睡」詩篇の「性と死」の夢劇とも過剰とも言える「性愛」へのこだわりを、詩集『鳥がいた』は脱色して編集したと見るのは私だけだろうか。

ここでの豊崎の詩は愛と再生へのノスタルジアと自己愛であり、胎内回帰願望への祈りの方を強く印象付けられることから、そこにマザーコンプレックスの抒情性を見る。しかし『眠りの誕生』の発行人の波多野敏春の「跋」によれば、波多野が「夢を心理学的に解明しようとしたら、豊崎が頑固に反対した。」と証言している。豊崎の実生活と恋愛やその破綻、出奔、放浪の日常を私は知らない。日本の高度成長期の過剰性の反映を見る。先に言葉の過剰な奔騰性を持つ詩人として先に福島健文、新富吉秀、経田佑介を紹介した。ここで豊崎の「熟睡詩篇」と経田佑介の詩との比較は当を得ていよう。二人の詩は対極的である。即ち豊崎が詩人の精神、観念、心的風景を内在化したのに対して、経田は記憶、認識、内的事象を外在化して詩の創造を展開したと指摘できる。

一九七〇年八月刊の「誰」十三号で、田中武は「夢の深部から語る死と受胎のドラマ」として本詩集『鳥がいた』を紹介している。[25]

彼が〝あなた〟と呼ぶ存在は、詩の中でいつも明りょうな結晶化をこばみ続けているようです。〈あなたに永遠に邂逅（めぐりあ）うことができない――（あなたに）〉のです。〝あなた〟はついに〝私〟との対をなさず、この詩集が夢みられた愛の挫（ざ）折のかたみとして彼の中から摘出されてくるのです。

と、〝あなたに〟を分析し、読者は「おのおのの仕方でこの詩集の夢の総量を全身に引き受けてみるべきでしょう。」としている。

私は「熟睡」詩篇は〝あなたに〟は青春の挫折の一つの形式ではなく詩神への、ミューズへの愛の告白と挫折と考える。そこには豊崎の個的な私生活上の影は揺らめくであろうが、詩の「明りょうな結晶化」を意図して採用したのが散文詩形式ではなかったかと考えるのである。私たちはジェラール・ド・ネルヴァルの『オーレリア―夢と生』やイジドール・デュカスの『マルドロールの歌』を想起してもいいのかも知れない。

私はかつて『鳥がいた』を次のように紹介している。[26]

鳥がいた、言葉が羽ばたき、詩へと飛翔し、詩人が誕生した。「3　胎児　私の出発」をやじろべえの支点として1・2章が右に、4・5章が左に配置されバランスをとっている。交響曲のように楽想を変奏しながら、誕生から死への言葉を繋いでゆく。横へ、横へとそれはかの「鳥獣戯画」のように、しかし花鳥風月はさておき、だから油彩画のようには決して構築されることはない。蛇・蝶・なめくじは行為としての性に関与し、こおろぎ・蜘蛛・蛾は愛の告白に忙しい。「あせばんだ裸身を蝶にあおがせ（はずかしい眠り）」るなんて、なんと贅沢なことか。自らの死と再生の物語を、言葉で鳥虫魚人を戯画に写し取り、「私が胎児の頃に　よく見た／天然色の夢の森（めしいた森）」を紡ぎ続ける。神なき日本の失楽園の象徴としての詩の誕生。至高の純粋さがここにはある。

しかし私には何故豊崎義明は詩の不可能性と全能性に賭けたと思われる散文詩形式の「熟睡」詩篇を捨てて、抒情性を諧調とする詩を選択し自らの「詩と青春」の総括にしようとしたのだろうとの疑問は依然として残るのである。詩集の自己経歴欄には「愛の挫折の繰り返しと情緒不安定により、いまだ自立できず」の言葉を残している。

一九六〇年代後期から一九七〇年代前半に、「感受性の祝祭」から言葉の放恣なまでの「疾走詩」への流行の変位があった。そこには日本経済が高度成長する途上での過剰性の反映をも見ることができる。豊崎はなぜ詩の可能性として賭けていた、散文詩形式の奔騰性を捨てたのかという思いは残る。そこにこそ時代を先駆けた豊崎の詩精神が現れているとみているのである。

二　トリックスター倉田孝夫の再登場

詩誌「誰」のエピソードとしては一九六八年八月刊の六号に「茶番詩　新潟へ帰った渡り鳥」で復帰する倉田孝夫の登場を挙げざるを得ない。倉田は自らの再登場を〝茶番〟と認識している。しかしこの人のエネルギーは自己茶番を演ずることでは終わらず、周りを巻き込む〝自己劇場化〟を演出する。倉田は上京数年、そこで見、体感した映画や演劇的空間を新潟の地へもたらすトリックスター的な夢を語る（騙る？）。一九六九年九月十四日に県民会館小ホールで「詩と演劇による三つの情況」を昼夜二回公演する。主催は「詩人の会〝誰〟＋劇団〝ばく〟」。劇団〝ばく〟は一九六八年十月に旗揚げし、既に三回の公演を成功させたアマチュア劇団であった。公演内容の三つの情況とは、

情況一、ポエム・モビイル
　腐蝕した銃　作・豊崎義明（演出・桜川高明）
情況二、長篇朗読詩
　日常の死　作・富田三樹生
情況三、詩的茶番劇
　幽霊エキスポアンの伝説　作・倉田孝夫（演出・斎田孝司）

公演パンフレットに載る「詩人の会〝誰〟」の文から、倉田と豊崎らの活動の自己評価を見ておくことにする。

パンフレット

昭和三八年に〝新潟県若い詩の会〟を発足させたわれわれは（無論その当時〝誰〟は生誕していなかったが）、壮大な「新潟県詩祭」を試み、詩画展、詩書展示等を大和デパートで催し、又講演会、座談会等立体的な構成で、画期的な事業を為し得た。一方昭和四十三年一月には、クラブ白鳥で現代詩朗読会を開き、今回の公演への糸口を作ったものである。

ここには「新潟県詩人連盟」結成に関しては成果として挙げられていない。「新潟県若い詩の会」から〝誰〟までの〝壮大な試み〟は、新潟県の詩文化の醸成としての表現活動として次代に引き継がれたかどうか。倉田が見せた「新潟県若い詩の会」から「詩と演劇による三つの情況」までの活動は、倉田の文化運動論を実現する方法としての自己劇場化、トリックスターを見事に演じきっている。詩を含めた継続的な文化運動は政治党派的運動論に拠らない限り、個人を組織化してもなかなか実現できない現実は現在も同じ状況下にある。[27] そういった意味で新潟地方文化論の実践と見ることもできる。舞台公演の台本となった作品は一九六九年七月刊の九号に掲載されている。

詩誌「誰」は一九七〇年八月刊の十三号にY署名の編

集後記で「昨年の十一月に倉田孝夫が東京へ、そして今年の六月富田三樹生が長野へ転地した。」とし、「これからは季刊で発行して行きたい。それが不可能であるなら、いさぎよく〝誰〟を廃刊するしかないだろう。」としている。季刊とはならなかったが一九七四年まで断続的に継続している。

倉田は在新潟二年でトリックスター然とあわただしく再び新潟を去る。倉田は一九六八年十月に第一詩集『審判』を上梓している。発行人は倉田孝夫、住所は新潟市上大川前通り二ー八。詩集あとがきには「一九六一年から一九六七年迄に書いた作品の一部を集めた。僕の二十才から二十六才迄の作品」とある。詩集の紹介を次に掲げる。

> 詩は行為、詩は思考、詩は迷走、詩は逃亡、青春の轍の中を転げまわるような詩の群。人は如何に生きるべきかの懊悩を、時代の空気とエネルギーを吸いながら腑分けするように凝視した詩篇。祈り、裁かれ、倒れようとも己の生の真理を見極めるまで、たとえどのような贖罪を背負ったとしても、たとえ帰還した地が約束の地ではなく「ああ、帰ってきた新潟」であろうとも、昨日から今日へ、今日から明日へ続く生ある「わたし」は永劫に続く贖罪の迷路をさ迷いつつ最後の審判を待つ。実存の闇で思考する言葉がここには在る。豊崎義明の跋「ある贖罪の劇」と二章十八篇、あとがきから成る。A5判、九十二ページ。[28]

③ 詩誌「ゆすりか」の創刊

詩誌「ゆすりか」は一九六八年十月に創刊される。編集発行人は田中武、発行所は新発田市五十公野四七七八田中方「ゆすりか」の会となっている。同人は田中と豊崎義明の二人。田中は「文章倶楽部」から「ロシナンテ」「ブイ」「火」「誰」等の同人を経て、初めて主宰する詩誌「ゆすりか」を持つこととなった。

創刊号の「「ゆすりか」会員募集」で田中は、「これはあなたの個人詩誌です。」と会員を募集している。その理由として「無駄な経費を節約するため」としている。そして「ゆすりかは、いずれ群れるだろう。」とゆすりかの生態に詩誌の命運を仮託している。しかし、一九六九年五月刊の三号から東京在住の竹下育男が参加し、一九七〇年十一月刊の七号まで三人体制で継続されるが、けっしてゆすりかのようには群舞しなかった。

詩誌「ゆすりか」が詩誌「誰」と多くの共有空間を持っ

ていたことは、前項で述べてきたところである。二つの詩誌を創作の場に設定して、豊崎は詩集『鳥がいた』の編集及びその構想と推敲を進め、さらに自らの詩の未来形として「睡魔」詩篇を書き継いだ。

一方、田中の詩には意識的にか無意識にか、豊崎のエロス的言辞が忍びこんでいる。一九七〇年二月刊の五号に載る田中の詩の標題は「肉―または女」。このように生な単語を田中はこれまで余り発してこなかった。その初めの十二連を引く。

この世の作法に従って／あなた　と／呼びかける　すると／風をまいて振りむく／ひとそろいの器官がある。／かくて口臭のはざま／埃はまい／陰茎はちりちり／火縄のようにちぢれる。／女とは／不用なものの／多すぎる世界

二つの詩誌の同時刊行からだけを見て二人の影響関係を忖度できないが、田中と豊崎には詩を実存の第一義と考える共通性を見る事はできる。

田中と豊崎との年齢差は七歳である。一九三四年生まれの田中、一九四一年生まれの豊崎との詩誌「誰」と詩誌「ゆすりか」を通じた交友は、それまで田中が自ら主宰する詩誌を持たなかった事から考えても、二人は親和性を感じていたのかも知れない。

一つのエピソードがある。豊崎が詩集『鳥がいた』を上梓した同じ月の、五月に刊行した「ゆすりか」六号あとがきに田中は、「竹下育男が五月に結婚した。」と告げ、「平均年令が三十四才弱という「ゆすりか」の三人が全員独身でいたのは、いささかおかしな偶然」とその境遇を語っている。そして竹下の結婚で「ようやく世間並みに近ず《ママ》いた」と喜んでいる。そして「私と豊崎は顔をつき合わせさえすれば結婚結婚と口ばしる」と嘆いている。そうした状況下で一九七〇年十一月三十日刊の七号あとがきで、「豊崎が七月に処女詩集「鳥がいた」を思潮社から刊行、九月には突然結婚して友人達を驚かせた」と報告している。同号で豊崎の「睡魔」詩篇第六回が掲載されて「(以下次号)」と継続を示唆しているが、詩誌「ゆすりか」は一九七三年五月に「7号を出してから二年半ぶりの」八号を、「田中武個人詩誌」として刊行したが、これが終刊号となった。

④「あめーば通信」の創刊

一九七〇年二月に田中武は、詩誌「あめーば通信」を

「あめーば通信」創刊号表紙

創刊する。田中は詩誌「ゆすりか」の編集発行をしながら、地元新発田市やその近郊の「詩に関心をもつ若い人たち」の「出会い」の場として「詩・グループ・70の会」を発足させたのだった、原稿の送り先やグループの紹介は、新発田市五十公野橋本四七七八の田中武方「グループ・70」の会となっている。発行所も同じである。編集責任者も田中が負っている。田中は創刊号に「さあ何がはじまるか――いままでの経過報告をかねて」を書き、詩誌創刊の経緯を伝えている。

　昨年になって、市内にすむ詩に関心をもつ若い人たちから、二・三の来信をうけて、ああここにもひとりきりの詩人がいる、と以前の自分に出会ったようななつかしさと、古傷の痛みのようなものを覚えさせられました。よしそれならば、自分で話し合いの場をつくってみよう。それがものの始まりでした。グループをつくるにあたって、考え方の基点となったのは「出会い」という観念でした。

　田中は人との出会いが「人生において、いかに重要な役割を果たすか」を良く弁えていた。「ああここにもひとりきりの詩人がいる」との言葉は、田中の心理を美しく表している。「グループ・70の会」はそういった意味でも、詩歴の長い田中を頼った詩に関心を持つ若き詩人たちへの返礼でもあった。創刊会員は、

　坂井三郎　佐藤ミチ子　田中武　畠山充子　樋口美保子　宮村一也　森田英子　八幡初夫　渡辺俊太郎　荒川輝彰

の十名。

　坂井三郎（一九三五・七・十三〜二〇〇〇・十）は前章の「年別詩集」の項でも紹介している詩集『冬の旅』の詩人で、詩誌「新詩人」の有力な詩人である。坂井は創刊号に巻頭を飾る「新しいグループに寄せて」を掲載し、

「詩人が素朴に立ち還り、その自惚意識を捨てる」必要を説き、「詩を作るからには、自分を見つめ、考え、感覚を磨き、その先端において自ら感動しなければ、他人を感動させることが出来ない。」とし、「詩人は詩を書く以前の人間性をもっと掘り下げるべき」と若き詩人たちへ熱く語っている。新潟県で詩集以外に坂井の声を聞けるのはこの文章だけである。この後坂井は長野県へ職業上の転勤を余儀なくされ、新潟を終生去ることになる。

では、田中や坂井の詩意識を鼓舞した若い人たちの動きはどうだったのか。時代は「ベトナム反戦・大学解体」を叫ぶ学生運動の局面があり、高度成長を続ける日本の生活水準が「総中流化」する中、誰もが自由に自らの望む欲望や可能性を追求できる「昭和元禄」と称される大衆社会化状況に至っていた。詩作も余暇を楽しむ一つのジャンルとして若い人の注目を集めていく。以前の「サークル誌」などとは違う、生きる苦悩や矛盾をもエンジョイする一つのツールとして詩を求めたと考えられる。三条市の情況とおなじような詩への欲求が、新発田市近郊の青年達にもあったのだ。かつての同人誌が詩意識を一つの関係性としていたのと異なり、日常から浮遊する場として〝非日常の私〟を発見する場を求めていたのかも知れない。

一九七〇年四月刊の二号では、創刊までの会合日時を伝えている。その中で「オブザーバーとして、新潟の同人誌「誰」の編集人、豊崎義明氏」等の記録も見られる。宮村一也は同号の例会報告で、「私も含め、殆どの人が初対面らしく、余り活発というわけにはゆかなかった」ともどかしげに語っている。田中には会主宰者という意識は希薄で創刊号あとがきで、「私はもともと、リーダー型の人間ではなく、それを補佐する側」が似合っていると述べている。しかし「グループ70」の運営には心を砕いている。詩の朗読会を企画したり、「落書きノート抄」を回覧したりの活動をしている。

森田英子の名を覚えているだろう。「②北の詩の展開と限界」に登場する新発田高等学校生の卒業後の姿が「あめーば通信」の有力な一人として登場している。森田は「あめーば通信」では初柴久のペンネームを使っている。三号誌上にはエッセイ「偶然と必然」を載せ、研鑽の成果を発表している。

二号に載る畠山充子の「はるになったら」二連の内一連目を引く。

はるになったら／たんぽぽ　すみれ　れんげの花で服を作るの／さようなら　赤い手袋／若葉のお城で私は

ひとり／詩集を広げて　小鳥を呼んで／青空いっぱい　歌を書こう（二連目六行略）

詩誌「あめーば通信」は一九七一年十二月八号で終刊する。それは次章でのべることとする。

⑤　詩誌「あかたては」の創刊について

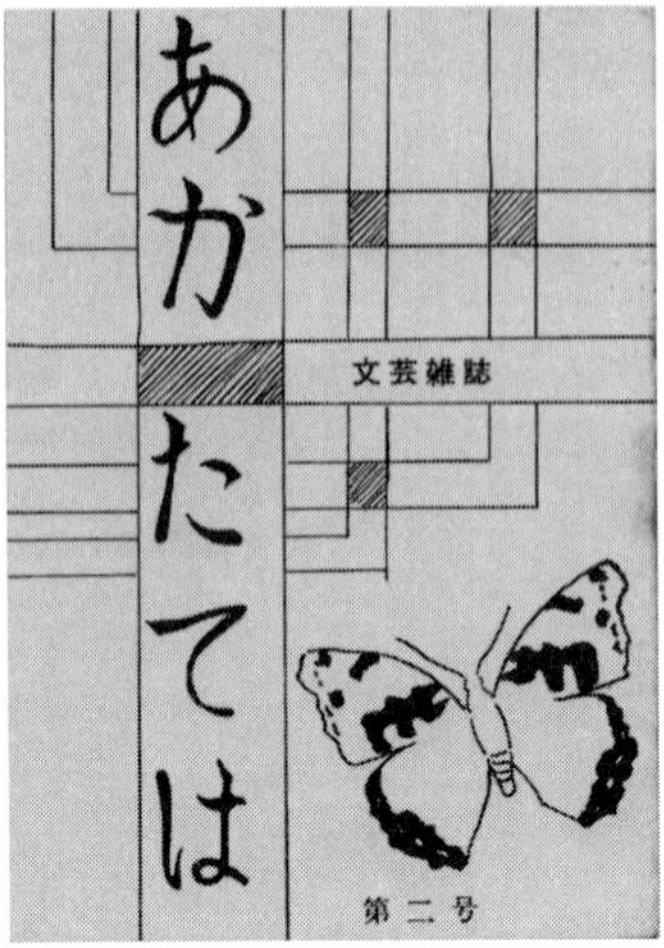

文芸雑誌「あかたては」第二号表紙

文芸雑誌「あかたては」は一九六八年八月に創刊される。編集・発行人は北川義一。[29] 一九五一年生まれの北川義一らによる創刊であった。北川は創刊時十七歳、高校在学中ということになる。戦後世代の登場としては前項で「北方文学」の長谷川潤治、「半獣人」の館路子を紹介してきた。長谷川と館は共に一九四七年生まれで、いうところの「団塊世代」である。北川義一は「ポスト団塊世代」である。

一九六八年十月刊の第二号には、会則と細則からなる「あかたては会員規則」が明記されている。「文学を愛し」、「自由なる意志の主張・表現」に努める文芸雑誌としている。運営は発刊ごとに「原稿を提出」と同時に会費を払うとしている。「編集部だより」には編集責任者は〝文芸雑誌あかたては〟で、編集委員は近藤吉則、発行・編集は「あかたては」とある。そして「入会申し込み」等は新潟市本町十四番地三一一八の七北川義一内「あかたては」としている。実質上の運営責任者は北川義一ということであろう。会員として、

大関克博　北川義一　近藤吉則　真坂龍夫　押見彰夫　池田裕司　渡辺令子　松島圭子

の八名。

雑誌運営のための会費制は、既存の高校生の部活としての文芸部とは異なる経営的自立を意志していたことが窺える。編集体制は第二号の編集委員は近藤吉則、第三号は真坂竜夫、第四号が北川義一と会員交互の責任分担

で運営がなされていた。文芸雑誌として詩・短歌・俳句・童話・コント・小説・随筆とあらゆるジャンルに会員は挑戦している。

文芸雑誌「あかたては」は一九七〇年七月刊の第六号で終刊したものと思われる。北川の「新潟文学史」には、北川の第一詩集『銀貨』を七月に上梓し、「大東文化大学東松山キャンパスにて立ち売り」とある。そして第六号の編集部住所として東京都豊島区南長崎三丁目二十二番地六号中条喜一郎方北川義一となっている。「あかたては」の会員の多くが高校を卒業し進学就職をとそれぞれの道へ進んだ。北川は大学へ進学し上京した。編集後記で「〝あかたては〟もいよいよ、県外進出をすることになりました。東京及び、北海道へ、同人会員が行くのです。」と前途を展望している。

第六号の「発行に際して」は無署名であるが北川の文と考えてよいだろう。その中で創作の第一義は「〝見る〟事」であり、「作品の内に潜む問題の本質を見定め、その本質と現実とを結び、その本質を中心とする小世界」こそ作品であるとしている。こうした北川の詩観の表現として第六号に載る「イカ漁」を引く。

夜の中に／光っているもの／／暗さと黒さの／見わけがつかなくて／水平の果てらしき所に／点々と並ぶ／燈火／／母は美しいと言うた／／真暗闇の中に／明りはたったそれだけ／波の音が／静かに上陸してくる夜／／燈火は／かすかに揺れていた

「イカ漁」は北川が「あかたては」で表現しようとした成果の一つであった。

北川の自らの足跡を記した「新潟文学史」には一九七〇年九月に文芸新聞「報あかたては」を創刊し、十月に第二号を刊行したと記載されている。

⑥　詩誌「現代詩謡」創刊とその詩人たち

「現代詩謡」創刊号表紙

一九六九年一月に〝詩とエスセイ〟と銘打った「現代詩謡」が創刊される。編集人は小柳俊郎(一九一五・十二・四〜一九八七・七・六)、発行人は椎谷正樹、発行所は現代詩謠作家連盟で住所は新潟市天明町一—二十一となっている。発行所住所は小柳宅である。雑誌の性格は現代詩謡作家連盟の会員による機関誌としている。

創刊号には連盟の十四項から成る「現代詩謡作家連盟規約」が掲載されている。「1　本会を　現代詩謡作家連盟　と称する」と規定し、「3　本会は　現代に即した詩の庶民化を計り　散文詩・韻文詩・詩謡・定型詩・自由詩等の形態に捉われず新しい庶民芸術としての詩の追求を目的とする」とうたい、その目的を表現する場として「4　a機関誌「現代詩謡」の発刊」を行うとしている。規約からは「現代詩謡」は「詩の庶民化」という聞き慣れない考え方を基本に据えていることが分る。

創刊号には三十九名の創刊号執筆者住所録が掲載されている。新潟県関係詩人は、

たかはしとみを　瀬川(広川)栄　今村克治　遠藤脩平　山崎達也　若林茎花　松永基　山本清　信田幸子　早菜田とし　豊崎義明　富田三樹生　高田延喜　山田誓一　田崎芳作　波多野敏春　田中武　中山みすじ　後藤脩　椎谷正樹　小柳俊郎

の二十一名。

新潟県外の詩人は、

堀暉子　五十嵐専介　英美子　近藤武　田中房太郎　佐々木龍之　西岡光秋　月原橙一郎　中野武彦　馬場邦夫　中山輝　立仙啓一　田村昌由　赤石信久　白銀由紀子　手塚久子　佐川英三　南川周三

の十八名。

なぜ、三十九名もの名を連記したかというと「現代詩謡作家連盟」の設立者で主宰者の小柳俊郎という詩人の名前は、私がこれまで収集できた詩誌・詩集、また地元新聞等の資料に見出してはいなかった(30)、それ故何故このように多くの詩人たちを、どうやって組織化し得たかが謎だったからである。戦争期から戦後まで浅井十三郎が心血を注いだ詩誌「詩と詩人」以来、県内外の詩人を網羅した「現代詩謡」に驚いたのである。「詩と詩人」以降二十五年振りのこうした詩誌の刊行に目を瞠ったのだった。

新潟県から参加した詩人のうち、これまで私がこの詩

史でその名を伝えてきたのは、中山みすじ（新潟新聞）、田中武（ブイ等）、高田延喜（存在）、遠藤修平（樹炎）、豊崎義明（誰等）、富田三樹生（誰等）、波多野敏春（私家版詩集『鳥がいた』）、の七人に過ぎない。県内詩人二十一人のうち十四人の詩誌的経歴は創刊号を見た時点では分らなかった。

「現代詩謡作家連盟」を形成した詩人たちの関係をまず「詩謡」と「詩の庶民化」という側面から探ってみよう。

新潟県の詩史には民謡詩の系譜がある。ここでは詳しくは述べないが、(31) 有力な会員中山みすじは昭和初期から昭和十年代にかけて、新潟新聞で同僚の平井仁八と共に新潟の近代詩成立過程で大きな仕事を残した詩人である。「民謡詩人」としては第一人者であった。昭和十年前後には全国的にも民謡詩が人気を博し、多くの詩誌詩集が刊行されている。様々な要因が考えられるが、北原白秋等が各地の民謡を制作した経緯がある。「新潟小唄」などの多くがこのころ庶民の娯楽として親しまれていた。昭和十年代にNHKがラジオ番組で「新民謡」として全国の民謡を放送し人気番組となっていることも見逃してはならないだろう。

それは近代詩がモダニズムとプロレタリア詩の隘路に足を踏み入れたと同時に、日本が戦争体制に入る時代と重なり権力は左翼陣営を検閲、発禁、弾圧して取り締まった。近代詩を支えたプロレタリア詩は解体され、モダニズムは表現の自由を奪われ、大正末期からの近代詩は完成期、開花期を喪失してゆく。そうした時代相の中で表現を求めた青年たちは「民謡詩」へとなびいて行ったと考えられる。しかし〝小柳俊郎年譜〟からは小柳がそうした民謡詩の雑誌に関係した記述はない。〝小柳俊郎年譜〟を基に小柳の戦争期の来歴を辿ってみよう。

小柳俊郎は新潟師範学校を卒業して一九三六年に小学校の教員となる。同じ年に結婚し、「県展で「山のある風景」奨励賞」を受賞したとある。一九四一年には「新油彩画家協会設立。昭和18年まで公募展3回開催」し、一九四四年に兵役に就き南方へ従軍し捕虜となって一九四六年に復員したとある。小柳は文芸に興味を持つよりは、この「現代詩謡」の運営を支えた画業にいそしんでいる姿しか見えてこない。戦後の混乱期を私立高校の教師を務め、自らの行為で「詐欺で執行猶予」になったり、「覚せい剤で検挙」されたりの変転期を経て、一九六六年に「「砂山の唄」(13号)に参加。」している。「砂山の唄」の主宰者、近藤吐愁は一九二七（昭和二）年に「北日本民謡」を創刊し、新潟県の民謡詩の活況を生みだす契機をもたらした詩人である。しかし昭和十年代に小柳と近藤とは何らかの接点があったと考えられるが確認する資料はない。

そして一九六七年に東京の詩誌「「風祭」（復刊号）に参加。」する。小柳の「謡」と「詩」が生まれた時期と推定できるが、小柳五十歳の時である。後に八木末雄が当時を振り返って小柳の横顔を「温和な眼差しは眼鏡の陰でほほえんでいるが、悲哀を背負っているようなかげりが見られた。」と述懐している。八木の洞察力と深い人間観察から小柳の表情をよく捉えていると思うのだ。小柳の自らの画業への矜持と「詩・謡」統一への志が、「現代詩謡作家連盟発足」と「現代詩謡」創刊を突き動かした動機と思われる。一九七三年の『現代日本民謡詩選』の刊行は小柳の執念の結果であろう。

「詩の庶民化」という考え方を「現代詩謡」は、三回の特集を組み探究している。三月刊行の第二号編集後記で小柳は「詩謡」を、創刊号の南川周三の文から「詩・謡の如何に拘らず、広く自由な立場から現代庶民の詩を追究する作品群の総称」と位置付け、「庶民化への揚棄をモットーに〈現代詩謡作家連盟〉の意図する「詩謡」という語義を、号を追って編集に織り込んでゆきたいと思う。」との決意を述べている。その実現として五月刊行の第三号では特集「詩に於ける現代庶民と前衛」を組み、前川知賢、田中房太郎、山口祐夫、西岡光秋の四人が論考を載せている。前川は明治以降の「日本人の血」には「階級的対等感」があるとする。この「階級的対等感」が庶民の総体だと主張している。

田中房太郎は「反芸術に於ける〈大衆〉の位相」で、オルテガの「藝術の非人化」やランボーの「見者—他者」を論じながら、「大衆は、芸術家の経験が、自分たちのところへたどりつく」のを待っているとし、「無垢性において大衆は誰しも生まれながらの詩人」だからとしている。

山口祐夫は「伝統と呪文」で国文学の素養を踏まえ、川端康成や西脇順三郎を論評している。西岡光秋は「詩の庶民化」で「現実との不即不離、この観点から僕は僕の詩作を行なっているつもりである」としている。

全体として四人の「庶民」像はバラバラで、小柳が描く「詩の庶民化」は見えてこない。

新潟県の詩人たちを注視することとする。田崎芳作は「現代詩謡」参加と期を一にするように一九六九年三月に詩集『砂』を上梓している。あとがきで「詩を始めてから十余年になります。」と認めている。三十三篇を収録した作品の内、「発表したもの」は表題作の「砂」を含めて五篇だとしている。「砂」四連の内最後の二連を引く。

私の手を砂に差し込む／冷たい感触　快い喜び／爪に血を惨ませ／毛穴に砂粒を仕舞い込む／次第に感覚は麻痺するでしょう／／砂は地に濡れ／砂粒は怪しく光り／血と砂・肉と砂／生と死、との融和を／静かに〳〵醸し出すでしょう

田崎はただ在ることにおいて自然を受け入れ、自然と生の融和を精神の核心に据え頑なに守り通そうとする姿勢を表現している。四季の中で生起する事象と心性の機微が、ゆるく浮遊するように流れる詩集である。縦百六十六㎜×横百二十五㎜、ハードカバー、八十七ページ。「現代詩謡」を拠点に自らの詩を発展させたと思われる詩人たちの誌面初登場を見ておく。

創刊号―たかはしとみお・田崎芳作、第二号―金井建一・竹内智恵子、第四号―北川瑛治・山本彰子、第六号―吉田雅子、第七号―野田昌夫。これらの八人の詩人たちは「現代詩謡」で、作品が飛躍発展する場となったと考えられる。その結果としての詩集刊行がなされ、誌面でもその評価が紹介されている。その紹介は一九七〇年代の「現代詩謡」の展開の中で詳述することとする。

次に前世代の詩人たちとの関わりに就いて述べておくこととする。まずはじめに八木末雄が第三号から「市島三千雄の思い出のために」を掲載したことを挙げなければならないだろう。その結果、私たちが新潟県の大正末年から昭和初期の「新潟県の近代詩成立過程」を知る唯一のものとして八木の『新潟詩壇史』を得たと言っても過言ではあるまい。八木による詩史は詩誌「海底」に掲載してきたが、「海底」の活動停滞から中断していた。その復活掲載を小柳は快諾したのだった。

第四号には八木とともに一九二六年八月に詩誌「新年」を創刊した寒河江眞之助が作品を寄稿している。これは前年、寒河江が大正末年から戦後までの作品を編集した詩集『鞭を持たない馭者』で第四回土井晩翠賞を受賞し迎えられたことによる。

第二号から第七号までに詩や〝エスセイ〟を寄せた県出身・県内詩人としては戸田正敏、小林清一郎、倉田孝夫、長谷川重弥、竹内多三郎、長崎浩らの名が見られる。「現代詩謡」は詩の総合雑誌であった。百ページ前後の頁立ての詩誌は全国的にも少ないだろう。分量としてはいわゆる〝商業誌〟に匹敵する。編集の中で一番の特徴は詩誌の情報を集めている点である。創刊号には「詩壇

ジャーナル」欄が設けられ、後藤修が他県と新潟県の詩誌の現在を報告している。新潟県内の詩誌の情報も詳しく報告している点である。同人誌は費用をかんがみ他の詩誌情報は余り載せられない。せいぜいが〝受贈詩誌・詩集〟欄を設けるぐらいである。それも一つの情報として有益である。「現代詩謡」は第五号には「同人誌概況」という欄で経田佑介が「「半獣人」について」と題して、当時の詩誌「半獣人」同人のひとり一人の人物を描写して貴重である。こうした情報は、例えば、「半獣人」第十二号の〝半獣人ジャーナル2〟に「八月一日経田、現代詩謡のシンポジウムに参加。雑談会であったので早々に新潟を退散。」と、報告した会の雰囲気は「現代詩謡」主宰者の側からは、山口祐夫が「響き合う魂《たま》と言《こと》と」では「八月一日、新潟市ビーチセンターで〈現代詩謡作家連盟〉主催の〝詩謡シンポジウム〟楽しかった。」となる。

　全国の詩誌の動向はほぼ毎号二・三の県を取り上げ各県の詩人が紹介している。そこには現在的には埋もれた詩史が表現されている。詩史的に見るとこうしたちょっとしたエピソードが、詩人たちの交流と影響関係を考えるに貴重な証言となる場合もある。

　私は「現代詩謡」の「詩の庶民化」という視点は批判的に見ている。小柳自身の視点が定まっていなかったと見るのである。小柳は様々な視点から「詩の庶民化」をはかろうと誌面では努力している。しかし小柳の庶民像は〝国民―市民―大衆―民衆―庶民〟と言った概念を統一的にとらえることができなかった。県外の寄稿詩人の多くが戦争期の民謡詩系やモダニズム系の詩人で、統一感が希薄な誌面となっていることは否めない。

　当時のジャーナリズムは日本社会のあり様を「昭和元禄」や「大衆社会化状況」とはやし立てていた。「現代詩謡」が果たした「詩の庶民化」は、そうした視点からの実践としてみることもできる。つまり先に「半獣人」「あめーば通信」「あかたては」で見てきたように十五歳から二十台前半の詩人たちの活動があった。学生反乱と高度成長は日本の青年たちの認識の変化を促し、そしてそれなりの経済的恩恵を受け始める時代だった。「北方文学」の展開で見てきたように専門学科を大学で学び、就職後もその研究を持続しようとする人たちが、詩や評論を基軸とした同人誌を刊行しその学習と研究の拠点にしようとしていた。アカデミズムから離れた場で、それぞれ自立して自らのテーマを研究し発表しようとする機運があった。

　まさに大衆社会化状況である。「現代詩謡」でも波多野敏春は創刊号から「近代詩史論――この百年の再評価」を三回に分けて掲載している。第二号から山口祐夫は「謡いものの系列を追って」「伝統の呪文」「歪んだ笑い」と矢継ぎ早に、国文学の教養を武器に論評を掲載している。山口は詩人田中武の兄で、二人のアンソロジー『ほ・あでるぽす』を一九六八年に上梓している。山口の詩作品は「芝農時報」に掲載されたものの「雪」など四篇、田中は「みえなくなったボール」など六篇。A５判、十四ページの兄弟アンソロジー。

大学進学率の増加、文化の大衆化がもたらした現実的な「詩の庶民化」「文化の庶民化」を、「現代詩謡」は図らずも実践していたのかも知れない。

こうした詩の総合雑誌として「現代詩謡」は、詩・評論・研究・エッセイを精力的に編集し、一九六九年は隔月で六号刊行している。しかし、小柳の健康が悪化し一九七〇年は十二月に第七号一回の刊行に終わる。そこには「現代詩謡」刊行にまつわる様々な諸事情が潜んでいる。次章で追求することとする。

⑦　詩誌「もぐら」「夕映え」創刊について

一九六八年五月に詩誌「もぐら」が創刊されている。編集責任者は渡辺喜一、編集者は「もぐらの会」機関紙編集委員会、発行者は「もぐらの会」とある。住所は扉下段に新潟県東頸城郡牧村（現上越市牧区）となっている。どのような性格の会なのかは、創刊号からはよく見えてこない。「友よ　手をつなごう／君も　僕も　あなたも　わたしも　みんな仲間さ／輝かしい明日を礎くために……」で始まる巻頭詩から、サークル誌と思われる。この巻頭詩と編集後記を書いた渡辺喜一が主導していたようだ。その後この「もぐら」が継続したかどうかは分らない。創刊号に作品を発表したのは、

渡辺喜一　宮川君男　大塚千恵　渡辺論子　前沢恵子
大塚中　清水晴子　柴田康三　松下幸之助、渡辺靖子
羽深久子　飯田慶二

の十二名。

一九七〇年十二月にサークル誌「夕映え」が創刊される。S・A署名の巻頭言――〝夕映え〟（仮題）刊行にあたって――では、「最初に断っておかなければならないことは、この所信は私個人のものである。」として、「いまだサークルの方向性、内実なるものも、名称も未決定であるが、サークル誌を発行しつつそれらを具体化す

る」為に「夕映え」を先行して発行したとしている。そして「サークルの名称その他について」、「文学サークルを作ろう」呼びかけている。発起人として長沢正敏、渡辺守夫、高橋収が署名している。安中真一、渡辺守夫、乙一らが作品を寄せている。

サークル誌「夕映え」は多くの賛同を得て、一九七〇年代前半に活躍する。「夕映え」の発展は次章で述べることとする。

4 年別詩集

一九六六年から一九七〇年の五年間で発行された詩集のうち、収集できた詩集は二十九冊であった。そのうち※印の詩集十六冊は本文で紹介してきたところである。又、小林清一郎の詩集『石塊旅行』『ゆびわ』『雲の誕生』の三冊は、次章詩誌「海底」の終刊する項で詳しく述べる予定である。

◆一九六六年

『求婚』／新潟太郎―私家版、※『胎児　私の出発』豊崎義明―私家版、『花かげ』／遠藤修平―宇宙時代社出版部、『海辺の故郷』／五十嵐重尾―詩洋社、※『魚沼物語』／戸田正敏―日本未来派の会、※『黴花』―アンソロジー／十二月

『求婚』／新潟太郎

二月刊行。「求婚」の標題で詩集として纏めるために果して推敲という詩的行為をしているのかどうか。習作から散文的日録のような作品が目につく。感情のスケッチ、風景のスケッチ、カット割りのような組立て、プロットのような詩。緊張のない言葉、強弱の無い一本調子な詩集。氏が映画の脚本家でもあることが影を落としているようだ。跋文「華やかな非情」を桑山龍が書き、著者の「感謝を捧ぐ」と三章三十六篇から成る。B6判、百二十八ページ。

『花かげ』『季節の祭壇』等／遠藤修平

遠藤修平は第二詩集『花かげ』を六月に上梓する。著者が南蒲原郡中之島村（現長岡市）の中条小学校に赴任している、五十七歳の時の詩集。三章の構成は、Ⅰ章が旅行の思い出や日々の焦燥を描き、表題作「花かげ」はこの章にある。Ⅱ章は人間の相互矛盾を成り代わった鴉の視線で批判している。Ⅲ章では学校長としての職務からくる人間関係や社会への思いが表現されている。『花

かげ』以降の詩集にも見られる、風土に生きる人々を深い人間愛で見つめ、現実社会との格闘が生々しく表現されている。しかし、この詩集はどこか拙速な感もいなめず、誤字の多さや造本にも性急さが現れている。発行所は名古屋市中区東瓦町の宇宙時代社出版部で、編纂は中部日本詩人編集所、発行者は稲川敬高。深谷時男が解説を、あとがきと三章十九篇から成る。Ａ５判、六十六ページ。

遠藤は赴任先の中条小学校では詩の教育に精魂を傾けている。一九六六年三月にアンソロジー『中条っ子』を編集発行している。中之島村立中条小学校に在校する児童全員の詩が掲載されている。編集協力者名簿によると先生以外の人たちもおり、村が総出で取り組んだ事業だったと思われる。遠藤は詩「卒業」とあとがきを寄せている。

十二月には『中条っ子第２集』を刊行している。発行者遠藤修平で編集者は室橋伸子となっている。遠藤は「詩集「中条っ子」第二集のはじめに」で、全児童二百二十六名の詩を五つに分類している。１不思議に思う「疑問《うたがい》」の詩、２「願望《ねがい》」や「夢《ゆめ》」の詩、３成功や失敗への「反省」、４「思い出」をたどる詩、５「思いやり」は家族の様子等の五つである。遠藤は一九六八年三月に教職を退職している（『中条っ子』は新潟県立図書館蔵を参考にした）。

遠藤は一九七〇年六月に第三詩集『季節の祭壇』を上梓する。発行者は前川知賢、発行所は四日市市西町十五ノ三原始林の会。遠藤は愛知県の詩誌との関係が深かった。「詩作を通して／眞実そのもの、生命に／触れたい

わたしは／命の　つづくかぎり／永遠に　たましいの／ノスタルジヤを求めて／さまよう――」と詩集のエピグラフとするように、遠藤の詩に底流する精神は、世界を〝思索考究〟し、社会への批評性を保ち、郷土への愛着を語り、芸術への理解を示している。標題作「季節の祭壇」や「忘れられた石」に見られる、三行一連とする思念の韻とでも呼ぶべき対句の方法は遠藤独特である。序文を前川知賢が、跋文を戸田正敏、山崎親一が寄せている。四章三十四篇の詩と長歌ならびに短歌一首と随想二題、あとがきから成る。Ａ５判、百二十五ページ。

『海辺の故郷』『釣忍』／五十嵐重尾

詩集『海辺の故郷』は五十嵐重尾の第一詩集で、六月に詩洋社から上梓された。著者の五十嵐は大正六年に新潟県三島郡寺泊（現長岡市）に生まれ、戦争期には台湾で生活してきた。長く前田鉄之助の詩誌「詩洋」の同人

として活躍してきた。詩集前半の「戦争の終る頃」から「海辺の故郷」までの五章には、戦後著者が家庭を築き、穏やかで平穏な生活を送る様子が叙されている。後半の「木偶の歌」から「故郷」までの五章には、著者が生まれ育った寺泊町の記憶が書かれている。「筆がたったらいままでのことを書いてみたい、／筆がたったらね小説のように書けるだろうね。（母子譜）」とあるように、母や故郷の思い出を胸に強く秘めた少年が、戦争や様々な体験を通じて成長し、東京で穏やかで暖かい家庭を築いた物語が、まさに淡々と飾ることなく述べられた詩集である。前田が序文を書き、跋と十二章五十八篇から成る。B6判、ハードカバー、百六十八ページ。

五十嵐は第二詩集『釣忍』を、一九六八年十一月に上梓している。序詩は、著者が俳句の世界から詩へと創作領域を広げた性格をよく示している。「環境」詩篇は、率直で平明な言葉で家庭への思いやりと情景が描かれている。「周辺」詩篇は、俳句的抒情が漂い、常套句としての言葉が家の内外の情景を異化する効果を上げている。「風景」詩篇は、どこか大正ロマンを感じさせる。「彷徨」詩篇は、故郷寺泊の記憶を紡ぎ、父母への郷愁と共に語られている。序文を前田鉄之助が書き、あとがきと五章百二十六篇から成る。B6判、ハードカバー、二百九十六ページ。

『潮騒』／新保啓

小詩集『潮騒』は詩誌「ブイ」終刊以降、詩誌から遠ざかっている新保啓が十二月に刊行している。詩集の刊行の経緯を新保はあとがきで、「八月の暑い盛りから十二月下旬まで、ぼくは広域都市計画室調査員」の任に就いていたが、「計画室解散にあたり」、「通勤途上」に書いたものを「とり急ぎ小詩集とした」とある。風景と人との交流、生活の息づかいが流れる心温まる詩集である。縦百三十二㎜×横百八十八㎜、右横綴じ、十ページ。

◆一九六七年

※『雪国のくらし』／小泉辰夫―私家版、※『石塊旅行』／小林清一郎―私家版、『雲と砦』／長谷川重弥―私家版、※『背後』／風祭済治―半獣人

『雲と砦』／長谷川重弥

六月刊行。跋文を豊崎義明は反語的に「誠実で、人間的ないつわりの叫び」とし、さらに言い募るように「あなたは幸福に歩いていています」指摘している。そうだからこそ著者長谷川重弥は「山登り」をし「雲」になること、

抒情を生きることもまた世界と対峙することと密かに考えていたに違いない。跋文とあとがきと十五篇から成る。縦二百十三㎜×横百五十六㎜、三十五ページ。

◆一九六八年

※『風の中を』／田中武／―私家版、『曇りの日と鎮魂』／高橋勲―（株）思潮社、※『審判』／倉田孝夫―私家版、『釣忍』／五十嵐重尾―詩洋社、『すさんだ世界の子ら、ぼくの貧民窟』／梶原礼之―埴輪、※『八百万詩集』／小泉辰夫―越後屋書房、※アンソロジー『ほ・あでるぽす』／山口祐夫・田中武／―私家版

『曇り日の詩と鎮魂』／高橋　勲

八月に思潮社より上梓。詩「ヴィナスの誕生」は、ボッティチェリーの絵を髣髴とさせる。高橋は垂直から水平までのあらゆる角度を備えた言葉の視線で、ヴィーナス誕生の物語を語る。〝水で書かれた〟言葉で、色彩の調和と構図を描いている。「彼の詩と思想に変化が現れたのは、「ミロのビィーナス展」（東京）と鷲巣繁男（詩人）との出会いからである。」とのエピソードを星野元一が高橋勲の追悼文で紹介している。「ミロのヴィーナス展」は一九六四年に開催されている。感情から離れた想念の世界を、堅固な言葉で構築しようとする詩人の精神が誕生した詩集である。詩十二篇から成る。B６判、ハードカバー、五十七ページ。

『すさんだ世界の子ら、ぼくの貧民窟』／梶原礼之

梶原礼之の第一詩集『すさんだ世界の子ら、ぼくの貧民窟』は、十二月に東京で上梓された。敗戦後、朝鮮の興南市から南下した少年は、高度成長を続ける首都東京で、自己の主体を賭けた闘いの砦として詩を選んだ。疾走と暗喩と認識と政治が、当時の詩的情況を物語り、混沌が渦巻く詩篇の中であえぎながらも、変革を目指して生きる著者の青春の熱情が重層的に綴られている。「無花果色の池の緑で片足を滑らしたおとこ」が、「不安で孤独なあなた自身の化身」を語る青春の得難い詩集である。Ⅲ章二十二篇、エッセイ「移動のための詩篇ノート」とあとがきから成る。縦百七十三㎜×横百八十㎜、ハードカバー、百十二ページ。

◆一九六九年

※『砂』／田崎芳作―私家版、『西高東低』／まちえ・ひらお―潮流出版社、『ぼくをみつめている』／池野よしお―私家版、『原型』／相沢実―北陸詩人社、※『私

は触角』／加藤幹二朗―新潟詩人会議

『西高東低』／まちえ・ひらお

『西高東低』の表紙

七月に潮流出版社より上梓。標題の「西高東低」は、日本の冬型の典型的な気圧配置の気象用語である。この気圧配置になると越後新潟では、北西の風が吹き荒れ大雪にみまわれる。そうした風土にあって著者は自らの詩を「直接的自然発生的に志を述べるというような詩が多い」とあとがきで語っている。一九六七年の作品である詩「蟻」では、五連目で「性に飢えた焦躁《ママ》ではない／適度な中流の退屈さでもない／ベトナムの血の夕焼けをこの眼で／確かめることができないという絶望ではない」とし、太平洋戦争期を生きた者の一人として「もう少し若かったとき／殺すということ／火をつけるということ／いくつかの狂暴なことばを／おれはもっていた／いくつかは今も残っている／そしてそれだけだった／何ごともおこらなかった／恥かしそうなことばたちよ／さらにいくつかの年齢をくわえ／もう一度ことばに恥をかかせるのか」と時代の激流と自己の姿を対比して見据えている。詩三十七篇、エッセイ「歴史のひとこまとその再現」、あとがきから成る。B6判、ハードカバー、百二十三ページ。

ぼくはみつめている／池野よしを

七月発行。著者が「自分の認識を深めるために、素材を借り素材の中にも自己をみつめて行きたい」と後記に述べているように、周囲に起る事象のひとつ一つに生きることの核心を見ようとしている。三章三十七篇と後記から成る。A5判、四十六ページ。

『原型』／相沢　実

詩集『原型』は十月に北陸詩人社から上梓された。「深い井戸をのぞくように／かりそめにでも／心をのぞいてはいけません（心）」と、「生きることの意味（星野諄一）」

を真摯に追求した詩集である。生と死の狭間を人は生きる、そのことを強く意識した詩人相沢実の、死生観はどこから来たのだろう。妻の懐妊を「生まれ出るものが／必ず死なねばならぬ　としたら／おまえが孕ったものは／結局　死ではなかったのか（原型）」と生即死の人間の運命を凝視する。原罪にも似た畏怖と敬虔さが、相沢の死生観には在る。星野諄一が「序にかえて」を書いている。三章二十六篇とあとがきから成る。B6判、ハードカバー、百七ページ。

◆一九七〇年

※『夏、長い尻尾をもった象の泳ぐ海で』／経田佑介―半獣人、※『鳥がいた』／豊崎義明―（株）思潮社、※『ゆびわ』／小林清一郎―私家版、『非在の相』／前山忠―私家版、『季節の祭壇』／遠藤修平―原始林の会、『銀貨(1)』／北川義一―私家版、『魚の誕生』／星野諄一―北陸詩人社、※『雲の誕生』／小林清一郎―海底、『行く手に春を』／新潟刑務所受刑者／編集・植村秀吉―新潟刑務所、※『牧歌』／須藤茂一―十日町高校千手分校同窓会詩集編集委員会

『非在の相』／前山　忠

六月に刊行されている。詩集であるのか、美術を巡るエッセイ、評論集であるのか判断しにくい本である。新潟県北魚沼郡守門村（現魚沼市）で美術を介して疾走していた前山忠。観念を解体し、非在の相を目指しながら、自同律にからめとられついには観念遊戯にならざるを得ない実相を、自動速記風にあしらった文章が並ぶ。著者の見た風景や著者の芸術作品と思われる数葉の写真が添えられ、著者の履歴書ともなっている。縦百九十四㎜×横百九十四㎜、百二十二ページ。

『銀貨(1)』／北川義一

六月刊行。北川義一の第一詩集。著者は〝ダイコンノ葉ッパ・驢馬・プランクトン・カラス〟と、言葉を覚えたての幼児のように、単語を連ねていく。そうやって自己の存在を創造している。詩二十篇から成る。縦百七十四㎜×横百二十四㎜、二十九ページ。

詩集『魚の誕生』／星野諄一

詩誌「ブイ」や「北陸詩人」で活動してきた星野諄一（一九三一・七・十六～一九九二・三・十三）の第一詩集。八月に上梓された。発行は長岡市宮原三丁目の北陸詩人社。生とは星野にとって「海の夜を漕ぐ一本の櫂（魚の

誕生)」になることであった。詩集『魚の誕生』に著者が示した寓意は何であったか。緻密なことばの影から仄見えてくるのは、「互いに心の在り家がわからなくなった(中略)かっての夢(魚の誕生)」を取り戻すことであり、それは「ぼくと世界は同じ大きさ(魚の誕生)」の夢の地へ辿り着く詩にあるとする。著者星野が繰り返し問い続けるその夢の地とは、幼少年期に戦禍にみまわれる以前の心と身体への憧れかも知れない。不可能の作業としての詩を思うのである。相沢実が懇切な「序に代えて」を寄せている。三章二十四篇、あとがきから成る。B6判、百十四ページ。

『行く手に春を』/(新潟刑務所受刑者アンソロジー)
——植村秀吉編集

十一月に刊行された『行く手に春を』は、新潟刑務所教育課が企画し、新潟刑務所が発行となっている。新潟刑務所の情操教育の一環として続けられてきた詩・俳句・短歌の詩部門のアンソロジーが本書である。一九四六年十二月から刑務所内で刊行された「すがた」という雑誌からの編集。一九七〇年に雑誌「すがた」は、百七十号に達していたが、この時点で多くの号が散逸していたという。その詩の指導をしていたのが植村秀吉で、戦後間もなく少女詩人の久保田裕子の詩集『ははこぐさ』を編集したその人である。アンソロジー化するにあたっては編集と選者もしている。残された雑誌の八百十七篇から二百五十八篇を選んで掲載したという。刑務所で社会復帰をはかる情操教育の一環として刊行されていた雑誌「すがた」。百七十号というと、新潟県の同人詩誌、雑誌としては群を抜く刊行数である。現在も情操教育として刊行されているのか、どうか。発刊の言葉、詩二百五十八篇から成る。A5判、百七十四ページ。

(新潟県立図書館蔵)[33]

5　第五章から見えたもの

一九六六年から一九七〇年までに新潟県で刊行された詩誌・詩集から詩の状況と情況を見てきた。即ち吉岡又司の「北方文学」での地方文化論の実践と創作。三条市を中心とする詩誌「半獣人」のシンポジウム開催。さらに子細に見れば詩誌「樹炎」の「日本未来派」を通じての「八海文庫」の創設。詩雑誌「現代詩謡」はシンポジウムを開き、また東京在住詩人と県内在住詩人の交流を図っている。いずれも詩を通じての地方文化の自立とその可能性を追求した結果であろう。それぞれの詩人はそれぞれのシンポジウムやイベントへ観客の一人として参加する姿も垣間見られる。その影響関係は詩誌からは読み解き難い。

詩誌・詩集の活況は日本がこれまで経験をしてこなかった高度成長の進展の結果と一般庶民層が高校・大学等の高等教育を受ける機会に恵まれるようになった結果である。賃労働と消費が生活の豊かさと広がりをもたらした。「昭和元禄」と称される文化文芸への関心の高まりが特殊なことではなく、日常として受け入れられ実践への道が見出された。新潟でも独自の方法と行動で追究されていた〝地方文化論〟を、一九六六年から一九七〇年の五年間に刊行された詩誌から読み解くことができた。

注

（1）八木末雄は「解説」の文中でこの文を「「青い鳥」の註に書いている。」と記している。目次のコピーから詩誌「慈眼」第二号に詩「青い鳥」は掲載されたと推定される。本文全体が無いので確認することはできない。

（2）一九七〇（昭和四十五）年の「新潟日報」は一月三日付から「地方における文学運動―わが同人誌の現状と抱負」と題し記事を掲載した。六回のシリーズには「北方文学」／吉岡又司、「城」／村田長英、「半獣人」／新富吉秀、「文学北都」／野本郁太郎、「文芸たかだ」／田中武（井東汎）、「文学にいがた67」／大橋与成の各氏が、それぞれの同人誌の現況を報告する文を寄せている。

（3）「北の詩」二十号の後記に当る（ま）署名の文に「もういちど北の詩の中でふり返ってみよう。たしかめてみよう。そのうえで北の詩が不要になったとわかったら、あっさりと廃刊を宣言しよう。」とある。その後「北の詩」は刊行されず、廃刊宣言もない。

（4）「北方文学」七十二号参照。

（5）注4に同じ。

（6）詩集『魚沼物語』は新潟県立図書館のものを参照した。

（7）二〇一六年四月刊の第七十三号掲載拙文「新潟県戦後五十年詩史」参照。

（8）この「米国留学私記」をもっと以前に熟読し、若林氏から教授してもらっていたら、もう少しましな「新潟県戦後五十年詩史」を描写できたのかも知れない。

（9）わが新潟大学の蔵書はいかがな数なのだろう。新潟県の詩誌・詩集を何冊蔵しているのか厳しく問いたいものだ。

（10）二〇一一年十一月刊「北方文学」第六十六号〝吉岡又司追悼号〟「吉岡先生追悼―その聖と俗―」／福原国郎より。

（11）注（10）に同じ。

（12）秋本隆の別名は藤村須・左川純一郎・久保怜の三例ある。

（13）支路遺耕治の詩集『疾走の終り』、中上哲夫の詩集『下り列車窓越しの挨拶』を想定している。

(14) 新潟県の場合、詩を志す多くの人は当時も現在も「新潟日報」の詩の投稿欄で最初の発表の機会を得ている。
(15) 経田佑介は長沼重隆氏（一八九〇・一・一七～一九八二・九・六）の遺品の整理を遺言され、現在その生涯を記録している。
(16) 注（2）に同じ。
(17) 私が一九八〇年前後に新潟市で詩活動を始めた頃、三条市で開催されたこうしたシンポジウムに参加したことがある。「半獣人」時代からの継続であるかは確認する。
(18) 経田佑介氏の取材から、「「三条詩人連盟」は一九七〇年十一月二十三日に発足し、会長は前田祐一（前田厚二郎）、会員二十六名」とのことであった。
(19) 私の手元にある詩人会議系の資料は加藤幹二朗氏から提供して頂いたものである。
(20) やまだたゞと（山田忠音）は、詩人山田忠治の長男で後に「民主主義文学」で活躍する小説家となる。
(21) 奥付が無く刊行日時は分らない。同号の〝あんてな〟欄等からの推測である。
(22) 寒川道夫の業績を表した著書は多い。私は木下浩の創童舎版の『山芋』考　その虚構と真実』を推薦する。
(23) 一九六九年十月刊の「誰」十号には「熟睡」詩篇を構成する第一部から第六部の初出誌が明示されている。
(24) 私家版詩集『胎児　私の出発』は、発行者を川野辺朗、発行所は交差の会としている。豊崎の履歴欄に詩誌「交差」となっている。他県の詩誌への詩篇から編まれたものと考えられる。
(25) （新潟日報／一九七〇年七月六日／より転載）とある。
(26) 二〇〇九年三月刊、詩誌目録「紙魚」No.26からの引用。
(27) 二〇一七年現在、新潟市では様々な形で市とその関係機関からの支援や財政的援助を受けられる措置が取られている。
(28) 二〇〇九年六月刊、詩誌目録「紙魚」No.28からの引用。
(29) 北川義一編集のパンフレット「新潟文学史　北川義一の周辺」より。
(30) 一九九九年七月に小柳俊郎の孫娘の張聰美さんが、新潟市美術館市民ギャラリーで開催した「小柳俊郎展」に際して刊行した『小柳俊郎作品集』に載る〝小柳俊郎年譜〟を知る以前の私の小柳俊郎理解。
(31) 二〇一五年刊行の「新潟県文人研究」第18号と「紙魚」No.64・66号掲載の拙文参照。
(32) 新潟県詩集・詩誌発行目録抄「紙魚」誌上には、新潟県立図書館等に収蔵された詩集の紹介もしている。「図書館蔵」詩集は様々な取材上の理由から、私が確認を必要とした調査が行き届かないと判断したために除くこととした。必要に応じて再調査等をして紹介している詩集もある。

参考資料

『戦後詩のポエティクス1935～1959』／和田博文編―世界思

潮社＊『戦後詩史論』／吉本隆明—思潮社＊『戦後詩誌の系譜』／志賀英夫—詩画工房＊『戦後詩壇私史』／小田久郎—新潮社＊「日本の現代詩史論をどうかくか」／吉本隆明—新日本文学・一九五四年三月号（コピー）＊『廃墟の詩学』／中村不二夫—土曜美術社販売＊『新潟県文学全集第Ⅱ期６／郷土出版社＊『新潟県現代詩人会アンソロジー2005』の「新潟県戦後詩史」／新潟県現代詩人会（経田佑介編集）＊『新潟県文学全集第Ⅱ期６／郷土出版社＊記憶の中の展覧会／山浦健夫—ウインド現代出版＊他に本文掲載当該詩誌・詩集

スペシャル・サンクス
大井邦雄・経田佑介・斎藤健一・田中武・藤澤太郎・さとうまさお・日本近代文学館

第六章　一九七一年から一九七五年まで

1　はじめに

この章で扱う一九七一年から一九七五年までの五年間の新潟県の詩界は、かつてない流動性と活力に満ち溢れていた。近代詩の成立期から現代詩への橋渡しをした詩誌「海底」「北の詩」の終刊があった。そして戦争期に生まれ、戦後の民主主義教育を受けた詩人たちが指導する雑誌「北方文学」、詩誌「誰」の新たな展開が見られる。高度成長期の日本社会の矛盾へ目をむける詩誌「夕映え」「青い麦」などの創刊も目を引いた。なかでも詩誌「半獣人」の後を継ぐように、高等学校の文芸部員を中心とする同人誌の創刊が多く見られた。

様々な立場や多様な詩意識が妍を競うように出現している。日本の高度成長の恩恵が新潟県にも行きわたり始めた。一人ひとりの才能を発揮する場、同人誌を比較的自由に容易に創刊できるようになったということである。「大衆社会化状況」の出現とみるべきか。継続詩誌を次に挙げて順次紹介してゆくこととする。

海底／61～63、誰／15・16・ゆすりか／8、あめーば／5～8（復刊あめーば／Ⅰ・9～10）、樹炎／20～25、北方文学11～16、北の詩／20、タムレ／26・29、現代詩謡／8～20、現代詩謡会員通信14～17、詩流／3～5、日本海／1・3・号外、夕映え／2～18

2　詩誌「海底」の終刊と小林清一郎の死

①　詩誌「海底」の終刊

一九五一年十一月に「うらぶれた海底に黄色な花が咲いたら」として創刊され、一九五三年刊の二十号から誌名を「海底」に変更して継続してきた詩誌「海底」は、同人の相次ぐ死によりその歩みが滞りがちになっていく。一九六八年七月刊の六十号は長年編集兼発行人を務めてきた小泉辰夫の追悼号であった。三年後の一九七一年八月に六十一号が刊行される。「小林清一郎さんの一周忌をまえに「追悼」号というかたちで編輯した。」と海底記で樋口恵仁が記すように、小林清一郎（一九一一・十一・二六～一九七〇・九・二三）の追悼号であった。

遺稿として「あかい葉」「一つのいのちをまもって」等の詩五篇を掲載している。追悼文「小林清一郎さんを偲んで」を山崎儀一が、「詩魂のようなひと　小林清一郎さんのおもいで」を樋口が書いている。そして一九七一年十二月刊の六十二号には八木末雄が、新潟日報紙上に掲載した小林への追悼文「故小林清一郎さんを憶う」を再掲している。八木らしい痒いところに手が届くように小林の風格と伝記的なことまでを含む詩歴を余すことなく書き残してくれている。

　一九七二年七月刊の六十三号が詩誌「海底」の最後の号となったものと思われる。発行兼編輯代表者は小泉慈行、同人は小泉慈行・樋口恵仁・山崎儀一・笹木勧の四名であった。同人間では終刊に関する議論は語られていなかったのではなかろう。毎月の小泉辰夫の命日にあたる二十一日には小泉宅に集い、「小泉家の団楽」を共にしていると山崎が海底記に記している。樋口は「あたらしいひとたちの参加もあって」と作品を寄せた大平新子と尾形ゆきえに言《ママ》及している。また樋口は「現代詩謡」十三号で「なお六十三号からは新人の欄を設け「海底派」の基礎がためをはじめた。」と記している。その努力も虚しく、詩誌「海底」は二十年にわたる使命を終えることになる。

②　小林清一郎の足跡—詩集を中心に

　小林は誌名変更後の「海底」に一九六〇年二月刊の四十五号から同人参加する。まだ、四十九歳の小林であるが、既に晩年である。叙景と感慨を調整して抒情する作品を「海底」に発表するようになる。四十五号の作品「陽の仮定」を引く。

　朝やけの陽が山にあがつて美しい／夕やけ雲で山が紅くもえあがつている／うつくしい空のむこうにもわたしたちの／なぐさめがあるとわたしもおもい／ひともうたつた

　そのうつくしさがわたしに帰つてこない／くらしがいつもうつくしく帰つてこないのは／どうしたことなのか／地上の生長は何十年たつても／うすゞみ色にくれている

　くらしの金のことを考えたりしていることが／いつまでも去らないのではないか／陽は美しく大らかだという／わたしもそれを信じようとする／朝はそしてもう夜になる／陽はいつまでもわたしの心の中を／あたゝめようとしない

世の中にはいくつもの仮定がある／かげろうのような
仮定が／もえてはきえ　きえてはもえる／陽がのぼる
とわたしはまた希望をしり／夕べにはそれが消える

仕事でつかれた足をとぼとぼと／街を歩いて帰る／う
つくしい山のむこうに／幸いがあるということはうそ
だ

日本ではよく知られたカール・ブッセの詩「山のあなた」を下敷きに、「世の中にはいくつもの仮定がある／かげろうのような仮定が／もえてはきえ　きえてはもえる」と、小林の詩はしみじみとした市井の人の情感を表現している。

一九六四年に妻と死別し、一九六六年には大光相互銀行を定年退職する。定年制が五十五歳の時代である。晩年と見る所以である。

詩「陽の仮定」を含む詩集『石塊旅行』を一九六七年七月に上梓している。『石塊旅行』は〝仮とじ版〟として、詩誌「海底」からの発行となっている。『石塊旅行』の詩二十七篇全篇は「海底」に発表したものである。〝作品のおーと〟で小林は「自分と一しょに生きつづけてきた作品を、そのまま消え去らすのも惜しく、まとめておいてみたいと集めた詩集」としている。一九三二年に上梓した『北の都《くに》に曇風《かぜ》のある日』以来の第二詩集ということになる。

詩集『石塊旅行』は喜びや悲しみを詩で語る、詩に寄り添う人生を選んだ詩人小林清一郎を端的に示している。「路線の軋み」「小説草稿」などの詩篇は、一日の揺れ動く心を市井人のリアリティで精確に描写している。「世の中を物語ろうとするには／すべてが何か虚構に消える瞬間の出来事である」（小さな鏡）と述志するように、詩とは何かを知り抜いたうえでの、詩に対する自負と諦観を読み取ることができる。「雨の多い春の日の記」の一節は、

人生が　社会がさみしく思うとき／わたしには詩があ
るぞと思うときがある／詩が勇気を／わたしがこれま
で詩を書いてきて得た信念である

とあり、大いに共感する作品である。〝作品のおーと〟と詩二十七篇から成る。A５判、六十六ページ。

小林は一九六八年五月に「癌」と診断され、新潟県立がんセンターへ入院し手術を受ける。亡くなるまでの三年間で三度の入退院を繰り返す、闘病生活をおくりなが

ら詩を書き続ける。

一九七〇年五月に詩集『ゆびわ』を上梓する。『ゆびわ』は人生の末期を自覚した小林が自らの人生の来し方を顧みた詩集ということができる。「二年ほど前から胃の手術をしたりして、現在まだ体がしっかりせず、療養の毎日を送っている」と〝あとがき・のーと〟に認めている。戦中戦後を連れ添った妻に先立たれ、再婚と療養生活の「大きな人生の変り」目で、亡き前妻への愛惜と再婚者への信頼、そして詩人小林を支えてきた詩人たちへの感謝を「落ち付いた」言葉で綴っている。標題作「ゆびわ」は、新しい妻の指にいまは嵌められている、前妻の遺品のゆびわと新たなくらしへの人生の転換を静かに詠っている。詩七篇とあとがき・のーとから成る。縦二一〇㎜×横一五四㎜、二十一ページ。

小林の生前最後の詩集となる『雲の誕生』は、一九七〇年八月に上梓される。詩集『雲の誕生』は「三度目の思いがけない病院生活」（あとがき）となる病室のベッドから見える、窓越しの移り変わる雲の様子と自らの生涯を重ね合わせて顧みた詩集である。あとがきとは別に「詩と私」という文が掲載されている。

詩といっしょにくらしていつか四十年の月日が立つ。詩はいつか私の分身のようになっており、よき友となり今日まで私の生活の支えとなってきた。詩はそれ自体が詩でない詩を支えているものには、よりひろい人生や経験や苦悩や涙が、四十年の中にあったようにおもう。

小林は死を予期し「雲はいつまでも　その生死を断続して／ゆくようである（雲の誕生・結章）と綴っている。詩十三篇とあとがき、〝詩と私〟から成る。A5判、十五ページ。

満州事変以降の新潟の詩の発展に四十年にわたって寄与してきた小林は、一九七〇年九月二十三日にその生涯を終える。一年後に綾子夫人の手で遺稿集『現象と印象の詩抄』が刊行される。晩年に病を得て、その闘病の心理や旅のこころを表白した詩集である。編集を手伝った樋口が「海底」六十二号の海底記に「清楚なこの一冊は、著者が生前に発行を計画され、表紙の題字の色まで指定してあったもので、人がらがしみじみと偲ばれる詩集となった」と説明している。二十六篇から成る。A5判、四十六ページ。

小林は昭和初年代に詩を発表、新潟県の口語自由詩の発展と共に歩みを始めた。昭和十年代に入ると戦争遂行を国是とする国家は、詩人作家への抑圧を強め作品発表の場たる詩誌の発行を困難にしてゆく。そうした中、小林は「しゅす」「北越詩壇」「詩と詩人」に拠り、詩の灯火を伝えるべく身を処している。詩と生活を共に闘い取った詩人小林清一郎。市井を生きた詩人小林清一郎。新潟県の詩を近代から現代へと橋渡しをした詩人ということができる。

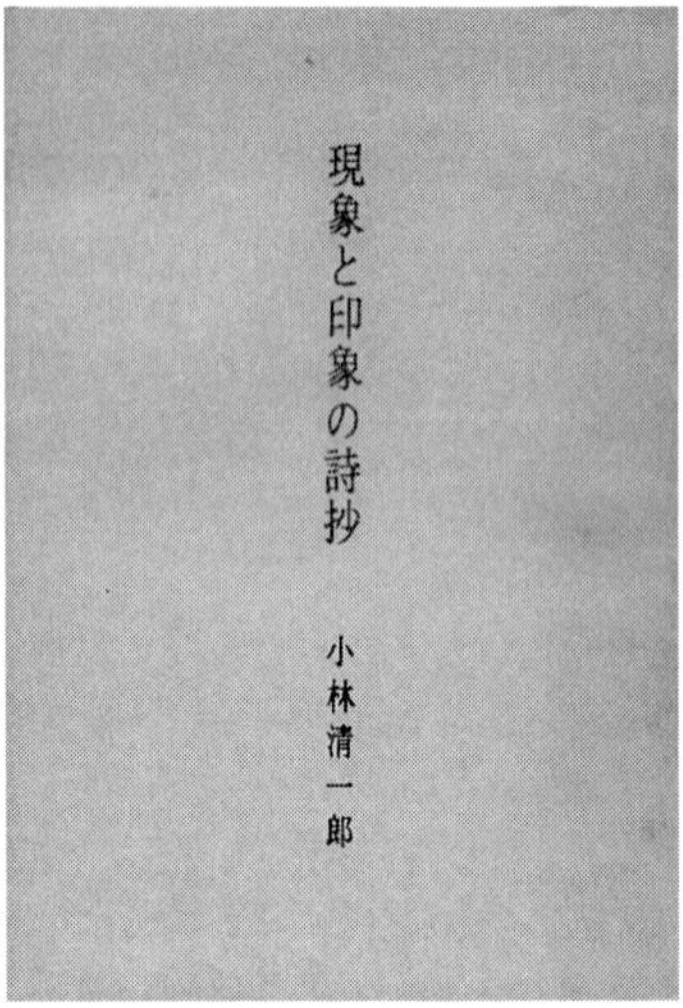

詩集『現象と印象の詩抄』表紙

3 詩誌「樹炎」とその文化活動

① 「樹炎」の動向について

詩誌「樹炎」は一九七一年二月刊の第二十号から一九七五年六月刊の第二十五号まで六冊を刊行している。「樹炎」主宰者の戸田正敏の盟友とでもいうべき「日本未来派」の菊岡久利（一九〇九・三・八～一九七〇・四・二二）が一九七〇年四月に亡くなり、「樹炎」第二十号に遺稿を掲載している。夫人の菊岡京子が「ユーモアのある子」と題して回顧する文を寄せている。戸田は追悼文、「菊岡先生と京浜詩」を掲載している。菊岡京子はその後の「樹炎」に菊岡久利との生活を顧みる「逢うは別れの」を七回にわたって連載する。

戸田が晩年に力を注いだ「八海文庫」と銘打った文化活動が一九七三年に誕生している。同年十二月刊の第二十三号の戸田の〝編集ノート〟で、「本号から八海文庫の発行となった」と発行所を八海文庫と銘記している。「思えば五月二七日に八海文庫の会をはじめた際」と述べ、緒方昇の詩集『八海山』と戸田の『雪国のいもうと』の合同出版記念会を「八海山龍谷寺本堂」で「一献くみかわした」のが始まりと会発足の経緯を伝えている。「八海文庫」は集めた書籍を魚沼地域に巡回して読んでもらう活動のようだ。一九七四年十月刊の第二十四号に戸田はより詳しい説明をしている。

わが魚沼の名山である八海山（はっかいさん）の麓に、曹洞宗の八海山竜谷寺がある。八海文庫はこの禅寺の一隅を借りて昨年誕生、仕事は児童・青少年の為にという図書の貸出し、詩集・エッセイ等の刊行物四冊文化講演会の開催二回が主な事業である。

と、事業の内容を説明している。そして「慶応の須藤次郎・山田直両教授」を講師に招いて、「第二回文化講演会は六月十六日」開催したとしている。また「日本未来派」の協力が活動を支える大きな活力源になっていることが文中から察せられる。

② 魚沼地域に上梓された三冊の詩集について

その他の「樹炎」の収穫としては八海文庫発足の端緒となった、戸田の詩集『雪国のいもうと』が一九七三年二月に上梓されている。同人の遠藤修平は彼自身三冊目となる詩集『門』を、一九七〇年十二月に上梓している。

魚沼の詩人の一人として前章で「北方文学」同人である高橋喜代子を紹介してきた。その高橋も一九七二年八月に詩集『ぶな』を上梓している。新潟県の魚沼地方の風土は、江戸末期に鈴木牧之が著した『北越雪譜』でよく知られている。三者三様の詩集であるが現代の詩人が見つめる風土は、どのように映っているかを三冊の詩集から見ておくことは無駄ではあるまい。

生まれた年代は遠藤が明治四十二年、戸田が大正四年、高橋が昭和七年（推定）と明治・大正・昭和と違った年号に生れている。幼少年期の時代的雰囲気は、教育現場でも相違していたと思われる。遠藤は大正デモクラシーの時代、戸田は大正ロマンから昭和モダンの時代、高橋は戦争期の軍国主義教育と、遠藤と高橋では二十年以上の年齢差がある。三人に共通するのは南魚沼郡六日町（現南魚沼市）に生を享け、同質の歴史・風土・風習を生きていたという点である。戸田の詩集『雪国のいもうと』から見ていくことにする。

ア　詩集『雪国のいもうと』／戸田正敏

戸田正敏の詩集『雪国のいもうと』は一九七三年二月に八海文庫から上梓されている。戸田の第二詩集である。昔話の語り手のように雪国魚沼の自然、風土、風習に同化し、戸田は詩に愛と悲しみの表情を語り尽くしている。

かじかむ手よ／稲束をしっかりつかめ／いま　村じゅうどこも稲架《はざ》かけの最ちゅう／気のきいた姉さ衆　はしごの天辺《てっぺん》にござって／舞いとぶやつを　ひょいと取って掛ける／うちじゃ姉さいないから　若い倅にあがって貰い／いなご　ばったに負けるもんかと　おやじせっせと投げとばす／よいしょと投げれば　ひょいと取り／ひょいと摑めば　ちょいとかけ／稲山はぐんぐん減り

「秋野」の一節である。

　現在では全くといっていいほど見られない新潟平野の秋の実りの風景。昭和三十年代から四十年代初頭までは、秋になると新潟県ではどこでも見られた光景であった、刈り取った稲束を天日干しする、「稲架《はざ》かけ」の作業は老いも若きも一家総出の仕事であった。辛くもあり、実りの喜びでもある秋を象徴する風景であった。「よいしょと投げれば　ひょいと取り／ひょいと摑めば　ちょいとかけ」のリズムは、実際に稲架けの作業をした者の身体の中から湧き出たリズムである。私の身体にも潜むリズムである。

　前詩集『魚沼物語』が〝地湧く〟の詩集と評されたが、『雪国のいもうと』は生きとし生けるものへの慈しみに満ちている。標題作「雪国のいもうと」は戸田の親族としての妹ではなく、雪国魚沼の地に生まれたすべての〝あね・いもうと〟への愛の表白である。「詩の中で、私はいつからか一匹の蝦蟇《がま》になろうと思っていた。」とあとがきで戸田は語っている。蟻であり、青大将であり、昆虫であり、蝦蟇である戸田は、この世に生を享けたものになり代わって命の詩を詠う。大らかな生命讃歌である。

　中島登が長文の『愛と哀しみの風土――『雪国のいもうと』のためのノート』を書いている。装画を菊岡久利、題字は緒方昇が飾っている。あとがきとⅢ章四十三篇から成る。Ａ５判、箱入り、ハードカバー、百八十一ページ。

イ　詩集『門』／遠藤修平

詩集『門』は一九七五年十二月に（株）文人書房から上梓されている。遠藤の第四詩集に当る。「ことば」から〝2〟を引く。

あてもなく／遥か大空の雲の中を／ひとり往復《ゆきき》するお前は／疾《と》うに過ぎ去った／わたしの記憶のすがた／／声もなく／しずかな夕暮れの見知らぬ影を／ひとり見

つめるお前は／真実の追跡に疲れ果てた／わたしの心のともしび／／音もなく／遠い残雪の曠野を／ひとりさまようお前は／明日を生きる希望を繋《つな》ぐ／わたしの思想のまなざし／／ああ幻のように／過ぎ去った時よ／ことばよ

と、自らが詩に賭けてきた思いを語り、「ああ幻のように／過ぎ去った時よ／ことばよ」と回顧的情調を詠いあげ、古典的とも言える定型を厳守し、詩に論理の展開をみせている。「真実の追跡」を果してきた詩と真実を自省しながら顧みている。

詩集の表題作となった「門」は、早逝した長女と二男が地獄から遠藤を招く作品であるが、年齢からくる死への思いを強く意識している。また遠藤の詩の源流とも言える、幼年期の記憶を辿る「川土手の小石」「笛太鼓の音」「物貰い」といった作品。シューベルトの歌曲や音楽を愛してきた詩人は、「野仏」「『菩提樹』幻想詩」等で抒情的な旋律を交響させている。遠藤の詩の核心は、生まれ育った故郷魚沼の歴史風土に通じ、それへの愛着をけれんみなく詠い、深い自己省察に裏打ちされ、人間の叡知に満ち、その認識は人間洞察ともなっている。もっと研究されて良い詩人である。あとがきと二十八篇から成る。A5判、百九ページ。

ウ　詩集『ぶな』／高橋喜代子

一九七二年八月に上梓された高橋喜代子の第一詩集『ぶな』は、昭和三十年から昭和四十六年までの十七年間に書き続けてきた作品の集大成である。逆編年体で編集されており昭和四十七年から昭和三十年へ遡る。高橋の詩の成長や生活の変化を知るためには後ろから、昭和三十年から読まざるをえない。それというのは高橋が生年月日や履歴を詩集に残していないからである。生年月日は一九六〇年の安保闘争に触れた詩「雪の季節」の中の、「一九六〇年／あぶくのようにフツフツした二十八才の年輪」という詩句から、一九三二年生まれと推測しているに過ぎない。

履歴に関しては作品に表れた情景や生活環境を詠った作品から読み解くと、上京し東京の大学で学び帰省後は教職に就いていると思われる。その時代時代に国家が教育に対して制約や制度を改変してくる。そうした動きには鋭い批判的視線で対応し、また教育現場での同僚の無言、無関心には苛立ちを覚えたりしている。高橋の詩の核心は理想＝持つべき自由と現実＝強いられる忍従との乖離を冷静な知性で読み解き、開示してみせることにある。故郷の観光振興で進められるスキー場開発の光と影を詠った「故郷《ふるさと》の冬」（昭和四十三年）は、

（……十行略）

女達が／ひっそりと握った手機《てばた》の「ひ」をしまいこみ／かろやかな灯／友よ／故郷が土の標識をかかげる時／人気ないロッジに／スキーヤー達が滑り去った斜面の亀裂に／私は故郷をかぎとるだろう／くりやの女達の思いを／のろまな耕作機の音でほりかえされる／男達の褐色の願いを／私は／土と人間達の長い風土記を／拾いあげるだろう／友よ／なんとあの照明《あかり》は／この故郷の不在につながる／あなたの嘆きを／この故郷のとざされぬ意志に／そそぐあなたの苦汁を麻痺させ／愉楽の雪原の水先案内人となって／こうこうとまたたくことか

と、高橋は「語草をひらめかさない」（古志の山）土着の人になり代わり、「土と人間達の長い風土記」を拾い上げ、「故郷の不在」からの自由と解放の願いを詠っている。

鈴木牧之の時代から魚沼は機織りの地であり、ちぢみの産地であった。機織り仕事は女達が生活を成り立たせるためとはいえ、過酷な労働と忍従を強いる。「ひっそりと握った手機の「ひ」をしまいこみ」とは、女達の自由と解放の願いを込めた拒否の「否」へと転化させる表現である。「織婦《はたおりをんな》」（昭和四十五年）では「北越雪譜」を引きながら「昼を織る／夜を織る／因襲を織る／訴えることが凍結したしじまで／忍従の〝ヒ〟を繰り鳴らした／魚沼の女達よ」と「凍結したしじま」をこじ開けるように詠っている。

「北方文学」第十五号で長谷川潤治が詩集『ぶな』を、批評紹介した「村への鎮魂」を書いている。「高志の山」を評した文中に、「語り継ぎ、うたい継がずにはおかない彼女のいとおしき愛だ。その愛の何ともたくましく、優しい愛であることか。」と評している。高橋は魚沼の風土・風習を凝視し、歴史と時代を抱擁する詩人である。

4　北方文学の展開と吉岡又司詩集『北の思想』について

①　新同人と北方文学

一九七一年六月刊の第十一号から一九七五年十月刊の

第十八号まで、「北方文学」は八冊を刊行している。これは創刊から十年で十冊だったことを考えると、同人達の活発な創作活動を裏付けている事実だろう。こうした順調な「北方文学」の発行は十年を過ぎて、その評価が新潟県内の文芸を志す人士に浸透していたからではなかろうか。

「北方文学」が地域に根差す文芸雑誌として継続できたのは、吉岡が自らの文学の芸術性と生活に根差した文学の根拠を掘り下げ続けた結果であることは前章等で述べてきたところである。

同人各人はと見ると高橋実は『北越雪譜』を著した鈴木牧之の研究に新境地を切り開いている。

大井邦雄は一九七一年には英国ロンドンに留学し、一九七二年五月刊の第十二号に「ラーンの町を訪ねて」で詩人ディラン・トーマスの故郷を紹介している。また、一九七二年十二月刊の第十三号には詩人ウィルフレッド・オウェンの弟ハロルド・オウェンと面会する「奇妙なめぐり逢い」を報告し、大井が敬愛してやまないウィルフレッド・オウェンを回顧している。[1]

長谷川潤治は大学で学んできた中国文学研究の成果として、第十二号で「陶淵明私論」を発表し、アメリカ留学報告を記してきた若林光雄は一九七三年八月刊の第十四号に、「否定する力としての美意識」と題するW・B・イェイツの評論を掲載して留学結果を示している。

そして第十三号の吉岡の編集後記に、「今号から新同人として、渡辺正好、神保道子、坪井裕俊、塩浦彰の各氏を迎えた。」とある。さらに、第十四号には、「今号から新しく芳野昇氏、中村龍介氏を同人として迎え」と二人の登場を告げている。さらに一九七五年三月刊の第十七号では、「新同人として、かつて第三十二回「文学界」新人賞を受賞（受賞作「鎮魂歌」）し、思うところあって作品発表を控えていた長谷川泰行氏を迎えた」と紹介し、長谷川は小説「冬の散歩道」を掲載している。そして続く第十八号では、吉岡が柏崎高校赴任中の教え子、柴野毅実が「ボードレールと悪の精神Ⅰ」で登場している。

塩浦彰は第十四号から「石川節子小論」を発表し、その後は石川啄木研究の第一線で活躍し続ける。第十一号から第十八号までに「北方文学」で詩を発表した詩人は、

小林義臣、長谷川潤治、高橋喜代子、吉岡又司、亀井義男、神保道子、根本和、原信吉郎、中村龍介、松永基、川瀬亮、永田幸寛、若林光雄、江口直人

の十四名。

「北方文学」の執筆陣は、新潟県の詩界を戦中戦後とリードしてきた亀井義男を始め、「北方文学」の初期から活躍した原信吉郎、永田幸寛、若林光雄らも健在である。そして小林義臣、根本和は吉岡の教え子や教師仲間に加え、新潟日報の「新潟日報詩壇」に投稿していた詩人を勧誘した結果である。中村龍介と柴野毅実はともに一九五一年生まれで、長谷川潤治が戦後の「ベビーブーム世代」と呼ばれる世代と微妙に相違する「ポストベビーブーム」といわれる若い世代に入る。長谷川と柴野は現在まで続く「北方文学」の有力な表現者として力を貯えてゆく。新保道子は大井邦雄と結婚している。新旧の交代がスムースであることは、詩雑誌が長く継続する秘訣であることを示している。

第十三号で小説「火宅」で登場した渡辺正好(一九三〇・四・十一～一九七四・十一・二十二)は、第十四号「石は動かず」、一九七二年十二月刊の第十五号「年ごとの夏」と発表してきたが、一九七四年十一月に急死する。第十七号で「渡辺正好追悼」を特集している。渡辺は小学校の教員をしながら短歌と小説の創作活動をしてきていた。「火宅」は一九七二年度の新潟県芸術祭賞を小説の部門で受賞している。九名の同人が追悼文を寄せている。同人誌の活性化とは継続の意志と若い世代の参入を進め、同人同士の意志疎通をどのように図るかの努力にかかっていた。吉岡の渡辺正好追悼の気配りと手腕は在東京時代に身に着けてきたものと考えられる。

文芸一般の状況と地方―新潟県の文芸の現状を「北方文学」から発信し続けた結果、同人の相次ぐ詩集、創作集の上梓という収穫を得る。「北方文学」は収穫の時期でもあった。

詩集では高橋喜代子が一九七二年八月に詩集『ぶな』を、吉岡又司は一九七三年五月に詩集『北の思想』を、中村龍介がやはり一九七三年九月に詩集『世界の片隅で』を上梓している。いずれも当人にとっては第一詩集である。

そして創作集として小説家の高橋実が一九七四年八月に『雪残る村』(2)(新潟日報事業社刊)を、渡辺俊夫が『胸の骨』(北方文学会刊)を上梓している。

ここでは吉岡の詩集『北の思想』を紹介するにとどめる。高橋の詩集『ぶな』は詩誌「樹炎」の項で触れた。また中村龍介の紹介は次章で展開したい。

② 詩集『北の思想』に表れた吉岡の詩精神

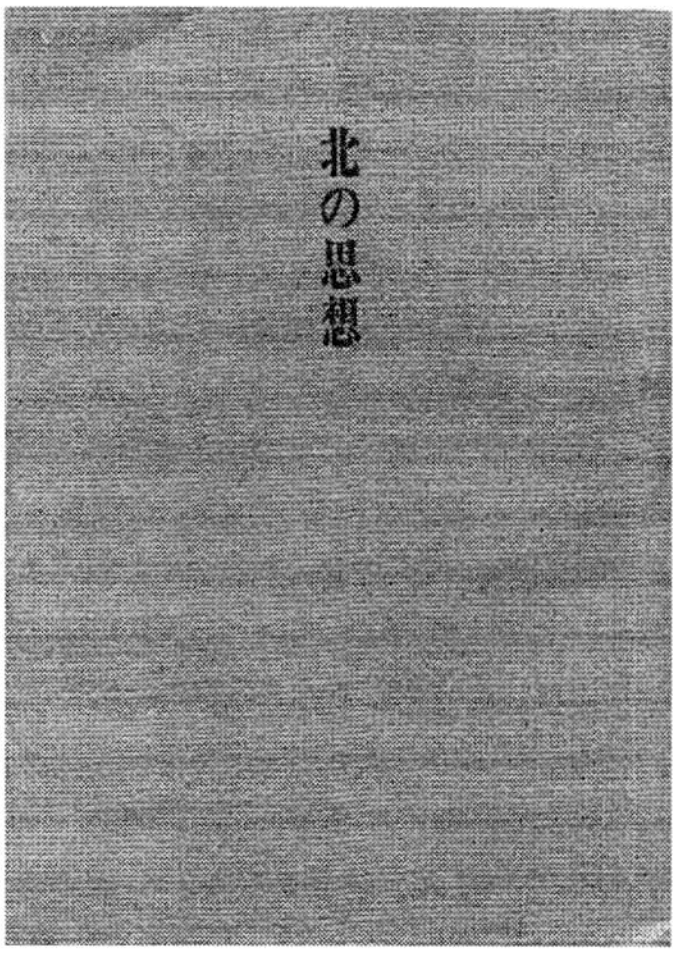

詩集『北の思想』表紙

詩集『北の思想』の上梓は、吉岡三十九歳の時であった。詩集は逆編年体風に編集されている。自筆の「発表誌一覧」から詩集『北の思想』の構成を見ておくこととする。第一章十四篇は、北方文学掲載作品十篇、在東京時代二篇、他誌三篇から成る。標題とした詩「北の思想」は、一九六一年四月刊の「落葉樹」第九号に発表したものを、一九六二年十月刊の「北方文学」第三号に転載した作品である。「落葉樹」は未発掘のため初出詩と、詩集『北の思想』掲載の「北の思想」との異同は分らない。第二章「戦後舞台」は吉岡が在東京時代に関わった詩誌「詩同盟」「詩流」「檻」「現代行動詩派[3]」を中心に編まれている。第三章「秋　初期詩篇」は、長岡商業高校時代の詩誌と思われる「ＨＥＲＭＥＳ」「炎塔」等に発表した作品を編んだとしている。「発表誌一覧[4]」には吉岡が「北門義郎」の筆名で詩を発表していた事も記されており貴重と言わねばなるまい。その他の発表誌としては「小詩人」「若木文学」「文学教室」「浪曼群盗」「城」が挙げられる。

　二十年間の詩人としての吉岡の歳月が編集されているといえる。吉岡の自らの詩への絶対の信頼と自信を思うのである。すなわち、二十年の詩作で自ら志した詩への道を踏み外してはいないという精神の在り様を見る。その吉岡の精神の在り様、構成を詩集からみておこう。

　第三章「秋　初期詩篇」の「秋と夢と」は、一九五二年二月刊の「ＨＥＲＭＥＳ」第五号に掲載で、吉岡の最初期の詩である。

黒い山脈《やまなみ》のむこうに「幸い」が住むという　絢爛たる
秋の饗宴のもなかをゆく
小さな影がある。
――それがぼくだ
なんと理想的《アイデアル》な唯美主義だ

文学の美を求める自らを〝小さな影〟として捉え、

「山脈《やまなみ》のむこうに「幸い」が住む」と首都東京への憧れを詠う。「理想的な《アイデアル》」自らを遠望するのである。そして「半可通なぼくは／ペダンチックな詩を構図する」し、「乏しい想像力《イマジネーション》を滅茶苦茶にかきまわし／ぼくは詩作にふけっている」と詩への思いを強く強く主張しながら、「――それがぼくだ／なんという美しい　少年のような愛《かな》しい夢だ」との肖像画を綴る。青春期の屈折した抒情を読むのである。

　第二章「戦後舞台」は吉岡の詩が社会へと開かれて行く論理が加味されて行く。吉岡が東京で最初に編集に携わった詩誌「詩同盟」の編集発行人である吉村まさとしは、一九四九年七月に詩集『敗戦詩集』を上梓している詩人である。この詩集は戦争詩や戦後詩を語る基本資料[5]と位置付けられる詩集である。詩―文学の美に憑かれた吉岡が、「戦後」という情景を現実の体験に重ね合わせ、社会への眼を開いた時期でもある。当時、アメリカ軍立川基地拡張を巡る反対闘争、今でいう「砂川闘争」が学生を中心に盛り上がっていた。吉岡もその隊列に積極的に参加していたという。長岡市が終戦近くに受けたアメリカ軍による空襲で被災し、灰燼に帰した風景が強く意識されていたとも考えられる。「戦後舞台」の一連は次のように始まる。

1

戦争があった。平和がなかった。
戦争があった。平和がなかった。
汚れを吸って雑巾のように貧しく生活するひとがいる。
ぶきみに水嵩をましつつ海という海はあれている。た
くさんの戦争とたくさんのひとの生活がかさねられて
孤独の袋小路がいくつかできた。
ひとは変貌の湿土を踏んでさまよいのしぐさをたのし
めばよいものか。ままならぬたぐいの舞台のうえで、
すじがきどおりの芝居をぶった。
ひとは、いきるにふさわしくすんなりいきて、あああ、
それでよいものか。

吉岡自らが同人を組織して、一九五六年八月に創刊した詩誌「現代行動詩派」に載る作品である。吉岡は自らの精神に現れる芸術的形象を抒情してきたが、「戦後舞台」は直截的に「戦争と平和」を詩に表し、社会と自らの精神、生き方との距離を測り始めている。抒情性と論理性の統一、融合へと進化を遂げていく。そして、「戦後舞台」は、

2

ガード下で一夜をすごし、靴屋の事務員をやって食堂のボーイをやって紙芝居屋をやって、おれはしかしふてぶてしく鼻唄うたう。

と、自らの正体を見極める。「ガード下で一夜をすごし」とは、砂川闘争を闘い終えた帰途での吉岡の自身の体験と読むのは穿ちすぎだろうか。靴屋・ボーイ・紙芝居屋は生活を支えるアルバイトであっただろう。この「靴屋・ボーイ・紙芝居屋」のイメージは詩「黒い轍」にも登場している。吉岡が何ごとかの経験を強く記憶していたことを物語っている。

　詩集『北の思想』を編集するにあたりこの「戦後舞台」をはじめとしてほとんどの詩句に異同は無い。吉岡は発表時の作品に絶対の自信というか、自らの作品に信頼を置いていた。高等学校時代からの二十年間の詩的営為に変更をもたらす必要を覚えなかったと言ってもいいだろう。「孤独の袋小路」を幾つも乗り越え、ある時は「すじがきどおりの芝居」をぶちながらも守り抜いた詩への強い精神を思うのである。

　ちなみに第二章のタイトルの異同として、「どよもしの夜」が発表時は「どよもしの白夜」となっていることを指摘しておこう。

　吉岡の芸術論や地方文化論には「自らの正体」が色濃く反映している。その後の詩的営為は、「おれはふてぶてしく鼻唄うたう」のバリエーションと言っても過言ではあるまい。

　東京を離れ生まれ故郷の新潟県越路町来迎寺へ戻り教職に就き、詩と生活の根拠と根拠地創造のための「北方文学」創刊。そこに折り畳まれた詩と精神は「北の論理」を詩想の根拠とし、「ふぶき男」となって闇夜に暗躍を始める。

　詩誌「饗宴」時代から吉岡と最も近しい大井邦雄の、詩集『北の思想』への評価を聞いてみよう。一九七三年八月六日の新潟日報に掲載された大井の「吉岡又司詩集北の思想―人生のヒダにふれる」から。

「遠くからおいでなすったまれびとよ。わしらはあんたに酒や茶だすが　頰のあたりがひきつって　もううまうまとは笑えない。雪にうもれる地蔵のように　笑えぬ笑いを　なあ　かっかあ。わしらのなかの　あおい鬼　ゆたかな無言だ　なあ　とっつあ」。（「村の論理」）には、低俗な物質文明の氾濫（はんらん）に怨念（おんねん）をこめて対峙（たいじ）するごく平凡な村人の生きざまが手ごたえも確かに歌われている。そこからさらに、吉岡氏独特のひねりが、その風俗さのゆえに故里（ふるさと）をいとしみ憎むというアンビバレンスの感情が、苦渋にみちた滑稽（おかし）さとアイロニーを充電して稲妻のように閃（ひら）めいてくる

と、詩集『北の思想』にこそ「地方文化の生命と価値がかかっている」と評価、紹介している。要をえた詩集紹介である。

吉岡の「独特のひねり」からくる「アイロニー」のおかしみは、前章で紹介した詩「脱出」に登場する「あおぐろい顔をみせた男」と「現代行動詩派」三号で登場した「ふぶき男」が吉岡の客体として、ドッペルゲンガーとして詩の舞台で引き起こす仕種に多く現れる。吉岡が二十年間をかけた詩集『北の思想』で求めたものは、詩と生を一つのものとして生きるための自立した思想であった。日常生活での矛盾、軋轢、無理解は、文学的営為での詩意識と認識がかき乱されて大きな齟齬をきたす。そうした情況から自由になるために理想の主体としての吉岡ともう一人の客体としての吉岡を設定する。客体の吉岡を狂言回しとして機能させることにより「独特のひねり」は生まれ、矛盾や齟齬を揚棄したかのような「アイロニー」を修辞させる。客体の一人「ふぶき男」は故郷の風習・民俗・昔話の、「倦むことなく物語りうる財宝の地図」（「いまいちど」）の語り手及び主人公となり、吉岡の詩を豊かなものへと昇華してゆく。跋を大井邦雄が書いている。三章三十四篇から成る。Ａ５判、百十二ページ。

5 「誰」「ゆすりか」から「ポエムペーパー〝誰〟」へ——豊崎義明と田中武を中心に

いま田中さんが関係しているグループは、先にあげた「詩・グループ・70」のほか、「誰」と「ゆすりか」の二つ。「誰」も「ゆすりか」もほんの少人数による同人雑誌だ。（略）／「ものを書くってことは労働ですよ。労働をきらっちゃダメですね。（略）」／労働の必要性は強調するが、かといって本県人特有のまじめ主義、勤勉主義とも違う。むしろそうした農本主義的発想とはきれいに切断された地点に田中さんはいる。

「土着の思想を探る〈６〉」と標題される一九七〇年十月二十二日付けの新潟日報紙上に掲載された記事を、

一九七一年一月刊の詩誌「誰」十四号に転載した一部である。

田中武の活動の多様性と詩精神をジャーナリストの眼を通して分析したものである。「書く」行為を「労働」とみなしていた田中の特性が語られていておもしろく思うのである。

詩誌「誰」は一九七一年以降、同人達のうち田中を始め高橋勲、星野元一の三人は確かな歩みをみせている。しかし「誰」を主導してきた豊崎義明、倉田孝夫、富田三樹生の三人は迷走の時代に入っている。十四号の編集後記には「倉田孝夫が脱会した。もう二度と詩など書くことはないだろうと言う」と倉田の詩誌からの脱会と断筆を（Y）名で宣言している。そして一九七三年九月に十五号を刊行するまでの「二年九ヶ月」の「長い休刊」状態に入っている。その間に田中は後述する詩誌「あめーば」の発行に尽力し、豊崎は「ポエムペーパー〝誰〟」を創刊する。

「ポエムペーパー〝誰〟」は隔月刊をうたい、一九七一年十二月に創刊された。A5判のパンフレット形式の詩誌であった。編集発行人名の記載は無く、発行所は詩の会〝誰〟新潟市米山四四五清風荘一号となっている。これは豊崎の住所であろう。豊崎の個人詩誌に田中が助力したものとみている。創刊号の執筆者は田中武、藤寺直子、居村流造、清里すずみ、阿吽無一、豊崎義明の六名。田中と豊崎以外の消息はよく分らない。「エミリイ・ディキンソン詩抄」を訳出した清里すずみが「誰」十四号に登場している事を知るのみである。藤寺、居村、阿吽の三人は分らない。「ポエムペーパー〝誰〟」を通読すると豊崎名での作品発表は、創刊号と一九七三年六月刊の第七・八号合併号の二誌のみである。その他は田中、居村、阿吽の三人で誌面を構成している。

居村の詩は「沈黙のひろがり」とタイトルされ〝秋の章、夏の章〟と四季に分けられ、自然と交感する行分けの抒情詩である。日常に見る自然の風景や心に浮かぶ思いを詩に定着しようとしている。

阿吽無一は「王様の国」とタイトルし、「阿弥陀経」や「広辞苑」の項目を引き金にしながら、人間の生活に起こる悲喜劇を掬い取ろうとしている。

居村と阿吽は作品の内容から推定して豊崎の別名であろう。かつては〝渇義生人〟を名乗っている豊崎である。豊崎はなぜこうした偽装を施したのか。恐らく詩集『鳥がいた』を上梓してから、ある種の「燃え尽き症候群」期に入ったか、二十代前期の詩的放浪からの脱出を試みていたのかも知れない。そうした豊崎にまさに〝阿吽の呼吸〟で手を差し伸べたのが田中であった。

田中は「文章倶楽部」から「ロシナンテ」での詩的営為を顧みる時期に来ていた。冒頭の新潟日報の取材記事や「あめーば」等からそれは垣間見られる。その一例として、一九七二年八月刊の第五号と十二月刊の第六号の「ポエムペーパー〝誰〟」に「断片・抄」として発表した、一九五九年三月から一九六四年十月までの詩篇にみることができる。作品は「1」から「99」と「〈補遺〉神話」の百篇から成る五年間の集大成を期した詩篇と思われる。「ポエムペーパー〝誰〟」には百篇の内十六篇が掲載されている。

「ポエムペーパー〝誰〟」は第七号・第八号合併号で終刊する。豊崎の実験的営為が終ったからなのかどうか。終刊号にのる阿吽の「王様の国」は、「とうとう十《とう》で藤十郎、／王様ハモノで腹切って死んで／ケッコウケッコウ、コケケッコウ！」と第八話で終了を告げている。居村の「沈黙のひろがり」は「冬の章」となっているが、

どんでん返しが続く／終りのない始まりがうごめく／
雪しぶきをあげて／ものどもが発掘している／醜い修
羅を　われ先にと／そんなはみ出し者が　右往左往す
る／純白の道はもう踏み跡だらけ――／救急車のサイ
レンが鳴る／吹雪のうねりが遠く聞える
　　一九七三年四月　　未完

と、「未完」のまま終えている。この詩からは豊崎が試みてきた詩的実験は「もう踏み跡だらけ」と、先行詩人が成してきた成果の後追いでしかないのではとの無念の告白に聞こえるのである。

「ポエムペーパー〝誰〟」終刊号を飾ったのは、

阿吽無一、居村流造、豊崎義明、丸角四郎

の四名。

丸角も豊崎の別名であろう。豊崎の詩「秋男君と俳句」は以後の豊崎の姿を予告するかのようである。

一九七三年は豊崎と田中にとって六〇年代の総括の時を迎えていたのではなかろうか。田中は一九七三年五月に豊崎と発行していた「ゆすりか」八号を、「7号を出してから二年半ぶりの8」号を「田中武個人詩誌」として刊行している。


素性をくまなく知られている場所では、精神的な活動の振幅がひどくせばまってしまう。人が人に対して幻

想を抱く余地が少ないからだ。（中略）自分の詩をパイプにして他人への幻想をかきたてたいからである。

と、「ゆすりか」の人間関係を風通しの良いものにしたいと願う後記を記している。詩誌「ゆすりか」への総括の意味もあったであろう。次号については「予定はいつも未定。」としている。

豊崎は一九七三年九月に「昭和四十六年一月に14号を出してから二年九ヶ月を経て、どうにか15号の発行に漕ぎついた。」と、詩誌「誰」の継続を始める。

エピソードとして、脱会したはずの倉田孝夫が十五号に笛麗一郎名で小説「幻視は復讐の階段《きざはし》なるや」を発表している。「ゴールドベルグ変奏曲」をバックに当時の時代を反映させた小説で、倉田の「バブル期」への助走のような作品である。倉田はこの時代は川口市で、スナック「ボヘミア」を経営していたことを「ポエムペーパー〝誰〟」二号が伝えている。

翌年の一九七四年一月に十六号を刊行して詩誌「誰」は長い休刊に入る。同人誌「誰」の実質上の終刊と考えられる。「誰」十六号に作品を寄せたのは、後藤脩、田中武、豊崎義明、長谷川重弥、星野元一、高橋勲の六名であった。

尚、豊崎と星野は一九七五年に詩集を上梓している。

豊崎は一九七五年六月に群馬県の風書房から『愛と言葉の旅』を上梓している。「一九七〇年十月書下実験作品」とある。豊崎が詩集『鳥がいた』以降、様々な詩的実験を試みていることを見てきたが、その始まりを語る作品ということになる。「愛と言葉の旅」の第三章の初連の名詞に傍線がほどこされ、その名詞たちが言葉を連ね、詩の成立へと導く。この名詞たちの循環が、詩「神と人間」の道程を物語る。思弁なのか、稚気なのか判然としない。実験作品である所以だろう。人の生と愛と性について、関係づけられることと関係づけられないことへの仕種や行為を作者と詩の発話者が語り続ける。Ⅱ章十五篇から成る。A5変形判、七十六ページ。

詩誌「誰」で着実な歩みを見せていた星野は、一九七五年七月に「誰の会」から『銀河鉄道上野発』を上梓している。上梓の経緯を「この詩集は、わが子に宣告された死が基調になっている」（ノオト）としている。詩集の標題ともなった「銀河鉄道上野発」は、宮沢賢治に誘われるように息子との死出の旅をする父たる詩人の愛惜と無念が、無情にもよく伝わる。Ⅰ章で表現される〝おまえ〟は、〝わが子〟への呼びかけにも聞えてくる。挿画を描いた版画家の星襄一へのオマージュと響きあっている。ノオトとⅢ章三十六篇から成る。B6判、ハードカバー、九十三ページ。

6 「あめーば通信」から「あめーば」へ、その展開と終刊

一九七〇年二月に「グループ70の会」を母体に創刊された詩誌「あめーば通信」は順調に成長し、この年には四冊を発行している。一九七一年一月刊の五号から「あめーば通信」は「グループ70の会」の機関誌と位置付けられ、「会費制を廃止」し、「規則はいっさいありません」とうたって、その誌名を「あめーば」と変更している。「あめーば」は五号から一九七四年七月刊の十一号までに七冊を刊行している。一九七一年一月刊の五号には「グループのはじめての〝事業〟である朗読会を開催した報告や、テレビ放送から触発された赤沢幸恵の詩「ともだちへ」」、江川浩一の小説「孤島」、後藤洋子の「演劇や、いろんな事」に見られるように、詩・小説・演劇と「高校」を卒業した若い人が、自らの求めているものを探る〝場〟としての意義を「グループ70の会」に見いだしている。後藤のエッセイの中に後藤が演劇に向きあう姿に無理解な周囲と、二年間の東京生活を顧みながら現在の演劇に対する思いを述べている。

高校時代、クラブに加入してはいたが、卒業してからは演劇とは、きっぱり縁を切るつもりだった。なぜって、実生活の上で私は私の役割りを演ずる事にすべてを賭けるつもりでいたからである。いま私にとって演劇とは高校時代のそれとはまったく違ったイメージである。高校時代は演技に興味があった。いまでは演劇というものを創造する方に興味がある。

と、劇団「石の花」を結成し、公演を終えての感想でもある後藤のこうした演劇への思いは重要である。(6)「実生活の上で私は私の役割りを演ずる事にすべてを賭ける」とは、帰郷して職を得て、両親の期待に添う生活を無難にこなし、結婚しという〝幸せの階段〟を生きることを指していよう。日本の高度経済成長により、中学・高校を卒業したら「金の卵」として東京などの京浜工業地帯へ就職する一九六〇年代から、一九七〇年代には日本の地方にももたらされた経済的恩恵は、地元に定着して働く若い労働者の増大を生んでいた。

「あめーば」には、前項で紹介した三条の詩誌「詩流」「日本海」に集まった若い詩人たちと共通する想いが表現されている。五号には詩誌「日本海」の五十嵐幸利と

田中民代が連名で「募集・「日本海」」と題して、「日本海」という会の意義と反省点を述べながら入会を募っている。編集発行責任者である田中の詩と向き合う人、詩を志す人への信頼と度量を見るのである。しかし、こうした努力にも拘らず、五十嵐は詩誌「日本海」の「マンネリ化」を脱せず、一九七二年二月に詩誌「海流」を創刊するも、それ以降は休止に至ったとみられる。

「あめーば」の五号と四月刊の六号には「グループ70の会」を語る田中・石井将馬、森本かずみの座談会が掲載されている。また余り自らの経歴を語らない田中が五号で「文章倶楽部」「ロシナンテ」時代の友人好川誠一への追悼文「好川誠一の絵にまつわる思い出など」と「鎮魂歌」として詩「青春」を載せている。また、六号には北川義一が「私は東京で新しい会を作りました」と近況を寄せている。

「あめーば」は一九七一年十二月の八号を終刊号として刊行している。「終止符」欄で小島春行は「これからも「あめーば」は出さなくても、喫茶店での集まりは続けていこうではありませんか。」と呼びかけ、奥付けにも「あたらしい「あめーば」の会　会員募集」とある。田中は、

「ぐるーぷ・70」は「あめーばの会」と名を改めて、みんなの話し合いの場としてこれからも存続します。

しかし私は今度はワキ役にまわります。

と、編集発行者として「ガリ」切りから製本までの実務から離れることを伝えている。田中は八号の巻頭言「終わりの始まり」を「「あめーば」の発行は一応今号をもって終わる。」と宣言し、「「あめーば」は新発田という町の、文化的可能性へのささやかなテストボーリングであった。」と評価している。そして「すぐれた能力と行動力を持つ君の出現を待っている」と会員への期待を述べる。

そうした真実の「君」が現れた時には、

君の忠実な友として、あるいはもっと御しがたい敵対者として、ふたたび行動を起こすことになるかも知れない。その日を待とう。

と、田中は詩にたいする自信と矜持を語っている。

「あめーばの会」は漂流する。「あめーば」は一九七二年七月に「復刊　あめーばⅠ」として、編集責任を小島久武、発行責任を宮村一也、発行所が新発田市早道場六十二あめーばの会から活版印刷で刊行される。さらに一年半後の一九七四年一月に、再び田中武を編集発行責

任者として、「あめーば」十号として刊行している。田中は巻頭言「再出発のためのまえがき」で「いくらか気恥ずかしいことです。」と言い、あとがきでは「通算で数えて10号としました。」としている。田中武の詩精神が様々な詩的実験を重ねている様子が見えては来るが、若い人達の活気は薄らいでいる。十号の「首」、十一号の「群読のためのリズミカルな言葉の列」と副題された「ねこ」などからは、田中が朗読用の詩を意識的に創作していたことが見てとれる。

一九七四年七月刊の「あめーば」十一号が終刊号であろう。この詩「ねこ」を含む朗読会の報告が掲載され、その中には「多馬酢湖（たばすこ）同人による自作詩の朗読」とあり、新発田市には「あめーば」の他に「多馬酢湖」という同人誌があったことが知られる。田中は「あめーばの会」の人達との交友の近況を残している。

十一号に載る執筆者は、丸角みつお、小島久武、宮村一也、佐藤流美子、本間ヒデ子、小島春行、田中武、渡辺真知子（表紙）の八名であった。

7　「北の詩」と「タムレ」—柏崎市の情況

①　「北の詩」の廃刊

一九七一年二月に詩誌「北の詩」は二十号を刊行する。後記で（ま）は「1969・70年2年間の沈黙にいま終止符を打つ。」として廃刊宣言をする。一九六五年七月創刊から六年、実質四年間の活動だった。廃刊の理由は前章で既に見てきたように編集発行人まちえひらおの会社における地位の変化、すなわち転勤により柏崎を離れざるを得なかった事実が第一であろう。

戦後間もない一九五八年に詩誌「ざこ」を創刊し、詩誌「岩と詩」そして「北の詩」の詩人として活躍してきたまちえであった。まちえは二十号巻頭で「むながただんや「遺稿集」のこと」を記す。そして後記で「むながた・だんや「詩と詩論」発刊の足おとに揺すぶられて20号の第1ページがひらかれる。」と書く。終刊号となる二十号に作品を寄せたのは、まちえ・ひらお、もたい・いさおの二人であった。

まちえは「ざこ」以来共に詩への情熱を語り合い、指導者として存在してきた〝むながた・だんや〟への追慕の思いを語る。二年間の「北の詩」の沈黙はまちえが、むながたの詩と詩論を「遺稿集」として編む作業に没頭してきた結果であったのかも知れない。「北の詩」廃刊のもう一つの理由は、詩的先達としてのむながたの死からくる喪失感に拠るのかも知れない。

② むながた・だんやの詩論集『にんげんのはた』について

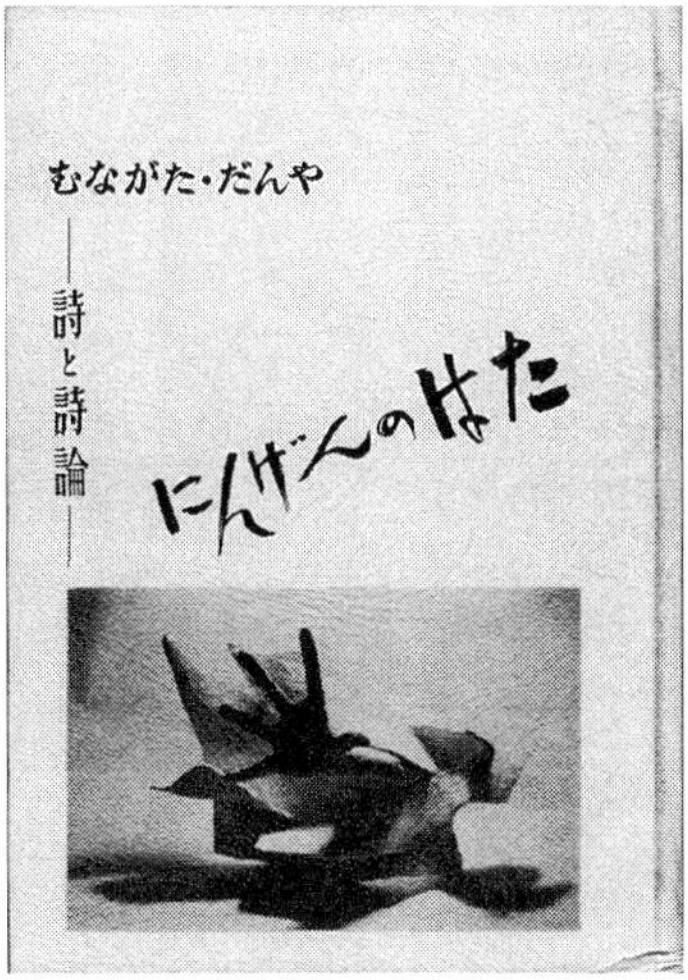

『にんげんのはた』表紙

むながた・だんやの詩と思想については、「ざこ」「岩と詩」を紹介する際にも述べてきている。遺稿集『にんげんのはた』からむながた・だんやの足跡を顧みておくことも無駄ではあるまい。(7) 遺稿集の発行はむながたが一九六四年五月に急逝してから七年後の一九七一年十二月であった。編集は北の詩ぐるーぷ、代表はまちえ・ひらお。発行者は岡塚則。発行所は北の詩社、柏崎市大和町一―三十七となっている。

むながた・だんや（一九〇八・七・二一～一九六四・五・十二）は新潟県の近代詩成立期の柏崎を代表する詩人である。同集の「岡塚亮一（むながた・だんや）年譜」によれば、「昭和二年、をかづか・りゃういちのペンネームで詩集「ポエジー・シュウルレアリズム」を遠藤茂雄氏と自費出版。」とある。これが事実ならば日本のシュウルレアリスムの紹介と受容の詩史に、これまでとは違った視点を取り入れなければならないだろう。まちえは私に赤い表紙の二冊の「POÉSIES」という詩誌のコピーを、「これが昭和二年にむながたが刊行したものだ」と手渡してくれた。しかし年譜ではむながたがフランス語を独学するのは、昭和三年以後の事で、アンドレ・ブルトンの『超現実主義宣言』が訳出されるのは、昭和四年の「詩と詩論」での北川冬彦による翻訳まで待たねばならない。「POÉSIES」に発行年月日等の奥付が無いので、これが詩集「ポエジー・シュウルレアリズム」と同じものかどうか判断できないでいる。

　年譜には記されていないが、一九三四年三月に刊行されたＢ４判二つ折りの四ページの詩と短歌のパンフレット「錄壁」（第二年第三冊）のコピーをまちえは私に残している。編集兼発行人は岡塚亮一となっている。

むながた・だんやこと岡塚亮一は才人であった。「隣人とは違う趣味を持つ」ことに意気を感じる「柏崎人気質」と言ったらいいのか。戦後は肩書と役職から見ると商売人・詩人・社会運動家と多面的で精力的な活動家の姿を思い浮かべる。しかし、詩と詩論を通読しても彼が詩と社会に何を求めていたかは、彼の「カタカナ」表記が人の目を晦ますだけで真意を測りかねるものに映る。遺稿集『にんげんのはた』では詩論はひらがな表記へ転換してはいる。

『にんげんのはた』は「I　詩」「II　詩論」「III　断片」の三章から成っている。詩は三十三篇を収録している。初出誌の記載は無い。詩論は「北の詩」所収の文で構成されている。断片は「岩と詩」「北の詩」で書いたものを集めている。

詩はすべてひらがな表記とカタカナ表記で書かれそのまま掲載されている。ひらがな表記にしろカタカナ表記にしろ、詩は熟読するにはその冗漫性が際立つだけで、むながたが言わんとする地平に導かれないきらいがある。詩「ナクナッタ」の冒頭を引用する。

チチハ　ピエール、ハハハ　マリー、ストックホルム・アピールヲ　カイタ　ヒトリノ　コミュニスト、イレーヌヲ　ナクシテ　2ネン、フレデリック・ジョリオ・キュリーハ　シンダ、1958ネン8ガツ14カ。
キョウハ　ウラニホンニ　アメガ　ジャバジャバフッテ　イル。トウキョウ　デハ、ダイ4カイゲンスイバクキンシセカイタイカイガ　ジョリオヲ　イタンデ　イノリヲ　ササゲタト　イウ。

（後略）

この詩は比較的分り易い。放射性元素ラジウムを発見したマリー・キューリーの娘が、コミュニストとして「原水爆禁止」に関する文を起草したことがあった。その死を悼んで「第四回原水爆禁止世界大会」で黙祷したことが詠われている。この詩を一般的な文、漢字と平仮名とカタカナで置き換えると散文と変らなくなる。

まちえはむながたの「カタカナ」表記に〈付記〉としてわざわざ言及している。むながたは「カナ文字論者」だったわけではないとしている。自分の言葉を一語一語「自らのことばとして誤りなく表出する」ために「カナ文字」を使ったのではとしている。しかし先の「POÉSIES」にも、「録壁」にもカタカナ表記で書かれている詩と詩論が見られる。むながたは「読みにくがられていることを十分承知のうえ」でカタカナ表記を続けていたと、まちえは伝える。合理的に物事に対処してきたむながたが、自分の考えを人に伝えるための方法としてカタカナ表記に固執したことにどうしても矛盾を感じてしまう。詩誌を主宰し、社会運動の指導者としては、平易に文を書いた方が自らの主張を伝えることができると私などは考えている。

　むながたの詩と詩論から彼が詩と社会運動を併存させようとしていた姿を垣間見ることができる。『にんげんのはた』に載る「詩と詩論」は、一九五九年十二月刊の五号から一八六二年十二月刊の九号までに詩誌「岩と詩」で書き継がれたものである。その冒頭は、

> わたしは、ざっと35年ばかりのあいだ、ノートに詩をかきつづけてきた。詩をかくもの、とくに、35年のあいだ、かきつづけてきたもの、それは、めぐりのひとから詩人とよばれても、（中略）詩人だの、歌人だの、俳人だの、という、それらのよびかたが、みぶるいするほど、いやなのだ。

と、詩歴を誇りながらも、詩人と言われることへの違和感を表明している。しかしながら、むながたの一九二七年から一九六二年までの詩の歩みを総括する評論ということができる。戦前・戦争中・戦後の詩を生きた詩人の言葉である。

> イメージだの、フォームだの、スタイルだの、みんな革命をかたり、反逆をかたることであり、革命をかたる方法であるとおもっていたのに、それらは、革命についてなにものもかたっていなかったのではないのか。むしろそれらは反革命のブレーンになったのではないか。１９２０年、１９３０年、あのころの詩がかたっていた革命とはいったいなにものだったのか。

　フランス語を独学し、シュルレアリスムやモダニズムの詩学を学習し、自らの詩の糧にしてきた詩人の〝戦争責任論〟と読めなくもない。この視点をイデオロギーに拠らず、むながたの論理と言葉で結んで欲しかった。モダニストもアナーキストもマルキストも畢竟あの戦争期には「反革命のブレーン」となった、との視点はむながた独特の考えで、独自の〝戦争責任〟論として展開して欲しかった。しかし、むながたは「１９３０年、ソヴェト訪問をおわったアラゴンは」、「なにをかたるべきかについてしまっただけでなく、それを、だれにかたるべきか、

いかにかたるべきかをしった。」、とルイ・アラゴンの思想的軌跡を評価する。むながたがアラゴンの「平和」への語りかけを重要と認識したとしても、戦争遂行にむながた自ら砲兵少尉として従軍した体験を通した「平和」への道を、むながたの言葉と論理で語って欲しかった。それは〝戦争責任〟論として貴重な視点となったと考えるのである。

むながたはここで一挙に「タシケント」へと飛翔する。東西冷戦期の社会主義圏への接近である。毛沢東からの援用、タカクラ・テルの援用、そしてアジア・アフリカ作家会議への賛辞が並ぶ。

A・A作家会議だのタシケント精神だのときかされても、とんちんかんな判断をおいはらうことはむずかしいはなしだ。しかし、それにもかかわらず、文学の発展をねがうものは、そのむずかしさをのりこえねばなるまい。

現在、「タシケント宣言」の内容と精神を知る者はどれ程いるのだろうか。「とんちんかんな判断」であろうが、米ソの「東西冷戦期」と言われる時代、社会主義国家とその政治戦略・政治路線を支持する人達の宣言だろうくらいにしか考えられない。「とんちんかんな判断」しかできないのが一般の生活者の態度であろう。そう言えば〝進歩的知識人〟という言い方があった時代だ。

『にんげんのはた』はむながたの三十五年間の詩との関わりから自らの詩論を成り立たせようとする意志で書かれている。シュルレアリスムに触発されて詩を志したむながたは、戦争期に数度の応召で生活と精神を翻弄され、戦後は時代状況に翻弄される姿を見るばかりであるが、『にんげんのはた』は詩と詩人たる精神を生きようとした誠実な証言として貴重な一冊である。

③「タムレ」メモ

詩誌「タムレ」は、一九七一年二月刊の二十六号と八月刊の二十九号の二冊しか収集できていない。その為詩誌全体の流れや活動を記すことはできない。

二十六号では同人のあべ・まつお、矢川悦郎、古川真一、まき・たかしの四人が、妙高山麓の池の平高原スキー場で交歓したことを伝えている。その時「オムニバス・ポエジー」と題して、現在の「連詩」のような形式の作品を創作し、それを掲載している。同号の後記であべは、詩を書く動機を「「おまえはにんげんとどうかかわろうとしているか」という根源的な問いに尽きるのだ」と、当時の「タムレ」の現況を書き残している。

8 「現代詩謡」の発展と休刊

① 「現代詩謡」の展開

一九六九年一月に「現代詩謡作家連盟」の機関誌として創刊された「現代詩謡」は、一九七〇年の停滞を抜けて、一九七一年二月刊の第八号から一九七四年一月刊の第二十号まで十三冊を刊行している。一九七三年までの三年間は、年四冊の刊行を遵守している。この間の「現代詩謡作家連盟」会員から新潟県内詩人の動向を中心に見てゆく。

「現代詩謡」の画期は一九七一年十月刊の第十一号からであろう。主宰者の小柳俊郎の詩意識を支える民謡詩と現代詩がうまく噛み合わず、誌面はまとまりの無いものとなっていた。それと小柳の東京指向というか、著名な詩人の重用という誌面作りは権威主義にみえてしまう。第十一号からはそうした詩人と会員(8)とを分ける編集がなされる。即ち、「寄稿・招待作品」と「会員作品」の区別化がなされた。これ以降「現代詩謡」に集った新潟県人の詩人達の活気を導き出し、それぞれの詩の向上と可能性を認識していったと考えられる。第十一号「後記」で小柳は、

　今号も例によって、会員諸氏の力作とご好意溢れる諸家のご寄稿とに励まされて、心たのしく編集を終えることが出来た。

と、会員と寄稿諸家への感謝の意を述べている。

ちなみに、第十一号への詩作品執筆者は、「寄稿・招待作品」として、

　中村八鬼、扇谷義男、西岡光秋、亀井義男、松本帆平、槇恵二郎、永瀬清子

の七名。

会員は、

　後藤脩、巨椋宏一、川崎清子、山本彰子、宇田川弘子、北僑子、山本有為子、吉田雅子、たかはし・とみを、北川瑛治、田崎芳作、田井中弘、中山みすじ、早川琢、金井建一、竹内智恵子、野田昌夫、渡辺惣治、長島清

志、若林茎花、小柳俊郎の二十名。

他に評論を前川知賢、中野武彦、森幸一、山口祐夫、杉本駿彦、山口義高、伴勇、平野威馬雄が書いている。田井中弘、早川琢、竹内智恵子の[9]二人は県外会員。こうした編集体制は第二十号まで続く。「民謡詩特集」といった編集も続くが、県内詩人にとっては「新潟日報」への投稿からの自立を促す効果はあったと思うのである。また「現代詩謡作家連盟」会員という連帯意識なり、会員意識も強まり、互いの「切磋琢磨」意識が醸成されたのではなかろうか。第十一号に見られる会員は、年齢的にも二十代前半の世代から五十代に近い世代までを包含し、詩意識の多様性を演出していく。また小柳は会員同士の交流と相互批評を重視して、「現代詩謡」とは別に「会員通信」を発行している。一九七一年八月刊の第十号後記に小柳は、その趣旨を次のように述べている。

> 本連盟では、毎号本誌発刊後、その号の会員作品などを中心に、各会員が輪番で感想批評を述べあう「会員通信」を発行している。会員だけに配布している半紙1／2大2頁程度のものであるが、作品に対する各会員の視点の相違などもみられて興味深い。

人は人間である限り、詩人といえども他者を知ることが、人を理解する始まりであろう。全県的な広がりを持つ「現代詩謡」。合評会を設定するにはそれなりの無理がある。「現代詩謡作家連盟　会員通信」は一九七一年一月に№1を発行している。一九七四年四月の№14は、赤城毅が二十号の評を書いている。「会員通信」は会員の一人が当該「現代詩謡」に載る全会員の作品の感想を述べる形式で発行された。「会員通信」は雑誌維持と会員同士の相互理解には役立ったと思われる。

一九七二年一月刊の第十二号から編集人・発行人とも小柳が務めることになる。これまでの発行人の椎谷正樹の健康上の理由からと思われる。

「現代詩謡」の編集構成は第八号から第十八号までは、A5判でページ数は七十四ページから八十八ページ、執筆者は四十名から四十九名で推移している。執筆者の内、県内会員は十六名から十八名である。

小柳は寄贈される詩誌雑誌に目配せして、県内外で活躍する詩人にも積極的に誌面を提供している。これは「現代詩謡」を評価する上で重要な点である。同人誌であれ、個人誌であれ、新聞雑誌への投稿であれ、誌紙面への作品発表の声をかけられた駆け出しの詩人にとって、これにまさる嬉しさは無いと私は思うのである。

一九七四年十一月刊の第二十号の「20号特集—現代詩謡を顧みる」で北川瑛治は「小感」と題するエッセイを寄せている。

わたしが現代詩謡に参加したのは、昭和四十四年七月刊行の第四号からである。それまでわたしの作品発表舞台は、新潟日報の生活詩欄だけに限られていたので、主幹小柳俊郎さんからの勧誘の手紙は、やはり嬉しかった。

と、その喜びを率直に回顧している。

第十一号に詩を掲載した県内会員十八名の内、私が「現代詩謡」創刊以降初めて知った詩人は小柳俊郎を含めて十二人である。小柳が築いていた人脈には、彼の履歴から考えても私の想像を超えた広がりがある。こうした広がりは東京で活躍する新潟県出身者に寄稿を依頼し、招待していることでも裏付けられる。五十嵐重尾、竹内多三郎、梶原礼之らを挙げることができよう。梶原は第十三号と第十五号に「坂口安吾論」を寄せている。

「現代詩謡」の評価のもう一点は、県外県内の詩誌の主宰者にそれぞれの詩誌の現在を報告してもらう、「詩壇ジャーナル」（同人誌紹介）欄を設けていた点である。この欄は詩史を編纂しようとする者にとって貴重な証言ともなっている。

「現代詩謡」は一九七四年十一月刊の第二十号を「『現代詩謡』を顧みる」と題して二十号特集を組んでいる。その中で豊崎義明は「赤字が泣いている」を書き、「現代詩謡」経営の責務を「一人背負い続ける」小柳の姿を描き出している。また同志的な関係を持つ椎谷正樹は、「詩誌発刊の経費捻出に苦慮の結果、最近、連日のように例のアトリエでキャンパスに向」っている小柳の姿を伝えている。発行経費は会費ではまかなえず、無職の小柳が絵を描いて捻出していたのが現実であった。かてて加えて小柳は健康を害して、入院手術と闘病生活に入ることになる。そのため小柳俊郎責任編集の「現代詩謡」は休刊状態となる。第二十号執筆者住所録の会員は、

森幸一、赤城毅、たかはし・とみを、志村士郎、山本彰子、山口木の芽、木川保子、柴田武、後藤脩、川崎清子、吉田雅子、宇田川弘子、北川義一、田崎芳作、金井建一、北川瑛治、竹内智恵子、中山みすじ、長島清志、山口祐夫、武仲恵美子、小柳俊郎

の二十二名。

そして〝寄稿諸家〟は十三名。小柳はこうした寄稿諸家へは薄謝を贈っていたという。小柳の経済的負担を思うのである。

休刊状態に危惧を感じた会員は、北川義一、齊藤健一、後藤脩を編集者とする、「現代詩謡　会員通信第1」号通刊15号」を発行している。この「会員通信」は、前の「会員通信」と異なり、会員の詩を中心に掲載する体裁で発行されている。一九七五年九月までに三冊を発行している。「17号」の「会員通信」に「「現代詩謡」21号会員作品に就いて」を掲載し、「休刊が予定外に長引きましたので中には近作」と作品を交換するよう呼びかけをしている。「現代詩謡」復刊はもう少し後になる。

② 会員詩集の紹介

小柳の「現代詩謡」は県内の気鋭の詩人たちの作品発表の場と機会を提供し、詩の土壌を豊かにした。その成果として発行者を小柳俊郎とする詩集が上梓されている。竹内智恵子の『会津民話詩抄』、田崎芳作の『想蘊』、たかはし・とみをの『距離』、北川瑛治の『白い炎』、小柳俊郎編の『現代日本民謡詩選』の五冊である。『会津民話詩抄』と『現代日本民謡詩選』は未収集である。田崎・たかはし・北川の詩集を紹介する。

ア　田崎芳作詩集『想蘊』について

一九七一年九月に上梓された詩集『想蘊』は、田崎芳作の第二詩集ということになる。田崎の第一詩集『砂』は前章で紹介した。

詩集『想蘊』は〝生母の炎〟〝想蘊〟〝春の命〟の三章から成っている。「幻が生命へ／追憶が詩へ」（天の星はおちる）と表現するように、詩人の経験を内包する想いが日常の風景と交歓する詩集である。〝想蘊〟はどう読むのか、また聞き慣れない言葉である。一九七二年一月刊の「現代詩謡」十二号で月原橙一郎[10]が「「臨月に近い空」を見た」と題した読後感を寄せている。そこで〝想蘊〟の「蘊《うん》」は「有為の諸法が類に従ひ集積すること。これを色・受・想・行・識に分つ。五蘊なり」と説明している。漢学や仏教用語からきているのかどうかも私には分らない。田崎はあとがきで

私が詩を書くとき、いつも脳裡より離れないのは鮎川

氏の言葉である。「……詩人は、もっともっと自己との経験を、事実的、客観的、論理的につき詰める激情家にならなければならない……」。

と、鮎川信夫の言葉を引用して、田崎自らの詩の立脚点を述べている。経験を論理的に検証して思想となるまで推敲するよう提言し続けた鮎川の精神と、田崎の想蘊が響き合っている。月原が評価した〝臨月近い空〟の詩「春の遅疑」を引く。

流れることもなく／滑べることもなく／春先の雪溶けの水たまりは／乳色の雲を浮かべ／臨月近い空を浮かべ／黒い土地《つち》のある／枯れ残りの藪草のある／白い日和りの湯気の立つ中で／畝を割られて／睡い眼尻で這い出して来た蛙を撼えて／水面凝る水底から溺れさせていた

北国新潟の『北越雪譜』を生んだ南魚沼郡六日町（現南魚沼市）の、春早い風景を切り取った一篇である。「臨月近い空」は生まれくる春の気配を比喩して美しい。母への思慕、自然との交歓、教師としての生活から生まれる感慨が静かに紡がれている。

田崎の履歴は詩集に載る「著者略歴」で知るのみである。一九三八年、東京都に生まれると記されている。東洋大学文学部史学科を卒業し、新潟県の教職に就いた。大学の恩師田中陽児が序を寄せている。装幀・表紙は小柳俊郎。三章三十六篇、あとがきから成る。A5判、ハードカバー、百ページ。

イ　たかはし・とみを詩集『距離』について

詩集『距離』は一九七二年七月に上梓された。たかはし・とみを、本名高橋十三郎。詩集の著者略歴には一九二四年、秋田市に生まれるとあり、旧制第一早稲田高等学院中退となっている。詩集出版時は長岡工業高等学校国語科教諭をしていた。「現代詩謡」の創刊会員である。「現代詩謡」に集った県内詩人では小柳に次ぐ年齢であった。たかはしの詩歴、所属した詩誌などは分っていない。「物語」の一連目を引く。

だれもが　もっている／一冊の物語／春の日なたでみんなが／この物語のうわさをする／秋の夜更け　ひとりで／この物語の　黒いカバーを／まじまじと見る

「物語」は人間が生まれてから死ぬまでの人生を「一冊の物語」と比喩した作品である。生きて生活することは「さびしい　かなしい物語」を幾つも超えていかなければならない道だが、人間は等しく一冊の本を持っているとする人生観を詠っている。

　全篇に流れる人間への懐疑と諦観は独特のものがあり、自らの物語と交差する日々を丹念に描いている。一九七二年十月刊の「現代詩謡」第十五号で宮崎健三が「永遠と深淵を見る目」と題する評を寄せている。

> 高橋氏は永遠の中に人生の位置をみつめる詩人である。その目には、一見、平和で幸福な日常生活や事象の底に潜む深淵がうつる。

と、指摘している。

　宮崎が指摘する高橋の「日常生活に潜む深淵」とは、人間の一生を詠った「待つ」に表現される「百億年の宇宙の虚《あな》」という思想に起因していると考える。標題作「距離」の終連を引く。

> 目の前の　あなたが／千億光年の　銀河系外星雲のきわみ／より遠い／不思議な　距離で／わたしは／あなたを　にぎっても／もう　とても／あなたに　とどかないのです

と、生の深淵と人間関係の距離をテーマとしている。「距離」「待つ」「胎児よ」に見られる「日常生活に潜む深淵」とは、教職者・実生活者の高橋十三郎と詩人たかはし・とみをとの距離でもある。宮崎はたかはしの詩の特徴を「職場からのモティーフを探っていないこと」とも評している。実生活と職場から離れ、家庭へ帰り書斎で詩作する詩人たかはしは、自分自身の真の生きた姿として詩と命の根源を宇宙的時間の中に見つめていたのかもしれない。小柳俊郎が装幀と序を書いている。二章三十篇、あとがきから成る。A5判、ハードカバー、百十七ページ。

ウ　北川瑛治詩集『白い炎』について

　一九七三年二月に上梓された詩集『白い炎』は北川瑛治の第一詩集である。北川瑛治（一九四三・三・八～一九九八・三・二九）は本名中村茂夫、一九四三年、新津市（現新潟市秋葉区）で生まれる。国鉄（現JR東日本）の新津機関区の機関士として、蒸気機関車をはじめとする列車を運転していた。「特急運転士」「夏」「鈍行列車の中で」その片鱗が窺える。標題作「白い炎」を引く。

詩集『白い炎』表紙

雪は白い炎／流れに沈めば／小さな叫びをあげる／そして／流れにめまいしながら／確めて行く／解体してゆくおのが結晶の意味を／償われるあてもなく／空にかえる術もなく／狂おしい水の情念と化して／あてもなく／水沫のなかに巻かれても行く

雪は、詩の象徴であり、比喩であろう。詩に心を奪われ、詩人たらんとした者の「情念」を結晶化した作品である。一九七三年三月刊の「現代詩謡」第十七号で鶴岡善久は、詩集『白い炎』を「眼の情念」と題して取り上げ、「白い炎」には「この詩人の、より内面的な、人生や詩に対する基本的な姿勢が読みとれる」としている。

「地につながる／全ての物音に／じっと耳を傾けるように」（湖―夏）と運転士に伝わる車輪の音からも北川は、個人・家族・社会の秩序と自らの命のリズムとを共鳴させ詩へと変換する。「目に見えぬ炎の中で、のたうち、叫び、罵しり、傷つき、狂いもせず、くり返し日々を生きてる全てよ。」（日々）と、蒸気機関車の燃え上がる釜を比喩して、生活のリアリズムへと転換する。鶴岡は北川のこうした詩精神を「みずからの内部に下降する志向をとりつづけるひとりの生活者。」との見方を示している。

生活を夢、幻と詩想に変える北川は、短詩的な形式で象徴性を膨らませながら、言葉を秩序立てて彫琢、抒情している。北川の抒情は生活者と詩人の危うい均衡を保ち、白い炎となって存在を誇示しているかのようである。序を兄の中村六英が寄せ、装幀・表紙は小柳俊郎が描いている。六章三十一篇とあとがきからなる。A５判、ハードカバー、七十五ページ。

エ　山本彰子詩集『慈嫁観音』

山本彰子の詩集『慈嫁観音』は一九七四年八月に東京の同成社から上梓された。現代詩謡選書からの刊行ではないが、山本は会員として活躍していたのでこの項で紹介することとする。老人介護や社会福祉が、現在ほど社会問題化していなかった時代に、介護する者の声を詩で表現した先駆的な詩集。著者は自らの看護師としての体験を生かし、夫の父母親族の介護に努める。家父長制の残る婚家での、嫁と姑との軋轢葛藤も介護を通じて得られる心の触れ合いから、人間としての悦びや安らぎを、「慈嫁観音」へと自己を昇華させた姿は貴重である。詩が生きる事、生活の根を支えるという事実を厳粛に伝える詩集である。序を小田天界が書き、まえがきの「沼地の青蓮華」と四二篇から成る。B6判、ハードカバー、九十四ページ。一九二一年、新潟市生まれ。

9　サークル誌「夕映え」の展開と変遷

サークル誌「夕映え」は一九七〇年十二月に長沢正敏、渡辺守夫、高橋収を発起人として創刊された。新潟県立村松高校文芸同好会OBを中心に発足したサークルである。サークル名や誌の方向性などは詰められていなかった。

一九七一年一月刊の第二号巻頭言で、「サークルの名前が「炎群」と決定した」と伝えている。「文学サークル「炎群」目的と会則」の〝目的〟は、

私達は文学的実践による文学と現実の変革をめざし日本の平和と中立と民主主義を実現する立場から民主的で大衆的な文学運動を行って行きます

と、文学と政治の統一、文学を通じて政治の変革を実践するという考え方が示されている。

会則では、サークル名は「炎群」であり、サークル誌名を「夕映え」として隔月に刊行すること等が盛り込まれている。発行責任者は五泉市小山田二九二の高橋収。作品を寄せたのは松川正、安中真一、高橋収、山田裕子、乙一、長沢正敏[11]の六名。

第二号で長沢は「サークルの性格と作品中における作者の世界観―KY・SHを批判する―」で、サークルの〝目的〟である文学の変革への大衆的実践を論理づけようとしている。文学の変革は「ブルジョア世界観に依る、真理の探究の阻止、曖昧な折衷的な、即ち根本的矛盾を知らされてないという立場から出発されなければならない。」と、私たち一般の人間はブルジョア思想によ

り、無知蒙昧を強いられているという指摘である。そして、「サークル内で、マルクス・レーニン主義を吹聴することがいかに馬鹿げたことであるかを。仮に、それを許せば、サークルでなくて、セクト主義者の無政府主義者の一派となり、」とし、そうした「押しつけがましい「指導」などありえない。」とのサークル論を展開している。そうした事態を回避するには、

サークル内の徹底した民主主義の保障、即ち、作品に対する批判、合評、評論に於ける、鑑賞における、意見の交換、然も、作品中の作者自身の意思の自由、どのような世界観から発想させ、完成させても良いという自由、これらのものが統一され発展されて、真のサークルの成長が保障される。

と、詩誌におけるサークル論を論じている。「サークルの発展」のためには一党一派への偏りを排し、〝政治と文学〟を民主的に統一して社会変革に寄与すべきとしている。形容矛盾を指摘するのは容易いがここでは措くこととする。

「夕映え」を通観して思うのは、はじめに社会変革ありきであり、農本主義的、社会主義的な感情、態度を基本にしていることである。第二号に載るサークル「炎群」の会員は安中真一、大野洋子、清野信子、松川正、高橋収、長沢正敏、松沢文雄、三井、渡辺守夫、山田裕子の十名。「夕映え」は一九七一年に五集を刊行し、一九七二年には四集の刊行と発行状況からは順調のように見える。しかしその内実は厳しい。

四号の掲載者は高橋収、田中真希、松川正、安中真一、渡辺守夫、N・N
五号は高橋収、松川正、安中真一、渡辺守夫
六号は高橋収、渡辺守夫、松沢文雄、松川正
七号は高橋収、渡辺守夫、良田吉明、松川正
八号は高橋収、山本良子、松沢文雄
九号は安中真一、高橋収、松川正、松沢文雄、末広勝治
十号は高橋収、安中真一、松沢文雄、山崎かつ子、ミムラジュンコ、井関美佐子、高橋収作、樋口正延、高橋勇二、松尾芳夫

このように見てくるとサークル誌「夕映え」を支えるサークル「炎群」の〝群〟の存在を疑いたくなる。一九七一年七月刊の第五号は「統一地方選挙と参議院議

員選挙も終り」との巻頭言で始まり、掲載作品も選挙用語一色である。高橋収だけが抒情詩を書き継いでいる。松川正の社会の矛盾を突く作品は、自らの〝正義〟を描写するだけで、人の心を納得させるだけの努力、推敲がなされていない。書き殴りである。

一九七二年二月刊の七号に至っては高橋収の個人誌の様相さえ呈している。掲載されたサークル員四人の作品三十三篇中二十三篇が高橋の作品である。一九七二年の一月に横井正一氏がフィリピンで発見され、二十八年振りに帰還するというニュースが話題となった。そうした情況に反応した高橋は、二十二篇の連作の最初に「小さな歌」を置く。

少年のクラスに／遠い街から／少女がきた／いつも読んでいる／物語の中の少女みたいだと思った／仲良しになっても／半分近く大人になっても／少年はそれを一言も言わなかった／そのまま少女は又遠くの街へ行ってしまった／だから少年は／いつまでも／秘密を持っている

街からきた少女とは、少年の理想と希望を語る詩の隠喩である。様々な理由で別離を余儀なくされた少女を思うように、胸に描いた理想と希望を抱いて成長してきた少年。しかし別れた少女と会えないように、実現できそうにない理想と希望。人には話せないけれどもこの理想と希望を胸に抱いて生きようとする少年の心を詠っている。一九七二年八月刊の九号までの掲載作品の過半を高橋の作品が占めている。

サークル誌では会員相互の座談会や合評会の様子を報告するページが設けられていることが多いが、「夕映え」には九号まではそうしたものは無い。九号からは刊行も隔月から三ヶ月毎に変更している。

一九七二年十二月に十号は「2周年記念号」として刊行される。九号からサークルの会則から〝目的〟を削除している。文学の大衆運動という位置づけを変更したのか。大衆運動への偏りから二周年を期に、文学を楽しみながら学ぶサークルへの転換を試みていたのかも知れない。十号には座談会風景を掲載し、一九七三年三月刊の十一号には「読者投稿」欄を設けている。常連以外の作品掲載も増え、また月二回の例会案内の他に〝詩を読む会〟、〝キャンプ〟などの予定をアピールする等の会員募集に熱意を示している。サークル誌として最も活気ある姿に映る。しかし一九七三年十月に刊行された十二号は発行責任者が高橋収から松沢文雄に交代されている。

一九七四年二月刊の十三号は、これまでのB5判ガリ版印刷からA5判タイプ印刷へとその体裁を衣替えしている。掲載作品も阿部恭子（牧野ハラ）、山田漠、五木圭介が誌面の前面に出てくる。高橋収は十三号からペンネームを山田漠に変更している。尚、渡辺守夫は九号からペンネームを安中真一としている。

詩誌「夕映え」は、十三号からは〝第二期夕映え〟と呼ぶ方が良いと考えている。それは〝新潟詩人会議グループ―詩誌「夜明けのあいさつ」〟のリーダー加藤幹二朗が「夕映え」に、十二号から会員となり、十三号から十八号までに「新潟の詩人たち」欄を設け、五十嵐絹江、清水マサらの紹介を五回にわたって掲載している。(12)サークル誌「夕映え」は三十六号まで続くが、十二号以降の組織化は加藤の力が大きいことが分る。十二号以降の会員増は、県立水原高校で教鞭を執り、文芸部の顧問として後進を育てる加藤の影響力によるだろう。即ち、「詩人会議」系のイニシアチブが「夕映え」で確立してゆく。

一九七五年一月刊の十六号は、「四周年記念特集」を組んでいる。編集委員名による「炎群の歩み」には「この活動も十二号までであった。炎群はその歩みを止めたのである。」とあり、さらに、「一部中心的人物の身辺多忙さ」との指摘もなされている。八月には「詩の聞える街」と題する朗読会を開催している。新潟市の詩誌「青い麦」との交流などもはかっている。詩誌「夕映え」の発展より、文学サークル「炎群」の発展に重きを置いた戦略を見るのである。その例が東京の詩誌「詩人会議」との連携である。

八月刊の十七号の裏表紙に、「文学サークル〝炎群〟「夕映え」vol.13「月給取り」山田漠」の評を、十月刊の十八号には五木圭介の「飼う」の投稿作品選評が掲載されている。五木と山田は一九七五年に第一詩集を上梓する。

五木圭介は詩集『雪おろしの夜』を五月に上梓。作者の年齢は分らないが、二十代のように読み取れる。その若さで執念めいた昔語りは何処から来るのか。延々と続く家族との生活・情景描写は、貧しさと青春の慙愧の感情を自己回転させているだけで、社会への告発には至っていない未熟さがある。未熟さは推敲の不足に依っている。解説を山田漠と加藤幹二朗が書いている。Ⅳ章二十篇から成る。B6判、百二十ページ。

山田漠の詩集『橋を架ける』も五月に上梓。詩集『橋を架ける』は新潟の郷土料理「のっぺ」のような詩集だ。しかもあんまり具を入れ過ぎて、味付けに失敗した「のっぺ」詩集。編集が悪いのだ。「父へⅡ」のような感情を詩に叩きつける怨念の坩堝のような詩から、「小さな歌」

「夕焼の詩」の青春抒情の詩、「返還」「零細企業」等の社会批判の詩、「橋を架ける」の生活者が未来に希望を託そうとする詩。雑然と並べられ、投げ出された詩集。これでは詩が可哀そうである。推敲も足りない。推敲し編集を徹底すれば生きてくる詩は多い。詩のために悲しむのである。五木圭介と加藤幹二朗が跋文を書いている。B6判、九十三ページ。

一九七五年十月刊の十八号に作品を掲載したのは

牧野ハラ、桂久仁子、山田漠、かいししほ、司純、五木圭介、安中真一、松川正、松木信、加藤幹二朗、松川正、もりじあに、高橋直、菊地広子、新藤里見、押崎良子、瓦涼子、溝口正

の十六名。

会員名簿には、

山田漠、高橋直、五木圭介、もじりあに、中原麗、加藤幹二朗、松木信、砂山仁、司純、安中真一、松川正、長沢正敏、新藤里見、牧野ハラ、溝口正、土本スミイ、秋桜瞳、かいししほ、瓦涼子、桂久仁子

の二十名。

製作・発行が文学サークル「炎群」、発行責任者は松沢文雄、編集委員代表が山田漠、発行所は松沢勉方、中蒲原郡村松町横町（現五泉市）。

「夕映え」の詩的活動は、三条市や新発田市の青年たちの文化文芸への意欲と動機を同じくしながら、〝サークル論〟を主軸にした活動からその違いが見えてくる。発起人の長沢、渡辺、高橋は創作の〝場〟として「夕映え」を創刊した。サークル誌としたことから、社会性を重視する姿勢に変化し混乱を招いた。九号までの「夕映え」は〝同人誌〟的に見える。十三号からは別の視点が必要である。その視点を少し探ってみることとする。

10 「はまぼうふう」と新潟詩人会議の発足とその影響

加藤幹二朗は「夕映え」とこの章の後半で紹介する「青い麦」等の詩の社会性を重視する文学運動を指向する詩誌の組織化と橋渡し的役割を積極的に展開している。加藤の目指す詩の方向性は「詩人会議」のそれと同じである。話は前後するが、新刊詩誌の「はまぼうふう」をここで見ておくこととする。

一九七五年二月に民主的な文学運動を推進するとする「新潟県詩人会議」が結成される。

去る、二月二三日（日）、新潟の文化運動の上に歴史的な足跡を残した、第一回「詩人会ギ《ママ》・月例会」をとりくみました。

一九七五年三月二十五日付けの新潟詩人会ギ《ママ》事ム《ママ》局発行の機関紙「浜ぼうふう」No.1で報告している。「例によって、炎群の加藤さんが詩人会ギの会則（案）について50分（……）のおはなし」と報告文にあるように、主導したのは加藤さんこと加藤幹二朗。「はま（浜）ぼうふう」No.3までに新潟詩人会議の方向としては、「新潟県内で書かれてきた戦後の詩の発展と集大成」のためのアンソロジーの編集であった。編集委員は清水マサ、五木圭介、木俣冴子、山田漠（編集局長）の四名。一九七六年に上梓するアンソロジー「地軸」として結実する。次章で詳しく述べることとする。さらに「東京で詩人会議の総会が開かれますが、加藤幹二朗氏が代表で参加します」とある。

一九七四年に加藤の県立水原高校の教え子敷島京介（金子昇市）が『ホムンクルス神話』を「新潟詩人会議双書」として上梓している。発行月日は不明であるが、表紙に「1974」との表記がある。「作者は来年20才。」と加藤の文には紹介されている。早熟な詩才というべきか。「待機」を紹介することとする。

もてあまし気味の／長槍をかまえたまま／窓ぎわのショウケースに収まりかえって／退色するにまかせた／銀鱗を　さらしつづける／近代的装備の／ドラゴンよ／／疲れ果てた太陽は今日も／定刻通り家路についた／あしたも／その次の朝も／何もない／／おまえは飾り窓の娼婦／張り子の虎／おまえの期待の弾道は／永遠に外《そ》れる

『ホムンクルス神話』と標題する詩人敷島京介の寓意性を良しとする。果して全能の知を獲得しえるかどうか。「あとがきに替えて」を加藤が書き、五章百二十八篇と解題から成る。縦一五四㎜×横一七六㎜、百八ページ。

11　雑誌「広苑」について

創刊の年月日はこれまで分らなかった。「現代詩謡」第十九号〝詩壇ジャーナル〟欄に「「広苑」の会」と題する村田信雄の紹介記事が載っている。「昭和三十六年、季刊の文芸綜合職場雑誌として発足した」とある。発足は一九六一年と古く、職場のサークル誌的意味合いが強い雑誌だったと想像される。

一九七一年四月刊の第十五号から通巻二十三号まで収集することができた。[13] 雑誌「広苑」は創刊号から一貫して村田信雄の編集兼発行体制を維持してきている。発行所の住所は新津市新金沢町十一―二十七村田方、広苑の会となっている。雑誌「広苑」は小説と随筆を中心に編集されて来たのではないかと思われる。「現代詩謡」で村田は「『新潟日報』のコント欄で活躍」する人たちが中心で、「『広苑の会』には指導者がなかったのだ。」としている。

詩のジャンルは第十五号から同人に加わった北川瑛治の作品が最初なのかもしれない。これ以降北川は「現代詩謡」では詩は二、三編の投稿が、「広苑」では十篇近い数の作品を掲載している。北川にとってより自由度が高かった雑誌といえよう。第十五号で同人となる小説の昆道子と北川は「広苑」の両輪となって雑誌を活性化しながら、自らの才能を開花していくことになる。

11　創刊詩誌の概況

一九六四年の東京オリンピック以降の日本の高度成長がもたらした経済的発展は、戦後の教育を受けた青少年の欲望と精神に大きな変化をもたらしていた。こうした文化的情況から「半獣人」を生み出した三条市では、詩誌「日本海」や「詩流」を生み、新発田市では詩誌「あめーば」を、新潟市では北川義一の「あかたては」を生み出している。

こうした青少年層の文化への希求が詩へと向かう大きな流れを作り出す。一九七一年から一九七五年までの五年間に、新潟県の詩界はかつてない数の詩誌を生み出している。高度成長が東京一極に留まらず、新潟県という一地方にもその恩恵をもたらした一つの表れとして、詩が文学の対象として広く支持されたことを物語っている。創刊[14]された詩誌を順次紹介していくこととする。

年別に創刊詩誌を示しておく。

一九七一年

「赤土」1・2、「空間」1、「風琴」2・4・5、「ブルージャケット」0～12、「ポエムペーパー〝誰〟」1～8（5）

一九七二年

「桜花文芸」1～23、「「青い麦」1～13、「蟻」1、「詩流」1、「こもれび」1～6、「創刊」1・2、「ＺＯＮＥ」

2・3、「烽火」3～5　（8）

一九七三年

「いるあんむへ」1・2、「OB幸清水」1～5、「射手」1～7、「線」1・2　（4）

一九七四年

「ぴん（Pin）」4・8・9、「毛点管」1・2　（2）

一九七五年

「うた」1～5、「創造大系」（創刊準備号・特別予備号）、「とねりこ」1、「修羅」1～2、「のみのミル」5、「はま（浜）ぼうふう」1～3、「裸木」1　（7）

（計33）

五年間で三十三冊の創刊が見られ、まさに壮観である。この三十三誌から読み解いた内容から幾つかの系統と傾向に分けて紹介していく。「ポエムペーパー〝誰〟」は既に紹介してきたところである。

12　三条市およびその近郊の創刊について

①　雑誌「赤土」

三条市周辺での詩誌については、「詩流」創刊は既に紹介してきた。また、継続誌「日本海」についてはこの章の前半で「あめーば」との関係を記してきたところである。

こうした三条市の状況下で「赤土」「風琴」「ブルージャケット」等が創刊される。

一九七一年三月に三条信用金庫文学クラブから雑誌「赤土」が創刊されている。三条信用金庫の職員が中心で、創刊号の無署名の編集後記には「本サークルは、最初「五冊の本の会」という名前で発足しました。」とある。読書会から発展して、「読書感想文から作品らしいものにしよう」と、「赤土」を誕生させたと語っている。作品は詩・小説・エッセイで編集されている。創刊号に詩を寄せたのは、

飛岡菊江、内山幸子、諸橋光子

の三名。

諸橋は七篇の詩を掲載し、一篇一篇異なる方法で詩を書いている。一九七二年三月刊の二号に載る、諸橋の「素描―音・降りしきる街」の全文を引く。

燃え尽きた　野火の／もえがらのように灰がふる／ふっている　街の／闇の深みを　支えるように／わた

しは現存の／空しいマッチをすろう／マッチ売りの少女さながらに――／ゆるく　かすかな明かりの中で／腐った果実は狂いはじめるだろうか／鳥よ！　大空へ羽ばたけ／無辺大の波打際より／自らのうちへ羽ばたけ！／もの言わない時間／解き放たれた　死語たちの／乱舞と埋葬／みつめ合うロマンと非在の意味／陽気な人混みとアクション／を　通りぬけ／あとは／ふりしきる音と／ゆるくノックする／漆黒の扉を／叩く音

現存と非在、現実とロマンを行ったり来たりする青春期の情感を、言葉に託そうとする諸橋の詩の動きは豊かである。「漆黒の扉」の向うには、「羽ばたく」べき「大空」や「無辺大」の希望と未来はあるのか？　「漆黒の扉」を叩く者は誰か。音の正体は何か。

雑誌「赤土」は創刊号と二号の二冊を見るのみである。

② 個人誌「ブルージャケット」について

a 「ブルージャケット」創刊とその変遷

経田佑介は一九七一年四月に、個人詩誌「ブルージャケット（blue jacket）」となる№０を刊行する。一九七五年までに十二冊を刊行している。その変遷を追って、経田の詩的営為を見ていくこととする。№０はガリ版手作りの詩誌で、この年に№01、№03を刊行している。詩誌「半獣人」の最終章で述べてきたように、経田を中心に門川真らと共に「地方における文化創造は可能か」を問いかけるシンポジウムをきっかけに、「一つの文化状況を現出せしめようという試み」として始めた朗読会で配布したパンフレット代わりの刊行だった。この朗読会は「朗読会〈声〉」として六回開催されている。

経田は「朗読会〈声〉」を実行することで詩人の文化的状況にコミットしながら、自らの詩の可能性を探って行く。例えば、№０に載る経田の詩の標題は、

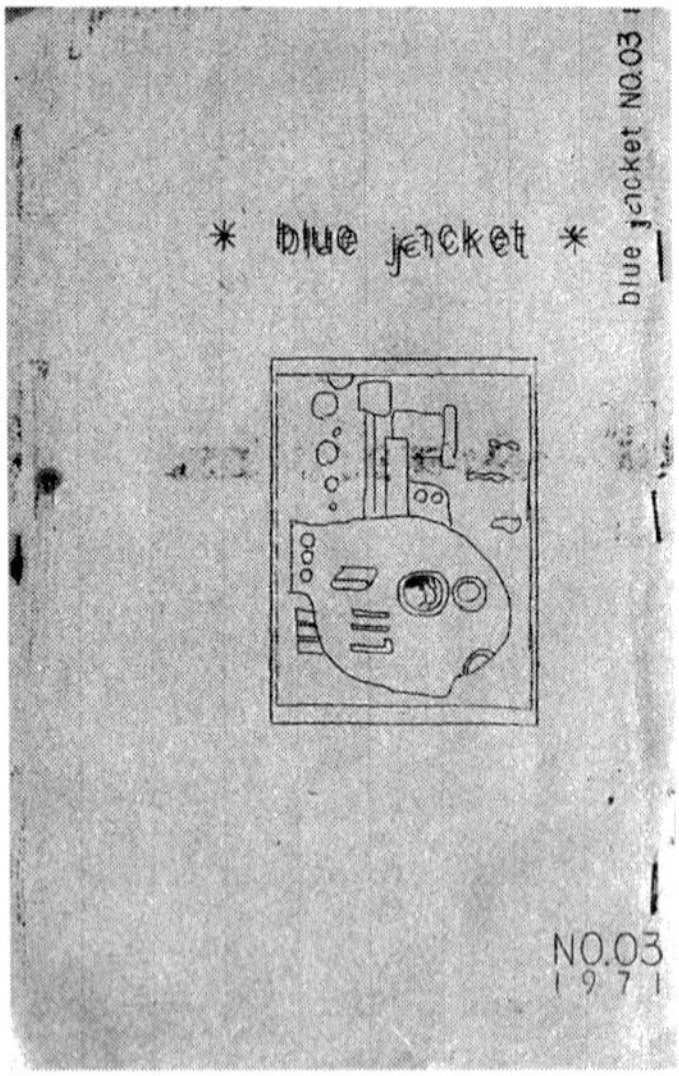

「ブルージャケット」No.03

吠える赤ン坊を宇宙ステーションとしてオレが吠える赤ン坊なのか吠える赤ン坊がオレなのか又は世界のどこかに存在している　吠える赤ン坊を想像力に駈り立てられて探しつづけているのか考察するための詩

と、九十三字に及ぶ。

一篇の詩のようなタイトルである。後に中上哲夫、泉谷明、八木忠栄らと共に「路上派」と称される詩の方法を取り入れ、またディラン・トーマスの研究へと向かう姿勢を強めてゆく。

五月刊の№01の扉には「ぼくたちの街に文化会館を作ろう」の文字が躍っている。文化創造の現場を確保したいとの夢でもあったのだろう。七月刊の№03からは朗読会で配布するパンフレットという意味合いから抜け出している。奥付けの後記的文章に、「ブルージャケット」の申し込み先として「市内直江町三、一三六関方　経田宛」と発行主体が明示されている。「先鋭的なエッセイぼしゅうします。」と投稿も呼びかけている。

「ブルージャケット」四号は、№03刊行の一年後の一九七二年七月に発行される。体裁は活版に一新され、編集経田佑介、発行はＢＧＧＣと奥付けされている。「経田佑介の個人誌「ブルージャケット」の実質的な誕生、創刊である。執筆者は[15]

経田佑介、門川真、横山徹也、五十嵐正志、宮本研

の五名。

横山徹也は、経田の詩集『夏、長い尻尾をもった象の泳ぐ海で』の作品を、「イメージが自己増殖し、似ているが異ったイメージを生みつづける経田佑介の詩は虚構の中に現実を実らせたいという行動性に充ち」ていると評価する文を寄せている。

四号には三条演劇研究会が上演した宮本研の戯曲「反応工程」に関わった座談会「「反応工程」上演をめぐって」を掲載している。「反応工程」上演は、経田たちが続けてきた朗読会の総決算のような取り組みとなっている。経田が「一九六九年」から求め続けてきた文化状況へ飛躍する舞台でもあった。新潟の地方都市三条市で独自の自主自立の文化創造を追及する姿勢と方向性を見定める契機ともなっている。経田と共に館路子も舞台に登場し、これ以降の三条市周辺の文化的動向を主導する主体となっていく。経田は創作者＝詩人経田佑介と、文化活動家＝経田佑介を生きることとなる。かくして四号で

経田は自らの〝文化会館〟たる「ブルージャケット」の基礎工事に着手したことになる。

一九七二年十月刊の五号から一九七三年十二月刊の八号までの「blue jacket's eyes」欄での四回にわたる「文化状況／ニイガタ／」は、経田が関わった文化的事業や、見聞きした新潟県下の文化状況の結果と成果を総括する文章である。一つの事業は開催され、消費されそれで終わりではなく、継続する活動の中で、錯誤の中から見えて来るものは一定の時を経て、熱情が冷静さを取り戻した時に顧みることの意義を伝える文章にもなっている。

第一回に当たる五号の「文化状況／ニイガタ／1969」は、二年前に開催した朗読会「声」の第四回から説き起こしている。そしてこの「実験」は、「この実験の試みも、かつて「半獣人」が提起した問題の持続の中にある。それは一九六九年に起つたこと」と振り返っていく。経田にとっては総括と言うよりは内省化と言った方が良いようだ。「書くという行為は自己確認の手段から、いつか自己自身の生の部分に埋め込まれ」、「書いている自分を書くことによって把握せねばならなくなったのだ」と語っている。

一九七三年一月刊の六号では、一九六九年当時の「半獣人」の活動と「新潟の詩グループ「誰」と劇団「ばく」により「詩と演劇による三つの状況[16]」の活動を比較して、「ジャンルを越えて、という視点から特筆されるべきものであった」と評価している。新潟市の「誰」グループは持続性をもたなかったが、経田は「試みだけに終わらせず、継続させなければ力とはならない」との思いを強くしている。

経田は三条市での〝実験的試み〟を継続すると共に、自らの詩創造の深化を図っている。五号から経田は本名の関雄一名で「ディラン・トーマス私論」の掲載を始める。

しかし経田は「ブルージャケット」が「ついに八号になった。予定からいけばこれで終刊である」と一九七三年十二月刊の八号編集後記に書く。だが、さらに編集後記は語る。「三条市を中心として地域の文化との関わり合いという視点の中から発行をつづけてきた」が、「六九年以来のぼくらの活動はたしかに鈍くなっているし精彩さも欠いてきている。一つの終りに逢着しようとしているのかも知れない。」との分析を残している。「ブルージャケット」八号までに詩を寄せたのは、

門川真、晶桐人、館路子、天野茂典、今井朝二、堀川紀夫

の六名。

経田の行動原理が「三条市を中心として地域の文化との関わり」から、個人誌「ブルージャケット」を通じた詩的活動へ移行したと見ることもできる。自らの詩人としての可能性への飛躍と言ったらいいのか。「blue jacket's eyes」欄や「b・jじゃあなる」欄からは、経田がこの時期三条に留まらず大阪や東京へ出向いて行動していることを知ることができる。

こうして、「ブルージャケット」は一九七四年七月刊の九号から二度目の衣替えを果たす。九号の編集後記で経田は、

八号までぼくらの地域の文化に密着した形で出してきた。九号からはもっと詩に接近して行くつもりだ。しかし、ぼくが気づいている一つの詩の流れを追求したいと思う。そういう意味でこの号を第二巻、第一号と考えている。

と、今後の自らの未来を予言的に書き記している。

三条地域から新潟県及び日本へと視界は拡大し、経田の文学的情況と経田を巡る詩的状況の変化を端的に表わしている。経田の詩への傾きは、№03の「フォークソング2にどなたか曲をつける方はいませんか。」との呼びかけから八号の表紙をソニー・ロリンズの写真で飾る〝ジャズ〟への転換として端的に現れている。

そして八号で詩「冬へ」で登場した天野茂典は、経田の詩創造の場である「ブルージャケット」を一つの潮流へと導く。後に「路上派」と称される萌芽期に、その先頭を走る東京の天野が「ブルージャケット」へ寄稿したことは、「このちっぽけな雑誌にあたたかい励まし」以上のものを感じたであろうことは想像に難くない。路上派とはアメリカのアレン・ギンズバーグやジャック・ケルアックに代表される、アメリカ六十年代前後の詩人たちの呼称。そうした詩人たちの影響を受けて、彼らの精神を受容し作品化し、その行動様式をも作品化しようとする日本の一群の詩人たちをもそう呼ぶこととなる。一つの潮流の誕生する経緯は次章で述べることとする。

九号掲載の天野の詩「滅びの5月夜明け前の74行」の十一行を引く。

（五十行略）耳よりも軽い足取りで汗をかく／軽いハミング／スピリチャル・ユニティだ／魂の合掌だ／アルバート・アイラーの黄泉の国の声／私は低くハミングしている／唐の時代の隠者のように／私の中をよみ

がえる／逃亡の歌／「晨《あした》に興《お》きて荒穢《こうあい》を埋《おさ》め／月を帯び鋤を荷いて帰る」／ああ　サン・ラか／アルバート・アイラーか（十二行略）

と、時代を超えてアメリカと中国が交響する詩を寄せている。

九号では本田裕曠と玲真弓の二人の新人がページを飾っている。次の時代をリードする新人の登場であった。

一九七五年一月刊の十号では、「ブルージャケット」の大きな詩的成果である「中上哲夫・経田佑介往復書簡」の第一回「詩を書くことをめぐって」が掲載される。

詩雑誌「現代詩謡」と個人誌「ブルージャケット」の出現は、詩史的に言って新潟県の詩界に初めて一つのパースペクティブをもたらしたと考えられる。

b　詩集『吠える赤ン坊』とその他

経田は、「今日は大阪、明日は東京、今度の土日は三条・ニイガタ」と八面六臂の行動力に支えられて、第二詩集となる『吠える赤ン坊』を一九七四年一月に上梓する。発行者は東淵修、発行所は地帯社で大阪市西成区東田町十九番地。

結婚し、子供が生まれた情景を原風景として生み出された家族愛に満ちた詩集である。遊び道具は言葉だ。言葉の洪水だ。洪水は海の如き大波となり、うねりとなり、経田の感情を洗い流す。流され濾過され浮かび上がる言葉の泡沫に、経田は知識と経験の総体を注入して実体化してゆく。詩である。時に肉体を置き去りにし、時に言葉さえ置き去りにしながら疾走する。標題作「吠える赤ン坊」を引く。

凍った窓のガラス板に鼻面こすりつけ覗きこみ
北極のライオンが氷の火を吐きつける　とつぜん
ことばが咽喉にからみつく啖のように舞い上がり
街を殺し荒狂う時と優しさの樹木が
冬の夜の空に海鳥のように漂い
始原のノズルから石板に噴きつける生と死の炎の下で
シーツのよじれた波間から柔らかな救いの手を突き出
し
赤ン坊は吠える
臍からおびただしい血をしたたらせ
眼に矢を突き刺した男の怒りを背負って
燧石を燧石を！
と泣き叫ぶ声が耳の水路から暗闇へ海床へ

泡だつミルクの泡の呟きの向こうへ消えて行こうとする

（十一行略）

横山徹也は経田の詩の特質を「イメージが自己増殖し」と評し、さらに「虚構の中に現実を実らせたい」との経田の詩への願望を指摘している。確かに経田は〝現実と虚構〟、すなわち現実生活と創造行為を一つのものと受け止めている。現実から浮かび出た一つの言葉から、幻想、空想、連想と観念の密度を測り、フリージャズを奏でるようにアレンジしながら、生涯の全経験を上書きしてゆく。自己増殖したイメージは神宿る細部に侵入し、リアリティを生み出す。高度成長期の生のエネルギーを詩に、言葉に組織化した結果と見ることもできる。詩集『吠える赤ン坊』は最も上質な一九七〇年代中期のリアリズム詩集ということもできる。詩集のタイトルは、アレン・ギンズバーグの詩「吠える」からインスパイアーされたものだろう。

「聖ＵＳＡあるいは手つかずの処女への歌」は詩人経田佑介の成長物語。「吠える赤ン坊の誕生のバラード」は経田一家の歴史を、〝吠える赤ン坊＝娘〟に語り継ぐ口伝とさえ思うのである。八枚のスケッチが愛らしく添えられている。テーマはあくまでも家族愛である。献辞、おぼえがき、五章二十九篇から成る。Ｂ６判、ハードカバー、百八十四ページ。

この項を終えるに当たり、門川真を編集責任者とする、『三条詩人アンソロジー』が一九七一年十一月に上梓されている。「半獣人」から「ブルージャケット」への過渡期の動きである。作品を寄せたのは、

門川真、秋本隆、経田佑介、新富吉秀、前田厚二郎

の五名。

なお、門川は詩誌「空間」を四回発行しているが、手元には四号があるのみ。

13　同人誌「風琴」・「線」・「ＺＯＮＥ」おぼえがき

①　「風琴」「線」「ＺＯＮＥ」の関係について

加茂市の詩誌[17]を紹介するのは初めてである。同人誌の「風琴」「線」「ＺＯＮＥ」の三誌を紹介することとする。

一九七一年十一月刊の「風琴」二号の美杉名の編集後記に「今ここに13ヶ月ぶりに風琴を創りだせた」と記していることから、創刊は一九七〇年十月頃と推定される。二号の編集担当は美杉健次（山崎健太郎）、発行者は風琴堂とあり、同人と思われる山崎健太郎、中野津久夫（山崎伝七）、有本茂（有本九拝）、堀光夫が名を連ねている。

二号では「風琴メモリー」とする一九七〇年十一月から一九七一年七月までの活動記録を残している。そこからこの詩雑誌の性格を見てみる。最初は絵画集団「風琴」があり絵画展を催している。その集まりを〝サロン〟と呼んでいた。一九七一年二月に〝同人編集会議〟を開き、文芸誌「風琴」の事務所を開設したとある。その後〝サロン俳句会〟とか「サロン・文学合宿〝風琴堂春の章〟シンポジウム計画」等を開催している。また各地の文学講演会を聞きに行ったり、文学合宿といった勉強会にも力をいれていた。加茂市の文学一般、絵画、音楽を生活に根差したものとしたいと願った青年達の文化活動の拠り所だったようだ。「風琴」の編集内容を見ても、詩への傾斜よりも散文、小説への志向が強かった。

同人誌「風琴」は年一回の発行で、収集できたのは二・四・五・六号の四冊。六号が最終号で一九七六年四月に刊行されている。詩を寄稿した詩人はこの四冊で、有本九拝、竹内由一、土田孝の三名に過ぎない。有本九拝は有本茂のペンネーム。「風琴」同人の実質的なリーダーと思われる。一九七三年五月刊の四号は、「文芸同人　風琴」と記名している。編集担当は西山伝七。一九七五年一月刊の五号に有本は小説「私刑」を発表している。この小説が高く評価されたことが六号の中野名の編集後記で語られている。

> 有本25才。彼の先号作品「私刑」は読売新聞、文学界の同人誌評に取り上げられぼくらなりに反響を呼んだ。文学界の編集部から直々の私信が来て賛辞と次の新人賞に応募してみないかとの誘いもあった

と、その評価の高かったことを伝えている。

また六号編集後記で有本は「二年前短歌で塚本邦雄に認められて歌ばかり作っていた」とも紹介されている。その頃の作「澪標11首」を掲載している。六首を引く。

みをつくし　星　花つくし少年は　嘘のかぎりをつくし美し

薄き頬に　血を滲ませてつどいくる　少年は薔薇の罠をくぐりて

をとめらは不意に黙しぬ　ヴィオリンのように腰絞られて　胸絞られて
うつむきて母系家族を過ぐるとき　不意に吾を撃つ百合の銃口
鬼燈の　青き袋を裂きて七つをみな九つ　初潮の真昼
革命と勘違いして飛び出すな　世界あまねく　月経日なり

有本茂の才能を思わずにはいられない。有本は「風琴」だけでは飽き足りず、詩集団「線」を一九七三年七月に創刊する。編集は有本茂で、発行所の住所は加茂市五区九組となっている。編集後記で有本は、今井朝二の詩集『緑のランプ』を通じての出会いと、「親発田《ママ》のY氏」への訪問から「詩を持続していくうえで」の示唆を受けたと語っている。創刊号では竹内由一、菅原勉、板垣稲穂、有本九拝が詩を掲載している。他に、板垣が短歌を、有本と美杉健次が小説を載せている。

有本が「風琴」とは別に詩集団「線」を創刊したのには、もう一つの契機があった。一九七二年に同人誌「ZONE」が創刊される。「ZONE」№2は一九七二年十二月の刊行であった。編集者は板垣稲穂、玉井了。発行者は同人ZONEとなっている。玉井の編集後記には「我々は加茂市の風琴堂諸氏と連がりを持つことが出来」とある。「ZONE」№2に詩を寄せたのは

玉井了、今井朝二、有本九拝、十洋、板垣稲穂の五名。

詩誌「ZONE」は詩への志向が強かった。ここでも今井朝二が顔をみせている。

一九七三年八月刊の「ZONE」№3を終刊号としている。あとがきで玉井は、

ZONEは、今回をもって一応廃刊を容認した。生産的文学か、趣味的文学か追求の途ではあるが、板垣は、早くもそのうちのいずれかを掌中に摘かみかけているようだ。けれども、それ故に肉体から先に文学的な処に入りこんでいるようなので側にいると何か切なさを見てしまわずにいられない。

と、廃刊と板垣の才能開花への期待といたわりとを告白している。その終刊号にのる板垣の作品「個体の分裂から」の冒頭十七行を引く。

切り裂れたと思い込んでしまうほどに／あなたは／夢を覗ていた／いや　そうではなく／眠るということが恐くて昼も勿論夜という時刻《とき》も目覚め／目覚めて何をしようとするわけではなく／そうしていることが眠ることよりも安心できるからにすぎない／一瞬にしてあなたの肉体が真二つに分裂したとき／街は／地鳴りの予感を伴わないで分裂してしまうのだ／空もいわゆる存在する個体の分裂、それも突然の出来事が起る／目覚めているあなたの分裂から始動した／分裂／破滅／滅亡／嗚呼、あなたは十三年の執行猶予を／その時刻まで生き延びなければならないのか（二十二行略）

詩を書く者には様々な分裂が訪れる。現実生活と詩への想いとの乖離、愛の相剋、主体の客体化への齟齬、自律と自立のジレンマ、それらが洪水のように訪れる。この分裂は詩の創作の一瞬詩人に訪れる陶酔感、酩酊感を伴った至福の一瞬でもあるだろう。それを認識し、把握し対象化し詩として作品へ昇華する。板垣は自らの詩の可能性への挑戦者として、必死に詩に喰らいついている情況を直視して表現している。

この「ZONE」終刊号に有本九拝は短歌「紫陽花11首」を掲載している。詩集団「線」は一九七四年二月に二号を刊行する。菅原勉、板垣稲穂、竹内由一、有本茂が詩を寄せ、西山伝七、有本が小説を載せている。有本の詩・小説・短歌への並々ならぬ才能の事実を目撃できる。

こうした「風琴」「ZONE」「線」を支えた大きな文化的な渦が加茂市には存在した。そうした動きを集約し、実現したのが「コスモス創造祭」であった。

小京都加茂に、僕達は下記の日程により'72コスモス創造祭を開催します。僕達は演劇・文学・詩・歴史の五サークルで総合的な文化祭を、各サークルの創造世界を、僕達会員の力で希求しここに実現しました。

一九七二年十一月三日から五日に開催した「'72コスモス創造祭」を報告する、「コスモスの会」発行のチラシと記念誌「コスモス創造祭」がある。絵画集団「風琴」、文芸同人「風琴」、劇団「どんぐり」、詩集団「陰極」、「歴史研究会」の五サークル三十二名による文化事業の内容を伝えている。会長は関宗大、記念誌編集は星隆明。詩人の手による文化運動の実現が新潟県の新潟市・三条市・加茂市の各都市で重層的に試みられていた事実をこの記念誌は伝えている。

②　今井朝二詩集『車中の少女』『緑のランプ』『眠る覚める』の紹介

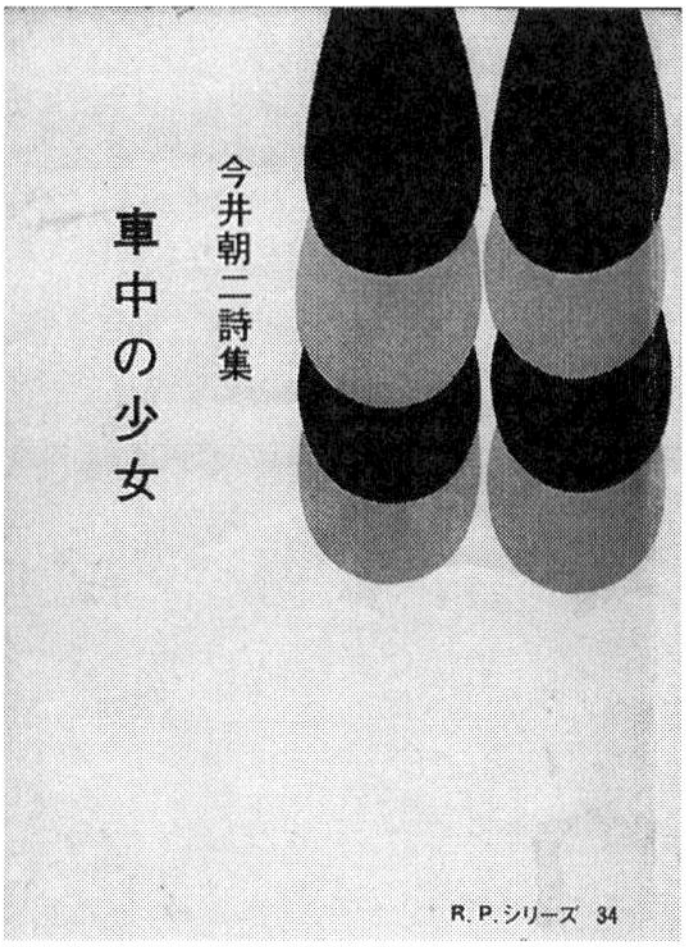

『車中の少女』表紙

「線」と「ZONE」を陰ながら支えていた今井朝二の行動についてここで少し触れておく。

今井朝二（一九二五〜二〇一二・十二・十九）の活動に関しては随時記してきたところである。[18] 一九七〇年から一九七五年にかけて今井は、「夜明けのあいさつ」「ZONE」「ブルージャケット」へ作品を寄稿すると共に三冊の詩集を上梓している。

一九七二年三月に国鉄詩人連盟を発行所とする第一詩集『車中の少女』を上梓する。標題作となった「車中の少女」像は、高度成長期を支えた少女たちの労働現場の現実と生活を活写している。北海道から新潟の紡績工場に働きに来ている少女が、乗り合わせた列車の中で問わず語りに話す様子をルポルタージュ形式で表した作品である。明治・大正期の女工哀史ほどの労働の過酷さや隷属性は薄らいでいるとしても、少女が思い描く生活からは遠いが、慰安旅行やスターの歌謡ショウへ出かけることもできる、そんなはかない現実を今井は独特の優しさで描写している。今井は労働の現場での動輪のような激しい感情の働きから、リアルな現実を掴み出す「お前への歌」、車中の女たちの表情に向ける人情味あふれる作品まで、人間が立つべき場所を常に鋭く見つめている。あとがきと二十篇から成る。A5判六十二ページ。

今井は線路工夫としての労働者意識と矜持を持って詩を書きつづけている。詩雑誌「ZONE」の板垣稲穂が言及した詩集『緑のランプ』は一九七三年六月に、ゆき・ゆきえの編集、発行所を国鉄詩人連盟から上梓されている。詩集のあとがきは「一九五二年一月四日にこのあとがきを書いた。」で始められる。一九四五年以降の敗戦期の混乱の余韻が残る頃であったことが知られる。「1947.11.5」の日付の「太郎」から「1952.4」の日付の「うつむく姿よ頑健であれ」までの、収録詩にはすべて日付が付されている。一九四七年作十六篇、一九四八年作十八篇と敗戦間もない作品が大多数を占めている。敗戦後の困窮する暮しぶりと混乱する世情を謳いあげている。貧しさをものともせず、戦争から解放された自由と労働の喜びを全身で享受している。今井の他者への優しさを伝える、「太郎Ⅲ」を引く。

太郎が前より激しくバイオリンをひいたとしても／それは冬空の／ねずみ色の雲のうちがわを伝っていくばかり／／太郎の目はあかくたづれ／見えない視界をただようばかり／／万代橋でひいている／太郎をとりまく人たちの風ぼうをおもい／なべにいくらの銭がたまろうかとおもい／ポケットに手をつっこみ／ミルク二杯分の銭を数える

(1948.1.30)

と、戦後の新潟市の萬代橋に立つ、バイオリンを弾く盲目の太郎とよばれた人物への今井の視線は、〃惻隠の情〃を越えて戦後民主主義の一つの成果、〃ヒューマニズム〃そのものである。

今井は『緑のランプ』のあとがきで、敗戦期に「国鉄詩人連盟」の発足に参加した時代を遠望して「あれから二十年の才月がたっている」と当時への愛着を語っている。そして「この後のいくつかの詩集も準備したい。「麦藁帽子の行方」「幻の愛」「太陽の歌」がそれである。」との思いを残している。今井は自らの闘いと詩の収穫期を夢見たのかも知れない。跋文「今井朝二の詩」を岡亮太郎が寄せている。あとがきと三章四十三篇から成る。A5判、二段組、三十五ページ。

次に上梓されたのは『眠る覚める』で、一九七五年二月であった。発行所は国鉄詩人連盟、編集者は鈴木茂正。一八七二年、一九七三年、一九七四年に書いた詩を編集したものである。著者五十歳の詩集であり、家庭でも職場でも詩作においても、最も精神的にも肉体的にも旺盛な時期だったことを窺わせる。書いても書いてもなお書ききれぬ現実と希望との齟齬感、鉄道保線労働者の自負と責任、労働者としての闘いの日々を豪放磊落なリアリズムで描ききっている。あとがきと六章四十五篇から成る。A5判、二段組、四十二ページ。

14　詩誌「烽火」等の北川義一の動向について

詩誌「あかたては」を一九六八年八月に創刊した北川義一は、一九七〇年には東京へ進学する。在東京時代の北川は、一九七一年四月にメイウッドクラブ機関誌「メイウッド」を創刊する。北川の在東京時代から帰郷する期間の活動は多岐にわたっているが、在東京時代は必要以外はここでは触れない。北川が記した「新潟文学史【北川義一周辺[19]】」を参考に整理することにする。

　北川は一九七一年十月には文芸同人誌「烽火」を創刊している。「烽火」の収集は第三、四、五号のみで、一九七二年四月刊の第三号は「青春号」のタイトルが表紙にはある。編集発行人は烽火同人で、発行所はメイウッド編集部東京都豊島区南長崎三―二十二―六中條方の北川義一となっている。作品を載せているのは、

　茜三郎、貴柴陵、東僑人、叶一輝、北川止秋、白岩可
　　斐、兼沢哮

の七名。

　北川は一九七三年五月には新潟市へ帰郷する。同年五月刊の「現代詩謡」第十七号に作品を発表し、会員名簿に先の住所を掲載している。終刊となる「烽火」第五号の発行所は、新潟市本町通十四番三一一八―七、神無書房となっている。北川の自宅である。

　作品を寄せたのは、

　小柳俊郎、貴柴陵、北川義一、北川止秋、白岩可斐、
　　兼沢哮、近藤吉則、叶一輝

の八名。

　このうち北川止秋、白岩可斐、叶一輝は北川義一の別名である。北川止秋は短歌、白岩可斐は小説、叶一輝は随想、詩を北川義一と書き分けていた。多才なのか、器用なのか。

　北川は詩集を多く刊行している。収集できた詩集を紹介する。

　一九七一年三月に詩集『燈火《ともしび》一号』を刊行。少年の想いが風景に溶け合っている作品が多い。詩人は眼前の風景と己の心が交差するスケッチに余念がない。二十四篇から成る。横書きでＢ５判、左綴じ、二十四ページ。

　同年七月にはＢ５判、二十篇から成る『燈火《ともしび》二号』を刊行している。この詩集で応答し、響き合うのは〝誰か〟であり、〝帰って行く子供〟である。詩人の姿ははっきりとした姿では見えてこない。この二詩集は、「新潟文学史」によれば、「新潟市古町十字路にて街頭販売」とある。一九七〇年代前後、東京は新宿駅の構内で自作の簡易な体裁の詩集を売る詩人が見かけられた。その新潟での実践であろう。

同年十一月には叶一輝名で、B5判、二十ページの詩集『石』を刊行している。この詩集は「池袋駅地下街にて街頭販売」とある。巻頭言で「石である事によって、いっそう、黙々と詩を書き続けてゆかねばならぬと、決意しなければいけない。」としている。青年期の観念・感情を旅するかのように、真っ直ぐに自己と向き合っている詩集である。

一九七一年六月にA5判、二十一ページの詩集『闇の美学』を刊行している。この詩集には青年の虚無感と不安定な精神を懸命に表現しようとする詩人がいる。いずれの詩集も新潟市の古町十字路で本人が立ち売りした詩集。六冊の詩集は言葉の前に立ち尽くす詩人北川義一の精神過程を垣間見る詩集群である。

一九七三年五月にB6判、十六ページの詩集『燃える闇』を刊行、青春の漂泊性を抒情した詩集。一九七四年三月にはB6判、二十二ページの詩集『街角の詩』を刊行。行き交う人たちの姿を通して詩人の魂を刻み込もうとする、優しさが漂う詩集である。

北川は一九七四年二月にアンソロジー『烽火詩人選集』を神無書房叢書として上梓している。執筆者は貴柴陵、本田仁、棚橋正博、友野満喜緒、北川義一の五名。この他に白岩可斐の小説集『窓』がある。奥付けが無いので刊行年月は分らない。この他にも何冊かの詩集を刊行している。

北川の活動の支えである機関誌「メイウッド」は、後に「西北風」と誌名を変更して現在も刊行され続けている。創刊号から第十六号までは未収集で、創刊の経緯や〝メイウッドクラブ〟の性格も判然としない。この五年間で刊行され第十七号から第二十七号までは収集済みである。B5判四頁だての編集で、初期の目的は詩誌「あかたては」の同人や在東京時代に「烽火」同人の結束を目指す新聞のようなものだったのではなかろうか。一九七四年二月刊の第二一号では、「メイウッド」を送付している四十九名の名を掲載している。新潟県内の詩人がほとんどである。そして一九七五年六月刊の第二十六号で雑誌「創造大系」発行を呼びかけている。「新潟の青年による詩の雑誌、創造大系!」をと、新潟創造文学会名で告知している。参加予定者は、

斎藤健一、内山進、小林和之、北川瑛治、土屋輝秋、横木徳久、松林総一、北川義一

の八名。

北川は帰省後の新潟での活動から、若い詩人たちを組

織化し、あらたな雑誌の創刊を目指す方向に転換した。「メイウッド」はこの時期にはそうした北川の詩的運動論の役割を果たしていた。

月刊詩誌「創造大系」は一九七五年七月に編集人北川義一、発行人は新潟創造文学会、発行所は新潟市本町通り十四番町三一一八―七の神無書房となっている。〝新潟創造文学会発足――九月に第一号発行〟との宣言文と会の諸則を掲載し、詩を寄せたのは、斎藤健一、小林和之、北川義一、北川瑛治、本田仁、土屋輝秋の六名であった。諸則には「本会の活動は一年間をもって終了する」とある。

九月に発行された「創造大系」は第一号ではなく特別予備号となっていて、編集部名で〝文学会解散―根本方針の趣旨をくんで〟が掲載されている。「県内文芸活動の興盛とその体系化に一石を投ずるため、新潟創造文学会」は発足したはずなのに、「当初の予想から外れて一サークルとしての文学会になってしまった」と編集部は認識し、解散を決めている。会に参加した十二人との意見交換や会の性格や方向性を討議した経過は説明されていない。この号に詩をよせているのは土屋輝秋、北川義一、渡辺松三郎、本田仁、渋谷和司、松井郁子、斎藤健一、北川瑛治の八名であった。

北川が提唱した「県内文芸活動の興盛とその体系化」とは何か？　北川が帰省後、新潟の同年代の詩人たちと創造の場、発表の場を模索していたことは確かだが、問題提起に終り、発足と同時に解散という難儀にあったと考えられる。

15　文芸誌「桜花文芸」の創刊とその展開及び関連詩集について

①「桜花文芸」の創刊から二十三号までの歩み

文芸誌「桜花文芸」は一九七二年二月に創刊される。編集発行者は桜井正示《しょうじ》、住所は五泉市大字論瀬五九〇一巣本小学校内となっている。

桜井は「創刊の辞」で「桜花文芸」が創刊に至る経緯を次のように述べている。

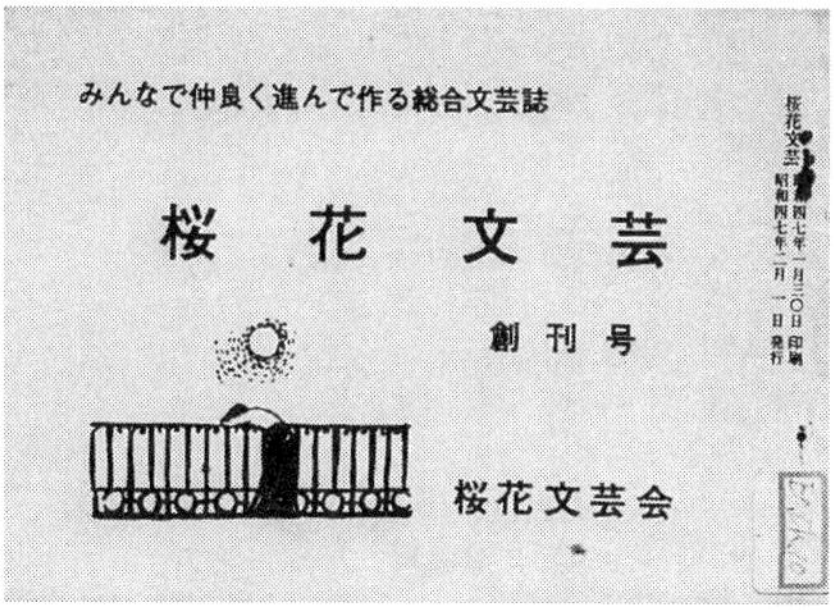

「桜花文芸」創刊号表紙

四十六・十一・二十四（木）付、「ヤングレーダー」

ヤング諸君！　ペンを持って若さを爆発させよう。詩、俳句、コント、短歌、そのほか作品をどしどし送ってください。さゝやかなタイプ印刷の文芸機関誌を誕生させたいと思っています。

と、新潟日報の投書欄「ヤングレーダー」で呼びかけた文を引用している。

当時、詩や文芸に魅力を感じた青年たちは、新潟日報の生活詩欄へ盛んに投稿していた。そうした投稿者への文芸誌創刊の呼びかけであった。呼びかけてから三か月後、「それで、ようやく、三人で出発すること」ができたという。三人とは、古島延子（本名・田中延子）、佐藤節子（筆名・雨会まらき）、桜井正示（信濃川桜花）の三人。

表紙は「みんなで仲良く進んで作る総合文芸誌」とうたっている。そうした姿勢も歓迎されたのか、新潟日報の生活詩欄投稿者を中心に詩やコント、童話の可能性を見いだした若い人たちの発表の場として、表現を可能とする受け皿として多くの書き手を引きつけ発展してゆく。一九七二年は六冊の刊行、一九七三年は七冊と一九七五年十二月までに二十三冊を刊行している。隔月刊、四十八ページをほぼ順守して刊行している。桜井の「桜花文芸」刊行への熱意が滲む。

一九七三年六月刊の第十号の「会員・投稿者住所録」には二十五名が記載されている。この十号までに、杉山友理（杉山幸子）、斎藤健一、鷲尾澄恵、山口奈利子、佐々木弘三らが参加している。

佐々木弘三は戦後間もなく創刊された「新鉄詩人」の時代から、田中伊左夫、今井朝二らと共に活躍した詩人であった。桜井が詩人の一人として私淑する関係があったことが、「桜花文芸」から窺える。佐々木は一九七三年五月刊の第九号に「（詩）とは」と題して、初めて詩を書く人たちにも分り易い、丁寧な言い方で詩の書き方とその意義を述べている。詩とは、

（詩）とは、貴方の目で捉えた、社会の或る現象や、空想、追憶、祈り、それらのものを、そのまゝ、言葉で写し撮る、芸術ではありません。（一部略）大切なのは、貴方の目で捉えた、それらのものを、貴方の（心）で暖め、（人間性）をあたえ、貴方の知っている言葉で適切に組合せ、（リズム）を加えて、忙しさのために、うっかり見逃してしまった人達の、共感を得る事なの

です。共感が、得られれば、（その詩は、良い詩）だと言ってますし、感動が得られれば、（立派な詩）、驚嘆させる事が出来れば、（見事な詩）で、（芸術品）にもなる事が出来ます。（後略）

と、詩に触れて感動を覚えた人の、初心を思い出させるような指摘をしている。

佐々木の文は「桜花文芸」に拠る若い詩人たちに大きな勇気を与えたことだろう。以後、しばらく佐々木は「桜花文芸」に詩を投稿する詩人たちの添削指導を誌上で行っている。桜井との共同作業であったと思われる。

一九七五年十二月刊の第二十三号に作品を寄せたのは、

下条ひとみ、松井郁子、鷲尾澄恵、雨会まらき、杉山友理、阿部峰子、日下英子、大平幸枝、徳毛幸恵、林春、布川武司、羽柴雪彦、桜井正示

の十三名。

話は前後するが一九七三年三月刊の第八号から、編集発行所が変わる。桜井が五泉市の巣本小学校から、古志郡山古志村東竹沢丙（現長岡市）の芹坪小学校に転任したことによる。桜井は「桜花文芸」刊行にのしかかる経営問題や作品の集まり具合に焦燥しながらも、山古志村という僻村に住まいしながら会員との繋がりを重視する姿勢を常に堅持している。合評会等の開催の難しさから杉山友理や斎藤健一らの協力が、会員相互の関係を緊密にしていたことが誌面から見えてくる。ここで会員関係の詩集を紹介する。「桜花文芸」創刊から凡そ四年間の期間に七冊の詩集が会員の中から生まれている。

②「桜花文芸」同人詩集の紹介

ア　佐々木弘三の詩集『高原』

初期の「桜花文芸」の指導者として協力した佐々木弘三（一九二〇～一九七九）は、一九七二年四月に長く所属する国鉄詩人連盟から詩集『高原』を上梓している。国鉄詩人連盟の〝精鋭五十名〟のシリーズの一冊として刊行したものであった。佐々木の詩は先に述べた「（詩）とは」に見られるように、自らの「社会の或る現象や、空想、追憶、祈り」を自らの目と心で人間性を附与し、適切な言葉で表現している。詩「或る話」は、寓意のように挿話を積み重ね、言葉を組み合わせる方法で生活者の、労働者の心模様を表現している。この方法は独特で

寡黙な姿勢の中に潜む、働く者の姿に光と活気を与えている。標題作「高原」の全篇を引く。

あたりを／色どって　いるのは／咲き　きそう／季節の　草花ではなく／高原の／秋の／寸暇を　惜しむ／無数の／虫の　コーラス　でもなく／都会の／わずらはしさを　のがれた／幾組かの／若い　カップル　の／あざやかに　燃える／セーター　の　色彩だ／わずかに／余暇を　楽しむ／子供連れの　夫婦の／みちたりた　笑声だ／／折れ伏した／芒の群れと／むしられた／野菊に／古い情緒は／眉を　ひそめ／やたらにふえる／ゴミの　山の　数々に／たくましい／人間の／食欲が　あふれ／／あたらしい／高原の息付も／そこにある

と、高原の虫の音や草花を愛でるのではなく、明日の労働への糧として休暇を存分に味わう人々の表情が主調音をなしている。

「あざやかに　燃える／セーター　の　色彩」や「子供連れの　夫婦の／みちたりた　笑声」と書き、秋の高原に人間のたくましさと尊厳を見ている。佐々木は新津市生まれ。あとがきと十三篇から成る。A5判、五十三ページ。

佐々木の詩集は「国鉄詩人連盟」との関係で刊行されているが、「桜花文芸」での佐々木の位置からここで紹介することとした。桜井と佐々木の接点は恐らくこの詩集を介してではないかと考えたからである。

イ　桜井正示の詩集『潜む』と『早出川のほとり』

「桜花文芸」を主宰する桜井正示（一九三八・五・十三～二〇〇五・十・十七）の第一詩集『潜む』は、新潟日報「生活詩」欄と「芸象」への投稿、掲載された詩を中心に編み、一九七三年七月に芸象出版部からの上梓であった。文芸誌「桜花文芸」が創刊から順調に成長する中、桜井は「失意に沈んだ惜しむべき青春の日々（あとがき）」の記録として提示したかったのだろう。教師を目指して勉学にいそしむ日々を「潜むように　住み／遠い将来の雲を／それでも、目を輝かせてにらんでいる――。（潜む）」と詠う。詩と自らを恃み、素朴さと青年期のジレンマが飾らない文体から滲み出る。苦学して教職に就いた経緯を〝著者略歴〟に見る。序を萩原廸夫が寄せている。あとがきと四章二十三篇から成る。B6判、六十二ページ。

桜井は詩集『早出川のほとり』を、一九七四年五月に上梓する。最初の赴任校であった五泉市の巣本小学校の三年間の想いと思い出をまとめた詩集である。発行所を桜花文芸会出版部としたのは、「桜花文芸」の展開に自信を得て、自立の意志を鮮明にしたものであろう。詩「早出川」を引く。

善願橋の下に／早出川は／曲って流れる。／釣り人を／朝から夕方まで／招き／強い光を／呼んでは／流れる。／上流は／急で／幅広く／大勢の人々の眼を／魅惑する。／早く／流れて／曲って……。

五泉市を流れる阿賀野川の支流の一つ早出川を詠っている。文節を一行とする、言葉を短く配置する方法を特徴としている。早出川を詩の比喩と捉えることも可能だ。穏やかに明け暮れする巣本小学校の様子や町の風景を伝える集中に、突然の父の死を憤る「逝った夏」の烈しい作者の動揺が印象に残る。日常を句読点のように写し出す詩集でもある。あとがきと七章三十四篇から成る。B6判、九十一ページ。

ウ　斎藤健一詩集『海岸の草』

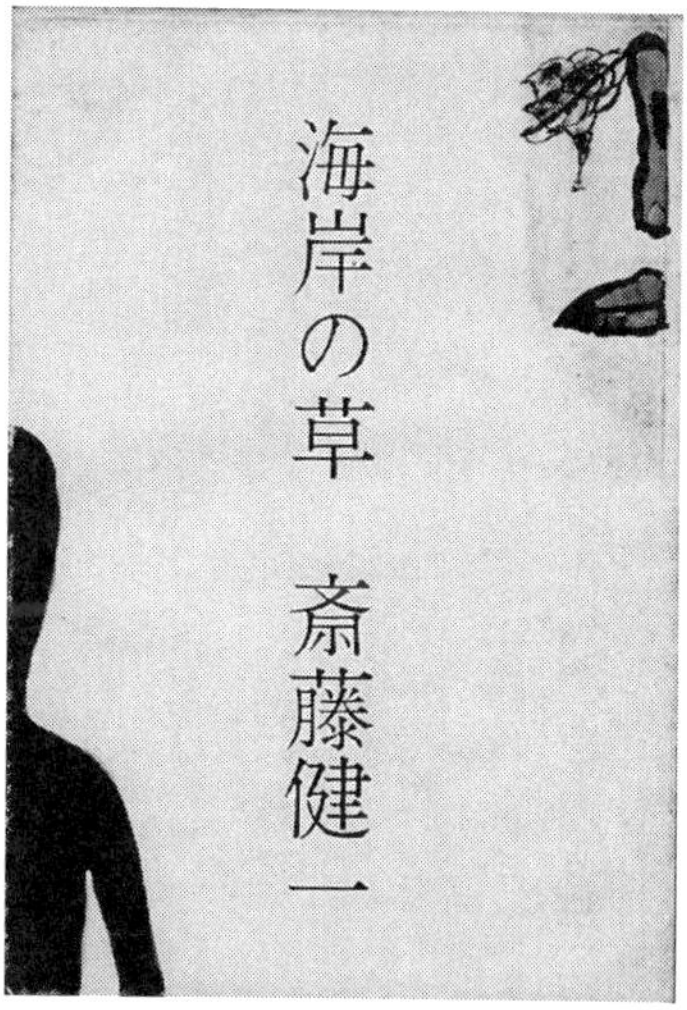

詩集『海岸の草』表紙

詩集『海岸の草』は一九七四年四月に上梓された、斎藤健一の第一詩集である。斎藤は「桜花文芸」には第三号から参加している。「二十一ごろから二十四歳までに書いた作品」から選んで編んだ詩集とあとがきで述べている。「桜花文芸」に掲載した作品は選んでいない。詩集と「桜花文芸」掲載の作品を比較すると、同じテーマ、同じ情景を違う視角や視点から作品化していると見られる詩に出会う。一九七四年七月刊の「桜花文芸」第十六号に載る『海岸の草』紹介文には、「新潟日報読者文芸「生活詩」」への「投稿作品を中心に五十編を収録」とある。

静かな語り口で、モノクロフィルムに印字してゆくような言葉の運びの詩群からは、はかなさや寂寥感を受ける。「夏のけしき」を引く。

蟬が／川の向うの林の奥で／しきりに鳴いている／明るい光が／空からあふれて流れて／それが／広い縁側に／ひまわりの影をおとしてくれた／こうして毎日私は／静かにうつりかわるさまざまな／夏のけしきをみた／何だか疲れた頭の中で／青くかがやくあさがおの／かなしいほどの美しさや／病人という存在などを／くらべて／いた

病床に臥す作者の心象を垣間見せた闘病記である。作品から受ける表情の穏やかさは、「人間」や「人々」との関係を大げさに問うのではなく、「人」としての「私」を凝視、観察しているからに違いない。その凝視、観察する視線が、対象との距離を一定に保ち、言葉を調整している。対象から受けた感情や想念を大げさに形容したり、屹立させようとはせず、静かにひたすらに言葉へと調整、収斂させて一行として配置してゆく。この技法が作品に独特のリズムと陰影ある表情を与えている。あとがきと二章四十九篇から成る。A5判、ハードカバー、箱入り、百七ページ。

エ　杉山友理詩集『赤いかざぐるま』

杉山友理は「桜花文芸」には、杉山幸子名で第二号から参加している。杉山の第一詩集『赤いかざぐるま』は、一九七四年五月に桜花文芸会から上梓された。詩集『赤いかざぐるま』は一人の女性が、少女期青春期成熟期へと成長してゆく過程を、人と自然との素直な共感のなかで描いている。杉山は生きていることはうたうこととし、「夢のつぼみ」を開くように詩を生み出している。序を桜井正示が書いている。あとがきと六章五十三篇から成る。縦一七二㎜×横一五五㎜変型判、百一二ページ。

杉山は一九七二年九月刊の第四号からは詩と小説を掲載し始め、その後熱心に童話を創作している。一九七四年九月には童話集『孤日記』を刊行している。

オ　二城里渓子詩集『小さな日に』とさとうせつこ詩集『邪んぼ』

二城里渓子詩集『小さな日に』は一九七四年八月に上梓された。二城が「桜花文芸」に作品を寄せたのは一九七二年九月刊の第四号からである。この時のペンネームは山口奈利子、本名は筧実恵子とある。しかし詩集では本名山口美詠子（一九四八・一～）と自己紹介している。あとがきには「一部は十五・六才頃の物、二部は一部以降から結婚直前まで、三部はその後であるこの二年間の」作品で編んだとある。多感な思春期から結婚後の病に臥す心の葛藤が綴られた詩集である。あとがきと三部六章三十六篇から成る。Ｂ６判、九十二ページ。

さとうせつこ詩集『邪んぼ』は一九七五年十二月に上梓している。さとうせつこは、「桜花文芸」創刊同人の佐藤節子である。佐藤は第四号からペンネームを雨会まらきとしている。〝まらき〟は「旧約聖書のマラキ書」からの命名としている。詩集『邪んぼ』は：はじめに：によれば「ジャンボって呼んでみて下さい。」とのこと。看護士として働くさとうの日々や恋人との悲喜こもごもの「青春の足跡（はじめに）」を綴った詩集である。作品の多くは「桜花文芸」掲載の詩から選ばれている。はじめにと十章七十一篇から成る。Ｂ６判、百ページ。

16　文芸サークル誌「青い麦」の創刊とその展開

文芸サークル誌「青い麦」は一九七二年三月に創刊される。編集発行人は影山二郎、発行所の住所は新潟市沼垂蒲原町四の八山田豊方、「青い麦の会」となっている。創刊号には七項から成る会則が掲載されている。「一、この会を「青い麦の会」という。」とある。「青い麦の会」は、一九七三年六月刊の第六号の「一年間の麦のあゆみ（年表）」によると、一九七二年一月に「峰健太の下宿にて、峰・影山・ののやま・土井・野川の五人により誕生する。」と記録されている。

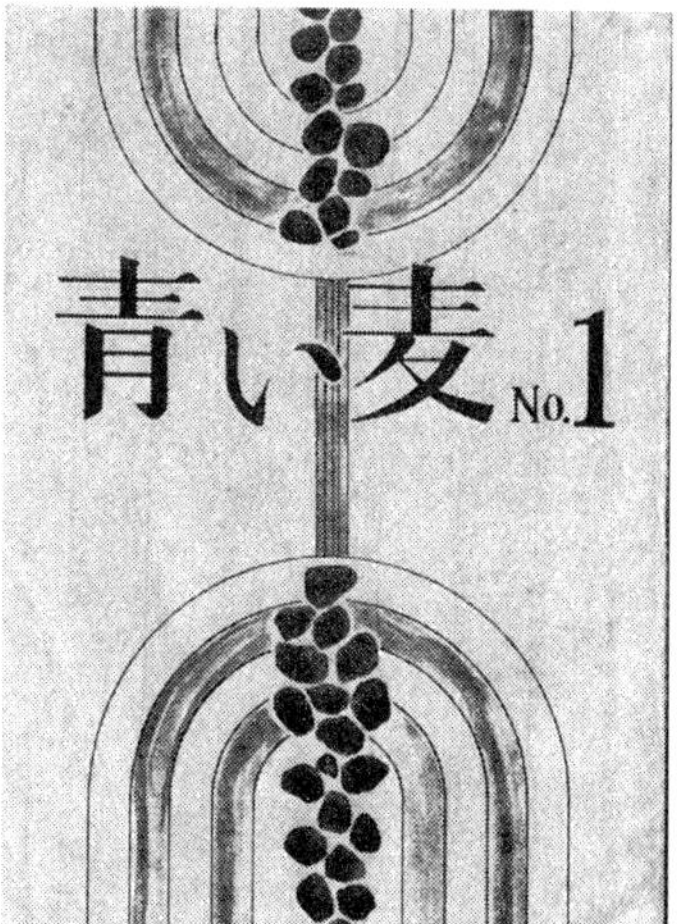

「青い麦」創刊号表紙

創刊会員は、

伊藤てるよ、野川未来《みく》、影山二郎、野々山千尋《ちひろ》、加藤ケン、深井信《ママ》子、黒井瞳、峰健太、中村和子の九名。

会員は工場労働者、大学生、大学を出たての新入社員等の二十歳前後の青年達であった。

二十歳前後の詩への欲求については三条市、加茂市、新発田市、そして新潟市の「桜花文芸」を見てきた。これらの詩誌と「青い麦」の相違点は何か。

文芸サークル誌「青い麦」の性格と方向性は、創刊号巻頭を飾る「『青い麦』の創刊にあたって」で、「新潟における民主的文学運動の芽ばえとして、どこまで青い麦が、成長してゆけるだろうか。」という言葉が端的に示している。「青い麦」は一九七五年までの三年半で十三冊を刊行し、詩の可能性を求めて詩文芸に限らず、民主的文学運動の視点から社会問題へそのすそ野を広げてゆく。日本の資本主義の成熟は文化的には全国一律的な画一化を引き起こし、一方では社会の矛盾が増大し社会問題が激しくなる。こうした状況を乗り越える方法として個と社会の融合をはかる「多様性」が主張され始めていた。「民主的文学運動」として日本共産党支持―民主青年同盟―詩人会議の系列の機関誌としては詩誌「夜明けのあいさつ」がかつてあった。「青い麦」は編集発行人の影山が印刷工であり、峰健太が新卒の病院事務員であった。社会の矛盾や抑圧への抵抗感を強くする詩人たちであった。創刊号に載る影山の「町工場にて」は会社の新年会風景を詠っている。上司との苦くまずい雰囲気の酒席での様子を描いた後、影山は自らの工場への思いを綴る。


いくら飲んでも酔わない頭で／階段をおりると　そこは／昼でも真暗な印刷工場。／俺達が『地下牢』と呼んでいる工場。／だが、俺達の血と汗を吸いこんだ機械よ。／本給二万六千円　祭日も休まず／有休なんかもとらないで／ただ黙々と働いている聖なる丘。

労働現場の「地下牢」は、生活をうるおす「聖なる丘」である矛盾。過酷な労働とその環境、期待する生活からは遠い現実が日々影山を撃つ。影山は一九七二年十一月刊の四号のエッセイ「詩についての雑感」で、「ユリイカ」や「現代詩手帖」に載る詩の難しさをぼやいた後、

ところが、「民主的」詩運動をめざしている「詩人会議」にしても、手ばなしでほめられたものではない。僕自身会員でありながらこう言うなんてどうかと思うが、実際、本欄の作品を読んで感動するなんてめったにない。難しい作品も多い。

と、「詩人会議」の編集方針には懐疑的であった。

一九七三年二月刊の第五号から編集発行人が峰健太に変わる。これは影山が上京したことによる変化であった。発行所は新潟市沼垂東六丁目四番十二号　沼垂診療所酢山省三方「青い麦の会」となっている。酢山省三[20]は峰の本名である。

沼垂診療所は新潟水俣病の発生と患者救済の必要を社会に広く知らしめた診療所である。現在も未認定患者を含め、新潟水俣病の救済と診療を精力的に続けている。峰はこの沼垂診療所の事務員として勤務していた。一九七三年六月刊の第六号に新潟水俣病患者らとの接触から、その病状の実態と公害認定を巡る国家との闘いの日常を報告する詩「新潟水俣病　現場からの報告」を掲載している。一二〇行の「事実という重たい武器をもって」の一部を引く。

春がくるとほっとします／体の痛みが少しは和らぐから／真冬はぢごくです／頭のズキン、ズキンが／手足のしびれが／腰の痛みが・・・・・・／骨と神経と、あの毒々しい液体との斗い／――体中を駈けめぐり、あばれ回り／夜も、そして昼も、一日中／（中略）／ぼくは、今日も受付けに座わり／「病名――水俣病公害病認定の手続き／をお願いします」／と、診断書に書き込む／忙しさの流れの中で書く一枚の診断書／ぼくの書く一枚の診断書が／その人を別の世界にひきずり込む／世界で日本にしかない病気／それも、熊本とここだけ／直《ママ》す方法がわからない灰色の世界へ／

（後略）

今日まで何回も繰り返されている新潟水俣病の「公害認定裁判」の闘い。「ぼくの書く一枚の診断書が／その人を別の世界へひきずり込む」という、何気ない一行に込められた峰の深く重い問いかけが胸を打つ。

「青い麦」が発したキーワードの一つが「多様性」であった。第五号に載る国分重剛のエッセイ「詩人会議・秋の朗読フェステバル」で、

詩人会議にかぎらず、「多様性」と同時に、周囲とのかかわりあいが、いろんな分野で問題視されているが、このフェステバルの内容（進行方法も含めて）も一つの問題提起には違いないだろう。

と、時代は誰もが文化文芸を享受できる大衆社会化状況になり、相互の関係性を多様性として把握しようという

認識が広まっていた。いち早く「青い麦」は反応している。文芸サークル誌「青い麦」の発行だけでなく、「青い麦」は自作詩の朗読を通して問題提起する機会を醸成してゆく。一九七二年十一月に第一回「詩とフォークの夕べ」を開催している。そして青い麦一周年記念行事として一九七三年六月に「ひらがなの友よ　穂先を伸ばせ！」を、新潟県民会館小ホールで開催している。講師に滝いく子、会員による自作詩の朗読、フォークグループ「あんにゃとあねさま」による歌と多様であった。二五〇名余の人たちを集客したという。驚異的な集客数である。「青い麦」とフォークは切り離せないようだ。一九七〇年前後に岡林信康らのフォークの萌芽からベトナム反戦運動での新宿西口広場の「反戦フォーク集会」まで、若い人たちのフォークのうねりがあった。関西から新潟へ戻り会員となった〝たっつあん（横山作栄）〟がリーダーとなって、新潟のフォークを牽引する。そのグループが「あんにゃとあねさま」である。うたごえ運動からフォークの時代へと変化した動きである。

編集発行人の峰は第六号で「「青い麦」一年をふりかえって」いる。峰は、「会員が自分達の手で『一つの文化』を創造する喜びを感じとってきた」との自負を語る。そして、「組織化の問題」として、

ぼく達の結びつきの〝かなめ〟は、この「青い麦」が「文学創造集団」という基本的性格から引き出されてくる。「文章を通して」「自分の作品」を通して、自分をぶつけ、他人を理解していく中でしかできない。

と、「青い麦」と自己と存在の関係性を重視している。組織と自己の対等な関係を模索している。

それは「この資本主義社会で「商品」を生産するためには、資金が必要だ」と峰は「経営の問題」で鋭く指摘している。峰はまた「反省点」の中で、「青い麦」の読者や朗読会へ来てくれた人らとの関係を次のように述べている。

ぼく達は貪欲に相手の感想を聞くべきである。何らかの波風が読者の心には立っていると思う。それをぼく達がどう引き出すか。余り相手の心の奥に踏みこまないように注意しながら、自分の作品の向上の為に、自分の理解の為に積極的に感想集約作業を重視しよう。

「余り相手の心の奥に踏みこまないように注意しながら」との峰の思想は上意下達を嫌い、人と人との対等な

関係から自らの立脚点を探り出そうとするものである。

　峰のこうした考えは、恐らく新潟水俣病患者と触れ合う第一線から報告した、「ぼくの書く一枚の診断書が／その人を別の世界へひきずり込む」との思いと同じである。ヒューマニズムの原点を見る思いである。

　民主的文学運動を推進する「詩人会議」との連携は、指示指導する上位機関とするのではなく、あくまでも「青い麦」の「文学創造集団」としての自律を保証するものでなければならない。講演などの依頼も学習の場の確保と充実といった点に重きを置いていたと考えられる。「青い麦」の会員個々の多様性の一面は、社会の問題へ目を開き、社会の矛盾を告発し、労働運動と向き合うことは、自らの日々の生活の場で社会と共に成長するという自覚と認識であった。

　峰のこうした時代が求める多様性に応える柔軟な指向は、「青い麦」創刊二年で新潟市での詩的活動の新しい局面を切り開いてゆく。一九七三年十月刊の第七号までに八十年代・九十年代を通して活躍する木俣冴子、たっつあん、本田裕曠、そうだみつのり、神田義和らを送り出している。

「青い麦」前期の変化を示すのが一九七四年八月刊の第十号と一九七五年二月刊の第十一号で表現されている。


第十号は「十号記念号オメデトウ！」と題して、詩人会議の黒鉄太郎、文化サークル炎群の五木圭介、三条「ブルージャケット」の経田佑介[21]が激励の文を寄せている。恐らく「青い麦」編集部からの依頼原稿であろう。

　経田佑介はこの文の他に本田からの依頼として「ニイガタの若き詩人たちへの手紙―文化、あるいは詩人であることについて―」を寄稿している。経田が本田から依頼されたテーマは「新潟の文化状況と詩人の姿勢態度」であった。経田は三条市を中心に「四年ほどぼくたちが試行錯誤しつつ試みてきた」活動を総括する形で応えている。経田らの「四年ほど」の活動は、「大きく言えば、東京を中心としてある日本の文化状況への反論」であったとし、活動を通じて「一つの土地に根ざして（＝土着して）活動しつづけることは尊敬に価することだと改めて発見」したと告白している。「詩人の姿勢態度」とは、

　この同時代と自分のまわりの世界（とくにぼくたちが住んでいる土地に‼）に詩の眼を向けるべきだと思うのです。

とし、例として吉岡又司の詩集『北の思想』をあげ、「ふぶき男Ⅰ」の後半を引用している。

さらに「六十年代にアメリカ西海岸を中心に詩の朗読運動を起こした」ゲイリー・スナイダーを引き、「青い麦」の朗読会とたっつあん＝横山作栄の「あんにゃとあねさま」を評価し、「詩人は土着するものであれと声を大にして言いたい」と主張している。この経田の文は新潟県を俯瞰し横断する地方文化論として貴重である。

同じ第十号で「座談会―心を打つ作品とは―」と題する座談会を企画掲載している。この座談会は第十一号、第十二号と三回に分けて掲載されており、「青い麦」にとっては思いの強い企画であったことを示している。座談会には、加藤幹二朗（詩人会議）、五木圭介（サークル炎群）、に加えて、青い麦の会からは峰健太、樋口はま、神田義和、影山二郎、木俣冴子の計七人が出席している。影山二郎、樋口はま、峰健太らの作品を対象にしながら相互批評が展開される。峰の第六号に載る「新潟水俣病　現場からの報告」を巡っての評価が分れる。「人はどこまで他人の事にどこまで関わりきれるか（木俣）」という提起を巡ってである。

影山や峰は、詩は当事者とは不即不離の距離を取りながら、関心を強く持って極力寄り添う立場を、加藤は自らの思想をより作品に反映させるよう促す立場を提起している。すなわち、影山と峰にとって詩を創造する事は現実に対する違和感や感情の揺れ、振幅から生起するものと捉えられている。加藤が提起する詩の創造とは、生起した感情の波を理論と理想で整理して方向付けをすることだとしている。

新潟県では幾つかの民主的文学運動を担おうとする詩誌・サークル誌が存在していた。この第十号で座談会という一つの場を形成したことを指摘しておく。

「青い麦」は創刊から三年半の一九七五年十一月に第十三号を刊行している。朗読会と詩の学習会も確実に開催してきている。会員は三十四名を数え、第十三号に詩やエッセイを寄せたのは、

宮嶋ゆうこ、尾張史郎、あそう木実、影山二郎、斎藤かいこ、神田義和、樋口はま、そうだみつのり、深井伸子、木俣冴子、峰健太、本田訓、水上陽子、篠田綾、正子、麓冬吉、渡辺幸敏、藤田五郎、佐藤良生、沢田悦子、結城直、

の二十一名で、会員は三十四名であった。

17　同人雑誌―総合女性誌「こもれび」の創刊とその意義

女性による女性のための総合雑誌「こもれび」が一九七二年八月に創刊される。発行所は新潟市西堀通り六、中央公民館にいがた『こもれび』編集室となっている。「こもれびの皆さんが、いよいよ力の結集を始められた。」と市社会教育課成人教育係長の磯部富美子が、特別寄稿の「われら列島おんなやよ」で述べている。藤本記名の編集後記では「今ここに主婦の同人雑誌「こもれび」の創刊号を発行する事ができました」と感謝の言葉を残している。

創刊同人名簿は八班に分かれており九十名を擁していた。その中から浅利みどり、小山和子、染谷カズ、浦田佐知子、天野道子、田島マサ子、相原珠江、石川和子の八名が編集委員となっている。「こもれび」は創刊から一九七五年十二月刊の第六号まで六冊を刊行している。

一九七三年四月刊の第二号の藤本記名の編集後記には、「発足して一年余、主婦の同人雑誌〝こもれび〟の会」と述べ、「主婦の広場として育っていきますよう」との願いが語られている。一九七三年十二月刊、第三号の天野記名の編集後記には、「友情と対話の広場として出発したことを想い合わせて」とあり、「こもれび」は主婦の連帯と文芸が結ばれる場を創造する動きであったと推測できる。しかし九十名から六十五名の同人を常に擁した総合雑誌創刊と継続の動機や意思、またそれぞれ個人の関係は共通する文芸への想い、同好の士としての結びつきと考えられる。一九七四年七月刊、第四号の筑波記名の編集後記には、

浮橋先生の文章講座で、短文の実作指導を受け、谷沢先生の詩の講義と共に有意義な勉強をいたしました。そのためか実作の上でも得るところが多く、四号では作品が進歩し、内容も整って、充実してまいりました。

と、文化講座を開講して、学習の場も確保していたことが分る。

「こもれび」の発行所が新潟市中央公民館となっていることから、新潟市が文化講座を開設し、その受講者の有志が雑誌創刊に動いたとも考えられる。「浮橋先生」とは新潟大学教授の浮橋康彦であり著名人であった。一九七五年四月刊の第五号に巻頭言「ものごと・ことば・表現」を寄稿している。

いずれにしても女性による女性の文化向上を目指した総合雑誌の創刊であった。発行体制は編集委員制で各号の編集委員数は異なるが八名から二十五名で推移してい

る。しかし女性だけの雑誌ではなく、各号の会員名には幾人かの男性が含まれている。

内容は総合文芸誌で特集、随筆、読書・映画・演劇等の感想、体験談、創作（小説）、文芸ひろば（詩・短歌・俳句・川柳）の欄等多岐にわたる文芸欄が設けられている。ここでは詩の欄と詩人に目を向けるにとどめる。詩の欄では創刊号には蒲沢麻生、浜田怜子、島睦月の三名が第二号には青山悦子、蒲沢麻生、阿部愛子、浜田怜子、遠藤春子の五名が詩を発表している。遠藤の作品「「丸木夫妻」の原爆の図をみて」は注目に価する。

第六号までに詩を掲載したのは、
蒲沢麻生、浜田怜子、島睦月、青山悦子、阿部愛子、遠藤春子、吉田和子、池田礼子、豊島みさほ、山本彰子、ほうじょうさやか、高野栄子、佳寿子、水木しほ、市川つた、小林まつ子、佐藤ゆうじ、浜千佳子、砂藤有
の名が見られる。毎号参加している人と一度だけの参加者とが混在している。

詩誌「海底」や「新潟県若い詩の会」等で活躍した尾形幸枝（尾形ゆき江）は、尾形超江名で随筆で活躍している。第三号の「アンデスへの飛翔―田村さと子著　詩集〈深い地図〉について」は優れた批評性を持つ詩論として評価される。第六号の「ひたむきな魂の軌跡―上村松園の生き方」は、まさにフェミニズム誌として登場した「こもれび」を飾るにふさわしい随筆となっている。

これまで女性だけの詩誌としては、一九五〇年代の十日町市を中心とした繊維労働者主体の「プリズム」「波紋」があり、一九九〇年代には清水マサ主宰の詩誌「DONNE」をみるのみである。

アメリカ合衆国でベトナム反戦運動からウーマンリブが提議され、日本でも〝中ピ連〟のフェミニズム運動が衆目を集める時代相のなかから、「こもれび」は生まれた。女性の自律を求めて誕生したと言っていいだろう。大衆社会化状況が地方の文化情況にまで浸透してきたことをも表している。雑誌「こもれび」は女性雑誌として非常に先駆的な雑誌ということができる。

18　創刊詩誌の周辺

一九七六年三月一日付で新潟県立図書館から「にいがた」と題する図書館報が創刊されている。新潟大学教授浮橋康彦が「新潟県文学結社総覧―地域別に―」を掲載している。新潟県の郡市別に詩・短歌・俳句等の雑誌名

と創刊年が記録されている。新潟県立図書館に寄贈された詩誌等を紹介したものと推測される。この項に関わるこれまで紹介していない、一九七一年から一九七五年の間の創刊詩誌と考えられる記述の部分だけをここで提示しておく。

松林総市らの「マルドロール」（昭49）、河野俊一らの「多馬酢湖」（昭49）、豊栄　渡辺惣治らの「橋」（昭47）、北蒲原　柄沢浩子らの「創刊」（昭47）、新潟波多野敏春らの「OB幸清水」（昭48）、小林和之の「毛点管」（昭49）、近藤十詩男の「射手」（昭48）、渡辺喜一の「たいよう」（昭49）。

浮橋は「県下の文学結社が130を越すという事実は一つの驚きである。」とし、「まことに概略の列挙に終ったが、これだけ見ても県下文運の隆盛を思うに十分であろう。」と述べている。

誌名の後のカッコ内は創刊年月日と推測している。創刊誌に関して収集できた詩誌から順次紹介していく。

①　詩誌「橋」のこと

詩誌「橋」は一九七三年四月刊の第五号が収集できただけである。同号の〝樹影より〟欄に「「橋」を創刊してから、もう一年以上経ちました。」とある。浮橋の「新潟県文学結社総覧」にある誌名の後の年号と数字は、それぞれの詩誌の創刊年と考えて間違いないだろう。詩誌「橋」は一九七二年に創刊されたと考えられる。既に四集も刊行されている詩誌の一冊から読み取るべきものは少ない。

第五号の編集者は渡辺惣治、発行者は月岡久美子、豊栄市葛塚四一六四。同人は、

岩橋啓司、野俣しゅう、森田清、渡辺惣治、和田真琴の五名。

詩作品を掲載しているのは和田、森田、渡辺の三人。他に小林和之が「詩について」、田中武が「父の俳句」のエッセイを寄稿している。尚、寄贈詩誌欄に「「あめしば」新発田市早通場六二宮村一也」の紹介がある。

②　詩誌「OB幸清水」について

詩誌「OB幸清水」は一九七三年一月に創刊されてい

る。発行所はOB幸清水の会　新潟市白山浦一波多野方となっている。編集人名は無い。同人は、

五十嵐政晴（京都市）、波多野敏春（新潟市）、林豊（横浜市）、平栗泰雄（松本市）

の四名。

同人は遠隔地の結びつきである。同年五月刊の第三号に無署名の〝短信〟欄に、「OBの字が付いては他の者が入りにくいから考えよ、（中略）高校で今雑誌が出ていないなら、高校生も含めて「幸清水」だけにしてしまったら（後略）」との記述がある。

一九七一年十一月刊の「幸清水」第十号という雑誌が手元にある。新潟県立新津高等学校国文クラブの発行する雑誌である。新津高等学校創立四十周年を記念して刊行されたものである。

「OB幸清水」は新津高等学校の文芸部で学んだ卒業生、OBを再結集した雑誌であった。小説・随想・詩・短歌を掲載している。同年三月刊の第二号には中村吉則が詩を掲載している。第四号と第五号には波多野と関係深い豊崎義明が寄稿している。一九七三年十一月刊の第五号で終刊したものと思われる。

③　詩誌「創刊」について

詩誌「創刊」は一九七二年六月に創刊されている。発行所及連絡先は、新潟県蒲原郡水原町山口二丁目二番二号南場方宇野亜希羅となっている。会員は、

柄沢浩子、宇野亜希羅、（南場雅則）、五十嵐絹江、田中宏治、原弘子

の五名。

創刊号には敷島京介が作品を寄稿している。同人は新潟県立水原高等学校（現阿賀野高等学校）の文芸部に所属し、学園生活で文学に親しみ創作欲をかきたてられていた。卒業と共に文学から離れることを潔しとせず「創刊」を創刊する事になったという。文芸部の指導教官は、当時水原高等学校に赴任していた加藤幹二朗であった。一九七七年一月刊の第八号まで刊行を続けている。第四、六、七号には発行日付がなく、発行日の特定が困難である。表紙に「6」と記された「創刊」は、中扉に「第五号」と記されており、第五号と第六号の重複誤記と思われる。「創刊」は実質七冊の刊行と見ている。第八号の会員は

南場雅則、金子昇一（敷島京介）、原弘子、五十嵐絹江、柄沢浩子の五名であった。

詩誌「創刊」の創刊時には、青春の心の葛藤や煩悶を見つめた作品が多くを占めていたが、第八号までの五年間で同人の精神は社会性を身に付けて行くと同時に成長を遂げている。近親者の死や社会での生活が、仲間意識から脱却して、他者へ向う意識を芽生えさせてもいる。柄沢浩子は他者との関係から生起する違和感をユーモアで包み込む作風に優れ、また五十嵐絹江はポエジーの核心を描く抒情性に優れている。

高校生時代の五十嵐の詩集を紹介する。

詩集『舗道』は、一九七一年三月発行（奥付けが無いので本人確認）。光彩を放つ冒頭の詩「手紙」は、五十嵐が詩を信じているからだ。十七歳で上梓した五十嵐の詩集『舗道』は、詩を信じ切って、詩に魅了された息遣い、感情、感覚をつかみとり、詠いきっている。詩「抵抗」の体言止めの激しさ。〝そんな呼応のできぬ修飾語句を／ちらつかせないで（恥である時に）〃と、詩の技術に溺れまいとする自制力。思春期の心が、表情豊かに表されている。五十二篇から成る。縦一〇五㎜×横一二八㎜、右綴じ、四十四ページ。

詩誌「創刊」の同人ではないが、水原高等学校文芸部から刊行された中田厚子の詩集『友なる自分へ』がある。一九七四年に上梓されたものである。短い行数の詩が多いなか、「対象のない詩は／一つのうそがあるものです（言い分け）」と詩に対する真摯さが際立つ詩集である。二章八十八篇から成る。縦一一六㎜×横一八〇㎜、右綴じ、五十六ページ。

(4)　文芸誌「射手」とその周辺

文芸誌「射手」は一九七三年六月に創刊される。発行所は射手の会、三条市塚の目笠原九七の近藤十詩男となっている。創刊同人は、

栗山修一、中桐政和、近藤十詩男、古川真一郎、佐々木恵美子、麻野あけみ、仁哲、渡辺逸郎、菅原美子

の九名。

詩・短歌・小説・随筆・絵と多彩な嗜好と指向性を持った個人の集まりのようだ。主宰者の近藤は歌人であった。編集後記で近藤は「季刊発行とし第十号をもって終刊号とする」と宣言している。自らの表現の可能性を測ったと思われる。

同年九月刊の第二号編集後記で「射手」の性格を新同人海静海荒、田代良子、小式沢洋子を「三人とも僕とは、高校が一緒で、特に田代さん、小式沢さんとはクラブも一緒でした」と紹介している。新潟県立加茂高等高校の文芸クラブが主体の同人誌ということができる。創刊号に載る菅原美子の詩「こころ」は「いつの日か　ことばをあやつることを知った……／毎日毎日降り続いた　そのことばの雪は／ついには　私の心をうづめつくしてしまった」と、詩や文芸に魅せられた心情を良く表現している。たとえ「錯覚だった」にしても。

「射手」第３号表紙

「射手」同人を先に「多彩な嗜好と指向性を持った個人の集まり」と紹介した。「射手」の雰囲気は古川の表紙がもたらすポップな雰囲気が一つの大きな魅力である。一九七三年十二月刊の第三号は特にその感を強くする。アメリカンポップアートのこうした受容は一九七〇年代中ばの感受性にフィットしたものだったのだろう。「射手」の誌面体裁は刊行ごとに変化している。一九七四年三月刊の第四号は数字暗号化した表紙と奥付け。表現の限界を打ち破ろうとする精神に満ちている。

　樋口大介は一九七四年八月刊の第五号から同人となっている。玲真弓と樋口大介が不即不離の初期詩篇を読めることも喜びの一つである。玲真弓はモダン色の強い抒情詩人であった。同年十月刊の第六号に樋口大介名で「幻想詩篇集「冬薔薇」Ｉ」を発表掲載している。玲真弓から樋口大介への脱皮は、樋口の在東京時代から「ブルージャケット」体験を経ての結果であろう。現在まで続く樋口の幻想と怪奇の異端性を重視する作風への転換点である。同号には「異端視されてきた文学をいま！　第一回射手・怪奇幻想文学賞」を募集する告知文が掲載されている。

「射手」は近藤が望んだ十号へは届かず、一九七五年一月刊の第七号で終刊している。同人の脱会新加入は各号に見られるが、終刊同人は、

海静海荒、樋口大介（玲真弓）、栗山修一（麻野あけみ）、近藤十詩男、安田環、佐々木恵美子、吉本修治、紫音愛根、菅原美子

の九名。

近藤は同年七月に亜砂未社を起し雑誌「裸木」を創刊する。紫音愛根、堀場哲郎、海静海荒、竹村利雄が作品を寄せている。

近藤は一九七四年に歌集『冬の別れ』を上梓している。「射手」第五号編集後記で近藤は「射手がすばらしい文芸誌に成長しそうです」と力を込めていたが継続できなかった。リアリズムを基調とする歌人近藤と怪奇幻想への想像性に向かった栗山や樋口らとの相違が大きくなったからかもしれない。

⑤　詩誌「毛点管」のこと

詩誌「毛点管」は一九七四年八月に創刊号を出している。発行が新潟市青山浦山一一一七とある。詩誌「毛点管」は小林の個人誌と考えられる。執筆者名には小林の他に、北川義一、平敏功、菊地菊、井上正次の四名が詩を寄せている。後記に「十代のころ「がらんどう」というものをやっていました。この前身は「炎天」です」とあり、小林がこの「毛点管」を始める以前に幾つかの詩誌を創刊し、詩的実験を経てきたことを物語っている。同年九月刊の第二号には北川瑛治が寄稿している。

小林は一九七五年五月にはスケッチ画集『私版　画集ロード』を刊行している。

⑥　詩誌「マルドロール」のこと

新潟県立図書館報によれば詩誌「マルドロール」は、一九七四年の創刊とされている。私が収集できたのは一九七六年七月刊の第三号のみである。編集・発行者は松林総市、発行所はマルドロールの会、新発田市御幸町三―四―十二松林方となっている。

詩誌名はロートレアモン、イジドール・デュカスのシュルレアリスムの先駆け的名著『マルドロールの歌』から採っている。第三号の扉には同人の大波大助が、その一部を訳出して掲載している。だからといってマルドロールの会が、詩の理想形としてシュルレアリスムを目標としていたとは一冊の詩誌からは窺えない。ただ、田中武が彼の第一詩集『茅原忌』に自己言及したエッセイは注

目に価する。第七章で言及することとする。

⑦　創刊詩誌、「いるあんむへ」「のみのミル」など。

浮橋の「新潟県文学結社総覧」で紹介された創刊詩誌の内、河野俊一らの「多馬酢湖」と渡辺喜一の「たいよう」の二誌は未収集である。その他に幾つかの詩誌が創刊されている。

同人誌「いるあんむへ」は一九七三年九月に創刊されている。連絡先は新潟市山木戸七丁目四五九棚橋正博方となっている。倉井龍の編集後記に「愚者の戯言であろうと、試行錯誤の繰り返しであろうと」、「この小冊子を通じ」て「やがて何かを生み出さねば」との思いから、会社の文学好きが集って創刊された雑誌のようだ。

同人は

棚橋正博、宮路吉映、本間和正、黒井量作、笠井孝

の五名。

一九七四年五月に第二号が刊行されている。詩・評論・エッセイを載せている。

同人誌「のみのミル」の創刊年月日は分らない。五号が一九七五年九月に出されている。他に収集できた号数は、一九七六年四月刊の七号と同年八月の八号の三集である。五・八号の編集人は馬場治人、七号の編集人は関矢好史。発行所は三集とも新潟県北蒲原郡黒川村黒川一二八九の一のみのミル事務局馬場治人方となっている。同人の異動は理解しにくいペンネーム表記で分り難い。七号に載る「のみのミルのひとたち」から引いておく。

田舎漢＝馬場治人、えりこ＝えりこさん、４・４・４＝関矢好史、ＧｏＲｏ＝沢野杳、あべさちこ＝阿部幸子

の五名。

詩・俳句・エッセイ・イラスト・作曲等を同人個々が、原稿用紙・紙に自筆で書いた作品をコピーして編集している。作品は自己諧謔性、らくがき的、遊び心に満ちている。

19　一九七五年創刊の詩誌「とねりこ」と詩誌「うた」その他。

詩誌「とねりこ」は一九七五年一月に創刊されている。

発行者はとねりこ同人。連絡先は長岡市住吉三丁目七の七、中村龍介となっている。

詩誌「うた」は一九七五年三月に創刊されている。編集はしまむらこうじ、連絡先は新潟県西頸城郡能生町字藤崎、金井九一となっている。

この他に「Pin」という詩誌を一九七七年一月刊の第十三号から第十六号までを収集している。同年六月刊の後記に「Pinも十号に至った。まる三年間」とあるから、創刊は一九七四年かもしれない。また、太田修、松山賢二等の総合誌「修羅」が一九七〇年四月に創刊されている。この四誌に関しては、第七章で紹介を進めたい。

20　年別詩集

※は本文中に紹介を終えた詩集である(22)

◆一九七一年発行詩集

※舗道／五十嵐絹江、道／渋谷実、※燈火一・二／北川義一、童顔／山口哲夫、砂の意味／前田邦博、※想蘊／田崎芳作、風の渚／根津洋子、※現象と印象の詩抄／小林清一郎、※石／叶一輝、※にんげんのはた／むながただんや、※三条詩人アンソロジー1971（十二冊）

詩話集『道』／渋谷　実
五月に上梓された。詩と散文で詩人の人生を表した詩集である。「今夜ひとりのわたしを捨てた。／今夜ひとりの私を忘れた。（わたしのために）」や「乾いた言葉を捨てにきた。／固い理論を忘れにきた。（丘にて）」のように、人生上の危機を詩と向き合うことで、人生を切り開く。自己史を彩る詩。吉川英次が「渋谷さんの　詩話集に寄せて」を寄せ、はじめにとあとがき、二十三篇の詩と散文から成る。B6判、六十八ページ。

『童顔』／山口哲夫（一九四六・八・六～一九八八・五・二十九）
八月に書肆山田から、第一詩集として上梓された。山口はこの前年に第十回現代詩手帖賞を受賞している。代表作『妖雪譜』へ至る実験詩集である。「おぼこもじゃこのととなじり／きらきらと／でんくきらげ！（ちりめん野史）」の如く、地口、駄洒落、単語の組み換え、解体など、単語それ自体を無意味化する詩作というより、作業を作品化している。まさに「いかにも児戯にかなふ／さんだらぼっちの青春（東風《どんふあん》）」な詩集である。十三篇から成る。B6判、ハードカバー、箱入り。八十三ページ。長岡市越路町生まれ。

『砂の意味』／前田邦博（一九二三・三・八～二〇〇三・四・二十五）

九月に思潮社から上梓。「造型」の詩人前田邦博の第二詩集。前田が東京へ移住後の詩集である。形而上学的な詩を装いながら、極めて私的な精神の痕跡を随所に散りばめている。背景にある前田邦博という詩人の「原罪」について考えさせられる。標題作「愛するものが　お前をつかまえにやってくる日まで／決して砂の意味を知ってはならない（砂の意味）」と、生と性のドラマが展開され、独自の詩の方法論で抒情を響かせる。あとがきと三章十八篇から成る。Ａ５判、ハードカバー、一〇一ページ。

『風の渚』／根津洋子

九月刊行。一九五〇年代半ばから一九六〇年代半ばまでの十日町市地方の繊維産業の隆盛は、多くの女子労働者を生み出し、各工場職場でのサークル運動が盛り上がった。十日町市の文芸サークルは政治的というより、各工場職場での仲間意識が強かった。そんな女性だけのサークル誌「波紋」から育った詩集である。青春の愛と別れが、自然と感情の一体感を伴って素朴に詠われている。「遣瀬ない／心の置き処を（倖って何かしら）」探し、さまよう青春期の心模様を、単語一つで描き切る方法が際立つ。高橋正治が序「『風の渚』に寄せて」を書いている。あとがきと三十一篇から成る。Ｂ６判、八十ページ。

◆一九七二年発行詩集

※熱い雨／叶一輝、※車中の少女／今井朝二、つらら／渡辺しづ、子馬の詩／南雲純雄、※高原／佐々木弘三、少年／樋口恵仁、※距離／たかはしとみを、海を見に行く／おおむらたかじ、※ぶな／高橋喜代子、望郷／高橋忠志、※崩れる海／富田三樹生、雪道／野田昌夫（十二冊）

『つらら』／渡辺しづ（一九二八・二・一～？）

三月に木犀書房から上梓。「人生の機微（あとがき）」を抒情した、心静かな詩集である。詩「寂光院」や「仏頭」のような詩形は、どこか短歌の解題を語っているように読める。詩「鳥追い（ホンヤラ洞）」は、著者の幼少年の思い出を詠っている。序を安部宙之介が、「一人の詩友」を山名将治が書いている。あとがきとⅣ章三十八篇から成る。Ａ５判、ハードカバー、百十九ページ。中魚沼郡（現十日町市）水沢村生まれ。

『子馬の詩《うた》』／南雲純雄
三月に青い鳥の会から上梓されている。子馬に題材をとった童謡詩。子馬のしぐさや愛らしさが捉えられている。十二篇から成る。十二ページ。

『少年』／樋口恵仁（一九二三〜二〇〇七・四・十三）
四月に樋口自身が主宰する越後屋書房から刊行。少年のひと日を懐かしげに語りかけ、影絵のように少年の姿が浮かび上がる。幼少年期の記憶を誘うのは匂い。草いきれ、土の匂い、石の下の昆虫や生き物たちの匂い。鼻先に漂うと一気に過去へと運ばれる。二十篇から成る。縦八・五㎜×横七㎜の豆本。樋口は豆本作家・愛好家で装幀家でもあった。

『海を見に行く』／おおむらたかじ
七月刊行。発行年月日は著者のあとがきの日付からの推定。牛、鯉、豚などかつては農村では身近な家畜であった。中山間地の農村風景と家禽の姿をリアルな視線で描写している。おおむらは幼少年期に見た農村風景は、国家が体制に従順ならしめるため、豚を去勢するように人々を去勢してゆく比喩として語っている。「海を見に行く」喜びや人間へのまなざしが生きている。現在から読むと幾つかの差別語が気になる。新潟県詩人会議双書。三章二十篇から成る。A５判、五十七ページ。

『望郷』／高橋忠志（一九三二〜二〇一五・五・十四）
八月に栄光出版社からの上梓。高橋忠志は詩の調べ、詩の律し方、詩の喜びを理解している詩人だ。詩が詩人の姿で現れる。比喩が日々の生活から選び取られ、日々の生活が比喩の中で息づく。生活の現実感を捉える言葉に細心の推敲がなされている。著者が私淑していた村野四郎が題簽を書いている。「断想―あとがきにかえて」と六章三十五篇から成る。B５判、ハードカバー、百四十九ページ。新潟県加茂市下条小橋十四組。

『雪道』／野田昌夫（三沢五十美）
一九七二年発行。発行年月日の記載がなく、各詩誌からの推定である。詩集『雪道』は、レトリックを駆使して青年期の思考と情熱を明晰な口調で語り続ける。作者二十歳から二十三歳までの作品を編集している。詩「瞑想の静寂」の情熱など、詩人が自然性の中で覚醒してゆく姿を表す、一行一句はいまだ新鮮である。「日向もあり日陰もあり風もある／いつも見るそれらに古さはない

（真昼中）」。簡素な体裁の詩集であるが、野田の詩の足跡は消えることはあるまい。二十三篇から成る。A5判、三十八ページ。新潟県栃尾市小貫生まれ。

◆一九七三年発行詩集

※白い炎／北川瑛治、※雪国のいもうと／戸田正敏、※北の思想／吉岡又司、※緑のランプ／今井朝二、※潜む／桜井正示、残雪／柳シズ、望郷／庭野行雄、世界の片隅で／中村龍介㉓（八冊）

『残雪』／柳　シズ

八月発行。発行者が庭野行雄になっている。一九六〇年代の十日町市は繊維産業が隆盛で、各職場では文芸サークルが活発だった。庭野はサークルの指導者の位置にあった。柳は詩誌「プリズム」で活躍後、結婚し上京している。東京へ出てからも「心の片隅で生まれ、／桜の花びらみたいに／あまりに／淡い言葉（モグラの母さん）」を、生活の中から選び取り、詩を書き続けていた。詩集『残雪』は、「「残雪」「オバケ煙突」「もぐらの母さん」」手製の詩集の中から、自分の好きな詩、子供達への詩を選ん（あとがき）」で編んだ詩集とある。「柳シズ詩集によせて」を庭野が書いている。あとがきと三十三篇から成る。B6判、ハードカバー、六十七ページ。東京都足立区本木西町十―七。

『望郷』／庭野行雄（一九二六・六・六～一九八七・二・二）

八月に上梓、庭野行雄の中期の作品。「文芸北都」「十日町新聞」に掲載した作品が中心である。庭野行雄という抒情詩人は、北園克衛からの方法的呪縛と西脇順三郎の〝永遠の旅人〟への憧憬とののっぴきならないせめぎあいに溢れている。「永遠の遍歴の旅へ」では、北園的な語の用法と西脇的な永遠への憧れが通奏低音として流れている。だが、「平石川」以降は通俗に流れている。

標題作「望郷」の一節「こころも詩も貧しくなり／時折五十川庚平や錬一郎の詩を読む／須藤さんや健文くんはいかに」と詩友を回顧するだけである。この詩集は印刷納品されるとすべて庭野の手で焼却処分されたという逸話の尾ひれがついている。付された写真十三葉は庭野個人を窺い知るには貴重な資料である。三十二篇から成る。A5判、ハードカバー、七十五ページ。

◆一九七四年発行詩集

※ホムンクルス神話／敷島京介、※吠える赤ン坊／経田

佑介、※街角の詩／北川義一、※海岸の草／斎藤健一、忘れ形見に／槌田知子、※燃える闇／北川義一、※早出川のほとり／桜井正示、※赤いかざぐるま／杉山友理、※慈母観音／山本彰子、※小さな日に／二城里栄子、※アンソロジー・烽火詩人選集（十一冊）

『忘れ形見に』／槌田知子

四月刊行。一九六〇年代末から一九七〇年代初頭、大学生を中心に社会変革を願う大きなうねりがあった。著者は社会の未来に希望を託して闘い挫折した、ひとりの若者の意志を詩へ昇華した。「世界は言葉のとうりにある／誰か告げてくれないか／何も恐わくはないのよ（強風）」と詠う。未熟な表現もある。しかし「わたしの決意の破殻がころがっている（秋）」のように、予感に打ち震える魂を〝形見〟のように残した詩集。四章三十二篇から成る。Ｂ６判、五十五ページ。

◆一九七五年発行詩集

歳月譜／山崎儀一、※眠る覚める／今井朝二、ふたのないべんとうのおかずいれ／小林一夫、※雪おろしの夜／五木圭介、※橋を架ける／山田獏、※愛と言葉の旅／豊崎義明、※銀河鉄道上野発／星野元一、悪と毒薬／梶原礼之、※門／遠藤修平、故園の章・南島旅情／長崎浩[24]、アンソロジー日報文藝（十二冊）

『歳月譜』／山崎儀一（樺太豊原市生まれ。一九二五・十一・八～一九七四・一・二十三）

一月に上梓された山崎儀一の遺稿集。発行者は山崎レイ子、編集は八木末雄、装幀は樋口恵仁。小泉辰夫らとの交流から詩作を始め、詩誌「慈眼」「海底」の同人として活躍した。作品は津村信夫の抒情性に影響されながら、暮した土地の歴史風俗に目を向け、民俗への思いが強く反映している。八木末雄による山崎儀一の略年譜と解説が付されている。妻山崎レイ子のあとがきと二十篇から成る。縦二一〇㎜×横一四〇㎜、ハードカバー、箱入り、百三十六ページ。

『ふたのないべんとうのおかずいれ』／小林一夫

二月刊行。「わたくしは、昭和十七年に召集されて、千島に渡り、終戦とともに、シベリヤへ抑留された。帰ってきたのは、昭和二十五年だった。」とあとがきにある。戦争体験とその後のシベリヤ抑留体験が、思索の中心にあって書かれた詩は、沈黙が語り出すかのような、短く的確な言葉で表現されている。大仰に抑留の理不尽や政治的社会的な問題として語るのではなく、国家と個人に横たわる大きな隔たりを人間の理性、人間観察、洞察力から語っている。人間の存在や生き方を強く問うてくる詩集である。標題の「ふたのないべんとうのおかずいれ」は広島原爆資料館の展示物からの命名である。あとがきとⅢ章五十五篇から成る。A5判、ハードカバー、百四十九ページ。

『悪と毒薬』／梶原礼之

十一月に巨眼社から上梓された。著者の戦争体験、なかでも朝鮮からの帰還体験が色濃く反映している。成長して社会問題への関心、階級闘争、理想、青春の渾然一体となった詩集。観念の自縛、「だが闘いとは闘いだろう（青白い井戸）」。自同律の不快か、自己撞着か。矛盾の総体、現実がふかぶかとひろびろと果てし無く続く。「小さな影だけが／広大な理想に孤立しているのだ／いつの時代でも（地下水路3）」。かつて青春とは、煩悶する自己と生活現実からの挟撃で、のっぴきならない隘路で立ち尽くし、消尽し尽くすものの謂いであったことを示す詩集である。装幀・装画ははりま富三。序とあとがき、三章四十九篇から成る。A5判、箱入り、百六十五ページ。

アンソロジー『日報文藝』／新潟日報事業社

五月発行。「本書は、昭和四十九年九月から五十年二月の六ヶ月間に、新潟日報紙の読者文芸欄に掲載された全作品を収録したものです。」と「発刊にあたって」で述べられている。俳句、短歌、川柳、生活詩の四ジャンルのアンソロジーである。選者は、俳句が加藤楸邨・細見綾子、短歌が宮柊二・安立スハル、川柳が安達夜潮音、生活詩が村野四郎。生活詩の分野では十八名二十一篇が掲載されている。二十一篇中四篇は斎藤健一の作品。編者は新潟日報社。発行人は平山敏雄、発行所は新潟日報事業社。B六判、ハードカバー、箱入り、二百八十五ページ。

付記

『命を大切に』／間　貞子

奥付けが無いので発行年月は推定である。[25] 生年月は昭和二十七年七月とあり、「十七歳になった」とある。そして、最後の詩の発表会誌は三月号ということである。このことから一九六九年の七月以降の発行と推定した。「私は脳性マヒです。手も足も全々き、ませんし、もちろん学校へも行ってません」と肢体不自由者のつどいの会への便りに書いている。お母さんから教育を受け、つどいの会を知り俳句や詩を書き始めた経緯が語られている。車椅子と読書の日々をくじけることなく詩に託し、けなげに生きる少女の心が強く伝わる。二十三篇から成る。B5判横綴じ、片面刷り、十七ページ。

21　第六章を終るにあたって

一九七一年から一九七五年に発行された詩誌・詩集の動向を見てきた。戦争期を通過した口語自由詩の前進を体現していた小林清一郎と小泉辰夫の死。新潟県の近代詩から現代詩への橋渡しをした小林、小泉の退場は象徴的といえよう。日中戦争から太平洋戦争期を小学生として教育を受けた田中武、吉岡又司、加藤幹二朗らの詩的リーダーとしての登場。この三人の詩人は昭和九年の一九三四年生まれである。そして戦争期に生まれ、戦後教育を受けた経田佑介、倉田孝夫らの世代。戦後の〝団塊の世代〟、さらに〝東京タワー〟、〝東京オリンピック世代〟とでも称すべき「高度成長期」を生きる世代と、それぞれの時代背景を背負いながら詩は発展、展開されている。詩誌の創刊と詩集の発行はかつてない多数に上っている。詩誌の創刊と詩集の発行はかつてない多数に上っている。一九七〇年代に入ってからも、高校生を中心とする詩への意欲の強いことが見て取れる。こうした新潟県の詩界の繁栄、活況の中で、上越地方の停滞が目立つ。

それぞれの詩誌が抱えた問題点は、幾つかの焦点を結ぶ。一つは詩の愛好家から詩人への道筋をいかに提示するか。もう一つは新潟県の詩の在り様を模索することは、「地方文化論」を認識、構築してゆく道筋でもあるということ。この二つの試行錯誤は吉岡、経田、加藤の足跡に既に見られることである。次回、第七章は一九七六年から一九八〇年の動向を探ることとする。

注

（1）大井邦雄は二〇一八年現在、シェイクスピア研究を集大成する途上にある。二〇一六年六月に刊行した『シェイクスピアをもう一度』に、この二つを収録している。

（2）小説「雪残る村」については二〇一六年四月刊の「北方文学」第七三号掲載の拙文「新潟県戦後五十年史〈7〉」を参照。

（3）二〇一七年六月刊の「北方文学」七十五号掲載の拙文「新潟県戦後五十年詩史」参照。

（4）吉岡又司が私の「詩集『北の思想』の初発誌は？」との問いに答えてくれた一文章。「落葉樹」「HERMES」「炎塔」等、吉岡が寄稿した八誌が記されている。二〇一一年十一月刊の「北方文学」六十六号の「吉岡又司追悼号」の「吉岡又司略年譜」には詩誌「饗宴」が記されている。

(5)『戦後詩のポエティクス 1935～1959』／和田博文編／世界思想社

(6)こうした草の根の「演劇」を志す集団の萌芽期である。当時の「状況劇場」や「早稲田小劇場」等のアングラ演劇の伸長と呼応するかのように新潟市でも生まれている。

(7)『にんげんのはた』のあとがきでまちえ・ひらおは「一つの文化遺産を世に残すことができた。」と記している。

(8)「現代詩謡」は現代詩謡作家連盟の会員の機関誌ということで、同人ではなく会員としている。詩人を〝作家〟と位置付けたのはこの時代小柳一人であり、現在(二〇一八)では荒川洋治氏一人が「現代詩作家」と称している。

(9)竹内智恵子は会津若松在住だが、子息が新潟市の学校へ通うため下宿先が新潟市にあり、その住所を著者住所としている場合もあったようだ。

(10)月原橙一郎(一九〇二～一九八九)香川県生まれの詩人。内藤鋠策の「抒情詩」、白鳥省吾の「地上楽園」で活躍。(『日本現代詩辞典』／(株)桜風社等から)

(11)一九八〇年九月刊の三十号の「炎群十一年の歩み」で、長沢正敏は流爽馬郷詩のペンネームを変え、一九七九年九月には「詩人会議事務局で活躍中」とある。長沢正敏についてはもう少し調査研究をしなければならない。

(12)詩人会議系の詩誌と文書等の資料は加藤幹二朗氏から譲り受けたものである。

(13)北川瑛治夫人の中村富美子氏から「広苑」等の資料の寄贈を受けた。

(14)私が収集し得た範囲での詩史であることを改めて記しておく。

(15)「ブルージャケット」№0、№01、№03と刊行し、№02は「ミスでとばした」と経田氏から証言を得ている。通巻では四号となる。

(16)「詩と演劇による三つ情況」に関しては、「北方文学」第七十六号掲載の拙文参照。

(17)「風琴」、「線」等は、今井朝二氏から寄贈を受けた詩誌である。

(18)「北方文学」第七十二号(二〇一五年十月十日発行)の拙文参照。

(19)北川義一氏本人に依る一九六八年から一九九八年までの自己史を記録したもの。

(20)酢山省三氏は二〇一九年現在も「阿賀野患者会」の事務局長として、新潟水俣病への啓発運動の先頭にたって活動されている。

(21)経田佑介と「半獣人」の動向は「北方文学」七十四、七十五号の拙文参照。

(22)詩誌目録「紙魚」№21から№25に掲載した詩紹介文をコピペ、改稿したものである。

（23）中村龍介の『世界の片隅で』は次章の第七章で紹介することとする。
（24）長崎浩の『故園の章』と『南島旅情』は次章の第七章で紹介することとする。
（25）前章第五章の詩集欄で紹介すべきところ、発行年月日の誤記がありここに付記する。

参考資料

＊『戦後詩のポエティクス1935～1959』／和田博文編―世界思潮社＊『戦後詩誌の系譜』／志賀英夫―詩画工房＊『戦後詩壇私史』／小田久郎―新潮社＊『新潟県文学全集第Ⅱ期６』／郷土出版社＊『新潟県現代詩人会アンソロジー2005』の「新潟県戦後詩史」／新潟県現代詩人会（経田佑介編集）＊他に本文掲載当該詩誌・詩集

スペシャル・サンクス

斎藤健一・田中武・藤澤太郎・田中武・北川義一・日本近代文学館

第七章　一九七六年から一九八〇年まで

1　はじめに

一九七一年から一九七五年までは、オイルショックなどの経済的な翳りはあったものの日本の経済成長は持続し続けていた。詩を始めとする文化文芸は一般庶民にまで浸透し、「昭和元禄」、「大衆社会化状況」とマスコミを賑わしていた。高等学校の文芸誌を契機に誕生した創刊詩誌は、こうした時代の空気を反映していたと考えることはできる。そして、戦前、戦争期、戦後と近代詩から現代詩の橋渡しの役割を担った、小林清一郎、小泉辰夫、むながただんや等が没した。一方、一九七一年から一九七五年までの五年間は、詩人たちが新潟県の文化をどのように開拓進展させるのかという「地方文化論」をキーワードとして論じられた時期でもあった。

一九七六年から一九八〇年を扱う第七章では、まさに戦後の新憲法下で教育を受けた世代による詩が、どのような展開を見せるのかを見定めてゆきたい。世代論としての視点からではなく、戦争期の一九四五年まで尋常小学校の教育を受けた世代、小学生から新憲法下で教育を受けた世代の感性・感覚の違いは作品に反映される。そうした時代感覚の受容の違いは、作品の完成に異なる質をもたらす。

第七章では、第六章で紹介しなかった創刊詩誌を含む詩誌の関係を分り易く俯瞰するために、〝詩人・中村龍介〟を基軸とした項目立てをすることにした。一九六〇年代後半から一九七〇年代初期に大学生活を送った詩人たちの登場があり、中村を通して彼等の活動の原理原則を確認することとしたい。図式的に言ってみれば、新潟県の詩界では、「ベビーブーム世代―団塊の世代」と「ポストベビーブーム世代」の登場が時間的に逆転して現われた点を述べてみたいのだ。筆者である〝わたし自身〟が、この章に登場し、〝わたし自身〟の体験と伝聞が客観性を阻害し、自己利益的また主観的な記述を含んでいくであろうとの予感がある。文体の変化を危惧しながら、心して戒めとしたい。

継続詩誌、創刊詩誌、詩集の順に見ていく。継続詩誌を次に挙げて順次紹介してゆくが、多少その順序を変更する場合がある。尚、詩誌「うた」と「とねりこ」「修羅」は前章の一九七五年創刊詩誌として詩誌名だけを挙げただけなので、この章で創刊号から内容を含めて紹介することとする。

樹炎（樹炎通信）／26～28（1・2）、北方文学／19～

28、ブルージャケット／13～17、桜花文芸（桜花）／24～31、夕映え／19～30、青い麦／14～22、現代詩謡21～25、うた／1～7、とねりこ／1～4、　修羅1～12

2　詩誌「樹炎」から「樹炎通信」への変化

一九六一年三月創刊の詩誌「樹炎」は一九七六年六月に第二十六号を刊行し、一九七八年六月刊の第二十八号で終刊したものと思われる。編集発行人戸田正敏（一九一五・六・二十三～二〇〇七）の詩との関わり方が、三号を通観して感じるのは熱意の衰退である。誌面からは山田清一の活躍と「京浜詩の会」の竹内多三郎の消息が伝わる。山田は第二十六号と第二十七号に詩七篇を寄せている。第二十八号は「山田清一作品集」として十五篇の詩を掲載している。その中から「すごろく」を引く。

しゃべりすぎたようだ／政治の貧困について　とか／
月旅行の馬鹿らしさ　とか／書きすぎたようだ／証文
　とか／恋文　とか／喰いすぎたようだ／道草とか／
イカモノ　とか／呑みすぎたようだ／生唾とか／ホル
モン剤　とか／読みすぎたようだ／敵の手のうち　と
か／己の足のうら　とか／考えすぎたようだ／幸福と
はなにか　とか／花はなぜ咲くか　とか／――――／
振り出しへ戻る／正座する／骰子《サイコロ》を振る／行動する
一歩前

自己を顧みて洒脱に応答する姿からおかしみが滲み出てくる。山田は日常生活で目にし、耳にした人情風景を、飾らぬ文体で表現してゆく。昭和の「平凡」な生活人情を体現している。しかし山田の消息は「樹炎」誌上の作品以外は分らない。

第二十八号に作品を寄せたのは、

緒方昇、林弘子、山田清一、竹内多三郎、遠藤修平、相沢ヨシ子、鈴木宗治、田村志津子、高橋喜代子、戸田正敏

の十名。

他に表紙・カットを外山康雄が描いている。

終刊となった第二十八号の「編集ノート」で戸田は、竹内から「同郷の戸田を一人前にするのに鍛えてやろう」との励ましの便りをもらい、「友愛という名の人間関係の不思議を思う。」と述べている。作品を寄せた相沢、

鈴木、田村、高橋は「樹炎」の同人ではなく、戸田が「作品を貰った収穫」と伝えているように、それらの作品は依頼原稿であった。終刊する事情は定かではないが、発行所を「八海文庫」とした点に求められるかもしれない。「樹炎」は一九七三年十二月刊の第二十三号から発行所を「八海文庫」としている。これは緒方昇らの後援を得て、地域への移動文庫の創設や出版を手掛け、「八海文庫の会」を立ち上げたことに由来している。更に文化事業を推し進め、八海文庫主催で講演会を開催している。こうした戸田の文化事業への傾注が詩誌「樹炎」の不活性化をもたらしたと思われる。

一九七六年六月に塩沢町長恩寺で開催された「第4回文化講演会」のプログラムは次の通りである。

牧之さんと良寛様	郷土史家	井口　修治
自作詩朗読	郡内中高生徒	代表　8名
朗読詩の講評	慶大フランス語教授	山田　直
詩作品の朗読	劇団「風」主宰	松村彦次郎
詩をたのしく	詩人	高田　敏子

第5回、第6回と継続する「文化講演会」はほぼ同一の企画でなされている。魚沼地方の郷土史家、民俗研究家の話で始まり、魚沼郡内の小・中・高等学校の児童生徒から詩を募集し、東京から講師を招いて詩の講話を聞くというプログラム。講師は伊藤桂一、石原武、安西均らであった。児童生徒の詩を募集し、地域の青少年に詩の普及を図ろうとした戸田の思いは伝わる。その努力は多としなければならない。しかし、「樹炎」及び戸田の文から、戸田が目指す地方文化の理想の形や生きた姿は読み解きがたい。

戸田は一九七九年十月に、発行人戸田正敏、発行所を八海文庫とする「樹炎通信」を創刊する。「こんご本紙を季刊で発行いたしたく」としている。創刊号と一九八〇年二月刊の第二号を見る限り、戸田の文化講演会の方向性や意義を記す文面は見つからない。戸田の「雑草のうた」と題するエッセイと文化講演会へ参加する講師を中心とした詩作品や近況が綴られているだけである。戸田が戦後に詩誌「日本未来派」で育んだ東京＝中央の人脈に依存した姿のみである。

「樹炎」の有力な詩人である遠藤修平は、一九七六年十月に三重県四日市市の原始林の会から『夜更けの雪道』を上梓する。老境にさしかかった詩人の「懐旧の情」を湛えた詩集である。遠藤の平和への祈りと戦禍によるベトナムの人々の死への思いは、やがて己の死への考察へと向かう。オイルショック後の狂乱物価や世相に悲憤慷慨し、「柄鏡」にみる母への追慕を語り尽くして人生を俯瞰してゆく。詩集の標題とした詩「夜更けの雪道」は、四行七連の作品で、遠藤の詩法をよく表した作品といえる。雪道を照らし出す言葉の向うに詩人の魂が抒情的に表現されている。跋を前川知賢が書いている。二十二篇から成る。A５判、ハードカバー、九十三ページ。

３　「北方文学」の同時代性について

①　「北方文学」の五年間の概要

「北方文学」は、一九七六年三月刊の第十九号から一九八〇年八月刊の第二十八号まで十冊を刊行している。これは一九七一年から一九七五年までに刊行した八冊を上まわる結果であった。それは編集兼発行者の吉岡又司の新人発掘への目配りと、地方文芸誌「北方文学」への認知度が進み、文芸に関心を向ける青年の目標になってきたためと考えられる。長谷川潤治、坪井裕俊、中村龍介、柴野毅実が時代の文学的情況と状況を語り、切り開いて行く。新同人としては一九七七年十一月刊の第二十三号からは、「艾青詩抄」で福原国郎が参加する。外部からは一九七六年十二月刊の第二十一号に「ブルージャケット」の経田佑介が「裸の樹の手紙」を、一九七八年七月刊の第二十四号に「修羅」の太田修が「栗林喜久男小論」を掲載している。

一方創刊同人と先行する同人は、詩では若林光雄、高橋喜代子、原信吉郎、吉岡又司が、小説では長谷川泰行、高橋実、大平美恵子、米山敏保が、評論では塩浦彰、大井邦雄が、エッセイでは木原象夫が健筆を奮っている。

編集発行者の吉岡が昭和九年生まれの戦中派とすれば、昭和二十二年生まれの「団塊の世代」の長谷川、坪井そして昭和二十六年生まれの「ポスト団塊の世代」と通称される柴野、中村、福原らとの世代を異にする同人の混在が活気を呼び起こしてもいる。これは「北方文学」が文学の同時代性を象徴的に表す、新旧の才能を発揮する場として機能し認識されたことを示していると言ってていいだろう。新しい同人は新しい自らの道を、創刊同人はそれぞれの人生の経験を踏まえつつ道を切り開き、そうした差異が文学的スパークを引き起こしたと考えられる。

しかし小説の分野で異彩を放ってきた渡辺俊夫が一九七六年八月刊の第二一号から同人を抜けている。渡辺の脱退事情を木原象夫が第二十一号のエッセイ「過ぎ去りしことども」で詳しく伝えている。渡辺が個人誌「牛耳」を創刊し、木原らがそこに作品を発表する事態が出来した。その件で木原は吉岡からの電話で「慨嘆し、渡辺の不実をなじ」る話を聞かされ、米山からも電話で「二股をかけるということですか」と問い詰められる。そして吉岡は、

「苦労して北方文学をやってきたのに、何の不満があるんですか。そんなことがあっていいいんですか」

と「重ねて言った。」としている。

その上に木原は「渡辺には「北方文学」に対する不満はたしかにあるだろう。」と書くが、「しかしそれは渡辺の気質的な不満」とみている。木原は吉岡と渡辺の間に立って困惑しながらも、文学への態度をひるまずに披瀝している。

見附市という小都市の小商人の渡辺俊夫。小説の才に恵まれているとはいえ、小説で銭が稼げるわけでは無い。一九六〇年代後半の新潟県の文芸事情を述べながら木原は、「その頃の「北方文学」の同人は依怙地なところがあり、「文学グループ付きあいを軽蔑し、狭い世界にとじこもって誇りだけ高かった。」と自省している。更に「中村龍介が中心になって詩の朗読会を開いたりする。へんな拘泥や遠慮がなくなった。」と世代間の違いと時代の趨勢が変化してきていることを読み取ってもいる。

草創期の「北方文学」を経た同人たちが時代の大きな転機を実体験するのが、「経田の詩集『悲歌／心臓詩篇』の出版祝賀会」[1]への出席であったと伝えている。草創期の渡辺、木原らが表現してきた時代性から、つぎのステップへと飛躍し新たな「同時代性」を獲得した瞬間だろう。渡辺の退会には、世代交代という側面も考えられる。しかしこうした「北方文学」は二人の死による荒波をかぶることになる。創刊同人で戦争期に生まれた栗林喜久男と「ポスト団塊の世代」の中村龍介の死である。

② 栗林喜久男の詩と死―遺稿集『追憶の村』

栗林喜久男（一九三五・七・三〇〜一九七七・四・十二）は、高校時代に詩誌「魔宴」に、立教大学文学部時代には詩誌「現代行動詩派」に参加して、吉岡、大井邦雄と詩活動を共にしている。「北方文学」の創刊同人にもなっている。一九七七年四月十二日に糖尿病による膵臓炎、肝炎などを併発し亡くなる。

一九七七年十一月刊の第二十三号で「栗林喜久男遺稿詩編抄―未刊詩集「診断書」を中心に―」（以降「追悼・

診断書」と表記）を掲載し栗林を追悼している。大井と吉岡は栗林が亡くなるとすぐに栗林の夫人万千さんの許可を得て、「手許に遺されたノート及び草稿中より未発表作品を選んで」掲載したのだった。

一九七七年六月刊の第二十二号編集後記で長谷川潤治は、

吉岡氏が、降ってわいたようにして、半年間、東京へ国内留学のために出かけてゆかれた。既に〈不惑〉をこえられた氏の、学問への志を遂げ、それこそ惑いを断ち切らんがための所業であったのか、

と、吉岡が栗林の死と相前後して東京に発った不安と期待を書き残している。そうした情況での栗林の死であった。

美しく晴れたひと日／村を見おろす山巓にひとりたった。／谷風は枯れたままの唐松林に鳴り／山肌を咆えながらのぼってくる。／さんさんと降ってくる陽の光も／ここではふしぎに透きとおっている。／と、あおぎ見る私の眉におちかかる／ああ国境のそばだつ牙のつらなり／私は呼吸《いき》をのんでたちつくす。／ふしぎな眩暈によろめきながらも／私のまわりの自然のたけだけしさ、よそよそしさ／谷峡《たにかい》に汚点《しみ》のようにこびりつき／壮大な地図をむしばんでいる人の生活《くらし》――／山巓にひとりたって／私は傍らの一本杉よりも独りであった。

「追悼・診断書」(2)十一篇のうちの一篇で「山巓にて」と題された作品である。副題として「一九五四年四月十日、大平山の頂きをはじめてきわめた日に」とある。栗林は一九五四年三月に長岡高校を卒業し、四月から代用教員

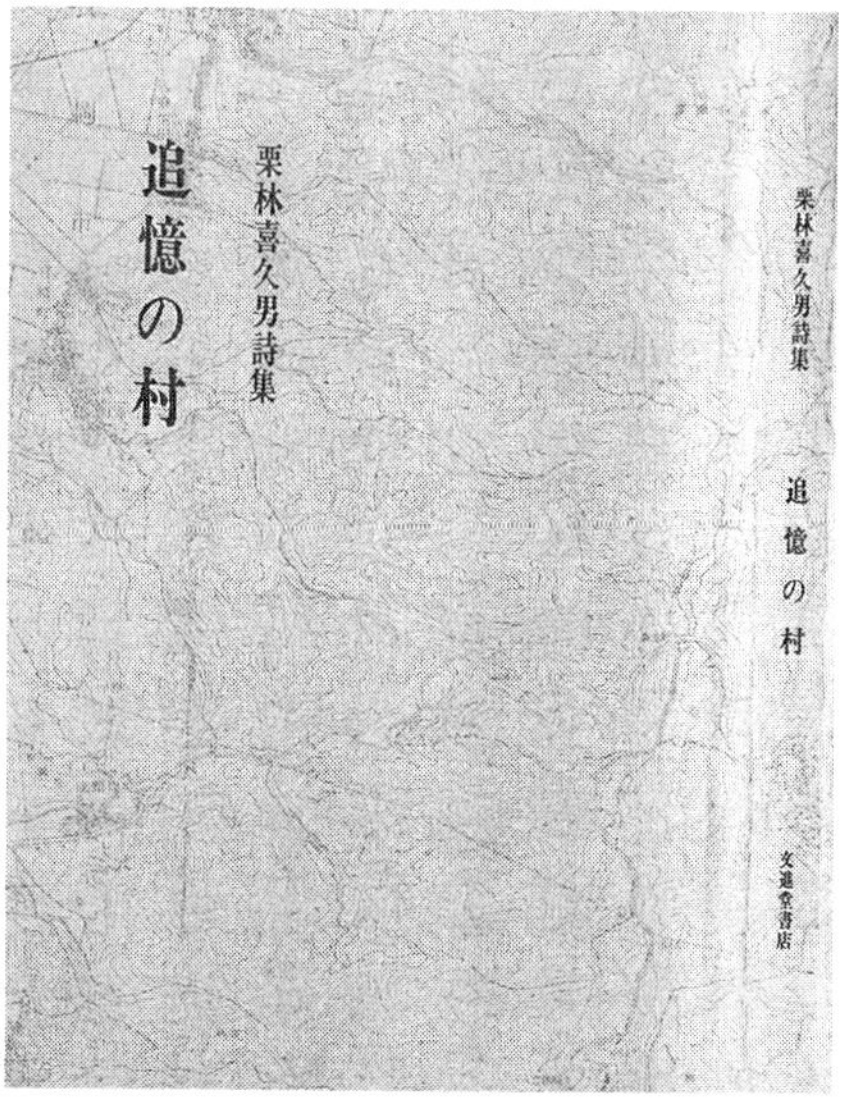

遺稿集『追憶の村』表紙

として栃尾市立西谷小学校に赴任している。一九五五年三月までの小学校勤務の体験が、その後の栗林の生き方と詩の方法を決定づけた。この「山巓にて」は、栗林の翳りのない落ちついた口調から、独り立つ未来図を遠望している。栗林の詩と生活への意志を思うのである。

　遺稿詩集『追憶の村』は一九七七年十一月に、大井、吉岡共同編集で上梓される。跋「思いだすことども」で大井は、栗林との出会いから別れまでの三人の詩的交友を回顧している。栗林の遺稿集を編むことで、三人それぞれの青春からの訣別と新たな世界への旅立ちをも語っており、その文面からは詩や文学に対して栗林から受けた影響の大きさが滲み出ている。栗林は早熟な文学少年で、十五歳中学三年生の一九五一年二月に詩集『幻想』と歌集『青光』を自家出版している。長岡高校時代は生徒会誌、文芸クラブで詩を発表してきた。詩の実作では大井、吉岡の一歩先を歩んでいた。[3]

『追憶の村』は、Ⅰ追憶の村、Ⅱ渇きの歌、Ⅲ消えやすい歌の三章から成っている。栗林にとっての〝追憶の村〟とは、代用教員として一年間勤務した栃尾市立西谷小学校での生活から、詩人の目を育み青春の迷いの日々を児童との交歓から生きる根拠を学んだ精神的成長の現場を指している。詩が書かれた時間は一九五六年から一九六一年までであり、体験としての西谷小学校時代を栗林は精神の原点として捉えかえしているということであろう。「道」の一部を引く。

（二連略）
トランクをおろして額を拭う。過去は汗のように乾い
ていった。ふりかえると、ぼくをここまで運んだ道は
錯誤の泥にまみれていた。訣別、いまこそそれはなし
遂げられた！微風はのどかなオルガン調と、子供達の
愛すべき喧騒をつたえてくるではないか。あそこにあ
るのは少くとも《未来《サムシング》》だ。ぼくが佇立する、この微
妙の地点！うなずいて、ぼくはむしろ敬虔に始歩の靴
を踏み出した。

　未知に歓喜する無垢の才能、それこそ青春の美しい
資格ではないのか。君は嗤うだろうか、あれら大時代
の感慨癖を、あおくさい事大主義を。同じ道を、やが
てはかって罵った方角へふたたび遁れ去ったぼくでは
あったが──。
　人生の岐路の、危うい均衡の一点に、あれからも屢々
ぼくは立った。
（以下六行略）

　児童と自然とに抱き抱えられるように開花してゆく栗林の精神の様子がスリリングに叙されている。栗林が東京の大学での勉学と創作の生活の中で、常に顧みる世界の原点として西谷小学校での暮らしがあったことを如実に示している。Ⅰ章は栗林が人生上の迷いや葛藤に陥った時に、西谷小学校の児童らとの風景へ立ち返る、いわば魂の故郷とでも言うべき自省の根拠となる作品群である。こうした栗林の代用教員体験は、坂口安吾の荏原第一尋常小学校分教場での代用教員体験を思い出させる。

　一九七七年十二月十九日付けの新潟日報紙上に長谷川潤治が、「青春の光と影の詩」として『追憶の村』を紹介する文の中で、

> 「あそこにある少なくとも《未来（サムシング）》だ」という予感を抱いてやって来た村でのさまざまな体験は、彼に終生にわたる思いを与えたようだ。そこで彼は自己と周囲の一切のものへの鋭敏な観察眼を体得したと思われる。これ以後の彼は、村での体験を基底として生きた。

と、指摘している。

　Ⅰ章「追憶の村」十篇のうち、「杜鵑」「墓地」「少女」は「現代行動詩派」に、「標本」「断崖」は「北方文学」第二号に発表したものである。

　Ⅱ章の「渇きの歌」は、在東京時代に書かれた文学好きな青年が背伸びしたり萎縮したりしながら、時代の空気を満喫している作品である。Ⅲ章の「消えやすい歌」は、長岡高校時代の作品だという。Ⅰ章「追憶の村」を水彩とすれば、Ⅱ章「渇きの歌」はクロッキー。Ⅲ章の「消えやすい歌」の「初秋の感情」は、高校生の作品とは思えない完成度を示している。略年譜と付記は栗林を知る適切かつ貴重な案内となっている。大井邦雄の跋、三章三十五篇から成る。A5判、ハードカバー、百二ページ。

　栗林は一九六一年十月刊の「北方文学」第二号に作品を発表以降は、家業を継ぎ、結婚し、病に倒れ、入退院を繰り返していた。跋で大井は「彼は、もしかしたら、十九歳の春に中学三年の多田万千さんと初めて出逢った「追憶の村」へひっそりと帰っていったのかもしれない。」と記している。

③　中村龍介の光と影

ア、詩集『世界の片隅で』の世界

嵐の夜は僕らにふさわしい／記憶と意味の地獄で沈黙が始まるとき／僕らは書くのだ／死体の乳房という乳房を舐めまわって／僕らは書くのだ／嵐の夜の炎は僕らに最も似つかわしい／墓地でエメラルドの天を描け／死体で真珠を創りあげよ／／地獄は二極分解／形式への隠遁／地獄で鍛えられたピエーロ

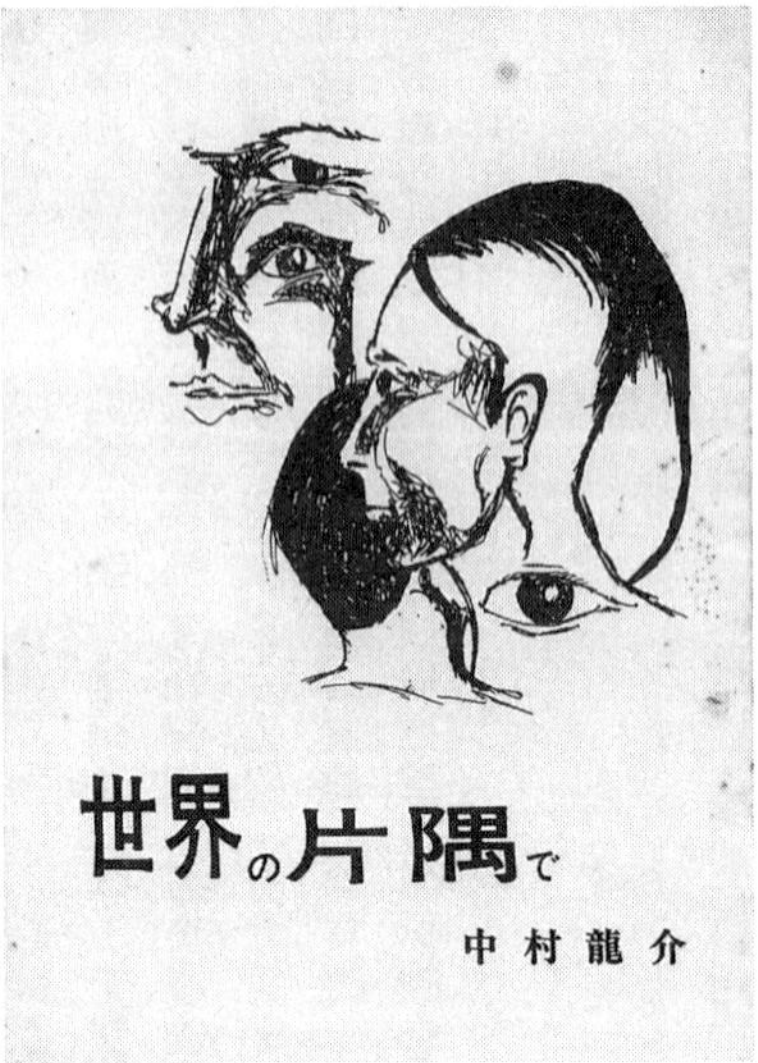

詩集『世界の片隅で』表紙

一九七三年八月刊の「北方文学」第十四号に発表した中村龍介の詩「意味の世界—短い詩人論」の二・三連である。中村が東北大学農学部を中退して帰郷し、発表した詩であった。自らを詩人たらしめる「記憶と意味の地獄で沈黙が始まるとき」を確認するように、「僕らは書くのだ」とリフレインしている。終連でも「僕らは書くのだ」を繰りかえしている。中村の葛藤はこの「僕らは書くのだ」の「僕」と「ら」の隔絶、即ち中村自身の生―存在と世界との関係性に挟撃されて分裂してゆく姿に示されている。同じ号に載る「瞳の中に」で「僕は凍えてマルクスを論じよう」と「僕」を「マルクス」へ投企している。凍える中村の存在と観念の相剋が刻まれていると言っていいだろう。

中村は「北方文学」同人となり作品を発表しながら、在学時代の創造行為の編集を進めていた。一九七三年九月に第一詩集『世界の片隅で』を上梓する。『世界の片隅で』は、中村が仙台というまさに世界の片隅で、己の身の丈に合わないと感じる世界をどう認識すべきか、葛藤する青春期の青年の姿をみせている。詩集冒頭のエッセイ「耐えるということ」は次の言葉で始まる。

僕らの秋の思想は耐えるという思想である。秋は世界を孤立させる。そして人民を孤独なままにたたずませる。孤独は確かに少女の感傷と密接である。

詩集『世界の片隅で』[4]は私と世界の関係を可視的に、

論理と情熱で統御できると信じられた一九七〇年前後の学生・青年の思索過程を、詩をひとつの武器として著した典型的な詩集である。世界の片隅で多くの学生・青年が世界と私の関係性を模索していた。

中村が学生運動にどのようにコミットしていたかは、はっきりとは分からない。中村が在学した一九七〇年から一九七三年までの時代には、学生運動自体が転機を迎えていた。「ベトナム反戦運動」を通じて社会の変革・革新を願って高揚した学生運動は、全国の大学に及ぶ全共闘運動に発展する。全共闘運動は「大学解体」闘争へと突き進み、政治党派による「70年代安保闘争」と結びついてゆく。その結果、運動内部の主導権争いから〝内ゲバ〟という凄惨な時代へと移行してゆく時代でもあった。

「二一歳の焼身自殺」「彼　かってＭ・Ｌの戦士であった組織のストレィンジャー（stranger）」等の作品は世界から孤絶してゆく経験が表されており、そうした仲間が身近にいたことも窺わせる。Ⅲ章の「モダンジャズ喫茶カーボ」では、ジャズを通して愛と性が語られている。中村の恋愛体験が反映されているのだろうか。「夜が訪れれば―幸子と少年とジャズムシの祈り―」の「幸子」像は、中村が「少女の感傷」として寓意化しているようだ。

「少年よ　幸子の本当の苦しみを知るか／少年よ　幸子の悲劇の孤独を知るか」と。

一九七〇年前後にモダンジャズが学生・青年に受け入れられてゆく。新宿「ピットイン」の存在。その一方漫画家林静一の「赤色エレジー」から派生した、「愛は愛とて何になる／男一郎まこととて／／幸子の幸は何処にある／男一郎ままよとて」のあがた森魚の歌「赤色エレジー」が流行していた。その時代性をも中村の詩にみるのである。

『世界の片隅で』はエッセイ「耐えるということ」と三章二十五篇から成る。Ａ5判、四十六ページ。以降、中村は評論に詩に旺盛に活動を展開してゆく。

イ、中村龍介の一九七三年から一九七八年まで

東北大学農学部を中退した中村は、学業にも復帰し一九七四年に長岡短期大学を卒業している。一九七五年一月には、石川茂紀、国見修二らと「とねりこ」(5)を創刊する。中村は詩集『世界の片隅で』の「耐えるということ」の付記で、

帝国主義の全貌を露呈させるとともに、ニヒリズムの

中で即自的な不毛である大衆そのものを告発してゆく運動を起こさなければならない。こうした方向性をもつ『地下室』という詩、評論雑誌をつくりたい。

と、理想とする同人雑誌のマニフェストともいえる考えを述べている。「とねりこ」創刊を中村はその実践の場と捉えていたのだろうか。

付記ではさらに、「同人内部で、質としての民主主義を形成してゆくアンガージュする詩誌でもある。」との性格付けをしている。その上に「僕らの苦悩の一切をかけて、『地下室』の中から創造的真理を発見してゆこうではないか。」と提起もしている。

中村の創作意欲は旺盛で、同年二月に創刊された雑誌「互尊文庫」への投稿を続けている。そして一九七八年二月刊の「修羅」七号から同人となっている。

一九七三年に「北方文学」に登場してから、中村は文学を志向する長岡周辺の多くの青年たちと交流、交友している様子がよく分る。しかし、中村は一九七九年十二月二十六日に、長岡市内を流れる信濃川で入水自殺を図り亡くなる。中村の死は詩友たちに激しい衝撃と深い悲しみをもたらした。「北方文学」「とねりこ」「修羅」がそれぞれ中村を哀悼し「追悼」した。

「地獄で鍛えられたピエーロ」、中村は社会変革への道筋をギリシア以来の西欧文化を日本に適応して、解明論証しようともがき足をすくわれた。一九七九年四月刊の「とねりこ」四号で、石川茂紀は中村との交友を小説「宴《えん》の跡《あと》―中村君へ捧ぐ―」を発表し追悼としている。小説は話者である「僕」が、「N」の自殺を知ることから、「S」を交えた交友を回想する形式で語られている。「僕」は石川で「N」は中村を差し、「S」は佐藤修二（国見修二）であろうか。「僕」は彼等と交わす文学談義に「労働者の心情も知らずに社会問題を青くさく議論することが無性に癇に」さわったり、「僕はNの知識に圧倒されまいと本を乱読しては憶えたての言葉を振りかざし、時にはぶくぶくした体でヒゲづらのNに飛びかかり、力で発言を制しようとさえした。」と、「とねりこ」同人たちと中村との交友の日々を描いている。同号では国見修二（佐藤修二）が「哀悼文」で、中村の絶筆と思われる「川の流れる様は」[6]を紹介している。

一九七九年四月刊の「修羅」十一号は「中村龍介追悼号」として刊行される。官親房の「龍介さんの村」は、官が中村家の檀家寺の住職で程よい距離から「中村龍介」の人生を回顧していて貴重な証言である。「こっけいな修羅こそ生きる哲学ではないか。挫折から居直る力学が青春の営為だ。きみの末梢神経は分解と滅裂をとりこむ。むなしいエネルギーだ。」や「より高くはばたこうとして空中分解した真摯な祈りだ。」と追悼している。旧刈羽郡小国村八王子（現長岡市）、過去五十年間で二人目の旧帝大生中村龍介。「スマートな都会人になることを理智的に急ぎすぎたのではないか。勁い田舎風の哲人で居て欲しかった」との哀悼の言葉が心に響く。

同号で太田修は「追悼　中村龍介」を寄せ、「彼の頭脳の中に渦巻いていた観念を、わたしたちがうまく了解できなかったということ」と語り始める。太田は「北方文学」に掲載される中村の作品を評価、批判してきていた。また二つの点を挙げ、太田は自らの批評態度を含む現在までの「地方文学」の問題点を指摘している。即ち、

> 彼は大学で、キチンとした論文を構成したり、実証的方法とやらを抜け目なくやるという技術を得る前に中退していたのである。（中略）彼の詩や論文が難解なのではなく、表現や論旨が技術的に洗練されていないのである。奇怪な造語や図表がうまく了解されなかったのである。正確に批評し、指摘する指南力がこの地域にはなかったのである。

との、中村の思索過程を文章化する未熟さを「正確に批評し、指摘する指南力」の欠如の指摘は、現在も新潟県で文学に携わる者が確認しておかなければならない現実である。[7]

一九七九年六月刊の「北方文学」第二十六号には柴野毅実が「中村龍介の思い出」で、中村との二年にわたる交友を回想している。柴野の指摘は明快である。「サルトルもドストエフスキーもキルケゴールも吉本隆明も彼自身の証人として立たされているにすぎない。不幸な教養の体系を持たざるを得なかった人だ。」とし、

> 自分が生活者として生きることを思想化することは出来る。しかし、思想化された生活者の理念に従って生きることは出来ない。中村の方向は倒立していた。そこに地方で生きることの特殊性につき当った中村の姿もあるのかも知れない。

石川、太田、柴野に通底する「「生活者」として「文学に生きるとは」は、一九七〇年前後には地方で、生まれた地で、新潟市ならば新潟市で生きることを選び、詩・文学を生きようとする者が出現していた。それは「自立主義」と呼ばれていたサルトルや吉本隆明の評論は、「生

活者として生きることを思想化」して文学的自然を捨てずに生きる考え方を支える論理を提供してくれたことは確かだ。

官が「きみの末梢神経は分解と滅裂をとりこむ」と指摘していたが、柴野は中村との論議から彼は「分裂症」を患っていたと証言している。それはともあれ中村は自殺し、私たちは生きている。柴野は中村の追悼詩集を編む作業へと進む。

ウ、遺稿集『中村龍介詩集』

遺稿詩集『中村龍介詩集』は一九八一年七月に上梓される。中村の死後二年半ほどが経過していた。一九七〇年前後の青年たちの心の中心を占めていた問題は、世界と我の関係の矛盾を認識し、その矛盾の解決へ向けて実践する。日々生活者として生きながら、考える主体たる自己を失わずに生きる。日々の自己研鑽こそが求められる。それゆえ現実と社会との齟齬をきたし、激しい葛藤を生きねばならなかった。中村はそのように生きるために、時代の思潮と直截に対峙し、その思索過程を詩として表現していた。

Ⅰ章十五編は第一詩集『世界の片隅で』から編集されている。なぜ、「窓の外」や「夜が訪れれば」を外したのか。これらの詩で比喩された「幸子」は、中村の性の根拠を指し示していることは、『世界の片隅で』を紹介する項で述べてきた。

Ⅱ章は「北方文学」収載の作品を編集している。一九七四年八月刊の第十六号掲載の九連百十五行の「祈り」の二連で、

> 空間性をすでに超出してしまった／〈私〉にとって
> ただ生きることの内部で／絶対確実な時間とは／能動
> を喪失した／末期ポリスの内的身体にほかならない／
> なぜではなく従って／〈私〉は根源的な喪失者にほか
> ならない

と、中村は、「根源的な喪失者」として故郷で生きる困難を見定めながらも、「否定性関係の否定に於いて〈私〉を所有する／〈私〉を所有することは関係を所有すること」と思弁の「地獄で鍛えられたピエーロ」を演じている。Ⅲ章は「とねりこ」「互尊文芸」収載の作品を集めて編集している。一九七五年二月に創刊された「互尊文芸」に載った「炎Ⅰ・Ⅱ」から没後の一九七九年二月に掲載される「流線」までの十篇は、それまで中村が忌避して

きた抒情性を強めている。「修羅」の追悼文を官が「龍介さんの村」と題したように、中村が生地の旧刈羽郡小国町八王子（現長岡市）を存在の論理性から切り離し、自らを育んだ「私の村」として素直に受け入れる感情が芽生えていたと考えられる。

中村は「炎I」で、「赤い炎にふるえる谷間の村」は、「谷間の村の没落のその夜明け」と未来への希望を遠望している。そして「そびえる寺」では、

輪廻の罪／今に生きている祖先の吐息よ／この喧騒をとかして／墓石の前に　ききょうのように／咲け　雪にあふれる／おまえたちのかすかなるさけび／仏は雪の中で　一人／青白く燃え続けている／その炎のように顔の赤い少女が／荒れた手で　今／祈り始めている

と、詠う。

中村は「孤独は確かに少女の感傷と密接である」（耐えるということ）」と、自らの創作から比喩としての「少女の感傷」、即ち抒情性を排除する努力をしていた。体験した個人の記憶を歴史へと飛躍させ、世界観へと普遍化する方法を詩に求めていた。しかし、中村は少女の祈りとする抒情性に帰着する。そして、「未完の青春の女たちを閉じる」は、「笑いながら　泣きなが／ら　くねるように　各々の人々が命名された／日常に親しみ　街角をすぎてゆく。」と閉じられる。中村は現実的にも詩的にも、日常と抒情に閉じ籠められる。「宴の後」で石川が書き残した一文と中村の魂のおののきが響き合う。

一年程まえ、Nが職を捨てて実家に戻った時、彼は今まで読んだ本をすべて処分したとSが言っていた。そして、日々の生活に安らぎを求めたいと漏らしたともつけ加えた。

一九七八年十二月二十六日、中村龍介は帰らぬ人となる。

栗林喜久男は詩の創作にあたって絶えず「追憶の村」へ往還した。中村はようやく「中村くんの村」へ帰着したその時に、自らを総否定するように入水して果てた。Ⅲ章三十七篇から成る。B6判、ハードカバー、百六十八ページ。

4　ブルージャケットと「路上派」の詩人たち

経田佑介の個人詩誌「ブルージャケット」は、一九七六年四月刊の第十三号から一九八〇年三月刊の第十七号までに五冊を刊行している。「ブルージャケット」は、創刊号となるNo.00からNo.03（No.02は欠番）までは、三条市で開催された朗読会等のパンフレットとして刊行していた。一九七二年七月刊の四号から一九七三年一月刊の六号までの「ブルージャケット」は、三条市という地方都市での「地方文化運動」論を模索しつつ行動する指針を示す役割を果たしていた。そして「予定からいけばこれで終刊」だった一九七三年十二月刊の八号を超えて、「ブルージャケット」は一九七四年七月刊の九号から再生する。編集後記で経田は、

八号までぼくらの地域の文化に密着した形で出してきた。九号からはもっと詩に接近して行くつもりだ。しかし、ぼくが気づいている一つの詩の流れを追究したいと思う。そういう意味でこの号を第二巻、第一号と考えている。

との自らの詩の方向性に焦点を当てる考えと共に新たなる出発の意志を述べている。

「地域の文化」から「一つの詩の流れを追究」する詩的営為への転換を告げている。東京都在住の天野茂典、中上哲夫らと、そして大阪府在住の東淵修[8]らとの交流は経田に日本の詩の現在を考えさせることとなった。殊に中上との往復書簡は、日本のみならずアメリカやヨーロッパの詩の現在を論じ合う広がりをみせている。これが経田の詩精神を揺るがし、詩学の発生を招き、「一つの詩の流れ」を気づかせる契機になったと考えられる。

一九七六年四月刊の十三号はその一つの成果であった。執筆者は、

吉増剛造、中上哲夫、天野茂典、山本博道、田中国男、秋沼ようこ、秋秋綺羅、経田佑介（関雄一）、玲真弓

の九名。

（関雄一）は経田の本名。

経田は自らの情況への発言とも言える、「blue jacket's eyes」を連載している。第十三号の「10　路上の詩人についてニ、三のメモ」[9]で「一つの詩の流れ」を一挙に展開する。泉谷明が日本読書新聞に天野茂典、山本博道、

経田佑介の詩を論じた、「路上で書く三人の詩人たち」を連載した。泉谷は「路上での出来事、いろんな人間と会える場所での、魂の揺れ、日常どっぷりの中で自分そのものを書きたいものだと思っている」と三人に共通する詩の特徴から「路上詩」と名づけた。経田はここから「ぼくのもやもやを一挙に上等の香りを秘めたアメ玉に凝縮」するヒントを得て、

そのアメ玉を舌の上でころがしているうちにだんだん溶けて「路上派」なる奇体な語になった。どうだろう。そう悪くない響きを発するではないか。

と、「路上派」宣言を発する。「路上詩」から「路上派」への詩意識の転換を画期する一文である。吉増剛造の疾走詩篇を先駆けとし、アメリカのビート詩の影響を受けた一群の詩人たちの詩脈として経田は、天野、中上、泉谷、山本、八木忠栄等の名を挙げている。「「路上派」なる奇体な語になった。」の文言により、経田の個人詩誌「ブルージャケット」は、日本の現代詩の一ページを切り開いていく詩誌に名乗りを挙げることとなった。

泉谷明の弟の泉谷栄[10]は、二〇一八年六月刊の詩誌「阿字」一四二号の「処女詩集についての続き＋32」で、「路上詩」から「路上派」誕生への道筋を詳しく論じている。「路上派」の活躍から凡そ四十年を経た総括と「路上派」の現代詩史への位置づけを提言する文章として意義深いものがある。泉谷が経田の「blue jacket's eyes」の「10路上の詩人について二、三のメモ」から、「〈路上派〉の詩人の特徴を経田佑介は次のように要約している。」としてその特徴を五つ挙げている。

1、日常の「肉体的行為としての自己」を詩の重要なファクターにし、肉体と世界の関係性を感性でとらえた。
2、生の燃焼が詩のエネルギー。「疾走感」を重視する詩の傾向。
3、呼吸と声の重視。朗読を好み、ジャズと朗読運動などに積極的に参加。
4、一篇の詩篇はすべからく長い。
5、詩人同士はルーズな結びつきであったが、同志的友情があった。

泉谷はここで経田佑介、天野茂典、中上哲夫、八木忠栄を論じ、「路上派」が拠って立つ詩精神を徹底的に分析紹介している。

「blue jacket's eyes」に載る経田の一九七六年から一九八〇年までの五年間の旅の記録を読み解いてゆくと、大阪、東京、弘前で多くの詩人との交友を知ることができ、そうした交友から経田の詩は昂揚し、詩精神の確認が図られていたと見ることができる。

こうした中で一九七八年三月刊の十六号は、「路上派」詩人たちの共同・協働の場としての一つのエポックを覚える。八木、樋口大介（玲真弓）、経田、天野、吉増が詩を寄せ、中上がエッセイを寄せている。そして一九七八年三月十八日に三条市本成寺での「吉増剛造＋坂本長利ジョイントコンサート「地の声が…、宇宙の声が…」」の始末記を五十嵐正志が書き残している。「吉増剛造＋坂本長利ジョイントコンサート「地の声が…、宇宙の声が…」始末記」は、吉増の朗読と坂本の独り芝居「土佐源氏」の公演であった。三条市の地方文化運動の集大成として意味を持ち、経田の「路上派」交友を現実化した公演としてあった。

経田が成した仕事の一部は、経田を詩精神の実践者として師事した樋口、本田訓らに引き継がれて行く。経田と樋口らの共同歩調はこの章の後半での創刊詩誌の項目で述べることとする。

五年間五冊に作品を掲載したのは、

吉増剛造、中上哲夫、天野茂典、山本博道、田中国男、秋沼ようこ、秋秋綺羅、経田佑介（関雄一）、玲真弓（樋口大介）、山内清、大家正志、馬場輝子、原田勇男、諏訪優、梶原礼之、本田訓、五十嵐正志、八木忠栄、国弘浩介、館路子、奥成達

の二十一名。

この間に経田は二冊の詩集を上梓する。自伝的要素を詠い込んだ『悲歌／心臓詩篇』と「路上派」の面目躍如たる『泡立つ日々泡立つ海』の二冊である。

経田は一九七六年九月に第二詩集『悲歌／心臓詩篇』を上梓する。二歳年下の経田の実弟関俊輔（一九四〇・九・二十一〜一九七五・七・三十一）の突然の死を契機に創作されている。兄雄一こと経田佑介の悲嘆と幼年期の記憶を表した詩集である。経田一家は太平洋戦争中の一九四四年五月、過酷な北海道根室の生活から父母の故里三条へ帰還する。その幼い日々を兄弟共に過ごし、精神の在り処を共有してきた弟が、一九七五年夏の朝に突然の死を迎える。共有していた魂や記憶が遮断されたとの詩人の思いは、時に静かに時に激しく北海道での生活を語る。それはまた詩人経田佑介の精神の原形

を探る言葉の旅でもあった。「俊輔の山女魚の夢はグースベリーの茂みにころがっている（グースベリー・ノート）」。俊輔の夢は佑介の夢でもあった。詩集に付された三葉の写真は、このグースベリー・ノートと共に詩人経田佑介の詩と思想を考える時、貴重な証言記録ともなっている。プロローグ、エピローグ、グースベリー・ノート四篇と詩篇十一篇から成る。Ｂ６判、軽装版、六十四ページ。

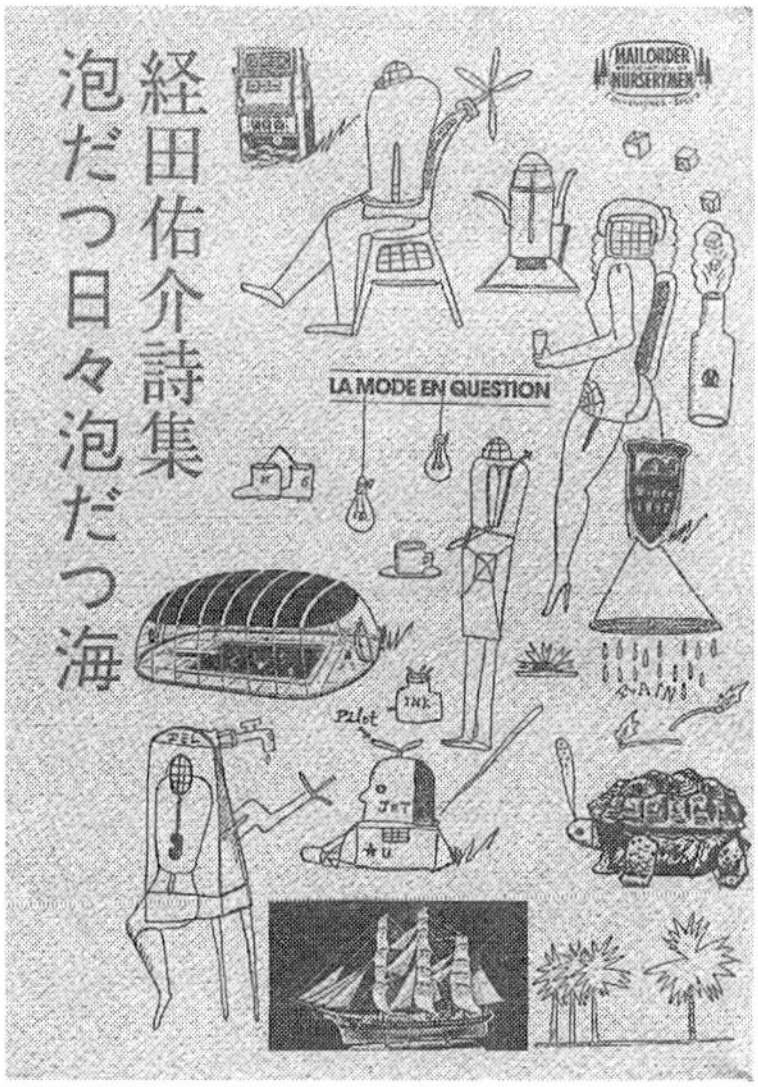

詩集『泡立つ日々泡立つ海』表紙

さらに経田は一九七八年十月に詩集『泡立つ日々泡立つ海』を上梓する。詩集は『泡立つ日々泡立つ海』の標題の通り、まさに日々生起する精神の泡立ちを一つの言葉、一つのイメージを契機に沸騰させ、膨張させ、ビッグバンよろしく詩を世界へ宇宙へと飛散させる。言葉の奔騰が著しい。それは一面、経田が「路上派」へ疾走する日々に交友交流した詩人たちとの精神の親和を表現し、「透明な十月の午後へ」は「東渕修に」、「階段からの眺め」が「中上哲夫に」とあるように、詩集は一九七四年から一九七八年にかけての経田の詩的交友を記録した詩集ともなっている。

詩集の作品二十二篇は経田が交流した詩誌十四誌に発表されたものであることからも、経田がこの五年間に新潟の詩界から日本の詩界へと飛躍する姿をみることができる。詩集の標題作「泡立つ日々泡立つ海」七連の冒頭一連を引く。

正午の太陽の下で／アスファルトが荒荒しく波打つとき／板切れや／水を貯蔵した樽や／火縄銃や／回転式ピストルや／ロープや／方形の難破船の残骸が街中を漂よった／少年たちは荒廃の海にいた／大きく右往左往に回転させられながら／魚日和に海底でまどろむことを夢見ながら　（以下五十一行略）

経田は溢れかえる言葉の海を颯爽と抜き手を切って泳ぎ切り、人間の生きる根源である感性と家族との関係を賛美し祈っている。詩人の魂の全振幅を鮮やかに、言葉烈しく表した詩集である。装を谷川晃一、扉画「鳥」を日和崎尊夫。西一知の解説が付されている。あとがきと二十二篇から成る。A５判、百八ページ。

５　現代詩謡の再出発

一九六九年一月に創刊し、一九七四年一月刊の二十号で休刊していた「現代詩謡」は、一九七九年十二月に二十一号を刊行し再起を図ることとなった。体制は編集人を北川義一、発行人を小柳俊郎、発行所を現代詩謡作家連盟としている。一九八〇年十二月刊の第二十五号まで五冊を刊行している。

小柳の病気療養で休刊を余儀なくされた「現代詩謡」は、「20号以来五年ぶりの発行となる」と編集人の北川が後記に記している。そして再刊に当たっての小柳の消息を、

「現代詩謡」再刊にあたっての小柳氏は、年五回、向後三年を目処に35号を以て終刊にする意向である。

と伝え、「現代詩謡」の前途を予想している。

「現代詩謡」休刊中に会員の近況と作品を繋いだ「会員通信」の一九七四年九月刊の十七号には、「現代詩謡」21号会員作品に就いて」を載せ、「休刊が予定外に長びきましたので中には近作と交換したい方もあると思います。」との周知がなされている。

「現代詩謡」の変化を誌面から読み解くと会員作品に重点が置かれた点であろう。二十一号の執筆者を見てみる。

長崎浩、大井康暢、赤城毅、二見雄典、沢井淳、松井郁子、梅田和恵、田崎芳作、北川瑛治、嘉瀬雅子、斎藤健一、北川義一、小柳俊郎、たかはし・とみを、武仲恵美子、木川やす子、八幡建治、長島清志、柴田武、竹内智恵子、宮崎健三

の二十一名。

新潟県関係者は十三名であった。そして復刊前の陣容と特に違っているのは、福島県からの参加者が赤城、沢井ら五名であることだった。これは早くからの会員で喜多方市在住の竹内智恵子の働きかけによるものと思われる。

会員を中心に据えた編集方針は、二十号までは小柳による著名詩人への依頼原稿が多く、「現代詩謡」刊行の経営を圧迫してきたことからの反省であろう。東京などの著名人依存から、独自に才能を発展させてきた会員の自負も働いたと考えられる。第二十五号まではほぼこの編集方針を貫いている。

復刊号となる第二十一号には北川が、「方法論としての「美」と「生の節理」―昭和詩大系小柳俊郎詩集に見る詩想《ポエジー》から―」と題する評論を掲載している。

これは小柳俊郎が「現代詩謡」休刊中の一九七八年七月に宝文館出版から昭和詩大系の一冊として上梓した、『小柳俊郎詩集』を対象に論じたものである。北川は「詩とは何か」と自らに問いかけながら、小柳の作品十篇を選んで論じている。小柳が五十三歳から六十二歳までの期間に書いた詩を、十章百篇にまとめた詩集評としては丁寧な紹介ということができる。B6判、ハードカバー、百二十七ページ。

北川は第二十二号から三回にわたって「闇と光り」と題するエッセイを連載している。折節に読み、書き、考えた自己の思考過程を子細に報告している。詩への態度を確立しようとするエチュードである。

一九八〇年三月刊の第二十二号からは「現代詩謡」宛に送られてくる全国の同人誌評を加藤幹二朗が受け持ち、「受贈詩抄録」と題して作品を選び紹介批評している。かつての「詩壇ジャーナル」欄の別バージョンであろう。加藤と小柳の関係は、新潟県詩アンソロジー『地軸1975』編纂が契機となっていた。この後に述べることとする。

作品的に目を引いたのは、第二十二号と一九八〇年三月刊の第二十五号に載る布施一喜雄の〝版と文〟の「越後の毒消し売りの旅姿」と「消える角海浜《かくみ》を訪ねて」がある。江戸時代から昭和初期まで越後の「毒消し売り」といわれた薬行商の発祥の地である角海浜が、東北電力の原子力発電所建設用地の候補に選ばれ、買収され廃村を余儀なくされるのを惜しんで版画と文で表現したものである。布施の原子力発電所建設への静かな抵抗を知るのである。

版画といえば竹内智恵子の「昭和遊女考」の連載も見逃せない。第二十号までに竹内が「現代詩謡」に発表した「会津民話詩抄」はよく知られてきたところである。一九八〇年六月刊の第二十三号から「昭和遊女考」は井手文蔵の版画を装画として掲載する。井手の装画は作品に強い印象を与えている。

「四　廃屋／毒消し売りに旅立ちする、
かいがいしい娘の門出の姿は想像すべくもない。」

しかし、いかんせん五年間の休止は会員の伸びやかな詩の展開を阻害した。それまでの自己の詩を超えるポエジーを、見つけ出せないもどかしい作品が多いと言わざるを得ない。

6　夕映えのその後と「発起時」の事実

一九六九年十二月に創刊された「夕映え」は、一九七六年四月刊の十九号から一九八〇年九月刊の三十号まで十二冊を刊行している。

これまで前章でサークル誌「夕映え」の変化を報告してきたが、三十号の「30号記念特集」での「炎群11年の歩み」から幾つかの重要な事実が語られている。サークル誌「夕映え」発起人メンバーは「村松高校文芸同好会O・B」であり、そのペンネームは、「高橋収（山田漠）、長沢政敏《ママ》（流爽馬郷詩[11]）、渡辺守夫（安中真二）」と紹介されている。

「夕映え」の性格の変化が一九七四年二月刊の十三号からと指摘しておいた。その変化をもたらしたと考えられるのが加藤幹二朗の存在である。前章でも「夕映え」「青い麦」「はまぼうふう」の連携を指摘してきたが、その中心的な位置に加藤がいたということを押さえておく必要がある。加藤の足跡は「はまぼうふう―新潟詩人会議」の項で述べることとする。加藤は村松町に生れ、一九七〇年前後には県立水原高校の教師として赴任していることも述べてきた。

刊行された十二冊の「夕映え」は、制作・発行は文学サークル「炎群」、発行責任者は松沢文雄、発行者は中蒲原郡村松町横町、松沢勉方となっている。各号の表紙は会員の作品を掲載する体裁で統一されている。

十九号で「青い麦」との交流がみられる。「特別寄稿作品」として、「青い麦」の木俣冴子、宮島ゆうこ、そうだみつのり、五十嵐絹江の詩が掲載されている。また、「炎群・五周年特集」として、「夕映え……その軌跡」としてアンソロジー等の特集を組んでいる。

一九七七年八月刊の二十二号から「シリーズ故郷の詩人達」の欄を設け、一人の会員に焦点を当てて紹介する欄で、第一回には松木信を登場させている。詩篇を載せ、その後に会員が批評や松木の人柄を紹介しており、詩人の表情が読者にも思い浮ぶ良い企画であった。松木は農村地帯に生れた生活と暮らしそれ自体を、「故郷」として強く意識して創作している。二十二号に載る「母」の最後三連は、

あぁるところに／ありのくそ／ねえところに／ねこのくそ／ひょこっととんだら／ひよこのくそ／きたねぇともじったら／もじなのくそ／／あや………／この次なんだっけな／おらもうわすれだわの／／一日の労働をおえ／くたくたになって帰ってくると／そんな／母である／おばぁちゃんが／待っていてくれる

松木は農家の在るべき姿や農村の近代化がもたらす諸矛盾に目をそむけているわけではない。そこにある現実の姿を直截に、自分のものとして受け止めて生きることを選んでいる。おばぁちゃんの歌を、喜びとして歌う姿、詠い継いできたことで自然と踏む韻がユーモアを浮き立たせ、一日の労働を終え、くたくたになって帰ってくる松木の心をやさしく慰撫する。民話的に日常的な光景として定着させている。市川わかこは、松木のことを「ホノボノとしたあたたかさを持った人」と紹介している。一九七八年八月刊の二十五号には「牛のなみだ」を掲載する。終りの三連を引く。

米　作るなとゆうけど／おら百姓だ／それしかできねぇ／若けぇもんのように／町に働らきにゆき／休みを待って田んぼに働らき／日曜百姓とよばれ／それがあたり前になってしもうた／／牛にひかれたみこしが／目の前を／はなやかな音色とともに／通りすぎてゆ

く／／きれいなびんぼうさ

松木は第一連で、「機械音」のうなる「五月の田に」は、「クワも牛も／田植え歌も／もう聞こえはしない」と詠い出している。国の減反政策による「日曜百姓」こと〝三ちゃん農業〟の一般化を自嘲的に方言を用いて批判している。牛は農家の重要な労働力だったが、いまは祭りの神輿を引くだけになっている。「日曜百姓」を保証する耕耘機の普及、そしてトラクターの登場で、牛はやがて村からいなくなるだろう。「きれいなびんぼうさ」の一行の飛躍は、世相を皮肉って詩の特質を際立たせる。長沢佑の系譜を松木はしっかりと受け継いでいるかのようである。松木は一九七八年七月に例示した作品を含む詩集『じゃがいも』を上梓している。跋文を山田漠、五木圭介、えねしげるが書いている。縦百八十四㎜×横百五十㎜、Ｖ章三十一篇から成る。百二十五ページ。

一九七七年五月刊の二十一号から始めた「フレッシュコーナー」には、二十二・二十三・二十五号には山田や安中との関係からか、「村松高校文芸部」作品を掲載している。「夕映え」は作品を掲載する場を提供しながら、一九七八年八月には会員と高校生と共に「夏の合宿」を、ゲストに東京から鳴海英吉を招いて開催する。鳴海は翌年の一九七九年九月に「夕映え」が開催した、朗読会「詩の聞える街Ⅲ」に特別ゲストとしても招かれた。

そうしたことからか「夕映え」には「村松高校文芸部」部員から、一九七七年二月刊の二十号で市川あや子、えねしげる等が入会した。市川は真麻綾子[12]とペンネームを変えこの時期の「夕映え」に新たな息吹を吹き込んだ一人である。一九七八年十二月刊の二十六号に載る「短大一年―真実―」の後半を引く。

カカもトトも働いている／おらばっか遊んでらんね／
そんげがん　いっちゃ良《よ》知ってっかんだども／おら
何でもやってみてぇ／／「女ん子のくせして」／／そ
ういわれっと　頭くっけど／やっぱ　何《なん》でもできの
なってば／／人の目気になっし／変人こけねし／ひと
りでいっかん　さみしてば

二十歳前後の一人暮らしの「女子大生」の独り言といえば独り言。この独り言は自分のやりたいこと、未来への希望を語ること、詩を書くこと、自主的に物事を考えることをタブーとする日本、なかんずく新潟の風土を告発している。詩を書く人はそれだけで、〝変人・奇人〟と後ろ指を刺されることを覚悟していなければならないとの思いが滲む。方言で書くことで自らをより対象化し客観化していると言える。

牧野ハラが一九八〇年五月刊の二十九号で童話「水玉模様の簡単服」を発表している。墨で汚れた服を大切に「虫干し」をする母から、その「水玉模様の簡単服」を巡るエピソードが語られる。小学校時代は戦争の真最中であり、簡単服へ墨をかけた男子はその後徴兵され戦死する。水玉模様の簡単服は母と男子児童とのあわい想いを伝えながら、戦争には加担したくない思いをも伝える佳品となっている。

「夕映え」は一九四九年前後生まれの山田漠、五木圭介、松木信等と一九二七年生れの松川正（松沢文雄）、一九三四年生まれの加藤幹二朗との関係を基礎に、十九号から三十号までは東京の詩人会議を目標とする方向が定まったと言ってよいだろう。それは前にも触れたが加藤の力が大きく作用していると思われる。「炎群の十一年の歩み」からはそれが強く滲み出ている。「夕映え」は十三号からタイプ印刷に変るが、その「仕掛人は新会員の加藤幹二朗」と特定している。「夕映え」に掲載された詩が「詩人会議」誌上の「詩評欄」で評価され、採録された事例も紹介されている。この時期に「炎群双書」として上梓された詩集を見てゆく。

一九七九年八月に五木は第二詩集『結婚についての一章』を上梓する。五木は母・恋人を巡る家族愛を固く信じているようだ。しかし、五木は客観性が乏しく、作品の中で佇んだり、呟いたり、ぼやく自己の姿を表現しているに過ぎない。詩人が予定調和の世界で泣き笑いしてたっていいし、そこに組合運動のきれっぱしがぶら下がっているだけだとしても五木の自己像は充足しているのだ。加藤が解説「第二楽章の重い詠唱」を書いている。Ⅳ章十八篇から成る。B6判、百五ページ。

松川正（一九二七～二〇一八・三・十三）は一九七九年十月に詩集『日本の穴』を上梓する。松川は詩「日本の穴」の冒頭で「地方公務員という名のつく／道路補修員である」と自己紹介している。そうした仕事を通じて、社会の底辺で働く人々の憤りや憤懣や社会矛盾を、それこそほじくりかえし埋め戻すように語り続ける。詩「消えゆくものに」に表された高度成長期の田舎の情景は、私自身の身体にも残る記憶と同じである。詩「朝鮮牛」の一部を引く。

黒毛の改良和牛より／赤毛の朝鮮牛のほうが／おとなしくて／良く働く／人間様の思うがままに使えこなせる／それで／わざわざ朝鮮から／日本の百姓のために

／海を渡ってきたのだ

詩「朝鮮牛」によって近隣で飼われていた牛の真実を初めて知った。

この詩は松木の詩でも紹介した風景のその先の情景、牛が機械化によって屠殺場へ送られる様を詠って哀切である。詩「朝鮮牛」は戦争中に朝鮮人を日本へ連れてきて過酷な労働を強いた歴史を思い起こさせる。解説を五木と加藤が書いている。Ⅳ章二十九篇から成る。B6判、百六十五ページ。

山田漢は一九七九年十月に第二詩集『非国民志願』を

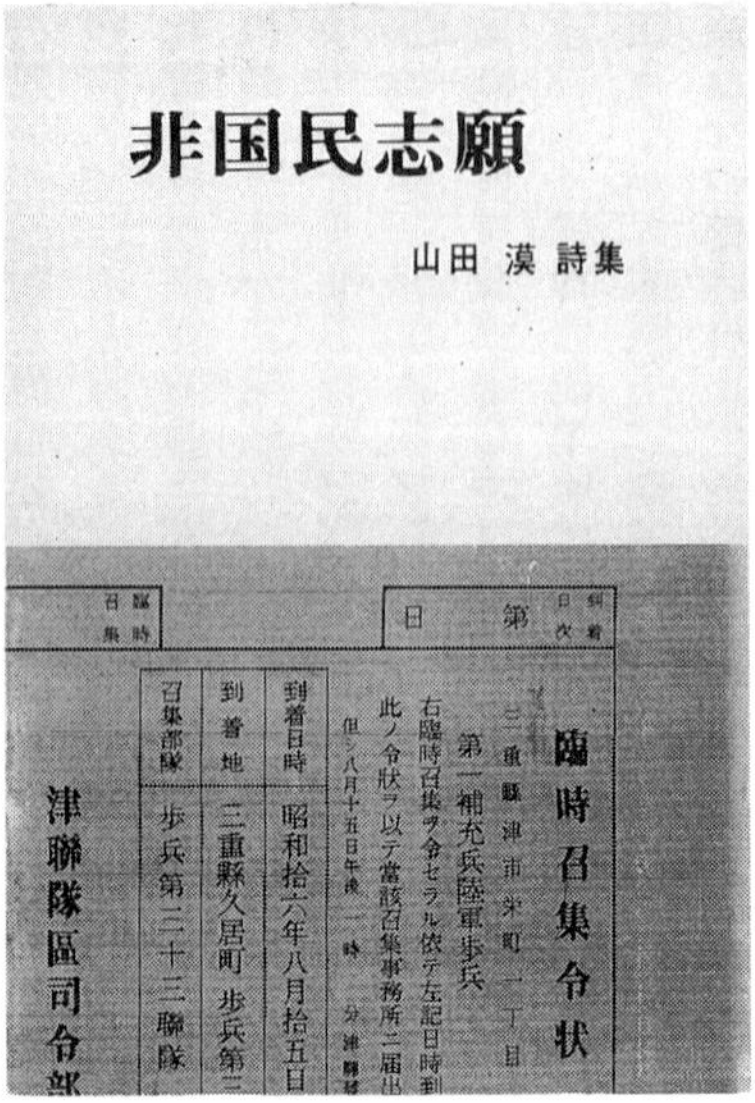

詩集『非国民志願』表紙

上梓する。第一詩集の『橋を架ける』は、錯綜するテーマを整序することなく書き並べ、伝えたい内容がかえって見失われていた。『非国民志願』は日常と政治的信条を整序統合して、山田は詩にリアリティを創出し、内容も焦点を結んでいる。詩「朝靄」の一部を引く。

ひとつの小さな店があった／／もうあの店に／味の素をひとびん買いにいくことはできない／煙草を一本だけ買いにいくことはできない／店のおばさんと今日の天気のことを話すことはできない／みんなに合うあの便利なスーパーへ君も私も走ろう／みんなに合うあの便利なスーパーへ

現在ならば「コンビニへ走ろう」となるだろう。近過去の現実が陽炎のように胸の中で揺れる。後になってこうした小さな事実が、社会の様子を大きく変えているこ
とに気付く。そうした日常に暮していると思わずにはいられない。

詩「非国民志願」は一九七八年の「有事立法」に反対して書かれた。

そう言う事は考えておりません　と／言った時には今

すぐにでもそうしたいと思っているんだあいつらは／だから／まちがいなく／戒厳令はあるし／徴兵制がしかれるし／言論の弾圧もある／有事立法とは／そういう事なのだ／俺は絶対反対だ／あなたは賛成か

日本国憲法の改正論議が煮詰まってきている二〇一九年の現在を指摘するような詩である。早すぎた詩集なのだろうか。五木と加藤が解説を書いている。六章二十五篇から成る。Ａ５判、百三十三ページ。

「炎群双書」の三冊の詩集の共通点は、詩人が日常に寄り添い、生活者の地点から声を発しているところにある。そのことが二〇一九年の現在を照らし出す。殊に山田の『非国民志願』は早すぎた詩集ということができる。松川、五木、山田は「新潟詩人会議」会員であり、五木と山田は「詩人会議」の会員でもあった。

サークル誌「夕映え」の会員はおおよそ十八名前後で推移している。三十号に作品を寄せたのは、

加藤幹二朗　神田義和　木俣冴子　牧野ハラ　えねしげる　成沢薫　山田漠　敷島京介　五木圭介　砂田啓松川正　真麻綾子　叶りん　長沢正敏

の十五名。会員は二十二名であった。

7　「青い麦」の詩人たち(13)

「青い麦」は、一九七六年四月刊の第十四号から一九八〇年三月刊の第二十二号まで九冊を刊行している。第十四号は「４周年記念号」として、「青い麦四周年記念座談会―地域に根ざした詩運動について」を特集している。座談会への出席者は、影山二郎、峰健太（酢山省三）、雙田三典（そうだみつのり）、木俣冴子（鈴木あけみ）、田村一女、神田義和の六名。この座談から「青い麦」の創刊当時の実際と実態が明らかにされている。創刊時の年齢は影山が十九歳、峰が二十四歳で最年長だった。一九七二年十一月の一周年記念に開催した「詩とフォークの夕べ」には、多くの労働者学生を集客したことは前章で述べてきたところである。峰は「あの時は民青のルートで流していた」と語っている。「青い麦」の発行部数は二百としている。

峰が勤める「沼垂診療所」は、日本共産党系の影響力の強い医療機関である。したがって、だからといって「青い麦」は政治運動や社会運動を主眼とするサークル

ではなかった。峰は「遊ぶこととか、広い意味での文化教養問題ね。遊ぶ事では夏キャンプに行ったし、スケート、スキーね」と語っている。

一九七八年十二月刊の第二十号の「二十号のあいさつ」は、

青い麦が二十号を数えました。生活と社会に根ざし、ひらがなのような心で詩を書く。詩は誰にでも書ける。詩さらには、書き続ける事に依って、より多くの人達と連《ママ》ながっていけると言う確信を基調にして、出発してここまできました。

と、会員の夏のキャンプであろう集合写真を掲げている。眩しいような青春の表情が印象的である。「青い麦」が詩を通じて人と人が繋がり、一人ひとりの考えが社会の変革へと通じてゆくとの考えを語り尽くす写真である。

「青い麦四周年記念座談会」では、サークル誌「炎群」や「詩人会議（新潟詩人会議）」との関係も語られている。それぞれの会は交流を持ってはいるが、統一的な目的意識を共有していたわけではないとの情況が読みとれる。

雙田／麦と炎群と詩人会議と言うので比較すると三者三様ですごく性格は違うわね。

峰　／詩人会議ってひとつの性格を持っているかなあ。まだそう、ムードは固まっていないと思うけれど、炎群と麦と言うのはあるけれどね。お互い詩人会議の中で均衡しているんじゃないの。

と、「青い麦」「炎群」「詩人会議」の関係と相違を語っている。

「青い麦」の会員の成長と現実は、社会矛盾への対処や個人を巡る事情が一致しない日を迎える。成長と現実とは、個々人に訪れる社会的地位の上昇や責任であり、結婚出産等の生活者には必ずや訪れる日常のことである。「地域に根ざした詩運動」を第一義と考える「青い麦」

の詩人たちには一層現実的であったろう。それは「青い麦」の編集体制の変化と詩誌の形態の変化としてまず現われる。

　一九七七年二月刊の十六号[14]から編集発行人は峰健太からそうだみつのりへ、発行所を沼垂診療所内酢山省三方「青い麦の会」から連絡先として新津市田島六五の一鈴木明美（木俣冴子）へと変更された。これは峰が「民主診療所」創設のために静岡県三島市へ転居したことによる。

「五周年記念号」となる一九七七年八月刊の十七号は、それまでのＢ６判をＢ５判の体裁に変更する。しかし一九七七年十二月刊の十八号からは編集発行人に神田義和、連絡先を鈴木あけみ（明美）へと変り、判型はＢ６判に戻される。「青い麦」はこの判型で終刊まで続く。編集発行人は編集長も兼ね、木俣、深井、樋口らが実質的な編集業務を担っていた。

　もう一つの変化は十六号には「会員名簿」として三十六名を載せていたが、十七号からは「会員名簿」二十五名と「通信会員」十四名の二通りの名簿が掲載されるがこの違いが分らない。峰健太の名前は「通信会員」欄にある。

　一九七八年七月刊の第十九号から、清水マサが与謝野晶子を論じた「心の詩」と詩「ことば」を掲載して会員に加わっている。同年十二月刊の第二十号で宮島夕子が清水の第二詩集『雪・故里』の紹介文を書いている。清水の詩集は次の項の「新潟詩人会議」で紹介することとする。

　一九八〇年三月刊の第二十二号は特集として座談会を組んでいる。出席者は和田浩、峰健太、神田義和、木俣冴子、五十田幸子、田村一女、たっつあん、藤田五郎の八名。第二十号の座談会と比べると雰囲気は異なり、詩に対する態度や詩法の相違が出席者個々人の間で、違いは違いとして意識化される座談会となっていたようだ。座談会出席者の他に、第二十二号に作品を発表したのは、

　斉木朋子、山田漠、南美和子、深井伸子、近藤晴美、久藤秋、清水マサ、森田今日子、中野文子、そうだみつのり、大橋まさ子

の十一名。因みに会員は二十一名、通信会員が十一名であった。

「青い麦」の会員から三冊の詩集が上梓されている。

　木俣冴子は第一詩集『ぬけでる』を一九七七年四月に上梓する。個人的な生活の変化の一番は結婚であろう。

女性は結婚と出産が重なる。「青い麦」の連絡先を引き受けた木俣の一九七七年とは、そうした個人的な一大事業を経験した年であった。

木俣冴子（鈴木あけみ）（一九五四・三・十九〜二〇一四・三・二十五）は熊本市に生まれ、新潟市の大学へ入学し、「青い麦」には一九七二年五月に出会う。一九七三年八月刊の「青い麦」第三号に「塵」「座布団」が初掲載されている。詩集に収録した作品は「青い麦」に発表したものである。「うもれていくのではなく／はっきりとした言葉で／つよく　生きていくために（本当の冬が来る前に（Ｉ））」と詠い始める詩集。木俣の作品は生地熊本での祖父母父母、家族の生業と生活の観察をベースに、新天地新潟での詩と生活から見える現実を写しとろうとするものである。

「しょんべんどっくり」は木俣の生い立ちや家族関係が、真実性を持って立ち現れる作品。成長し愛する人と出会って、「労働者の奥さん」になる必然性も詩集の構成から理解できる。愛する人とは「青い麦」会員の藤田五郎。一九七八年には一子を授かる。詩集には収録されなかったが十八号に、「よっこら／よっこら／／私の子宮にしがみつき／根をはる　生命《いのち》／／燃える乳房を／球形にもりあがらせても／生命は　もはや一様ではない（よっこら　勝ちどき）」と詠っている。

あとがきで木俣は「まだまだ、脱ぎ捨てるにはあがきが少なすぎる」と語っているが、どこかまだ性急さを残す詩行が目立つ。作品に現われる詩人の魂と「いのち」への希望が強く感じられる。深井が「桃色の少女」を書き、加藤幹二朗が「友へ」を書いている。あとがきと二十四篇から成る。Ｂ６変形、百五ページ。

そうだみつのりは詩集『ごんぼおじの青春』を上梓する。[15] そうだは新潟県加茂市上高柳という山間地に生まれた。詩「つぁっつぁとお天道様」は父（つぁっつぁ）の死から一年後、そうだ十三歳の時に書いた詩と説明されている。詩を書き始めた少年時代から〝ごんぼおじ〟の青春期までの自己史と家庭史を、「生きている人間の、なまの言葉（山田漠あとがき）」で、そうだの「あらびる」魂を鎮めるかのように詠う。そうだの抱える「生きている人間」の闇は、貧困と豊かさ、恋愛と失恋といったジレンマが自問の毒にはまった蟻地獄の闇であろう。詩は自己を充足しはしないし、闇を拡大拡張するだけのものなのだ。小松正史が「みつのりへ」を山田獏が「そうだくんへ」を書いている。六章四十四篇から成る。Ｂ６判、百五ページ。

神田義和は『背骨の中に海が見える時』を一九八〇年

に上梓している。奥付けが抜けているので発行年月日は特定できないが、一九八〇年十一月二十二日発行の「はまぼうふう」に敷島京介が紹介しているので一九八〇年発行と判断した。「私はカモメ」の冒頭を引く。

冬の夜の海に拡がる無数の沈黙は／どこへも／走りきれずにいる距離の／輝やき渡る人々の愛に似ているから／しばらく／じっと／息を詰めて／その音だけを聞いているのが好きです。

海は人々の比喩であろう。多くの人の沈黙を詩人は聞き分け、自らの歩むべき道を模索している。神田は川柳を学びながら詩を書いているという。そして「明日もう1度この町で／赤旗の拡大を行なおうか（資本論を読んで）」と、社会の矛盾をも意識し行動している。また、「恋」や「ラブレター」での青春の自画像は、ユーモアと闘志がほど良く醸しだされている。神田には人間社会の矛盾を背骨にしのばせ、未来を切り開こうとする潔さがある。序を菅原孝之助が、跋を木俣冴子、山田漠、そうだみつのりが書いている。五章三十一篇から成る。A5判、ハードカバー、百七ページ。

8　アンソロジー『地軸1975年』と「はまぼうふう」にみる新潟詩人会議の動向

①アンソロジー『地軸1975年』(16)

一九七五年三月に発足した「新潟詩人会議」の当面の目標は、「新潟県内で書かれてきた戦後詩の発展と集大成」としてのアンソロジー編集であった。一九七六年二月に『新潟県詩アンソロジー　地軸　1975年』として結実する。編集は尾張史郎、木俣冴子、清水マサ、五木圭介、山田漠、加藤幹二朗の六名からなる新潟県詩人会議アンソロジー編集委員会、発行は新潟詩人会議代表の加藤幹二朗。新潟県全体の詩人を網羅するアンソロジーとしては一九五八年六月刊の『新潟詩集』以来となる。編集委員会名の〝序にかえて〟で、「この新潟県の風土の中で生れては消え、消えては生れつつある、数多くの同人、サークル誌の中で書かれ、書き続けられていこうとしているものは何であるのか。」との問い掛けがある。こうしたアンソロジーは編集主宰者の交流する詩誌との関係の濃淡が、決定的にその質と量を決定する。一九五八年発行の『新潟詩集』が社会性を重視するサークル誌等への呼びかけが希薄だったように、この『地軸1975年』は新潟詩人会議系と『現代詩謡』以外の参加がみられない。〝あとがき〟からも民主主義文学同盟、詩人会議系の総決算的色彩が濃い。参加詩誌としては、「青い麦」「夕映え」「創刊」「夜明けのあいさつ」「雪どけ」「芝田文学」「若い文学」「現代詩謡」「もぐら」等の「同人、サークル誌」をみることができる。果してどれだけの「数多くの同人、サークル誌」を収集し繙き、かつ参加を呼び掛けたのかという疑問は残る。既に終刊した民主主義文学系の詩誌からの引用もみられる。複数の作品が載る詩人も多いが、掲載者は、

木俣冴子、ののやまちひろ、田村一女、影山二郎、菊地広子、清水マサ、加藤安樹子、吉田雅子、星喜代子、国分重剛、山田忠治、今井朝二、松川正、上村義枝、神田義和、中原麗、安中真一、水生稲子、尾張史郎、大木次郎、市橋ユキ、民和子、前田進、浜田一志、やまだただと、深井伸子、藤田五郎、樋口はま、新藤里見、そうだみつのり、小木正行、おおむらたかじ、三宅悠子、わたなべよしはる、伊藤節堂、小柳俊郎、桑原淳子、宮川君男、金井建一、もりひろし、北原昭一、たっつあん、押崎良子、伊藤暮雄、山口松枝、もじりあに、松木信、司純、宮島ゆうこ、柄沢浩子、牧野ハラ、北川瑛治、五木圭介、うえまつとしお、中山あきら、小谷実、長井秋悠、山田漠、加藤力嗣、峰健太、五十嵐絹江、飛生木実、北川義一、加藤幹二朗

の六十四名、七十八篇。序にかえてとあとがき、七章から成る。B6判、二段組、百四十六ページ。

②「はまぼうふう」からみた新潟詩人会議

発足後一年間でアンソロジー『地軸1975年』を上梓した「新潟詩人会議」とはどういった組織だったのかを機関誌（紙）「はまぼうふう」からみていく。一九七六年から一九八〇年までに発行された「はまぼうふう」は第二十四号まで発行されたと推定できる。そのうち十五誌を見ることができる。この時期民主的と自称するサークル等は会則を掲げて会員を集めるのが普通であった。しかし「新潟詩人会議」はこの会則を持っていない。発足時の創刊号に「例によって、炎群の加藤さんから詩人会ギの会則（案）について50分のおはなし」と、会則への理解を求める説明があったことは既に述べた。

一九七七年二月発行の№10でも「◎会則は必要かどう

か？　◎必要だとしたら、どの程度のものか？」という問いが立てられている。「はまぼうふう」は「詩人会ギ事ム局」名で出されており、№10での「新事ム局」の代表として山田漠、尾張史郎、松木信、五十嵐絹江、押崎良子の名が記されている。代表・事務局は毎年の総会で決められていたようだ。その他に、アンソロジー『地軸1975年』の〝地軸回収状況第二回報告〟が掲載されており、発行印刷費支払いの半額以上は加藤が立て替えていたことを伝えている。

「はまぼうふう」は一九七七年は二月刊の№10から七月刊の№15までは順調に発行されている。合評会が毎月開催され、そうした行事への参加呼びかけやその報告がなされている。ガリ版刷りであった。

「号外（再出発準備号）」とする「はまぼうふう」は、号数と発行年月日の記載が無い。

推定一九七八年発行の「号外（再出発準備号）」は、代表をそうだみつのり、編集・連絡先を加藤幹二朗としている。一九七七年八月から一九七八年までに新潟詩人会議でどんな事態があり、何を克服するために「号外（再出発準備号）」が刊行されたかは、本誌からは読み解けなかった。「新潟詩人会議総会の報告」では一九七八年度運営体制として「運営委員会」があり、代表は山田漠、財政が斉木朋子、そしてそうだみつのり、神田義和、「もう一名は「創刊」から」とある。加藤は「呼びかけ、のようなごあいさつ」で、

肌が合わないという口実も私たちをいたわってくれてそう言ってくださっただけで、詩を離れることができないという方がありましたら（中略）すこしは居心地のよい場所を、くずしては作り、くずしては作り、を続けていこうと思います。

と、新潟詩人会議に疑問を持つ会員への思いを述べている。運営体制の刷新といっても、構成員はほぼ以前と同じメンバーである。

誌面作りも会員が重複する「夕映え」「青い麦」「創刊」等のサークル誌の詩人の作品を掲載している。「第4巻第2号（通算19号）は「詩のページ　だれかの心のどかに触れよ」として、松川正をはじめ九名の詩を掲載している。また、木俣冴子の出産、五十嵐絹江の結婚等の情報も掲載されていた。

一九七九年五月発行の「はまぼうふう」はタイプ印刷に変更され、新役員が紹介されている。代表者に加藤幹二朗、財政を斉木、渉外を清水マサ、はまぼうふう編集

委員には山田・きまた・えねとなったことを伝えている。詩人会議への橋渡し役として各サークル誌の助言者として蔭から支えてきた加藤が、「新潟詩人会議」組織化を一歩進めたと考えられる。この号に清水マサは「関東甲信越大会の夜」として、一九七八年十一月に開かれた詩人会議の関東甲信越大会に出席し、その様子を報告している。清水は詩人会議が発足した一九六五年からの会員で、初めてこうした大会に臨んだと語っている。

　意気込んで編集された「はまぼうふう」であるが、「労働者文学」「民主的」と自称する詩人たちは、一九七八年の「はまぼうふう」もそうであるが、発行日時や号数・誌名等にはどこか無頓着なのである。一九七九年八月発行の「はまぼうふう」は〝№20〟とある。五月発行のものは〝№21〟の手書きがなされている。「黒田三郎さんが亡くなられた」と（きまた）が編集後記で述べている号に日付は無く、〝№21号〟となっている。

　黒田三郎が亡くなったのは一九八〇年一月八日だから、この〝№21号〟は一月八日以降二月中の発行と考えられるので第二十二号で、〝№20〟は第二十一号に該当すると推定される。他に第二十一（№20）号では〝新潟詩人会議機関紙〟であり、第二十二（№21）号は〝新潟詩人会議機関誌〟と表記されている。

　推定一九八〇年二月刊の第二十二号に五木圭介の詩集紹介が掲載されている。三月刊の第二十三（№22）号には深井が、「松川正詩集「日本の穴」を読んでふる里さーんに出会った」を書いている。同じ号で和田浩の山田漠詩集『非国民志願』を紹介する、「漠さんへの手紙」を掲載している。また、一九八〇年十一月発行の「はまぼうふう」（№24）には敷島京介が、「「背骨の中に　海が見える時」という少し長ったらしいタイトルの神田義和詩集について」として、神田の詩集を紹介している。

　新潟詩人会議系の詩集としては、清水マサが一九七八年七月に視点社から『雪・故里』を上梓している。清水

清水マサ詩集『雪・故里』表紙

が二十五歳から四十歳までに書いてきた詩を集めた詩集である。一九七八年から一九六二年へ遡る逆編年体で構成されている。詩「いさかい」の冒頭は、

四十女のくり言は／陰にこもって／けわしい／／正規の肉体や／精神の他に／もうひとつの心があって／狂った拡大鏡のように／いりくんだ／布目をうつし出して／云いつのる／／（四連略）／／この傷をかかえて／生活にうちこむ／あなたの／困難も思いやろうとせずに／拡大してゆく／四十女の怨念／／あたたかい石鹸の／泡の中で／忘れかけた私の／もうひとつの心が／涙を流しながら／とろとろと／あなたの背を流す

肺結核で長い療養生活を送り、社会復帰して働く夫への「四十女」の怨念と思いやりを作品化している。感情の起伏を冷静に、言葉へと腑分けする清水の詩作方法がよく表れた作品である。清水が夫となる男性と出会い、結婚し、三人の母親となる十七年間の心の変遷と喜びの日々を詠いあげている。

もう一つ清水の背景について言えば、新潟県中蒲原郡亀田町（現新潟市江南区）は、戦前から戦中戦後は繊維産業の町であった。産業構造としては「夕映え」に集った詩人たちの町、村松町や五泉市と共通するものがある。日本の高度成長はアメリカや諸外国との貿易摩擦を招き、日本政府は貿易立国の観点から繊維産業の自由化を推し進め、こうした地方の繊維産業の衰退をもたらした。清水はそうした産業の担い手の家に生まれ、衰退してゆく家と〝機織り業〟の只中で生活をおくった。詩「夕陽」の第二連は、

――鉄と油と音の中を／娘らは往き来した／糸を紡ぎ布を織り／娘らは一日を暮らした／来る日も来る日も／無数の糸に心を配り明け暮れた／ほゝの赤い娘はいつもうたい／寂し気な娘は／黙々と糸の流れを見つめた／糸はよどみなく流れて／娘らはせわしかった――

人が生きる場所、物語の生れる場所を詠って切なくも美しい。あとがきと三章十六篇から成る。B6判、ハードカバー、七十六ページ。

詩人会議―新潟詩人会議を主導した加藤幹二朗の実家も繊維工業を営んでいた。そうした〝加藤幹二朗研究〟には必読と思える、幾つかのエッセイを加藤は「夕映え」に掲載している。一九七八年八月刊の第二十五号に載る「ミネ女覚書」は、戊辰戦争時に村松藩の「右衛門三郎

は因循な藩老であったが、会津藩との信義を貫いて」斬首刑に処せられたという。その「孫娘ミネ」の系譜を継ぎ、「朝敵右衛門三郎の血をひいている成人男子で、新潟県でがんばっているのは、私ひとりであるらしい。」との自己史と歴史を重ね合わせている。また、戦時中に父の経営する機織り工場を焼失し、生涯の転機となる経緯をも伝えている。

余談を一つ。新潟県の詩人にまつわる三題話。一九七五年から一九八〇年にかけて日本の詩界をリードした商業誌として「現代詩手帖」が、新興勢力として「詩と思想」の創刊があった。「現代詩手帖」の編集者には八木忠栄、「詩と思想」の創設者が笛木利忠。八木忠栄と笛木利忠は共に見附市出身であった。そして、「夕映え」三十号の「炎群十一年の歩み」で「流爽馬は数年間足どりが全くつかめなかったが（中略）現在詩人会議事務局で活躍中。」とある。流爽馬郷詩は「夕映え」創刊メンバーの長沢正敏である。「現代詩手帖」「詩と思想」「詩人会議」の編集にこれだけの新潟県出身の詩人が携わっていることをどう理解すればよいのだろう。ある種、壮観である。「はまぼうふう─新潟詩人会議」は一九七五年発足だったが、「夕映え」「青い麦」との関係からここに配置した。

9 「桜花文芸」改め「櫻花」へ

「桜花文芸」は、一九七六年六月刊の第二十四号から一九八〇年七月刊の第三十一号まで八冊を刊行している。その間に判型の変更と誌名の改称をしている。

一九七六年十月刊の第二五号からB６判横型をA５判に変更する。一ページの編集を一段組から二段組へと変えている。そして一九七七年五月刊の第二十六号から誌名を「櫻花」とする。編集発行人の桜井正宗は「「桜花文芸」の改称について」で、「会員の中から、文芸の字を取って「桜花」だけにした方がよいのでは」との「意見がだされ」たとし、桜井が「芸象文学会の創立以来の会員であ」ったこともあって、「芸象文学会の分家のような桜花文芸会」の誌名も「芸象」にならって「桜花」としたとしている。「改称して脱皮し再スタート」を切るとの抱負を述べているが、「桜花」の迷走感はいなめない。「芸象文学会の分家」とは、桜井が自らの会の指導力を諦めたとしか思えない言い訳である。(17)

誌名の改称や定期刊行の不徹底は主宰者の職場環境の変化のせいもあったであろう。桜井は古志郡山古志村（現長岡市）という僻村から新潟市の小学校へと転任する。桜井は住居を三回変えて、一九七九年十一月刊の第三〇号から新潟市小針字村下一一七四―二五へ落ちつく。初期からの会員である杉山友理、鷲尾澄恵、下条ひとみらも各号に詩・小説・童話・随想を寄稿しているが、多作であることと作品の向上が結びついていない。編集が旧態依然として、同一人の作品が送られて来た日時の違いによってか、何ヶ所にも分けて掲載する方針は判型を変えても直そうとしなかった。編集者としての桜井の無頓着さを指摘せずにはいられない。それでも桜井や会員は合評会を開いてはいるが、合評会や相互批評での評価の基準が、新潟日報の生活詩へ投稿したら入選するかどうかの水準で語られている。独立した同人雑誌、文芸誌とは思えない光景ではある。

そうした中で「桜花」の詩の指導者として一目置かれていた佐々木弘三（一九二〇・九・一六～一九七九・八・三一）が、一九七九年八月三一日に直腸ガンを患い五十八歳で急死する。一九七九年十一月刊の第三十号は、「佐々木弘三追悼号」として刊行された。佐々木の遺稿詩「羅漢群像」と「元日」の二篇を収録し、今井朝二の「弔辞」、子息の佐々木栄一の「父の思い出」、杉山、松井、下条、桜井それぞれが哀悼文を載せ、佐々木への敬意を表している。

誌名を「桜花」に変えてからの著しい変化は、「芸象」や他誌の詩人の「特別寄稿詩」や「特別寄稿」が目につくことである。これは、判型を変えた第二十六号で「今迄の二倍の百部になる予定」と編集後記での告知を実行し、県内外の詩誌交換が活発になったことも考えられる。第二十七号から第三十一号で寄稿した県内詩人は、羽柴雪彦、横山徹也、小林和之、北川瑛治、庭野行雄、経田佑介らを見ることができる。その結果、第三十一号の編集後記で「「桜花」は、もはや、招待者で持っているといっても過言ではない状態になってしまった」と認めている。既に初期からの会員であった斎藤健一は去り、古島延子、松井郁子らは退会している。

この間の「桜花」が残した業績の一つとして挙げられるのは、「日本詩人」に名を記す渡辺信太郎に「相馬泰三と私」というエッセイを寄稿してもらったことだろう。平成生まれの人には、小説家相馬泰三の名を知る人も少ないだろうが、大正末から昭和初期には知られた小説家であった。相馬と桜井が白根市庄瀬村（現新潟市南区）出身という縁が結んだものと思われる。

アンソロジー『桜花詩集』を一九八〇年十月に刊行したことは、「桜花」の変化を求める努力として評価できよう。編者を桜花文芸会、発行者を桜井正示とするあとがきで桜井は、「これからも、年に一冊のアンソロジーを自分たちの手で刊行したいと考えています。」と宣言している。アンソロジーには三十七名が作品を寄せているのだが、私が知る名は桜井と井上長雄と国見修二の三人のみ。これでは「桜花」に拠って詩作を続けてきた同人の活動が見えないアンソロジーとなっている。

下条ひとみが一九八〇年四月に第一詩集として『生家』を上梓している。家庭劇としての女の一生を顧みる詩集である。愛も憎しみも母と子、嫁と姑との関係から生じるとする風俗を語っている面が強く滲む。そうした出口の無い営みから詩を紡ぎ出すことで詩人は、己の存在の意義と意味を再確認して生きる糧とするかのようだ。短い詩行に込められた思いは、冬の雪のように降り積もるようなリズムを刻んではいる。序と扉絵を小柳耕司が、「真実の叫び」を夏井たつやが書いている。あとがきと二十四篇から成る。箱入り、ハードカバー、A５判、七十四ページ。

10　総合文芸誌「こもれび」の詩人たち

「主に婦人の文学愛好者を対象」とする総合文芸誌「こもれび」は、一九七二年八月に創刊された。「こもれび」は一九七六年八月刊の第七号から一九八〇年八月刊の第十三号まで七冊を刊行している。これは会則に「発行は二年に三回程度である」を遵守してきた結果である。こうした活動を支えたのは、会員相互の信頼と和を重視する方針を堅持してきたからであろう。会員は八班に分けられ、会員数は五十四名から七十名で推移している。会長職もあったようだが銘記されていない。「こもれび」編集に当るのは編集委員で、二十二名が担当している。こうした運営体制の充実が、予定通りの刊行を保証している。

掲載作品は、「「随筆」（評論・サロン）、「短歌」「俳句」「詩」（文芸ひろば・うたのひろば）、「創作」」のジャンルで編集している。作品を寄稿して掲載される人数は、第七号から第十三号までは六十名で推移している。重複して寄稿している会員もみられる。ここでは〝文芸ひろば〟から〝うたのひろば〟の「詩」の欄、そして独立した「詩」の欄と、「こもれび」以外の詩誌に作品を発表してきていると確認できる詩人を紹介することとする。

「詩」の欄へは六名から十一名が作品を発表している。第七号から第十三号に作品を寄せたのは、

山本彰子、浜田怜子、豊島みさほ、青山悦子、小林まつ子、さとうゆうじ、沼田公子、三村潤、上原季絵（季絵）

市川つた、童みどり、野菊、厚地智子、三枝有、浜千佳子、横山宏子、ほうじょうさやか

の十七名。

投稿名上原季絵と季絵は同一人物と推定しての人数である。五年間七冊すべてに作品を寄稿したのは浜田怜子と豊島みさほの二人。

山本彰子の詩集『慈母観音』は現代詩謡の項で紹介してきた。山本は休刊中の「現代詩謡」に替わって、発表の場を「こもれび」に求めていたのだろう。

市川つたと横山宏子は新潟を離れたが、二人とも二〇一九年現在、南川隆雄主宰の詩誌「回游」で活躍している。

「こもれび」の初期からの会員で評論・研究を続けている尾形ゆき江は、さらにその文体に磨きをかけるように毎号評論と随想を寄稿していた。第七号の評論「わたしの智恵子抄」から、第十一号の「ハイネとムーシュ」に至るまで、対象詩人を的確に論究し、認識を届かせる力量は確かだ。尾形のその後の詩集や著作集となる土壌が、「こもれび」で培われていた。

11　同人雑誌「とねりこ」[18]の展開

「とねりこ」は一九七五年一月に同人雑誌「とねりこ文芸」として創刊された。表紙には「とねりこ」の後に小さく「文芸」と表記している。発行者はとねりこ同人、連絡先は長岡市住吉三丁目七の七、中村龍介としている。同人は、

石川茂紀、小澤圭子、中村龍介、大須賀優子、国見修二、湯本由美子、山口信之

の七名。

文芸一般の意義と規定は定かにしないが、「抒情詩・叙事詩・劇・物語・随筆・評論・エッセイ[19]」とすれば、創刊号の掲載作品は詩が四人、エッセイが四人、創作が三人となっている。創作は小説である。国見は詩と創作を載せ、国見が創作の初期から小説を志していたことが窺える。中村はエッセイ「我がリアリズムへの出発」を掲載している。

「とねりこ」は一九七五年一月の創刊から一九七九年四月刊の第四号まで四冊を刊行している。一九七六年四月刊の第二号の編集後記で（中村）は、「二十歳を過ぎた同人の声や顔容の中に、各々の変化を見た。」と記すよ

うに、同人が二十歳前後の青春期真最中の集まりであることを告白している。表紙には「文芸」の表記は無い。

一九七七年十一月刊の第三号で編集兼発行人は「とねりこ同人」となり、同人住所が明記されている。それによると、石川茂紀、佐藤（国見）修二、中村龍介、村越克夫の四人となっている。石川は川崎市、佐藤は東京都世田谷区、中村と村越は新潟県在住であった。中村は同人の中では一九五一年生まれで最年長であり、佐藤と石川は学生であった。定期的に刊行できない理由の一つをここに見る。第三号の編集後記で（S・K）は、「同人」は「甘えの信頼」に寄りかかっていると指摘している。S・Kは国見修二であろう。[20] 国見自身が、ペンネームを本名佐藤修二と国見修二の間で揺らいでいる様が見てとれる。創作への揺らぎの反映であろう。

こうした同人雑誌の情況下で中村龍介（一九五一・二・一四〜一九七八・一二・二六）が、一九七八年十二月二十六日に信濃川へ入水自殺する。一九七九年四月刊の第四号は中村の追悼号として刊行されている。石川は小説「宴の跡」で、中村と「とねりこ」同人との交友を伝え、石川の中村への対抗心を率直に表現している。このことは、前号の「北方文学」第七十九号で紹介したところである。国見は「哀悼文」を書き、中村への追悼と中村からの自立を誓う。

石川は編集後記で「中村龍介君の追悼号となった。同人誌「とねりこ」の終焉をこのようなかたちで迎えなければならなかったのは非常に残念である」と終刊を匂わせながら、「「とねりこ」は個人誌として再出発する」とも告げている。四号の連絡先は西蒲原郡潟東村国見の佐藤修二方。同人は石川。佐藤、村越の三名であった。

12　詩誌「うた」の誌名遍歴から

一九七五年三月に詩誌「うた」が創刊された。編集はしまむらこうじ、連絡先は新潟県西頸城郡能生町字藤崎（現糸魚川市）金井九一。創刊号に作品を寄せたのは、佐々木順、邱をさむ、しまむらこうじ、三宅悠子の四名。

創刊号から一九七九年一月刊の第五号まで五冊を発行している。詩誌「うた」は、誌名を「歌」→「唄」→「謡」→「詩」と変更し、それぞれの誌名に〝うた〟とルビを付して刊行している。この誌名変更は編集者のしまむらこうじ（金井九一）の詩的・人生論的な考え方を象徴する表現のように思われる。

七十年代前後の学生反乱の時代に、吉本隆明等を中心とする自立思想が支持された。出生地へ帰郷した学生等は、自立思想を根拠に精神的な自立を志して様々な活動を展開してゆく。しまむらもそうした一人として、吉本等の先行詩人である「荒地」派を水先案内人として選びとっている。

一九七六年六月刊の三号「唄」の編集後記でしまむらは「一九五一年〈荒地詩集〉が発行された」と説き起し、「昭和五十一年の現在も我々の胸をうつ。確かに荒地は開墾され、耕地整理は進み、生産力が向上したとしても、我々の前には別の荒地が広がっているように思える。」と自らの困難な現実を見定めている。

三号には野尻美幸（植木美幸）が同人に参加している。一九七七年十一月刊の四号は「謡《うた》」。一九七九年四月刊の五号は「詩《うた》」としている。五号には北川省一が詩「石の詩」等を特別寄稿している。新潟県では進歩的知識人代表格の北川にしまむらは自立の思想を見たのだろうか。五号の編集後記でしまむらは、

〈うた〉と読める漢字がない。それは同時に我々の力量もここまでという感じである。これからどうするか全く展望がない。

と、自らの情況を切り開く自立心を放棄した感想を述べている。

そもそも「謡」も「詩」も〈うた〉と読ませたのだ。〝我々〟という前に〝わたし〟を切り開かなければ展望など開示できるわけがない。しまむらは編集後記で述べる「花作りの〈詩人〉」を「拒否」するにはどう存在しなければならなかったか。五号に載るしまむらの詩「高田～柳島（牧村）線」は、荒地として広がる地方の風景に詩と生活者の新たな接点を切り開こうと一鍬耕し始め、自立した詩人の姿を示した詩ではなかったのか。

六号は編集を交代し、それでも刊行した理由は創刊号から表紙絵を描いてきた、仲田義洋が三十六歳で亡くなり、その夭折を追悼するためだった。その友情は良しとしなければならない。金井九一が「追悼―仲田義洋」を寄せている。

詩誌「うた」は一九八二年八月に植木美幸を編集者とする六号「凪《うた》」として刊行し、終刊している。創刊号から六号までの詩誌「うた」に作品を寄せたのは、

佐々木順、しまむらこうじ（金井九一）、邱をさむ、野尻美幸（植木美幸）、松井京子、小島晴子、佐川七歩、タケル、北川省一、伊藤恵子、吉野聲子、仲田義洋

の十二名。

13　「長岡の同人誌花ざかり」の中での「修羅」創刊

同人誌「修羅」は一九七五年四月に[21]、太田修、押見憲一、松山賢治、田辺学の四人を同人として創刊された。発行所は長岡市四郎丸四―十―十四、田辺方であった。

前章の発行詩集の項で紹介した槌田知子の詩集『忘れ形見に』の一篇、「惜春」を引用して、

空がくっきりと輝いて分れ／地はゆったりと白く乾いてしまう／枕元で聞いていると不安になるほどの大風なのに／表はカンサンとしてふりそそぐ光の中なのだ／惜春よ／このあぶなげな季節にあって／おののくものがないゆえに／わたしたちは一瞬立ち止まっている

この詩は、あのわたしたちの創世記をうたっている。

と、「修羅　創刊の辞」で述べている。そして、「一瞬たちどまっ」た「あのわたしたちの創世記」から「歩み始めよう」とする。

わたしたちは稚くても自立した人間として、日常生活の目にみえぬ修羅の只中から生れた言葉＝幻想をとりあつかい、それを雑誌に編集するまでだ

との立場を鮮明にしている。後記でも田辺は、

あらかじめ何も定められてはいない。どこまでも行こうとする者のみが、自己の根拠へ降り立とうとして表現をもとめる。

と、同人と雑誌の関係を語っている。

後記の最後に「村上一郎　三月二十九日自刃す。言葉なき言葉を重ねて哀悼の意を表す。」と村上一郎[22]への哀悼の意を表している。こうした点からも「修羅」の立ち位置が推し量れる。すなわち、「修羅」同人は、一九六〇年代後期から一九七〇年代初頭の「ベトナム反戦運動」から「大学解体―全共闘運動」の影響下で大学時代を過ごした人たちである。学生運動の衰退と共に、経済成長と軌を一にしながら社会は一定の秩序へと回帰してゆく。村上一郎は吉本隆明[23]らと共に、体制秩序への異議申し立ての根拠を「自立」という概念に託した評論

を発信していた。

日常に沈殿してゆく自己を救済する自立への指標として、「修羅」同人は「修羅」を創刊したと考えられる。「修羅」は創刊号から一九八〇年九月刊の第十四号まで、六年間で十四冊を刊行している。

一九七七年四月刊の第五号までは同人寄稿者の個々人の問題意識をそれぞれが論評する文章を掲載している。太田は「さまざまな幻想Ⅰ」を通じて、郷土長岡と自らの思想との相違を推し量っている姿がみられる。

「修羅」は一九七八年二月刊の第七号の「特集　精神医療とその周辺」からその性格の変化がみられる。編集後記で土田は特集を組んだ経緯を、

今度の特集号の直接のキッカケは、昨年九月二十四日に行われた「長岡精神医療を考える会」主催の講演会であった。それを担い、又今度の私たちの試みに投稿された方々に感謝の意を表すると共に、第三、第四の試みがなされていくことを念じている。

と、記している。「第三、第四の試み」を実行する事柄が講演会であるのか、「修羅」の特集を指すのかこの文からは明快ではない。また、土田は語り継ぐ。

私たちは「修羅」を文芸同人誌であるとは考えていない。一人一人が生活者として日々突き当っていく壁を破るのに、何故「文芸」という意匠が必要なのか。


との自問を投げかけ、「この世界に接近する」ためには「医療という専門領域」を越えて、「それぞれの方法を徹底化し、「さまざまな分野での相互」に「出会わねばならない」とし提言している。これは同人の「状況への発言」をより強く意識した編集後記と言えるだろう。

社会性を包含した個の自立を同人間の意思統一の梃子として、共通の目標を掲げる意義を「修羅」は見いだしたようだ。一九七八年十二月刊の第十号は「特集・連続講座「良寛」」であった。新潟県では最も知られた文化人僧侶良寛の三回にわたる講座を「修羅」は主催する。「連続講座『良寛』開催の挨拶」で、流布している「良寛像」の「研究方法解体にある。あるいは、地方主義、文化主義、郷土の偉人主義からの「良寛」救出にある。」と宣言して、一九八七年に開催した三回の講座とは、

1．七月一日／講義「良寛の父以南を読む／講師・小林安治

2. 八月六日／講演「良寛・游戯の世界／講師・北川省一
3. 九月十六日／講演「良寛詩の思想」／講師・吉本隆明

のプログラムであった。

第十号では、小林、北川、吉本の講演内容を掲載し、同人の「連続講座『良寛』解題」を付している。

一九八〇年五月刊の第十三号には「連続講座「共同体」」の日程が告知されている。六月から十月までの毎月、五回の講座を組んでいる。これは「一人一人が生活者として」の日常性を踏みちがえた「試行」のように思える。「自立」とは疎外された自らの自由への道を躓きながら見つけ出す、満身創痍の道であったはずである。五回の講師陣はいずれも大学教授・助教授である。「一人一人が生活者」とは、サラリーマンであれ、自営業者であれ、教育者であれ、市民層に属し〝専門領域〟の権威である大学とは一線を画す存在を意味していたはずである。

「修羅」が抱えた矛盾の一つである。「修羅」同人が郷土で「生活者」として「自立」しようとすることと、「状況への発言」を担保にして生きる道を求めることとの両立は、さらなる混迷の隘路へと導かれることになる。しかしながら「生活者」として「自立」し、社会への問題を提議する「表現者」として生きようとする「修羅」同人の決意を確認することはできる。

そうした思想を内在化する詩への先駆者として中村龍介の存在があった。第七号から中村は「修羅」同人となる。「北方文学」「互尊文芸」「とねりこ」で活躍する中村は、「修羅」同人に加わりながら作品は発表はせず、後述する同人誌「かおす」とも接触している。この項の標題「長岡の同人誌花ざかり」は、こうした詩雑誌の興隆を「修羅」同人が語った言葉から採っている。「北方文学」「とねりこ」の項でも触れたように、中村は一九七八年十二月二十六日に信濃川へ入水自殺する。一九七九年四月刊の「修羅」第十一号は、「中村龍介追悼号」となっていたことは既に述べてきたところである。

14　一九七五年から一九八〇年までの創刊詩雑誌について

一九七六年から一九八〇年までの既刊の詩誌雑誌の紹介を終えて、次にこの五年間に創刊された詩誌雑誌を紹介することとする。詩誌目録「紙魚」からの抜粋をまず掲げてみる。

一九七六年創刊誌

亜菜（1～4）、南蛮蝦（1～2）、Poor Yellow（1～11）

一九七七年創刊誌

月刊えんぴつ（Pin機関誌・1～6）、Pin（13～16）、かおす（1～8）、ぱすてる（1～4）、風琴通信（1～3）、F《フロイト》式（1～2）、LAZY（1～3）

一九七八年創刊誌

穹（1～7）、HEROIN 1～3）、影の詩（1）、

一九七九年創刊誌

屠殺場行（1）、北狄（1～7）

一九八〇年創刊誌

CHIMÈRE（LAZY改題、4～11）、渟足《ぬたり》（1）、臨界点（1・2）

五年間で十八誌の創刊を知ることができる。創刊号が未収集である「てっこんキンクリート」等がある。収集できた「記念号」などから特定できたり、推定される詩誌もある。そうした記述にも触れてゆく。

15　新発田市から刊行された詩誌について

イ、創作グループ「亜菜」のこと

一九七六年六月に「亜菜」は、創作グループ「亜菜」によって創刊された。掲載される十七篇の詩、五首の短歌、二句の俳句、いずれも無署名である。後記には「今回は昨年暮れから、店のノートに記されたものを選んだ作品集とした。」とある。「創作グループ亜菜」は、町の喫茶店に「落書帖」のような形で、「文芸ノート」を置かせてもらっていたと考えられる。一九七〇年代はまだ「喫茶店」の時代であった。一九六〇年代は高校の多くの学則には「喫茶店入店禁止」があったが、一九七〇年代に入り自由化が進んでいた。そうした雰囲気を感じる。だから特定の詩の作者というより、不特定の作者の詩から作品を選び創刊したのだろう。いずれの作品も青春期の揺れ動く心理や葛藤を、自然の風景に映し出そうとするものである。

「亜菜」は創刊一号と二号、一九七六年十二月刊の四号を収集している。「亜菜」の巻頭に「花は　咲かなければならない／たとえ　それが／花咲くことは／死を意味するものであろうとも（J・M・ギュイヨウ）」という詩が掲載されている。聞いたことの無い詩人名である。

ロ　文芸サークル誌「Pin」と機関誌「えんぴつ」について

「えんぴつ」創刊号

一九七七年一月刊の「Pin復活　No.13」の紹介に移ることとする。「Pin」は十三号から同年九月刊の十六号までの四冊を刊行している。だが、「Pin」の復活する前の活動は分らない。連絡先は新発田市住吉町の小山典子、[24]作品を寄せたのは、松沢麗二、小山典子、安沢万里、紫苑、浅野潔の五名。「亜菜」と文芸誌「Pin」の関係は分らない。一九七七年六月刊の十五号の後記で小山は「Pinも十五号に至った。丸三年間、幾度かの休刊をしながらも、何とかここまで来た。」と同誌のこの間を語っている。ここから創刊は一九七五年と推定される。

「Pin」は一九七七年四月に機関誌「えんぴつ」を発行する。その一号に会則を掲載している。

一　本会をプルーミッヂ・新潟支部（Pin）と呼ぶ。
二　本会は文芸誌Pinの発行を主活動とし随時機関誌〈えんぴつ〉を発行する。

等の会則である。「プルーミッヂ」とは何か。

五月刊の「えんぴつ」二号に、無署名の「Pinについて」を掲載している。

Pinとは、プルーミッヂ・イン・ニイガタの略称です。プルーミッヂとはタンポポの綿毛を意味し、同名のサークルが東京を中心に活動しています。プルーミッヂの活動は、主にアマチュアの音楽活動であり、会員は二百名にも達しています。そんな中で私達が見つけ出した活動は創作です。

と、「Pin」の依って立つ組織を紹介している。

綿毛となって東京から飛んできた一粒の種が、新発田市の地に降ってきて芽を出した。音楽は文芸に進化して根を伸ばし始めているということか。全国にはどれ位の支部を〝プルーミッヂ〟は創設したのだろうか。プルーミッチの音楽活動がどんなものかは分からない。時代的に考えるとフォークソング系の音楽だろうか。

「えんぴつ」二号には、「現在、私達は四名の正会員を、そして数十名の読者とによって型《ママ》作られています。」としている。正会員四名は特定できないが、「Pin」「えんぴつ」に作品を寄せているのは、

　松沢麗二（斎藤正明）、小山典子、安沢万里、紫苑、浅野（小杉）潔、長谷川ふくみ、野村朝子、中村夏子

の八名が確認できる。

　このうち小山、浅野、松沢は「えんぴつ」の発行責任者を務めている。松沢は二十一歳、浅野が二十二歳と「えんぴつ」に自己紹介している。二十歳前後の青年たちの集いの場を形成していたと考えられる。その紐帯が「Pin」の役割だったと考えられる。正会員は文芸、詩・小説への志向を深める場と認識していたようだ。一九七七年三月刊の「Pin」十四号に載る浅野の詩「自分」を引く。

　険しい山々に臨み／目を輝かせる／所詮／あがきでしかない／／この登山には／野心などと言う／上等な感情は持たず／最初から臨んだ／／言うなれば／無心で／言い変えれば／狂気で／無鉄砲きわまりない自分を／投げ捨てようと／思っていたのだ

〝険しい山々〟〝この登山〟は、浅野が文芸へ向った時の比喩であろう。三連目は自らの心的状態を観察した結論であろうが、詩を放棄している姿になっている。自己を把握する力が不足している。この詩に限らず、日常的な気分や気持ちをただ書き写す作品が多い。ポエジーが推敲される前のため息、モノローグの次元に止まっているといったらよいのか。

　こうした歩みの中、一九七七年九月に十六号を刊行する前、北川義一から長文の「Pin十五号の全作品の批評文を頂き、（中略）一言で言って、余りにも手厳しい文面であり、途方にくれてしまいました。」と、一九七七年十月刊の「えんぴつ」六号にある。書いたのは発行責任者の斎藤と思われる。北川の批評文を知ることはできないが、小山も「Pin十六号が予定より十日ほど遅れて、九月十日に発刊された。」と報告しながらも戸惑いを隠さない。小山は「詩を書きたい。書かずにはいられない人間である。」と呟き、「詩とは何か」を改めて考える「強風」を北川が届けてくれたと、内省するきっかけになったとの感謝を述べている。しかし「Pin」は十六号、「え

んぴつ」は六号以降発行された形跡は無い。

ハ 「影の詩」のこと

一九七九年三月に詩集「影の詩」というタイトルの雑誌が発行される。編集は新発田市大手町三の浅野潔、発行は演劇実験室影となっている。詩集と題するからにはアンソロジーかと思えばそうでもない。作品を寄せたのは、

斎藤正明、片山崩、黄色いカラス、まゆみ、清水綴、和枝、更科淑彦、坂野周江、渡辺真知子、オレンジ、久志田実、浅野潔、田中武

の十三名。

斎藤と浅野は「Pin」の会員、渡辺真知子は「あめーば」第十号の表紙を描いていた。田中武は「あめーば」を主導してきた。「影の詩」でも「亜菜」が掲げたJ・M・ギュイヨウを巻頭詩としている。また、後記は「幾つかの手刷りの雑誌をだしてきました。」と語っている。渡辺、田中が参加していることから、浅野、斎藤らは「あめーば」の周辺から出発したグループだったとも考えられる。

田中は詩「幻の山」で、

あらゆる場所で刻まれる稚ない呪法。／目を近ずける／私の名がある！／どんな指先がそれを書いたか

と、自らを語る言葉を刻んでいる。〝おおここにも田中武の名前がある！〟と驚くのは私だけだろうか。田中は一九七一年二月に「ああここにもひとりきりの詩人がいる。」との思いから「グループ・70の会」を発足、詩誌「あめーば」を創刊した。新発田での青年詩人たちへの支援助力に尽力する田中の姿を見るのである。

16 詩誌「南蛮蝦」と田中武

イ 田中武詩集『茅原忌』

田中武は一九七四年一月に「ポエムペーパー〝誰〟」を終刊して、一九七六年九月に詩誌「南蛮蝦」を創刊するまでの一九七六年一月に第一詩集『茅原忌』を上梓する。一九七六年七月刊の詩誌「マルドロール」三号に田中は、「ひとはけの緑—詩集「茅原忌」のこと」を書き残している。自らの詩への言及の少ない田中が、自らの

詩集を説明するのは珍しいことである。それは田中が『茅原忌』への無理解な評価を正す思いがあったからではなかろうか。『茅原忌』の評価で「あれはデフォルメが過ぎる」との批判に対しての反論の形をとっている。標題作の冒頭を田中は引いて、

根深い部屋にいる／潰れた虫／妹の脇腹のひとはけの緑／樹木は穴のように立ちわかれ／青空へ／闇をふさぎふさと垂らす

しかしこれを変形（デフォルマシヨン）といってしまうことには抵抗がある。私の側からすれば、この作品はとくに、イメージの現場をできるだけ歪めずに写しとることに腐心したからである。引用した冒頭部分の六行は、真直ぐひとつながりイメージとして一息で書かれた。

と、自己の詩の創作過程を示している。

母の不在（死）という事態を含みこんだ心理の空間に地中の暗黒を吸い上げて一本の樹の形がせり上る。

と、この詩の契機となった背景を説明している。「虫」や「ひとはけの緑」が比喩するものは、幼少年期に蝉が羽化直前に変化する様子を観察してきた経験からだと語っている。「マルドロール」に載る「ひとはけの緑」は、田中自身が自らの詩質を語っているエッセイである。田中は現在も毎日十キロを超えるウォーキングをする健脚である。都会のアスファルト道路や競技場やマシンを使ってではない。新潟県新発田市五十公野という山野田畑の中を歩く。自然が自然な住空間である。田中が呼吸するごとに、瞬きするごとに詩の喩として自然は身体化される。言葉として蓄積され、田中の詩精神を司る。

一行一行の喩を読者である私たちが簡単にイメージできず、詩の中で迷い児になってしまうこともある。田中が植物や動物を効果的に喩として使用することから、アニミズムに憑依されていると感じたり、極端な「デフォルマシヨン」と感じたりするのだろう。

詩「茅原忌」の初出は「母」という標題で発表されたという。本詩集には「茅原忌―母の死」と副題が付されている。初期詩篇の「風の中で」等は、一九六八年に手製詩集『風の中で』にも収録されている。あとがきと四十篇から成る。箱入り、ハードカバー、百三十五ページ。

ロ　詩誌「南蛮蝦」について

一九七六年九月に詩誌「南蛮蝦」が創刊される。編集発行人は新潟市中山七二八番地倉田第二ビル、倉田孝夫。同人は、

田中武、豊崎義明、倉田孝夫、さとうまさお

の四名。

K署名のあとがきには、「ここ十数年というも詩作と酒席を共にしつづけたお歴々ばかり」と紹介し、さらに「いささか新鮮味に欠けるこの共同正犯」と自己確認し、「なすべきことは〈悪魔祓い〉」と詩誌の方向性を占っている。

倉田は創刊号の詩「御委せ料理店S庵」で、「薩摩の国へ踏み迷って既に一年有余／妻子を北国の遠景へ措いたまま」と詠っているので、編集発行人の住所は、倉田の妻子の住所かと思われる。いずれにせよ倉田は詩誌「誰」と「新潟県若い詩の会」の再結集を図ったのだろうか。

「詩作・酒席」を十数年共にした猛者詩人たちの〈悪魔祓い〉をみてみよう。

ヘーゲル「精神現象学序論」の／〈生きた実体は、存在といっても、真実には主体であるところの存在である〉／といった核心的な光景／巻頭より十三頁目辺りにさしかかるや／不意に凶器を呑み込んだ活字が／インクの被膜を打ち破って躍りだし／わが精神はたちまち余白へと逃げ込む（後略）

倉田が創刊号に掲載した「御委せ料理店S庵」の冒頭。知の装束で日常の目を晦まそうと言葉を操作する倉田の詩の特性が良く分る。

一九七七年六月には第二号を刊行する。

私が知っているその男は「ごみ掘り」と呼ばれる、年令不／詳の男である。／／崖の下は町の非合法な投棄場で、その違法性のゆえにひど／く豊かな様相をおびている。頭上の町の暮らしの、猥雑な明／るみから脱走してくるありとあらゆる恰好の器物が、（後略）

第二号掲載の田中の詩「首」の冒頭。日常の死角から死角へと言葉の移動を駆使する展開は、田中の詩の深化を物語っている。

時は迫り／去く季節にとりすがる／梢の紅葉を燃やし尽し／灰のように篩い落さねばならない（後略）

第二号掲載のさとうの詩「樹に」の冒頭。季と情を統一しようともだえるさとうは、抒情性のあり処を探って逡巡している。

ヒント　水が笑うのは、魚が考えるから、もっと正確に言えば、水が笑う／から魚は考えるのだが、しかし、いったい、ところで、何を考えるか、そ／れは、魚に聞く以外ないが、魚はその時きまって死んでいる。

第二号に掲載の豊崎の詩「水が笑う」の後半。言葉の死装束を纏わせたかのように主客を転倒させ、捩じり、回答無き自問をくり返す詩法は健在である。

かくの如き「南蛮蝦」の詩人たちの共同正犯と悪魔祓いの儀式は第二号で潰えている。尚、「水が笑う」の末尾に、「詩の会〝誰〟版詩集「怪女ギヨ」増補作品その1」との付記がある。創刊号の詩は「その2」とされている。

豊崎には詩集『鳥がいた』以降の作品を集めた、一九七六年五月に上梓された詩集がある。詩の会〝誰〟の発行になる詩集『怪女ギヨ』である。

「あなたも王様になれます」「幽霊の森」「密室殺人事件」「故郷の村とその問題」「怪女ギヨ」の五篇の詩から成る。ある種の遍歴譚と読むことができる。〝詩から成る〟と紹介したが、一篇一篇は設問と問題の関係にある。例えば「夢の国のあいの王様の目の色は、七色にかわるのです」で始まる詩「あなたも王様になれます」は、「あなたも王様になれます・問題1・2、ヒント」で構成されている。他の四篇も構成は同じ。問いの主題は「あなた」や「私」とは誰かという問いである。あとがきでは、回答が欲しかったら答を書いて著者に送ってくれたら、「作者の「答」を」返送するとしている。御愛嬌なのか、悪ふざけなのか、妖しい、不可解な詩集ではある。

装丁を豊崎自身がやり、数葉の絵は豊崎七絵とある。絵のタッチからしておそらく豊崎の娘さんであろう。こうした点から、「夢の国のあいの王様（あなたも王様になれます）」は結婚を果たした豊崎自身の自画像であり、家庭を築いた自己賞讃の詩集と読むこともできる。五篇の遍歴譚に仮構した詩人の自画像とみて、私の答は「人間」。B5判、ハードカバー、三十一ページ。

17 個人詩誌「Poor Yellow」への集合とその展開―F《フロイト》式・屠殺場行・とーきんぐどらむ・臨界点

イ 個人詩誌「Poor Yellow」から同人誌へ

『Poor Yellow』創刊号表紙

一九七六年十月に個人詩誌「Poor Yellow」[25]が創刊される。一九八〇年までに十冊を刊行している。本田訓が編集発行人の個人詩誌であった。本田の詩誌「青い麦」での活動や「ブルージャケット」への作品掲載の消息は前項等で伝えてきたところである。創刊号にエッセイ「メディアとしての詩誌をこえる詩を」を寄稿した経田佑介は、そこで「ブルージャケット」「ドラム・ソロ」「緑の馬」等の詩誌を挙げ、「いずれも編集＝発行人の色彩のつよい、同人誌に近い個人誌である。」との分析を示している。その上で詩誌運営の「過程の中で若い詩人は自分の方向を見い出してゆくことが可能なのだと思う。大切なのは他者との関わりあいだろう。」と説き、

問題点は、同人誌がどうの個人誌がどうのということではなく、詩にあるのだ。「書かれるもの」が発表の場を選択する

と、鋭く詩への覚悟を諭している。

経田との接触を持っていた本田は、こうした個人誌の在り方を模索し「PY」を創刊したと考えられる。創刊号に作品を寄せたのは本田と経田の二人であった。

一九七七年二月刊のVol. 2は、編集を藤橋均、発行人を本田訓で刊行されている。藤橋均は本田の本名である。作品を掲載したのは本田（藤橋・某氏）、鈴木良一、清水あきこ、鈴木弘俊、山田漠の五名。山田は「夕映え」同人、鈴木（弘）は本田の友人、鈴木（良）[26]・清水は経田の紹介による参加だった。

一九七七年七月刊のVol. ３は清水の小特集を組み、この号から表紙絵を清水が担当している。判型もＢ６判からＡ５判に変えている。小特集の詩「夜明けに」の「ジローを過ぎ　くれいぷ　を過ぎ／116号線は　こんなに　広い」のフレーズは、当時の新潟市のおしゃれ空間を表して、合評会の後のお酒の席でよく叫んでいた。新潟大学が内野町の五十嵐に移転し、そこまでの国道116号線が開通して新潟市の発展の一つの象徴的存在となっていた。

　一九七八年七月刊のVol. ５では、三条市の樋口大介が参加し、同年十一月刊のVol. ６からは馬場洋子が参加している。このVol. ６から執筆者住所が掲載される。

「ＰＹ」はVol. ２から一九七八年七月刊のVol. ５までが、本田が納得する「編集＝発行人の色彩のつよい」個人誌として機能していた。すなわち、日本経済の高度成長が地方都市の「ミニ東京化」を押し進め、そうした都市化する新潟のサブカルチャーの勃興を目撃し、本田自らがそうした詩の朗読や音楽との融合の創造を考えてきていた。エッセイの「コズミック・ブルース」の連載である。Vol. ５掲載の「コズミック・ブルースⅤ」で本田は、ロックバンドのピンク・フロイドを形容して、

> 宇宙の旅や異次元の世界へ逃避している訳ではない。自己の存在する空間の中で自己を正当化させているのだ思う。

と、語っている。

　本田は「自己の存在する空間＝「ＰＹ」と考え、「自己を正当化させ」る場の創造へも興味を引きつけられていたのだと思われる。こうした世界への視野とサブカルチャーへの傾倒は、本田の「青い麦」での朗読会やそこでのフォークソングとの出会いや、経田らとの交流で三条市での「朗読会「声」」からの影響が考えられる。「ＰＹ」を編集発行しながら、新潟詩人会議会員であり、劇団青い薔薇の準メンバーをこなし、ギターを演奏することもできた。本田は「ＰＹ」に鈴木（良）、清水、樋口、馬場を迎え入れ、詩誌としては活気あふれる「同人誌に近い個人誌」の相貌を持ち始める。と、同時に本田は「編集＝発行人の色彩」が希薄になったとの考えからか、「ＰＹ」誌への違和感を持ち始める。Vol. ５の編集後記で本田は、「同人誌と言ってもよい形になったし、一個の集団というメンバーの連《ママ》がりが出来た。ここで止めとくのが賢明とも言えるかもしれない。」と、その心情を吐露している。一九七九年五月刊のVol. ７は、編集を樋口に、発行人は本田になっている。同年十月刊のVol. ８の編集

発行人は本田に戻っている。しかしながら無署名の編集後記には、「尚本号をもって本田訓が同人を脱退」とある。それまでの「P・Y」に集った四人は、寄稿者ではなく執筆者という意識が強かったのではなかろうか。樋口の個人誌でも触れるが、経田のいう「他者との関わり」が重要だった。

一九八〇年五月刊のVol. 9から「PY」は同人誌となる。編集を鈴木が担当し、発行所はPoor Yellowで新潟市本馬越六六五となっている。編集後記で鈴木は、

PYが本田訓の個人誌として出立し、八号で同人化された。本田の一時休業ということで、鈴木が編集責任となった。暫定的にである。

と、している。執筆者は山本博道、寺原信夫、経田佑介、同人は清水、馬場、樋口、鈴木の四名となっている。

一九八〇年十二月刊のVol.10の編集は清水あき子が担当している。木俣冴子が寄稿している。創刊号で経田が指摘した、〃詩誌運営の「過程の中で若い詩人は自分の方向を見い出してゆくことが可能なのだと思う。大切なのは他者との関わりあいだろう。」〃の言葉通りの「PY」の四年間の展開かも知れない。鈴木こと筆者は、「他者との関係性」を築く期間だったのかも知れない。これ以降、「PY」に関わりながら樋口、鈴木、本田は独自に或は、協働して詩的展開を図って行く。

「P・Y」関係の詩集として馬場洋子の詩集『耳飾り』を紹介する。

ロ　馬場洋子詩集『耳飾り』

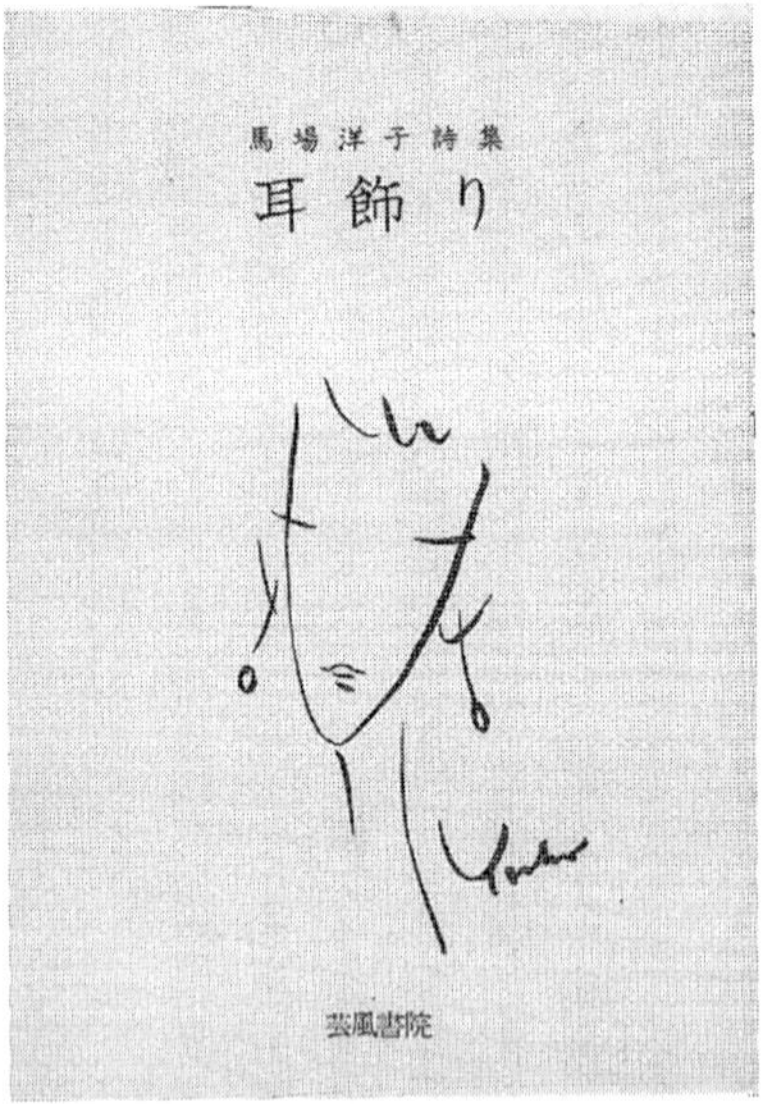

詩集『耳飾り』表紙

一九七八年十一月刊のvol. 6から「PY」の同人に参加した馬場洋子は、一九七九年十月に第一詩集『耳飾り』を上梓する。この詩集に収録された作品は、馬場が「P

Y」同人となる以前に地元新聞等へ投稿掲載された詩を中心に編集した詩集である。

　その艶めかしいタイトルが表しているように、詩集『耳飾り』には少女性が表現されている。現実の堅苦しい生活空間に、好ましい思い、好きなこと等を自分の夢として積み重ねてゆく。無垢な欲望を言葉に託してデッサンしている。社会を生き抜くテコとして、人は幻想の世界を楽しむ。想像といい、創作という。詩の持つ力を自覚した馬場の世界がひろがる詩集である。二十五篇から成る。B６判、九十七ページ。

八　Ｆ式《フロイト》から屠殺場行へ―樋口大介の軌跡

　樋口大介は、一九七四年八月刊の「射手」五号、一九七五年一月刊の「ブルージャケット」第一〇号に詩を発表している。新潟県立加茂高校ＯＢの文芸部と三条市立図書館の雑誌「羚羊」の人脈からの掲載であった。樋口は一九七四年三月に進学のため上京、一九七八年四月に帰郷する。樋口の活動の周辺をみておくこととする。

　一九七七年一〇月に編集人を玲真弓（樋口）、発行所を加茂市八区二六組大橋一郎方とする、同人誌「Ｆ式《フロイト》」(27)を創刊する。同人は前循之、小澤康紀、望月ひとし、大

『Ｆ式』創刊号表紙

橋一郎、樋口（玲）の五人。県立加茂高校文芸部ＯＢと樋口の大学の友人がその構成員であった。樋口は九篇から成る小詩集「レディ・ランド」を発表している。〝編集のーと〟で（Ｒ）は「詩と小説で半々づつで編集した」として、

　かくして「Ｆ式」獄舎のフェティシスト＋ペシミスト＋オプチミスト＋ナルシストたちは鏡の中の自画像を見つめて……

と、「Ｆ式」の同人の嗜好とその指向性を的確に伝えて

いる。樋口は同年七月刊の「Poor Yellow」Vol. 5から同人となる。

　一九七八年九月に「F式」第二号を刊行する。編集人は樋口で、発行人は大石望に変っている。この号での樋口の立ち位置は、県立加茂高校文芸部関係の麻野あけみ、大橋一郎等と在東京時代のにづきのぞみ（石塚知）と「PY」本田訓の三方から挟撃されたような形になっていた。「F式」第二号の編集後記で（Hi）は、

「poor yellow」は八《ママ》月に第五号、「heroin」はこの号と同時に創刊号がでる。F式の住人たちも敵対的距離の新鮮さを保って他誌にどんどん書いていってほしい。

と、詩誌の競合は他流試合との思いを記している。

　一九七八年九月にかつての同志栗山修一、近藤十詩男等は同人誌「HEROIN」を創刊している。編集は酒井広則・近藤十詩男、構成が栗山修一、発行人は三条市一ノ木戸林町一九二五栗山方となっている。創刊号に作品を寄せたのは、

　AKEMI MAYA、栗山修一、海静海荒

の三名。

「F式」までの樋口の詩意識は怪奇幻想の嗜好を基調として表現されてきた。樋口にとって詩は、現実の生活や世界を背景として、人間の幻想性と怪奇性を基調とする、全的な想像力で書かれるべきものと考えられている。帰郷後、どちらかと言えば生活感情を基底に据えた「PY」との出会いは、樋口にとっては「敵対的距離の新鮮さ」と驚きであったに違いない。

　樋口は一九七九年十二月に編集／発行人として「屠殺場行」を創刊する。作品を寄せたのは、清水、鈴木、馬場の「PY」メンバーであった。編集後記「northbound train」で樋口は、「詩誌の編集を初めて手懸けたのは八年前、今回の「屠殺場行」でちょうど八冊目」となると語り、

新潟に帰って来て、多くの人に出会った。特にpoor yellowのメンバーたちに出会ったことが「屠殺場行」を出すまでに、過剰な緊張感を昂めてくれた。

と、述懐している。

　経田のいう「他者との関わりあい」と「「書かれたもの」が発表の場を選択」した結果であろう。「屠殺場行」

は、カート・ボネガット（ジュニア）の『スローターハウス－5』からの命名である。樋口は単独者として「屠殺場行」を編集発行し、「ＰＹ」及び朗読会「声」の協働者として活動してゆくこととなる。

二　朗読会「声」の活動

経田佑介が媒介する形で集った詩誌「Poor Yellow」の活動経過と編集運営の変化と樋口大介の詩誌創刊を見てきた。本田の十代からの詩的歩みは、「青い麦」、「Poor Yellow」を通過することで新たな展開につながっていく。朗読と音楽の融合である。本田は一九七八年九月二四日に武居昌志、樋口らと〝フォーク、朗読と演奏〟を内容とする「コンサート」を開催する。「青い麦」時代に関わったフォークと朗読を独自に発展させようとした試みであった。試みを試みで終わらせることなく、結果を反芻し認識する誌面として、「とーきんぐどらむ」を一九七八年十一月に創刊する。発行者は本田訓。「コンサート」が画期的だったのは富山県入善町の田中勲（ルパン詩通信）が来場し、「ＰＹ」同人と交流し、かつ「とーきんぐどらむ」に「風に吹かれる葦のように―本田訓への手紙」を寄せている。新潟県以外の詩人との直接的な交友の始まりであった。

弾みのついた「ＰＹ」は、演奏と朗読の会を模索する。経田佑介等が三条市で始め中断していた「朗読会―声」を継承すべく、一九七八年十一月に第一回朗読会「声」を新潟市西堀六の「アトリエ画廊」で開催するに至る。ジャズベーシストの鈴木栄次を迎え、樋口、鈴木、清水、本田、経田が舞台を踏んだ。一九七九年三月の第二回「声」を同じアトリエ画廊で催し、大きな出会いを生むことになる。(28) こうした朗読会を繁華街で開催できる時代が来ていた。日本の高度成長が地方にも大都会並みの場所を希望すれば使用できる環境ができていた。朗読会「声」はそうした恩恵を大きく受けている。

「とーきんぐどらむ」は朗読会「声」の開催に合わせて、一九八〇年までに五号を発行している。そこには時代情況の変化と詩に向き合う「ＰＹ」同人の変化も表面化してくる。朗読会「声」は一九八〇年十一月までに六回開催されている。第六回は会場を劇団「由」稽古場に中上哲夫をゲストに招いての開催であった。朗読会「声」は場所と形式を変えて、一九八〇年代末まで継続している。「ＰＹ」同人の詩への向き合い方の変化としては、本田が一九八〇年九月に個人誌「臨界点」を、鈴木が「淳足」を創刊していることがある。次章で紹介することとする。

18　同人誌「かおす」

一九七七年卯月（四月）に、井上利幸、田村一志、早川博の三人の同人誌「かおす」が創刊される。「かおす」の活動期間は、創刊号から一九八一年四月刊の第九号までで、この四年間に九冊を発行している。創刊号に載る三人連名の「「かおす」発行にあたって」で、

一見平凡そうな様相を呈しているのだけれども、一皮剝いでみれば、そこには、たぶん、〈私〉の数だけいやそれ以上の修羅が蠢いているはずだ。（中略）私達は、それぞれ〈書く〉ことに関わり続けていたが、今度共通の表現の場として、「かおす(Chaos　混沌の意)」を設定することができた。

との決意を記している。

そして、「それぞれの〈書きことば〉でもって、それぞれの関心あることがらを表現してゆくことに、こだわり続けたいと思う」と「かおす」の立場と方向性を示している。

「〈書く〉ことに関わり続けてき」て、これからも「こだわり続ける」ということは、高校時代から大学時代にかけて詩・創作・評論等を試行し、追求して〈書き〉続け表現してきたことを窺わせる。そして社会人になった現在も、自己を失わない根拠として、〈書き〉続けるとの意思を「かおす」に託した。年齢的には二十代半ばの詩人たちの集りと考えられるが、この「「かおす」発行にあたって」からは、同人の関係や年齢構成は読み解けない。発行された「かおす」九冊の掲載者を前後になるが紹介しておくこととする。

井上利幸、田村一志、早川博、高島俊也、渡遍道子、宮原昭夫、板屋恵一、島岡俊彦（戸出友明）、小林武、瀬木宣夫、宮原秀夫、立花佑、たむらひとし、加賀誠一、佐藤達巳、佐藤文則、斎藤幸子

未収集の第二号を除いての執筆者は十七名であった。

創刊号は表紙と目次と「「かおす」発行にあたって」の部分コピーの収集のみである。一九七八年二月刊の第三号から、発行責任者は長岡市四ツ屋町七七七の井上利幸が担っている。

私達へ／自らの意志に関りなく／産み落とされてし

まった私達へ／ただ　それだけの理由で／状況に挟撃
されつつ／それでも／自らの肉体を連続させるほかな
く／圧倒的な苦戦を強いられる私達へ

第三号に載る井上の「白い闇」の冒頭八行である。井上ら「かおす」同人の思考の一端を示している。井上は「自らの意志に関わりなく」社会は高度成長を続け、自らの望むような社会が実現するどころか、政治的状況と社会的情況は確実に自らを蝕んでいる世界を遠望している。これに対抗するには、詩人は「自らの肉体を連続させるほかなく」、〈書く〉ことで自らの生きる立脚点を探求していかなければならないとの考えであろう。自立の道を困難ではあるが探ろうとする自覚である。

　井上は創刊号から一九七八年七月刊の第四号まで「琉《おき》球独行《なわひとり》」の標題で長編詩を書き続けている。第三号には二十四篇が、第四号には二十一篇が掲載されている。作品は〝本島篇・与那国島篇・石垣島篇・波照間島篇・竹富島篇〟と章立てで構成されている。

　一九六〇年代中期から一九七〇年代初頭にかけて、アメリカ占領下の沖縄を日本に復帰させる「沖縄返還運動」が盛りあがっていた。一九六六年に三条市の「半獣人」の風祭済治は、奄美大島の与論島での「沖縄返還運動」に参加して、詩人としての言葉の発見と表現の再発見の契機となった詩を残している。

　一九七二年五月に沖縄は日本へ復帰する。一九七〇年代には国鉄の「ディスカバー・ジャパン」のキャンペーンで、日本の辺境や沖縄が未曾有の観光客で賑った時代であった。井上が〈書くこと〉で求め、「自らの肉体を連続させる」ために書き続けた「琉球独行《おきなわひとり》」の内容は、旅の克明な記録であり、日常という「白い闇」に漂う自画像の刻印であった。「ディスカバー・ジャパン」の時代相に井上が、無自覚に追従し漂流している姿をみることもできる。風祭が肌で感じ取った社会の矛盾、政治の貧困さへの視点ではなく、感情の表層をなぞる抒情の肥大であった。東京の詩情況は井上が無自覚なまま、井上の詩を浸食していた姿なのかもしれない。

　時代的な状況論を提示する評論を書くことになる瀬木宣夫が第四号から寄稿を始める。「「そら」への独りごと―北村透谷・わが冬の歌―にみられる透谷の苦悶」と題して、日本の近代を「考えること」で切り開いた透谷の精神を、一九七八年当時の情況論としても認識し、瀬木自身の現在《いま》を凝視している。

　以降、瀬木は「島尾敏雄「死の棘」を読んで」「梶井基次郎の世界」「石原吉郎論」等を書き継いでいる。特定のイデオロギーや方法論を援用して論を展開するのではなく、あくまでも瀬木の論理と感情を基軸に考察を深めている。そういった意味で瀬木が「かおす」の同人であったか、寄稿者の一人だったかは分からないが、自立の精神への矜持を持ち書き続けていたことは間違いない。「かおす」の目指した自立の精神は、瀬木が体現していたといっても過言ではあるまい。

島岡俊彦（戸出友明）は「漱石の家族」と題して六回にわたって、漱石の各小説を漱石の「書くこと」の姿勢を学びとるように丁寧に論究している。「かおす」は個々人の濃淡はあるが、生の意義を時代に流されることなく、自覚自立する人間としての自己を確立しようとしていた。瀬木と島岡の仕事は、もっともっと評価されてよい。

「かおす」には二つの死の影がある。第四号は「特集「追悼・宮原秀夫」」となっている。筋ジストロフィーで早世した人。病床で思考し作品を書いていた青年。詩とのこされた「メモ・断片」等で宮原の短い生涯を追悼している。貴重な証言集であり、追悼となっている。

一九七九年五月刊の第六号の編集後記で田村は、「お茶を手渡しただけで話した事もないが、友人になれそうな気がした。中村さん安らかに」と呟くように記している。中村さんこと中村龍介、「かおす」とも交流していたのだった。

自立の論理を構築しようとする共通した方向性からか、井上利幸は一九七八年二月刊の「修羅」第八号に詩「風景」を寄稿している。

19 詩誌「穹」の創刊—庭野行雄の復活

『穹』創刊号表紙

一九六〇年十二月刊の「文学北都」第十二号に作品を発表し、一九七三年八月に詩集『望郷』を上梓して以降、新潟県の詩誌では沈黙を守ってきた庭野行雄が、一九七八年十二月に〝詩と俳句と写真〟の雑誌「穹」を

創刊する。創刊号には編集同人として、

　蕪木錬、福島健文、阿部灯石、庭野行雄、梨本勝夫

の五名が記されている。実際は一度も編集会議は開かれなかったようだ。

　蕪木と福島は庭野の十日町時代からの詩友、阿部は俳人、梨本は西蒲原郡吉田町（現燕市）の町議。発行所は新潟県西蒲原郡吉田町寿町の庭野行雄となっている。執筆者は編集同人の他に、高島順吾、角屋久次、須藤茂一、浜盛秋、武田光弘、土田佳代子、柳シズ、かわかみいずみ等。

　一九七九年三月刊の第二号の〝編集室〟で庭野は、「同人費は頂かない」理由として、「青春の一時期を賭けるというような世代でもないし、詩の存在理由を人間としての「遊び」の一つとして割り切っているから。」との考えを載せている。第二号に作品を寄せた詩人たちを、執筆者、同人、特別同人に分けている。概ね俳句関係者、庭野が交友してきた十日町時代からの詩人や詩誌「骨の火」関係の顔ぶれと思われる。

　この第二号を庭野は、師事してきた一九七八年六月に亡くなった北園克衛（一九〇二～一九七八・六）への「日本を代表した前衛詩人―北園克衛を偲んで―」と題する追悼号にしている。庭野は、「反風土の詩人への敬慕―亡き北園克衛氏について」と北園との出会いと思い出を記している。また、詩誌「骨の火」の同志であった高島順吾は「北園克衛さんを偲んで」を掲載した。これを契機に同人誌「穹」の誌面は、昭和初年代のモダニズム詩に触発されて詩を書き続けてきた詩人たちの作品を多く掲載するようになった。

　一九七八年から一九七九年にかけて、北園の死から昭和初年代に台頭したモダニズム詩をリードした岩本修蔵（一九〇八～一九七九・三・九）、瀧口修造（一九〇三～一九七九・七・一）が相次いで亡くなっている。こうした詩人に触発されて詩を書き始め、戦後に一斉に同人誌を創刊し詩的活動を再開した詩人たちが、その活動を顧みる機縁として「穹」の存在を認識したのだろう。第三号には笹沢美明、相田謙三、泉沢浩志、岡本広司等が書簡を寄せている。また、一九八〇年十月刊の第七号には、山本悍石が「北園克衛の写真集のこと」を寄せている。

　そうした傾向と雰囲気を保ちながら、しかし新潟県の一九七〇年代後半期に活躍する詩人への配慮も忘れてはいない。[29] 第二号には五十川庚平、第三号には経田佑介、樋口大介が作品を載せている。

そして一九七九年九月刊の第四号秋季号は「越後詩人特集号」を組んでいる。経田佑介、田中武、高橋勲、星野元一、吉岡又司、福島健文、五十川庚平、桜井正示、蕪木錬、須藤茂一の作品が組まれている。又、北園のVOU同人やそれに連なる庭野の旧友詩人も多く作品を寄せている。

一九八〇年四月刊[30]の第六号の〝告知板〟には「「穹」の春と夏の催し」として次の予定が告知されている。

◆四月十一日・十二日（於・新潟市）
　長谷川龍生氏、諏訪優氏と現代詩を語る

この催しには私も出席した。一九八〇年五月刊の「poor yellow」第九号の〝ヌル〟欄で、「四月十二日、長谷川龍生、諏訪優、印堂哲郎、笛木利忠諸氏新潟へ来たる。」と記している。税務署通りの喫茶店での集いで、「穹」の催しとは認識していなかった。私と本田訓、経田佑介、福田万里子が参加していた。福田は夫君の転勤で新潟市へ来て間もない頃だったように思う。以後、近しく親しく交際させていただくことになる。福田の行動力と庭野の構想力が新潟県の詩界の新たな活性化を促してゆく。

長谷川、諏訪らを迎えた庭野は、一九八〇年十月刊の七号で「残雪を背に七人のサムライ」とする集合写真を掲載している。先の五人に加えて蕪木錬、相田謙三の七人。恐らく新潟市へ来る前日に写したものだろう。

第七号には、泉沢浩志の提供による「田中冬二葬」の七葉の写真が掲載されている。こうした写真を「穹」は多く掲載している。第三号までは「詩と俳句と写真」と副題していた。これはこれで詩史的に時代的な雰囲気を知る良い機縁とはなる。

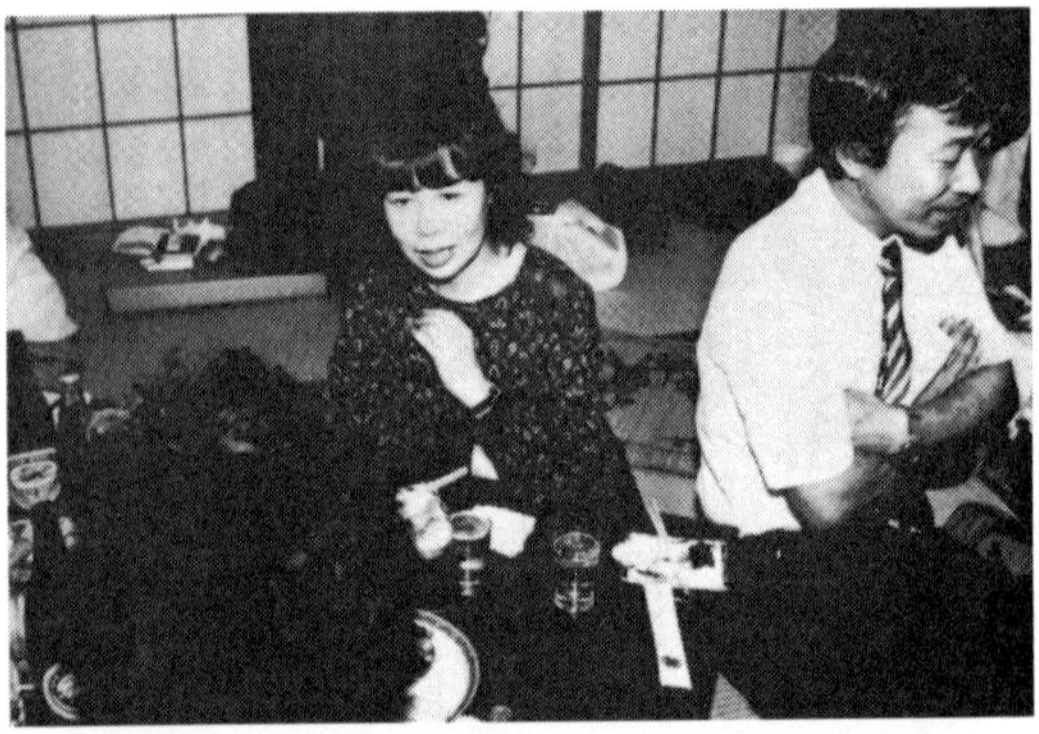
祝賀会での福田万里子さんと五十川庚平氏

庭野は職業的にはこの時期には「算命学」という易者を生業としていた。その成果として、ハワイの某大学から博士号が贈られた。その祝賀会の様子を七葉の写真で報告する詩人である。

庭野は作品を寄稿した詩人たちを越後新潟へ招待し

ている。長谷川龍生氏等の招待も庭野の身銭を切った仕事であった。日本の経済成長で庭野が資産家として成功していたのではなく、経済成長の歪みとして庶民が生活への葛藤を抱え、「易者」としての庭野を必要としていた。又、庭野が十日町市から西蒲原郡吉田町へ転居したのは息子の競輪選手への希望を叶えるための転居だったことは、詩集『望郷』の写真履歴で語っていることであり、その息子さんが競輪選手とし活躍していた時期だった。これもやはり高度成長の恩恵を受けての大盤振る舞いであったのだろうと、いまは理解している。

　庭野の振る舞い、詩的活動は新潟県の詩界に大きな転機をもたらすこととなる。

20　詩誌「北狄」までの長崎浩の動向

イ　手づくり詩集と豆本詩集について

　一九六一年七月に詩誌「磁場」第十号を刊行して以降、詩誌を発行してこなかった長崎浩は一九七九年四月に同人誌「北狄」を創刊する。同人は、斎藤文一、阿木象、寺原信夫、長崎浩の四名での出発であった。編集発行人は長崎浩。

「磁場」廃刊から「北狄」創刊までの十八年間、長崎はどんな詩的活動をしていたのか？　病気療養後に新潟大学職員に採用され生活再建に勤しんだ面もあるだろう。新潟県では表立った詩的活動は無かったが、戦前の山形県の詩人との交流は継続していたようだ。

　一九七四年一月に、「「裏街」復元版限定三百部を山形の地下水出版部から出版」を契機に、一九七五年に『故園の章』と『南島旅情』の二冊の「手づくり詩集」を発行する。これは長崎が旧稿を編集発行したものである。『故園の章』はあとがきに、「日本詩人クラブの年刊「現代詩選」にのせた作品だけを、同書からリプリントしてまとめた。」とある。そして栞の「手づくり詩集のこと」では、

　私にはこれまでに手づくり詩集と言っていいものが二冊あります。第一冊は昭和七年九月山形市で畏友真壁仁氏が、（中略）友情出版というべき詩集「裏街」。（中略）第二冊は昭和四十五年につくった自筆限定本「南島旅情」で、（中略）そしてこの「故園の章」が第三冊目に当たります。

と説明している。『故園の章』の裏表紙には「手づくり

詩集No.３」と記載されている。二十六篇が収載されている。[31]

一九七六年二月にはNo.５にあたる『流離の暦』を発行している。手づくり詩集はＢ６判よりやや小さい縦一七一㎜×横一二六㎜の体裁である。

更に長崎は新旧取り混ぜての「手づくり豆本詩集」[32]制作に精力を注いでいく。一九七六年十二月刊の『動物詩抄』から一九七九年刊行の『鉛の天』までの三年間に十二冊を刊行する。「手づくり詩集」と「豆本詩集」の編集発行という長崎の詩的軌跡は何を意図しているのだろうか。十二冊を紹介しながら長崎の私的、或は詩的な作業を探って行くこととする。

ここで長崎の詩的活動を顧みる必要がある。[33]「長崎浩年譜」と齋藤礼助の『物語・山形県文壇史』を参考に追ってみる。

長崎は一九三四年四月に山形県立図書館司書から長野県立図書館司書として転任する。さらに一九三六年三月に台湾の彰化市に市立図書館新設のために渡台している。その後台湾国立公園協会に勤務し、詩人西川満を知り詩作活動を活発にしている。一九四二年四月からは台湾総督府から、台湾皇民奉公会中央本部の文化主事に任命される。太平洋戦争期間中は雑誌「文芸台湾」で活躍しながら、台湾の皇民化運動に邁進している。一九四三年八月に東京で開催された第二回大東亜文学者大会では台湾代表四人の内の一人として参列している。一九四四年四月からは台湾文学奉公会が発行する「台湾文芸」の編集兼発行者となっている。植民地台湾での実質的な文学者の頂点に立っての仕事であった。

豆本詩集十二冊を見て行くこととする。

『動物詩抄』No.１は一九七六年十二月刊行。「ここに収めた十四篇は、昭和初年から今日までの五十年間に書いた拙作中、動物を主題にしたものだけ」を集めたと〝はしりがき〟にある。

『ふるさとさむく』No.２は一九七七年四月刊行。「敗戦直後、外地引揚者として帰郷した頃、昭和二十一年から二・三年間に書いたもの」を集めたと〝あとがき〟にある。

『磁場』No.３は一九七七年刊行（月不明）[34]。詩誌「磁場」に「のせた詩のいくつかを収めた」と〝あとがき〟にある。

『裏街』No.４は一九七七年九月刊行。詩集『裏街』の第三集に当る。改訂版とあるので、手づくり詩集との比較をこの後で行う。

『南島旅情』No.５は一九七七年十二月刊行。掲載詩十七編は、〝おわりに〟で、「昭和十一年（一九三六）三月、それまで住んでいた残雪深い信州をあとに、海路台湾に渡り、（中略）渡航当初一年ほどの間、（中略）ひとり島内を遍歴した。これらの詩はすべて当時の作品である。」と述べている。多くの写真が添付されている。

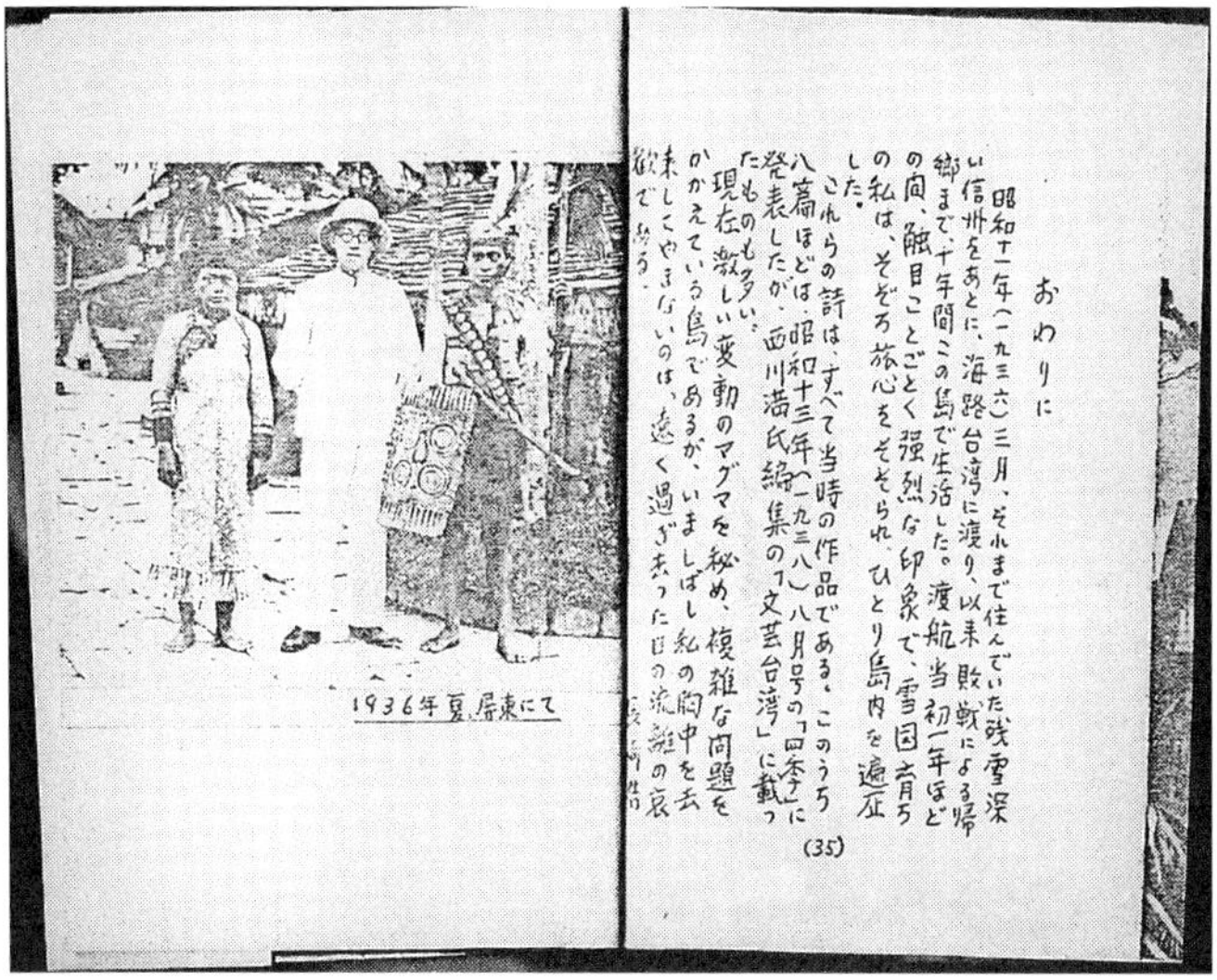

『南島旅情』の手書き文字と写真。
写真は「1936夏・屏東にて」の文字。

『十九春詩抄』No.6は一九七八年五月刊行。「十九歳の作品集である。」とし、「ただ最後の二篇には、「犀」の時代への移行がうかがわれる。」と〝あとがき〟で記している。詩雑誌「詩神」の一九三八年三月号に投稿掲載された「月明幻奇」の草稿詩が掲載されている。これらの詩は郷里から東京、山形へと携えて行った「一冊ノート」に「書きつづけた」作品としている。

『小さな妖精たち―祖父馬鹿のうた抄』No.7は一九七八年九月刊行。孫を慈しむ作品十篇に写真を添えている。

一九七〇年前後の長崎の日常生活の一端を垣間見る詩集。『故園の章』No.8は一九七九年一月刊行。手づくり詩集の改訂版である。十篇を掲載している。手づくり詩集と豆本詩集の違いは後で述べる。

『學校』No.9は一九七九年六月刊行。「砂丘のCollege」「母校」「旧詩二篇」の三章十一篇を収録している。

『北の貌』No.10は一九七九年九月刊行。長崎は「詩人は隠滅を覚悟しないことには、出発できない」との高見順の言葉を引いて、この詩集の意義を問うている。高見順がどこでこの発言をしたかは定かでないが、長崎はこの「隠滅」という言い方に自らの人生の歩みを重ねている。「隠滅」とは、何を意味するのか？　十三篇を収録している。

『流離の暦』No.11は一九七九年十二月刊行。『故園の章』

に続く手づくり詩集の改訂版である。これもその違いを後で比較する。

『鉛の天』No.12は一九七九年(月不明)刊行。〝あとがき〟で、「筐底をかき廻しているうち、旧稿が次々とあらわれ、相変わらず捨てかね、旧作だけで更に一冊」加えることにしたとある。「戦中から戦後間もない頃」のものが多いとも述べている。

以上が「磁場」以降の長崎の詩的活動ということになる。「筐底」や「一冊ノート」からの旧作を集めた作品、孫等と交流する日常や長崎の感慨の詩、旧作の中でも長崎にとっては誇らかな詩と分類することが可能のようだ。

手づくり詩集と豆本詩集には、同じ標題の詩集が三冊ある。三冊を比較してみよう。

長崎の第一詩集『裏街』は収集できていない。復元版『裏街』との比較はできない。ここでは復元版と豆本詩集『裏街』の違いをみておく。復元版では第一部から第三部の章立てで詩十六編が収録されている。豆本詩集では「裏街の詩」「友の詩その他」の二章立てで十四篇の収録である。復元版と豆本詩集の大きな違いは「裏街の詩」篇にある。復元版では「裏街の詩」は三篇であるが、豆本詩集は「裏街の詩一〜五」のタイトルで五篇を収録している。

手づくり詩集『故園の章』に載る二十六篇の内、「祖父馬鹿のうた」四篇や「砂丘のCollege」五篇は豆本詩集に再録されている。また、「磁場」に掲載された四篇も収録されている。改訂版とうたう豆本詩集『故園の章』は十五編の収録で、「祖父馬鹿のうた」四篇が『小さな妖精たち』に編集されたように、それぞれ『學校』、『北の貌』等の豆本詩集として独立させている。

手づくり詩集『流離の暦』は二十篇を収録しているが、豆本詩集改訂版『流離の暦』は十六篇である。

こうした編集の意図は何であるのか、長崎の思いは何処にあったのかと問うことはできるが、真相へ辿り着くことは難しい。一九七六年から一九八〇年までの長崎は、一九二七年から一九八〇年までを回顧する動機があったからこそこうした、手づくり詩集と豆本詩集に纏めようとしたと考えることはできる。

言えることの一つは、長崎が台湾時代の栄光の日々を、「栄光の日々」と言えない「戦争責任」への負い目であろう。しかし、「栄光の日々」感情は、常に長崎の「筐底」=「胸中」には存在した。これを自ら公に口にすることはできない。戦争責任を顧み、詩作も止め、反省の日々を深くして、生活再建に苦渋してきたのだと小声で、「豆本」で自己正当化を計ったとの視点を私は持っている。そうでなければ何故こんな回りくどい作品発表の形を取ったのか。印刷物は一度発行されれば永遠に残され、検証される運命にある。

ここは私の母校だ／二十年の流離の果／ささくれた翼を折り畳んで帰ってきた

豆本詩集の九集の『學校』に載る「母校の庭に立って」の冒頭三行である。ここでは長崎は、感傷と感慨に沈んだ意志を持たない詩人の表情で現れる。〝一九五二年母校創立四十周年記念誌に寄せる〟の副題が添えられた詩である。「台湾の彰化市に市立図書館新設のため[35]」と青雲の志を抱いて一九三六年三月に台湾へ渡った長崎。山形、長野、台湾時代の自画像を「流離」の人として描写している。しかし、手づくり詩集の『流離の暦』は、台湾へ渡りすぐに「全国図書館大会が建国間もない満州国で開かれたので台湾から出席」した旅の途次の風景を読んだ詩群でもある。台湾での長崎は日本国と共に在る青年であり、流離の人ではなかった。戦後一時期、詩を断った長崎であるが、自らの生と詩を再生するために十五冊の手づくり、豆本詩集の編集作業を必要としたのだろう。[36]

ロ　詩誌「北狄」創刊

その長崎浩再生の産声が、「北狄」ということになる。一九七九年四月に長崎は「北狄」を創刊する。編集発行人は新津市中野一三五、長崎浩。同人は斎藤文一、阿木象、寺原信夫、長崎浩の四名。創刊号で長崎は同人の紹介をしている。

同人は学界ではそれぞれ一流の人達だが、あえて敬称ぬきの紹介をしておく。斎藤は理学部教授で超高層大気光観測所長を兼ねる物理学者。第五次南極観測隊員。「宮沢賢治とその展開」の大著で「歴程賞」受賞。歴程同人。阿木は歯学部教授で、歯科基礎系の学者。阿木象の筆名で「音叉」「新現実」同人として、また平塚運一門下の版画家として、東京で活躍した。寺原は東京での詩人達との交際広く、「志向」「風景」同人として活動している新鋭。かく言う長崎は詩作五十数年、日暮れてなお遠き道を歩き続けている。手作りの小詩集十余冊出してきた。

と、それぞれのプロフィールを述べている。

「北狄」は季刊発行を旨とし、一九七九年四月の創刊から一九八〇年までに七冊を刊行している。一九七九年十一月刊の第三号には、山形の安達徹、新潟市の画家長谷川朝子が同人になっている。

21 詩誌「LAZY」から「CHIMÉRE」―貴船淳子の軌跡

貴船淳子。一九七七年に詩集『SELF PORTLAT』を上梓している。ガリ版B5判、四十一ページの手作りの詩集。奥付けが無く、詩「幻影」の日付けが「'77・1・14」とある。この作品の創作月日から一九七七年と推定。「はじめに」で「一応高校時代に書いたものをひとまとめにしたいと思った」と紹介している。貴船の高校時代の詩を収録したものと思われる。ボードレールやランボーを愛読し、詩作の糧としていたようだ。現実と観念のズレからおのずと現われる諧謔やユーモアは、青春期の才と感受性の幸せな出会い、詩の萠を見る思いがする。はじめにと四十五篇から成る。B5判、四十一ページ。詩集『SELF PORTLAT』の「はじめに」で、「尚、これから所謂同人雑誌を作りたいと思っています」と抱負を語っている。

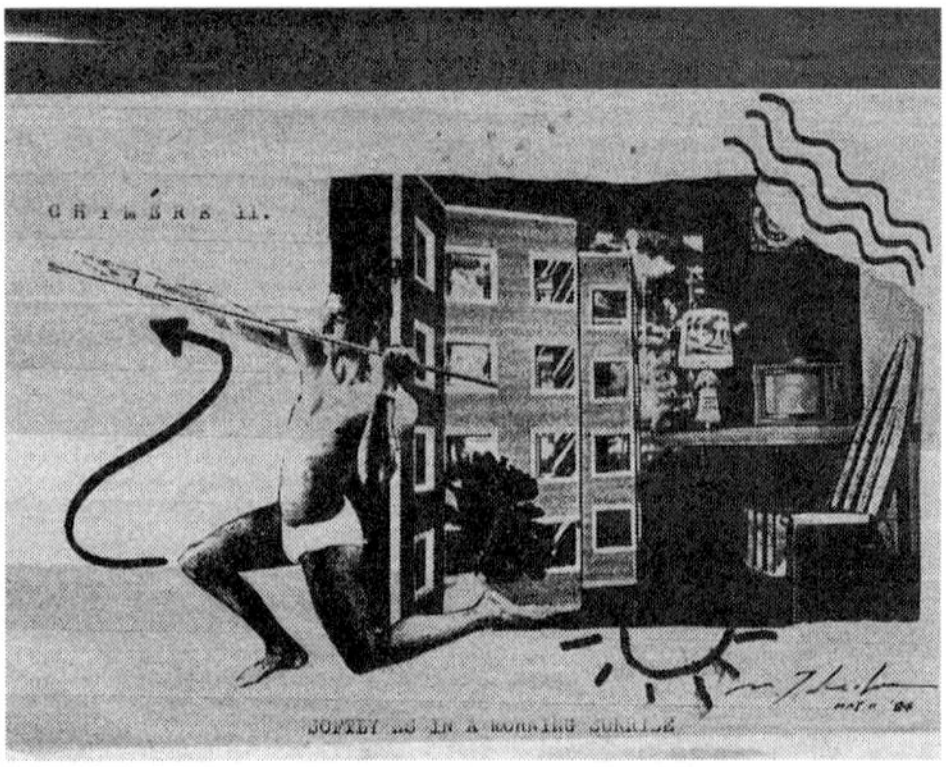
「しめぇる」第十一号表紙

こうして同人雑誌「LAZY」が創刊されたと思われる。編集後記で貴船は「十人のLAZYの第一歩」と記してる。しかし発行日付が無い。長谷川真由美の作品に、「これは'52・3・11、眞由美さんから、私にくれた言葉です」との貴船の説明から、「LAZY」は一九七七年四月以降に創刊されたと推測される。恐らく高校時代の友人らとの共同歩調だろう。小泉茂が「創刊にあたって」を書いている。創刊号に作品を発表したのは、

小泉茂、小川淳、能勢山嘉雄、片桐寿美子、青木良夫、鶴田敦子、円山博子、村田政彦、長谷川真由美、貴船淳子

の十名。同人雑誌「LAZY」は三号まで発行されたようだ。

発行年月日不明の詩誌「CHIMÈRE」(しめぇる)[37]がある。「しめぇる第四号と号数が記された「あとがき」に、

「しめぇる」第1号!(創刊号)とあえてしなかったのは「LAZY」が3号まで至り、後に長いスランプが消滅へと続き、その再出発(STARTING OVER)として「しめぇる」第4号とさせて致《ママ》きました。

と、「LAZY」と「しめぇる」の関係を伝えている。

「しめぇる」は第十一号まで確認できるが、いずれの号にも発行年月日は明記されておらず、年別の識別が困難を極める。第四号は一九八〇年か一九八一年の刊行かも知れないが、詳細が分らないのでこの項で紹介しておくこととする。

「しめぇる」は第七号の後記の最後に、「3・Feb.82」との記載から、一九八二年二月頃に刊行されたと推定できる。第九号には「6 TH. APR. 83」の記載から、一九八三年四月頃の刊行と考えられる。又、第十号の「メンバー紹介I」に片桐寿美子「二十四歳既婚」、貴船淳子「二十四歳」と紹介されている。貴船が高校を卒業した一九七七年を十八歳とすると、一九八三年には二十四歳で年齢的な辻褄は合う。そして、終刊となったと思われる第十一号「あとがき」で貴船は、「59・6 初夏のにおいにつつまれて。」と後記に記しているが、表紙には「MAY 11 '84」の記載が見られる。こうしたことから、「しめぇる」は、一九八四年三月まで刊行されたものと推測している。

「しめぇる」第五号に載る貴船の「信号」を引く。

青信号が点滅を　はじめた/私は悩んでしまう　右へ曲ればいいのか/左へ曲ればいいのか　真っすぐいけばいいのか/迷っているうちに　また赤になっている/私の赤信号よ

この貴船の迷いは何かを考える。創作への迷いや生活上の悩みを様々に想定できる。「しめぇる」の方向性や、集まってくる同好の士との関係だったりするのだろう。

ガリ版刷りで、表紙や内容に様々な意匠を凝らし、武田直也、居城京子、片桐寿美子等の元に大勢の青年男女が作品を寄せている。「しめぇる」九冊に複数回作品を寄せたのは、

田中芳子、武田直也、居城京子、伊藤真美子、貴船淳

子、片桐寿美子、大野博美、松田吉春、喜多村甲の九名、一回の掲載者を数えると二十名を超える。

こうした貴船の詩的営為からは様々な新潟県の現代詩を巡る環境と情況を考えさせられる。一人、貴船淳子の問題ではないと考える。

中村龍介の項で顧みてきたように、新潟県の詩人の置かれた環境と情況は、多くの問題点を抱えてきた。その一番は、中村龍介を追悼する中で、太田修が分析したように「指南力」の不足に思い至った。指導力ではなく指南力。「指南力」とは何か。一つの文化を目指す人を適切にその道に至る焦点を明確に明示する力としか、いまは言えない。詩への導きは、創作者本人の意思以外あるまいと言われるかもしれない。詩の魅力に憑かれ、詩の道を志した人たちへ、先行する詩人たちがそれらの人の才を伸ばす場を「いかに、どう」示唆提示できるかが大きな課題であろう。

貴船淳子の詩への努力と志向が思うに任せないもどかしさを、十三冊の詩集詩誌から感じられて仕方がないのだ。東京なら文化講座の時代が始まっている。教える、教えられる、学ぶ、実践する。この過程への詩人同士の関与関係の仕方を考えるのである。次の「日本海」の五十嵐幸利にも感じる事柄である。

22 いくつかの詩誌創刊の周辺

イ 文芸サークル誌「日本海」から同人誌「ぱすてる」の創刊の周辺

一九七〇年三月に「若者たちの歌」を標題に文芸サークル誌「日本海」を創刊した、三条市の五十嵐幸利を中心に同人誌「ぱすてる」が創刊される。創刊号には奥付けが無く、第二号の日付が一九七七年六月ということから、一九七七年の早い時期と考えられる。

創刊同人は、

五十嵐繁美、五十嵐幸利、泉田信夫、坂井勉、前田勉、
水品洋子、山谷裕子、吉田則雄

の八名。

八名の内、五十嵐（幸）、泉田、前田、水品、吉田の五名は「日本海」からの同人である。

作品を掲載したのは、山谷、吉田、五十嵐（繁）、水品、竹中景一、鷹羽レオ、志野武、北淳一朗の八名で、同人

名と一致するのは四名、一致しない四名は誰が誰のペンネームかが分らない。編集後記には、（磨）名で、「三人とも編集するのは初めてなので」とある。他に（Y・Y）、（信）、の署名で編集後記が掲載されている。

第二号からは発行、編集責任者、連絡所が明記されている。発行は「ぱすてる」、編集責任者を泉田信夫としている。連絡所は三条市直江町三―一七―三十二泉田方とある。以後、編集責任者だけが変わり、一九七七年九月刊の第三号では山谷裕子が、一九七八年二月刊の第四号では五十嵐幸利が務めている。第四号の編集後記が（磨）名で掲載されていることから、（磨）名は五十嵐（幸）と特定してよいだろう。

五十嵐（幸）らは会則役員等の縛りからより自由に詩的空間を創造しようと、「ぱすてる」を創刊したに違いない。しかし一年間で四冊を刊行しているにも拘わらず、二号では「作品が集まらず」と愚痴り、第四号では「十二月末には完成予定」が遅れたことを詫びている。同人誌「ぱすてる」第四号が発行されたのは二月二十五日で、その前の二月十五日には「ぱすてるの会」からB４判、ガリ版一ページの、「ぱすてる」が創刊されている。五篇の詩が掲載されているが、作者名は記されていない。（信）名で「なにかしなければと、こんなものを作ってみました。」とある。以後、六月までに六号まで発行したものと思われる。掲載作品にはいずれも作者名はなく、六号では（信）名で、「葦沼ゆう古、萩有生、北淳一郎、志野武以上の各氏の作品でした。」と書いている。

早すぎる出発と急ぎ過ぎる過程が招いた、仲間意識の崩壊なのだろうか。詩人自らの表現としての詩的営為への認識不足を思うのである。

ロ　「風琴」から「風琴通信」へ

有本茂を中心とした詩雑誌「風琴」は、一九七五年一月に五号を発行して以降、沈黙した状態にあった。一九七七年五月に有本茂、中野津久夫、山崎健太郎を発行者とする「風琴通信」を創刊する。ガリ版、B４二つ折りのパンフレット形式での発行であった。六月刊の第二号、八月刊の第三号と三冊を収集している。

作品は創刊号での野野森瑞也の詩、第二・三号では中野が小説「愛欲」を掲載しているが、見るべきものはない。受贈詩誌と山崎の「同人誌紙評」から他誌との情報交換のための「風琴通信」で、詩雑誌「風琴」再興を目指したものではないようだ。

ハ　個人誌「のおとぶっく」と「野火」について

二見雄典発行の個人誌「のおとぶっく」一九七八年四月刊の十号から一九八〇年四月刊の十五号まで、臨時号を含めて七冊収集している。創刊は七冊の発行状況から、一九七五年頃と推定している。手書きコピーをB５判仕様に作成している。特に奥付けのようなものは無く、「木馬館」という印字が押されている。

詩・雑感・随想、時に写真・イラストを配しての気儘な創作の現場を見せてくれる。統一感が希薄で日誌代わりと考えるべきか。二見は一九七九年一二月刊の「現代詩謡」第二十一号から会員なっている。

他に一九七八年二月に編集発行を野火の会、連絡先は北蒲原郡紫雲寺町稲荷岡、紫雲寺町公民館内会田忠とする、文芸誌「野火」が創刊されている。紫雲寺町（現新発田市）が公民館活動の一環として創刊したのかどうかは、一九七八年八月刊の二号と二冊のみの収集で分らない。二冊の「野火」に作品を掲載しているのは、今田恵子と田口君子の二人。公民館が主催する文芸クラブか講座受講者のための文芸雑誌と思われる。

ニ　未収集詩誌の創刊周辺

一九八三年八月に刊行された同人誌「詩仙郷」を収集している。そこには発行主体の「どんぐりのせいくらべ会４年のあゆみ」が記録されている。それによると一九七八年八月に「松高ＯＢ＋一有志で卒業記念として」、「『てっこんキンクリート』が誕生」とある。松高とは新潟県立村松高校のことで、サークル誌「夕映え」を創刊したのも同校文芸くらぶＯＢであった。「てっこんキンクリート」は一九七九年八月刊のVol. ５から誌名を「詩仙郷」へ変更したとある。

「詩仙郷」に関してはもう少し資料を集め次章で報告することとする。

23　一九七六年発行詩集

※茅原記／田中武、青春の虜／森郁男、断面回帰／高橋勲、※怪女ギヨ／豊崎義明、北海府／土屋輝秋、暗い光り／北川義一、※悲歌／心臓詩篇／経田佑介、※夜更けの雪道／遠藤修平、山奥のムラの証言／岡部清、私は簡単な詩人です／富田泰策

『青春の虜』／森　郁男

一月に上梓。造形詩、コンクリート詩。萩原恭次郎の

詩「日比谷」のように文字に大小をつけるだけでなく、文字を部分的に消去したり、文字を紡錘形で覆ってしまったり、文字を紙の平面上で表現する造形が試みられている。詩の形式としてのヴィジュアル詩、コンクリート詩。森郁男の造形詩集『青春の虜』は、写植という印刷技術の発展と軌を一にしているのではとも考えられる。百篇から成る。A5横判、ハードカバー、百五ページ。東京在住。十日町生れ、本名、江村清。

『断面回帰・顔その他』／高橋　勲

三月に上梓。高橋勲の第三詩集。詩篇の言葉の陰から作者、高橋勲は姿を現わさない。「船岡公園（花法）」という固有名詞を知っていても、この「花法」という詩の鑑賞の手助けにはならない。吉野山でも千鳥ヶ淵でもよく、詩を導く断面を照らす言葉であればよい。この詩集で高橋は詩の方法としてモダニズムの手法を徹底させている。詩集のキーワードは水。水を言葉の屈折点として感情や風物や身体を写し撮るように言葉を置く。抒情の揚棄。高橋はこの詩集後は、神話的叙述の詩へと転換してゆく。二章十八篇から成る。A5判、ハードカバー、七十ページ。

『暗い光り』／北川義一

四月に上梓。詩「風の岸辺」によく表れているように、青年期の「内部世界—精神」の情熱と「外部世界—社会」との齟齬を、自らの目線で解き明かし語りかける。批判的に大仰な身振りをするのでなく、あくまでも心が語りかけてくる言葉で抒情している。十二篇から成る。A5判、二十八ページ。

『北海府』／土屋輝秋

八月に新潟日報事業社より上梓。土屋輝秋の第一詩集。「生きるために／祈り　願い　拝み／そして生きて／呪うためにも生きる（生きる）」。佐渡の人々の心の襞へ詩人は分け入って詩を綴る。詩集に流れる通奏低音は「貧しさ」への、詩人の憤りともどかしさである。貧しさは「満ち足りた暮らしを／欲しいのではない／満ち足りたこころを／欲しいのである（貧しいものたち）」と人々の生を支える心の在り処を詠う。佐渡の貧しさに隠された人間の美しさが抒情されている。あとがきと四十篇から成る。A5判、箱入り、ハードカバー、百九ページ。佐渡郡相川町石名一九〇。

『山奥のムラの証言』／岡部清

十一月に上梓。おとう（作者）は、東京や京都へ、妻は静岡の蜜柑畑へ出稼ぎに行く。山深い農家の跡取りとして、家族を養うため夏には農地の開拓をし、冬には出稼ぎに出る。詩人は詩人ゆえにその矛盾を認識し、言葉

『山奥のムラの証言』表紙

に表してゆく。詩は社会性を帯び、「民衆の心の代弁」する作品として注目を浴びる。詩集『山奥のムラの証言』の発行を機に農家の冬季の出稼ぎが社会問題として注目をされ、新聞等のニュースになり報道された。「中央と地方、都市と農村、文化と野性の対立、偏見、隔差を糾弾する」詩集と惹起文にもある。詩人はあとがきの「作者のことば」で、「都市の論理による農民疎外の生の姿は描かれているかも知れないが、農民疎外から抜け出そうとする血みどろの斗いの姿勢に欠けているような気がする。」と述べている。いや詩は非力であることを十二分に描いている。詩集の原点を「おれの手」にみる。「だから／白い紙に／詩を書いて／お前たちへ送るのだ／それは／救いをもとめるおれの手だ」。何時の時代にも格差は存在する。井上光晴が「地響きの詩」を、編者の成ケ沢宏之進が「まえがき（編者のことば）」を寄せている。「作者のことば―詩と私の境遇―」と四章五十篇から成る。B５判、ハードカバー、百六十四ページ。一九七七年四月に第三版を刊行[38]。

『私は簡単な詩人です』／富田泰策

十二月に上梓された。富田泰策は当時、北蒲原郡水原町中央町（現阿賀野市）在住。職業は医者。詩人で精神科医の富田三樹生の父君である。手術入院中の十八日間で書いた詩を集めた詩集とのこと。氏は戦争期の新潟で画家や歌人と広く交友していた。手術入院中にそうしたこれまでの人生と向き合う時間を得て、多くの言葉を生み出したのではなかろうか。「唇」は初恋と母の記憶を重ねて、エロチシズムを溢れさせている。旅した中近東の記憶が走馬灯のように表現されている。二十六篇から成る。A５判、六十二ページ。

◆一九七七年

※ぬけでる／木俣冴子、島にて／荒井清志、村が悼む／児玉宮古、トゲ祭／横山徹也、※追憶の村／栗林喜

久男、※ごんぼおじの青春／そうだみつのり、※SELF PORTLAT／貴船淳子

『島にて』／荒井清志

四月に上梓。詩集『島にて』は、粟島の中学へ単身赴任した、僻地勤務三年間の詩人の生活記録である。詩人は家族から離れた孤独な生活を、教え子たちや島民との親密な心の触れ合いで癒されながらも、理想と離島僻地の現実の狭間で苦悩する。「空が　やぶれ／海が　爆発する（狂った海）」と、自然の厳しさと日々向き合って生きる人たちを、「人形のような赤んぼを抱くと／日焼けの顔が／パッと割れる（男たち）」と詠う。粟島に生きる人への詩人の優しさが全篇に流れる。詩誌「存在」の同人渋谷実と大多喜洋一が、そして横山進が跋文を寄せている。三十一篇から成る。B６判、ハードカバー、百五ページ。

『村が悼む』／児玉宮古

五月に上梓。村が悼むとは？　村が誰を、何を何故悼むのか。詩「賽の河原」で民話的に語られる詩は、二十四歳の著者の人生の軌跡を語ろうとしているかのようでもある。この詩集の通奏低音は「沈む個体」である。「虚しさに身を寄せ／沈む個体／波紋よ！／手をつなげ（沈む個体）」。二行詩、四行詩、五行詩と短詩形の方法をとりながら、心身に生起するポエジーを書きとめた。詩の原初の息吹、詩と愛を女性性の掌におさめようとしたのかも知れない。魂を悼む感受性の痕跡を残す詩集である。三十三篇から成る。A５判、五十八ページ。佐渡郡相川町一―三八（現佐渡市）、本名児玉美智子。

『トゲ祭』／横山徹也

八月に上梓。「（思弁僻にとりつかれた富貴な少女の首へ／はてしなくめぐる言葉の数珠をかけ（背後の毒）」るかのように詩を書き始め、栄光と挫折の毒を汲み上げるように詩作し続けるのは、「はてしらぬよろこびのこわれもの（背後の毒）」との自覚に支えられている。青春期のロマン精神を作品化した詩集である。あとがきと四十六篇から成る。B６判、ハードカバー、百ページ。

◆一九七八年

レモンのように／橋本治、公園でひろった小石／五十嵐重尾、※闇草紙／長谷川潤治、※小柳俊郎詩集／小柳俊郎、※雪・故里／清水マサ、蒼空／堀葉哲郎、※泡立つ日々泡立つ海／経田佑介、※航海燈／齋藤健一、副交叉路／北畠隆、※じゃがいも／松木信

『レモンのように』／橋本　治

一月に上梓。栞に「《自分だけの詩》を求めて自分な

りの方法を試み」るとある。昭和初期のモダニズムの詩を思わせる。だから古いのだが著者は分っているのかどうか。詩誌「ぱすてる」に名を残している。横書き、十九篇から成る。B6判変形左綴じ、二十三ページ。

『公園でひろった小石』／五十嵐重尾

一月に上梓。著者跋文に「同季三句、付合い、それにモンタージュというような連歌の言葉を思いあわせながら、三聯一篇の詩を作って居ります。」とし、「試作作品」と語っている。俳句、短歌の道を歩みながら詩作する著者の紡ぎ出す調律は、独特の響きを奏で心が解きほぐされる。跋とⅡ章三十七篇から成る。B6判、四十九ページ。寺泊生まれ、東京都大田区在住（当時）。

『蒼　空』／堀葉哲郎

七月に上梓。青春の喪失感を言葉にしようと、蒼い空をみつめる眼差しが懐かしい、そんな詩集だ。マオとは誰か？　とは問うまい。「人間の形をしている／人間ではないマオ（蒼空の下で）」とは何者かであり、自己の「白いかげ（蒼空の下で）」である。田中敬教が序を寄せ、あとがきと十五篇から成る。B6判、五十九ページ。

『副交叉路』／北畠　隆

十一月にぷれるうど詩社（広島市）から上梓した、新潟大学医学部放射線科教授の北畠隆（一九二八～一九七七）の遺稿集。北畠は被爆地広島のABCC（米国障害調査委員会、現在の放射線影響研究所）に勤務し、広島市民の原爆被害の実際を深く認識した。詩集は弘前大学在学時代から亡くなるまでの三十数年に書いてきた遺稿集である。広島に主題を得た作品には医学者としての憤りと倫理観が、原爆への告発だけに終わらせない人間への洞察に満ちた詩集である。跋文の「手向け草」には、高木恭造、藤澤弘芳、佐藤忠善、大原三八雄が書き、他に高橋信次、年譜。発行者であとがきを認める北畠桂子は細君、地平会会員として活躍された。三章二十九篇から成る。箱入り、ハードカバー、A5判、百二十六ページ。青森県生まれ。

◆一九七九年

希望／今井俊夫、※結婚についての一章／五木圭介、風の歳時記／岩淵一也、※小柳俊郎音数律詩集／小柳俊郎、※日本の穴／松川正、※耳飾り／馬場洋子、※非国民志願／山田漠

『希　望』／今井俊夫

一月に上梓。詩は青春の文学であるといわれた二十世紀。青春性を正面から詠いあげた詩集である。「海にまつわる物語」は一〇七七行に及ぶ長編詩である。ひとり

の人間が青春期にみる、夢と希望と憔悴と失意と愛と失恋の感情の大海原を描いている。二章十七篇から成る。A5判、四十八ページ。

『風の歳時記』／岩淵一也

九月に第二詩集として上梓。「あれはぼくらの伝説／遠いなにかの罰のような／まどろみながら過した風のいたずら(南天抄)」。任意のページを開くとそこにはきまって風がうずまいている。幼少年期から中年にさしかかろうとするまでの記憶を、〝風〟に見立てて日常からはそう遠くない視線で詩作した詩集。三十五篇から成る。A5判、ハードカバー、百四ページ。

◆一九八〇年

※生家／下条ひとみ、※雪下流水抄／吉岡又司、友だちがほしい／安田達也、海の抱擁／柿村うた子、彷徨／斎藤幸子、いちごによせて／おおむらたかじ、※背骨の中に海が見える時／神田義和

『友だちがほしい』／安田達也

七月に安田達也詩集刊行の会から上梓。水頭症で全盲の安田達也の九歳から十八歳までの詩と彼を支える人々の声を集めた作品集。「この詩集は、少年と老教育者との出会いによって生まれた。本書には、人を育むことへの祈りが籠められている。」と帯文にある。障害児教育への理解と広がりを一歩進めた詩集ということができる。A4変型判、百四十五ページ。

『海の抱擁』／柿村うた子

第二詩集として八月に上梓。詩集『海の抱擁』は、戦後の新潟県の詩を支え発展させた「造型」の最後の華のような詩集だ。第一詩集『病める種子』は真実へ肉迫する言葉の芯が切れ味鋭かった。十八年を経た詩人はどこかたよりなげであるが、確かな人間像を結んでいる。跋「いのちの問い」を前田邦博が書き、あとがき「遥かなる道」と二十五篇から成る。ハードカバー、B6判、八十一ページ。

『彷　徨』／斎藤幸子

十月に上梓。詩は十二歳から日記のように書き始め、十五歳から書き溜めた作品の中から選んだ詩集とあとがきにある。著者十代の詩集。十代の感性がとらえた日常を、観念的ではあるが詩的世界へと再構成して美しい。自らの女性性と母と母性の関係を語る作品などもある。十代の統御できない心の絵模様を言葉にしている詩集である。あとがきと三章四十二篇から成る。A5判変形、八十三ページ。北魚沼郡入広瀬村穴沢四〇四―二。

24　おわりに

一九七六年から一九八〇年までの五年間の新潟県の詩界の状況と情況を刊行された詩誌・詩集から読み解いてきた。継続誌では、「北方文学」「夕映え」「ブルージャケット」「青い麦」等が確実な仕事をこなしている。「ブルージャケット」の経田佑介は、「新潟地方文化論」から「路上派」の宣言者として、日本の詩界を先導するまさに詩の「同時代性」の体現者となった。又、長岡市の中村龍介を囲むように青年詩人たちが集い新たな活動を展開した。中村は七〇年代前後の〝学生反乱〟の時代思想を思考し、意義づけようとする詩人たちの典型として現れて去って行った。

それに比して、一時期は新潟県の詩の先駆けをなすように活発だった高校生の「文芸クラブ」の衰退する姿も見て取れる。三条市での「半獣人」を先駆けとする、高校生による詩への目覚めが大きな動きとなってきたことはこれまで伝えてきた通りである。また、新発田市に於ける田中武の周辺での詩の活動も、こうした高校生や二十歳前後の青年たちによるものであった。村松町（現五泉市）や五泉市の高校生の自立的な動き「夕映え」は、新潟詩人会議の加藤幹二朗の活動を活発にした。「半獣人」は経田佑介を羽ばたかせた。結果、田中、加藤、経田らは現在に繋がる詩脈を構成する詩人を多く輩出させる。

「文芸クラブ」の衰退を防ぐには、詩人を詩人たらしめる発表の場の確保、同人誌を定期的・安定的に刊行できるかどうかにかかっている。経田の指導力で本田訓の「PoorYellow」は、多くの詩人を取り込み、新たなステージを展開し、樋口大介は「ブルージャケット」からステップ・アップを図り、「F式」を創刊するに至る。

新潟県は日本の高度成長政策の恩恵、高速鉄道新幹線の東京新潟間の建設と関越高速道路の開通の益に浴していた。文化的状況は東京では詩や文学が、「カルチャー」として「カルチャー・センター」の講座が賑い、その余波はこうした高速交通網に乗り波及して来る。新潟県の詩界はこれまで築いてきた「地方文化」と「地方文化論」が試される時代に立つことになった。

補遺　「メイウッド」の変遷

継続詩誌として記載すべきであった北川義一編集の「メイウッド」。補遺としてこの章の最後に掲載することする。第三十号は、「「メイウッド30号　創刊満5周年記念！」として一九七六年四月に刊行されている。一九七五年七月刊の第二十七号[39]から第三十号までの二誌は未収集。第三十号から一九七八年八月刊の第四十七号まで十八冊を刊行したようだが、十五誌を収集している。私信で北川は、「「メイウッド」は47号を1978年8月に発行されて以後、ずっと中断していました。」と、伝えてきている。

B3二つ折り、四ページを基本体裁としている。北川の「機関紙」と捉えている寄稿者もいたようだ。詩、エッセイ、交友録を中心に、送付されてくる詩誌・詩集の紹介等を北川の目線から批評紹介している。寄稿者を募り、作品を掲載している。柄沢浩子、吉田雅子、小林和之、松井郁子、二見雄典、尾形超江、高橋十三郎等が寄稿している。

注

（1）一九七六年十二月刊の第二十一号での木原象夫の「過ぎ去りしことども」ではこのように述べられている。経田佑介氏の証言では、『悲歌／心臓詩篇』では出版記念会は開いていないとの事。三条での「シンポジウム」の機会と混同している可能性がある。

（2）追悼には「詩集「診断書」と副題があるのは、遺稿ノート三冊のうち一冊に関された名である。」との「付記」が示されている。遺稿ノートには何篇の詩が残されていたかは記されていない。

（3）栗林喜久男の存在について、詩集『追憶の村』の思い出を吉岡は幾度か私に語っていた。

（4）第六章で紹介すべきところ、編集上この章で紹介することにした。

（5）「とねりこ」「修羅」等の紹介は、「北方文学」第80号11、24項参照。

（6）「川の流れる様は」は「修羅」十一号の官親房の文中には「川の流れる様に」となっている。

（7）だからこそこうして自らの微力を知りながらも、詩と文学の未来を切り開くために密かに書き続けていることも確かなのだ。

（8）東渕修（一九四九～二〇〇八）。詩人。大阪府西成区在住で「銀河詩手帖」を主宰。

（9）泉谷明、青森県弘前市在住。詩人。

（10）泉谷栄、青森県弘前市在住。詩人。詩雑誌「阿字」主宰。

（11）長沢正敏が正しい。流爽馬郷詩はペンネームか。「夕映え」№30の「炎群十一年の歩み」には「現在詩人会議事務局で活躍中」とある。長沢佑の縁戚にあたる。

（12）「青い麦」でも活躍している。

（13）「夕映え」「青い麦」「はまぼうふう」の関係をよりよく

理解してもらう為、「桜花」の前にこの項を置くこととする。
(14)「青い麦」の第十五号には奥付けが無いので、発行人等の変更は確定的ではない。
(15) 詩集『ごんぼおじの青春』には奥付けが無く発行年月日は分らない。「新潟詩人会議」誌十号の「新潟詩人会議関係詩集」欄から発行年数を参照した。
(16) 以降このアンソロジーは『地軸1975年』と表記する。詩誌「炎群」の項参照。
(17)「櫻花」と旧字を使用しているが、文中や奥付けでは「桜花」を使用している。詩史の文中では「桜花」を使用する。
(18) 二〇一九年六月刊の「北方文学」七十九号掲載の拙著「新潟県戦後五十年詩史(13)」の「3「北方文学」の同時代性について―③中村龍介の光と影」の項参照。
(19)『日本文学史序説』/加藤周一/筑摩書房―一九八〇年第九刷。
(20) 以降、佐藤とはせず国見表記で進める。
(21)「修羅」各号には奥付けでの発行日が無い。編集後記日付を発刊月とした。
(22) 前年の十一月二十三日に防衛庁(現防衛省)を楯の会会員と共に占拠し、その後割腹自殺した三島由紀夫への哀惜から村上は自刃している。
(23) 一九六〇年代後期から一九七〇年代前期の学生の間では、自立三誌が読書家の間ではよく読まれていた。自立三誌とは、吉本隆明らの「試行」、村上一郎の「無名鬼」、北川透の「あんかるわ」を指す。
(24)「亜菜」「Pin」「えんぴつ」はいずれも小山典子氏から寄贈を受けたものである。
(25) 当時、アメリカの主要な民族の中のエリート層といわれる〝アングロ・サクソン・ホワイト〟の白人貧困層の存在が、黒人の反差別運動の高まりで逆に社会問題として浮上していた。そうした白人層の貧困を「poor white」と呼称していた。その言葉を捩って「Poor Yellow」と名付けられた。以降「PY」と表記する。
(26) 筆者のわたしは経田佑介の一九七六年四月刊の「ブルージャケット」第十三号に吉増剛造の詩が載っていることを「新潟日報」の新刊紹介欄で知る。メモ日記には、六月十一日に「ブルージャケットへ通信」、六月二十四日に「関氏と接触」、七月二十一日「藤橋某よりTELあり」、七月二十二日「藤橋氏、20才、若い」とある。「あんかるわ」投稿時代から五年程の時が経っている。
(27) 以下、「F式」と表記。
(28) 第二回朗読会「声」へ庭野行雄、福島健文、蕪木錬が来場し、歓談したのだった。樋口、鈴木、本田はその時が彼等との初めての出会いであった。
(29) 注の28参照。
(30)「穹」第六号の表紙には「詩誌　穹　春季号　6　1980・3」とある。裏表紙には「昭和五十五年四月十日

印刷発行　穹　第六号春季号」とある。後者を採用した。
(31)詩集『裏街』は三冊上梓されている。昭和七年版が未収集であり、筆者は決定稿がどれだかは特定できない。
(32)以降、本文では「手づくり豆本詩集」を「豆本詩集」と表記することとする。
(33)二〇〇八年十月刊「北方文学」六十一号掲載の拙著「戦争期の詩人たち（1）」参照。
(34)二〇一五年十月刊「北方文学」七十二号掲載の拙著「新潟県戦後五十年詩史（6）」参照。
(35)子息の長崎高志氏が父長崎浩の書き残した「年譜」に訂正を施し、平成五年八月二十日付で発行した「長崎浩年譜」より。
(36)「手づくり詩集」と「豆本詩集」全十五冊と、一九八二年十二月に上梓した『長崎浩詩集』の比較検討が必要であろう。詩集には「篋底」「ノート」に記されていた詩と思われる作品に、創作年号が記されている。
(37)「CHIMÈRE」の表記を以降、「しめぇる」とする。
(38)この時代と比べ格差は、現在の方が広がっているように思う。二〇一五年に農民詩人岡部清は北魚沼郡守門村二分の半分青いシートで覆った家を去り、農業から身を引いた。
(39)二〇一八年十二月刊「北方文学」七十八号掲載の拙著「新潟県戦後五十年詩史（12）」参照。

参考資料
＊『戦後詩のポエティクス1935～1959』／和田博文編―世界思潮社＊『戦後詩誌の系譜』／志賀英夫―詩画工房＊『戦後詩壇私史』／小田久郎―新潮社＊『新潟県文学全集第Ⅱ期6／郷土出版社＊『新潟県現代詩人会アンソロジー2005』の「新潟県戦後詩史」／新潟県現代詩人会（経田佑介編集）＊『物語・山形県文壇史』／齋藤礼助／山形市立図書館蔵（該当部分のコピー）＊他に本文掲載当該詩誌・詩集

スペシャル・サンクス
斎藤健一・日本近代文学館

第八章　一九八一年から一九八五年まで

1　はじめに

一九八一年から一九八五年までの五年間は、新潟県の詩界が隆盛を極めた時代と言っていいだろう。それは詩誌間の交流に留まらない協働性や連帯感に基づく詩人同士の交流交友が齎《もたら》したものである。

これまでも戸田正敏が編集発行してきた「樹炎」は東京の有力な詩誌との交流を図り、小柳俊郎が発行責任者の「現代詩謡」もまた著名詩人の支援を得て詩の発展を試みてきた。一方、倉田孝夫らの「若い詩人の会」や三条市の「半獣人―ブルージャケット」は、詩を志す人たちや詩誌発行を始めようとする人たちとの関係に軸足を置いていた。

一九八〇年代には新潟県は関越高速道路の開通や上越新幹線の開通と高度成長の恩恵を強く受けることになる。そうした高揚した雰囲気の中、県内の詩人同士の関係が濃くなってゆく。それは戦争期に国民学校生徒を経て戦後に新制大学を卒業した世代と、戦後に「戦後民主主義」教育を受けた世代とが融合していく姿とも受け取れる。即ち、経田佑介を中心とした「ブルージャケット―Poor Yellow―朗読会「声」」の交流の中に、また加藤幹二朗が関係する「夕映え」「青い麦」「新潟詩人会議」の組織過程から見ることができる。そして時代的流行としては戦争期からの詩人長崎浩が、文化講座を担当し「北狄」「地平詩集」「掌詩集」の流れを生んでいる。もう一つの流れとしては田中武が主宰する「れ・ぼぬうの会」を見ることができる。

詩人たちの交流・交友の渦を大きなまとまりとして庭野行雄の尽力で、一九八一年九月二十三日に「新潟県現代詩人会」が結成される。新潟県の名を冠した詩人たちの集まりは、大正末年から昭和初期の口語自由詩の勃興期から一九六〇年代まで幾度か結成されてきた。その中では戦後の浅井十三郎らの「新潟県詩人協会」は数年の活動の記録を残しているが、他は結成即活動停止となる。それに比べると「新潟県現代詩人会」は二〇二〇年現在も活動を継続している。

この章では継続詩誌と創刊詩誌の相関関係を見ながら項目を立てることとする。

継続誌

樹炎通信7～19、北方文学29～34、ブルージャケット18～23、Poor Yellow12～17、屠殺場行2～3、臨界点1～10、渟足Ⅰ～Ⅷ、現代詩謡26～30、桜花文芸32～38、夕映え31〜35、青い麦23〜30、詩仙郷（てっこんキンクリート）8〜12、こもれび13〜19、とねりこ6〜10、穹8〜11、北狄8〜25、

創刊誌

一九八一年／地平詩集1〜5
一九八二年／くちなし1〜4、海構1〜9、峡谷1〜7
一九八三年／掌詩集1〜3
一九八四年／穀物1〜8
一九八五年／アステロイド1〜4、葉群1〜3、辻1〜2

2　「樹炎通信」について

詩誌「樹炎」を終刊した戸田正敏（一九一五・十・三十〜二〇〇七・六・二十三）は、その精神を引き継ぐものとして「樹炎通信」を刊行したと考えられる。一九七九年十月に戸田を編集発行人とする「樹炎通信」を創刊したことは既に述べてきた。しかしながら第三集から第六集は未収集である。

一九八二年六月刊の第七集から一九八五年六月刊の第十一集まで六集を刊行している。A3判、二つ折りの体裁で、六ページから十二ページの編集であった。

第七集は「八海文庫創立十周年記念特集」を組み、戸田が魚沼の文化向上への足掛かりとして始めた「八海文庫」の活動を振り返っている。石原武、田村賢一、山田直、上林猷夫、駒形善秀ら「八海文庫」の成果と思い出を語ったり、「第10回八海文庫講演会」の告知もある。また、詩誌「樹炎」の同人たちが詩を載せている。

一九八四年六月刊の第九集で「第11回八海文庫賞受賞作品」が初めて紹介された。これまでは東京の詩人、学者等の講演者の随想が誌面を多く飾っていたが、ここでようやく「郡内中学、高校生の自作詩の朗読」を紹介して、優秀賞、佳作、朗読賞の受賞者名を公表している。優秀賞は二名で作品も掲載している。講評で戸田は「はじめからこの会に参加した生徒の延人員は僅か千五百人足らずと思いますが」と謙遜しているが、相当な人数が参加してきたと評価できる。朗読に参加した生徒は第十一回が三十六名で、第十二回が四十三名と記載されている。この数字は誇っていいものである。

「樹炎通信」は八海文庫の活動を報告する役割を担っていたと言うべきであろう。第九集に「八海山麓の夜は更けて」を寄稿した福田万里子の文は、生徒らの詩を評価すると言うよりは緒方や駒形らとの交流を語っていることからもそう判断できる。

戸田は一九八三年四月に八海文庫から『じじばば物語』を上梓。一人の詩人が慈愛深く血族の生き方を縦糸に、魚沼の自然と生活を横糸にして、聞き書きしたものを「小詩話」と副題して編んでいる。詩の一つの可能性を示している。戸田の作品の多くは魚沼地方の民俗を詠う。戸田が書く詩がそのまま昔語りであり、自然や民間伝承や年中行事を蚕が糸を紡ぐように詠っている。日本人の皮膚のどこかに残る匂いや風景が忍び寄ってくる。戸田の履歴書にもなっている。「「せいふろ」談義」を駒形善秀が書いている。あとがき「この詩話のはじめに」と十一の小詩話から成る。A5判、ハードカバー。九十九ページ。

第七集から第十一集までの「樹炎通信」に詩を掲載した県外在住詩人は、

緒方昇、高田敏子、三谷晃一、相田謙三、工藤いよ子、野長瀬正夫、山内宥厳、林弘子、池崇一、赤石信久

の九名。

第七集から第十一集までの「樹炎通信」に詩を掲載した県内在住詩人は、

相沢ヨシ子、大塚三朗、館野フク、鈴木宗治、関秀代、戸田正敏、福田万里子、岩井俤作、小出豊子、河野ふみこ、星美也子、柿村うた子、田代芙美子、富樫正禅、田村史津子、今泉ふみこ、桑原滝子

の十七名。

3 「北方文学」の動向

① 充実と転機の中の「北方文学」

「北方文学」は一九八一年六月刊の第二十九号から

『北方文学』34号表紙

一九八五年二月刊の第三十四号まで五年間で六冊刊行している。一九七六年から一九八〇年までの五年間で十冊の刊行と比べると刊行数は減っている。しかし、内容は詩、小説、評論と三拍子がそろって活気ある誌面を構成している。ここでは詩を中心に見てゆくこととする。

一九八二年四月刊の第三十号では、斎藤友紀雄と五十川庚平（一九三九・十一・十四～二〇〇〇・十・十六）の二人が同人として作品を発表している。五十川は雑誌「文学北都」終刊後は沈黙していたが、詩誌「穹」の創刊で再起し「北方文学」の同人となった。これ以降五十川は県内外の詩誌で活躍する。第三十号では、

渋谷和司、桜井健司、五十川庚平、高橋喜代子、斎藤友紀雄、吉岡又司、長谷川潤治、若林光雄

の八名が詩を寄せている。創刊時の活気を偲ばせる。

第二十九号から第三十四号までの掲載詩人数は六～八名で推移している。

創刊同人の若林が、氏の終生のテーマである稲作を基本とする新潟県の農山村共同体を幻視する詩篇「瀆なる影」シリーズの掲載を始めている。

こうした詩の活気は同人同士の相互批評によると考えられる。一九八四年二月刊の第三十三号で柴野毅実は「「北方文学」三十二号の詩的世界」で、斎藤と長谷川の作品を批評している。斎藤の詩の「弛緩したリズム」、長谷川の詩の「構造的な倒錯」を指摘し二人の詩的世界を分析、評価をしている。大事なことである。

次に見る小説等への目配りも利いている。詩と共に小説・評論の分野でも収穫の時期であった。同人それぞれがこれまでの文学的営為を単行本として刊行し世に問うている。

一九八〇年七月／『雪下流水抄』／吉岡又司―詩
一九八〇年十一月／『紙の匂い』／高橋実―小説
　　　　　　　　／「北越雪譜の思想」／高橋実―評論
一九八一年十一月／『変容』／神保道子―詩
一九八二年二月／『夏の道連れ』／長谷川泰行―小説
一九八三年五月／『むぎわら帽子』／渡辺俊夫―小説
一九八四年二月／『雨期・海へ向う日』／五十川庚平―詩
一九八四年十二月／『描』／高橋喜代子―詩

こうした同人の単行本化、詩集の刊行は同人個人の歳月の積み重ねの結果である。識者、読者からの批評を得て、飛躍を図ろうとする努力への宣言でもあろう。

高橋の小説集『紙の匂い』は、第三十号で木原象夫が「高橋実の小説―小説集「紙の匂い」を中心に」として紹介している。木原は、「高橋の小説の身上は、素朴さと、こまやかな観照態度」と評価している。

同じ三十号で吉岡が、「高橋実『北越雪譜の思想』―文学としての探討の成果」と題して論じている。吉岡は高橋を、「新資料の発掘とそれへの忠実な依拠」のもと、「文学としての北越雪譜論を構築しようとする企て」との評価をしている。高橋は中央公論社の『鈴木牧之全集』の編集に参画している。

渡辺の『むぎわら帽子』は、一九八二年十二月刊の第三十一号で坪井裕俊が、「渡辺俊夫『むぎわら帽子』―歪曲した追懐」として、「登場人物の心理を統御する独裁者さながら、ひとりよがりの幻想」と厳しい評価を下している。

こうした活況とでもいうべき同人活動に潜む意識の変化も作品から読み取ることはできる。一九七六年から一九八〇年までと比べて刊行数が減った要因を考えてみよう。

あの雪中の静かな狂宴は何だったのだろう。二人共に
それぞれも　だし難い思いにかられ　どこまでも続く
ぬかるみの道を　解せない思い懐きつつ　歩いていた
のにちがいない。黄昏れてゆく一方の時間の中で　吹
雪にまみれた盃は赤裸の二人を映すにふさわしいもの
であったにちがいない。天竺町で、雪かきに精出す若
者に《駅》は　何処かと尋ねた詩人は更に逞しく歩を
進め。ゆかしき町の名に心ひかれた僕も轉期をむかえ
ていたようだ。二人共追尋の後には　下夕町をぬけ《明
日》を迎えることだけは確かなことであったのだ。

第三十号掲載の長谷川潤治の「轉期」の第三連の引用である。長谷川は時代の状況と自らの情況の「もだし難い思いにかられ」ながらも、確かな「明日」への転機を迎えるために「逞しく歩を進め」、時代との結節点となる「駅」を求めている姿勢をみることができる。「《駅》は何処かと尋ねた詩人」とは誰か。

新潟県の時代状況は一九七〇年代に田中角栄が提唱した「列島改造計画」で、関越高速道路と上越新幹線の開通という「現代化」をもたらす。上越新幹線開通は一九八二年十一月であった。第三十一号の編集後記で米山敏保は、「地元資本に替って、東京資本の進出する例が多い。」と指摘し、「新幹線や高速道と引き換えに、山野の荒廃は眼を覆うばかりで、減反の田は薄が波を打ち」

と中山間地と農業が地域共同体の核であった新潟県の経済的な状況の変貌を伝えている。時代の転換点とも言える時代相である。

そして長谷川に限らず「北方文学」とその同人もまた、それぞれの個人的な転機を迎えていた。「北方文学」創刊時の熱気の減退、継続維持する執筆時間の捻出に費やされる労苦、職業的には中間管理職への昇進など様々な要因が転機を促していることは容易に考えられる。創刊から二十年。創刊同人と戦後生まれの同人との温度差もあるだろう。同人誌の継続とは転機が常態と見た方が良いのかも知れない。三十四号の同人は、

木原象夫、長谷川潤治、大井邦雄、高橋実、若林光雄、米山敏保、木村保夫、高橋喜代子、吉岡又司、坪井裕俊、神保道子、塩浦彰、長谷川泰行、柴野毅実、三枝真記子、桜井健司、五十川庚平、斎藤友紀雄、渡辺俊夫、さとうのぶひと

の二十名。

②『雪下流水抄』について

詩集に関しては前章で栗林喜久男と中村龍介の詩と死について論じて、吉岡又司（一九三四・十二・十八～二〇一一・五・三十一）が一九八〇年七月に上梓した第二詩集『雪下流水抄』を書評しないできたが、ここで紹介することとする。

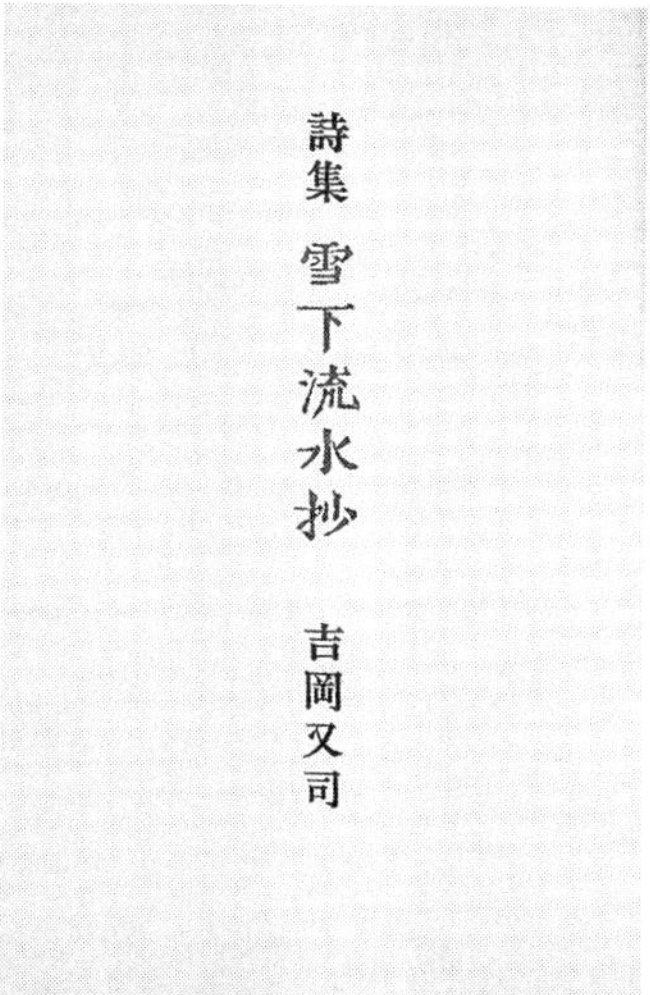

詩集『雪下流水抄』表紙

第一詩集『北の思想』（書肆山田）を上梓して以来、とりとめなく七年間が流れ去りました。この小さな詩集が私の第二詩集です。私の編集する「北方文学」に載せたものと、「地球」（秋谷豊氏編集）「穹」（庭野行雄氏編集）に掲げてもらったもので、これですべてなのですから、怠け者なのです。

『雪下流水抄』のあとがきからの引用である。「とりとめなく七年間が流れ去り」とか「これですべてなのですから、怠け者なのです。」と吉岡は殊勝である。第一詩集『北の思想』は、初期詩篇、在東京時代、そして「北方文学」創刊から展開した作品で編集されていた。この詩集は朝日新聞の書評子からは、「確固たる思想の根をおろそうとする叙情がある」と評価されていた(1)。『北の思想』と『雪下流水抄』の文体は全く違っている。収録作品二十二篇はすべて、一行二十字で統一されている。更に『北の思想』は行分けの口語体であったのに対して、擬古文体とみまごう漢語、古語、造語を多用し、通常では聞き慣れないルビを振っている。行分け詩から散文詩への変化でもある。詩「雪下流水」の終連を引く。

　書物の森での志の拾芥《しゅうがい》。いつも手種《てぐさ》はきま／っていて、こねまわす、たたきすえる、なわ／につるしてながめている。疏註を刪修せよ。／それから密かに切りきざんで、大皿に盛りつ／け、みどりをちょっぴりあしらって、凍み氷／る夜半に酌め。壁に巣くうきろきろ小僧ども／め、書淫の髑髏《ひとがしら》をけけけけと嗤《わら》う。こう／音もなく降ったのでは、明朝の列車は動くま／い。

　吉岡が深夜、詩を創作する心模様と創作過程を語っている作品だが、「拾芥《しゅうがい》」や「髑髏《ひとがしら》」は漢字の形からなんとなく意味は拾える。しかし「疏註を刪修せよ」(2)は辞書を引いてようやく「そちゅうをさんしゅうせよ」と読むことを知る。その意義となるとなお解らない。「疏註」が「注釈。または前人の注釈にほどこした注釈。」の意であり、「刪修」は「不要な語句をけずって文章を整えること。」と知ることはできる。吉岡の詩作の喩として、書物から得た知の総体を理解認識し、自らの言葉へと身体化し、反芻し、推敲を重ねよとの戒めの一行か。

　吉岡はあとがきで、「遠奥の死者に逢いにゆくように古語の海をさ迷」ったのは、「行分けの呼吸に自信がもてなくなりましたので捨て」、「半ば意識的に、ある依怙地さをもって実験のまねごと」としてこの方法をとったと語っている。「古語の海」の多くは、吉岡が大学で専門科目として学んだ、万葉集から引かれている。こうした創作への意識の変化と詩法の実験への道筋を辿ってみる。『雪下流水抄』の二十二篇の初出誌は、「北方文学」十四篇、「穹」二篇、「地球」五篇(3)、不明一篇である。これらの作品は『北の思想』上梓から『雪下流水抄』上梓までの七年間で創作された作品である。『北の思想』に載る

「村の論理」は、一九七二年十二月刊の第十三号に掲載された詩であった。『雪下流水抄』に載る「序章」は、一九七三年八月刊の第十四号に掲載された「挽歌序章」を改題した詩である。「挽歌序章」は行分け詩であったが、詩集収録では一行二十字に改変されている。「わたしの村は巨大な娼婦であり　わたしは疑惑に満ちた貴族である。」と「挽歌序章」を閉じた後、一九七三年十二月刊の第十五号掲載の「落ち鮎幻想」から一行二十字の形式をとり、「半ば意識的」に詩作を始める。しかしここでは「古語の海」は出現しない。一行二十字と古語の海の方法的出現は、一九七四年八月刊の第十六号掲載の「象あるいは窓」からとなる。それ以降は「ある依怙地さをもって」書き継がれている。「象あるいは窓」の三連目を例示する。

　伏屋がみえる。直麻《ひたさお》の裳の小姫の幽愁がみ／える。眼だけになって活きている深山木《みやまぎ》がみ／える。／未墾の異域が、ただもう閑かにある。布衣／をつけた〈わたし〉が　怫然と禍言《まがごと》をつらね／て　うたつくりのまねごとをやっている。

伏屋、直麻、幽愁、深山木、布衣、怫然、禍言など辞書を引いてその意を知ったとして、吉岡がどうしてこうした方法で「うたづくりのまねごと」を始めたのかを理解したとはいえまい。それが詩の難しいところだ。詩は辞書の中に在るわけではなく、詩人の心の裡に、詩精神にこそ現われる言葉である。

　四連の始まり「〈わたし〉をみつめるわたしは」、過去現在未来を透視する。その「構造とは　つねに意味であり」得ることを、「〈わたし〉」自身は認識理解できる。しかし「認知できぬほどの重量のものを　無名の鬼の命令どおり運搬」できる詩を書いているのかと、吉岡は自問を重ねていく。「構造とは　つねに意味であり」とは、当時の時代思想の構造主義に倣ったものだろうとの推測はできる。生活の布衣から離脱できない吉岡が、「もう白い夜明け」まで詩と思想に苦闘する自画像が結ばれている。「象あるいは窓」は、一本の深山の木となった〈わたし〉＝吉岡が、「眼裏《まなうら》」に結ぶ「象」を形象化した詩であると読み取ることができる。

吉岡の生活上の変化を指摘しておくことも必要であろう。

　一九七二年五月に魚沼漁業組合越路支部に加入し、鮎釣りの鑑札を取得する。(4)

一九七四年に桐材工場跡に書庫〈荒夷文庫〉を開く。

一九七九年四月、國學院大學に内地留学。

「落ち鮎幻想」から「象あるいは窓」までに吉岡の心情や感覚に、身体的にも経験的にも一つのある落差を認識するものがあったと考えられる。「伏屋」とは、新しい家の書斎から望めるかつては父祖の仕事場であり、吉岡自身が生活し成長してきた家である。今はその家屋ごと書庫に改造してしまった。父祖を捨て、父親殺しを終えた吉岡が、自らの生を生きる根拠をさがし求め始めたと私は見るのである。父親殺しを成し遂げても、なお深山の木の眼とならざるを得ない、「村の論理」とこの二十年間で築き上げてきた「地方文化論」を放棄することはできない。吉岡が二十年振りに東京で学び認識した知の水準は、「荒夷文庫」での自己学習と余り違わないとの思いではなかったろうか。

一九七九年九月刊の「穹」四号誌上に「村上一郎氏へ」を掲載している。「一九七五年三月二十九日。誰か、誰だっていい、鬼の論理の帰趨を疏解してみせよ。」と、この日に自刃し果てた村上一郎へのオマージュを捧げている。私はかつて『雪下流水抄』の読後感を次のように記した。(5)

村上一郎(一九二〇・九・二十四〜一九七五・三・二十九)は、吉岡さんとは対蹠的な思想と行動をした人だと思う。一九七〇年十一月二十五日の三島由紀夫が、自衛隊市ヶ谷駐屯地でクーデターを煽り、自刃の際、応援に市ヶ谷へ駆けつけ警官隊に阻止された歌人にして浪漫主義者で水戸学派の村上一郎。六十年代末七十年代初め評論や詩の雑誌として、吉本隆明の「試行」、村上一郎の「無名鬼」、北川透の「あんかるは」が、「自立三誌」といわれ学生たちの支持を得てよく読まれていた。雑誌「無名鬼」全冊はいまも私の本棚の隅にねむっている。「無名鬼」の献辞に「生キテハ有限ノ身トナリ／死ニテハ無名ノ鬼トナル(寒山詩)」が掲げられていた。詩人は無名性をこそ生きなければならないと教えてくれたのは村上一郎であった。また、政治的には「時務情勢につくな」とも教えられた。

吉岡が村上の詩と行動を「疏解」してみせたのは、「〈志たかい詩を書きつづけよ〉」や、「人民は平和を愛するなどとは口が裂けても言えなかった。」等の言葉である。「著作集をつぶつぶと読」みながら、村上が自刃し果ててから四年後に発表している。吉岡もまた詩人の「無名性」と「時務情勢につくな」との思いに至っていたと読み解ける。いや、そうではなく時代状況との落差を読むのではなく、自らの詩を自立させようとしていた。

　吉岡の地方文化論は、吉本や村上らの「自立主義」と称された考え方とはニュアンスを異にしている。吉岡は『北の思想』に明らかなように、地方の村落共同体の一員として、自らの生をいかに自然過程として生き切ることができるかを考えていた。個—家族—共同体の三位一体を生きる自立を追求していた。個としては「知識人」としてどう生きるか。雑誌「北方文学」の創刊と継続に力を注ぎ、或る程度満足な結果と評価を得ていた。しかし、吉岡の村落共同体への思想的根拠は、「この村の談合は夜ふけの抵抗感覚の極限／において　共同性と個との逆立ちする図式を／認めない。(新荒夷曲考Ⅲ)」と、吉岡の思想的位相が共同体を巡って対立する転機を迎えていた。

　そうした中、「杉の林を出て書物の森への焦思の日日。(旅だち)」との迷いもあったのだ。地方からもう一度吉岡は、一九七九年四月に母校の國學院大學へ内地留学を実行している。[6]「土弄《つちいじり》にも似た迷悟」から、「焚座《たきざ》の妻よ　わたしは戯《ちょう》けているのじゃあない。(旅だち)」と言い訳しつつ、「愛しのなばえのひとり息子よ　父を憎むは成長の証　おのれをみつめてごてずに学べ。(旅だち)」と父と子の関係を危惧しながら訓戒を垂れている様子が描かれる。家族は危うい均衡の中、それでも健全に営まれていた。

　こうした情景描写は、栗林喜久男と中村龍介の死、詩作と実生活の齟齬から二人が健康と精神の破綻に至る事態を見知っていた吉岡だからこその彼の現実感の反映であろう。吉岡は自分自身の危機として対象化し認識していた。吉岡は詩の先行者として尊敬していた栗林の生活と死から学び取ることが多かったのではなかろうか。『雪下流水抄』は、吉岡があとがきで語っているように「私の思想的根拠」を「マドリガル」で詠うばかりとなる。マドリガルへの傾倒は、あとがきで吉岡が述べている「地方文化論の堡塁を築く仕事に重ね」るために選んだ方法であったと理解される。

　私はマドリガルの定義を知らなかった。「十四世紀から十六世紀のイタリアで流行した世俗声楽曲」を自覚的に聴いたことはなかった。だが、ウィキペディアのブリタニカ大辞典の「恋愛詩、田園詩、などの抒情的牧歌的内容をもつ複声楽。詩句の部分で同じ旋律が繰り返されるのを特徴とする。」を見ると、『雪下流水抄』の詩法と合致していると納得できる。「それ（北の思想）[7]は明らかに個体の私性への転化を要請するであろう。[8]」と指摘した、日本読書新聞の書評子が慧眼の持ち主であったことを示している。

吉岡は「北方文学」創刊から二十年の時代相の変化と自らの思考過程の変化を察知していた。「古語の海」を航海しながら、「新荒夷曲考」六篇に辿りつく。吉岡はこれ以降「深山の木の眼」となって、否、「深山の木」を生きる詩作を続けてゆくこととなる。『雪下流水抄』の作品を理解するには、詩のあやかしや吉岡が仕掛ける「古語の海」の合間合間に現われる意味性と、吉岡の私性としての〈わたし〉が感じ取れたものだけを鑑賞すれば良い。

第二十九号に若林光雄が「アポリアとしての〈村〉」を、土岐恒二が「『雪下流水抄』への走り書き」を書評している。また「現代詩謡」二十五号では、田崎芳作が、「吉岡又司詩集『雪下流水抄』」を書いている。『雪下流水抄』はあとがきと二十二篇から成る。B6判、ハードカバー、箱入り。七十五ページ。

③「北方文学」同人の詩集紹介

神保道子の第一詩集『変容』は一九八一年十一月に、吉岡の編集で上梓される。神保が高校生時代に大井邦雄と吉岡らとの同人誌「命脈」から「北方文学」掲載詩までを逆編年体で編んでいる。一九五三年から一九七六年までの著者の成長と詩の変容を追体験することとなる。著者の詩精神の変化を遡る旅との読後感を持つ。吉岡が「跋にかえて」を書いている。三章二十篇から成る。B5判、ハードカバー、六十八ページ。

一九八四年二月に五十川庚平（一九四〇・十一・十四〜二〇〇〇・十・十六）が北方文学会から第三詩集『雨期・海へ向う日』を上梓。五十川は筆者への私信で、「今度は海の詩を書くつもりだ。（中略）やはり書ききれず、海は私にとってあこがれみたいなもので終ったようです。」と伝えてきたように「海へ向う日」の「サチオ君」はいっこう海へ着かない。サチオ君にドッペルゲンガーした五十川があちこち彷徨する姿だけが見え隠れする。「犬といっしょに普通の顔をして家へ帰って（六月某日）」くるように多くは家庭劇であり、どんな妄想や幻想も日常的過ぎるほど日常なのだ。五十川の詩は日常の中で演じられる現実と観念の境界あたりで言葉が蠢く。一九八五年一月刊の「北方文学」第三十五号に柴野毅実が、「『アキノキリン草』あるいは名詞の過去形」と題し詩集を分析している。新潟に現われた優れた詩集評として記憶されて良い。あとがきと二十篇から成る。A5判、ハードカバー、九十七ページ。

一九八四年十二月に高橋喜代子は第二詩集『描』を上梓する。昭和五十九年から昭和四十七年までの十三年間の作品を、第一詩集『ぶな』と同様に逆編年体で編集している。高橋の編集意図は何かを考え、筆者は昭和四十七年から、つまり通常の年代順に読み込むことにした。

年別に編集された作品は、概ね三様の表情を示す。一つは中学校教師高橋と生徒の関係、二つ目は教育現場での教育界と教師高橋との関係、三つめは農山村共同体の村の姿である。この三様の関係を教師高橋の目が執拗に解き明かそうとする。それらは高橋が抱えた社会へ巣立つ生徒たちの明日に対する心配と不安への鬱屈であり、教育界という閉鎖社会での苛立ちと矛盾への指摘であり、地縁血縁の張り巡らされた村人の因習と軋轢への憤りである。詩人高橋喜代子は常に生活弱者の視線を忘れない。高橋が描き出す世界は、畢竟「日本社会の構図」である。高橋は社会変革や正義を振りかざすのではなく、ラディカルにその根拠を見据えた視点から描いている。魚沼地方の風土論として読むとき「地誌」から「地詩」の誕生を見る。これは時代の証言であり、二十世紀の『北越雪譜』と言っても過言ではない。

「北方文学」第三十五号で斎藤友紀雄が「見るということ」と題して、卓越した詩集評を載せている。あとがきと百九篇から成る。A5判、ハードカバー、箱入り、二八一ページ。

4　ブルージャケットの推移

①「中上哲夫・経田佑介・往復書簡」について

経田佑介の個人詩誌「ブルージャケット」は一九八一年七月刊の第十八号から一九八五年三月刊の第二十三号

『ブルージャケット』表紙

まで五冊（第二十／二十一号は合併号）を刊行している。経田は前章で見てきたように、自らと同世代でアメリカのビート詩人たちから影響を受けた一群の詩人たちを「路上派」と主張して、新潟県は言うに及ばず東京大阪等全国の詩人・芸術家との交流を深めていた。一九八一年からの五年間は、経田の詩的交流、交友はワールドワイドに展開する道筋を辿る。その辺の事情を「ブルージャケット」に載る「中上哲夫・経田佑介・往復書簡」から見てゆく。

中上哲夫は一九七九年九月にアメリカの「アイオワ大学の国際プログラム」に招聘される。このプログラムは世界中から新進気鋭の詩人・作家を三ヶ月間招く、「国際色豊かな短期留学制度」のようだ。[9]中上は一九八〇年三月刊の第十七号の往復書簡からこの体験を報告する書簡を寄せている。その中で中上は日本の詩人たちの動向から、アメリカでのジャック・ケルアックの研究誌「ムーディ・ストリート・イレギュラーズ」の編集者ジョイ・ウォルシュとの交流までアメリカでの「路上派」研究事情などを報告している。中上はアメリカの中西部の都市アイオワで、アメリカを観察するように暮らしながら、ケルアックも車で旅した高速道路を長距離バスで体験したり、サンフランシスコ・ロスアンジェルスやニューヨークへの旅も果たしている。

一方経田も「一九八一年七月末から八月にかけて三週間ほど」のアメリカ旅行をする。ミネアポリス・バッファロー・ニューヨーク・サンフランシスコ等に滞在している。ニューヨークの街を「眼で歩く」ように歩き回り、バッファローでは詩的に交流していた詩人たちとのパーティに「エネルギッシュ」に参加している。中上はそんな経田の行動力を「まさに行動人間・経田佑介の面目躍如」と評している。

経田はさらに一九八二年の秋に「ヨーロッパ（フランス・東ドイツ）への教育研修」の旅行に行っている。この二つの大陸での旅の体験と出会った詩人たちとの交友は、経田の詩精神にワールドワイドな視点をもたらした。一九八二年に経田はその中間報告のようにパンフレット形式の詩集『ミネソタの風、その他の詩』を刊行している。

しかし、一九八三年一月刊の第二十／二十一合併号の往復書簡欄で「八年間も語り合ったここらでおしまいにしよう」の文字がある。経田は一九八二年十二月三十一日付けの中上への書簡に、

この書簡の往復もずいぶん長くなったね。いつ始めたか覚えている？一九七四年九月十四日に私が初めて

出した往信で始まったんだよ。ブルージャケットの10号だった。

と伝え、「この手紙が往復書簡としては最後のものですね。これからも手紙の往来はつづく筈だけど、」としている。「筈だけど」の予言通り、一九八四年六月刊の第二十二号でも往復書簡は続いていた。第二十二号に載る中上から経田への手紙は、一九八四年三月二十八日付で、

いつも余計なことばかり書いてしまうわたしの手紙、
　そしていつも言葉のたりないわたしの手紙。

との文面で、「往復書簡の終り」を告げている。

　中上・経田の往復書簡には、二人がアメリカ詩精神の受容の違いを相互に認識しながら、日本の「路上派」への理解の道筋と受容してゆく思考を鮮明に語り合っている姿を見ることができる。「路上派」を知る重要な資料となっている。

　中上はアメリカ留学体験を一九八三年十月に『アイオワ冬物語』として上梓している。

　二〇〇四年四月刊の「紙魚」№13で鈴木良一は『アイオワ冬物語』を次の様に評した。

「すべて機会詩の形をとった。」とあとがきにある。中上哲夫さんが「アイオワ大学の国際創作プログラムに参加する機会」を体験に書かれた詩集。私はこの詩集とこのあとがきで、詩には機会詩という形式があることを知った。過去と現在と未来と歴史と思想と経験との諸々の断想を束ねあぐねていた私には、この考え方は一つの光明、道標となった。なにげない機会、場面に現われる人間の心の断面、生活の表情、時代の断層を鮮やかに切り取って表現する中上さんの詩。「きょうも、マックスウェルズ・バーへ行った」は私も所属していた、「Poor Yellow」に掲載された詩だ。

と、経田を通じて中上と新潟県の詩人たちとの交流をも伝えている。

　詩集の標題となる「アイオワ冬物語」は、第二十／二十一合併号に掲載された詩である。第二十二号で経田は書評「肉声のゆれる生の更紗─中上哲夫詩集『アイオワ冬物語』を掲載している。『アイオワ冬物語』はあとがきと二章二十四篇から成る。A５判、ハードカバー。一〇七ページ。

　経田は「アメリカ・ヨーロッパ体験」を『ニューヨー

ク動物園の笑う象』として一九八六年一月に上梓している。次章で紹介する。

②「ブルージャケット」誌面の変化

経田のアメリカ・ヨーロッパ旅行は「ブルージャケット」にある転機をもたらす。二回の海外旅行で手紙を通して交流していた詩人たちと直接に交友したことが、経田の詩精神に飛躍と視点の転換をもたらす。それは海外詩人の作品紹介として誌面に現われる。これまでは研究するディラン・トーマス等の翻訳を掲載してきてはいた。

第十八号「blue jackt's eyes・13・」に、「中上哲夫がアイオワ大学の国際創作プログラムに呼ばれたことで、ケルアックがふたたびぼくの前に現われたのだ。」としている。第十八号はジョイ・ウォルシュを特集して「ナイアガラ川の夜の詩」等六篇を訳し掲載している。他にポール・マリオンの「ディラン、ケルアックに歌う」を訳載している。

第二十／二十一合併号には、三人の詩人Edith Shiffert、Joy Walsh、Robert Creeleyの詩を原文のまま掲載している。

一九八四年六月刊の第二十二号には、ジョイ・ウォルシュ、デニス・マロニー、J・チェルベンカの作品を経田が翻訳掲載してる。経田は一九八八年にデニス・マロニーの詩集『円居して』を翻訳し上梓している。

さて、ワールドワイドに活躍する「ブルージャケット」と経田佑介を見てきた。そうした中で新潟大学時代の恩師で日本でのウォルト・ホイットマンの紹介と全訳という仕事を残す長沼重隆（一八九〇・一・十七～一九八二・九・六）が亡くなる。

③ 長沼重隆の死と合併号のこと

一九八三年一月刊の第二十／二十一号が合併号となったのは、一九八二年九月六日に新潟大学時代からの経田の恩師長沼重隆が亡くなったことが挙げられよう。

長沼重隆は東京で生まれ、「八歳の時に母を失い⑪」、その後は新潟県西蒲原郡中之口村（現新潟市西蒲区）の祖父の家で育てられる。三条中学を卒業すると長沼重隆はアメリカに渡り、大正中期からアメリカのウォルト・ホイットマンやホーレス・トローベルを紹介した。福田正夫等の「民衆派」の詩運動に協力し、アメリカの詩の当時の現況を伝えていた。長沼の業績の第一はホイットマンの『草の葉』全訳をしたことであろう。戦後は新潟大学教育学部英語科の非常勤講師を務めていた。経田は学生として長沼に出会い、卒業後も細君を亡くし独居自炊の長沼の身の周り等の相談相手をしていた。

師弟関係を越えた関係を続けてきた長沼の死は経田の心を大いに動かすこととなった。生前から整理された遺品の全部を遺贈され[12]、葬儀にも大きく関わった経田。合併号は「長沼重隆追悼号」と銘打ち、長沼の生前の写真で飾っている。冒頭には年譜、次に病気療養中の長沼と経田の対話が載せられている。ホイットマン研究家の佐渡谷重信、清水暉吉、福田正夫の娘の福田美鈴、井上康文夫人の井上淑子、姪の藤原房江らが追悼文を寄せている。

合併号は誌面を四十ページに増やしている。十八ページから四十ページまでは既に編集していた「第二十号」をそのまま配置し、一ページから十七ページを「長沼重隆追悼号」として編集している。ただ、先にも触れたジョイ・ウォルシュら三人の詩を原文のまま掲載したのは、追悼号編集で翻訳する時間が経田に無かったためとも考えられる。

経田は恩師長沼重隆の業績を後世に残す為、長い年月を掛けて二〇一九年九月に評伝『草の葉の人―詩よ　ホイットマンよ　生よ、われ炎炎』を上梓した。

④　つがるポエトリー・ツアー

一九八五年三月刊の第二十三号は「つがるポエトリー・ツアー特集」号となっている。「つがるポエトリー・ツアー」とは、一九八四年十一月三・四日に開催された青森県弘前市の「スペース・デネガ」の一周年記念企画「詩に何ができるか――四人の詩人による実験」へ経田が参加することになり、彼と親交を結ぶ新潟の詩人たちが同行した出来事をさしている。

「スペース・デネガ」は医師の鳴海裕行氏が、自費で設立した音楽・演劇・映像の舞台を可能とする施設である。氏は完成を見ずして一九八三年九月に五十一歳で急逝する。そうした中での詩朗読の企画であった。「四人の詩人」は、吉増剛造、泉谷明、白石かずこ、八木忠栄の四人。そこに「経田佑介の協力を得て」五人で「無事に、かつ派手派手にやり遂げることができた。」イベントであったと、「スペース・デネガ」の企画担当者で泉谷明の弟の泉谷栄は、第二十三号の「津軽便り・スペース・デネガの一年」で報告している。

このイベントを見に青森県弘前市、津軽へ経田に同行したのが、福田万里子、鈴木良一、館路子、本田訓、高田一葉であった。経田との繋がりはこれまでも見てきたが、経田が一九七〇年前後に三条市で始めた「朗読会

「声」」を引き継ぎ、新潟市で本田を中心とした企画を実行してきた関係からであった。次の項で詳細を記録することとする。

第二十三号は「ブルージャケット」のこれまでのサイズ縦二三八㎜×横一五五㎜より大判の縦二五六㎜×横二一一㎜で編集してある。弘前市の「スペース・デネガ」での朗読会の様子を詳細に語り、弘前の観光名所を訪ねた思い出等盛りだくさんに掲載する経田の配慮だろう。福田、鈴木、舘、本田、高田が津軽への思いを込めた作品を寄稿している。

5 「Poor Yellow」と「朗読会「声」」について

① 「Poor Yellow」の動向と終刊

経田佑介と「P・Y」の関係を読み取りやすくするため[13]に項目立てを変更してこの項目とする。

「P・Y」は一九八一年五月刊のvol.十一から一九八三年七月刊のvol.十七まで七冊を刊行している。vol.十七が「P・Y」の終刊号となっている。同人化してからは同人が交替で編集をしてきたが、vol.十一からは本田訓が編集し、発行所をPoor Yellowとしている。しかし一九八一年十二月刊のvol.十三で、創刊者の本田が「P・Y」を退会する。vol.十一に経田佑介が「呼吸する個人誌についての対話」を寄稿している。KとBによる対話文でそこで経田はこんな対話も交えている。

『Poor Yellow』vol.17 表紙

B―…丁度、中上哲夫がアイオワに行くことになって、例の往書簡《ママ》の再開がきっかけで17号が出せたんだ。（中略）

K―ぼくは自分の作品だけでいこうと考えている。それが個人誌の正統のかたちだと思うわけだけど。どうしてべたべた並べるのがきらいなんですか。

B―嫌いとは言わないよ。ブルージャケットにそう《ママ》いう詩誌じゃないので、仕様がないと言ったまででね。

（後略）

経田と本田との会話とまでは言わないが、個人誌に対する二人の心理的な相違を読み取ることは可能だろう。本田は同人化した一九七九年十月刊のvol.八でも同人から抜ける意志を語っていたが、同人の慰留を受けて残留した経緯があった。個人誌から同人化への変化は、「P・Y」創刊者としては受け入れがたいものが強かったのかも知れない。本田は既に個人誌「臨界点」を創刊していた。

一九八一年十二月刊のvol.十三からは高田一葉が同人となっている。一九八二年五月刊のvol.十四から鈴木良一が編集を担当し、vol.十七まで「P・Y」は継続する。vol.十七の後記で鈴木は「プアイエローは17号を終刊号として送り出す。」と終刊を告げている。

「P・Y」は一九七六年十月に本田の個人誌として創刊され、実質七年間の活動であった。経田の全面的な支援と理解が、年代の違う同人を繋げていたことは間違いなく、同人以外の寄稿者も経田人脈であった。初期の田中勲を除き、山本博道、中上哲夫らはその典型である。他に新潟県の詩人同士の連携、交流が進む背景を示すように、田中武、福田万里子、寺原信夫、木俣冴子の作品を見ることができる。それは誌面だけではなく、朗読会という現場での直接の交流であったことも「P・Y」の果たした一つの功績である。

「P・Y」の同人は、本田訓、樋口大介、鈴木良一、清水あきこ、馬場洋子、高田一葉の六名であった。

②　「朗読会「声」」の展開

経田佑介の「朗読会「声」」を引き継ぐ形で、本田訓・鈴木良一・樋口大介の「P・Y」を主体とする「朗読会「声」」は、定期的に開催することによって新潟県内外の詩人との交流の場となっていた。一九八一年六月の第五回「朗読会「声」」には、寺原信夫（北狄）・福田万里子（海構）をゲストとして迎えている。福田はこれ以降「P・Y」や同人の良きアドバイザーとして交友を続けることとなる。会場となるライブハウス「灯」は普段は喫茶店だが、歌声喫茶の名残を醸しつつフォークや様々なイベントに貸してくれる店だった。高度成長と消費社会が新潟市の繁華街にも浸透してきた現状を示す店であった。新潟市はジャズが盛んな街で既にジャズ演奏のできる「ジャズ喫茶」は数軒存在していた。

一九八一年七月刊の「とーきんぐどらむ」第六号は、この第五回の参加者の感想や朗読感を掲載している。その雰囲気の一端を作家の昆道子は「朗読会そのものが想像していたよりもずっと、几帳面な雰囲気だった」との感想を寄せている。

第六回となる一九八一年十一月の「朗読会「声」」は東京から中上哲夫、群馬から提箸宏を迎えて、劇団「由」稽古場で開いている。新潟市では一九八〇年前後にアマチュア劇団が幾つか創立され、劇団「由」はマンションの一室を稽古場に借りていた。「朗読会「声」」の会場の移り変わりが新潟市の文化情況の変化をも反映している。

第七回「朗読会「声」」は一九八二年八月に八木忠栄をゲストに「灯」で開いている。「朗読会「声」」では一番の盛況で、地元紙が夕刊で会場風景や参加者の感想を記事にしている。

一九八三年九月には第八回「朗読会「声」」を新潟美術学園で開催している。朗読者は、

田中勲、寺原信夫、高田一葉、茂木満理、鈴木良一、経田佑介、福田万里子、清水あきこ、樋口大介、本田訓、馬場洋子

の十一名だった。「P・Y」終刊後の「朗読会「声」」であったが、参加人数は最多を記録している。

この後第九回を新津市の昆道子の兄のバーで「遊び心」をテーマに開催した。泉谷栄、木俣冴子をゲストに迎えている。この回を最後に朗読会「声」の活動は休止状態となる。

「声」が結ぶ詩人同士の繋がりを生み、それが「ブルージャケット」の項で紹介した「つがるポエトリー・ツアー」を生み出した。

③「P・Y」同人の個人誌―「臨界点」「屠殺場行」「渟足」について

「P・Y」同人は詩誌「P・Y」に集うと共に朗読会「声」を協働の場として、創作シーンの一つとして関係し合っていた。そうした創作の場として個人誌も刊行するという多面的な活動を見せている。創刊誌も含むがこの項で紹介することとする。

本田訓の個人誌「臨界点」は、一九八〇年九月に創刊され、一九八四年五月刊の十号まで十冊を刊行している。「臨界点」はB6判をやや小型にした判型での発行である。各号は詩二・三篇と旅のこと、コンサートのこと、

音楽に関すること等を日記調に綴った文で統一されている。経田佑介が「ブルージャケット」で語った、「自分の作品だけでいこうと考えている。それが個人誌の正統のかたち」ということだろう。個人誌の自由さを表現しているようだ。

　樋口大介は前章で紹介したように一九八二年十二月に詩誌「屠殺場行」を創刊している。「P・Y」同人鈴木・馬場・清水をゲストに招いて新たな詩の地平を開拓しようとの意欲がみえる。一九八一年五月刊の第二号は本田をゲストに刊行。樋口はここで自らの詩の特徴であるメビウスの輪のような空間の変位、ワープするような時間の転換などの詩的方法を確認してゆく。掲載詩「物語の、浜辺」の一節、

――世／間の目はいつも恋文には冷たいのだ。／まだ、太古には遠いのだろう／この辺りに漂っている／犀星の、風呂敷包／中也の　帽子／道造の、背広／「進駐軍が来るよ――！」の、声で／一斉に／油紙に包まれて、裏庭に埋められた／刀／最後のひとふり

には、現実の具体性や物語性を時空を超えた物語へと転換する樋口の創作方法が現われている。一九八五年七月刊の第三号は、「贋作」創刊号との合併号の体裁で発行している。樋口は個人誌を通じて様々な詩的実験、可能性を探っていた。

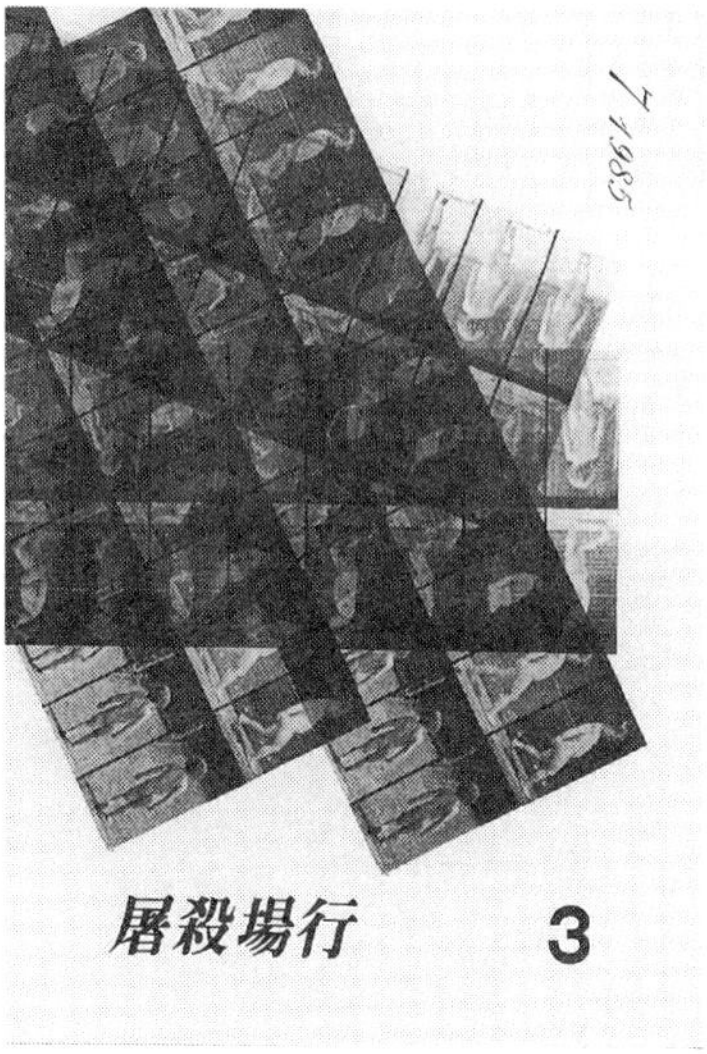

『屠殺場行』３号表紙

　鈴木良一も一九八〇年十二月に個人誌「渟足」を創刊し、一九八四年十一月刊の九号まで九冊を刊行している。誌名は沼垂の古名に因んでいる。自分の詩だけの場というこだわりはなく、山本博道、館路子、須藤伸一、中上哲夫らと交流している。閉されて行く自らの世界像へ風穴を開けたかったのだろう。九号は「P・Y」の再結集を目論んだのか、「小特集・それからのプァ・イエロー」と銘打ち、本田・高田・樋口の特集を組んでいる。「P・Y」同人はこの時期、新潟県の詩界の様々な活動

と連携・協働しながら活動を続けて行く。

④「P・Y」同人の詩集紹介

本田訓は第一詩集『激しい空』を一九八一年七月に上梓。本田がいかに音楽やジャズから多くを学んでいたかが、深く理解できる詩集である。「Soft・Neck・Negro」や「奇妙な韻律」等の詩篇からは音楽に貫通される肉体の痙攣―歓喜と生への真摯な姿勢が際立つ。あとがきで本田は、「ヒトのほとんどの部分が歪められている現実《いま》、音楽にうつつをぬかしながら生きていられる事を嬉しく思う」とまで言い切っている。あとがきと十五篇から成る。A５判変形、六十二ページ。

鈴木良一は一九八二年三月には第一詩集『道標』を上梓する。一章の「幻想の沃野」は一九七二年から一九七三年に北川透編集の「あんかるわ」への投稿掲載作品。二章の「道標」は新潟へ帰郷した著者が新潟という風土に浸食されてゆく精神と、いかに人間として自立するかの姿を表現している。「帰郷以後、幻想と実存とは彼にとって同義語であった」と、「P・Y」vol.十五で福田万里子が書評を寄せている。あとがきと二章二十篇から成る。A５判、ハードカバー。七十三ページ。

また鈴木は一九八五年八月に第二詩集『岸辺なき流れ』を上梓している。一九八六年三月刊の「屠殺場行」第四号に載る樋口大介の「『岸辺なき流れ』についての露出的ノート」を引用して紹介としたい。

多くの詩集には読者にとって、感情の試金石のような側面が悲しい事につきまとう。もし「岸辺なき流れ」の作者をよりよく知っている読者の君ならば「われは詩なり」の作者を含めた作品を、幸福に読み通すだろう。作者を知らない読者の君ならば、完璧に作品のみを自由に読み通すだろう。どんなふうに読まれても「岸辺なき流れ」は、詩の自由と不自由を確実に伝えてくれる。言葉とはすべて自我の延長線上にあるということと、詩集であることの幸福感を。

『岸辺なき流れ』は、はしがきと二章十九篇から成る。A５判、六十八ページ。

清水あきこは一九八三年八月に第一詩集『夜明けに』を上梓する。作品の多くは詩誌「Poor Yellow」に発表掲載したものである。詩集の標題作「夜明けに」を読んだ最初の印象は、すべてを明るく肯定して、今にも一一六号線を青山までもスキップしたくなったものである。高度成長期の新潟市の街路の発展と詩の上昇気流が合致していた。あとがきと十一篇から成る。B6判、四十ページ。

　馬場洋子は一九八四年六月には第二詩集『異国の出来事』を上梓する。詩集『異国の出来事』はこの新潟という生活空間で、少女期と成人期を揺れ動く女性性を通過儀礼として表現しきっている。現実と自己幻想の確執を詩に賭けた詩集。「あたしたちのじゃがいもや／味噌汁やペンペン草を蹴散らして／書物は捲れてゆくのだ（マダム・バタフライによせる真夏の昼の夢）」し、ナイチンゲールの鳴く街へ旅立つN子を「優しく嫉妬」しながらも見送り、馬場自身は「まず鏡の前に立つ」よりないのだ。「時間」や「花粉」、集中の傑作「幻の桃林舎」に現われる少年や僕は、「あたし」や「アタシ」の人称変化であり、ジェンダー論やエレクトラシンドロームを読み取ることができる。詩集の体裁が詩の性格と特徴を表現している。あとがきと三十三篇から成る。A5判、ハードカバー。百十八ページ。(14)

6　「峡谷」創刊から「アステロイド」までの本田訓の足跡

①「峡谷」について

　同人誌「P・Y」を主導し、個人誌「臨界点」を編集発行し、朗読会「声」を常にリードしてきた本田訓は、「臨界点」を持続させつつ新たな展開を始める。本田の足跡を分り易く提示する意味で、創刊詩誌の項目ではあるが、ここに項目を立てることとする。

「穹」で詩界に復帰し「北方文学」でも活躍する五十川庚平、「ファ・イエロー」を退会し「臨界点」を中心に活動する本田と高田一葉の三人を同人とする「峡谷」は一九八二年十二月に創刊される。終刊号となる一九八四年十月刊の第七号まで七冊を刊行している。創刊号の編集は本田、発行所を峡谷の会としている。創刊号で本田は「峡谷」の性格を「本誌は、とりあえず同人の書く場、作品の発表の場として続けていく考え」を示している。また同年四月刊の第二号編集後記で五十川は、「「峡谷」は本田君と私で交互に編集ということで、年三回発行の計画」との編集方針を述べている。三人は「峡谷」で自らの詩の方向と方法を探る場としたかったことが窺える。

　詩誌「峡谷」の出現は、新潟県の詩界が一九八一年九月の「新潟県現代詩人会」設立による、会員同士の交流の発展を示す現象でもあった。五十川は四十代、本田と高田は二十代前半、そして住所は五十川が中魚沼郡川西町（現十日町市）、本田が新潟市、高田は三条市と広域にわたっている。世代間、地域間を越えた詩誌の登場は、関越高速道路の開通にみられる道路の近代化とモータリゼーションの普及も一役買っていることは間違いない。会合の行き来の時間的制約が緩和され、自由度が増していた。

一九八四年八月刊の第六号の高田の詩、「その日」は「一七月八日　斎藤文一氏を囲んで星の話をきく会―」の副題が付いている。この会もまた広域化し詩誌を越えた交流の一場面を表現している。詩誌「北狄」同人の斎藤文一は新潟大学教授で、南極観測の越冬隊長を務めたこともある日本的権威の宇宙物理学者である。宮沢賢治の研究家としても知られ『宮沢賢治とその展開　氷窒素の世界』で、第十五回藤村記念歴程賞を受賞している。「北狄」同人の寺原信夫の紹介で、これも「北狄」同人の画家長谷川朝子が経営する美術学校の教室で開催したものであった。

高田は一九八三年八月に第一詩集『風の地平線』を上梓する。風と空と光が満ちあふれた詩集である。高田は「あの母そっくりに／また　この冬を／編みこんでいく（冬の夜に）」のように、記憶と現在を重ね合わせ、人の情動が示す一瞬をすくいとる鋭敏さを持つ詩人である。詩集『風の地平線』は、田畑あきら子の挿画が華を添えている。山本太郎が「処女詩集　風の地平線によせて」を書いている。あとがきと二十篇から成る。A5判変形。八十一ページ。

②「アステロイド」と「葉群」について

「峡谷」を終刊した本田訓は個人誌「アステロイド」を、一九八五年一月に創刊する。一九八五年に四冊を刊行している。編集後記で本田は、「臨界点という小さな個人誌」と「峡谷という同人誌」を「昨年終刊し、書き手を限定しないオープンな形を考えていた」と「アステロイド」創刊について語っている。

創刊号執筆者は岩崎守秀、中上哲夫、高田一葉、本田、四月刊の第二号は富沢智、泉谷栄、高田、本田、第三号は樋口大介、提箸宏、福田万里子、中上、高田、本田、第四号は天野茂典、直井和夫、経田佑介、関徹、本田の顔ぶれであった。A4判二つ折り四ページか六ページ三段組の体裁で編集されている。

一九八五年十一月に「アトリエ画廊」で、新潟アステロイド社主催、新潟県現代詩人会後援による「HOT POEM LIVE」を開催している。

「アステロイド」の下宿人を自称していた高田は、一九八五年六月に「葉群」を創刊し、十二月までに三号を出している。書と詩とエッセイをコラボレーションした創刊号は、縦四五〇㎜、横六一〇㎜の大判で、衝撃的な出発であった。創刊号の後記にあたる「ひと葉」には、「五月は〝藤橋方　高田一葉〟の出発の月でもありました。」とさりげなく本田（藤橋均）と高田の新たな生活を告げている。二号からはA半裁判とする大胆な編集であった。

7　「現代詩謡」とその休刊

①　「現代詩謡」休刊までの足取り

一九七九年十二月刊の二十一号から発行人小柳俊郎（一九一五・十二・四〜一九八七・七・六）、編集人北川義一の体制で復刊していた「現代詩謡」は、一九八一年三月刊の第二十六号から一九八二年五月刊の第三十号まで五冊を刊行する。五冊の内容を見てゆくと執筆者は二十五名前後で推移している。その内、十二名前後の新潟県在住者、二名前後の新潟県出身者が占めている。復刊前の現代詩謡の執筆者は、交流する県外の有力な詩誌の主宰者が主だったことと比較すると、スリムになり詩作品主体で編集となっている。

編集の変化の一つにジャンルの名称の変更が見られる。かつては「詩とエスセイ　現代詩謡」と表紙にあるように「エスセイ・詩・評論・随筆」別に編集されてきた。復刊後は「poem,essay,review」となり、poem＝詩作品を主体に編集がなされている。詩誌としての体裁を強くしている。しかし、会員のそれぞれ個々人がそれぞれの方法を身に付け安定し、詩の深化への対応がおろそかになり、日常に傾き「生活詩」的方向に流れるきらいが見られる。

そうした昏迷を打破するように一九八一年六月刊の第二十七号では「金井建一作品特集」を組み、詩誌として金井とともに覇気を見せている。金井は同年九月刊の第二十八号で詩「象徴論」を載せ、詩が「生活詩」化する傾向に歯止めを掛けようとの努力を示している。同号のたかはし・とみをの詩「秋の夜に」は、葡萄のマスカットを口にする瞬間を捉えて、

「……うまいね」というようには　うまいの／ではないのだ／違うのだ／声にしてみても　文字にしてみても／ことばは／舗装道路　礼服の紳士　額の油絵／鯛

の生け作り──

と、詩が生じる瞬間から言葉へと収斂してゆく詩作過程を作品として提示している。

田崎芳作は一九八二年五月刊の第三十号に、教師と生徒の交流を描いた詩「今は　教師でも」を載せている。「生徒の匂いは　いつか……／青い稲田の稲葉の芳香に変わり／空に懐古の眼を置く」と、生徒と教師であり詩人である自身の現在と未来の姿を抒情している。「空に懐古の眼を置く」との美しい比喩で詠いきっている。

また第三十号で、大阪在住の清水正一が、

一九三三年─頃
新潟の新津町善道という處に住んで
『音楽と雪』という美しい詩集を出した
友が在《い》た

で始まる詩「北方の詩人」を寄せている。『音楽と雪』は中村海八郎の幻の詩集である。『音楽と雪』が確かに上梓されていることが確認できる。

review欄は、金井、田崎の会員以外の田中武、斎藤健一、吉岡又司らが県内外の詩集を紹介し論じている。

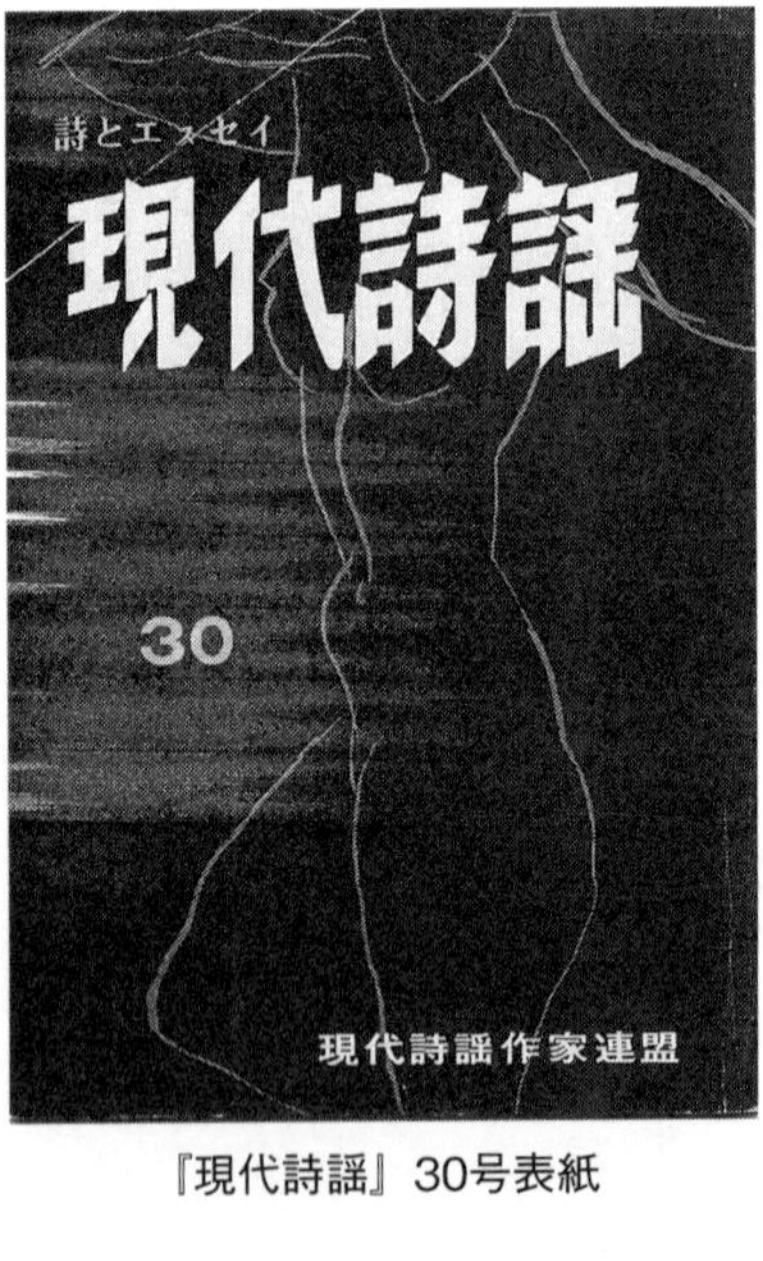

『現代詩謡』30号表紙

県内詩誌では最も活発に詩的交流を展開していたといえよう。

北川のエッセイ「闇と光りの」は、毎号「詩とは何か」を自問自答し、受贈誌抄では加藤幹二朗が詩誌・作品の良し悪しを闊達に論じ、誌面は活況を呈していた。

しかし、その第三十号に

都合で「詩とエッセイ現代詩謡」を
次号より暫く休刊させて頂きます。
'82・5
「詩とエッセイ現代詩謡」主宰

と、記載された一枚のメモが差し挟まれていた。

②「現代詩謡」の位置について

北川は編集後記で、「現代詩謡」発行の意義と意味を考察している。大所帯の会員誌を統括する為には、実務的な作業以外にも多くの課題に対処してきたところだろう。再刊の第二十一号で北川は小柳の意向として、「年五回、向後三年を目処に35号を以て終刊」すると伝えている。しかし、再刊からまだ二年半である。突然の休刊宣告にはどんな事情があったのだろう。休刊の「告知メモ」には「主宰」とあるのだから小柳の意向であったことは読み取れる。

再刊以前の現代詩謡作家連盟の機関誌「現代詩謡」の費用は、発行者たる小柳が全面的に費用の不足分を手当てしていた。恐らく再刊後もこの会計事情は変わっていまい。小柳の健康状態が悪化し、「現代詩謡」継続への経済的逼迫が考えられる。[15]

この章の前二誌「北方文学」と「ブルージャケット」を比較して考えて見た。「北方文学」の編集人吉岡又司は、地方文化を創造する思想的根拠を築く礎として同人誌を考えていた。そのための自立した発表の場として「北方文学」同人を集めている。

「ブルージャケット」は経田佑介の個人誌であり、初めは三条市の地方文化発展の場として機能させてきた。一九七〇年後半になり自ら名付けた「路上派」、日本全国に広がる詩精神を同じくする詩人たちの交流の場へと転化し、さらに世界中の詩人を紹介するにようになっていく。

一方、「現代詩謡」は初期の小柳、椎谷正樹体制で現代詩謡作家連盟機関誌の役割を全うしていた。日本各地の詩誌を主宰する有力な詩人と手を組むことで、新潟県の詩界の発展と詩人の発掘を担う役割を果たしてきた。そして第二十号での休刊を経て北川が「現代詩謡」の編集を引き受け再刊を果たし、第三十号まで新潟県内会員を中心とした編集を心がけ孤軍奮闘していた。しかし、北川も勤務する会社への責務が増え手を引かざるを得なくなったと推測している。

そんな「現代詩謡」であるが、私が一番に感動した記事は第二十六号の伊狩章の「在りし日の歌」である。伊狩が学生時代に住んだアパートが、中原中也が新婚生活を送った「新宿の花園アパート」であったとのエピソードである。知られざる中原中也の生活を垣間見たような思いにさせられた。
小柳は第二十八号に「浪漫痴詩抄―詩集の運命」と題した詩を載せている。一九七九年十月に上梓した詩集『小柳俊郎音数律詩集』を東京の古本屋で買った未知の人からの手紙を読んだ小柳は、その詩の最後に、「文字も素直で丁寧で　私は幾度も手紙を読み返しながら　嬉しいような侘しいような　何だか妙に腑抜けた気持になってゆくのだった」と結んでいる。「現代詩謡」の休刊告知は確かに「何だか腑抜けた気持に」させられる。
一九八一年から一九八二年までの二年間五冊に作品を寄せた県内在住者、県出身者は、
樋口恵仁、八幡建治、金井建一、梅田和恵、二見雄典、松井郁子、遠藤修平、嘉瀬雅子、たかはし・とみを、武仲恵美子、小柳俊郎、北川義一、伊狩章、北川瑛治、加藤幹二朗、布施一喜雄、長崎浩、田崎芳作、竹内延夫、岩淵一也、田中武、豊崎義明、吉岡又司、斎藤健一、庭野行雄、戸田正敏、八木末雄、梶原礼之（渡辺しづ、長島清志、山口木の芽）
と、三十一名を数える。（　）内は県出身者で県外在住者である。

③　同人の詩集紹介

その小柳は一九八二年一月に芸風書院から、日本現代詩人叢書の第十二集として『小柳俊郎詩集』を上梓。詩誌「現代詩謡」に掲載した作品を中心に編集。多くは「浪漫痴詩抄」のタイトルで詠われている。晩年の小柳の懐旧談や旧友の死を哀悼した作品で、「古きよき時代」へのこだわりが感じられる。なかでも「からごろも」は、妻へのいたわりを青春時代の思い出と密かに愛した女への訣別をからめて詠いあげ、小柳の詩の性格を特長づけている。三章二十七篇から成る。A5判、ハードカバー、箱入り、八十八ページ。

一九八二年三月に田崎も同じく芸風書院から日本現代詩人叢書第五十集として『田崎芳作詩集』を上梓。田崎は東京に生まれ、教師として新潟県へ赴任してきた。家族の来歴、父母への思慕を詠い、教師の眼を通した四季と教育を内省的に表現している。前詩集の『砂』『想蘊』からも選んでおり、田崎の作品の全体像を知ることができる。三十二篇から成る。A5判、ハードカバー、箱入り。九十五ページ。

8　混迷する「桜花文芸」

会員雑誌「桜花」は一九八一年三月刊の第三十二号から一九八四年七月刊の第三十八号までの七冊を収集しているが、一九八五年刊行された号は未収集である。「桜花」は混迷していた。第三十二号から誌名を、「桜花」から「桜花文芸」に名称変更している。桜井正示は同号のコメント欄に「「桜花」の再改称について」を載せ、

二十五号より「桜花」と改称し三十一号迄発行しました。一時は三十名もの会員を数え上げたものでしたが、その後、会費の値上げや指導者佐々木弘三さんの死などの影響から、なだれのように会員が離脱し、或いは休筆し、現在では二、三名しか執筆していません。原点に戻り、創刊時の「桜花文芸」に復し、再スタートしたく存じます。

と、誌名変更の理由を説明している。

会費の値上げや佐々木弘三の死を「桜花文芸」の低迷を招いた原因に挙げるだけで、編集発行者、主宰者たる桜井本人の「桜花文芸」への運営や経営への分析を怠った文と指摘せざるを得ない。会員数も「二、三名」と曖昧であり、誌名変更の動機たる「原点」への論及も無い。

この間の会員の詩は、第三十二号の下条ひとみ、一九八三年四月刊の第三十五号、一九八四年七月刊の第三十七号の鷲尾澄恵の二人を見るばかりである。再改称された「桜花文芸」に掲載される詩、小説、評論、エッセイは「桜花詩集拾遺」と「特別寄稿」の作品で埋められている。「桜花詩集拾遺」は一九八〇年十月に刊行したアンソロジー『桜花詩集』に寄せられたが、掲載しきれなかった投稿作品と思われる。「特別寄稿」は桜井が原稿依頼した作品と推測される。例えば、詩作品では一九八一年十二月刊の第三十四号には、青木はるみ、井上長雄、後山光行らの作品が掲載されている。

桜井の業績として挙げられるのは、幾つかの大正末年から太平洋戦争後の詩人の交流エピソードを掲載したことであろう。前章でも紹介した渡辺信太郎は第三十二号、一九八一年八月刊の第三十三号に「相馬泰三と私」を寄せ、大正末昭和初期の新潟市の詩人の動向を伝えている。

第三十二号に井上長雄が「「犀」の思い出」と題して、昭和四年を中心とした山形県での長崎皎生（長崎浩）との交流エピソードを書いている。松永伍一の『日本農民詩史』で見る長崎とは違う表情が垣間見える。貴重な資料ではある。

第三十五号には田村昌由が「わたしと浅井十三郎」を掲載している。「詩と詩人」の創刊から浅井が「詩と詩人」を継続して発行してきたことへの田村からの異議申し立ての文章である。田村が浅井を非難するのは自由だが、その根拠と理由をいつもはぐらかすものになっている。この文も田村という人の老獪さを強く示す文である。[16]

一九八一年八月刊の第三十二号の編集後記で桜井は、

三十一号から、休筆会員が目立ち、招待者の作品で維持されるというきざしが見え、とうとう今号でオール特別寄稿一色になってしまった。

と、告白している。

以降、誌面は河野弘、大石貞雄、神田武雄らの雑文とエッセイで占められてゆく。神田武雄は、桜井と同じ教育関係者で専門領域での発言権確保の場として「桜花文芸」を活用し、桜井は会員の居なくなった雑誌の維持のために創刊の「原点」である、「みんなで仲良く進んで作る総合文芸雑誌」を忘れたかのようである。歌を忘れたカナリア状態である。

9 文学サークル「炎群」と詩誌「夕映え」の終刊

「夕映え」は一九八一年一月刊の第三十一号から一九八四年五月刊の第三十五号まで五冊を刊行している。この第三十五号が終刊号と思われる。

村松高校文芸部OBを主体に創刊された文学サークル「炎群」の会員誌としての「夕映え」は、社会変革を思考し、保守政治に対する抵抗を強く主張する詩と誌面作りをしてきた。そうした姿勢から東京で結成された「詩人会議」への投稿を含め、学習会に「詩人会議」に所属する詩人を講師に招いてきた。一九八四年には深井伸子が「詩人会議」新人賞の佳作に入選している。

「夕映え」は一九七三年十月刊の第十二号から発行責任者を高橋収（山田漠）から松沢文雄に替える。それ以降、制作発行は文学サークル「炎群」、発行責任者は松沢文雄、発行所は松沢勉（松川正）の陣容で発行してきている。そして会員は概ね二十名前後で推移してきている。

第三十五号に詩を掲載したのは、

新田淳一、牧野ハラ、敷島京介、成沢薫、真麻綾子、松川正、そうだみつのり、加藤幹二朗、の九名。会員会友は二十二名であった。

「夕映え」の行動と詩作方法は政治的に語るとすると、初期の山田漠が高橋収として編集をしていた時期は、農本主義的な社会党左派のイデオロギーに近かった。第十二号で加藤幹二朗が加入してから「詩人会議」の掲げた「平和と自由と民主主義を願う民主的な運動体」への傾斜を強める。(17)

加藤幹二朗は二冊の詩集を上梓している。加藤は一九八三年六月に『牢をえらぶ自由』を炎群叢書として上梓。当時韓国では大統領朴正煕が軍事独裁体制を築き、反対者を過酷に弾圧していた。韓国の詩人・金芝河が「反共法」違反の廉で逮捕投獄される。その救援活動で詠われた詩を収録。加藤はキリスト者の理念と「平和と民主主義」の立場から、金救援活動の一翼を担って行動していた。加藤は独特の長広舌とリアリズムで朴軍事独裁体制を批判、金救援の詩を書き、且つ多くの集会で朗読している。時あたかも観光ブーム。詩「観光」の新潟から京城への空路で韓国へでかける人たちに対する視線は異様だ。この視線が朴正煕だけでなく、北朝鮮の金日成へ向けられていたのだろうか、という問いを孕んでいる。集会での「ごあいさつ」三篇と三章三十三篇から成る。A5判、百四十一ページ。

加藤は同じく炎群叢書の一冊として一九八五年十一月に『人形を吊るした日』を上梓。ライブハウスでの朗読詩篇を編んだもの。標題の「人形を吊るした日」は、太平洋戦争前に日本との友好を願ったアメリカが、日本の全国の国民学校に寄贈した「青い眼をしたセルロイド人形」を、逆吊りにしてアメリカを敵として憎むよう教育した事実を題材にしている。そうした教育を「私は悲鳴をあげ／可哀そうだ／こんなことをしちゃいけないと叫」ぶ、優しい加藤少年の姿を綴っている。三部構成のパートⅡは加藤の自己史あるいは成長の記録である。パートⅢの時代を撃つ姿勢はイデオロギー的であり、説教調である。加藤の「平和と民主主義」を説く啓蒙主義者の顔を見る。三部構成三十篇から成る。A5判。百四十八ページ。

成沢薫は一九八四年五月に第一詩集『存在』を上梓。成沢は、自己紹介の詩「自認」から家族の紹介まで、そして日々目撃する現実を描写しながら、診療放射線技師という職業柄見聞きする医療現場へと読者を引き入れる。医療の抱える様々な矛盾、病人とは人が誰でも抱えている将来の不安であると書き記す。コンピューター等による合理的な医療体制から抜け落ちてゆく現実、人の心に向き合う医療とは何かを問わず語りに語っている。医療現場の「現認報告書」である。あとがきと十九篇から成る。縦一八〇㎜×横一八〇㎜。四十五ページ。

10 「青い麦」の十年とアンソロジー『僕らの報告書』

① 「青い麦」の十年

「青い麦」は一九八一年二月刊の第二十三号から一九八五年十二月刊の第三十一号までの五年間で七冊を刊行する。第三十号と第三十一号は合併号として刊行されており冊数としては七冊となる。

「青い麦」は一九八二年六月刊の第二十六号で、「十周年記念号」の特集を組んでいる。文学サークル青い麦の会としての十年間の歩みを記録している。(18)

社会意識を基調にした「民主主義」の道を手探りして進む「青い麦」の会員は、労働者の立場から詩を書き始め、詩を探求してきた。「誰でも詩はかける」との呼びかけで多くの詩を志す若い人の心を摑んで発展してきた。「十周年記念号」の特集記事「仲間の中であゆみとみのり―「麦十年それぞれの時代」」では、こうした記録が丁寧に収録され、その記録に対する説明から会員それぞれ感想を並列して編集している。

会員の成長と成果は創刊会員と十年後の会員の構成を見ることで、「文学サークル」の詩誌の経歴と性格が浮かび上がる。会員相互のコミュニケーションを図るための行事、合評会は勿論、読書会・学習会等様々な企画を立て実行してきている。会員の結婚や子供誕生等の情報も記録している。例えば、藤田五郎と木俣冴子の結婚は、「青い麦で、はじめてのカップル誕生祝う会は詩の朗読とガンバローの歌に終始」とコメントされている。「青い麦」と「炎群」の出会いは、一九七四年六月二日に、下越婦人会館(19)において、麦の呼びかけで、県内の文学サークルが集まった。この時、はじめて「炎群」の山田漠・加藤幹二朗・五木圭介らに会う。この時より「炎群」は、麦における強大なライバルとなった。

と、報告されている。十年にわたる詩誌の活動と会員一人一人の生活と動向が見て取れる。

この「麦十年それぞれの時代」で明らかになるのは、会員の生活自体の変化と時代の変化が相互的に作用していることだろう。生活自体の変化は木俣一家(藤田一家)

の動向が典型としてあるだろう。時代の変化は「炎群」の「民主主義と人間の尊厳」を求める会員の姿勢とは真逆の、田中角栄に代表される「列島改造」計画に基づく開発が、新潟県に高速道路と新幹線開通という恩恵をもたらしていた。人々の生活は高速度で変化していた。

その十年を木俣は「時代　そして収穫《みのり》」と総括する。文学サークル「青い麦」は、「単に詩を書くだけの集まりではなく、仲間達の中で、自分達の生き方を問いつづけ」る時間であったとの思いを記している。さらに「麦の根底に流れる。ヒューマニズム・民主主義の精神は、新潟の文化運動の一翼を担ってきたという自負が私達にはある。」との考えを示している。

「麦十年それぞれの時代」からは、「青い麦」の「新潟の文化運動」が開催された場所、個人宅・時報会館・県民会館小ホール・青年の家・喫茶店等が記され、時代時代の雰囲気とイベント企画を現認しているように伝わってくる。さらに木俣は、

多感な青春の一時期の、あふれでた情熱に終らせるのではなく、これから、私達が生きつづける社会への、大きく開かれた一つの窓でありたいという希いを、私達は今も失うことなく抱き続けている。

と綴り、「「持続は力」である。」と今後への意気込みを述べている。

しかし、木俣の意気込みに反してサークルとしての求心力は落ちてゆく。メッセージを込めた朗読会やフォークソングでのプロテストの時代は去り、「麦の会員として作品を書いて来た仲間の数は、九十名に及び、読者の数は最大値四〇〇人に及ん」だ栄光の日々は過ぎていた。

一九七七年十二月刊の第十八号から続いた編集発行人を神田義和、連絡先を鈴木あけみとする体制が、一九八一年十二月刊の第二十五号からは編集発行人を木俣冴子、連絡先を鈴木とする体制へ移行する。鈴木あけみは木俣の本名である。木俣は「十周年記念号」となる第二十六号を刊行している。しかし、文学サークルを一人で廻すのは困難な仕事である。一九八三年三月刊の第二十七号で連絡先は鈴木で編集発行人が深井伸子に変わり、併せて「連絡ノート」とする組織図が掲載されている。会長の深井の下に編集長松木信、副編集長神田、渉外喜多村甲、財政木俣と四人の役割が図示され、その各部門に四、五人の会員が配されている。

一九九四年一月刊の第二十八号は、発行人神田、編集人池田浩子（柄沢浩子）、連絡先木俣へ変わり、判形

もA5判からB6判になっている。編集人の池田は第二十六号からの会員である。この体制で第二十九号は同年の四月に刊行している。素早い刊行であった。第三十一号は一年半後の一九八五年十二月の刊行で第三十号との合併号となっている。

合併号となる事情を第三十号とした理由を編集後記で木俣は、「アンソロジー「僕らの報告書」の編集に忙殺され、のびのびにのびて、今回の31号にくっつけてのお目見え」と語り、集めていた原稿を「エッセイ特集」に編集し第三十号とする合併の体裁を採ったとしている。発行人は文学サークル青い麦の会、連絡先は木俣となっている。

② アンソロジー『僕らの報告書』

一九八五年八月にはアンソロジー『僕たちの報告書』を上梓している。アンソロジーからは詩誌としての成長と成果、会員それぞれの成長と成果を読者に問いかけ、会員それぞれが自省する姿勢を見ることができる。『僕らの報告書』の刊行は、「もっと多くさんの人達に私達の詩」を読んでもらいたいとの思いから始まったと第三十一号の巻頭言で説明している。そして更に十三年間で、

『僕らの報告書』表紙
（表紙題字・川口弘）

『青い麦の会』が、一番、大切に育んできたもの――私達が手探りで、泣いたり、笑ったり、ぶつかったりして探して来た本当の人と人との繋がりあいかた――、を、示したかったとしている。

掲載者は、

神田義和、そうだみつのり、坂井希美子、斎藤かいこ、ののやまちひろ、木俣冴子、栗原由美子、和田浩、近藤晴美、影山二郎、清水マサ、深井伸子、篠田綾、麓冬吉、国分重剛、藤田五郎、田村一女、峰健太、尾張

史郎、山田漠、なかのふみこ、飛生木実、柄沢浩子、結城直、水上陽子、渡辺広子、樋口はま、松木信、重泉園子、高橋初枝、南美和子、菊池広子、石田俊郎、森田今日子、ののあじさい、中村和子、伊藤てる代、わたなべよしはる、相田笛美、笹原さち、宮嶋ゆう子、小武正子、そらのいのり、宮崎成子、平林平、徳間昭広

の四十七名。

「戸のすきまからあふれる光」、「反戦への触発」等七章百篇とあとがき、深井、そうだみつのり、木俣、神田、柄沢の歴代編集発行人がそれぞれの歩みを振り返る章から成っている。A５判、一五六ページ。

「青い麦」の三十一号には、「アンソロジー「僕らの報告書」に寄せて」の感想文を載せている。山内文雄は「一度目はペンを走らせている姿が浮かんだ。二度目はそれぞれのくらしが見えた。」と述べている。

本田訓は「僕が会員だったのは十二年程前で」と書き出し、「僕が思いつきで言い出し、始めた朗読会」と思い起こしている。そして「青い麦の方々も決して下手でもいい、などと思わずに、年令、職業、地域、イデオロギー、技法、その他諸々を越えた作品を書いて頂きたい」とのエールを送っている。本田が関係した「青い麦」初期の朗読会や「朗読会「声」」を主導してきた足跡は既に述べてきたところである。

加藤幹二朗は「青い麦」の十四年間を顧みて、

> 詩を卒業したものも、挫折したものもあり、違った生き方を探って我々とつきあいの遠のいたものもあり、『青い麦』も何度もつぶれかけ、発行が間遠になり、また思いなおして頑張り……そうやって今日まで来たのです。そこまでは、日本中にはいて捨てるほどある文学運動の、ごくありふれた一典型です。

と、総括している。

第三十一号に詩を掲載したのは、

そうだみつのり、深井伸子、村山由美子、尾張城、松木信、なかのふみこ、柄沢浩子、加藤幹二朗、木俣冴子、清水マサ、神田義和

の十名。

会員は、

神田義和、木俣冴子、そうだみつのり、田村一女、峰健太、深井伸子、藤田五郎、なかのふみこ、山田漠、松木信、柄沢浩子、村山由美子、たっつぁん、清水マサ、森田今日子

の十五名。

生活の変化を映すように会員の詩集も上梓されている。「青い麦」の編集発行に孤軍奮闘する木俣冴子（一九五四・三・十九〜二〇一四・三・二十五）は、一九八三年一月に青い麦双書として三人詩集『拝啓三六五日様』を上梓している。木俣、藤田五郎、鈴木琢哉の家族三人の詩集である。「働き者の夫婦と4才の息子。家族三人それぞれが詩う、愛の現実。ほほえましく、ユニークな詩集！」と帯文にある。夫の生い立ちから妻の健気な働きぶり、幼児の日常まで庶民の姿をドキュメントした詩集である。加藤幹二朗が跋文「登熟期」を書いている。あとがきと四十五篇から成る。B6判、百三十ページ。

一九八五年八月に稲垣冬民と神田義和が『稲垣冬民神田義和詩句集』を上梓している。稲垣冬民の川柳、神田義和の詩からなるアンソロジー。神田は詩誌「青い麦」で活躍する詩人であるが、稲垣は神田の川柳仲間か。神田が文芸に親しんだきっかけが、川柳だったという事実を教える詩句集である。B6判、七十五ページ。

11　新潟詩人会議の動向

前章で新潟詩人会議結成[20]とその後の動向は、機関紙「はまぼうふう」で見てきたところである。新潟詩人会議名の一九八一年から一九八五年までの詩誌、刊行物は確認できていない。新潟詩人会議は一九八七年十二月に機関誌「新潟詩人会議」を創刊し、その一九九四年十月刊の第十号に「特集　新潟詩人会議20周年記念特別企画　新潟詩人会議20年の活動記録[21]」として、会の活動全般を記録している。この記録から一九八一年から一九八五年の五年間の動向を見ておくこととする。

「20年の活動記録」からは新潟詩人会議が関係詩誌として「夕映え」「青い麦」「創刊」ともう一誌、一九七八年四月に「「松高ОB＋一有志で卒業記念として」創刊された、「てっこんキンクリート」がある。こうした文芸サークルや詩誌と新潟詩人会議との関係がはっきりと見えてくる。そこに集った同人たちが、自らを新潟詩人会議系と認識し行動していたかは別問題である。

「20年の活動記録」は一九七四年三月七日の「青い麦の会第5回定例詩の朗読会」から記録されている。同年六

月には「青い麦」「夕映え」「創刊」等と初の交流会がなされたとしている。そうして「何回目かの準備会」を経て、一九七五年二月に新潟詩人会議は「参加十六名」で結成された。前章で機関紙「はまぼうふう」で見てきたところであるが、参加十六名の全容は分らない。この「はまぼうふう」が定期刊行化したのは一九七七年で、「※事務局（山田漠・加藤幹二朗・清水マサ・深井伸子・木俣冴子・尾張史郎）６名を置く。」とある。「青い麦」は労働者組織と日本共産党傘下の日本民主青年同盟との繋がりを認めている。東京の詩人会議との関係も見てきた通りである。

一九八一年七月に詩人会議の主催する「第七回海の詩の学校」が佐渡の赤泊で開催されている。三泊四日の日程であったが、「新潟からの参加者20名」とある。同年の特記として、「※連絡機関紙『はまぼうふう』年６回発行から3回へと半減」の記録から、「はまぼうふう」は発行されていたようだ。

一九八二年十月に湯沢町で「新潟詩人会議第1回詩の学校」を開催する。講師には城侑、鳴海英吉を招いている。一九八〇年三月から「※「詩の学校」開設以前の実験的形式としての試み」としてポエムスクールを数回開いてきた成果であった。一九八二年十二月には新潟詩人会議詩の朗読会「詩の聞える町」を音楽文化会館で開催している。新潟詩人会議としては初めての開催で、「清水・加藤・松川」が朗読したと思われる。「20年の活動記録」での朗読会やイベントは「青い麦」「夕映え」が主力となって開催しているようにみえる。組織者として加藤が力を発揮した結果でもあろう。

一九八三年四月には五泉市と村松町を走る「蒲原鉄道」廃止に異議を唱える「蒲原鉄道コンサート「電車の音が遠く聞こえる」」の主力は「夕映え」であろう。一九八三年十二月刊の「詩仙郷」第十二号に載る新田淳一の「詩仙郷通信」に依れば、「エネルギッシュな男が動いた＝そうだみつのり、強力なアシスト・ギャル＝成沢薫、静かなファイター＝渡辺義一、三人の企画」とある。「三人の呼びかけに多くの人々が呼応した。参加団体、十数組含め参加人員約三百名」と新田は記録している。こうした活動を新潟詩人会議が後方で支援していたことは確かだろう。

一九八四年には深井伸子が「詩人会議」の新人賞の佳作に選ばれている。一九八五年には詩史研究会「ぶどうの会」を開催し、朗読会を開催している。

社会性を帯びた朗読会としては、韓国の詩人金芝河が逮捕されたことに抗議する運動として、一九八〇年六月に「「金芝河を救え」詩とスライドによる連帯の集い」を開いている。一九八四年十月には「反核・反原発コンサート」を実行している。

一九八一年から一九八五年の新潟詩人会議の動向は、東京の詩人会議へ「夕映え」「青い麦」「創刊」「てっこんキンクリート」の会員を組織化する道程ではなかったか。その活動を主導したのは加藤幹二朗であった。

その加藤と山田、清水等で山田忠治（一九一一・六・二十六～一九七二・三・三）の遺稿集『山田忠治詩集』を新潟詩人会議叢書として一九八一年十月に上梓している。[22]詩人山田忠治は新潟市東竜ヶ島に生まれ、暮らし、闘い、詩を書き、生きた生粋の沼垂の詩人である。詩集は遺稿二百二十七篇から厳選した四十七篇で編まれている。山田の仕事として詩誌「コスモス」での活躍は特筆に値しよう。また、戦後の民主主義的な文学運動から創刊される、多くの詩誌に関わった点も見逃せないだろう。長男のやまだただとが「父、忠治について」を、富樫昭次が「山忠さんの思い出」を、編集後記を加藤が書いている。六章四十七篇から成る。B５判、二百六十四ページ。

12 「てっこんキンクリート」から「詩仙郷」へ

サークル誌「詩仙郷」は文芸サークル「どんぐりのせいくらべの会」が発行している。一九八一年刊の第八号（発行月日記載なし）から一九八三年十二月刊の十二号まで五冊を発行している。連絡先は稲餅幸子、五泉市本町二―三―三十六。

一九八二年八月刊の第十号で「どんぐりのせいくらべの会4年のあゆみ」が特集され、創刊時の経緯と第十号までの歩みが記されている。それによると、一九七八年四月に、

松高OB＋一有志で卒業記念として計画。松高の輪転機を拝借して製作したワラ半紙・ガリ版刷りの「てっこんキンクリート」が誕生する。

と、「皆の故郷への思いを形」にした卒業記念誌であった。「詩仙郷」に先行する「てっこんキンクリート」の創刊である。

それが故郷村松町、五泉市を離れた夏のお盆の帰省をきっかけに文芸サークル「どんぐりのせいくらべの会」となり、八月に第二号を発行する。この第二号の紹介記事の「ＰＳ」に、「後にも先にもこれっきりになるが、〝炎群〟との初顔合わせが実現（朗読会にて）」とある。サー

クル「炎群」の山田漠は村松高校の先輩に当る。「後にも先にもこれっきりになるが」とそっけない態度である。しかし、真麻《まお》綾子は「青い麦」の同人に参加していく。この時に「青い麦」のメンバーも来ていたと推測される。

一九七九年一月刊の第三号の紹介に、「創刊の頃の八人がわずか半年で十四人」のサークルへ「確実な歩みを始めた」とある。そして一九七九年八月刊の第五号から「てっこんキンクリート」から誌名を「詩仙郷」に変え、「新たな旅発ち」をしたとしている。

一九八〇年三月刊の第七号の紹介は「そして休刊へ――幻のvol.８二周年記念号」と、サークル内の「サークル存続の意義」を巡る考え方の相違が露わになった事情を伝えている。第十号に載る「４年のあゆみ」からみた「てっこんキンクリート」の創刊から、「詩仙郷」第七号までの歩みである。(23)

第十号の会員は、

あさだりょうへい・おぎの輝・清里繭二・さちこ（稲餅幸子）・樹比多・ながいがな・新田淳一（和泉秀雄）・野火甚六・萩十郎・馬場文子・藤康太郎・本田幸之助・真麻綾子（市川稚子）森野ありす・森浩・由希砂南・裕・塚野ふみ代

の十八名。

創刊時からの会員の推移をこの会員名簿と「４年の歩み」から見てみる。「真麻・野火・おぎの・あさだ・森野・馬場・新田・萩」の八人を知ることができる。

（Ｓ）署名の第十号編集後記に、「この春、全会員がそろって社会人となり、学生の時と違って、時間的にもずい分制約された中での今回の製作」との言葉を記している。高校時代の同窓生が、今度は就職という別の道を歩み始める季節の訪れ。（Ｓ）の編集後記だけがガリ版刷りなのもある感慨を思いながらの編集だとの思いが伝わる。

一九八三年十月刊の第十二号で終刊になったようだが、初期からの会員の多くの原稿が集まらなかったことを編集後記の（Ｎ）が書いている。「詩仙郷」のサークルの要であった「故郷に寄せる思い」からの精神的・心理的自立と言ったらいいのか、そうした思いを集約したのが、一九八三年四月十日に開催された「蒲原鉄道コンサート」(24)であった。「加茂―村松―五泉を結ぶ通称「蒲鉄」」の一部廃止を惜しむ声を反映して企画された、「走っている電車の中でのコンサート」であった。会員の七人が参加している。地元に生活の基点を置いた会員と思われる。

全員でうたった「愛していたい町」あのみんなで張り上げた歌声の—たとえメロディからはずれても良い—力と感動は未《ママ》に、心から消えさることはないのだ。

と、新田淳一が第十二号の「詩仙郷通信」として報告している。

真麻綾子は一九八三年七月に第一詩集『—α《あるふぁ》—未知数』を上梓している。詩の創作に魅せられ「てっこんキンクリート」に参加し、「青い麦」に参加する。高校二年生での詩への旅立ちから、意に沿わないとはいえ事務職に就職するまでの六年間の作品を編集している。思春期の迷い、青春期の葛藤、恋をし愛に破れる経験、女性としていかに自立した生き方ができるかを求める一人の女性の成長記である。「ひとことあとがき」をそうだみつのり、山田漠が寄せている。あとがきと六章三十九篇から成る。B六判、九十二ページ。

継続詩誌のうち「こもれび」「とねりこ」「穹」「北狄」は第八章後半で述べることとする。

13 「こもれび」の休刊と『エルベ河のほとりで』

① 「こもれび」の休刊とその詩人たち

「こもれび」は一九八一年五月刊の第十四号から一九八四年九月刊の第十九号まで六冊を刊行している。

第十四号に載る市川つたの「種」、浜田怜子の「花火」は、日常の一瞬一瞬の心の動きとそこに浮かび上がる喜びを的確に表現している。

一九八一年十一月刊第十五号に白石かおるは詩「楽しみの楽しみ」を発表、自らの姿を鏡に映しているように描写し、映しだされた自画像からはユーモアが滲み出ている。短詩形の詩を求め続ける童みどりは一九八三年五月刊第十七号に「手のひらに」を発表、それを引用する。

ふっと　吹けば／消えてしまいそうなのに／／
何故／見詰めているのですか／／
自分の心を／手のひらにのせ

と、詩を捉えるインスピレーションを定着している。六冊に詩を掲載したのは、

青山悦子、豊島みさほ、浜田怜子、市川つた、横山宏

子、童みどり、浜千佳、三枝有、水本香織、白石かおる、三村潤、庭野操の十二名。

青山と豊島は全号に作品を寄せている。

「こもれび」は一九七二年創刊から十二年間の活動を休止する。第十九号に「鈴木唯子記」名の「「こもれび」休刊について」が掲載される。そこには「十八号発行の後、多数の退会希望者が出ました。理由はさまざまですが」と述べられている。会員の減少が一つの要因として挙げられるだろう。確かに創刊時の会員は九十名で第十九号の会員は三十二名と三分の一に減っている。「こもれび」の実質的な終刊であった。終刊に至る経緯と原因は各誌面からは定かではない。

原因の一つに、高度成長を続ける経済的事情の向上が、多くの人に文化への目を目覚めさせていたことが挙げられる。「こもれび」はそうした動きの先駆けであった。こうした市民文化向上のために行政が後押しする文化政策がとられていた。公民館運動は「こもれび」のバックボーンであった。新潟県の各都市でも文化政策として文芸誌を刊行し、文学賞、奨励賞等を設定して応募を募っている。新潟市では一九八一年に『文芸にいがた』を創刊した。そこでは小説・詩・短歌・俳句・随筆等の各部門の応募を募っている。

一九八三年十二月刊の第十八号の「楚山」名の編集後記で、

このたび、「文芸にいがた第三号」に小説の部、文学賞を久保村さん、詩の部、佳作に豊島、白石さん、その他、角田、須貝、鈴木唯、野崎、神田の諸姉が入選され、又、「両津文芸賞」を木下さんが受賞なさいました。

との報告が記載されている。

こうした動きは「こもれび」会員が作品の向上を目指して応募した結果であったと推測できる。さらにこの向上心は同人誌創刊の動きを加速させていた[25]。

②「ともしび」と尾形ゆき江詩集『エルベ河のほとりで』

尾形ゆき江は会員ではなかったが、各号に随筆や評論を寄せてきた。「ともしび」との関係から尾形の作品集等をこの項で紹介することとする。

尾形は一九八一年には結婚し、茨城県石岡市に居住していた。尾形の一九八一年八月に随筆集『わたしの生田花世像』を上梓している。「わたしの生田花世像」を含め七篇の随筆を収録している。その内「わたしの『智恵子抄』」は一九七六年八月刊の「こもれび」第七号に掲載した作品で、収録随筆七篇の内三篇は「こもれび」で発表したものであった。

一九八三年五月刊の第十七号に「佐藤」名の編集後記で、「私達のお仲間、尾形ゆき江さんが詩集「エルベ河のほとり《ママ》」(中略)を出版なさいました。」との紹介がある。尾形は一九八〇年八月刊の第十三号から一九八一年十一月刊の第十五号に「わたしのドイツ日記」を掲載している。「森鷗外紀行欧州の旅」に参加したドイツへの旅日記が、詩集『エルベ河のほとりで』に結実している。

一九八三年二月に上梓した『エルベ河のほとりで』は尾形の第一詩集である。冒頭の詩「エルベのほとりで」は〝—一九八〇・四・三〇—〟の日付けが付してある。尾形がドイツのエルベ河畔を訪れた日付けであろう。他にもルートヴィヒ二世で有名な「シュタルンベルク湖の十字架は」には〝—一九八〇・五・三—〟が付されている。手塚久子は跋文「尾形ゆき江の世界」で「自己の生きる意味を問う貴重な時の流れ」を指摘している。尾形の六・七十年代の詩は、死と生のあわいを豊かな語彙とイメージで表現してきた。ドイツへの旅で風景と歴史に触れることで人間の生と死を実感し、詩が求道的になり、社会性を帯び、個から人間へとその閾を広げた。章立てになってはいないが、「手—一九七二・一〇・二五　長崎にて—」とあるように作品配列は逆編年体風に編まれている。二十七篇から成る。A5判、ハードカバー、箱入り。百一ページ。

14　「とねりこ」の十年—「とねりこ」の変遷

同人誌「とねりこ」は一九八一年三月刊の第五号から一九八四年四月刊の第十号まで六冊を刊行している。第五号は第四号刊行から二年の隔たりで刊行されている。編集発行は国見修二、住所は栃尾市山口教員住宅となっている。国見が大学を卒業し、教員として赴任した地であろう。石川茂起、国見修二、村越克夫と同人三名での発刊であった。執筆者は国見が詩・小説を寄せ、修堂名で詩「冬夜読書」が、やさんせん名で小説「夢遊の追憶Ⅱ」[26]が掲載されている。

国見の小説「遠い故里」は、高度成長を支える電力供給のため、東北電力が原子力発電所設置を進めていた西蒲原郡巻町角海の住人サヨの物語である。角海は「越後の毒消し売り」として栄えてきたが、時代の進展と共に廃村へと向かう。そうした角海の村をサヨの目を通して語った小説である。国見は一九八三年には新井市（現妙高市）へ転勤する。四月刊の第八号の連絡先住所を新井市石塚町一―九―一としている。

一九八一年十二月刊の第六号からは笠原大志が、一九八三年十一月刊の第九号には明星孝子が同人として参加している。そして一九八四年四月刊の第十号は「第10号記念号」として刊行されている。掲載された「とねりこ創刊から十号までの過程」からは、「とねりこ」の交友・交流関係が語られている。これは詩史的な資料として貴重である。例えば、一八七九年には「国見新潟へもどる。庭野行雄氏を知る」とか、一九八一年の「鈴木良一・樋口大介等県内の詩人と会う」の表記などである。庭野が「新潟県現代詩人会」創設へ向う道程を知る手掛かりともなる。第十号には県内から経田佑介、鈴木良一、高田一葉が詩を、下条ひとみ、樋口大介がエッセイを寄稿している。「とねりこ」創刊十年を総括する文として金井淑子の寄せた「とねりこ発展を願って」の一文を引く。

私は人間の営みにおける「書く」という表現行為の根源的な意志性のようなものに気づかされた思いをしております。「昇少《ママ》な現実と過剰な観念の相剋との中で、自らの生活の只中に自らの自生の根拠地を築かんとする営為、観念によって現実とわたり結ばんとする情念の迫力には、時として私自身の主体の危機を感ずることすらありました。

と、「とねりこ」のみならず、同時代の詩誌・雑誌「修羅」「かおす」「淳足」等に通底する精神の在り処に響き合う一文を残している。

しかし、編集後記で国見は、「この先は見通しがつかない。新しい雑誌を創るか、継続するかわからない。私自身の問題になりそうだ。」と告白するばかりで、「問題」の内実を分析してはいない。その辺を国見の詩集『戦慄の夢』から見ていこう。

国見修二は一九八三年十月に第一詩集『戦慄の夢』を上梓する。詩集は国見の観念と情念が激しく衝突する姿を映しだす。「熱と静」（「威嚇の秋」）の対峙を制御する詩を求め、葛藤する抒情が奏でられる。通奏低音は「今は亡き詩友中村龍介君にこの詩集を送りたい。」とあとがきで記すように中村との対話でもあった。

国見が中村の死を境に「〈思想の領域〉なんてくずれ

落ち」（「冬の卓上」）たと認識し、「私の花の意味探しは死骸より情けなく」（「冬の卓上」）との葛藤を抒した詩集である。それは、「〈自己の筋力で泳ぎ回ることの喜び〉を」（「戦慄の夢」）表す詩であり、「〈威嚇するには宙ぶらりんな夢を捨てほんの一つまみの意志の実を〉」（「威嚇の秋」）、国見が彼の詩の核心に据えようと決意した詩集でもあった。国見修二の詩集「戦慄の夢」を書いている。あとがきと三十五篇から成る。庭野行雄が「新潟県現代詩人会会報№8」に「国見修二の詩集「戦慄の夢」」を書いている。Ａ５判、ハードカバー、一〇八ページ。

15 「穹」の終刊と庭野行雄の行動履歴

① 「穹」の終刊まで

詩雑誌「穹」は庭野行雄の個人誌として一九七八年十二月に創刊された。編集発行業務と費用は庭野の自費で賄われ、詩を中心にエッセイ、写真等を掲載する雑誌であった。

「穹」は一九八一年五月刊の第八号から一九八四年一月刊の第十一号まで四冊を刊行している。第八号は小口版画家の「日和崎尊夫紙上展」を特集している。第十一号が終刊となった。

戦後まもなく庭野が北園克衛に師事し「ＶＯＵ」同人として出発したことは既に述べてきた。[27] 庭野は「穹」の誌面をかつての詩人仲間や新潟県の詩人たちに提供してきた。昭和初年代から昭和十年代に「モダニズム」の影響を受けた全国の詩人たちが「穹」に作品を寄せるようになる大きな契機は、北園克衛（一九〇二〜一九七八）、滝口修造（一九〇九〜一九七九）、岩本修蔵（一九〇八〜一九七九）、らが相次いで亡くなったことであった。泉沢浩志のエッセイや志村辰夫の「前衛詩体験の彼方へ」は、モダニズム系の詩人たちの動向を知る資料としておもしろい。一九八一年十一月刊の第九号の後記に、

文学界八月号に飯島耕一氏が小説「梅雨入り」を書いているが、小誌「穹」のことにふれ、「穹」八号記載の泉沢浩志さんの「風船半次伝」から多くを得たと御丁寧なお葉書をいただいた。

とあるように、飯島耕一とのエピソードの紹介からも志村らの文の資料的意味合いが推しはかれる。

「文学北都」で活躍した農民詩人福島健文が[28]一九八一年五月二十五日に亡くなっており、一九八二年五月刊の第

十号には遺稿「土民抄―俺は俺の―」を載せている。須藤茂一が悼詩「福島健文君を偲ぶ」を、俳句仲間の阿部灯石は「健文君を偲んで」を寄せている。阿部は福島が最後の句会で読んだという句、

　雪解きら農夫の死体翔ぼうとする

を掲載し、追悼している。

終刊となる第十一号に作品掲載者を提示する。「穹」を体現した世界の一端である。

平野威馬雄、三田忠夫、岡本廣司、金子秀夫、小林富子、須藤茂一、宮城恒敏、田村昌由、国見修二、山田涼子、小笠原啓介、和泉昇、柴田武、須藤伸一、小田雅彦、庭屋幸子、福士一男、伊達温、中原道夫、蕪木錬、殿内芳樹、森下陶工、館内尚子、紫村美也、桧山宋吉、中上哲夫、志村辰夫、紫圭子、山田野理夫、角屋久次、岩淵一也、櫻田義孝、深山鏡子、亀井義雄、浜田順二、森菊蔵、五十川庚平、長谷川潤治、庭野行雄

寄稿者は三十九名であった。

第十一号の「編集ノート」には終刊の文字は無いが、「自分一人で編集、校正、発送をやっているため」に、「運命学身の上相談の実務」とに「生活のバランスを崩し苦慮している。」の言葉を残している。四十名近い寄稿詩人作品の編集と送付されてくる詩誌へ応答する作業は、実生活以上の激務であったろうと想像される。

② 新潟県現代詩人会創設への道

一九八二年九月二十三日に西蒲原郡巻町間瀬田浦（現新潟市）の「喜左ェ門亭」で、新潟県現代詩人会は設立される。喜左ェ門亭はシーサイドラインと称される角田・弥彦山の海岸を通る観光道路にある料亭である。そこは

新潟県
現代詩人会会報
No. 1
発行　57.2.1
事務局　〒959-02
西蒲原郡吉田町
寿町　庭野方
新潟県現代詩人会

設立におもう
経田佑介

　七月以来懸案であった新潟県現代詩人会が、九月二十三日の設立総会をもってなんとか船出した。なんとか船出したというのは、初代会長を仰せつかり、今だにしっくりしない自分の気持を素直に言い表わしていると思う。ぼくは組織というものをあまり信用していないし、好きではない。どうしても権威がちらちらするからだ。まして詩人の組織となれば、組織でない組織が理想であると思っている。そんなわけで会長も世話人くらいのつもりで引受けた。

　さて、「新潟県の詩人相互の交流親睦と、県内現代詩風土の醸成をはかること」がこの会の目的である。ではさしあたり何をすればよいのか。しかし、ぼくは急がずにいこうと思う。二年くらいは土台づくりをせねばならないと思う。かって（昭39）「新潟県詩人連盟」が設立され、会員名簿も発行し86名が名を連ねていたにもかかわらず、この会は行き枯れになった。二の舞はしたくない。第一の目標を「交流親睦」におこうと思う。酒を飲むということではない。情報交換に力を入れ、会報を確実に発行してゆくつもりなので、会員諸氏の協力をとくにお願いする。会報が継続的に発行されれば、詩人会の存在も知られ、ひいては現代詩風土の醸成にも役立ってゆくだろう。初代会長としては、これだけはやっておきたいことなのである。

　詩が硬直化した精神や感性にくさびを打ち込むことであるなら、詩人の組織は柔軟なものでなければならないはずである。ぼくは、わが新潟県現代詩人会はそのようなものでありつづけてほしいと思うし、その土台づくりのためにささやかな努力をしてみようと思う。

某月某日
庭野行雄

　詩人が秩序の敵であった時代は終ったし、自由と解放のために熱情を燃焼させた浪漫期も過ぎた昔となった。恵まれた時代の詩人は、その存在になんの意味があるかを考える必要すらなくなった。

　しかしこの国の十年後、一九九二―一九九七間は新たな沸騰的局面を迎えるだろう。軍備と福祉の不均衡、世界的不況による経済破綻、人間の虚偽と背信、分裂と無気力、統制への抵抗、不安時代への突入は詩人にどのような存在意識を詩と批評に展開させるだろうか。あるいは今すぐにその予測が兆しているといってもいいかもしれない。

　詩を書いて発表していることとの意味を他に問うことはあるまい。自からに逆手の刃を向ける如くきびしく思惟するときがある。

　詩の存在理由を文学の美学としたときも、人生哲学としたときも、青春の文学としたときもあった。無警戒に近い自己暴露、情緒やエスプリの華やかな浪費、永遠無限への感動の発露、愛の破綻と悲哀の愁訴、十代、二十代、三十代、四十代、五十代とそれぞれの変化があった。ひとすじ貫ぬいている流れがあったとすれば「コギト・エルゴ・スム」（我想う、故に我あり）のデカルトの宣言にはじまる自意識が常に根底にあったと思う。詩の内部に哲学の脈搏があるべきだと今は考えている。

＊　＊　＊

　詩人の交流と親睦のための「新潟県現代詩人会」の発足を、冷静に、冷ややかに、熱情的に、或いは親身に、批判的に、それぞれの目を持って見ていて下さると思っている。県内に詩人口一万といわれている。実作者三千ともいわれる。中学生から老人ホームまで含めて……その百分の一の会員で出発した。昨年から詩を書き出した人も、四十年余書いてきた人も……包容力のある会を祈りたい。

日録

6・28(日)　プア・イエロー朗読会「声」No.5。「灯」（新潟）。
7・9(木)　現代詩人会準備委員会。新潟市越路会館にて。出席二十名。
7・19(日)　第一回準備会。庭野行雄宅。
7・19(日)　れ・ぽぬう例会。田中・宮村他三名。
7・20(月)　第二回準備会。庭野行雄宅。
8・15(土)　群馬・栃木の詩人を迎えて歓談。れ・ぽぬう主催。出席…小山和郎、川島　完、大橋政人、豊崎義明、本田　訓、斎藤健一、田中　武、昆　道子、岩淵一也、鈴木良一他六名。
9・21(月)　第三回準備会。庭野行雄宅。設立総会の議事案の下ごしらえ（庭野、岩淵、経田）。
9・23(水)　新潟県現代詩人会設立総会。（間瀬田浦「喜左ェ門亭」にて午後二時より）。議案審議の結果会則承認の後、役員選出。顧問に角屋久次、戸田正敏、小崎俊郎、田村達爾、長崎浩氏をお願いし、会長には経田佑介、理事として庭野行雄以下5名、

「新潟県現代詩人会会報」No.1

庭野行雄の親しい人物の経営する店だった。新潟県現代詩人会は庭野の精力的ともいえる尽力で設立をみた。この項をここで立てた理由である。

新潟県の詩人たちが県内詩人を糾合した会の結成を幾度か試み、組織化してきた。古くは大正十五年に平井仁八や亀井義雄らが結成したのが始まりである。戦後には浅井十三郎、亀井義雄らが一九四六年に「新潟県詩人協会」を結成し、二年ほどの活動をしている。[29] 一九六四年には田村達爾を会長とする「新潟県詩人連盟」が八十八名の会員で発足しているが、名簿の作成が唯一の活動であった。[30]

何故、庭野は「新潟県の詩人相互の交流親睦と、県内現代詩風土の醸成をはかること」を目的とする「新潟県現代詩人会」の結成を考えたのだろうか。第八章の「1、はじめに」でも触れたが、新潟県の詩人同士の関係は密接になっていた。

一九七九年三月十七日にPoor Yellow同人が主催する朗読会「声」第二回の会場へ庭野は、福島健文、蕪木錬と共に、「ニイガタで若い連中が粋がった会をやっていると言うので見にきた」と春先の〝爆弾低気圧〟の如く現われた。一九七八年十二月に「穹」を創刊したばかりで、「文学北都」以来の活動期に入っていた庭野である。息子の教育を終え、算命学の仕事も順調であったようだ。新潟県はまさに高度成長の波にのっており、関越高速道路・上越新幹線開通への工事が未曾有の好景気をもたらしていた。庭野は戦後間もなく始めた詩の総決算として会創設を考えたのかも知れない。

それはさておき、一九八二年二月刊の新潟県現代詩人会会報創刊号に載る会設立までの記録から振り返ってみる。創刊号の「設立におもう」で経田会長は、「七月以来懸案であった新潟県現代詩人会が、九月二十三日の設立総会をもってなんとか船出した。」と語り始めている。会報創刊号を編集したのは後記の「也」名から岩淵一也と推測される。その日録を次に掲げる。

7・9（木） 現代詩人会準備委員会。新潟市越路会館にて。出席二十名。
7・19（日） 第一回準備会。庭野行雄宅。
7・20（月） 第二回準備会。庭野行雄宅。
9・21（月） 第三回準備会。庭野行雄宅。設立総会の議事案の下ごしらえ（庭野、岩淵、経田）。
9・23（水） 新潟県現代詩人会設立総会（間瀬田浦「喜左ェ門亭」にて午後二時より）。議案審議の結果会則承認の後、役員選出。顧問に角屋久次、戸田正敏、小柳俊郎、田村達爾、長崎浩氏をお願いし、会長には経田佑介、理事として庭野行雄以下5名、会計幹事に八幡建治、小林一ノ新が選ばれた。事務局は庭野行雄方に置き、当分事務は庭野と岩淵がおこなうことになった。

準備会から二ヶ月半ほどの短時間で設立総会を迎え、会長に経田佑介、事務局を西蒲原郡吉田町寿町（現燕市）の庭野行雄方とし、設立会員は、

小柳俊郎、田村達爾、福田万里子、北川義一、豊崎義明、桜井正示、鈴木良一、本田訓、八幡建治、柿村うた子、梶原礼之、山下弓、清水あき子、高橋十三郎、金井建一、経田佑介、小林一ノ新、佐野雪、館路子、長崎浩、北川瑛治、下条ひとみ、蕪木錬、田中武、国見修二、角屋久次、戸田正敏、遠藤修平、星美也子、吉岡又司、五十川庚平、長谷川潤治、脇本恒、庭野行雄、岩淵一也、松井郁子、松井赤葉、関秀代、星野きよえ、遠藤春子、飯島靖子、須藤茂一、高田一葉

の四十三名での出発だった。

その後会員の増減を繰り返し新潟県現代詩人会は二〇二〇年現在まで継続している。

会報は創刊号から一九八五年十二月刊の№13まで十三号発行している。一九八二年十一月刊の№4から一九八三年九月刊の№6までは事務局を本田訓が担当し、一九八三年二月刊の№7から一九八五年十二月刊の№13までは事務局を鈴木良一が担当している。会報は会員それぞれの近況報告、所属詩誌の現況、上梓された詩集の紹介等の情報共有を図る編集がなされている。

交流を図る試みとして一九八三年二月に詩画展「ポエムギャラリー83」を新潟市の東北電力グリーンプラザで企画開催した。参加者は二十三名。新潟県現代詩人会会員以外の画家や工芸家も呼びかけに応えて参加した。一九八三年四月刊の会報№5で福田万里子は「詩画展の感想」を寄せ、「鈴木節子のローケツ、小林直司の版画、高田一葉の書、本田訓のボロクズを集めた造型などには意識がうごめいていて印象深かった。」との評価を伝えている。

また、新潟県現代詩人会は会存続の根本ともいえる会員によるアンソロジー、「新潟県現代詩人会アンソロジー1985——第一集」を一九八五年九月に上梓している。[31]会員五十六名の内三十七名が参加した（会員外から一名の参加）[32]。新潟県現代詩人会は県内の詩人同士の交流親

睦を強める結果を残したことは確かである。

16　詩誌「北狄」の動向と長崎浩の市民講座

①　北狄の動向

長崎浩（一九〇八・十一・十～一九九一・七・二十九）が主宰する詩誌「北狄」は、一九八一年三月刊の第八号から一九八五年十一月刊の第二十五号までに十八冊を発行する。一九八二年から一九八四年までは春夏秋冬と年四回の季刊発行をしている。一九八一年七月刊の第九号には女流歌人の桐生栄が、一九八三年六月刊の第十六号では本田保が、一九八三年の第十八号からは庭野富吉が同人として参加している。第十八号から「北狄」の同人は、阿木象、安達徹、桐生栄、小林かずお、斎藤文一、寺原信夫、長崎浩、庭野富吉、長谷川朝子、本田保の十名で推移してゆく。

各同人は専門分野から詩・エッセイで確かな認識と知性を発揮している。斎藤は宇宙物理学の視点から宮澤賢治の研究を進め、誌面では「高志歌抄」を詠い、安達徹は東北日本の「近畿政府」と先住民蝦夷との戦いの歴史を「もう一つの日本　私の蝦夷について」を書き、長谷川朝子はエッセイ「遠い風景」で生まれ育った新潟市中心部の風景を克明にデッサンしている。

長崎は一九八二年二月に「手づくり豆本詩集」で編集した作品を更に編集して、『長崎浩詩集』として上梓している。又、寺原は一九七一年から一九八二年までの自らの詩的営為を第一詩集『風景』として上梓している。

「北狄」の変化としては一九八四年第二十号で桐生栄が退会していることが挙げられる。一九八五年四月刊の第二十三号からはそれまでは「同人住所」欄が「執筆者住所」と変更され、編集後記には山下弓が「今号から北狄に加わった。」と紹介されている。執筆者住所には斎藤、長谷川、寺原の名前が無く、退会したものと思われる。一九八五年八月刊の第二十四号の編集後記で長崎は、「「北狄」は同人の執筆参加にも、多少の消長があった。夫々の職業上の多忙や、制約などもあるのか、休稿の続いている人もある。」との言葉を残している。[33]

②　「北狄」同人の詩集紹介

長崎は一九八二年十二月に『長崎浩詩集』を上梓する。

一九二三年に長崎が十五歳で詩作を始めてから六十年の詩歴をまとめた詩集。「愛情の二律背反によじれる」(「故園の章」) と感情のよじれを詠うのだが、「色あせた古い衣裳のしみに似た／悔恨の数々を」(「四月小景」) と悔恨と憤りが詩行を蔽っている。「わがむねんの歯ぎしり」(「無明の繭」) しか響いてこないのだ。ユーモアやイロニーの欠如と指摘することは容易い。時折顔をのぞかせる人間不信は、自己不信の裏返しと考える。

例えば、生活リアリズム詩の一つの達成としての『裏街』から、『南島抒情』詩篇への文体がなぜ口語自由詩から文語体・漢文調に変化したのかと問わねばならない。長崎は山形県から長野へ転勤したことや、台湾での活躍をこの詩集の「詩歴年譜」でようやく明かしている。その台湾での「戦争協力」を真摯に自己分析することができなかった、そのことに尽きよう。真壁仁が「詩に刻んだ自己史―長崎浩詩集によせて」を書いている。あとき、既刊豆本詩集書目、詩歴年譜と百十三篇から成る。A5判、ハードカバー、箱入り。二百六十五ページ。

一九八三年四月には「長崎浩詩作六十年を祝う会」が開催された。「北狄」第十六号には寺原がその記録を残している。

寺原信夫は一九八三年一月に第一詩集『風景1971―1982』を上梓する。「1971―1982」との標題にあるように生地八王子市から新潟市へ移住した、一九七一年から一九八二年までの寺原の詩的履歴を纏めた詩集。田中武は「新潟県現代詩人会会報」No.5の書評で、作品を丁寧に吟味し「雑然とした力作」と評価、寺原の風景とは、「風の景色」であり、「風景の意識」であると指摘している。二章の一九七〇年代の初期の作品は、時代の空気を映して隠喩の技法が時代との格闘の痕跡を滲ませる。小林澄夫が跋文「〈平和荘〉について」を書いている。あとがきと三章二十八篇から成る。A5判、ハードカバー。百三十七ページ。

一九八三年三月に庭野富吉（一九四一・四・二十七～二〇一四・八・二）は第一詩集『黒い背中』を上梓。詩に目覚め「時間」同人時代の「二十才の頃から最近までの作品」(「あとがき」) から編集されている。新潟県現代詩人会No.7で五十川庚平は「やさしく痛々しい言葉のメルヘンがガラスの破片のように胸にささってくる」と評している。社会への批判・批評を根底に秘め、他者への祈りの感情が伝わる。表紙は詩集を象徴するように、山道とおぼしき道を歩む人物の後姿を、木立からこぼれる陽射しが前方から照らし、詩人が希望の光を求めているかのようである。北川冬彦が「序」を書いている。あとがきと三十五篇から成る。Ａ５判、ハードカバー、箱入り。

③　長崎浩の市民講座の展開

長崎は『長崎浩詩集』に「詩歴年譜」を附している。それによると、

一九八〇　六月　新潟市中央公民館の委嘱で、「現代詩講座」を開講、十二月以後受講者によって「地平の会」が設立され、月二回講評に当っている。

一九八二　五月　新津市公民館の委嘱で「初心者現代詩講座」を開く（毎月二回講義）

と、掲載している。

地平の会からは「地平詩集」が創刊され、新津市（現新潟市秋葉区）での講座からは「てのひらの会」が結成され「掌詩集」が創刊された。いづれも会の年間アンソロジーである。それぞれの活動を追ってみる。

17　「地平詩集」と「掌詩集」について

①　地平の会結成と年間アンソロジー「地平詩集」

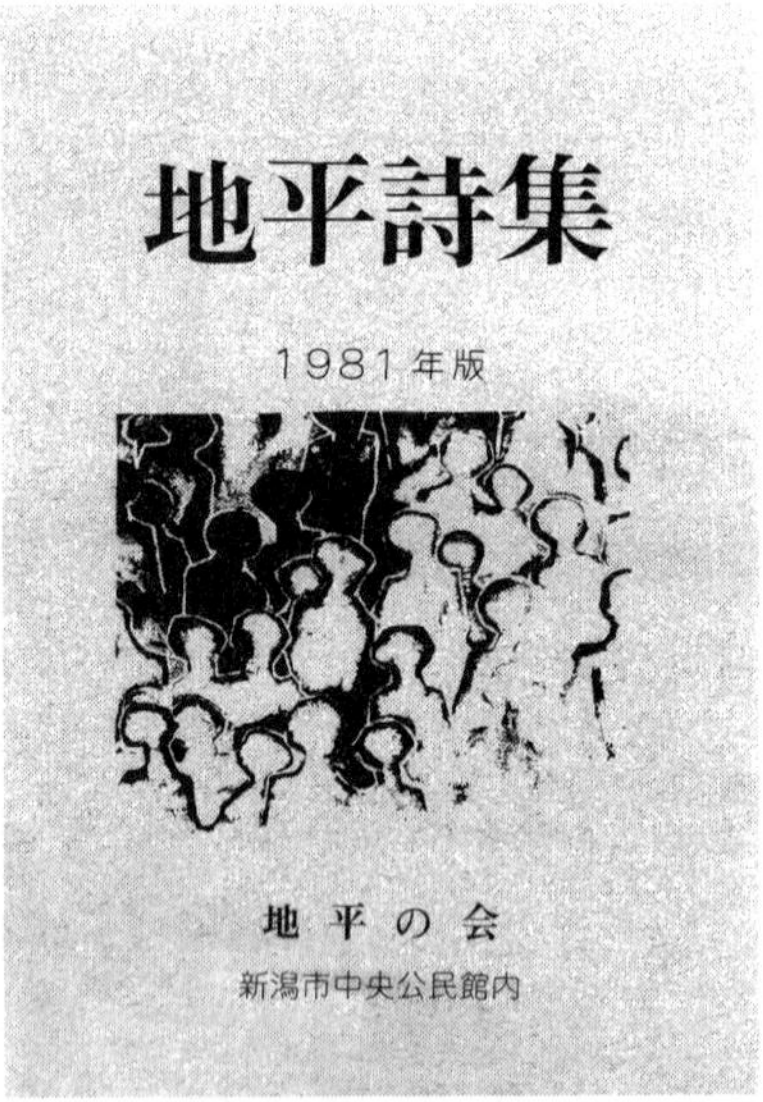

「地平詩集」1981年版

創刊詩誌の紹介が創刊年順とは違ってくるが、長崎との関係からここに項目を立てることとした。

一九七〇年代中頃から東京などの大都市では「文化講座」なるものが開講され話題になっているという情報は、地方都市新潟市辺りでも何となく聞こえていた。大衆社会化状況の一つの表れであろう。新潟市でも公民館運動の一つとしての文化的事業として、同人誌「ともしび」を後援している姿は見てきたところである。

詩への思いを強く持つ主婦層の意識を汲み上げ、新潟市が長崎浩に「現代詩講座」を依嘱したのは時代を象徴する出来事である。長崎は後に次のように語っている。(34)

私は新潟市中央公民館の依嘱を受けて、昨年七月現代詩講座を開講し、ほとんどが始めて詩の実作に携わったという女性の聴講者を対象として八回に渡って詩の話をした。

その受講者の有志が一九八一年に「地平の会」を結成する。会は月二回、創作した詩を持ちより、長崎の講評を受ける。会員の詩は干天の慈雨を得た植物のように長足の進歩を遂げた。

一九八一年五月には会のアンソロジー「地平詩集―一九八一年版」を編んでいる。「アンソロジー一九八一年版」は、「各自の勉強の成果の中から五十編の作品を選んで一冊の詩集にまとめ」(「はじめに」)たとしている。創刊会員は、

植木てる、浜田怜子、豊島みさほ、星野きよえ、鈴木サヨ子、仲村キヌ、樋口芳子、松永アキ、星野久枝、飯島靖子、山下恵子、白石かおる、遠藤春子

の十三名。

あとがきを新潟市中央公民館の館長と思われる田中由紀子が書いている。各自の詩二から三篇、総計五十篇で編集されている。会員の中には数人の「ともしび」会員がいるのが分かる。一九八五年四月には五冊目となる「一九八五年版」を発行している。この五年間の会員は多少の入退会が見られるが十四名前後で推移している。

会員の活躍には眼をみはるものがある。五年間で六冊の詩集を上梓している。会員の旺盛な詩精神を見る思いがする。

②　地平の会会員の詩集紹介

松永アキ(一九〇六・九・六～?)は『花びらの家族』を一九八一年十月に上梓する。著者七十五歳での第一詩集。一九八〇年に開講された新潟市公民館での長崎浩による「詩の講座」に詩を学んだ結果である。「山よりも高い書の世界／海よりも深い句の世界／はてしない詩の世界／ただ　うろうろ　きょろきょろ」(「井戸の中の蛙」)と著者は、常日頃から書、俳句に親しんできた。「詩の講座」に参加して、詩の世界へと歩みを進め

る。向上心に富んだ性格なのだろう。親族や草花と人生を結ぶ、優しいぬくもりと人間の安らぎの在り処を教えてくれる詩集である。長崎が「序」を書き、あとがきと三章四十二篇から成る。A5判、ハードカバー、箱入り。九十五ページ。

松永は一九八五年六月に『花びら家族』に次ぐ第二詩集『やすらぎ』を上梓する。「七十八歳の私の最高の友は詩でございます。」と、詩を書くことで見えてくる家族との関係や自然への思いをありのままに、感じたままを表している。そうした日々が嬉しく生きがいとなってゆく詩。言葉を研ぎ澄まし、想像の領域と世界を広げる詩の在り方とは異なる詩の姿を見るのである。跋を長崎が書き、あとがきと三章五十篇から成るB6判、ハードカバー。百十ページ。

山下弓は一九八一年十一月に詩集『自画像』を「詩の講座」受講からわずか一年で上梓する。第一章はあふれる感情を比喩とリズムで詠いあげ、スピード感が詩との出会いの喜びを伝える。第二・三章は情感を叙景する作品群である。「序」を長崎が書き、あとがきと三章四十八篇から成る。B6判、ハードカバー、百二十八ページ。

山下は一九八二年十月に第二詩集『少年の地球儀』を上梓する。子供を見守る母親の視線から少年を描写した「少年の地球儀」の章。著者の成長してきた過去を叙述する「遁走」の章。生まれ育った路地を長崎から学んだ詩法「生活リアリズム」で綴った「路地」の章。長崎の文が載るしおりを挟み、あとがきと三章三十八篇から成る。B6判、ハードカバー、箱入り。百十五ページ。

山下は一九八四年一月に詩集『櫂の音』を上梓する。『自画像』『少年の地球儀』に次ぐ第三詩集である。著者の育った幼少女期の風景から現在《いま》を回顧する姿勢で作品は書かれている。前詩集二冊の豊かな比喩は消え、表現される世界は幼少女期へのノスタルジアである。生活を回顧する感情が吐露される。詩的感性から暮らしに根ざした世界―生活リアリズムへと詩人は変化している。あとがきと二章二十五篇から成る。B6判、箱入り。七十七ページ。

遠藤春子は一九八四年三月に『雪の華』を上梓する。遠藤は若い頃から詩に接している。夫の被爆を書いた「足くらべ」と「祈り」は集中でも異彩を放つ。そうした体験と詩想を長崎の詩の講座で深め、「ともしび」「地平の会」で研鑽しながら、自己の詩の根拠を見据える姿勢から生まれた詩集である。「雪の華」や「糸車」でみせる遠藤の感受性の柔らかさからくる抒情性の深さには目を瞠らされる。序を長崎が書き、あとがきと二章二十五篇から成る。Ｂ６判、ハードカバー。八十九ページ。

18 「てのひらの会」と年間アンソロジー「掌詩集」

アンソロジー「掌詩集」は、「一九八二　五月　新津市公民館の依嘱で「初心者現代詩講座」を開く」と、先に見たように新津市（現新潟市秋葉区）の公民館活動から生まれた、「てのひらの会」が刊行したものである。「掌詩集―一九八三年版」[35]には「公民館より」と題された文があり、長崎に初心者向けの詩の講座を「お願い」した理由を、

新津には、「文芸にいつ」を刊行し今年で第八号を迎えようとしているが、短文芸の中、詩の部門が数的にも寂しい思いがするという声をよく聞かれていた。

と、「文芸にいつ」の詩部門投稿者育成が目的であったと読み取れる。

講座に参加した市民は「てのひらの会」を結成して、その後も長崎の講義を受けて詩の勉強を続ける。その結果が年間アンソロジー「掌詩集」であった。一九八三年版の「あとがき」で、編集委員の鈴木満（万木涼）は、

あれから満一ヶ年を経過しましたが、ほぼ月二回の教室での中間発表ともいうべきささやかな小冊子をこの世に出すことができたわけです。（中略）私たち生徒はまさに暗中模索しながら兎に角、一所懸命に綴った「心のうた」だったとでも申せましょうか。

と、長崎への感謝とともに会員の努力と喜びを伝えている。

会員十四名の内十二名が作品を寄せている。長崎は詩への心構えとして「物に感動する心の大切さ」や「心のふれあい、豊かな人間性の助長」（「公民館より」）を熱心に語っていたようだ。

一九八三年から一九八五年まで三冊を刊行している。一九八五年十二月刊の「一九八五年版」からは発行日も明記された。三冊の「掌詩集」に毎号作品を寄せた会員は、井越忠夫、石山誠、大谷久美、落合のぶ、小野里寿夫、樋口よね、万木涼（鈴木満）の七名。

この七人を中心に「てのひらの会」は継続してゆく。万木涼は新津市の郷土史を著すなど文人的気風の人であった。樋口よねは歌人でもある。

落合のぶは講座を受講し、詩作を始めて四年目の、一九八五年六月に第一詩集『夕映え』を上梓する。詩との出会いを「天恵とも思われる出会い（詩との出会い）」と言っている。詩が青春だけのものではなく、生涯にわたる文学として近年考えられるようになってきた。長寿社会の反映でもあるだろう。落合は長い人生に起伏する哀歓を、たおやかな心で掬い取り詩に昇華している。感情の影日向を、記憶のうねりに身を置いてなお新しく詠い上げている。長崎は跋で「老熟の境地に達した女性の偽わらぬ内部世界」、「内心の解放」と指摘している。あとがきと三十五篇から成る。B6判、ハードカバー、箱入り。百二十八ページ。

19　一九八一年から一九八五年までの創刊詩誌について

創刊誌

一九八一年／地平詩集1〜5
一九八二年／れ・ぼぬう詩集、詩集くちなし1〜4、海構1〜9、峡谷1〜7
一九八三年／掌詩集1〜3
一九八四年／穀物1〜8
一九八五年／アステロイド1〜4、葉群1〜3、辻1〜2

一九八一年から一九八五年までの創刊詩誌については、詩誌の関係と関連から年代順を変更してきた。「アステロイド」「葉群」はこの章の前半で、「地平詩集」「掌詩集」は紹介してきたところである。

20　れ・ぼぬうの会とアンソロジー「れ・ぼぬう詩集」

詩誌「南蛮蝦」を終刊してから田中武は「れ・ぼぬうの会」を主宰していた。一九八二年二月にA5判、三十九ページのアンソロジー「れ・ぼぬう詩集1981」を発行する。高見ひろ子、岩淵一也、仲山智子、田中武、渡辺久仁子、吉川象市が作品を寄せている。その編集後記に当る「「れ・ぼぬう」への招待」で田中は「時々のゲストを混《ママ》えて語り合う、月一度第三日曜日の午後。」に、「自作のコピーを持ちよっては、なにがしかの感想を」、

「語り合う」会としている。その「ささやかな会」の名は「れ・ぼぬうの会」。フランス語風な「れ・ぼぬう」は田中の説明では「〝れ・ぼぬう〟その名称のようにうぬぼれを裏返したような謙虚さ」と韜晦しているが、田中の本領を見せる諧謔である。

一九八三年三月刊の「れ・ぼぬう'83」には、渡辺、田中、高見、仲山に加えて渡辺彦英、宮村一也が寄稿し、一九八五年五月刊の「れ・ぼぬう詩集'85」には、小島春行、斎藤光子、真部純子が寄稿している。真部は小説家である。

一九八四年一月に田中は詩集『旅程にない場所』を上梓する。田中の詩を読み、語るのは難しい。田中の作品は実人生や感情を喩や物語性として表現している。読者の日常次元の感覚では追い切れない何かを田中は表現している。それが詩だと言えばそうだが、書くこと、西欧風にいえばエクリチュールを駆使できる新潟県では数少ない詩人だ。例えば、詩「飼育記」はオラン・ウータンを飼う詩であるが、〝亡父へ〟の副題からすると父への看護記である。だが、本当に飼育していたのは、詩人と呼ばれる者の飼育記でもある。「飼育記」は田中が言葉で書いた自らの姿ということになる。

そして詩「少女誘拐」はつげ義春の漫画「紅い花」に通じる物語を想起させるが、一方この詩は少女期の娘を持つ父が参観した、とある秋の一日の運動会風景を描いたものに過ぎない。「イメージの赤が動いていく／風にまかれて／虚構のようなひとりの父をもつもの」としての、「ひとりの少女を通過しつつある時間が／同時に私の腸《はらわた》をも通過する」エクリチュールの場としての父娘の運動会。『旅程にない場所』とは萩原朔太郎の『猫町』のような架空と現実の表裏を表現した詩集であろうか。「夢ならば事態の解／決は可能だ。すなわち目覚めることだ。（「旅程にない場所への旅」）。初出誌一覧、あとがきと二十一篇から成る。A5判。八十八ページ。

21　「くちなし」について

戦後に労働現場や職域で多くのサークル誌が誕生してきた。それらは労働運動と深く関係していた。さらにサークル誌はハンセン氏病療養所や結核などの国立療養所などに普及していった。[36]そうした労働運動や被害者、弱者からの社会への明確な理念理想を追求する思考とは異なる、詩を詩として学び創作しようとする意識が芽生える。一九七〇年代からは日本の高度成長期の過程で大衆社会状況が生まれ、新潟でも一九八〇年代に入り詩を学ぶ講座や集いが開かれてゆく。「地平の会」「掌の会」「れ・ぼぬうの会」、そして「くちなしの会」である。それらはそれぞれ学習、合評会の成果を同人誌という形式ではなく、アンソロジーを発表の場としているところに特徴が見られる。

　一九八二年三月刊の「くちなし」第一集の「はじめに」で代表者の小林進一郎は、

　一九七九年八月、喫茶スペインに池田さん、石山千代子さん、小林の三人が集まって持ちよった詩を読み合った。くちなしの会の発足である。詩のサークルをつくってみないかという池田さんの呼びかけがきっかけになった。

と、「くちなしの会」発足の動機と経緯を述べている。

　発表の場も無く、密かに詩を書いていた三人が集まって、詩を持ちよりお互いの作品を語り合う。合評会というより詩の学習、勉強会と言ったらいいのか。そして機は熟して年間アンソロジー発行へ至る。

「くちなし」は一九八二年三月刊の創刊から一九八五年四月刊の第四集まで四冊を刊行している。B６判、二段組で編集している。一九八三年九月刊の第三集からタイプ印刷になっている。やなせかずみ（柳瀬和美）は第三集と第四集に詩「雪」を掲載している。二つを比較して鑑賞してみる。第三集の「雪」を引く。

　雪が降りつづく／ひとつの思い出を抱くために雪道を歩く／／おさげの長い髪をふりみだして歩きつづけたあの日のように／いまも紺色のオーバーが好きだ／ひとひとりが通れるように／踏み固められた細い道を／あなたがカバンをふりながら大股で歩く／バスも凍えてしまった日／わたしがうしろから歩く／行く手の道のまん中に／投げ捨てられた雪の山／あなたは難なく越えた／すこしすり減っていたわたしのゴム長／目をそらしたままもどってきたあなたが／迷惑そうに手を伸べた／一度も言葉をかわさずに／一度も見つめあわずに／二人で雪の山を越えた／／しんと口をつぐみ／来る年も来る年も雪はふりつづける

第四集の「雪」は、

　雪がふりつづく／紺色のオーバーが急ぎ足で通りすぎた／おさげの長い髪をふりみだして歩いたあ／の日の私のように荒い息づかい／／人ひとりがやっと通れる

／（／踏み固められた細い道を／以下第三集と同じ）

二つの「雪」の違いは第三集の「雪」から「ひとつの思い出を抱くために雪道を歩く」と「いまも紺色のオーバーが好きだ」を省いた点である。これは詩「雪」をやなせ（柳瀬）個人の思い出やこだわりの強い詩から、詩が人の生を生きる姿の喩として立ち上げる推敲であった。同行二人とでもいえる極寒の雪の朝、一期一会とも言える見知らぬ人との触れ合いを、降り続く雪を見る度に思い出すやなせの心の内を強く表現する推敲がなされたことを示している。「ふりつづく」「ふりみだして」「ふりながら」の「ふり」韻は、雪道での出来事を思い出す度に、心ふるわせるリズムを奏でている。

第四集に載る会員、

秋山千代子、家塚順子（玲緒那）、池田真利子、石山忍、籠田篤子（岡本篤子）、上林洋子、越沢八重子、小浜東子、小林進一郎（小林俊作）、古俣キヨ（小林キヨ子）、田辺玲子、星ヤス子、村上孝子（上村明）、目黒黎子、柳瀬和美、山内美澄、山倉公子、渡辺可奈子

（　）はペンネーム

の十八名。

22　福田万里子ルネッサンス―「海構」の創刊から「辻」へ―

①　同人誌「海構」の創刊

福田万里子が名古屋市から夫君の転勤で新潟市へ転居して来たのは、一九八〇年三月であった。福田が新潟へ転居して間もない同年四月に庭野行雄は「長谷川龍生氏、諏訪優氏と現代詩を語る」という催しを、営所通の喫茶「薔薇園」で開催する。庭野が長谷川龍生、諏訪優、笛

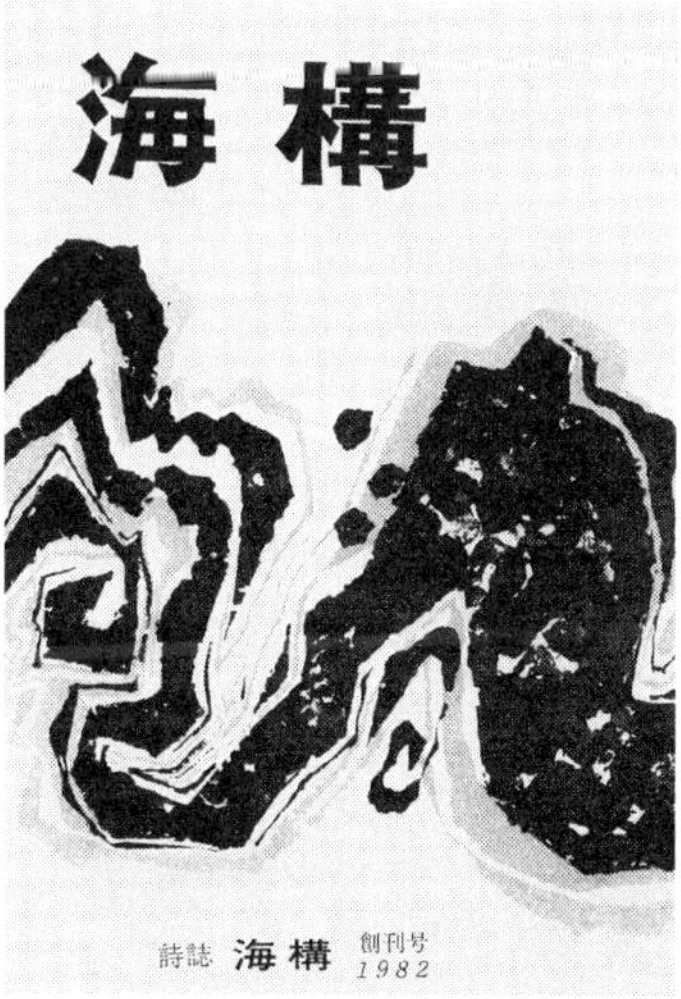

「海構」創刊号表紙
（絵　福田万里子）

木利忠らを招待して、新潟市で催した会だった。会には経田佑介、鈴木良一、本田訓らが参加した。それぞれ福田とは初対面だった。

福田が新潟へ来て半年も経たずに新潟県現代詩人会は結成される。庭野は福田との交友を契機に、詩人会結成の実現を計画したとも考えられる。新潟県の詩界に詩人会結成への熱意の高まりを庭野が感じ取っていたのかも知れない。

同人誌「海構」は一九八二年十一月に創刊される。編集は岩淵一也、柿村うた子、福田万里子の三人編成。発行所は福田方となっている。一九八三年二月刊の第二号から発行所は、新潟市万代一―二―三コープ野村万代一三〇四福田方の表記となる。創刊同人は、

岩淵一也、柿村うた子、蕪木錬、斎藤光子、下条ひとみ、新保啓、杉みき子、田代芙美子、田中武、平原葵、福田万里子、星野諄一、前田邦博、

の十三名。

一九八〇年当時筆者は、県内同人詩誌上で岩淵、蕪木、下条、田中等幾人かの詩人を知り交流を始めていた。しかし、斎藤、新保、田代、平原、星野、前田の名は、一九八二年の「海構」創刊時に初めてその名を知る詩人たちであった。[37]

一九八一年の新潟県現代詩人会結成名簿にも掲載されていない詩人たち、斎藤、田代、前田は詩誌「造型」で活躍していた詩人で、「造型」は一九六七年三月刊の第二十四号で終刊している。[38] その主導者の一人である前田は神奈川県へ移住していた。

新保、杉、平原、星野は詩誌「現代詩」によって活動していた。杉みき子は児童文学者としてその名を知られてはいた。こうした休眠状態の詩人たちを再生復活させたということで、二〇一六年四月刊の「北方文学」で私は次のように書いている。

「造型」終焉後、多くの詩人は作品を発表する機会を失っている。復活するのは私が「福田万里子ルネッサンス」と名付ける、一九八二年（昭和五十七）年十一月に創刊される詩誌「海構」を待たなければならない。

「海構」創刊は福田にとっても大きな決断があった。福田は新井豊美らと詩誌「ゔぁん」を発行していた。それを終刊しての「海構」創刊であった。誌名は「海溝」ではなく、同音の「海構」とした経緯を福田は創刊号の後

記で、

〈海溝〉と提案するところを〈海構〉と書いてしまったが、その方が面白い、という意見も出て決定した。後日、同人の新保さんから〈海に構える心、海に構えられる生、また、もだえる柵があって、海と……〉という音信も届き、詩誌「海構」の誕生となった。

と、命名の後日談と共に述べている。同人の詩に対する精神の反映でもあろう。

一九八〇年前後に新潟県で発行されていた詩誌の詩人たちは二十代前半から四十代前半の年齢が多かったことを考えると、「海構」同人は戦後間もなく詩を始めた長い詩歴を持つ、経験豊富な詩人たちの集まりとなった。十三人の同人にとって完成期、熟成期の年齢でもあった。

創刊号から一九八四年十二月刊の第九号まで、二年間で九冊を刊行している。各号には個々の詩人がそれぞれの詩の方法を熟成させるかのような作品が掲載されている。一九八三年八月刊の第四号に前田は、「『詩的なるもの』への断想」を載せている。

人間を知るには、第一に、人間であること。つぎに、ありうべき人間であること。最後にありうべからざる人間であること。――この第三の眼こそ、人間をその総体において見据えるための最も決定的な位置である。

と、説き始める。そして、

詩人の多くは言葉の牢獄で餓死する。

とか、

詩人の悲劇は、言葉の向うにあるものを、言葉のこちら側でしか語り得ないことにある。

と、前田はアフォリズム風に詩学を論じている。

前田の詩論は「造型」時代と変わらぬ詩学を哲学に置き換えようとの意志と難解さを受け継いでいる。前田の詩学は巻貝の殻の中の中心点に向かわず、外縁の頂点から裾野へと広げていく論調をとる。その論調は焦点が定まらず理解し難い。しかし「第三の眼」を概念化することで前田の思考の方向ははっきりした点もある。「言葉の向うにあるもの」と響き合うのだ。「引き裂かれた言葉と魂に、願わくばひとときの安息を……」で終わる『詩的なるもの』への断想」は、詩人の詩想と言葉の終わりなき戦いへの理想として共感できるのである。

「海構」も順調に展開し、順風満帆にみえた福田の長年の詩的営為が、衝撃的事件に巻き込まれ、事件の渦中の当事者となってしまう。

盗作事件である。一九八三年十一月刊の第五号に福田は、「盗作詩集『背の闇』について」を載せ、自らの詩が盗作されていた経緯を語り、盗作者への憤りを伝えている。この盗作は作品中のある言葉や数行を自作の詩に取り入れるといった姑息なものでなく、

▽磯田恵子「背の闇」75行中70行および題名は新井豊美「火山灰地」から57行と福田万里子「踊るひとに」から13行の合成盗作。二篇とも『づぁん』5号（昭47）
▽同「骨の通夜人」81行中70行および題名は、福田万里子「二十六回目の夏」より盗作。「づぁん」2号（昭46）

というかつて類例のない盗作であった。

磯田恵子という人の『背の闇』は福田、新井豊美、滝勝子、鈴木哲雄、若山紀子といった詩人たちの作品からの盗作で構成された詩集であった。作品からの盗作という被害者でありながら、なおかつ事情を知らない読者――詩人たちからむしろ福田たちが磯田を盗作したとの疑惑と疑念を持たれることもあった。そんなことより福田が最も胸を痛めたのは、詩人の魂の破壊にもなる作品のモチーフが改竄されることだった。福田が盗作された「二十六回目の夏」は、「私が十一歳のとき従兄のひとりが沖縄で戦死をした」事実を「戦後二十六年目に書いた私の戦争体験」であったという。福田が従兄の死の無念と慙愧を、二十六年の年月をかけてようやく書いた詩を、次のように改竄する悪を告発する。


例えばそのひとつ〈情事をする〉という言葉など、ここでは必要ないのである。盗作全作品を通して磯田の詩がちぐはぐな印象を与えるのは、他人の言葉を大量に傷みもなしに盗るのであるから当然であろう。このような盗作にもとより儀礼のあろう筈はないが、申しわけにはさまれた言葉の軽薄さに、十一歳の私の無垢は汚されていて、うら若い従兄の清らかな死も汚されていて、いたたまれなくなる

盗作による福田の精神のいたたまれなさ、無念さを思

いやるばかりである。

「海構」は一九八四年十二月刊の第九号で終刊する。「記」欄で新保は「この号を以って解散する。同人は殆どお互いのことをよく知らないまま出発し、二年を経過した。」と、解散の言葉を残している。そして、

同人誌を出す以上、お互いに刺激的でなくてはいけないのだ。「海構」は、お互いの詩作にとって刺激的あったかどうか。私達はそれについて討議し、中には解散を惜しむ声もあったが、新しい芽生えを考えることにした。

と、解散への経過を伝えている。「海構」同人の詩集として四冊を紹介する。

②「海構」同人の詩集紹介

岩淵は一九八一年九月に第三詩集『観測井』を上梓する。「扉」の言葉で岩淵は、「観測井とは／郷愁を見るために胎内に穿った／わたしのつたない時間装置である」と詩集の根拠を告白している。岩淵が歩んできた風景の全景、少年期。思春期、青年期の記憶の細部を丹念に叙している。少年をめざしながらも、父への鎮魂へと通じてゆく「郷愁」が、一行一行に樹木のようにすっきりと立つ抒情として表現されている。五十篇から成る。A5判、ハードカバー、百二十一ページ。

さらに岩淵は一九八五年三月に第四詩集『曲淵日録』を上梓している。田中武が「岩淵一也は風景を描く。あるいはすべての対象を風景化して描く。」と跋文「ただ在ることに於いて」で指摘する通り、「たかだか八里四方にすぎない」（「あとがき」）生活圏の季節の風景へと分け入って行く。作者の少年期から四十代までの体験と記憶が風景として象嵌されている。それは「先の鋭い彫鮮やかな鑿」（「妻里屋」）で推敲し詠いきっている。あとがきと三十二篇から成る。A5判、ハードカバー。百三十六ページ。

前田邦博（一九二三・三・八～二〇〇三・四・二十五）は一九八一年七月に『壺中風物』を上梓している。前田は戦後まもなく「デルタ」「アカシア」の創刊を経て、田村達爾と共に詩誌「造型」を主導してきた。冒頭の詩「扉」は、「真実は――その人の現わそうとしたものではなく、生涯を通じて隠し続けたものの中にある。」と人生の秘密を置く。生涯を通じて隠さなければならない真実とは何か。愛か、人間の欲望か。第一章「壺中風

景」には、アフォリズム風な短詩が置かれている。〝隠し続けたもの〟が点描され、あたかも壺の表面に描く人生の縮図絵のように配置されている。第二章「懺悔の門抄」は百六首の短歌である。短歌には〝隠された真実〟が顔を覗かせていると読み解く。第三章は「冬のmetamorphosis」。あとがき「Gに」と詩五十五篇と短歌百六首から成る。A5判、ハードカバー、箱入り。九十九ページ。

田代芙美子（一九二二・九・一～二〇一四・十一・二十六）は一九八五年七月に第一詩集『アラベスク』を上梓する。田代はさざなみの人である。「それは　さざなみ／風のようにすきとおり／わたしが遠く消えてゆき泡のように／／もう在るのか　ないのか／生まれては消える　ひとときのきらめきに／それは在ったのだ　と知るばかり」（「アラベスク」）。田代が関心を向けるとさざなみが起こる。そのさざなみは昇華して言葉となり、人の孤独を象徴する光と影を映しだす。孤独を認識した者のみが見る人生の光と影。田代の眼差しは理性そのものとなる。跋文「時の中の痛覚にむけて」を福田万里子が書いている。初出詩一覧、あとがきと四十九篇から成る。A5判、百四十二ページ。[39]

② 同人誌「辻」創刊から福田万里子の転居まで

一九八五年九月に詩誌「辻」が創刊される。同人は福田万里子、岩淵一也、田中武、五十川庚平の四人。「海構」の共同編集者の福田と岩淵の顔ぶれから「海構」の後継誌と考えられるが、五十川庚平は詩誌「穹」に関係し、同人誌「峡谷」の同人でもある。

福田が新潟を去る一九八六年三月までに「辻」は三冊発行されている。四人それぞれの力量を発揮していて安心して手にできる詩誌に仕上がっている。福田が新潟にいる期間は、その後の「辻」の展開をみていくと田中色が強くなることから、福田のイニシアチブが効いていたと推測される。一九八六年三月刊の第三号後記で岩淵は、在新潟時代の福田の詩的活動を、

> 「海構」「辻」は新潟の詩誌の少なさを危ぶんだ彼女が核となって作られたものである。県詩人会の発足も彼女の来港と軌を一にしている。

と、評価している。

福田は一九八〇年三月に新潟市に転居以来、一九八六

年三月まで丸六年間の新潟生活であった。この間に福田が新潟県の詩人に与えた影響は大きかった。福田は新潟県の詩誌や詩人と交友し、旅をし、日本画を教えていた。詩誌の創刊を中心になって担い、眠っていた詩人たちに息吹を吹きかけ、詩を目覚めさせるムーサの役割を果たしつつ、若い詩人には詩作への励ましと詩的活動では慎みという態度を教え諭してくれた[40]。私が「福田万里子ルネッサンス」と称するいわれである。

23　「穀物」創刊について

一九八四年一月に斎藤健一は個人誌「穀物」を創刊する。季刊詩誌と銘打ち、一九八五年までに八冊を刊行する。A3二つ折りで、表紙、詩二篇、エッセイの四ページの編集である。斎藤は「桜花文芸」を離れ、一九七〇年代後半からは岡山県高梁市中井町の間野捷魯が編集発行する「一樹」に属していた。

詩は斎藤の風格である、一詩二十字×九行から十四行の定型を遵守する詩法をとっている。それは私—僕の主格が、空、海、港等の情景や風景と視線を交差させる一瞬の身体の反応を表現している。一九八五年十月刊の第八号に載る「訪問」を引く。

皿を洗いながら蛇口をあけた。テーブルにはアラビア数字の時計が置いてある。ナイフで葉書を切った。風が出てきたのかも知れぬ。犬小屋の附近。ざくろの種が舞いあがる。垣根の向うから弟はわたしを呼びつづけた。彼の頬は細い。青空の絶対。プロペラのような電燈のスイッチが変に明るい。わたしは寒くなどないのだ。窓をひらき空気をいれかえなければならない。急いで。

視線と身体のゆらぎは、飛躍と沈黙を生み、斎藤の詩の真骨頂となっている。行間と言葉の調整、推敲は、余人が分け入ることを拒絶しているとさえ思える。だが詩が立ち上がる一瞬の、詩人が見据えたポエジーの核心を読み違えなければ、斎藤の詩が沈潜してゆく言葉への、詩への行動を読み違えることはない。

詩人・斎藤健一の特質の一つはエッセイの面白さである。面白いというと語弊はあるが、詩であり、批評である。エッセイというと日本では身辺雑記や専門家が専門分野研究での珍しい出来事《エピソード》を述べる文章として認識されているが、斎藤のエッセイは自然科学・哲学・評論といった論文に近いと言えるだろう。エッセイそのものである。一九八五年四月刊の第六号エッセイ「桜の話」は、「四月。うすら寒い風が吹く。」で始まる。斎藤のエッセイは詩の飛躍と同じ構造で表現される。季節の移ろいから一挙に詩論へと展開する。転回力と言った方が良いのかも知れない。

「桜の花はちらないのだ。」と書いた男は、／宮崎孝政である。／能登に生まれ育ったこの詩人のいかに血管／の鋼のごとく熱いかを、ぼくはこの一行で知／ったのである。／桜の花は天へせりのぼるのだ。／彼は一個の冷酷をきわめた古く斬新な魂そ／のものであった。／頑強な芸術は、ただちに愛である。／桜は雨に打たれている。

斎藤のエッセイを「詩だ。」と評した詩人がいる。そのように読者の心の空白へ強く楔を打ち込み、精神を覚醒させる。そして斎藤は自らが沈潜する過程は論ぜず、

桜の深いところで闇の音が反響する。／その闇の暗い全体に桜の静止が宿命的に、／ひろがってゆくのである。／孤独は人間の声を生き返らす。／孤独が自分にかかわる思考の底をいっそう／沈降させるのだ。／桜の花は咲いているのだ。

と、文中に論理を埋め込むように終わりを告げる。「頑強な芸術は、ただちに愛である。」や「孤独は人間の声を生き返らす。」は、アフォリズムであり、斎藤の詩論の核心である。

24　その他の詩雑誌――「広苑」、「修羅」、「多聞」など

文芸雑誌として小説、詩に気を吐いてきた「広苑」は、一九七二年十二月刊の第二十三号で終刊したようだ。あとがきには編集発行人の村田信雄のものと思われる、「昨年は編集部の都合で、万止むなく遂に休刊となった」ことを同人等にお詫びしている。第二十三号には堺洋子、北川瑛治、谷みほ子の三人が小説を書いている。同じあとがきで、「休刊中に北川同人が、第二詩集「詩集・日常」を発刊」したと紹介している。

北川瑛治（一九四三・三・八～一九九八・三・二十九）は一九八一年七月に詩集『日常』を広苑文学会から上梓。第一章は、北川が晩年小説家の道を歩み始める予兆を示

す詩群である。短編小説の味わいの「仲間たち」、小説のプロットのような体裁の「夕ぐれ時」。第二章は父と二十歳で亡くなるレイ子という人への鎮魂の章である。父の死を看取る作者は、父殺しの位相で悲しみの大きさを表現している。第三章は妻との時間を丁寧に散文化している。日常の小景や感情の断片に潜む、人間の本質を腑分けするように作品化する巧みな詩人である。「遺書のような優しい物語」（「日常」）が溢れている。あとがきと三章三十一篇から成る。A5判、ハードカバー、箱入り。八十四ページ。本名・中村茂夫。新津市（現新潟市秋葉区）生まれ。

地方に根ざした文芸評論を先駆けた「修羅」は、一九八一年七月刊第十五号編集後記の松山記[41]で、

『修羅』は今号をもって、今後ほぼ一年間休刊とする。雑誌としての内的力が、雑誌を持続させる限度以下に衰弱したと判断したことによる。

と、休刊の辞を述べている。その上で、同人個々の「関心が色濃い個性化と求心性を帯びて」しまい、「ひとつのはっきりした性格を有する雑誌」へと成長させせえなかったとの反省を示している。

一九八三年五月に第十六号を刊行している。一年間の休刊ではなく二年間の休刊後の復刊だったが、これが「修羅」の終刊号となった。第十六号の同人は、土田和弘、松山賢二、太田修の三名であった。

詩誌ではないが、幾つかの雑誌が時代の状況と情況を映すように創刊されている。

一九八二年一月に安藤哲也を編集兼発行人とする〝にいがた地方誌〟「多聞」が創刊される。高度成長期の持続を図る国は「国土の均衡ある開発」を掲げ、高速道路網と鉄道の新幹線化を謳い文句に政策を推進していた。その『地方の時代』を受けての創刊と考えられる。

「「多聞」の底流を流れる古典的リベラリズムの精神」としながらも「三号雑誌」で終わったが、創刊号巻頭には「多聞アピール　今、私たちの「にいがた」に……」を安藤名で掲載している。「この数年、「地方の時代」という言葉がもてはやされていますが、そうした「「中央」対「地方」という図式」を排して、「巨大な管理社会からの本当の「精神の解放」「自由」を獲得するために、「まず最初に私たちの「にいがた」から出発しようと思う」と主張している。これまで見てきたように詩誌による詩人たちが考えてきた「地方」とはニュアンスを異にしているが、雑誌の方向性としては画期的であった。

リーフレット「どんこん」が一九八二年六月に創刊される。個人出版社を目指した関徹の関書房が、拡販用のツールとして発行したものである。「地方文化人」を中心に文芸全般、社会問題、市民運動の論考を載せる、八ページのリーフレットではあるがアグレッシブな誌面構成で支持を得た。

関は一九八三年十二月に「えちご人の総合文化誌」と銘打ち、「別冊どんこん」を刊行する。リーフレット「どんこん」を雑誌化してより多く論考を載せ、より運動に密着した論調を深化しようとの編集である。個人出版社として新潟県の文芸全般、社会問題、市民運動を俯瞰する位置から有用かつ重要な活動を展開していく。

25 年別詩集

一九八一年発行詩集

続道程ひとり／宮島義雄、※日常／北川瑛治、※中村龍介詩集／中村龍介、※壺中風物／前田邦博、※源流行／五十川庚平、※激しい空／本田訓、阿部修子詩集／阿部修子、※観測井／岩淵一也、※山田忠治詩集、※花びらの家族／松永アキ、※自画像／山下弓、※変容／神保道子、台所の修羅／雲井等吾、こすもすの詩／新潟みずほ園文芸部（十四冊）

続道程ひとり／宮島義雄（一九〇八〜一九九四・四・二十九）

宮島義雄は『続道程ひとり』を五月に上梓。『道程ひとり』シリーズの第二弾。「遺書にかえて」の副題が添えられている。折に触れ、日々出会う出来事を丹念に日記のように詩に移し変えてゆく。宮島義雄という詩人の特性であろう。序文を山田竜雄が書いている。あとがきと百八十篇の詩と短歌から成る。A５横判、箱入り、百九十五ページ。

阿部修子詩集／阿部修子

詩集の「自伝」によると「昭和前後、主人と共に書いていた、「風が帆綱にわびしくうたふよ」、「慈眼」など、市内の文芸誌、未発表のもの」を集め編んだとある。「主人」は南千秋＝阿部一晴のこと。作品は、自己解説によれば、「トルストイの人道愛にひかれたが、アナキズムの本質を考え、ボルシェヴィキの人達から引き抜かれようとして、結果的に理想論」を目指していたと回顧している。大正末期昭和初年代の詩的状況と詩的情況に精一杯対応し、吸収しながら詩作してきたことが伝わる。沼垂を詠った「夜の鮮婦」は、昭和初期の実像を教えてくれる。阿部は戦後、社会活動として社会の底辺の女性を救う運動に携わり、晩年はクリスチャンになった。B6判。百三ページ。（筆者の不注意で紛失している）

台所の修羅／雲井等吾

雲井等吾は『台所の修羅』を十二月に上梓。女を愛し、愛するために家庭を持つ。そこは一つの修羅なのだ。日本の女と男の絵模様を、シャレのめし、皮肉り、自嘲し、演歌し、論理し、さらには分析し、しかも昂然と頭を上げかき抱く。このおもしろさは何なのか一読して再読して唸っている。人間をわきまえ、理智を懐にしっかりと携えた詩人。雲井等吾とは誰か。「青春もものもらいも亀の甲羅も散らかる骨も／なにもかも見境つかないン十年／話はふしぎにさむくやさしくなる（叫ぶ魚）」。喩と韻とリズムは卓抜である。扉詩「卑近のカリカチュア32」とあとがきと三十二篇から成る。A5判、七十ページ。

こすもすの詩／新潟みずほ園文芸部

本間雅義編集により十月に発行。「国際障碍者年という意義深い年を祝う詩集として、またみずほ園五周年を記念する一つのみのりとして」編まれた、新潟みずほ園文芸部十一人のアンソロジーである。障碍や病名も異なる人達が、詩で心を通わせる詩集。それぞれの詩に通じるのは、希望への夢。B6判、百九十九ページ。

一九八二年発行詩集

※小柳俊郎詩集／小柳俊郎、吹雪の道／田中尚夫、※道標／鈴木良一、意志／本間裕士、※少年の地球儀／山下弓、※田崎芳作詩集／田崎芳作、小島一作詩集／小島一作、※長崎浩詩集／長崎浩（八冊）

吹雪の道／田中尚夫

田中尚夫は『吹雪の道』を三月に上梓。田中は東京で生まれ母の生地新潟へ疎開し、その地で生活し詩作する。田中は詩「追憶」でそうした事情を、「わたしは／追憶の道を歩いていた／母の影を／溢れる心を／打ち明けようとして」と告白している。田中を支える追憶と風景との静かな対話が、日々の過酷さやつらさを昔語りの口調で癒す姿が表現されている。十六篇から成る。A5判、ハードカバー、箱入り。七十一ページ。東京都文京区生れ。

意志／本間裕士

『意志』は八月に上梓。本間裕士は二十八歳の頃に失明の危機に遭う。その「闘病生活」で言葉と出会う。『無影燈』という短歌集を持つ。詩集『意志』は、闘病時における過剰な観念と生活する自立への意志を、暗喩で構築している。この世代が病理のごとく踏み込んだ暗喩の迷路。まさに「素直になれない屈折したわだかまりが悲しい」(「あとがき」)。あとがきと十三篇から成る。A5判、八十七ページ。一九四八年、新潟市生まれ。

小島一作詩集/小島一作(一九〇三・十・十二〜一九八〇・六・十四)

小島一作の遺稿詩集。夫人の小島アヤが九月に上梓。小島は太平洋戦争期に俘虜を使役した「戦争犯罪人」として、巣鴨プリズンに十年服役する。この獄中にあって詩人へと開眼、詩集『青天井』を上梓している。俘虜使役は当時の当局と会社の責任でありながら、小島はその咎を一身に引き受け服役した。しかし服役後の会社の態度と小島の身の処し方の顛末を「簿記」「見送り」で表している。晩年の小島は「遊女もの」と「道祖神」を作品のテーマに作品を展開した。緒方昇が「小島一作さんのこと」を、乙川三平が「詩人としての小島一作―編輯おぼえがき」を書いている。A5判、ハードカバー、箱入り。百十四ページ。

一九八三年発行詩集

※風景/寺原信夫、ディオニューソスの歌/高橋勲、※拝啓三六五日様/藤田五郎・木俣冴子・鈴木琢哉、※エルベ河のほとりで/尾形ゆき江、龜井義雄詩集/龜井義雄、※黒い背中/庭野富吉、※じじばば物語/戸田正敏、※牢をえらぶ自由/加藤幹二朗、毛細管/松井郁子、光る沙漠/矢沢宰、雪崩/酒井三郎、越女の私雨/仲村キヌ、※夜明けに/清水あきこ、鎮魂曲/宮嶋志津江、雨/伴比佐志、※風の地平線/高田一葉、わたしの風紋/中村千栄子、※戦慄の夢/国見修二(十八冊)

ディオニューソスの歌/高橋勲(一九三七・一・六〜一九九七・三・三十一)

『ディオニューソスの歌』は、一月に上梓。詩の創世記、詩的実験、日常の日本語の常套句と情感を排し、高橋勲独自の方法で詩を成立させる稀有の詩集である。「ヘルマン・ブロッホという今世紀(二十世紀―筆者注)の代表的なドイツ語の作家については、現在のところわが国ではほとんど問題にされていない。(専門の外国文学者は別である。)そうして、『アエネーイス』を書いたローマ最大の詩人ウェルギリウスは、ラテン文化圏の外にある私たちにとって、人麿や李白のような、私たちの文学的体験の根元を形成しているわけではない。」これは、集英社版(一九六六年版)ヘルマン・ブロッホの『ウェルギリウスの死』の中村真一郎による解説である。なぜ長い引用をしたかというと、詩人・高橋勲がなぜ自

らの詩の始原として、詩の舞台としてラテン文化圏を選び、専門の外国文学者でもないのにヘルマン・ブロッホに傾倒したかを不思議に思い、そして偏に賛嘆するからだ。独学で学んだであろうドイツ語やラテン語から詩集『ディオニューソスの歌』は生まれたと言って過言ではあるまい。高橋はこれまで人の感情や情動に基づく抒情性を排する詩作をしてきた。抒情性に対置して叙事性を呼び込むために、ラテン文化圏の名辞を借り自らの詩の始原として応用したのだろうか。高橋の『ディオニューソスの歌』から日本の詩人は、何を読み取ることができるか。詩集からは通底する詩の声、詩人の声を聞き取ることはできる。ディオニューソスの歌系図と「ディオニューソスの歌」「牧神の歌」の二歌十七篇から成る。A5判、ハードカバー、箱入り、八十九ページ。

亀井義雄詩集／亀井義雄（一九〇八・三・二十六～一九九一・七・二十九）

『亀井義雄詩集』は芸風書院の日本現代詩人叢書の第二十二集として三月に上梓。亀井は大正末期から戦争期を経て一九九〇年代まで活躍した。この詩集は亀井の最後の詩集である。亀井七十歳から七十四歳までの作品が編集されている。詩「天帝の泪」は、七十歳を超えた男の生理と性衝動を美しく赤裸々に詠っている。詩「背筋・骨格」では、年齢とはかさぶたの下の傷口のように感じられ、人が耐えねばならぬ沈黙を考えずにはいられない。四章三十二篇から成る。A5判、ハードカバー、箱入り。八十九ページ。

光る沙漠／矢沢宰（一九四四・五・七～一九六六・三・十一）

『光る沙漠』は沖積舎から六月に上梓。腎臓結核との闘病、「生へのかてとして限られた命の日々を詩にたくし」た矢沢宰の集大成。詩集『光る沙漠』は、夭折した翌年の一九六七年に遺稿集として上梓されている。矢沢の詩は、少年時代から死と隣り合わせで生きながら他者の愛を求め、生の真実を探る心の軌跡であった。自己と相克した思春期を持った人は、矢沢の詩に自己を重ねて共感するだろう。母・矢沢レウの「死せるわが子、宰へ」は美しく、胸に響く。詩と日記抄その他から成る。B6判、三百六ページ。江蘇省海州生まれ。

雪崩／坂井三郎（一九三五・七・十三～二〇〇〇・十）

『雪崩』は六月に上梓。坂井三郎の第二詩集。平易に自然を叙し感情を述べる詩は、あるがままの人生とロマンチシズムの香を行間に漂わせる。坂井が表現する一断面に、人の営みはいかに美しいものに囲まれているかに気付かされる。詩集は酒井の書と詩のコラボレーションも奏でている。小出ふみ子が「やさしさの中に潜《くぐ》む宝石」を書いている。三章四十七篇から成る。A5判、ハードカバー、箱入り。百五十ページ。新発田市生まれ。

越女の私雨／仲村キヌ

仲村キヌの『越女の私雨』は七月に上梓。「其の時には喩えようも無く鮮烈だった感激が、年を経ると自分の中で色褪せ次には忘却されて行く事に気付いた時から心覚えとして書き止めて来」（「おわりに」）た詩と随想集。大正九年十二月に真野町（現佐渡市）に生まれ、戦時中は台北市住んでいたという。人生折々の想いを綴った作品群ということができる。「私雨」とは、季語なのか仲村独特の表現なのか。「おわりに」と詩四十六篇、随想二十五篇から成る。A5判、ハードカバー。二百十一ページ。

鎮魂曲／宮嶋志津江

宮嶋志津江は『鎮魂曲』を八月に上梓。詩集『鎮魂曲』は、宮嶋が「胎内の子を亡くした時」をひきがねとして編んだ詩集とあとがきに記している。が、一九七〇年前後の「学園闘争」のただなかで苦悩したひとりの人間の記録であり、理想と現実を正面から見据えた詩集でもある。その闘いが先鋭であり、根源的《ラディカル》であればあるほど人を傷つけ己も傷つく。それでもなお思念し、試行し、錯誤を繰り返しながらも世界と相対しなければとの、狂おしいまでの魂のドラマを展開する詩集である。同時代を生き

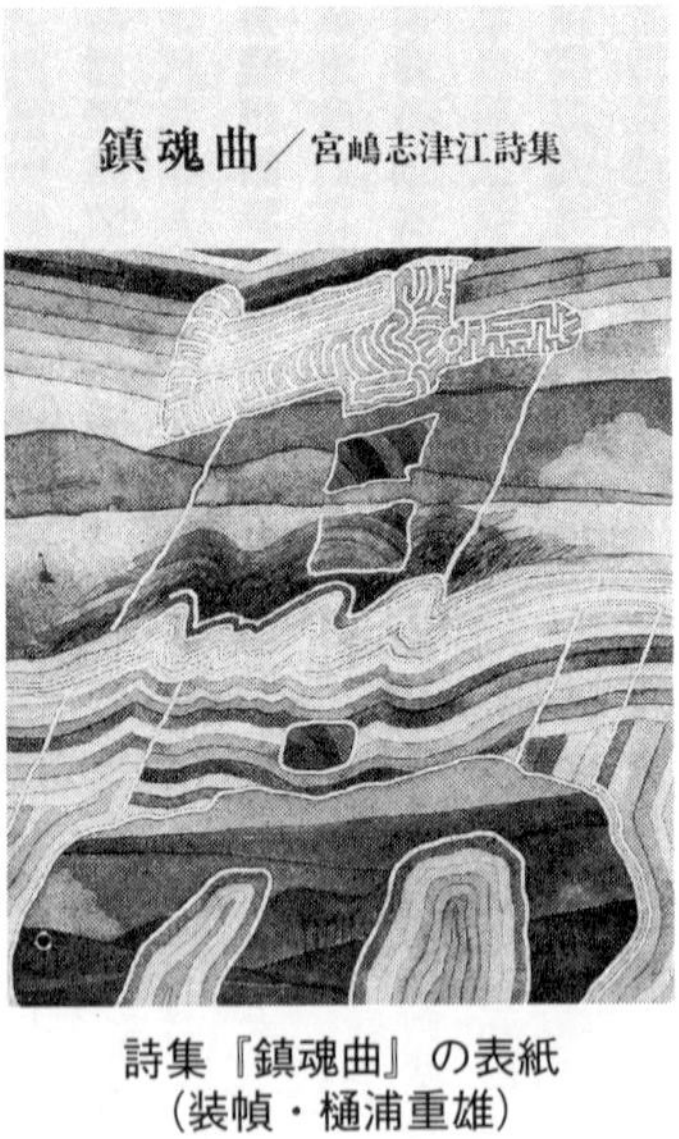

詩集『鎮魂曲』の表紙
（装幀・樋浦重雄）

た私（筆者）は、胸に隠れている情動が頭をもたげ鎮め尽くせぬ思念の様々が呼び起こされる。詩「京都の冬」「Jへ」に表現されているように、隣人の誰かが死に誰かが狂う。それは私であり他の誰でもないのだ。宮嶋の詩は私の意識を直撃する。「人の間を生きるしかない／それは私に相応しい／風葬だ」（「私に相応しいのは」）。宮嶋が凝視する人間は、鋭く、真摯である。ひとの心を動かす優れた詩集である。あとがきと三十三篇から成る。A5判、ハードカバー。百十六ページ。

雨／伴比佐志

伴比佐志は八月に詩集『雨』を上梓。詩誌「造型」の創刊同人。一九五四年五月刊の「造型」創刊号から一九五七年十二月刊の第十五号に掲載した二十二篇と詩「星の詩」を収録した詩集。「造型」に掲載した順で編集。最後の詩の発表から二十六年が経過している。A5判、二十三篇から成る。一〇九ページ。

わたしの風紋／中村千栄子（一九三二～一九九九）

中村千栄子の『わたしの風紋』は十月に上梓。曲詩というのか、作詞というのか。中村は合唱曲・組曲・童謡・校歌をたくさん作詞した詩人。芸術祭奨励賞、同優秀賞を受賞している。詩・組曲・随想の三部構成。B6判変形、ハードカバー。二百二十九ページ。柏崎市生まれ、本名新野千栄子。

毛細管／松井郁子

松井郁子は第一詩集『毛細管』を十二月に上梓。詩集『毛細管』は詩人・松井を映す鏡であり、そこで詩人は変幻の人である。鋭い感性を毛細管のように伸ばし、血族を往還し人の生き死にする過程を行き来し、なりかわり生まれ変わる。生―生活に根を張り巡らしながら、生―人生を虚構化する。時間という抽象や植物という具象が松井の女性性でうるおい、発芽する言葉を見る詩集である。あとがきと五章三十篇から成る。A5判、ハードカバー、箱入り。八十七ページ。（一九四三、横浜市生まれ）

一九八四年発行詩集

※櫂の音／山下弓、※旅程にない場所／田中武、※雨期・海へ向う日／五十川庚平、宇宙空間／植村清四郎、※雪の華／遠藤春子、※存在／成沢薫、※異国の出来事／馬場洋子、地底の口／渡辺幸敏（八冊）

宇宙空間／植村清四郎（一九二〇～　一九九一・五・五）

三月に上梓。植村清四郎の第一詩集。詩集は四章で編まれている。第一部は「ある心の風景」と題され〝一九四六年以降〟の副題が付されて編集されている。第二部は

「砂利舟」、副題は〝一九五八年以降〟、第三部は「輪廻」、副題は〝一九六八年以降〟となっている。第四部は「第四部」の題は無く、ただ「一九八三年」である。第一部は生活と詩が呼び合って美しい響きをもたらす。第二部は実人生に生じたであろう嗟嘆が、呼吸の乱れを誘いリズムに性急さが目立つ。第三部の生への諦観と達観を秘めた詩行には宗教性を感じさせる。植村の詩歴経歴の詳細は分らない。あとがきと四部九十三篇から成る。Ｂ６判、ハードカバー。二百十四ページ。新潟市生まれ。

地底の口／渡辺幸敏

紀伊國屋書店新潟支店から十一月に上梓。渡辺幸敏が青春期のアドレセンスを詩というキャンバスに叩きつけた一冊である。美と醜、生と性を巡る生煮えの言葉が呪文のように吐き出される。詩に囚われたような語り口は、詩を通して自由への道を探っているからだろう。詩から自由になることもまた必要だと考えさせられる詩集である。九篇から成る。Ａ５判、ハードカバー。三十七ページ。

一九八五年発行詩集

※曲淵日録／岩淵一也、※やすらぎ／松永アキ、※夕映え／落合のぶ、※アラベスク／田代芙美子、※岸辺なき流れ／鈴木良一、お委せ料理店／倉田孝夫、※人形を吊るした日／加藤幹二朗、※稲垣冬民・神田義和詩句集／稲垣冬民・神田義和（八冊）

お委せ料理店／倉田孝夫

発行者を笛木利忠とする土曜美術社から十月に上梓。倉田孝夫の第二詩集。思想と詩想をバルトークやオーネット・コールマンの楽曲にのせて、強い骨格を持った詩に表現している。六〇年代初頭の新潟県の若き詩人たちを主導した倉田孝夫。『お委せ料理店』を読むにつけ、詩をめぐる情況を自らの生の情況として格闘し、闘う者の栄光と悲惨を自覚認識しつつ、詩の解体と自己の精神の解体を見届けようとするイロニーを思わざるをえない。詩集は詩人倉田が時代を疾走しながら詠い上げ、時代の闇に失踪し果てる強靭な精神を開示したと言えよう。発行者笛木もまた時代を疾走し、失踪したままである。あとがきと二部構成三章三十七篇から成る。Ａ５判、ハードカバー、箱入り。百六十二ページ。

26　第八章を終えるにあたって

詩誌「樹炎（樹炎通信）」「現代詩謠」の終刊は、戦争期に詩を書き始めた世代の退場を意味した。一九八一年九月の「新潟県現代詩人会」の発足はそうした新潟県の詩界でのエポックとして記録されるだろう。高速道路・上越新幹線建設とその開通は、高度成長期が新潟県にもたらした現代化の象徴として機能した。詩誌間の交流から詩人同士の交流する機会を多くもたらした。「福田万里子ルネッサンス」と私が呼ぶ、福田の新潟への転勤も日本の大企業が全国的に展開するために効率的経営を新潟市に求めた結果であった。

同人誌による同志的交流から詩を求める個々人の関係が色濃く滲みでたことも一九八〇年代前半の特徴であろう。経田佑介の「ブルージャケット」の影響と詩的交流から、本田訓等の「プアー・イエロー」と朗読会「声」の開催など、加藤幹二朗を中心軸に「夕映え」と「青い麦」の活動は、プロパガンダとしての朗読から一般の人との朗読会へと移行し、詩誌の垣根をこえた朗読が追求されるようになった。

また東京での「文化講座」が、新潟では「公民館運動」の発展として受け入れられ、主婦層を中心とした期待に応えた。長崎浩は「地平の会」と「掌の会」を講師として主導し、中高年主婦層の詩への現実的希望に道筋をつけた。

これらは全国的な、東京と同時代的な動きのようで、微妙にタイムラグがある。同時代性の典型は経田の「路上派」宣言のみであろう。「青い麦」にみられる朗読会におけるフォークへの傾斜は、一八六〇年代後半に始まる新宿西口広場のフォークソング集会がモデルであったろう。また中村龍介の詩と死は一九六〇年代後半から一九七〇年代初頭の「ベトナム反戦・学園闘争」経験の言語化であり、その当時の新潟県の詩誌に掲載された詩は、TVやメディアの情報から風景的に感想を述べたものが多かった。中村や太田修、鈴木良一、槌田知子、宮嶋志津江に通底する、一九七〇年代前後に高等教育を受け、時代と対峙する思想環境を生きた詩人たちは、人として資本主義下でどうすれば自立的に生きられるかを詩に評論に書くことで、経験の言語化を推し進めた。現実と表現のタイムラグである。

このタイムラグは地方の詩の遅れではなく、経験を言語化するに当たり通過しなければならない個人の生がもたらすものと言っていいだろう。

一人の詩人の例を挙げる。山口哲夫の存在である。越路町に生まれた山口は、新潟の詩誌に作品が登場することなく東京で疾走していた。

注

（1）一九七四年八月刊の第十六号に載る吉岡又司詩集『北の思想』告知コラム。
（2）インターネット電子辞書「広辞苑」第六版からの検索。
（3）一九七五年から一九七七年まで吉岡は詩誌「地球」の同人に参加している。一九七五年一月刊の第五十九号から一九七七年六月刊の第六十四号に「新荒夷曲考」等が掲載されている。確認できた作品は十篇のうち、「序章（挽歌序章）」「落ち鮎幻想」「象あるいは窓」「新荒夷曲考Ⅱ」は、一九七〇年五月刊の「地球」六十号にも掲載されている。初出は「北方文学」である。
（4）二〇一一年十一月刊の「北方文学」第六十六号、「吉岡又司追悼号」年譜から。
（5）二〇〇五年十二月刊の詩誌目録「紙魚」No.16参照。
（6）國學院大學への内地留学の課題は大野晋から言語学を学ぶことだったとの証言がある。
（7）筆者註。
（8）注4に同じ。
（9）アイオワ大学は日本・中国・韓国・等アジア各国は勿論、アフリカ・ヨーロッパ・南アメリカと世界中から招聘していた。
（10）中上哲夫氏は高校時代を新潟市で暮らしていた。新潟県立南高校を卒業。筆者は『アイオワ冬物語』の「機会詩」という考え方を媒介に、当時の詩を書きつづけられたと今にして思う。
（11）一九八三年一月刊の第二十／二十一号合併号に載る「長沼重隆略年譜」から。
（12）二〇一九年九月に経田佑介は四十年近い歳月をかけて『評伝長沼重隆』を刊行した。
（13）概ね項目は創刊年の古い順で立ててきた。一九七六年に本田訓が個人詩誌「Poor Yellow」を創刊する。経田佑介と交流していた鈴木・樋口らが本田の元に集まる。若くは無かった筆者の鈴木も混ぜてもらった経緯は既に記して来たところである。「Poor Yellow」が頻出するので5、6の項では「P・Y」と略称する。
（14）『異国の出来事』は筆者が編集した二冊の詩集の内の一つである。
（15）小柳が「現代詩謡」の費用を捻出するエピソードは取材ではよく耳にしている。健康状態に関しては、一九九九年七月に「小柳俊郎の十三回忌に合わせて」で上梓された『小柳俊郎作品集』の、「小柳俊郎年譜」には当時のそうした記述は無い。
（16）浅井と田村の確執は、「北方文学」二〇一三年三月刊の第六十八号掲載の拙文「新潟県戦後五十年詩史」参照。浅井は田村の非難に対して反批判は一度もしていない。
（17）「新潟詩人会議」の結成は、「北方文学」二〇一九年十二月刊の第七十九号の拙文「新潟県戦後五十年詩史」参照。前項参照。

(18) この記録で多くのエピソードが分かり、後付けになるが詩史的には貴重な資料である。

(19) かつて新潟市にあった会館で、現在は新潟市役所の分館となっている。

(20) これ以降文中では、サークルとしての「新潟詩人会議」は「」を取り新潟詩人会議と表記し、機関誌を「新潟詩人会議」と表記する。東京の詩人会議表記もこれに倣う。

(21) これ以降文中では、「20年の活動記録」と表記する。

(22) 「北方文学」二〇一三年三月刊の第六十八号の拙文「新潟県戦後五十年詩史」参照。

(23) 二〇一九年十二月現在、この七冊は未収集である。

(24) 多くのメディアが取上げ、筆者もＴＶ映像を記憶している。

(25) 「北方文学」二〇一九年十二月刊の第八十号の拙文「新潟県戦後五十年詩史」参照。

(26) 「とねりこ」第十号掲載の「とねりこ創刊から十号までの過程」で、〝やさんせん〟は村越克夫と明記している。

(27) 「北方文学」二〇一二年六月刊の第六十七号の拙文「新潟県戦後五十年詩史」参照。

(28) 「北方文学」二〇一六年四月刊の第七十三号の拙文「新潟県戦後五十年詩史」参照。

(29) 新潟県詩人協会ニュースの第一号は一九四六年五月二十日発行。その後「新潟県詩人協会会報」が発行されており、第四・五・六・七号を収集している。第七号は一九四七年六月刊である。

(30) 「北方文学」二〇一六年十二月刊の第七十四号の拙文「新潟県戦後五十年詩史」参照。

(31) 「新潟県現代詩人会アンソロジー」は二〇一八年に第一集刊行、継続中である。

(32) アンソロジーには、若い詩の会編『新潟詩集』と新潟詩人会議の『地軸』等がある。

(33) 「北狄」の同人の消長の背景を見聞してきた著者としては、エピソードはスキャンダルと紙一重であり、当事者と見聞者との思い・思惑は当然違うものと認識している故、記さない。詩史の取材では多々記録に残せない「おもしろい」エピソードを知見することがある。

(34) 一九八一年五月刊の「地平詩集―1981年版」の長崎の巻頭言「はじめに」から。

(35) 『掌詩集』と「地平詩集」は会員の年刊アンソロジーということで、第何集表記は無く、「版」表記である。

(36) 『戦後サークル詩論』／中村不二夫―土曜美術出版社―二〇一四年刊。

(37) 一九八二年当時の筆者は新潟県の詩人たちの戦前戦後の詩史的動向を把握はしていなかった。

(38) 詩誌「造型」の展開は「北方文学」二〇一五年刊第七十一号、二〇一六年刊の第七十三号の拙文参照

(39) 当時筆者は書物屋を起こし、田代の『アラベスク』を編集発行した。活版を希望する田代の願いを叶えるため、

解体寸前だった活版印刷機を見つけ発行に漕ぎつけた。新潟県で印刷された最後の活版印刷による詩集と自負している。

（40）福田氏夫妻とは、公私にわたってお付き合いをさせてもらった。私にとって初めて対詩人との交際だと言っていい。福田さんが私を諌める時、発する「すずきさん。！」という言葉と抑揚はいまも聞こえている。二〇〇八年十一月に刊行された『福田万里子全詩集』（コールサック社）の年譜にはない、私と私の妻と福田夫妻とには別の詩史がある。書き表された詩史とは書かれざる詩史の喩でもある。

（41）「修羅」には奥付けが無く、発行年月日が記載されていない。編集後記に日付が付されている。その年月を発行月と想定した。

参考資料

＊『戦後詩のポエティクス1935～1959』／和田博文編―世界思潮社＊『戦後詩誌の系譜』／志賀英夫―詩画工房＊『戦後詩壇私史』／小田久郎―新潮社＊『新潟県文学全集第Ⅱ期6／郷土出版社＊『新潟県現代詩人会アンソロジー2005』の「新潟県戦後詩史」／新潟県現代詩人会（経田佑介編集）＊『戦後サークル誌論』／中村不二夫／土曜美術出版社＊他に本文掲載当該詩誌・詩集

スペシャル・サンクス
斎藤健一・日本近代文学館

第九章　一九八六年から一九九〇年まで

1　はじめに

継続誌

北方文学35～40、ブルージャケット24～25、桜花文芸40～49、青い麦32～34、北狄26～36、地平詩集6～10、くちなし5～7、掌詩集4～8、アステロイド5～12、臨界点11、葉群4～11、渟足10～12、屠殺場行4、辻3～10、穀物9～21、新潟県県現代詩人会会報14～19

創刊詩誌

一九八六年／泉1～14、ジュラ1～7、新潟詩人会議1～6

一九八七年／バナナフィッシュ1～8、傍1～2

一九九〇年／蒼玄1～3、はつ恋1、山中通信1

2　「北方文学」の展開

①　「北方文学」の展開

「北方文学」は一九八六年一月刊の第三十五号から一九九〇年十月刊の第四十号まで六冊を刊行している。

この五年間の「北方文学」の展開には三点の特徴を読み取ることができる。ひとつは柴野毅実が評論の成果として『批評と逡巡』を刊行し、テキスト・クリティックを方法とする論理性と分析力で評論の力量を示したこと。二つめはこれまで新潟県の詩誌には登場していない山口哲夫の追悼特集を編集したこと。三つめは新潟県を含む全国の詩人を招いての「現代詩特集」を編集したこと。この三点に留意しながら「北方文学」の展開を探っていく。同人の刊行した書籍と「北方文学」の特集を年別に例示してみる。

一九八六年一月／『日々の黄昏』／長谷川泰行―小説

一九八六年二月／『批評と逡巡』／柴野毅実―評論

一九八六年八月／『瀆なる影』／若林光雄―詩

一九八九年一月／「山口哲夫追悼特集」／「北方文学」第三十八号

一九九〇年五月／『この場所から・逃れて』／五十川庚平―詩

一九九〇年十月／「現代詩特集」／「北方文学」第四十号

一九八六年二月に第一評論集『批評と逡巡』を上梓し

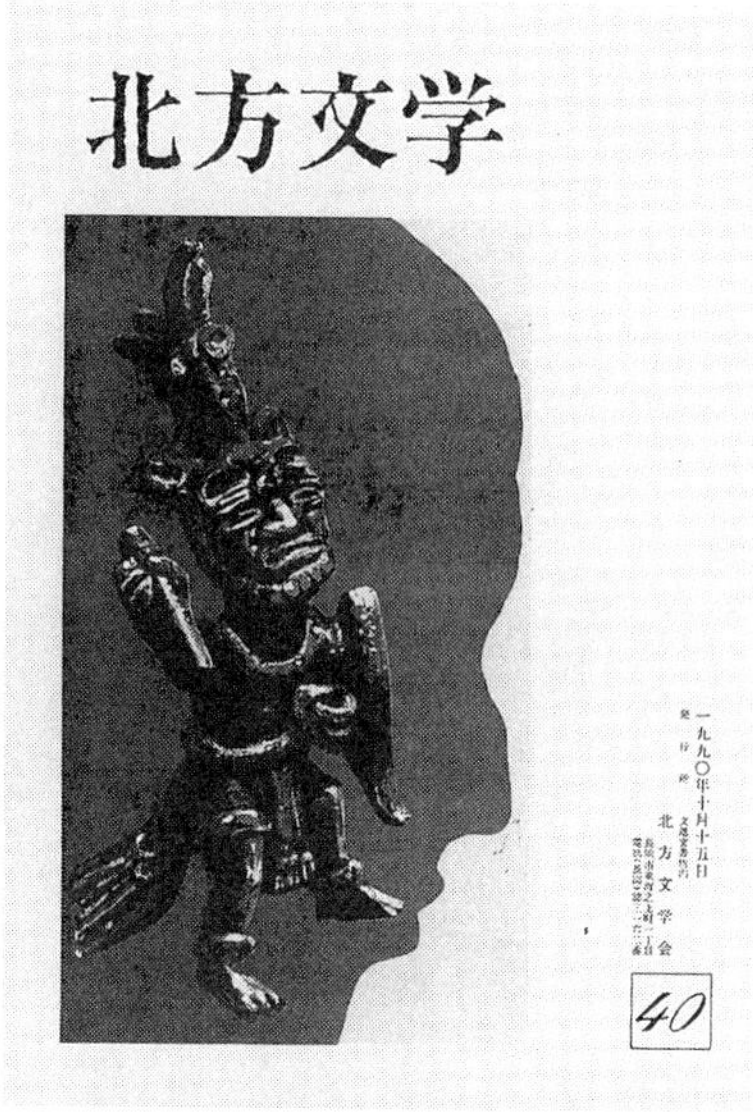

「北方文学」第四十号表紙

た柴野毅実は、「北方文学」誌上に詩・小説・映画・漫画と、各ジャンルを横断する評論を発表している。ここでは同人の詩集論を主に見ておくこととする。

『批評と逡巡』は、柴野が大学卒業論文としたシャルル・ボードレールを卒業後も探求し、一九七五年十月刊の「北方文学」第十八号に「ボードレールと悪の精神Ⅰ」を掲載以降書き続けてきた十年の成果である。『批評と逡巡』はボードレール論四編とそこから派生した問題を論じた、二篇の六章から成っている。筆者にはボードレールを論ずる力は無いので、「批評は私にとって、どこから始まっているのだろうか」と書き出す、最後の六章「批評と逡巡あるいは「批評」と「倒錯」」から柴野の拠って立つ批評の立場を探ることとする。この章は他の五章の解説を意図して書かれている。

柴野の批評はテキスト・クリティックと称される方法であろう。対象としたテキストを、ヨーロッパ思想の哲学、精神分析学、言語学、民族学等を援用して分析し、テキストの美の構造を解き明かす。柴野は自らの批評精神の端緒は、「何か間違った血がそうさせたのだ」とする思春期の思いからであり、小林秀雄、磯田光一、桶谷秀昭等の読書歴を語りつつ自らの精神の在り様を説き明かしている。「「批評」は本質的に逸脱であり、倒錯であり、逃走ですらある。」との認識に至る。そうして「「懐疑的に」語ることしかできなかった人間が批評家となるのだ。」との自画像を描く。

> 汚れた血にひたされた精神が「健常」へ向けて動く、その動きこそが「倒錯」であり、「批評」であるとすれば、快癒の過程、快癒しつつある現在こそが「倒錯」であり、「批評」なのであることは明らかだ。

と、自らの批評の原理を定義する。

そして『批評と逡巡』では柴野がもう一つの批評の基

軸である「逡巡」の定義をしている。「逡巡」はテキストを「懐疑的」に語る過程で、「語る」人は様々な決断を繰り返す。この過程をE・M・シオラン、ジル・ドゥルーズらを援用して「逡巡」と認識してゆく。

評論集『批評と逡巡』は、柴野が当時のポストモダン論から、構造主義を基軸とする論理で自立する方法を確認する創作現場だった。

尚、一九八七年一月刊の第三十六号で若林光雄が、「ボードレールへの離脱しえぬ共苦の深さ」と題して『批評と逡巡』を書評している。

こうした自らの批評原理とした「テキスト・クリティック」の方法を確認した柴野は「北方文学」同人の作品に批評の目を向けていく。第三十五号には「「アキノキリン草」あるいは名詞の過去形―五十川庚平詩集『雨期・海へ向う日』論」を発表する。そして五十川が一九九〇年五月に上梓した詩集『この場所から・逃れて』を、一九九〇年十月刊の第四十号で「夢の統辞法―五十川庚平詩集『この場所から・逃れて』論」として発表する。

五十川の『雨期・海へ向う日』は前章で紹介してきたが、ここでは柴野の批評の声に耳を傾けてみる。柴野は「五十川さんの基調音」を、作品に現れた三十三種の植物と二十二種の動物名の列挙から説き起こす。「それらの名辞は、種としての植物に与えられた名ではなく、ある「非在」に与えられた名」との規定をし、「「非在」の記号としての植物名」から「幼少時の心性との自己同一性であり、記憶を通してそうした自己同一性が失われていく」過程を、「詩において「記憶」は、言葉によって「過去」を再現し、同時に失わしめる。」と分析する。

「非在」「亡失」「記憶」の関係を柴野はE・M・シオランを援用して、五十川の「アキノキリン草」の普遍性へと論を展開していく。「「過ぎ去ったものの至高の価値」から夢の世界へと、柴野の言う「アキノキリン草」は生育し、五十川の詩の「基調音」は「夢が夢見られるだけでなく、夢が言葉によって表現される時間」であり、それこそ「五十川さんの言葉が始めて自立する時間」であるとしている。

テキストから逃走することなく知と認識と分析力で、五十川の詩へ肉薄していく。柴野には五十川を「隣人としての詩人」と見る態度は微塵もない。五十川の日常生活の一端を個人的に見聞していたとしても、そうした姿から五十川の「情意」や「感情」への配慮や目配りをするといった鑑賞態度は徹頭徹尾拒否している。テキスト・クリティックの普遍性と批評の自立への意志に貫かれている。

五十川は一九九〇年五月に詩集『この場所から・逃れて』を上梓する。同年十月刊の第四十号で、柴野は「夢の統辞法」と題して批評する。批評は詩「処刑がある日」の引用で始まる。

晴天なり
今日は広場の時計塔の下で処刑がある日
正午のサイレンに間にあうように
二匹の猫をつれていく
そういうことにしていた
二匹の猫は
水玉模様に染め上がった朝のカアテンにくるまって
いつまでも眠っているばかりだ
外はふくらんで
川下の屋根をみていると
黄色い玉がひと粒ずつ飛んでくる
遠い世間が散漫な意識を摺りあわせ
猫にわからない時間を
かろやかに熟れているんだ

（傍点は柴野。「処刑がある日」は詩集『雨期・海へ向う日』）からの引用。）

柴野はこの作品は「すべての行が現前的である。」とし、傍点を付した「外はふくらんで」を通して、漫画家つげ義春の作品世界の構造に近いことを解き明かす。そこから「詩が書かれようとする時、意味は迂回される。」と「意味」論に触れ、迂回の構造を「夢」と判断する。詩集『雨期・海へ向かう日』で批評した「夢が夢見られるだけでなく、夢が言葉によって表現される」ことをこの詩集でも確認し、詩の言葉の脱構築へと向かう。柄谷行人、ジェラール・ド・ネルヴァル、ガストン・バシュラール等の言説を梃《てこ》に分析を深化させる。こうして五十川の作品は柴野のテキスト・クリティックの方法で「夢の統辞法」として脱構築される。

夢は第二の人生である、とネルヴァルは言う。しかし、我々は「夢は第二の現実である。」というべきである。

との、言説には深く肯く。

ただ、柴野が最初に引用した「処刑のある日」は「猫と旅して」と題した四編の作品の、五篇目のバリエーションであることは強く指摘しておきたい。

筆者は一九九九年十二月刊の「紙魚」No.6で、『この場所から・逃れて』の紹介文を記している。

「この詩集出版を期して、詩作の筆は絶とうと思う。」とあとがきにはある。そしてカバーの帯の裏側に「著者近影」と写真が印刷されている。著者のブラックユーモアだとすぐに気付く体裁になっている。著者の悲しみは逃れようにも逃れられない。「この場所」を自己の生活圏と深く認識していることにある。五十川庚平は生活者と名付けてもいいし、庶民と呼ばれてもいいだろう。「この場所」で無頼を気取ろうと絵を描き、詩を書き続けようとなにが変わるわけでもない。生れてからこれまでそこにある石と同じように、思い出も記憶も変わりなく明日へと続いて行く。筆を絶ち旅立つ願いは、けだし五十川の見果てぬ夢なのだ。

と、筆者の見果てぬ夢もまた第二の人生であるとする「隣人としての詩人」論を綴っている。

詩集『この場所から・逃れて』はあとがきと二十七篇から成る。A5判、ハードカバー、百二十一ページ。

一九八六年八月に若林光雄は詩集『潰なる影』を上梓する。柴野は一九八九年一月刊の第三十八号に『批評と逡巡』を揚棄する批評「離反と融合」を掲載している。第三十八号に載る柴野の「離反と融合」は、詩集『潰なる影』を分析した評論である。(1)

『批評と逡巡』はいわば柴野自身の精神的自立の形成過程を語ってきた。〈批評〉と〈逡巡〉を概念化し、表象として現われる諸相を〈倒錯〉と呼んできた。この「離反と融合」は柴野自身を自己内省し、批評の自立への再度の検討を始める。自己の「内部」に焦点を絞り、「自己を語」る姿勢で〈離反〉と〈融合〉の関係を論理的に推し進めている。

柴野は『潰なる影』の作品の「むずかし」さと、「あとがき」の「分かりやす」さを比較して、「内部が語り得ない事象について、内部が語るという「転倒」」が作品をむずかしくしていると見る。柴野の批評構造を要約して示すことは筆者には困難なことだ。二〇〇三年二月刊の「紙魚」No.10で筆者は詩集『潰なる影』について、

「屈従でない沈黙を耐えつつ／この凡庸な大地を蹴る（潰なる影Ⅰ）」。一九七〇年前後の暗喩の韻律から紡ぎ出される詩は、なぜ詩人が明晰であればある程、大衆の原像を認識すればする程、捩じれ反転するような暗喩を多用しなければならなかったのだろう。そうした日本の詩人と詩の不幸を詩集『潰なる影』に見てしまう。

との、感想を記している。

この「捩じれ反転するようなメタファー」を、柴野は〈離反〉と〈融合〉と表現しているのかも知れない。柴野はそのことを、「共同体からの〈離反〉と共同体への〈融合〉――これが表現者に、内的につきつけられてくる」として、

共同体について〈内的に〉語るという態度は、必ず〈離反〉と〈融合〉という二律背反的性格を帯びないでいることは出来ない。

との「倒錯」的矛盾を孕む『濆なる影』の「むずかしさ」を解き明かしている。

『濆なる影』はあとがきと十八篇から成る。A5判、ハードカバー、九十九ページ。

こうした柴野の「〈離反〉と〈融合〉」論に対し榎本宏が異議を唱える。一九八九年十一月刊の第三十九号は、榎本の「物語あるいは韻律と身体」とそれへの柴野の反論「意味あるいは神の身体」を載せている。榎本は第三十六号に釈宗俊名で、「ふたたび劇的なるものをめぐって」を発表して「北方文学」に登場してきた。釈＝榎本は一九八三年十月に「アジアに吹くかなしみの風のなかで持続に耐えよ」を、一九八五年五月には「吉田宗俊第二評論集―風土論」をいずれも吉田宗俊名[2]でA6判の評論集として上梓してきた。

榎本は塚本邦雄、岸上大作、福島泰樹、道浦母都子らの短歌を批評し、自らの一九七〇年代初頭の大学闘争の経験を対象化し、日本の近代意識を探求してきた。評論集の標題にもあるように「アジア的」な「風土論」を展開している。「アジアに吹くかなしみの風のなかで持続に耐えよ」の出版に際してのまえがきが、「劇的なるものをめぐって」であった。

榎本の「物語あるいは韻律と身体」は、「柴野毅実様」との呼びかけで始まる。「若林光雄氏の詩への文字通り脱＝構築され」た、「貴兄の評論『離反と融合』は、「わたしにとっては自らの全軌跡、特にわたしの評論『折口信夫「死者の書」ノート』への全否定・脱＝構築にも等しいもの」と捉えての反論であるとしている。しかし、

貴兄の論理の展開は極めて正確であると思われ、わたしの反論の入りこむ余地は無いと思います。わたしは貴兄の論理の正確さに対してではなく、その論理そのものの方位性に対して、つまり論理が離陸する土壌そのものについて述べたいと思います。

と、榎本は柴野との批評する場、土俵の違いを前提にしている。

榎本が「物語あるいは韻律と身体」で伝える批評の基軸は、

アヴァンギャルドからポップなポスト・モダンへとまるで衣装でもとり替えるように転位していくことが、そのときに必ず存在するだろう生きて在ることの傷み、といったことがらの大切さが読みとれないのです。（傍点筆者）

と、「生きて在ることの傷み」であるとの告白をしている。

榎本の文学的「土壌」とする「論理が離陸する土壌」を、高橋源一郎、岡野弘彦、井辻朱美らを分析して提示する、

近代的個我と風景との二項対立ではなく、〈景〉が個我をも包み含んで〈民族〉や〈歴史〉や〈神話〉そのものとしてしまう韻律のもつ根深さのことです。

というものであった。

これに対して柴野は同じ第三十九号の「意味あるいは神の身体」で反論する。榎本の提示する例や〈言葉〉を一つひとつ分析し脱＝構築している。

〈韻律〉〈音楽〉〈身体〉〈自然〉〈民族〉が、近代の外に〈実在〉として存在しているのではない。それらは〈物〉ではない。それらはやはり近代精神が自ら創り出したものにすぎない。

との、指摘はまさに「貴兄の論理の展開は極めて正確であると思われ」る。(3)

榎本の「生きて在ることの傷み、といったことがらの大切さ」とは「情意」「感情」からくる日常の生活感覚であろう。こうした感情論を柴野のテキスト・クリティックの論理構築から「読みと」ることは難しい。筆者自身が柴野の批評をどれだけ理解し、分かっているのかとの自問もあり、且つ要約することの不得手な者として手をこまねいている。

② 山口哲夫という詩人

一九八九年一月刊の第三十八号は「山口哲夫追悼特集」が組まれている。「北方文学」を通読してきた者には、

この追悼特集は唐突感を否めない[4]。山口は「北方文学」同人でもなく、一度も作品を寄稿してきていない。山口哲夫とは誰か？　なぜ「北方文学」は追悼特集を編集したのか？

山口哲夫（一九四六・八・六〜一九八八・五・二十九）は、新潟県三島郡越路町来迎寺（現長岡市）に生まれている。吉岡又司、長谷川潤治と同郷である。長谷川とは一歳上の幼馴染であり、遊び仲間であった。吉岡はその追悼の辞「雪童子山口哲夫」の冒頭で、

山口哲夫さんの生家である鮮魚仕出し店山口屋と私の家（父が桐材工場、母が下駄屋をやっていた）とは、県道を隔てた斜め向かい、目と鼻の先にあった[5]。

と、隣人であったことから山口を振り返っている。

「山口哲夫追悼」を強く推したのは長谷川であり、吉岡も又それを支持しての編集であったと思われる。

山口哲夫の詩的経歴を遺稿集『山口哲夫全詩集』（一九八八年版）から見ておく。

一九六五年四月／早稲田大学第一文学部日本文学科入学、上京

一九七十年一月／第十回現代詩手帖賞受賞

一九七一年八月／第一詩集『童顔』刊行（書肆山田）

一八七六年十月／『妖雪譜』刊行（書紀書林）

一九七八年八月／『山口哲夫詩集』刊行（思潮社）

一九八八年六月／『山口哲夫全詩集』刊行（小沢書店）

第三十八号の「山口哲夫追悼特集」は、山口の「図らずも最後のエッセーとなった一九八八年七月号の「現代詩手帖」に載った、「キンゴローに帰す――「きれいな海」と「昭和九年」の豪雪で見舞われた「渋海川」の洪水写真とを組み合わせた「不遜な企て」」を巻頭に配している。追悼特集を編集した長谷川は、「山口さんとはほぼ同じ時期に同じ風土の中で幼・少年期を過ごし」たとの追悼の思いから編集したと述べている。

追悼文を寄せたのは、山口清、長谷川、吉岡、吉増剛造、平出隆、河野道代、経田佑介、太田修の六名。

山口清は哲夫の兄である。山口の幼少期からの祖母とのエピソードを語っている。「後年「取材」と称してあれこれ話を聞いていた姿が眼に浮かびます。」との目撃談は貴重である。

吉増は「来迎寺、雪道」と題して、一九七八年に八木忠栄と共に来迎寺の山口を訪れた時、信濃川に架かる橋

を渡る場面から語り起こし、

「天突く、天突く」は川面を渡ってくる祭り囃子のテンツクだろう。彼の漢字、ひらがな、カタカナの使い方は独特で、彼が一九七〇年に帷子耀とともに現代詩手帖賞をとった頃には、もう少し言葉遊びの要素があったが、『妖雪譜』あたりから独特の調べを響かせるようになってきた。

と、山口の詩の特徴と変化を語っている。(6)

平出隆は「地蔵としての詩人」と題し、「山口哲夫は、酔いが深くなってくるとよく踊りだし」、春日八郎の「別れの一本杉」を歌うなど山口の私生活と日常の表情を語っている。

河野道代は「「病中遊詠」のこと」と題して、山口の闘病生活の一日を記録している。

経田は追悼詩「耳、妖雪にまぐれて」を掲載。最後は「いまでさえ、耳は、雪舞うように自在なニジンスキー／のジャンプを夢見て歩きまわっているのに。」と山口の夭折を悼んでいる。

太田は「宙に浮いた郷愁」と題し、時代状況の分析から山口の詩には「郷愁を題材とする共同体感もない。」とし、「物語が切断された悲しさがある。」と読みとっている。

長谷川は巻頭の「きれいな海」に次いで「断簡の譜」と題して、「ほぼ同じ風土の中で幼・少年期を過ごし」た、自らの記憶を丁寧に記録している。それが山口の創作過程を語っているようにも思われてくる。「「明るい農村」そのものだった。」「てこちゃん」と「白蛇様の祠の前」の「山口屋場所」などの数々の思い出。その「てこちゃん」が「現代詩手帖賞」を受賞する。

西武線沼袋駅の横、確か「福家」と名乗る食堂で。偶然遭遇った哲夫さん。四十五年正月末の事だった。掌中にした手帖賞。祝いの言葉にはにかまれ。

と、長谷川はほのぼのとした光景を伝えている。当時、長谷川自身も在京中であった。

追悼集では山口の詩の特質と人柄がよく表現されている。山口の詩「月潟のニジンスキー」から、

（三連略）

新潟県西蒲原郡月潟村。そよが舞う。静かに舞って。天突く天突く。低い声がする。もう獅子《しし》舞《まい》もおしまいだ。

もう獅子舞《ししまい》もおしまいだと。月のかたちで降ってくる淡い踊り子たち。その獅子頭にかくされたいろいろな芸。潮なり。いろいろな祭礼。アッサンブレのあられがひとしきり初演されたあと。粉雪でかためられた円型舞台のはしが音もなく崩れてゆく。

＊

なだらかな休息も終わり。角兵衛の吹く喉笛《ふえ》にうかれてさかだちをすると。弓はり月が蒲原のきみどりの平野をしろく照らした。名工の袖をたくまれた一つのポーズから次のポーズへ。獅子たちは初夏から諸国を巡って秋の末にはこの国に帰ってきた。はずむ声でカクベエ！カクベエ！と呼ばわりながら。

＊

なかきよのつきかたにうかむししかしらにしのかたよりもれくるひかり。

＊

ニジンスキー。六文字の指令よ。わたしは神である。月のかたちの神である。とその手記は冬の空とともに閉ざされる。サンモリッツ村ガーダムント別荘にて。一九一九年。二月二十七日。

＊

四年。吹きさらしの街道で暮らした四年の歳月も流された。キエフの雪も四たび。咳きこむな妻ロモラ。

（四連略）

吉岡の追悼文の中に「思い出の一片」として、

彼が本領を遺憾なく発揮することになる第二詩集『妖雪譜』の上梓を思い立った頃だったと思う。彼からの便りの返事に、「新北越雪譜」か「××雪譜」あるいは「雪童子変化《ゆきわらしへんげ》」という詩集名はどうか――

と、提案するエピソードを書き残している。

山口は祖母の昔語りを幼少時に寝物語りのように聞かされて育ち、詩を書き始めてからも「「取材」と称して」祖母から話を聞いている山口の姿を兄清は伝えている。「幼年時代というもの」は「王国にも似た富、あの回想の宝庫」とリルケが説いているように、山口の身体に流れる方言の持つリズムは祖母の語りから受け継いだものと考えられる。東京というモダーンな地で自らの言葉を紡ぐ時、詩を創作する時、祖母の語りを借り「漢字、ひらがな、カタカナの使い方は独特」となる詩の方法を創出した。そして一つの時代を画したのだった。暗喩の時代から表層の時代相への過渡期を架橋したのだった。

山口哲夫、法名―随心院詩眼哲濤居子、享年四十一歳であった。

③ 「現代詩特集」について

「北方文学」第四十号は「現代詩特集」として県内外の十六名の作品を掲載している。

「北方文学」はどのような考えや意義を「現代詩特集」で反映したかったのか。特集に関する提案や宣言、説明は掲載されていない。編集後記で長谷川潤治が、

これまで本誌では、十号を数えるごとに〈総目次〉を掲げて、一応の区切りとしてきただけで、号数を以て記念号や特集号の形態をとったことは一度もなかったと、編集上の「基本的な精神」を論じ、

山口哲夫追悼特集を組んで以来、出来るだけ早い時期に《現代詩特集》を敢行したいと念じてきた

との、経緯を語っている。

山口哲夫の亡き後長谷川と吉岡は遺稿集となる『山口哲夫全詩集』発刊後、平出隆、河野道代らと会い歓談している。また、長谷川は山口の「四十九日の法要」や「一周忌」にも上京し彼等と接触している。吉岡と長谷川は山口の詩的人脈との交流を深めていた。こうした文脈から平出等との会話の中で、長谷川特に吉岡が「現代詩の現在と未来」への眺望を知るよい機会と捉え、この特集を組んだのかもしれない。

かつては「現代詩謡」が東京を中心として各地の有力な詩誌主宰詩人との交流で誌面を飾っていた。県内の幾つかの詩誌は商業誌で全国に知られた詩人と交流し、そうした詩人の「玉稿」を掲載して自らの詩の深化を計って来ていた。

「現代詩特集」に作品を寄せたのは、

岩淵一也、経田佑介、斎藤友紀雄、桜井健司、鈴木良一、館路子、田中武、辻征夫、庭野富吉、長谷川潤治、平井孝、藤井貞和、森田進、吉岡又司、吉村まさとし、吉増剛造

の十六名。

県内詩人は十一名で、県外詩人は五名、その中で辻征夫はエッセイでの参加であった。

3　ブルージャケットと経田佑介の仕事について

①　ブルージャケットの変化

「ブルージャケット」は「つがるポエトリー・ツアー特集」を組んだ一九八五年三月刊の第二十三号以来、四年ぶりの一九八九年三月に第二十四号を刊行する。その誌面は一変していた。経田佑介が一九八一年にアメリカを旅し、一九八二年にはヨーロッパを旅したことは前章で紹介してきた。こうした旅で知遇を得た多くの海外の詩人たちとの交流交友が活発になる。以前からビート詩の研究家で詩人のジョイ・ウォルシュ等との交流では、彼らの詩やエッセイを経田が翻訳して「ブルージャケット」で紹介してきていた。一九八三年一月刊の第二十・二十一合併号では、ジョイ・ウォルシュ等の詩は英文のまま掲載している。

　第二十四号の誌面は経田、中上哲夫、館路子の作品以外は、海外の詩人たちで占められている。[7] サム・ハミル、ジョン・モンゴメリー、ザック・ロゴウら十五名の詩とエッセイを経田訳で掲載している。そして、Michael Basinski, Pradip Choudhuri等八名の詩とエッセイは英文のまま掲載している。

　一九九〇年十一月刊の第二十五号はこの第二十四号の形式をさらに徹底する。第二十三号以降、誌面の判型は縦二五七㎜、横二一〇㎜と詩誌としては大判にしている。第二十五号は九十二ページの大冊となってもいる。経田のエッセイと「長沼重隆書簡」、館路子の詩以外は、海外詩人一十八名の陣容となっている。

②　経田佑介の仕事—二つの詩集について

　一九八六年一月に上梓した経田祐介の『ニューヨーク動物園の笑う象』は、経田がアメリカを旅した一九八一

詩集『ニューヨーク動物園の笑う象』表紙

年七月の二十三日間に、市井の一英語教師にして詩人の経田が「アメリカ合衆国」と遭遇してその知見と経験を著した詩集である。

単なる旅行記ではない。筆者はかつて『ニューヨーク動物園の笑う象』を「世界を意図する巨大な虚空の時代の振子」と題して紹介(8)したことがある。詩集は、

> プラハから一枚の絵葉書が来た。アメリカの友人ヤルダからであった。亡命以来十一年ぶりでビザがおり、父や姉妹のいるプラハへ里帰りできたのである。

との、「プロローグ—プラハからの絵葉書」で始まる。「亡命以来十一年」とは、経田の友人ヤルダが、一九六八年にチェコスロバキアで起こった民主化運動〝プラハの春〟に参加して、ソビエトの軍事介入によって弾圧され亡命を余儀なくされた事実を物語る。経田の旅の日程は、ミネアポリス、ニューヨーク、サンフランシスコと回る。その行程が詩集の構成を成している。「プラハからの絵葉書」から「トミーのベッドでさようなら」までが、ミネアポリス詩篇とでも呼ぶべき一章を成し、ヤルダ一家と友人知人達の相貌は愉快で、珍奇さに満ちている。「ワインの海と折れた椅子」は、人間喜劇の白眉である。人種の坩堝と称されるアメリカの素顔の一面を経田はワールドワイドに覗き見している。

「エンパイア・ステート特急でケニーの詩を読む」から「ボテロ味の聖家族」までが、第二章ニューヨーク詩篇であろう。大都会ニューヨークの街でアメリカに飲み込まれ、白昼夢の迷路に踏み込んでしまう。自失しそうな経田は「逃げ道のない会話」で、アメリカを「巨大にふくらんだ田舎。」と見立てようとする。しかし、その見立ては、

> 経田のアメリカへの入り込み具合と、その傷つき具合は、多少とも悲劇的でないこともない。（「共同体の人々
> 「経田佑介論」／太田修」

「世界を意図する虚空の振子」の経田が、アメリカに入り込もうとすればする程、アメリカの実象は陽炎のように逃げてゆく。経田のアメリカ受容と理解の道程は標題作「ニューヨーク動物園の笑う象」の二十八節の詩に現れている。

> イシュメル、とうとう現れたぞ、おれの象が。おまえが手に入れられなかった象が。見ろ、〈びっくり〉イシュ

メル、巨象はおれの目の前だ。あいつの額に狙いをつけ引金にちょっと力をこめれば、……あいつはゆっくり倒れてゆく。（ニューヨーク動物園の笑う象6）

　アメリカの文学、ジャズ、芸術を享受してきた経田の精神は、観念の泥沼へ足を取られてゆく。まさに〝悲劇的でないこともない〟精神の惨劇と読むこともできる。

静寂。
汗ばみ硬直した指が引金をひいた。
鉛の弾丸が象の額に吸込まれていった。
イシュメル、見たか、終わったぞ。おれの象狩りは終わった。（ニューヨーク動物園の笑う象25）

　詩「ニューヨーク動物園の笑う象」は、経田の夢と挫折をアメリカの血塗られた歴史とオーバーラップすることで自己救済を試みた壮大な悪夢？　正夢？　第二の人生？　旅はほんとうに終わったのだろうか。高村光太郎がニューヨークでの動物詩篇をしきりに思うのである。「サンフランシスコからの手紙―ジョイに」から「エピローグ―トマト・ジュース―ルー・ウェルチに」までが、三章のサンフランシスコ詩篇と呼んでいいだろう。

街の灯書店《シティ・ライツ・ブックス》にぜったい寄るよ（とあなたに言うと）／それはいい、詩がいっぱい、ローレンス・ファリンゲティにも会うといい／すぐ隣りはベスビオ、芸術的レストランで／美しい魂がいっぱい／詩人もアーティストもいっぱい／ぜったい寄るべきよ、ユースキ（とあなたは言った）（サンフランシスコからの手紙―ジョイに）

と、経田の詩友であるアメリカの詩人で「路上」[9]のジャック・ケラアック研究家のジョイ・ウォルシュはサンフランシスコの旅を楽しむように勧めていた。

　しかし、経田はサンフランシスコには馴染めず、恩師の長沼重隆[10]が一九〇八年から一九一四年に暮らしたサンフランシスコのゆかりの地を、二人で旅するように街をさまよい歩き、コイト・タワーに登ったりする「孤独な男」になってしまっている。

　詩集では経田とアメリカでの詩人達との交流が余すことなくその饒舌体で活写されている。ユーモアと蘊蓄、教養と飛躍が破天荒なおもしろさで展開されている。まさに「ワインの海で溺れる」ような愉快さなのだ。

また、詩集は経田を通過したアメリカの光と影の「履歴」でもある。〝路上派〟を自認しつつ、アメリカへのアンビバレンツを生きなければならなかった〝奇妙な世代〟、経田の幼少期から青年期の光と影の「履歴」ともなっている。八葉の扉写真、笑う象を解体するトマホーク辞典、おぼえがきと四十八篇から成る。B6判、ハードカバー、百九十一ページ。

一九八八年四月にアメリカの詩人デニス・マロニーの詩集『SITTING IN CIRCLES』を『円居して』と訳して上梓している。詩人のデニスとの出会いは、経田がアメリカを旅した一九八一年七月の二十三日間の内、「バッファローで三晩厄介になった」折、親交を深めての結果であった。アメリカの詩人を読み込んでいる人には理解が届くのだろうけど、筆者はアメリカ詩にも暗いので詩の内容が把握できない。デニスは日本文学に通じ、芭蕉の『奥の細道』、与謝野晶子の『みだれ髪』を翻訳出版しているという。また良寛詩の翻訳にも取り組んでいるという。

左ページにデニスの英詩、右ページに経田の日本語訳を配置する編集。英詩と訳詩をみくらべながら読めることを喜びたい。装画・日和崎尊夫。註、デニス・マロニー・ノート、あとがきと三章二十一篇から成る。B6判変形、百十三ページ。

4 「桜花文芸」の展開

詩誌「桜花文芸」は一九八六年二月刊の第四十号から一九九〇年八月刊の第四十九号までの五年間で十冊を刊行している。詩誌運営上、主宰者の桜井正示は支持し支援する東京の詩誌「芸風」との連携を強めてきたことは既に記してきた。「桜花文芸」は全国からの投稿者で占められるようになる。

一九八七年四月刊の第四十二号では投稿掲載者数二十三人中、県内勢は鷲尾澄恵、関秀代、寺井清、宮嶋志津江、大多喜洋一、杉山友理、桜井の七人であった。一九八九年四月刊の第四十六号では十九人の執筆者の内、県内勢は鷲尾、杉山、神田竹雄、桜井の四人。常時投稿する県内勢は鷲尾、杉山、神田の三名となっている。

「桜花文芸」の編集発行人の桜井は第四十号の編集後記で、「作品の発表の場は、文筆愛好者にとっては、ぜひ共、必要なものです。」との思いを伝えている。全体的な編集の印象は雑然とし読みにくい。

そうした中でも一九八七年四月刊の第四十二号では笹木勸が「管見、戦後の新潟詩壇の状況」を書き、一人の国鉄労働者の視点から戦後すぐに創刊された詩誌「国鉄詩人」の背景を語って貴重である。新潟の「新鉄詩人」創刊には、詩人近藤東が関わっていたことが記されている。また、一九九〇年五月刊の第四十八号には神田「二十周年の桜花文芸評」を寄せ、第三十七号に掲載された渡邊信太郎を囲む写真には、個々人の名前が付されていて資料として貴重であることは前項でも記載してきたところである。

この間に二冊のアンソロジー『桜花詩集』を上梓しているが未収集である。

5　「青い麦」の終刊に関して

詩誌「青い麦」は一九八六年六月刊の第三十二号から一九八八年十二月刊の第三十四号まで三冊を刊行した。第三十四号が終刊号となる。一九七二年三月に編集発行人を影山二郎で創刊以来、十一年の活動であった。

創刊以降の同人諸氏の活躍は目覚ましく、朗読会や詩の学校開催等の新機軸を打ち出し活動を支えてきていた。詩の朗読ではフォークソングとのコラボレーションは画期を成した。終刊号までの三冊の発行人は文学サークル青い麦の会で、連絡先を木俣冴子としている。第三十三号の会員は

神田義和、木俣冴子、そうだみつのり、田村一女、峰健太、深井伸子、藤田五郎、なかのふみこ、山田漠、松木信、柄沢浩子、村山由美子、たっつぁん、清水マサ、森田今日子、中村伊紅

の十六名。

第三十四号に青木春菜が加入している。

「青い麦」の終刊は会員の創作力や活動が低下したためではなく、一九八六年十二月に新潟詩人会議による年間アンソロジーで機関誌の「新潟詩人会議」が創刊され、「青い麦」の会員の多くが新潟詩人会議に加入するか、創作活動の場を変えるかしたことによる。「新潟詩人会議」創刊号の連絡先は木俣である。

清水マサはこの両者の関係を二〇一四年十月刊の「紙魚」№59で、「文学サークル「青い麦の会」には約四〇人、「新潟詩人会議」には三〇人の詩人たちが名を連ねていた。重複して会員になっている人もいた」としている。

この間にも「青い麦」会員による詩集上梓が続いていた。ここでは山田漠、木俣、そうだみつのりの詩集を紹介することとする。

山田漠は『おおばらはちかん』を一九八六年三月に上

梓する。発行人は神田義和や村山由美子等六名から成る「おもしろ世話人会」となっている。山田は八つのサークルに会員として名を連ねていたようだ。「炎群」「青い麦」「新潟詩人会議」などである。詩集の構成は、Ⅰおおばらはちかん、Ⅱやぶにらみ憲法解釈、Ⅲ戦争論、Ⅳ一九八〇年五月、Ⅴ英霊の五章から成る。詩「おおばらはちかん」に、〝おおばらはちかん〟とは「雑然と無造作に日用品が我物顔で部屋中にちらばっている」様をいうとある。[11]その通りに時局から憲法解釈世相の果てまで、おおばらはちかんに言葉をぶちまけた詩集。「ふろく自民党大演芸大会」と五章四十七篇から成る。A5判、百七十一ページ。

木俣冴子は『朝の光がきらら』を一九八六年六月に上梓する。自己史を語る詩集と言っていいだろう。木俣は熊本市生まれで、詩「骨湯」は標準語と熊本弁で綴られている。「海を見る日」は七章二十三連の長編である。「1朝もや」での「発車のベルが／ルーッとなる」との一節は、母親らに見送られて木俣が熊本市を離れ新潟市へ来るときの情景であろう。その母は「2アリューシャン海峡」で、

カナダバンクーバーアイランド日本人収容所
十八才の母は
そこに立っている

と、カナダにも第二次世界大戦では「日本人収容所」が存在したことを伝え、戦後に弟妹十一人と共に日本に帰ってきたという。[12]

詩では「母のうえに／英語はうずまいている」とバイリンガルであった母を語っている。カナダにも「日本人収容所」があった事実は衝撃的である。詩集は木俣のルーツ探しの記録でもあるようだ。来歴は「青い麦の会」「新潟詩人会議」会員としている。深井、加藤幹二朗が跋文を書き、NOTEと十五篇から成る。B6判、九十七ページ。

そうだみつのりは『惚れてくれた女と沖縄そして上高柳』を一九八七年に上梓する。奥付けには発行年月日は記載されていない。[13]一九八七年発行と推定される。そうだの詩は、エネルギッシュでありバイタリティ溢れているという常套句で感想を述べるしかない。詩はどうせ感情の垂れ流しで、そうだが興奮すればするだけ、他人はドン引きするといったこともあるのだ。そうだの自己紹介には「青い麦」「炎群」「新潟詩人会議」所属とある。木俣、神田、加藤があとがきを書いている。七章九十八

篇から成る。Ａ５判、二百五十二ページ。

「青い麦」会員の深井伸子が一九八七年六月に『そのせつはどうも』を、清水マサが一九八九年三月に『鏡の中の女』を上梓している。これらの詩集は「新潟詩人会議」で書評されているので次項で紹介することとする。

詩誌「青い麦」と機関誌「新潟詩人会議」の関係を分かり易くするために、創刊誌で扱うべき「新潟詩人会議」はここで紹介する。

6　機関誌「新潟詩人会議[14]」の創刊

①　機関誌「新潟詩人会議」の創刊と新潟詩人会議の活動について

一九八六年十二月に新潟詩人会議の機関誌として「新潟詩人会議」が創刊される。編集者はおおむらたかじ、発行者は新潟詩人会議、連絡先は新津市程島一〇四の三木俣冴子となっている。編集後記には編集委員会としておおむら・敷島京介・山田漠・木俣・新田淳一等の名が記されている。創刊の辞は新潟県詩人会議代表の加藤幹二朗が書き、編集後記はおおむら名で書かれている。「新潟詩人会議」創刊号から一九九〇年十二月刊の第五号まで六冊を刊行している。機関誌としているが、地平の会の「地平」、掌の会の「掌詩集」のように、新潟詩人会議の年間アンソロジーとみることもできる。

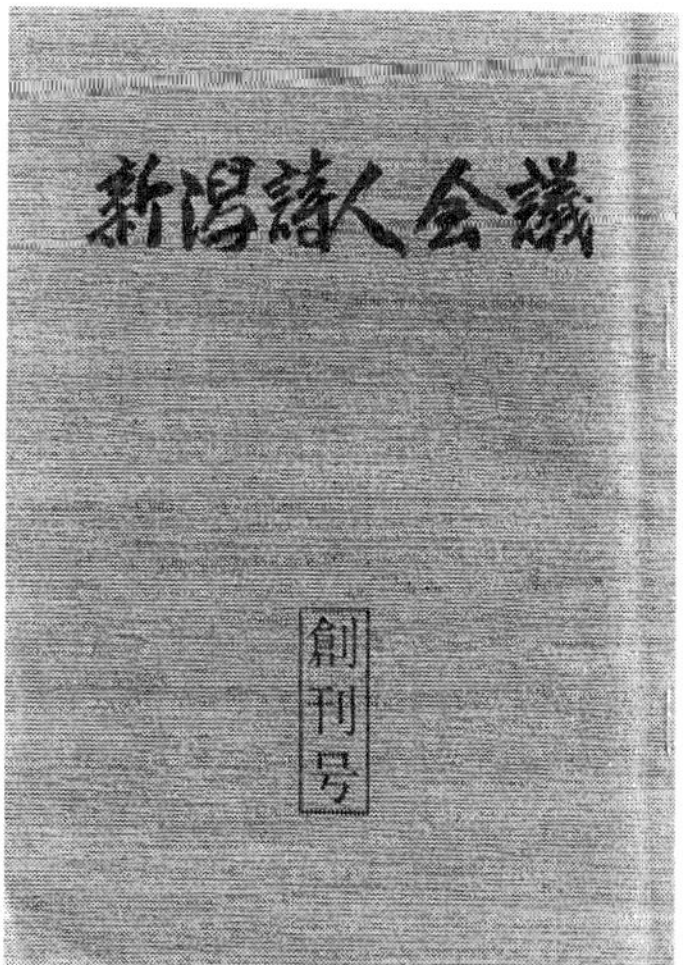

機関誌「新潟詩人会議」
創刊号表紙

新潟詩人会議は一九七五年二月[15]に結成され、同年三月に機関誌「浜ぼうふう」を創刊してきた。「東京の詩人会議」との関係は、加藤が大きく担ってきた。「新潟詩人会議」創刊の辞で加藤は、

新潟の、詩を愛する友輩《ともがら》相集い、新しい機関誌を世に送り出す。10余年間、我々は機関誌無しでやってきた。出したければ、反応のすぐ戻ってくる地域規模の会員誌を出した。朗読会を重ね、学習会や批評会をつなぎ、

我流好き勝手にやって来た。

と、新潟詩人会議の十余年を振り返っている。

「出したければ、反応のすぐ戻ってくる地域規模の会員誌を出した。」との加藤の文言には違和感を覚える。詩誌「夕映え」は村松高校文芸部ＯＢの結集によるものであり、詩誌「青い麦」創刊は日本共産党青年組織「民主青年同盟」の影響下にあったことは既にみてきた⑯。詩人会議結成はこの二つの詩誌の後である。加藤が詩人会議の組織者として関与し、「夕映え」「青い麦」の連携を模索する時期も特定してきている。オルガナイザー加藤の力の結果としての一九七五年二月の新潟詩人会議結成であり、「浜ぼうふう」の創刊であった。その編集委員は清水マサ、五木圭介、木俣、山田であった。

一九八七年七月刊の「新潟詩人会議」第二号には二十二名の会員名簿が記載されている。「音信」欄を見ると加藤が創刊の辞で述べている「朗読会を重ね、学習会や批評会をつなぎ」活動する姿がよくわかる。

音信
5月3～5日　文学旅行　―遠野―
5月9～10日　詩人会議総会参加　新田淳一新人賞佳作受賞
5月18日　現代詩研究会―くにさだきみをめぐって―
6月23日　深井伸子詩集「そのせつはどうも」出版祝賀会（鳴海英吉氏来港する）
7月4・5日　第六回詩の学校in出湯開催―身辺雑記をつきぬけて―　講師くにさだきみ氏

と、多忙であるとさえ思える日程である。

一九八八年十二月刊の四号には、「1988年新潟詩人会議の活動メモ」があり、二十六回の研究会や朗読会の開催が記録されている。現代詩研究は「木俣宅」・「加藤宅」等の個人宅で開いている。その他に、こうした会合のための準備会議や編集会議を二十一回持っている。会合の数を見ても他の同人誌や新潟県現代詩人会の活動の在り様との差に愕然とする。

第三号の作品には新潟詩人会議の運営は順調に推移していたことが見て取れる。神田義和の「男からの手紙」、真麻綾子の「通夜」、成沢薫の「朱色のトマト」等の佳品が並ぶ。「新潟詩人会議」が良い苗床となって、詩が勢いよく伸び始めた感がする。成沢の詩「朱色のトマト」は、「トマトは赤きもの／というのは昔の話で／今は青

から朱色」と書き始められ、

品種改良により甘みは強くなり
甘熟のシールを貼りました
作る方も売る方も
研究に余念がない

水の中で肥料を与え
人工光を与えて作る
ハイポニカトマトは
1本の木に何百個もなり
さしずめトマト工場というところ
何でも工場にしてしまうのが
私たちの得意技

アンデスの山の中にある
トマトの原種は
小さく　赤くもなく
少しもうまそうではないけれど
少なくともトマトといえるだろう

と、品種改良されビニールハウスで収穫するように

なったトマトの色と味わいへの違和感を表現している。二十一世紀の現在トマトはより多品種に改良され、「トマト工場」化した鉄骨ハウスでは、水耕栽培によって一本のトマトから数年もの期間収穫できるという。こうした変化が既に三十年前に始まった時代の移り変わりを成沢の「朱色のトマト」は、はからずも伝えてくれる。詩が時代の証言者として生き続ける一つの例証でもあろう。

一九八八年十二月刊の第四号からは編集・発行が新潟詩人会議となり、連絡先は新潟市太夫浜一八一〇—三〇、神田義和となる。一九八九年十二月刊の第五号の連絡先は木俣へ戻り、一九九〇年十二月刊の第六号の連絡先は再び神田となっている。

木俣は「「青い麦」についての活動の概要を教えてください」との筆者の問いかけに、二〇〇〇年六月に返事を下さった。そこには一九七二年の「青い麦」創刊から「新潟詩人会議」の一九九九年までの活動を俯瞰して次のように語っている。

青い麦を振り返っての文章の件ですが、正直言って、私には荷が重すぎます。17年間の後半を、代表として会を運営してきた私にとって、青い麦は青春の全部でありました。しかし、得るものも多き《ママ》かったけれど、

失ったものも数知れません。そんな、ほろ苦い想いが、青い麦の活動を総括する事にはじくじたる想いがあります。

編集のこうした混乱を第四号で「(編集部残党約一名京介記)」名が、「編集顚末記（又は、いやはや偏執後悔記)」で、「編集はラクな仕事ではない」とし、

小生こと約一名を除く編集部殆ど全員が、各々の大事に迫られ動けなくなってしまった。

との内部事情を明かしている。

新潟詩人会議に集まる会員が年齢的に、職業上、或いは家庭の事情等で身軽に動けなくなった事態は理解できる。かかる事態は多くの同人詩誌でも多々あることだ。だからこそ編集・発行を新潟詩人会議と明記し、責任の所在を示したのではとの思いは残る。加藤、おおむらの組織運営上の責任が見え隠れするのだがその辺への言及は無い。

第六号に載る新潟詩人会議会員は、

中村伊紅、須藤隆司、北原里美、成沢薫、そうだみつのり、峰健太、加藤幹二朗、関芳子、敷島京介、おおむらたかじ、山田漠、深井伸子、えねしげる、松川正、牧野ハラ、松木信、新田淳一、清水マサ、柄沢浩子、青木春菜、真麻綾子、木俣冴子、神田義和、高橋作衛、藤洋子、大関善行

の二十六名。

おおむね年一回の機関誌編集に手間取りながらも、これまでの実績と旺盛な創作から新潟詩人会議会員の詩集上梓も活発であった。既に「青い麦」で紹介した詩集の他には、深井の第一詩集、加藤の五年間で三冊の上梓は目を瞠るものがある。清水は第三詩集を上梓している。ここで紹介することとする。

②　それぞれの詩集紹介

深井伸子は第一詩集『そのせつはどうも』を一九八七年六月に上梓する。深井は感性が開放的で、溌溂とした活発な詩人だ。一緒に過ごしていると明日まで明るくしてくれる、そんな作品に満たされた詩集である。苦しみや哀しみも、怒りや許せない出来事も機知とユーモアで

癒してくれる。知らなかった人とも、「そのせつはどうも」との一言で仲間になれそうな思いがする詩集でもある。「新潟詩人会議」第三号の詩集評で木俣が「深井伸子詩集『そのせつはどうも』に寄せて―メッセージを抱いた詩たちへ―」で、深井の作品を、「いつも飾り気がなく、そしてたくましく、たくましいがゆえのシンプルさを持っていつも暮しの中に立っている。」と評し、深井の詩の個人的なメッセージ性を指摘している。跋を鳴海英吉が書き、あとがきと十五篇から成る。A５判、ハードカバー、七十三ページ。

加藤幹二朗は一九八七年から一九八九年までの三年間で三冊の詩集を上梓している。一九八七年六月に『リパブリック讃歌』を上梓する。昭和天皇在位六十年、バブル絶頂期へと向かう時代を鏡に映すように天皇制批判の舌鋒鋭く、まさに加藤の真骨頂をみせる詩集である。加藤の旺盛な創作活動と「朗読会・集会」での発表活動の結果でもある。

「作品発表一覧」を見ると多くの作品は、「86年3月19日『天皇在位60周年祝典キャンペーンを批判するつどい』治維法同盟新潟支部主催」、「86年5月15日『加藤・山田二人会＝天皇制打破のために』」や、「86年5月29日『日本共産党を励ます文化人後援会発足大会』」等の集会で朗読されている。

標題「リパブリック讃歌」は、民主主義が機能しない日本の現実への批判であり、加藤の理想の国家への讃歌であろう。

Glory, glory, Halleluyah!
（人は誰にも跪かない）
Glory, glory, Halleluyah!
（跪かせない）
手をつなごう　平等の民よ
地位や富が人を隔てることのない世界のために

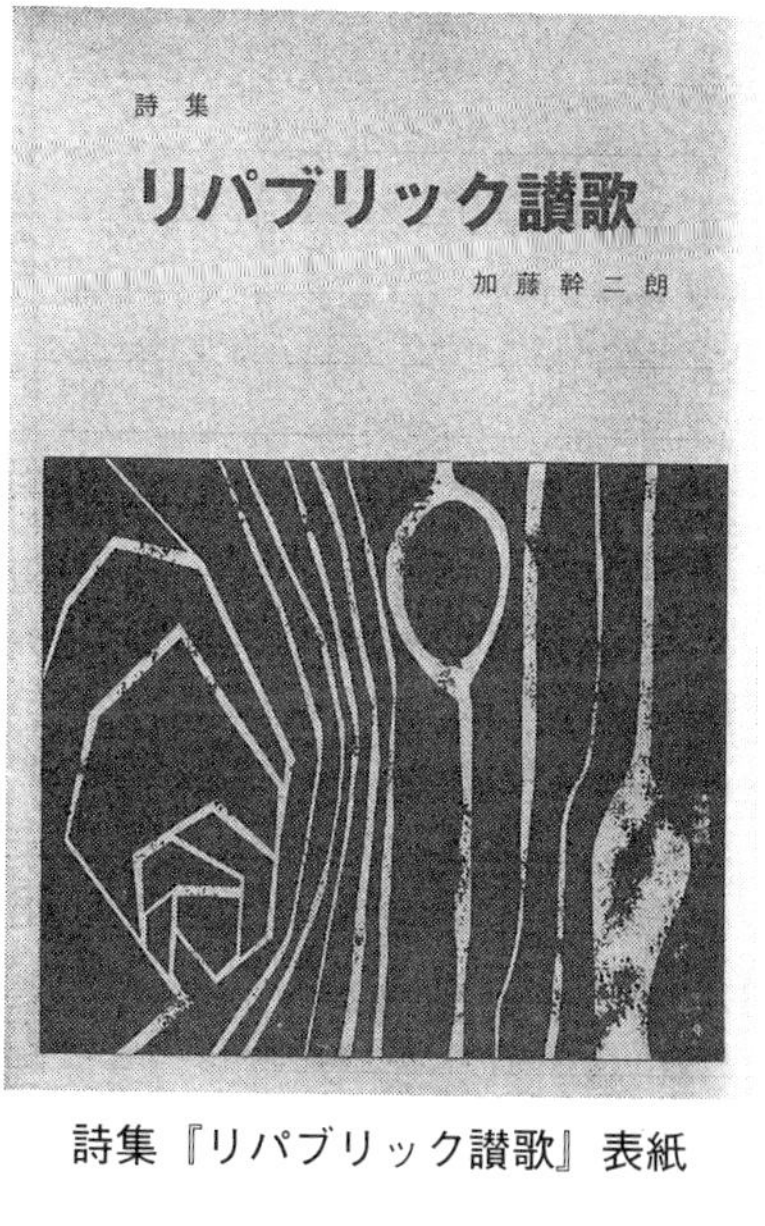

詩集『リパブリック讃歌』表紙

作品発表一覧、あとがきと四章三十二篇から成る。A5判、百二十四ページ。

一九八八年五月に『彫られた名』を上梓する。あとがきに一九八七年、「夏に詩人会議が創立25周年記念事業として実施」した、「『ロシア・ソビエト詩とロマンの旅』(講師草鹿外吉氏)11日間の印象記」とある。ゴーリキー、ドフトエフスキー、トルストイ等のロシアの文豪の家や書斎を訪れている。また、レニングラードでは「血の日曜日」や第二次世界大戦時の独軍と市民の悲惨な戦いの日々を思いやったりしている。そこまでは分かる。しかし「あなたのお国にとって革命はすでになされたこと」とか、「革命の地への巡礼でした」となると全く理解できなくなる。加藤はこの時ソビエト連邦人民共和国を彼の理想の国「日本人民共和国《リパブリック・オブ・ジャパン》」(『リパブリック讃歌』)の手本となる国家として信じていたのだろうかということである。「東西冷戦」が終わろうとしていた。「新潟詩人会議」三号で敷島が、「権力嫌いの活字好きの人にはお薦めできる」と紹介している。作品発表一覧、あとがきと序・四章三十三篇から成る。A5判、百四十七ページ。

一九八九年十二月には加藤の第五詩集『寒の戻し』を上梓している。一九八九年は国内的には昭和から平成へと年号が変わった年で、国際的にはベルリンの壁が打ち壊され、「東西冷戦」時代が終わりを告げ、東欧の共産圏の国々が「自由化」されてゆく年であった。日本では年号が改まるということは天皇の死があったということである。加藤はいち早く「天皇崩御」を作品化し、昭和天皇が犯してきた罪を告発している。詩「告別一覧」からは加藤の博覧強記を見る。天皇の「死」という身体的変化を即物的に列挙するエネルギーはどこからくるのか。怒り? 啓蒙? 四章三十一篇から成る。A5判、百十八ページ。

三冊の詩集からは加藤の世界及び世界史への認識を、詩や朗読で表現することにより読者や聴衆の啓蒙を計ろうとしている感がする。加藤のインテリジェンス、日本共産党への傾倒、詩誌・機関誌での指導的立場などから当時の「進歩的知識人」の典型を見ることもできる。

清水マサは第三詩集『鏡の中の女』を一九八九年三月に上梓する。「陰湿、直情、情念と、抱えきれない自分の女の部分をさらけ出して、そこから飛躍したい」との願いをこめたとあとがきにある。女の一生という言葉がある。作品に現れた女の姿・表情には、まさに女の一生の軌跡が捉えられ表現されている。鏡に映る自分の顔と対話し、老いや過ぎし日の若やぎの残滓を思いやり、また、息子の成長を見守る母親でもある。そして老いた親を介護する家族であり、最愛の夫との旅の記憶でもある。さらには社会の矛盾と戦う一人の人間である。そうした「抱えきれぬ自分」をきっちりと詩で始末している。あとがきと二章二十六篇から成る。A5判、ハードカバー、百二十三ページ。

7　「北狄」の同人変化と終刊

①　同人の変化

詩誌「北狄」は一九八六年三月刊の第二十六号から一九八九年十一月刊の終刊号となる第三十七号まで十二冊を刊行している。長崎浩、安達徹、木内進、小林かずお、庭野富吉、本田保、山下弓の同人各自は、各号に詩とエッセイに力量を発揮していた。同人の退会と新加入が見られる。

山形県東根市在住の安達は「もう一つの日本―私の蝦夷について」を書き継いできたが、一九八七年一月刊の第二十九号で退会している。同号からは柏崎市在住のまちえ・ひらおが新加入している。まちえは柏崎で戦後まもなくから活躍してきた詩人で、自らが主宰する詩誌以外の同人になるのは久しぶりである。「北狄」では、本名の長谷川大平をペンネームに使用したりしている。一九八八年一月刊の第三十二号からは秋田市在住の伊藤美智子が新同人となっている。

この号では「わが詩の青春」と題して特集としている。長崎は「芽生え季《どき》」を記し、松永伍一の『日本農民詩史』を引きながら、「大正十二年、この小さな城下町で、十五歳早くも幼い詩の芽を萌しかけていた。[17]」と語っている。

詩誌「北狄」の終刊号（第37号）

終刊号となる第三十七号は、編集発行人を庭野が果たしている。「北狄」と題する文で山下が、この度、主宰長崎浩氏が体調をくずされ、季刊北狄は三十七号をもって終刊することになった。

との簡便な報告をしている。

誌面は一九八三年四月に「ニュー越路」で開催された「長崎浩・詩作六十年を祝う会」を特集している。長崎の固辞もあって、「長崎浩詩集『予兆』出版記念会」としなかったという。「祝う会」に出席した詩人、詩集『予兆』に寄せられたはがき文などを掲載している。同人の「北狄」との出会いと長崎への感謝の思いが特集されている。終刊号同人は、

伊藤美智子、木内進、長崎浩、庭野富吉、本田保、まちえ・ひらお（長谷川大平）、松田達男、山下弓の八名。

「北狄」の誌面編集の特徴は詩の他にエッセイに力を注いだ点にある。こうした各号のエッセイを読むことで同人各自の拠って立つ詩への態度、方法が理解できる。詩人は詩とエッセイに価値を創造しなければならない、との考え方もある。

② 同人の詩集紹介

「北狄」は年四回の定期刊行を続けてきた。主宰者の長崎の編集者としての力量であろう。それによって同人の自己研鑽が培われ、作品の質と量を伴なう創作の場を作り出してきた。その結果、終刊までの四年間で、まちえ（長谷川）、庭野、長崎が詩集を上梓している。

まちえ・ひらお（一九二五・十一・二十四〜二〇一一・七・十四）は第三詩集『回帰』を一九八八年四月に潮流出版社から上梓する。まちえが詩誌「潮流詩派」の同人だった関係からだろう。詩は「身を亡ぼすおもちゃかもしれない」とあとがきに記す。戦後まもなくから詩作を続けてきた。その詩は日常の情景で生起する人間感情の諸相を時に辛辣に、時に諧謔に包み表現する。滋味深く、わびしさや寂しさを読者の心に突き付けてくる。

一九八八年八月刊の「北狄」第三十四号で長崎は、「第三詩集「回帰」」と題した紹介文で、

まちえ・ひらおは思想の詩人である。イデオロギーでなく、生の実存を追究する鋭い批評の眼を通して、自分の主体的な倫理を貫いている詩人である。

と、まちえの詩の本質に踏み込んだ分析をしている。あとがきと三十二篇から成る。B６判、ハードカバー、百二十二ページ。

庭野富吉（一九四一・四・二十七～二〇一四・八・二）は発行所を北狄社とする詩集『憂憤』を一九八八年九月に上梓する。庭野は新聞を読み、テレビを見て、押し寄せてくる憤り不安といった心の惑乱を丁寧に思い返してみる。脳裏や胸中に宿った思いを、刻み込むように書き続ける。叫ばず、怒らずそれでもなお湧いてくる感情を、ネオ・リアリズムの手法で祈るように書き繋ぐ。あとがきと四十一篇から成る。A５判、ハードカバー、百二十ページ。

長崎浩は詩集『長崎浩詩集』を一九八九年二月に上梓する。詩集の出版後、体調を崩した長崎は、一九九一年七月二十九日に亡くなる。昭和と共に詩を生きた長崎浩の生涯であった。長崎の詩史的評価と『長崎浩詩集』は次章で述べることとする。

8　詩誌「蒼玄」創刊の経緯

詩誌「蒼玄」は一九九〇年四月に十日町市本町七―二

同人誌「蒼玄」創刊号表紙

の庭野富吉を編集発行人として創刊された。本来は創刊詩誌の項で紹介するところ、「蒼玄」は一九八九年十一月に終刊した「北狄」の後継誌との位置づけから「北狄」の項の次に紹介することとした。

創刊同人は、

庭野、本田保、まちえ・ひらお、松田達男、山下弓

の五名。

創刊号でまちえが「誌名「蒼玄」」と題するエッセイで、創刊までの経緯を伝えている。

一九八九年十一月に「北狄」の終刊号を刊行した翌月の十二月三日に、「庭野、山下、まちえの三人」が長岡市で「落ち合った」とし、

この日は詩誌「北狄」三十七号終刊号の発行を終え編集者庭野氏から経過報告やら、かねて予告してきた新誌の計画をめぐり打合せをするのが目的であった。

との報告と新誌創刊、誌名、季刊発行、体裁等の計画が練られた[18]。

「北狄」終刊から「蒼玄」創刊までの素早い対応を読み取ることができる。編集後記で庭野は、「創刊にあたってことごとしく宣言するわけではないが、」と断りながら、

土着に根ざした目で世界を現実を眺めたいと思う。中央から離れた地点から多角的に現実を見る。その一翼をにないたいと思う。

との「問題意識」を心がける意欲を示している。現実を常に直視する作品を書き続ける庭野の詩意識を反映している。

同年七月刊の第二号からは星野元一が同人に参加している。十一月刊の第三号には「同人会」の会合の集合写真が掲載されている。平成の時代を駆け抜けた詩誌「蒼玄」の同人の結束の強さは意外とこうした集合写真に映し出されているのかも知れない。

9 「地平詩集」の動向

地平の会の年間アンソロジー「地平詩集」は、一九八六年四月刊の第六集[19]から一九九〇年三月刊の第十集まで五冊を刊行している。編集委員の星野きよえが一九八七年四月刊の第七集から代表者となっている。一九八八年四月刊の第八集では浜田怜子が代表者に就き、一九九〇年三月刊行の第十集は吉田信子が代表者となっている。

吉田は第十集の「長崎浩先生の詩について」で、「長崎浩先生が、昨年二月「予兆」と題する詩集を八十才で上梓された。其の後、お体の具合を悪くされ」たため、

「地平の会」も櫂を失った舟のように模索し続けております が、先生のお体の恢復を祈りながら今回の十号に先生の「予兆」の中の作品を巻頭に掲載致しました。

と、詩「ふしぎなサボテン」を巻頭に配し長崎への敬意

を表している。

「地平詩集」は以降、長崎の詩を巻頭に編集することで、長崎没後も長崎への敬意を示し続ける。一九八六年から一九九〇年までの五年間で会員の増減はあった。第十集の会員は、

飯島靖子、石原洋子、梅田和恵、遠藤春子、北神照美、北畠桂子、白石かおる、関根妙子、豊島みさほ、羽賀悦子、花房栄一、浜田怜子、藤岡美保、星野きよえ、三富政栄、吉田信子

の十六名。二人の男性名がある。

「地平詩集」からは会員相互の研鑽を長崎が的確に指導してきたことが読み取れる。創刊から第五集までの四年間で詩集六冊を上梓してきたが、この五年間では白石かおるの『ことばの筬《おさ》で』の上梓一冊だけだった。

白石かおるは地平の会を発行所とする詩集『ことばの筬で』を一九八六年三月に上梓する。筬—おさ。機織りで、縦糸をそろえ、横糸をおさえて、折り目をととのえる道具、と辞書にはある。詩「里帰り」の終連は、

感激が切れ切れにならないうちに
胸のタペストリーに織りこもう
遠い色　近い色
複雑な夾雑物が多過ぎて
貧しい言葉の筬《おさ》で
屈折した心模様を織り切れないが
傷ついた織りむらのままで終っても
悔いを残すのはやめにしよう。

と、日々の感情の機微と起伏を織るように、祈るように創作している。

白石は筬を詩の創作過程で一番大事な推敲に見立てている。白石の詩の特徴はテーマを鷲掴みにするダイナミズムとたくましいユーモアである。方法や技術に煩わされること無く、心の底にある詩の泉から筬を精一杯使って作品化する力は確かである。長崎の跋とあとがきと四章三十四篇から成る。Ａ５判、ハードカバー、百七ページ。

10　「掌詩集」の動向

「てのひらの会」の年間アンソロジー『掌詩集』は、一九八六年十二月刊の第四集から一九九〇年十二月刊の第八集まで五冊を刊行している。毎年十二月の定期刊行

を守っている。それは講師の長崎浩の指導と新津市中央公民館活動の一環という側面が考えられる。[20] 編集は「てのひらの会」会員の中から編集委員を選出している。発行は新津市中央公民館となっている。編集上からもあとがきの後に「公民館だより」を掲載している。しかし、そうした外的要因よりは詩の創作を続けたいとする会員の意欲が、定期刊行できる一番の要因であることは言を俟たない。

公民館活動の中の「てのひらの会」は、年度ごとに会員を広報等で募集していたと考えられる。五年間の会員数は八名から十二名で推移している。第八集の会員は、

大谷久美、落合のぶ、小野里寿男、栗原葉、小松カズ、樋口よね、増田スミ、万木涼(鈴木満)、斎藤愛子、阿部わか子

の十名。

創刊からの会員の大谷、落合、小野里、樋口、万木の五人が会の中核を成している。第八集から「てのひらの会」の代表者に万木を選任している。一九八九年十二月刊の第七集あとがきで、「頼りの長崎先生は健康を害され休んでおられます」と、恩師の病状を気遣っている。

「掌詩集」は詩が人を生かし、生活を形づくり、形づくられた生活の心の動きが詩を生み出している。そうした生活と心の動きが作品化されている。詩の里山遊歩とでも名付けられるアンソロジーとなっている。

11 「くちなし」の動向

「くちなしの会」の年間アンソロジー「くちなし」は、一九八七年三月刊の第五集から一九九〇年八月刊の第七集まで三冊を刊行している。第五集は一九八五年四月刊の第四号から二年後の刊行であるが、この間の事情は語られていない。

第五集に作品を寄せたのは会員十七名中十四名。一九八八年六月刊の第六集では会員十六名中十三名が作品を寄せていた。

第六集の巻頭で「たどたどしい歩みではあるが、歩きつづけられるところまでは歩きつづけたいと思う。」との言葉を残している。そしてまた、第六集から第七集刊行までに二年のブランクがみられる。第七集の巻頭で無署名の、

一九七九年八月に「くちなし」の会が始まり、いま

一九九〇年八月、十一年の歳月が過ぎた。小さな会であるが、小さいなりにさまざまなことがあった。

と、会の実情を語っている。

第七集の編集後記は代表者の小林進一郎が、

今年度四月から公民館の月ごとの利用団体ではなくなりました。年一、二回お邪魔させていただくことになります。

と、毎月の研究会や合評会の会合の減少を伝えている。

第七集には会員名簿の記載はなく、作品を寄せたのは、古俣キヨ子（小林キヨ子）、山内美澄、あきやまちひろ、川住雅子、山倉公子、柳瀬和美、小林俊作（小林進一郎）、峰村忍、あきやまちよこの九名だった。

「くちなしの会」が目指した詩は、第六集の巻頭の言葉が表している。

人の世には喜びもあれば悲しみもある。怒りもあれば笑いもある。人の世の真実を見つめて歌う小さな歌声に、耳を傾けていただければ幸いである。

この言葉を実現するように古俣キヨ子は詩集『ひとこと』を一九八七年三月に上梓する。家族との触れ合いを朝の挨拶のように表現し、詩を創作する喜びと幸いがここにはある。日々の心情や表情が生活者としての人の生涯というものが形づくってゆくのだと語りかけてくる詩集である。編集後記と二十七篇から成る。Ｂ６横判、三十二ページ。

12　「アステロイド」と「臨界点」の終刊まで

本田訓の個人誌「アステロイド」は一九八六年一月刊の第五号から一九八八年四月刊の第十二号まで八冊を刊行している。編集発行は本田で、連絡所は新潟市沼垂東二―六―八藤橋方となっている。充実した執筆者は、十年にわたる詩的活動で本田自身が築いた人脈、世代を超えた交流交友を示している。

誌面は詩の他に、現代詩の状況から情況まで幅広い視点をもって編集しようとの意欲が見られる。一九八六年四月刊の第六号から一九八六年十月刊の第八号までの三回、中上哲夫が「私語・詩語・死語」と題して詩論を掲載している。第六号では散文詩と行分け詩について、一九八六年七月刊の第七号では、本田の詩集『風の符牒』と「路上派」的なるものの関係について、第八号では西脇順三郎から福田万里子の詩集『雪底の部屋』までを論じている。

一九八七年二月刊の第九号から第十二号までは、富沢智が「現代詩の現場へ」と題して「全国の同人詩誌」や商業誌等を通じて日本の「現代詩」の情況を時評として論じている。四回にわたる掲載のテーマは「戦後詩の終焉」で、第九号では、

「アステロイド」第十二号表紙

吉田文憲の言葉として一九七五年という区切りがでている。このあたりで戦後詩は終焉したということらしい。その象徴として荒川洋治の「水駅」が挙げられているのだが、まさしく私の実感もこれに近いものがある。

との見解を述べ、吉本隆明の「戦後詩史論」にも言及している。

一九八七年六月刊の第十号では、「一年間で私が読んだ詩集の数は、ざっと数えてもおそらく二百冊をこえるだろう」と語り始めている。そして粟津則雄が「一九七一年の時評の締めくくりとして書」いた「現代詩史」の文脈を引きつつ、「修辞的な現在」や「表層のリアリティ」から一歩も進んでいないと推論している。さらに粟津の文を引く形で、

粟津は、この状態を「言語的の無政府状態」と呼び、「自家中毒状態」と呼んだが、このときから、詩は思想的な態度や方法を、身震いするように避けるようになった。そうしてあふれだしてくるのはすでに書かれてしまっている詩なのだ。

と、二〇二一年現在の詩的状況を予言的に指摘している。

こうした富沢の「現代詩」への現状認識を、新潟県の詩人たちがどれだけ共有していたかどうかは疑問なしとしない。

一九八七年十一月刊の第十一号では、一九八六年の「現代詩手帖」の投稿詩の選者であった、佐々木幹郎、稲川方人、荒川洋治の鼎談について論じている。一九六七年から一九七二年までの「全共闘運動」の受容の相違を情況論的、時代論的に論ずる三人に、富沢は「佐々木、荒川は明確に応えていない。」と苛立ち、「「戦後詩の終焉」についていては、正面切って語られていない。」と批判している。それは「全共闘世代という大枠を甘受するまで、私自身、ずいぶん長い時間がかかった」との、富沢の体験を内的に咀嚼して言語化する時間が、鼎談する三人とずれていることの確認でもあった。[21]

一九八八年四月刊の第十二号では吉本隆明の『戦後詩史論』を分析しながら、「郷原が指摘した七〇年代初頭の「モダニズムの自己破産」論に「一定の理由」を認めている。そして、

日本現代詩が真に飽和点に達したことを示しているのか、あるいは単に自暴自棄的な退廃に陥っているのか、いまのところ分からない。

と、確認を避けている。

「戦後詩の終焉」を巡る論争は、大正時代の象徴派と民衆詩派の論争のように中途半端で終わらせたくない論争である。しかし、ここでは二〇二一年現在の詩的状況を富沢が予言的に語っているように思えてならない。さらに、富沢は

現在、詩は風俗とともに活字から離れ、詩的パフォーマンスを繰り広げている。詩人であることを先行させることで、風俗的なインパクトを獲得しようとしているかのようにみえる。

「詩的パフォーマンス」が時代の要請かどうか、こうした指摘は自作詩の朗読への一定の批判として読み解くこともできる。

「青い麦」時代から本田が力を入れてきた、創作に伴う詩の発表の場としての朗読への視点は「アステロイド」でも健在である。一九八五年十一月に開催した朗読会「HOT POEM LIVE」を第五号で取り上げている。参加

した経田佑介、福田万里子、館路子が評価を寄せ、本田が「HOT・POEM・LIVE 始末記」として総括している。

一九八六年四月刊の第六号から泉谷栄が、現在の詩朗読の先駆けをなした「詩の朗読研究会」について「「詩の朗読研究会」の活動を通って現在の地平へ」と題して二回にわたって論及している。この「詩の朗読研究会」の活動を、現在では多くの朗読する詩人も知らないのではと危惧される。泉谷のエッセイは詩朗読の詩史的な位置づけをし、個々の研究課題、朗読の技術的問題、朗読の効果等、現在の朗読シーンにも適用できる示唆を多く提示している。

更に本田は一九八六年三月から、新潟市民が発起し創館した「新潟・市民映画館シネ・ウインド」[22]での、「声ウインドライヴ」[23]を報告し続けている。これは朗読会「声」に代わってより身近な朗読シーンの展開と実験性を深めようと、「新潟・市民映画館シネ・ウインド」設立に関与した鈴木良一の考えを実践した朗読会であった。本田は第六号から一九八六年と一九八七年に開催した五回の「声ウインドライヴ」の報告を載せて、それぞれの出演者の朗読の問題点を指摘している。

鈴木は一九八七年二月刊の第九号に「自作朗読の限界と可能性」を発表している。「声ウインドライブ」の活動は「地方都市・新潟」では、「詩的パフォーマンス」で括りきれない詩的営為の一つであったと考えている。

本田は一九八七年十一月刊の第十一号と第十二号の二回にわたって、「朗読会「声」ウインド・ライヴ個人的なまとめ」を書いている。これは本田が歩んできた朗読シーンの総括の文となった。

七九年～八四年に行なっていた朗読会「声」では芸でもなく、術もなく、怖いもの知らずのエネルギーだけで朗読会をやってきたように思う。そして経験と勉強を重ねウインド・ライブでようやく術をいくらか身につけ、いくらか芸と呼べるものになってきて、ようやく様々な可能性が開けてきたようだ。

と、過去を顧み未来への希望を語っている。そして「もっといろんな読まれ方、試みが行われてよいと思う。」としている。

一九八七年六月刊の第十号はこの年の二月に亡くなった庭野行雄の追悼号を企図している。本田は「編集後記の前に」で、庭野との出会いを書いている。

庭野さんと最初に会ったのは七年前の僕などが主催し

ていた朗読会であったが、他の詩人三人と共に現われ、我々をキリキリ舞いさせた記憶がある。

と、伝えている。「キリキリ舞い」の言葉通り、想定外の人物に見えたのだった。鈴木は追悼詩「柳の下の男」を寄稿している。

「アステロイド」第五号から第十二号までに寄稿した執筆者は、

寺原信夫、八木幹夫、経田佑介、福田万里子、館路子、八木忠栄、高田一葉、泉谷明、樋口大介、泉谷栄、中上哲夫、大家正志、田中武、富沢智、五十川庚平、鈴木良一、岩淵一也、太田修、柏木義高、岩崎守秀

の二十名。

本田は一九八六年五月に詩集『風の符牒』を上梓している。青春期を抱えたまま日常を走り続ける難儀を、詩の核心に据え、身体と思いの抗いの軌跡、書いても書いても完全燃焼しきれない内面を表現した詩集である。

中上は「アステロイド」第七号の「私語・詩語・死語（2）」で、詩集『風の符牒』を分析し紹介している。詩のタイトルの長さの変遷をたどり、「抽象的なものから〈路上派〉的なものに変わってきている」とし、「タイトルが急にホイットマン的に長くなっているのが目立つ。」と評している。それは本田の詩が、「歌う詩（音楽的な詩）から考える詩（思惟的な詩）へ移行してきている」ためだと指摘している。経田の跋文と三章十六篇から成る。B6判、五十九ページ。

「アステロイド」誌面や詩集からは本田の詩への創作態度が衰退しているとは思えない。しかし、こうした県内外の執筆陣との友好的な関係を築きながら本田は沈黙する。

本田の個人誌として一九八四年五月刊の第十号で休刊してきた「臨界点」を、一九八九年九月に復刊する。終刊号となる「アステロイド」第十二号を刊行してから一年半後のことであった。あとがきと思われる文には、「内心秘かに再刊を考えていたのが、ようやく実現した。」とあり、「すぐにエンジン全開とはいかないが、徐々に走り始めたい。」と語っていた。しかし、これ以降本田の走る姿は見られない。

13　「葉群」の展開と詩集『雪降る星で』

高田一葉の個人誌「葉群」は一九八六年二月刊の第四号から一九九〇年四月刊の第十一号まで八誌を刊行している。縦三六四㎜、横五一〇㎜の紙面に高田の詩と毛筆の文字をコラボレーションした斬新な編集である。この「葉群」の紙面構成は、第一回「声ウインドライブ」で高田が実践した、朗読しながら筆で書を書くという実験的パフォーマンスを印刷化したものである。一九八六年八月刊の第六号から一九八八年九月刊の第九号までの四誌は二色刷りになっている。高田は創作行為の多様さを追求していたと考えられる。

高田は一九八七年十一月に第二詩集『雪降る星で』を上梓する。「峡谷」「アステロイド」「葉群」に発表した詩を収録した詩集である。あとがきには「第一詩集〝風の地平線〟以後の四年間に、恋をし、結婚し、子どもをうんだ。」とある。詩人高田一葉と高田一葉個人の人生がパラレルに描かれた詩集である。高田は日常の細部と宇宙を等身大で見ている。「椅子の上には／風がふき／ビッグバンはいつだったって?」(ビッグバンはいつだったって?)と表現するように、生活時間軸が広い。推敲がなされていて、詩の中に夾雑物が少ない。作品は真っ直ぐで明るい。「アステロイド」第十二号で太田修が、「高田一葉「雪降る星で」小論」を寄せ、「平凡な女が語りだす平凡な日常がすばらしく、いとおしい。」と評している。跋を本田訓が書き、あとがきと二十篇から成る。A５変形判、百ページ。

14 「渟足《ぬたり》」解体から「傍」創刊まで

鈴木良一の個人誌「渟足」は一九八六年三月刊の十号から一九八七年五月刊の解体号（十二号）の三冊を刊行している。発刊に関しては混乱がみられる。一九八六年五月刊の十一号は、右開きで「渟足」十一号とし、左開き、裏表紙からは「パンフレット」創刊号として刊行している。十一号に載る長編詩「導びかれて」は、写真家の中村修とコラボレートした作品で、ギャラリーで写真と詩を展示したものだった。鈴木が詩の語り口を変化させる契機となる作品であった。

鈴木は混乱する自らを宥めようと個人誌「傍」[24]を創刊する。北川透編集の詩誌「あんかるわ」投稿時代から親近感を抱いてきた新井豊美に作品を寄稿してもらった。[25]同年十二月刊の第二号には、一九八六年に二冊の詩集を上梓した詩人植木信子の寄稿を受けている。詩の初発の意思を再確認する作業でもあった。後に「傍」は別の方法意識で復刊される。

鈴木は一九八八年四月に第三詩集となる『ちょっと古いレールの上を歩いてみないか』を上梓している。しかしこの詩集は編集の無残さを表している。誤字、脱字、誤認の数は？　とクイズでもできそうな編集で、鈴木の無教養と編集能力の無さを示す詩集となっている。だから失敗作ばかりと言うのも忍び難い。生き方と認識を世間一般へ近づけようとの努力と試みは読み取れそうだ。

一九八八年十一月刊の新潟県現代詩人会会報№19に館路子が「「古いレールの上」への書評」を載せている。鈴木が「市民映画館のプロジェクト・メムバーとして」の活動等から、

生きて生活する場としてのニイガタと同時代に生きているゆえに出逢わざるを得ない当世の事共の中で、反復して揺れながら多少の脆弱さを己れ自身に認め、その上で自らを否定しつづける。

と紹介し、詩集に現れる鈴木の「トリック・スターの悲喜劇」を照らし出している。

表紙は鈴木節子のろうけつ染め「遊ぶ玉」、あとがきと二十篇から成る。A５判、百八ページ。

樋口大介の「屠殺場行」は、一九八六年三月刊の第四号で終刊している。詩「愛の氾濫」、「セルスマン、泳ぐ」の秀作が目を引いた。

15　「辻」の変遷と終刊

①　新加入同人等のこと

詩誌「辻」は、一九八六年三月刊の三号から一九八八年四月刊の十号まで八冊を刊行している。「辻」は五十川庚平（一九三九・十一・十四〜二〇〇〇・十・十六）、岩淵一也、田中武、福田万里子（一九三三・三〜二〇〇六・八・十二）の四人で創刊された。「辻」の中心的な役割を果たしてきた福田が一九八六年三月に夫君の転勤にともない新潟を離れた。

誌面に変化が現れたのは一九八七年一月刊の六号で判型を縦百八十二㎜×横百十一㎜からA５判に変え、金井建一が同人参加、一九八七年五月刊の七号で岡村直子が同人に参加した。金井は「若い詩の会」以来の田中との交友関係から同人となったものと思われる。岡村は詩集『Long Distance』を上梓した新進で、この時は豊栄市（現新潟市）に住んでいたようだ。岡村の七号収録の同人住所録で、十日町市西浅河原の教員住宅との記載から、職

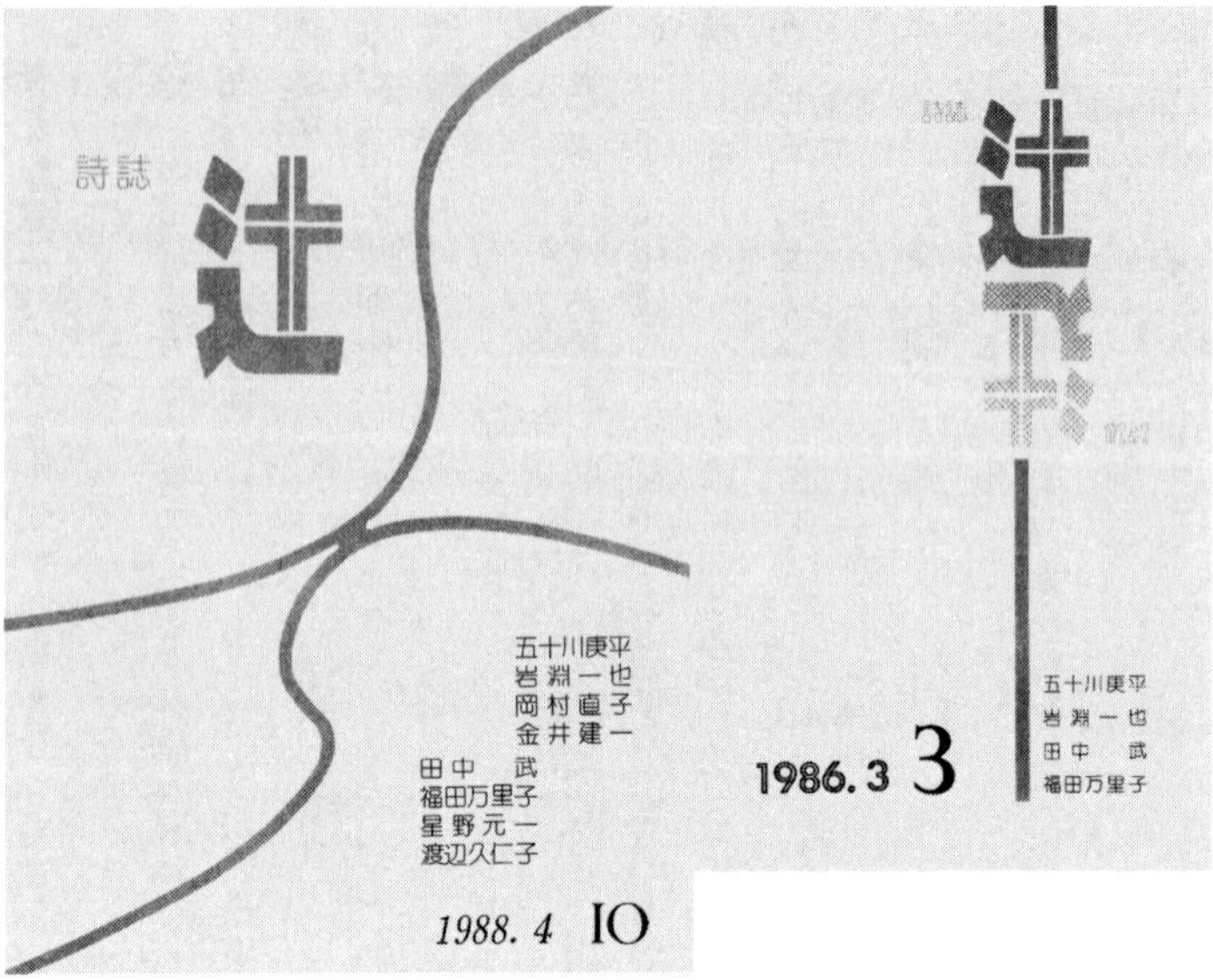

「辻」第三号と終刊号第十号表紙

業は教師と推測している。

岩淵が創刊号のエッセイで青森市の朝市を観光した時、「辻ごとにさまざまな人間に会った。詩誌「辻」はこれからどのようなにんげんと出会っていくのか。」との思いを述べていたことを思い出す。その出会いの実践であろうか。一九八八年一月刊の九号では渡辺久仁子が同人参加する。十号では十日町市在住の星野元一が同人参加している。渡辺は田中が主宰する「れ・ぽぬうの会」会員で、星野は金井同様に田中とは「若い詩の会」以来の交友がある。同人の新加入者の顔ぶれから岡村以外は旧友の招集とみることもできる。

創刊同人と新加入同人の多くは、成熟期にさしかかり、力量、気力とも充実した年齢であった。一九八七年九月刊の八号は「岩淵一也小特集」が組まれている。こうした編集は同人に詩誌「辻」への注力を促す目的もあっただろうと推測できる。

五十川は、「北方文学」同人としても活躍しながら、七号のエッセイで、

> 二年前は県下の文学碑を訪ねまわり、それを「新潟県の詩碑、文学碑」というタイトルで原稿用紙五枚づつレポートし、地元の新聞に載せていった。

と、報告し、十九の碑をレポートしたと語っている。さらに五十川は続けて、

今春はやはり地元の新聞に野草を中心にした「花の歳時記」という小文に花の絵を添えて一年間書きつづけることになった。

と、旺盛な創作への意気込みを語っている。[26]

また大阪府枚方市へ転居した福田は、「辻」の他、「アルメ」を中心に「ラ・メール」「地球」等で作品を活発に寄稿している。

創刊同人の詩誌「辻」以外での活動を見るにつけ、新たなしかしながら旧友とも言える詩人を迎えた誌面からは、創刊時の詩への意欲は減退していったように思える。詩的案内人としての福田が身辺から去り、詩誌をまとめる人材を失ったことが大きいとの思いはするが、十号で終刊する結果となった。

②　同人の詩集について

岡村は一九八六年二月に『Long Distance』を上梓している。「ケレンミ」や「隈取り」のような言葉の飛躍に満ちた作風は詩への才を感じさせる。「許せないものが／いちばん欲しいものだということ／それを不幸のはじまりというのなら／うっすら笑って／火をつけてやる／一緒に燃えてやる」（炎の都）や「夢を汲む」の心の激しさは、柔らかでしなやかにそれゆえにこそ残酷性を秘めている。こうした岡村の詩才が「辻」の同人の目に止まり同人参加となったのかも知れない。詩集で表現された愛の夢幻は美しい。二十三篇から成る。A5判、ハードカバー、百二ページ。

福田は新潟から大阪府へ転居する前月の一九八六年二月に詩集『雪底の部屋』を上梓している。新潟での六年間の作品を集めた詩集である。

雪国新潟が南国生まれの著者に沁み込み、言葉となって歌われ織り込まれて行く。

人にあいたい／人語《ことば》がききたい／木の花が見たい／地の草が踏みたい／希いがいっぱいあって／いま　わたしは／どの季節より熱い／と　もうひとりの女はいった　（新潟県U村）

と、新潟県の風物や季節や花々を訪ねて行く先には、

思わず　近くの雪に／手をさし入れると／ああ　なんという大地のあたたかさだ／このあたたかさを／友よ

／どのようにあなたに伝えればいいだろう／たとえば
／雪の中で、ひっそり　あたたまっていたのは／死ん
だ小さな妹ではなかったか　（東頸城郡松之山にて）

と、若くして亡くなった妹に出会う。

田中武は「辻」三号で「思い、ふかく　福田万里子詩集『雪底の部屋』」の標題の紹介文を書いている。「雪の底から掘り出された冬菜のみどりのうちに、詩的な効果をいうにはあまりに切実なすがたで出会っている」とし、「詩集『雪底の部屋』は、新潟の風土と南からやってきた感受性との出会いがもたらした果実である。」と評価している。更に、田中は福田の詩の特徴として、「はやくみまかった肉親たち」への「思いのふかさ」にあると指摘している。それは詩「雪底の部屋」で湯宿で出会う父の釣り上げた魚の情景に見られる。

宿の女は　冬場だけここで働くのだといい
山独活やタラの芽を運んだ
百合の根や　ウルイを運んだ
姿のよい川魚を運んだ
川魚は　十二歳のとき訣れた父と釣った魚に似ていた
佐賀の背振の山あいで　きらめいていたあの川の魚
明かりはまだいらない　とわたしはいった
あたりになれると　積んだ雪の間に真珠いろの光りがたまり
雪底の部屋をやわらかくしていて
父と釣った魚が　ひらりと泳いではまた膳のうえに戻っていたりした

中上哲夫は「アステロイド」第八号の「私語・詩語・死語（3）」で、この詩集で表される草木について、「福田万里子さんの草花は―野草が多い―人間の生と死の象徴であるが、どちらかというと死の方を想起せしめる。」との見方を示している。

福田の詩は日本画の技法で作品に色合いを添え、作品に温かさをもたらし、細やかな心を織り上げた詩集である。あとがきと三十二篇から成る。A5判変形、箱入り、ハードカバー、百十二ページ。

福田は一九八八年六月に絵とエッセイを編集した『花ばなの譜』を出版している。福田が日本画家として世に認められたことを示す出版であった。

16　「穀物」の詩型変化について

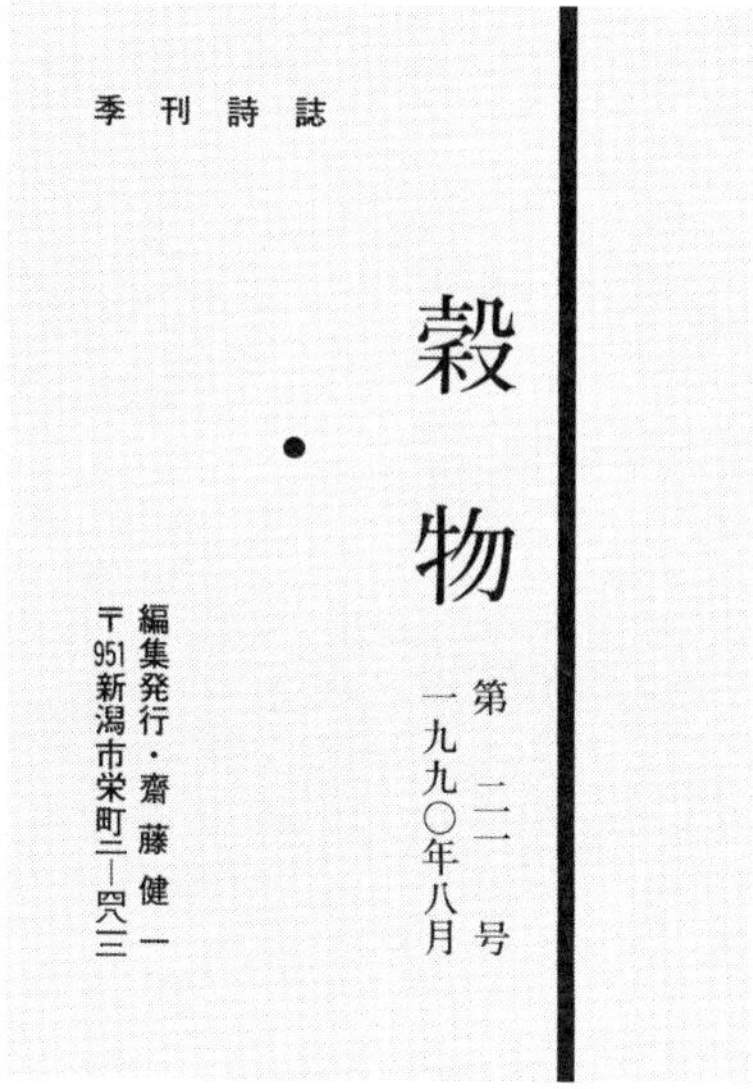
季刊詩誌

穀・物

第二一号
一九九〇年八月

編集発行・齋藤健一
〒951新潟市栄町二―四八一三

「穀物」第二十一号表紙

齋藤健一の個人誌「穀物」は、一九八六年一月刊の第九号から一九九〇年八月刊の第二十一号まで十三冊を発行している。いずれも詩・エッセイ・覚書をＢ４二つ折り四ページで編集している。

齋藤の詩作品は一九八六年七月刊の第十一号までは「二十字×七から十一行」だった齋藤独自の定型散文詩であった。それが一九八六年十月刊の第十二号から、四項四連とでも言うべき詩形に変化している。四項とは、各連の前に（1）（2）（3）（4）や（A）（B）（C）（D）の区切りを小標題に使っていることを指す。この詩形は第二十一号を越えても維持されている。この詩形変化は齋藤に内在する何に起因しているのか。

「穀物」創刊時の住所は新潟市沼垂東二―六―八であり、一九八五年一月刊の第五号で新潟市栄町二―四八一二へ移って以降は変わっていない。この住所は第四号までの住所と異なっている。第九号の覚書で齋藤は、

> 八四年の一月に創刊号を出した「穀物」も／ちょうど三年目を迎えた。／ふたりの小さな息子をかかえてわたしの身／辺はいつも彼らの呼吸を凝視する生活に終始／した。

との、生活の変化、すなわち結婚、子供の誕生、子育てと独身時代とは違う環境での、詩作と創造の日常を送る生活に変化したことを伝えている。

一九八六年七月号刊の第十一号の覚書には、

> 夜、小さな息子ふたりが寝静まってからそ／の日の朝刊と夕刊をはじめてひらく生活がつ／づいている／／連日の残業がすでに半年を超えている。／勤め先から夜の道を七キロ、自転車で帰っ／てくると疲労の波は静かにおそってくるのである。／詩はしばしばこの

ような環境を土台にして／書かれるものかも知れない。

と、生活の実態と齋藤の内面を語っていると同時に、齋藤の職場での責任が重くなっていることも示している。

身体を襲う「疲労の波」と戦い詩作した作品は、「詩は自分の血であり、痛む骨である。」とも覚書で記している。同号に載る詩「意思」を引く。

トロッコは速度をあげながらごつごつした軌道を走った。大きく身体をゆすり。赤い月が天にかかっていた。まだ夜になってはいない。肩からすべり落ちる声。ぼくではない。獣のように静かな雨だ。手の平に李の葉っぱが接触する。軟弱な地盤に足をとられた。空の一角が奇妙につめたい。ぼくは転倒しない。額をぬらす汗。鉄線。自分より前へ。花が咲いているのだ。

身体に疲労をもたらす工事現場であろうか。詩作できる夜の時間ではないのに、幻の赤い月を見上げる。詩への意思が聞こえてくるが雨のように降り落ちて地面を濡らすだけで、書き留めることもできない。何かに書き留めようとするが、仕事の手を休めることが出来ずもたつく身体。しかし意思だけは明瞭に「ぼくは転倒しない。」と決意し、詩の花が咲くであろう「自分より前」の世界へ、詩を創作することで駆け抜けようとする「意思」を抒情している。

詩は「血」であり「痛む骨」であると知る齋藤は、「このような環境を土台にして書かれるもの」と生活と創作との齟齬にも苦しんでいる。

詩の道を歩む詩人にとっては、生活と創作の両立は古くて新しい課題である。青春の輝きの中で詩を見出し歩み始めても、会社内での立場の向上や結婚等の私生活の変化と共に、情熱は削がれ時間に追われて詩を見失ってしまう。こうした困難をどう齋藤は乗り越えようとしたか、その姿を少し見てみよう。そのことから齋藤の詩形変化の意味がおのずから見えてくる。

齋藤は生活の地盤があって初めて詩の道が開かれて行くとの認識を強く持っていた。先に引用した第十一号の覚書では次のことばが続く。

わたしはどれだけの自己内面を今日まで書い／てきただろう。／黙々と詩を書くことは、生活の真実に違い／ない。／詩がおのれの誠実を探求する文学であるな

／らばなおのことである。

と、深夜詩を書く自己像を語っている。

生活に囲繞された環境から自己の真実と生活の真実を探求した詩を、齋藤は理想と考えている。詩「意思」に表現された「自分より前へ。」は、齋藤の詩の在り処を指し示している。こうした齋藤の詩意識は強迫観念のように詩への執着を語らせさえする。

一九八七年四月刊の第十四号覚書では、

わたしは今『穀物』と同行しているひとり／の自己だ。／詩を作り、詩を破壊し、新しく構築するた／め、文字を刻みつける。／そうした沈黙の作業の中からわたしは自分／の作品によって自分を激励しつづけてきたの／だ。

と、詩を構築し続けることで自己の生の先にある詩へにじり寄り、その成功と失敗からさらに前進するための励ましを得ながら沈思する姿を見ることができる。

勿論、齋藤は詩を書き続けることだけで「安堵」はしていない。覚書は、「わたしは充血した言葉の内部で前進する翼／を発見しなければならない。／生命の風を浴びている。」との内省に向き合っている。

詩形の変化は、自らの詩の破壊を通じて、新たな詩の命を発見するために齋藤が探求して到達した一つの方法であった。仕事の過酷さに耐え、家庭の安寧を守るため、深夜に黙々と「詩を刻みつけ」続ける一日の時間配分としても、それまでの二十字十二行といった散文詩型では気力と体力、集中力が持続しなくなった、ということも考えられる。今夜は小標題（1）を書き推敲し、翌日の夜には（2）を創作し、と一晩毎に創作の時間を配分したのではないかとも考えられるのである。この合理性に齋藤の詩への強靭な意思を覚えるのである。血と骨の〝詩ごと〟を見るのである。

「穀物」の編集は詩とエッセイと覚書の三種類の文で構成されている。見てきたように齋藤がたどる詩の創作過程は生活全般から生み出され、斎藤の詩は精神の独立を保つ矜持と意思によって創作されている。覚書は齋藤の生活全般と精神の独立に立ちふさがる齟齬に対する分析をアフォリズム風に、箴言風にあるいは自己激励、決意表明として書いている。

エッセイは、日々に生起する感情の波や、書物の読後感を冷静な視点から表現している。詩人論としては、「木村信子の顔」、「身体の風」、「小竹五十夫断片」等がある。

一九九〇年一月刊の第二十号に載る「小竹五十夫断片」は、一九三二年二月に小竹が上梓した詩集『霰弾』の紹介文である。戦争へ向かう時代に「新潟県東川村（現阿賀野市上川）」という辺境の地で、「生活の内部から詩を出発させた」詩人として、小竹を高く評価している。齋藤は小竹に自らと同じ詩作態度をみてとっている。

　齋藤はエッセイの標題に「断片」という言葉を使うことがよくある。断片的な散文であることを齋藤も認識しているのだろうが、詩と同じように飛躍によって行間に意味を含ませる。断言命題的であり、論理的な分析は行間に任せるといった方がよい。エッセイというより詩である。第十五号の「海の風」、第十八号の「海の感情」、第二十一号の「終わる夏」は良質な抒情詩となっている。

　一九八八年七月刊の第十七号の「身体の風」は、坂口安吾や三好達治らの関係を述べ、「知識で書いた作品が、すでにぼくらの胸全／体を痛打してこない。」とし、次のように文を終えている。

握りしめた鉛筆の芯の先端はかたい。
ぼくはそいつに体温を伝えているらしい。
汗は髪の毛を汚し、変形した消しゴムの破
　片を汚すのだ。
港は鴎を飛ばす。
彼らは容易に羽根を休めない。
起重機のブームは黒い船体の上を泳ぎ、甲
　板に美しく投影させる。
ロシア語の低い声がきこえた。
ぼくは一篇の詩を書く。
詩を作る自分の汗が滲んでくる。

17　新潟県現代詩人会の会報から

新潟県現代詩人会の活動を会報から見ておくこととする。「新潟県現代詩人会会報は一九八六年六月刊の№14から一九八八年十一月刊の№19まで六号が発行されている。県内詩人、詩誌の交流を旨とした会は、会報がその趣旨を反映するような編集で運営されていた。会長経田佑介の巻頭の言葉、「日録」として各会員の動向、会員のエッセイ、上梓された詩集の紹介と批評を載せ、現在から誌面を読むと資料として意義がある。

　一九八〇年代は新潟県の詩的活動が最も高まっていた時期であり、上梓された詩集は数多い。[27] №14には経田佑介詩集『ニューヨーク動物園の笑う象』の書評「〝1〟と〝one of them〟」を中上哲夫が書いている。一九八六年九月刊の№15では福田万里子詩集『雪底の部屋』を梶原礼之が、本田訓詩集『風の符牒』を星野諄一がそれぞれ書評で取り上げている。会を通じて会員同士の交流する結果、新潟県ではこれまで見られなかった、詩誌を越えて地域を越えての書評が可能になったのである。それぞれの詩集のこうした書評は各人の詩集紹介の項でも述べてきたところである。

会報では会員の消息として会員の所属する詩誌の現況報告、エッセイ等で活動の様子を知ることもできるようになっていた。そうした中で新潟県の詩史に名を残す二人の詩人が亡くなる。庭野行雄（一九二六・九・二十五～一九八七・二・二）と小柳俊郎（一九一五・十二・四～一九八七・七・六）である。

新潟県現代詩人会創立に深く関わった庭野は一九八七年二月に肝臓ガンで亡くなる。一九八七年四月刊の№17に五十川庚平が「大いなる酔狂の生涯」、岩淵一也が「庭野行雄をめぐって」との追悼文を寄せている。五十川は庭野の出生地から説き起こし「子供がそのまま大人になった人だった」との人柄を紹介している。「週報・とおかまち」の「一月十六日付に」載った「いま一度曙光を」という庭野の「絶筆と思われる」エッセイを引用して、「「六十一年の六月還暦を迎えた。」思うところがあって再修業と半生のざんげのため、剃髪し、日夜真言密教の経を唱え、自らと或る人々のために祈っている――」という書き出しで三枚程の文章は「――白熱の青春の日々を顧みて（昂然と眉をあげ）六十二年は再出発と思っている」と終わっている。

と、最晩年の庭野の述懐を説き追悼している。

五十川は一九八四年一月刊の第十一号から休刊状態の「穹」については、「十二号は三十二名の原稿をかかえ、それを苦にしながら病気の悪化でついに発刊されるに至らなかった。」と報告している。(28)

一九八七年七月に「現代詩謡」を主宰してきた小柳俊郎が亡くなる。「現代詩謡」の編集を助け第二十号から第三十号までを編集した北川義一が「酔眼の底で―故小柳俊郎に捧ぐ」を、松井郁子が「淋しがり屋の電話癖」を寄せている。北川は小柳との出会いから「現代詩謡」の編集を手助けしてゆく経過を日録風に回顧し、小柳の人物像を浮かび上がらせ追悼している。松井は酔うと誰彼となく電話をする「電話魔」だった小柳の心情を思いやっている。

一九八八年十一月刊の№19で桜井正示が「隠された善行　故小柳俊郎氏に深謝」と題する追悼文を寄せている。

新潟県現代詩人会は一九八七年九月に第二集となる「アンソロジー１９８７」を上梓している。会員五十三名のうち三十二名の参加であった。同号でも庭野と小柳を追悼し、一九八一年刊の「穹」秋季号から詩「窓のむこうに」を、『小柳俊郎詩集』から詩「かっこう」をそれぞれ転載している。アンソロジーは会として二年に一回の発行を目指していた。編集委員は経田佑介、岩淵一也、舘路子、本田訓、鈴木良一であった。

小柳と庭野の死は一つの時代の終焉を思わせずにはいない。庭野と戦後すぐに創作を始めた十日町の詩人高橋正治も一九八七年十二月に亡くなっている。庭野が病院を抜け出し家に帰ってから、新潟県の口語自由詩の草創期から活躍した亀井義雄が度々庭野を訪ねて来ていたとのエピソードを庭野夫人が語っていた。[29]その亀井も（一九〇八・三・二十六～一九九一・一・一）一九九一年一月に没している。そして長崎浩も同年七月に亡くなっている。

新潟県現代詩人会会報は事務局が編集を担当していた。岩淵、本田、鈴木が引き継いできていた。一九八七年四月刊の№17からは会長の経田が編集する。これは会員個々人の事情からか事務局体制が総会で決められなかった理由による。

会報№19の発行以降、二〇〇〇年四月刊の№20まで「新潟県現代詩人会」は休会状態となる。

18　その他の継続誌

戸田正敏の編集発行になる「樹炎通信」が発行されていた。しかし収集できた号は一九八七年五月刊第十八号の「八海文庫創立十五周年記念特集」と一九八八年五月刊第十九号の「郡内中学生詩祭」の二誌のみ。

戸田が長年携わり育てて来た「八海文庫」と「中学生詩祭」の開催に合わせての発行のようだ。東京の詩人との関係が深い様子は読み取れる。地域への詩の普及には尽力している様子が窺われる。

19　一九八六年から一九九〇年までの創刊詩誌について

一九八六年から一九九〇年までの創刊詩誌は次の七誌である。

創刊詩誌
一九八六年／泉1～14、ジュラ1～7、新潟詩人会議1～6
一九八七年／BANANA FISH 1～8、傍1～2
一九九〇年／山中通信1、蒼玄1～3、はつ恋1

創刊詩誌の内、「新潟詩人会議」「傍」「蒼玄」はこの章の前半で紹介済みである。

20　個人詩誌「泉―Spring」の創刊とその成果

①「泉」創刊の経緯

「海構」終刊後どこの詩誌にも所属してこなかった田代芙美子は、一九八六年五月に福田万里子と星野諄一の協力を得て個人詩誌「泉―Spring」を創刊し、一九九〇年十月刊の第十四号まで十四冊を刊行している。編集発行は田代、発行所は「新潟市川端町3―15―1コープ野村川端A―一四三〇田代方」であった㉚。後記で田代は「泉」発刊の経緯と「泉」の性格を次のように記している。

今年の三月、畏友・福田さんは御主人の転任により大阪へゆかれた。彼女が私に残してくださった友情のしるしは「泉」となって発刊される。また、かっての同人、星野氏は心よく作品を寄せてくださり、また御協力をいただいた。「泉」は季刊誌であるが、何時までも湧きでるSpringであってほしい。

「かっての同人」とは、詩誌「海構」同人を指している。星野は誠実に「泉」の協力者として支え続けることになる。創刊号の執筆者は田代、星野、福田の三名であった。田代は福田の精神的支えと星野の運営上の支えによって個人詩誌創刊に踏み出した。田代には「泉」を詩の発

「泉」創刊号表紙

表の場とする以外にも個人詩誌の必要があった。それは田代が生涯を賭けて探求するフランスの作家マルセル・プルースト研究を発表する場の確保であったと考えられる。

田代は新潟の「NHK文化センター」でマルセル・プルーストの『失われた時を求めて』の文化講座を受け持った。その五回の講座で紹介したことは「エッセンスの中のエッセンスでしかあり得ず」との思いが強く残った。創刊号からエッセイ「『失われた時を求めて』に魅かれて」を書き始め、その文化講座後の思いを、

> この度、個人詩誌『泉』を発行することになり私の思いのたけを、この詩誌に託したい希みを抱いた。この本の続く限り、シリーズとして書いてゆきたいと願っている。人にとって生涯に出会う本というものがあるが、まさに『失われた時を求めて』がそれであった。

との、『失われた時を求めて』への熱情を吐露している。「『失われた時を求めて』に魅かれて」は、創刊号から一九九〇年六月刊の十三号まで十三回書き継いで、「想を改めて、まとまった作品に書きかえ」るまで一旦筆を擱《お》く。

田代の「泉」創刊への思いの拠り所と希望を見てきた。田代は詩のみならず生涯の仕事と位置付けたマルセル・プルースト探求の持続のためには、多くの詩人・識者からの批評と教えが必要だと認識していたのだろう。「泉」の執筆者を追ってみることとする。

② 詩人たちとの交流、執筆者の顔ぶれ

一九八六年九月刊の二号から「海構」の同人で命名者であった新保啓が寄稿を始める。星野と共に新保の協力は大きな力になっていたと思われる。

一九八七年三月刊の四号から一九八九年十月刊の十一号までの表紙絵を飾ったのは、版画家の植木寿美子であった。四号には杉みき子がエッセイを寄せている。

一九八七年九月刊の五号には、上越時代からの詩友・柿村うた子と新潟大学英文科教授の久田竹一が登場している。久田はエッセイ「私の好きな短編小説」を連載することとなる。一九八八年六月刊の七号には秋山江都子が、同年十月刊の八号には財部鳥子が寄稿している。

この八号は「泉」にとってある区切りといったらいいか、田代が個人詩誌の編集発行に自信を得てきたことを物語っている。この号で福田は作品の寄稿を中断してい

る。福田は「泉」の編集や運営の手堅さと詩人同士の交流を見て安心したのかもしれない。

一九八九年二月刊の九号には高橋順子が、十一号には新井豊美、月岡一治が、一九九〇年二月刊の十二号には小柳玲子がそれぞれ作品を寄稿している。

一九九〇年六月刊の十三号には武田隆子、李寶能、林紀一郎が寄稿し、同年十月刊の十四号には高内壮介が作品を寄せている。

こうした招待詩人とでも言える顔ぶれを田代は九号の後記で、「高橋順子氏は「歴程」同人、書肆「とい」を経営され、優しく、漂々とした美しい詩人である。」と紹介し、

地方誌に清新な中央詩壇の方の作品をお願いし、開放されたローカルな新潟の風土の明確化と豊饒とをのぞんでいる。


との「泉」の持つ役割についての展望を述べている。

個人詩誌「泉」の、創刊から十四号までの執筆者は田代を除いて、

福田万里子、星野諄一、新保啓、久田竹一、植木寿美子、杉みき子、柿村うた子、秋山江都子、財部鳥子、高橋順子、新井豊美、月岡一治、小柳玲子、武田隆子、李寶能、林紀一郎、高内壮介

の十七名。

錚々たる顔ぶれである。

「海構」から「泉」までの田代の人脈の広さを示すと共に、田代の発信力がなかったらこうした交流はなかったであろうとも言える。知己を得て、研鑽を積むこととなる詩人との交流は、田代にとって詩とエッセイに注力しながら「泉」の編集発行への情熱を傾ける契機であり、自己啓発を含む自己激励の起爆剤の役割を果たしていたとも考えられる。個人的にも自らの詩の研鑽とマルセル・プルースト研究のために二度のヨーロッパ旅行をしている。

一九八九年七月に「かねて北欧の白夜を経験したいと思っていた」田代は、知人に勧められた「国際大学婦人連盟ヘルシンキ大会」への出席を機会に、「北欧、東欧の十五日間の旅」に行ってきたことを十一号後記で伝えている。「東西冷戦」が終焉する時期でもあった。

一九九〇年の夏には田代の生涯の文学的営為とも言えるマルセル・プルースト研究の旅に出ている。第十四号後記で、

今夏、フランス一周の旅にゆき、一日のフリーデーに、かねて希んでいたプルーストの「イリエ・コンブレー」を訪れることができた。井上究一郎先生の御便りの御指導により、イリエのレオニ伯母さんの記念館の説明時間にもまにあった。ゲルマントのほうの、サンティマンの泉にもゆけたが感動は深く、まだ私にはこの一日を書くことができない。

と、プルースト研究の第一人者の井上究一郎とのエピソードと共にプルースト文学探求の原点を旅してきたことを伝えている。

「まだ私はこの一日を書くことができない」ことから脱出して田代が再びプルースト論を「泉」に掲載するのは、一九九三年二月刊の二十一号を待たなければならない。しかし、この二回のヨーロッパ旅行の記録は、田代が旅先で撮ってきた写真で「泉」十二号から表紙を飾ることに結びつく。

③　執筆詩人の詩集と詩集『バダクシャンの泉』について

「泉」は田代の個人詩誌であるが、多くの協力者が執筆者として名を連ねている。こうした詩人の詩集も「泉」の項で併せて紹介することにする。

　五号に作品を寄せた柿村うた子は一九八七年四月に第三詩集『夕映えのまち』を上梓している。柿村は詩誌「造型」「ＤＡ」の時代には、モダニスムを追求してきた詩歴がある。青春期から成熟の時間を通過し、到達した地点は意外にも静かで穏やかな境地のようだ。日常そのものの情景と抽象化した言葉の亀裂が、詩人の心の在り処を照らし出している。序を殿内芳樹が、跋を上野菊江が書き、あとがきと三十四篇から成る。Ａ５判、箱入り、ハードカバー、百四ページ。

　二号から参加した新保は一九八七年十一月に近文社の「日本詩人叢書43」[31]として『新保啓詩集』を上梓している。新保の詩は物語を語らない地点から表現を起こそうとしている。作者の主情をできるだけ排除し、削ぎ落す主知的な作風である。あとがきと二十篇から成る。Ｂ６判、六十五ページ。

　田代は一九八八年五月に高橋順子の書肆といから第二詩集『バダクシャンの泉』を上梓する。詩集の標題作となった詩「バダクシャンの泉」を引く。

耳鳴りに耐えているキラキラした　まなざしを／夜の鏡にみつめるとき／かすかに聞こえる石の歌／ラピス・ラズリの透きとおった青の音いろ／／耳鳴りに耐えかねる夜が／たとえ気狂いじみていようとも／あきらめから遥かに遠かろうとも／バダクシャンに湧いている青の泉の音いろ／／静かな晩秋／光と影が確かな形となり／遮断機の音は消え　昏い陽ざしが水にただよう／あの透きとおった秋の音いろ／バダクシャンの青の泉はバダクシャンに湧いていよう／夜には私の心の耳に湧いてほしい

　田代は「泉」創刊と前後して難聴の症状に襲われていたようだ。一九八七年一月刊の三号に「耳なり」という詩を載せている。その症状は「せめぎあう金属の音　赤い血の濁音／それに青白い遮断機の点滅の警笛／重たい闇は脳髄の嵐に波立ち／生きながら私を噛みくだき　泡立ち狂いつづける」と、かなりの重症であったことを詠っている。

　田代は「青白い遮断機の点滅する」症状から気を紛らすためにラピス・ラズリの「透きとおった秋の音いろ」を夢想し、現在でも秘境中の秘境として近づく事の困難なアフガニスタンの回廊地帯のバダクシャンへと飛翔した。バダクシャンの泉から日本海・信濃川へと通じる詩脈を掘り当て、理性に裏打ちされた硬質な輝きを発する詩集を上梓したのだった。詩が田代に訪れる時、その姿を言葉としてラピス・ラズリの採掘人のように取り出す。言葉は磨かれ、推敲され、読者に様々な色彩の輝きを見せてくれる。

　新潟県現代詩人会会報№19で柿村は書評「痛みの輝き―「バダクシャンの泉」を読んで」を掲載している。「紺碧の色にひかれ」た田代の詩集は、「シルクロードを通り聖武帝を通り、時空を超えて彼女の指輪の玉となる。」と評している。そして「彼女の詩には「生の重さ」が感じられる。」と詩と難聴との戦いを思いやっている。後記と二十五篇から成る。A5判、七十五ページ。

21　常山満の「ジュラ」創刊と「日本抒情派」論について

　常山満は一九八六年七月に個人誌「ジュラ」を創刊する。発行人は常山で、発行所は南魚沼郡六日町一四〇、常山方となっている。「ジュラ」は創刊から一九九〇年三月刊の第七号まで七冊を刊行している。

　表紙には「ジュラ―日本抒情派―」とあり、「詩の表

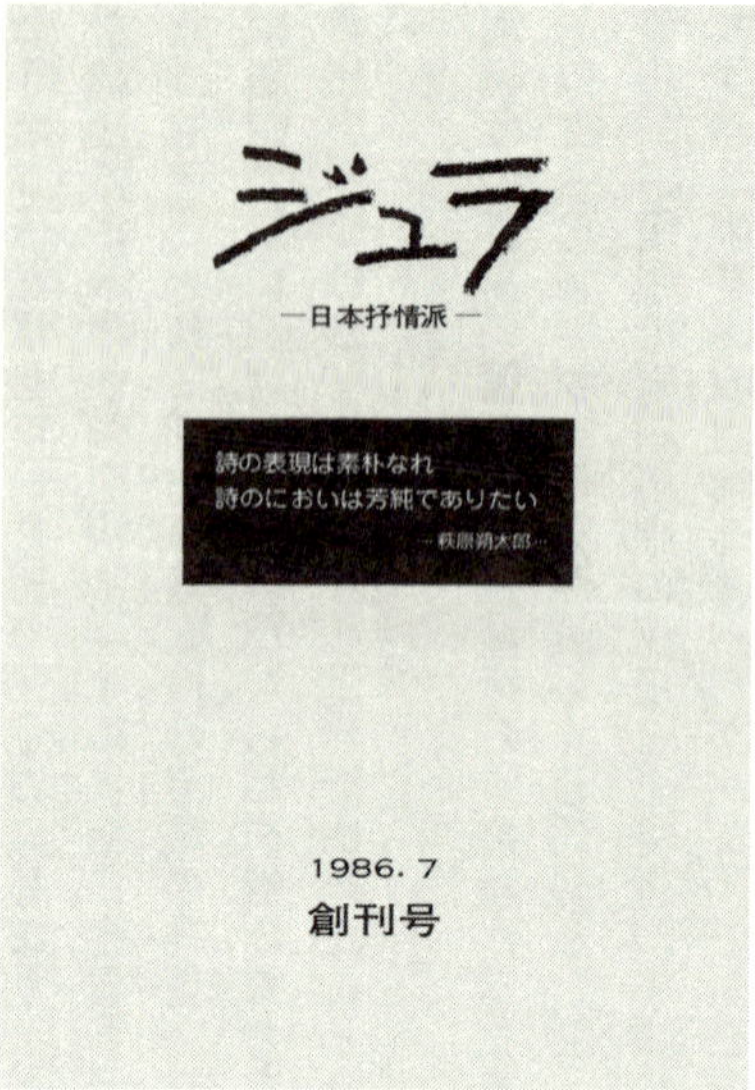
ジュラ
―日本抒情派―
詩の表現は素朴なれ
詩のにおいは芳純でありたい
1986. 7
創刊号

「ジュラ」創刊号表紙

現は素朴なれ　詩のにおいは芳純でありたい」との萩原朔太郎の一文が表示されている。常山は「ジュラ」で日本の抒情詩の再再検討を試みた。長くなるが創刊号の「創刊号に寄せて」で常山の主張に耳を傾けてみよう。(32)

> 近年の現代詩、詩の本質すべき抒情性を否定し、詩の概念を破壊し、定義を拡大解釈し、詩の門戸を開放して似而非詩を増大させている。即ち、韻文を排して散文に走り、詩の第一義を忘れ、その意匠性ばかりを追い回している。かくの如き似而非詩が氾濫するを以って、恰も詩が大衆化し、詩の興隆期を迎えたかの如く錯覚し、その実、真の抒情詩と抒情詩人が、絶対多数派の暴力によってその姿を埋没させられている詩壇の現状は、見るに耐えない惨状であって、（中略）似而非詩人達は我が世の春の如く競ってその誤った詩論を展開させ、絶対多数を以ってこれを表向き承認し合い（あるいは慰め合い）、本物の詩人達はその絶対少数党にあって、締《ママ》めて口を閉ざしているのか、それとももともと居ないのか、この惨状に対して何らの憤怒の叫び声も聴こえて来やしない。

と、日本の詩の現状を分析し、「心ある抒情詩人諸兄の奮起」を願って、「この小冊子」を刊行するとしている。後記でも「小誌の発行目的は一に純粋抒情詩の発見にある。」と記している。

こうした常山の「詩壇の現状」は「絶対多数派の暴力」によって踏みにじられているとしているとしても、では誰が「詩の本質すべき抒情性を否定し、詩の概念を破壊し、定義を拡大解釈」しているというのだろうか。その辺の現状認識は示されていない。常山は自らの詩精神のあり方と「詩壇」への現状認識を性急に主張したように思える。

「抒情」とは、「抒情詩」とは一般的にはどう認識されているのだろう。辞書的には「叙（抒）情―自分の感動を言い表すこと。」とあり、「叙（抒）情詩―感動や気分を主観的に表現した詩。」[33]と簡単に示されている。私は書かれた詩はすべて抒情詩と考えている。感動や気分はひとり一人の「知情意」が反応して言葉で表される。それが詩である。単純である。

情動的である常山のこの「指針」に対しては多くの「御意見」があったようだ。一九八六年十月刊の第二号で「御意見に答えて」で、「まず僕は、純粋抒情詩以外の全ての詩を否定しているのではない」との抒情詩論を始め、

詩人は皆、生まれながらの性格と各々異なった環境に依って、自ら信ずるところの詩論に依って全く異なった詩を書いています。（中略）十人の詩人が在れば十の異なった詩論とそれに基づく十の異なった詩が誕生するわけです。

と、詩人が必ずしも同じ内容の詩を書くわけでないことを認めている。

ここで常山は自らの「抒情詩」との違いを常山が非難して止まない詩人を対象に選びその違いを述べようとするのではなく、

そこから様々な抒情詩、即ち純粋詩、生活詩、思想詩、警句詩、所謂難解な現代詩、少女文学的抒情詩等であります。

と異なった詩の傾向を列挙し、それらは「究極の抒情詩」ではないと否定するだけで、論証は常山の頭の中にだけあるようだ。そして「一人純粋詩のみが、究極の抒情詩、即ち究極の抒情詩と言えるのである。」と純粋詩と抒情詩を混同しながら、「純粋抒情詩とは何か？」と自問し、表紙に掲げる萩原の言葉を答としている。

一九五〇年代から一九九〇年までの東京の商業詩誌や詩人の評論集に現れた論争から、常山の提議する「詩壇の状況と情況」を顧みる必要も感じるが、本田訓の詩誌「アステロイド」の項を参照してもらいたい。ただ、

ぼくらは一人ずつ、自らの現実と声を発見するよりほかないが、それにしても真理は一つであり、人間の想像力は互いに通いあっている。ぼくらのアルファベットはどこにあるのだろうか。

との、飯島耕一[34]の言葉を思い出してもいいだろう。

常山の「詩壇の現況」批判は、それへの憤怒と「純粋抒情詩の発見」への止むに止まれぬ思いが彼を走らせたためだと言える。

　常山の作品を見ていこう。創刊号には十六篇、第二号には十五篇、一番少ない第七号でも五篇の詩を掲載している。詩の形式は様々で創刊号の詩「詩作」は口語自由詩、「雲洞庵」は文語調、「春の庭」は七五調と統一感は無い。常山が提示する〝純粋抒情詩〟はこれだという作品を見出せない。一九八八年四月刊の第五号に載る詩「なんというか……」を引く。

おいらのあたまのなかでは／なつかしいジュラ紀の樹木の広葉が広がっていて／おいらはいつもその広葉樹林の葉っぱの下で／うとうとまどろんでいるしか能がないのです／時々義務感に苛《さいな》まれては／窓を開けて首を出すが／窓の外はいつでも嵐さ／没興味や怠惰癖が、風の強度や／雨量の多少さえ気にならずに／またおいらは窓を閉めて／ごろんと横になるばかりです／
―お～いっ　おいらの先生っ！
これでいいのかね……
まったくのところ
まいってしまうよ

……不射の射、
　　　か……

常山の誌名「ジュラ」への思いが反映している。また三号まで巻頭に掲げた「指針」を外して一年後の常山を比喩したような詩として引用した。「不射の射」[35]はこの間の詩活動を通じて常山が得た一つの境地であろう。

　常山に応えるように一九八六年十月刊の第二号には、みやしたようじ（宮下洋二）、原正則、石黒英一、秋山末雄、藤田勇三郎が作品を寄せている。

　一九八七年四月刊の第三号には寺井清が、一九八八年四月刊の第五号にはウカイヒロシが寄稿者に名を連ねている。このうち、みやした、寺井[36]、ウカイは常山の「ジュラ」発行を支えていく。

　寺井は常山の行動に触発されたのか、一九八九年三月に詩集『混沌の詩篇』を上梓する。寺井清は「『混沌の詩篇』は青春の日の熱病のようにして書かれたものです。」とあとがきで述べている。情熱に満ちた言葉たちの群れ、若書きと言うは容易い。言葉を持たなかった者が、言葉を発見してゆくさまはスリリングでさえある。目にし、触れる世界の全現象を「我、発見せり」と創作している。

「ジュラ」第七号では常山が「詩集「混沌の詩篇」」と題して書評している。詩集の作品には「多感な青春期の一人の詩人の思索する頭脳の内部」の葛藤と混沌を指摘し、「豊かな表現力、しかも深い詩的精神と芸術性を内在している」と評価している。第七号には詩集の寄贈に対する礼状であろうか、「詩集「混沌の詩篇」ご批評文」として、久田竹一・長崎浩・宮下ら十三名の感想を掲載している。あとがきと「混沌の詩篇」七章、「純潔の歌」十二篇から成る。A５判、ハードカバー、百五十ページ。

22　詩誌「はつ恋」創刊の件

一九九〇年五月に館路子、樋口大介、鈴木良一の三人による同人誌「はつ恋」が創刊される。館は経田佑介の個人誌「ブルージャケット」を中心に作品を発表してきた。樋口は個人誌「F式」「屠殺場行」を発行し発表の場としてきた。鈴木も個人誌「渟足」「傍」を刊行してきていた。

三人での詩誌発行を提案したのは鈴木で創刊号のエッセイで、「計画より一年半。ついぞ幻と誰もが言わなかった幻の同人誌の誕生である。」と振り返っている。館はやはり創刊号のエッセイで「はつ恋」への思いを語っている。少し長くなるが引用する。

「はつ恋」創刊号表紙

『はつ恋』と決定したとき正直この詩誌名には開いた口がふさがらないと思ったものである。だが、これがけだし本当の諧謔かも知れぬと気付いたとき、こんどは心が浮き立ってきた。浮き立つほどの事情がよほどある訳じゃないが、面白いというノリにはなった。どこか祝祭的気分の漂う通過儀礼を軽いノリで通過するには『はつ恋』という詩誌名は実にぴったりとするではないか。

詩誌名に戸惑いながらその浄化作用への期待を語っている。結果的には三人三様の詩的進化が測られることとなる。

23 「山中通信」、「BANANA FISH」について

宮嶋志津江は一九八九年九月に「山中通信」を柏崎市宮平から創刊している。詩を投稿して入選を喜ぶだけの姿勢を改める拠り所としての創刊であったのかどうか。しかし、「山中通信」は創刊号だけで終わった。

三沢雅明を同人とする「BANANA FISH」は埼玉県川口市で創刊されていた詩誌である。創刊年月日は分からないが、一九八六年二月に第二号が刊行され、一九九〇年までに八冊を刊行している。一九八六年六月刊の第三号で、「西高文芸部は三年の入部者がふえました」とあることから、高校の文芸部が発行した同人誌のようだ。

その三沢は一九九〇年以降新潟で活躍を始める。三沢雅明は一九九〇年八月に詩集『笑って笑って』を新風舎から上梓している。三沢は現実の表層を読む。表層を滑りながら、ずれて行く感覚を三沢独特の語り口で表してゆく。現実と自己のずれのあわいと方角で笑いが渦巻く。ライトヴァース、ブラックユーモア風にも読め、変身譚の表情も持っている。十三篇から成る。B6変形判、五十六ページ。三沢の住所は新潟市山二ツ一—十一—二十四コープ有輝二〇一、桃井方となっている。一九六五年、品川生まれ。

24 年別詩集

一九八六年刊行詩集—

※ニューヨーク動物園の笑う象／経田祐介、※Long Distance／岡村直子、※雪底の部屋／福田万里子、鬼太鼓／近藤馨、※おおばらはちかん／山田漠、※ことばの筏で／白石かおる、百姓の心に穴があく／小田龍吉、※風の符牒／本田訓、カオスの翼／植木信子、※朝の光がきらら／木俣冴子、秩父／平井孝、出会い／間貞子、※濆なる影／若林光雄、べっちゃら下駄／舘野フク、フォーブの空夜／植木信子、蓮池慎司詩集／蓮池慎司、(十七冊)

鬼太鼓／近藤馨

近藤馨は『鬼太鼓』を三月に上梓。エトロフ島守備隊からシベリアに抑留され、一九四九年復員、東京都庁に

勤務し詩作を始める。一章「焦心」は復員後、東京の情景を一民衆の視線で描いている。二章「流離」は佐渡の歴史と物語を心に置き、旅や憧れとして幻想的に描写している。三章「残照」は望郷詩篇。著者はシベリア抑留体験から戦争否定の抒情を定着させた。あとがきと三章四十三篇から成る。A5判、ハードカバー、百二十四ページ。佐渡郡相川町入川（現佐渡市）生まれ。

百姓の心に穴があく／小田龍吉

小田龍吉は『百姓の心に穴があく』を四月に上梓。「人が楽しげに語りあっている時でも別の事を考い《ママ》て空を見つめているような百姓」とあとがきで自己紹介している。生粋の百姓なのだろう。詩「黒いミイラ」や詩「わたしは田圃でいたかった」からは百姓、農業従事者の現実を理解させられる。小田は国の農業政策と現実の百姓の生活とがいかに乖離矛盾しているかを伝えている。あとがきと五十篇から成る。B6判、百三ページ。

カオスの翼／植木信子
フォーブの空夜／植木信子

植木信子は二冊の詩集を上梓している。植木は『カオスの翼』を五月に上梓。力量のある詩人である。詩の変幻性や飛躍、それは読者の心を揺さぶり刺激してもくれるが、無造作に詩行を繋いでいて連想が途切れる。推敲の不足が否めない。あとがきと二十八篇から成る。B6判、百五ページ。

ついで植木は『フォーブの空夜』を十一月に上梓する。「円環する夜想曲のために」と副題されている。本詩集は「八十六年春から秋の初めまでの詩をまとめました。」と後書きにある。早書きというか詩は空転を繰り返しているように思える。後書きと三章三十六篇から成る。B6判、百十五ページ。

秩父／平井孝

平井孝は『秩父』を六月に上梓。新潟大学法学部教授（行政法）として、新潟へ赴任して十八年になる、とあとがきにある。「いつまでも明るい僕の幼年の夏」（アンペラ）と詠うように、秩父への望郷詩集である。平井の生地秩父への郷愁は、現在では失われた日本の原風景を映し出している。あとがきと三十一編から成る。B6変形、箱入り、ハードカバー、百二十五ページ。埼玉県秩父市生まれ。

出会い／間貞子

間貞子の『出会い』は八月に上梓。「言葉は　一つの口から流れる／しあわせをはこぶ　言葉／ふこうを　まねく　言葉／口はみんなの刃物／大切にして／愛していこう」（言葉）。間は脳性マヒで生まれ、母から文字を習い、本を読み、テレビで知った集いを通じて詩を書き始める。今日の一日の命を大切に生き、自立への意思を詩に託している。詩は間の精神と命を繋ぐ綱。会田きよみとアンリが序文を書き、あとがきと四十五篇から成る。A5変形、ハードカバー、六十二ページ。

べっちゃら下駄／舘野フク

舘野フクの『べっちゃら下駄』は十一月に上梓。詩集を読むと素朴、純朴それ以外詩に何が必要なのかと、問われているような思いになる。舘野の詩は、幼年期の思い出から今日の自分の姿を顧みる。その情景や地域の行事は現在からみれば、既に「風物誌」の世界である。かつては農家に限らずどこの家庭でも子供として「家の手伝い」はたくさんあった。手伝いという共同作業が家・家庭からなくなって久しい。「舘野さん素描」を戸田正敏が書き、著者小歴と三十篇から成る。A5判、八十六ページ。

蓮池慎司詩集／蓮池慎司、

蓮池慎司の『蓮池慎司詩集』は十二月に上梓。蓮池慎司（一九〇八・九・二十九〜一九八〇・十二・十五）の遺稿詩集。教職に在り昭和十二年頃は「生活綴り方教室」の実践者であった。柏崎町（現柏崎市）大洲尋常小学校時代には、「機関車」という学級通信を発行している。その後詩誌「砂時計」「深海魚」、柏崎新聞等に作品を発表。戦後の柏崎の詩の動向にも少なからぬ影響を与えた。遺稿集では「蓮池慎司詩文略年譜」は必須の項目である。妻蓮池つた子のあとがきと三十三篇から成る。B6判、ハードカバー、九十四ページ。

一九八七年刊行詩集

※ひとこと／小林キヨ子、もうひとつの町／こんどうこう、トーストの上がるまで／仲山智子、※夕映えのまち／柿村うた子、※円居して／デニス・マロニー／経田佑介訳、サ・エ・ラ／潮沢栄一、天の隈／植村清四郎、※リパブリック讃歌／加藤幹二朗、※そのせつはどうも／深井伸子、桐の花／岩澤富美子、※アンソロジー1987／新潟県現代詩人会、※新保啓詩集／新保啓、※雪降る星で／高田一葉、※惚れてくれた女と沖縄そして上高柳／そうだみつのり、十七の愛と祈りの唄／大澤澄男

（十四冊）

もうひとつの町／こんどうこう

こんどうこうは『もうひとつの町』を二月に上梓。「詩を書くことは小さな楽しみ」であり、「しかし、この奇妙なもうひとつの町から抜け出すことができない」と

あとがきに記すように、詩人のありようを示している。藤井貞和が栞に「光をなびかせ、声をひびかせ」を書いている。あとがきと二十八篇から成る。A5判、百十三ページ。一九三九年、新津市（現新潟市秋葉区）生まれ。横浜市在住。本名近藤康（こんどうやす）。

トーストの上がるまで／仲山智子

仲山智子は『トーストの上がるまで』を三月に上梓。仲山は「五十才を過ぎての処女詩集なんて、ロマンでもオシャレでもなくて、コッケイとかオメデタイとか言うべきでしょう。」とあとがきで自分の性格を見定めている。行間の言葉の流れは、人の感情はポイントを外すことなく比喩され、ユーモアを生み読者を刺激する。跋「帰ってきた人に」を田中武が書き、あとがきと二十二篇から成る。A5判変形、百九ページ。

サ・エ・ラ／潮沢栄一

潮沢栄一は『サ・エ・ラ』を六月に上梓。標題の「サ・エ・ラ」はフランス語で「あちら・こちら」という意味だそうだ。一九七〇年代にフランス、アメリカ、韓国、東南アジアを旅した記録を詩集に編んだという。付記と二十三篇から成る。A5判、六十六ページ。一九二六年、高田市（現上越市）生まれ、本名川崎永一。

天の隈／植村清四郎（一九二〇〜一九九一・五・五）

植村清四郎は第二詩集『天の隈』を六月に上梓。植村とは生前に二度お会いしている。戦争期から詩は書き続けていたという。作品のどこかにモダニズムの匂いが隠れている。不思議な老人に見えたが、お会いした当時は六十歳代だった。あとがきと四章五十篇から成る。B6判変形、ハードカバー、百五十ページ。

桐の花／岩澤富美子

岩澤富美子は『桐の花』を八月に上梓。岩澤の詩歴は長い。一九四七年四月刊の詩誌「白南風」二号に詩「野菊」を発表している。詩歴三十五年目の第一詩集である。詩「一日のおわり」では今日一日の発見と喜びが、詩「指を切る」では口々の積み重ねが詩となる。詩「温泉饅頭」では「温泉には／やっぱり饅頭がよく似合う」と私も口にする思いを、太宰もじりで微苦笑させられる。岩澤は普段の生活で見過ごしてしまうような出来事を詩へと昇華する。この創作過程が日常を描き出す。日常に寄り添うということ。あとがきと百十五篇から成る。A5判変形、ハードカバー、二百二十九ページ。

十七の愛と祈りの唄／大澤澄男

大澤澄男は『十七の愛と祈りの唄』を十一月に上梓。魚沼更生園長として障害福祉の現場での児童のおかれた境遇へのいたわりと愛について、また魚沼の地誌的な時代相を表現した詩集である。あとがきと四章十七篇から成る。B6判、百三十三ページ。

一九八八年刊行詩集

恋も終わったことだし／角木優子、帰郷／中村吉郎、※回帰／まちえ・ひらお、※ちょっと古いレールの上を歩いてみないか／鈴木良一、※バダクシャンの泉／田代芙美子、鳥の言い分／平井孝、※彫られた名／加藤幹二朗、※山口哲夫全詩集／山口哲夫、愛といのちのうた／藤井ヤイ子、※憂憤／庭野富吉、秘蹟／宍戸満雄、へびの眼／中野完二　（十二冊）

恋も終わったことだし／角木優子

角木優子は『恋も終わったことだし』を一月に上梓。その日その時の思いを詩という形式で表現している。俵万智の歌集『サラダ記念日』が一九八七年に発売され、それが時代の雰囲気を醸し、女性の感性が時代性を獲得した。角木優子の詩集もそのように読めそうだ。二十五篇から成る。B6判、百十三ページ。新潟市生まれ。

帰郷／中村吉則

中村吉郎は『帰郷』を二月に上梓。中村にとっての詩は、青春期の理想とその挫折を媒介として、「この故郷《ふるさと》の「今日の匂い」」をより良く、より強く生きようとする姿勢に貫かれている。「違うということのために／僕らは丸一日議論をしていた」（記憶）。そんな時代から遠く来てしまった今日、私たちはもう一度「違うということのために」、多くの議論を必要としているのではないだろうか。跋を竹内辰郎が書き、あとがき・初出一覧と二章二十四篇から成る。A5判、ハードカバー、百二十二ページ。

鳥の言い分／平井孝

平井孝は『鳥の言い分』を五月に上梓。平井の詩の特質は日々の世界の鼓動に応じて発せられる。生まれ故郷の情景からチェルノブイリ原子力発電所事故まで。哀しみには哀しみを、怒りには怒りを、警告には警告を、懐かしさには懐かしさを語りつくそうとの意思に貫かれている。四章二十一篇から成る。A5判、ハードカバー、百九ページ。

愛といのちのうた／藤井ヤイ子

藤井ヤイ子は『愛といのちのうた』を八月に上梓。藤井ヤイ子は考えや希望を語る前に、日々の屈託を丁寧に摑み取り書き続ける。毎日を一輪挿しのように詠う。散文パートと詩行が違和感なく合唱し、生きている喜びが紡ぎ出されている。無垢とも言える感性が詩に命を与えている。「跋文にかえて」を南雲道雄が書き、あとがきと三章四十七篇から成る。A5判、ハードカバー、百三十四ページ。

秘蹟／宍戸満雄

　宍戸満雄は『秘蹟』を九月に上梓。宍戸満雄は象徴主義的な方法で祈りを詠う。生きる証を思索した詩集。私たちはもっと静かに世界の一隅を見据え、言葉を発しなければならないと考えさせられる。世を愛おしみ秘蹟を待つ者の生の小さな火が灯る詩集である。あとがきと五十四篇から成る。B6判、ハードカバー、百二十六ページ。

へびの眼／中野完二

　中野完二の『へびの眼』は十二月に上梓。あとがきで」『へび』に続く、第二詩集と記し、更に「へびを媒体に私自身を見続けた、折折の眼ともいえよう。」とあるように全編、へび詩である。へびを表象に特化した詩人。あとがきと三章二十七篇から成る。B6判、ハードカバー、百四十五ページ。一九三七年、柏崎生れ。東京在住。

一九八九年刊行詩集

秋が触っていったから／ささきかずこ、※予兆／長崎浩、※鏡の中の女／清水マサ、※混沌の詩篇／寺井清、春の音／相沢ヨシ子、五合目を過ぎて／平井孝、花かがみ／中島幸子、糸ぐるま／戸田正敏、少年　父と子のうた／月岡祐輔啓輔厚輔一治、拡がる愛について／大澤澄男、いちりんそう／大滝志津江、※寒の戻し／加藤幹二朗

（十二冊）

秋が触っていったから／ささきかずこ

　ささきかずこは『秋が触っていったから』を一月に上梓。ささきのこの詩集で、「日本定形詩人会」の存在を知った。定形の定義は定かではないが、四行四連、三行三連等様々な形式で詠われている。「型に嵌まらない自在な定形律」を私なりにめざした軌跡」とあとがきで述べている。あとがきと四章三十篇から成る。A5判、七十二ページ。一九三四年、柏崎市生れ。東京都武蔵野市在住。

春の音／相沢ヨシ子

　相沢ヨシ子は『春の音』を四月に上梓。雪深い町で春を待ち続ける人々の暮らしの様子が、親と子の関係や自然風土との営みを通して語られている詩集。「囲炉裏端で母の昔話を聞くような楽しさ！」と跋で高田敏子が述べている。春の音のかそけさや人の心のひだを優しく包み込む詩集である。あとがきと二十三篇から成る。A5

判変形、五十五ページ。

五合目を過ぎて／平井孝

平井孝は『五合目を過ぎて』を四月に上梓。この五年間で三冊目の詩集。一九二九年生まれの平井孝は「還暦」を迎え、それを「五合目」と言い放つ。詩は「生きてあることへの賛歌」であり、「人間の原点への回帰と祈り」であるとする。「近づいてくる老いに立ち向かう」覚悟を詠う。強い生への執着を万感の思いで綴っている。あとがきと三十六篇から成る。A5判、ハードカバー、百九ページ。

花かがみ／中島幸子

中島幸子は『花かがみ』を五月に上梓。「詩とともに人生をいとおしむ心」が強いとあとがきにある。中島は日本ゲーテ協会に勤務されていた。彫琢され推敲された作品に現れる教養は紛れもなく真実である。全編に流れるリズムは、七五調などの音数律とは異なるこの人独特のものである。あとがきと三章四十二篇から成る。A5判、箱入り、ハードカバー、九十四ページ。一九三〇年、新潟県生れ、東京都杉並区在住。

糸ぐるま／戸田正敏

戸田正敏は『糸ぐるま』を六月に上梓。六日町女子高校のPTA会報「糸ぐるま」に創刊号から書き続けてきた詩を、五十号を記念にまとめた詩集。戸田正敏はあとがきで、「一枚の写真の絵解きだけに留まらず、映像の奥にひそむ何か」を作品化し、多くの在校生の心を満たしたことだろう。詩人の魂が若者の心に沁みて行く現場で詩作できた戸田の幸せを思う。田中怜、藤島淳、堀恒夫、高波靖夫が発刊に寄せる文を書き、三十六葉の写真にあとがきと六十篇から成る。菊変形判、ハードカバー、百七十四ページ。

少年　父と子のうた／月岡祐輔啓輔厚輔一治

月岡祐輔、啓輔、厚輔、一治の父子はアンソロジー『少年　父と子のうた』を七月に上梓。父一治の作品は産経新聞朝刊の「朝の詩」に入選した十五篇、子供たちの詩は讀賣新聞朝刊の「子どもの詩」に入選した十五篇が収録されている。あとがきと父一治、小六の祐輔、小三の啓輔・厚輔の七十五篇から成る。B6判、百四十四ページ。

拡がる愛について／大澤澄男

大澤澄男は『拡がる愛について』を九月に上梓。大澤澄男が魚沼学園長、魚沼厚生園長として、学園で育つ子らと社会へ向けて詠いあげた愛の詩集。跋を殿内芳樹、山城永盛が書き、あとがきと十八篇から成る。A5判、ハードカバー、九十ページ。

いちりんそう／大滝志津江

大滝志津江は『いちりんそう』を十月に上梓。詩集は仕事上からか知的障碍者の子らとの関りを多く詠っている。その意味で、大澤澄男の『拡がる愛について』のテーマと通じるものがある。大滝には歌集があり、歌人でもある。あとがきと二十五篇から成る。A5判、六十六ページ。（四月二刷）

一九九〇年刊行詩集

真夜中の風船／藤白一魅、※この場所から・逃れて／五十川庚平、市島三千雄詩集／市島三千雄、朝の探し物／朝倉安都子、※笑って笑って／三沢雅明、萌える／藤井ヤイ子、四つの国／こんどうこう　（八冊）

真夜中の風船／藤白一魅

藤白一魅は『真夜中の風船』を三月に上梓。「ガラスの破片に似た思い出や感情の凝固や放心の理由を詩の形式」とした詩集と、あとがきに記している。満州のハルピンで生をうけた幼少期の記憶から成長過程で体験した様々な出来事を描いている。なかでも父の愛人が家に現れる経緯を表現した詩「サッカリン」は、藤白一魅の筆力と人間観察の尋常ならざる力を示している。夏目漱石の『硝子戸の中』の一章を想い起こさせる詩集である。

あとがきと十六篇から成る。A5判、八十八ページ。本名・永井一穂。

市島三千雄詩集／市島三千雄

『市島三千雄詩集』は七月に上梓。市島三千雄（一九〇七・十一・二十～一九四八・四・六）新潟県の口語自由詩を発展させた詩人。一九二五年二月の詩雑誌「日本詩人」誌上に、「ひどい海・ひねくれ虫・あしくくたばる・痩せて悪知慧がある」の四編が、選者の萩原朔太郎の「天才的」との評価を得て掲載される。一九二六年八月には新島節、寒河江真之助、八木末雄と詩誌「新年」を創刊。流入するヨーロッパの芸術思潮を吸収し、新たな言語感覚を詩に定着してゆく。後にモダニズムの主流となるシュルレアリスムを彷彿とさせる詩は、日本の新たな詩的世界を構築した。死後四十余年の時を経てようやく市島の詩の全貌を知ることができたのは、発行者の樋口恵仁に負うところ大である。年譜、あとがきと二十一篇から成る。A5判、ハードカバー、七十ページ。

朝の捜し物／朝倉安都子

朝倉安都子は『朝の捜し物』を七月に上梓。結婚、妊娠、出産、子育ての日々の幸せを描いている。一人の女性の結婚生活の想いが、五月の空のように寛ぎ、感受する優しさに満ちた詩集。跋を辻征夫が書き、あとがき（再版

に寄せて）と三十二篇から成る。Ａ５判、ハードカバー、百二十六ページ。（一九九二年六月二刷）

萌える／藤井ヤイ子

藤井ヤイ子は『萌える』を十二月に上梓。藤井ヤイ子は農家の生活と思想をときにおおらかに、ときに辛辣に深呼吸するように描いている。農業地域の、農村共同体の自由と不自由はせめぎあい、社会と相対したとき詩が生まれる。大地に立つ藤井の強さが作品を呼び込む。大自然と百姓の営みをこの詩集は教えてくれる。あとがきと三章二十九篇から成る。Ｂ６判、ハードカバー、八十一ページ。

四つの国／こんどうこう

こんどうこうは第二詩集『四つの国』を十二月に上梓。四つの国とは、「東病棟の一室／並んだ四つのベッド／もう使い過ぎてしまった身が／朽ちた老木のように／横たわっている」と標題作「四つの国」に表現されているように、人の一生の姿、誕生・成長期・老化・死を象徴する国を指すようだ。あとがきと二十四篇から成る。Ａ５判、ハードカバー、八十三ページ。

25　第九章を終えるにあたって

一九八六年から一九九〇年までの新潟県の詩界は転換期を迎えていたようだ。世界は一九八九年のベルリンの壁崩壊により「東西冷戦時代」の終わりを迎えていた。

新潟県の戦後詩を牽引してきた庭野行雄と県内外の詩人との交流を進めた小柳俊郎の死は象徴的である。新潟県の詩人たちの触媒の役を果たしていた新潟県現代詩人会の休止状態は、詩人たちの創作欲・活動力の停滞を示す一つの現われであろうか。

創刊詩誌は七誌と少ないが、詩集の刊行は六十冊を越え隆盛を極めている。この新潟県の状況を転換期とみるか、停滞期に入ったと考えるかは、一九九一年から一九九五年までの終章で見ていくこととする。

注

（１）「「アキノキリン草」あるいは名詞の過去形」と「夢の統辞法」を含む、批評集『離反と融合』は一九九八年十一月に上梓された。

（２）吉田宗俊＝釈宗俊＝榎本宏は以降、榎本宏と表記する。柴野は「北方文学」第三十九号を送付する際、「39号は榎本さんとの全面戦争で二人とも青すじが立っていて、とてもおもしろいと思います。」と筆者への私信で語っている。

（３）①、「日本のモデルニスムスの特徴は、思考自体が、けっして、社会の現実構造と対応させられずに、論理自体のオートマチスムによって自己完結することである。文学的なカテゴリーにおいても、たとえば想像力、形式、内容というようなものが、万国共通な論理的記号として論ぜられる。或る場合には、ヴァレリーが、ジイドが、またある場合にはサルトルが、隣人のごとくモデルニスムスのあいだで論じられ、手易く捨てられるという風潮は、想像力、形式、内容というような文学的カテゴリーが論理的な記号としてのみ喚起されて、実体として喚起されないからである。」との吉本隆明の「転向論」の一節を思い出す。また、橋川文三の『日本浪漫派批判序説』の小林秀雄を論じる文を考えたりする。

（4）山口哲夫は一九六〇年代後半に「現代詩手帖」へ投稿し頭角を現わしてきており、新潟県の詩誌には登場してきていなかったので筆者としては紹介を考えていなかった。この追悼特集号にかんがみ項目を立てた。

（5）同じ追悼文で吉岡は山口との関係を、「哲夫さんと会ったのは、後にも先にもたった一回、勤め帰りの来迎寺駅頭で、彼はもう早稲田の学生で帰省の折りだったろうか、「やあ、どうも」と会釈を交わしただけだったような気がする。その後、彼が第十回現代詩手帖賞を受け、はじめて詩を書いていることを知り、」と述べている。

（6）一九七〇年当時、筆者は「現代詩手帖」での山口と帷子耀の活躍を読み、帷子耀の言葉の展開力と複合力には目を瞠った。山口の詩には余り反応しなかった。帷子耀は二〇一八年十月に第一詩集となる『帷子耀習作集成』を上梓している。

（7）富井哲也が英文と日本語で「For Bob Marley」、「ボブ・マーリー」を寄せている。

（8）一九八六年三月刊の「淳足」X、「世界を意図する巨大な虚空の時代の振子―「ニューヨーク動物園の笑う象を巡る経田佑介論―」参照。

（9）一九八一年七月三十日刊の「ブルージャケット」18の「ジョイ・ウォルシュ特集」参照。

（10）長沼重隆（一八九〇～一九八二）。新潟県西蒲原郡中之口村（現新潟市西蒲区）生まれ。ホイットマンの『草の葉』の全訳を通じて、ホイットマン、トラウベルらのアメリカ詩を紹介。福田正夫。白鳥省吾らの「民衆派詩人」に多大の影響を与えた。経田は二〇一九年九月に長沼の評伝『草の葉の人　長沼重隆評伝　詩よホイットマンよ生よ、われ炎々』を上梓している。

（11）「おおばらはちかん」は村松町・五泉市（現五泉市）地方の方言か？　新潟市の沼垂近辺では方言としては「おおばらくって」と言っている。

（12）二〇一九年十月二十二日付け、朝日新聞は第二次世界大戦時代のカナダの日本人収容所に関する記事を掲載している。

（13）一九九四年十月刊の「新潟詩人会議」第十号の「新潟

詩人会議関係詩集」のリストからの推定である。

(14)「機関誌「新潟詩人会議」」と組織である「新潟詩人会議」を区別する為に、ここでは特段の注記の無い場合は機関誌「新潟詩人会議」を「」で括り、組織としての新潟詩人会議は「」で括らず表記することとする。

(15)二〇一八年六月刊「北方文学」第七十七号掲載の拙文「新潟県戦後五十年詩史」参照。

(16)「北方文学」の二〇一七年十二月刊の第七十六号、一九一八年六月刊の七十八号掲載の拙文「新潟県戦後五十年詩史」を参照。

(17)子息の長崎高志氏が一九九三年に発行した「長崎浩年譜」によると、一九一八年七月に、「家族は郡内の村松町に移転した。ここはもともと父母の出生の地でもあり、古い家もあった。村松尋常高等小学校に転校。」とある。そして、一九二三年十二月に創刊された「生存途上にうたふ」に、「最年少の同人として参加し詩歌、小説を発表した。」とある。

(18)一九九九年十二月刊の詩誌目録「紙魚」No.6に、庭野富吉による創刊から二十号までの動向、「「蒼玄」について」を掲載している。

(19)表紙では「1986年版」と表記されているが、目次等では「第六集　一九八六年版」とあるので、ここでは「第〇集」の表記を使用する。

(20)「くちなし」の項が先ではあるが、「地平詩集」と「掌詩集」の項目は長崎浩との関係で「地平詩集」の次に紹介することとする。

(21)一九六〇年代後半期に「ベトナム反戦」運動や「日大全共闘」等の大学闘争の過程で、「全国全共闘」が結成される。そうしたことからこれ等の闘争を「全共闘運動」と総称するのが現在的な「報道的には常識」で、その運動の中心を担った学生・労働者を「全共闘世代」と呼び習わしている。そこに居合わせて活動した個々人にとって全く別の観点があり、筆者は「全共闘世代」という言い方には馴染めない。戦後のベビーブーム時代に生まれたすべての人を総称する「団塊の世代」という言葉は受け入れ、文章で書くことはある。

(22)一九八五年十二月七日に新潟市万代一に開館した、新潟市民による会員制の映画館。斎藤正行氏が提唱し、賛同した市民の浄財を基に設立。筆者は初期から設立活動に参加。「新潟・市民映画館シネ・ウインド」は、あらゆる文化的表現の場として開放される場所であることを旨としている。弘前市の泉谷栄が主導していた「デネガ」にも、劇場運営を学ぶために訪れていた。因みに二〇二一年現在も映画館「シネ・ウインド」は営業中である。

(23)第一回「声ウインド・ライブ」は、創館した「シネ・ウインド」のフリースペースで一九八六年三月二十三日に開催している。その時の高田の書「夢」は二〇二一年現在もフリースペースの壁に飾られている。

(24)「傍」は継続誌の項でなく創刊誌の項で扱うべきだが、関連上ここで紹介する。

(25) 福田万里子が新潟を離れる折り、福田の盟友新井豊美を招いて講演会と送別会を開催した。その時が、筆者鈴木にとって詩誌「あんかるわ」投稿時代を知る詩人新井との初めての出会いだった。

(26) 五十川庚平は十日町市の織物産業を支える絵付師で工房を営んでいた。絵は植物を微細に描き込む「ボタニカルアート」を描いて、個展も開催している。

(27) 筆者が編集する詩誌目録「紙魚」によると、一九八六年から一九九〇年の五年間で六十四冊の詩集が上梓されている。個人的に収集した数なのでまだ多数の詩集の上梓があると推測される。

(28) 庭野が肝臓ガンで亡くなってからの数年後、筆者は詩史の資料を得ようと夫人のもとを訪ねた。夫人は、「庭野は一九八五年秋に病院の止めるのを聞かず、自宅へ戻る。小春日和の中、庭野は詩誌詩集、趣味とした写真等一切の品々を近くの冬枯れした田で焼き尽くして亡くなっていった」と、語ってくれた。家には写真一枚、詩の一行も目にすることはできなかった。足跡を消し去って亡くなって逝った庭野は、それでも残された詩集と詩誌の中に生きている。

(29) このエピソードを聞いた時、弥彦・角田山を背景に西蒲原の平野を超えて越後山脈を遠望する巻町（現新潟市西蒲区）の庭野宅で、二人はどんな話を語り合っていたのだろうかとの思いを抱いた。

(30) 表紙には毎号「詩誌　泉―Spring」と記載されているが、ここでは「泉」と表記する。創刊時には筆者も携わっている。

(31) 近文社は大阪府の伴勇が運営する詩書を刊行する個人企業で、一九八〇年代後半のこの時期多くの新潟県の詩人たちが何らかの形で詩の発表の機会を得ていた。

(32) 創刊号の「創刊に寄せて」は、第二号と第三号には「指針」として巻頭を飾っている。本文では以降、「指針」と表記する。

(33)『明鏡国語辞典』／北原保雄編／大修館書店。

(34) 飯島耕一（一九三〇～二〇一三）。『悪魔祓いの芸術論』／飯島耕一／弘文堂。

(35) 中島敦（一九〇九～一九四二）著「名人伝」の「所詮射之射というもの、好漢まだ不射の射を知らぬとみえる。」から。

(36) 寺井清（寺井青）は常山満と親交を結び、常山の没後、彼の遺稿詩集を発行している。

参考資料

＊『戦後詩のポエティクス1935～1959』／和田博文編―世界思潮社＊『戦後詩誌の系譜』／志賀英夫―詩画工房＊『戦後詩壇私史』／小田久郎―新潮社＊『新潟県文学全集第Ⅱ期6

／郷土出版社＊『新潟県現代詩人会アンソロジー2005』の「新潟県戦後詩史」／新潟県現代詩人会（経田佑介編集）＊『吉本隆明全著作集13』／吉本隆明／勁草書房＊『日本浪曼派批判序説』／橋川文三／未来社＊福田万里子全詩集／コールサック社＊新潟県詩集・詩誌発行目録「紙魚」No.6～No.10／書物屋

＊他に本文掲載当該詩誌・詩集

スペシャル・サンクス

斎藤健一・日本近代文学館

第十章　一九九一年から一九九五年まで

1　はじめに

継続誌

北方文学41～44、BLUE JACET26／27、桜花文芸50～59、地平詩集11～20、掌詩集9～13、くちなし8～12、新潟詩人会議7～11、穀物22～31、葉群12～15、泉15～29、ジュラ8～10、バナナフィッシュ9～17、蒼玄4～22、はつ恋2～3、西北四49～、星27・29

創刊詩誌

詩遊々1～27、傍（復刊）1～12、リュンクス1～2、書く1～12、Donne 1～5、花嫁1～4、フローラ通信1～3（～1）、スプラッシュ1～3、BLUE BEAT JAKET 1～9、未明飛1～、Zacro、黄金の蟻1～2、島族1～2、自知I～2

2　「北方文学」の動向

「北方文学」は一九九一年から一九九五年までに四冊を刊行している。一九九〇年十月刊の第四十号から一九九二年六月刊の第四十一号まで一年八か月の時間を要している。この空白を第四十一号の編集後記で長谷川潤治は、

前号が発行されてから、既に一年有半もの時間が流れてしまった。これほどの長い空白期間をもったことが、本誌三十一年間の歴史の中で、果してあっただろうか。同人の一人ひとりが、この空白の意味を自問する必要があるだろう。

と、同人に問い掛けている。

しかし、長谷川は自ら考える「空白の意味」を提示してはいない。「次号には、是非それに応え得る力作を期待申し上げる。」との自己激励的期待を述べるに留まっている。しかも一九九三年八月刊の第四十二号も第四十一号から一年二ケ月の時間を要した。

第四十二号には、長谷川は論考「重野成齋「世德堂記」ノート」を、柴野毅実は批評「怪奇小説としての『春昼』『春昼後刻』」を、高橋実は高橋実編として資料「続鈴木牧之年譜稿」をそれぞれ発表している。同人個々人は自らが専門分野の「深掘り」した文章を掲載していた。

長谷川は詩集『闇草紙』を上梓し、詩の創作と専門の中国文学に基づく論評を掲載してきていた。柴野は

一九八六年に『批評と逡巡』を著し、自らの批評原理確立の方法を模索していた。高橋は一九八〇年に『北越雪譜の思想』を上梓して以降、鈴木牧之研究の第一線に立っていた。第四十一号の論考はそれぞれの力量と業績を見せているが、「北方文学」誌面の停滞感は否めない。「空白の意味」は、世界的には一九八九年の「ベルリンの壁」崩壊で象徴された「東西冷戦構造」の終焉、日本では一九九〇年に「天皇崩御」による「昭和」から「平成」への改元がもたらした混乱と不安から判断停止状態が創作者の間にあったと見ることもできよう。

そうした時代的雰囲気から同人の不活発感が表われたのではなかろうか。五年間で四冊の「北方文学」で掲載された詩と詩人を探ってみる。

一九九二年六月刊第四十一号／
「粥の煮えるまで　ナツキ・エムラくんへ」／吉岡又司
「落雷」／正木千恵子
「春・断章」／長谷川潤治
一九九三年八月刊第四十二号
「蝉／蛍」／五十川庚平
「方形の空」／岩淵一也
「北斎館の落がん」／新保啓
「ひっぱがせるか」／桜井健司
「別れ」／北川瑛治
一九九四年八月刊第四十三号
「こおろぎ」／五十川庚平
「青いふくろう」／正木千恵子
「大鴉」／小武尚子
「六月の楽章が眼を射る」／館路子
一九九五年八月刊第四十四号
「終末のアダージェト」／桜井健司

見えてくるのは何か？　同人での詩の掲載は五十川庚平・桜井健司が二回であり、吉岡又司・長谷川が一回、若林光雄、高橋喜代子、神保道子の作品掲載は無い。詩が掲載された岩淵一也、新保啓、北川瑛治、小武尚子、館路子は第四十号の「現代詩特集」号での機縁や新潟県現代詩人会結成以降の詩人同士の関係構築の結果から作品掲載を依頼したものと考えられる。こうした人選は「北方文学」の明日への展開を考えての依頼であったとも考えられる。

「北方文学」の編集体制を少し遡って見てみよう。一九八五年二月刊の第三十四号までは編集兼発行者は吉岡又司であった。編集後記で吉岡は、

原稿の集りぐあいがすこぶる悪くなった。書き手の老齢化（?）もあろうが、編集責任者の老齢化、マンネリ化が、最大の敵だ

との思いにかられている。そして吐き捨てるように言い放っている。

ただ、同人誌の命脈について一言するならば、徒労と思えることにこだわる。くそおもしろくもない長大な作品にも発表の場を提供したいということだ。おもしろさなどどうでもいい。[1]

こうした思いからか、一九八六年一月刊の第三十五号から編集者を北方文学編集委員会、発行者を米山敏保とする体制に変更する。「長谷川(潤)・記」の編集後記で、「今号より、吉岡又司氏の転勤に伴い、編集担当者が交替することになった。」と吉岡の消息に触れ、これまでの「北方文学」への貢献を述べた後、

さて、今号からの編集は、出来る限りの合議制を採っていきたいと考えている。三十代の同人を中心に、これ迄の営為の上に立ちつつ、更に様々な錯誤を恐れぬ試行を重ねていきたいと思っている。

とし、運営の一つに、「同好の志《ママ》に広く呼びかけ、寄稿・投稿を歓迎する。」との編集方針が示されている。[2]

「同人誌の命脈」と一定の文学的質を継続することは難しいことである。創刊初期の同人と新同人の世代の違い。時代の変化と進捗に同人それぞれの世界観が追い付いて行けるかどうかをはじめ様々な試行錯誤の道程が、この間の「北方文学」には見られる。それは同人の「同人誌の命脈」継続への強い意志の現われでもあった。

第四十二号には鎌田陵人が、一九九二年十一月に自死した三島由紀夫を論じる「ある認識者の死」で初登場している。鎌田は第四十四号で七十二ページにもわたる大部な「『豊饒の海』論」を掲載している。

第四十三号から同人に加わった福原国郎は、同号に評伝「陸沈記（上）—忘れ去られた儒者・菅武環あるいは滕義鄰—」を発表している。また同じ第四十三号には山下多恵子が評伝「西方國雄の生とうた—母との関係を中心に—」で登場し、同じく館路子が作品を寄せている。

鎌田陵人、山下多恵子、館路子は第四十四号から「北方文学」の同人に加わることになる。第四十四号から発

行者が米山敏保から長谷川潤治へと交替している。これは「北方文学」が初期同人から第二世代へと文学空間を拡大したことを意味している。長谷川は編集後記で「今号より新たに三名が同人に加わった」との紹介の後に、

一方、古くからの同人の何人かが、各々の職場で停年を迎えている。

との一文を残している。吉岡又司は一九九五年三月に高校教師を定年退職する。

「北方文学」の世代層は初期同人が戦争期に国民学校の教育を受け、長谷川ら第二世代は戦後民主主義教育を受けた「戦後世代」である。「北方文学」同人二十四人を世代別に見てみると、「国民学校世代」は、

木原象夫、大井邦雄、高橋実、若林光雄、米山敏保、
木村保夫、高橋喜代子、吉岡又司、神保道子、

の九名。「戦後世代」は、

長谷川潤治、坪井裕俊、柴野毅実、三枝真記子、斎藤友紀雄、さとうのぶひと、加藤孝泰、安藤正男、榎本宏、五十川庚平、福原国郎、山下多恵子、鎌田陵人、館路子、桜井健司

の十五名の構成であった。

一九九一年から一九九五年までの「北方文学」四冊の誌面から立ち上る停滞感には、しかしながら確実に次代を担う新生「北方文学」の萌芽が見て取れる。

一九九四年に館路子は第一詩集となる『眠り流しの眷族』を上梓しているが、後述する詩誌「初恋」の項で紹介することとする。

3　「ブルージャケット」の終刊と「BLUE BEAT JAKET」の創刊

①　「ブルージャケット」の終刊について

「ブルージャケット」は一九九一年から一九九五年までの五年間で、一九九三年春号刊の「26／27号ダブルナンバー」（編集後記）を刊行しただけだった。編集後記はこの遅れを次のような言葉で始める。

アレキサンドル・ペトロフ、クロアチア語で書くユー

「ブルージャケット26／27」号表紙

ゴスラビアの詩人。だがすでにこの国はなく、消息もいまだにようとして知れない。生きているのかすでに死んでるのか。ＢＪ25号の発行は１９９０年秋だったからもう2年半たつ。

一九八九年に「東西冷戦」がアメリカの勝利という形で終わりを告げ、ソビエト連邦の構成国の独立と「ワルシャワ条約機構」で結束していた「東側」の国々が同条約を破棄して独自の外交を進める。そうした変動の時代、ユーゴスラビア連邦ではセルビア人と反セルビア、ギリシャ正教、キリスト教とイスラム教の複雑な民族的、宗教的な連邦構成から内戦が勃発する。クロアチアも独立し、それを抑え込もうとするセルビア人勢力との内戦が、一九九一年三月に始まる。

クロアチア語で詩を書くアレキサンドル・ペトロフは内戦に参加したのか、巻きこまれたのか消息不明となる。経田は編集後記でさらにこう伝えている。

> 91年4月、香港から一枚の葉書がまいこんだ。アメリカへゆく途中一時帰国する前に寄ったという。ベオグラードから彼の詩のいくつかが届き、今号に掲載されるはずでもあった。そして内乱の勃発。そして行方知れず。今号の発行が遅れたには、彼の作品を待っていた時間もふくまれる。

と、第二次世界大戦以降、激しく対立してきたアメリカとソビエトの「東西冷戦」が終わりをつげ、ようやくどうにか戦争の危機から脱したと考えられた一瞬の後には、民族対立や宗教対立が激化し一つの国家が幾つにも分裂してゆく事態が世界を襲った。

日本の一詩誌である「ブルージャケット」がその荒浪を大きく受けていたのだった。アレキサンドル・ペトロフの詩はついに届かず、彼はいまも消息不明なのかどうか、「26／27」号に彼の作品掲載はない。

「ブルージャケット」が第二十四号から編集を変え、ジョイ・ウォルシュやアメリカのビート詩系の詩や研究を原文のまま掲載するようになっていた。「26／27」号はB5判、百三十六ページで、六十二名の詩人が作品を寄せている。ほぼすべて原文掲載である。経田が訳文を附した作品を例示してみる。

Herschel Silvermanの「New York Haiku」、Miriam Sagan&Elizabeth Lambの「BLUEBELLS」(Renga・連歌)、a.d.winans（a.d.ウイナンズ）の「ケネス・パッチョンに」、ジョセフ・セミノヴィッチの「ピーター詩篇より」、Robert Peterの「ポテトの木をへそに植えた男」、マイケル・ブロックの「Avatars of the Moon」の六篇。他に筏丸けいこの「Frankenstein Clutching a Red Umbrella」をJohn Soltが英訳している。日本人では唯一、奥成達が「幻想の体重」を寄せている。

ユーゴスラビア内戦で行方知れずになった詩人アレキサンドル・ペトロフからの手紙を待ち侘び、心砕いた経田はこの時期どんな生活をしていたのだろう。五年間で一冊の詩誌を発行しただけの彼の生活の一端を覗いておくのも悪くはあるまい。「26／27」号の「B・JOURNAL・J」に、

さて、ますます日本語減少傾向を強めるBJだが、25号以降編集子も福島県境の山村に移った。小屋を確保し、妻子と離れBJに取り組んでいるが、未だに生臭くDHARMA BUMの心境にいたらぬのはどうしたことか。

と、自宅の三条市から東蒲原郡上川村（現阿賀市）の上川中学校校長として単身赴任をしている生活の一端を記している。

「B・JOURNAL・J」に現れる経田佑介こと関雄一は、この地で一九八九年四月から一九九四年三月までを上川中学校校長として勤務し生活していた。三条市の自宅と赴任先の「小屋」とは車で二時間半程の距離ではある。常日頃から行動力の経田は、関校長としてじっとしていた様子はない。東京・信州・新潟市と詩人達との交流交友を続けている。そして上川村という教育現場で関校長は文化イベントを開催する。

関雄一上川中学校長の推薦する詩人白石かずこを招いての講演会を、上川村教育研究会名で開催する。一九九三年十一月十七日に津川文化福祉会館大ホールで

「越境する詩人たち」との演題で開催した。中山間地の僻村での詩人による講演会は当時としても異例の企画であったろうと想像できる。上川村は一九三一年に詩集『霰弾』を上梓した詩人小竹五十夫の出生地である。[3]

経田は翌年の春に赴任を終えて三条市へ戻っている。「ブルージャケット」は一九七一年に三条市の文化的自立と創造の現場創出を主張する詩誌としての役割を担った。一九八〇年代前後にはアメリカのビート詩系の影響を受けた「路上派」という考え方で日本の詩の一大ムーブメントを領導し支えた。一九九〇年代に入り「ブルージャケット」はワールドワイドに展開し、世界の「ビート詩」系の詩人が作品を寄稿するようになった。「26／27号」号の経田の文章から終刊の文字は無い。それどころか次の文で編集後記を経田は、

海のむこうから届く詩稿に励まされ、また知り合ったスモールプレスと手をつなぎBJの発行に持続の精神をますます強靭にしていきたい。

との詩誌継続の強い思いを書き残している。

しかしこれ以降「ブルージャケット」は発行されなくなる。個人誌としての「ブルージャケット」は、「26／27号」号が終刊号となったと考えられる。

② 「BLUE BEAT JAKET」創刊とその他の仕事について

一九九三年十月に経田は、「ブルージャケット」に代わる「BLUE BEAT JACKET」を創刊している。「BLUE BEAT JACKET」は一九九五年までに九冊を刊行している。編集は海外の詩人たちの作品を主に紹介、翻訳を掲載する体裁で、「ブルージャケット」の「26／27」号を踏襲している。送付されてくる海外の「スモールプレス」や個人からの寄稿を編集した詩誌である。経田はこれ以降この編集方式で詩誌の発行を継続していく。

経田は一九九三年に「最近の仕事Ｉ」と標題する、一九九二・一九九三年に「青焔」「現代詩手帖」「詩と思想」に寄稿した自身のエッセイや文芸時評を集めて刊行している。このシリーズは不定期刊行であった。

また一九九四年には、スチーブン・ダラチンスキーの『白い犬ふたたび犬小屋にもどる』を訳出している。散歩者の夢想が呟きのように続く、縦二百八十三㎜、横百十㎜の細長い判型で八ページ、二十六部印刷という不思議な詩集であった。

経田は一九九四年七月にふらんす堂から『良寛さの海』を上梓する。良寛を巡るポエトリー・ロードを行く詩群。アメリカのビート詩人たちが目指した芭蕉、良寛を日本人の越後の詩人が追認してゆく。「愛と魂の受容、パッションとポエジーの放射が感じられれば嬉しい。」とあとがきにある。著者の第六詩集。白石かずこが栞に「良寛さはビート詩人」を書いている。初出誌一覧、あとがきと十五篇から成る。Ｂ６判、九〇ページ。

4　「桜花文芸」の現状と継続

「桜花文芸」は一九九一年三月刊の五十号から一九九五年九月刊の五十九号まで十冊を刊行している。年二回の発行を遵守している。順調な展開と見ることもできる。[4]しかし、同人誌としての「桜花文芸」の面影は無く、全国から寄稿された作品を集めた編集となっている。寄稿者数は一九九二年四月刊の第五十二号の四十二名を筆頭に、平均凡そ三十名を数える盛況ぶりである。ページ数は一九九四年十一月刊の第五十七号は百八十ページを数えている。立派に全国誌の役割を果たしていると見るべきなのか。編集発行人たる桜井正示は一九九五年四月刊の第五十八号の「随想小針球場裏から（十四）」で、

肝心の収支は、最高に頭痛の種。収入は、約二十五万で、支出は、約三十万円也。予算オーバー分は、赤字五万円也。

との収支報告をしている。

投稿について一篇につき費用は幾らとの規約のようなものは明示されていない。第五十八号の文には、「「支援カンパ」のご厚意に深くお礼を申し上げる次第である。」と告げ、八名の名前を添えている。

総じて掲載されている詩作品から受ける印象は薄く、随想も身辺雑記である。桜井の支持者である神田竹雄の評論や評伝にしても「桜花文芸」の初期の目的から遠く逸脱しているように思われる。「「桜花文芸」は毎号百ページを超えるものにしたい」との桜井の熱意は、何処からきて何処へ向おうとしているかを読みとることができない。

そうした中で初期からの同人の鷲尾澄恵が毎号作品を寄稿しているのは注目に値する。新潟県からの寄稿者は、桜井と神田、鷲尾を除いて、執筆者住所がないので筆者の知る限りでは、下条ひとみ、二見雄典、朝倉安都子、茂呂光夫、小林和之の五名であった。

5　詩誌「地平詩集」の活動と展開

詩誌「地平」は一九九一年三月刊の第十一集から一九九五年十月刊の第二十集まで十冊を刊行している。「地平」は一九九一年から年二回春秋に刊行を始め、それを遵守している。これは会の代表を中心に会員がまとまり、意思統一された編集体制が確立していることを物語っている。会員の推移をみても十六名前後で推移し、退会者の数は限られている。

しかし一九九一年七月二十九日に「地平の会」にとって、最大の危機ともいえる事態が襲う。会発足の機縁となった「師」長崎浩が亡くなる。一九八〇年七月に「新潟市中央公民館の委嘱で現代詩講座」を始めた長崎浩、その後「地平の会」発足とともに「顧問」として詩の指導を続けてきた長崎の死であった。

一九九一年十月刊の「地平」第十二集は「哀悼長崎浩先生」との特集が組まれている。星野きよえの「弔詩」、飯島靖子の「地平の歩み」、遠藤春子は長崎の「亡き友Mへの通信」の副題を持つ詩「また会おう」を引き、「ふたたびまた会おう」と返歌の形でそれぞれが長崎への哀悼の想いを残している。そして会員全員が「長崎浩先生を悼む」思いを載せている。

その中で飯島の「地平の歩み」は、長崎が開講した「現代詩講座」の内容と雰囲気を伝える貴重な証言となっている。一九八〇年七月九日に始まった「現代詩講座」は、受講者は、男性一名を含む二十一名。八月を除く十一月迄、月二回計八回詩に関する講義が持たれた。

と、受講者数と講座回数を明記している。

当初から女性の参加者が多かったことが分かる。また、飯島はこの講座は「稀有の詩の講座」だったと記してもいる。長崎がどのように「稀有の詩の講座」を進めたか。

資料は総て先生の手書きによるプリントであった。十月になって、受講者から先生の手許へ届けられた詩を集め、「あす、あくるひ、明日に希望をかけて……」との先生の命名による「明日」という月例詩稿集が作られ、これは四号を数えた。

との長崎と受講者の心の通い合った講座の在り様を伝えてくれる。そして、講座終了後、継続希望者によって自主運営の形をとる事になり、「地平の会」が生まれた。これも先生のご命名である。

と、「地平の会」発足の経緯を伝えている。

第十二号の会員は、

> 飯島靖子、池田禮子、石原洋子、井上澄、梅田和恵、遠藤春子、北畠桂子、白石馨子、弦巻千恵子、豊島みさほ、羽賀悦子、花房栄一、浜田怜子、藤岡美保、星野きよえ、三富政栄、吉田信子

の「当初からの四名を含め現在十七名」であった。代表は吉田信子。

「地平の会」は一九九三年四月刊の第十五集の会員の声欄である「ふたことみこと」で、「詩碑建立募金キャンペーン」を始めたことを星野が伝えている。「師長崎浩の詩魂の強さ、深みに思いを致し」て、「郷里村松町の城址公園の一角」に長崎の詩「歳時記風土」の詩碑を建立しようとの企画である。幸い村松町（現五泉市）当局は「快く建立の地を提供」してくれ、長崎が育てた新津市の「掌の会」の支援も得て活動は軌道に乗る。「僭越ながら窓口を担当」した飯島は企画開始の「趣意書を作成し、各方面へ発送したのが一月十三日」だったと報告している。「歳時記風土」の長崎の詩碑は村松町城址公園の一角に建立され、一九九三年六月五日に除幕式を迎えた。企画趣意書を発送してからわずか六か月にも満たない短日月での建立達成であった。

一九九三年十月刊の第十六集は「長崎浩詩碑建立成る」の特集を組んでいる。「地平の会」の「師長崎浩」への敬意がこの企画を成就させた根本の意志であろう。それを裏から支えてくれたのが「BSN新潟放送会長梁取清助」であったと謝意を示している。「詩碑建立の会事務局」名の報告には、全国から「一四五名の方々から一四八万円にのぼる浄財を賜りました。」とある。

長崎亡き後、詩碑を建立する活動を通して「地平の会」は揺るぎ無く前進してゆく。一人ひとりの会員が自己を確認しようとする手触りのある作品で誌面を飾っていく。

6　詩誌「掌詩集」の動向

詩誌「掌詩集」は一九九一年十二月刊の第九集から一九九五年十二月刊の第十三集まで五冊を刊行している。

「掌の会」会員は、

大谷久美、落合のぶ、小野里寿男、栗原葉、小松カズ、斎藤愛子、鈴木静男、樋口よね、増田スミ、万木涼の十名。

万木涼を代表に結束し、年間アンソロジーを詩誌の形式で刊行を継続している。一九八二年に「掌の会」を立ち上げて十四年、当初には会員の異同は見られたが、この五年間の会員の異同は無い。会の固定化とも受け取れる。

「掌の会」も「地平の会」と同様に顧問として毎月の定例で指導を仰いでいた長崎浩の死という事態に直面する。第九集で会員の消息を語る欄を「哀悼長崎浩先生」との標題で、会員ひとり一人が「長崎浩先生」との出会いからの思い出を語っている。追悼と長崎の教えを心に刻み「掌詩集」を続け、詩を楽しもうとする意志を確認するかのようである。

「掌詩集」と「地平」は共に長崎が病に伏した一九九〇年に刊行した集から巻頭に長崎の詩を掲げ、師長崎の詩精神を心に留め進んで行く思いを表現していた。

「地平」の項で記してきた「長崎浩詩碑建立」の活動に関しては、「掌詩集」ではその詳細は語られていない。一九九三年十二月刊の第十一集で、万木が「詩碑建立に想う」との一文と除幕式の様子を写した一葉の写真を掲載している。年二回刊行した「地平」と年一回の年間アンソロジー形式の「掌詩集」の相違からだろう。

「掌詩集」は、四季を生きる生活と思い出に満ちた風景に囲まれた日常の想いを自由に綴る詩作に励んで行く。

会員の落合のぶが一九九三年四月に第二詩集『花の命』を上梓する。短歌などの文芸にも手を染めながら走り続けた人生を顧みて著者は「詩こそ我が命」と言い切る。詩は人生と寄り添って生み出されると詩集『花の命』は教えてくれる。新潟日報の文芸欄での入選作・佳作を集めた詩集でもある。あとがきと四十一篇から成る。B6判、百三十六ページ。

7　「くちなし」の展開と作品について

「くちなしの会」の年間アンソロジー「くちなし」は、一九九一年八月刊の第八集から一九九五年十月刊の第十二集まで五冊を刊行している。小林進一郎を代表者として会員は、

秋山千代子、川住雅子、小浜東子、小林進一郎（小林俊作）、古俣キヨ（小林キヨ子）、関川順子（玲緒那）、峰村忍、村上孝子、柳瀬和美、山内美澄、山倉公子の十一名。

五年間での入退会者はいない。集によってはゲストの寄稿者がみられる。あきやまちひろと地濃繁で、あきやまちひろは秋山千代子の小学生の息子さんのようだ。

「くちなし」の作品のよさは、季節との交感、家族とのエピソード、社会生活での出来事等の悲喜こもごもを日々の陰影として飾ることなく描いていることにある。

ことし社会人になった／　娘の時間／中学生になった／　長男の時間／ちらかし屋の／　末っ子の時間／そして、家で仕事をしている／　夫の時間／／時間が／群れをなして追ってくる／追ってくる／　追ってくる／やがて、角が出る／しっぽもでる／口から毒さえ出す／―イライラかいじゅうに／なっちゃだめだよ―／ウルトラマンのお面をつけた／子供の声で我にかえる

一九九三年八月刊の第十集掲載の峰村忍の「怪獣」は、娘、長男、末っ子、夫の生活時間を、母がひとり背負って家庭を回している姿をテンポよく強調し、次第に苛立ってくる母のこころの内を余裕をさえ持って対処している姿を彷彿とさせてくれる。それでも抑制が出来なくなって「口に毒さえ出す」怪獣に変身する一歩手前で、子供たちの声で「我にかえ」り反省する母の姿がユーモアを誘う。

第八集に載る山内美澄の「空席」は、バスなどの公共交通機関に乗る時、誰もが目撃したり出会ったりする「事態」を表現していて考えさせられる。

雨の日の通勤時間帯で混雑するバスに「老人」が乗ってきて、座席に座って「本を読みつづける」青年に向かって「座席を譲るように」と執拗に言い続け、ついに「老人」は「怒鳴り始め」る。

しばらくして／バスは停留所に止まった

青年は両手で体を支えるようにして、／ようやく、立ち上がると、／くねるようにして歩くと、／バスのステップの手摺に体をこすりつけるようにして／降りたのだった／青年は身体が不自由だったのだ

紫陽花の咲いている停留所で、／青年は大雨の中、傘

もささずに、／首を深く垂れていた

青年の降りた後の、／空席には誰も座らなかった／老人は耳まで赤くなって、／うつむきながら、／つり皮にぶらさがっていた／乗客は皆、下を向いていた

詩「空席」八連の内、四、五、六、七連である。

こうした事態に遭遇した時に人はどんな態度で接すればいいのか、にわかには思いつかない。その人の置かれた立場を認識し行動に表すこととなると余計に難しく感じる。ただ黙殺するか、「下を向く」しかできないだろう。山内の子息には障害があり、こうした「事態」には山内自らが度々遭遇してきていたと思われる。一九九二年八月刊の第九集掲載の「雨　Ⅱ」は、「空席」の真逆の現実を表現している。

子息は「小児自閉症」と診断され、「私達はプレイ・セラピーを／受けるための通院」で、「混雑」するバスに乗ることになった。「雨　Ⅱ」八連の内、二、三、四、五、六連を引く。

その日は大雨だった／私は息子の手をひっぱると、／急いで、バスに乗り込んでいた／息子は、いつも、なぜか／運転席のすぐうしろに／座わっていた／その日は、息子の指定席には／すでに、年配の女性が／座わっていた

私が息子の手をひっぱって、／奥へ行こうとした時、／息子は大声を出しはじめていた／息子の指定席に座わっている／女性を指さすと、／泣き始めていた／女性は驚いたように、／ひきつった顔で、／息子をみつめていた／息子が女性の席に／座わろうとした時、／女性は怒鳴り始めていた

小さい時はきちんと／躾をしないとダメです／わがままは、許しません／私は長い間、幼稚園の教師を／してきましたから……／小さい時が一番大事なのです／近頃の若い親は……

バスの乗客の視線は／私達に向けられたままの／閉ざされた／車内であった／息子の指定席を、／指さして泣きつづけ、／他の席には決して／座わらなかった／私は息子を抱えるようにして、／つり革にぶらさがっていた

私は混んだバスに／乗ったことを／後悔していた／息子の固執性の異常さに／うちのめされていた

この母子はバスが停留所に止まると、傘を忘れたままバスを降りる。いたたまれなくなり目的の停留所でもないのに大雨の中へ降りたのだった。

「空席」と「雨　Ⅱ」が山内母子に降りかかった事実であるかどうかは問題ではない。山内の詩意識に「固執性の異常さ」を持つ子の親である現実がある。この詩は山内がこうした「事態」を告発し、社会への啓発をも願って表現した作品かも知れない。こうした「事態」への対処の難しいところは、「障害」を持つ人が、外観からは普通の人と何ら変わらない様子をしていることである。だから一般論として「座わっていた」婦人が、「小さい時はきちんと／躾をしないとダメです／わがままは、許しません」と説諭する場面は、「障害者」への差別ではなく自然な言動である。バスには勿論「指定席」はない。障害者や妊婦や老人に席を譲るのは常識である。しかし外観からは分り難い障害者が存在するという意識は一般人には余りない。これが「事態」の解決を一層難しくしている。

筆者は「雨　Ⅱ」と同じ「事態」を目撃したことがある。この時は母子の事情を理解していたバスの運転手が、座席に座る人に話しかけ事なきを得ている。こうした「座席」に固執した「障害者」と出会ったら、席を譲るべきと心得ているが、実際に実行できるかは心もとない。

山内は穏やかに見える日常とそこに潜むエアーポケットのような事情と事態を詩にし、推敲し、発表している。詩作方法があって、詩の方法があって言葉を飾るのではなく、暮らしの中で心にきた言葉を選んでいる。それが共感を呼び起こす力となっている。創刊以来十八年かけて培ってきた詩誌「くちなし」の成果である。

「くちなし」の同人から三冊の詩集が上梓されている。

小林キヨ子は「小林キヨ子詩集　そのⅡ」として一九九一年七月に『からのたまご』を上梓する。小林は目が見えない障害を持つ詩人である。成長してゆく子供たちを思いやる親心溢れた詩集。二十一篇から成る。B6判、二十八ページ。

小林は「小林キヨ子詩集　そのⅢ」として一九九五年六月に『母の花』を上梓する。「藤棚のうすむらさき／母の乳房《ちぶさ》／ぶうらりぶうらり私を包む」（母の花）。「どの作品にも人間への信頼、人間への暖かい目が感じられる」と小林進一郎は編集後記に書いている。巻頭詩を含め三十四篇から成る。横右綴じB6判、三十四ページ。

山内美澄は一九九三年七月に詩集『夕ぐれに』を上梓する。小林進一郎が跋文「山内さんの詩集に」で、「会員では、二人目の詩集」と告げている。詩集の内容は「くちなし」で紹介した詩「雨　Ⅱ」を含む自閉症の子息と母（家族）が向き合う現実との苦闘を表現している。巻頭で山内は、「自閉症候群と診断された息子の幼児期の頃から義務教育終了後の、十六歳まで」を「書き、綴ってきたもの」としている。

自閉症を巡る様々な問題点が自然に浮き上がる詩集である。自閉症を知り、認識を深める入門書であり、この詩集がもっともっと読まれて欲しいと考えている。

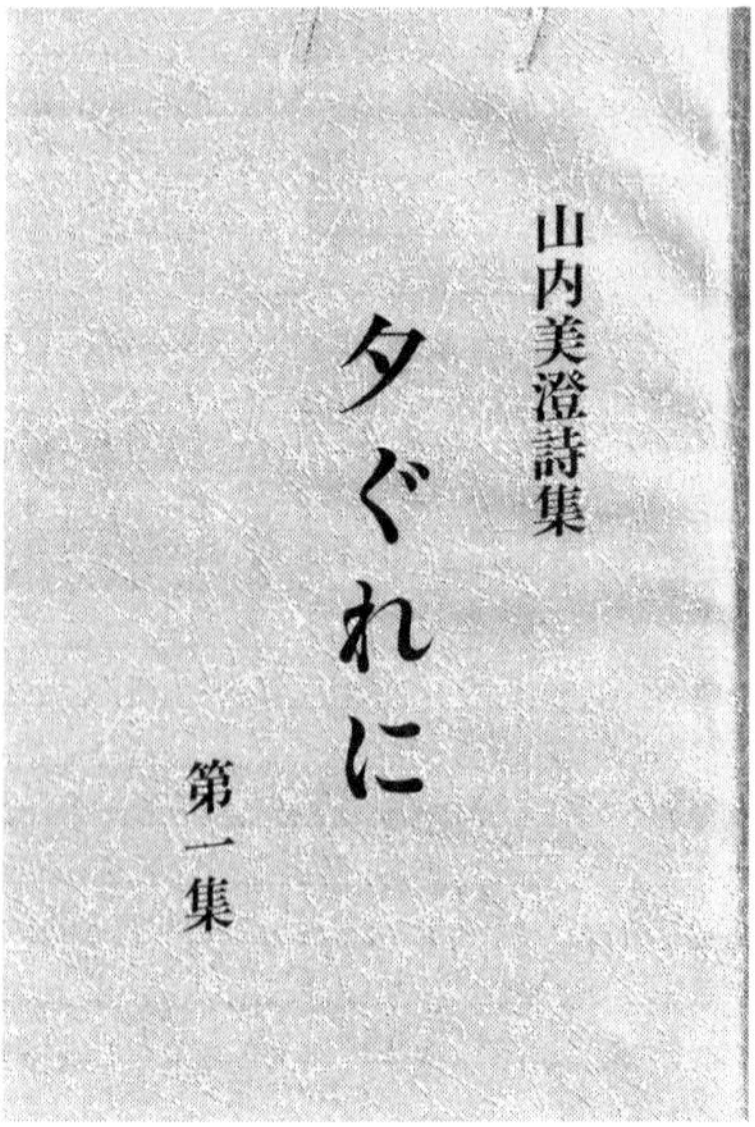

山内美澄詩集『夕ぐれに』表紙

二十一篇と小林の「山内さんの詩集に」から成る。B5判、三十二ページ。[5]

8　機関誌「新潟詩人会議」の十年と新潟詩人会議の二十年

①　新潟詩人会議と機関誌「新潟詩人会議」の関係

機関誌「新潟詩人会議」は、[6]一九九一年十二月刊の第七号から一九九五年九月刊の第十二号まで六冊を刊行している。年一冊、年間アンソロジーの形式で刊行してきた「新潟詩人会議」は、一九九五年は二冊を刊行している。編集・発行は新潟詩人会議である。第七号から一九九五年五月刊の連絡先は神田義和が担当し、第十二号では連絡先は青木春菜が担当者に代わっている。刊行された六冊の編集後記からは実際の編集実務は敷島京介が担ってきていることが窺われる。「新潟詩人会議」の会員は二十五名から二十七名で推移している。

新潟詩人会議と「新潟詩人会議」の関係はどんな関係なのかは、これまで見てきたが外部からは明瞭には分からない。新潟詩人会議の初期の会長等の役割分担は、機関紙から読み解くことはできたが、「新潟詩人会議」創刊後はその誌面から読みとれない。一九九三年四月に上梓された新潟詩人会議出版編集部を発行所とする神田の詩集『木偶の海』には、発行者が「加藤幹二朗（新潟詩人会議代表）」と表記されている。加藤が新潟詩人会議の代表であることが分かる。詩誌「青い麦」や「夕映え」でも見てきたように、新潟詩人会議と「新潟詩人会議」は加藤の強力な指導力と組織力に拠っていたとみられる。しかし東京の「詩人会議」との関係等を含めて外部の者からは組織実体や運営方法は分からない。「新潟詩人会議」の会員数と新潟詩人会議の会員が同じ構成員であるかどうかも分からない。

毎号に掲載されている年間活動記録からは会は新年会に始まり、合評会・朗読会・現代詩研究会・詩の学校・旅行と多彩な活動をしていたことが分かる。一九九二年十二月刊の第八号「ごあいさつ」で木俣冴子は、

新潟詩人会議の一年は多忙である。年間51日間は顔を合わせている。まず一年の内六回は旅にでる。詩集団ではなく、まるで旅行集団のようである。そして毎月一回は朗読会を行う。その合い間を縫って少しばかりの詩を書き、一年に一号だけの機関誌を発行する。

と、新潟詩人会議の活動と詩の関わりを語っている。新潟詩人会議は様々な会の行事を主催する役割を担っていることもこの文からは理解される。「51日間」といい、年六回の旅行といい家族以上に緊密な会であると思わずにはいられない。

② 新潟詩人会議の二十年と「新潟詩人会議」の十年

一九九四年十月刊の第十号は、「新潟詩人会議二十年の活動記録」が特集で編まれている。機関誌「新潟詩人会議」と組織としての新潟詩人会議の二十年が重なったのである。加藤幹二朗は第十号の「あいさつ」で、「創刊号に私がご挨拶を述べた「新潟詩人会議」が10号記念を迎える。年に約一回の発行で、八年を経過したことになる。」と述べた後に、「総括号に再び私がご挨拶を書くことになった。」とし、

この八年間に何をしたのか、何をしなかったのか、獣が己の臭気に気がつかず、己の縄張りの主張のために、至る所にマーキングをして歩いたようなことを、私も

仲間もしていただけなのかも知れない。それで構わないと思っている。有意義な文学運動たりえたかは批評家に考えて貰うことで、餅は餅屋にまかせるのが至当なのだ。

と、「総括」している。

しかしこの加藤の「ご挨拶」は何の総括にもなっていない。八年間の「新潟詩人会議」の詩の発展にも触れず、「有意義な文学運動」の内実も語らず内省すらしていない。ましてや「己の縄張りの主張」とは、文学的な物言いとは思われない。加藤の政治的主張を指しているのだろうかとの疑念を強くする。そもそも詩の「縄張り」とは何だろう。あげくは「餅は餅屋に」との言説は居直りとすら読みとれる。「来号からは全く新しい編集と発行規模で再出発させる」との方針を示しながら、どんな「新しい編集」でどのように「再出発」を計ろうとしているかは語られていない。

確かに一九九五年には「新潟詩人会議」は二回の刊行を果たしている。連絡先が神田から青木に変わっただけで、一九九五年五月刊の第十一号「編輯雑感」で、「編輯下請人　京介」は、「会の活性化が難航し、未だ人事の交替どころではないので、今号と多分次号も、「続投」せざるをえない。」と愚痴っぽく語っている。さらに「新潟詩人会議」と新潟詩人会議の現状について、第十二号で「編輯下請人　京介」がその「編集更迭記」で伝えている。

前《さき》の代表、加藤幹二朗氏が「出家」、某宗教系神学校生となられたので、当会としても「新体制」で臨むことになった。事務局、連絡先等も一新、順調に正常進化が叶うか否か…。

と、加藤の「当会」からの進退が色濃く反映したことが窺われる。

「編集下請人　京介」こと敷島京介は、ここでも機関誌「新潟詩人会議」と新潟詩人会議を明確に別組織と認識していないようだ。「当会としても「新体制」で臨む」と言っても、「当会」の人事は語られていない。「当会」とは「新潟詩人会議」なのか、新潟詩人会議のことなのか。「前《さき》の代表、加藤幹二朗氏」とは「編集・発行」者である新潟詩人会議の代表ということであろう。「新体制」とは「新潟詩人会議」の連絡先が「神田」から「青木」に変更されただけのことなのか。

新潟詩人会議が創設された二十年前には、機関紙「はまぼうふ」で人事は発表されていたが、「新潟詩人会議」創刊以降には誌上で発表はなされていない。いずれにしろ加藤が教師生活を終え、牧師となるべく「某宗教系神学校」に入学している。「某宗教系神学校」とは「国際基督教大学」で、加藤は新潟を去って東京で第二の学生生活を始める。加藤の指導力に拠っていた「新潟詩人会議」と新潟詩人会議に少なからぬ動揺があったであろうことは理解できる。二十年という歳月の経過は加藤と他の会員にも、人生上の岐路に向き合わざるを得ないことが多々起こったであろうと想像するに難くない。

高橋作衛のように戦争体験を有する世代から、加藤、清水マサらの戦争期に国民学校生徒を経験した世代、戦後民主主義下で教育を受けた世代といわば「老中青」の世代を擁する新潟詩人会議。殊に二十前後の年齢で「夕映え」を創刊した山田漠、「青い麦」の木俣冴子らは四十代に差し掛かり大きな転機を迎えていたと思われる。「北方文学」と同様の転換点にあったと考えられる。

第十二号に載る「新潟詩人会議」会員は、

中村伊紅（解良美雪）、首藤隆司、藤洋子（斎藤洋子）、成沢薫（橋本薫）、そうだみつのり（雙田三典）、佐藤順子、加藤幹二朗（加藤久孝）、敷島京介（金子昇市）、おおむらたかじ（上野健夫）、深井伸子（小林光子）、えねしげる（山田千舟）、松川正（松沢勉）、牧野ハラ（阿部恭子）、新田淳一（和泉秀雄）、清水マサ、柄沢浩子（池田浩子）、青木春菜（風間温子）、野人甚六（久保田均）、真麻綾子（吉村雅子）、神田義和、高橋作衛、小松正史、木俣冴子（松尾明美）、五十嵐俊之、小日向みちぞう（小日向三千三）

の二十五名。（カッコ内は本名）。

山田漠は「新潟詩人会議」を離れたことが読みとれる。編集の仕事を引き受け続けた敷島京介の編集後記からは会の動揺が伝わってくる。

しかし一九九一年から一九九五年までの「新潟詩人会議」会員から多くの詩集が上梓されている。

③　上梓された「新潟詩人会議」会員の詩集

「新潟詩人会議」第十号に記載された「新潟詩人会議関係詩集」によると、一九九一年から一九九五年までの五年間に上梓された詩集は十四冊であった。

その中でも加藤は五年間で三冊の詩集を上梓し、旺盛な仕事ぶりを示している。一九九一年二月に『私は触角・再び』を上梓、著者七冊目の詩集。『私は触角・再び』は一九六九年に私家版で上梓した、『私は触角』の改訂版である。「アカハタ」日曜版への寄稿作品を含み、社会性・時事性に富んだ作品が多い。現在から読み返すと時代を映す鏡となっている。Ⅳ章の「安樹子の歌」二篇は夫人の作品である、との注が付されている。おおむらたかじが「加藤幹二朗さんのこと」を書いている。四章三十二篇から成る。A5判、百三十九ページ。

加藤は一九九一年十月に『モノクロームの春』を上梓する。「人生に「相渉《あいわた》る」作品ばかり作っているような気がします。」とあとがきにある。東西冷戦が終わりを告げる時期に「ソ連・バルト・東独・ポーランド」を「見て歩きました」ともある。世界の事象、事件、政治的な出来事・ニュースに著者は反応して、自己の論理・認識を対応させ、人として持つべき理想と現実を指摘し、説明し、解説する。その知識、構想力、世界観は他を圧倒する。新潟県では最も多作な詩人である。あとがきと序詩「穴」を含む四章三十六篇から成る。A5判、百七十三ページ。

加藤幹二朗詩集『モノクロームの春』表紙

一九九三年十月には『千ルーブリで4本のバラを』を上梓する。作品が歴史的現実の大河を流れ下るように理路整然と編集されている。その理路整然が説明になりすぎている。啓蒙と詩、豊穣と過剰を考えてしまう。こうした時事詩は時代の流行や変化に言葉が対応できず、言葉がすがれ、時代に追い越されてしまう。「あとがき」で加藤は詩集を上梓する意義を「資金繰り」側面から、「この作品の殆どは古び、捨象されてしまう筈です。」としながらも発行に至る「苦衷」を述べている。

標題となった「千ルーブリで4本のバラを」は「新潟詩人会議」第九号に掲載された作品だった。「新潟詩人会議」は毎号、前号に掲載した作品の評価を会員または詩人会議系の他県の詩人から寄稿してもらう編集を実行してきている。第十号では高田真が「新潟詩人会議第九号感想」を寄稿している。高田は次のような「寸感」を書いている。

「千ルーブリで4本のバラを」、朗読を前提としない場合、この詩はどのようになるのだろう。背景がこまかく書かれていることがかえってこの詩の含む感動のインパクトを弱くしているような気がしてならない。加藤さん自身が言葉の順を追って、詩を論理的に解釈されて書かれてはいないか。

『千ルーブリで4本のバラを』は、加藤が「三年振りに訪ねたモスクワのプーシキンの銅像」に「張り巡らされた」鉄柵を巡るエピソードの詩である。高田の「詩を論理的に解釈されて書かれてはいないか。」という問いと筆者のいう「理路整然が説明になりすぎている。」を説明するには『千ルーブリで4本のバラを』を引用して、読んでもらうのが一番分かり易いのだが、十七連百一行の長詩で一部の引用ではその任は果たせないので指摘だけにしておく。あとがきと序詩、五章三十一篇から成る。A5判、百六十七ページ。

おおむらたかじは一九九一年に二冊の詩集を上梓している。五月に『とんぼ又は希望』を上梓する。「自分では綴れない時間の記録を残してやりたい」とあとがきにあるように、息子の成長する姿を通して見えてくる親と子の社会への繋がりを、詩人の視点と息子の無邪気さの交差を記録した詩集。三章十七篇から成る。B6判、七十六ページ。

十二月には『村の地図』を上梓する。おおむらが生れた村の変貌を、自らはもはや村へ帰り農業を引き継ぐ意思の無い街から顧みた詩集。農村共同体が資本主義に破壊されてゆく過程を、人間へのなつかしさや感傷をも抱え込んで表現している。巻頭詩を含む三章二十三篇から成る。A5判、九十八ページ。

牧野ハラは第一詩集『温室の花』を一九九一年十月に上梓。標題「温室の花」の由来は「私しゃ、温室の花みたいなもんだね」と語る寝たきりで介護されるおばあさんが発した言葉からきているという。社会への鋭い視線と詩「適齢晩期」にみられる自己を顧みるユーモアが、詩人の人間性とあるゆとりを感じさせる。五章五十四篇から成る。A5判、百四十五ページ。

高橋作衛は一九九一年十月に詩集『曠野の生と死』を上梓する。高橋は戦争体験者で、太平洋戦争（第二次世界大戦）末期、満州でソ連軍と戦う非正規軍に編入されこれと戦う。一九四五年八月十五日の終戦を認めず十月まで戦い続ける。その後ソ連軍に囚われたが脱走。翌年十月に博多へ上陸するまでを顧みた「体験記」である。戦後四十五年を経ても著者の胸中から湧き出てくる戦争・戦後体験。十九篇から成る。B6判、百十九ページ。

神田義和は一九九三年四月に第二詩集『木偶の海』を上梓する。青春性と社会への批判がうねるように広がる詩集。反原発への行動は海辺で生を受けたものの背骨となっている。標題作「木偶の海」は「背骨が曲がっている／変形魚という名の魚」と自覚する「一塊の木偶」を装って詩を社会へと発信している。序を菅原孝之助が、跋を加藤幹二朗が書いている。あとがきと五章四十篇から成る。A5判、百六十ページ。

木俣冴子は一九九三年四月に詩集『幸福の木』を上梓する。詩集は「この詩集を拓哉十五才の誕生日に贈ります。」の献辞で始まる。標題作「幸福の木」は、「十三才の誕生日。」愛息の拓哉が「自分で買ってきた」、幸福の木から採られている。四章のそれぞれが木俣冴子という「人生」を指している。Ⅰ章の「ジグソーパズルのように」の「男達」への挽歌。「新潟詩人会議二十年と「新潟詩人会議」の十年」の項でも触れたが、木俣も人生上の岐路に立っていた。[7] Ⅱ章の詩「幸福の木」は、「うなずけぬまま／こころの語彙のなかに入った離婚という二文字が／拓哉の身体を／淋しい優しさで成長させる。」との肉声で構成している。Ⅲ章「帰郷」は熊本での父母との生活を描写し、なかでも母が太平洋戦争期にカナダで抑留され日本へ帰還した半生を木俣は詩として記録している。木俣は「離婚」という痛手から人生の再構築を図るかのように、自らを育んだ熊本での成長を顧みている。贈詩「乾杯」を松木信が、跋「添える言葉」を武力也が書いている。あとがきと四章二十五篇から成る。百五十三ページ。

首藤隆司は一九九三年十月に第一詩集『生徒からの手紙』を上梓する。首藤は愛媛県西条市出身であり、一九三六年生まれの加藤、おおむらと同世代である。詩「生徒からの手紙」は、ルポルタージュの方法を際立たせる作品である。生徒から学ぶとする著者の精神が生きている。著者は歌人でもあり、一九九一年に歌集『生徒に学ぶ』を上梓している。年譜、あとがきと二十四篇から成る。箱入り、ハードカバー、A5判、九十四ページ。

新田淳一は一九九四年二月に詩集『あかぎれ婚』を上梓する。家業の「八百屋」の跡取りとして働き始め、家業を廃業して工場労働者となる「十年」の生活史を読みとることができる。一九七〇年前後の「八百屋」は町内の共同体を構成していた。高度成長に伴い、家族経営の店舗は、スーパーの登場により追い詰められていく。その過程を労働と商品の関係から描いている。「長ネギ　里イモ　長イモ　ニンジン　ゴボウは／笹堀の石塚さん　渡辺さん」（季節屋廃業）と店で売る農作物はそれを育てた農家の顔を映していた。他にⅣ章「サイレンと防空壕」は母の実家の八王子市近郊の終戦前後の思い出であり、著者の出生地とも思われる。跋文を加藤幹二朗が書いている。あとがきと五章三十四篇から成る。Ａ５判、百三十四ページ。（一九五九年東京生まれ、本名和泉秀雄）

成沢薫は一九九五年十月に『喪失』を上梓する。成沢は「痴呆老人を対象とする病院」の診療放射線技師として働いている。あとがきの「存在し、そして失われてゆくもの」で成沢は、「彼等のことを少しでも知ってもらいたくて、そして自分自身の問題として考えるために、この詩集をまとめました。」と記している。その問いに応えるような詩「こえ」を紹介する。

あなたたちのこえは／誰にもきこえない／／歯がないから／ききとれない／こえが小さいから／ききとれない／話のつじつまがあわないので／ききとれない／／看護婦は忙しいので／きこえない／家族は現実から目をそらしたいので／きこえない／／痴呆という未知なるものを抱えている／／カギで外の世界と隔てられている／誰もが自分と違うと思っている／／あなたたちは絶え間なくこえを発する／人を呼ぶ　怒る　泣く　そして笑う／／私はあなたたちのこえをききたい／あなたたち人間のこえをききたい／だから／あなたたちのこえと同じ高さに耳を傾ける／／私はカギの向こうにある自分の世界に／いつでも戻ることができるから／あなたたちのこえをききたい／／でも／あなたたちの発するエネルギーが／とても微弱なので／私にはききとれない

「認知症」という名称は、一九九五年には使われていない。ボケ老人、恍惚の人、痴呆老人等、社会の「都合」で変更を余儀なくされてきた。その過程と原因を「きこえない」「ききたい」「ききとれない」との人々の態度を静かに告発する詩となっている。私たちは認知症患者を看取るという態度を学んできたのだろうかとの問いを突き付けられる。加藤幹二朗が「一つの解説として」を書いている。あとがきと十四篇から成る。縦一八六㎜×横一八六㎜、ハードカバー、三十九ページ。（本名橋本薫）

五十嵐佽之は一九九五年十一月に第一詩集『Forever

現代詩入門
Forever Young
五十嵐俊之
Toshiyuki Igarashi
現代詩の新たなる飛翔
複雑な若者の心象風景を豊饒な言葉で描く
待望の第1詩集。
五十嵐俊之　詩集『Forever Young』表紙

Young』を上梓する。詩「Forever Young」の最終二行、「一番陽気で一番好きだった／あの頃　蘇らせよう！」の「あの頃」とは、著者の何歳頃か？　詩「Forever Young」は、詩に目覚め農業従事者となるまでの生活を記録している。表紙には「現代詩入門」と表示されてもいる。三章から成る詩集であるが、一・三章が詩で六篇、二章は「Self-Portrait」と題された著者十歳から三十八歳までの自己履歴の散文である。他に、金井直の「Forever Young」評と著者略歴から成る。B６判、百七十五ページ。（一九五七〜）

　青木春菜は一九九五年十一月に詩集『風の旋律』を上梓する。学生時代から結婚・子育ての十四年間の、「重ねていく日々のあわただしさ」（扉をあけて）を明るく、しなやかに詩に表現している。この「開けっ広げな積極さ」（加藤幹二朗）は詩人会議系の詩としては珍しい。詩人が「あなた」と「薫」と三人家族の事情や映画・美術・音楽・演劇鑑賞など日々巡り合う出来事を、「余分なものを削りとって／ぜいにくのない心」（旅する人）で表現している。まるで、淡い色合いの水彩画を見るようでもある。対象を「まっすぐにこちらを見ている。」（りりしいほほえみ）そのままに抒情し、「過ぎてみれば／時々振り返る／〝あの頃〟／と呼ぶ日々は／やさしいかたち。」（〝今〟がすき）とする肯定感からであろう。跋を加藤幹二朗が書いている。作品発表一覧、あとがきと五章三十七篇から成る。A５判、百三十一ページ。（本名風間温子）

④　新潟詩人会議会員による創刊詩誌

(ア)　同人誌「Donne」の創刊

　新潟詩人会議会員からは二誌が創刊されている。編集上、創刊誌は既存誌の後に紹介する建前だが新潟詩人会

同人誌「Donne」創刊号表紙

議との関係上ここで紹介することとする。

一九九三年七月に「Donne」が創刊される。創刊同人は、

清水マサ、柄沢浩子、五十嵐絹江

の三名。

清水の呼びかけで集った女性三人による詩誌。発行所は新潟市北山一七五—一、柄沢浩子となっている。創刊号の「発刊にあたって」で清水は、

ＤＯＮＮＥはイタリア語で、女たちという意味である。三人三様の女の、胸の底にわだかまるものを表現したいと思っている。あくまでも自由に、そして読み手の胸の奥に、微かでも音をたてて入りこみたい。

と、命名への想いを綴っている。

女性だけの詩誌では、一九六〇年代に十日町市から刊行されていた「プリズム」以来ではなかろうか。「こもれび」も女性が中心だが、男性の会員も見られた。

一九九五年九月までに五冊を刊行している。清水が語った「胸にわだかまるもの」を「あくまでも自由に」表現しようとする詩への態度は、三人の同人に共通する姿であった。

清水は創刊号で「生きている父に最後に逢ったのは、昨年の秋であった。」で始まる、詩「藪椿」を掲載する。清水の「胸の底にわだかまる」父が、「生後五十日の私を他家に養女に出」した自らの出生後の事情を追う端緒を切り開いてゆく。

五十嵐と柄沢は県立水原高校で文芸部を共にし、卒業を機に一九七三年六月に詩誌「創刊」を刊行している。新潟詩人会議草創期には機関誌「浜ぼうふう」で作品を発表していた五十嵐は、文学意識を強く持った詩人で、一九九三年十二月刊の二号の「あとがき」で、

試行錯誤の繰り返しで最近漸くフランス文学に辿り着いた。（中略）不思議に思ったけれども、自分の感性がフランス文学のほうに引かれるだけなのだと納得。

と、自らの詩の方向を見据えている。五十嵐にとって久しぶりに書く場を見出したようだ。

柄沢の作品からは詩と生活の融合の可能性を感じとる。二号の「あとがき」で、

一日一日の夜は短い。テレビも見る。本も読む。雑誌もめくる、ゴロンと横になって天井を眺める。ぼうっと考え事もせねばならない。みんなあきらめきれない事ばかりだ。

と、日常の行為や仕草を書き記す。

柄沢は「欲張りである。」が食事、洗濯、育児といった主婦の労苦を愚痴らない。柄沢は一九九四年七月刊の三号に、うさぎに託した詩「穴」を掲載している。

言葉を足して　足して／足しながら／元の日常にもどりなさい／うさぎよ。／／――私も時々／日常に潜む／深刻な穴に落ちている――

柄沢は生活の軸足を詩に置く。五十嵐と同じように文学への「欲望」に忠実たらんとし、主婦の生活「食事、洗濯、育児」を思考の片隅に置いて「日常」を切り盛りしている。しかし、何時も上手く生活のバランスをとることはできない。「日常に潜む／深刻な穴に落ちて」しまう。その時は、「言葉を足して　足して／足しながら」、柄沢自身を「日常」へ「這いあが」らせる。あくまで言葉、詩で自己存在の確認をしている。その姿を柄沢は自嘲気味に、かつユーモアを滲ませて書き留める。「Donne」誌上の三人の詩が「新潟詩人会議」に載る三人の詩よりも「自由」に羽ばたいていてみえる。何故だろう？(8)

(イ)　同人誌「未明飛」の創刊

一九九四年五月に、編集事務所を新潟市太夫浜一八一〇－三〇、神田義和とする同人誌「未明飛」が創刊される。同人は、

そうだみつのり、成沢薫、小松正史、松尾瀬音、神田

義和

の五名。

一九九五年二月には「に号」を刊行している。同人の顔ぶれから「新潟詩人会議」の「青い麦」系の詩人の動きと考えられる。中でも「松尾瀬音」名は初めて目にする名であるが、木俣冴子の別名である。それは「新潟詩人会議」十二号に載る会員名簿の木俣の住所からも推定できる。住所は五泉市大字川瀬とあり、氏名欄には「松尾冴子」と記載されている。それらからの推測である。[9]

木俣の個人的生活のことなので、ここでは木俣の精神的動揺を読み解くだけにしておく。神田と木俣はこれ以降、詩人会議を離れて独自の道を歩むことになる。

9 「穀物」の展開、その生活と詩の真実

斎藤健一の個人誌「穀物」は一九九一年一月刊の第二十二号から一九九五年七月刊の第三十一号まで、五年間で十号を刊行している。B3二つ折り、表紙、見開きに詩、裏面にエッセイと覚書とする編集である。年二回の刊行を遵守している。

この五年間の「穀物」からは斎藤健一という詩人の「詩と生活の真実」が見えてくる。第二十二号の覚書は、息子に読み聞かせた絵本を枕元にして、

ぼくは両腕をぐんと伸ばす。／関節が鳴る。／自分は迷ってはならない。／ぼくたちの生活の真実は眼の前に存在する／ことを知っておくべきだろう。／それは、おのれの血の匂いに似ている。

と、子どもを寝かせ付けた深夜、詩人は詩を書くために「両腕」に力を込める。創作への緊張は「血の匂い」をもたらし言葉が血肉化する。

なお高いところに天はある。／ぼくは大きく腕を伸ばす。／詩は自分の生活を隠すことをしない。／詩はそれより前にぼくなのである。

一九九一年八月刊の第二十三号の覚書の末尾の文である。

前項でも斎藤の詩精神は詩と生活の相互性に基づき、人間の孤独をあらわにする特質を指摘してきた。生活の現実は労働状況の変化、結婚、家族の誕生と日々変化する。人としての自然過程というべきか、成長過程という

べきか。一九九二年一月刊の第二十四号に載る「覚書」で、

その作品が自分にとってすでに色褪せたも／のと感じられた瞬間、作品は死滅している。／詩がかがやきを失っていることなど断じて／あってはならない。／その状態は詩ではないのだ。／自分はもっともっと謙譲な精神を鍛えるこ／とを必要としたい。

と、自己批評の厳格さを自己の中で鍛えなければならない、詩人の必須の精神を自らに訴えるように考察している。考察は続く。

詩で自分の敗北をみることがある。／それは過ぎ去った時間にのみおのれの眼が／奪われる瞬間である。／ぼくはいつの場合でも姿勢の正しくあるこ／とを欲っしたい。／前方にものほしげな顔を向けるを自分は、／潔しとしない。／そして過去に時間の費やす愚かさを戒めなければならないのだ。

これは、一九九二年八月刊の第二十五号覚書である。

齋藤は自分自身への審問官となってもの申している。それは詩一般、現代詩の状況への審問でもある。この第二十五号の覚書は、「ぼくは天を仰いでいる。」で閉じられる。そして「自分は下記にも生活をもった。市川市市川南三ー十ー十二　ハイムマルシン二〇二」と告げている。

「自分は下記にも生活をもった。」（傍点筆者）とは、齋藤は「穀物」編集発行の住所、新潟市栄町二ー四八一二からの転居だが、単身赴任を意味している。覚書から齋藤の「詩と生活の真実」を見てきたが作品からも見ておくこととする。

第二十二号掲載の「青年」は、

（Ⅰ）

昼間。月がかかっている。南西の角度に。ぼくは疲れ切／っていたのではなかった。風にあおられ眼の前を走る自／動車。それが海辺へ捨てられたダンボールに見えること／自体　異常ではないのだ。

（Ⅱ）

土埃が髪の毛を逆立てる。夕刻だった。咽の奥をざらざ／らにさせぼくはその空気に接触していた。自分を支える／意志が唯一の精神である。発汗する皮膚と血と。

（Ⅲ）

絶対の孤独。言葉にふるえる姿をぼくは幾度体験したこ／とか。空は青い。生き続ける者のたましいが映る。果て／しない星座。星は水のように澄み渡っていた。

斎藤は「覚書」で自らを確認するように詩精神を語ってきた。その実践者としての詩人の姿を詩「青年」に見る。「自分を支える意志が唯一の精神である。」と見据え、「絶対の孤独」者である自画像を結んでいる。詩人の内的風景と月、空、星座、囲繞する宇宙や自動車、土埃、空気といった自然との対比は象徴的に配置されている。そしてこの内的風景と外的風景としての自然が統一され、「言葉にふるえる姿をぼく」は「発汗する皮膚と血」、即ち身体を通して「水のように澄み渡っ」た「たましい」を描き切っている。この詩には詩人の生きる過程を表わす表現として「ぼくは疲れ切っていたのではなかった。」を見出すことができる。詩「青年」が表現する人間の孤独の静謐さは普遍性に通じている。

斎藤の生活次元の変化、家族と離れての単身赴任は作品にどのような影響を及ぼしたか。一九九五年二月刊の第三十号に掲載された詩「希望について」と「家族について」がある。「希望について」を引く。

「オトウリン　テヲツナゴウ。」子供は父の顔を下から／のぞき込むように見あげながら言うのだ。浜へつづく石／段の坂をのぼりつきたところに中学校のグランドがあり、／山茶花が美しくぬれるように咲いていた。風はいよいよ／つめたく黄色い毛糸の帽子にも雪が舞っていた。日曜日／に同じ道をふたりの小さな子供をつれ、散歩する男をみ／かけるのであった。まっ青な天は海を反射して、不意に／沖合からまぶしくかがやくことがあった。子供は雪の粒／をながめていた。

との父子の散歩の情景を抒情している。

斎藤がこのように生な詩人の声を響かせることはほとんどない。斎藤は自己の心理や感情は作品のなかに溶け込ませ、比喩的に、象徴的に表現する詩人である。「穀物」の「覚書」では、子息の寝姿と斎藤が詩作する姿を書き残してはいる。詩ではこの第三十号の二作品が特異な相貌を持って出現している。

単身赴任先から週末に家に帰り、家族サービスで「ふたり」の子供をつれて散歩する情景が描かれている。だが、「日曜日に同じ道をふたりの小さな子供をつれ、散歩する男をみかけるのであった。」との表現は、単身先の浜辺でみかけた父子の散歩から、家族と住む新潟での情景を思い起こしての作品かもしれない。いずれにしても「ふたりの小さな子供をつれ、散歩する男」に「まぶしくかがやく」希望を見出したのだった。

覚書、詩から詩人齋藤健一を見てきた。もう一つはエッセイである。詩人は詩とエッセイに力を発揮しなければならない、との言辞をよく聞く。

齋藤のエッセイは独特である。全文を引用するのが一番なのだが、ここでは分類するにとどめる。一つは「海の感情」（Ⅱ）～（Ⅴ）に見られる詩そのものとして読めるエッセイ。二つ目は身辺雑記や私情を客観化して詩情へと繋ぐエッセイ。三つ目は「前を行く腕―間野捷魯「星霜記」」や「人間を愛しむ孤独　松井郁子著『娟』等の詩集紹介である。

松井の第二詩集『娟』は一九九一年十月に上梓されている。齋藤は第二十四号で「人間を愛しむ孤独　松井郁子著『娟』」と題して紹介している。一つひとつの作品を鑑賞する評し方ではなく、「渾身の力を込めた作品がそこに結集されている。」と、松井の詩精神の深奥に迫る論を展開してゆく。

彼女は誰も居ないうそ寒い野原で自分とい／う歴史を考えている。／徹底的に彼女そのものをひとりにする。／その一個の人間を生命がみつめているので／ある。／その眼が松井郁子だ。／孤独な血に洗われてきた言葉が松井の肉体／にほかならない。

と、松井の詩の秘密を語る齋藤は自らが立脚する詩論をも語っている。

「自分という歴史」「一個の人間」「孤独」「血」「肉体」は、齋藤の詩論の核心を現わす言葉である。そして松井が「身を傷だらけにしてもなお」詩の道を究める「意思をぼくは確信したい。」との期待を述べる。

齋藤は松井の詩集『娟』を鑑賞、批評しながら自らの詩の道をも探求しているのだ。「自分もまたきわめて冷静に彼女の現実を凝視する必要があるのだ。」と告白し、こう締めくくっている。

ぼくは彼女の全体像をわきまえてはいない。／自分は今、『娟』の前に赤く破裂してやま／ない神経を感じるのだ。

松井郁子の詩集『娟』を筆者はかつて「紙魚」誌上

で次のように紹介してきた。「女性性を色濃く映す詩集である。著者の優れた創作力は彫琢された言葉と言葉を繋ぐ行間にあり、短い詩行の連構成が詩的効果を深くしている。詩人の想像力と現実が危うい均衡の上で創作されている。」と。四章二十三篇から成る。箱入り、ハードカバー、A５判、八十九ページ。

10　個人誌「葉群」の変化について

高田一葉の個人誌「葉群」は一九九〇年四月刊の第十一号以来二年八か月の沈黙を破って、一九九二年一月に第十二号を刊行している。

沈黙の二年八か月という歳月は高田の個人生活上の変化—出産等によること大であろうと推測している。一九九五年十一月の第十五号まで四号を刊行する。

刊行数を「冊」とせず、「誌」としたのはその判型からである。第十二号から一九九四年九月刊の第十四号まではB３判、第十五号はB４判の一面に作品を印刷し、封筒に入るように折りたたむ形状で刊行している。誌面の構成は第十一号までは書で自作詩を書き、いわば書と詩のコラボレーションを企図していた。第十二号からは墨でデザインし、その上に詩を印字する変化がみられる。

一九九三年八月刊の第十三号と第十五号に「海で」と同じ表題の詩を掲載している。作品は、「波の繰返し」と同じように日々の繰返しを生きる日常で、「偶然の飛沫」や「一瞬飛び散った飛沫」を身体に受け止め、言葉へと飛翔させる詩人の姿を表現している。高田は海辺で眺望する海と同化するように「海の色」に漂いながら、詩への「釣り糸」をからめとられることなく佇む姿を定着させている。

11　詩誌「泉」の発展

①　田代芙美子と「泉」を巡る詩人たち

田代芙美子編集・発行の詩誌「泉」は一九九一年二月刊の第十五号から一九九五年十一月刊の第二十九号まで、五年間で十五冊を刊行している。年三回発行を遵守し、毎号各地で活躍する著名詩人をゲストに迎えて発行している。地方の詩誌で著名詩人をゲストに招くのは、ある視点からは権威主義の誹りを招きかねないが、「泉」の場合は田代の人格からであろうか、「泉」の詩誌としての活性化、田代の詩への熱情をさらに励ます鞴の役割を果たしている。

第二十九号のゲスト詩人は阿部日奈子であった。後記で田代は、

今号に阿部日奈子氏の作品をいただいた。かねてのお願いであり、およせいただいた作品はまばゆく、『泉』への御厚意にあつく御礼を申しあげます。

との、言葉を添えている。

一読すると慣用的な物言いで、常套的なお礼言葉ともとられかねない。こうした田代の言辞はゲスト詩人への敬意であり、田代が詩的営為を継続する力の源泉と認識していることによる。十五冊に載るゲスト詩人へ後記で感謝の言葉を添えていることがそれを証明している。十四名のゲスト詩人は、

高橋順子、財部鳥子、水野るり子、入沢康夫、新井豊美、朴文夏（崔華国訳詩）、佐藤正子、片岡文雄、野沢啓、菊田守、長島三芳、山本楡美子、杉谷昭人、阿部日奈子

の十四（崔華国を含めると十五）名。

高橋順子は第十五号と一九九五年六月刊の第二十八号の二回招かれている。[10]

田代が「泉」継続に力を得たもう一つの側面は、一九九二年十一月刊の第二十号まで市立新潟市美術館の初代館長林紀一郎の美術評論の寄稿があったことが挙げられよう。また、当時地元紙新潟日報紙上に詩集紹介や文芸評論で活躍の場を保持していた、新潟大学のイギリス文学科教授久田竹一の連載「私の好きな短編小説」を掲載してきている点も挙げられよう。

そして田代本人は「泉」が生涯の研究対象であるマルセル・プルーストの『失われた時を求めて』の研究発表の場であったこと。そのための「泉」であることを強く意識し発行を続けていたであろうことは前章で述べてきたところである。

しかし順風に見えた「泉」に不遇が襲う。「泉」創刊からの協力者であった星野諄一の急逝である。星野諄一（一九三一・一・七～一九九二・三・十三）が一九九二年三月十三日に亡くなる。六月刊の第十九号は「追悼　星野諄一」号となっている。

新保は「追悼　星野諄一　繊細な感性を秘めたイデー」を書き、星野が詩作活動を始めた「北陸詩人」から、新保が編集する詩誌「ブイ」時代、そして星野、田代、新保が相集う「海構」までの来歴から、作品への評価を述

べ第一詩集の『魚の誕生』の紹介と星野の詩的営為を俯瞰し追悼している。

　田代は「清澄な谺」を載せ、「海構」で同人となり、「泉」創刊時には強力な後援者となってくれた経緯を語り追悼している。二人の追悼文からは星野、田代、新保の三人に限らず、詩作を休止していた詩人たちに再生の道を「海構」が果たしたことが浮かび上がる。それだけに六十歳で逝った星野の無念は田代、新保の無念さと重なる。

　一九九三年二月には一九九二年四月七日に執り行われた星野諄一の告別式での弔辞、遺稿集〈幻象〉への感想・書信、相沢実の『星野諄一小論』等の追悼文集、『星野諄一追悼集―春来るに』を発行している。星野への新保らの敬愛と哀悼の思いが強く伝わる。星野諄一作品（拾遺）として詩「スケッチ、道化」、エッセイ「なぜ詩か「現実の生活確認」」を収録している。

　友を失いながらも田代は年三回の発行を守り、「泉」を詩誌に属さない新潟の詩人たちの寄稿の場として提供している。柿村うた子、梶原礼之、寺原信夫らが作品を発表している。さらには一九九三年二月刊の第二十一号からは月岡一治が、一九九五年七月刊の第二十八号後記には「今号から小武さんが仲間に入ってくださり力強い。」との紹介で、小武尚子が「泉」の「仲間」となっている。[11]

「泉」に関係する詩人たちの詩集を紹介する。一九九三年六月刊の第二十二号の後記で田代は、

　　去る二月二十八日（日）新潟市のクオリスビル5階で、星野諄一さんの「幻象」柿村うた子さんの「めぐり逢った海」田代の「海と砂時計」の出版記念会があった。

との紹介をしている。

「泉」関連の詩集として柿村の「めぐり逢った海」もこの項で紹介しておく。

　柿村は一九九二年七月に第四詩集『めぐり逢った海』を上梓する。「私の作品は隠棲《いんせい》の世界から四囲を見ているような感じ」と後書きに記すように、華やかで比喩に満ちた作品から、「生きた証し」を実感する作品へと変化している。後書きと二章十八篇から成る。ハードカバー、A5判、九十三ページ。

　田代芙美子は一九九二年八月に第三詩集『海と砂時計』を上梓する。同年十一月刊の第二十号で新保が、「田代芙美子のこと『海と砂時計』出版に寄せて」と題して紹介をしている。新保は「彼女は現在難聴になやみ、難聴が誘発する耳鳴り〝砂漠の風と異郷の森の葉ずれの音

（短章）〃 におそわれ」る病を患っていることを示唆している。

田代が自らの病名を告白するのは、一九九四年二月刊の第二十四号の後記で「難病中の難病」と言われる「感音性難聴、あるいは疑似メニエル病」と、語った時であった。新保の文から田代は一九九〇年代始め頃から「めまい」と「耳鳴り」の症状に悩まされていたことになる。「現実とイリュージョンの接点を歩いてゆくばかりである」と詩集のあとがきで語る象徴的な詩であり、田代の詩の根源を表現していると思われる、六連の詩「風」から三・四・五・六連を引く。

夜　だれかが走っている／かすかに　かすかに駆ける風／くらやみの　耳の底で／生命を刻んでいるのかも／＊／あまりに碧い南仏の海に／わたしは骨のないくらげ／波間にただよい／海の風に流される／＊／地中海の波にゆれる白い石／かがやく浜辺から贈られる／水の言葉／碧瑠璃の海の　風／＊／声だけが生れては消える／詩の朗読／あったのか　なかったのか／夏の宵　すぎゆく風の記憶

と、田代が詩誌「造型」以来憧憬と理想を体現する「南仏」、「地中海」へと心を走らせ、波や風に「難聴と耳鳴り」を比喩している。

詩を志した時の詩精神を持続し続ける著者の成熟の時間を共にできる詩集である。あとがきと三十五篇から成る。ハードカバー、A5判、百十一ページ。

月岡一治は、一九九二年十月に詩集『夏のうた』を上梓する。「父と子の詩集」と副題されているように、父月岡一治と三人の息子祐輔、啓輔、厚輔による詩集。掲載詩は産経新聞の「朝の詩（選者・新川和江）」欄に入選した作品で占められている。日本の中産階級の幸せな家族の風景が詠われている。兄弟三人と父の織り成すハーモニーが、詩という媒体で絆を深め団欒する家族を表現している。月岡祐輔十四篇、月岡啓輔十一篇、月岡厚輔二十三篇、月岡一治三十二篇の計八十篇から成る。A5判、百八十一ページ。

一九九二年三月に亡くなった星野諄一が、生前に詩集にと編集をしていた原稿を元に、一九九二年十二月に遺稿詩集『幻象』が上梓された。「北陸詩人」からの詩友の相沢實（相沢実）が「友を憶う」を寄せ、星野の年譜を作成している。田代芙美子が遺稿集発行までの経緯をあとがきで認めている。遺作と

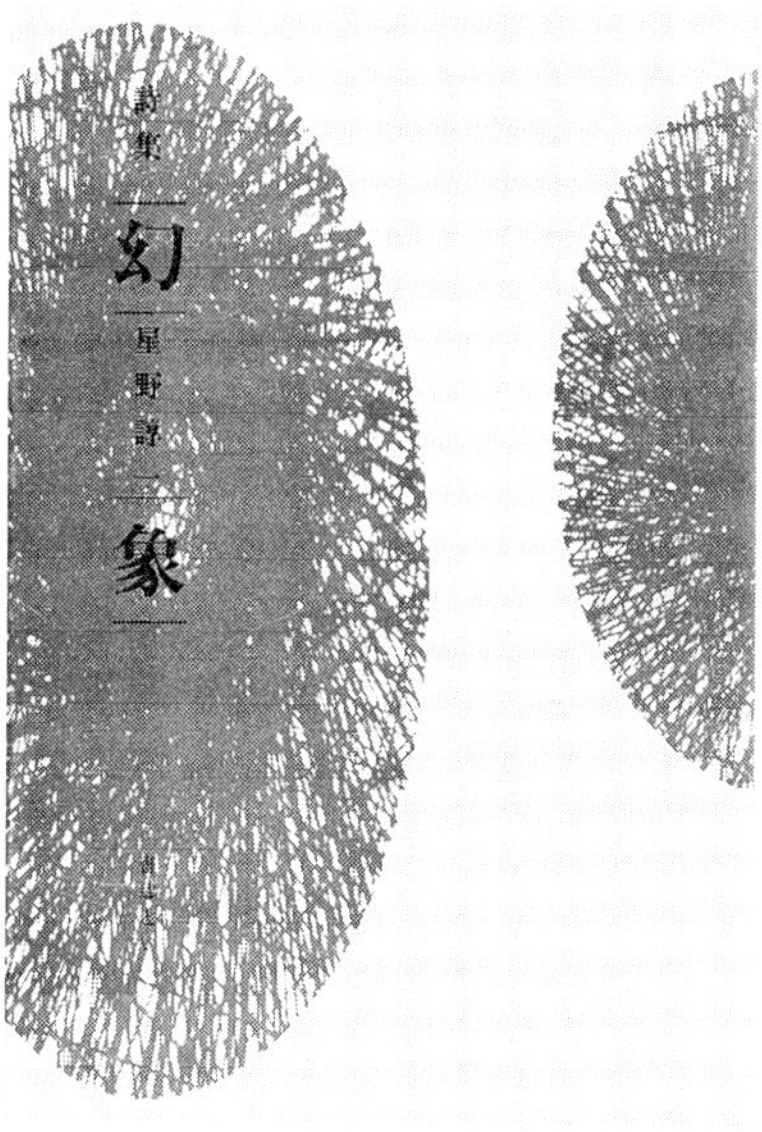

星野諄一　遺稿詩集『幻像』表紙

なった「曙のささやき」を引く。

りんどう色に露は染まり／未熟な音符が薮へころげて
ゆく／耳穴の甘酸っぱい風をふり落とせば／上等な曙
をわけてやる　てんとう虫の背にいっぱい／／
風をきらめかせ　微笑む花びらを宙にひるがえせ／地
球はひとすくいの放屁をさしだすはず／きっぱりとし
た納屋ほどの蒼さがいるなら／こおろぎのような議論
が必要だ／／野原の中空にひとつの固い椅子を吊し／
やわらかい卵よ　その上に直立せよ／さみしいがしき
りに根の腐っていく時代だ／／
とおい曼荼羅からわたってくる／途切れがちな声明を
涼しくせねばなるまいて／白いすすきの穂の上をころ
がしころがし

田代はあとがきで「星野さんの思惟の足音を聞く思いがする」と評している。星野の詩の世界を見事に示す詩集。彫琢された言葉、そのメタファー。みずみずしくかつ細やかさを見せる色彩感が星野の詩には溢れている。溢れているのではなく隠されているといった方がいいのかも知れない。二十八篇から成る。Ａ５判、百九ページ。

12　詩誌「ジュラ」の終刊とその業績

詩誌「ジュラ」は一九九一年四月刊の第八号から一九九三年十月刊の第十号までに三冊を刊行している。第十号の後記で編集・発行人の常山満は、「思うところあり、二、三年休刊いたします。」と詩活動の休止を伝えている。これ以降「ジュラ」の刊行は無く、この第十号が終刊号となっている。なぜ、休刊するに至ったかについて常山は、「思うところあり」と口を濁している。一つの契機に触れることはできる。

常山は詩人・萩原朔太郎の「詩の表現は素朴なれ　詩

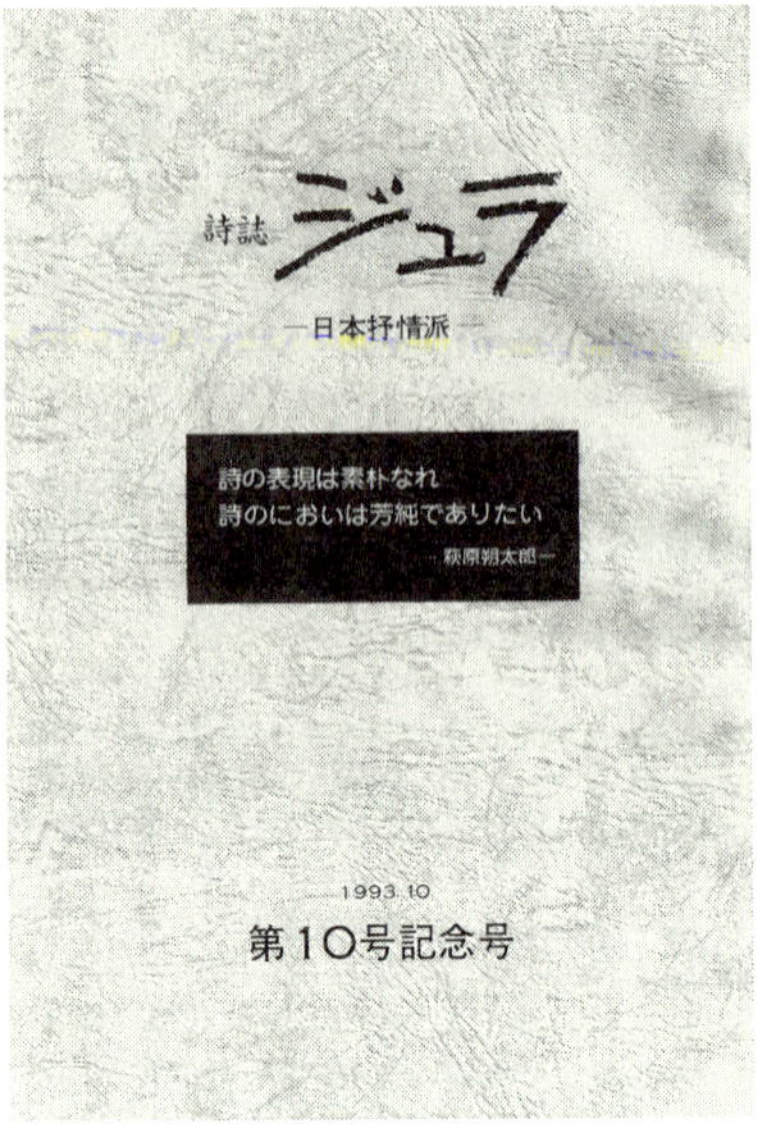
詩誌
ジュラ
―日本抒情派―
詩の表現は素朴なれ
詩のにおいは芳純でありたい
―萩原朔太郎―
1993.10
第10号記念号
ジュラ終刊号表紙

のにおいは芳純でありたい」を巻頭に飾り、「日本抒情派」を提唱してきた。こうした常山の詩意識と寄稿詩人の間には心情的な共感があったと思われる。そうした「ジュラ」第八号で常山は「感謝の辞　―吉岡又司に―」を掲載する。これは一九九一年十二月刊の「詩と思想」（土曜美術社）に掲載された吉岡又司の文への反批判であった。「詩と思想」等の商業詩誌は、年末には恒例の地方詩界の活動状況を特集した企画を掲載してきている。吉岡は「詩と思想」の「全国詩界ニュース」という企画欄に、「山口哲夫亡きあとののっぺらぼうの状況」と題した新潟県の「詩界活動状況」を報告した。即ち、「「海構」は十号、「渟足」は六号」と県内の詩誌発行と号数を示す文中に、

　……常山満、寺井清らの（これは日本抒情派を標榜するあたりがお笑い種だが）ジュラ七号……

と、吉岡は言わずもがなの文言を不用意に（　）付きで付け加えてしまっている。

　この文言に対して、常山は日本抒情派の展望を述べながら「誹謗以外の何物でもない」と批判してゆく。常山は「お笑い種」との文言への憤りを述べたのち、これだけ「ジュラ」が誹謗されたことにより、かえって読者の目にとまったに違いないと思い返し、「感謝の辞」という皮肉を込めて返答した。[12] 常山は「抒情派をかかげながらその作品群があまりにもお粗末ではないか、と氏は言いたいのではなかろうか。」との自省の弁も残している。

　吉岡が一九九〇年の新潟県の詩界活動状況を報告する際に対象としたと思われる「ジュラ」第七号には、常山、寺井、ウカイヒロシ、中原眞理夫、みやしたようじの五名が詩を掲載している。第七号後記で「今号より中原眞理夫氏が寄稿して下さる事になった。」との紹介がなされている。

終刊となる第十号の寄稿者は

ウカイヒロシ、寺井清、中原眞理夫、原正則、みやしたようじ、小林忠明、常山満

の七名であった。

果たして常山が提唱した「日本抒情派」の意義を六人の寄稿者たちはどう捉えていたのだろう。ウカイヒロシは自らを「蜻蛉」と仮称して日々に移ろう感情と心情を書き綴る。みやしたようじはひらがな書きに固執して表現している。大正時代の中期に支持された「民衆派」の作品に似て、「散文を行分けにした作品」と見紛う。大正末期には詩誌「日本詩人」で萩原朔太郎は民衆派の詩人たちと、新時代の新詩人発掘に協力し合っている。

前章の「ジュラ」の項で指摘したように同人一人ひとりが多数の詩を同時掲載するのはいいが、一つの方向性なりテーマで書かれるのではなく、日々の移ろいゆく心情・感情・記憶のもつれを書き留めるだけの表現に止まっている。「ジュラ」の詩が冗漫で焦点を結ばない理由である。

ただ、寺井にしろ、ウカイにしろ、みやしたにしろ器用なのだ。ウカイの平凡な流浪性の表現、寺井は詩・俳句・川柳・童謡詩と様々な短詩系文芸に手を染め、作品を発表している。こうした器用な詩人に囲まれた常山は自らの不器用な「生」の在り様を凝視している。第十号に「六・七年前に書いた」とする「我が同胞の為に」という一文を残している。「S氏より手紙を頂戴した。」で始まる常山の半生を顧みる文である。

僕のこれまでの人生は孤独と虚無と絶望感に打ちひしがれていた。空しさは感じない日の方が遥かに少なかった。それがようやくここ五・六年の間はある程度平穏な気持ちで居られる様になったのである。

と、「ジュラ」創刊時には常山が心の安定を得ていた時期だったと知る。S氏が精神病院に入退院を繰り返している現実と常山が「中学二年の後半よりおかしくなりだし」と自らの体験を重ねてゆく。大学時代に精神鑑定を受けて入院、「精神も肉体も極限状態」の経験をも語っている。

常山はこの文の後に「誌名「ジュラ」について」を掲載し、自らの詩的立場を述べている。

小誌創刊は七年前になるが、当時はまだ〝現代詩〟と

云う言葉が流行しており、この言葉から私が連想する言葉は次のものであった。文脈不連、意味不明、詩情否定、「美」の放棄、卑俗低俗、語呂合わせ、難解浮薄、言葉遊び等々……

詩誌「ジュラ」誌上の作品は常山が指弾する「文脈不連、意味不明、詩情否定、「美」の放棄、卑俗低俗、語呂合わせ、難解浮薄、言葉遊び」の方法で、ウカイや宮下、寺井の作品は成立しているのではないか。「卑俗低俗」に付き従い、「難解」を「浮薄」と揶揄することで「「美」の放棄」からの自由を得られ、そこから「抒情」が日本の「美」が生まれると考えていたように思える。

「当時はまだ〝現代詩〟と云う言葉が流行」してはいなかったし、詩の状況はプアプア詩から路上派まで百花繚乱、「戦後詩」の終わりが告げられてはいた。既に前衛無き文芸時代であり、大正末期昭和初期のモダニズムからの民衆派批判、プロレタリア詩からの民衆派・モダニズム批判以降萌芽した論争の一つの典型を常山の詩意識に見ることはできる。

日本の詩界が詩の近代詩・現代詩の成立過程を曖昧にしたままにしてきた混迷を「ジュラ」は表現しているともいえる。

一九八六年七月に創刊した「ジュラ」。その後記に常山は

小誌の発行目的は一に純粋抒情詩の発見にある。殺伐たる現代詩と、日常茶飯的生活詩の濫乱《ママ》する今日に於ても、尚純粋な抒情詩を書き続ける諸兄の存在することを信じて疑わない。

と、記している。常山はこの思いを「ジュラ」十号を通じて達成できたと考えていたのだろうか。

一九八七年四月刊の第三号に載る「南天」を引く。

軒下に実をつけて／風の吹くたびに揺れている南天よ／まだおまえの小さなとき／母から貰ったもろこしの種子を／蒔き散らした／／あるとき　中也を読んで／ぼくは思った／風船玉のようだ　と／／もろこしはついに芽が出なかった／おまえの小さなとき／軒下に実をつけて／風の吹くたび／揺れている南天よ

と、時代の情況に応じて揺れ動く心情を抒情している。純粋抒情詩への道のりは遠いとの思いが重なっている。「ジュラ」の「休刊」を告げる外的な要因としては、父

の死により釣具店経営を常山が引き継ぎ、家業全般の責任を担うことになったことが挙げられる。社会的要因としては日本の高度成長の結果、新幹線の開通と高速道路、道路網の整備が人々の行動の変化を生んだ点も考えられる。通勤者はマイカーで通勤するようになり、上越新幹線の完成は地方のローカル鉄道の縮小を招いた。常山が引き継いだ釣具店は六日町駅前にあった。こうした交通事情等の変化は駅前からも賑わいが消えてゆく結果をもたらした。魚野川のアユやヤマメ釣りの関東からの客も遠のき、さらには魚野川河川改修工事と新幹線・高速道の工事による環境破壊とによってか、アユの遡上が激減する。店の経済を立て直すことに常山は注力しなければならなかったのだろう。

　第三号から「ジュラ」寄稿者として常山を支えた寺井清（寺井青）[13]は一九九一年八月に『寺井清詩集』を上梓する。「ジュラ」第九号で中原眞理夫が「『寺井清詩集』考」を寄せ、「前詩集の抽象から具象に詩の新生面を開いた。全編を通じて言えることは、「自然への回帰」に感情移入させ、心地良い抒情の香気を漂わせている。」と評価している。四季折々の動植物が、詩人の暖かいまなざしを受けて咲き競い、行き交う人々と交感し合っている。新潟の四季を詠う抒情詩集。「春の抒情・夏の抒情・秋の抒情・冬の抒情」の四章二十四篇から成る。Ｂ６判、六十三ページ。

13　同人誌「蒼玄」の変遷と発展

　同人誌「蒼玄」は一九九一年二月刊の第四号から一九九五年十月刊の第二十二号まで五年間で十九冊を刊行している。新潟県内の詩誌で最も多産であり充実した詩誌として成長していることを物語っている。第四号の同人は、庭野富吉、星野元一、本田保、まちえ・ひらお、松田達男、山下司の六名。

「長崎浩氏が病に倒れ「北狄」が廃刊になり、その時の残党が集り、蒼玄が生まれた。」と、一九九三年九月刊の第十二号編集後記で庭野は回想している。長崎は病から回復することなく、一九九一年七月二十九日に亡くなる。同年八月刊の第六号に庭野は「反骨の詩人　長崎浩氏を悼む」で、「長崎さんの詩は終生一貫している。時代を見つめ、生活を見据えた反骨と批評の詩である。」と追悼している[14]。

　同人の本田保が一九九二年一月に亡くなる。同年二月刊の第八号には、本田の詩「空をちぎれとれ」を「―哀悼―」の言葉を添えて巻頭に掲載している。まちえが詩

「朝の報」を「―本田保追悼―」として掲載している。庭野は「―同人― 本田保氏を悼む」で、本田の来歴を長崎浩の文を引きつつ語っている。表記されてはいないが第八号は、事実上「本田保追悼号」として編集されている。

編集発行人の庭野の編集力が新潟と山形県の詩人を引き付ける。一九九二年五月刊の第九号からは新潟市在住の平井孝が、一九九三年三月刊の第十二号からは山形県寒河江市在住の佐藤伝が、一九九三年九月刊の第十四号からは山形県東根市在住の安達徹が同人に参加してくる。平井は新潟大学法学部教授、佐藤は詩誌「阿吽」の同人と紹介されている。安達は「北狄」の同人で東北地方の歴史を独自の視点から研究している詩人であった。以降、第二十二号まで「蒼玄」は八名の同人体制が続く。

長崎から引き継がれた「蒼玄」の位置は、山形県と新潟県の詩人を結ぶ貴重な詩脈となっている。長崎が山形県の近代詩成立に果たした成果の結果であり、この結び付きはもっと評価しなくてはなるまい。新潟県の近代詩・現代詩を繋ぐ一つの詩脈であることは言を俟たない。因みに八名の同人の内訳は、新潟県が庭野、平井（埼玉県出身）、星野、まちえ、山下の五名、山形県が安達、佐藤、松田の三名である。

こうした二県にまたがる同人を一つにまとめ、季刊を遵守して刊行を続けるにはそれ相応の努力が必要だろう。庭野は一つの方法として同人会を積極的に行っている。

一九九三年六月五日に長崎浩の詩碑が中蒲原郡村松町（現五泉市）の城址公園に建立され、その除幕式に「蒼玄」同人も参列している。「地平詩集」の項で詩碑建立の経緯は述べてきたところである。

同年九月刊の第十四号で「蒼玄」同人は「我々蒼玄の仲間は除幕式後、麒麟山温泉に一泊し同人会を開くことにしていた。」とし、こうした機会を活用して合評会を開いている経緯を述べている。五年間で五回の同人会の記事を編集後記で庭野は記している。同人会に併せて柏崎・刈羽原子力発電所へは二回訪問している。「蒼玄」の詩は社会との関係を掘り下げる視点で表現される、詩誌の意志と協同性を認めることができる。

こうした一泊の同人会は山形県と新潟県の二県を繋ぐ同人誌としては必要な活動の一環だろう。同じ県市町の同人誌ならば詩誌の刊行ごとに合評会を行っている場合が多い。二県にまたがった同人誌「蒼玄」は日程調整だけでも難しいと思われる。「蒼玄」の同人会は同人誌活動にとって詩人と詩人を結ぶ不可欠な営為である。庭野は同人会開催には山形県と新潟県で交互に行うなどの気配りもしている。

一九九四年七月には天童市で六名による同人会を開いている。その報告として同年九月刊の第十八号には宿の浴衣を着た詩人たちの姿を載せている。同人誌に会合後の宴席での写真を載せるのはいかがなものかと訝る人もいるが、後々この詩人はどんな人だったかと詩史を書こうとする者にとって、時代を経た後には「貴重な」資料としてこうした写真も復活することがあるにはある。

年齢的にも幅の広い「蒼玄」である。まちえが六十代で山下は四十代であろうか。個々の詩人の成熟を詩誌に反映させての「蒼玄」の発展を見ることができる。

「蒼玄」同人からは二冊の詩集が上梓される。

星野元一は一九九四年九月に第五詩集となる『君が帰って来る日のために』を上梓する。詩集はノオトと三章三十篇から成り、Ⅰ・Ⅱ章の詩は、詩人の内面に生起する動きを抒情する詩が多い。「蒼玄」に掲載された詩はⅢ章の五篇を含む七篇を見ることができる。

詩「君が帰って来る日のために」は、

ゴースト・ニューヨークの幻／という映画を観た／確かに死んだら土にかえる／という思想はさみしい／春たとえそこからタンポポの花／が咲いたとしても／夏　ぼくは君のそばにいたいのだ／だから秋には君もぼくのそばにいたいだろう

と、「君」への想いを託す作品である。

「土にかえる」「君」とは、「進行性筋萎縮症という病気で、その人生の二分の二を療養所で過ごさなければならなかった。」という子息星野晶をいう。「蒼玄」の第二十二号巻頭に星野晶名の「遺稿　二人で」が掲載されている。詩集『君が帰って来る日のために』の標題はその意味でも胸を打つ。装画・星襄一、装釘・銀山宏子。A5判、ハードカバー、百一一ページ。

山下弓は一九九五年十月に第四詩集となる『月映え』を上梓する。家族との幼少女期からの生活をリアリズムの手法で表現している。家族との思い出や記憶は歴史上の記念日と重ね合わされ、落ちついた筆致で表現されている。詩とエッセイで編集され、あとがきで山下は「第三詩集『櫂の音』以後の作品や随感を収録したもの」と述べている。三章のうち詩は二章四十六篇、一章はエッセイ（随感）八編から成る。装画・本田保、A5判、ハードカバー、百四十九ページ。

詩誌「北狄」の同人だったこばやしかずお（小林かずお、一九二〇～一九九〇）の遺稿集が夫人の小林トイコの編集で上梓されている。「北狄」の後継誌である「蒼玄」の項で紹介することにした。

一九九四年八月に遺稿集『有刺鉄線』は上梓される。刊行の経緯をあとがきで夫人小林トイコは、「六十万と言われるシベリア抑留者の思いや拘りを、時代に埋没・風化させないことが彼の遺志のようにも思える此の頃であります。」と述べている。こばやしの遺言とも言える「前がきに替えて」とある「有刺鉄線」の末尾は、「世界は、いまもどこかに有刺鉄線の夜。誰だろう、寝がえりをうったのは。」と詠っている。

こばやしが指摘した世界の「有刺鉄線の夜」は、二十一世紀の今日もその過酷さを増して増え続けている。遺稿集『有刺鉄線』はこばやしがシベリア抑留という体験を直視した「人間愛と人間の尊厳」を詠っており貴重である。石原吉郎のシベリア詩篇と共にこばやしの『ふたのないべんとうのおかずいれ』、『有刺鉄線』は、人間の存在と尊厳、希望としての平和を追究した詩として忘れてはならないだろう。新潟県の戦争体験を基にした詩篇と「シベリア詩篇」の探求が求められている。

「前がきに替えて」と小林トイコのあとがき、五十二篇から成る。B6判、ハードカバー、箱入り、百二十四ページ。(一九二〇〜一九九〇)

14 鈴木良一ア・ラ・カルト＝詩誌「はつ恋」「書く」「花嫁」「傍」「リュンクス」からその周辺「声のナイフ」「大鍋の会」等など

ア 「はつ恋」のこと

同人誌「はつ恋」が一九九〇年五月に創刊された経緯は前項で述べてきたところである。第二号の発行は一年三ヶ月後の一九九一年八月であった。第二号の編集者は館路子である。館は編集後記で

この一年間余りの猶予が、われら個々の同人《メンバー》の熟成の時間となったかどうかは疑わしいところもある

と、自省を交えながら語っている。

その同人の「熟成の時間」を測るためか、一つの企画を試みている。即ち、「創刊号にメンバーが寄せた一篇ずつを各自が選び書評を試みている。」のであった。館は鈴木良一の、鈴木は樋口大介の、樋口は館の詩を評している。三条市在住の館と樋口、新潟市在住の鈴木という三人の交流は、朗読会等での機会以外は頻繁ではなく、

合評会もしていなかった。「普段とは違った接触の仕方」としておもしろい企画であった。そうした事情も見え隠れする。

　第二号にはもう一つの企画「特集　わたしの選んだ10冊」があり、鈴木と樋口がこれまで影響を受けたとする詩集を選んで述べている。樋口は詩集の未来を、「詩集自体が読み手の脳に反応して、読み手の成長とともに、生命体のように変化していく詩集ができればと思う。」との希望を述べている。けだし、十年、二十年、五十年と詩集に閉じ込められた詩の言葉が古びず、新生の兆しに満ちた詩集に出会いたいものである。

　第三号の刊行は第二号刊行から二年二か月後の一九九四年六月であった。第三号の編集者は鈴木。編集後記で「五年の歳月をかけて「はつ恋」は第三号を世に送り出す。自爆終刊号は……」と終刊を告げている。[15]

　創刊詩誌の項で取り上げるべき一九九三年一月創刊の同人誌「書く」と、一九九四年十一月創刊の同人誌「花嫁」を館、樋口、鈴木の関係からこの項で紹介することとする。

イ　一年間誌「書く」の創刊

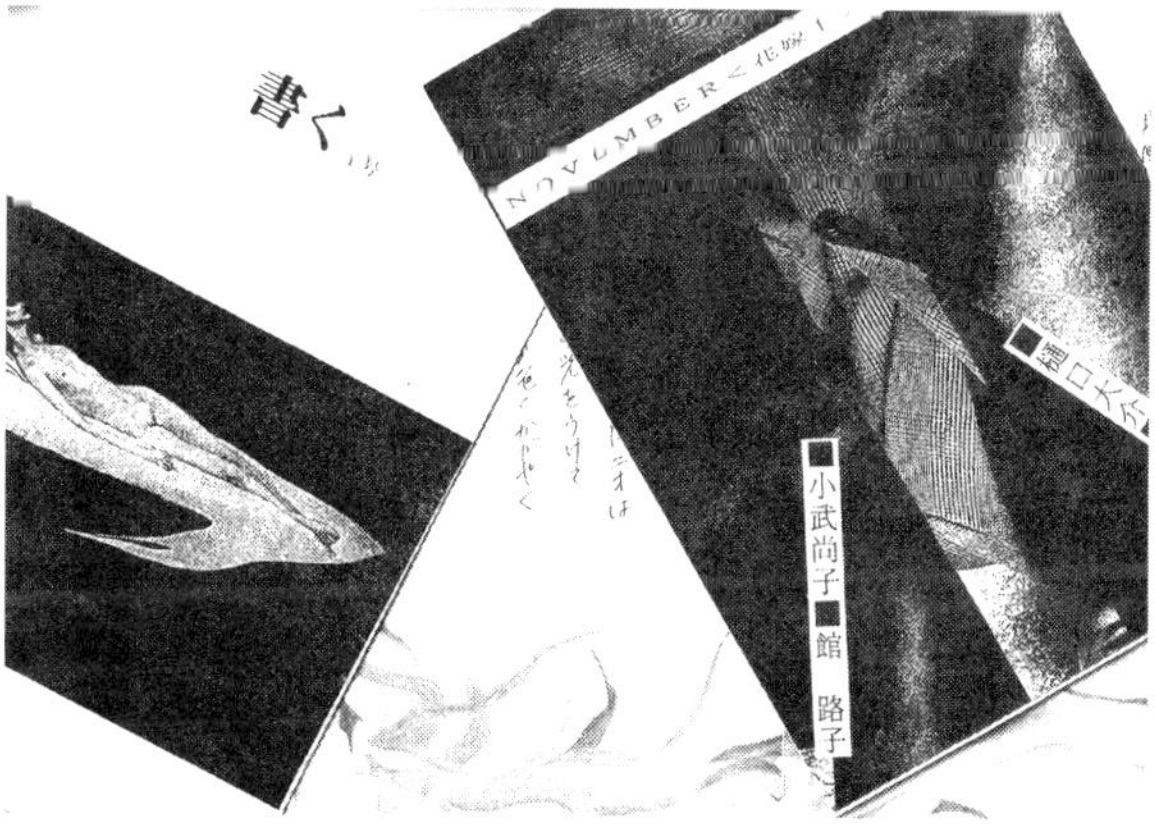

詩誌「書く」「花嫁」「傍」の表紙等

一九九三年の一月から十二月まで、一年間で十二号を発行予定とする、同人誌「書く」を創刊している。同人は、

　樋口大介、小武尚子、鈴木良一

の三名。

編集人は鈴木。詩人は、「画家のデッサン、ピアニスト等のレッスン」のように「毎日毎日」文章を綴り、詩を書く修練をしなくてはならない、との思いからの創刊であった。

読書量豊富でギリシャ神話への造詣が深い小武は、作品にギリシャ神話の神々や文学作品の登場人物に仮託する抒情の表現を深めた。樋口は詩の物語性と空間性とを結ぶ写実を造形し、あるべき詩の表象を求めた。鈴木はシリーズ「緩慢なる死への舞踊」を「襤褸の十二単」のように書き継いでいる。

ウ 「はつ恋」の継続誌としての「花嫁」

一九九四年十一月に「はつ恋」と「書く」は、発展的統一を果たして同人誌「花嫁」として創刊される。同人は、

館路子、樋口大介、鈴木良一、小武尚子

の四名。

編集発行人は鈴木、表紙レイアウトは樋口。創刊号のエッセイで四人はそれぞれの「花嫁」への思いを記す。誌名として「インパクトのあるもの」で「恥ずかしげもなく」決めたと小武。「集まって詩誌としての形態を整えるならば、それは花嫁花婿の結婚式に、意識的に似ている。」と樋口。「反語という程にはあらず、口をついて出てきた子供じみた諧謔が詩誌名になった」と館。「恩寵の庭に咲く「花嫁」のみる夢」と鈴木。ココシュカの「風の花嫁」にしろ、平出修の「花嫁」にしろ「はつ恋」の成就で「花嫁」を迎えたということだろう。さて「花婿」は？　かように同人誌としての「詩とは何か？」とは遠い、所在無げな位置からの創刊であった。[16]

一九九五年十二月刊の第四号までに四冊発行している。順調な展開である。

一九九五年は多難な時代であった。一月十七日には「阪神・淡路大震災」が発生し、平安な世を震撼させた。三月二十日には宗教団体の「オウム真理教」により、東京都内の地下鉄に神経ガスのサリンが散布され、多くの死傷者を出す事件があった。

こうした時代的・歴史的な世相を反映しながら「花嫁」は継続されている。一九九六年八月刊の臨時号で、次代を作る魚家明子の登場が目を引く。一九九七年十月刊の第六号で、「花嫁はお色直しの時間です。」との後記を残して終刊している。

館路子が一九九三年十月に第一詩集『眠り流しの眷族』

を上梓する。一九七〇年刊行の詩誌「半獣人」第十号から一九九一年刊行の「豹樹Ⅱ」第十二号までに掲載した詩を編集している。発行・装幀は樋口大介、発行所は雨中舎。[17] 詩「藤の古木と祝祭日の軽いリフレクション」は三条市井栗を「伊久里」と見立て、井栗の「藤の古木」を万葉の時代から現在までに見通した作品である。

表題作「眠り流しの眷族」は青森県弘前市の「スペース・デネガ」の一周年記念企画「詩に何ができるか――四人の詩人による実験」へ経田佑介が、特別参加することとなり、当時緊密に交流していた新潟の詩人たち五人が「つがるポエトリー・ツアー」をした体験を作品化したものである。[18]

庭野富吉が一九九三年十二月刊の「蒼玄」第十五号で、『眠り流しの眷族』を、

> 言葉の河、イメージの氾濫、連想とメタファーで織りなされた世界は読み解くのに相当しんどかったが、読後に一種の充実感、爽快感を味わった。「岩船」「雨中奇書を走行して冬に至る」「雨中に遡河して」等いずれも力作だ。終始一貫変わらぬ詩法で統一されている

と、紹介批評している。あとがき、初出一覧と十九篇から成る。A5判、百九ページ。

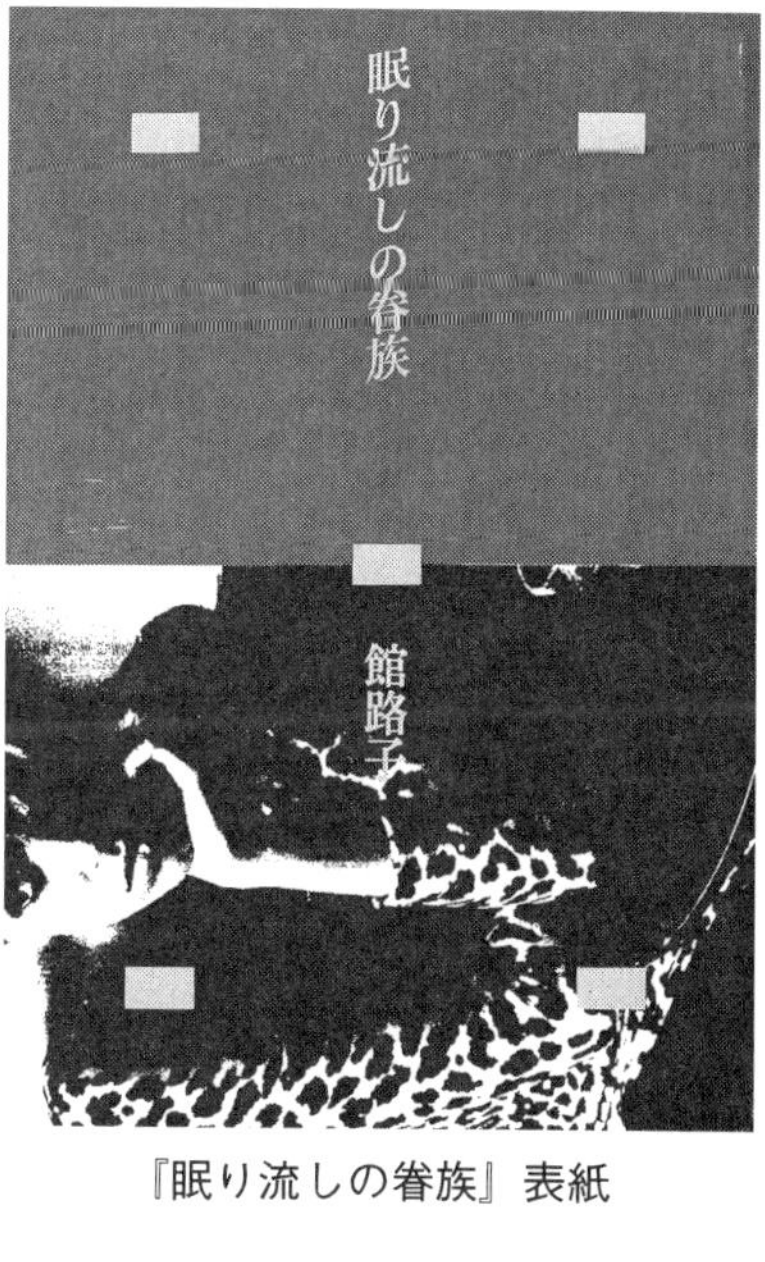

『眠り流しの眷族』表紙

エ　個人誌「傍」と「リュンクス」のこと

「はつ恋」から「書く」そして「花嫁」の混乱は、同人たちの模索する振幅の大きさから引き起こされたとの見解はその通りかも知れない。混乱の一番の原因は鈴木にあるとの考えも当を得ている。その辺を少し見ておく。

鈴木良一は一九九一年から一九九五年にかけて同人誌・個人誌の創刊・復刊・廃刊を続けていた。

鈴木は一九八八年に廃刊していた個人誌「傍」を

一九九一年一月に復刊する。一年間に限り毎月刊行し、十二月の十二月号で終刊するとの思惑であった。形式はA4二つ折りで、見開きに作品を掲載している。内容は鈴木の詩と染色工芸家佐藤裕子のイラストのコラボレーションであった。

当時コピーが白黒からカラーコピーへの転換時期で、安価にコピーできるようになっていた。そうした中カラーコピー機を導入した友人が居た。鈴木、佐藤、友人の三人でカラーコピー機の最善の配色を知るために思いついたものだった。試行錯誤のコピー作業ではあったが、無事一年間を通して「傍」の刊行を果している。鈴木は自らの幼少年期の四季の移ろいを抒情した。

一年間に毎月詩誌を刊行するという思いを、鈴木は「傍」での営為で実現した。その余韻のまま同人誌「書く」へと引き継ぐ力となっている。

鈴木は一九九二年一月から同人誌「書く」を編集しながら、四月には個人誌「リュンクス」を創刊する。しかしながらこの「リュンクス」は同年十月刊の第二号で尻切れトンボのように終っている。

一九九二年は鈴木にとって多忙な一年だった。一九八九年から撮影されていた佐藤真監督によるドキュメンタリー映画「阿賀に生きる」の完成。その新潟上映のポスターのコピーに採用された詩「夏の少年」は、「リュンクス」第二号に掲載した詩であった。作曲した経麻朗氏とは何回か上映会前に一緒に朗読している。

一九八七年十月二十日に発足した「安吾の会」の設立に貢献してくれた中上健次が亡くなる。八月二十二日に行われた東京・千日堂での葬儀に参列してもいる。

更には詩人市島三千雄（一九〇七・十一・二十〜一九四八・四・六）の詩碑が西海岸公園に建立され、八月三十日にその除幕式が挙行された。その際に市島の詩の群読を演出・指導している。詩碑に刻まれた「ひどい海」をはじめ「●―草は赤をもって」等六篇を群読した。[19]

オ　朗読会「声のナイフ」について

一九九四年になると鈴木、館、小武は新たな出会いに対応している。後に「0年代詩人」と総称される詩人たちとの出会いである。三沢雅明、長澤忍、魚家明子等との交流である。

朗読会「声のナイフ」の創設がなされている。一九九四年十月八日付のA4二つ折りのチラシ「声のナイフ」vol.1が発行されている。Vol.2・3の発行者名は三沢雅明となっているところから、vol.1も三沢の発行であったと推測される。館路子、長澤、鈴木良一、小武尚子、三沢、植木信子がそれぞれの朗読観を述べている。開催場所の記載はないが、新潟市長嶺町の「ゐ坐」での朗読会であった。「ゐ坐」はかつては医院であった家一軒を民間劇団が借り上げ劇場としていた。東京・関西からのアンダーグランド系の劇団が使用するなど、新潟の文化発信地の役割りを果たしていた。

館、鈴木は団塊の世代で、三沢、長澤、魚家は大学を終え教職に就いて間もない頃であった。二十歳以上の開きがあるこの両者がどのように出会ったか。

三沢は「Bananafish」vol.14の日記風エッセイで、

四月二十四日（日）昨晩朗読会があった。自分ではうまくできたかと思っている。（中略）佐々木幹郎氏は朗読会プラス講演で二時間以上、後の飲み会も舌好調。「詩は体力だ。」楽しかった。

とのエピソードを記している。

出会いとなった佐々木幹郎を囲む朗読会と講演会は一九九四年四月二十三日、駅前にかつてあった「ニュー越路」を会場にして開催された「カトマンズ　デイ　ドリーム―詩人・佐々木幹郎さんの講演と詩の朗読への招待―」であった。主催は詩誌「書く」同人会、協力は安

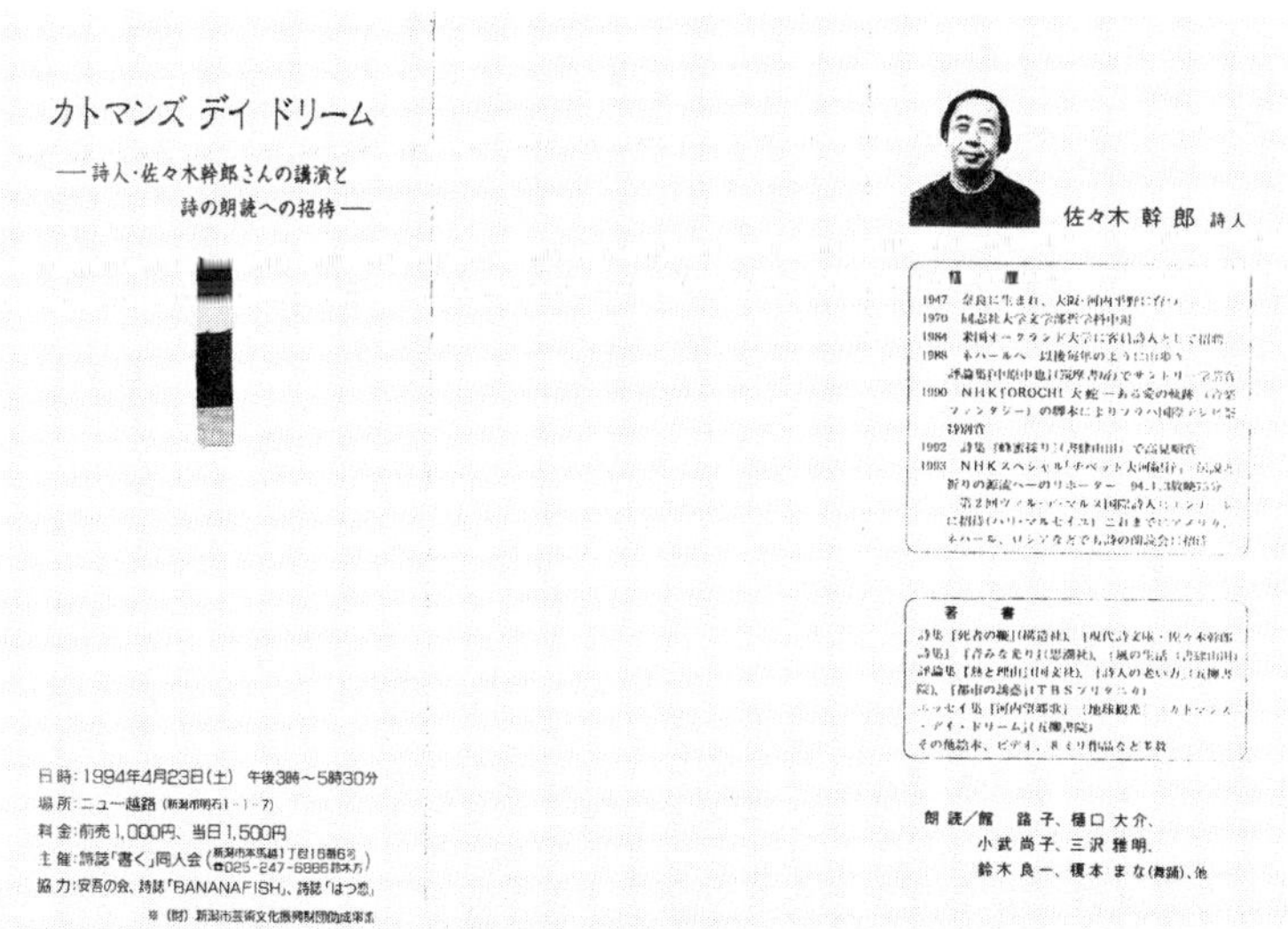

「カトマンズ　デイ　ドリーム」のパンフレット

ている。

吾の会、詩誌「BANANAFISH」、詩誌「はつ恋」となっている。

佐々木幹郎は前年の一九九三年十月二十日の「安吾の会」主催の「安吾生誕祭記念会」へ講演に来ていて、鈴木が親交を深めていた。

こうした機縁から朗読会「声のナイフ」への熱意が湧いたのだろう。一九九五年一月の「声のナイフ」には金子尊子が、十月には魚家が初舞台を踏んでいる。十月刊の「声のナイフ」vol.3には魚家の初エッセイ「つぶやきの第一歩」が載っている。「声のナイフ」は一九九六年三月まで活動を継続している。一九九六年には小林へろによる企画演出で舞台公演に出演し、また和合亮一夫妻や片岡直子らを招いて共演をしている。

カ 「大鍋の会」とは

「声のナイフ」のメンバーは別に「大鍋の会」という読書会を設けて近代詩の〝勉強会〟を始めていた。一九九六年一月に「一九九五年アンソロジー」として「大鍋」を創刊する。執筆者は小武尚子、魚家明子、三沢雅明、鈴木良一、長澤忍、小野芳照、館路子の七名。

三沢は詩「アダルトビデオを隠すには」で詩の笑劇性を示した。エッセイで長澤は「電脳空間というかつてないリアリズムが到来し、生身の肉体が疎外されていく」と指摘し、「戦後詩＝現代詩の図式」崩壊を見越している。小武は「大鍋の会」を「およそ富と名誉に縁の無いものに取り憑かれた者たちの集り」と見ていた。鈴木は自らの立ち位置を、「私にしてから、すでにつめこんだ情報は、腐葉土化し、微生物を発酵させての詩作である。」とし、魚家、長澤、三沢ら二十代・三十代の「未来からの予感・予知を全身で受け止め」、「私自身を見つける」機会にしたいとの思いを述べている。

こうした中で鈴木は一九九五年十月に『てのひらの蕾』を上梓する。詩誌「傍」で一月に一篇の詩と佐藤裕子の絵とのコラボレーションを中心とした「子供の情景」十三篇と詩誌「書く」に発表した作品を「月と篝火」十一篇を編集した詩集。「子供の情景」は幼少年期の記憶への郷愁と愛着をテーマにしている。「月と篝火」は幼少年期の記憶の影の部分に、今あるわたしを規定してくる自然と社会へ光をあてた詩篇。あとがきと二章二十四篇から成る。装丁・桐子裾野、A5判、七十三ページ。

15 三沢雅明と「BANANAFISH（バナナフィッシュ）」の変遷[20]

詩誌「バナナフィッシュ」は一九九一年五月刊のvol.9から一九九五年八月刊のvol.17まで八冊を刊行している。発行者は三沢雅明。

三沢が「高校時代の文芸部仲間」と創刊した同人誌「バナナフィッシュ」であったが、高校卒業後は同人の進学大学が異なり、暫時同人制は崩れていた。一九九二年（発行日不明）刊行のvol.12以降はそれまで作品を寄せてきた横井つじこ、須永紀子の執筆もなくなる。

それに代わって一九九三年八月刊と推定されるvol.13からは三沢が交流する詩人を一人招待する編集へと移行する。vol.13からvol.17までの招待詩人は、河津聖恵、丹下志保、阿部日奈子、有働薫、青山かつ子の五名。

一九九三年五月刊と推定されるvol.14の後記で「「BANANAFISH」は「個人誌」である。」と詩誌の性格を鮮明にしている。

発行所の住所は三沢の生活の変化と共に目まぐるしく変わっている。在学中、教師としての就職、結婚、僻地赴任、定住とこの五年間で「バナナフィッシュ」の住所は五回ほど変わっている。

三沢の詩は現実生活で生起する〝あるある〟事態に切り込み話芸化し、落語の落ちのような飄逸感を生み、笑いを誘うに巧みであった。時に顰蹙を買うような題材でも、笑ってゴマかさなければならないような笑い、ユーモアを引き起こす作風であった。「1995年アンソロジー「大鍋」」に載る「アダルトビデオを隠すには」の一節を引く。「AV女王桜樹ルイ」の「永久保存版」ビデオを買った主人公は、

テープを隠すにはタンスの中だろうか？／妻は夫である私の衣類など片付けない／従って私のタンスには近づくまい／これで良い／ここに隠そう／皮肉を言われた／食器を洗う背中越し／「オトヤン、毎晩タンス開けるのね／夜中に着替えでもしてるの？」／私のタンスのある部屋は／夫婦の寝室の真下であった。／「ウン、深い意味はないけど／夜、急に服の整理がしたくなるんだよな」

と、男性には誰もがアダルトビデオの置き場所には注意を払っている共通の悩みがあり、女性はアダルトビデオへの嫌悪感があるだろう。三沢はそれを剽軽な笑いへ転じることに成功している。

16　個人誌「フローラ通信」と「スプラッシュ」

個人誌「フローラ通信」と「スプラッシュ」は、同人誌「詩遊々」と前後しているが、「声のナイフ」「大鍋の会」との関係からここに項を置くこととした。

小武尚子は一九九一年から一九九五年の間に二冊の個人誌を刊行している。一九九二年六月に「フローラ通信」を創刊し、一九九三年一月までに三冊を刊行している。いずれの号も原稿用紙に手書きしたものをコピーする形式であった。内容は童話の『火をぬすまれただちょう』から『イギリスは愉快だ』『夢の中に君がいる』等の読書感想から、「阿賀に生きる」等の映画やエミリー・ブロンテに関するエッセイを掲載している。一九九三年九月にこの三冊を集約する形で手書きからワープロで打ち直した「フローラ通信」№1を刊行している。読書家である小武の真髄が発揮されている。

小武は一九九四年十一月に個人詩誌「スプラッシュ」を創刊する。創刊号でのエッセイ「人魚」で「昨年は、一年間詩誌「書く」を発行したと語り、佐々木幹郎との交友を語っている。「二月の鎌倉・寿福寺と横浜、四月の新潟「カトマンズ　デイ　ドリーム」、九月の新津「中原中也　歌と調べ」[21]と佐々木とはかなりの回数行動を共にしている。小武は「佐々木さんが下さった何物にも代え難い大きな贈り物は、私自身の糧として大切にしていきたい。」との思いからの詩誌創刊と考えられる。小武は「花嫁」「書く」「北方文学」「泉」を詩活動の場として活躍する。

一九九五年八月に三号が発行されている。

17 「Zacro《ザクロ》」について

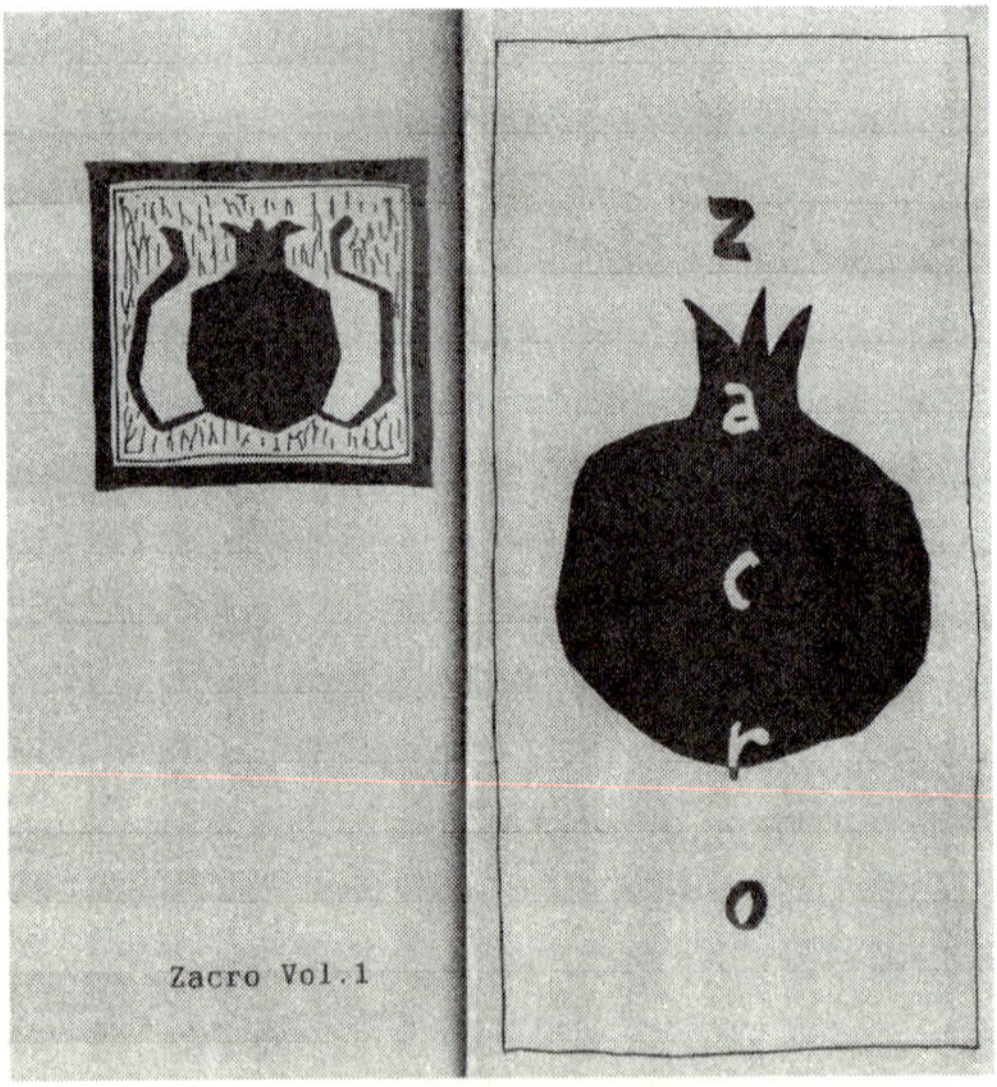

「Zacro」創刊号表紙

同人誌「Ｚａｃｒｏ」も同人誌「詩遊々」と前後しているが、「声のナイフ」「大鍋の会」との関係からここに項を置くこととした。

一九九五年十月に「Ｚａｃｒｏ」は創刊される。発行者はＺａｃｒｏ社。住所は豊栄市葛塚三三五八—四（現新潟市北区）。発行者住所は長澤忍宅である。同人は、

長澤忍、カネコタカコ（金子尊子）、安田弘之(22)、ヒロセ煌

の四名。

目次に「電氣抒情主義宣言」を掲げている。編集後記は同人四人が自己紹介を兼ねて書いている。長澤は創刊までの経緯と宣言に触れ、

『Ｚａｃｒｏ《ザクロ》』創刊号をようやくオ届ケする。構想5年、私とヒロセ煌がまだ25才の初夏だったと記憶する。彼の詩【ビッグ・バン】の「いつまでも　熟さない石榴《ざくろ》を」という一行から想起したのデアッタ。

と語り、「電氣抒情主義宣言というのは、はったりです私らの。」と謙遜の姿勢をみせている。彼等は戦後詩の終りを告げ、電脳社会への先駆けを宣言していたのかも知れない。ヒロセの詩「ビッグ・バン」を引く。

僕たちは　結末を　見ていない／僕が　恐れながらも
待ち望んだのは／華やかな光の炸裂と　鼓膜を破る
轟音／滅亡と誕生を内包する　ビッグ・バン／／果し
て／あの時　わずかに聞こえた　あの音が／瞼を閉じ
たときに感じた　あの気配が／僕達の　終りの合図
だったのだろうか／／スーパーマーケットで　僕は踊
り／いつまでも　熟さない石榴《ざくろ》を／次から次へと　踏
み潰した

比喩としての「ビッグ・バン」は通り一辺だが、「０年代詩」への「滅亡と誕生を内包する」予兆的な作品と読み解ける。「Ｚａｃｒｏ」は二〇〇〇年七月刊の十号で終刊している。

長澤は一九九三年三月に詩集『chink』を上梓する。あとがきで「詩集『chink』（透き間）と呼ぶには、おこがましすぎるかもしれません」と記している。「言葉のおが屑たち」と謙遜している。著者の星菫詩時代の記念すべき詩集。学生時代は美術家志望で「メゾチントという銅版画」家を目指していたという。あとがきと四章

百二篇から成る。B5判、右横綴じ、百ページ。

　詩集『chink』の詩「フローの海原」の「君が残した最後の言葉／『星屑が見えない夜なんて　最低ね』／／でも　僕には　いっぱい星屑が見えたんだ／フローの海原。／そこは　きっと僕だけの場所なのだろう」を受けるかのように、長澤は一九九四年四月に『アジア一《いち》の星屑屋さん』を上梓する。「私自身としては何を間違ったか、まろきラブソングを綴りたかった」とあとがきで記しているが、「アジア一の星屑屋さんになりたいのだ！／わたしの流儀と弱さで（アジア一の星屑屋さん）」と率直な語り口は著者の本音であろう。「ある時期　僕は音よりも　言葉を選んだ／色彩よりも　言葉を選んだ／その選択は　もしかしたら　誤っているのかもしれない（広告のファシスト）」のように詩への不安を詠ってもいる。長澤は「声のナイフ」「大鍋の会」を通じて、「Zacro」へと展開して行った。あとがきと四章百十五篇から成る。B5判、右横綴じ、百ページ。

18　同人誌『詩遊々』創刊

ア　大多喜洋一の企画による呼びかけ

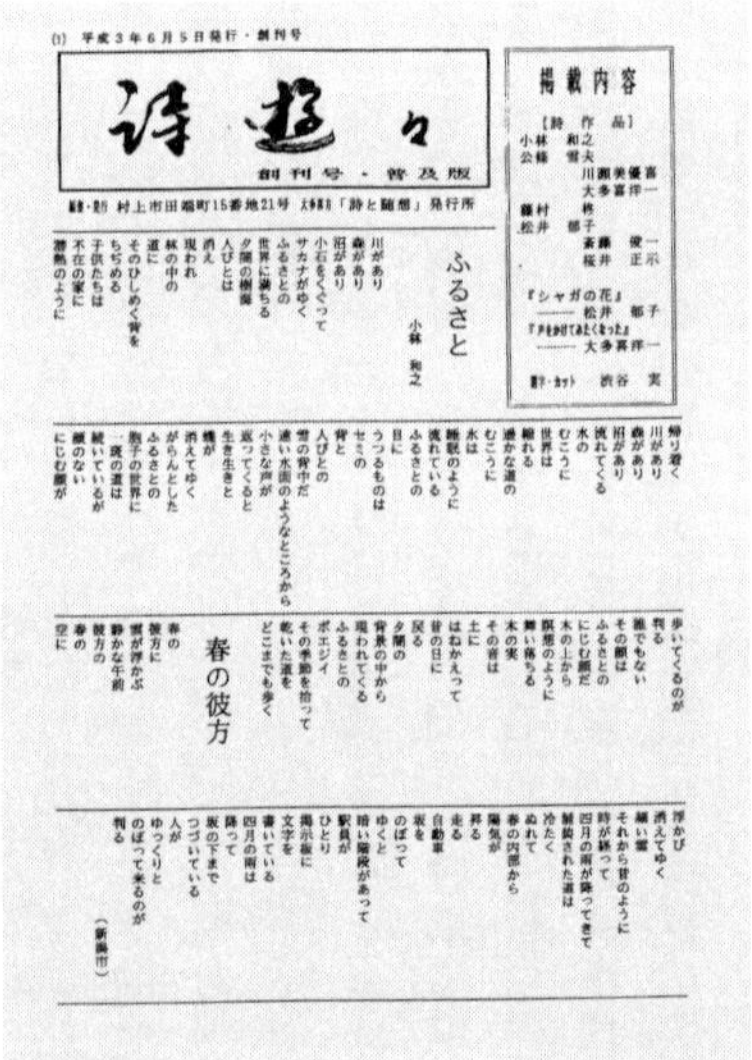
(1)　平成3年6月5日発行・創刊号
詩遊々
創刊号・普及版
編集・発行　村上市田端町15番地21号　大多喜方「詩と随想」発行所
掲載内容
【詩作品】
ふるさと　小林和之
春の彼方

「詩遊々」創刊号（普及版）表紙

一九九一年三月に同人誌「詩遊々」は創刊号を普及版として刊行している。編集・発行は村上市田端町十五番地二十一号大多喜方「詩と随想」発行所となっている。実質上の主宰者で編集・発行人は大多喜洋一である。
　創刊号普及版で大多喜は「声をかけてみたくなった」で、「詩遊々」発行への思いを伝えている。「書かれた詩は「オジヤのような」実態のないものになっていると指摘する飯島耕一氏」の考えに同意し、「詩を書く困難な時代」に詩人として向き合うため、
　詩と、詩などというものを書く人間に立ちむかってみ

なければならないという気持ちを、私は今もちはじめている。言ってみれば、それが「詩と随想」という企画を考えた本当の動機だったのかもしれない。

と、大多喜が「詩遊々」を企画創刊する考えを述べている。大多喜は「書く人間に立ちむか」う姿勢を終始保持して、」詩誌刊行への営為を継続する。
「投稿規定」は次のように告知されている。

1　掲載内容
・詩と随想。いずれも未発表で新鮮なものを期待します。随想は、感想、批評、雑記など自由。
2　投　稿
・詩は二篇まで。一篇は四〇〇字詰原稿用紙五枚以内。
・随想は一篇で一二〇〇字以内。

この基本的姿勢に賛同し、大多喜の呼びかけに応えた詩人は、積極的に詩と随想を掲載してゆく。詩人は「詩と随想《エッセイ》を両立しなければならない」とよく言われる。「詩遊々」が「「詩と随想」発行所」とする所以でもあろう。

　創刊号普及版に載る無署名の「編集のしおり」に「案内状発送枚数は二十枚。参加申し込みは十名。」との記載がある。案内状は地元の新聞「新潟日報」の「生活詩」欄への常連投稿詩人に発送されたものと思われる。[23] 創刊号普及版に参加した創刊同人は、

小林和之、公條雪夫、川瀬美優喜、大多喜洋一、藤村柊、松井郁子、斎藤俊一、桜井正示、渋谷実（題字・カット）

の九名。

イ　同人誌「詩遊々」の展開と発展

「詩遊々」は一九九一年八月に第一号を刊行し、一九九五年十二月刊の第二十七号まで二十八号を刊行している。「詩遊々」の場合、創刊号は第一号ではなくあくまで「普及版」ということのようだ。創刊号普及版の「編集のしおり」で「創刊号は普及版ということでこういう形をとった」と説明している。判型もB3判二つ折りの「新聞紙」形で、第二十七号までこの判型で編集されている。

　一九九一年から一九九五年までの刊行は年六回を遵守している。これは編集・発行人としての大多喜の努力と同人からの信頼が厚かったからと考えられる。創刊号以降に「詩遊々」に参加した詩人を見ておく。

第一号に作品を掲載したのは、創刊号普及版に名を連ねた詩人たちであった。

一九九一年十月刊の第二号からは宮嶋志津江、佐藤良次が参加。一九九一年十二月刊の第三号からは丹後ヒデ、が参加。一九九二年二月刊の第四号からは中村梨枝が、同年四月刊の第五号からは川勝進午が参加している。

因みに一九九二年八月刊の第七号では執筆者一覧が初掲載されている。「詩遊々」唯一の執筆者一覧の掲載である。それによると、

公條雪夫、斎藤俊一、川瀬美優喜、丹後ヒデ、中村梨枝、藤村柊、大多喜洋一、松井郁子、小林和之、川勝進午、渋谷みのる

の十一名。

一九九二年十二月刊の第九号からは下条ひとみが参加。一九九三年四月刊の第十一号からは茂呂光夫が参加し、同年年十二月刊の第十五号からは寺井青が参加している。一九九四年十月刊の第二十号からは荒井清志が参加する。荒井は一九六〇年代に大多喜らと発行していた同人誌「時間」の仲間である。

一九九五年二月刊の第二十二号からは星野保司が、同年四月刊の第二十三号からは深井嘉久が同人参加している。休・退会も見られるが「詩遊々」が活況を呈した足跡が分かる。この他にも作品を投稿した詩人としては中村民、北村雄一（川柳）、杉山友理、久田竹一の名を見ることができる。同人、投稿者を含めて五年間で刊行された二十八冊の「詩遊々」に作品が掲載された詩人は延べ二十四人にのぼる。

B3二つ折り（B4新聞紙形）で編集される「詩遊々」の誌面構成は、執筆者一人一ページと変化している。一ページ四段組、三段組、執筆者一人一ページ建てであった。一九九三年八月刊の第十三号から一九九五年十月刊の第二十六号までの十四誌は十二ページ建てであった。

「詩と随想」がうたい文句であるだけにその構成比も見ておく。詩が七篇から十篇で随想が四篇から七篇で推移している。限られた誌面に編集する大多喜の腕の見せ所であり、また難儀な作業であったろうと推測している。

同人の個人的な掲載数を見てみる。松井郁子は詩二十七回、随想二十三回、大多喜洋一は詩二十八回、随想二十二回、小林和之は詩二十六回、随想十二回、中村梨枝は詩二十一回、随想七回（俳句一回）、川瀬美優喜は詩二十八回、随想十五回、藤村柊は詩二十八回、随想一回、斎藤俊一は詩十八回、随想四回、佐藤良治は随想

十四回、茂呂光夫は随想十七回を数える。

ウ　同人それぞれの展開と詩集紹介

数字的に同人個別の詩と随想の掲載数を見てきた。掲載数の一番多いのは創刊同人である松井郁子である。松井は随想では「私の大和路紀行」を十八回に亘って書き継ぎ、奈良・大和への並々ならぬ造詣の深さを示している。

前半の「穀物」の項でも紹介したが、松井は一九九一年十月に第二詩集『焆』を上梓する。「詩遊々」の第二号に載る「雨の日」が収録されている。女性性を色濃く映す詩群である。松井の創作の力点は、彫琢された言葉と言葉をつなぐ行間にこそある。短い詩行の連構成が効果を深くしている。一九九二年四月刊の第五号で大多喜が書評「松井郁子詩集「焆」を読んで」で、「どの詩にもコトバのむだがないこと、それは推考《ママ》のきびしさ確かさというより詩を書くものの精神の緊迫によるものだろう。」と評している。「大和」を題材とした詩五篇を収録している。あとがきと四章二十三篇から成る。A5判、ハードカバー、箱入り、八十九ページ。

大多喜は「詩遊々」企画者として編集に尽力していたことは言を俟たない。詩は毎号、随想はほぼ毎号掲載している。随想は県内詩人が上梓した詩集を書評している。当時の新潟県の詩人への目配せは大多喜が領導していた感がする。[24] 又、「詩遊々」創刊のために呼びかけた契機の一つである、「オジヤのような」詩理解のための模索を続けている。吉岡実の作品を分析し、日常と接しない詩の理解の道を探求してもいる。

大多喜は一九九三年一月に詩集『野の記憶』を上梓する。「野の記憶」を標題とする詩が三篇収録されている。詩集百ページに収録された詩「野の記憶」は「野はいつでも／静かに遠のいていた／だからぼくは　燃える骨／名もないコトバ／ただの水だ」で始まる六連の詩。終連を引く。

骨は骨　コトバはコトバ／水は水／ここからは海へ続くやわらかな砂の小径／疎林を抜け　心は／薄くふくらむ初春の空へ／流れている
(野の記憶)

大多喜の詩は自然と季節の風景へ、詩人の心の動きを重ねて行く叙景の詩。しかし詩人は自然との一体化を拒み、自然と峻別する詩人の主体を内省的に叙景する。詩は詩人大多喜洋一の「燃える骨」なのだ。

小林和之は第十七号で「涸れたような錆があって」、「村上という土地の風土が、確かに写生されている」との感想を述べている。第二十号では久田竹一が「本書は著者の四十年近い詩作活動の総決算ともいうべき」詩集と評価している。「庭」と「柿若葉」の二篇は「詩遊々」掲載作品。あとがきと二章三十七篇から成る。A5判、ハードカバー、百三十五ページ。

小林和之は創刊同人だったが、第十号で退会し第十四号で復帰している。詩は一言一句を短く刻み、小林の身体と風景が共振するリズム表現となっている。多作な詩人である。随想は日頃の感想を詩論として提出している。

小林は一九九四年に詩集『いつかの日』を上梓する。小林は眼に映り、肌に触れる風にと身体と自然の織り成すハーモニーを詩で表現する詩人である。手書きによる詩集で三段組の編集である。収録詩の多くは「詩遊々」に発表した作品である。あとがきと百十三篇から成る。A5判、百三十五ページ。

宮嶋志津江は「詩遊々」には第二号から参加し、二回ほど詩を発表している。

宮嶋は一九九四年八月に第二詩集『月曜日の朝』を上梓する。大多喜は第二十号でその書評を載せている。大多喜は「その題名から、市民生活のさわやかな朝の風景を想像して一読、この詩集がそう単純なものでないことに先ず驚いた。」と告白し、「言葉が直截に使われ、生きなければならない現実が、するどく見つめられ摘出されているからなのだろう。」と分析している。

宮嶋が青春期の社会への抵抗と心的葛藤を対象化し持続的に書き続け、勇気と矜持を持ち続けてきた詩人である点を見逃していない。あとがきには「書くことが生きることだと切実な気持ちで呼吸していた時期があった。」としながら、「心の高揚がないかぎり、もう恒常的に書くことはないだろう。」ともある。人は生の中で日常を飼い慣らしてもいける。過渡期の時間と視線が流れている。あとがきと二十四篇から成る。B6判、百五ページ。

中村梨枝は俳句結社にも所属しているようで、随想は吟行等の俳句関連が多い。「詩遊々」が短詩系文学へも門戸を開いていることは誌面構成から理解できる。

中村は一九九五年九月に詩集『冬椿』を上梓する。「夫の忌や日毎《ひごと》に数増す冬椿」を献辞に置くように、亡くなった夫との思い出を編集した詩集。「夫と出会ったのは、新潟日報読者文芸欄」だったとあとがきでも触れている。三十六篇の内十七篇が新潟日報読者文芸欄入選作品である。詩集には別記されている。「詩遊々」誌上に二十篇近くの作品を発表しているが、収録したのは二篇のみである。あとがきと三十六篇から成る。A5判、ハードカバー、百五十五ページ。

川瀬美優喜は十二月に詩集『夏の音』を上梓する。「詩遊々」の創刊同人の一人で多くの作品を掲載しているが、詩集には一篇を収録するのみ。『夏の音』は日々の思いが溢れた詩集である。あとがきには「詩を書くことによって私は私自身を確かめながら生きてきました。」とある。内省力を秘めた詩集である。あとがきと三十篇から成る。A5判、九十七ページ。

「詩と随想」をサブタイトルする「詩遊々」には随想を専らにする同人として、佐藤良治と茂呂光夫の二人を挙げることができる。佐藤良治は「日本蜻蛉学会会員」であり、昆虫への学問的造詣を村上市近郊の風土に関係づけて語っている。「ミオモテルリトンボ」や「アキアカネ」等の生態とエピソードを身近に感じられる文章で掲載している。

茂呂光夫はボードレールの『悪の華』の日本での理解と受容の歴史を書誌学的に語っている。翻訳された数多くの『悪の華』への評価を述べ、小林秀雄や西脇順三郎らのボードレール理解を丹念に追っている。

このように「詩遊々」は大多喜を支持する多くの詩人が集い、個々の詩的営為を展開していた。

「詩遊々」は一九九六年六月刊の第三十号で終刊している。

19　その他の継続誌と創刊詩誌について

ア　「西北風」の復刊

北川義一は一九七八年に第四十七号を刊行して以降、休止していた「メイウッドクラブ機関誌の「メイウッド」を「西北風」と名称を変更して一九九五年九月に第四十八号を復刊している。

編集発行は北川義一、A5判四ページ、ワープロ簡易印刷で刊行している。十二月刊の第四十九号では、北川と北川の別名白岩可斐が文を寄せている。

イ　個人詩「星」のこと

同人誌「詩遊々」で活躍する小林和之は個人詩「星」を一九九三年に創刊している。創刊号が無いので明確な創刊年月日はわからない。個人詩「星」は手書きの詩を、No.二からNo.六まではB5判でコピーしたものである。その後のNo.十九やNo.二十九はB六判でコピーしたものであった。

№二から№六までは「平成六年」の表記があるが、それ以降には発行年らしい表記は無い。普通紙でコピーされたものは保存できるが、感熱紙にプリントしたものは日の当たらない状態で保存していても文字は消えてしまう。そのような「星」もあるので終刊の年月日も特定できない。

ウ　「黄金の蟻」の創刊

詩誌「黄金の蟻」は一九九四年五月に創刊される。編集発行人は横山徹也。発行所は黄金の蟻社で、三条市籠場三八―二一。「同人募集」の周知があるので同人誌であろう。

作品掲載者は、

横山徹也、長澤忍、早川厚子、滝田草太、鉄来喬、森歌代

の六名。

森は歌人で短歌を寄せている。長澤が後に詩集としてまとめる「X《デケム》」シリーズの最初期の詩「ほつれX」の掲載が目を引く。

横山は一九九二年七月に第二詩集『精霊船』を上梓する。詩人とは折りに触れ、記憶という階段を降りて行く者の謂か。「過ぎ去った日月のなかにおいてきたものは／蜜蜂の死骸のように無名だ（枯れた森を過ぎて）」。過去への哀惜から、夢や現実へ飛翔しようと意欲する揺らぎが抒情されている。巻頭言に「過ぎ去った日々は精霊たちに似ている。」と著者は記している。巻頭言と二十八篇から成る。A5判、ハードカバー、九十ページ。尚、「黄金の蟻」第二号の刊行は一九九八年二月であった。

エ　同人誌「自知」の創刊

同人誌「自知」は一九九五年五月に創刊される。編集発行人は中村吉則。編集後記で中村は「自知」発行の経緯を述べている。「「自治労文芸」という職場雑誌に投稿していたという関係であった。」とし、「同人は、自治体に働く職員関係者を考えている。」と詩誌の性格を示している。同人は、

北川朱実、名和淳、肱岡哲子、赤羽浩美、東野正、米谷茂、明尾正吾、中村吉則

の八名。

　自治体職員のみの同人誌は初の試みなのだろうか。北川朱実の存在が目を引く。第三号は一九九六年六月に刊行され、編集者を変更しながら二〇〇〇年十二月刊の第十二号まで継続している。

オ　「島族」の創刊

　同人誌「島族」は一九九五年七月に創刊される。創刊同人は、
　　猪俣明美、かなやまつる、萩原光之、本間容子、安田雅博
の五名。
　創刊号では編集発行人の記載は無い。十月刊の二号で編集を安田、発行をかなやまと表記している。誌名「島族」は「ＴＯＺＯＫＵ」である。佐渡での詩誌の刊行としては一九六〇年の佐々木弘主宰の「ＢＡＢＥＬ」以来と思われる。
　同人のかなやまつるは「島族」刊行前に二冊の詩集を上梓している。

　一九九三年八月に第一詩集『花嫁不在』を上梓する。「約四十五年間につくった私の詩の中から、自分なりに選んだもの」（あとがき）で編集している。四十五年の時間を潜りぬけた作品の力づよさは、かなやまの詩に向き合う姿勢の確かさを印象づける。あとがきと二章五十篇から成る。Ａ５判、百五十ページ。

　かなやまは翌年一九九四年四月にも『物語の国の島』を上梓する。前年に上梓した『花嫁不在』に掲載した二十八篇を、再度推敲を重ね、編年体から作品の主題に即した編集に変えている。作品も例えば「愛について」を「愛に」、「佐渡おけさ」を「佐渡」と見直すことで、内容の普遍化が意図され、それは詩集としても成功して

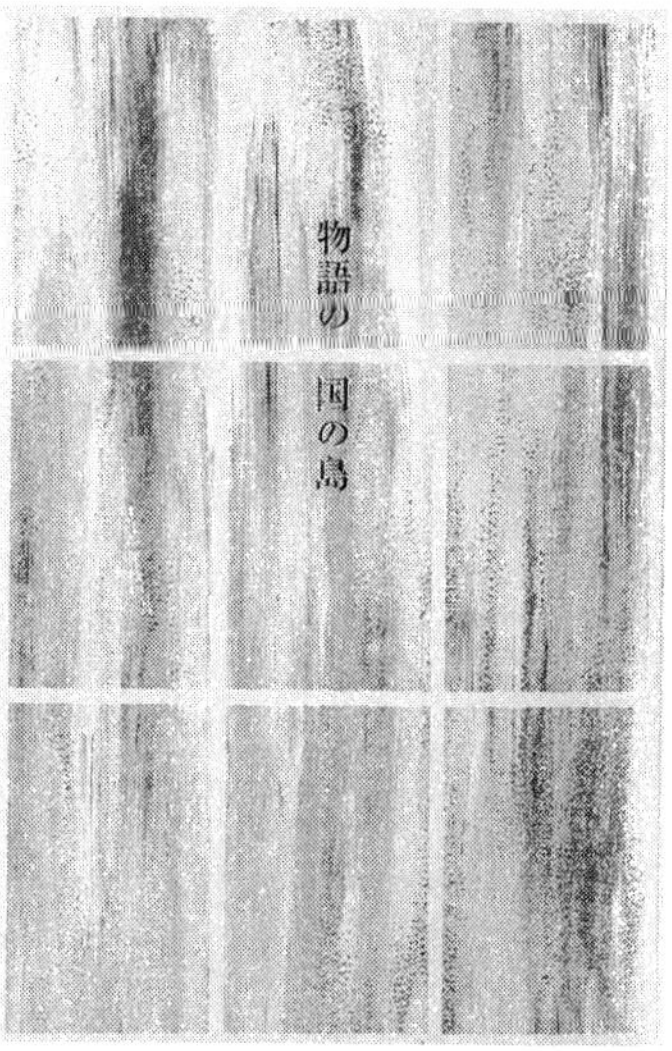

詩集『物語の国の島』表紙

いる。新井豊美が「『物語の国の島』によせて」を栞に書いている。新井はかなやまの詩の本質を「うたう心のひたむきな熱さと、それを表現する技術の確かさ、率直で力強いその象徴性」と分析している。「トキのいた村（あとがきにかえて）」と二章二十八篇から成る。A5判、百三ページ。

　尚、「島族」は一九九八年五月刊の第十号まで確認できる。

20　発行詩集（住所は当時）

ア　一九九一年

＊私は触角・再び／加藤幹二朗、空白の時のなかで／塩谷フサ、蛇の歌／阿木象、春の下駄／戸田正敏、＊とんぼ又は希望／おおむらたかじ、からのたまご／小林キヨ子、石ノ詩　ああ向陵よ、向陵よ／北川省一、＊寺井清詩集／寺井清、＊温室の花／牧野ハラ、＊焆／松井郁子、＊モノクロームの春／加藤幹二朗、＊曠野の生と死／高橋作衛、＊村の地図／おおむらたかじ、＊あらかしの森／尾形ゆき江（十四冊）

空白の時の中で／塩谷フサ

　五月に上梓。日常に降り積もる感情の起伏を素直に衒いなく書き綴った詩集。人の喜びや悲しみの真実を垣間見る思いがする。五章七十九篇と記念日の写真から成る。A5判、ハードカバー、百八十八ページ。

蛇の歌／阿木象

　五月に上梓。新潟大学歯学部教授時代に「北狄」同人となる。「北狄」に発表した詩作品」を収録。牧暎が跋を書いている。著者略歴（自序にかえて）と十二篇から成る。B6判、ハードカバー、七十七ページ。（本名鈴木暲俊、北狄同人、一九二九年浜松市生まれ）

春の下駄／戸田正敏

　五月に上梓。魚沼地方の四季の移り変わりと年中行事が、長い詩歴を持つ詩人の慈しみ心情が滲み出てくるような詩集。「詩の民俗学」との思いがする。中島登、福田万里子が跋文を添え、「魚沼物語」を含む四十篇とエッセイから成る。A5判、ハードカバー、百八十ページ。

石ノ詩（改訂増補版）**ああ向陵よ、向陵よ／北川省一**

　六月に上梓。「ああ向陵よ、向陵よ」は戦中の旧帝大時代の「青春のたわいもない思い出（国税庁長官宮原純夫より）」だそうだ。良寛研究家＝北川省一となる前の北川自身を語っているようだ。一九六一年刊行の『石ノ詩』を改訂。あとがきと「石ノ詩」一篇、「ああ向陵よ、向陵よ」十一篇から成る。Ａ５判、ハードカバー、百十五ページ。

イ　一九九二年

白の風／小池豊一、いつか君の夢ひらくとき／まきたかし、しずく／勝野カズイ、※精霊船／横山徹也、＊めぐり逢った海／柿村うた子、＊海と砂時計／田代芙美子、心の墓標／宮沢正巳、地方のひとりごと／明日香一矢、暦日／樋口恵仁、下伊場野村残照／樋口恵仁、＊夏のうた／月岡祐輔・啓輔・厚輔・一治、＊幻象／星野諄一、遠い雲のうらがわに／小池豊一（十三冊）

白の風／小池豊一

一月に上梓。雪と交感し、雪と対話するかのような作品には清潔で穏やかな心の流れを感じる。静岡県清水市の中学生との交流から生まれた女性三部合唱曲「雪」の楽譜付き。Ｂ５判、右横綴じ、十八ページ。

いつか君の夢ひらくとき／まきたかし＝絵・岡田潤

三月に上梓。明日への希望と日々の喜びを詠い上げた詩集。あとがきと五章二十六篇から成る。横二十一・一㎝×縦二十一・五㎝、ハードカバー、九十三ページ。

しずく／勝野カズイ

五月に上梓。著者は昭和三十年頃、相沢実・星野諄一の「北陸詩人」の同人として活躍。作品は故郷の幼・少女期の思い出、子供たちへの母親のまなざしが詠われている。故郷（栃尾市軽井沢）の写真や絵が編集されている。著者の年代記ともなっている。後記と百十九篇から成る。Ｂ５変形判、ハードカバー、百八十ページ。（栃尾市軽井沢生まれ、神奈川県平塚市片岡九〇四）

心の墓標／宮沢正巳

八月に上梓。シベリア抑留体験を詩に著した詩集。日本の戦中戦後を再考するには、こうした「シベリア」体験等の無名の詩人たちの発掘こそが重要である。二章二十一篇から成る。Ａ５変形判、ハードカバー、百二十四ページ。

地方のひとりごと／明日香一矢

八月に上梓。中央に対する、「地方の想い、本音、現実に主眼をおいたひとりごと」とはしがきにある。二項対立、中央・地方の概念も恣意的な、一方的に偏った悲憤慷慨。四十一篇から成る。Ｂ６判、四十七ページ。

暦日／樋口恵仁

十月に上梓。著者・樋口恵仁は昭和十八年「詩と詩人」の新人推薦を受ける。復員後「谺」「猫族」「海底」等に所属。誰にでも分かる詩をめざして詩作を続けている。詩人・市島三千雄の顕彰にも心をくだき、詩集の発行、詩碑の建立に尽力する。六十七篇から成る。A5判、ハードカバー、百二十七ページ。

下伊場野村残照／樋口恵仁

詩集『暦日』と同日に発行している。父母の郷里、宮城県志田郡下伊場野村で著者は、少年時に夏の一日を過ごしたという。町村合併で村の名は無くなっているが、幻影のように心には残っている。失われた父母の育った村への「惜別の譜」とする詩集。十八篇から成る。A5判、ハードカバー、箱入り、四十三ページ。（新潟市天神尾二―十七―十八）

遠い雲のうらがわに／小池豊一

十二月に上梓。著者は自然を諷詠し、自然を観照する。あとがきに「私たちは四季折々の自然のなかで生きています。」とある。破綻の無い日常が詠われ、それは降り積もる雪の上に足跡を記す行為と同じことなのかも知れない。あとがきと七十六篇から成る。B6判、九十六ページ。（ペンネーム・和田伝九郎）

ウ　一九九三年

＊野の記憶／大多喜洋一、桃太郎現代詩考／梶原礼之、＊春来るに／星野諄一、＊ｃｈｉｎｋ／長澤忍、＊幸福の木／木俣冴子、ゆいのまい／間陽、＊花の命／落合のぶ、ゆわえられた風寒い午後に跨がる狐狸風土記／岩淵一也、＊木偶の海／神田義和、※花嫁不在／かなやまつる、アナバシス／高橋勲、ＦＩＡＮＣＥ／澤登文子、＊千ルーブリで4本のバラを／加藤幹二朗、記憶の印象化石／藤白一魅、＊生徒からの手紙／首藤隆司、＊眠り流しの眷族／館路子　（十六冊）

桃太郎現代詩考／梶原礼之

二月に上梓。あとがきで著者は二十世紀の終りを生きる詩人は、〈後ろ向きになって、前進して行く〉ようなものと語っている。あとがきと長編詩「内面航海」、長編散文詩「桃太郎現代詩考」の二十二篇から成る。A5判、百四十八ページ。

星野諄一追悼集―春来るに／星野諄一

二月に刊行。平成四年四月七日に執り行われた星野諄一氏の告別式での弔辞、遺稿集『幻象』への感想・書信、相沢実の「星野諄一小論」等の追悼文集。星野諄一作品（拾遺）として詩「スケッチ、道化」、エッセイ「なぜ詩か」「現実の生活確認」を収録。A5判、五十九ページ。

ゆいのまい／間陽

四月に上梓。「「ゆいのまい」とは、朝日であり、紅に染む太陽でもあります。」と「おわりに」あるように、日々の暮らしから言葉が迸り、詩を書く喜びに溢れた詩集。おわりにと四章百二十一編から成る。B6判、二段組、百十九ページ。（本名／本間陽太郎）

シベリアの墓標―抑留体験記―／金澤三代策

五月に上梓。B6判、百六十三ページ。（新潟市女池一八六一―五〇）

ゆわえられた風寒い午後に跨がる狐狸風土記／岩淵一也

六月に上梓。「南田原郡麻生村大字鹿熊字狐狸」に遊ぶ詩人の交友録。行分けの抒情詩から散文詩への移行を示した詩集。架空の在郷での卑近な出来事を舞台に詩人が、掌編小説を編むように物語っている。四章四十七篇から成る。A5判、百二十五ページ。（本名／柿崎喜雄）

アバナシス／高橋勲

八月に上梓。「本書は、十年がかりの書き下ろし、ほぼ全編未発表」とNachwortにある。ギリシア神話、ギルガメッシュ神話を題材に詩的世界を構築。一読・二読では著者の詩精神に触れることも叶わない種類の詩集。吉野史門装釘、Nachwortと三章十八篇から成る。A5判、ハードカバー、箱入り、百四十七ページ。（一九三一～一九九七・三・三十一、小千谷市本町一―三―十四）

FIANCÉ／澤登文子

十月に上梓。詩作は中学時代に始め、療養生活に入り中断。「病状が回復した二八歳の頃から、」詩作を再開したとあとがきにある。希望と明日への詩集であり、詩画集でもある。画二十六葉とあとがき、七十三篇から成る、B5判、ハードカバー、百四十二ページ。（一九六〇年名古屋市生まれ、新潟市松海が丘三―十二―三）

記憶の印象化石／藤白一魅

十月に上梓。作品は言葉の交錯する比喩とリズムが強い印象を与える。作者の半生記でもある。「詩とはジグソーパズルとは、共通点があるように感じます。」とは後書の言葉。後書と十八篇から成る。B6判、百三ページ。

エ　一九九四年

＊あかぎれ婚／新田淳一、物語の国の島／かなやまつる、＊太陽の歌／今井朝二、＊アジア一の星屑屋さん／長澤忍、碧い時の糸／小池豊一、白い休息／越一人、＊良寛さの海／経田佑介、＊いつかの日／小林和之、命のおどり／小林一ノ新、＊有刺鉄線／こばやしかずお、ありの独り言／地濃繁、＊月曜日の朝／宮嶋志津江、鎧潟／国見修二、花いちもんめ／杉山友理、夕日の廊下／高橋英男、夢舞の雫／間陽、＊君が帰って来る日のために／星野元一、ＣＯＮＦＵＳＩＯＮＩ／植木信子　（十八冊）

太陽の歌／今井朝二

四月に上梓。「二十年も前のものであったが突然まとめたい気分になり、まとめることにした。」とあとがきで告白している。あとがきと十三章八十八篇から成る。二段組、A5判、八十ページ。（見附市新潟町四五二二一―三）

碧い時の糸／小池豊一

六月に上梓。「過ぎてきた自分の存在のささやかな証」としての詩集とあとがきにある。あとがきと五十五篇から成る。B5判、百十八ページ。

白い休息／越一人

六月に上梓。昭和六年、新潟県に生まれると著者略歴にある。群馬県の国立ハンセン病療養所「栗生楽泉園」に入園、隔離、療養生活を送る。跋文「魂の深さと輝きである墓標」を森田進が書いている。あとがきと三十四篇から成る。A5判、ハードカバー、百十二ページ。

命のおどり―文芸詩史―／小林一ノ新

七月に上梓。「小生の自分史を読んだ人が「十指に余る仕事をして来ましたね」」と言われ、詩・俳句・漢詩・短歌・創作等を八章分類し、「一冊で全集―文芸詩史」として編集したもの。A5判、ハードカバー、箱入り、二百七十四ページ。（本名・林一新、一九一五・七・二十五～二〇〇四・三・十五、三条市西四日町二―三―六）

ありの独り言／地濃繁

七月に上梓。著者は「十七歳の時、柏崎の新潟療養所に入所」し、「二十三歳の時、新潟市の西新潟病院」へ転院したと詩「自画像」で紹介している。四十歳の記念に詩集を編んだという。四十六篇から成る。B6判、横書き、左綴じ、五十三ページ。

鎧潟／国見修二

八月に上梓。生まれ故郷の「鎧潟」での四季折々の風景と遊び、体感した日々を詠っている。今は無い「鎧潟」を彷彿とよみがえらせる。跋文を相馬正一、岩淵一也が書いている。あとがきと四章三十二篇から成る。A5判、ハードカバー、百十二ページ。

花いちもんめ／杉山友理

九月に上梓。絵・田中幸子、表紙題字・藤井宏子、表紙モデル・本多郁美。山上聖子が跋文を書いている。あとがきと五章十七篇から成る。A5判、ハードカバー、八十ページ。（西蒲原郡吉田町富永四―七―十八）

夕日の廊下／高橋英男

九月に上梓。「詩徒の門をくぐる決意」で編んだとあとがきにある。戸田正敏が跋文「地湧の文学こそ」を、大塚祐三、星野清吉が祝辞を書いている。あとがきと三章三十四篇から成る。A5判、ハードカバー、八十六ページ。（一九二四年湯沢村に生まれる。南魚沼郡湯沢町上中）

夢舞の雫／間陽

九月に上梓。「詩境の余裕で宇宙《そら》をみつめてゆく人生」でありたいと、あとがきで述べている。あとがきと四章三十一篇から成る。A5判、ハードカバー、箱入り、百七十八ページ。

CONFUSIONI／植木信子

秋（fall）に上梓。十一篇から成る。B5判、右横綴じ、四十六ページ。

オ　一九九五年

海鳴る彼方に／土屋輝秋、＊母の花／小林キヨ子、ふりむけば風／渡辺久仁子、＊冬椿／中村梨枝、＊てのひらの蕾／鈴木良一、＊喪失／成沢薫、＊月映え／山下弓、希求／間貞子、＊Forever Young／五十嵐俊之、＊風の旋律／青木春菜、＊夏の音／川瀬美優喜、雪ねんぶり／灰山かずら、空と筏／梶原礼之　（十三冊）

海鳴る彼方に／土屋輝秋

四月に上梓。「日本海の海鳴る彼方には／畏怖なるものが存在するか（巻頭詩）」と問いかけつつ、「離れ島佐渡」の生活と風景を丁寧に紡ぎ出している詩集。新潟日報の文芸欄を中心に活躍、「入選掲載された作品を主として」編集したとあとがきで述べている。あとがきと巻頭詩を含む四十七篇から成る。A5判、ハードカバー、箱入り、百四十一ページ。（佐渡郡相川町石名一九〇）

ふりむけば風／渡辺久仁子

七月に上梓。著者は女学生時代から詩作を始め、梨農家に嫁し、「文芸せいろう」、「文芸しばた」「東国」等の詩誌で作品を発表してきた。家族と農業と自然との闘いを生の全体像として詩に定着しようとする「彼女のひたすらな孤心（田中武の跋文）」を表現した詩集。田中武の跋文と「収録作品控」、三章三十篇から成る。A5判、ハードカバー、百四十三ページ。（北蒲原郡聖籠町道賀新田一四六一）

希求／間貞子

十一月に上梓。編集後記を北川瑛治が書いている。あとがきと四章二十一篇から成る。B6判、ハードカバー、百四十三ページ。

雪ねんぶり／灰山かずら

十一月に上梓。標題となった詩「雪ねんぶり」の「語源や意味は不明」と跋文で滝いく子が指摘している。「限りない郷愁」から生み出された作品は、一人の女性の郷愁を越えて新潟という風土・歴史に迫る力がある。物語と抒情がたくみに綴られ、美しい。父や母への哀惜から、歴史の側面が詩「父の夜話—代官所」「戊辰戦争」から立ち上がる。滝いく子の跋文。あとがきと二章二十篇から成る。A5判、ハードカバー、百十九ページ。(本名・伊藤和子、一九三一年、中魚沼郡津南町上郷灰雨生まれ、埼玉県川口市戸塚東二—六—三)

空と筏／梶原礼之

十二月に上梓。著者詩作二十五年にわたる魂のオデッセイとも言える詩集。青春を詩と思想の闘いに賭け、傷つき挫折した精神を、幼少年期を過ごした新潟市へ帰郷して癒し、再び詩への旅へ船出する凄絶な生の詩集。初出誌一覧とあとがき、四章四十篇から成る。A5判、百十八ページ。

21 「新潟県戦後五十年詩史」を終るにあたって

二〇一二年十月刊の「北方文学」第六十八号に「新潟県戦後五十年詩史」の掲載を始めてから十年、ようやく終章を終えた。新潟県の詩の歴史を考えるきっかけは、一九九〇年七月に『市島三千雄詩集』が刊行されたことだった。市島三千雄が活躍した時代から六十四年、没後四十二年後のことだった。新潟県でもこれまでに多くの詩人たちが、志を持って詩を書き続けて来たことに気付かされた。一九二六年八月に新潟市で市島三千雄、八木末雄、寒河江真之助、新島節の「四人の集り」による詩誌「新年」が創刊されていたことも知った。それらの詩人の名も活動歴も知らない、知ろうとしてこなかった自分に驚き呆れた。詩誌「新年」の他にはどんな詩誌があったのか調べてゆくうちに、新潟県の詩に関する資料、詩集、詩誌の収集は極めて少ないことを知った。詩の動向を記した著作物でも断片的で通史にはほど遠かった。

一九九五年当時、敗戦から五十年の節目ということで「戦後五十年」論議が盛んにメディアを賑わしていた。そうした情況に煽られたのかどうか、私は詩集、詩誌を収集し始めたのだった。そこで一九九六年四月に一九九五年に発行された詩集、詩誌を纏め、詩誌発行目録抄「紙魚」を創刊した。[25]その「紙魚」を携えて新潟県の詩人を訪ね、理解を得ながら戦後の詩集、詩誌を中心に収集するよう心掛けた。同時に新潟県の市町村の図書館も調査した。調査収集に凡そ十年近くをかけて収集した詩集、詩誌に基づいて詩史を書き始めた。これが「北方文学」に連載するに「新潟県戦後五十年詩史」と命名した理由である。副題を「隣人としての詩人たち」としたのは、調査する中で同人詩誌を発行する詩人たちは文芸の傍らに放置されてきた実情を知る。詩的営為をする詩人には家族友人の理解と力添えを得た人と理解を得られず苦闘する人の二つの姿を見ることでもあった。収集できた詩集、詩誌は隣人友人の誰かが保持してきたものである。そういう現実を受け止め、無名を生きた詩人たちへの感謝と敬意を込めて副題とした。

私は新潟県の詩史について考え始めた時、一九二六年の詩誌「新年」の創刊から一九九五年までの「新潟県近・現代詩七十年詩史」との構想を意図していた。二〇〇五年九月刊の「北方文学」第五十六号に「新潟県近代詩黎明期の覚え書」を掲載している。その頃は資料も乏しく、詩史への接近の仕方や文体さえ覚束ない弱冠であった。そして二〇〇八年十月刊の「北方文学」第六十一号から二〇一〇年十月刊の第六十四号まで四回にわたり「戦争期の詩人たち」を掲載している。

この間、多くの人達の協力で資料が収集でき一九二六年以降の大正末期から戦争期を経ての、新潟県の近代詩と現代詩の継続性が明かになってきた。現在、私は「新潟県の近代詩成立過程」として新潟大学教授岡村鉄琴主宰の「新潟県文人研究」へ投稿し、二〇二二年十一月刊の第二十五号には「新潟県の近代詩成立過程」第六回が掲載されている。

「新潟県戦後五十年詩史」は第六十八号からこの第八十六号まで十九回にわたる掲載で、「北方文学」仕様で五百七十ページを超える分量になっている。詩史としてどのように評価を得ているかは分からない。それにしても一九九六年から既に二十七年の歳月が過ぎてしまった。この間の詩史をどうするのか。

最近でも津川町原町（現阿賀町）で一九五三年七月に刊行されていた詩誌「樹港」五号が確認された。詩史は書き換えられ、書き直され、詩人は永遠の命を生きることが証明された。

こんな「くそおもしろくもない長大な作品」でも「発表の場を提供したい」との吉岡又司の精神を汲んでか、掲載を許してきてくれた「北方文学」同人に深甚の感謝を申し上げます。そして詩史に名を刻ませていただいたすべての詩人に心からの敬意と感謝を改めて表します。

注

（1）二〇二二年現在筆者が十章にわたる「新潟県戦後五十年詩史」を掲載するよう吉岡又司氏から「北方文学」同人に誘われたことを思い返している。「徒労と思えることにこだわる。くそおもしろくもない長大な作品にも発表の場を提供したい」と考える吉岡氏が、「北方文学」へ誘ってくださったからこの仕事を続けることができたのだとつくづく実感する言葉である。

(2)一九八五年から一九九〇年までの「北方文学」の様々な特集については第九章でみてきたところである。

(3)二〇〇六年六月刊の「北方文学」第六十二号掲載の「戦争期の詩人達(2)」参照。

(4)手許に在る「桜花文芸」の一九九一年三月刊の五十号から一九九四年十一月刊の五十七号までは目次のコピーのみ。桜井正示氏から提供して貰ったものである。

(5)詩集には囲みで「自閉症とは」と、自閉症の六つの症状が表記されている。筆者自身、自閉症という病の様態を始めて知る機縁ともなった。

(6)前章に準じて機関誌「新潟詩人会議」は「」で括り、表記することとする。

(7)二〇二一年三月刊の「北方文学」第八十一号掲載の第九章前半の「青い麦」の項参照。

(8)二〇〇〇年三月刊の「Donne」十二号から印刷所が新高速印刷に変わっている。筆者が勤めていた会社で、ふとしたことから筆者が「営業」をやらされ、ノルマまで課された時、「Donne」が助けてくれたのだった。退職するまでの八年程、編集と称して清水宅へ伺い、原稿を受け取る時間に様々な話が聞ける楽しい時間だった。

(9)筆者は一九九六年六月に新潟県詩誌目録「紙魚」を創刊していた。木俣冴子から「大変お久しぶりでございます。…日報紙上にて、「紙魚1号」のことを知りました。」との文面を添えて、「未明飛」の「いち、に、さん」三冊が寄贈されている。「昨日は四号の編集作業を終えたところです。」と穏やかでしっかりとした文面が印象的である。

(10)田代が第二詩集『バダクシャンの泉』を上梓した折に、新潟会館にて出版記念会を催した。その折、田代とかねてより交流のあった高橋順子、財部鳥子氏らが参加してくださっていた。末席ながら筆者が司会進行をした思い出深い会であった。

(11)「泉」は田代の個人誌という位置づけで、星野、新保は強力な後援者との位置づけであったと記憶している。

(12)「詩と思想」に限らず、東京発の商業誌は地方在住の詩人の注目を引き、顧客化するために一応、年末になると日本を俯瞰した形を取り繕うように、こうした地方別又は年別の活動報告を掲載している。この執筆者選定が恣意的に過ぎて、私は幾度も困惑させられた。どういう詩人かも分からない人物からいきなり電話で、「新潟県の今年の詩活動をわたしに報告するよう」にと言ってくる。私自身、現在的には新潟県の詩の動向に気配りしているが、当時は自分の事で精一杯で他誌の活動全般なんか知らないでいた。こうした点を踏まえ、「詩と思想」へは、「一年間各県の活動を観察する詩人を一人選定して、それを報告するよう編集すべき」と何回か提言したが返答はなかった。
(13)常山満(一九四七・十一・六〜二〇一二・三・四)。「ジュラ」の詩友寺井青は二〇一四年三月に遺稿集『新潟魚沼の抒情詩人　常山満詩集』を刊行する。詩人常山満への最上の敬意である。
(14)長崎浩(一九〇八・十一・十〜一九九一・七・二十九)の詩的評価は「反骨」を一つのメルクマールとして論ぜられることが多い。しかし「北方文学」に掲載した私の詩史では長崎浩が「台湾時代」を終生曖昧にし、かつ修正を施した足跡を見るにつけ、長崎自身が詩のなかに「反骨」という言葉を多用している点などから、評者が見誤っているとの疑念を払うことはできない。筆者には長崎は翼賛的であり、大衆主義者であるとの思いがある。
(15)実際は鈴木良一の個人誌の企画で遅れた。次の小項目②で述べている。
(16)「花嫁」の創刊ではおもしろいエピソードがある。一九九七年八月に創刊された伊名康子、おおつぼ栄の同人誌「結婚式場」との交流を生んでいる。伊名さんから「花婿」が決まったら「「結婚式場」での挙式に招待します。」との便りを頂いたりしている。その伊名さんは二〇〇四年七月に早逝されて希望は叶えることができなかった。
(17)館路子の『眠り流しの眷族』を「北方文学」の項ではなく、ここで紹介したのは、詩誌「はつ恋」「花嫁」、朗読会等での交流が多かったとの考えからである。編集発行は雨中舎を名のる樋口大介であることも併せて考えた結果である。
(18)「つがるポエトリー・ツアー」に関しては、「北方文学」二〇二〇年六月刊の第八十一号の拙著参照。
(19)こうした鈴木の活動の一端は一九八六年に創立した「新潟・市民映画館「シネ・ウインド」」での活動が反映している。そこでの活動は又別の物語である。
(20)「BANANAFISH」は「Bananafish」と二通りの表記がなされており、これ以降は「バナナフィッシュ」と表記することとする。
(21)佐々木幹郎さんとの交流は、佐々木さんが雑誌「鳩よ」の仕事で松之山時代の坂口安吾を取材した折り、新潟の「安吾の会」の存在を知り「シネ・ウインド」を訪ねて来た事で始まった。一九九四年には鈴木が「カトマンズデイ　ドリーム」や「中原中也研究会」等の企画講演している。
(22)安田弘之、漫画家。漫画「ショムニ」はテレビドラマ化され大ブームを引き起こしたことは記憶に新しい。カネコタカコはその配偶者。
(23)プライバシー保護法施行以前は、新潟日報では「生活詩」投稿者の住所等の問い合わせに応えていたようだ。現在は法に基づいた手続きを経なければならない。

（24）私が上梓した『てのひらの蕾』は否定的評価に終始していたが、大多喜洋一一人が肯定的な評価を「詩遊々」（一九九六年二月刊第二十八号）で書評してくれた。救われた思いがした。

（25）詩誌発行目録抄「紙魚」は二〇一八年六月刊のNo.70で終刊した。一九二六年から一九九五年までの七十年間の詩集・詩誌を網羅している。

参考資料

＊『戦後詩のポエティクス1935〜1959』／和田博文編—世界思潮社＊『戦後詩誌の系譜』／志賀英夫—詩画工房＊『戦後詩壇私史』／小田久郎—新潮社＊『新潟県文学全集第Ⅱ期6／郷土出版社＊『新潟県現代詩人会アンソロジー2005』の「新潟県戦後詩史」／新潟県現代詩人会（経田佑介編集）＊福田万里子全詩集／コールサック社＊新潟県詩集・詩誌発行目録「紙魚」No.6〜No.10／書物屋＊他に本文掲載当該詩誌・詩集

スペシャル・サンクス

斎藤健一・日本近代文学館

あとがき

鈴木良一

『新潟県戦後五十年詩史』は「――隣人としての詩人たち」を副題としている。この精神が私に新潟県の詩史を書かせたと言って過言ではない。

友人が書斎の片づけをする手伝いをした。うず高く積まれた書籍を整理していると、一冊の同人誌が現れた。一冊の色あせた詩誌。自分が発行している同人誌の明日の姿を見る思いがした。広く世に知られ、評価されることも少ない詩誌の運命、それはとりもなおさず詩人の未来を予期させた。彼が詩を書き、同人誌を発行していたことは家族や知己の少数の人は知っていたかもしれない。理解し支えていたかもしれないし、全く無視していたかもしれない。ひとり一人の生きた詩人の肖像を彼らの発行した詩誌と詩集から描いてみたいとの思いに駆られた。

一九九五年三月にその旨を胸に田中武氏を訪ね理解と協力を得た。一九九六年四月に新潟県の詩人の協力を得るためのツールとして、詩誌目録「紙魚」を刊行した。「紙魚」は一九九五年から一九二六年まで年代を遡る形式で発行することとした。詩誌として完全な形で保存されていた詩誌「新年」の存在があった。市島三千雄、八木末雄、新島節、寒河江真之助の四人の仲間による詩誌「新年」が一九二六年八月に創刊された地点を詩史の始まりとしたのだ。

詩誌収集の過程で関係を深めた「北方文学」の創刊者故吉岡又司氏の誘いで、詩史発表の場を確保した。資料収集を始めてから十一年後、二〇〇五年九月刊の「北方文学」第五十六号に「新潟県近代詩黎明期の覚え書き」を書き、次いで二〇〇八年十月刊の「北方文学」第六十一号から四回にわたり、「戦争期の詩人たち」

を掲載した。そして二〇一二年六月刊の「北方文学」第六十七号から「新潟県戦後五十年詩史」の掲載を始めたが、力強く支援してくれていた吉岡氏は二〇一一年六月に亡くなられていた。そうした無念さを十年の歳月をかけて二〇二二年十二月刊の「北方文学」第八十六号で完成させることができた。

詩史を書こうと思い立った頃には、先行する地方詩史の数冊を読み込んだ。座談形式であったり、編集を集団で作業する形式だったり様々であり一般的な形式は発見できなかった。商業詩誌の戦後史では、同人誌でそれも個人主体の仲間内のエピソードを詩史として流布し、全体像からは遠いと感じた。

そうした詩史的状況に於いて私はどんな形式の詩史を書くのかと思い詰めた。私には主義主張となる「――学」「＊＊学」といった知見を明確には持っていない。詩的知見は軽度に認識理解しているつもりはあるが、生半可とそしられる程度であろう。

隣人としての詩人たちが残した詩誌詩集を収集し、読み込みそこから聞こえる声に耳を傾け、埋もれてゆく優れた詩の一篇でも紹介し、後世に読まれる機会を残したいとの思いに行き着いた。徹底的に詩誌詩集から立ち上がる詩人たちの表情を表すことこそ私の仕事と見定めた。時代別に区切られた章から庭野行雄氏なら庭野行雄氏の詩誌を追ってゆくと、氏の詩的履歴が年譜のように繋がっていく方法で編集している。

『新潟県戦後五十年詩史』を単行本化するにあたっては、「北方文学」に掲載した文をそのまま残すとの編集方針を決めた。形式的な表現は統一するよう心掛け編集した。概算ではあるが『新潟県戦後五十年詩史』は、詩人たち一千名、詩誌一五二誌、詩集三四〇集を紹介している。

『新潟県戦後五十年詩史』は、資料収集を始めてから三十年がたっての単行本上梓ということになる。構想された「新潟県七十年詩史」の前半は、資料収集が進み、現在「新潟県近代詩の成立過程」として執筆中である。

完成すれば新新潟県の詩史としては、坂口仁一郎氏が一九一八年に刊行した、戦国時代から大正十年代までの文人漢詩人たち一〇八六名を紹介した『北越詩話』以降の、口語自由詩の詩史となる。『新潟県戦後五十年詩史』は多くの詩人たちの協力と支援によって成し遂げることができました。詩史に名を記させてもらったすべての詩人たちに敬意と感謝を捧げます。

詩史の背骨となる多くの詩誌詩集を寄贈してくださった田中武、今井朝二、加藤幹二朗の三氏には特段の謝意を申し上げます。

また、発見した新資料を提供し自由に発表させてくださった桜美林大学准教授藤澤太郎氏と、「北方文学」掲載時より励ましの言葉をかけて下さり単行本化にあたり「まえがき」を寄稿して戴いた中上哲夫氏に深甚の感謝を申し上げます。

そして詩誌「紙魚」刊行以降心理的に精神的に支えてくれた鈴木節子、斎藤健一氏へ感謝の意を捧げます。

最後に長期にわたる掲載を了解してくれた「北方文学」同人諸氏に深く感謝申し上げるとともに、単行本化では編集を担ってくれた柴野毅実氏に心より謝意を申し上げます。

（二〇二四年十月三十一日）

鈴木良一　略歴

1947年５月10日、新潟市生れ

詩集／
『道標』『岸辺なき流れ』
『ちょっと古いレールの上を歩いてみないか』
『不思議荘のゆりかご、あるいは写植オペレーターの探字記』、
『母への履歴』、『あやかしの野師』『ひとりひとりの街』
詩誌目録「紙魚」編纂
詩誌「野の草など」主宰、「北方文学」同人
日本現代詩人会会員・新潟県現代詩人会会員
早稲田大学第一文学部ドイツ文学科卒

〒950-0865　新潟市中央区本馬越１丁目16番12号

新潟県戦後五十年詩史
——隣人としての詩人たち

発行者　二〇二五年三月一日
発行者　鈴木良一
発　行　玄文社
〒九四五－〇〇七六
新潟県柏崎市小倉町一三－一四
☎〇二五七－二一－九二六一
印　刷　有限会社 めぐみ工房
製　本　協栄製本工業株式会社
定　価　一〇、〇〇〇円
（本体　九、〇九一円＋税）
ISBN978-4-906645-45-9